HEYNE

D1923702

SCIENCE FICTION

Das Buch

Ein Komiker mit einem äußerst exotischen Programm tingelt seit einiger Zeit durch den Westen der Vereinigten Staaten. Er nennt sich Ralf und behauptet, aus der Zukunft zu stammen. Von dort hätte man ihn zum ›Affenvolk‹ – zu uns – geschickt, um seine Gags anzubringen. Meist artet der Auftritt zu einer Publikumsbeschimpfung aus, bei der er den Leuten vorwirft, durch Gleichgültigkeit und Dummheit seine Welt, die Zukunft, in den Abgrund geführt zu haben. Texas Jimmy Balaban, ein Bühnenagent mit einem Riecher für schräge Typen, nimmt diesen Ralf unter Vertrag – der Beginn einer ganz außerordentlichen Fernsehkarriere. Aber stammt Ralf tatsächlich aus der Zukunft, hat er allen Ernstes einen Auftrag, die Welt im Sinne der Zukunft zu verbessern, oder ist er nur ein durchgeknallter Provinzkomiker? Niemand weiß das genau, und solange die Einschaltquoten stimmen, interessiert das auch niemanden sonderlich, vor allem nicht in Hollywood, wo die Grenzen zwischen Realität und Irrsinn ohnehin fließend sind …

Ein herrlicher Roman des Autors von ›Champion Jack Barron‹, ›Der stählerne Traum‹ und ›Bilder um 11‹, ein Feuerwerk geistreicher Ideen, voll von bissigen Insider-Jokes und glänzend gezeichneten Charakteren – in einer kongenialen Übertragung von Horst Pukallus, dem mehrfach preisgekrönten Übersetzer. Ein Lesevergnügen der besonderen Art und ein Muss für jeden, der sich je mit Science Fiction beschäftigt hat.

Der Autor

Norman Spinrad wurde 1940 in New York geboren, wo er auch die Universität besuchte. Nach dem Studium arbeitete er als Literaturagent und freier Schriftsteller und machte mit seinen SF-Erzählungen und -Romanen erstmals auf sich aufmerksam. Der Durchbruch gelang ihm dann mit der Mediensatire ›Champion Jack Barron‹, die in den USA und Großbritannien zu einem handfesten Skandal führte. Seither ist es Spinrads Markenzeichen, mit seinen Büchern nicht nur für exzellente Unterhaltung zu sorgen, sondern immer auch politische Debatten über den zivilisatorischen Stand der Dinge anzuregen. Der Autor lebt und arbeitet seit einigen Jahren in Paris.

NORMAN SPINRAD

DIE TRANSFORMATION

Roman

Aus dem Amerikanischen von
HORST PUKALLUS

Originalausgabe

WILHELM HEYNE VERLAG
MÜNCHEN

HEYNE SCIENCE FICTION & FANTASY
Band 06/6419

Titel des amerikanischen Originals
HE WALKED AMONG US
Deutsche Übersetzung von Horst Pukallus
Das Umschlagbild ist von Jürgen Rogner

Umwelthinweis:
Dieses Buch wurde auf chlor- und säurefreiem Papier gedruckt.

Redaktion: Wolfgang Jeschke
Copyright © 2002 by Norman Spinrad
Mit freundlicher Genehmigung des Autors
Copyright © 2002 der deutschen Ausgabe und der Übersetzung
by Wilhelm Heyne Verlag GmbH & Co. KG, München
http://www.heyne.de
Originalausgabe 5/2002
Printed in Germany 3/2002
Umschlaggestaltung: Nele Schütz Design, München
Technische Betreuung: M. Spinola
Satz: Schaber Satz- und Datentechnik, Wels
Druck und Bindung: Elsnerdruck, Berlin

ISBN 3-453-21352-1

Für Timothy Leary
und Gene Roddenberry

»Und jeden Morgen nun rufst du:
Segelt weiter! Segelt weiter! Segelt weiter!
Immer weiter.«

JOAQUIN MILLER: *Columbus*

eins

»Viel Vergnügen beim Retten der Welt, Dex«, sagte Ellie mit trockenem Humor. »Aber bitte sauf dich nicht mit Bier zu.«

»Musst du mir ständig an den Karren pissen?«, murrte Dexter Lampkin verdrossen.

»Wer bin ich denn, dass ich dir 'n bisschen fannischen Spaß missgönnen würde?«, entgegnete Ellie; ein gewisses Gefühl der Selbstironie verlieh ihrer Stimme einen nachsichtigeren Tonfall. Sie gab ihm einen flüchtigen Kuss auf die Wange. »Ich möchte bloß nicht, dass du den Wagen an den Baum fährst, das ist doch nicht zu viel verlangt, oder? Einverstanden?«

»Einverstanden«, brummte Dexter und schloss hinter sich die Tür; er kam sich vor wie Brummbär, nachdem ihm Schneewittchen einen herablassenden Klaps auf den Kopf versetzt hatte.

Seit fast drei Jahren fuhr er schon an jedem ersten Mittwoch zu dem Treffen. Ungefähr ein Dutzend Fans seines inzwischen vergriffenen Romans fanden sich zusammen, schlappten Bier, genehmigten sich gelegentlich einen heimlichen Joint, nannten sich ›Transformationalisten‹ und redeten sich ein, sie könnten auf diese Weise die Welt retten.

An jedem ersten Donnerstag des Monats schwor er sich, nie wieder so ein Treffen zu besuchen. Aber an jedem ersten Mittwoch des Monats fuhr er trotzdem hin.

Warum?

Weil ein paar der Leute echte Wissenschaftler waren?

Weil sie Dexter Lampkin schätzten, obwohl er dagegen sie für lächerliche Figuren hielt?

Oder weil er, Gott behüte, in gewissem Maße doch selbst noch an *Die Transformation* glaubte?

Im Vorgarten rüttelte der Santa Ana an den versengten, ausgetrockneten Palmblättern, brachte staubige Wirbel verdorrten Laubs zum Tanzen und dörrte Dexter die Kehle aus. Der durchschnittliche Angeleno stand zu seinem Widerwillen gegen den Santa Ana, der Ziegel vom Dach schleuderte, Buschfeuer zu gewaltigen Waldbränden anfachte und angeblich sogar Mord und Totschlag auslöste. Dexter jedoch stieß einen herzhaften, lauten Urschrei aus, während er durch den Vorgarten zur Garage ging.

Dexter mochte den Santa Ana.

Er hatte es gern, wenn aus der Wüste die negativen Ionen hereinschwirrten, die guten, alten Endorphine anheizten, seine Dendriten mit Norepinephrinen kitzelten, die nachjugendliche biochemische Basis seines Bewusstseins auf das Niveau eines Hyperantriebs steigerten.

Ihm behagte es, wenn der schwüle Wüstenwind den Smog aus dem Los Angeles-Becken wehte, den Mief untoter Schwelgase aus der Luft fegte und sie stattdessen mit dem Duft der Bougainvillea und des Chaparral versüßte, ihm gefielen der technicolorblaue Himmel und Abende wie heute – kristallklare Abende, die sich warm anfühlten wie eine zwanzigjährige Möse und die das Moschusodeur des Kalifornischen Traums erfüllten.

Und selbst wenn allzu häufig dennoch der scharfe Dunst fernen Smogs den Santa Ana durchzog – egal, wenigstens war Dexter trotz Ellies endlosen Drängens bislang nicht in die Eigenheimfalle getappt. Wie er ihr andauernd erklärte, müsste ein Autor, der das Geld, das seine Freiheit sicherte, in ein Haus und Hypotheken steckte, ein Vollidiot sein; und dass jeder, der so etwas in einer Gegend, die weltbekannt war für Erdbeben, Waldbrände und Erdrutsche, deren Schäden alle Versicherungen, deren Beiträge bezahlbar blieben, im Allgemeinen gar nicht in ihre Tarife aufnahmen, für eine schlaue Investition hielt, nichts anderes verdiente, als damit auf die Schnauze zu fallen.

Aber um die ganze Wahrheit zu sagen: Dexter mochte den Santa Ana auch, weil er den Teufelswind als eine Art von Stinkefinger empfand, den man Los Angeles vor die Visage streckte.

Nicht dass Dexter Los Angeles aus dem gleichen Lokalchauvinismus wie seine früheren Bay Area-Landsleute verabscheut hätte, die glaubten, südlich der Nebelbank, in der zu wohnen sie sich schlau entschlossen hatten und glücklich schätzten, gäbe es nichts als baufällige Orange County-Westerndörfer und hinterwäldlerische Heimatverein-Zombies.

Tatsächlich bestand eine der charmanten Eigenschaften Los Angeles' eben aus dem Fehlen einer örtlichen Form der selbstgefälligen nordkalifornischen Aufgeblasenheit. Während die Bay Area unaufhörlich über ihre vorgebliche Rivalität zum LaLa-Land nachgrübelte, war man sich hier unten der Existenz San Franciscos nur dumpf bewusst: Scheißklima, aber tolle italienische und chinesische Restaurants, wenn wir Zeit haben, fliegen wir mal für 'n verlängertes Wochenende hin, Liebchen.

Die Bay Area nahm sich viel ernster als sonst irgendwer. LA nahm sich überhaupt nicht Ernst. Statt Lokalchauvinismus verlangte man von den Angelenos die richtige Pose.

Die richtige Pose gelangte in Würstchenbuden zum Ausdruck, die das Aussehen von Würstchen hatten, in Gebäuden, die Disneys Versionen Bagdads oder Camelots ähnelten, den chinesischen und ägyptischen Kinos sowie dem Hollywood-Namenszug, einem enormen Ortshinweiszeichen, das mit allerdings bloß wenige Moleküle dicken Buchstaben in der Größe pharaonischer Architektur das Offensichtliche feststellte.

Im privaten Bereich wusste man, dass man zur richtigen LA-Pose gelangt war, wenn man – was sonst? – das zur eigenen Persönlichkeit passende Auto gefunden hatte.

Dexter öffnete das Garagentor und lächelte seinem Wagen ein einfältig-jungenhaftes Hallo zu.

Als Dexter und Ellie noch in Berkeley wohnten, hatten sie einen relativ neuen Toyota und einen älteren Volvo gefahren, aber keines der Fahrzeuge hatte wirklich als sein oder ihr Auto gelten können. Aber hier unten in Fairfax hielten sie in ihrer Doppelgarage – außer Kartons mit Dexters Belegexemplaren und modrigen Manuskripten, von denen er erwartete, dass sie eines Tages als gesuchte Sammlerstücke ein Schweinegeld einbrachten – Ellies zwei Jahre altes, neu gekauftes und noch unter Garantie stehendes Pontiac Firebird-Coupé und Dexters altes, rotes Alfa Romeo-Kabriolett in Fahrbereitschaft.

Nach vernünftigen Autofahrermaßstäben war der Alfa Romeo ein unzuverlässiges Scheißauto. Infolge durchlässiger Dichtungsringe brauchte er auf 1000 km gut und gerne einen halben Liter Öl, aus dem Getriebe drangen ominöse Geräusche, im zweiten Gang musste man inzwischen den Schalthebel niederdrücken, und die Elektrik war mittlerweile so oft von Amateuren erneuert worden, dass selbst nagelneue Hochleistungsbatterien unter mysteriösen Umständen den Geist aufgaben, und zwar meistens im ungünstigsten Moment.

Doch Dexter war verknallt in seinen Alfa Romeo. Nicht wegen seiner höchst offenkundigen Mängel, sondern weil er ein waschechter, roter, italienischer Sportwagen war, der wie auf Schienen durch die Kurven schnurrte, dem Fahrer auf zufriedenstellende Weise den Kopf nach hinten warf, wenn er vom ersten in den zweiten Gang wechselte, und meistens einen Blickfang abgab, während er ihn – das kam öfters vor – zur Werkstatt und später von dort nach Hause fuhr.

Musste man es als pubertär einstufen, wenn ein dreiundvierzigjähriger, hauptberuflicher Schriftsteller mit Rettungsring, der zudem Frau und Kind zu versorgen hatte, pro Jahr über dreitausend Mäuse für Versicherungen, Reparaturrechnungen, Kfz-Öl und teure, weil importierte italienische Autoersatzteile verschwendete, nur um sich an seinen klapprigen Autofahrerlusttraum zu klammern?

Ohne Zweifel vertrat Ellie diese Meinung.

»So was ist doch bemitleidenswert, Dex, es ist nichts als 'ne Midlifecrisis auf Rädern. Wann bringst du die Karre endlich zum Schrottplatz und kaufst uns einen verlässlichen Zweitwagen?«

»Die Kosten für den Alfa Romeo liegen niedriger«, wandte Dexter dann mit überzeugender Logik ein, »als die Monatsraten für ein neues Auto.«

»Ich habe einen recht anständig aussehenden, vier Jahre alten Celica« (oder Civic oder Plymouth oder sonst so eine Karre) »für drei fünf gesehen«, lautete darauf Ellies Antwort, »und wahrscheinlich könntest du den Preis bei Barzahlung auf dreitausend runterhandeln. Du verschleuderst jedes Jahr die halbe Summe für Werkstattrechnungen und Motoröl.«

An dieser Stelle des Wortwechsels schenkte Dexter ihr jedes Mal einen Abklatsch eben des lüsternen Lächelns, das vor einem Jahrzehnt ihre knackjunge Gestalt durchs Menschengedränge eines überfüllten Raums zu ihm gelockt hatte, das nassforsche Frauenschwarm-Lächeln des damals einunddreißigjährigen Dexter D. Lampkin, den man auf allen Conventions der einschlägigen Szene als aufstrebenden jungen Star der Science Fiction betrachtet hatte.

»Billiger als 'ne Geliebte in 'm engen Kleid gleicher Farbe«, sagte er zur Unterstreichung seines Lächelns.

Damit griff er auf einen alten Scherz zurück, der längst nicht mehr zündete, und eine alte Drohung, die seit langem nicht mehr zog.

Ellie wusste, dass er von Zeit zu Zeit auf SF-Cons, wenn sie nicht zugegen war und es folglich nicht verhindern konnte, eine der leichter verführbaren Teilnehmerinnen anbohrte, aber ebenso hatte sie darüber Klarheit, dass er in dem Milieu mit keiner Salatschnecke bumste, über die er sich womöglich am nächsten Morgen irgendwelche Gedanken machen müsste, und er wusste, dass es ihr einerlei blieb, solang er ihren Wunsch respektierte, davon ›niemals nichts‹ zu hören zu kriegen.

Beiden war ihnen klar, was sich auf solchen Veranstaltungen zwischen Autoren und den weiblichen Fans abspielte. Auf einem derartigen Maskenball wollte jeder der Schöne und jede die Schöne sein. Unter genau diesen Voraussetzungen hatten sie sich nämlich auf der Verlegerparty des WesterCons in Seattle kennen gelernt.

Dort hatte Dexter D. Lampkin den Hugo für den besten SF-Roman des Vorjahrs gewonnen, eine silberne

Rakete, die zwar lediglich die Fans verliehen, die derlei Cons veranstalteten – nicht seine Kollegen dieser Literaturgattung –, aber immerhin eine angemessen phallische Trophäe für jemanden verkörperte, der vielleicht nicht darüber stand, sie auszunutzen, um seinen Ruf als emsiger Con-Stecher zu festigen.

Dabei kam es keineswegs darauf an, etwaig der Verbesserung bedürftige Verführungskünste zu verfeinern, sondern auf die Schnelligkeit, mit der man hinlänglich bekifft oder besäuselt wurde, um jeden Sinn für sexuelle Ästhetik zu verlieren. Jeder Autor, der ein gedrucktes Buch vorzuzeigen hatte, der einmal im Monat badete und weniger als 150 Kilo wog – und manchmal auch solche, denen diese Vorzüge fehlten –, konnte bei solchen Anlässen jemanden zum Vögeln finden. Die Frage lautete nur: Wen?

Warum tendierten Science Fiction-Fans beider Geschlechter zu so extrem hohem Übergewicht? Weshalb neigten sie zur Birnenförmigkeit und einem sonderbaren Ausdruck um die Augen? Wieso dünsteten die in Con-Hotels bei Room Partys zusammengedrängten Fan-Massen solche Wolken antisexueller Pheromene aus?

Die Geschichte, die Norman Spinrad einmal auf irgendeinem Con Dexter erzählte, hatte den schrecklichen Eindruck wissenschaftlicher Wahrheit erweckt.

»Meine frühere Freundin Terry Champagne hatte eine Theorie, die sie völlig Ernst nahm. Sie war der Ansicht, dass das Science Fiction-Fandom genetisch mit Äußerlichkeiten wie geringem Augenabstand, schmalen Schultern und dicken Ärschen korrespondiert. Einmal waren wir zu einem Con in einer grässlichen Absteige am Herald Square in New York unterwegs, und auf diesem Weg begegneten wir natürlich den üblichen Menschenmengen, die die U-Bahn, Macy's, Gimbles' oder Kinos zum Ziel hatten, praktisch dem statistischen

Bevölkerungsdurchschnitt auf alltäglicher Achse. Wir nahmen uns eine Art von wissenschaftlichem Experiment vor, stellten uns gegenüber des Con-Hotels auf und versuchten vorauszusagen, wer zum Con ging. Terry hatte eine Trefferquote von über fünfundsiebzig Prozent.«

Ellen Douglas jedoch wäre, hätte man bei ihr die genetischen Kriterien angelegt, die Spinrads Ex-Freundin erkannt haben wollte, eine unerkannte SF-Fan geblieben.

Allerdings hatte Dexter sie aufgrund ihrer Reputation gekannt, ehe erstmals sein Blick auf sie fiel, denn Ellen zählte zu dem Personenkreis, den man in der Science Fiction-Szene als Big Name Fans bezeichnete, also jemand, die man in der Pop-Musik Super-Groupie nannte; mit anderen Worten: Eine Person, die bekannt war, weil jeder sie kannte.

Im Großen und Ganzen erlangte man in der Welt des Science Fiction-Fandoms jedoch keinen derartigen Status, indem man mit Starautoren wie Dexter D. Lampkin fickte. Vielmehr verhielt es sich umgekehrt, die Möglichkeit, mit den Großen des Genres zu pimpern, ergab sich, indem man den Status eines Big Name Fans gewann. Dahin konnte man gelangen, indem man in Komitees mitarbeitete, die Cons organisierten, eine fannische Amateurzeitschrift verlegte oder für so ein Fanzine schrieb, auf Cons ›Kunst‹ ausstellte, dort beim Kostümwettbewerb mit einem ultraschrägen Fantasy-Dress Aufsehen erregte oder an Podiumsdiskussionen teilnahm; oder indem man mehrere Tätigkeiten dieser Art kombinierte.

Dexter hatte Ellen Douglas dem Ruf nach als Con-Organisatorin, herausragende Mitwirkende zahlreicher Podiumsdiskussionen und Fanzine-Klatschtante gekannt.

Außerdem war ihr nachgesagt worden, eine umwerfende Schönheit zu sein, bei deren Anblick auf Kostümwettbewerben – in schon berühmt gewordener Minigarderobe – den Fans die Froschaugen aus dem Kopf quollen; doch angesichts der geläufigen fannischen Schönheitsstandards hatte Dexter hinter dieser Darstellung eine beschönigende, schwere Übertreibung vermutet – bis zu dem Moment, als sich in Seattle über das Meer schwabbligen Fleischs hinweg das erste Mal ihre Blicke trafen.

Na schön, diese Ische mochte nicht unbedingt Filmsternchenqualität haben, aber sie hatte etwas, zum Donnerwetter, zumal im Vergleich zu den anwesenden weiblichen Con-Merkwürden, und sie verstand es – und wie, du liebe Güte! –, etwas daraus zu machen.

Ihr naturblondes Haar war damals zu einer geradezu unglaublichen Afrofrisur aufgedonnert gewesen, man sah ihr sofort normal-gleichmäßige Gesichtszüge und einen akzeptablen Augenabstand an, und ihr wundervoll reifer Körper hatte prall in einem schwarzen Minikleid mit tiefem Rückenausschnitt gesteckt, das kunstvoll nur die nötigste Bedeckung gewährte, sodass sie aussah wie eine fetzige Mischung aus Supergirl und Vampirella.

Ein zauberhafter Moment war der Augenblick ihres Kennenlernens, dem sich eine heiße Nacht, ein wildes Wochenende und eine Art von überregionaler Zeitlupe-Romanze anschlossen, in deren Verlauf Dexter und Ellen rund ein halbes Jahr lang in zügelloser Verficktheit vom einen zum nächsten Con verkehrten, bis sie zu guter Letzt ihre Bude in St. Louis aufgab und in Dexters kleine Wohnung in San Francisco zog. Später mieteten sie gemeinsam ein Haus in Berkeley.

Zwei, drei Jahre lang blieben sie das Traumpaar der Szene-Seilschaft des Großraums Bay Area, dem Kreis aus Science Fiction-Autoren, ihren bedeutenden Busenfreunden und deren bedeutenden Busenfreunden sowie dem ihnen assoziierten Dunstkreis von Fans, lästigen Kletten aller Couleur, Grenzwissenschaftlern und Big Name-Drogenhändlern, aus denen sich zusammensetzte, was man die größte Science Fiction-Gemeinschaft der Vereinigten Staaten nannte.

Damals war haargenau die beste Zeit gewesen, um jung und verliebt, um Science Fiction-Schreiber in Berkeley, kurz gesagt, um Dexter D. Lampkin zu sein.

Da hatte das Science Fiction-Genre gerade die Umwandlung von einer verachteten, niveaulosen Schundliteratur, in der man ein Vierteljahrhundert lang für Kurztexte 5 Cents pro Wort und 3000 Dollar für einen Roman für ein Bombenhonorar hielt, zu einer ›umsatz- und einkommensstarken Sparte des Verlagswesens‹ vollendet gehabt. Das bedeutete, ein vielversprechendes, junges Talent wie Dexter D. Lampkin konnte für einen Roman dreißig- bis vierzigtausend Kröten einstreichen.

Those were the days, my friend! Um einen einzigen Roman zu schreiben, durfte Dexter sich ruhig sechs Monate oder sogar ein Jahr lang Zeit lassen. Er konnte sich literarischen Ehrgeiz, idealistisches gesellschaftliches Engagement und gleichzeitig ein Dasein in relativer gutbürgerlicher Gemütlichkeit erlauben.

Dexter war sogar zu glauben im Stande gewesen, er könnte die Welt verändern.

Viele Science Fiction-Schriftsteller bildeten sich ein, die Welt umwälzen zu können, und einigen war es – wenigstens mehr oder weniger – auch gelungen. Arthur C. Clarke hatte die Entwicklung geostationärer Fernmeldesatelliten inspiriert, die Apollo-Astronauten schrieben der Science Fiction das Verdienst zu, sie auf den Weg zum Mond gebracht zu haben, die Romane *Der Wüstenplanet* und *Ein Mann in einer fremden Welt* hatten die Hippies und die übrigen Gegenkulturen beflügelt, und durch L. Ron Hubbard war die Idee zu einem lumpigen SF-Roman in der wirklichen Welt in einen phantastoiden Multimillionendollar-Religionskonzern umgemünzt worden.

Dexter hatte sogar den Aufsatz eines französischen Intellektuellen gelesen, der in seinem Text die Auffassung äußerte, die Science Fiction-Autoren sollten sich zusammenschließen, sich über die für die Menschheit optimale Zukunft einigen und diese Zukunft verwirklichen, indem sie alle ihre Geschichten darin spielen ließen.

In Anbetracht der Schwierigkeiten, die es drei beliebigen SF-Autoren verursachte, darüber Einigkeit zu erlangen, wie viele Buchstaben ein Wort für 5 Cents haben durfte, oder ob man beim Chinesen oder beim Italiener essen sollte, empfand Dexter diese Art kollegialen Messianismus als ein wenig praxisfern …

Allerdings …

Dexter kippte das Verdeck nach hinten, guckte unter das Auto, um nachzusehen, ob die Größe der Ölpfütze einen Blick auf die Ölstandsanzeige zu werfen empfahl, zog die Schlussfolgerung, dass es unnötig war, steckte den Schlüssel ins Zündschloss und stieß, sobald nach der gewöhnlichen Verzögerung und dem gewohnten Stottern die Zündung endlich den Motor startete, seinen üblichen Seufzer der Erleichterung aus.

Allerdings …

Allerdings war sich die Science Fiction-Szene schon lange über gewisse offensichtliche Tatsachen einig, die in den verstockten Brägen der so genannten Stinknormalen, das hieß, der Restlichen der Menschheit, erst noch Zugang finden mussten.

An erster und wichtigster Stelle betrafen diese Wahrheiten die Einsicht, dass die Erde lediglich als Wiege einer zukünftigen Menschheit der Weltraumfahrer gelten konnte, und die offen antianthropozentrische Erkenntnis, dass angesichts einer Galaxis, in der es Hunderte Millionen von der heimischen Sonne ähnlichen Sternen gab, der Glaube, die menschliche Evolution könnte einzigartig sein, als lächerliche Arroganz abgetan werden durfte.

Und unter Berücksichtigung der häufigen Natur und des durchschnittlichen Alters der Sonne musste das Alter der Spezies irgendwo um den Mittelwert des galaktischen Durchschnitts liegen; das bedeutete, raumfahrende Zivilisationen, die sich zu Herren über Materie und Energie aufgeschwungen und eine langfristige Stabilität ihrer Existenz erreicht hatten, gab es zuhauf.

Kein geringerer anderer Intellektueller als Enrico Fermi hatte die nahe liegende Frage gestellt: Wenn es so ist, wo sind sie? Warum haben sie uns noch nicht besucht oder uns wenigstens eine kosmische Ansichtskarte geschickt?

Außer man glaubte an Fliegende Untertassen oder das Gewäsch Erich von Dänikens, fand man auf diese Fragen ausschließlich weniger ermutigende Antworten.

Dazu zählte vornehmlich die natürliche Neigung denkender Wesen, sich selbst den Boden zu entziehen, ehe sie ins Stadium der langfristigen Stabilität vorrückten.

Es ließ sich nämlich nur schwer vorstellen, dass ein Volk die Raumfahrt entwickelte, ohne vorher das Faustische Feuer des Atoms zu entfesseln. Und es gab kaum eine Garantie dafür, dass ein Volk sich sauberer Energiequellen wie der Kernfusion oder einer im Orbit installierten Fotovoltaik bediente, ehe die geläufigen Vorläufertechniken – die Nutzung fossiler Brennstoffe und die Kernspaltung – die Biosphäre vergifteten. Aber das waren nur die geläufigsten Irrwege, durch die die menschliche Spezies ihr Dasein aufs Spiel setzte. Sonstige verhängnisvolle Ursachen des Untergangs bei anderen Völkern großer Arschlöcher konnte man keineswegs aus dem Bereich des Möglichen weisen.

Eines Abends verfiel Dexter während einer längeren Sauferei mit mehreren Science Fiction-Autorenkollegen und einem berühmten Wissenschaftler auf den Gedanken, vielleicht wäre es wiederum auch eine verdrehte Art von Überheblichkeit, wenn man glaubte, die Menschheit befände sich ungefähr auf dem Scheitelpunkt der Gaußschen Verteilungskurve des galaktischen Arschlöchertums.

Vielmehr erachtete er es als logischer, dass die Menschen bloß ganz gewöhnliche Betonköpfe waren, dass die gegenwärtige Krise, in die sie – wohl etwa um die Zeit des Atombombenabwurfs auf Hiroshima – geraten war, einer Situation entsprach, die alle denkenden Wesen durchstehen mussten, der historische Augenblick, in dem (wie Dexter es anschaulich formulierte) die Irren das Irrenhaus übernahmen.

Früher oder später grabbelte jede Spezies, die ihre Technologie und Technik beharrlich ausbaute, mit gierigen kleinen Futfingern nach der Kraft des Atoms, und nicht lange, dann beeinflussten ihre Aktivitäten auf unkontrollierbare Weise die Biosphäre; und bald danach, falls nicht vorher, knackte sie den genetischen Code und pfuschte mit Designer-Genen herum. Beides geschah wahrscheinlich lange bevor sie über eine Wissenschaft und Technik verfügte, die ihr die Aussicht eröffnete, den Auswirkungen durch die Besiedlung anderer Planeten zu entgehen.

Oder bevor sie, falls sie sich durch nur durchschnittliche Bescheuertheit auszeichnete, den unverzichtbaren Weitblick entfaltete, um sich in eine Zivilisation umzuwandeln, die die Voraussetzungen schuf, um zumindest noch ein paar Jahrhunderte ihrer Geschichte zu überleben.

Da konnte einem schon mulmig werden.

Das Menschengeschlecht durchlief seine Übergangskrise heute und jetzt, und anbeträchtlich des Ausbleibens froher Kunde aus der Weite des Weltraums wirkte die Chance, sie erfolgreich zu meistern – falls es überhaupt eine Chance gab –, einerseits eher klein.

Andererseits bereitete es Dexters New Yorker Literaturagenten wenig Mühe, für ihn auf lediglich der Grundlage eines Dreißigseitenexposès für einen Science Fiction-Roman, das er dank der Hilfe vorzüglichen schwarzen Afghans an einem Wochenende mit heißer Nadel strickte, einen Verlagsvertrag über 40 000 Dollar auszuhandeln.

Dexter legte den ersten Gang ein, fuhr den Alfa Romeo aus der Garage, schrammte mit dem Fahrzeugboden, als er von der Ausfahrt nach Norden einbog – in die Richtung Cursons –, über irgendetwas, an das er keinen Gedanken erübrigte, und fuhr zu dem Treffen mit den reichlich bedauernswerten, letzten Fans des visionären Romans, dessen Neuauflage sein Literaturagent noch immer nicht hatte vermitteln können.

Transformationalisten nannten sie sich. Ihre Bibel, Dexter D. Lampkins Etüde in sciencefictionistischem Messianismus, das Buch, von dem er damals wahrhaftig gemeint hatte, es könnte die Welt verändern, trug den Titel *Die Transformation.*

Eine NASA-Großantenne zum Belauschen des fernen Weltraums empfängt (so die Handlung des Buchs) die Botschaft einer extraterrestischen Zivilisation, und zwar in Form des Nachrufs einer nur wenig weiter als die Menschheit entwickelten Spezies, die durch einen Atomkrieg, Verpestung der Atmosphäre sowie schlussendlich eine grauenvolle, von einem missglückten gentechnischen Experiment hervorgerufene Seuche ihren Planeten unbewohnbar gemacht hat.

Schlimmer noch, diesen Aliens sind Nachrichten von

mehreren weiteren ›intelligenten‹ Völkern zugegangen, die sich durch vergleichbares Arschlöchtertum auch selbst erledigt haben. Anscheinend ist dergleichen Blödheit in der Galaxis die Norm. Falls irgendwo im All eine intelligente Spezies lebt, die ihre Übergangskrise mit Erfolg durchgestanden hat, so besteht allem Anschein nach ihrerseits kein Interesse daran, fremden Dritte Welt-Planeten brüderlichen Beistand zu erweisen.

Die Regierung versucht die kosmische Post zu verheimlichen, da völlig klar ersichtlich ist, dass die zur Abwendung einer ähnlichen Katastrophe erforderlichen Maßnahmen zu einem gewaltigen Finanzbedarf und deshalb zu einer politisch undurchsetzbaren, ganz beträchtlichen Steuererhöhung führen, außerdem wirtschaftliche Aktivitäten in der Größenordnung eines Drittels des Bruttosozialprodults eingestellt werden müssten.

Aber eine Hand voll eingeweihter Wissenschaftler packt das Muffensausen und findet sich allmählich zu einer geheimen Verschwörung von ›Transformationalisten‹ zusammen.

Was getan werden muss, um die Menschheit zu einer erfolgreichen, langlebigen, raumfahrenden Spezies zu erheben, wird von dem internationalen Verbund bedeutender Forschertalente unschwer herausgefunden. Riesensummen müssen in die Kernfusion, in orbitale Fotovoltaik, die Besiedlung des Sonnensystems und künstliche Fotosynthese investiert werden. Die Verwendung fossiler Brennstoffe und der Betrieb umweltschädlicher Kernspaltungsreaktoren muss man ungeachtet der ökonomischen Konsequenzen beenden, ausgedehnte landwirtschaftliche Flächen mittels Aufforstung in Wald zurückverwandeln und wahrscheinlich wohl auch eine vollständige Abschaffung der Atomwaffen durchsetzen.

Richtig. Klar. Und wie soll man die Menschheit dazu bringen, diesen sperrigen Brocken zu schlucken?

Nach einigem der Spannung zuträglichen Hin und Her der Handlung haben die Wissenschaftler die Idee, sich einen Alien aus dem weiten Weltraum auszudenken, den angeblichen Besucher einer entlegenen, fernen Zivilisation, die ihre Übergangskrise durchgestanden hat, und ihn als ihr Sprachrohr in den Vordergrund zu stellen.

Ihre psychosozialen Untersuchungen zeigen, dass eine Göttin aus dem All auf höhere Akzeptanz als ein Gott stoßen wird; also werben sie eine sechzehnjährige verwaiste Aussteigerin an und machen sich an die Arbeit. Sie konzipieren das vollkommene transnationale Lusttraum-Phantasiebild und bieten chirurgische Eingriffe sowie gentechnische Finessen auf, um das Mädchen in die atemberaubendste Frau zu verwandeln, die die Welt je gesehen hat, ein weibliches Wesen mit apfelgrüner Haut und tomatenrotem Haar.

Durch diverse Medikamente und sciencefictionistisches Brimborium steigern sie ihre Intelligenz auf die Ebene eines Supergenies, trichtern ihrem Gehirn die Jahrtausende lange Geschichte und das wissenschaftlich-technische Wissen einer imaginären Superzivilisation ein, und dank weiterer Medikamente und ausgeklügelter Hypnosemethoden löschen sie aus ihrem Gedächtnis jede Kenntnis ihres früheren Daseins, bis sie selbst die felsenfeste Überzeugung hegt, Lura zu sein, eine Gesandte der Galaktischen Union Suprematistischer Zivilisationen, die man unter hohen Kosten über gewaltige Entfernungen hinweg zur Erde geschickt hat, um die Menschheit zu retten.

Unter Rückgriff auf sämtliche Kniffe ihrer Trickkiste präsentieren die Forscher Lura der Menschheit als Heilsbringerin aus dem All und leiten mit ihr als Strohfrau die große Transformation ein, geben ihr visionäres Zukunftsprogramm als den erprobten und bewährten Weg all der galaktischen Zivilisationen aus, die die Übergangskrise glücklich überstanden haben.

Nach vielerlei pfiffigen Wendungen gipfelt die Handlung, in deren Verlauf die Erde denn auch wirklich transformiert wird, schließlich in dem dramatischen Höhepunkt der Entführung Luras durch einen fiesen Mob zusammengerotteter Transformationsverlierer und ihr drohendes Martyrium.

Um sie davor zu bewahren, enthüllen ein paar Transformationalisten der Welt die Wahrheit über Lura. Doch weil Lura selbst ihnen bis in den Tod widerspricht – da sie im Ernst glaubt, die edle Abgesandte einer höheren galaktischen Zivilisation zu sein –, scheitert der Versuch, sie wird zur Märtyrerin, und schon aus Pragmatismus bleibt den Transformationalisten keine Wahl, als sie zu einer legendären Gestalt zu erheben und dadurch der zu guter Letzt bewältigten großen Transformation das abschließende Siegel aufzudrücken.

Im Epilog des Buchs erscheint im Sonnensystem ein gigantisches Raumschiff und heißt die Menschheit in der echten Galaktischen Union Suprematistischer Zivilisationen willkommen. Die Erde hat nämlich die Übergangskrise aus eigener Kraft gemeistert. Diese Leistung gilt gleichzeitig als Bestehen der Aufnahmeprüfung. Deshalb hat die Galaxis so lange für die Erde nichts als Schweigen erübrigt. Die Galaktische Union legt nämlich keinen Wert darauf, mit Spezies in Kommunikation zu treten, die sich einer Mitgliedschaft in der Galaktischen Union noch nicht als würdig erwiesen haben.

Ins Verfassen dieses Werks hatte sich Dexter mit Herz und Seele vertieft.

Zum Schluss beherrschte es voll und ganz sein Leben, wurde zur Besessenheit, zu einer Sendung, einer höheren Sache.

Er hatte das Gefühl gehabt, der Informationen halber, ehe er sich ans Schreiben wagte, noch etliche SF-Cons besuchen zu müssen, und ihm bekannten Wissenschaftlern sowie ihnen bekannten Wissenschaftlern jede Menge Gesöff und Joints spendiert, ihnen um der Recherche willen geschmeichelt, sie beschwatzt, sie dazu gebracht, ihm als Denkfabrik nützlich zu sein, dabei etwas geschaffen, das durchaus – jedenfalls in seiner damaligen Vorstellung – eine bestimmte Ähnlichkeit mit der Tranformationalistenkabale seines ungeschriebenen Romans hatte.

Als Dexter Seite 1 schrieb, waren seit dem Abschluss des Verlagsvertrags sechs Monate wie im Flug verstrichen gewesen, er hatte an Reisekosten und sonstigen Spesen 5000 Dollar ausgegeben und anhand der Einlassungen von Wissenschaftlern aller Fakultäten eine rund 2000 Seiten umfassende Materialsammlung spekulativen Inhalts angelegt.

Der Vertrag sah eine Ablieferung des Manuskripts binnen zwölf Monaten nach Unterzeichnung vor. Er überschritt die Abgabefrist um acht Monate. Der Vertrag verlangte 100000 Wörter, aber Dexter reichte ein Manuskript von 250000 Wörtern Umfang ein, und selbst nach drei Monaten des Kürzens – unter redaktioneller Betreuung durch den Verlag – hatte die Endfassung noch einen Umfang von 220000 Wörtern. Dexter schuftete länger und schwerer an dem Buch als an jedem vorherigen Text, und an dem Zeitpunkt, als er die Druckfahnen zu sehen bekam, hatte er die 40000 Dollar längst verbraucht.

Doch so weltliche finanzielle Banalitäten fochten ihn nicht an. Dexter wusste, *Die Transformation* war sein Meisterwerk, die schicksalhafte Vollendung seiner Laufbahn, das Buch, für das man sich noch in tausend

Jahren an seinen Namen erinnerte, die Aufgabe, für deren Erfüllung er das Licht der Welt erblickt hatte.

Es erschien ein halbes Jahr später und wurde ein Renner.

Jedoch nicht in größerem Maßstab. Der Verlag verkaufte 4500 Buchexemplare und danach 47000 Taschenbücher, bevor er das Buch aus dem Programm nahm, also keineswegs erschreckend wenig für einen Science Fiction-Roman, aber natürlich handelte es sich um Absatzzahlen, die weder die Welt verändern konnten noch einen Vorschuss von 40000 Dollar rechtfertigten.

»Die Schwarte ist zu hochgeistig für die Jungs und Mädels, zu deren Unterhaltung man heutzutage Science Fiction-Abenteuer vermarktet, Dex«, hatte sein Literaturagent erklärt. »Sie wollen Remmidemmi-Weltraumserien, Star Trek- und Star Wars-Bücher, Rollenspiel-Fortsetzungsromane und Zeilenschindereien, die auf den Einkaufszetteln von Isaac Asimov und Arthur C. Clarke basieren.«

Völlig fassungslos und niedergeschmettert, zumal Ellen inzwischen schwanger war (mit Jamie), verbrachte Dexter zehn Tage ausschließlich mit Hanfqualmen, lauschte dem Gejammer seiner Frau und stierte in das Schwarze Loch, in das sein Leben sich plötzlich verwandelt gehabt hatte.

Sein Literaturagent hatte ein Gespür für geschmackvolles Timing. Am elften Tag rief er an und versetzte ihm den zweiten Tiefschlag.

»Mann, Dex, es ist doch nicht so, dass deine Karriere vorüber wäre. Du hast dir 'n unerschütterlichen Ruf als profilierter Science Fiction-Autor mit der nachgewiesenen Fähigkeit erworben, pro Jahr 100000 Wörter solider Schreibe abzuliefern. Ich habe mich mal umgehört. Schick mir 'n toffes Exposè für 'ne Trilogie, vorzugsweise Fantasy, und ich bin sicher, ich kann dir 'n

Vertrag für dreißigtausend Eier je Buch besorgen, vielleicht mehr, wenn die Sache ein Potenzial für den Spielemarkt mitbringt.«

»Du kannst mich am Arsch lecken!«, hatte Dexter geschnauzt und den Telefonhörer auf den Apparat geknallt.

»Bist du denn noch bei Trost, Dexter?«, hatte Ellies Kommentar dazu gelautet, als er ihr den Inhalt des Telefonats zusammenfasste. »Wovon sollen wir denn leben, etwa von der Übersetzung ins Polnische?«

Pausenlos machte sie ihm Vorwürfe. Es stapelten sich die Rechnungen. Dexters American Express-Karte wurde eingezogen. Indem er innerlich abstarb, neigte er letzten Endes doch dazu, seine Seele dem scheinbar Unabwendbaren aufzuopfern, da lief er auf einem Con in Phoenix Harlan Ellison in die Arme.

»Bist du eigentlich bekloppt, Lampkin, ein Bursche mit deinem Talent muss sich doch nicht mit solcher Scheiße abmühen, gewiss muss man Schund fabrizieren, um am Leben zu bleiben, aber gib nie die Projekte auf, die dir wirklich wichtig sind, und verkauf dich bloß nicht unter deinem Wert. Statt dreihundert Seiten blödsinniger Krawall-Science Fiction zu sudeln und für schlappe dreißigtausend Dollar je Fetzen deinen Ruf zu ruinieren, komm nach Hollywood, da kannst du fürs Fernsehen Achtundvierzigseiten-Skripts für jeweils mindestens fünfzehntausend Dollar runterklappern. Auf diese Weise verschaffst du dir die Zeit, um deine eigentlichen literarischen Pläne zu verwirklichen, und es wird dir möglich, sie völlig getrennt von dem zu halten, was du für den Lebensunterhalt machst.«

Der Santa Ana zauste Dexters Haare, während er den Sunset Boulevard überquerte und auf dem Laurel Canyon Boulevard hinauf in die Hügel fuhr. Blütendüfte durchwehten den Canyon, der Abend war lau, und Dexter hielt den Tacho bei 3000 Umdrehungen, wenn er durch die Kurven sauste, nur um die Fliehkraft zu spüren, den Vierzylindermotor *Brmmm-brmm!* brummen zu hören.

Zwar war nicht alles so glatt gelaufen, wie Harlan Ellison es ausgemalt hatte – Drehbuchaufträge für Programmpunkte der Hauptsendezeit fielen auch in Hollywood selten an, nur in großen Abständen –, aber berücksichtigte er die Alternativen, hegte Dexter die Ansicht, es noch ganz gut getroffen zu haben.

Die Samstagmorgentrickfilm-Redaktionen waren regelrecht scharf auf einen mittelprächtig berühmten SF-Autor, der es tatsächlich schaffte, einen kompletten Roman innerhalb der gleichen Zeitspanne zu schreiben, die in Hollywood der gewöhnliche wirrhirnige Schmierfink brauchte, um mühselig einen Dreißigseitentext zu bosseln, und obwohl er damit keine Honorare astronomischer Höhe erzielte, traf das Geld meistens ein, wenn er es benötigte. Darüber hinaus konnte er in einigem Umfang für Zeitschriften arbeiten, die futurologischen Quark anforderten, den er im Schlaf hätte schreiben können. Wie Dexter entdeckte, hatte er sogar eine gewisse Begabung fürs Abfassen von CD-Begleittexten, Reklamegefasel und ähnlichem Kleinkram, sogar fürs Aushecken witziger Sprechblasen für drittklassige Comics.

Ellisons Rat hatte Dexter vor dem Absinken auf die Stufe eines Schundschreibers gerettet. Dank der vielfältigen Kleinaufträge verdiente er genug Geld, um während der Hälfte seiner Zeit an seinen eigentlichen, literarischen Vorhaben tätig sein zu dürfen, ohne sich von der Erwägung abschrecken zu lassen, dass die Romane, die er mit seinem Herzblut schrieb, voraussichtlich nicht einmal ihre mittelmäßigen Akontozahlungen eintrugen.

Seither war er hinlänglich älter und klüger geworden, um zu wissen, dass bei der Mehrzahl aller Science Fiction-Autoren ein Buch wie *Die Transformation* der Veröffentlichung harrte, das visionäre Meisterwerk, das die titanische Überlegenheit ihres genialen Denkens offenbarte und neues Licht hinaus in die Welt strahlte. Genügend älter und klüger, um zu wissen, dass die meisten von ihnen es irgendwann einmal zu ihrem Schaden auf den Markt brachten – und dass jene, die es überlebten, sich die Wunden leckten und bei der Stange blieben.

In seinen mittleren Jahren war er jetzt alt genug, um einzusehen, dass der Alfa Romeo nichts anderes als eine in der Form einer maschinellen peripheren Erweiterung manifestierte Metapher für seine gegenwärtige Lebenssituation verkörperte (er glaubte Sigmund Freud sich geradezu ins Fäustchen lachen zu hören): Der dreiundvierzigjährige Ex-Visionär mit dem Rettungsring raste, als triebe ihn der Geist seiner Jugend vorwärts, in seinem gleichermaßen überalterten, roten, italienischen Phallussymbol auf Rädern auf dem Mulholland Drive zu einem Saufabend mit den Kumpeln.

Doch während der Fahrt auf dem Mulholland Drive sandte das Schicksal ihm ein Zeichen.

Von der anderen Talseite kam ein zweiter roter Alfa Romeo ungefähr des gleichen Jahrgangs in Sicht. Auch bei ihm war das Verdeck zurückgeklappt, und am Steuer saß eine typische kalifornische Schönheit, ihr langes, honigblondes Haar wehte im Wind, sie konnte nicht mehr als zwanzig Lenze zählen.

Sie drückte auf die Hupe.

Dexter hupte zurück.

Sie zeigte ihm ein strahlendes Lächeln.

Dexter winkte, und schon war sie vorbei.

Aber da fiel ihm ein, was der alte, stets auf einer Zigarre kauende Sigmund, als ein Klugscheißer ihn mit der offensichtlichen symbolischen Natur des länglichen Gegenstands aufzog, den man andauernd in seiner Flappe stecken sah, geantwortet hatte: »Manchmal ist eine Zigarre nur eine Zigarre.«

»Zu Kapplemeyer?«, fragte die Tussi. »Nicht mal zu Grossinger? Zum zehnten Mal, Jimmy, was, zum Teufel, suchen wir im November in den Catskills Mountains?«

»Ich bin auf Talentsuche, Schatzi«, antwortete Texas Jimmy Balaban, indem er den Buick-Mietwagen an dem alten, splittrigen Holzschild auf die Zufahrt lenkte, die zuletzt gepflastert worden sein mochte, als man Elvis zum Militär einzog.

»Hier?«, fragte die Tucke, deren Name Sabrina lautete.

»Ich folge meiner Nase, Liebchen«, versicherte Texas Jimmy halblaut, steuerte den Wagen erfolgreich um eines der größeren Schlaglöcher. »Ich hab so was im Urin.«

Dabei verschwieg er das Folgende: Normalerweise würde er sein Lebtag lang keinen Fuß in eine Absteige wie das Country Club-Kurhotel Kapplemeyer setzen und in so einer Gegend nicht einmal begraben sein wollen, aber er sah begründeten Anlass zu der Hoffnung, dass eben darum Marshas auf Ehepartnerüberwachung spezialisierter, allerdings laxer Privatdetektiv, nie auf den Einfall kam, jemanden wie ihn in einer derartigen Umgebung zu vermuten, geschweige denn zu suchen.

Allmählich wirst du zu alt für diesen Quatsch, Jimmy, sagte er sich, als er den Wagen vor dem Hotel zum Stehen brachte.

Ähnliches sagte er sich in solchen Augenblicken schon seit etwa fünfundzwanzig Jahren. *Du wirst zu alt, um noch einmal zu heiraten. Du wirst zu alt, um dich wieder einmal vor einem Scheidungsgericht zur Sau machen zu lassen. Du wirst zu alt, um Sahneschnitten zu jagen. Du wirst zu alt, um vor Privatdetektiven und Schlüssellochguckern auszubüchsen. Ganz genau. Ich habe meine Lektion gelernt. Nie wieder.*

Tatsächlich hatte Texas Jimmy gar keine Absicht gehabt – oder zumindest keine ernsthafte Absicht –, während dieses Aufenthalts in New York irgendwelche Schnucken abzuschleppen. Auf die Piste war er wirklich nur aus geschäftlichen Gründen gegangen, jedoch nicht unbedingt auf Talentsuche, sondern um vielleicht für mehrere Komiker, die er schon unter Vertrag hatte, ein paar Auftrittstermine zu buchen. Er hatte sich lediglich an die Hotelbar gehockt, um eine paar Gläschen zu trinken, und war eigentlich überhaupt nicht auf einen abenteuerlichen Wuschermann eingestellt gewesen.

Aber sobald ein Paar knackpraller Euter des Formats, das Sabrina vorweisen konnte, sich in sein Blickfeld schwang, und ein Paar feuchtroter Lippen verführerisch auf ihn eingurrte, nachdem ihm rein zufällig rausgerutscht war, dass er aus Hollywood kam und sich hier in seiner Eigenschaft als Talentsucher für hochbedeutende Produzenten umschaute …

Wie hätte er ahnen sollen, dass Marshas Privatdetektiv ihm mitsamt Mikrofonen und Kameras von der Westküste nach New York folgte? Selbstverständlich hatte er dem Hausdetektiv einen Stapel Scheine zugesteckt, damit er ihn warnte, falls in der Nähe seines Büros irgendein Schnüffler aufkreuzte. Die Bredouille, in die er geraten war, als er einmal diese Vorsichtsmaßnahme versäumt hatte, konnte er ganz unmöglich vergessen.

»Es sind diese Heimlichkeiten, die dich aufgeilen, Balaban«, hatte ihm seine Ehefrau Nummer Zwo ständig ins Gesicht gesagt. »In miserablen Hotels rumzuschleichen, das bringt deine schlaffe Nudel hoch, nicht die Schnepfen, mit denen du 's treibst. Könntest du nicht jedes Mal über die Schulter nach Privatdetektiven und Scheidungsanwälten schielen, kriegtest du nie 'n Steifen.«

Nun war Tanya freilich ein männerfressendes Vielfraßweibchen gewesen, und Texas Jimmy hätte es Mühe bereitet, sich an zahlreiche Umstände zu entsinnen, unter denen Impotenz nicht das geringste seiner Probleme gewesen wäre, aber wenn er sich einmal in tiefsinnigerer Stimmung befand, musste er einräumen, dass sie nicht ganz Unrecht hatte.

Den Zustand einer genügsamen Monogamie mit Frau und Kindern in einem großen Haus in Thousand Oaks und allem Drum und Dran empfand Texas Jimmy, was die Auswirkungen auf seine Gemütsverfassung betraf, nicht anders als Lebenslänglich in Boca Raton oder Sun City. Doch eine romantische Ader, eine neurotische Fixierung oder eine gefühlsmäßige Selbsterkenntnis, die näher zu ergründen er sich wohlweislich scheute, hinderten ihn daran, schlichtweg das unbekümmerte Junggesellenleben eines bindungslosen Playboys zu führen.

Nicht dass es ihm Spaß machte, von Privatdetektiven observiert zu werden, oder dass ihn die finanziellen Konsequenzen seiner bisherigen beiden Scheidungen freuten, und auch den Ergebnissen seiner bevorstehenden dritten Scheidung sah er keinesfalls froh entgegen; doch er musste zugeben, dass der Trubel, den das Ganze in seinem Dasein verursachte, wahrscheinlich erheblich dazu beitrug, ihn fit zu halten.

In dieser Hinsicht ähnelte sein Leben, wie er es sah, dem Dasein der Komiker, die er managte. Komiker mit einer Lebensführung, auf die eine jüdische Mutter stolz sein dürfte, gab es wenig, und entsprechend schwierig ließen sie sich auftreiben, und von dem runden Dutzend, das Texas Jimmy unter Vertrag hatte, konnten acht jederzeit in irgendeine schwere Krise absacken. Sicherlich musste man kein Neurotiker sein, um sich als Komiker zu betätigen, und ebenso wenig brachte Improvisationskunst jemanden zwangsläufig in die Gummizelle, aber man musste, um komisch sein zu können, seine Gewitztheit bewahren. Sonst fiel man um wie ein Kreisel, der zu schwirren und sich zu drehen aufhörte.

Das Country Club-Kurhotel Kapplemeyer umfasste fünf verschachtelte Holzgeschosse in verblichenem Pastellgrün mit waldgrünen Posamenten. Auf gesamter Länge der Vorderfront hing eine überdachte Veranda durch. Ohne Zweifel fläzten sich hier im Sommer ausgesuchte Edelrentner in den Gartenstühlen, bogen sich die rostigen, grünen Gartentische unter den süßlich riechenden Hi-Balls und Planter's Punches, die diese Kategorie von Zeitgenossen am liebsten schlürfte, aber gegenwärtig, im November, fand Texas Jimmy den Terrassenbereich naturgemäß menschenleer vor, und deshalb wirkte die ganze Hütte irgendwie noch toter als tot.

»Gütiger Himmel«, entfuhr es Sabrina, als aus dem Haupteingang ein steinalter Portier in modrig-kotzgrüner Montur die Treppe herabwankte.

»Tja nun …«

Im Foyer gelang es einem grauhaarigen, leicht gebeugten Empfangschef mit Mühe, sich hinter einer dick nachgestrichenen Rezeptionstheke, die einst vielleicht von preiswertem Walnussfurnier gestrotzt hatte, aufrecht zu halten. Links lag hinter geschlossenen Glastüren das Hotelrestaurant. Rechts sah man den mit dem abgeblätterten Goldschriftzug Bar Bellevue gekennzeichneten, offenen Durchgang zur Hotelbar. Drei greise Tröpfe in Freizeitklamotten und zwei alte Damen in grausigen, pastellfarbenen Caprihosen bevölkerten das Foyer mit ›Leben‹.

»Was wollen wir eigentlich in dieser Scheißbude?«, zischte Sabrina, während sie sich der Empfangstheke näherten, Jimmy ins Ohr.

»Ich sag's doch«, antwortete Jimmy barsch, »ich bin beruflich hier.«

»Sehr wohl, Sir«, sagte der Empfangschef mit matter Röchelstimme. »Kann ich Ihnen behilflich sein?«

Ich will es hoffen, dachte Texas Jimmy, betrachtete besorgt den Schmollmund, den aus wachsender Skepsis Sabrinas mit Eigenfett ausgepolsterte Lippen zogen. Er hatte in New York die Vorkehrung getroffen (wie es sich für seine Begriffe gehörte), dem Hotelangestellten zwanzig Extraflocken zuzuschieben, als er sich von ihm eine Unterkunft in diesem Loch buchen ließ. Richten Sie denen aus, dass ich 'n Star-Agent aus Hollywood bin, nicht von Papparrazzi belästigt werden möchte und ihre Diskretion zu schätzen weiß, hatte seine Instruktion gelautet. Und schließlich blieb er damit bei der Wahrheit, oder nicht?

»Ich habe eine Reservierung«, sagte er. »Auf den Namen Balaban ...«

»*Texas Jimmy* Balaban?«, vergewisserte sich der Empfangschef und erwachte aus dem Koma.

Gönnerhaft schmunzelte Jimmy, warf Sabrina, die nun große Augen machte und deren Schmollmund schrumpfte, einen Seitenblick zu. »Der einzige und wahre Balaban«, bestätigte er dem Empfangschef.

»Wir haben für Sie die Fürsten-Suite reserviert, Mr. Balaban.«

»He, ich habe nicht ...«

»Natürlich als Reverenz der Hotelleitung, also ohne Aufpreis.«

Sabrina hauchte ein stummes *Booh*. Genau das war der Zweck der Übung. Allerdings ging das Entgegenkommen weiter, als Jimmy es sich erhofft hatte.

»Das ist wahnsinnig nett und freut mich sehr«, beteuerte Jimmy. Er beugte sich vor, nickte in Sabrinas Richtung und schob dem Mann, während er ihm zuzwinkerte, mit übertrieben geheimnistuerischer Geste einen Zwanziger über die Theke. »Aber sollte jemand nach mir fragen: Ich bin nicht da, die Suite ist auf den Namen Josef Dschugaschwili reserviert, klar?«

Groß war die Fürsten-Suite, das musste man ihr lassen: Sie bestand aus einem Wohnraum mit Fenstererker, von dem man Ausblick auf den leeren Tennisplatz und die umliegenden Wälder hatte, einem geräumigen Schlafzimmer mit Riesenbett sowie einem geradezu weitläufigen Bad, in dem es ein Doppelwaschbecken, eine Badewanne und getrennte Duschkabinen gab. Die Luft jedoch roch so abgestanden, wie Joe Millers *Handbuch des Witze-Erzählens* es war, im Wohnzimmer verbreiteten die Plüschmöbel eine staubige Ausdünstung, die ein kurzes Absaugen mit dem Staubsauger nicht hatte beseitigen können, der erste Wasserstrahl aus den Wasserhähnen des Bads hatte eine rostbraune Färbung, und in der Kloschüssel hatte das Wasser einen aufschlussreichen Rand abgesetzt.

Wahrscheinlich vermietete Kapplemeyer die Fürsten-Suite so häufig an voll zahlende Gäste, wie Jonny Depp in der hiesigen Hotelbar, der Bar Bellevue, eine Runde springen ließ, und das bot dafür die Erklärung, weshalb man sie außerhalb der Hauptsaison einem Star-Agenten aus Hollywood als kostenfreie Vergünstigung zur Verfügung stellte.

Trotzdem …

»Nicht übel, was?«, meinte Jimmy, während Sabrina durchs Wohnzimmer stakste.

Sie warf sich auf die Couch. Jimmy schlenderte zu

ihr und starrte von oben in die Kluft ihres Wonnebibbers.

»Du hast mich doch nicht verarscht, oder?«, fragte sie. »Du bist wirklich 'n Star-Agent aus Hollywood?«

Texas Jimmy lächelte sie an. »Sehe ich wie jemand aus«, entgegnete er verhalten, »der dich verscheißert?«

Sabrina nahm seine beiden Hände. »Weißt du, was ich jetzt gerne hätte?«, fragte sie leise.

»Was denn?«, schnurrte Jimmy.

»Könnten wir ... könnten wir Champagner trinken? Ich meine, es wäre doch genau das Richtige, so wie in einem Hollywood-Film ...«

»Na klar«, antwortete Jimmy. »Ich verständige den Zimmerservice. Warum gehst du nicht schon mal ins Schlafzimmer und ziehst dir was Bequemes an?« Anzüglich blinzelte er ihr zu. »Zum Beispiel ein süßes Nichts ...«

Sabrina kicherte und ging. Jimmy rief den Zimmerservice an.

»Eine Flasche Champagner bitte.«

»Welche Sorte, Sir?«

»Den Besten, den Sie ... Äh ... sagen wir mal, etwas Gutes, das nicht die Welt kostet, verstehen Sie?«

Etwa fünf Minuten später erschien der Zimmerservice mit einer Flasche im eisgefüllten Kübel und zwei Gläsern auf einem versilberten Tablett. Am Etikett ersah Jimmy, dass er Moët & Chandon servierte, eine berühmte französische Marke, reichte dem Zimmerkellner ein gutes Trinkgeld und rollte den Servierwagen ins Schlafzimmer.

Sabrina lag splitternackt rücklings auf dem Bett, hatte Arme und Beine weit gespreizt und empfing ihn mit einem breiten, erwartungsvollen Lächeln.

Jimmy entkorkte die Flasche und schenkte ein. »Ich schau dir in die Augen, Kleines«, sagte er in einem Anfall von Bogartismus und stieß mit Sabrina an.

Erst deutlich später, als er die inzwischen leere Flasche eines zweiten Blicks würdigte, stellte er fest, dass man ihn mit einer in Kalifornien abgefüllten Billigkopie des genannten französischen Champagners übers Ohr gehauen hatte.

Selbst für die Küste Mittelkaliforniens war der Herbstabend unzeitgemäß warm, und deshalb hatte Amanda die heutige Veranstaltung aus dem Auditorium des Xanadu-Instituts auf die rückwärtige Wiese des Hauptgebäudes verlegt.

Hier umrahmte sie nicht die von einem Kliff an der Pazifikküste aus genießbare, prachtvolle Aussicht des Sonnenuntergangs, die an der Vorderseite die Veranda bot, aber man konnte die Brandung, die sich an den Felsen brach, im Hintergrund als dunkles Rauschen hören, hoch droben am abendlich düsteren Firmament ließ sich das Hervortreten der Sterne beobachten, und der Geruch des benachbarten Rotholzwalds wehte in eben passender Duftigkeit heran, um für das angesagte Thema die richtige Note olfaktorischer Entspannungswirkung beizutragen.

Kurz bevor Amanda das Wort ergriff, begann sie durch eine unablässige Reihe kleiner Kreise zu schreiten, ihr schlichtweißer Kaftan und langes, offenes, schwarzes Haar wallte während des Gehens, ihre dunkelbraunen Augen und gebogene Nase bildeten das Gesicht eines Raubvogels, der den Blicks stets auf dieselbe Stelle in der Mitte der Zuhörerschaft gerichtet hielt.

»Es gibt Wege«, sagte sie, »die man erst erkennt, wenn man sie betreten, und Türen, die man erst sieht, wenn man sie durchquert hat.«

Sie trug mehr oder weniger ihre Standardbekleidung für das Thema Wanderung durch die Traumzeit und benutzte die standardmäßige Einleitung.

»Ich spreche von Saulus, den auf der Straße nach Tarsus ein blendend helles Licht bekehrt, von Johanna von Orlean, die es mitten im Gespräch mit ihren Stimmen geweckt hat, von Albert Hofmann, der auf dem Fahrrad in die Pedale trat, während das unwissentlich eingenommene LSD rings um ihn die Welt veränderte, nicht wahr …?«

Gleichfalls hatte die Gruppe, der das Referat galt, die übliche Zusammensetzung; davon hatte sie sich im Laufe der bei Käse und Chablis geführten Vorgespräche überzeugt. Dreiundzwanzig Personen hatten es sich auf dem Rasen mit Stapeln verschiedenerlei Kissen bequem gemacht; das Durchschnittsalter lag bei Anfang der Vierzig, beide Geschlechter waren in ungefähr gleicher Zahl vertreten. Unter ihnen befanden sich zahlreiche Leute aus kreativen Berufen, viele davon im Zustand erschöpften Schöpfertums: Drehbuchautoren, Maler, ein Bildhauer, Dichter, ein Komponist, die allgegenwärtigen Dilettanten und Ewigsuchenden, aber keine Schauspieler oder Bühnenkünstler.

»Von Moses vor dem brennenden Dornbusch, von Mohammed, der unversehens in rasender Hast Allahs Diktat niederschreibt, ja …?«

Sie ging immer schneller, zwang die Zuhörer dazu, ihr mit dem Blick zu folgen.

»Ich rede über transzendente Erfahrungen, in deren Ablauf der herkömmliche Verstand durch eine höhere Macht verwandelt wird, ehe er überhaupt merkt, was passiert, bei denen erst die Veränderung geschieht, die Erkenntnis hingegen erst mit Verzögerung zu Stande kommt, also durch nachträgliche Einsicht. Ich rede über die seltenen Ausnahmeerlebnisse von Propheten, Visionären und durch Gott heimgesuchten Heiligen …«

Ruckartig blieb Amanda stehen und richtete, die Miene streng und ein wenig fiebrig-erregt, einen prophetischen Finger auf die kollektive Nase ihrer Zuhörerschaft, als wollte sie vor ihren Augen aus unsichtbaren Gefilden das Unbeschreibliche heraufbeschwören.

»Stimmt's?«, rief sie mit lauter Stimme.

Kunstpause.

»Falsch«, sagte sie mit völlig anderer Stimme, ließ sich in den für sie bereitgestellten Rattan-Pfauensessel sinken und verschränkte mit knappem Schmunzeln die Arme auf der Brust. »Ich meine einen Weg, den wir alle jeden Abend gehen, die Tür, die wir auf diesem Weg jedes Mal durchqueren, die Tür zum Schlaf, den Weg in die Traumzeit.«

Klick, fiel der Groschen: Grins, Seufz. *Schwuppdich* hatte sie die Leute für sich eingenommen, die theatralische Einführung war ausgestanden, nun konnte sie sich ganz offen, von Frau zu Mensch, mit ihnen unterhalten, durfte sie locker sein, einfach sie selbst: Amanda.

»Wir erinnern uns ja nie an den Augenblick des Einschlafens, nicht wahr?«, fragte sie, als ob sie im Wohnzimmer mit ein paar Freunden plauderte. »Nie können wir uns genau entsinnen, was in dem Moment, als wir die Tür durchquerten, unsere Gedanken beschäftigte. Und wenn wir Gedächtnislücken haben, kostet es wahre Tantalusqualen, uns durch reine Willenskraft auf das Vergessene zu besinnen. Ist es nicht so?«

Amanda hatte ein Halbdutzend solcher Seminare in ihrem Nähkästchen auf Lager, die sie gern als ›Selbsterfahrungsevents‹ bezeichnete; nicht nur, weil sie damit, was das Marketing betraf, in der NewAge-Szene eine gute Resonanz fand, sondern weil sie tatsächlich ›Selbsterfahrung‹ zu erlangen und zu vermitteln versuchte.

»Wenn wir in der Traumzeit sind, weilen wir dort,

ohne so recht zu wissen, wie oder wann wir sie betreten haben, ja meistens wissen wir nicht einmal, dass wir uns darin aufhalten. Es ist das magische Land unserer Träume, der Schönheit und des Schreckens, der geistigen Botschaften und der Satori, der harten Strafen und unerklärlichen Kräfte, das befremdlicher als die Wahrheit und an Weisheit reicher als Dichtung ist …«

Schon lange, lange bevor die vierzehnjährige Amanda Dunston sich aus Marin County verdrückte und während des so genannten Sommers der Liebe im Distrikt Haight-Ashbury ihre dreiwöchige Magical Mystery Tour erlebte, hatte es überall an der bergigen Küste Kaliforniens Einrichtungen wie das Xanadu-Institut gegeben. Lang ehe sie geboren wurde; lange bevor sie ihre Eltern das erste Mal von so etwas reden hörte.

»Die Alleswisser in den Laboratorien behaupten, sie könnten Ihnen über Schlaf und Träume alles sagen. Sie verstehen sich darauf, Ihnen Aufbau und Biochemie des Gehirns umfassend zu erläutern, sie erklären, dass Rapid Eye Movements die körperlichen Anzeichen des Träumens sind …«

Unweit nördlich von Los Angeles erstreckten sich waldige Berge bis zur Grenze Oregons und darüber hinaus, fielen längs des Meers zu felsigen Ufergestaden ab, und je weiter man nach Norden gelangte, umso großartiger präsentierte sich die Landschaft, umso ausgedehnter standen die dichten Wälder, und umso öder wirkten die Wüsten, die der Mensch des zwanzigsten Jahrhunderts durch sein Treiben geschaffen hatte.

Hier lag Kalifornien in seiner urtümlichsten Form, lehmbraun, laubgrün, umschlungen von Nebel und durchraunt von lautlosem Geflüster, eine lang gestreckte Wildnis aus Küstengebirgen und diesigen Schluchten, eine Gegend, wie man sie auf dem Planeten kein zweites Mal entdecken konnte; sie verkörperte das insgeheime spirituelle Rückgrat des Landes, das auf verwunschene Weise unmittelbar vor Augen verborgen blieb.

Infolgedessen war es kein Wunder, dass Zen-Klöster und Nudistenvereine, Einsamkeit suchende Klausner und Beat-Poeten, Asketen in härenden Hemden und Bluejeans sowie Freie-Liebe-Libertins – und wer weiß welche Indianerschamanen und geheimen Medizinbünde, schon ehe der Weiße Mann kam – sich in die Verstecke dieser mystischen Weite zurückgezogen hatten.

»Aber das ist nichts anderes, als lieferte man eine detaillierte chemische Analyse auf Leinwand verstrichener Farben ab, die vielleicht eine unbestrittene wissenschaftliche Wahrheit enthält, allerdings wohl niemals als eine sinnvolle Beschreibung der Mona Lisa anerkannt wird.«

Was man heute NewAge-Szene nannte, war also in der einen oder anderen Inkarnation immer vorhanden gewesen. Die Heilige Orgien-Tempel, Seminarzentren, Holistischen Hotels und Luxus-Ranchen für Künstler, Schriftsteller und wohlhabende Pilger schossen in der hiesigen Landschaft, genau wie psychedelische Pilze und wildes Marihuana, geradezu natürlich und organisch empor.

So wie es stets ein Hollywood gab, das durch irgendwelche karmischen Verwandlungen im Reich der Medien-Maja Zeugnisse populärer Kultur absonderte, brachte der Kosmische Kreislauf immer Bach-Blütenhändlerinnen und klägliche Schaubuden-Gurus hervor. Amanda hatte es sorgsam vermieden, selbst eine dubiose Gestalt zu werden, denn sie verfügte über bessere Techniken und beschritt vorteilhaftere Wege als die meisten NewAge-Anbieter.

Nur Wenige innerhalb der Szene traten nämlich auch im Fernsehen und in der Werbung auf, wie sie es tat, und außer sich kannte sie niemanden, der Schauspieler coachte. Und es machte ihr Gewissen sogar ein bisschen nervös, dass manche der in ihrem Repertoire enthaltenen ›Selbsterfahrungen‹ möglicherweise mehr mit raffiniertem Showgeschäft-Spektakel und weniger mit echter Satori zu tun hatten, zum Beispiel die telepathische Geistesverschmelzung, die in Wahrheit aus kaum mehr als einer Mischung methodischen Vorgehens und banaler Hypnosetricks bestand.

»Heute Abend wollen wir für unsere Bedürnisse einfach einmal die unwissenschaftliche Annahme voraussetzen, dass die Bilder, die uns im Traum begegnen, auf der tiefsten Ebene der Realität die gleichen Bilder sind, die beim Akt künstlerischer Inspiration vor uns erstehen, dass das Tor zur Traumzeit gleichzeitig das Tor zu unserer schöpferischen Vorstellungskraft ist …«

Deshalb war Wanderung durch die Traumzeit ihr Lieblingsvortrag.

»Wenn wir lernen können, dieses Tor mittels unseres bewussten Willens, also während wir wach sind, zu öffnen, dann werden wir dazu fähig, Träume in unseren wachen Geist heraufzurufen, Inspiration aus unserem tiefsten Innern zu mobilisieren und willentliche Kontrolle über unsere Kreativität zu gewinnen …«

Sie referierte noch etliches mehr Lehrreiches – über Techniken des Wachträumens, präkognitive Träume, aus dem Kollektiven Unbewussten der Menschheit aufsteigende Träume –, doch erfüllten diese Ausführungen im Großen und Ganzen lediglich die Funktion, die Veranstaltung zu verlängern und der Klientel den Eindruck einzuflößen, dass man für 200 Dollar nicht zu wenig zu hören bekam.

Der Kern des Ganzen, die eigentlichen Techniken,

ließen sich innerhalb weniger Minuten zwar nicht meistern, aber wenigstens darlegen.

»Ich möchte, dass Sie heute Abend so lange wie möglich wach bleiben, bevor Sie zu Bett gehen, ich möchte, dass Sie so schläfrig wie noch nie sind. Dann legen Sie sich einfach hin und verfolgen Ihren Gedankenstrom. Versuchen Sie, an nichts Bestimmtes zu denken, aber versuchen Sie auch nicht, das Bewusstsein leer zu halten, lassen Sie geschehen, was geschieht. Liegen Sie nur da und lassen Sie, wie jeden Abend vor dem Einschlafen, Ihre Gedanken treiben, egal um was sie sich drehen, aber versuchen Sie dieses Mal, sie bloß zur Kenntnis zu nehmen und nicht zu beeinflussen …«

Langsam stand Amanda auf, beugte sich ein Stück weit vor, betrachtete die Zuhörergruppe, verkniff leicht die Augen, als lauerte sie auf etwas.

»Schauen Sie den schillernden Gedanken, der wie ein Tropenfisch durch die Gewässer Ihres Geistes schwimmt, nur an …«, murmelte sie in halb hypnotischem Tonfall. »Wenn Sie auf die richtige Art und Weise Acht geben, merken Sie, wann es soweit ist. Anstatt dass Worte, Bilder und Empfindungen aus ihrem Verstand ins Dunkel entweichen, kommen Worte, Bilder und Empfindungen aus dem Dunkel zum Vorschein, kommen zu Ihnen …«

Plötzlich richtete sich Amanda zu voller Größe auf, grinste und streckte den Zeigefinger in die Höhe. »Da ist sie«, rief sie. »Da ist die Tür! Was durch sie zu Ihnen kommt, sind Träume. Denn Sie schweben am Rande des Schlafs, und was zu Ihnen kommt, stammt aus der Traumzeit.«

Nun durchmaß sie wieder kleine Kreise, starrte die Zuhörer an wie ein Raubvogel. »Dann ziehen Sie sich ein ganz winzig kleines bisschen von der Schwelle zurück, bis Sie wieder das Gefühl haben, dass die Worte,

Bilder und Empfindungen aus Ihnen selbst heraufquellen. Danach wiederholen Sie diesen Vorgang. Und ein weiteres Mal. Tun Sie es mehrere Male, bevor Sie sich dem Schlaf hingeben. Praktizieren Sie diese Technik mehrere Abende lang, und Sie werden lernen, die Pforte zu erkennen, ein Gespür für ihre Nähe entwickeln, ihre Aura ...«

Sie verharrte. »Was ist wirklich auf der anderen Seite der Tür? Woher stammen die Träume? Aus Ihrem Unterbewussten? Dem Kollektiven Unbewussten Jungs? Gottes Geist?«

Naiv zuckte sie die Achseln. »Quién sabé?«, fragte sie. »Es spielt gar keine Rolle. Sobald Sie diese Technik beherrschen, die Fähigkeit haben, an der Pforte zur Traumzeit bei Bewusstsein zu bleiben, Sie wissen, wie es sich dort anfühlt, wird es Ihnen möglich sein, vom Wachzustand zum Wachträumen überzugehen, und dann haben Sie gelernt, die Tür zu öffnen und zu durchqueren.«

Bedächtig nahm sie Platz, warf die Arme empor zu einer Gebärde leicht ratloser Pseudobescheidenheit. »Sie sind kreative Menschen, aber jeder von Ihnen ist anders, darum liegt es bei Ihnen, wie Sie den nächsten Schritt vollziehen«, sagte sie. »Stellen Sie einen Recorder, Ihren Computer oder Ihre Staffelei neben das Bett, oder was sonst Sie für Ihre Arbeit verwenden. Legen Sie sich hinein und warten Sie auf die Aura, das Gefühl, das Öffnen der Tür, lassen Sie die Träume zu sich herausdringen ...«

Sie neigte sich vor und sprach in einem eindringlichnachdrücklichen, bühnenmäßig überdeutlichen Flüsterton weiter, erweckte so das Empfinden, sie verriete, ohne die Aufmerksamkeit unerwünschter Lauscher erregen zu wollen, ein Geheimnis.

»Und dann müssen Sie die Tür offen halten, während Sie sich auf die Bettkante setzen, Ihr Instrument zur Hand nehmen ... und die Traumzeit es durch Sie spielen lassen ...«

Amanda lachte. »Das ist natürlich nicht so leicht«, räumte sie ein. »Aber früher oder später wachen Sie am folgenden Morgen auf und finden, als hätte eine Fee Ihnen etwas hinterlassen, eine Skizze, oder eine Textnotiz, etwas eben, das Sie für Ihre Kreativität brauchen. Und dann müssen Sie unverzüglich mit Kaffee, Hanf, Wein oder Stärkerem – ganz nach Belieben –, diesen Anstoß als Grundlage eines neuen Werks nutzen und an die eigentliche Arbeit gehen.«

An dieser Stelle stand Amanda wieder auf und näherte sich ganz, ganz gemächlich den Zuhörern. »Das Übrige«, fügte sie hinzu, »bleibt Ihre Sache. Wenn Sie diese Technik beharrlich üben, sitzen Sie eines Morgens hellwach an Ihrer Tätigkeit, fühlen die Aura, und die Tür öffnet sich, die Traumzeit tritt mit Ihnen in Kontakt ...«

Wanderung durch die Traumzeit ermöglichte tatsächlich den bewussten Zugang in eine transzendentale Realität, deren Existenz kein vernünftiger Mensch anzweifeln konnte – nicht das Reich übernatürlichen Humbugs, sondern der eigenen Traumwelt.

Der bloße Begriff des Übernatürlichen, die Vorstellung, es könnte eine Existenzform geben, die von der natürlichen Welt getrennt existierte, war Amanda zuwider. Genau diese Art abergläubischen Schwachsinns hatte die metaphysischen Einsichten der Veden zu einem lachhaften Pantheon mickriger Götterchen verhunzt, die Klarheit der ursprunglichen Visionen Buddhas zu einem Konglomerat von Zaubersprüchen verdüstert, ganz allgemein das Vorkommen mystischer Erfahrungen an den Pranger intellektueller Kritik gestellt.

Sie hielt das Übernatürliche schon in sich für einen antagonistischen Gegensatz. Was existierte, war Realität. Und was Realität war, hatte die Eigenschaft der Natürlichkeit. Sämtliche Glaubenssysteme – Astrologie, Tarot, freie Marktwirtschaft, Christentum – gaben nichts als Hindernisse auf dem Weg zur experimentellen Erleuchtung ab.

Und natürlich etablierte auch die Wissenschaft nur ein Glaubenssystem, das sich die Überzeugung eingeredet hatte, man wüsste haarklein darüber Bescheid, was Realität war und was keine Realität, und Wissenschaftler konstituierten ebenfalls eine Priesterschaft, die verbissen an ihrer speziellen Version ›wahrer Wirklichkeit‹ festhielt.

Doch Amanda hatte schon weit mehr erlebt, als sich die Naturwissenschaften träumen ließen: Keine übernatürlichen, sondern transzendente Erfahrungen, die Augenblicke, in denen sich der Schleier der Maja lange genug hob, um das formlose Klare im Kern alles Seienden zu offenbaren, die chaotische Einheitlichkeit im Herzen der Welt.

Alles was war, das war auch Realität.

Wie viele andere war Amanda als minderjährige Ausreißerin während des ›Sommers der Liebe‹ durch Acid, Meskalin und ein Sortiment ganz schön scheußlicher, synthetischer Drogen zur transzendenten Realität vorgestoßen, dem Rattenfänger für eine Saison in den Zauberberg gefolgt.

Wie vielen anderen war es ihr unmöglich geblieben, an den Ausgangspunkt zurückzukehren und doch im Vollbesitz der visionären Kräfte zu bleiben, die sie kennen gelernt hatte, und weder sie noch jemand anderes ihrer neuen Generation von Blumenkindern war zum Bodhisattva ihrer leidenschaftlichen Ideale geworden, als Lichtbringer von der Reise wiedergekehrt, um frohen Mutes die Welt umzukrempeln.

Aber im Gegensatz zu vielen anderen Eltern hatten Amanda Dunstons Elternpaar es nicht als Pflicht betrachtet, nach ihrer Rückkehr aus San Francisco den Geist zurück in die Flasche zu nötigen, sie mit erhobener Moralkeule davon zu überzeugen, dass der Ernst des Lebens sich auf Langeweile beschränkte, die Eingeständnisse ihrer psychedelischen Abenteuer als das überdrehte Geplapper einer drogensüchtigen jungen Streunerin abzutun, das durch Psychotherapie oder schlimmere Maßnahmen von ihrer Realitätsspur gelöscht werden müsste.

Stattdessen lauschten sie ihren konfusen Schilderungen einer telepathischen Vereinigung während des Massenpettings, des durch Acid verursachten Ego-Tods in Fillmore, des transzendenten Orgasmus dank Meskalin, der Aufhebung des Du-Ich-Dualismus und alles Übrigen mit einem Interesse, das sich, wo es nicht sogar völlige Kritiklosigkeit bezeugte, keineswegs schämte, eine gewisse Sehnsucht, ja selbst Neid zu bekennen.

In anhaltender Ausführlichkeit hatten sie alles – manchmal während ein Joint reihum ging – mit ihr diskutiert. Sie hatten ihr diese und jene Lektüre empfohlen, ihr die Kunst des Mandala und der mantrischen Muster verdeutlicht, ihr Geld für den Aufenthalt in einem Zen-Kloster zugesagt, ihr ein Biofeedback-Gerät gekauft, ihr im Wesentlichen, statt die Erfahrungen der eigenen Tochter und ihrer Generation als abwegigen Irrsinn abzustempeln, behutsam zu der Selbsterkenntnis verholfen, dass sie schließlich noch sehr jung war und sie mit dem, was sie mit ihrer vollständigen Erleuchtung verwechselte, lediglich die ersten Schritte auf dem Weg gemacht hatte, der kein Ende kannte.

Der Vortrag *Wanderung durch die Traumzeit* fand seinen Abschluss mit keinen großartigen rhetorischen Seifenblasen, sondern mit Amandas regulärem Schlusswort, das sie sprach, indem sie zwischen die Zuhörer schlenderte, während sie sich von den Kissen aufrafften.

»Es gibt eine höhere Stufe des Daseins«, sagte sie im Ton herkömmlicher Konversation. »Nicht dass ich sie erreicht hätte, aber ich habe mit Menschen gesprochen, die es von sich behaupten. Auf dieser Stufe kann man das Tor zur Traumzeit öffnen, wann und wo man es will.«

Nun wandte sie sich direkt an eine Lyrikerin und einen Drehbuchautor (der an einer Schreibblockade litt), hob die Schultern und zeigte ihnen ein gelinde tiefsinniges Lächeln. »Wer weiß, vielleicht werde ich eines Tages auf diese Stufe gelangen.«

Und schon hatte ihr Publikum sich in ein beliebiges Allerweltsgrüppchen des Klüngels der Ewigsuchenden zurückverwandelt, und Amanda war auf gänzlich ungezwungene Weise eine von ihnen geworden, ohne sich dessen bewusst zu sein, diese Schwelle überschritten zu haben.

»Reisen Sie morgen ab, Amanda?«

»Nein, Davidson veranstaltet ein Seminar zum Thema der morphischen Resonanz, da möchte ich gerne dabei sein …«

»Ich hab's mir im ESALON angehört. Ziemlich diffuses Zeug.«

»Man kann nie wissen …«, antwortete Amanda.

Man konnte nie wissen.

»Die ersten paar Volltreffer ergeben sich, ohne dass sie dich was kosten«, hatte ihr Vater einmal geäußert, dabei gelächelt wie ein Cheshire-Kater. »Oder wenigstens kommt's einem da noch so vor. Anschließend verbringt man den Rest des Lebens auf der Pilgerreise zum Tempel der Weisheit – um zu lernen, wenn man Glück hat, um zu lehren, falls man dazu berufen ist.«

Wegweisende Worte oder eine hellsichtige Beschreibung ihres bevorstehenden Erwachsenendaseins. Vielleicht fand Amanda gerade deshalb, weil sie sich daran orientierte, so freundlichen Widerhall bei ihren Kollegen der NewAge-Szene, einem Sammelsurium aus Mystikern, Gurus, Visionären und Scharlatanen, denen man nicht eben Mangel an Futterneid nachsagen konnte.

Während der Hälfte ihrer Zeit in der Szene vermittelte sie ihre ›Erfahrungen‹, und in der restlichen Zeit gab sie einen beachtlichen Teil ihrer Einnahmen dafür aus, die Veranstaltungen ihres Kollegenkreises zu besuchen, eine Zurücknahme des Egos und Bekundung der spirituellen Offenheit auf einer pekuniären Ebene, auf die sich zu wagen keiner ihrer Konkurrenten so recht den Mut aufbrachte.

Herrjesses, was für freakige Irrwege wir doch gehen!, dachte Texas Jimmy Balaban mürrisch, indem er sich in Kapplemeyers Bar Bellevue erneut einen Schluck gehörig gepantschten Bourbons in den Rachen goss.

Hätte er im New Yorker Hotel nicht Sabrina aufgerissen, wäre es überflüssig gewesen, in die Catskill Mountains zu verduften, hätte er ihr nicht vorgespiegelt, in seiner Eigenschaft als Talentsucher ausgerechnet einen elenden Schuppen wie das Country Club-Kurhotel Kapplemeyer zum Ziel zu haben, und nicht obendrein der Hotelverwaltung seine Identität auf dem Präsentierteller zur Kenntnis gegeben, wäre es ihm vielleicht gelungen, die Höllenqualen der vergangenen eineinhalb Stunden zu vermeiden.

Aber nein, wie gewohnt war er ausschließlich seinem Schwanz nachgelaufen, hatte ganz besonders schlau sein wollen, und darum hatte er es sich, als die

Hotelleitung die Fürsten-Suite anrief – die Fürsten-Suite, die sie ihm, o verdammte Scheiße!, ohne Aufpreis zugeschanzt, ja aufgenötigt hatte – und den Star-Agenten aus Hollywood einlud, sich das Abendprogramm anzusehen, schwerlich noch erlauben können, eines von beidem abzulehnen.

Infolge seines ohne weiteres eingestandenen Hangs, sich Frauen nach dem Kriterium Arsch und Titten auszugucken, anstatt darauf zu achten, ob sie sich durch eine brillante Persönlichkeit oder als geistreiche Gesprächspartnerin auszeichneten, verschlug es Jimmy allzu häufig in Umstände, unter denen er sich, sobald er sich gründlich ausgetobt und seinen Schwengel vollends müde gestoßen hatte, verzweifelt wünschte, er wäre woanders, und deshalb war ihm das Phänomen der postkoitalen Depression nicht unvertraut. Er kannte diesen abstrusen Dachklempner-Fachbegriff, weil er eigens in einem Psychologischen Lexikon nachgeschlagen hatte, um sich zu vergewissern, dass er nicht ungeahnt die Feldpostnummer wechselte oder sonst wie aus dem Gleis geriet.

Aber im Vergleich zu der Folter, in Kapplemeyers Bellevue zu hocken und durch die eigene Überschlauheit dazu gezwungen zu sein, sich eine endlose Aneinanderreihung wahrhaft grauenvoller Darbietungen anschauen zu müssen, die er nicht einmal der Zuchthausdirektion auf der Teufelsinsel als kostenlose Wohltätigkeitsveranstaltung anzubieten die Stirn gehabt hätte, die aus gutem Grund allesamt daran scheiterten, das Publikum hirntoter Zombies aus dem Zustand der gemeinschaftlichen Duselei zu wecken, ähnelte eine postkoitale Depression wahrlich dem Triumph einer Academy Award-Verleihung.

Was für ein Abgrund an Beschissenheit!

Die Wände hatten einen Anstrich in dem tendenziell pastellfarbenen Kotzgrün, das für das Hotel Kapplemeyer anscheinend so etwas wie ein Erkennungszeichen abgab, vermutlich weil der alte Kapplemeyer, falls es so jemand je gegeben hatte, unglaublich billig einen für hundert Jahre reichenden Vorrat dieser Farbe gekauft hatte, als Onkel Miltie noch Trumpf war; immerhin jedoch hatte ein ganz Pfiffiger, bevor man damit die Wände vollkleisterte, etliche Tüten Glitter in den Farbeimer geschüttet, um die Bar Bellevue für alle Zukunft tüchtig aufzumotzen. Den Fußboden bedeckten in augenfälligem Kontrast abgeschabte Linoleumfliesen in Dunkelgrün, und unter der weißen, von Fliegendreck fleckigen Decke rotierte wacklig eine dicke Diskokugel.

Die Bühne hatte gerade hinlängliche Abmessungen, um gleichzeitig einem Musikerquartett und einem Künstler Platz zu bieten, die Beleuchtung bestand aus einem einzigen, starren Schlaglicht, und die Lautsprecheranlage klang, als wäre sie in einer bankrotten Rocker-Bar in Fosendorf/Arizona ausgeschlachtet worden.

Etwa dreißig Tische standen in der Hotelbar, dazwischen blieb ein freier Raum als Tanzfläche; das hieß, es ließen sich während der sommerlichen Hauptsaison einhundertdreißig bis einhundertvierzig Gäste in diesen Stall quetschen – vorausgesetzt allerdings, man kannte hier überhaupt so etwas wie eine Hauptsaison, und daran zu zweifeln sah Jimmy in Anbetracht der Tatsache, dass im Umkreis von 50 km das Nachtleben aus nichts als einer 24-Stunden-Tanke und einer außer Betrieb genommenen Kiesgrube bestand, durchaus ernsthaften Anlass.

Zur Zeit jedoch zählte Jimmy außer sich und Sabrina – und er hatte gezählt, weil er aus Gewohnheit immer das Publikum zählte – einundzwanzig Personen (falls man diese Figuren so nennen konnte). Ein paar davon mochten noch am Leben sein, obgleich sich schwer ein endgültiges Urteil fällen ließ. Die einzigen offenbar unter hundert Jahre alten Anwesenden waren ein Vertretertyp über fünfzig mit einer neunzehnjährigen Nutte als Begleiterin, ein feister Bubi über vierzig in Gesellschaft einer stark übergewichtigen, kleinwüchsigen Mutti, die vielleicht als örtliche Politesse fungierte, sowie drei Japaner in gleichartigen, stinkkonservativen, blauen Anzügen, die sich fickrig über ihre Getränke duckten, als ob sie langsam kapierten, dass sie die U-Bahn nicht in der Stadtmitte, sondern in Harlem verlassen hatten.

Dieses Publikum hätte Texas Jimmy selbst Adolf Hitler und seinen Endlösern nicht an den Hals gewünscht, ja nicht einmal den Interpreten, die noch auftreten sollten und ihrem Schicksal nicht mehr entrinnen konnten.

Bisher waren aufgetreten: Eine vierzigjährige Stimmbandquälerin in schwarzem Leder und mit pinkrosa Irokesenfrisur, die Songs Madonnas und Annie Lennox' in degradierten Varianten jaulte, ein schwarzer Bauchredner mit weißer Puppe, ein Trio Althippies, das dösig Oldies aus der Goldenen Ära des Woodstock-Festivals lallte, ein waschechter Zigeuner-Teufelsgeiger, ein Zauberkünstler biblischen Alters, den die Arthritis längst so lähmte, dass er kaum noch die Karten mischen konnte, und einen stockschwulen Elvis-Imitator, der tuntenhafter agierte als eine komplette sechsköpfige ›Herren als Damen‹-Truppe.

Die Hauskapelle rekrutierte sich aus vier pickligen Schraten von der nächsten Klippschule, die aussahen, als scheuten sie sich nicht, jemandem einiger Münzen halber die Gurgel durchzuschneiden, und spielten, als ginge es ihnen bloß ums Geld. Als Conférencier mühte sich ein muskulöser, angekahlter Stoffel in zu engem Smoking ab, dessen Ärmel die Unterarme reichlich knapp umhüllten, und die Hose hatte entsprechendes Hochwasser. Der kuriose Knabe hatte sich Jimmy, ehe die beispiellose Tortur ihren unaufhaltsamen Lauf nahm, als Conférencier, Tennislehrer und Stellvertreter des Hoteldirektors vorgestellt.

»Halloooh, Mr. Balaban, hallooh, liebe Gäste, Sie haben heute ein Riiiiesenglück«, hatte dieser Schaumschläger gebrabbelt. »Uns ist es gelungen, für den heutigen Abend direkt aus dem fernen Hollywood einen bekannten Komiker zu engagieren, nämlich den echten, wahren, unerhört talentierten, weltberühmten *Jaaaack Dunphy*!«

Tatsächlich war Jack Dunphy ein Name, an den Texas Jimmy sich ›irgendwie‹ nebulös erinnerte, aber noch ferner als Hollywood lag ihm der Gedanke, diesem Doofi die Genugtuung zu gewähren, ihm zu zeigen, dass er seinen Namen schon einmal gehört hatte, den Namen eines Fossils der regionalen Kleinkunstszene, das zuletzt gesehen worden war, während es sich in Mösendorf/Texas zu Werbezwecken auf dem Parkplatz eines Gebrauchtwagenhändlers abzappelte.

Seitdem waren nach seiner Uhr neunzig Minuten verstrichen, hatte er sechs Bourbon gekippt und eine Million Jahre der Verblödung durchleben müssen, und zu allem Übel war das Gesöff für seinen Bedarf zu stark gepantscht gewesen, um als Betäubungsmittel zu wirken.

Dagegen hatte Sabrina, nachdem in der Fürsten-Suite gemeinsam die Flasche Champagner geleert worden war, eine ganze Anzahl süßlicher Cocktails mit komischen, Jimmy ausnahmslos unbekannten Namen getrunken – keine zwei waren gleich gewesen, aber alle mit Rum, Gin oder womöglich beidem – und es so offenbar geschafft, sich weitgehend abzufüllen.

Wenigstens hatte sie aufgehört, über die Vorstellungen zu nörgeln, die eindeutig auch für ihren groben, unkundigen Geschmack dem Fass den Boden ausschlugen, saß nur noch stumm da und wurde von der grausigen Mischung in ihrem Magen allmählich grün im Gesicht. Jimmy hoffte, dass sie sich nicht erbrach, obwohl er ihr keinen Vorwurf machen könnte, weil er sich, falls dieser Unfug noch lange dauerte, voraussichtlich selbst übergeben musste.

Auf der Bühne hatte sich der Elvis-Parodie nicht etwa Jack Dunphy, sondern eine gottserbärmliche Hunde-Dressur angeschlossen: Zwei widerwärtige, unablässig jappende Yorkshire-Terrier mit Schleifchen in Rosa und Blau hüpften durch Reifen, vollführten auf den Hinterläufen Pirouetten, tanzten miteinander und muteten den Anwesenden unter der Fuchtel einer etwa Fünfzigjährigen in schwarzem Smoking und Zylinder, die in einer früheren Inkarnation Hupfdohle in Las Vegas gewesen sein mochte, noch allerlei sonstige Abstrusitäten zu.

Gespenstisch, dachte Jimmy. *Einfach gespenstisch.* Er empfand es als zusehends unheimlich, dass er sogar in dermaßen benebelter Verfassung sieben derartige Plagen durchstehen konnte, ohne die Akteure auszubuhen.

Aber angesichts der inzwischen vergangenen Zeit, der Apathie sämtlicher Zuschauer und der ununterbietbaren Niveaulosigkeit der gegenwärtigen Nummer regte sich bei Jimmy die schwache Hoffnung, dass der Kelch bald vorüber war, Dunphy sich nicht eingestellt hatte und kein weiteres Gräuel folgte.

In diesen Mauern konnte doch unmöglich noch Fürchterlicheres auf der Lauer liegen, oder? Oder?

Die Hunde-Dressur endete zum nachlässigen Applaus des Vertretertypen und des Politessen-Muttchens sowie höflichen Brummen und Nicken der japanischen Geschäftsleute.

Nun fehlte bloß noch das Bleigießen.

Pause.

Leere Bühne.

Pause.

Pause.

Von der Seite taumelte der Conférencier auf die Bühne, blickte sich benommen, mit ziemlich dummem Gesichtsausdruck über die Schulter um, grapschte nach dem altmodischen Standmikrofon, als müsste er daran Halt suchen.

»Äh … meine Damen und Herren … äh … Ich bin informiert worden, dass Jack Dunphy heute Abend leider nicht bei uns auftreten kann, er … ähm …«

»Er ist in 'n Reaktorbecken gefallen und hat sich in 'n Hundertkilofrosch verwandelt!«

Eine laute, durchdringende, heisere Stimme hinter der Bühne: Ein bisschen wie Jimmy Durante, ein bisschen wie Popeye, ein bisschen wie eine Kreissäge, die Weißblech durchtrennte.

Verlegen glotzte der Conférencier mit dämlichem Grinsen ins Publikum. Berücksichtigte Jimmy die schauspielerische Begabung und die Fähigkeit zum Timing, die dieser Stiesel bislang an den Tag legte, musste er den recht verlässlichen Rückschluss ziehen, dass der Kerl vom nächsten Auftritt gar nichts gewusst hatte. Was war da los?

»Aber er hat uns an seiner Stelle … äh … einen renommierten Künstlerkollegen geschickt, nämlich den bekannten und beliebten, den weltberühmten, einmaligen und wahren … äh, ähm …«

»Ralf!«, bellte die Stimme hinter der Bühne. Sie bellte wirklich. »Ralf! Ralf! Ärr-ah-ell-eff, so wie man 's spricht, Blödmann!«

»Der unvergleichliche … äh … Ralf …«

Während der Mann hinter der Bühne sie nun von links resolut betrat, ging der Conférencier auffällig hastig nach rechts ab.

Ralf maß ungefähr einsfünfundneunzig, hatte den Körperbau eines leicht übergewichtigen Zwerggorillas, die Beine waren etwas zu kurz für seinen Rumpf, die Arme zu lang. Auf dem Kopf hatte er üppige, schwarze Locken, die wirkten, als hätte man ihn mit dem Schneebesen frisiert, und da und dort schimmerten silberne Haarzipfel, als hätte er einmal seinen Stichel in eine Steckdose gerammt.

So wie er aussah, hätte es auch unmittelbar vor Betreten der Bühne gewesen sein können. Er hatte eine Art von Elefantenohren, von denen Jimmy beinahe zu wetten bereit gewesen wäre, dass er damit schlackern konnte, und große, leuchtend-blaue Augen, mit denen er rollte, als wären sie Leuchtanzeigen eines Spielautomaten, und die einfach nicht so recht zu seinem mediterranen, ungesund graubraunen Teint passen wollten, ferner eine beulige Hakennase, die den Eindruck erweckte, sie wäre von einem plastischen Chirurgen eigens operiert worden, um komisch zu sein, und einen großen Mund mit dicken Lippen, der unablässig in Bewegung blieb.

»Friede und Liebe, alle Macht für Keinen«, krächzte er und machte mit der schwammigen Rechten das V-Zeichen.

Am Leib hatte er eine Bluejeans, etwas Ähnliches wie eine gebatikte Samtbluse von kaleidoskopischer Farbenpracht, die jeden Betrachter mit Pupillenschlag bedrohte, Reebok-Schuhe mit ungeknüpften Senkeln sowie um den Hals an einem Lederriemen ein Messing-Friedenssymbol mit schätzungsweise dem Durchmesser einer kleinen Pizza Hut-Pizza.

Er verstummte, stellte sich in Positur, trat zwei Schritte vor, beschattete wie ein Indianer-Scout mit der Hand die Augen gegen das grelle Licht des Bühnenscheinwerfers und stierte das Publikum an.

»Eh Mann, Moment mal, das sieht mir aber nicht aus wie Woodstock. Wo sind die Batik-T-Shirts? Wo ist Hasch? Wo sind die nackerten Schwabbeltitten?«

Obwohl er mit diesen Exklamationen bei weitem das Ziel verfehlte, die Zuschauer von den Toten zu erwecken, rückte Texas Jimmy unwillkürlich mit dem Gesäß vor zur Stuhlkante. Diese Missgeburt hatte etwas für sich, irgendetwas an der Art seiner Selbstdarstellung, an der Fistelstimme, irgendetwas an der merkwürdigen Haltung, die er vor aller Augen einnahm, irgendwas an seinem Auftreten, und alles summierte sich zu einem verrückten schaustellerischen Kraftpaket, das Jimmys Zirbeldrüse zum Kribbeln brachte …

Mein Riecher, dachte Jimmy. *Vielleicht weiß ich noch nicht, was ich rieche, aber ich rieche etwas.*

Ralf stemmte die Fäuste in die Hüften und beäugte das Publikum voller Empörung. »Eh Mann, was ist Sache? Mein Agent hat mir versprochen, ich sollte im Zeitalter des Wassermanns der Bademeister sein, nicht der Friedhofswächter von Sun City.«

Totenstille.

»Wo's Joe Cocker? Wo's *Jefferson Airplane*? Wo's Hendrix? He Mann, wenn das hier Woodstock is, dann gehört ihr Mumien per Zeitmaschine zu den Pharaonen expediert.«

Schweigen.

Ralf steckte zwei Finger in seine große Schnauze und stieß einen gellenden Pfiff aus. »Ist noch wer am Leben?«

Er stapfte zum Vorderrand der Bühne und deutete herrisch auf das junge Flittchen des Vertretertypen.

»Du!«, fuhr er das Mädchen an. »Komm-komm, ich *weiß,* dass du noch lebst, ich seh deine Möpse wallen, wenn ich dir innen Ausschnitt gucke. Wo, zum Teufel, bin ich hier?«

»In Kapplemeyers Hotelbar Bar Bellevue«, fiepte das Mädchen mit quietschiger Piepsstimme.

»Kugelhammers Kotelett-Barbecue-Bratgrill?!«

Ralfs Schreckensschrei brachte die Diskokugel ins Zittern.

Entsetzt verdrehte er die Augen. Er prallte ein paar Schritte zurück, starrte in der Hotelbar umher, als sähe er sie tatsächlich das allererste Mal.

»Diese Scheißhauswände … der Conférencier in dem Zehndollar-Begräbnissmoking … diese fiesen Longdrinks mit den widerlichen Plastikschirmchen …«, stöhnte er. »O mein Gott … o nein, sagt, dass es nich wahr is, die Idioten haben doch nicht Woodstock verpasst und mich in der Borscht-Provinz abgesetzt?«

Texas Jimmys geistige Fühler kreisten, als wäre er eine Küchenschabe auf dem Fußboden einer Konditorei. Die Langeweile der vergangenen anderthalb Stunden war vergeben und vergessen.

Als auf ein Manuskript gestützter Routine-Programmpunkt wäre der Sketsch dieses Vogels nicht unbedingt der Brüller, und tatsächlich hatte er den Zuschauern bisher noch kein müdes Arschrunzeln abgerungen, aber Jimmy hegte die feste Überzeugung, dass er gar keinen Text hatte, sondern alles aus dem Stegreif vortrug.

Ralf ballte die Fäuste. »Ich mach meinen Agenten kalt!«, schrie er; aber stutzte. »Bloß … bloß wird der Scheißkerl ja erst in einem Jahrhundert geboren …!«

In leicht gebeugter Haltung latschte er auf und ab, brummelte und knurrte wie ein Panther im Käfig. »Borscht-Provinz … Woodstock … im nördlichen Bundesland New York … nicht so weit … vielleicht nicht so schlimm … müsste irgendwo 'n Taxi zu kriegen sein …«

Er blieb stehen, zuckte die Achseln und blickte wieder ins Publikum.

»Aber jetzt is doch das Ende der psychedelischen Sechziger, ja, die Matschhirne haben wenigstens die richtige Zeit getroffen, oder?«, erkundigte er sich in kläglichem Ton. »Oder? Dylan, die *Beatles*, Herr Natürlich, *Easy Rider*, Charlie Manson und seine Strandbuggy-Todesschwadron, all diese kernigen Hämmer gibt's hier, oder?«

»Wir sind in den Neunzigern, Spasti«, rief die pummelige Politesse ihm zu. »Du kommst wohl vom andern Stern, was? He-he-he-he!«

Dieser Tiefschlag, begleitet vom hämischen Gelächter des Pummelchens, entlockte wahrhaftig einigen Anwesenden ein Prusten. Ralfs Timing war einfach perfekt, mit den Lippen äffte er das Lachen nach, ehe er die eigene Schlagfertigkeit bewies.

»Vom Affenplaneten, genau wie ihr, Affenvolk«, erwiderte er, kratzte sich wie ein Schimpanse am Kopf und unter den Achseln. »Aber ob ihr 's glaubt oder nicht, wo ich herkomme, da gehen wir immerhin schon aufrecht.«

Damit erzielte er erstmals ein paar matte Lacher. Allerdings mutmaßte Jimmy, dass die Fuzzis, die da lachten, selbst nicht wussten warum.

Ralf trat einen Schritt vor, schabte sich an der Nase. »Momentchen mal ... In den Neunzigern? In der Spaßgesellschaft? Computer für alle? Ich bin nicht high? Christo verpackt den Reichstag? Ohrenbeißer Tyson? Elektrischer Stuhl für Busengrapscher? Boris Jelzin konferiert mit Jack Daniels?«

Er machte einen weiteren, größeren Schritt, klatschte sich die flache Hand auf die Schläfe. »Au Scheiße«, ächzte er. »Sie meinen, mein Material ist seit dreißig Jahren überholt?«

»Wegen solchem Schwachsinn hast du mich in diese Spelunke geschleppt?«, nölte Sabrina.

»Nixon, Klein Erna und der Papst im Flugzeug? Ein kleiner Schluck für die Menschheit? Was ist lang und grün und hängt im Mekong-Delta an Bäumen? Alles nicht mehr witzig, Affenvolk?«

»Klappe«, sagte Jimmy ohne nachzudenken aus dem Mundwinkel zu Sabrina; dann besann er sich und schaute ihr in die bitterböse Miene. »Entschuldigung, Schätzchen, aber sei vernünftig und stör mich nicht, ja? Mein Kopf arbeitet.«

»Das kann doch nicht wahr sein! Mir ist das Jahr neunzehnhundertneunundsechzig angekündigt worden, als man mich in die Zeitmaschine gesteckt hat, Woodstock hieß es, nicht Borscht-Provinz, mein Agent hat mir versprochen, dass eine Viertelmillion kesser Käfer im LSD-Rausch sich über den alten Gummikrückenwitz vor Lachen biegen, nicht bloß zwölf Untote und Vlad der Pfähler.«

»Der Macker nervt ...«, beklagte sich Sabrina, ehe sie endlich trotziges Schweigen bewahrte.

Aus dem dumpfen Murren des übrigen Publikums ließ sich schlussfolgern, dass es ihre Meinung teilte.

»Na gut, ich habe also daheim im zweiundzwanzigsten Jahrhundert wegen der riesigen Blusenspanner des Mädchens am Nebenterminal beim Thema Matschhirn-Historie Lektion Einsnulleins nicht genügend aufgepasst, außerdem hatte das Programm sowieso keinen Humor. Nun kommt, Leute, gebt mir 'n Tipp, was ist heute spaßig? Billy Beer? Alexej Turbojews Ethno-Saubermänner? Die Mutter aller Ficker?«

Gewiss, diese Komiker-aus-der-Zukunft-verschlägt-es-in-die-falsche-Zeit-Nummer fand beim hiesigen Publikum so günstige Aufnahme wie der Furz eines Schwarzen in einer Williamsburger Synagoge. Die Gags waren genau der Art, wie man sie von einem abgewirtschafteten, drittklassigen Komiker erwarten durfte, der aus dem 22. Jahrhundert mit dem falschen Sketschbuch im 20. Jahrhundert antanzte.

Nur gab es kein 1960er, 1990er, 2200er oder sonstiges Sketschbuch. Der Mann improvisierte durch die Bank aus dem Stegreif. Beziehungsweise: Die Gestalt, die er spielte, Ralf, der grausig-lausige Komiker aus der Zukunft, sprach aus dem Stegreif.

Und diese Gestalt wirkte vollkommen überzeugend.

Deshalb schnippte Texas Jimmy Balaban nun mit den Fingern in die Richtung des Kellners und zog aus der Brieftasche eine Visitenkarte.

›Ralf‹ verhielt sich hundertprozentig wie jemand aus einer anderen Zeit oder aus einem anderen Film: Als ob Bugs Bunny plötzlich bei Donald Duck erschiene.

Als ob ein neuer Robin Williams sich in eine läppische Sitcom wie *Mork vom Ork* drängte und einen Alien mimte.

»Gehen Sie hinter die Bühne«, beauftragte Jimmy den Kellner, indem er ihm die Visitenkarte und einen Zehner reichte. »Geben Sie dem Mann meine Karte und sagen Sie ihm, Texas Jimmy Balaban würde ihm gerne was spendieren und geschäftlich mit ihm reden.«

Freilich musste man die Wahrscheinlichkeit als gering oder gegen null tendierend betrachten, dass ›Ralf‹ sich als Komiker und herausragendes Improvisationstalent entpuppte, das auf einer Stufe mit Robin Williams stand, denn so ein Talent kam nur ungefähr alle hundert Jahre vor, und voraussichtlich entdeckte man einen solchen Künstler das nächste Mal wirklich erst im 22. Jahrhundert.

Aber wenn er kein zweiter Robin Williams war, konnte er ausschließlich eines sein, und dann war er eine häufigere Erscheinung, jemand von der Sorte, mit der Jimmy sich ziemlich gut auskannte.

Wer in diesem Gewerbe kannte diese Fettnäpfchen-Trampeltiere nicht?

Tiny Tim. Pee-Wee Herman. Michael Jackson. Howard Stern.

Talente nämlich, die von Natur aus einen Sparren hatten und von Anfang an immer nur sich selbst spielten, oder die eine einzige Figur ausheckten, die sie immer spielten, auf Dauer, und sich dermaßen in ihre einzige Masche vertieften, bis sie vergaßen, dass es eine Rolle war, und sich völlig damit identifizierten.

Überragende Monstrositäten dieses Schlages fand man nur selten, das Syndrom an sich trat jedoch sehr oft auf in dem weniger illustren Kreis von Klienten, den Jimmy an die unersättlichen Spätabend-Kabaretts und nachmittäglichen Quasselshows vermittelte, die an solchen Egomanen unersättlichen Bedarf hatten.

Schließlich konnte man nur soundsoviel echte Talente auftreiben, wogegen es Sendung um Sendung zu füllen galt. Selbst der Zweitmarkt der Kabelmedien hatte im Schnitt mindestens dreißig verschiedene Programme.

Texas Jimmy vertrat über ein Dutzend echter Komiker, die unterschiedlichen Graden der Mittelmäßigkeit angehörten, aber hatte nie einen richtigen Star unter Vertrag gehabt; es waren die Klienten zweiter Garnitur, mit denen er leben oder sterben musste.

Doch um die Miete, die Fahrzeugkosten und den Unterhalt für die Ex-Frauen begleichen zu können, die erforderliche Fassade zu wahren und zudem noch ein bisschen Klimpergeld zu behalten – möglichst nicht weniger als die Produzenten, mit denen er es zu tun hatte –, konnte er es sich nicht leisten, über ›Spezial-Attaktionen‹, durchgeknallte Speed-Freaks, Madonna-Klone, Fliegende Untertassen-Propagandisten, Buttermilcheinlauf-Gurus und transvestitische Marilyn Monroe-Reinkarnationen die Nase zu rümpfen, die in der Szene ein, zwei Halbjahre lang heiße Luft verbreiteten, bis die Jungs im weißen Kittel mit der Zwangsjacke anrückten und dem Elend ein Ende machten.

Und allerwenigstens wäre Ralf der Komiker aus der Zukunft im Vergleich zu derlei Freak-Aktivitäten eine Verbesserung. Möglicherweise eine erhebliche Verbesserung.

Entweder war der Knilch ein genialer Komiker, oder er hatte einen Dachschaden; aber egal was, er beherrschte die Bewegungen und das Timing, das sah Jimmy, auch wenn ›Ralf‹ in Kapplemeyers Bar Bellevue mordsmäßig abschmierte. Aber falls er im Kopf klar genug war, um mit professionell geschriebenen Texten zu arbeiten und eine gewisse Nachhilfe zu verdauen – wer konnte ahnen, was unter solchen Voraussetzungen noch aus ihm wurde?

Hoffentlich niemand wie der Elvis-Imitator, den Jimmy acht Monate lang recht gut gemanagt hatte. Danach allerdings war er verschwunden, und als er wieder auftauchte, geschah es, als er in vollem Elvis-Wichs mit einem rosa Cadillac Eldorado Coupé Gracelands Zufahrtstor rammte …

Es zeugte von einer gewissen Beflissenheit, dass ›Ralf‹ kaum fünf Minuten, nachdem er dem verdrossenen Zombiepublikum fluchtartig den Rücken gekehrt hatte, noch im Bühnenkostüm zu Jimmys Tisch schlurfte, unterwegs verkniffen die Visitenkarte las.

Aus der Nähe wirkte seine Kostümierung noch lausiger. Anscheinend bestand das Batikhemd nicht einmal aus Polyester, sondern irgendeiner ultrabilligen Plaste. Die Reebok-Schuhe waren offenbar malaysische Fälschungen. Aus Baumwolldrillich hatte man die Bluejeans auf keinen Fall hergestellt, und das Markenzeichen auf dem Kunstledergürtel lautete: Levi Riders. Das Friedenssymbol erinnerte Jimmy an einen übergroßen Wurstkringel des Weihnachtsmarkts in Philadelphia; bloß der Senf fehlte.

»Texas Jimmy Balaban?«, fragte Ralf. »Komisch, Sie sehen gar nicht wie ein Texaner aus.«

Als er sich auf einen Stuhl fallen ließ, begaffte er Sabrinas Busen, dann heftete er den Blick wieder auf das Kärtchen und sah schließlich Jimmy an. »Aber Sie sehen aus wie ein Künstleragent.«

Ehe man ihn vor eine Kamera stellen konnte, musste Ralfs Visage gehörig aufgemotzt werden. Seine großen, blauen Augen waren klar, nicht im Geringsten blutunterlaufen, die groben, schmutzigen Poren seiner schiefrigen Haut jedoch verliehen ihr für Jimmys Begriffe die Beschaffenheit einer Mondlandschaft, und Gaumen und Zähne wirkten geradezu versifft.

»Und Sie, als könnten Sie 'n tüchtigen Schluck vertragen«, antwortete Jimmy und winkte nochmals einen Kellner heran. »Was darf's sein, Ralf?« fragte er, während ein zirka sechzigjähriger Troll, der anscheinend noch seinen Bar Mizwa-Smoking trug, zum Tisch gewackelt kam.

»Weiß unser Barkellner, wie man einen Survival Special macht?«

»Nein«, gestand der Kellner in der gereizten Weise jemandes, der schleunigst einen dümmlichen Scherz durchzustehen beabsichtigte. »Wie macht man denn einen Survival Special?«

»Mit einem doppelten Schuss zweihundertprozentigen Alkohols in einem großen Glas mit Eis und Leitungswasser aus Terschnobyl. Wenn Sie das überleben, sind Sie was Spezielles.«

»Ha-ha«, quakte der Kellner. »Möchten Sie jetzt einen echten Drink bestellen?«

»Woher ich komme, da ist das 'n echter Drink, Affenboy«, versicherte Ralf.

»Stoly mit Eis, Évian und Zitrone«, gab Jimmy schnell eine Bestellung auf. »Einverstanden, Ralf?«

»Sie haben richtigen Wodka?«, fragte Ralf. »Natürliche Zitronen? Mensch, das synthetische Zeug ist mir ja so zuwider, es schmeckt wie Klosettreiniger und sieht wie Rotz aus.«

Der Kellner verdrehte die Augen und ging. Sabrina verzog das Gesicht.

»Wie vulgär«, sagte sie.

»Spannen Sie ab, Ralf, Sie stehen nicht mehr auf der Bühne, Sie dürfen jetzt wieder normal sein«, legte Jimmy ihm nahe.

»Ich kann Ihnen gar nicht sagen«, maulte Ralf sarkastisch, »wie's mich freut, das zu hören.« Er zupfte an der Vorderseite seines Grauen erregenden Pseudobatik-Plastikhemds.

»Mein Manager empfiehlt mir, 'n Auftritt für die Sechziger einzustudieren, man hängt mir das da um und steckt mich in den Kasten, ohne dass ich bloß die Unterhose wechseln darf. Stell dich nicht so an, Ralf, heißt es, es ist nur für wenige Wochen, hier hast du zeitgenössisches Taschengeld, damit kaufst du dir, was du brauchst, wenn du dort bist. Und dann vermasseln sie die ganze Chose und transportieren mich in die Neunziger! Die Zeitmaschine sollte mich am fünfzehnten November neunzehnhundertneunundsechzig abholen, das bedeutet, sie ist schon vor Jahrzehnten erschienen und wieder abgeschwirrt, und ich sitze hier in diesem Kittel fest, im letzten Jahrzehnt des zwanzigsten Jahrhunderts, in dem, wie Sie ja wohl wissen, Balaban, nicht unbedingt ein herrliches Jahr auf das andere folgt, habe kein Programm und eben genug Zaster, um mir 'n halbwegs anständiges Outfit zu besorgen, aber nein, ich darf abspannen, kein Problem!«

Sein großes, bewegliches Mundwerk ratterte die Sätze an einem Streifen herunter, aber es klang nicht humorvoll, und er furchte die Stirn, in den blauen Augen glitzerte regelrechte Wut.

Oder regelrechter Wahnsinn, überlegte Texas Jimmy. Entweder das, oder der Lulatsch wusste schlichtweg nicht, wie man auf den Boden der Wirklichkeit zurückkehrte.

Gleich was der Fall sein mochte, es hatte eindeutig momentan keinen Sinn, in dieser Hinsicht auf ihn Druck auszuüben. Im Umgang mit Leuten, die damit protzten, aus Atlantis zu stammen oder Alfs stepptanzender Schwippschwager vom Mars zu sein, hatte Texas Jimmy durchaus Erfahrung.

Die entscheidende Frage jedoch lautete nicht, ob solche Typen in klinischem Sinne verrückt in der Rübe waren, oder ob sie einfach unbeirrbar ihren Streifen durchziehen wollten, sondern ob sich ihre Marotte vermarkten ließ; und falls ja, ob sie mit irgendwem einen gültigen Vertrag hatten.

»Darf ich Ihnen eine ernsthafte Frage stellen?«, wandte sich Jimmy in neutralem Ton an Ralf.

»Erwarten Sie eine ernsthafte Antwort?«

»Haben Sie wirklich einen Manager?«

»Habe ich einen Manager ...?«, sinnierte Ralf bedächtig.

»Sie meinen, ob ich in der Gegenwart einen habe ...?«

»Ob Sie einen Vertrag haben, meine ich, aus dem Sie nicht aussteigen können.«

»In rund hundertfünfzig Jahren werde ich einen haben«, sagte Ralf. Theatralisch kratzte er sich an der Birne. »Aber bis dahin bin ich tot, also was soll's, von mir aus kann er mich verklagen. Andererseits ...«

Zum Glück für Texas Jimmys Gemütsverfassung, die sich langsam der Aufgewühltheit anglich, die man dem Mienenspiel dieses verbohrten, hartnäckig in seine Rolle verbissenen, aber nicht besonders ulkigen Arschs mit Ohren ansah, kam in diesem Moment der Kellner mit Ralfs Longdrink.

Ralf trank einen langen Zug, schmatzte mit den Lippen, fischte mit den Fingern die Zitronenscheibe aus dem Glas, hob sie vor die Augen und betrachtete sie einen Augenblick lang so ehrfürchtig wie sich ein Juwelier einen seltenen Diamanten besehen mochte, dann schob er sie mitsamt der Schale in den Mund, kaute sie versonnen und mit einem Ausdruck wahrer Wonne auf dem Gesicht.

»Die graue, fade Vergangenheit hat auch ihre Vorzüge«, sagte er mit einem Lächeln.

Allmählich hatte Jimmy das Gefühl, als schwebte ihm das Hirn frei im Schädel, und unter Berücksichtigung des krassen Panschens, den man in diesem Etablissement den Whiskey unterzog, konnte dieser Eindruck wohl kaum durchs Saufen entstehen.

Die letzte Darbietung war etwas zu glaubwürdig gewesen, um Bestandteil einer Bühnennummer zu sein. Entweder war Ralf ein knallharter Schizo, oder … oder … Aber nein, das war lächerlich.

»Wir wollten über künstlerisches Management reden«, sagte Texas Jimmy, versuchte das Gespräch zurück in irdische Regionen zu beamen. »Ich glaube, in Ihrem Auftritt steckt Potenzial …«

»Tatsächlich …?«

»… aber er muss überarbeitet werden, braucht professionelles Material, es geht darum, alles sorgfältig in die geeignete Fasson zu bringen, verstehen Sie? Aber grundsätzlich bin ich der Ansicht, dass Sie das Zeug zum Erfolg haben. Ich nehme dreißig Prozent Provision, zahle davon allerdings die Humortexter, Ihren zuständigen Coach und die Versicherung, und wenn Sie 's möchten, betätige ich mich ohne Zuschlag auch als Ihr Finanzverwalter. Interesse?«

»Na klar«, antwortete Ralf im ruhigsten und normalsten Tonfall, der bis zu dieser Sekunde über seine gummiartigen Clownlippen gekommen war. »Das heißt, welche Wahl bleibt mir denn unter den gegebenen Umständen? Meine Zielzone habe ich um eine Zeitspanne verpasst, die ungefähr dem Alter dieser Wuchtbrumme hier entspricht, die Retour-Zeitmaschine ist längst fort, und es dauert noch ein rundes Jahrhundert, bis mein hirnverbrannter Manager geboren wird, also kann ich nur sagen: Ich bin Ihr Klient, Mr. Balaban.«

»Herrje, hören Sie, lassen Sie uns mal ganz im Ernst reden«, beschwor Jimmy ihn. »Selbstverständlich gilt mein Angebot nicht, wenn Sie bei einem anderen Manager unter Vertrag stehen. Was ich jetzt am wenigsten gebrauchen kann, sind noch mehr Rechtsstreitigkeiten, mir macht schon meine Frau genügend Scherereien ...«

»Deine Frau?!«, kreischte Sabrina auf. »Du hast mir verschwiegen, dass du verheiratet bist!«

Au Scheiße!

»Nur noch nominell, Schatz«, sagte Jimmy hastig, tatschte ihr, um sie zu beschwichtigen, die Hand. »Und nicht mehr lange, glaub mir, es müssen bloß noch 'n paar juristische Kleinigkeiten ...«

»Womöglich lädt man mich deinetwegen als Zeugin in einem schmutzigen Scheidungsprozess vor Gericht ...«

»Reg dich ab, ja? Wegen 'ner banalen Scheidungssache kann man dich nicht nach Kalifornien zwangsvorladen, und außerdem bezweifle ich, dass der Detektiv ...«

»Du weißt, dass du beschattet wirst, du Schwein?«, schrie Sabrina. Aus aufgerissenen Augen ließ sie den Blick wutentbrannt durch Kapplemeyers Bar Bellevue schweifen. »Das ist also der wahre Grund, weshalb du mich bis an den Arsch der Welt in diesen Scheißschuppen geschleppt hast.«

»Nicht so laut!«, fauchte Jimmy, als die Köpfe einiger weniger komatöser Gäste sich zittrig in die Richtung ihres Tisches drehten.

Sabrinas Miene wurde so hart wie das Herz eines Steuerprüfers. »Wenn du mir nicht sofort das Geld für 'n Taxi nach New York gibst, Jimmy Balaban«, zischte sie zurück, »fange ich richtig zu schreien an. Und zwar, dass du mir Heroin gespritzt hast, um deinen syphilitischen Schwengel in mein unschuldiges, jungfräuliches Arschloch stecken zu können.«

»Also wirklich …«

»Dreihundert dürften genügen«, fiel Sabrina ihm ins Wort, verschränkte die Arme auf dem Wackelpudding.

»So viel Bares hab ich nicht dabei«, antwortete Jimmy. »Aber wenn wir morgen irgendwo 'n Geldautomaten …«

»Ich zähle bis drei. Eins. Zwei. Dr…«

»Wir beide sind im Geschäft, Mr. Balaban«, sagte Jimmy, »deshalb leihe ich Ihnen das Geld. Sie können's mir morgen erstatten.«

Aus der Hosentasche zückte er ein bescheidenes Röllchen Geldscheine, zählte drei ab und händigte sie Jimmy aus.

Es waren Hunderter. Sie waren so frisch, dass sie noch klebten. Die Farbe wirkte sonderbar …

»Her damit!«, heischte Sabrina, riss sie Jimmy aus der Hand und vollführte einen gelungenen, aber affektierten Knicks, dann rauschte sie zur Hotelbar hinaus.

»Darf ich mir mal so einen Schein ansehen, Ralf?«, fragte Jimmy argwöhnisch.

»Was ist mit den Lappen?«, wollte Ralf nervös erfahren, gab ihm einen Geldschein. »Sagen Sie bloß nicht, die Hirnis haben die Währung auch verbockt.«

Jimmy betrachtete den Hundertdollarschein. Als Experten im Beurteilen fragwürdiger Banknoten konnte er sich nicht bezeichnen, aber falls dieses Exemplar eine Fälschung war, ließ es sich nicht auf Anhieb feststellen, und wenn er es nicht zu unterscheiden verstand, dann gelang es ebenso wenig einem gewöhnlichen Taxifahrer. Die Banknote sah wie ein vollständig echter Hündi aus, bloß noch reichlich frisch. Manchmal gelangte man an solche Scheine, wenn die Bank von der Bundesdruckerei eine neue Lieferung erhalten hatte …

Jimmy schaute genauer hin.

Und stutzte.

Der Schein trug die Jahreszahl 1969.

zwei

Während der einzelne Rufname ›Amanda‹ für ihre höhere Inkarnation innerhalb der NewAge-Szene genau den richtigen Klang hatte und auf dementsprechenden Anklang stieß, zog Amanda es der Zeckmäßigkeit halber vor, in der Welt der Los Angeles-Maja in sekundären Avataren mit passablen anderen Namen in Erscheinung zu treten.

Auf ihrem Führerschein, den Kreditkarten und den Rechnungen, die sie am Straßenrand dem Briefkasten entnahm, wenn sie daheim in Topanga eintraf, stand der Name Amanda von Staulenburg.

Und warum nicht? Amandas Recht, sich ›von Staulenburg‹ zu nennen, ging zurück auf die einvernehmliche Scheidung von einem Grafen des echten und wahren Geschlechts der Staulenburgs, der nie näher als bis zum Büro des Konkursverwalter an den Ursprungsort seines Titels gelangt war, einer Jugendliebe. Der Name schüchterte obstinate Kellner ein und beeindruckte sogar die Sultane des Showgeschäfts, und Banker neigten, wenn sie ihn auf dubiosen Schecks erblickten, aus Rührung plötzlich zur zuvorkommenden Höflichkeit der Alten Welt.

Statt Alimente, die Amanda ohnehin als eine Form des Schmarotzertums bewertete – und die zudem gewissermaßen einem Zugvogel hätten aus den Rippen geleiert werden müssen –, und in Ermangelung einer Gütertrennungsregelung, auf die sie und Carl damals verzichtet hatten, war ihr seitens des Grafen die karmische Inbesitznahme des Hauses am Big Rock vermittelt worden.

Streng genommen, unter juristischen Gesichtspunkten, gehörte ihr das Haus nicht, denn nach dem Gesetz war es gar nicht vorhanden.

Ein Segelkamerad Carl von Staulenburgs, ein anderer Wahlkalifornier und Graf, der allerdings monetären Beschränkungen unterlag, hatte ein Grundstück in Topanga erworben, ein großes, leeres Stück Land: Trockental, ein paar mit Chaparral bewachsene Hügel sowie ein Mini-Berg von Riesenfindling, den die längst dahingegangenen Chumash-Indianer einst als heilig verehrt hatten.

Nur reich an Land und sonst nichts, hatten er und seine Frau ohne ernstliche Beachtung irgendwelcher Bauvorschriften eine robuste, weitläufige Behausung errichtet und um ein eigenes Wasserreservoir und ein Schwimmbecken, Solarzellen, Weingärten, Bienenstöcke, Gärten sowie Hühnerställe ergänzt. Als manischer Werkler und Bastler hatte er nicht bloß diesen Wohnsitz immerzu weiter ausgebaut, sondern drei zusätzliche Häuser auf das Grundstück gestellt, die in der Theorie Mietobjekte sein und ihm zu Einkünften verhelfen sollten.

In der Praxis jedoch dienen sie überwiegend einem Strom von Freunden und Bekannten aller Couleur, Verwandten sowie zeitweilig insolventen Schriftstellern,

Künstlern und Filmleuten gegen die Unbilden des Daseins als Unterschlupf, unter ihnen auch Carl und Amanda von Staulenburg.

Als es zur ehelichen Trennung kam, hatte Carl mit seinem Kumpel vereinbart, Amanda eines der Häuser zur dauerhaften Nutzung zu überlassen. Amandas Vereinbarung mit diesem abgelegensten aller Vermieter, der selbst meistens um einen Zug hinter seinen Gläubigern nachhinkte und es aufgrund seines Naturells ohnehin keinesfalls übers Herz brachte, einen Mieter wegen Mietrückstands hinauszuwerfen, beruhte auf einer Art von zeitweiligem kommunistischem Prinzip: diesen Monat nach meinen Fähigkeiten, nächsten Monat nach deinen Bedürfnissen. Erwies es sich als erforderlich, dass sich jemand um die Flora und Fauna des Anwesens kümmerte, während das Haupthaus unbewohnt war, aber Amanda sich daheim aufhielt, dann fielen gemäß der Absprache derlei Aufgaben in ihre Zuständigkeit.

Amandas Wohnsitz und das Hauptgebäude waren jeweils in einer Mulde gebaut worden, sodass die zwischenliegenden Hügel sie gegenseitig dem Blick entzogen, allen Beteiligten den Schein einer einsamen Wildnis gewährte. Schatten vor der südkalifornischen Sonne spendete ein dichtes Eukalyptuswäldchen, sodass das ökologische Milieu dem Ambiente einer erheblich weiter nördlich stehenden Berghütte glich.

Das aus rauen Balken gefertigte Haus war inzwischen zu einer splitterigen, edlen Grautönung verwittert, umfasste ein geräumiges, rückwärtiges Schlafzimmer, ein Gästezimmer, einen Geräteschuppen, eine Toilette, ein zwar schlichtes, aber gesondertes Bad, eine Bauernküche mit Essecke und einer kleinen, überdachten Hinterterrasse sowie ein großes, rustikales Wohnzimmer mit Vorderveranda, die einen prächtigen Ausblick auf den Big Rock bot.

Wenn Amanda bei einem Glas Chablis oder einem Joint (oder beidem) auf dieser Veranda saß und den Sonnenuntergang genoss, hatte sie das Empfinden, da zu sein, wohin sie ganz einfach gehörte.

Die Santa Monica-Berge bildeten das südlichste Vorgebirge der gewaltigen Kordilleren ihres heiß geliebten Kaliforniens, der ausgedehnten, enormen Bergketten, die sich längs der Pazifikküste erstreckten, an der sie – mit ihrer jeweils billigsten Rappelkiste – als suchende Pilgerin, aber bisweilen auch als Meisterin, hin- und herrasselte.

Auf der Veranda, in der waldigen Mulde, die ebenso gut in Big Sur oder am Mount Tamalpais hätte liegen können, fühlte sie sich, während sie die überm Big Rock sinkende Sonne dunkle Schatten über die struppig-grünen Abhänge breiten sah und den köstlichen Duft des Gebirgsabends atmete, zu Füßen der himmelhoch aufragenden, mythischen Landschaft, dieses großen, weisen Buddhas aus Fels und Erde, nichtig und bescheiden wie ein Akolyth.

Doch nur zwanzig Minuten Fahrt auf dem Topanga Canyon Boulevard entfernt lag im Norden das vorstädtische Siedlungsgebiet des San Fernando Valley, brummte auf dem in Smog gehüllten Ventura Freeway der Verkehr, und nach zwanzig Minuten Fahrt auf der 101 nach Osten (unter günstigen Verhältnissen, sonst konnte es wer weiß wie lange dauern) erreichte sie Hollywood und dessen spirituelle Vorhügel in Burbank, Fairfax und bei den Filmstudios.

›Amanda von Staulenburg‹ hatte ein gewisses Gepräge, aber ließ sich Amerikanern schlecht buchstabieren und wurde überdies leicht mit ›Anita von Pallenberg‹ verwechselt; darum nannte sie sich in ihrem Showgeschäft-Avatar ›Amanda Robin‹, spielte unter diesem bei der Schauspielergewerkschaft registrierten Künstlernamen Nebenrollen in Fernsehfilmen, gelegentlich eine Statistinnenrolle in Kinofilmen, bekam mit etwas Glück einen Part in einer Reklamesendung und coachte manchmal aufstrebende Talente.

Im Gegensatz zu den meisten weiblichen Randgestalten des Showgeschäfts, die sich als Kellnerinnen abplagten, während sie ihrem Traum vom Aufstieg zum Star anhingen, hegte Amanda keine derartigen Illusionen; was sie anbetraf, so hatte sie damit ihr Standbein gefunden, und weder versprach sie sich davon mehr, noch beabsichtigte sie es aufzugeben.

Sie sah darin ehrliche Arbeit, die sie zudem, karmisch gesehen, für viel redlicher hielt, als wäre sie der allzu starken Versuchung erlegen, eine das Geld nur so raffende Guru zu werden. Diese freiberufliche Tätigkeit beanspruchte sie nicht alle Tage und verhalf ihr zum Lebensunterhalt – wenn sie nämlich Reisekosten und die Ausgaben für die Seminare anderer Leute von dem subtrahierte, was sie durch die Weitergabe ihrer ›Selbsterfahrungstechniken‹ einnahm, kam sie lediglich auf ungefähr Nullkommanull –, sodass sie ihre Rechnungen bezahlen konnte.

Und davon fand sie jedes Mal, wenn sie nach zweiwöchiger Tour durch die NewAge-Szene nach Hause zurückkehrte, eine reichhaltige Sammlung vor. Außerdem zeigte ihr gegenwärtiges Mietautowrack Anzeichen tödlicher Erschöpfung. Amanda wusste, dass sie ihren Autos, da sie ständig durch gebirgige Gegenden tuckerte, die mit Schlaglöchern gespickte Erdstraße zwischen ihrem Haus und dem Topanga Canyon Boulevard befuhr und an eine Kraftfahrzeugwartung keinen Gedanken verschwendete, das Äußerste zumutete.

Ihre Lösung des Problems bestand darin, jedes Mal die erschwinglichste Schüssel zu kaufen – 500 Dollar hatte sie als absolutes Limit festgesetzt –, die es noch schaffte, sie von A nach B zu befördern, und ihr dann nichts außer Sprit und Öl zuzugestehen, bis sie den

Geist aufgab. So eine Schrottkarre erfüllte ihren Zweck manchmal bloß drei Wochen, manches Mal jedoch ein Jahr lang. Auf lange Sicht war diese Strategie vorteilhafter, als hätte sie alle ein, zwei Jahre 3000 Dollar oder mehr Knete in einen Gebrauchtwagen gesteckt.

Ihre jetzige Schrottkiste, ein Ford Pinto, eine völlig überaltete Rostlaube, schluckte mittlerweile fast so viel Öl wie Benzin und furzte grässlich schwarzen Qualm aus dem Auspuff; dass der Wagen noch einmal durch die nächste Inspektion kam, die in Kürze bevorstand – falls er bis dahin nicht schon zusammenbrach –, war vollkommen ausgeschlossen.

Aus diesem Grund ging sie, nachdem sie das Haus gelüftet, die eingekauften Lebensmittel im Kühlschrank verstaut und die Rechnungen auf den Beistelltisch geworfen hatte, in der Hoffnung, dass es darauf ein paar lukrative Auftragsangebote zu hören gab, unverzüglich an den Anrufbeantworter.

Leider war keine Nachricht ihres Managers aufgezeichnet worden. Der einzige Anruf, der überhaupt Asche in Aussicht stellte, stammte von einem Freakdompteur namens Texas Jimmy Balaban.

Er vermittelte, so viel wusste sie, keine Rollen. Als Talentcoach war sie schon ab und zu für Balaban tätig gewesen, aber nie als Schauspielerin. Texas Jimmy Balaban hatte mit Film und Fernsehen nichts zu tun. Er managte eine Reihe mehr oder weniger professioneller Komiker, denen er Auftritte in Nachtclubs und albernen Fernsehunterhaltungssendungen verschaffte, und besorgte den Talkshow-Redaktionen Exhibitionisten, Spanner und andere so genannte Spezial-Attraktionen.

Amanda hatte sich mehrmals mit solchen jämmerlichen Komikern abgegeben. Im Allgemeinen bedeutete ein Anruf Texas Jimmys, es galt, eine seiner Schießbudenfiguren für Talkshow-Moderatoren, die verzweifelt Sendezeit füllen mussten, vorzeigbar genug zu machen, und dafür zu sorgen, dass sie drei zusammenhängende Sätze hintereinander sprechen und dank dieser konsequenten Sonderausbildung einigermaßen einen Live-Auftritt durchstehen konnten.

Doch zumindest war Balaban ein anständiger Freakdompteur. Er hatte sie nie beschissen, sich mit der Honorarzahlung nie wesentlich verspätet, und sich nach einem ganz offenen Versuch, ihr an die Wäsche zu gehen, mit der rein beruflichen Natur ihrer Bekanntschaft abgefunden, und das war unterm Strich mehr Vorteilhaftes, als man den meisten männlichen Lebensformen dieses Gewerbes nachsagen konnte.

Als Amanda Robin konnte sie Texas Jimmy Balaban auf seine Weise sogar als charmant empfinden.

»Hallo Jimmy, was haben Sie diesmal für mich?«, erkundigte sich, sobald sie ihn am Apparat hatte, ihr forsches Showgeschäft-Avatar. »Wieder einen weißen Brabbelrapper ohne die richtige Einstellung? Noch einen Marilyn Monroe-Verschnitt mit Minnie Maus-Stimme?«

»Würden Sie mir glauben, wenn ich Ihnen antworte: Einen Komiker aus der Zukunft?«

»Ihnen glaube ich sogar«, beteuerte Amanda gutmütig, »wenn Sie mir Napoleon ankünden, frischweg mit dem Vierzehnuhr-Raumschiff von der Venus eingetroffen.«

»Nein, ich meine … Ich spreche im Ernst.«

»So, im Ernst … Sie behaupten, Sie haben im Ernst einen Komiker aus der Zukunft an der Hand.«

»Ich geb's zu, die Chose ist schwierig zu erklären«, gestand Balaban in einem für ihn gänzlich untypischen Ton der Heiterkeit. »Sie hätten dabei sein müssen, und selbst dann …«

Er schwieg für einen längeren Moment.

»Ich hatte mich in 'ne schauderhafte Absteige in der Borscht-Provinz verirrt«, fügte er schließlich leicht unsicher hinzu. »Fragen Sie mich bloß nicht, was ich dort getrieben habe, 's ist 'ne lange, traurige Geschichte, aber bei manchen Leuten gilt's ja als gutes Omen, in Scheiße zu treten, und diesem Fall ist's so gewesen, ich war an einem Ort, wo sonst nur der Hund begraben liegt, genau zur richtigen Zeit zur Stelle, um mir Ralfs Auftritt, kaum dass er putzmunter aus der Zeitmasche geschlüpft war, ansehen zu können ...«

»Aus der *Zeitmaschine*?«

»Der Hammer ist, er ist 'n Komiker aus der Zukunft, der das Pech hatte, von seinem schlitzohrigen Manager in eine Zeitmaschine gesetzt und in unsere Gegenwart transportiert zu werden, weil hier noch niemand sein fades Zeug kennt.«

»Ist das eine Sitcom-Handlung?«, fragte Amanda, die den Fall noch immer nicht raffte.

»Nein, Amanda, der Flappmann ist echt.«

»Sie wollen sagen, das ist sein Dreh?«

»Ja ... Ich meine, nein ... Also, ich bin mir selber nicht sicher ...«

»Wieder einer von Ihren Twilight Zone-Überlebenden, den Sie von mir für die Talkshow-Gebetsmühlen aufgepeppt haben möchten?«

»Tja, wissen Sie, ich weiß es selbst nicht, wenn er 'n Irrer ist, dann 'n irrer Komiker, er kann sich bewegen, er hat Timing, was er quasselt, bringt er gut rüber, er kann bestens improvisieren ... Er braucht eigentlich nur 'n tüchtigen Texter und 'n bisschen Verfeinerung ...«

Amanda atmete tief durch. »Hört sich für mich an, als hätten Sie entweder einen Komiker von potenziellem Höchstformat aufgetan, oder jemanden, der sich so ausgezeichnet als Komiker darstellen kann, dass er sogar Sie über den Tisch zieht ...«

Ein zweites Mal entstand am anderen Ende der Leitung ein befremdliches Schweigen.

»Ja, so sähe ich's auch, wäre da nicht die Sache mit dem Geld …«

»Geld?«

»Also, ich hatte plötzlich … äh … unerwarteten Bargeldbedarf, so könnte man's nennen, und da holt er 'ne Rolle derartig nagelneuer Hunderter aus der Tasche, dass man noch die Druckfarbe roch …«

»Na und?«

»Mit der Jahreszahl neunzehnhundertneunundsechzig.«

»Wie bitte?«

»Ja, Sie haben richtig gehört. Ich frage ihn unverblümt, ob die Scheine Blüten sind. Er windet sich und zappelt und stammelt, aber schließlich antwortet er mir, man hätte ihm garantiert, die seien mit dem echten Geld der damaligen Zeit bis hinab auf die atomare Ebene identisch, egal was das heißt. Na, für mich heißt das nichts anderes, als dass das Moos zweifelhafter Herkunft ist. Als ich ihn zur Rede stelle, hält er mir entgegen, wenn es aussieht wie Geld, sich anfühlt wie Geld und riecht wie Geld, dann ist es Geld. Ha-ha … Bloß kommt er mir trotzdem wegen der Moneten reichlich nervös vor.«

Texas Jimmy Balabans Stimme sank um eine halbe Oktave, er erzählte langsamer und verhaltener weiter; wenn er seine Belustigung vorspiegelte, dann konnte er getrost eine Laufbahn als Filmschauspieler einschlagen.

»Na gut, sobald ich mit ihm in Los Angeles bin – ich habe den Flug mit meiner Visa-Karte bezahlt, weil ich seiner Kohle nicht traute –, geh ich mit einem der Scheine in 'ne Bank und tu wie 'n simpler Bürger, frage den Kassierer, ob er mir sagen könnte, ob der Schein echt ist, ich hätte ihn auf der Straße gefunden, und falls ja, möchte er ihn mir in Zwanziger wechseln. Der Hämoritter sieht ihn sich an, betastet ihn, hält ihn ans

Licht, überlegt kurz, nimmt 'n Hunderter aus seiner Monetenschublade und vergleicht die beiden Lappen. Dann ruft er 'n anderen Bürohengst dazu, tuschelt mit ihm, sein Kollege geht weg und kommt mit'm Vergrößerungsglas und 'ner Schwarzlichtleuchte zurück. Sie durchleuchten die Banknote, begucken sie sich durchs Vergrößerungsglas, und zu guter Letzt schauen sie mich perplex an … Also, frage ich, ist sie echt? Ja, heißt's, sie ist echt. Der Kassierer zählt mir fünf Zwanziger hin. Auf der Straße haben Sie den Hunderter gefunden, sagen Sie?, fragt er. Ja, antworte ich. Und wissen Sie, was er darauf fragt …?«

Amanda lachte. »Wahrscheinlich hat er Sie«, sagte sie, »das Folgende gefragt: ›Sind Sie sicher, dass er nicht aus einer Zeitmaschine stammt?‹«

»Mensch, Donnerwetter, können Sie etwa Gedanken lesen?«

Der Donnerstag nach dem ersten Mittwoch des Monats erwies sich selten als Tag, an dem Dexter Lampkin von Kreativität überströmte. Er saß vor dem Computer und starrte in die *Roman-Ideen* genannte Datei, die ungeordnete Notizen im Umfang rund zweier Schreibstunden enthielt.

Als Nächstes stellte er voraussichtlich wie gewohnt fest, dass die zuletzt getroffene Farbauswahl für das Textverarbeitungsprogramm doch nicht ganz so angenehm war, und würde den Vorsatz fassen, die Farben perfekt abzustimmen, wenn er irgendwann noch einmal die Funktion mit den Grundeinstellungen öffnete; und dann … Ja dann …

Oder er fügte sich ins Unabänderliche und spielte 3D-Dame oder Flugsimulator …

Dexter stand vor einem neuen Projekt. Seinen letzten Roman hatte er vor drei Monaten abgeliefert. In der vergangenen Woche hatte er ein am Samstagmorgen innerhalb einer halben Stunde heruntergetipptes Exposé eingereicht, aber bisher keinen Anruf erhalten, der ihn zur redaktionellen Besprechung bat.

Die Miete war bezahlt, der Rechnungen-Ablagekorb leer, auf dem Bankkonto lag Penunze für vier Monate, Jamie war in der Schule, Ellie beschäftigte sich im Vorgarten, freundlich schien die Sonne des späten Morgens durchs Fenster seines Arbeitszimmers, ihn erwartete ein Tag der Freiheit. Eigentlich blickte er goldenen Wochen entgegen.

Denn war es nicht genau das, wofür Dexter lebte, nämlich für das Schreiben?

Aus den Sechzigern gab es einen schlierigen alten Film, der sein Problem, den Grund seiner Unzufriedenheit, treffgenau zusammenfasste.

In einem Lokal begegneten sich ein Hippie und ein Geschäftsmann, und der Geschäftsmann laberte auf den Hippie ein, er sollte doch endlich das Gammeln aufgeben und sich anständige Arbeit besorgen.

»Sehen Sie mich an, ich hab ein Haus, eine Frau, zwei Kinder, ein Auto und ein Wochenendhaus im Wald in Big Sur, wo wir jeden Sommer zwei Wochen voll bezahlten Urlaub verbringen, bloß rumhängen, uns ganz gemütlich einen antrinken und den Blumen beim Wachsen zuschauen.«

»Stimmt«, sagte der Hippie, »Sie schuften sich im Jahr fünfzig Wochen hindurch die Eier ab, bloß um zwei Wochen lang tun zu können, was ich das gesamte Jahr tu.«

Das Dumme war: Dexter identifizierte sich mit dem Hippie. In Berkeley hatte Dexter wie ein reicher Hippie gelebt, mehr oder weniger nur das geschrieben, was ihm einfiel (wenn er einen Einfall hatte), und sich damit das Leben verdient.

Damals hatte er sich treiben lassen können.

In letzter Zeit hingegen, seit er mit Frau, Kind, zwei Autos und monatlichen Kosten, die sich nicht durch einen Science Fiction-Roman und ein paar Kurzgeschichten pro Jahr decken ließen, stand er als Berufsschriftsteller hinlänglich unter Druck, um sich voller Missmut mit dem Geschäftsmann zu identifizieren oder zumindest nostalgisch zurück nach der verstrichenen Zeit der Unschuld zu sehnen.

Da saß er jetzt vor dem Computer, brauchte sich über keine Rechnungen den Kopf zu zermartern, hatte keine Pflichten und keine Termine, durfte sich getrost ein paar Monate lang treiben lassen – und was fing er mit dieser Möglichkeit an?

Nix. Nada. Nichts.

Dexter seufzte, stellte das Fummeln an der Tastatur ein, lehnte sich zurück und fummelte stattdessen am Bürosessel.

Sein Bürosessel war der allerbeste Sessel dieses Sitzmöbeltyps, den es überhaupt gab. Er hatte sämtliche Autoschrottplätze des ganzen Valleys abgeklappert, bis er endlich einen alten Recaro-Schalensitz in einigermaßen guter Erhaltung fand. Niemand fabrizierte einen Drehstuhl mit der Ergonomie und Verstellbarkeit dieses Schmuckstücks, das neu etwa einen Tausender kostete. Nachdem er es gesäubert und auf ein handelsübliches Standard-Drehstuhlgestell geschraubt hatte, war er *presto!* für vierhundert Piepen Eigentümer eines Bürosessels gewesen, dessen Schalensitz-Design ursprünglich für schnelle Fernfahrten auf den Autobahnen Deutschlands oder den Autostradi Italiens geschaffen worden war; oder für die Rennstrecken seiner Phantasie.

Er hatte den vollkommenen Bürosessel, einen 486er

mit 8-MB-RAM und 250-MB-Festplatte, einen großen, soliden Walnussfurnier-Schreibtisch sowie ein ruhiges, nach hinten gelegenes Arbeitszimmer mit Ausblick auf einen Eukalyptusbaum und ein Vogelhäuschen.

Und dennoch, war er nicht, an und für sich besehen, als er noch in Berkeley im Hinterzimmer auf dem Normdrehstuhl an einem von der Heilsarmee abgestaubten, grauen Metalltisch saß und auf die alte, ausgeleierte, elektrische Schreibmaschine einhackte, besser dran gewesen?

Ja klar, Lampkin, warum plagst du dich nicht wieder mit Tipp-Ex und Kohlepapier ab? Warum hängst du dir keinen Sack um und meißelst deinen Roman in Steintafeln?

Dexter seufzte ein zweites Mal. In Wahrheit litt er heute lediglich unter der am ersten Donnerstag des Monats längst gewohnten Niedergedrücktheit. Eigentlich war das gestrige, monatliche Treffen des ›Transformationalistenzirkels‹ keineswegs deprimierender als sonst verlaufen.

Diesmal hatte die Zusammenkunft an Clara und Dick Braithwaites Wohnsitz in Hollywoods nördlicher Wohngegend stattgefunden, der von ihnen gekauft worden war, als Dick noch bei Rockwell eine ziemlich hohe Position gehabt hatte, doch während die Firma nicht mehr so wie früher florierte, seit die Gelder der NASA in den Süden flossen, war Clara die Anstellung beim Jet Propulsion Laboratory erhalten geblieben und es Dick möglich geworden, die schwierige Zeit der zivilen Raumfahrtindustrie zu überstehen, indem er zu einer kleinen Zulieferfirma am anderen Ende des Tals wechselte, die Militärisches produzierte, über das er nicht reden durfte, und dadurch konnten sie weiterhin die Hypothek bezahlen.

Das Haus hatte einen Hintergarten mit kleinem Swimmingpool, und obschon der Abend nicht warm genug zum Schwimmen gewesen war, herrschte doch eine ausreichend laue Atmosphäre, um das Treffen ins Freie zu verlegen, und dort hatte Dexter bei seiner Ankunft die ganze Versammlung angetroffen.

Außer Dick und Clara waren Maggie und Doug Kappler zugegen gewesen, ein Paar übergewichtiger Science Fiction-Fans, deren Erwerbstätigkeit sich Dexter nie merken konnte, Johnnie Steinfeld, anscheinend ein hauptberuflicher Drogenhändler, Drew Sanderson, ein Computerfreak verbreiteten, bemerkenswerten hohen Ansehens, ferner Bobby Gomez, Jack Kahn und Irene Farrow, drei Möchtegern-Science Fiction-Autoren, Hank Farmer, der immerhin noch einen Posten mittleren Ranges bei dem einnahm, was man heute das Planetenerforschungsprogramm nannte, und seine Frau Louise, die an der Universität Südkalifornien Ökologie unterrichtete, sowie Bruce Torterelli, der in den Disney-Studios zuständig war für Spezialeffekte.

Aus ihnen setzte sich der gegenwärtige harte Kern des Transformationalistenzirkels zusammen.

Sie waren Dexters treue Fans.

Gewissermaßen.

Was diese Leutchen – und die restlichen selbsternannten ›Transformationalisten‹, die von Zeit zu Zeit diese Treffen besuchten, die Webside-Newsletter lasen, bei Genie.net und Compuserve.com das Transformationalisten-Forum frequentierten – gemeinsam hatten, nannte sich (mit einem Wort): Fandom.

Nicht Dexter D. Lampkin-Fanclub.

Sondern Science Fiction-Fandom.

Sie lasen nicht nur Science Fiction. Sie gingen auf Science Fiction-Conventions. Manche von ihnen kleideten sich dort in Kostüme. Etliche träumten davon, ihre Texte professionell zu veröffentlichen und Science Fiction-Autoren zu werden. Einige versuchten es. Manche hatten Erfolg. Andere schrieben für die Amateurmagazine, die Fanzines. Im Durchschnitt lag ihr IQ um dreißig Punkte über dem Quotienten der übrigen Bevölkerung. Im Durchschnitt hatten sie 15 Kilo Übergewicht.

Das Science Fiction-Fandom war eine transnationale Gruppe, die schon existiert hatte, lange bevor sich die übrige Gegenkultur entwickelte. Sie konnten keinesfalls mehr als 15000 Personen zählen, aber das Netz ihrer Verbindungen verästelte sich durch die gesamte Welt. Jeder, der sich diesem Verbund anschloss – durch Fanzines, Con-Besuch, Computerforen oder irgendetwas anderes –, konnte in Nowosibirsk, Winnipeg oder Bratislawa aus dem Flugzeug steigen und durch heimische Gesinnungsgenossen willkommen geheißen werden.

Ausläufer des Fandoms reichten auch bis ins ganze Spektrum wissenschaftlicher Kreise. Es existierte kein wissenschaftliches Fachgebiet, dem nicht gleichzeitig Science Fiction-Fans angehörten, und als Dexter seine intensiven Recherchen für *Die Transformation* betrieb, gab es im gesamten Land keinen Forscher, den er dank seiner Beziehungen zum SF-Fandom nicht hätte kontaktieren können, und häufig hatte derjenige sich auf selbst für Dexter peinliche Weise geehrt gefühlt, seine Bekanntschaft machen zu dürfen. Bei solchen Gelegenheiten mochte es jemandem durchaus zu Kopf steigen, ein ›Profi‹ zu sein, ein kleiner König der Science Fiction.

Das war die Butterseite.

Die Kehrseite war, dass Science Fiction-Fans, obgleich ihre Zahl nur einige Tausende zählte, Hotels mit Massen hirnrissig kostümierter Menschen füllen konnten und es tatsächlich taten, laut waren, zu allem etwas zu sagen hatten sowie Hunderte von Fanzines publizierten, und schon lange bevor Dexter sich überhaupt hätte träumen lassen, dass derartige Schwammerln die Welt unsicher machten, war durch sie der Allgemeinheit das schundige Image dieses Literaturgenres vermittelt worden.

Daraus bestand der schlimme Aspekt der Kehrseite.

Der verführerische Aspekt der Kehrseite – und von einem solchen Aspekt musste man tatsächlich sprechen – war in gewisser Hinsicht erheblich ärgerlicher, und doch gab er den Grund ab, weshalb er an jedem ersten Mittwoch des Monats diese scheißverdammten Treffen aufsuchte, obwohl er sich an jedem ersten Donnerstag im Monat schwor, es niemals wieder zu tun.

Von der Warte des Sozialwissenschaftlers verkörperte etwas wie das Science Fiction-Fandom in erster Linie eine Art von Kult, der genau den Persönlichkeitstypus anlockte, den man als ganz allgemein für Kulte anfällig einschätzte. Dass Science Fiction eine Literatur war, die auf dem Konzipieren imaginärer Welten beruhte, minderte nicht eben ihre Anziehungskraft auf schizoide Persönlichkeiten, die nach Identifikation mit anderen Realitäten als der Alltagswirklichkeit lechzten, die die Fans die ›normale Welt‹ nannten.

Wo es Menschen gab, die nach der gelben Ziegelsteinstraße von Kansas nach Oz Ausschau hielten, warteten auch guruförmige Löcher darauf, dass jemand sie füllte, und für Science Fiction-Autoren bedeutete es eine gefährliche Verlockung, den Mantel des Messias anzulegen.

Mehr als ein Science Fiction-Autor war zum Guru seines eigenen Fan-Kults geworden, von Fans, die sich als Weltraumsöldner verkleideten und auf Cons mit ihren abgehobenen Klubvorsitzenden heilige Eide schworen, und L. Ron Hubbard hatte seine Fan-Anhängerschaft in den Scientology-Sektenkonzern umgebaut.

Die Transformationalisten waren Dexters Fans.

Im Vergleich zu Hubbards Multimillionendollar-Unternehmen oder Gene Roddenberrys Trekkies machte das Grüppchen nicht viel her, aber immerhin, es war *sein* Verein.

Die Begrüßung verlief vollauf, wie es unter Gleichen üblich war, als Dexter den Hintergarten betreten hatte. Niemand stand auf, um ihm einen bequemeren Sitz anzubieten – er hätte es auch nicht verlangt –, das Budweiser nahm er sich selbst aus dem Kühlbehälter, und anschließend setzte er sich zwischen Dick Braithwaite und Louise Farmer auf einen Klappstuhl.

Dexter ermunterte niemanden dazu, ihn als wunderbares Wesen zu verehren – im Gegensatz zu etlichen Kollegen, die dazu die Möglichkeit fanden –, gänzlich im Gegenteil, er tat alles, um etwaige entsprechenden Ansätze zu ersticken; oder wenigstens redete er sich ein, dass er sich so verhielt.

»Hast du im Asimov's Silverbergs Erzählung gelesen …?«

»Meine Güte, ich begreife nicht, was mit den öffentlichen Mitteln geschieht, es kommt nichts mehr rüber …«

Und gegründet hatte er den Transformationalistenzirkel auch nicht, wenigstens nicht direkt; und schon gar nicht mit Absicht.

»… fünfundachtzig Mäuse an der Tür, glaubst du das? Also, ich entsinne mich noch an Zeiten, als …«

»… die Daten lassen ganz eindeutige Rückschlüsse für jeden zu, der sich nicht was in die Tasche lügt …«

Die Recherchen für *Die Transformation* waren gerade beendet gewesen. Gut, gut, vielleicht hatte er einer größeren Anzahl Wissenschaftler jede Menge Bier und stärkeres Gesöff spendiert, ihnen Joints gerollt, es zielstrebig auf ihre Unterstützung angelegt, um ein fiktives Programm zum Transformieren einer Erde, der eine atomare Apokalypse, globale Umweltkatastrophe oder lethale Vergiftung der Atmosphäre drohte, in eine stabile, Raumfahrt betreibende Übergangszivilisation zu erarbeiten.

»... eintausend oder zweitausend Kilometer tiefer Wasserozean, der allein durch Druck flüssig bleibt ...«

»... Arschlöcher brüten einen kompletten Plan für 'n Flug nach Centauri aus, und dann kriegen sie Muffensausen. Ich sage dir, ich hab 'n schlechtes Gefühl, was diese komplizierten Schwerkraftschleuder-Umlaufbahnen angeht ...«

Und zugegeben: Vielleicht hatte er es als ratsam erachtet, ihnen einen Köder hinzuwerfen, hatte er davon geschwafelt, sie könnten an der Veränderung der Zivilisation mitwirken, wenn sie ihm dabei halfen, für seine fiktive Transformationsverschwörung ein konkretes Programm auszufeilen ...

»... haben die Japaner längst Flüssigkristall-Farbbildschirme, so groß wie die Wand ...«

»... nirgendwo im Umkreis größerer Verschmutzungszonen sterben die Korallen ab ...«

Aber nachdem das Buch verlegt worden und weniger erfolgreich als *Ein Mann in einer fremden Welt* oder *Der Wüstenplanet* geblieben war, hatte er allem den Rücken zugekehrt – das musste man ihm lassen –, hatte nicht einmal darüber Bescheid gewusst, bis der Roman vergriffen gewesen war, dass eine kleine Gruppe Fans tatsächlich einen Transformationalistenzirkel gegründet hatte.

»He, wer hat Lust auf 'n Törn ...?«

Johnnie hatte einen Joint in der Flosse und winkte einladend, indem er sich in eine Ecke des Hintergartens verdrückte. Bobby, Irene und Bruce standen auf, um sich zu ihm zu gesellen, und Dexter überlegte, ob er sich ihnen anschließen sollte.

Warum nicht? Gänzlich im Gegensatz zu den Leuten, die noch diesen oder jenen Posten in der Raumfahrtindustrie hatten, mussten sich Science Fiction-

Autoren keinen Urintests unterziehen. Es bot wirklich Vorteile, das Treffen im Garten zu veranstalten, dann konnten nämlich diejenigen, denen Urintests erspart blieben, ein bisschen Gras rauchen, ohne die Pisse der anwesenden Passivraucher zu kontaminieren.

Immerhin genoss Dexter hier einen hinlänglich hohen Status, um den ersten Zug nehmen zu dürfen, und so viel fannische Verehrung mochte er sich denn doch nicht versagen.

»An was arbeitest du momentan, Dexter?«, fragte Bobby Gomez.

»Ich hab ein paar Einfälle für Kurzgeschichten«, brummelte Dexter. »Und ich hab gerade 'n Skript für *Kapitän Zero* eingereicht.«

Angewidert rümpfte Irene Farrow die Nase. »Ach du Schande, weshalb vergeudest du deine Zeit mit Zeichentrickfilmen?«

Sie war um die Dreißig, nicht allzu übergewichtig, eine strebsame Autorin und aufrichtige Bewunderin der Werke Dexters, und einmal, auf einem WesterCon, hatte er sie gefickt. Aber das gab ihr noch lange nicht das Recht, ihn wegen einer voll und ganz ehrbaren Auftragsarbeit anzupflaumen.

»Weil ich damit für zweiundzwanzig Seiten drei Riesen verdiene«, erklärte er unwirsch.

»Du willst sagen, du würdest so was ablehnen, falls man 's dir anträgt, Irene?«, meinte Bobby. »Ich würd's auf gar keinen Fall ablehnen. Aber du, Dexter, kannst du 's dir nicht leisten, auf so was zu verzichten …?«

»Ähm …«, murmelte Dexter verstimmt, »tja, vielleicht … Mal sehen, ob's sich einrichten lässt …«

Er hatte die noch halb volle Büchse Bier angehoben, als wäre sie leer, eine Bemerkung über seinen vorgeblichen Durst gebrummt und diesen Vorwand benutzt, um zum neben dem Swimmingpool aufgestellten Kühlbehälter zu schlendern, und gehofft, ein Gespräch anknüpfen zu können, das ihn weniger nach unten zog.

Gelinde war Dexter amüsiert gewesen, vornehmlich jedoch hatte es ihm geschmeichelt, als Colin Moore, damals stellvertretender Flugleiter beim JPL, ihn anrief und zur ersten Zusammenkunft des Transformationalistenzirkels einlud.

Moore gehörte zu den Leuten, bei denen er während der Recherchen für sein Buch aufschlussreiche Informationen eingeholt gehabt hatte, und möglicherweise war Dexter, obwohl er sich nicht deutlich entsann, darauf aufmerksam geworden, dass eine Hand voll der Wissenschaftler, die ihm behilflich gewesen waren, sich ab und zu ohne ihn zu einem Bier zusammengesetzt hatten, aber es wäre ihm nie in den Sinn gekommen, es könnte daraus so etwas wie ein Dexter D. Lampkin-Fanclub entstehen.

Und in der Hauptsache lief der Transformationalistenzirkel, wie sich herausstellte, auch keineswegs darauf hinaus. Mehrere Wissenschaftler, die ihm bei dem Romanprojekt geholfen hatten und sich als Science Fiction-Superfans betrachteten, waren schlichtweg den Saufabenden fern geblieben, zu denen Dexter anstiftete, und trafen sich stattdessen in eigenem Kreis.

Sie identifizierten sich mit dem fiktiven Transformationalistenbund des Romans, zu dessen imaginärem Programm sie beigetragen hatten, und nahmen Dexters Idee einer Übergangskrise während der Evolution jeder intelligenten Spezies vollständig ernst – auf alle Fälle im aktuellen Zusammenhang mit dem Schicksal, das dem Homo sapiens blühte.

Und was sprach dagegen? Für alle, die die Zeichen zu deuten verstanden, war das Menetekel an der Wand deutlich genug zu lesen.

Die fossilen Brennstoffe reichten nicht für alle Ewigkeit, die Fusionsforschung führte ins Leere, die Weltraumfahrt war praktisch zum Erliegen gekommen, die Weltmeere befanden sich in kritischer Verfassung, über der Antarktis hatte man ein Ozonloch entdeckt, Atommüll türmte sich, ohne dass jemand wusste, wo oder wie man ihn entsorgen sollte, die zur Aufrechterhaltung einer atembaren Atmosphäre unentbehrlichen Regenwälder holzte man ab, der Planet erwärmte sich ... Wer *Die Transformation* kannte und regelmäßig GEO las, der wusste, dass in der jetzigen Gegenwart die Generation lebte, die zum Guten oder zum Schlechten über die Zukunft der Menschheit entschied.

Anfangs war Dexter richtiggehend gerührt gewesen. Da hatte er mit Herz und Seele einen Roman geschrieben, der sich als Pleite erwies, war der Fallgrube dieses Fehlschlags nur entgangen, indem er in eine andere Stadt zog, sein Leben änderte, hatte den Vorsatz gefasst, sich nie mehr auf ein derartiges Projekt zu versteifen, *Die Transformation* mit aller Entschiedenheit abgehakt – und mit einem Mal, Jahre später, kreuzten richtige Wissenschaftler auf, die sich noch immer im Ernst damit befassten, die an das Messianische seines Buchs mit einer Hingabe glaubten, die abzustreifen er selbst sich alle Mühe gegeben hatte.

Also hatte Dexter es sich natürlich angewöhnt, ihre Treffen zu besuchen, und zunächst, in der ersten Zeit, solange die regelmäßige Teilnehmerschaft noch ausschließlich aus Wissenschaftlern bestand, war seine ursprüngliche, leidenschaftliche Begeisterung, die ihn beflügelt hatte, während er das Buch schrieb, noch einmal zum Leben erwacht.

Er gewährte dem Transformationalisten-Fanzine jedes gewünschte Interview, mischte bei Podiumsdiskussionen zum Thema ›Übergangskrise‹ mit und stellte dem besagten Fanzine gelegentlich sogar honorarfrei ein kurzes Artikelchen zur Verfügung.

Selbstverständlich bewirkten diese Aktivitäten in

der Hinsicht, die Menschheit vor ihrer eigenen Beklopptheit zu retten, nicht den geringsten Fortschritt. Aber wie sich ebenso von selbst verstand, lockte ein Fan-Futurologenklüngel, auf dessen Zusammenkünften man echten Fan-Wissenschaftlern begegnete, dessen Programm man auf SF-Cons bei Podiumsdiskussionen propagierte, der ein eigenes Fanzine publizierte und schließlich sogar eigene Internet-Foren zu bieten hatte, schlussendlich einen Dunstkreis ›gewöhnlicher‹ SF-Fans an, eine Blase halb gebildeter Schnatterenten, die längst alles wussten und sich nichts Neues mehr sagen lassen mochten …

»… dieser Ozonschwund …«

»… ist wenigstens schon einmal vorgekommen, wisst ihr, die Biomasse hat die Atmosphäre verändert und sich dadurch beinahe selber ausgelöscht …«

Dexter leerte das Bier, entnahm dem Kühlbehälter eine weitere Dose und schlurfte hinüber zu den Farmers, Clara Braithwaite und Jack Kahn, die allem Anschein nach die Art von Konversation führten, die damals das Hauptanliegen der Vereinigung abgegeben hatte.

»… ich dachte, nach neuesten Erkenntnissen soll ein Asteroid den Dinosauriern den Garaus gemacht haben …«

»Davon rede ich doch gar nicht«, stellte Louise Farmer klar. »Ich spreche von dem, was passiert sein muss, als in den Urmeeren ein Mikroorganismus mutierte und die Fähigkeit der Photosynthese entwickelte, sodass er von da an Sauerstoff in die Atmosphäre entließ …«

»Das für den Großteil der bis dahin existenten Biosphäre toxisch gewesen sein dürfte …«

»Ja, und infolgedessen ist sie um ein Haar ausgestorben«, sagte Louise. »Es muss verdammt knapp gewesen sein …«

»Und du bist der Meinung ...?«

Louise hob die Schultern. »Wenn es früher der primitiven Biomasse gelungen ist, durch einen einzigen akkumulierten Mikroeffekt im Laufe einiger Hunderttausend Jahre die Atmosphäre für die eigene Biochemie ungeeignet zu machen, wie könnte man da bezweifeln, dass höhere Lebewesen wie unsereins mit sämtlichen chemischen Makroeffekten unserer so genannten höheren Technikzivilisation nicht innerhalb von ein, zwei Jahrhunderten das gleiche Resultat zu verursachen im Stande sind?«

Die Forscher, die anfänglich bei den Treffen zugegen gewesen waren, hatten die eingefleischte Gewohnheit gehabt, Nebenarbeiten untergeordneten Laborassistenten und übereifrigen Studenten oberer Semester zu überlassen. Auf ähnliche Weise wurden nach und nach die Fans erst zu Laufburschen, die Bier holen gingen, dann veranstaltete man die Zusammenkünfte an ihren Wohnsitzen, damit sie danach das Aufräumen erledigten; und zu guter Letzt übernahmen sie die Aufgaben, die Fanzines herauszubringen und die Internet-Foren zu betreuen ...

»Glaubst du, es ist schon so weit?«, fragte Dexter. »Haben wir den Rubikon überschritten?«

Und ganz, ganz allmählich hatte sich der Transformationalistenzirkel selbst transformiert, war von einem kleinen Wissenschaftlerpulk mit winziger Fan-Korona zu einem Vorwand für die Veranstaltung von Fan-Partys mit Dexter und ein paar Gründungsmitgliedern als Aushängeschild geworden ...

»Tja, Dexter, jedenfalls haben wir unsere Atmosphäre inzwischen so nachhaltig verändert, dass unsere Existenz über mehrere Lichtjahre hinweg von einer Zivilisation, die über keine besseren Instrumente als wir verfügt, erkannt werden kann«, erläuterte Louise. »Was mir wirklich Sorge bereitet, ist, dass diesem Prozess eine außerordentliche zeitliche Verzögerung immanent ist. Ich bin der Ansicht, was wir heute an Auswirkungen sehen, sind bloß die Folgen der ursächlichen Faktoren, mit denen wir bis ungefähr neunzehnhundertfünfzig die Atmosphäre beeinflusst haben. Aber die Konsequenzen dessen, was danach geschehen ist, sehen wir wohl erst in einigen Jahrzehnten ...«

Von der Zeit an hatte sich der zünftige, fannischfesche Charakter der Zusammenkünfte verringert, die Teilnahme schwand, bald erschien das Fanzine unregelmäßig, alles pendelte sich auf den heutigen Zustand ein: Lediglich ein paar Fans und einige Wissenschaftlertypen trafen sich noch, deren gesellschaftliches Leben sich überwiegend um das Fandom drehte.

»Es kann sein, es ist alles noch viel erschreckender als du 's dir denkst«, äußerte Drew Sanderson, der sich neben Dexter gestellt hatte. »Ich meine, wenn man die Chaostheorie heranzieht ...«

Und natürlich blieb auch Dexter dabei; er brachte es einfach nicht fertig – obgleich er wusste, es wäre besser –, der Clique fern zu bleiben.

»Die Chaostheorie?«, wiederholte Dexter. »Fraktale, meinst du? Fremde Attraktoren? Mandelbrot-Muster?«

Dann und wann nämlich enthüllte eine Unterhaltung (zum Beispiel dieses Gespräch) – oder wenigstens machte Dexter es sich weis –, dass unter der Asche noch so mancher Funke intellektuellen Feuers glomm.

Drew lachte. »Ich spreche nicht über formlose Muster, die man sich anguckt, wenn man stoned ist«, antwortete er. »Nein, ich nehme auf die Tatsache Bezug, dass umfängliche Makroeffekte innerhalb gewisser inhärent chaotischer Systeme, beispielsweise einer planetaren Atmosphäre, schon durch winzigkleine Mikroveränderungen in den ursprünglichen Bedingungen hervorgerufen werden können ...«

»Ach ja, guter Gott«, rief Clara. »Eben so eine Ursache könnte bewirkt haben, dass der Mars ausgetrocknet und kalt geworden ist. Nach jüngsten Schätzungen ist es dazu binnen zehn- bis zwanzigtausend Jahren gekommen. Und das war ein natürlicher Prozess!«

»Genau«, sagte Hank Farmer. »Jedenfalls der Theorie nach sind irgendwann ein paar letzte Wasserstoffmoleküle ins All entwichen, der atmosphärische Druck sank so weit ab, dass Wasser nicht mehr in flüssigem Zustand bleiben konnte, der Druckabfall beschleunigte sich, und dieser Vorgang hielt an, bis er exponentiellen Charakter annahm, und im Verlauf weniger Jahrtausende erstarrte der gesamte Planet im Frost.«

»Ja, den Berechnungen zufolge kann ein Wasserstoffatom in der anfänglichen Atmosphäre einen maßgeblichen Unterschied ausmachen«, erklärte Drew. Er feixte boshaft. »Aber nach denselben Berechnungen lässt sich nicht bloß unmöglich voraussagen, welche Art von Makroveränderung eine Mikroveränderung in den Anfangsbedingungen eines chaotischen Systems wie einer Planetenatmosphäre zum Ergebnis hat, sondern auch der Effekt selbst ist inhärent non-deterministisch.«

»Oder wie der menschlichen Zivilisation, stimmt's?«, warf Dexter ein. »Sie ist ja wahrscheinlich auch 'n chaotisches System … Genau wie wir.«

Eine schwer fassbare Vorstellung beschlich und provozierte Dexters Denken. Wenn die menschliche Zivilisation ein chaotisches System bildete, eine inhärent non-deterministische Summe aus Milliarden über Milliarden von Mikroveränderungen, die in jedem Moment Milliarden chaotischer Subsysteme namens Mensch vollzogen …

»Dann kann jede unserer Handlungen, jeder unserer Atemzüge, muss vielleicht enorme Nachwirkungen haben …«

Seit langem war es eine Lieblingsvorstellung der Science Fiction, dass man die Zukunft völlig verändern konnte, indem man eine winzige Veränderung bewirkte, die längs der unendlichen Zeitachse temporale Modifikationen auslöste. *Gib mir einen Punkt, wo ich hintreten kann, und ich hebe die Welt aus den Angeln*, hatte Archimedes verkündet und auf gewisse Weise dadurch tausendundeine schundige Alternativweltgeschichten verschuldet.

»Wenigstens manche«, schränkte Drew ein. »Aber gleichzeitig zeigen ja die Berechnungen auf, dass man nicht vorhersagen kann, welche Auswirkungen.«

»Oder wie man sie zu Stande bringt«, rief Dexter.

Wenn er nämlich dieses den Verstand verwirrende mathematische Prinzip allmählich richtig begriff, dann wusste man nie, ob irgendetwas, was man tat, nicht die Welt veränderte, und zwar nicht einmal, wenn man der Allmächtige in Person war, weil … weil …

»So wie in Aldiss' Kurzgeschichte, in der jemand in die Vergangenheit reist, auf 'n Schmetterling tritt und so die ganze Zukunft …«

»Die Story ist von Bradbury, Doug.«

»Von Brian Aldiss.«

O Scheiße!

Dexters Idee, was für eine Gestalt sie am Ende auch angenommen gehabt hätte, war verflogen gewesen.

Doug und Maggie Kappler hatten sich in die Unterhaltung eingemischt und sie mit voller Betonköpfigkeit auf Trivialitäten reduziert.

»Es ist Bradburys Geschichte *In den Dschungeln der Urzeit*.«

»Sie ist von Brian Aldiss.«

»Du meinst *Ferner Donner*.«

»Welche von beiden ist denn die Geschichte von dem Burschen, der auf den Schmetterling tritt?«

»Äh …«

Das fettsüchtige Fan-Ehepaar wandte sich an Dexter. »Welche ist es, Dexter?«, fragte Maggie Kappler.

»Ich weiß nicht ...«, nuschelte Dexter, obwohl er es wusste, entfernte sich trübsinnig zu dem Grüppchen, das in der Ecke des Gartens mittlerweile den zweiten Joint durch die Runde wandern ließ; ihm fehlte gänzlich dazu die Lust, einen schwachköpfigen, klugscheißerischen Fan-Meinungsstreit zu entscheiden, der ausgerechnet das einzige interessante Gespräch gestört hatte, das heute Abend aufgekommen war, und zudem in genau dem Moment, als es ihm beinahe zu einer wichtigen Einsicht verholfen hatte, der er sich nachträglich nicht mehr entsinnen konnte.

So ist das eben, wie ein gewisser Science Fiction-Autor mehr als einmal zu oft geschrieben hatte, und so war es wieder gewesen, wie schon mehr als einmal zu oft, und jetzt saß er hier an einem neuen ersten Donnerstagmorgen des Monats und schwor sich, dass er am gestrigen Abend das wirklich allerletzte Mal ein derartiges Treffen aufgesucht hatte, er es nächsten Monat nicht besuchte, oder wenigstens nicht, wenn es ihm eine Phase der Kreativität, wie sie ihm nun bevorstand, verderben mochte.

Aber unmittelbar bevor die Kapplers, diese feisten Arschlöcher, ihr vorlautes Maul aufrissen und die Diskussion versauten, hatte er eine Idee gehabt ...

Dexter legte eine neue Datei mit dem Namen *Chaos* an.

Während der Unterhaltung über planetare Atmosphären, den Mars und die Chaostheorie war flüchtig – da war er sich ganz sicher – ein Geistesblitz durch das Tropenfischaquarium seines Gemüts geschwommen, vielleicht gelang es ihm, sich daran zu erinnern: Etwas über Gott, dem es verwehrt blieb, in einem chaotischen Universum deterministische Spielchen anzuzetteln, jawohl, die mathematische Widerlegung der Vorherbestimmtheit in …

Das Telefon läutete.

Scheiße!

Natürlich.

Er nahm den Hörer ab.

»Hallo?«, knurrte er.

»Spreche ich mit Dexter Lampkin?«

»Ja, wer ist da?«

»Mein Name ist Texas Jimmy Balaban«, sagte die nicht besonders texanisch klingende Stimme am anderen Ende der Leitung. »Kann sein, ich hab 'n Auftrag für Sie, Lampkin.«

Texas Jimmy Balaban? Schwach entsann sich Dexter an den Namen. Wenn sein Gedächtnis nicht trog, war der Mann irgend so ein schmieriger Künstleragent. Er vermittelte Psychopathen aller Art an Talkshows, und drittklassige Komiker …

»Mir ist, als ob Sie Science Fiction schreiben, Lampkin, oder …?«

Richtig, er hatte diesem Abnehmer früher schon ein paarmal Texte verkauft.

»Von Zeit zu Zeit …«, gestand Dexter mit trockenem Humor.

Gags zu schreiben war nicht unbedingt seine Stärke, aber wenn man an einen solchen Auftrag gelangte, zahlte er sich ohne großen Aufwand aus. Man musste sich nicht hinsetzen und stundenlang den Kopf zerbrechen. Es kam lediglich darauf an zu beachten, was der Zweck sein sollte und nach dieser Maßgabe aufzuschreiben, was ihm an Blödeleien einfiel.

»Es geht um Folgendes, Lampkin. Ich brauche eine Anzahl Mann aus der Zukunft-Späße, und ich dachte mir, das fällt in Ihr Ressort …«

»*Was* brauchen Sie …?«

»... Zweihundert für die Minute Sendezeit, Hundert für Auftritte in Lokalen. Sind Sie daran interessiert?«

Dexter hob die Schultern. »Wieso nicht?«, antwortete er. Offenbar ging ihm das Schreiben heute sowieso nicht von der Hand. »Versprechen kann ich natürlich nichts ...«

»Das brauchen Sie nun wirklich nicht erst zu betonen«, polemisierte Texas Jimmy Balaban. »Nehmen Sie 's mir nicht übel, aber ich bin lange genug in dem Gewerbe tätig, um zu wissen, dass keiner von Ihnen den Witz gepachtet hat, darum hab ich mich außer an Sie an noch 'n halbes Dutzend Autoren gewandt.«

»Ich nehm's Ihnen nicht übel«, versicherte Dexter. »Aber könnten Sie mir wohl erklären, wofür Sie Scherze über einen Mann aus der Zukunft haben möchten?«

»Nicht über einen Mann aus der Zukunft, sondern *für* einen Mann aus der Zukunft, der damit in Talkshows auftreten soll.«

»Häh?«

Am Apparat blieb es ungewöhnlich lange still.

»Ich habe einen ... ähm ... neuen Komiker unter Vertrag genommen«, sagte Balaban schließlich. »Nennt sich Ralf. Nach seiner Darstellung ist er 'n Komiker aus der Zukunft ...«

»Ein Komiker aus der Zukunft ...?«

»... den sein Manager in eine Zeitmaschine gesetzt und in die Vergangenheit geschickt hat, wo sein hundert Jahre altes Zeugs noch aktuell sein sollte. Bloß ist es nicht so. Das heißt, ich muss für ihn professionelle Texte auftreiben.«

»Zu dumm«, meinte Dexter humorig, »dass sie ihm aus der Zukunft nicht auch 'n Gagschreiber mitgeschickt haben.«

Balaban lachte; das Lachen klang vielleicht etwas nervös, aber es kam von Herzen. »Das ist die richtige

Einstellung, Lampkin … äh … Dexter«, lautete seine Antwort. »Malen Sie sich aus, man hätt's getan, und Sie wären dieser Texter, Sie müssten tolle Arbeit abliefern, oder man beamt sie nicht heim zum Buck Rogers Boulevard.« Er lachte ein zweites Mal. »He, das klingt gut, geradezu wie eine Ihrer Science Fiction-Geschichten, was?«

Auch Dexter musste lachen. »Vielleicht sollten Sie Science Fiction schreiben, Jimmy«, sagte er.

Erneut herrschte am anderen Ende der Leitung zeitweiliges Schweigen.

»Glauben Sie mir, Dexter«, sagte Texas Jimmy Balaban dann in seltsam ernstem Tonfall, »ich würde meine Erlebnisse der vergangenen Tage an *Twilight Zone* verkaufen, wäre Serling nicht noch immer mausetot und das nächste Revival verschoben worden.«

Um 15 Uhr 15 an einem wie gewohnt von Smog getrübten Nachmittag hatte Amanda auf dem Weg zu ihrem Treffen mit Texas Jimmy Balaban und seinem Mann aus der Zukunft eine Viertelstunde Verspätung, weil es – ebenfalls wie gewohnt – unmöglich gewesen war, in der Nähe seines Büros auf der Larrabee einen Parkplatz zu finden.

Wie hätte sie es ablehnen können, wenigstens ihre Einwilligung zu einer Zusammenkunft zu geben?

Auf alle Fälle ermangelte Texas Jimmy der Phantasie, um für einen seiner Klienten eine derartige Thematik auszuklügeln, und hätte er ihr zu verklickern versucht, dass er Ralfs Geschichte tatsächlich glaubte, wäre Amanda niemals darauf hereingefallen. Doch Jimmy hatte bei ihr den Eindruck einer ihr durchaus sympathischen, ratlosen Konfusion hinterlassen, als ob er dem Macker halb Glauben schenkte, aber sich schämte, es einzugestehen.

Den Ausschlag jedoch hatte diese Besonderheit mit dem Geldschein gegeben.

Gewiss, ein echter Schizoider konnte sich im Rahmen seines Wahns alle möglichen Details ausdenken, ohne sich darüber im Klaren zu sein. Das Unbewusste konnte allerlei erstaunliche schöpferische Leistungen vollbringen; einmal hatte Amanda am Seminar eines Traumforschers (mit Doktorhut im Fach Psychiatrie) teilgenommen, dem es auf vollauf überzeugende Weise aufzuzeigen gelungen war, dass es sich bei manchen Formen von Wahnvorstellungen um aus der Traumzeit in das Bewusstsein sickerndes Material handelte.

Auch wäre es für einen tüchtigen Schauspieler keinesfalls unmöglich gewesen, irgendwo alte Hundertdollarscheine in neuwertigem Zustand aufzutreiben, oder sich, falls er zufällig auf sie gestoßen war, auf dieser Grundlage eine spannende Geschichte auszudenken.

Diese Möglichkeiten hätte allerdings nur ein bekennender Skeptiker wie Martin Gardner oder der Trickspezialist Randi als glaubhaft erachtet, die von der unerschütterlichen Prämisse ausgingen, dass das Universum auf einem System bekannter und unverrückbarer wissenschaftlicher Gesetzmäßigkeiten beruhte, die sich nicht überschreiten ließen. Das jedoch war ein Axiom, bei dessen Voraussetzung Amanda schon in einer ganzen Reihe von Fällen erlebt hatte, dass Ockhams Prinzip ziemlich dünne Bretter bohrte.

Darüber hinaus hatte es den Anschein, dass Texas Jimmy Balaban, der gewiss nicht als Naivling des Kosmischen Karnevals galt, sich wahrhaftig, wenn auch widerwillig, mit der Erwägung auseinandersetzte, dass ein Bolide aus einer anderen Realität den Schleier der Showgeschäft-Maja durchbrochen hatte.

Alles zusammen summierte sich, wenngleich es nicht eben hinaus auf eine Erleuchtung unterm Bodhi-Baum oder das moralische Äquivalent von tausend Mikrogramm LSD lief, zu einer ausreichend spirituellen Botschaft, um Amanda dahingehend anzustacheln, dass sie in ihrem schlackerigen Pinto über die 101 stochte, schließlich ein Stück westlich ihres Ziels auf der La Colima parkte und durch die diesige Schwüle des Sunset Strip die ganze Strecke zu Fuß zur Larrabee trabte.

Denn es war die experimentelle Überschreitung der herkömmlichen Wirklichkeit – oder wenigstens die Hoffnung darauf –, wofür die wahre Amanda lebte: Für die Augenblicke lichter Klarheit, in denen sich die Nebel teilten, um nicht die endgültige Wahrheit, sondern das letzte Rätsel zu offenbaren.

Außerdem brauchte sie Schotter.

Texas Jimmy Balabans Geschäftsräume befanden sich in der dritten Etage eines bescheidenen Bürogebäudes in der Seitenstraße des unbescheidenen Sunset Strip, der Art von Bau, in denen kleine Versicherungsagenturen, Reisebüros fragwürdigen Leistungsrahmens und weniger erfolgreiche Zahnärzte ihren Sitz hatten. Im Vorzimmer gab es keine Sekretärin, nur eine staubige, beige Couch und einen Beistelltisch, auf dem ältere Ausgaben der Zeitschriften *Variety, Hollywood Reporter* und *People* lagen.

Balaban persönlich öffnete, sobald Amanda die Glocke gedrückt hatte, die Tür zum eigentlichen Büro, ein schlaksiger Fünfziger in schokoladenbraunem Sommeranzug und am Kragen offenem, weißem Hemd, mit ausgedünntem, welligem, bräunlichem Haar, breitem Grinsen, das von zahlreichen Goldkronen glänzte, Las Vegas-Bräune, grünen Augen mit Ansätzen zu Tränensäcken und einem gewissen Gehabe leicht veralteten Showgeschäft-Charmes, das Möchtegern-Sternchen, wenn nicht als attraktiv, so zweifellos doch als vielversprechend empfinden mochten.

»Kommen Sie rein, Amanda«, sagte er. »Ralf ist bei mir im Büro.«

Sobald Amanda den Flur betrat, wehte ihr die unverkennbare Miefigkeit einer Junggesellen-Notunterkunft entgegen, die stickigen Ausdünstungen älterer Pizzaschachteln, schaler Kaffeereste in Styroporbechern, die Stinkigkeit von Rasierschaum sowie – obwohl hier ein Nichtraucher seine Räumlichkeiten hatte – eine ganz schwache Spur von Tabakrauch, die dem weiblichen Instinkt mitteilte, dass irgendein Schwanz aus seiner Wohnung geworfen worden oder geflohen war und hier in einem freien Zimmer auf einer schmuddligen Luftmatratze, einem Sofa oder einem Klappbett übernachtete.

Das Büro entsprach jedoch vollständig den Erwartungen des Showgeschäfts: Ein großer, nachgerade majestätischer Teakholz-Schreibtisch. Nur geringfügig ausgetretener, blauer Teppichboden. Ein gelblich gewordener Gummibaum, der dringend Wasser benötigte. An den Wänden signierte Aufnahmen der Klienten Balabans sowie mehrerer Allgemeinberühmtheiten, darunter Frank Sinatra, Sonny Bono, Wayne Newton und Ronald Reagan, die sich dazu herabgelassen hatten, Texas Jimmy dreißig Sekunden Zeit für ein Händedruckfoto zu gewähren.

Hinter einem Walnuss-Chrom-Couchtisch sprang Texas Jimmy Balabans Komiker aus der Zukunft von der Kante eines schwarzen Kunstledersofas auf; er trug einen grauenvollen, popelgrünen Freizeitanzug, den Texas Jimmy ihm vermutlich gekauft hatte, damit er auch bestimmt wie ein Psychopath aussah.

Balaban hätte sich die 49 Dollar 95 sparen können.

Ralf war ein kleiner, stämmiger Mann mit großer Nase, einer strubbeligen Frisur ungekämmten, krausen Schwarzhaars, in dem Silbergrau schimmerte, kränklicher Ostküsten-Winterblässe und Segelohren, der sie, indem er ihr die schwammige Pfote entgegenstreckte, mit schleimigem Grinsen und übermütigem Verdrehen der blauen Augen begrüßte.

»Hallo, meine Schöne, ich bin Ihr Biest«, krächzte er mit Fistelstimme. »Jimmy sagt, Sie polieren meine Nummer für die dumpfen Brägen Mr. und Mrs. Matschhirn auf, und nach allem, was ich bisher in der Röhre gesehen habe, dürfte das gar keine leichte Aufgabe sein, die Komik des späten zwanzigsten Jahrhunderts zielt offensichtlich auf den Typus von Kretins ab, der 'n Furzkissen für den Höhepunkt geistreichen Humors und Moby Dick für 'ne eklige Geschlechtskrankheit hält.«

Sonderlich witzig war er nicht, aber ähnlich wie Howard Stern und Dick Clay – oder sogar völlig unkomische Kampfkomiker wie Rush Limbaugh und Pat Buchanan – strotzte er von einer spürbaren Ausstrahlung schwungvoller innerer Kraftfülle, die den Hitzewallungen heißen Asphalts glich; oder der Aura der insgeheimen Erpichtheit eines Schauspielers, der sich durch eine Probedarbietung um eine Rolle bewarb, die für seine Karriere einen großen Sprung verhieß.

»Ich bin Amanda …«

»Und ich bin Ralf. Ärr-ah-ell-eff. Ralf! Ralf! Ralf!«

Er bellte, während er ihren Arm zum Schlackern brachte, wie ein Hund.

Dieser Stenz hatte es wirklich drauf.

Fast hätte Amanda ihm glauben können, dass er ein missliebiger Komiker aus einem lumpigen Seitengassen-Nachtklub eines zukünftigen Las Vegas war, anstatt bloß ein Borscht-Provinz-Flüchtiger, der sich abmühte, von Null aus eine neue Karriere anzukurbeln, indem er die Rolle eines aus der Zukunft in die Vergangenheit Verschlagenen mimte.

Fast.

Nur trug er zu dick auf. Er übertrieb bis zu dem Punkt, an dem die Übertreibung selbst zu einem Teil der Rolle wurde: Er hatte es so gut drauf, dass er seine Glaubwürdigkeit untergrub.

»Ach, nehmen Sie doch Platz, Amanda«, sagte Balaban, schob den einzigen Stuhl beiseite, der vor dem Tisch stand, und zwang Amanda, sich auf das Sofa zu setzen, neben Ralf, der sich zurücksacken ließ und unsichtbare Schwingungen verströmte.

»Tja, was meinen Sie?«, fragte Balaban.

»Tja, was verlangen Sie?«, stellte Amanda eine Gegenfrage.

Balaban zuckte locker die Achseln. »Ich hatte gehofft, das könnten Sie mir sagen«, erwiderte er. »Also, was wir haben, sind ein offensichtliches Künstlertalent und eine grundsätzliche Begabung zum Komiker, was wir noch erarbeiten müssen, ist eine passende Konzeption …«

»Ralf der Komiker aus der Zukunft …«, murmelte Amanda nachdenklich. »Das ist keine allzu spezifische Maßgabe …«

»Ich habe schon mit 'n paar Autoren gesprochen …«

»Vor allem ist er kein ausgeprägter Typ, nichts wie der Stadtneurotiker, den Woody Allen für sich kreiert hat, oder Phyllis Dillers origineller Bühnencharakter, oder wie Reubens' Pee-Wee Herman, deren Auftritte könnte man in einem Kabarettistik-Seminar verwenden, weil sie jeden sofort überzeugen.«

»Ja, ja, das ist es«, sagte Balaban, »genau das ist's, was ich mir vorstelle …«

»He, Moment mal, was soll das heißen, was meinen Sie damit, ich bin kein Typ?«, rief Ralf in barschem Ton. »Bin ich etwa 'ne Dose Kaba?« Mit den Fingern dehnte er den Mund nach den Seiten, streckte die Zunge heraus und rollte mit den Augen. »Was muss ich denn machen, um in diesem Jahrhundert komisch zu sein, aus meinen Achselhöhlen im Zweivierteltakt *My Way* pupsen?«

Balaban grinste ihm zu, dann schaute er Amanda an. »Na, kann der Mann improvisieren, oder nicht?«

Amanda wandte sich an Ralf. »Erzählen Sie mir was über Ihr Jahrhundert«, sagte sie.

»Hä?«

»Verraten Sie mir was über Ihr Jahrhundert, Ralf, geben Sie uns Informationen, die wir als Arbeitsgrundlage benutzen können.«

»Was gibt's da viel zu erzählen?«, maulte Ralf. »Alles ist total Mist. Man kann den Wirkungsbereich der Klimaanlage nicht verlassen, weil sie Luft nicht atembar ist, der Fraß besteht aus recycelter Scheiße, die bei der Fabrikation mit Wasserenthärter und Entkalker aromatisiert wird, das Bevölkerungsproblem der Dritten Welt ist durch tödlichen Sonnenbrand gelöst worden, in jedem Land ist die mutierte Kanalratte zum Wappentier geworden, und an Elektrizität gibt's gerade noch genug für diese Dingsda, die die Riesenschaben braten sollen.«

»Aber was gibt es Komisches?«, fragte Amanda.

»Komisches? *Sie* sind komisch, Affengörl. Sie Matschhirne des zwanzigsten Jahrhunderts, die Sie uns den ganzen Schlamassel eingebrockt haben, liefern die Blondinenwitze der Zukunft.«

Wie ein abstoßender, wüster Troll in lächerlichem, lindgrünem Freizeitanzug quetschte er die Äußerungen aus dem Klugscheißerwinkel seines Mundwerks.

Aber eben da schaute Amanda in seine unaufhörlich rollenden Komikeraugen, und einen Moment lang erwiderten sie ihren Blick mit leuchtend blauer Eindringlichkeit.

Nur für einen Moment …

Doch in diesem Moment … öffnete sich eine Pforte.

Sie spürte die somatische Aura, die an der Schwelle zum Schlaf zu erkennen sie sich gelehrt hatte, der Augenblick des Schwebens, in dem sich das Bewusstsein umpolte, Vorstellungsvermögen und Denken den Fluss der Zeit betraten, statt ihm zu entquellen. Diese höchste Ebene hatte sie stets angestrebt, aber nie erreicht, das volle Wachsein im Traumzustand, das sich weder durch Tricks, Übung oder Techniken, noch durch reine Willenskraft herbeiführen ließ.

Die Pforte öffnete sich vor ihr, sobald sie hellwach in die Augen dieses Schlaumeiers blickte, der aus der Zukunft zu stammen behauptete. Und aus der Traumzeit kam ihr etwas entgegen.

Eine Vision des Gesichts, das sie sah, in raffinierter Verwandlung. Das Haargestrüpp gestutzt auf die Art von Frisur, die ein junger Albert Einstein von einem Frisör in Beverly Hills erhalten haben könnte, um für den Abdruck seines Porträtfotos in einer bebilderten Broschüre die Segelohren geschickt mit den Umrissen des Kinns zu verschmelzen. Die verstreuten silbergrauen Strähnen durch zusätzliches Färben zu einem vornehmen Silbergespinst gewirkt. Die fahlgraue Haut durch Waschen, Peeling oder Revitalisierung zu glänzendem Braun verschönert.

Kein radikaler Umbruch, was Frisörkünste und Kosmetik anging, und doch veränderten sie das gesamte Gesicht. Die große Nase verlor dadurch ihre Ähnlichkeit mit einer Banane oder Gurke. Der breite Mund mit den beweglichen Wulstlippen glich jetzt dem maskulinen Pendant des Lächelns der Mona Lisa. Ralfs Blick musterte Amanda aus einem auf unbestimmte Weise völlig ins Gegenteil verwandelten Gesicht. Einem Gesicht voller Weisheit.

Weisheit …?

Oder einer öligen Komikertravestie der Weisheit?

Mit diesem Gesicht war Ralf weder ein flachgeistiger Komiker aus der Zukunft, noch ein allwissender, aber blödsinniger Nostradamus, sondern jemand, der beide Rollen spielte, als hätte Mel Brooks die Rolle eines Werner Erhard des zwanzigsten Jahrhunderts mit Gene Wilder besetzt.

»Woran erkennt man, welche Matschhirneltern flussabwärts Hanfords im Columbia gebadet haben?«

Zwischen Frage und Antwort lag nur die Dauer eines Herzschlags.

»Bei ihrem Sohn ist das Arschloch am Ellbogen.«

Ein ungeschulter Verstand hätte diesen Eindruck der Verwandlung wahrscheinlich gar nicht gehabt, oder falls doch, als Folge einer Ermüdung, des Alkohols oder eines zufälligen Changierens der Lichtverhältnisse abgetan.

Nicht jedoch Amanda.

Alles was war, war Realität.

Und Realität war, dass sie durch die Pforte der Wahrnehmung ein Bild projiziert erhalten hatte, das ihre Inspiration beflügelte. Ob das Vorkommnis auf einem Wachtraum, einem unbewussten Anzapfen der Kreativität, einer zufallsbedingten Synchronizität von Blickwinkel und Lichteinfall oder irgend etwas völlig Unbegreiflichem beruhte, das blieb eine offene Frage, die beantworten zu können sich Amanda niemals angemaßt hätte.

Es zählte nur eines, nämlich dass es sich ereignet hatte.

»Hören Sie mal«, meinte sie zu Balaban, »wie wär's, wenn wir Ralf nicht als Komiker aus der Zukunft, sondern als Guru aus der Zukunft ins Geschäft bringen? Jemanden wie den Maharishi, wissen Sie, oder Ron Hubbard. Er ist aus der Zukunft gesandt worden, um die Gegenwart zu erleuchten.«

Texas Jimmy Balaban rümpfte die Nase. »Die Sache

stinkt, Amanda«, sagte er. »Wo ist das Witzige? Was ist der Dreh?«

»Der Dreh ist«, gab Amanda zur Antwort, »dass er trotzdem Ralf bleibt.«

»Häh?«, machte Ralf. »Wer soll ich denn sonst sein?«

»Wir bringen ihn zum Frisör, lassen ihm eine dermaßen phantastische Frisur verpassen, dass sie wirkt, als hätte sie dreihundert Dollar gekostet – so was mit silbernen Nadelstreifen, damit er ein kosmisches Flair kriegt –, und …«

»Ho-ho, Affengörl, allmählich gefällt mir deine Idee …«

»… stecken ihn in 'n hippen futuristischen Overall …«

»… immer besser.«

»… mit dem Ergebnis, dass er aussieht wie Mr. Spock, den Christian Dior eingekleidet hat, um Cagliostro zu spielen.«

»Und das soll komisch sein?«, fragte Texas Jimmy Balaban. »Ich kapier's nicht.«

»Komisch daran ist, er ist noch immer Ralf«, erklärte Amanda. »Mit derselben Stimme, demselben Gebaren. Sein Verhalten parodiert die visuelle Erscheinung des Gurus aus der Zukunft. Ich unterrichte ihn in einer pompösen Zweitstimme, die er im normalen Gespräch verwenden kann, aber bloß als Köder, nur für die Fassade.«

»Mensch, durch diese Fiktion wären alle meine alten, abgedroschenen Matschhirnwitze hier in den dumpfen, alten Zeiten wieder spaßig.«

Texas Jimmy Balaban sprang vom Stuhl auf, trippelte hastig durch kleine Kreise. »Behält die Stimme … Bleibt bei dem Gepöbel …«

»Bewahrt in vollem Umfang die ätzende, anwidernde, vor den Kopf stoßende Persönlichkeit«, sagte Amanda.

»He, halt mal ...«

»Als ob Obi Wan Kenobi«, rief Texas Jimmy aufgeregt, »Lenny Bruce spielte.«

»Ich soll ›ätzend‹ sein?«, keifte Ralf in stark übertriebener Steigerung des ohnehin ständigen Krächzens seiner Stimme. Er reckte die Nase in die Höhe, hob das Kinn um 20° in Richtung Decke. »Ich soll mich ›anwidernd‹ benehmen ...?«, fistelte er mit einer Schrillheit, die eine Gänsehaut verursachen konnte, es allerdings nicht ganz, aber um ein Haar schaffte.

Er blickte Amanda geradewegs in die Augen. Er beugte sich näher zu ihr herüber, und noch näher, bis sie die groben, schmutzigen Poren der Wangen und Nase sah, sein billiges Drogeriemarkt-Rasierwasser roch, und als er seine wulstigen Gummilippen zu einem breiten, sardonischen Feixen verzog, bekam sie auch noch den ungesund bläulichen Farbton seiner Zunge und seine gehörig langen Pferdezähne zu sehen, bemerkte in seinem Atem einen Hauch Aceton.

»Und was soll denn das bedeuten, ›vor den Kopf stoßende Persönlichkeit‹?«, schnarrte er.

Alles passte zu dem Satz, während er ihn sprach: Die Haltung des Kopfs, der Tonfall, die zuckelige mesomorphische Ausdruckskraft der Körpersprache.

Alles bis auf die Augen.

Amanda war sich gänzlich sicher, dass die Augen nicht im Geringsten lachten.

Oder falls doch, dann über etwas völlig anderes.

drei

Inzwischen war es lange her, dass Texas Jimmy Balaban nach einer Zigarette geschmachtet hatte, und zwar, wenn er sich richtig erinnerte, während seines letzten Erscheinens vor einer Scheidungsrichterin. Vor Jahren, nachdem er einmal einen dicken, braunen, von Blut fleckigen Klumpen Auswurf aushustete, hatte er die Krebsspargel aufgegeben und nie mehr angerührt.

Doch jetzt merkte er, dass sein Daumen und die zwei ersten Finger der rechten Hand eine gar nicht vorhandene Zigarette umfassten, ähnlich als ob ein schwer bekiffter Rocksänger mit leeren Händen Gitarrenspiel vortäuschte.

Neben ihm auf der muffig riechenden Couch des Künstleraufenthaltsraums glich Amanda Robin, während ihre dunklen Augen über der einer indischen Fürstin würdigen Nase, das lange, schwarze Haar ordentlich unter einer türkisfarbenen Kappe in Form einer Kürbisblüte verborgen, die Lippen zu einem knappen Lächeln verzogen, ruhigen

Blicks den schlecht eingestellten Fernseher betrachteten, der Katze, die durch Wände ging.

Sie konnte leicht die Ruhe wahren. Mittlerweile hatte Jimmy ihr 1850 Dollar an Stundenhonoraren gezahlt, damit sie Ralfs Stimme, sein Auftreten und ganz allgemein seine Performance aufpeppte, nicht mitgerechnet die 210 Dollar für die gottverdammte Frisur und die 475 Dollar für das maßgeschneiderte Outfit, und nicht zu reden von den Kosten für Essens- und Motelrechnungen, die ihn belasteten, seit sich Ralfs Rolle Hundertdollarscheine erschöpft hatte.

Wenn er alles addierte – allerdings versuchte Jimmy, nicht daran zu denken –, hatte er bislang über 5000 Dollar für seinen neuen Klienten ausgegeben, und bis jetzt hatte der Esel noch keine Dukate geschissen.

Nun sollte er herausfinden, ob er den gesamten Schotter zum Fenster hinausgeworfen hatte. Nicht dass die Mark Tanner-Show für Ralfs Fernsehdebüt Unsummen blechte, doch falls Ralf nicht einmal bei einem Pflaumenaugust wie Tanner landen konnte, war es zwecklos, in ihn noch mehr Kies zu investieren.

Die Mark Tanner-Show füllte eine Lücke im Medien-Niemandsland. Dienstagnachts von 1 bis 2 Uhr – ein freier Sender in Glendale brachte die Show – konnte man im TV-Programmangebot des Großraums Los Angeles unmöglich weiter von der Hauptsendezeit entfernt sein, ohne ganz auf die Sendung zu verzichten. Mark Tanner war, das stand auch für Texas Jimmy fest, unerträglich hirnrissig, er bildete sich ein, er wäre ein angehender Rush Limbaugh oder Howard Stern, aber die Tatsache, dass er ungefähr den Intelligenzquotienten eines Mehlwurms hatte, zog der Entfaltung seines Talents gewisse Grenzen und verlieh ihm zusehends den Habitus eines Kampfhunds.

Gino Galacci, Tanners Produzent, der auf der anderen Seite der Künstlergarderobe in einem Sessel lehnte und aus einem Roger Rabbit-Kaffeebecher mit Johnny Walker versteiften Nescafé trank, machte sich keine Illusionen hinsichtlich der Frage, wie weit sein Show-Schlachtross ihn noch bringen konnte: Nämlich nicht weiter als bis hier.

Galacci, ein um die fünfundsechzig Jahre alter Schmerbauch mit grauen, sichtlich ausgedünnten Haaren und schlechten Zähnen, war ein abgebrühter, alter Profi und gab sich nicht dem Irrglauben hin, Tanner fände sich jemals in seiner Show mit wesentlich besseren Leuten zurecht, als auf Texas Jimmys Klientenliste am unteren Ende standen, also Psychopathen und tatsächlich komplett verrückten Perversen, eben dem Kanonenfutter für Galaccis jämmerliche Kuriositätenschau, das Jimmy ihm gelegentlich gegen ein paar Hunderter in bar und kostenlose Sendezeit in die Arena schickte.

Und mehr hatte Jimmy dem Produzenten auch für diese Nacht nicht versprochen.

»Ein Guru aus der Zukunft, Jimmy? Heiliger Bimbam, was kommt wohl als Nächstes? Wo holst du diese Knalltüten bloß her?«

»Null Problemo, Gino«, hatte Texas Jimmy ihm am Telefon versichert. »Ich lungere auf dem John Wayne Airport am interplanetaren Terminal herum, bis die Fliegenden Untertassen landen, dann werfe ich sie für Zweihundert je Auftritt Marky-Boy zum Fraß vor.«

Oder Ralf spielt ihn an die Wand, hoffe ich, dachte Jimmy, während er an seine Äußerungen einen Lacher gehängt hatte.

Galacci hatte das Stichwort zum Anlass genommen, um gleichfalls zu lachen, aber natürlich nicht Jimmys hinterfotzig-vergnügtes Grinsen sehen können, darum wusste er nicht, dass der Spaß, falls Jimmys geheime Hoffnung sich erfüllte und Ralf wie eine Bombe einschlug, letzten Endes auf seine Kosten ging …

Denn obschon Texas Jimmy noch nie einen Klienten gemanagt hatte, der sich aus eigenen Mitteln nicht einmal einen BigMac kaufen konnte, und noch nie in solchem Maß in Vorleistung getreten war, ohne dass ein einziger Rubel in seine Tasche rollte, verdankte er seiner langen Erfahrung die Tugend der Geduld und des Wartens auf den richtigen Augenblick, die Erkenntnis, dass es sich empfahl – und wenn er noch so sehr auf den Nägeln kaute –, ein Talent erst nach gründlicher Vorbereitung der Öffentlichkeit zu präsentieren.

Nicht dass er je schon ein Talent wie Ralf gekannt hätte. Welcher Art Ralfs Talent auch sein mochte.

Nicht dass die Leistung, die Amanda Robin bisher fürs Geld erbracht hatte, die Ausgaben nicht wert gewesen wäre.

Nach Ralfs Rückkehr vom Frisör und von der Kosmetikerin hatte Jimmy zunächst seinen Augen nicht getraut.

Ralfs Gesicht sah jetzt aus, als wäre es mit der Schleifmaschine gereinigt und anschließend in der Mikrowelle gebräunt worden; und der Rechnung zufolge, die Amanda vorlegte, war es mehr oder weniger auch so geschehen. Sein Haar war in eine Hollywoodversion der vorherigen Zerzaustheit umfrisiert und mit silbernen Strähnen durchschossen worden; über den Ohren hatte man es so geschnitten, dass er eine entfernte Ähnlichkeit mit Mr. Spock aufwies. Seine Brauen erinnerten jetzt ein wenig an Dr. Fu Manchu.

Dadurch hatte sich sein Aussehen vollständig verändert. Die Nase war nur noch groß, nicht mehr komisch. Aus den Augen leuchtete eine seltsame Intensität; kosmische Ausstrahlung mochte man es nennen, war man eine auf Vibrations erpichte Ische mit Lustkugeln in der Furche.

Als einige Tage später der Anzug eingetroffen war,

hatte der Verwandlungseffekt seine Vollendung erlangt.

Jimmy hatte fast in die Hose gemacht, sobald er ihn auf dem Bügel hängen sah. Amanda hatte das Ding überwiegend in Weiß anfertigen lassen! Das hieß, sie brauchten davon zwei Exemplare, weil nach jedem Auftritt ein Stück in die Reinigung gegeben werden musste.

»Regen Sie sich nicht auf, Jimmy, das Ding ist wasserfest imprägniert und voll abwaschbar«, hatte Amanda ihn beruhigt, und als Ralf umgekleidet aus der Toilette zum Vorschein kam, musste Jimmy widerwillig eingestehen, dass er für sein Geld immerhin einen angemessenen Gegenwert in schmutzabweisendem Polyester erhalten hatte.

Ein Amanda bekannter Herrenschneider in Silverlake hatte für 475 Dollar einen regelrechten marsianischen Strampelanzug hergestellt.

Die Kluft war ein Einteiler, ähnlich wie ein Overall, und wurde ohne Hemd, Gürtel oder Schlips getragen, obwohl sie davon ins Design integrierte Ansätze aufwies.

Wie eine Reithose verbreiterte sich die weiße, unten mit schwarzen Gamaschen versehene Hose über den Knien, ein breiter, schwarzer Streifen, der an eine Schärpe erinnerte, engte straff die Taille ein. Der weite obere Teil wirkte, als wäre er eine lose in die Hose gesteckte Bluse, hatte schwarze Manschettenärmel, die aus der Waagerechten wuchtig gepolsterter Schultern ragten und in weißen Stulpen endeten, sodass der Eindruck einer zweifarbigen Ninja-Bluse entstand. Auf der Brust, tendenziell rechtsseitig, erhöhte ein asymmetrisches Dreieck aus schwarzem Material zusätzlich die Ähnlichkeit mit einem Hemd, ein weißer Schlitz, der quer durch das Dreieck verlief, galt wohl als Andeutung eines Schlipses; ein Revers gab es nicht, sondern einen hohen, weiten Stehkragen, außen weiß, innen schwarz, der fast bis an die Ohrläppchen reichte.

In diesem Dress gab der neue, aufgemotzte Ralf ein etwas überkandideltes, aber gleichzeitig elegantes und vage futuristisches Bild ab, dem sich eine gewisse Unheimlichkeit nicht absprechen ließ, ganz als spielte Graf Dracula in Flash Gordons Montur Christopher Lee.

»Friede sei mit euch, umnachtetes Affenvolk des zwanzigsten Jahrhunderts«, hatte er mit pseudofeierlicher Bestatterstimme gesagt und mit der Hand gewinkt wie der Papst auf dem Balkon. »Ich bringe euch Grüße von den Erben eures Stumpfsinns …«

Er streckte die Zunge heraus, so wie es sich schließlich auch Albert Einstein einmal erlaubt hatte, und stieß ein ebenso feuchtes wie verächtliches Zischen aus.

»Voll der Matschhirn-Clan, was?«, schnauzte er mit seiner gewohnten Krächzstimme, strich wie ein Geck mit den Fingern über die Vorderseite seines Ornats. »Prächtig! Sagt nichts! Ihr habt da 'n Giganto-McKing-Batman-Bar-Mizwa für mich vorbereitet, stimmt's?«

Er brauchte Textmaterial, er brauchte Verfeinerung, aber in diesem Moment hatte Texas Jimmy gespürt: Das Wesentliche war da. Er hatte die Zähne zusammengebissen – dadurch fiel es ihm leichter, von den Belastungen für sein Bankkonto zu schweigen – und es mit Ralf langsam, wirklich ganz langsam angehen lassen, war sich darüber im Klaren gewesen, dass die Investitionen sich erst in Wochen oder Monaten auszahlten …

Abendliche Amateurvorstellungen in drittklassigen Varietés, dann zweitklassigen Nachtclubs, schließlich Kabaretts, begleitet durch die fortlaufende Einarbeitung der von den Textern gelieferten Gags, während Amanda an Ralfs Auftreten feilte, das Timing des plötzlichen Wechsels von der Rolle des scheinbaren Gurus aus dem 22. Jahrhundert in den Part des schlagfertigen Klugschwätzers perfektionierte, der verbalen Falle, die Ralf den boshaften Zwischenrufern stellte, die sich auf seine Fassade einließen …

»Und jetzt … begrüßen wir Marks nächsten Gast … Ralf, den Mann aus der Zukunft!«

Den Ralf nun, wie Jimmy nervös hoffte, zum ersten Mal vor einem ahnungslosen Forum, das mehr oder weniger als professionell gelten durfte, mit Erfolg zu mimen schaffte.

Auf dem miserabel adjustierten Fernsehapparat der Künstlergarderobe sah man Ralf von links das Studio der Mark Tanner-Show betreten, sein Gesicht, das Weiß der Guru-Kluft sowie alles andere zu scheußlicher Blaustichigkeit verfärbt.

Wie ein schmieriger Politiker auf dem Weg zum Elchtest schwebte Ralf, die Flappe zu einem einschmeichelnden Lächeln erstarrt, das schöne Händchen ausgestreckt, zu seinem Sitz.

Mark Tanners Entgegenkommen bestand darin, das Gesäß ungefähr zwanzig Zentimeter hoch vom Moderatorensitz zu lüften und Ralf die Hand mit sichtlicher Skepsis zu schütteln. Tanner war ein hünenhafter, blonder Ex-Holzfäller mit kantigem Kinn und sah aus wie ein gealterter Surfer, den man gezwungen hatte, eine Stelle als Hilfspolizist in Klunsendorf/Alabama anzutreten. Und dementsprechend viele graue Zellen hatte er denn auch in seinem Dez.

»Aus der Zukunft also kommen Sie, hm?«, empfing er Ralf mit der Art tiefer, knurriger Bärenstimme, die in Verfolgungsjagd-B-Movies für das Sechserpacks saufende Publikum der raubeinige örtliche Sheriff hatte.

»Jetzt geht's los, Jimmy«, flüsterte Amanda Robin, drückte ihm kurz und leicht die Linke.

»Ja, Mark, ganz richtig, man könnte mich einen Boten nennen, der in dieses düstere, dunkle Zeitalter Licht bringen und uns vor uns selbst schützen soll«, säuselte Ralf in rundum salbaderischem Predigerton.

»So, einen Missionar?«

»Na so was, Mark«, antwortete Ralf, indem er die bisherige Stimme beibehielt, und lächelte ihm wohlwollend zu. »Also, also ... das ist ja beinahe spaßig. Mir ist gar nicht mitgeteilt worden, dass Sie Matschhirne hier Sinn für Humor haben.«

»Matschhirne?«, brummelte Tanner verdrossen, weil er merkte, dass Ralf ihn auf den Arm nahm, aber nicht wusste, was er dagegen machen sollte. »Wer ist denn ein Matschhirn?«

»Jemand wie Sie, Mark, ein mustergültiges Beispiel einer Person des zwanzigsten Jahrhunderts«, schleimte Ralf. Dann wechselte er unvermittelt über zu seiner heiseren Nörgler-Fistelstimme, um eine Pointe Dexter Lampkins anzubringen.

»Jemand der denkt, Fischsterben fände statt, wenn er aus der Einsneunzig-Tunfischdose frisst, und Giftschlamm wär das, was am nächsten Morgen am andern Ende rauskommt.«

Amanda streifte Jimmy mit einem knappen Blick und schenkte ihm ein flüchtiges Lächeln. Der Blick, den Gino Galacci ihm quer durch die Künstlergarderobe zuwarf, bezeugte erheblich weniger Frohmut.

Jimmy spreizte die Hände und versuchte es mit einem arglosen Achselzucken.

Erst da fiel ihm auf, dass er die Rechte an die Lippen gehoben hatte, als saugte er an einer Phantomzigarette.

»… ja genau, Mark, woher ich komme, da pflegen die Leute bestimmt keinen Ahnenkult, das wäre nämlich, als wollte der Oberrabbiner von Jerusalem eine Kerze zum Andenken an die Seele des lieben Verstorbenen Adolf Hitler anzünden.«

»Und deshalb hat man Sie gesandt, damit Sie uns für unsere Sünden bestrafen, ganz als ob man Whoopie Goldberg nach Teheran schickte, um mit den Ajatollahs abzurechnen?«

»Was soll ich sagen, Affenboy?«, pöbelte Ralf, wechselte die Stimme. »Ich bin verknackt worden wegen obszöner Mediengeilheit, und ich hatte die Wahl zwischen hier oder drei Jahren Judenwitzeerzählen im Warschauer Ghetto.«

Gut, dachte Amanda. Er beherrschte beide Stimmen und das Timing, und der Rest würde sich verbessern, sobald man ihm mehr zündende Pointen geschrieben hatte.

Ralf war kein echter Komiker, dem die Bretter die Welt bedeuteten, kein John Cleese, Gene Wilder oder Zero Mostel, die in jede Rolle schlüpfen und jeden Typ, den sie spielten, zum Lacherfolg machen konnten. Wie im Falle Pee-Wee Hermans und Harpos – und ebenso Chaplins – war es für ihn das Richtige, in jeder Situation immer nur ein und denselben Charakter zu verkörpern und aus dieser Konstante die Komik des Auftritts abzuleiten.

Aber Pee-Wee Hermans Karriere war seit langem vergangen, und Harpo und Chaplin waren eigentlich nie regelrechte, typische Komiker gewesen. Darum gab es in Bezug auf Ralf nur einen Weg: Die Person in einen Normalo- und einen Pointen-Avatar zu splitten und beide gegeneinander auszuspielen.

Diese Inspiration war bei ihrer Arbeit an Ralf der einfachste Teil gewesen.

Auch die Zweitstimme hatte sie vor keine größeren

Herausforderungen gestellt. Dafür hatte sie mit ihm lediglich eine langsamere Redegeschwindigkeit, einen übertrieben süßlichen Ton sowie eine gewisse bramarbasierende Guru-Sprache einüben müssen. Nach einer Woche hatte er sie so gut anwenden können, dass Balaban ihn sie anlässlich einer Amateur-Revue in einem abgrundtief schauderhaften Varieté hinter Eagle Rock auf der Bühne erproben ließ, und das Beste, was man im Anschluss an diese Veranstaltung sagen konnte, war, dass zumindest niemand Tomaten geworfen hatte.

Ralf behauptete, obwohl es Amanda schwer fiel, an einen Komiker zu glauben, der niemanden außer sich selbst spielte, noch nie mit einer Zweitpersonifizierung gearbeitet zu haben. Die Stimme zu wechseln, bereitete ihm keine Schwierigkeiten, aber in seiner Körpersprache blieb er stets Ralf: Ruckzuckig, fahrig, zappelig. Bei der Darbietung hatte ein Körper zwei Stimmen, anstatt dass zwei alternierende Charaktere jeweils mit einer Stimme sprachen. Ihn zu sehen, hatte etwas Ungehöriges an sich: Man hatte das peinliche Gefühl, an einer Straßenecke einen Schizo zu beobachten, der in den Bart brabbelte.

Doch irgendwie hatte sie ihm genügend schauspielerische Techniken eintrichtern können, um diesen Missstand zu beheben. Leicht war es nicht gewesen. Fünf Tage vertrackter Bemühungen hatten zu keinem Ergebnis geführt, bis ihr zu guter Letzt eine Idee kam, die das erwünschte Resultat erbrachte.

Vielleicht sogar etwas, das besser wirkte, als sie es erwartet oder beabsichtigt hatte …

Die ›Séancen‹ hatten in ihrem Haus in Topanga stattgefunden. Es hatte dort oder in einem Hinterzimmer in Balabans Büro sein müssen, denn für die Kosten eines Studios, in dem sie Ralf hätte unterrichten und mit ihm üben können, hatte Texas Jimmy nicht aufkommen wollen. Amanda brauchte an dem Abend, als Jimmy die erforderlichen Entscheidungen traf, keinen Blick in das Kabuff zu werfen, ein flüchtiges Schnuppern war aufschlussreich genug gewesen; außerdem bedeutete es für sie, so hatte sie sich überlegt gehabt, weniger Umstände, wenn Ralf fürs Coaching zu ihr fuhr, als wenn sie sich mit dem Pinto durch den Verkehr auf der 101 zum Sunset Strip quälte.

Bloß fehlte Ralf ein Führerschein. Er behauptete, er wäre nicht einmal ein Auto zu steuern fähig.

»Ein Auto fahren? Soll das 'n Ulk sein? Woher ich stamme, da handelt man sich drei bis fünf Jährchen ein, hält man 'n Auto nur unterm Teppich versteckt.«

»Soll ich ihn etwa abholen und zurückfahren?«

Daraufhin ergab sich ein zähes Feilschen mit Balaban um die Spesen. Das Anderthalbfache des Stundenhonorars für die Fahrtdauer plus Kosten für Benzin und Öl. Plus Kaution von 1000 Dollar in bar für den Fall, dass der Pinto verreckte, ein Betrag, für den sie im Ernstfall zwei neue Schrottmühlen anschaffen konnte. Überdies behielt sich Amanda das Recht vor, die Termine festzulegen, damit es ihr möglich war, Verkehrsstaus weitgehend zu vermeiden.

Sie hatte die Idee gegen Sonnenuntergang gehabt.

Sie und Ralf befanden sich im Wohnzimmer, und sie versuchte ein weiteres Mal, Körpersprache und Stimme einander anzugleichen, aber es gelang noch immer nicht. Ein lauer Spätnachmittag war es gewesen; die Tür zur vorderen Veranda stand offen, doch draußen vertieften sich schon die Schatten, deshalb hatte Amanda die Halogenleuchte eingeschaltet, um aus dem Innern des Hauses jede Düsternis zu verbannen.

Zufällig schaute Amanda in die Richtung der Tür. Im Wohnzimmer hatte das kalkig weißliche Kunstlicht der Lampe die zeitweilige Illusion einer ewigen Mittagsstunde erzeugt.

Aber zwischen den rauen, gräulichen Türbalken, quasi gerahmt wie ein Gemälde, sah sie eine andere Welt in einer anderen Zeit, wo goldene Spätnachmittagsschatten auf den Zweigen der Eukalyptussträucher gaukelten, die sich im leichten Wind wiegten.

»Hören Sie mal, Ralf«, hatte Amanda gesagt. »Wir kommen nicht voran. Lassen Sie es uns mal mit einem anderen Ansatz versuchen. Ziehen Sie das Kostüm an.«

»Ach, also bitte ...«

»Tun Sie mir den Gefallen, Ralf. Wir wollen es mal mit einer kleinen Wahrnehmungsreizübung versuchen.«

»Wahrnehmungsreizübung? Ja holla, wär's dafür nicht besser, wir wären beide nackert?«

Bei einem anderen Mann hätte Amanda diese Äußerung als zumindest probeweise Anmache empfunden, aus Ralfs Mund jedoch blieb sie ein gewöhnlicher Fragesatz ohne jede sexuelle Grundschwingung. In der Tat hatte sie schon viele, viele Stunden allein mit diesem Burschen zugebracht, ohne dass von ihm auch nur die geringsten erotischen Vibrations ausgegangen wären.

Möglicherweise hätte Amanda die Befürchtung gehabt, vollends abgehoben zu haben, ohne es zu merken, wäre es nicht so gewesen, dass Ralf auch im Übrigen keinerlei spürbare emotionale Ausstrahlung hatte. Alles, was aus seinem Mund kam, war konstruiert; der Schnack klang nach dem, was die Psychologen Affektsteifigkeit nannten.

»Privatleben?«, hatte Balaban gemeint, als sie sich danach erkundigte. »Da dürfen Sie nicht mich fragen. Nach allem, was ich weiß, was er mir erzählt, kann's ohne weiteres sein, dass er in seinem Motelzimmer den ganzen Tag lang kopfüber an der Decke hängt und MTV guckt.«

Und als Ralf in der schwarzweißen Guru-Kledage und mit schlechter Laune aus dem Gästezimmer gekommen war, hatte Amanda den Geistesblitz gehabt, dass selbst seine permanente Haltung aggressiver Feindseligkeit gegen das 20. Jahrhundert und alles damit Zusammenhängende Teil seiner Masche sein mochten.

Falls sie Recht hatte, war er alles andere als unfähig zum Schauspielern, sondern im Gegenteil ein meisterhafter Schauspieler, der nie mehr als eine einzige Rolle zu spielen gelernt hatte.

»Schön, Ralf«, sagte sie. »Jetzt möchte ich, dass Sie ganz einfach einen Moment lang stehen und sich dessen bewusst werden, welches Gefühl es ist, sich in diesen Augenblicken in Ihrem Körper zu befinden.«

Wie ein nachsingender Papagei neigte Ralf den Kopf zur Seite.

»Lassen Sie die sinnliche Realität auf sich einwirken, Ralf ... den Geruch des Staubs auf dem Teppich, der feuchten Erde in den Blumentöpfen ... die visuellen Eigenschaften des Lichts ... der Luft auf ihrer Haut ... So fühlt es sich an, Ralf der Besserwisser zu sein, der Zänker, der Pöbler, der die Pointen krachen lässt ... Spüren Sie es, Ralf? Gewahren Sie es?«

»Ich hab 'ne gewisse Erfahrung darin, ich zu sein, Affengörl«, fuhr Ralf sie an. »Und was nun?«, fragte er, streckte die Arme nach den Seiten aus und verdrehte die Augen. »Sagen Sie bloß nicht, ich soll 'ne Windmühle abgeben.«

»Nicht ganz«, antwortete Amanda.

Sie nahm seine Hand und führte ihn zu der offenen Tür. »Stellen Sie sich vor, diese Tür sei Alices Spiegel. Auf dieser Seite sind Sie Ralf. Sie fühlen, was Ralf fühlt, Sie riechen, was Ralf riecht, Sie sehen, was Ralf sieht, Sie gehen wie Ralf, Sie reden wie Ralf, Sie sind Ralf. Sie sind ein schlagfertiger Kampfkomiker aus der Zukunft, und was sie fühlen, ist das Gefühl, Sie zu sein.«

Durch die Tür zog sie ihn auf die vordere Veranda.

»Jetzt sind Sie woanders. Und hier sind Sie ein Anderer.«

Vom Meer herüber raunte die Brise des Spätnachmittags durch die Canyons, versetzte die Kronen der Eukalyptusbäume in sanftes Wogen, durchwehte die langsam abkühlende Luft mit der saftigen Süße der Harze, den würzigen scharfen Düften des Chaparral. Lange Schatten zerteilten die staubigen Sträucher in Streifen dunkleren und kräftigeren Grüns. Auf dem dunkelbraunen Fels des Big Rock glomm vorerst nur der zarteste Hauch von Rosa, und dahinter hatte sich das verwaschene Blau des südkalifornischen Himmels im Zenith erst ganz geringfügig dunkel zu verfärben begonnen.

»Hier sind Sie ein Gelehrter aus der Zukunft, der zu uns gekommen ist, um das zwanzigste Jahrhundert nicht zu schelten, sondern um es zu retten, Sie haben ausschließlich die wohlwollendsten Absichten, Sie sind ein bisschen schnurrig, Sie sind ein wenig schwülstig, und was Sie jetzt empfinden, das empfinden Sie, wenn Sie in der Vergangenheit bei uns ›Affenvolk‹ sind und Blumen riechen …«

Für einen langen Moment stand Ralf auf der Veranda und hatte die Lippen zu seinem gewohnten Feixen verzogen, die frisch getrimmten Brauen missmutig den Innenwinkeln der Augen genähert, blieb er der alte Ralf.

Aber wenigstens verkniff er sich eine dumme Bemerkung.

»Lauschen Sie auf den Wind«, sagte Amanda leise. »Hören Sie den Specht, der im Hintergrund an einem abgestorbenen Baum hämmert … Riechen Sie den Eukalyptus … An manchen Stellen ist es wärmer, an anderen Stellen kühler, im Schatten und im Sonnenschein sind die Temperaturen verschieden, achten Sie darauf … Beachten Sie, dass die Luft voller Leben ist, einen eigenen Geruch hat, wie sie über Ihre Haut streicht …«

Allmählich zeigten sich an Ralf feine Wandlungen. Die Verkrampfung der Brauen löste sich, die Lippen nahmen eine andere Kurvatur an und veränderten den Ausdruck um seinen Mund, und die Augen … Auch mit seinen Augen geschah eine Verwandlung.

»Etwas weicher, etwas natürlicher, so ist er, so sind Sie, und es ist ganz klar, dass Sie auf dieser Seite des Spiegels eine etwas andere Haltung haben, lockerer und aufrechter stehen, mehr wie Ihre Stimme sind, verstehen Sie …? Nein, sprechen Sie noch nicht, spazieren Sie ein Weilchen auf der Veranda hin und her, erfühlen Sie, wie es hier ist, Sie zu sein …«

Zaghaft tappte Ralf zum Geländer.

»Entspannen Sie die Beine, heben Sie die Füße höher, richten Sie den Oberkörper auf, fühlen Sie, wie es ist, er zu sein, dieser Mann ist eine Art von Professor, der sich immer bewegt, als sei er auf dem Weg zum Rednerpult, und er ist aufgrund seiner Großartigkeit ein ganz klein wenig zu selbstverliebt …«

Längs des Verandageländers entfernte sich Ralf von ihr, führte seine Bewegungen mit lockereren Gelenken aus, jawohl, hielt den Kopf in leicht höherem Winkel. Vielleicht zeichnete sich ein Durchbruch ab …

»Drehen Sie sich um … Kommen Sie auf mich zu.«

Ralf wandte sich um und näherte sich langsam. Ja, er bewegte sich anders, die Körpersprache hatte sich verändert. Er machte größere, geschmeidigere und gemessenere Schritte. Statt halb zu Fäusten geballt zu sein, hingen die Hände locker hinab, die

Arme baumelten, sein Kinn hob sich knapp höher als es nötig gewesen wäre. So verkörperte er einen reiferen, irgendwie größeren, weniger maßlos aggressiven Ralf.

Er blieb vor Amanda stehen. Die Gesichtsmuskulatur hatte sich entkrampft. Seine Miene war ausdruckslos, die Gesichtszüge waren ruhig und undeutbar geworden. Nur die Augen wirkten noch lebhafter als vorher, als er Amanda mit fester Eindringlichkeit anschaute; sie hätte meinen können, durch die Gucklöcher einer Maske von einem dahinter verborgenen Geschöpf beobachtet zu werden.

Sein Blick desorientierte Amanda auf eine Weise, die genauer zu definieren ihr unmöglich gewesen wäre. Als hätte man das Foto einer menschlichen Physiognomie überbelichtet bis zur Abstraktion. Als ob sie sich während eines LSD-Trips zu lang auf ein und dasselbe Gesicht konzentriert hätte.

Amanda blinzelte. Ralf nicht. Sie blinzelte ein zweites Mal. Der Effekt blieb vorhanden.

»Sagen Sie etwas«, hatte sie ihn schließlich aufgefordert.

»Was soll ich sagen?«, fragte er mit der pompösen, gelinde schmeichlerischen Stimme, die sie ihm beigebracht hatte.

»Erzählen Sie mir«, antwortete sie, »wie es für Sie ist, hier zu sein … Das heißt, ich meine nicht ihn, sondern Sie.«

Durch die Nase holte Ralf tief Luft, als ob eine Klischeegestalt Blumenduft atmete. Er drehte das Gesicht in den Sonnenuntergang. Es spiegelte das Sonnenlicht wider, ohne dass sich seine Miene änderte.

»So fühlt es also sich an, auf einem lebendigen Planeten im Freien zu stehen«, sagte er mit derselben Stimme. »Pflanzen … Bäume … Luft, die man atmen kann.«

Er senkte den Blick zurück in Amandas Augen. »Wie hätte ich es mir je so vorstellen können?«

Unverwandt sah er Amanda an. Sein Blick blieb fest. Er zwinkerte kein einziges Mal. »Aber es verhält sich ja nicht nur so, dass ich hier noch niemals gewesen bin, ich bin auch noch nie ich gewesen, was?«

Der kräftige Eukalyptusduft schien sich wie dicklicher Sirup in Amandas Lungen zu ergießen. Die goldgelben Lichtkegel der Spätnachmittagssonne, die durch die Baumkronen fielen, erregten den Anschein, aus feststofflicher Substanz zu bestehen. Vom Säuseln des Winds durchs Laub hatte sie das Empfinden, als hüllte es sie in ein weiches, wattiges Gespinst aus Klang. Wie flüssiger Bernstein schien rings um sie die Zeit langsam zu erstarren.

Einmal, zweimal zwinkerten Ralfs Augen ganz bedächtig, so als gewährte er ihr damit bewusst eine Geste.

Ein Eichelhäher schrie.

Mit einem Schlag verflog der merkwürdige Moment.

Amanda ergriff Ralfs Hand und zerrte ihn, während sie blinzelte, zurück in das schroffe, weiße Kunstlicht des Wohnzimmers.

»Und nun seien Sie Ralf«, verlangte sie in scharfem Ton, »und schildern Sie mir, wie es sich angefühlt hat … er zu sein!«

»Wie ein verchromtes Arschloch«, gab der gute, alte, bitterböse Ralf wie aus der Pistole geschossen zur Antwort. »Als ob Bambi Prinz Gutmensch begegnet.«

Amanda lachte. »Er ist in Zukunft der Normalo«, sagte sie. »Entsinnen Sie sich an die sinnlichen Eindrücke, die Sie bei dem Übergang hatten, sobald Sie in seine Haut schlüpfen wollen, fühlen Sie sich in ihn hinein, verhalten Sie sich wie er, seien Sie er.«

Ralf hob den Kopf und musterte sie durch verkniffene Lider.

»Ich glaube, das schaffe ich, Affengörl«, beteuerte er. »Denn wer außer mir könnte denn er sein?«

»Ich habe den Eindruck, allmählich kommen sie hinter den Dreh, Ralf«, hatte Amanda geantwortet.

»So läuft es, wenn man sich als Schauspieler betätigt?«

Um ihn zu ermutigen, hatte Amanda genickt, aber selbstverständlich konnte sie kaum von sich behaupten, Ralf richtiges Schauspielern gelehrt zu haben. Sie hatte lediglich für ihn ein Alter ego erschaffen und ihm einen kleinen, grundlegenden Trick gezeigt, durch den er sich in es hinein versetzen konnte.

Doch allem Anschein nach genügte dieser Fortschritt, um einen maßgeblichen Unterschied zu bewirken. Balaban war damit so zufrieden gewesen, dass er Ralf aus der Amateur-Liga drittklassiger Nachtclubs zu den Amateur-Darbietungen zweitklassiger Nachtclubs befördert und danach zur Komiker-Riege der frühen Morgenstunden zugelassen, die Nummer zum Schluss als ausgereift genug erachtet hatte, um ein TV-Debüt zu wagen, den Härtetest.

Wenn man es so nennen wollte.

Amanda konnte sich nur mit Mühe vorstellen, dass die Mark Tanner-Show um diese späte Nachtstunde überhaupt irgendein Publikum fand, und obwohl Ralf keineswegs die Performance eines absoluten Topstars hinlegte, erwies er sich immerhin als professionell genug, um Tanner von einem diffus humorigen Läster-Talkmaster zu einem ständig mit Dackelfalten-Schmollmiene muffelnden, gealterten Schönling zu degradieren.

»... sehen Sie mal, Ralf, alter Freund, Sie Mann von Morgen, Sie schwadronieren jetzt schon seit rund fünf Minuten und haben uns noch kein Sterbenswörtchen über die Zukunft verraten, stimmt's? Wissen Sie, was ich mir im Stillen denke?«

»Ich habe nicht die geringste Ahnung, Mark«, entgegnete Ralf voller großmütiger Leutseligkeit und blickte herzig in die Kamera. »Genauso gut könnten Sie mich fragen, was heraus kommt, wenn man eine Wanderratte mit Ihrer Schwiegermutter kreuzt.«

In seiner Miesepetrigkeit weigerte sich Tanner, ihm ein neues Stichwort zu geben, aber das eingeübte Wechseln der Personifikation und der Stimme ermöglichte es Ralf, das Überspringen von sich aus zu vollziehen.

»Die große Frage ist nicht, was Sie denken, Affenboy, sondern erstaunlich ist, dass Sie überhaupt denken können.«

Damit trug er zwar einen alten Hut vor, aber Amanda konnte sich ein Lächeln nicht ganz verkneifen.

Gino Galacci warf Balaban noch einen giftigen Blick zu.

Nach Mark Tanners Gesichtsausdruck zu urteilen, lief er vermutlich tomatenrot an, aber auf dem falsch eingestellten Fernsehgerät der Künstlergarderobe bewirkte die Blaustichigkeit, dass seine Visage sich lila einfärbte.

»Sie sind so witzig wie eine alte Krücke in der Altersheim-Altzheimerabteilung«, knirschte er. »Erklären Sie mir doch mal eines, Sie Klugschwätzer, verraten Sie mir, weshalb Sie trotz Ihrer Supergescheitheit nicht reich sind? Ich meine, wenn Sie aus der Zukunft stammen, dann müssen Sie doch wissen, wie die Baseball-Meisterschaft ausgeht, nicht wahr, und das Super Bowl-Spiel, und das Derby …?«

»Sie wüssten gern, warum ich hier mit wem wie Ihnen rumtratsche, statt dass ich meinen Börsenmakler anruf und die Tierfutter- und Chiphersteller-Aktien aufmische?«, schnauzte Ralf aus dem Mundwinkel mit seiner angeborenen Stimme zurück.

»Jawohl, sehr richtig, wenn Sie die Zukunft kennen, warum landen Sie dann an der Börse oder in Las Vegas keinen großen Coup?«

Erneut wechselte Ralf Personifikation und Stimme; er lächelte freundlich. »Wieso bezweifeln Sie eigentlich, dass ich all das getan habe?«, troff die Gegenfrage honigweich von seinen Lippen.

»Weshalb beweisen Sie uns dann nicht, dass Sie nicht bloß 'n Übergeschnappter im Schwulenfummel sind, indem Sie uns die Ergebnisse der Baseball-Meisterschaft oder des Derby voraussagen, sodass wir alle was davon haben?«

»Nun gut, es mag sein, dass ich weiß, welcher Favorit das nächste Derby gewinnt«, antwortete Ralf im schleppenden Tonfall höhnischen Hinhaltens, »oder welche Mannschaft im Juli fünfzehn Spiele verbockt, aber sich im Oktober an die Spitze spielt …«

»Welches Pferd? Welcher Verein?«

Wenigstens für ein Momentchen hatte es den Anschein, dass Tanners Spielergier sowohl seinen Ärger wie auch seine Skepsis verdrängte.

»Warum sollt ich's Ihnen stecken, Affenboy?«, schnauzte Ralf. »Wenn ich meine todsicheren Tips über'n Sender ausplaudere, gehn ja meine Einnahmen den Bach hinab, und 's dauert nich lang, dann steh ich mit nacktem Arsch da …«

»Also …«

»Und außerdem, was rechtfertigt für Ihre Begriffe die Erwartung, ich hätte einen Grund, Leuten wie Ihnen eine Gefälligkeit zu erweisen?«, fiel Ralf dem Talkmaster laut und vorwurfsvoll, aber mit schwungvollem Geschick ins Wort. »Glauben Sie denn, Ihre Urgroßenkel sind Ihnen dankbar für all den Unsegen, den Sie uns hinterlassen haben?«

Er hatte mit der Normalo-Stimme gesprochen, sie jedoch in einer Weise, mit der Amanda niemals gerechnet hätte, in ein kraftvolles Werkzeug umgewandelt.

Es geschah mit der Normalo-Körpersprache, dass er den Blick von Mark Tanner abwandte, mit dem Normalo-Guru-Lächeln, als er direkt in die Kamera schaute, aber dabei lugte schon wieder der streitbare Alleswisser durch die Fassade.

»Wär ich denn hier und säß in so einer Show, wenn wir inner Zukunft wie im Paradies lebten?«, fragte er. »Mir wird nicht mal anständig gelöhnt! Mein Manager musste mir vorlügen, 's ginge zurück in die Sechziger, um mich in die Zeitmaschine zu locken. Die Neunziger sind der Abschuss, Affengörls und Affenboys! Statt Sex, Drogen und Rock'n'Roll hat's bei euch AIDs, Crack und Gangsta-Rap. Sie haben Pappbehausungen auf der Straße und Schießübungen im Kindergarten. Bloß ein Tag am Strand, und Ihnen wuchert der Hautkrebs, von Steaks kriegen Sie 'n Herzinfarkt, der Suff macht Ihnen Leber kaputt und das Fernsehen Sie blöd, Ihre Holzköpfigkeit ist es, die uns 's Leben versaut!«

»Und was treibt ein netter kleiner Schreizwerg wie Sie denn nun eigentlich in dieser unserer Zeit?«, knurrte Mark Tanner.

»Ich dachte schon, Sie fragen nie danach, Mark«, gurrte Ralf. »Wissen Sie, liebe Leute, ich habe die Zukunft erlebt, ich kenne die Zukunft, die Sie für uns vorbereitet haben, und ich muss sagen, sie ist überhaupt nicht schön.«

»Was ...?«

»Sie ist totale *Scheiße*!«, schrie Ralf ihn an. »Dagegen sind die Neunziger wie der Club Méditerranée im Garten Eden. Die Meere sind voll von grünem Schleim und sehn überhaupt wie 'ne Jauchegrube aus, und die sieben Meter langen, mutierten Welse, die den Dreck fressen, leuchten am hellen Tag blau. Ozonloch? Bei uns ist die Erde 'ne Nullozonzone! Zehn Minuten Sonnenschein, und Sie sehn aus wie 'ne Pepperonipizza. Im Freien ist's so heiß, dass man auf'm Eiswürfel 'n Ei braten kann, bevor er schmilzt, gäb's noch irgendwo 'n Huhn, das Eier legen könnt. Sogar die *Kakerlaken* müssen Sackhalter aus Blei tragen!«

Mark Tanner stand der Mund weit offen. Texas Jimmy Balaban grinste. Galacci schüttelte nachdenklich den Kopf, wie man es altgediente Trainer in dümmlichen Boxerfilmen tun sieht, nachdem ihr von Schlägen benommener Schützling in einen Schwinger gelaufen ist.

Amanda musste sich eingestehen, dass sie sich von Ralf beeindruckt fühlte, und zwar umso mehr, als sie wusste, dass keiner seiner Sätze aus dem schriftlich fixierten Repertoire der Textlieferanten stammte; vielmehr hatte Ralf alles spontan, völlig frei, aus dem Stegreif improvisiert.

Ralf linste in die Kamera. »Sie sehen also, Affenboys und Affengörls, ich bin nicht hier, weil's bei Ihnen so toff ist«, stellte er mit von Sarkasmus triefender Stimme fest. »Ich bin so jemand wie einer von Ihren Asylanten, ich hab 'ne Gelegenheit erkannt, aus'm noch schlimmeren Katastrophengebiet abzuhauen, und sie genutzt.«

Eine Pause, als wartete er auf eine Erwiderung Tanners; doch von Tanner kam nichts mehr. »Glauben Sie mir, ihr Matschhirne seid in der Zukunft nich der große Hit, und Ihre Urgroßenkel kriegen keine feuchten Augen, wenn sie Ihre goldenen Oldies spielen.«

Die Kamera ging auf Abstand und zeigte wieder beide Männer. Mark Tanner starrte verkniffen etwas an, das sich außerhalb des Aufnahmebereichs befand, seiner Miene zufolge vermutete Amanda, dass es der Regisseur sein musste, der sich die Haare raufte.

»Und sehen Sie an, mein Guter, die Zukunft ist schon da, denn leider ist jetzt unsere Zeit um«, plapperte Tanner hastig. »Als Nächste möchten wir den Zuschauern eine Dame vorstellen, die uns erläutert, wie man Unmengen Haushaltsgeld spart, indem man die Schuhe selber besohlt, und das ist doch etwas, über das es sich zu informieren lohnt.«

Texas Jimmy Balaban atmete auf und zwinkerte Amanda kaum merklich zu.

Gino Galacci stemmte seinen Wanst aus dem Sessel, watschelte schwerfällig durch die Künstlergarderobe und blieb vor Balaban stehen, schwankte leicht, zog eine ziemlich finstere Fresse.

»Du hast mir verschwiegen, dass der Knabe 'n Profi ist, Jimmy«, grummelte er.

»Also was denn, Gino, wir sind doch beide alte Gauner«, entgegnete Balaban. »Ich konnte doch nicht wissen, was er wirklich taugt, ehe ich ihn an Tanner messe, oder?«

»Das war unfair, Jimmy, echt unfein.«

Amanda musste Texas Jimmys Miene bewundern, auf der organische, unpasteurisierte Butter bestimmt nicht geschmolzen wäre. »Lass es gut sein, Gino, immerhin hast du 'n duftes Geschäft gemacht«, sagte er. »Wäre mir klar gewesen, dass er so gut ist, hätte ich dir dann nicht 'ne Rechnung ausgestellt?«

»He, Lotti, was machsu nu?«, fragte Cory, als um Mitternacht die Schicht endete. »Kommsu mit mir?«

»Nicht umsonst«, antwortete Lotter-Lotti, streifte den verschmierten Kittel ab, nahm die bescheuerte Seemannsmütze vom Kopf und warf beides in den Abfalleimer.

»Ich dacht, du hättses Metier aufgehm.«

»Ich war nie im Metier, das weißt du doch, Cory«, sagte Lotti, »aber um dich ranzulassen, muss ich 'ne Ausnahme machen.«

In Wahrheit sah Cory gar nicht so übel aus, er war ein schlaksiger, schwarzer Knäcke, vielleicht drei Jahre älter als sie, der für den Mindestlohn im *Golfstrom-Grill* Burger und so was über die Theke schob, um gleichzeitig eigenen, ganz anderen Stoff absetzen zu können: *Gimma 'n Cheeseburger ... Ne Cherry-Cola und 'n Tütchen Smack ... Wenich Ketschup, keene Jurke.*

Und in Wirklichkeit war sie im Metier tätig gewesen, das hieß, sie hatte sich lange genug am Rande herumgetrieben, um den Spitznamen Lotter-Lotti angehängt zu kriegen, und wenn sie realistisch war, musste sie einfach einsehen, dass dieser beschissene Job nichts einbrachte, sie musste ab und zu das Stoßgeschäft nutzen, damit der Rubel rollte.

Aber es war eines, ab und zu in franca villa auf Abstaube zu gehen, und etwas ganz anderes, sich ernsthaft dahinter zu klemmen und mit einem miesen Loddel einzulassen, eine Prostituierte zu werden; schließlich hatte sie keine Lust, zum Schluss so wie Mutti dazustehen.

Lotter-Lottis Mutti war nämlich eine echte Nutte gewesen, eine richtige Edelschickse, wollte man ihr glauben, die ihre Kunden in Luxushotels in der Mache gehabt hatte, eingeladen worden war zu Strecken besten Kokses, zu Champagner, Steakessen und sonstigem Tralala.

»Was denkst du dir denn, woher du dein glänzendes Aussehen hast, Marcy? Etwa von deinem Alten?«

»Wovon willst denn du das wissen, Mutti?«

Zwar sah Lotti wahrhaftig keine verwandtschaftliche Ähnlichkeit zwischen sich und dem Schmalzeimer, der anscheinend für alle Ewigkeit vor dem Fernseher auf der Couch festgeklebt war und regelmäßig in einer

Kralle eine Dose Bier und in der anderen Klaue eine Schachtel kalter McNuggets hielt, jedoch musste sie einräumen, dass sie auf den alten Fotos aus der Blütezeit ihrer Mutter – in dem dichten, braunen Haar, den kühlen, grünen Augen, der klassisch-geraden Nase, den Kurven der Lippen – in gewissem Umfang sich selbst erkannte …

Doch ihr Vater konnte schließlich jeder sein, beachtete man, wie vielen Kavalieren Mutti innerhalb der fünf Jahre zwischen ihrem Umzug von Columbus nach New York und dem Zeitpunkt, als irgendwer ihr Marcy in die Röhre schob, die Fut hingehalten haben musste, selbst wenn man bei bloß dreihundert Werktagen im Jahr je Tag nur einen Fickus rechnete … In Arithmetik war Lotti nie versiert gewesen, aber unterm Strich mussten es eine ganze Masse Freier gewesen sein.

Folglich konnte ihr Vati buchstäblich jeder sein, besonders falls Mutti nicht völligen Stuss erzählte, denn hier war ja New York, sie hatte den horizontalen Finanzausgleich in großen Hotels des Stadtzentrums ausgeübt, wo alle Arten prominenter Stecher aufkreuzten, Filmstars, Richter, Senatoren, wer wusste was nicht alles, und wenn man nur die Hälfte von allem glaubte, was in *Star* oder im *Enquirer* zu lesen stand, hatte sie womöglich mit Kennedy gerammelt, oder vielleicht sogar mit Elvis.

Ein paar harmlosen Träumereien durfte sich ein Mädchen doch hingeben, oder? Freilich galt dies Zugeständnis ebenso für eine fette, alte Kröte von Einundvierzig, die nicht einmal noch die Gelegenheit erhielt, für einen Dollar pro Nase Müllmännern, die von der Arbeit auf der Müllkippe kamen, einen blasen zu dürfen. Tatsache war, dass Marcys ältesten Erinnerungen zufolge sie beide in der Zeit, als Mutti schon zu feist gewesen war, um als Nobelhure glaubhaft zu sein, bereits von Stütze gelebt und in einer Bruchbude auf der Avenue D gewohnt hatten.

Aber ob die Geschichten pure Spinnerei oder einen Schuss Wahrheit enthielten, mit Mutti aufzuwachsen hatte Lotter-Lotti zu der Überzeugung verholfen, dass das Anschaffen als Haupterwerb langfristig auf die Verliererinnenschiene führte.

Klar, einerseits war die Versuchung groß, wer die Haut zu Markte trug, hatte es leichter als ein Mädel, das in einer Fettecke wie dem *Golfstrom-Grill* stundenlang Burger und Reibekuchen wenden musste, und es fiel noch manches nebenbei ab, teure Getränke, vielleicht auch einmal ein Essen in einem anständigen Restaurant, und außerdem machte es entschieden mehr Spaß, gar nicht davon zu reden, dass es sich, selbst wenn ein Luder die Pfote in die Börse steckte, viel besser auszahlte.

Andererseits allerdings stellte sich die Frage: Wie lange ging es gut, wie lange ließ es sich durchhalten? Ein Freudentempel wie das Big Apple dampfte nur so von heißen, jungen Schnallen, die nach jeder Pesete schnappten, und täglich rückten über die Einwanderungsbehörde Frischpflaumen nach – im Grunde genommen war das Ganze ein Fleischmarkt, und deshalb empfahl es sich, selbst wenn man nicht so aus dem Leim geriet wie Mutti, vor Überschreiten der Dreißig, ehe der Marktwert der eigenen Kartusche nicht mehr die Miete eintrug, wieder in die Vertikale zu gehen und Stütze zu kassieren.

Freilich lohnte es sich mehr, auf die Schnelle ein Plus mit einem Fick oder als Blasebalg zu verdienen, als bei einem Scheißjob wie im *Golfstrom-Grill* nach den Abzügen übrig blieb, also warum nicht? Aber es war besser, daraus keine Gewohnheit zu machen.

Es verhielt sich damit wie mit Smack oder Crystal, es schadete nichts, dann und wann solche Sachen mitzunehmen, bei Gelegenheit eine Strecke zu schnupfen, sich ab und zu auch einmal eine Fixe zu setzen – wieso denn nicht? –, aber nur ein Arschloch ließ sich zu einem elenden Junkie erniedrigen.

Von der Sorte hatte Lotter-Lotti schon zu viele an der Lower East Side mit Laternenpfählen, während ihnen der Rotz aus dem Zinken lief, lange Gespräche führen, in der eigenen Kotze auf dem Gehweg liegen, ja die Gosse wie einen Doppelgänger Freddy Kruegers entlang kriechen gesehen, als dass sie Neigung gehabt hätte, auf so ein Schietniveau abzusinken, und sie kannte das Dasein ihrer Mutti viel zu gründlich, um auf irgendeines Klötenpinks schöne, aber leere Versprechungen eines tollen Lebens hereinzufallen.

»Ey, komm, Lotter-Lotti, was bissu so patzich?«, schmollte Cory, pflügte einen Kamm durch seine Eraserhead-Frisur. »Ich will dich doch nüch pimpern, Mädi, nu ja, ich mein, wennu richtich nett zu mir bis, lass ich mich vielleicht überrehn, aber eindlich wollt ich nur vorschlahn, wir haun unsse Nacht um die Ohrn.«

»Aha, hm-hn ...«

»Du bis wirklich 'ne harte Nuss, was, weissu das, Mädi? Was ich sahn will is, lass uns zusammi abhehm, was sach ich, schicker wern, stoned, also high, klar, oder muss ich 's dir aufmahln? Ich mein, ohne dass es was kostet.«

Bei der Aussicht eines kostenfreien Trips spitzte Lotti die Ohren – und wem wäre es, so lautete ihr Standpunkt, anders gegangen? –, allerdings fiel es ihr nicht gerade leicht, so etwas zu glauben.

»Ich hab noch nie nicht gehört, dass du Proben verteilst, Cory ...«, murrte sie argwöhnisch.

Cory lachte. »Ey, nu sei mal realistisch, ich red nüch über mein Zeuchs«, sagte er. »Ich geh zu 'ner Art Party, Lotter-Lotti, 'ner Neuheitenmesse, könnt man sahn, da treffen sich welche von mein Kunnen und welche von mein Lieferanten, aus meim Vorrat nehm ich gar nix mit, die lehn uns was hin, und ich lad dich ein, weissu, als ob du mit mir gehs …«

»Gehs …?«

»Ey, nu komm, dich hattoch bestimmt noch keener eingelahn, mit ihm aussugehn, du weissoch, so wie im Fernseh, wie in *Drei Mädchen und drei Jungen* oder *Happy Days*, mit Herz und Blümchen, voll romantische junge Liebe, und mit 'ner Großpackung Lullen …«

»Und was hast du davon?«, erkundigte sich Lotti. Doch inzwischen hatte sie sich entschieden: Warum nicht? Cory war ein gut aussehender Macker, als Gegenleistung dafür, knallhart stoned zu sein, sollte es ihr nicht schwer fallen, von ihm gehackt zu werden, und überhaupt nicht, war sie dann noch richtig auf dem Törn.

Cory trat einige Augenblicke lang von einem auf den anderen Fuß, sein Grinsen nahm einen etwas hintersinnigen Ausdruck an, für einen Moment stand er da wie ein Lausbub. »Nu ja, Lotti, du bis ziemlich lottrig«, antwortete er, »äwer ich geb's zu, ich hab mir da was innen Kopp gesetzt, und 's kann mir nüch schahn, wenn ich mich mit dir sehn lass …«

»Und dass ich zufällig weiß bin, kann dir eigentlich auch nicht schaden, stimmt's, Cory?«, meinte Lotti boshaft, ließ ihn eine Sekunde lang zappeln, bevor sie lachte, um der Bemerkung die Spitze zu nehmen.

Also verließen sie den Grill Arm in Arm und spazierten die First Avenue südwärts bis zur Third Street hinunter. Weil Cory übers Ausgehen, Partys und ihm übergeordnete Dealer geredet hatte, fühlte sich Lotti zu der hohen Hoffnung berechtigt, dass sie sich nach Westen wandten, weg aus dem lausigen Alphabet-Viertel, vielleicht in die Richtung zur Innenstadt, oder wenigstens zur Second Avenue, jedenfalls ein etwas gehobenes Viertel aufsuchten …

Aber sie hatte, wie meistens, kein Glück, denn stattdessen ging es nach Osten, über die Avenue A, sogar die Avenue B, und dann in Nebenstraßen voller halb ausgebrannter Häuser, Autowracks, demolierter Laternen und nie abgeholtem Abfall, wo die Leute, die sie auf der Straße sah, nicht unbedingt den Eindruck vermittelten, dass sie sich in Sicherheit befand, sie anfangs darüber froh war, sich an dem Arm eines Schwarzen klammern zu können, der eine imposante Körpergröße und einen gewissen Ruf als Dealer hatte, sich jedoch recht bald sorgte, das könnte letzten Endes zu ihrem Schutz doch zu wenig sein.

»Da sind wir«, sagte Cory vor einer fünfstöckigen Mietskaserne, die wirkte, als würde der Eigentümer sie in den nächsten fünf Minuten abfackeln, falls die Junkies und Crack-Kunden, die darin hausten, ihm nicht zuvor kamen.

»So, hier?«, brummelte Lotti unzufrieden. »Echt ein Palast.«

Die Hälfte aller Fensterscheiben war zerbrochen, und von ihnen hatte man wiederum die Hälfte durch Pappkarton und Sperrholz ersetzt, auf denen inzwischen Speed-Freak-Graffiti prunkten. Ein paar trübe Lichter hinter noch intakten Fenstern wirkten, als verdankte man sie alten Autobatterien oder unzuverlässigen illegalen Anschlussstellen. Auf dem Oberabsatz der Eingangstreppe hing die Haustür schief in den Angeln, die Innentür fehlte offenbar, und Lotti hätte sich lieber in Draculas Gruft gewagt, als den pechschwarzen Hausflur ohne Maschinengewehr zu betreten.

»Lass 's gut sein, Mann«, sagte sie. »Da geh ich nicht rauf.«

Cory stieß ein Auflachen aus. »Macht nix«, gab er zur Antwort. »Die Fête findet im Kella statt.« Und bevor Lotti den Schreckensschrei von sich geben konnte, den sie auf diese Enthüllung als einzig angebrachte Reaktion betrachtete, zog er sie in den Niedergang unter der Treppe und klopfte kräftig an eine mit Eisenblech verstärkte Tür.

Er hörte das Pochen auf, sobald man Schritte sich nähern hören konnte, und stellte sich direkt vor den Spion, um seine Identifizierung zu erleichtern. Sicherheitsschlösser klickten, ein Stahlriegel schrammte zur Seite, und ein hoch gewachsener Puertoricaner, der eine Maschinenpistole in der Pranke hielt, öffnete die Tür. Er nickte Cory zu und musterte Lotti mit glubschäugigem Blick. Cory scheuchte sie hinein, und der Aufpasser verriegelte hinter ihnen zwei Schlösser.

Ein halbes Dutzend kahler Sechzigwattglühbirnen, die an unter der Decke befestigten Verlängerungskabeln baumelten, erhellte einen Kellerraum, der so groß wie die gesamte Grundfläche des Gebäudes sein musste, mit Kegeln scheußlich schroffen Lichts. In der Mitte des Kellers stand eine offensichtlich schon vor langem außer Betrieb genommene Heizungsanlage; die Rohre, die von ihr bis hinauf unters Erdgeschoss ragten, waren halb durchgerostet und bedeckt mit Spinnweben. Die Stromleitungen, die man unter der Decke verlegt hatte, liefen alle an einem Zählerkasten zusammen, wo Autobatteriekabel das Elektrizitätsnetz anzapften. Ein weiteres Verlängerungskabel verband das Stromnetz mit einem vergammelten Fernsehapparat, den man auf die Heizungsanlage gewuchtet hatte; auf dem Bildschirm versuchte irgendeine hirnverbrannte Zahnpastareklame MTV nachzuäffen.

Das gesamte übrige Mobiliar bestand aus rund zwanzig, auf dem nackten Betonboden verteilten, grauen Bettmatratzen, die nach Schimmel und Rattenpisse stanken, zwei ConEd-Kabelrollen, die man umgekippt hatte, damit sie als Tische dienen konnten, sowie ungefähr einem Halbdutzend Obstkisten und Konservenkartons.

Anwesend waren etwa zwei Dutzend Menschen – wenn man sie so nennen wollte –, die in unterschiedlichen Bewusstseinszuständen auf diesen Matratzen saßen, hockten oder lagen, überwiegend Knilche, mehrheitlich Schwarze und Latinos, von denen einige den Leder-Ketten-Wichs und den Macho-Haarschnitt der Dealer und Koberer, der Rest Plunder von der Heilsarmee oder der 14. Street trugen.

Dieser Treff war ein Scheißloch. Die Leute waren das letzte Gesocks.

Soweit das Schlechte.

Das Gute war, dass auf den großen Kabelrollen-Tischen Fixen lagen, Esslöffel, Rasierklingen, Taschenspiegel und Plastiksäckchen voller weißem Pulver, das Koks, Smack oder Crystal sein mochte; vielleicht gab es sogar alles. Leute setzten sich Fixen, schnupften Stoff durch zu Röhrchen gedrehte Dollarscheine, rauchten irgendwelches Zeug aus kleinen Glaspfeifen.

»Erstklassige Ware ... kein Scheißzeug ... Blah-blahblah ... Yo, Mann ... Sieht gut aus ...« Und so weiter, und so fort, ein ständiges Durcheinandergesabbel, das Lotti nicht weniger hätte interessieren können, obwohl auch die Namen der Dealer fielen, denen Cory sie auf eine Weise vorstellte, als wäre sie eine auf dem Flohmarkt gekaufte, falsche Rolex aus Taiwan, oder eine Goldkette, die zu leicht war, als dass sie mehr als eine zweikarätige Scheinvergoldung aufweisen konnte.

Lotti nahm es hin, dass er sie vor einem Kabelrollen-Tisch auf eine von Kakerlaken bevölkerte Matratze schob und sich anschließend sofort in einen entlegenen Winkel verzog, wo er mit drei Pinseln den Kopf zusammensteckte und mit ihnen den üblichen Dealerplausch tuschelte.

»Bedien dich, Schnucke«, sagte ein Knacker, der zu

einer schwarzen Jeans und Cowboystiefeln eine Art von rotgelbem Daishiki am Leib hatte, zu Lotti. »Geht auf Kosten vom Haus.«

Das weiße Pulver in den Plastikbeuteln konnte alles oder jedes beziehungsweise eine Kombination sein, und es sah aus, als hätte irgendwann eine Herde Elefanten es platt getreten. Aber da ein nuttig aufgedonnertes Görl auf der anderen Seite des Tischs, das sich gerade die Nadel gesetzt hatte, ganz normal ins Dösen abdriftete, statt tot umzufallen, und im Keller schon eine ganze Reihe von Gestalten lag, von denen keine grün oder blau angelaufen war, die alle noch mehr oder weniger atmeten, konnte der ganze Scheiß, woraus das Sortiment auch bestand, egal womit sie ihn gestreckt haben mochten, zumindest keine tödliche Wirkung haben.

Das Besteck allerdings, das man auf den Tischen zum Gebrauch anbot, war ein wieder völlig anderer Fall. Diese Junkies hatten anscheinend noch nie von AIDS gehört, oder sie waren längst zu bedeppert, um sich um solche Kleinigkeiten noch zu scheren und Einmalspritzen zu benutzen. Die Fixen waren von der altmodischen, wieder verwendbaren Art, und galt als Maßstab der Siff, der im Innern pappte, hatten sie schon reichliche Wiederverwendung erlebt, und sogar eine aus einem Arznei-Tropfglas in Eigenarbeit gebastelte Pumpe war dabei, die aussah, als gehörte sie ins Museum. Selbst an dem gelben Gummiring fraß Schimmel. Das gesammelte Dreckszeug erregte den Eindruck, als könnte man sich davon irgend etwas Ekliges zuziehen, wenn man sich damit bloß in der selben Räumlichkeit aufhielt.

Lotti hatte nichts dagegen – Gott behüte, überhaupt nichts –, ein bisschen Smack, Crystal oder Koks per Fixe zu schnorren, wenn sie eine brandneue, blitzsaubere Nadel zur Hand hatte, schließlich gab es keine andere Möglichkeit, um sich einen Schuss zu setzen. Aber dieses Besteck zu gebrauchen, lief darauf hinaus, Russisches Roulette mit einem Dumdumgeschoss in jeder Kammer zu spielen.

Wie verführerisch es auch sein mochte, Lotti zog es vor, aus dem nächstbesten offenen Plastiktütchen ein paar Strecken auszulegen, dann zückte sie einen Fünfdollarschein, rollte ihn ein und schniefte den Stoff hinauf in die Nase.

Koks, schlussfolgerte sie, als der Flash eintrat, nicht unbedingt Spitzenklasse, und wahrscheinlich – dem bitteren Brennen auf den Schleimhäuten zufolge – mit Crystal verschnitten, damit der Kunde es für stärker hielt.

Nicht besonders aufregend.

Lotti probierte einige Strecken aus anderen Säckchen. Danach hatte sie einen Katzenklogeschmack im Mund, ihre Augen glühten, als wären sie in Glühlampen umgewandelt worden, elektrisches Konfetti schien durch ihr Gehirn zu schwirren, ihr zuckte und ruckte dieser und jener Muskel, und die Farben des Fernsehers, der auf der Heizungsanlage stand, oszillierte im Rhythmus des Gelabers, das irgendein beknackter Nachrichtensprecher verbreitete.

Ganz gewöhnliches Crystal-Meth.

Ausdauerndes Probieren machte den Trip vielleicht nicht vollkommen, konnte es wohl auch nicht, wenn der Scheiß, den sie probierte, was alles es denn sein mochte, höchstens um die Hälfte besser als der Junk war, den man auf Schulhöfen vertrieb, aber wenn sie schnell genug alles erprobte und sich hochtrippte, musste es durchaus erreichbar sein, ganz schön stoned zu werden.

Nichts von dem Mist war so gut, dass es das modrige Kellergewölbe in eine richtig schicke Disko umgemünzt oder bewirkt hätte, dass es nach etwas anderem als Rattendreck und Schaben roch, oder Lotti hätte vorspiegeln können, der hier angespülte Abschaum bestünde aus Zitty-Playboys, doch nach einer Weile, wie lange die Scheiße auch dauern mochte, vergaß sie, an welchem Scheißort sie vorher gewesen war, in was für einem Scheißstall sie sich gegenwärtig befand und welcher Scheißidiot sie hergeschleppt hatte, und konnte sich voll der Lasershow in ihrem Hirnkasten hingeben.

Irgendwann musste sie, so kam es ihr vor, aufgesprungen sein, jawohl, denn sie lief umher, oder vielmehr, sie trippelte auf Zehenspitzen ruckhaft im Kreis, sie tanzte irgendwie, ließe sich sagen – im weitesten Sinne jedenfalls –, zu der Musik aus dem Fernsehgerät, so etwas wie Saxofonmusik eines irgendwie spastischen Jazzquartetts gewissermaßen, das aussah, als wäre es etwa ums Jahr 1953 vom Mars heruntergebeamt worden …

»He yo, Görl, rhabarber-rhabarber-rhabarber …«, nölte plötzlich eine irgendwie dunkle, feuchte Stimme mitten in ihrem Gesicht, oder wenigstens hörte sie sich so an, obwohl sie sie wegen des Fernsehers, des allgemeinen Blah-blahs und des Geräuschs, das aus den Glühbirnen drang – wie von Bienen, die in einem Lampenschirm umhersurrten –, irgendwie schlecht verstehen konnte.

Aus einem Schleier von Neongraffiti und Augapfelstatik kam dicht vor ihrer Nase, sodass sie den Speedfreak-Atem und die Pomade roch, eine Visage zum Vorschein, ein Latino irgendwie, die Augen schienen mit Lysol gewaschen worden zu sein, das Maul hing ihm offen, als hätte er irgendwie einen an der Klatsche, er seiberte sogar, und der Kopf hüpfte irgendwie auf und nieder, ähnlich wie ein über einem Dampfventil angebundener Luftballon.

Langsam dämmerte es Lotti, dass sie mit diesem

Vogel tanzte, oder wenigstens bewegten sie sich mehr oder weniger beide gleichzeitig im Lichtkegel derselben Glühbirne irgendwie im Takt der Musik – oder was es war – mehr oder weniger auf und ab, aber wie lange schon, davon hatte sie keinen blassen Schimmer.

»Blah, *yo*, rhabarber-rhabarber-blah«, oder so ähnlich nuschelte der Bock, es blieb alles unbegreiflich, aber Lotti war sowieso nicht mehr in der Verfassung, um irgend etwas zu verstehen, und selbst andernfalls wäre sie nicht im Stande zum Antworten gewesen.

In der Tat dauerte es mehrere Minuten oder eine Million Jahre – oder eine ähnliche Zeitspanne –, bis sie raffte, dass das Ding, das er ihr in den Mund zu stecken versuchte, etwas anderes war als eine Art von laszivem Glasdildo.

Glas war es, kein Zweifel, aber nicht einmal groß genug für einen Pudelpimmel, vielmehr war es eine Pfeife, jawohl, ganz genau, es hatte einen kleinen Kopf, so wie ein Haschpfeifchen, und er hielt ein Bic oder so etwas darüber, es war überhaupt kein Schwanz und hatte doch den Zweck, es in den Mund zu nehmen und daran zu saugen …

Irgendeine Einsicht, eine Art von Warnung seitens der grauen Zellen, die eine halbe Sekunde oder tausend Jahre nach vollendeter Handlung in ihrem Bewusstsein anlangte, wies Lotti *Au Mist du baust Scheiße Mädchen!* daraufhin, auf was sie sich einließ, es war Crack, und nach allem, was sie beobachtet hatte …

Aber da war es schon zu spät. Es war passiert. Gierig hatte sie einen ergiebigen Zug an dem Pfeifchen getan – und wer hätte da widerstehen können? –, und plötzlich krachte ihr ein Vorschlaghammer auf die Zwölf, hinter ihren Augen ging eine Atombombe hoch, durch ihre Wirbelsäule raste eine Rakete aufwärts, und …

… und …

Explosionsartig dehnte sie sich aus.

Auf einmal war sie so groß wie das Empire State Building! So stark wie Godzilla, als er die Hütte eintrat! Eine Trillion Scheißvolt Elektrizität erleuchteten ihr Gerippe, als wäre sie der Times Square an Neujahr! Ihre Gelenke knisterten und knatterten! Blitze schossen aus ihren Fingerspitzen, der Nase und den Zitzen! Ihre Klemme konnte Kokosnüsse knacken!

Die Welt war für sie zu klein geworden, zu zerbrechlich, sie hatte nicht mehr die gleiche Klasse wie Lotti, ihr Kopf rammte durch die Decke, der Scheißbeton taugte nicht mehr als Kleenex, wenn sie den Fuß zu stark aufsetzte, kam er in China zum Vorschein. Ihre Zähne knirschten. Ihre Finger schnippten. Aus einem weit entfernten Rachen drang abwegiges Gebrabbel.

Was sie sah, egal was für ein Scheiß es sein mochte, zersprang in kristalline Bruchstücke, als hätte jemand einen Ziegelstein in ein Buntglasfenster geworfen, und die Scherben aus farbigem Glas sausten und schwirrten wie Schmetterlingsschwärme umher, zerstoben zu Wirbelstürmen aus Licht und …

Strom! Licht! Kraft! Elektrizität! Energie! Zack! Zapp! Paff! Wumm! Boooh-jupp-heidiiiiii …!

Noch nie im Leben hatte Lotter-Lotti sich dermaßen stark gefühlt. Sie wusste, dass sie die Mauern durchbrechen könnte, also wozu die Mühe? Noch nie im Leben hatte Lotter-Lotti sich derartig toll gefühlt! Das ganze Scheißuniversum lutschte an ihrem Lustzapfen, und wer könnte sich mehr wünschen?

Strom! Licht! Energie!

Nichts anderes Reales gab es inmitten dieses vollkommenen weißen Lichtzentrums des Ganzen. Es war vollkommen. Vollkommen! Und sie war es auch. Sie war das Licht! Sie war die Energie!

Sie! war! sie! Die Energie!

Nach einer Sekunde oder einer Million Jahren – es zu

unterscheiden, blieb ausgeschlossen, denn es war niemand zugegen, der das Verstreichen der Zeit hätte messen können – gewahrte sie ein diamantweißes Strahlen, hörte eine Art von Geräusch, und die Helligkeit zerfiel in unzählige schillernde Farben, die Farben gerieten ins Strudeln, glimmerten und funkelten, und eine Stimme ertönte, schönredete so schmierig wie ein schmieriger Sozialarbeiter …

»… also wirklich, Mimi, wenn du behauptest, ich verhielte mich politisch unkorrekt, was sollen wir dann erst von dir denken …?«

… und vor ihr schwebte ein Gesicht.

Gesicht? Vor ihr? Wem? Was?

Ein gesichtsförmiger Raum, zusammengefügt aus Trillionen von winzigen Pünktchen hell glitzernden Glitters, gleißte ihr in die Gucker, flackerte wie eine billige Bühnenbeleuchtung, elektrisches Feuer durchflimmerte schwarzes Haar, aus einem Lichtkegel hielt ihr jemand ein großes, widerliches, graues Ding unter den Schnorchel, das ohne Weiteres ein Elefantenhobel sein mochte, und da waren Augen, Löcher in dem Bilderladen, in denen es blau gloste, und Schlieren blauen Lichts führten hinab, hinab, hinab an den Ort, wo man im Scheißgehirn die Kleiderbügel aufhängte, hi-hi-hi …

O Gott!

Lotti blinzelte.

Kehrte mehr oder weniger zurück in ihren Körper.

Blinzelte ein zweites Mal.

In einem völlig verkommenen Keller kniete sie auf dem dreckigen, kahlen Betonboden, hatte das Gesicht bloß zwölf Zentimeter von einem TV-Gerät entfernt, befand sich nahezu Nase an Nase mit einem Fernsehfuzzi.

Ihr Scheißschädel vibrierte wie eine jamaikanische Steel Drum. Ihr Gaumen schmeckte nach gebrauchtem

Tampon. Die Beine schmerzten, als wäre eine Million glühender Nadeln hineingestochen worden. Die Augäpfel fühlten sich an, als wären sie vor zwei Wochen in Tabasco gekochte, verfaulte Eier.

Es schauderte Lotter-Lotti, rückwärts rutschte sie irgendwie, gewissermaßen wie ein Reptil, fort von dem Fernsehapparat, schaffte es irgendwie, sich mehr oder weniger aufzurichten, während vor ihr in der Luft noch allerlei Flitterkram schimmerte.

O verdammt, das also war Crack!

Sie erinnerte sich an das Leuchten. Jedenfalls sozusagen. Genau entsann sie sich nicht, irgendwo gewesen zu sein, wo etwas gewesen wäre, an das sie sich erinnern könnte.

Ein echter Hammer, das Zeug.

Aber sie entsann sich der Blitze. Sie erinnerte sich an Licht. Sie wusste noch, sie war stark gewesen. Sie hatte noch eine Erinnerung an einen Orgasmus, der besser gewesen war als alles richtige Ficken, weil er ewig gedauert hatte.

Und es sollte sofort zur Abhängigkeit führen.

»... natürlich, die Blöden, die das verbreiten, haben früher das Gleiche über Koks und Heroin gesagt, oder nicht ...?«

Der übliche Quatsch der gewohnten Quatschköpfe.

Sie hatte schon ab und zu ein bisschen Koks probiert, ein wenig Crystal, etwas Smack, ja sicher, na und? Keine Probleme, aus ihr war weder ein Crystalfreak noch ein Junkie geworden. Stimmte doch, nicht wahr?

O ja, der Stoff hatte eine starke Wirkung. Sie hatte sich gefühlt wie Wonder Woman, die mit Godzilla bumste. Durch Wände hätte sie bersten können! Einen Sprung übers Empire State Building zu Stande gebracht. Puh-boooh ...!

Verstand sich ja von selbst, dass man vorsichtig sein

musste. Aber was denn, sie kam auch mit diesem Zeug zurecht.

Gerade war es ihr doch gelungen, oder etwa nicht?

Die körperlichen Nachwirkungen waren vielleicht nicht der Hit, aber es verhielt sich ja nicht eben so, dass sie auf dem Fußboden herumkroch und nach der nächsten Fixe sabberte und seiberte, oder? Oder?

Also, wenn man vorsichtig war, kam man mit allem klar. Sie musste nur eine Abkürzung aus drei Buchstaben im Kopf behalten, und was die Dealer an Moos forderten, machte es leichter, sie nicht zu vergessen: ALS.

Anderer Leute Stoff.

Beachtete man diesen Grundsatz, kaufte sich nie selber die Dröhnung, konnte man nicht süchtig werden. Von Nichts kam ja immer bloß Nichts.

Lotti peilte im Keller umher. Wo steckte der Scheißdingsda …?

Aha, ja, er war noch da, dort bei Cory war er, der Lulatsch mit dem Glaspfeifchen …

vier

»He Dex, schau dir doch mal das hier an«, sagte Ellie und schob die Illustrierte über den Frühstückstisch.

»Hmm«, brummte Dexter Lampkin zur Antwort, während er einen Schluck Kaffee schlürfte, aber weigerte sich, das Blättchen zu beachten.

Er bewertete das Lesen am Frühstückstisch als barbarisch, ja fannisch, missbilligte es, dass seine Frau diese Unsitte pflegte, wünschte zu vermeiden, dass seine Tochter sich an Ellens schlechtem Vorbild ein Beispiel nahm, und trug mit ihr über dieses Thema endlose, aber fruchtlose Diskussionen aus.

Zudem verabscheute er die schwachsinnigen Käseblätter aus dem Supermarkt, die Ellen so unterhaltsam fand, und am wenigsten konnte er es jetzt gebrauchen, von seiner mentalen Einstimmung auf das bevorstehende Tagewerk durch Michael Jacksons neueste Gesichtsoperation, Bruce Willis' elaborierte Lebensweisheiten oder die megasensationelle Entbindung einer achtjährigen lesbischen Jungfrau von Sechslingen in Bangladesch abgelenkt zu werden.

Ein Joint und eine Dosis Cognac hatten sein Gedächtnis aufgemöbelt und ihm zu einer immerhin vagen Erinnerung an das verholfen, was Drew Sanderson auf einem der letzten Treffen des Transformationalistenzirkels geäußert hatte, und dank weiterer drei Schmilme war es ihm möglich geworden, auf dieser Grundlage innerhalb dreier Tage ein fünfzehn Seiten umfassendes Exposé für einen neuen Roman mit dem Titel *Chaoszeit* niederzuschreiben, und sein Literaturagent hatte ihm dafür einen Vierzigtausendollar-Verlagsvertrag vermittelt.

Man wusste ja nie, oder …?

Schließlich konnte man nie wissen …

Das war der Aufhänger.

Die Vorstellung, dass minimale Abwandlungen in der Vergangenheit gewaltige Veränderungen in der Zukunft zum Resultat haben konnten, war in der Science Fiction eigentlich ein alter Hut, nach dem kein Hahn mehr krähte, aber was Drew im Zusammenhang mit der attraktiven, modernen Chaosphysik gemeint hatte, lief darauf hinaus, dass in einem chaotischen System nicht allein Mikroveränderungen in den Ursprungsbedingungen später enorme Makroveränderungen auslösen konnten, sondern außerdem die Folgewirkungen nicht nur unvorhersehbar wären, vielmehr sogar inhärent non-deterministisch.

Unter der Voraussetzung, dass es die Zeitreise gab, hatte man die Möglichkeit, schon durch geringfügige Beeinflussung der Vergangenheit in erheblichem Umfang die Zukunft zu verändern. Aber wenn die Menschheitsgeschichte ein chaotisches System konstituierte, mussten die Makroeffekte nicht nur unvorhersehbar sein, sondern es ließ sich auch keine zwangsläufige kausale Ursächlichkeit der vorherigen Mikroeffekte mehr nachweisen.

Doch war die menschliche Geschichte wirklich ein chaotisches System?

Wenn andauernd Pfuscherei seitens Zeitreisender erfolgte, die sie zu verändern versuchten, dann gewiss. Umso mehr verschiedene Zeitpolizeiorganisationen – oder wie man dergleichen Helden nennen wollte – aus unterschiedlichen potenziellen Zukünften sich abmühten, um die Geschichte auf die jeweilige Linie ihrer konkurrierenden Konzeptionen des wahren Weges zu rücken, umso stärker musste das Schlachtfeld der Gegenwart durch antagonistische Gegensätze und undurchschaubaren Wirrwarr verwüstet werden, bis zum Schluss ein buchstäblich chaotisches Durcheinander herrschte.

Wie zum Beispiel ... im 20. Jahrhundert.

Weltkriege. Massenmorde. Tödliche Seuchen wie AIDs entstanden ohne erkennbaren Ursprung. Gurus und Erlöser sprangen wie Kastenteufelchen aus der Kulisse. Wirtschaftssysteme kollabierten unter dem Druck der eigenen inneren Konflikte. Das Verhältnis zwischen den Geschlechtern verkam zu ideologischem Gelaber. Die Biosphäre ging vor die Hunde, sogar die Atmosphäre befand sich im Prozess einer unkontrollierten Mutation.

Daraus ließ sich mir nichts, dir nichts eine anständig paranoide Science Fiction-Handlung konstruieren. Wie sonst könnte man es denn erklären, dass die technisch und wissenschaftlich am weitesten fortgeschrittene Zivilisation, die es jemals auf der Erde gegeben hatte, es mühelos schaffte, alles Erdenkliche so gründlich zu verbocken?

Für einen Roman war also durchaus die Frage zulässig: Wenn alles einen dermaßen krassen Niedergang erlebte, warum nicht, weil unterschiedliche Parteien

Zeitreisender aus der Zukunft sich hauptsächlich in eben diesem Jahrhundert tummelten, um das Unheil zu beheben, indem sie an dieser oder jener Einzelheit herumdokterten, ohne zu ahnen, dass sie dadurch den chaotischen Niedergang des 20. Jahrhunderts verursachten und damit erst die Voraussetzungen für ihre versaute Zukunft schufen?

Es gab da einen alten Hollywoodwitz: Ein Produzent und ein Drehbuchautor hatten sich in der Wüste verirrt und drohten zu verdursten. Plötzlich erscheint vor ihnen auf magische Weise ein silberner Kübel mit einer großen Karaffe Orangensaft. Der Drehbuchautor rannte hin, packte die Karaffe und wollte zu seiner Lebensrettung einen langen Zug trinken. »Warten Sie«, rief der Produzent. »Ich mach es besser.« Und pisste hinein.

Oder, um auf Orwells Denkweise zurückzugreifen: Wenn man sich eine Zukunft ausmalte, die ihre Verhältnisse zu wandeln versuchte, indem sie in der Vergangenheit herummurkste, musste man sich eine unendliche Zahl solcher Produzenten vorstellen, die allesamt Chaos ins 20. Jahrhundert pinkelten.

Als er die Idee gehabt hatte, war sie für sein Empfinden geradezu genial gewesen, in blendender Hochstimmung hatte er eine Anzahl Charaktere sowie ein Handlungsgerüst ausgeheckt, das erfolgsträchtige Knüller-Exposé an seinen Literaturagenten abgeschickt, ohne es in der klaren Kühle des nächsten Morgens noch einmal durchgelesen zu haben.

Aber nun musste er den Roman schreiben.

Mit den ersten einunddreißig Seiten von *Chaoszeit* hatte sich Dexter zwei Wochen lang abgequält. Sich in diesen Roman einzuarbeiten, war das Gleiche, als sollte er Ziegelsteine scheißen.

Einen Zeitreiseroman hatte Dexter nämlich noch nie geschrieben. Eine Zeitreisekurzgeschichte, ja, so was hämmerte jeder SF-Autor irgendwann einmal runter, aber wie er jetzt schmerzlich erkennen musste, war er nie dazu fähig gewesen, die ganze, unerhört komplizierte Struktur eines kompletten Zeitreiseromans mit seinen unauflösbaren Paradoxa, der Entfaltung logischer Fallen und aller Durchlöcherung der Kausalität auf wissenschaftlich glaubhafte oder literarisch überzeugende Weise zu meistern.

Gut, als Hilfsmittel, um einen Alternativweltroman zu konzipieren, in dem Hitler sein Dasein als Science Fiction-Autor fristete oder die Südstaaten den Bürgerkrieg gewonnen hatten, gab die Zeitreise einen zweckmäßigen Kunstgriff ab, aber einen ganzen Roman über den Zusammenbruch der Kausalität an sich zu verfassen …

»Hör mal, Dex«, zeigte Ellie sich hartnäckig, »du sagst doch, du hast Schwierigkeiten bei der Arbeit an dem Zeitreiseroman. Vielleicht gibt dir das da 'n Anstoß.«

»Was gibt mir vielleicht 'n Anstoß?«, brummelte Dexter zerstreut.

»Erde ruft Dexter Lampkin«, rief Ellie mit blecherner Roboterstimme und schüttelte die Zeitschrift vor seinem Gesicht.

»Mars ruft Vati!«, meldete sich augenblicklich Jamie zu Wort. »Mars ruft Vati!«

Dexter warf seiner Tochter einen Blick trostloser väterlicher Missgestimmtheit zu. »Iss deine Captain-Crunch-Crunchies«, befahl er. Resigniert seufzte er und nahm die Illustrierte seiner Frau zur Hand.

Das Käseblättchen hieß *Schockierende Geschichten*, und die Verarschung bestand zweifelsfrei daraus, dass es kein einziges wahres Wort enthielt. Ellen hatte Seite 6 aufgeschlagen. Dort stand zwischen der Schlagzeile *Zweiköpfige bekommt zweiköpfiges Kind* und einer Anzeige der Rosenkreuzer: *Komiker aus der Zukunft: Ich werde Superstar.*

Neben dem morphisch bearbeiteten Foto der Zweiköpfigen, die ihren zweiköpfigen Säugling im Arm hatte, befand sich ein kleineres Bild, das Porträt eines leicht absonderlich aussehenden Mannes, der im Vergleich zu den beiden Zweiköpfigen allerdings wiederum recht normal wirkte.

Er hatte eine große Gurkennase, konnte sich in dieser Hinsicht jedoch keineswegs mit Durante messen, einen humorigen Mund, einen ziemlich durchdringenden Blick und eine sorgsam frisierte Matte lockigen, schwarzen, von unregelmäßigen Silberstreifen durchzogenen Haars. Er trug eine helle Jacke oder eine Hemdbluse von heller Farbe und mit ansehnlich hohem Vatermörder. Er sah aus wie Leonard Nimoy, der unter Methedrine-Einfluss Mr. Spock spielte, ohne es ganz zu schaffen.

Ralf behauptet im Ernst: Ich bin aus dem 22. Jahrhundert!, lautete der Untertitel.

Der Bericht selbst umfasste die übliche hektische Schaumschlägerei.

Komiker Ralf – jawohl, bescheiden nennt er sich einfach Ralf –, der aus dem Nichts gekommen zu sein scheint, um zum Dauergast der spätabendlichen Talkshows zu werden, ist nicht gestern geboren worden. Wenn wir ihm glauben wollen, wird er erst in über hundert Jahren geboren!

»Was soll ich sagen, Affengörl, ich kann nur eines sagen: Meine Karriere hing durch, wo ich herstamme, also steckte mein Manager mich in die Zeitmaschine und schickte mich zu euch in die Vergangenheit, denn dass ich hier ein Star werde, weiß ich«, erklärte der so genannte Komiker von Morgen in einem Interview mit *Schockierende Geschichten.*

Auf die Frage, wie er nach nur ungefähr einem Dutzend Fernsehauftritten seines Erfolgs so sicher sein könnte, antwortete Ralf: »Weil ich, bevor ich abgehauen bin, in einer gammeligen alten *Variety*-Ausgabe alles über mich gelesen habe. Denkst du etwa, sonst hätte mein Manager mich zu so einer Affenschande von Nummer überreden können?«

Auf die Forderung, seine Herkunft aus der Zukunft zu beweisen, indem er etwas für die Leser von *Schockierende Geschichten* Überprüfbares voraussagt, verkündete Ralf: »He, das ist kein Problem, ich sage voraus, dass ich hier ein großer Superstar werde, ihr sollt sehen, dass ich Recht behalte. Ich kriege meine eigene Fernsehshow, das konnte ich in hundertfünfzig Jahren in einer alten TV-Programmzeitschrift nachlesen, also wird es wirklich geschehen.«

Bis dahin jedoch kann man Ulknudel Ralf erst einmal in einer der nächsten Larry King-Shows erleben. Außerdem ist er in die engere Auswahl für *Friday Night Live* genommen worden.

Nachdenklich schüttelte Dexter den Kopf. »Komisch«, sagte er.

»Hm-hmm«, machte Ellie. »Er redet ganz so, als gehörte er in den Roman, mit dem du so viel Mühe hast …«

»Bitte nicht!«, stöhnte Dexter und hob die Hand. »Kommt gar nicht in Frage. Gott verhüte, dass ich jemals auf das Niveau derartigen Schrotts absinke … Aber das Komische ist, dass ich für den Vogel Gags schreibe, glaube ich, und das ist jetzt das erste Mal, dass ich ihn sehe.«

»Du glaubst, dass du für ihn Gags schreibst?«, vergewisserte sich Ellie und sperrte die Augen auf. »Du erinnerst dich nicht? Weißt du wenigstens, ob du dafür bezahlt worden bist?«

»Ach, bezahlt worden bin ich, neun Texte zu Zweihundert das Stück, bis jetzt achtzehnhundert Dollar«, antwortete Dexter, der bezüglich seiner Kontoauszüge ein geradezu fotografisches Gedächtnis hatte. »Ein Talentsucher namens Balaban braucht für einen Komiker aus der Zukunft-Späße, und bis heute hat er noch jedes Mal 'n Scheck geschickt.«

Er hob die Schultern. »Ich glaube, er hat erwähnt, der Kerl heißt Ralf«, fügte er hinzu. Sein Gedächtnis für Namen ließ allerdings zu wünschen übrig.

»Du glaubst, dass du Gags für einen angeblichen Komiker aus der Zukunft schreibst, der nur mit Vornamen auftritt?«, fragte Ellie ungläubig. »Also wirklich, Dex, hör mal, wie viele solche Witzfiguren kann es denn geben?«

Wenn wir in einer Chaoszeit leben, vielleicht eine unendliche Zahl, dachte Dexter.

»Es wird wohl derselbe Typ sein«, sagte er, trank den Kaffee aus. »Ich meine, nebenher Lacher für einen Kasper zu liefern, wenn mir was einfällt, ist ja nicht unbedingt meine wichtigste Betätigung.«

»Vati schreibt für den Irren Witze?«, fragte Jamie, die sich inzwischen die Illustrierte geschnappt hatte.

»Ja, anscheinend, Jamie …«

»Hat Vati auch die lustige Geschichte über die zweiköpfige Mami mit dem zweiköpfigen Kind geschrieben?«, stellte Jamie mit gespielt kindlicher Stimme und einem gewissen Gesichtsausdruck hintersinniger Schalkhaftigkeit eine zweite Frage.

»Dein Vater schreibt Science Fiction, Jamie, keine Fantasyscheiße!«

»Dexter!«

»Höchste Zeit, dass du zur Schule abschwirrst, Mausespeck«, sagte Dexter hastig. »Und höchste Zeit, dass dein Vater sich an die Arbeit setzt.«

In Big Sur herrschte einer der seltenen klaren, wolkenlosen Tage, und Amanda war in ihrem Rabbit, vor dem Abbiegen von der Küstenstraße, tatsächlich ins Schwitzen geraten. Doch als Hadashi ihr den Trinkbecher reichte, hatte die Sonne inzwischen den Zenith überschritten, und hier, tief im Schatten der Wälder, war die harzige Luft schon abgekühlt, und Los Angeles schien viel weiter als drei Autostunden und zweihundertfünfzig Kilometer entfernt zu sein.

Mitten in einem Rotholzhain saßen sie auf Paisley-Polstern hinter einem kleinen Blockhaus, das man auf einem Waldweg erreichte und das räumlich kaum 15 km, in der Zeit hingegen eine stille Ewigkeit von der US 1 entfernt stand, auf einer Loggia aus naturbelassenen Bohlen.

Auf einem alten, schwarzen Hibachi aus Gusseisen hatte Hadashi das Teewasser erhitzt. Amanda zog ein Frätzchen, als sie davon trank. Psychedelischer Pilztee war nicht gerade süffig, eher schmeckte der Aufguss wie mit warmem Wasser verrührte Heilerde.

Hadashi war ein außerordentlich geheimnisvoller Mensch. Anders als bei dem einen Namen hatte Amanda ihn nie gekannt. Und dabei kannte sie ihn schon ihr ganzes Leben lang.

Falls man ihren Eltern überhaupt nachsagen konnte, einen Guru gehabt zu haben, dann war auf jeden Fall er ihr Guru gewesen, und zudem war er etwas Ähnliches wie Amandas Lieblingswahlonkel sowie ihr spiritueller Meister.

Zwar hatte er eine hinlänglich deutliche Mongolenfalte, um als Japaner gelten zu können, ebenso jedoch hätte man eine chinesische, koreanische oder nordamerikanisch-indianische Abstammung vermuten dürfen. Ihm fehlte jeder regionale oder ethnische Akzent, den Amanda, deren geübtes Ohr ohne weiteres ein halbes Dutzend sprachliche Eigenarten unterschied, ihm anzuhören verstanden hätte.

Stellte man Amandas Kindheitserinnerungen in Rechnung, dann musste er mindestens siebzig Jahre zählen, doch obwohl sein Haar eine stahlgraue Farbe hatte und seine Haut eine fein gefältelte Ledrigkeit aufwies, als hätte er versucht, mit den Baumrinden der Wälder zu verwachsen, wirkte seine rüstige Gestalt, als wäre er lediglich ein kerngesunder Fünfziger, und bisweilen hatte sein Schmunzeln etwas eindeutig Pubertäres an sich, während er bei anderen Anlässen tausend Jahre alt zu sein schien.

In der Bekleidung kultivierte er generell Schlichtheit. Immer erregte er den Anschein, bei Woolworth direkt von der Stange gekauft zu haben. Heute trug er eine gebügelte Levis vorgewaschenen Modells, ein rot-schwarz kariertes Holzfällerhemd mit hochgekrempelten Ärmeln und ein Paar schaurig hellgrün-schwarzer Aldidas-Laufschuhe.

Offenbar gab es keine Menschen, die ihn außerhalb ihres eigenen Ereignishorizonts beim Führen irgendeines Privatlebens beobachten konnten; jedoch amüsierte es ihn, auf entsprechendes Bohren jede Menge möglicher Alter egos zu nennen.

»Ich bin ein Dr. Strangelove des Militärisch-industriellen Komplexes beim Abtragen meines schlechten Karmas. Ich bin Handelsvertreter für extraterrestrische Reformkost. Ich bin die Reinkarnation eines tibetischen Lamas, der die Sonne Kaliforniens dem Schnee des Himalajas vorzieht. Ich bin Temponaut auf der Suche nach dem verloren Zeitstrang. Ich bin ein schizophrener japanischer Gärtner aus Ikebana. Ich bin ein expatriierter japanischer Angestellter auf der Flucht vor Frau und Kindern. Man zahlt mir nichts, also treffe ich keine Wahl.«

Mit Letzterem hatte er völlig Recht.

Und bewies damit für Amandas Verständnis, dass er Hadashi war und sonst nichts.

Die Landschaft zwischen der Grenze Mexikos und der Grenze Kanadas wimmelte von spirituellen Scharlatanen, von denen buchstäblich alle vorspiegelten, ein vollkommen eigenständiges System spirituellen Wissens ergrübelt zu haben, aber nur wenige gegenüber Geld wirklich gleichgültig blieben.

Aber aß man mit Hadashi in einem Restaurant, langte er mit anmutiger Flinkheit nach der Rechnung. Und Hadashi sagte sich keinerlei Geheimwissen nach, raunte keine mystischen Schoten.

»Mir gefällt die Botschaft, die wir mit der *Voyager*-Weltraumsonde zu unseren Brüdern zwischen den Sternen gesandt haben«, sagte er stattdessen. »Falls wir Glück haben, können wir von ihnen lernen, aber sollten wir zum Lehren berufen werden, lehren wir. Wenn es meine Aufgabe ist, Guru zu sein, von mir aus, aber ich sehe darin keine ausgesprochen glückliche Fügung.«

Von Zeit zu Zeit erschien Hadashi wie aus dem Nichts in Amandas Leben, so wie es sich bei ihren Eltern verhalten hatte, und er pflegte auch mit anderen Leuten, Angehörigen seiner Szene, welcher Art sie auch sein mochte, regelmäßige Bekanntschaft.

Anscheinend kreuzte er immer dann auf, wenn man ihn am dringendsten nötig hatte, aber über den Grund musste man nicht unbedingt Bescheid wissen. Er brachte mit, was man brauchte, gleich ob man sich zu dem Zeitpunkt darüber im Klaren war, oder ob man noch nichts Böses ahnte.

Und dennoch haftete ihm nichts Mysteriöses an. Er rief an und sagte, er wäre gerade in der Stadt, lud zum Essen ein oder ließ sich zum Essen einladen, und kam mit einem Mietwagen, unweigerlich einem Kleinwagen. Wollte man von sich aus mit ihm Verbindung aufnehmen, gab es für diesen Zweck eine Geheimnummer in San Francisco, über die man auf seinen Anrufbeantworter sprechen konnte. Hinterließ man eine Mitteilung, rief er zuverlässig zurück.

Hatte er irgendwo unter einer anderen Identität ein richtiges Zuhause? Oder unterhielt er mehrere Wohnsitze, weitere solche Behausungen wie dieses Blockhaus, das Haus auf dem Mount Tamalpais, in dem

Amanda ihn einmal besucht hatte, und wie die Waldhütte oben im Norden der Rotholzwälder? Oder hatte er nur zeitweilige Aufenthaltsorte, ausschließlich gemietete Domizile, ähnlich wie die Autos?

Schon in ihrer Jugend hatte Amanda es aufgegeben, alles auf einen Nenner bringen zu wollen, was sie über Hadashi wusste. Sie war mit Hadashi aufgewachsen, ihn in ihrem Leben zu haben, war für sie … einfach Normalität. Und normal war auf paradoxe Weise auch er …

Folglich hatte sie es als völlig natürlich empfunden, Hadashi anzurufen, sobald die Zeit reif war, um ihre Seele vom Smog und Absud zu reinigen, und als genauso natürlich, dass er sie, so wie es jeder tüchtige Hexer getan hätte, zu einer Recentering-Zeremonie einlud.

Nach vier Monaten in der Tretmühle Los Angeles', gefangen in ihrem Amanda Robin-Avatar, verbissen in die Erwerbstätigkeit, befand sie sich dicht an der Grenze des Verkraftbaren.

Nicht dass sie sich über die Einnahmen aus ihrem letzten Geschäftsfrauen-Karma beklagt hätte. Wenn frau zu einem Teil von Connections lebte, schwamm frau lieber mit dem Strom, solang er floss, denn Gewissheit gab es in nur einer Hinsicht: Irgendwann, früher oder später, versiegte die Quelle.

Und Amanda Robin war wirklich fleißig gewesen. Sechs Wochen stundenweiser Beschäftigung mit Jimmy Balabans ›Komiker von Morgen‹ hatten ihr beinahe 3000 Dollar eingetragen. Sie hatte eine Rolle mit Text in einer Waschmittelreklame gehabt. Und elf volle Tage Mitwirkung in einer Seifenoper zum Gewerksschaftstarif. Dazu StatistInnen-Dabeisein an zwei Tagen Dreharbeiten für eine Billigproduktion. Außerdem Coaching eines französischen Schauspielers betrieben – wieder stundenweise –, der seinen Akzent wenigstens soweit abzulegen versuchte, dass er vielleicht auch in Hollywood Erfolg hatte. Ferner eine Nebenrolle in den wenigen lokalen Aufführungen eines durchweg unbegreiflichen Experimental-Bühnenstücks wahrgenommen, für die man ihr wahrhaftig Geld gezahlt hatte.

Amanda von Staulenburgs Bankkonto zufolge hatte Amanda Robin sich ausgezeichnet bewährt, denn es befanden sich darauf – selbst nach Abzug der Kreditkarten-Lastschriften sowie 375 Dollar Ausgaben für den Rabbit, nachdem der Ford Pinto den Geist aufgegeben hatte – noch über 3000 Dollar Guthaben.

Aber nun war es für beide an der Zeit, sich eine wohl verdiente Erholung zu gönnen und der wahren Amanda den Vorrang zu lassen. Sie hatte genügend Termine für zwei Monate in der NewAge-Szene und war unterwegs nach Norden, und hier fand sie auf dem Weg die vollkommene erste Raststätte …

Psychedelischer Pilztee mochte, wenn man ihn trank, nicht besonders angenehm schmecken, aber die Wirkung trat rasch und zwanglos ein. Keine Schwindeligkeit, nicht die geringste Übelkeit, kein Zittern, keine Zuckungen, keine unerquicklichen Verzerrungen des Körpergefühls. Die somatische Veränderung bestand aus einem sanften Verschmelzen mit der Wahrnehmung des Kissens unter dem Gesäß, des kühlen Windchens auf der Haut und seines Säuselns, des goldgelben Sonnenscheins, der durch Lücken im Blätterdach drang, der Ausdünstungen des Immergrüns und der feuchten Erde, des Vogelgesangs und des Umhergaukelns schlichter Lebewesen.

Amanda seufzte. Hadashi lächelte. Zwischen ihnen dehnte die willkommene Stille sich unmessbar lang aus. Amanda atmete die Wohlgerüche des Waldesinnern tief in die Lungen, den Blutkreislauf, das Gehirn, ihr Bewusstsein und ihren Geist ein. Hielt für eine Weile die Luft an. Atmete langsam Los Angeles aus.

Ließ einen Rhythmus zu Stande kommen. Sie spürte, dass sich ihre Muskulatur entkrampfte, eine andere, wohlig vertraute Beschaffenheit annahm, ihre Chakras sich öffneten und ihrer Wirbelsäule Kribbeln verursachten ... Sie schmunzelte.

»Hallo Amanda«, sagte Hadashi.

»Hallo Hadashi.«

Beide lachten sie, bedurften keiner Worte, um den Scherz zu verstehen.

»So«, sagte Hadashi nach einer angemessenen Pause. »Was treibt dich wieder einmal an den Busen der Wälder?«

Inzwischen hatte Amanda einen altvertrauten Zustand des Einsseins mit den hohen Bäumen erlangt, den Vögeln, die zwischen den Ästen hin und herflatterten, dem Gespinst grüner Schatten und goldenen Lichts, mit dem Reich der Natur, dem auch sie entstammte, eine harmonische Sicht ihrer Einheit mit der Schöpfung, dem unsterblichen Universum, in dem sie als bewusstes Wesen die denkende Krönung verkörperte.

»Was hält mich fern?«, fragte Amanda.

»Ein Weiser«, antwortete Hadashi, »hat einmal auf Folgendes aufmerksam gemacht: Selbst wenn man im Elfenbeinturm wohnt, muss man Miete zahlen.«

Er lachte und breitete die Arme aus, um die Umgebung zu umarmen.

»Hier ist ein ausgezeichneter Ort, um einen Besuch abzustatten«, sagte er. »Aber wer kann immer hier leben?«

»Du«, meinte Amanda.

»Wer, ich?«, entgegnete Hadashi mit gespielt schlichtmütigem Stirnrunzeln. »Nur der Avatar, mit dem du momentan sprichst, Amanda. Y tu también, muchacha, verdad? Ab und zu treffen wir uns, nehmen die Maske ab, entfernen die Schminke und sagen hallo, aber legen wir sie danach nicht wieder an? Kehrst du nicht zurück nach Hollywood? Gehe ich nicht wieder für den Mindestlohn Salat ernten, wenn ich nicht gerade auf dem Rindermarkt mit Termingeschäften absahne?«

»Dann verrate mir, großer Swami, was ist der Grund?«

»Dass der Preis der Freiheit den Umfang des Geschäfts bestimmt, wie Konfuzius zu Lao Tse sagte. Dass es kein Geschäft außer dem Showgeschäft gibt, wie der Bodhisattva zum Buddha sagte.«

Amanda lachte. »Und wir stecken alle tief drin«, schlussfolgerte sie.

»Und es ist das Einzige, was wir tun können.«

Amanda lachte ein zweites Mal.

Im selben Augenblick wechselte sie über in ein Reich ohne Worte, in eine Welt jenseits des Schleiers der Maja, doch nicht jenseits des Tanzes, denn natürlich war sie lediglich an etwas erinnert worden, das sie längst wusste – dass es nichts anderes gab als dieses Theaterrepertoire aus Masken und Schablonen, Form und Inhalt, und sich daran die gesamte Schöpfung beteiligte, kein anderer Weg und kein anderer Ort existierten.

An diesem Zeitpunkt erreichte der Pilztee seine höchste Wirkung, und Amanda wusste ganz genau, dass es sich so verhielt, das Strahlen der Lichtkegel, der Schimmer der Auren, die Sinfonie des Vogelsangs und des Winds, das kinästhetische Empfinden, Fleisch verschmölze mit der Luft, die Zeit im Winkel des Lichts erstarrte, das durch die Baumwipfel fiel, dass alles, so wie die ganze Schöpfung, aus nichts Anderem resultierte als dem Tanz der Energie und des Stofflichen, dem Zusammenspiel zwischen Geist und Molekülen.

Was existierte, war Realität.

Und was Realität war, hatte die Eigenschaft der Natürlichkeit.

Und in ihrem gegenwärtigen Zustand hatte Amanda darüber vollständige Klarheit, dass sie Realität war und auf ganz natürliche Weise wirklich wundervoll stoned.

Und natürlich hatte Hadashi Recht. Vier Monate hatte sie kürzlich damit verbracht, die Miete für den Elfenbeinturm zu verdienen, o ja, der Preis der Freiheit bestimmte den Umfang des Geschäfts, und es war die Wahrheit, sie befand sich an einem vollkommenen, an dem vollkommenen Ort für einen Besuch.

Aber man konnte nicht für alle Ewigkeit bleiben.

Denn sich gierig an diese zeitlose Transzendenz zu klammern, bedeutete ihren Verlust, das war der Wurm, der im kosmischen Apfel vom Baum der Erkenntnis saß, die schwarze Junkiealchemie, die das wahrhaft Sakramentale zu bloßem ›Stoff‹ degradierte.

Hier nämlich weilte sie im kosmischen Umkleideraum, den man aufsuchte, um sich des Kostüms und der Schminke der vorherigen Rolle zu entledigen und eine Zeit lang abzuspannen, ehe man sich auf die nächste Rolle vorbereitete. Im Mittelpunkt des Großen Rades herrschte Leere, deshalb konnte ein wahres Recentering-Ritual stets nur ein Übergang sein.

Der Übergang von der Hollywood-Rolle einer Amanda Robin in das Avatar Amandas der Pilgerin, die dem längs der Küste im allgemein sichtbaren, verborgenen Weg folgte, der sich durch diese Wälder wand, hinauf an diesen von Magie reichen Bergen ins mystische Herz Kaliforniens.

Und – voilà! – was sie angestrebt hatte, war erreicht.

Jetzt war sie dieser Avatar, diese Amanda.

Die in diesem Augenblick erkannte, dass der Übergang vollzogen war, der Scheitelpunkt des Ausnahmezustands überschritten, sie sich von nun an sanft auf der anderen Seite abwärts bewegte.

Gemächlich und langsam verlief die Rückkunft, Amanda hatte nach einem ausgedehnten, flachen Hinabschweben sozusagen eine weiche Landung, und es dauerte eine Weile, bis sie das Bedürfnis zu sprechen verspürte. Es bereitete ihr gänzliche Zufriedenheit, unter dem grünen Baldachin in der schwindenden Helle des kühler gewordenen Nachmittags zu sitzen und kontemplativ über die immerzu wechselnden Masken auf Hadashis Gesicht nachzudenken.

Mittlerweile hatte sie den Gipfel lange genug hinter sich gelassen – und sie war in diesen Vorgängen hinlänglich erfahren –, um zu wissen, dass die prozesshafte-sukzessive Demaskierung, die vor ihr auf dem Gesicht ihren Lauf nahm, das Resultat einer komplizierten Synergie zwischen zufälligen Helligkeitsschwankungen und dem veränderten chemischen Gewirk ihres Bewusstseins war, die Folge von Projektion und Perzeption, spiritueller Einsicht und visueller Struktur.

Aber was existierte, war Realität.

Und was Realität war, hatte die Eigenschaft der Natürlichkeit.

Und wenn sich die Pforte öffnete, sah man, was zum Vorschein kam.

Die Wanderung der Sonne über den Himmel hatte den Winkel eines goldleuchtenden Lichtstrahls verändert, der durch eine Bresche des Wipfellaubs wie ein himmlischer Schweinwerferkegel direkt auf Hadashis Gesicht fiel, es geradezu in ein Sonnenantlitz verwandelte, und der Wind, der durch die Bäume strich, sowie das Vorüberhuschen der Vögel und Insekten erzeugten Schatten, deren Bewegungen es in eine Physiognomie sich unablässig verändernder, abstrakter Merkmale zerflitterte.

Die sich jedes Mal neu zusammenfügten, sodass eine verflackerte Aneinanderreihung sowohl fremdartiger wie auch unheimlich vertrauter Avatare entstand …

Hadashis vom Sonnenschein goldglänzende, vage japanischen Gesichtszüge transmutierten zum goldenen Haupt einer Amida-Statue. In einen von Weinlaub umrankten Buddha aus uraltem, verwittertem Stein. Ins leibhafte Fleisch Gautamas selbst.

Amanda ließ den Blick unscharf werden und überließ sich selbst der kosmischen Diavorführung, dem Kaleidoskop der Bilder, dem kinetografischen Mandala, als das sich ihr Hadashis Gesicht darbot: Schwupp, schwupp, schwupp …

Buddha. Krischna. Indianertotem.

Das war daran das Befremdliche: Die Weise, wie die Masken längs eines Vektors wechselten, dessen diffuse Undeutbarkeit ihre Aufmerksamkeit bannte …

Schiwa. Quetzalcoatl. Loki.

Aber das diffus Vertraute konnte sie in den Augen erkennen, den Augen, die sich nie änderten, blauen Augen festen Blicks, die sie irgendwo schon einmal gesehen hatte …

Cojote. Affengott Hanuman.

Erneut schien ringsherum, um das gespenstische Gefühl eines déjà vu, die Zeit zu erstarren, als wäre sie flüssiger Bernstein …

King Kong. Schimpanse Bonzo.

Hinter der Avatarmaske betrachteten helle Augen Amanda, ohne mit den Wimpern zu zucken …

Clown Bozo.

Der Geist hinter den Schleiern, das Wesen hinter dem Wechselspiel der Formen …

Ralf.

Ralfs Augen.

Oder vielmehr die Augen, die sie während eines

Doppels eben dieses jetzigen Momentchens – auf ihrer Veranda – hinter der Maske auf dem Gesicht des Komikers auf ihrer Veranda gemustert hatten.

In Amandas Kehle entstand ein Lachen und brach sich durch ihre Lippen Bahn ins Freie, sie lachte, lachte und lachte.

»Darf ich erfahren«, fragte Hadashi, »was dich so belustigt?«

Jetzt war er schlicht und einfach wieder Hadashi.

»Du hättest es erleben sollen«, antwortete Amanda. »So stoned hättest du sein müssen ...« Während sie den letzteren Satz sprach, kam ihr zu Bewusstsein, sie war nicht mehr stoned. »Es ist ziemlich schwierig zu erklären«, gestand sie schließlich.

»Das ist so bei den meisten Späßen.«

Amanda gab sich alle Mühe, obwohl ihr die Natur des kosmischen Ulks inzwischen gar nicht mehr so recht deutlich wurde, sodass sie sich darauf beschränken musste, die rein visuellen Phänomene zu schildern, die Parade der Avatare von der Gottheit bis zum Possenreißer.

»Ich glaube, ich sollte mich geschmeichelt fühlen«, sagte Amanda lächelnd. »Buddha, Krischna, Quetzalcoatl, Schiwa, Cojote, Loki, sogar der alte Hanuman, das ist ein reichlich qualifiziertes Spektrum von Avataren, in denen man inkarniert werden kann.«

Nun lachte auch er. »Weniger sicher bin ich mir allerdings in Bezug auf Bonzo, Bozo oder Ralf«, fügte er hinzu. »Ist das der komische Aspekt?«

War es so der Fall?

»Die Augen ...«, murmelte Amanda.

»Es liegt an den Augen, ja ...?«

»Die Augen haben sich nie verändert ...«

»Die Augen Wischnus in Person hinter dem Gewirbel des Tanzes?«, fragte Hadashi. Und er blickte mit der gleichen festen Eindringlichkeit in Amandas Augen. »Die unverstellbare Seele hinter dem Schleier der Maja?«

Hadashi lachte. Doch seine Augen lachten nicht mit: Die Augen hinter sämtlichen Masken. Oder was sie in diesem Moment wieder durch diese Augen ansehen mochte.

»Oder ist es vielleicht nur die visuelle Fixierung auf die Augen als dem Zentrum eines eingeengten Gesichtsfelds, das durch die physischen Auswirkungen des Pilztees hervorgerufen wird?«, fragte derjenige, der mit Amanda das Gespräch führte. »Eines solchen Tees, wie ich ihn dir vorhin gereicht habe?«

Er lachte. Er zwinkerte ihr zu. Der Bann verflog.

»Ein derartiger Effekt ist in der Literatur nicht eben unbekannt, Amanda«, meinte er sachlich, war wieder der gute, alte Hadashi.

»Also, das Komische daran ist, falls man es als komisch empfindet, dass Ralf mit mir die gleiche Nummer, wenn man 's mal so nennen will, abgezogen hat«, erzählte Amanda. »Und da hatte ich nicht einmal ein Gläschen Wein getrunken. Und außerdem hatte ich es vorher ihm beigebracht.«

»Hast du 's wirklich, Amanda?«, fragte Hadashi, schmunzelte andeutungsweise, während er ihren Blick von Neuem in den Abgrund seiner Augen zu locken versuchte.

»Jedenfalls war ich dieser Meinung …«, gab Amanda versonnen zur Antwort. »Wie erwähnt, ich hab ihn gecoacht, das Ziel bestand darin, ihn zur Personifizierung eines alternativen Alter egos zu befähigen, das als sein Normalo herhalten sollte. Als Trick fürs schnelle Umwechseln hab ich ihn eine Wahrnehmungserinnerungsübung gelehrt, und dabei gab es einen Moment, in dem … in dem genau das Gleiche geschah, er nämlich jemand anderes zu sein schien, der mich durch die Maske auf seinem Gesicht anschaute …«

»Derselbe Jemand?«, fragte Hadashi.

»Derselbe Jemand wie wer?«, lautete Amandas Gegenfrage.

Hadashis Stimme lachte, aber seine Augen lachten nicht. »Wie derjenige, der dir jetzt in die Augen schaut, Kleines«, bogartisierte er.

Und da, unter den Bäumen, in der nachlassenden Helligkeit des Nachmittagssonnenscheins, während des sachten Abklingens der Pilzteewirkung, öffnete sich, während Amanda in die Augen ihres alten Freunds und spirituellen Meisters blickte, eine Pforte.

Eine Pforte zur Erinnerung an eine Pforte. Eine Pforte zu einer spiegelbildartigen Unendlichkeit von Pforten, die in Gestalt einer Möbiusschleife alle immer nur eine zur anderen führten.

Hadashis Augen wurden zu eben den Augen, die sich auf Amandas Veranda als Türen zur Traumzeit erwiesen hatten. Den Augen, die in Texas Jimmy Balabans Büro einen beunruhigenden Moment lang ihren Blick erwidert hatten. Den Augen hinter den Masken der Avatare irgendwo außerhalb der linearen Zeit.

Den Augen, in die sie jetzt blickte.

Konnte auch ein umgekehrtes déjà vu auftreten?

Bestand die Möglichkeit, dass sie als Werkzeug gebraucht worden war, durch das ein Geist aus der Traumzeit/Zukunft sich eine Tür in die Vergangenheit/Gegenwart aufgeschlossen hatte?

»Wer bist du?«, fragte sie. »Wer bist du wirklich?«

»Du hast es doch selbst gesagt«, entgegnete Hadashi mit seiner natürlichen Stimme. »Ein und derselbe Jemand hinter sämtlichen Masken, auch deiner Maske. Wen anderes gibt es denn, betrachtet man es aus einer gewissen Perspektive? Buddha. Krischna. Schiwa. Jeder sucht sich ein eigenes Avatar. Gilt das nicht für uns alle?«

»Loki? Cojote?«

»Ach, es gilt ganz besonders für die Trickster«, versicherte Hadashi.

»Sogar Ralf?«

Hadashi stieß ein vollkommen menschliches Lachen aus – und die Pforte fiel zu.

Oder nicht?

»Der Zeitgeist beschreitet wundersame Wege, um seine Wunder zu wirken«, sagte Hadashi. »An bestimmten karmischen Nexi erscheint er in einem zeitgemäßen Avatar, als Buddha, Jesus, Ghandi.«

»Als Ralf?«, rief Amanda voller Zweifel.

Hadashi hob die Schultern. »Jede Zeit bekommt das Avatar, das sie verdient«, antwortete er. »Ob Gott würfelt, wenn er über das Schicksal des Universums entscheidet, oder nicht, können wir nicht wissen, aber wenn die Menschheitsgeschichte uns irgendetwas lehrt, dann auf alle Fälle, dass er, sie oder es nicht darüber steht, gelegentlich eine kosmische Tortenschlacht anzuzetteln.«

»Neu! Delikater! Noch leckerer im Geschmack ...«

»Der Dreck verkorkst dir das Gehirn, Marcy«, sagte Mutti, ehe die alte Kröte sich erneut eine halbe Dose lauwarmen Biers in den Rachen schüttete und gleichzeitig auf einen anderen Sender zappte. »Damit machst du dich kaputt, Mädchen.«

»... über Nacht tiefere Temperaturen um zehn Grad, aber gegen Morgen ...«

Lotter-Lotti konnte einfach nicht glauben, dass sie sich schon wieder diesen Quark anhören musste.

Den ganzen Scheißtag lang und bis hinein in die Nacht, sodass sie meistens einpennt, döst die dumme Sau vorm Fernseher auf der Couch und glotzt schwarzweiße Horror-

filme, liegt auf dem Arsch und füllt sich mit dem billigsten Bier ab, das sich finden lässt – damit sie sich mehr leisten kann, klar –, während das Scheißwohnzimmer stinkt, als ob es das Pissoir der polnischen Marine wäre, und ich probiere mal ein kleines bisschen Crack, und schon steh ich wie ein Junkie da, geradezu als wäre ich eine Drogenkriminelle!

»… zum Hacken, Pressen, Zerteilen, Scheibenschneiden und sogar zum Reiben von Parmesankäse!«

»Da werd ich ja am Arsch verrückt, was verstehst denn du davon, Mutti?«, fauchte Lotti. »Hast du diese Weisheiten aus'm Fernsehen?«

Man sehe sich mal diesen Schweinestall an, dachte Lotti. *Da müsste selbst ein Müllmann göbeln.*

Das Sozialamt zahlte eine Zweizimmerwohnung, genauer gesagt, eine Zweieinhalbzimmerwohnung, weil die Toilette und die Einbauküche zusammen als halbes Zimmer oder solchen Quatsch galt. Als Lotti noch ein Kind gewesen war, hatte Mutti das Schlafzimmer gehabt und sie im Wohnzimmer auf der Schlafcouch gepoft, einem Möbelstück, das tatsächlich selbst Kinder so leicht umbauen konnten, wie man es in der Fernsehwerbung zeigte, falls ihre Mütter wie üblich dafür zu blöde blieben.

Heutzutage jedoch schleppte Mutti sich kaum noch aus dem Wohnzimmer, außer zum Klo, um sich einen Schal oder aus dem Kühlschrank neues Bier zu holen, und ungefähr einmal in der Woche walzte sie, wenn sie Lotti nicht dazu überreden konnte, hinunter zu McDonald oder zur Bodega.

Den ganzen lieben, langen Tag hindurch fläzte sie sich vor dem Scheißfernseher, in einer Flosse eine Dose Bier, im anderen Greifer die Fernbedienung, und vielleicht, vielleicht schaffte sie es, den Bettkasten aus der Schlafcouch zu ziehen und sich ins schmuddlige Scheißbettzeug zu wickeln, ehe sie wegtrat, aber verlassen durfte man sich darauf ganz und gar nicht.

Außer der Schlafcouch und natürlich der Scheißglotze bestand die Einrichtung des engen, versifften Wohnzimmers aus kaum mehr als einem beschissenen Couchtisch, von dem sich allmählich die Beine lösten, einem genoppten roten Knautschsessel, aus dem kleine Flocken Füllmaterial rieselten, und zwei elenden Klappstühlen.

Dank dieser Genügsamkeit gab es allerdings reichlich Platz für die vielen leeren Bierdosen, alten McDonald- und Pizzaschachteln, Programmzeitschriften und Stapel kotzekliger Unterwäsche, die sich zwischen den Besuchen des zuständigen Sozialarbeiters anhäuften. Lotti warf das Gelumpe jedes Mal rechtzeitig in den Müll und machte damit zehn Millionen Schaben glücklich.

»Du hast völlig Recht, Marcy, ich weiß 's aus'm Fernseh, wenn du den Mist rauchst, kriegst du Gehirnerweichung, es ist, als ob du Ajax schnupfst oder Sagrotan trinkst …«

»… mit Rockstar Ricky Speed und unserem Ehrengast Ralf, dem Komiker von …«

»Seit wann guckst du denn Nachrichten, Mutti?«

»Manchmal guck ich sie mir an«, röchelte Mutti, »um auf'm Laufenden zu bleiben.« Sie zappte nochmals und bekam einen Piefke auf die Mattscheibe, der Sportmeldungen verlas. »Siehst du?«

»… gegen die *Knicks* bei einem Stand von einhunderteinunddreißig zu einhundertsiebzehn …«

»Poo-boooh, Mutti, ich wusste gar nicht, dass du derartig auf hochgeistig machst, Sportergebnisse und so … Als Nächstes liest du wohl den *Enquirer*.«

Wahrhaftig gelang es Mutti, den Blick von der Röhre zu wenden und mehr oder weniger in Lottis Richtung zu schauen.

»Hör zu, Marcy«, sagte sie, »ich hab's bei Geraldo und auch Oprah gesehn, es ist Teufelszeug, was du rauchst, du sinkst davon so tief, dass du zum Schluss in 'm Abfallcontainer haust, genau wie die Penner auf'm Tompkins Square, alten Damen die Handtasche raubst und 'n Mond anheulst.«

»Die gleichen Arschlöcher erzählen, dass 'n paar Strecken Koks oder 'n Sniff Smack dich in 'n Werwolf mit Haaren auf 'n Zähnen verwandeln«, erwiderte Lotti. »Und dass 'n bisschen Abstaube mit 'm Höllenfeuer bestraft wird. Mir ist nicht aufgefallen, dass du hingegangen wärst und 'n Leben geführt hättest, als ob du solche kleinkarierten frommen Sprüche glaubst, Mutti.«

»Da hast du nicht Unrecht«, schnaufte Mutti, »ich hab 'n feines Leben gelebt, und ich behaupte ja gar nicht, ich würd nicht auch an freiem Schnee und Smack mitnehmen, was irgendein schnieker Goldfisch, käm er jetzt zur Tür rein, auf 'n Tisch legt. Jawohl, 'ne lustige Fut, das ist deine Mutter, Marcy, ich hab dir nie irgendwelche blöden Schönrednereien vorgequasselt, sag selber, ob das nicht die reine Wahrheit ist …«

»… der Schmerz nur einen Augenblick, und danach folgt ewige …«

»… höchst sonderbar, Captain, es hat den Anschein, dass eine unbekannte Kraft …«

Mutti hatte Abschussringe unter den Augen, die gelb waren wie Nikotinflecken, ihr Stinkatem konnte Glas zum Schmelzen bringen, ihr rann Bier aus dem Mundwinkel, und weil sie ein spastischer Fernsehjunkie war, zappte sie pausenlos von Sender zu Sender, aber einige Sekunden lang blickte sie tatsächlich statt der Flimmerkiste Lotti an, sodass man hätte meinen können, sie versuchte sich wirklich zusammenzureißen und eine gewisse Menschenähnlichkeit zurückzuerringen, sich darauf zu besinnen, wie sich eine richtige Mutter verhielt.

»… heile diesen Knaben, o Gott …«

»So?«, brummelte Lotti.

»Wenn eine versoffene alte Hure und Kokse wie deine Mutter dir sagt, dass der Scheißstoff, den du nimmst, dich zu 'm jämmerlichen Stück Scheiße erniedrigt, Marcy, das niemand um sich haben mag, dann ist's ja wohl nicht unbedingt die Heilsarmee, die mit dir spricht, Mädchen.«

»Du liebe Kacke, wovon schnasselst du eigentlich, Mutti?«, zischte Lotti, griff in die Hosentasche der Jeans und strich mit den Fingern um das kühle, glatte Glas des Pfeifchens.

»Hat die Putsche dir schon dermaßen 'n Giebel versengt, dass du nix merkst, Kind?«

»Was soll ich merken?«

»Dass du dich veränderst. Und nicht zum Vorteil.«

»Ich werd wahnsinnig, ich weiß überhaupt nicht, was du willst, Mutti.«

»Erzähl mir bloß kein Mumpitz, Mädchen.«

Na schön, man musste mit dem Zeug vorsichtig sein, irgendwie eine gewisse Distanz halten, durfte sich nicht vereinnahmen lassen, und vielleicht hatte sie ein-, zweimal echt zu heftig aufgedreht, gut, gut, etwa als sie den Scheißtoaster an die Wand gepfeffert hatte, aber in dem Moment kam es ihr völlig richtig vor, oder im Umgang mit dem Arschgesicht im *Golfstrom-Grill*, es war nicht eben das Wahre, mit Reibekuchen zu schmeißen, aber danach hatte sie während der Arbeit keinen Trip mehr eingelegt, also wenigstens nicht oft, bloß zwei-, dreimal oder so, und passiert war nichts, also jedenfalls nichts Weltbewegendes: Was sollte man denn tun? Sich etwa von jedem Krümel anpflaumen lassen, der sich mit Zweifünfundneunzig an die Theke pflanzte und darauf pochte, der Kunde wäre doch wohl König, aber natürlich machte es, das stand irgendwie fest, keinen guten Eindruck, Burger auf die First Avenue zu schleudern, allerdings war es ja nicht so, dass sie irgendetwas angestellt hätte, wofür man sie einlochen könnte, und bisher hatte Mario sie nicht gefeuert, das konnte ihr niemand bestreiten …

»Ach so«, nölte Lotti, nahm die Hand aus der Tasche und die Glaspfeife heraus, »der Stoff, den ich nehme, verwandelt mich in Draculas Braut, aber ganz locker Millionen Liter Bier in deine Scheißwampe zu gießen, also, da spricht nix dagegen, das willst du mir einreden, hä, Mutti?«

»… Ricky Speed singt die gegenwärtige Nummer Eins der …«

»… er ist tot, Jim …«

Da-da-da, die Lippen der alten Schlampe bewegten sich, aber kein Ton drang aus ihrem Maul. Zack-zack-zack, flink zappte ihr feister Daumen so selbsttätig durch die Programme, als wäre sie ein Scheißzombie. Und sie will mir weismachen, der Stoff, auf den ich abfahre, zerrüttet mir das Hirn?

»… Feuer und Schwefel des Jüngsten Gerichts …«

»… weicht die harte Schmutzkruste auf und …«

»Dann möchtest du mir vielleicht mal verklickern, wie's kommt, dass du 'n ganzen Scheißtag lang bloß untätig rumliegst und dein überflüssiger Hintern immer dicker wird, während ich als angeblicher Crackjunkie, 'n Drogenwrack gewissermaßen, 'm geregelten Job nachgeh?«, forderte Lotti, zückte aus der Tasche das Fläschchen und öffnete es mit dem Daumen.

Mutti warf die soeben geleerte Bierdose auf den Fußboden, zerrte eine neue Büchse aus dem Sechserpack, riss sie auf und schlürfte einen ergiebigen Zug. Lotti schüttete sich den restlichen Stein auf den Handteller, kratzte mit dem Daumennagel ein Bröckchen ab und füllte es in den Pfeifenkopf, presste es auf den verschmutzten Filter.

»Tolle Leistung«, sagte Mutti. »Für 'n Mindestlohn Speckpfannkuchen zu wenden, was bringt denn das, vier Mücken die Stunde? So viel hab ich früher bei 'nem hitzigen Rammler in dreißig Sekunden verdient.«

»Ja eben, früher, Mutti«, schnauzte Lotti, kramte in einer anderen Hosentasche nach dem Feuerzeug. »Aber heute bist du so potthässlich, du könntest nicht mal innerhalb 'ner Woche vier Mäuse verdienen, wenn du in 'na AIDS-Klinik Schwänze lutschen wolltest.«

»Komm mir nicht mit Unverschämtheiten in meinem Haus, Kind! Heb dir so was auf für deine Junkiefreunde auf der Straß.«

»In deinem Haus, dass ich nicht lache! Du meinst die Bude, die dir 's Sozialamt zahlt, oder was, Mutti? Wann hast denn du 's letzte Mal 'n Dollar eingenommen, hm? Vielleicht wird mir schlecht gelöhnt, aber ich hab wenigstens 'n Job.«

»Und jeden Dollar, den du kriegst, verstochst du da in der Pfeif.«

»Ich darf mein Geld ausgeben wie ich will!«, fuhr Lotti ihre Mutter an, steckte trotzig die kleine gläserne Pfeife in den Mund und ließ verärgert das Bic schnappen. »Denkst du etwa, ich liefer die Scheine dir ab, damit du dir noch mehr Bier in die fette Gurgel kippen kannst?!«

»Red nicht so mit mir! Ich bin deine Mutter! Und wag's ja nicht, diese Scheiße in der Wohnung zu rauchen! Sonst schmeiß ich dich achtkantig raus. Du bist volljährig, Mädchen, nix mehr mit Anspruch auf Kinderhilfe, und ich wohn nicht mit 'ner Crackschlunze zusammen, jedenfalls keiner, die sich hier volldröhnt.«

Lotti nahm die Pfeife lange genug aus dem Mund, um »Leck mich im Arsch!«, zu schreien.

»Ich mein's Ernst, Marcy. Verpass dir 'ne Ladung in dieser Wohnung, und du fliegst raus! Ich lass dich vom Sozialamt schassen. Wenn's sein muss, ruf ich die Scheißbullen, dass dir 's nur klar ist, ich duld ihn nicht, diesen Müll, davon wirst du was, wovor's mir gruselt.«

»Buuuh!«, blökte Lotti, rollte mit den Augen, zeigte ihrer Mutti den Stinkefinger. »Grrr!«, knurrte sie, schnitt eine Monsterfratze. »Ich bin 'ne große, böse, irre Crackbestie, die dir 'n Kopf abbeißt!« Sie lachte sich halb schief, bevor sie endlich einen hübschen, kleinen Zug aus dem Pfeifchen nahm.

Pang! Zisch! Bumm! Waaaah! Au ja!

Der Rauch brannte in ihrer Kehle, loderte hinab in die Lungen, zuckte ihr glutheiß durch die Glieder, erhellte ihr Hirn wie eine Trilliarde Glühlampen, es fluppte wie guter Schnee, obwohl es kein Koks war, aber auf jeden Fall war es verdammt stark, und es wirkte verflucht schnell.

Und man fühlte sich davon so guuut.

Keine sabbrige Bierschlapperei, kein langweiliges Gekiffe, kein ödes Smack schnokeln, kein piefiges Pillenschlucken, stattdessen total toffe Leichtigkeit, Frei- und Gelöstheit, man schwebte sooo schön, da hatte man doch etwas ganz anderes an der Hand als die alte hippiemäßige Junkiescheiße, durch die man während des gesamten Stonedseins überglücklich bloß eine Glühbirne oder, wie dieser widerliche Schleimbeutel da auf der Couch, den Fernseher anstierte, o ja!

Man fühlte sich echt knackig wohl. Sauwohl! *Wuppdiwuppdiwohl! Schnipp-die-Finger-tapp-mit-die-Füß-aus-dem-Weg-du-dumme-Fut-juhu-hurra-wohl!* Scheiiißgut das Ganze. *Juchheeeeee!*

Himmelhohe Scheiße, der Stoff war zu heiß, um ihn im Griff zu behalten. Das offene Geheimnis bei der Sache lautete: Man sollte ihn gar nicht im Griff behalten, sondern sich von dem Zeug in den Griff nehmen, sich stark und helle machen lassen, als wäre man der Größte, jawohl. Macht hatte der Starke!

Lotti hüpfte von der Couch empor und tanzte zur Musik *Bubbabubba-rubba-bumm* einer Deppenrockgruppe aus dem TV auf den Zehenspitzen *Zippedizippzippedizapp* durchs Wohnzimmer, hämmerte mit den Fäusten an die Wand, auf einen Klappstuhl *Bammbamm-bammbamm* und den Couchtisch …

Krack! Da löste sich wieder einmal das Scheißbein, das blöde Ding kippte auf den Scheißboden, ha-ha-ha, und Sechserpack, Bierdosen, Telefon, alte Fernsehzeitschriften und die madigen Macs, alles rutschte hinunter, und sie trat den Scheiß *Peng-wumm-wamm!* zusammen, hi-hi-hi, dass der ganze Ramsch durchs Zimmer flog.

»Marcy! Um Himmels willen, Marcy!«

»Kack! Kack! Macht! Macht! MACHT! Krach! Krack! Crack! Crack ist Macht!«

Ein verblüffendes Schauspiel warf Lotti fast aus den Scheißlatschen: Inmitten einer Stoßwelle aus Bierbüchsen und Hähnchenknochen stemmte sich Mutti von der Couch hoch, als käme aus den Scheißfluten des Hudson ein klotzig schwerer, kolossal dicker Wal zum Vorschein, schließlich wusste man heutzutage nie, was alles aus den städtischen Kloaken auftauchte, wirklich!

»Setz dich hin, übergeschnapptes Balg, du demolierst ja die Wohnung!«, keifte Mutti, schaukelte ihr hinterher wie eine gereizte Elefantenkuh.

»Also was 'n, Mutta, reg dich nich künstlich auf, 's is ja sowieso bloß 'n verkacktes Scheißloch«, rief Lotti, umtänzelte sie, beförderte mit einem Fußtritt einen Klappstuhl zur Seite.

»Ich ruf die Bullen!«, kreischte Mutti und vollführte eine Bewegung in die grobe Richtung des auf den Fußboden gefallenen Telefons.

»Tust du nich«, widersprach Lotti, flitzte an ihr vorbei, packte den Apparat und riss ihn mit sich fort.

Vielleicht etwas zu kräftig, denn sie rupfte das Scheißkabel aus der Wand. »Huch!«, alberte Lotti und warf das Telefon quer durchs Zimmer.

»Scheiße …«, murmelte Mutti, ganz wabbeliger Wackelpudding und Stielaugen, wich voller Bammel vor ihr zurück, als wollte Lotti ihr die Nase abbeißen oder so was, aber so weit konnte man ja nicht gehen, oder?

»Komm, Mutta, wir gönnen uns was Spaß«, rief Lotti, holte sie mühelos ein und grapschte sich ihre freie Hand, also den Fummler, der nicht die schietige Fernbedienung hielt, die sie nämlich noch immer in einem ihrer Krabbler hatte. »Lass uns tanzen!«

Und versuchte sie nun richtig nett zu drehen, sie in Takt zu bringen, doch die feiste Pottsau wog bestimmt hundertachtzig oder zweihundert Kilo, und selbst Lotti die Mächtige mit all ihrer Macht konnte einer derartigen Sauriergewichtsklasse keinen Schwung verleihen, es war das Gleiche, als wollte man mit dem größten Gülletank der Welt tanzen.

Eine und noch eine halbe Scheißdrehung, und da hatte sich Lotti schon schier das Kreuz ausgerenkt, *Au weia-owei-oweia,* und hast du nicht gesehen wand sich der alte Kotzbrocken los, torkelte und taumelte durchs Zimmer, klatschte gegen die Wand, troff irgendwie schmierig an einem Fensterkreuz abwärts, richtig langsam wie Brei, sackte mit dem Arsch auf den Fußboden, ächzte und stöhnte.

»… Phaser auf Lähmung schalten …«

»… der schwer entfernbare Schmutz unter den Rändern …«

Indem sie winselte und brabbelte, versuchte Mutti, scheußlich anzuschauen, auf dem Arsch rückwärts zu kriechen, durch die Scheißwand, falls sie könnte, und die ganze Zeit grabbelte sie nach einer Dose Bier, ohne eine zu finden, die anderen Griffel zappten nach wie vor durch sämtliche beschissenen Fernsehprogramme, es war wirklich zum VERRÜCKT-werden!

»… schicken Sie uns, was Sie entbehren können, und wenn es nur ein Dollar ist …«

»… so, nun sehen wir mal, was Sie da haben …«

»Hör mit dem Scheißgezappe auf!«, schrie Lotti, schnappte nach der Scheißfernbedienung.

Mutti zuckte zurück, drückte das Gerät an ihren Bries, versuchte wie eine Schnecke auf dem Fußboden fortzukriechen.

»Du hast ja nicht mehr alle Tassen im Schrank, Marcy! Lass mich in Ruh! Lass mich ja in Ruh!«

»… wessen Zukunft, Jay, Ihre oder meine?«

Lotti trat sie mitten ins Schmalz, entwand ihrer Fasse die Fernbedienung, knallte das Scheißding mit voller Wucht auf den Fußboden, zertrampelte, zertrampelte und zertrampelte es mit dem Absatz.

»Scheiiißfernsehn!«, sang sie, schnippte mit den Fingern. »Scheiiißfernsehn! Scheiiißfernsehn! Scheiiißfernsehn!« Im Takt zerstampfte sie das Drecksding in winzig kleine Stückchen, *Puh-boooh,* was für ein herrliches Gefühl!

»… wenn ich mich an das entsinne, was ich in *Variety* gelesen habe, könnten Sie mir doch verraten, ob ich 's länger mache als Letterman, oder?«

»Also, vielleicht schmeiß ja nächstes Jahr ich diesen Laden, Affenboy, aber kriegen Sie keinen Kropf, kein Problem, ich vergess nich, wer mir mal 'n Teppich ausgerollt hat …«

»Meine Fernbedienung!«, heulte Mutti aus Leibeskräften, als hätte ihr jemand einen rotglühenden Dildo in den Auspuff gerammt. »Du hass meine Fernbedienung kapott gemacht!«

Ihre Scheißvisage lief tomatenrot an, Adern pochten, Rotz sickerte ihr aus der Nase. »Du hass meine Fernbedienung rujeniert, du verkommene Cracknutte!«, jaulte sie noch lauter. »Raus mit dir!«

In Lottis Gehirn explodierte eine H-Bombe. »Das scheißvadammichte Scheißding intressiert dich mehr«, schrie Lotti und schüttelte die Faust, »als ich dich je intressiert hab, du saudämliche fette nutzlose alte Fotze!«

»Hau ab!«, sabbelte Mutti. »Hau ab! Keinen Schritt näher, oder ich schrei um Hilfe.«

»Du gottvadammte scheißige Fernsehsüchtge!«

»HILFE! POLIZEI! ÜBERFALL! ÜBERFALL! ÜBERFALL! POLIZEI! NIGGER! TERRORISTEN! ÜBERFALL! ÜBERFALL! ÜBERFALL!«

Mutti schrillte wie eine Sirene, es klang wahrhaftig, als wären die Scheißbullen schon da. Nebenan klopfte irgendein Arschloch an die Wand. Oben donnerte so eine halbe Portion ständig einen Scheißhammer gegen das Heizungsrohr.

Lotti rastete aus, fuhr herum, wirbelte um ihre Achse und sah …

… einen tierisch doofen Pinsel mit Gurkennase und Augen, die Löcher zu irgendwo waren, wohin niemand nicht wollte, er hatte eine Plattschnauze, kein menschliches Gesicht, sondern so eine kackige Fernsehfresse, und klugschnackte auf Leno oder Letterman oder sonst ein Arschloch ein …

… verkorkst dir das Gehirn, Marcy …

»… kenne die Zukunft, und sie ist schauderhaft.«

Er versuchte sie durch den Fernseher hinüber in die Fernsehsüchtigenhölle zu saugen!

… alten Damen die Handtasche raubst und 'n Mond anheulst …

… als ob du Ajax schnupfst oder Sagrotan trinkst …

Peng! Wumms! Kreisch! Heul! POLIZEI! ÜBERFALL! POLIZEI!

… in 'm Abfallcontainer haust, genau wie die Penner auf'm Tompkins Square …

»Du kanns mich mah kroizweise im Aasch lecken, du fernsehsüchtge Zombiefotze!«, brüllte Lotti. »Leck mich im Aasch, Fernsehfresse, du Aaschloch!«

Und trat ihnen mit aller Gewalt mitten in den Pudding.

KLIRR! KRACH! KAWUMM!

Juhuuu! Mit lautem Knall flog der ganze Scheißhaufen auseinander. *Paff! Wamm! Flacker!* Trümmer! Scherben! Schrott weit und breit! Ha-ha-ha! Wohl bekomm's!

Und Lotter-Lotti rauschte aus der Wohnung hinaus in den glutheißen Abend, schlug hinter sich die Scheißtür wuchtig genug zu, hoffte, dass im Scheißwohnzimmer die blöden Scheißbilder von der Wand fielen.

Texas Jimmy Balaban zählte nicht zu den Leuten, die sich durch eine Anschrift am Century Plaza beeindrucken ließen. Der gesamte Einkaufszentrum-Hotel-Kino-Büro-Park-Nepplokale-Komplex existierte überhaupt nur, weil Fox dazu gezwungen gewesen war, die Hälfte des Studiogeländes zu verkaufen, um sich aus der finanziellen Katastrophe des *Cleopatra*-Films zu retten.

Erbaut weit abseits jeder normalen Straße der Stadt und daher zu Fuß nicht ohne weiteres zu erreichen, empfing der Gebäudekomplex den Ankömmling, angefangen bei dem albtraumartigen Labyrinth der Tiefgaragen und den unverschämten Parkgebühren, mit allerhand Zumutungen. Das Century Plaza Hotel hatte hinlänglich überhöhte Preise, um bei Politikern aus dem Mittelwesten und verirrten Hinterwäldlern Eindruck zu schinden, und Ronnie Reagan und seine Korona hatten sich liebend gerne da eingenistet, aber stellte man es in Las Vegas oder Miami Beach hin, würdigte niemand es eines zweiten Blicks.

Die Bürowolkenkratzer waren um den in der Mitte gelegenen Platz, das Fußgängerzentrum, so scharfsinnig angeordnet worden, dass sie in Permanenz einen Freilicht-Windkanal bildeten. Die Hochbauten selbst beglückten mit eloxiertem Aluminium, Rauchglas, einer Klimatisierung, die an Flugzeuge erinnerte, nicht zu öffnenden Fenstern, und Lifts wie diesem, in dem Texas Jimmy jetzt stand, die dem Benutzer Instrumentalversionen der goldenen Oldies Sinatras vordudelten, die einen Insulinschock verursachen konnten.

Genau die Örtlichkeit, die sich eine Firma wie die Gold Medien AG aussuchte, um im obersten Stockwerk ein Büro zu mieten.

Als Medienunternehmen stand die Gold AG, um es barmherzig auszudrücken, anderthalb Stufen unter den wirklich großen Medienkonzernen. Stark präsent war sie an der Westküste, wo sie bei den meisten Kabelnetzbetreibern rund um die Uhr eigene Programme füllte, jedoch weniger erfolgreich im Mittelwesten und im Süden, wo sie sich eher als Anbieter für ein Konsortium freier Sender betätigte. An der Ostküste hatte sie dank eines Gefälligkeitsdeals mit einem großen New Yorker Sender Zuwachsraten zu verzeichnen. Gold setzte eine beachtliche Menge Geld um, aber verfügte über zu wenig Kapital, um sich mehr als ungefähr ein Dutzend neuer Fernsehfilme und etwa die gleiche Anzahl originaler Fortsetzungsserien pro Jahr leisten zu können.

Deshalb füllte man den Rest der Sendezeit mit Quizshows, billigsten Seifenopern, Talkshows, zwar abstrusen, aber nachgeschmissen erhältlichen Importen aus Mexiko, Brasilien und sogar Polen, hinterfotzigen Versuchen eines Varieté-Revivals, Aufzeichnungen sonst live übertragener sportlicher Mega-Events wie Demolition Derby sowie Monstertruck-Rennen.

Mit anderen Worten: Gold lechzte nach preiswerten Sendebeiträgen.

Darum war Texas Jimmy, sobald Golds zuständiger, als genial verschriener Programmdirektor Archie Madden ihn zu einem Gespräch einlud, nicht unbedingt außer sich vor Begeisterung geraten, doch hatte immerhin bereitwillig sich anzuhören beschlossen, was ihm der Mann zu sagen beabsichtigte.

Ralf auf etwa diesem Niveau zu platzieren war nämlich von Anfang an sein Vorhaben gewesen. Gegenwärtig kam Ralf bestens an, er war der hervorragendste Künstler, den er je auf seiner Klientenliste gehabt hatte, aber deswegen bildete Texas Jimmy sich noch längst nicht ein, er könnte ihn jemals in *Caesar's Palace* oder *Circus Circus* schicken, womöglich mit Letterman oder Leno gleichziehen.

Die Mann von morgen-Masche bewährte sich gut genug, um Ralf in den Illustrierten Schlagzeilen zu sichern, zunächst auf den Innenseiten, seit kurzem aber auch auf den Titelseiten. Inzwischen genoss er hinlängliche Berühmtheit, um erheblich höhere Honorare als das bisschen Pulver einzustreichen, das man für die Palaverrunden, in denen er anfänglich aufgetreten war, in bar unterm Tisch durchgereicht hatte, mittlerweile durfte er in Las Vegas bei diesen und jenen Veranstaltungen als Erster auf die Bühne, und die *Tonight Show* sowie *Saturday Night Live* hatten sich gar von sich aus nach ihm erkundigt.

Unterdessen hatte Jimmy dadurch das Doppelte bis Dreifache der in Ralf investierten Marie erwirtschaftet, und so wie die Vorausbuchungen sich entwickelten, wagte er sich auszumalen, dass er in rund sechs Monaten eine halbwegs erträgliche Scheidungsregelung mit Marsha zu Stande brachte, sich eine anständige Wohnung nehmen und vielleicht sogar ein neues Auto erlauben konnte.

Aber wie Jimmy ganz genau wusste, ging es von oben irgendwann wieder nach unten, und wenn man stärker auf Talent baute, war die Aussicht groß, dass der Abwärtstrend eher früher als später eintrat. Dem Manager eines Ralfs bot sich vielleicht nur eine einzige Chance, um die Weichen neu zu stellen, und Jimmy hatte das Empfinden, dass sich durch die bevorstehende Unterredung eine solche Gelegenheit ergeben sollte.

Er merkte, dass Daumen und Zeigefinger seiner Rechten eine Phantomzigarette umstrichen, als der Lift endlich in der obersten Etage hielt, und hörte, dass seine Stimme um eine Oktave höher klang, während er Ralf abschließende Ermahnungen zuraunte.

»Lassen Sie wenigstens zu Beginn mich das Reden erledigen, zumindest bis ich Ihnen 'n Zeichen gebe, dass Sie freie Hand haben, ja? Ich möchte nicht, dass Sie irgendetwas abziehen, was dem Mann die Laune verdirbt, er etwa denkt, Sie wären auch außerhalb des Auftritts 'n Klugscheißer, klar?«

»Also hören Sie auf, machen Sie keinen Stress, Affenboy, was soll ich denn anstellen, die Hose runterlassen und auf 'n Teppich pissen?«

»Uns ist schon geholfen, wenn Sie vorübergehend den ›Affenboy‹ aus Ihrem Vokabular streichen, kapiert?«, brummelte Jimmy, als sie die Aufzugkabine geradewegs vor einem hohen, zweitürigen, mit Teakfurnier fragwürdig verschönten Eingang verließen. »Der Mann ist Schwarzer, oder Afroamerikaner, oder wie die Neger sich heutzutage nennen, insofern könnte er ein bisschen empfindlich sein …«

»He Jimmy, kennen Sie den: Wieviel Afroamerikaner braucht man, um …?«

»Momentan brauchen wir nur Einen, um uns 'n

Nein einzuhandeln, also halten Sie die Klappe!«, maulte Jimmy wütend, als er sich anschickte, die Türflügel aufzuschieben.

Madden hatte darauf beharrt, dass Jimmy das zu diskutierende Talent zu dem Gespräch mitbrachte, damit er sich von ihm persönlich ein Bild machen konnte, ein Wunsch, für den Jimmy durchaus Verständnis hegte, der allerdings auf seine Nerven nicht die gleiche Wirkung hatte wie Valium.

Seit einem halben Jahr kannte er Ralf, aber bis heute hatte er keinen richtigen Begriff davon, was sich im Kopf dieses Burschen wirklich abspielte. Gewiss, er hatte etliche Klienten gehabt, zu denen er stets in einem ziemlich kühlen, ausschließlich professionellen Verhältnis geblieben war, und es gab ja genügend Leute, die behaupteten, Texas Jimmy Balaban wäre auf Freaks spezialisiert. Aber Ralf war wieder ein völlig anderer Fall.

Die Frage hieß: Was war er eigentlich?

Er hatte jetzt so etwas wie eine Wohnung, ein möbliertes Wohnzimmer mit Schlafnische in der Nähe des Sunset Strip, das im Wesentlichen alles enthielt, was ein Bewohner brauchte, vom minderwertigen Silberbesteck bis zum Plastikmülleimer. Jimmy musste ihn dort mit einiger Regelmäßigkeit abholen, weil Ralf noch immer nicht das Autofahren lernen mochte, und die einzigen privaten Besitztümer, die er je bei ihm gesehen hatte, umfassten ein Fernsehgerät, einen Videoapparat, ein paar Stöße Bücher und Zeitschriften, einen Mikrowellenherd sowie die Grundausstattung an Bekleidung, bei deren Einkauf Jimmy in Person ihn beraten hatte.

Für den heutigen Termin war Ralf von ihm in einen einigermaßen präsentablen, beigen Kurzarm-Safarianzug, ein weißes Hemd und passende Treter gesteckt worden. Hätte er Ralf sich selbst überlassen, liefe er umher wie ein leibhaftiger Versandhauskatalog: Springerstiefel mit weißem Hemd und Schlips, oder Geschäftsanzug mit Tarnmuster-T-Shirt und Reebok-Freizeitschuhen, oder blauer Blazer mit grünem Velourslederhemd, Jeans und Sandalen. Anscheinend griff er sich von der Stange, was gerade in seine Reichweite geriet.

Ein Geheimniskrämer? Ein einsamer Wolf? Ob er mit irgendwem vögelte, Freundinnen hatte oder wenigstens ein Stammlokal besuchte, das hatte bisher nicht einmal die Journaille herausgefunden, geschweige denn irgendetwas Pikantes beobachtet.

Texas Jimmy jedenfalls hatte Ralf niemals aus der Rolle Ralfs des Komikers aus der Zukunft schlüpfen gesehen. Wider Willen neigte Jimmy jetzt fast zu der Auffassung, dass Ralf, wie unsinnig es auch klingen mochte, wirklich war, was er zu sein behauptete.

Denn die einzige Alternative jagte ihm, obwohl sie als erheblich wahrscheinlicher gelten musste, viel stärkeres Grausen ein: Dass Ralf nicht nur ein dermaßen begabter Schauspieler war, um seine Rolle an sieben Tagen in der Woche vierundzwanzig Stunden lang bis ins kleinste Detail durchziehen zu können, sondern auch geisteskrank genug, um so zu wollen.

Die Vorstellung, zu der vielleicht wichtigsten Besprechung seines Lebens mit einem Talent zu gehen, das einen gehörigen Sockenschuss hatte, tat ein Übriges, um Texas Jimmys Nerven ins Flattern zu versetzen, während eine Vorzimmersekretärin sie durch das übliche, anonyme Foyer – mit steifen, schwarzen Ledermöbeln, Veranstaltungsplakaten und Plastegummibäumen – und in den üblichen, anonymen Korridor geleitete, den die üblichen, anonymen Bürotüren säumten.

Auch hob es nicht eben seine Zuversicht, als die Sekretärin sie, statt sie zu der übergroßen Tür am Ende des Flurs zu führen, hinter der sich Maddens Eckzimmerbüro befand, in einen seitlich gelegenen Konferenzraum brachte.

Und um das Maß der Mulmigkeit voll zu machen, trafen sie Archie Madden nicht allein an.

Zu seinen Seiten saßen an dem üblichen, standardmäßigen Teakfurnier-Konferenztisch ein Mann und eine Frau. Der Mann hatte graues Haar, leichtes Übergewicht, war ungefähr fünfundsechzig und trug einen modischen, perlgrauen Anzug, eine Klarglasbrille mit Goldrand, einen Ring mit dickem Klunker und eine goldene Rolex. Die Frau mochte Anfang vierzig sein, hatte schulterlanges, schwarzes Haar, von dem nicht ein einziges Strähnchen aus der Fasson ragte; sie sah so geschniegelt und gut erhalten aus wie die Wachsfigur einer Fünfzigerjahreschauspielerin im Hollywooder Filmmuseum und hatte eine schwarze, tendenziell feminine Spielart des üblichen Bürokostüms (Jäckchen und Rock) am Leib.

Archie Madden selbst wirkte, als zählte er höchstens siebenundzwanzig Jährchen. Seine glatte, kaffeebraune Haut schien ihrer Beschaffenheit zufolge zweimal täglich mit einem Laser rasiert zu werden, ausgenommen das schmale Fu Manchu-Bärtchen, das haargenau einen halben Zentimeter unter den Mundwinkeln endete. Er hatte eine dieser gemäßigt irokesischen Kahle Sau-Frisuren, der Schädel war an den Seiten rasiert, vielleicht sogar enthaart. Zu einer gebügelten blauen Jeans trug er ein weißes Hemd mit Button down-Kragen, einen konservativen, schwarzen Binder und ein Satinjackett, dessen Brusttasche ein Wappen mit einer orangefarben leuchtenden Sonne hinter einer Tropeninsel aufwies.

»Nehmen Sie Platz, Freunde«, sagte er im Tonfall eingeübter Leutseligkeit. »Das sind Max Baker, unser Sparschwein, und Liz Papadopolis, geschäftsführende

Abteilungsleiterstellvertreterin, deren Pflicht es ist, zu verhindern, dass ich irgendwann mal schweren Unfug anstelle. Ich möchte ohne Umschweife zur Sache kommen, weil ich in einer halben Stunde an einem Geschäftsessen teilnehmen muss. Kurzum, wir haben Interesse. Wie steht's mit Ihnen?«

Texas Jimmy ließ sich auf einen Sessel sinken und wünschte, auf dem Tisch stünde etwas Stärkeres in dem Kühlbehälter als Perrier und O-Saft.

Er kannte Archie Maddens Reputation. Wer wusste über ihn nicht Bescheid?

Das Schwierige war, es kursierten zwei Varianten.

Nach einer Einschätzung hatte die Gold Medien AG einen Renommierneger eingestellt, der im Gewerbe einen vorteilhaften Eindruck hinterließ und als Spiegelbild des durchschnittlichen IQ der Zuschauerschaft diente. Ein anderes Urteil besagte, Madden wäre ein echtes Junggenie mit dem Gespür eines Brandon Tartikoff und dem Showgeschäft-Riecher eines koksenden Tigerhais.

»Interesse woran?«, hakte Jimmy vorsichtshalber nach.

Madden schenkte ihm ein Lächeln, das eher die Tigerhai-These stützte. »Ich glaube, wir dürfen mit Gewissheit davon ausgehen, dass wir uns hier getroffen haben, um übers Fernsehen zu reden, nicht über die Grundstückspreise oder die Musikindustrie.«

»Sie wollen mir 'ne eigne TV-Show zuschanzen, stimmt's, Affenboy?«, nuschelte Ralf.

Scheiße! Jimmy verpasste ihm einen Tritt ans Schienbein.

Doch Archie Madden verbreiterte lediglich sein Lächeln zu einem Ausdruck der Nachsicht und Liebenswürdigkeit, ein Vorgang, der bei einem so relativ jungen Mann jeden Augenzeugen umso nachhaltiger verstören musste.

»Darüber haben wir nachgedacht, Ralf«, bestätigte Madden.

»Sie werden es tun, und es gibt einen Riesenknüller«, antwortete Ralf und erwiderte Maddens Lächeln mit einem ähnlichen, noch viel großmütigeren, ja gütigeren Lächeln. Und diesmal sprach er mit der Guru-Stimme, die Amanda Robin ihn gelehrt hatte, etwas herablassend und schnoddrig, aber auf eine Art, die seinem Tonfall die Kiebigkeit nahm.

Maddens Miene veränderte sich nicht im Geringsten.

»Pause«, sagte er, hob die rechte Hand und gab das Zeichen für den nächsten Satz, indem er mit dem Finger auf Ralf zeigte.

»Ich hab in alten *Variety*-Ausgaben nachgelesen, wie's läuft, eh ich mich in die Vergangenheit schicken ließ«, fispelte Ralf mit seiner inzwischen weithin bekannten, penetranten Klugscheißerstimme.

Archie Madden neigte und hob den Kopf um zwei Zentimeter. »Ausgezeichnetes Timing«, lobte er Ralf.

»Wovon sprechen wir denn konkret ... Archie?«, fragte Texas Jimmy eilig, ehe die Unterhaltung noch weiter seiner Einflussnahme entgleiten mochte. »Ich meine, nichts für ungut, aber ich kann mit Zahlen umgehen, darum bezweifle ich, dass Sie Unsummen zum Fenster hinauswerfen möchten, um meinen Klienten als Kanonenfutter in einem aussichtslosen Konkurrenzkampf gegen Medientitanen wie Leno und Letterman zu verheizen, deren Einschaltquoten für ihn ohnehin ganz sicher unerreichbar sind ...«

Max Baker, das Sparschwein, nickte daraufhin, bewegte dabei kaum mehr als die Augen.

Madden hob die Schultern. »Es lohnt sich gar nicht erst, so etwas zu versuchen, Jimmy«, stimmte er zu. »Gegen die Okkupanten der Hauptsendezeit können wir nun mal nicht anstinken. Unsere Strategie ist es, bei niedrigen Kosten zehn Prozent Einschaltquote zu erzielen und Gewinn zu erwirtschaften. Falls es mir gelingt, sie auf fünfzehn Prozent zu steigern, krieg ich wieder 'ne Belobigung, was, Liz?«

Liz Papadopolis saß mit einem Gesicht da, als wäre es aus Stein gemeißelt.

»Und?«, brummte Jimmy.

»Deshalb habe ich abermals eine der Ideen ausgebrütet«, sagte Archie Madden, »die mich schon zu Lebzeiten zur Legende gemacht haben.«

»Und die wäre?«

Erneut schmunzelte Madden wie der Große Böse Wolf, der endlich die Drei Kleinen Schweinchen im Backofen hatte.

»Wir verlegen die Sendezeit vor«, erklärte er. »Wir fangen mit dem Spätabendunterhaltungsprogramm eine halbe Stunde früher an, während die Konkurrenz noch die Spätnachrichten sendet. Während sie um die spießigen Nachrichtengaffer buhlen, sahnen wir den Löwenanteil aller übrigen Zuschauer ab, indem wir sie eine halbe Stunde lang unterhalten, statt sie mit aktuellen Katastrophenmeldungen und Arbeitslosenstatistiken zu nerven.«

Ein selbstzufriedeneres als Archie Maddens Feixen konnte man sich absolut nicht vorstellen.

»Genau als ob man mit einer Uzi in ein Fass voller Fische ballert, stimmt's, Jimmy? Eine halbe Stunde satte Befriedigung für das Fernsehpublikum, dessen Begriff von ernsthaften Nachrichten dem entspricht, was es am Kiosk auf den Titelseiten des *Enquirer* und des *Star* sieht …«

»So was wie Ralf …«, sagte Texas Jimmy.

Madden nickte. »Die Zuschauer ersparen sich nicht bloß die grauslichen Nachrichten, sie haben obendrein das angenehme Gefühl, hinsichtlich der Schlagzeilen der Druckmedien auf dem Laufenden zu sein«, erläuterte er. »Wenn das nicht ein Minimum von fünfzehn Prozent Einschaltquote einbringt, dann bin ich die erste Person der Weltgeschichte, die Miese macht, weil sie die Intelligenz der amerikanischen Bevölkerung unterschätzt hat.«

Er hob die Schultern. »Natürlich schwindet zwangsläufig unser Marktanteil, sobald die Großkopfeten nachziehen, aber wenn wir während der zweiten Halbzeit der Sendereihe noch die Hälfte des Publikums halten können, erlangen wir einen Durchschnitt von zehn Prozent Einschaltquote je Stunde, und damit schreiben wir, falls die Produktionskosten niedrig bleiben, durchaus schwarze Zahlen.«

Er verschränkte die Arme auf der Brust.

»Also, Jimmy … Was sagen Sie dazu?«

»Wozu soll ich was sagen?«, fragte Texas Jimmy leicht benommen. *Übersehe ich da irgendeinen Haken?*, überlegte er.

»Sendung an fünf Tagen die Woche, von dreiundzwanzig bis vierundzwanzig Uhr, aber wir versorgen auch Abnehmer, die die Nachrichten um zweiundzwanzig Uhr dreißig senden«, antwortete Archie Madden.

»Aber …«

»Produktionsbudget vierzigtausend Dollar je Sendung«, ergänzte ihn Max Baker. »Was Sie nicht ausgeben, bleibt für Sie übrig.«

»Aber …«

»Garantielaufzeit dreizehn Wochen«, ergänzte Liz Papadopolis. »Mit Option unsererseits für nochmals dreizehn Wochen zu denselben Bedingungen.«

»Aber …«

»Aber was, Jimmy?«, fragte Archie Madden.

»Aber über welche Inhalte reden wir?«, konnte Jimmy zu guter Letzt seine Frage anbringen. »Womit sollen wir die Sendezeit füllen?«

Archie Madden hob die Schultern und spreizte die Hände. Sein Lächeln schien ultraviolettes Licht in den Konferenzraum zu strahlen.

»Überraschen Sie mich, Jimmy«, lautete seine Empfehlung. »Ich stehe auf Überraschungen. Denken Sie sich was Brillantes aus. Vor brillanten Konzepten habe ich Hochachtung.«

»Und bewegen Sie sich innerhalb des Budgets«, riet Baker.

»Aber ...«

Madden schob den linken Ärmel hoch und warf einen Blick auf eine der Casio-Computeruhren aus schwarzem Plastik, die nicht nur Telefonate vermittelten und als TV-Fernbedienung fungierten, sondern es überdies schafften, auch die Uhrzeit anzuzeigen.

»Wir müssen zum Geschäftsessen, liebe Kollegen«, rief er und stand auf.

Gekünstelt zwinkerte er Texas Jimmy zu.

»Ach ja«, sagte er, »und planen Sie alles bis nächsten Freitag.«

fünf

Für den Bourbon, auf den Texas Jimmy Balaban während des Vormittagstermins mit Archie Madden hatte verzichten müssen, entschädigte er sich anschließend umso gründlicher in seinem Büro. Nicht dass ihn so etwas wie Muffensausen befallen hätte, aber drei rasch reingekippte Gläser Alk hatten den Vorteil, seinen alten Denkapparat zu schmieren.

Die Zahlen hatten für ihn einen bittersüßen Geschmack.

Vierzigtausend je Sendung. Ihm fielen vierzig Prozent von dem zu, was nach Begleichung der Kosten verblieb: Seine dreißig Prozent von Ralfs Honorar zuzüglich zehn Prozent fürs Betreuen der Sendereihe. Jede Woche fünf Sendungen. Wenn er eine Sendung für 30 000 Dollar auf die Beine stellte, nahm er wöchentlich 20 000 Dollar ein; bei garantierten dreizehn Wochen ergab sich daraus ein sicherer Umsatz von 260 000 Dollar.

Nach obersten Hollywood-Maßstäben waren das ungesalzene Peanuts, aber noch nie im Leben hatte er binnen eines Jahres einmal nur annähernd so gut verdient. Vorbei war es mit dem Pofen im Hinterzimmer. Eine anständige Wohnung rückte in erreichbare Nähe. Ein neuer Wagen. Eine gütliche Ehescheidung. Alles garantiert. Dreizehn Wochen! Und eine Chance zur Wiederholung und folglich Verdopplung der Einnahmen.

Das waren die süßen Aussichten.

Bitter war allerdings, dass er mit 30000 Dollar pro Show eine einstündige Sendung füllen musste.

Au weia.

Wenn er das Fernsehteam, den Regisseur, die Studiomiete bei einem geeigneten Großsender sowie Make-up und was nicht alles bezahlt hatte, konnte von den Dreißigtausend kaum noch etwas vorhanden sein; das hieß, ihm standen so gut wie keine Emmchen mehr für zugkräftige Gasttalente zur Verfügung.

Und das wiederum bedeutete, Jimmy musste jeden Abend eine einstündige Sendung ausschließlich mit Ralf bestreiten, mit Ralf als einziger Attraktion.

Klar. Nichts leichter als das.

Der Henker sollte den krummen Hund Archie Madden holen.

Nach zwei Gläsern Jim Crow und tief schürfender Gedächtnisdurchforschung wusste Texas Jimmy sich auf nicht einen einzigen Komiker in der gesamten Geschichte des Showgeschäfts zu besinnen, dem es gelungen wäre, jede Woche fünf Stunden Sendezeit mit Live-Auftritten zu bewältigen, selbst wenn sie auf Material der besten Texter des Gewerbes hatten zurückgreifen können, von denen die Mehrzahl ohnehin für Jimmy unbezahlbar blieb.

Eine Niedrigbudget-Talkshow mit Ralf als Mark Tanner?

Weia. So etwas mochte bei einem freien Lokalsender unterster Garnitur mitten in der Nacht durchgehen, aber niemals kaufte Madden es für die Gold Medien AG; vielleicht behauptete es sich in der ersten halben Stunde gegen die Nachrichten, doch sobald die Medienmoguln mit ihren profilneurotischen Stargästen aufwarteten, sanken die Einschaltquoten bis hinab in die Teergruben der Urzeit.

Nach dem dritten Glas musste Texas Jimmy notgedrungen der Erkenntnis ins unbarmherzige Auge blicken, dass er nicht den blassesten Schimmer hatte, was er tun sollte. Er brauchte … er brauchte …

Er benötigte einen Texter.

Dafür waren diese Kumpels doch da, oder etwa nicht?

Es wimmelte in der Stadt von Textlieferanten, sie zählten zu Tausenden, und nur jeweils zehn Prozent arbeiteten für Film oder Fernsehen, der Rest war froh, wenn er überhaupt Beschäftigung erhielt. Hatte er nicht schon Gags von Autoren gekauft – sogar von Kinofilm-Drehbuchautoren –, deren Bibliografie so lang war wie sein Arm, und dafür bloß ein paar Hunderter geblecht?

Texas Jimmy machte sich daran, seine Rolodex-Kartei durchzublättern. Darin hatte er mitsamt hingekritzelten Notizen über ihre bisherige Tätigkeit Dutzende von Schreiberlingen erfasst, ausgebrannte Sketschtexter, die früher Material für Sid Caesar, ja sogar Benny geliefert, und Sitcom-Sudelfritzen, die für *Lucy* und *Alf,* aber auch Leute, die für *Saturday Night Live* und die *Smother Brothers* gearbeitet hatten …

Hoppla.

Jimmys Blick verharrte auf dem Namen Dexter D. Lampkin.

War der Mann nicht Science Fiction-Schriftsteller, der nicht nur Skripts, sondern ganze Bücher verbrach …?

Jimmy las die Karteikartennotiz. Jawohl, der Heini

schrieb Science Fiction-Romane, hatte sich gelegentlich für Trickfilmer betätigt, doch fand sich kein Vermerk über Drehbücher oder Beiträge für Hauptsendezeiten. Für einen solchen Tastenquäler konnten ein paar Seiten bis zum kommenden Freitag keine große Herausforderung sein, und wahrscheinlich brauchte er sowieso Pinke. Was sollte er ihm anbieten …?

Jimmy empfand es als günstiges Anzeichen bestehenden Geldbedarfs, dass jemand ans Telefon ging, ehe das zweite Läuten endete.

»Ja?«, brummte am anderen Apparat die Stimme eines merklich zerstreuten Menschen. Das hörte sich weniger gut an.

»Ist dort Dexter Lampkin?«

»Ja klar. Wer ist da?« Lampkin redete, als telefonierte er mit einem Handy, während er sich auf dem Klosett den Hintern wischte.

»Dexter, hier ist Texas Jimmy Balaban. Ich hab 'n Auftrag für Sie.«

»Kein Interesse. Ich arbeite an einem Roman.«

»Nicht mehr als zehn Seiten, Lampkin«, sagte Jimmy ohne viel Federlesens. »Aber ich muss sie am Freitag haben. Zweitausend Dollar. Oder soll ich den Nächsten auf der Liste anrufen?«

Pause.

»Tja, vielleicht könnte ich sie einschieben«, antwortete Lampkin in etwas höflicherem Ton. »Sagen Sie mir, um was es geht …«

Jimmy erklärte es ihm.

»Das Manuskript einer kompletten Sendereihe für erbärmliche zwei Mille?«, entrüstete sich Lampkin, nachdem Jimmy ihm das Projekt dargelegt hatte. »Haben Sie sie nicht mehr alle?«

»Wir sprechen ja nicht von einem Treatment«, entgegnete Jimmy. »Es dreht sich um ein Konzept, eine Arbeitsgrundlage. Nun machen Sie aber mal 'n Punkt, ein begabter Schriftsteller wie Sie schüttelt so was doch locker aus dem Ärmel.«

»Wenn's so 'ne Lappalie ist, warum schreiben Sie 's dann nicht selber und sparen sich die zwei Riesen, Mr. Balaban?«

»Ich ... ich zahle Ihnen einen Bonus, wenn die Sache fluppt«, versprach Texas Jimmy spontan. Scheiße! Hatte der Bourbon ihm das Gehirn erweicht?

»Wie hoch ...?«, erkundigte sich Dexter D. Lampkin geringfügig freundlicher.

Was denn, Fairness war und blieb Fairness, oder?

»Fünfhundert pro Sendung für die gesamte Laufzeit«, gab Jimmy voller Spendierlaune zur Antwort.

»Fünfzehnhundert«, sagte Lampkin.

»Nun bleiben Sie aber auf'm Teppich«, rief Jimmy. »Für zehn Seiten? Für zwei Stunden Arbeit?«

»Harlan Ellison ging mal, als *Star Trek* und *Lost In Space* noch echte Renner waren, auf dem Weg zu jemandem an zwei ratlosen Produzenten vorbei«, sagte Dexter Lampkin. »›Ja, wir sollten Science Fiction fabrizieren, so was wie *Star Trek* oder *Lost In Space*‹, meinte einer von ihnen. ›*Starlost*‹, knurrte Ellison aus dem Mundwinkel und latschte weiter, das heißt, er wollt's. ›*Jawohl*, Mann, das ist es, wie wär's damit?‹ riefen nämlich die beiden Produzenten und schnappten sich ihn am Schlafittchen. Er rasselte ihnen einen Haufen Gesülze runter, und schon kam das Projekt in Gang. Auf ein Wort, auf das richtige Wort hin, Mr. Balaban.«

Texas Jimmy stöhnte auf. »Siebenhundertfünfzig«, sagte er.

»Tausend ist eine schöne, runde Zahl, oder nicht?«, fragte Lampkin. »Die Nullen erleichtern die Buchführung so sehr, dass Sie dadurch die Differenz glatt einsparen.«

Texas Jimmy lachte. »Gebongt«, sagte er.

Allmählich konnte er sich vorstellen, diesen Burschen sympathisch zu finden.

Vorausgesetzt er lieferte die Ware.

Es kostete Dexter Lampkin knapp fünf Minuten, im Alfa von seinem Haus in die Nachbarschaft von Texas Jimmy Balabans Büro nahe des Sunset Strip zu fahren, aber eine Viertelstunde, auf der westlich gelegenen Hillcrest Road einen Parkplatz zu ergattern, und nochmals zehn Minuten, zur Larrabee zu laufen.

Zum einen Teil empfand er seinen Beruf als auf anstrengende Weise anspruchsvoll. Zum anderen Teil hielt er sich mit dieser Einstufung lediglich einen Köder vor die Nase. Und drittens war er sich irgendwie darüber im Klaren.

Gewiss, er schrieb an *Chaoszeit*, und es verstimmte ihn jedes Mal, die Tätigkeit an einem Roman zu unterbrechen, um anderes zu erledigen, aber bei 2000 Dollar für eine einstündige Absprache und ein, zwei Tage Arbeit konnte er sich ruhig ein bisschen Missstimmung gestatten. Oder, um es anders herum auszudrücken, bei 40000 Dollar Vorschuss für sechs Monate Arbeitszeit an dem Roman konnte er es sich kaum leisten, darauf zu verzichten.

Außerdem bestand immer die Möglichkeit, wie klein sie auch sein mochte, dass er etwas vorlegte, das tatsächlich ein Erfolg wurde, und in dem Fall kassierte er während der Laufzeit – die laut Balaban nicht unter dreizehn Wochen betragen sollte – fünftausend Eier je Woche.

Dexter seufzte, als er das Foyer des leicht verwahrlosten, kleinen Bürogebäudes betrat. Derlei Phantastereien verkörperten für einen in Hollywood ansässigen Autor eine große Gefahr. Millionen von Dollar für Skripte. Ausgesorgt fürs Leben durch die Tantiemen aus dem Verkauf eines einzigen Serientreatments.

Das Teuflische daran war, dergleichen kam vor, es geschah wirklich. Ein Autor konnte, hatte er Glück, mit einem Monat Arbeit – oder innerhalb kürzerer Frist – mehr Geld verdienen, als ein haupt- und freiberuflicher Schriftsteller mit ernsthaftem, engagiertem Schreiben im Laufe seines gesamten Lebens.

Was für eine Versuchung es bedeutete, alle Zeit und Kraft aufzuwenden, um dem einen sensationellen Treffer nachzujagen, anstatt beharrlich gewöhnliche Arbeit für echtes Geld zu verrichten ...!

Was für ein Fehler es war, der Verlockung zu erliegen!

Nur zu leicht vergaß man, dass von hundert Skripten, egal wie spektakulär der Inhalt sein mochte, nur eines gekauft wurde, von fünftausend Serienkonzepten bloß eines in Produktion ging, ein Autor häufig mit wenig Geld schlechte Zeiten durchstand, aber ihn in Zeiten ohne Geld selten das rettende Glück ereilte.

Und doch: Lebte im Umkreis von 3000 Kilometern rings um den Elfenbeinturm ein Autor, der nicht davon träumte, dass ihm Gerechtigkeit widerfuhr und der große Wurf gelang? Atmete irgendwo ein Rennplatzbesucher, der nie gehofft hatte, mit einem Fünfziger Einsatz aufs richtige Pferd zu wetten und den tausendfachen Gewinn zu machen? Oder ein Glücksspieler, den die Karten so kalt ließen, dass er sich nie einen Straight gewünscht hätte?

Und außerdem, wer wäre, auch wenn er es gegen jede Wahrscheinlichkeit tat, das Schielen nach dem Bombenerfolg aufzugeben bereit, solang irgendein Stenz dafür 2000 Dollar Bezahlung hinlegte?

Dexter lachte vor sich hin, als er die Tür zu Texas

Jimmy Balabans Büro öffnete, denn ihm schoss wieder einmal der alte, unabweisbare Trost durch den Kopf.

Scheiß der Hund drauf, wenigstens bin ich noch im Geschäft.

Am Schreibtisch des Vorzimmers hielt sich niemand auf, und nachdem Dexter auf den Summer gedrückt hatte, erschien aus irgendwelchen hinteren Räumen Balaban selbst, streckte Jimmy mit einem Lächeln gewisser Weltüberdrüssigkeit, das tadellos weiße Zähne entblößte, das schöne Händchen entgegen.

»Dexter? Hallo. Ich bin Texas Jimmy Balaban. Nennen Sie mich Jimmy.«

»Nennen Sie mich Dex ...«

Jimmy Balaban hatte einen männlich festen Händedruck. Fünfundvierzig oder fünfzig Jahre mochte er sein, sein braunes Haar lichtete sich vorerst nur ganz obenauf, er hatte müde, aber lebhafte Augen, die zu den Zähnen passende künstliche Swimmingpool-Bräune und trug – war es zu glauben? – einen blauweiß gestreiften Kreppleinenanzug.

»Ralf ist hinten in meinem Büro, Dex«, sagte Balaban. »Ich muss Sie vorwarnen, es könnte sein, dass Sie ihn als 'n bisschen merkwürdig empfinden.«

Hätte sich Dexter für den Zweck literarischer Verwertung in Las Vegas in einem Spielkasino nach dem Inbegriff eines öligen Talentjägers umgeguckt, wäre er bestimmt auf keine tauglichere Gestalt gestoßen. Allerdings zeichnete sich Texas Jimmy Balaban durch einen gewissen undefinierbaren Charme aus, der aus keinem unmittelbar nachvollziehbaren Grund auf Dexter sympathisch wirkte.

Das Büro entsprach ungefähr Dexters Erwartungen. Schreibtisch aus hellem Holz. Ausgetretener blauer Teppichboden. Eine halb verdorrte Topfpflanze. Schwarzes Nappasofa. Ein ausgemusterter Holiday Inn-Kaffeetisch. Die Wände dekoriert mit signierten, affigen Fotos diverser Berühmtheiten sowie ebenso affigen Fotos Nichtberühmter; von den Letzteren vermutete Dexter, dass es sich um Balabans Klienten handelte. Den Ehrenplatz an der Wand hinter dem Schreibtisch nahm eine auf Postermaße vergrößerte Wiedergabe der *Enquirer*-Titelseite mit Ralfs Konterfei ein.

»Das ist also der Mann, der mich zum Star machen wird«, sagte der echte Ralf, der leibhaftig auf dem Sofa saß.

Naturgemäß hatte er genau das Gesicht wie auf den Fotoseiten der Illustrierten, doch kein Standbild konnte die ruhelose Ausdruckskraft seiner Augen widerspiegeln. Ralf war kürzer, als Dexter ihn sich vorgestellt hatte, aber wirkte aufgrund seiner starken Präsenz größer, so als wäre seine Persönlichkeit in einen zu kleinen Körper gequetscht worden. Auch legten das kurzärmelige, hellgrüne Seidenhemd und die rosenrote Leinenhose es nicht unbedingt darauf an, ihn unter den Menschen verschwinden zu lassen.

»Dexter Lampkin«, sagte Dexter und reichte ihm die Hand. Ralfs Händedruck erwies sich als normal, obwohl seine Ausstrahlung Dexter beinahe auf einen Elektroschock gefasst gemacht hatte.

Vielleicht war dieses Phänomen, gleich wie es geartet sein mochte, die Besonderheit, die einen Menschen zum Komiker befähigte. Quién sabe? Dexter war vorher noch nie einem Komiker begegnet. Balaban rückte eine halb leere Flasche nicht allzu guten Bourbons heraus – Eis gab es nicht –, doch angesichts der Umstände hatte Dexter keine Bedenken. Sie setzten sich um den Kaffeetisch – Ralf und Balaban auf die Couch, Dexter auf einen harten Klappstuhl –, um ein ernsthaftes, aber voraussichtlich nicht sehr ernstes Brainstorming zu betreiben.

»So«, äußerte Balaban. »Haben Sie schon eine geniale Idee, Lampkin?«

Natürlich hatte Dexter noch nicht die geringste Ahnung, was werden sollte. Doch selbstverständlich durfte er seine Ahnungslosigkeit nicht zugeben. *Zeit zum Bluffen, Dexter! Tu so, als wärst du auf einer dieser stumpfsinnigen Redaktionskonferenzen.*

»Tja, an erster Stelle denke ich mir, Jimmy … Ich glaube, wir müssen die Mann von morgen-Masche ausbauen …«

»Umwerfender Einfall, Affenboy«, spottete Ralf. »Und ich dachte, ich könnt 'n Zylinder und 'n Ballettröckchen anziehen und 'ne Fred Astaire-Parodie aufs Parkett legen.«

»Ich will damit sagen«, erklärte Dexter unwirsch, indem er entschlossen Hirn und Mund trennte und nun den Mund das Reden erledigen ließ, »wir müssen, bevor wir eine weitergehende Konzeption angrübeln können, den … äh … an dem Charakter feilen …«

»Wie, an meinem Charakter feilen?! Wollen Sie mein Kinn mit'm Laserstrahl kantig schleifen, bis ich wie Dick Tracy ausseh?«

»Halten Sie doch mal die Gosche und lassen Sie den Mann seine Überlegungen erklären!«

»Sehen Sie mal«, sagte Dexter, »gegenwärtig haben wir da einen Typ, der behauptet, ein Komiker aus der Zukunft zu sein, und die Matschhirne des zwanzigsten Jahrhunderts einer Publikumsbeschimpfung unterzieht, die inhaltlich aus umgeschriebenen Blondinenwitzen besteht …«

»Und …?«, fragte Balaban.

Und?, dachte Dexter. *Und nun? Mist. An was hatte ich, falls an überhaupt etwas, bloß gedacht?*

»Aber das … ähm … reicht nur für einen zehnminütigen Gastauftritt, nicht für eine ganze Ralf-Show, wir brauchen einen konkreteren Komiker aus einer konkreteren Zukunft …«

»Da steig ich nicht hinter«, gestand Balaban.

»Wenn wir Situationskomik präsentieren möchten, brauchen wir eine Situation …«

»Hören Sie bloß damit auf«, rief Texas Jimmy Balaban. »Ich hab's Ihnen erläutert, wir haben kein Budget für Kulissen, Schauspieler und sonst irgendetwas, das Geld reicht mit knapper Not für Ralf …«

»Dann muss eben Ralf die Situation *verkörpern*«, meinte Dexter.

»Hä?«, stieß Balaban hervor.

Er und Ralf saßen für einen ausgedehnten Moment stumm da und warteten darauf, dass Balsam der Weisheit im Wert von 2000 Dollar von Dexters Lippen troff.

Und auch Dexter selbst. Ohne nur im Geringsten zu wissen, welcher Art seine Weisheiten sein sollten. Dennoch wusste er in diesem seltsam altvertrauten Augenblick, dass ihm die Ideen letzten Endes kamen.

Dexter blickte auf eine leidliche Anzahl von Redaktionskonferenzen zurück, mehrheitlich mit dem für die Samstagfrüh-Zeichentrickfilme verantwortlichen Team, dessen Storyredakteure, denen er schon jeden erdenklichen Püsch aufgetischt hatte, so hohlköpfig waren, dass sie ausschließlich eine Projektionsfläche für inhaltlich völlig abgedroschene Drei Lacher-Action abgaben, und nach Maßgabe derartig idiotischer Szenarien murksten, dass es vollkommen sinnlos gewesen wäre, ihnen irgendwelche vernünftigen Vorschläge für eine Handlung zu unterbreiten.

Also passte man sich an. Man schaltete den Grips aus und ließ das Denken vom Mundwerk erledigen. Hatte man Pech, erzeugte man nichts als Sprechblasen voller Sabbel. Aber hatte man einen guten Tag – verspürte man dieses verrückte Gefühl der Gewissheit, etwas leisten zu können, so wie Dexter es jetzt spürte –, konnte man gar nichts falsch machen, dann befand man sich auf dem richtigen Gleis.

Dexter musterte den sonderbar groß-kleinen Mann,

der auf der anderen Seite des Tisches auf dem Sofa saß. »Tun wir mal so, als wären Sie wirklich ein Komiker aus der Zukunft, Ralf«, wandte er sich an ihn. »Erzählen Sie mir was über die Zukunft, aus der Sie stammen.«

»Was gibt's da zu erzählen, Affenboy?«, erwiderte Ralf ohne die winzigste Andeutung eines Schmunzelns. »Sie ist total Scheiße.«

»Scheiße hin, Scheiße her«, sagte Dexter. »Wir brauchen Details, Ralf. Wir müssen die Verhältnisse kennen. Was ist Scheiße?«

»Was nicht?«, schnaubte Ralf mit verblüffender Bitterkeit. »Ihr Matschhirne habt praktisch den ganzen Planeten gekillt. Die Luft kann man nich atmen, geht man ins Freie, ist's als ob man 'n Kopf inne Mikrowelle steckt, so heiß ist es, dass 'm Teufel die Hörner schmelzen, und 's wächst nix außer Mauerpfeffer und Pimmelpilz. Die Nahrung besteht aus 'ner grauen Paste, die in großen Bottichen mit Fußschweiß oder was weiß ich angerührt wird, und sie schmeckt so lecker, wie sie aussieht. Was stellen Sie sich eigentlich vor, Affenboy, so was wie Disneyland?«

Junge, konnte der Mann schauspielern!

Aus seiner Stimme hatte überzeugende Vehemenz geklungen, und in seinen Augen glühte, während er auf der Couch hockte und Dexter anstarrte, heftiger Vorwurf …

Hmmm …

»Und wir sind daran Schuld?«, fragte Dexter versonnen nach. »Wir sind die Übeltäter, die ursächlichen Fehler sind in unserer Zeit begangen worden?«

»Das kann man wohl sagen, Affenboy!«

»Dann könnte man unsere Epoche wohl als Chaoszeit bezeichnen, was, Ralf?«, kam es über Dexters Lippen.

Klick.

Sobald der Groschen fiel, durchschaute Dexter, welche Richtung sein Mundwerk eingeschlagen hatte.

Auch in seinem Roman *Chaoszeit* hatten nämlich die Mächte einer künftigen Ära, für die er längst mehr Details ausgearbeitet hatte, als Ralf aus seiner Zukunft anzuführen wusste, das 20. Jahrhundert als den Entwicklungsbrennpunkt erkannt, an dem die Menschheit eine Reihe falscher Entscheidungen traf, die das spätere Unheil hervorriefen, unter dem sie litten.

Allerdings stritten sie sich wie Katze und Hund um die Frage, welche Entschlüsse es gewesen waren und auf was für Wegen man eine bessere Gegenwart hätte zu Stande bringen können, und deshalb schickten, sobald die Zeitreise praktikabel wurde, Regierungen und religiöse Vereinigungen, Konzerne und Beknacktenkulte allesamt ihre Zeitagenten in die Vergangenheit, um gemäß ihrer Lieblingstheorien an der Weltgeschichte herumzubosseln.

Truman wird dazu überredet, eine Atombombe auf Hiroshima abzuwerfen, um den Zweiten Weltkrieg zu verkürzen und einen Atomkrieg in den nachfolgenden Fünfziger Jahren abzuwenden. Eine harmlose kleine Manipulation bei der Stimmenauszählung in Glumsendorf/Oklahoma, und statt Richard Nixon wird John Kennedy zum Präsidenten der Vereinigten Staaten gewählt. Anstatt Beria wird in der Sowjetunion Chrustschow Parteivorsitzender.

Und so weiter.

Aber die Eingriffe nehmen kein Ende. Ständig senden die verschiedenen Kontrahenten Zeitagenten in die Vergangenheit, um Veränderungen rückgängig zu machen und ihnen genehme Beeinflussungen auszuüben. John F. Kennedy wird ermordet und Lyndon B. Johnson Präsident. Die Vereinigten Staaten stolpern in den Vietnamkrieg. Bei der nächsten Wahl schlägt Nixon seinen Rivalen Bobby Kennedy und gewinnt den Krieg dank taktischer Nuklearwaffen. Bobby Kennedy schlägt Nixon, und die Chinesen besetzen Indonesien und landen Truppen in Japan. Bobby Kennedy wird ermordet, Ronald Reagan wird Präsident und bombardiert die Russen mit Atomraketen. Aus der menschenfreundlichen Idee, zur Krebsbekämpfung ein genetisch spezialisiertes Virus einzusetzen, wird eine mörderische Seuche. Ein Anti-AIDS-Impfstoff sterilisiert jeden Menschen, der ihn erhält.

Und so fort.

Je mehr die Zukunft ins Vergangene hineinpfuscht, umso scheußlicher werden die Zustände, umso verzweifelter die Bemühungen der auch selbst andauernden Abwandlungen unterworfenen Mächte der Zukunft, die Vergangenheit ins Lot zu rücken, und das 20. Jahrhundert gerät vollends ins Chaos, indem die durch wahre Horden konkurrierender Zeitagenten verursachten Mikroveränderungen non-deterministische Makroveränderungen verursachen, die wiederum die Zukünftigen dazu verleiten, noch mehr Verschlechtbesserer auszuschicken, um sie die Fehlentwicklungen beheben zu lassen …

Dadurch wird das Chaos noch gewaltiger, bis schließlich das gesamte Kausalitätssystem zusammenbricht …

Auf jeder Ebene tritt der GAU ein: Der Treibhauseffekt schmilzt die Polareiskappen, die Sowjetunion zerfällt in einen Sauhaufen nationalistischer Kleinstaaten, eine tödliche, durch Sexualität übertragbare Seuche breitet sich aus, es kommt zu Kriminalitätswellen, Gurus und Möchtegernerlöser predigen Obskurantismus, es gibt Massenarbeitslosigkeit und Völkermord, Wirtschaftssysteme kollabieren, der zivilisierte Umgang zwischen den Geschlechtern verfällt, bemannte Raumfahrt und Kernfusion bleiben aus …

Mit anderen Worten: Es entsteht das 20. Jahrhundert,

in dem die Leser des Romans zu ihrem Unglück selbst leben.

Nicht unbedingt der Stoff für eine regelmäßige Fernsehsendung?

Sehr wohl, wenn man ihn auf den Kopf stellte und als Schwank präsentierte.

Als Einmann-Comedy, die in der Gegenwart spielte.

»Also haben die Drahtzieher Ihrer Zeit Sie zu uns gesandt«, tönte Dexter, »damit Sie uns den rechten Weg zeigen und den Verlauf der Geschichte ändern.«

»Hä?«, brummte Ralf.

»Sie hatten bloß den Etat, um einen Mann in die Vergangenheit zu senden, der bei uns Affenvolk für Aufklärung sorgen soll, nur eine Gelegenheit, um uns Matschhirne davon zu überzeugen, dass sie aufhören müssen, sich derartig wie Arschlöcher zu benehmen, ehe es zu spät ist ...«

»Waaas?«, ächzte Ralf und sperrte vor Verwirrung die Augen weit auf.

»... eine einzige Möglichkeit, um die Vergangenheit zu ändern und die Zukunft zu retten. Und wen schicken sie, damit er hier den Messias markiert? Ihren besten Wissenschaftler? Ihren tüchtigsten Politiker? Nein, wie sollten die 's denn schaffen, dass ihnen jemand was glaubt ...«

»Ich krieg den Föhn, wovon quasseln Sie eigentlich? Hören Sie mal, ich bin Komiker, sonst nix, ich hatt 'n Durchhänger, mein Material wär veraltet, hat man mir vorgehalten, also hat mich mein ehemaliger und gleichzeitig künftiger Manager in die Zeitmaschine gesetzt und ...«

»Ja klar, genau dabei belassen wir 's auch, Ralf«, fiel Dexter ihm lässig ins Wort. »So hat man 's Ihnen gesagt, und deshalb waren Sie einverstanden ...«

Ralfs Blick ruckte von Dexter zu Balaban und zurück zu Dexter. »Jimmy, was zum ...?«

»Seien Sie still und lassen Sie den Mann reden!«, fuhr Texas Jimmy Balaban ihn an. »Er hat da einen Ansatz. Weiter, Dex, weiter!«

»Schickten sie einen Wissenschaftler oder Politiker zu uns, der verkündet, aus der Zukunft zu kommen, würden wir nicht auf ihn hören, ihm nicht glauben, sondern ihn in eine Zwangsjacke stecken und in die Klapse einweisen«, sagte Dexter hastig, alles fügte sich jetzt schneller zusammen, als er es aussprechen konnte. »Aber wenn sie uns, so lautet ihre Überlegung, einen Komiker senden ...«

»Ja, ja ...«, lallte Balaban wie ein Leichtgläubiger, der während einer Zeltmission-Predigt plötzlich DAS LICHT schaute.

»Wenn sie einen Komiker schicken, glaubt auch ihm niemand, aber ihm muss ja niemand glauben. Solang er komisch ist, kann er sein Anliegen verbreiten, und statt ihn ins Meisenheim zu sperren, gibt ihm das Affenvolk eine TV-Show.«

Vorsätzlich verschränkte Dexter die Arme auf der Brust zu einer Gebärde selbstzufriedenen Triumphs.

»Das war's?«, fragte Balaban. »Aber welche Show?«

»Raffen Sie 's nicht?«, meinte Dexter. »Unsere Show. Ralfs Show. Und sie heißt ... sie heißt ... sie heißt – *RALFS WELT*.«

»Und woraus besteht die Show, verflucht noch mal?«

Es forderte Dexter enorme Selbstbeherrschung ab, die Ruhe zu bewahren, sich Schweigen aufzuerlegen und Balaban nicht unverzüglich in seine Gedanken einzuweihen.

Aber die eigenen Erfahrungen und das Autoren-Kollektivwissen rieten dazu, es niemals merken zu lassen, wenn ein Auftrag ein Kinderspiel war, ganz gleich wie mühelos er sich in Wirklichkeit ausführen ließ. Nie durften die doofen Storyredakteure dahinter kommen, dass man 22 Seiten Dialoge für einen Zeichentrickfilm bei einer halben Stunde Arbeit täglich innerhalb von vier Tagen herunterklappern konnte. Vielmehr empfahl es sich, den Text eine Woche lang liegen zu lassen, ehe man ihn ablieferte.

Wenn also Texas Jimmy Balaban das Gefühl haben sollte, für seine 2000 Dollar eine reelle Gegenleistung zu erhalten, war es ratsam, das zehnseitige Konzept erst einen Tag vor dem Termin abzugeben – in vier Tagen –, statt ihm einzugestehen, dass er die ganze Sache im Kern schon fix und fertig hatte und den Auftrag in ungefähr drei Stunden erledigt haben konnte, sobald er wieder daheim am Computer saß.

Drei Stunden?

In Wahrheit war er dazu im Stande, das vollständige Konzept binnen fünfzehn Minuten auf einer Seite zusammenzufassen.

RALFS WELT.

Konzept: Die Mächtigen einer dem Untergang nahen Zukunft locken einen gescheiterten Komiker namens Ralf in eine Zeitmaschine und schicken ihn zurück ans Ende des 20. Jahrhunderts, um den Lauf der Weltgeschichte zu verändern, indem sie die dortigen Matschhirne auf die künftigen Folgen ihres gegenwärtigen verhängnisvollen Treibens hinweisen. Letzteres geschieht, indem er ihnen im Rahmen einer eigenen (dieser) TV-Show darüber Aufklärung verschafft.

Voilà, da war er, Ralf der Komiker-Messias von Morgen, eine Verarschung aller Fernsehpastoren und Kritiker aller Torheiten der Gegenwart, vereint in ein und derselben Person! Und Ralf durfte nicht nur die bisherige Masche beibehalten, zudem passte das Konzept hundertprozentig in das fortgesetzte Geseire der Boulevardblätter, die ihn immerhin schon zu einer Halbberühmtheit hochgeputscht hatten.

Set: Einzelpodium, standardmäßige Dreikamera-Erfassung, Live-Studiopublikum. Ralf beginnt jede Sendung mit einem Routineauftritt als komischer Jeremias aus der Zukunft, der zunächst einseitig das Publikum beschimpft – das ›Affenvolk‹ –, bis das Publikum dazu übergeht, sich zu wehren und seinerseits ihn zu beschimpfen. Das Skript enthält nur den einleitenden Monolog, alles Übrige kommt aus dem Stegreif.

Das ist alles, Freunde.

Allerdings verstand es sich von selbst, dass er nicht diese wenigen Zeilen einreichen und dafür 2000 Dollar Honorar verlangen konnte. Wenn die Vereinbarung zehn Manuskriptseiten vorschrieb, dann musste man mindestens zehn Seiten vorlegen.

Also …

»Ich bin der Ansicht, das ist der richtige Einstieg, Jimmy«, sagte Dexter, »aber natürlich muss noch Butter bei die Fische. Ich muss mich zu Hause in aller Ruhe hinhocken und in die Ausarbeitung eines ordnungsgemäßen Entwurfs vertiefen, verstehen Sie, aber diese Unterredung ist mir auf alle Fälle eine große Hilfe …«

Er verstummte, trank ein Schlückchen unverdünnten, lauwarmen Bourbons und furchte die Stirn, warf Balaban einen Blick gelinder Besorgnis zu. »Sie brauchen ihn bis Freitag, haben Sie erwähnt? Ich meine, ist das wirklich ein unverrückbarer Termin …?«

»Ohne Einschränkung!«, schreckte Balaban auf, und die Furcht in seiner Miene wirkte vollkommen echt. »Ich muss das Projekt rechtzeitig in Schriftform vorliegen haben, oder das Geschäft platzt, und dann bekämen Sie kein Honorar, haben wir uns verstanden, Lampkin? Sie wollen doch nicht behaupten, es nicht schaffen zu können, oder?«

Dexter stöhnte auf. Er hob die Schultern. »Tja, es ist viel verlangt, es wird 'ne harte Nuss«, antwortete er in möglichst trübseligem Ton, »aber Auftrag ist Auftrag, Jimmy. Zehn Seiten bis Freitag, keine Ware, kein Geld …«

»Sie haben's erkannt«, bestätigte ihm Balaban.

Dexter unterdrückte einen plötzlichen Lachreiz, denn Balabans Bemerkung enthielt entschieden mehr Wahres, als ihn wissen zu lassen klug gewesen wäre.

O ja, er hatte erkannt, was gefragt war, und zwar schon lange. Er hatte es längst auf Diskette.

Er hatte das Exposé, auf dessen Grundlage *Chaoszeit* an den Verlag verkauft worden war; auch einen beträchtlichen Teil der Rohfassung des Romans hatte er fertig. Mit anderen Worten, ihm standen nahezu 400 Seiten Text zur Verfügung, auf denen er nicht nur eine Zukunft, sondern ein ganzes Spektrum von in ständiger Abwandlung begriffenen Zukünften bis in die kleinsten Einzelheiten hinein durchkonzipiert hatte, und alle wiesen sie Ähnlichkeiten mit der Welt von morgen auf, aus der angeblich Ralf stammte.

Wenn ihm ein so erstklassiger, einträglicher Lückenfüller nicht willkommen sein sollte …!

Um schnell die 2000 Dollar zu kassieren, brauchte er kaum einen neuen Satz zu schreiben. Er konnte eine Seite des Exposés nehmen und die restlichen neun Seiten mit Textstellen aus dem Computer füllen, die er nicht einmal umformulieren oder neu abtippen musste.

Zehn Seiten? Die eigentliche Schwierigkeit bestand darin, den Entwurf auf zehn Seiten zu begrenzen. Aber wieso auch, warum sollte er Balaban nicht eine Freude machen und zwanzig Seiten liefern, das Soll übererfüllen wie ein eifriger kleiner Hollywood-Stachanow?

2000 Dollar für ein paar Stunden Arbeit – kein schlechter Schnitt, oder?

Und obwohl Dexter lange genug in dem Gewerbe tätig war, um zu wissen, dass man solchen Showgeschäft-Teufelchen keine ernstliche Beachtung schenken durfte, versetzte es ihn in eine sinnliche Gemütsverfassung, scheinbar ein schmeichlerisches, leises Stimmchen in sein Ohr flüstern zu hören: *He, Lampkin, die Sache hat dir für ein fünfzehnseitiges Exposé einen Verlagsvertrag über vierzigtausend Dollar eingetragen, und wer weiß, vielleicht verkauft sich das Ding sogar …*

Auf diesen Moment hatte Texas Jimmy Balaban, seit Ralf durch ihn in Kapplemeyers Bar Bellevue entdeckt worden war, zielstrebig hingearbeitet.

Da stand er nun, während nach und nach das Studiopublikum Platz nahm, als Macher einer überregionalen Fernsehshow seines Klienten auf dem Podium. Zum ersten Mal in seinem Leben sollte er reich werden – zwar nicht reich nach Hollywoods Maßstäben, aber gut gepolstert gegen die Gefahr finanzieller Sorgen.

Es war ihm gelungen: Er hatte die Weichen neu gestellt. Der Traum vom goldenen Leben wurde wahr.

Oder wenigstens der Traum von der goldenen Klobürste.

Zugegeben, der Set sah dürftig aus.

Den Hintergrund zierte die Vergrößerung der Umschlagillustration eines Science Fiction-Magazins, deren Nutzungsrecht Lampkin für einen Apfel und ein Ei vermittelt hatte. Das Bild zeigte eine Stadt, die aus irgendeinem Grund unter einer riesigen, schimmerndtransparenten Kuppel lag, und erinnerte Jimmy vage an Flash Gordon. Die umliegende Gegend ähnelte den Ruinen der South Bronx, und über den grauen Himmel wälzte sich tumultarisch ein kackbraunes Wolkengebirge.

Das Vieh mit den Tentakeln und Glotzaugen war per Spritzpistole wegretuschiert worden.

Immerhin konnte das Podium mit einer hüfthohen Raumschiffskontrollkonsole prunken, die billig aus der Kulisse eines abgeschmierten Space Opera-TV-Pilotfilms abgestaubt und um einen durchaus einem erhabenen Thron ähnlichen Raumschiffskapitänskommandosessel ergänzt worden war, den Jimmy dem Requisiteur, um fürs Geld etwas zu haben, zusätzlich abgeschwatzt hatte. Theoretisch sollte Ralf die Sendung von diesem Sessel aus bewältigen, doch wusste Jimmy, dass Ralf in der Praxis jedes Mal bald auf den Beinen stand, hinter dem Steuerpult hin- und herstelzte, oder sich davor postierte, um die Zuschauer aus der Nähe anzusprechen.

In Alufolie-Buchstaben ließ sich auf dem Hintergrund der bogenförmig angebrachte Schriftzug *RALFS WELT* erkennen, alles in allem wirkte die Installation wie die Betitelung im Vorspann eines Films, der etwa das Niveau von *Plan 9 aus dem Weltall* haben musste.

Weil das Budget für nichts reichte, was nicht schäbig gewesen wäre, hatten sich Jimmy und Lampkin nach kurzem Kopfzerbrechen dafür entschieden, sich an die Abwandlung einer alten Redensart zu halten: Wenn dir das Ideal unerreichbar bleibt, gib es zu! Musste zum Schluss ohnehin alles schäbig sein, war es gescheiter, sich sofort zur Schäbigkeit zu bekennen.

Texas Jimmy hatte Lampkins Gespür für kreative Schundigkeit zu würdigen gelernt und wusste daher inzwischen, nachträglich, auch Archie Maddens Sturheit zu schätzen, mit der er Lampkins Mitwirkung zu einer Bedingung für die Produktion der Show gemacht hatte.

Lampkin hatte sich nicht allein den Set ausgedacht und es verstanden, an die erforderlichen Requisiten zu gelangen, sondern mittlerweile war auch klar geworden, dass er überraschend gut mit Ralf zusammenarbeiten konnte; die beiden hatten schon die Einleitungsmonologe für die ersten zwei Wochen der Sendefolge im Groben zu Papier gebracht.

Jimmy war weit zufriedener mit dem, was er für die 1500 Flöhe erhielt, die er pro Show an Lampkin abtreten musste, als er es ursprünglich mit den 21 Manuskriptseiten gewesen war, die Lampkin ihm für 2000 Dollar am Donnerstag vor dem Freitag geliefert hatte, an dem das alles entscheidende Treffen mit Madden stattfinden sollte.

Sein Eindruck von dem Paper war gewesen, dass Lampkin eine Seite Text mit 20 Seiten Humbug aus seinen alten SF-Romanen verwurstet hatte.

»Dafür zahle ich Ihnen zwei Riesen?«, hatte Jimmy gestöhnt.

»Sie haben mir zwei Riesen für zehn am Freitag abzuliefernde Seiten geboten«, hatte Lampkin kaltschnäuzig geantwortet. »Ich gebe Ihnen einundzwanzig Seiten am Donnerstag.« Irgendetwas an seinem Lächeln jedoch flößte Jimmy den Verdacht ein, über den Tisch gezogen zu werden. »Wenn sie Ihnen nicht gefallen, behalten Sie die Knete. Vielleicht sind Sie ja der Meinung, Sie finden jemanden, der Ihnen bis morgen früh was Besseres leistet.«

Es störte Jimmy außerordentlich, auf diese Weise die Pistole auf die Brust gesetzt zu bekommen, aber wie Lampkin ganz genau wusste, blieb ihm gar keine Wahl. Er musste blechen und mit den 21 Seiten bei Madden zur Besprechung antanzen, oder davon die Finger lassen und mit leeren Händen vor Madden stehen.

Dieses Mal hatte man ihm mitgeteilt, dass er allein erscheinen sollte, und er war in Archie Maddens Eckbüro geführt worden.

Durch zwei Aussichtsfenster hatte man in großer

Höhe einen prächtigen Ausblick über stark von Smog verschleierte städtische Langweiligkeiten. Maddens Schreibtisch glich einer Fliegenden Untertasse aus rostfreiem Stahl. Der Teppichboden war schneeweiß. Vier bequeme Sessel in der Form klotziger, nach oben gedrehter Hände waren vorhanden, einer in Schwarz, einer in Weiß, einer in Rot, einer in Gelb. Ein Flachbildfernseher im Megaformat zeigte eine Endloskonserve von Aufnahmen des Lebens und Treibens in einem luxuriös ausgestatteten Aquarium oder vielleicht im Umkreis eines echten Tropenriffs. Anscheinend ziepte in dem Büroraum gespenstische elektronische Musik, aber so leise, dass man nie ganz sicher sein konnte.

Diesmal hatte Madden ihn allein empfangen, hatte hinter dem Schreibtisch in einem doppelt hohen und doppelt breiten Chefsessel aus Ebenholz und gestepptem Straußenleder gesessen. Getragen hatte er ein weißes, gerüschtes Frackhemd mit schwarzer Samtfliege unter einem flauschigen blauen Baumwolljackett.

Jimmy bekam fast Pickel, während Madden den Entwurf durchblätterte, musste aber nicht lange warten, weil der Medienzampano je Minute zwei Seiten las. Anschließend heftete er den Blick fast eine volle Minute lang starr auf Jimmy, als bräuchte er irgendein Stichwort.

»Also …?«, krächzte Jimmy mit zugeschraubter Kehle zu guter Letzt.

»Also legen Sie los«, sagte Archie Madden.

»Sie meinen … Sie sind einverstanden?«, stotterte Jimmy. Mit Mühe verkniff er sich die Frage: Einfach so?

Madden zuckte die Achseln. »Es ist kostengünstig, es ist schrill, es lohnt sich, es dreizehn Wochen lang zu versuchen«, antwortete er in sachlichem Ton, als wäre das ganze Projekt für ihn ungefähr so wichtig wie die

Frage, ob er das Wochenende in Las Vegas oder Mazatlán verbringen sollte.

Und etwa so bedeutsam war es wohl auch für Madden, begriff Jimmy, dem der Atem stockte.

Und während er einerseits das Gefühl hatte, eine Küchenschabe zu sein und sich von den Krumen zu ernähren, die vom Tisch dieses aufgeblasenen Schnösels fielen, konnte er sich andererseits nicht des Eindrucks erwehren, dass er soeben ohne jedes Hängen und Würgen das Geschäft seines Lebens abgeschlossen hatte, eben weil es für Archie Madden einen so geringen Stellenwert einnahm.

»Und … äh … was nun … äh … Archie?«, stammelte Jimmy.

»Ich lasse die Rechtsabteilung den Vertrag aufsetzen und Ihrem Büro zustellen«, erklärte Madden und schaute auf die Uhr. »Gucken Sie sich den Vertrag an, unterzeichnen Sie ihn und retournieren Sie ihn möglichst rasch. Ich möchte die Sendung in … sagen wir, in sechs Wochen starten.«

»Das … das wär's dann alles, Archie?«

»Ich finde das Neue, aber beteilige mich nicht an der weiteren Entwicklung«, lautete Maddens Antwort. »Über das Budget müssen Sie mit Max Baker verhandeln.«

Er stand auf und streckte die Hand aus: Eine höfliche Verabschiedung.

Jimmy schüttelte die Hand und wandte sich zum Gehen.

»Ach ja, eins noch«, sagte hinter ihm Madden. »Ich will, dass der Maxe, der den Entwurf verfasst hat, ins Team aufgenommen wird.«

»Was?«, rief Jimmy und fuhr herum.

»Ich meine Dexter Lampkin«, hatte Madden scheißfreundlich erklärt. »Als Cheftexter, Storyredakteur, Regieassistent, irgend so was. Das endgültige Zustandekommen des Vertrags hängt davon ab, dass Sie ihn engagieren können.«

»Aber warum?«, fragte Jimmy, dem völlig klar gewesen war, dass er jede Piepe, die er Lampkin zahlte, von den eigenen Einkünften abziehen musste. »Wozu brauche ich Lampkin?«

»Ich habe ein gutes Vorgefühl«, versicherte Madden leichthin. »Auf meinen Riecher ist Verlass.«

»Ein gutes Vorgefühl«, wiederholte Jimmy. »Auf dieser Grundlage soll ich mir den Knaben an den Hals holen?«

Und aus meiner Tasche bezahlen!

»Genau«, hatte Archie Madden klargestellt und ihm zugezwinkert wie *Dennis der Lausbub.* »Unter uns, Jimmy, was glauben Sie denn, wofür ich bezahlt werde?«

Ein überzeugender Schlusssatz, das musste Jimmy zugeben, und unter dem Eindruck dieses Arguments hatte er sich in ein Century City-Lokal mit Namen Kapitän Nemo verdrückt, dessen Interieur tatsächlich wie eine Disney-Kulisse für den alten U-Boot-Fahrer wirkte, um sich zur Feier des Tages einen skandalös überteuerten Wild Turkey zu gönnen und sich den Kopf über das Problem zu zermartern, wie er es mit Dexter Lampkin halten sollte.

Und nachdem er die beunruhigende Gegenwart Archie Maddens verlassen gehabt und unter dem Einfluss des ausgezeichneten Bourbons gestanden hatte, war Jimmy einsichtig geworden, dass es ihm zwar ganz und gar nicht behagte, wenn Lampkin die Gelegenheit erhielt, sich an ihn zu kleben, die Sache allerdings den Vorteil bot, umgekehrt Lampkin an sich binden zu können.

Gewiss, für Jimmy hingen 250 000 Dollar davon ab, dass er es schaffte, Lampkin zum Einsteigen zu überreden, doch ebenso hingen für Lampkin 65 000 Dollar davon ab, dass Madden ihnen die Shows abkaufte, denn diese Summe ergab sich, rechnete man für ihn je Sendung während einer garantierten Staffel von dreizehn Wochen Dauer einen Tausender, so wie er es sich ausbedungen hatte, als er zusagte, den anfänglichen Entwurf für jämmerliche Zweitausend zu schreiben …

Ein Freakdompteur-Dämon flüsterte Jimmy ein, es wäre nicht sonderlich schlau, Lampkin davon in Kenntnis zu setzen, dass Madden seine Mitwirkung zur Vorbedingung des Geschäfts erhoben hatte, aber irgendetwas, vielleicht der Bourbon, vielleicht ein Riecher à la Madden, vielleicht das insgeheime Bedürfnis, sich selbstgefällig mit einer gewissen beruflichen Redlichkeit zu schmücken, bewog ihn dazu, nicht auf diese Anstiftung zu hören, sondern Mensch zu bleiben.

Deshalb war er, ehe er es sich hatte anders überlegen können, ans Münztelefon gegangen, hatte Lampkin angerufen, ihn mit der Nachricht, dass er eine erfreuliche Neuigkeit erzählen könnte, in das Lokal eingeladen, und anschließend, bis Lampkin eintraf, eine halbe Stunde lang an einem zweiten Wild Turkey genippt, eine Zurückhaltung, die ihm angesichts der Preise keine Schwierigkeiten bereitete.

Und als Lampkin kam, bestellte er ihm einen Doppelten und sagte ihm die Wahrheit.

»Ich will ganz offen sein«, hatte Lampkin gesagt, sobald er Bescheid wusste. »Wollen Sie von mir verlangen, dass ich umsonst arbeite?«

»Mein lieber Mann, Sie können binnen dreizehn Wochen fünfundsechzigtausend einnehmen«, rief Jimmy ihm in Erinnerung. »So was nennen Sie umsonst?«

»Ich soll doch wohl nicht glauben, das wäre alles, was dabei abfällt, oder?«

»Es geht hier doch nicht um 'ne Jerry Lewis-Mammutsendung, sondern um Kleinkunst«, hielt Jimmy ihm entgegen. »Sehen wir den Fall doch mal so: Der

Künstler ist mein Klient. Ich muss die Sendung auf die Beine stellen. Zwei Zettel habe ich schon an Sie gezahlt. Das Geschäft mit Madden ist von mir abgeschlossen worden. Liegt es daher nicht auf der Hand, dass mein Anteil größer als Ihrer sein muss?«

»Dagegen ist nichts einzuwenden«, gab Lampkin zu. »Trotzdem arbeite ich nicht für Almosen.«

»Arbeiten, da lachen ja die Hühner, Dex. Schnallen Sie denn nicht, wie's laufen soll? Für einen Tausender pro Sendung brauchen Sie nur einen Vertrag zu unterschreiben, der festlegt, dass Sie zum Team gehören. Sie können so viel oder so wenig tun, wie's Ihnen passt, ohne dass ich 'ne Handhabe hätte, um Sie auf die Straße zu setzen, ist Ihnen das eigentlich klar?«

Während er überlegte, trank Lampkin einen langen Zug Bourbon. »Sehen Sie mal, Jimmy«, sagte er schließlich. »Ich könnte mich wie ein Arschloch benehmen, ja? Nach Ihren Angaben kommt das Projekt ohne mich überhaupt nicht zu Stande ...«

Ärger schoss durch Texas Jimmy Balabans Arterien. Doch eine Anwandlung von Besonnenheit riet ihm davon ab, ihn sich anmerken zu lassen. Stattdessen trank auch er einen Schluck Bourbon und blickte Lampkin fest in die Augen. »Habe *ich* mich vielleicht wie ein Arschloch benommen?«, fragte er mit sehr leiser Stimme.

Lampkin atmete durch und lächelte. »Nein, Jimmy, ich muss gestehen, Sie haben's nicht«, räumte er ein. »Darum will ich mich auch nicht wie 'n Arschloch verhalten. Aber von Mann zu Mann: Glauben Sie nicht auch, dass ich einen gewissen Bonus verdiene?«

Jimmy leerte das Glas. »Ja, ja, also gut«, grummelte er achselzuckend. »Na schön, wenn wir wie anständige Menschen miteinander umgehen wollen, weshalb ersparen wir uns nicht die weitere Diskussion, hm, Dex?«, schlug er vor. »Voraussichtlich läuft es doch so:

Sie fordern 'n zusätzlichen Riesen pro Show, ich krieg 'n Schlaganfall und biete Zweihundertfünfzig, Sie schimpfen mich 'n Geizkragen und verlangen Siebenhundertfünfzig, dann gestehe ich Ihnen Fünfhundert zu, und wir werden uns einig. Was sagen Sie, Dex, wollen wir uns nicht der Einfachheit halber lieber sofort auf diesen Betrag einigen?« Und er hielt ihm die Hand hin.

Dexter D. Lampkin hatte aufrichtig gelacht und ihm die Hand gedrückt. Und er hatte die nächste Runde bestellt, allerdings schwer geschluckt, als er die Rechnung sah.

Was Jimmy anbelangt, hatte Lampkin sein Geld verdient gehabt, sobald er seine Unterschrift auf die Papiere setzte, die den Vertrag mit der Gold Medien AG besiegelten.

Aber Dex hatte sich nicht gesträubt, als Jimmy ihn darauf ansprach, sich doch vielleicht wenigstens am Anfang darum zu kümmern, dass Ralf für die Sendungen wirksame Einstiegsmonologe zu Stande brachte: Zumindest bis alles reibungslos in Gang gekommen ist, verstehen Sie, Dex ...?

Und danach entwickelte sich das Weitere so, dass Lampkin sich mit dem Set beschäftigt, von einem alten Spinner die Rechte für das Science Fiction-Titelbild besorgt, das jetzt in überarbeiteter Form im Studio den Hintergrund abgab, und jemanden gekannt hatte, der jemanden kannte, der wusste, wo man für ein bisschen Kleingeld Requisiten loseisen konnte ...

Texas Jimmy Balaban drehte sich um und warf einen Blick auf die Studiouhr. Noch fünf Minuten bis zur Sendezeit. Inzwischen war das Studio so voll, wie man es sich hatte ausrechnen können, in einem Auditorium mit 400 Plätzen hatten sich rund 250 Leute eingefunden, nicht übel für einen schäbigen Veranstaltungssaal im östlichen Hollywood und die Pilotsendung einer

Show mit Minibudget. Die Kameramänner hielten sich an den Kameras bereit. Ein Praktikant legte Ralfs kabelloses Mikrofon auf den Raumschiffsessel wie ein Zepter auf einen Kaiserthron.

Texas Jimmy fühlte die Spannung steigen. Verdruss, Scherereien, Magengeschwüre, Stress … So war das Showgeschäft.

Ginge es nicht um Geld, wer täte sich so einen Scheiß an?

Texas Jimmy grinste vor sich hin, während er den Set verließ.

Was hatte Lampkin gejammert, er wollte nicht ›umsonst‹ arbeiten, und ehe er sich 's versah, textete er nicht nur Seite um Seite, sondern war auf dem besten Weg zum Regieassistenten.

Denn wer würde diese Chance, wenn sie sich bot, nicht nutzen?

»Und nun schalten wir um nach Hollywood«, ertönte Jimmy Balabans aus Einsparungsgründen selbst gesprochenes, im Voraus aufgezeichnetes Intro, »zu der Show, in der Tacheles geredet wird, zu dem Mann, der weiß warum – zu *RALFS WELT*!«

»Also los, Ralf, dann mal Hals- und Beinbruch«, sagte Dexter Lampkin.

»Hals- und Beinbruch?!«, krächzte Ralf sarkastisch. »Als Nächstes werden Sie mir wohl raten, Lampkin, ich soll mich vor die Kamera setzen, mir 'n Bein absägen und damit 'n Weißen Hai füttern«, sagte er und vollführte auf der Trennlinie des Zugangs zum Set eine Pirouette. Zum mit Applaus aus der Konserve verstärkten Beifall des Studiopublikums stapfte er aufs Podium.

Dexter lachte; ob aus Nervosität, um die Verfehltheit seiner Bemerkung zu kaschieren, oder weil er mittlerweile eine gewisse, sonderbare Zuneigung zu seiner Schöpfung entwickelt hatte, das wusste er selbst nicht so genau.

Jedenfalls war er nervös. Wer wäre in seiner Situation nicht nervös, wenn gerade die erste Show einer ganzen Sendefolge anfing, in die er, wie man es wohl gern ausdrückte, sein Herzblut hatte einfließen lassen? Und aus der Weise, wie Balaban eben hinter den Kulissen die Augen hinauf zur Decke verdreht und stumm aufgestöhnt hatte, ließ sich ableiten, dass ›Hals- und Beinbruch‹ im wirklichen Showgeschäft anscheinend nicht unbedingt ein beliebter Glückwunsch war und diese Äußerung vermutlich nur in kitschigen Glamour-Musik-Filmen fiel.

Und er empfand die Persönlichkeit, die jetzt das Podium betreten hatte, inzwischen tatsächlich als seine Schöpfung.

Balaban hatte ihn bezüglich der Merkwürdigkeit Ralfs gewarnt gehabt, aber während der ersten Zusammenkunft hatten hauptsächlich er und Jimmy, wogegen Ralf nur allerlei Klöpse vom Stapel ließ, das Gespräch bestritten; deswegen war Dexter erst deutlich geworden, was für ein befremdlicher Typ Ralf wirklich war, sobald Balaban ihn dazu überredete, Ralf beim Abfassen einer Reihe einleitender Monologe behilflich zu sein, um die Sache ins Rollen zu bringen, und er mit dem Mann einige Zeit hatte zubringen müssen.

Dem Mann?

Oder der von ihm verkörperten Figur?

Gab es dazwischen überhaupt einen Unterschied?

Dexter hatte genügend Science Fiction-Cons besucht, um nur allzu vertraut zu sein mit Flaschen, die es mit dem Rollenspiel weit übertrieben. Auf jedem größeren

Con traf man sicherlich über hundert Gestalten an, die das gesamte Wochenende in irgendeiner Kostümierung verlebten, und ein beträchtlicher Anteil dieser Verkleidungsfetischisten gab sich verbissen Mühe, ständig in voller Übereinstimmung mit ihrem Klafott zu agieren.

Aber Knak der Barbar, Lady Avalon und Commander Clotz hatten und behielten andere Identitäten, die wieder, wenn die Party aus war, nach Hause gingen. Ralf dagegen blieb offenbar die ganze Zeit seines Daseins in der Rolle stecken und ließ sich darum eher mit dem gelegentlichen schizoiden SF-Fan vergleichen, der zur Convention eine moderne Söldnerkluft anzog, vor dem Kostümwettbewerb seinen ersten LDS-Trip einwarf und dann mir nichts, dir nichts in Afrika für die Französische Fremdenlegion durch den Kugelhagel spritzte, ohne zu ahnen, wie er dort hingelangt war, oder sich daran zu erinnern, je woanders gewesen zu sein.

»Hallo Leute, jawoll, da bin ich, obwohl ich mir wahrlich wünsche, ich wär's nicht, ich bin's, Ralf, Ihr Asylant aus'm zwoundzwanzigsten Jahrhundert, die Stimme Ihrer Urgroßenkel, von denen ich Generationen entfernt bin, aber längst nicht weit genug, wenn Sie mich fragen«, polterte Ralf, indem er wie ein Kampfhahn vor dem abgewrackten Kontrollpult aus *Starship Cowboys* mitten aufs Podium sprang.

»Ich mein, was war das für 'n Rummel, nur heute Abend hier hinzukommen. Da seh ich doch 'ne Qualmwolke überm Ventura Freeway, so braun, dass sie grün ist, und warum? Ein paar Matschhirne schießen mit Uzis ihre Meinungsverschiedenheit aus, ob 'ne aufblasbare Gummipuppe auf der Lollobrigida Lane als Beifahrerin gilt, und plötzlich brettert auch noch dieser Affenboy dazwischen, Fresse voll am Grinsen, und sein Prengel ragt aus'm Hosenlatz, und 's steckt so 'ne Elektrofotze drauf, er nahm's wohl wörtlich mit der Liebe zum Sexschlitten, vermutlich nix Besonderes hier im Zwanzigsten, bloß war dieser Matschkopf ein Bulle ...«

Nichts was Dexter sagte oder tat, zauberte bei Ralf einen Clark Kent aus dem Supermannkostüm. Konnte überhaupt irgendwer ein dermaßen hervorragender Schauspieler sein, dass er eine so anspruchsvolle Rolle immer zu spielen im Stande war, oder hatte er es mit einem komplett Bekloppten zu tun?

Weil er schon endlos oft Opfer der Art von Krücken geworden war, die SF-Cons als stupide Barbarenkrieger oder als Mr. Spock verkleidet heimsuchten und streitsüchtig darauf bestanden, dass man ihre Macke mitspielte und sie wie ihre ›Con-Persönlichkeit‹ behandelte, brachte Dexter keinerlei Geduld mehr auf für derartige Idiotien.

»... nich ganz so hässlich, wenn ich dran denke, was man uns daheim in den Bildungsprogrammen serviert, denn auf 'n ersten Blick denk ich, 's ist sein *Schwanz,* also bin ich echt erleichtert, als ich seh, 's ist bloß sein Schwengel ...«

Und da Ralfs monomane ›Con-Persönlichkeit‹ in der Gegenwart nichts als einen einzigen, gewaltigen Mantafahrerwitz sah, betrachtete Dexter sie im Grunde genommen als besonders verdrießlichen Sparren.

»... nee wirklich, in Wahrheit haben Sie ja keine Schwänze, also manche von Ihnen, liebes Affenvolk, sehen echt wie Menschen aus, Sie wissen, was ich meine, Behang und so ...«

Die Rolle, die er spielte, hätte aus einem mittelmäßigen Science Fiction-Roman stammen können: Nichts außer Sprücheklopferei und Fabuliererei ohne Innenleben. Als Mensch war Ralf ein Riesenross, als Bühnencharakter hingegen faszinierte er Dexter aus professionellen Gründen nachgerade unwiderstehlich, denn einen Rohentwurf so einer Person hatte er noch nie gekannt.

Wäre Ralf ein Protagonist eines seiner Romane gewesen, so schmeichelte sich Dexter, hätte er sofort gemerkt, dass er der Überarbeitung bedurfte. Und ungefähr das war es, wozu Texas Jimmy Balaban ihn in Bezug auf Ralf überredet hatte. Ohne zusätzliche Bezahlung.

»… wenn Sie 'n Hauch von Morgen schnuppern wollen, besucht Torrance, wo's bei Inversionswetterlage 'ne Woche lang vierzig Grad ist, aber *nein*, Matschhirne, das ist im zweiundzwanzigsten Jahrhundert nicht die Außentemperatur, sondern was uns die Klimaanlage nach *innen* durchlässt …«

In seiner aufgeregten Art tummelte sich Ralf an der Vorderkante des Podiums, rasselte dem Publikum seinen Monolog entgegen. Er trug sein neues Kostüm, einen Anzug in Vanilleeisgelb, wie ihn Mark Twain von der Heilsarmee geliehen haben könnte, um auf Elvis' Hochzeit mit Wonder Woman Trauzeuge zu sein.

So war wohl oder übel das Frankensteinsche Stunkmonster, das Dexter geschaffen hatte, und noch immer bedurfte es der Verbesserung …

»… könnten Sie einen Ihrer PS-Brontosaurier in die Zeitmaschine fahren, bräuchten Sie bloß 'n Tankdeckel abzuschrauben, und das Aggregat ließ sich allein durch die Dämpfe betreiben …«

Bin ich eigentlich hirnrissig?, fragte sich Dexter. *Ich stehe hier hinter den Kulissen und denke daran, noch mehr Arbeit für diese Show zu leisten?*

Die Fragestellung hatte ihre Berechtigung, denn ursprünglich war es nie sein Wunsch gewesen, über die Unterschriftsleistung und das Geldkassieren hinaus in das Projekt *RALFS WELT* hineingezogen zu werden.

Wozu denn auch?

Ihm waren schon 100000 Dollar sicher, ohne dass er

noch einen Finger rühren musste, von denen ihm nach Abzug der Agentenprozente und Steuern 60 000 Dollar blieben. Nicht dass er Anlass zum Klagen sähe, aber Ellie täuschte sich gründlich mit ihrer Auffassung, das wäre genügend Geld, um eine Anzahlung für ein Haus auf den Hügeln zu entrichten. Es reichte vielleicht für einen guten, gebrauchten Porsche …

Gewiss war es mehr als das Doppelte des Betrags, den er bisher für *Chaoszeit* eingesackt hatte, aber wenn er den fertigen Roman ablieferte, warteten auf ihn immerhin noch 20 000 Dollar. Und er musste die Arbeit an dem Buch wegen dieser Fernsehkacke immer wieder unterbrechen, ohne dass sie weitere Einnahmen versprach.

»Ach, nun kommen Sie mal, Dex«, hatte Balaban geschwatzt, »Sie wissen doch, dass wir ein bisschen mehr als die einundzwanzig Seiten Firlefanz brauchen, die Sie mir geliefert haben.«

»Archie Madden ist offensichtlich nicht dieser Ansicht.«

»Unser abgehobenes, junges Genie muss den ganzen Kokolores nicht sendereif machen, Dex, und sich pro Woche keine fünf Zehnminutenmonologe einfallen lassen. Sehen Sie mal, was haben wir denn? Wir stehen mit nichts als einem zwar talentierten Stegreifkomiker, der aber schlechterdings völlig konzeptionslos ist und keinen Juxfundus hat, auf dünnem Eis, Mann.«

»Dann engagieren Sie Gagschreiber.«

»Sie machen Witze, Lampkin, Sie kennen doch das Budget.«

»Ich arbeite gegenwärtig an einem Roman, Jimmy.«

»Sehen Sie, Dex, ich bitte Sie doch nicht um mehr, als dass Sie, wenn Sie mit Ihrem Tagespensum fertig sind, rüber zu mir ins Büro kommen, 'n paar Gläschen trinken und ein läppisches Stündchen lang mit Ralf plaudern, wir nehmen das Geblödel auf Recorder auf und lassen es abtippen, Sie brauchen also nicht mal was zu schreiben. Das kann man ja wohl nicht als Arbeit bezeichnen, oder …?«

»Ich weiß nicht …«, hatte Dexter genuschelt; aber in diesem Moment hatte er am Haken gehangen. Wo mochte ein Windhund wie Texas Jimmy Balaban, hatte er sich gewundert, die genaue schriftstellerische Definition ehrbarer Arbeit gelernt haben?

»Jack Daniels«, schnurrte Balaban durchs Telefon, klimperte am Hörer mit den Eiswürfeln. »Eis. Zitrone. Echten Perrier als Soda.«

»Tja …«

»Denken Sie dran, Dex, wenn die Show einschlägt, ist noch mehr für Sie drin. Läuft sie noch einmal dreizehn Wochen, sind das für Sie weitere Hunderttausend.«

Dexter hatte sich Ellies Vorhaltungen vorstellen können, falls er sich weigerte, bei einer solchen Aussicht wöchentlich ein paar Stunden Freizeit für Geplapper mit einem egal wie nervigen Laberhans zuzubringen.

»Was ist mit dir los, Dex, mit nochmals Hunderttausend schaffen wir 's, wir kriegen's hin, dann haben wir endlich ein eigenes Zuhause, und kein Vermieter kann uns mehr den Stuhl unterm Hintern wegziehen.«

Um den Ausbruch des Dritten Weltkriegs zu verhüten, wenn er ihr das entzückendste kleine, italienische, rote 911er Sportcabriolet zeigte, das er je gesehen hatte, ging er auf Balabans Anliegen ein.

An drei Tagen in der Woche saß er zwischen Feierabend und Abendessen zwei Stunden lang in Texas Jimmy Balabans Büro und arbeitete mit Ralf zusammen.

Falls man es so nennen konnte.

Balaban stellte den Kasettenrecorder zwischen den Getränken und Papers auf den Kaffeetisch, setzte sich an seinen Schreibtisch und hielt von da an fast durchweg den Mund, erinnerte nur an seine Anwesenheit, wenn er sein Glas auffüllte.

Dexter beteiligte sich nicht das erste Mal an dieser Art von Schwachsinn. Er bezweifelte, dass es im Umkreis von 300 km um Hollywood herum einen Autor gab, der damit noch keine Erfahrungen gesammelt hatte, denn mehr als etwas wie so genannte Redaktionskonferenzen oder Brainstorming-Sitzungen mutete sich ein Kulturschaffender, falls er bei Verstand war, ohne Bezahlung bestimmt nicht zu.

»Wollen Sie mir mal verklickern«, lautete Ralfs Eröffnungssatz zu dieser kreativen Zusammenarbeit, »was wir tun sollen, außer uns mit'm Alk zu beduseln, den mein Manager von meinem Geld zahlt?«

»Wir haben vor, Ihre Performance zu verbessern«, hatte Dexter ihn aufgeklärt. »Es geht darum, für Sie einen detaillierteren Kanon auszuarbeiten, auf dessen Grundlage Sie künftig Ihre Auftritte gestalten können.«

»Neuen Kanon? Wie, was ist denn falsch an dem, was bis jetzt lief? Nach den Maßstäben des Zwanzigsten sind die Einnahmen bisher doch recht gut.«

»Sicherlich, Ralf, aber wir sind sehr wohl dazu fähig, das alles auszubauen. Das vorhandene Kurzkonzept zu erstellen, war 'ne Sache von sechs Tagen, aber nun haben wir noch volle vier Wochen Zeit, um es auf Vordermann zu bringen.«

Und so war es dann geschehen.

Was sich eigentlich Balaban zu alldem dachte, kam nie mit ausreichender Klarheit heraus, und auch Ralf ließ sich lediglich anmerken, dass er die Treffen als lästig empfand, jedoch nichts verlauten, was wesentlich über verschwommenes Gestänker hinausgegangen wäre.

Dexter beurteilte die Lage so, dass sich als einziger möglicher Ansatz anbot, die Rolle des komischen Jeremias aus der Zukunft in etwas umzuschreiben, das sich durch genug Tiefgang und Detailreichtum auszeichnete, um es Ralf zu erlauben, daraus gänzlich selbstständig die erforderlichen Zehnminutenmonologe zu entwickeln.

Denn Dexter hatte ganz bestimmt keine Lust, sich dreizehn Wochen lang damit abzuplagen, ohne dafür Honorar zu erhalten.

Nachdem er diesen pragmatischen Standpunkt gefunden hatte, entschied Dexter, dass es das am wenigsten aufwendige Vorgehen sein mochte, möglichst viel Arbeit durch Ralf leisten zu lassen; darum fasste er den Vorsatz, bei diesen sokratischen Kolloquien bescheiden in die Rolle des Gesprächspartners zu schlüpfen und Ralf mittels geschickter Fragen zum Ersinnen eigenen kabarettistischen Materials anzuleiten.

Aber wie nur zu viele Komiker, wie die meisten Schauspieler sowie weit mehr Regisseure, als man dahin malträtieren konnte, es einzugestehen, hatte auch Ralf keinen Funken schöpferischer Einbildungskraft. Ihm fehlte vollkommen die Fähigkeit, eine allgemeine Konzeption um imaginäre Einzelheiten zu bereichern.

»Nun sperren Sie mal die Ohren auf, Ralf! Es geht um mehr als 'n Schnellschuss, Ihr zweiundzwanzigstes Jahrhundert braucht Substanz, etwas eben, das wir Science Fiction-Autoren in unserem Gewerbe überzeugende Vielseitigkeit nennen, das Publikum muss das Gefühl haben, wenn es dreizehn Wochen lang lachen soll, dass Sie sich dort so gut auskennen wie Fred Feuerstein in der Steinzeit.«

»Also echt, Lampkin, reissen Sie sich am Riemen, ja, Mann?! Ich bin ja wohl in der Vergangenheit, um den Matschhirnen die Leviten zu lesen, und das sind Sie, nicht wir, Ihre Opfer.«

Es war zum Mäusemelken. Ralf gab seine Rolle nicht für eine einzige Sekunde auf, aber sich zur gleichen

Zeit nicht die mindeste Mühe, um irgendetwas Nützliches zur Ausschmückung des Hintergrunds beizutragen, den sein Mann von morgen haben sollte.

»Wieso denn, Lampkin, ich bin bloß 'ne ahnungslose taube Nuss aus der Borscht-Provinz des zweiundzwanzigsten Jahrhunderts, der übers Ohr gehauen und hier in das Malheur geraten ist, jetzt für Sie Affenvolk den Don Rickles mimen zu müssen«, stellte der kleine Halunke sich gerissen dumm. »Inwiefern soll ich mehr über die Verhältnisse der Welt wissen, aus der ich komme, als hier in Los Angeles der gewöhnliche geistige Tiefflieger über das Sexualleben der Kölner Heinzelmännchen oder den Crackpreis in Hongkong weiß?«

»Gut, dann erzählen Sie mir etwas über das Sexualleben des zweiundzwanzigsten Jahrhunderts, Ralf. Kennen Sie neue Kinderschänderwitze?«

»Har-har-har«, gackerte Ralf affektiert. »Was sollen die Fisimatenten, Lampkin, Sie sind der Science Fiction-Autor, weshalb erzählen Sie mir nichts, Sie können sich doch solchen Mumpitz schneller ausdenken, als ich mich an so was erinnern kann.«

Aber da hatte er gelächelt, und obwohl sein Grinsen dem gewohnten zynischen Feixen nicht unähnlich blieb, verlieh ein Ausdruck um die Augen ihm eine Schattierung ernsteren Tiefsinns, und als er die nächsten Worte äußerte, war seine Stimme zu einem feiner geeichten Instrument, dazu fähig geworden, die Grenze zwischen Sarkasmus und Aufrichtigkeit zu beachten.

»Betrachten Sie«, sagte er, »die Angelegenheit mal so, Lampkin: Entweder bin ich das, was ich sage, oder ein Fall für den Trallerkasten, oder ein Schauspieler, der den Kontakt zur Realität verloren hat, oder alle drei Möglichkeiten treffen zu, aber noch etwas anderes kann ich ja nun wirklich nicht mehr sein, oder?

Und nichts davon befähigt mich zum Science Fiction-Autor.«

Ein Schmunzeln? Oder Häme?

»Sie können mein Skript viel besser schreiben als ich, Lampkin. Sie können mich zur Realität machen.«

Dexter konnte nicht unterscheiden, was zutraf, so wenig wie Faust dazu fähig gewesen war, als Mephistopheles ihm einen Lutscher mit leicht neuartigem Aroma unter die Nase hielt. Aber Dexter war schwerlich zu widerstehen im Stande.

Welcher Autor wäre da kalt zu bleiben in der Lage gewesen?

Schöpferisch zu schaffen, ohne schreiben zu müssen, gehörte nämlich zu den Schlaraffenlandträumen des Schriftstellergewerbes. Hinzu kam die von Hybris angestachelte Lust sterblicher Autoren, mit geheimen gottähnlichen Kräften über das gedruckte Wort hinaus zu wirken. Beide Elemente verrühre man tüchtig mit einem tüchtigen Anteil Showgeschäftglamour, und es ergab sich ein Cocktail, der durchaus einen moderaten Dr. Jekyl in einen egozentrischen, haarigen Mr. Hyde verwandeln konnte.

Normalerweise manifestierten sich derlei unterschwellige Wünsche in nichts Schlimmerem als den Allüren Hollywooder Schmieranten, sich literarische Vorbilder zu nehmen, ob Faulkner und Fitzgerald, oder William Goldman und Stephen King, und dabei eher bemitleidenswerte als ernst zu nehmende Resultate hervorzubringen.

Aber Dexter wusste nur zu gut, dass die gleichen Allüren im Mikrokosmos der Science Fiction schnell beträchtlich aus dem Ruder liefen.

Wo Autoren völlig neue Welten kreierten, man diese Tätigkeit sogar als ›Weltenschaffen‹ bezeichnete und der geistige Vater eines erfolgreichen Romanzyklus oder einer Romanserie als ›Schöpfer eines Universums‹ galt, man allzu häufig Leser traf, die in die Rolle der von einem Autor ersonnenen Romancharaktere schlüpften, ob es ihm behagte oder nicht, dort fiel es leicht, sich einen literarischen Jehovakomplex zuzulegen.

Gewiss, sein sciencefictionistischer Beitrag zur wirklichen Welt bestand nur aus dem Transformationalistenzirkel, der eigentlich nichts anderes war als ein pfiffiger intellektueller Vorwand für einen Saufabend. Doch Gordon Dicksons *Dorsai*-Romane hatten die ›Dorsai-Freischärler‹ ins Leben gerufen, eine Gang speckiger junger Säufer, die damit anfingen, dass sie sich als Weltraumsöldner kostümierten, und zum Schluss eine mietbare, rabiate Con-Ordnertruppe in Kommissstiefeln bildeten. Spinrads Chaos-Agenten hatten als Inspiration zu einer anarchistischen Aktionsgruppe dienen müssen, doch zum Glück nannten sie sich bloß ›Kommando Konditor‹ und trieben es – im Gegensatz zum ihrem Science Fiction-Vorbild – nie weiter als bis zum Tortenwerfen.

Charles Manson jedoch, der auch sich als der gottähnlichen Kräfte und moralischen Selbstgerechtigkeit würdig betrachtet hatte, mit denen Heinlein seine Romanfigur Michael Valentine Smith ausstattete, interpretierte *Ein Mann in einer fremden Welt* als Lizenz, um seinen Jüngern die Verübung eines ziemlich widerlichen Blutbads zu befehlen.

Es gab eine Grenze, die man besser nicht überschritt, doch fiel es oft schwer, ihren Verlauf zu erkennen, wenn man sich in einem Kontinuum bewegte, das nahtlos vom Ersinnen einer literarischen Welt zu deren Vermarktung an Leute führte, die es vielleicht etwas zu Ernst auffassten, zum Verkauf von T-Shirts und Mr. Spock-Ohren als fannischen Kultobjekten und dahin, dass man seinen Anhängern auf Cons geheime Schwüre abnahm, und schließlich der Aufforderung, alles zu verwerfen – wie es L. Ron Hubbard getan hatte –, was einer (nämlich seiner) Vergöttlichung im Weg stand.

Aber ein fiktives zweiundzwanzigstes Jahrhundert für Ralf auszudenken, sagte sich Dexter, konnte wohl kaum die Gründung einer Ralfologie-Sekte zur Folge haben. Den ärgsten Vorwurf, den man ihm machen könnte, mochte sein, dass er Denkmodelle mit einer einzelnen Pfeife durchspielte, deren Psyche eventuell nicht sonderlich stabil war, und auch nur auf das hartnäckige Verlangen eben dieser Person …

Also schickte sich Dexter ohne größere Vorbehalte an, sich Ralfs zweiundzwanzigstes Jahrhundert auszudenken. Es dauerte nicht lang, bis er merkte, dass er es längst zu einem erheblichen Teil konzipiert hatte. Für *Chaoszeit* hatte er mehrere dystopische Zukünfte entworfen, und schon während der Vorarbeiten zu *Die Transformation* gründlich analysiert gehabt, wie die Fehler des zwanzigsten Jahrhunderts das Entstehen solcher Zukünfte bewirken konnten, und die Donnerstagabendtreffen des Transformationalistenzirkels bissen sich noch heute andauernd an dem Thema fest wie ein Hund an seinem Lieblingsknochen.

Er brauchte nicht mehr zu tun, als gemeinsam mit Ralf aus der Gesamtheit des vorhandenen Materials eine stimmige Zukunft zu extrahieren und sie ihm einzutrichtern. Da Balaban alle Gespräche auf Recorder aufzeichnete, konnten sie in Schriftform gebracht und für die Show zu einem homogenen Ganzen umgemünzt werden.

Allerdings rechtfertigte nichts, was Dexter bislang mit Ralf erlebt hatte, die Erwartung, dass er zu der Sorte Mensch zählte, die sich anhand schriftlicher Unterlagen Wissen einprägen konnte.

Der Armleuchter war niemand, der gerne las, sondern ein Zappelphilipp.

Deshalb saßen sie beisammen, schlürften Bourbon und diskutierten über ein imaginäres zweiundzwanzigstes Jahrhundert, als wären sie beide schon dort gewesen, der Science Fiction-Autor warf als Postulat verschwommene Brocken an älteren und neueren Exposé-Auszügen hin, und der Komiker aus der Zukunft bog sie, ohne dass ihm seine eingefleischte Rolle je entglitt, zu einem Background zurecht.

»Lassen Sie das mit den saublöden Kuppelstädten. Wenn die Atmosphäre nicht mehr atembar und die Sonnenstrahlung gesundheitsschädlich ist, kombiniert man die NASA-Lebenserhaltungssysteme mit Klimaanlagen der Geschäftspassagen und unterteilt die Parkhäuser in Wohnraum, und man hat bei minimalen Kosten 'ne ideale Lösung. Wir leben in verdreckten Wohngrüften, Lampkin.«

»Stellen Sie's nicht so einseitig dar, Ralf, beachten Sie mal die Vorteile, dadurch würde der Traum des amerikanischen Städters wahr. Schon heute arbeiten wir im klimatisierten Milieu kleinstadtgroßer Bauten mit fünfstöckigen, überdachten Innenhöfen, kaufen dort ein, gehen ins Kino, besorgen uns Hasch und schleppen Mädchen ab. Auch dort zu wohnen, könnte endlich unter den andauernden Bedarf an neuen Autos einen Schlussstrich ziehen, die Verkehrsstaus und Parkplatzsuche entfallen, es wäre für den amerikanischen Großstädter die perfekte Lebensweise.«

»Ja, perfekt, hä-hä-hä, und 's stinkt, als ob ganz West-Hollywood im Zentrum von Beverly Hills 'n permanentes Zeltlager aufgeschlagen hätte.«

Sobald die Biosphäre auf gleichfalls vom Verschwinden bedrohte Überbleibsel reduziert war und die Scholle zur landwirtschaftlichen Nutzung ungeeignet, erzeugten Fabriken mittels künstlicher Photosynthese und chemischer Prozesse, also ohne natürliche Zwischenstadien, die Endprodukte der Nahrungskette und stopften damit auf direktem Weg den Rachen des größten und einzigen verbliebenen Raubtiers.

»Genau! Der graue Schleim kommt aus den Bottichen, deren Inhalt man mit Vitaminen und Mineralien anreichert, dann fügt man Farb- und Geschmacksstoffe hinzu, presst ihn zu Putenschenkeln, Pizza und Hähnchen-Chow-mein und verkauft den Fraß als Delikatesse, obwohl er wie einunddreißig Gummikleber varianten schmeckt.«

Man konnte so etwas leisten. Wahrscheinlich täte man es.

Solang es atomaren Brennstoff gab oder sich das versengte Ödland mit genügend Sonnenkollektoren pflastern ließ, um die Maschinen zu betreiben, die die Lebenserhaltungssysteme und die Nahrungsfabriken in Gang hielten, konnte in den Ländern, die weit genug entwickelt waren, um Einkaufspassagen zu haben, eine gewisse Anzahl von Menschen auch noch überleben, wenn die Biosphäre tot war, die Atmosphäre giftig und der Schwund der Ozonschicht die Erdoberfläche unbewohnbar gemacht hatte.

»Und da sitzen wir nun, Affenboy, wie Hamster in stinkigen Terrarien, leben unter Pflanzenlampen, atmen unsere recycelten Fürze und mampfen aus unserer eigenen Scheiße hergestelltes Einheitsfutter. Willkommen auf dem Totenschiff Erde!«

›Totenschiff Erde‹ hatte inzwischen nicht nur einen gewissen Realismus erlangt, überdies empfand Dexter die Schilderung als in unerfreulichem Maß glaubhaft, und Ralfs Beiträge bitterböser Einzelheiten verschlimmerten umso mehr das allmählich verfestigende Gesamtbild.

Denn eine derartige Zukunft zeichnete sich durch hochgradige Wahrscheinlichkeit aus, in Anbetracht des heutigen Ausgangspunkts des ›Affenvolks‹ mündete der Weg des geringsten Widerstands in eben solche

Zustände, in die Zukunft einer Spezies von Affennachfahren, die ihre zivilisatorische Übergangskrise nicht bewältigt hatte und lediglich als selbst organisierte, hermetisch abgeschlossene Sonderausstellung ihrer eigenen Narreteien fortdauerte.

Ohne Zweifel, wenn die Passagiere des Totenschiffs Erde dazu die Möglichkeit hatten, jemanden in die Vergangenheit zu senden, um einige Dinge gerade zu rücken, würden sie es nicht versäumen. Oder wenigstens um den Matschhirnen, die für das Elend, in dem sie vegetierten, die Verantwortung trugen, die Rote Karte zu zeigen. Warum also keinen großmäuligen Komiker …?

»Soweit ich, Matschhirne, und nun kriegen Sie im Namen der Fairness 'ne Gelegenheit, Ihren Opfern Widerworte zu geben«, sagte Ralf, beendete den Monolog und zog sich zum Kommandosessel zurück. »So als ob man den Nazis erlaubte, den Juden zu erklären, dass auch die Öfen 'n Vorteil hatten, weil Wärme gegen Erkältung gut ist.«

Ach du liebe Scheiße, stöhnte Dexter innerlich auf. Das musste wirklich als Entgleisung gelten.

Ein hässliches Murren des Aufbegehrens raunte durchs Studiopublikum. Ohnehin mochte Publikumsbeschimpfung nicht als feingeistige Kunstform anerkannt sein, aber die Grenze zwischen dem, was Leuten wider Willen einen Lacher abnötigte, und jenem, was dem Scherzkeks eine Tracht Prügel einhandelte, konnte ohne weiteres, scheute er kein Risiko, schmal wie eine Rasierklinge sein. Was am Broadway Duldung fand, löste in einer Biertrinkerkneipe einen Aufstand aus. Und umgekehrt.

Doch zumindest begriff Ralf offenbar, dass er Gefahr lief, auf die eigene Tretmine zu tappen.

Er lenkte die Aufmerksamkeit der Studiogäste ab, indem er das kabellose Mikrofon vor den Leib schwang, es mit beiden Händen packte, mit aufgerissenen Augen anstarrte und eine Hand in wenig subtiler Pantomime am langen, gummierten Griff auf und ab bewegte.

»Holla, was 'n das, Affenvolk?«, rief er in fröhlichem Ton. »Königin Kongs Dildo?«

Nicht was man feinsinnigen Humor nennen konnte, aber wenigstens brachte es Ralf ein gewisses Maß an Gekicher ein.

Er nutzte die Chance, setzte sich in den Sessel und benutzte das Mikrofon nun wie einen Steuerknüppel.

»Halli-hallo, liebe Leute, hier spricht der Kapitän und begrüßt alle Affengörls und Affenboys an Bord des Totenschiffs Erde«, sagte er; weil er die ›Durchsage‹ schmalzig sprach, nahm er der gewohnheitsmäßigen Arroganz seines Tonfalls die Schärfe, ein Ergebnis, zu dem auch der Hintergrund aus dem ehemaligen *Thrilling Wonder Stories*-Titelbild sowie sein albernes Grinsen beitrugen.

»Heute fliegen wir tief, meine teuren Tieflieger, nämlich dicht über der Gülle, wo wir 'n paar Episoden später endgültig in die Teergruben von Anno Tobak sacken, also schnallen sie sich gefälligst an, löschen Sie die fossilen Brennstoffe und bemühen Sie sich, wie schwer 's auch fällt, um die Rückkehr Ihrer Spezies zu aufrechter Haltung …«

Ob zum Guten oder zum Schlechten: Diese Verlautbarung ging den Zuschauern am Arsch vorbei.

»Na los, wer will Fernsehgeschichte machen? Kommen Sie, kommen Sie, diese Show wird bombig einschlagen, glauben Sie, ich hätte mich von meinem Manager zu so einem Flohzirkus überreden lassen, ohne in meinem Heimatjahrhundert die alten Kritiken zu lesen? Sie wollen doch einmal Ihren Enkeln erzählen, heute dabei gewesen zu sein.«

Eine undeutliche Männerstimme kollerte etwas aus

dem Dunkel der hinteren Ränge. »Aha, jawohl, da ist jemand noch am Leben«, frohlockte Ralf, deutete mit dem Mikrofon unsicher in den Saal.

Wacklig wanderte ein Scheinwerferkegel in ungefähr die gleiche Richtung, das Schlaglicht schrumpfte und dehnte sich aus, während er über die Gesichter der Zuschauer glitt, verharrte schließlich auf dem einzigen Stehenden, einem fleischigen Mann um die Vierzig in kurzärmeliger, lindgrüner Freizeitkleidung, in der er aussah wie ein mittelamerikanischer Generalissimo im Exil, der vergeblich versuchte, unter den Touristen in Miami Beach unauffällig zu bleiben.

»Wenn Sie aus der Zukunft stammen, Sie Lahmarsch«, blökte er wie ein Oberfeldwebel in Zivil (der er ganz gut wirklich sein mochte), »dann verraten Sie doch mal, was ich denke!«

»Ich trete nicht als Gedankenleser auf, Affenboy, und selbst wenn's so wäre, könnte ich Ihren schwachen Geist unmöglich lesen.«

Mehrere ironische Lacher einiger weniger Personen mit Sinn für Ironie lohnten Ralf die Schlagfertigkeit.

»Nun kommen Sie, Sie Leuchte, sagen Sie, was ich denke!«

Ralf stand auf, zeigte nach wie vor mit dem Mikrofon in den Saal. »Warum teilen *Sie* uns nicht mit, was Sie denken, alter Freund?«, entgegnete er. »Bloß keine falsche Scheu.«

»Ich denke, Sie Hornochse, dass Sie daherreden wie so ein liberales kommunistisches Weichei. Ich bin der Meinung, Ihnen sollte ein aufrechter amerikanischer Bürger mal die Fresse polieren.«

»Das brächte Sie auf Seite eins der Illustriertenpresse, Matschhirn, aber auch für drei bis fünf Jährchen hinter Gitter«, schnauzte Ralf, schwenkte das Mikrofon zur Seite, und der Scheinwerferkegel folgte.

Entsetzlich, dachte Dexter vergrämt. *Einfach grauenvoll.*

»Ja Arsch und Notverband, gibt es denn überhaupt kein intelligentes Leben auf diesem Planeten?«, brummelte er, aber laut genug für die Ohren der Anwesenden, wies wild mit dem Mikrofon im Saal umher, als stocherte er mit einem Stock im Affenkäfig, sodass der Mann, der den Scheinwerfer bedienen musste, wahrscheinlich darüber halb verrückt wurde.

Einzig eine alte Dame stand fest und unerschütterlich an ihrem Platz, eine Tatsache, die ebenso für wie gegen Intelligenz sprechen mochte, aber immerhin konnte sie mit einer mustergültigen Frisur bläulichgrau gefärbter Dauerwellen aufwarten, und sie hatte die Augen einer mit Speed vollgeknallten Lemurin.

»Ja, Sie da, Tarzans Großmutter, Sie sind dran!«

»Erzählen Sie uns von Gottes Reich«, verlangte sie mit Rasselstimme. »Wenn Sie wirklich aus dem nächsten Jahrtausend zu uns gereist sind, dann müssen Sie doch die Ankunft des Antichristen und die Wiederkunft Christi erlebt haben, so wie es in der Offenbarung steht, die Erlösung durch das Lamm.«

»Welchen Damm?«, rief Ralf erschrocken, stand halb auf und stierte hinab auf seinen Unterleib. »Ich spüre nichts, und als ich 's letzte Mal auf dem Klo war, hatte mir noch niemand den Arsch aufgerissen.«

Inmitten unheilvollen Schweigens ging diese krachlederne Derbheit ins Leere, als hätte er zur Gaudi einen Sack Zement umgeworfen. Nur einige Murrlaute aufrechter Christenmenschen durchzischelten die Stille.

Ralf erhob sich vollends vom Sessel und legte eine Hand hinters Ohr, als legte er darauf Wert, ihr dumpfes Brabbeln zu verstehen. »Ach, das *Lamm*«, sagte er, zog hurtig die Hörner ein, ehe womöglich etliche adventistische Flaschen durch die Luft flogen. »Tut mir

Leid, Oma, das Buch ist noch erhältlich, aber der Film ist bisher nicht gedreht worden, Elvis ist nämlich noch nicht in 'ner Fliegenden Untertasse vom Mars zurückgekehrt.«

Wieder bewegte er das Mikrofon umher, und dieses Mal folgte die Scheinwerferbedienung seinem Gefuchtel reibungsloser, richtete den Lichtkegel auf eine wohl über Zwanzigjährige in schneeweißem Sweater, der auf anheizende Weise um zwei Größen zu klein war für ihre Haubitzen, die an ihr nach vorn ragten wie die vorderen Stoßstangenpuffer am 1959er Cadillac. In der Tat erweckte sie, erkannte Dexter, mit dem knallroten Lippenstift, der gepunkteten Schleife in der Turmfrisur und dem Kaugummi, den ihre Kiefer malmten, den Eindruck, Exponentin des Fünfziger Jahre-RetroLooks zu sein.

»Ja, Sie dort, die Sumpfralle mit den Raketendüsen.«

»Also ja echt«, erklärte die Euterträgerin mit reichlich nasalem Valley-Mädchenakzent, »ich kann verstehn, dass Sie auf Ihre Vorfahren sauer sind, sie sind ja nämlich wohl genauso drauf gewesen wie meine Eltern, die haben 'ne riesige Strandparty gefeiert, alles in der übelsten Weise verdreckt und verkotzt, sind dann übern Jordan gegangen und haben mir die Rechnungen liegen gelassen.«

»Und was machen *Sie* nun, Schatzi?«, knurrte Ralf mit Bogartscher Stimme.

Ein stummes, ausgedehntes KaugummikauerInnen-*Äääăh*.

»Sie fälschen die restlichen Schecks, stimmt's? Sie zahlen mit Mamis überzogener Kreditkarte, und solang Sie die Sollzinsen begleichen, greift kein Mensch ein, weil niemand sich den Vorwurf anhören will, er hätte ein Geschäft verdorben ...«

Ralf schwieg, senkte das Mikrofon.

»Brauchst sie wirklich, 'ne Zeitmaschine, um zu wissen, was passiert?«, fragte er. »Eines Tages sind die Zinsen höher als Ihre Einkünfte, die Schecks platzen, die Kreditkarte wird eingezogen, man schmeißt Sie aus der Wohnung, und Sie liegen auf der Straße, haben kein Dach mehr überm Kopf, keine Pinke mehr an der Panke …«

Den Zuschauern zugewandt, zuckte Ralf die Achseln.

»Tja, und wir sind diejenigen, die für Ihre Strandparty blechen müssen, Affengörl«, fügte er hinzu. »Ihretwegen können wir niemals 'ne Strandparty feiern. Wo Sie auf Ihren prallen Luftmatratzen gelegen und Ihre ebenso prallen Pobacken gebräunt habt, da herrschen bei uns nämlich richtige Mikrowellenherdtemperaturen.«

Dexter brauchte keinen besonderen Sechsten Sinn, um unverkennbar zu spüren, dass die Chemie zwischen Ralf und diesem Studiopublikum nicht im Geringsten stimmte.

Man konnte Lacher erringen, indem man das Publikum beschimpfte, ja sogar indem man die Intelligenz der Zuschauer anzweifelte, aber man erreichte wenig, wenn man Schmähungen auf einem intellektuellen Niveau ausstieß, für das ihnen die Intelligenz fehlte.

»Ich habe die Befürchtung, die Sache läuft nicht sonderlich gut«, murmelte Dexter hinter der Bühne Balaban zu. »Was sagten Sie, wie haben Sie die Leute ins Haus geholt?«

»So wie immer«, antwortete Balaban. »Ich habe Prospekte drucken und sie in ein paar Dutzend Supermärkten und anderen Geschäften verteilen lassen.«

Das hieß, schlussfolgerte Dexter, die Schar der Studiogäste setzte sich aus einem zufälligen Querschnitt all jener Leute zusammen, die nach Freikarten für weniger bekannte Fernsehshows griffen.

Also einem Sammelsurium aller möglichen und unmöglichen Zeitgenossen, von pensionierten Lehrern bis zu lautstarken Wrestlingfans, von Kellnerinnen, die gerne Schauspielerinnen wären, bis zu Jungs und Mädels aus dem Valley, die billig ausgehen wollten, von der moralinsauren Mehrheit bis zu Nazi-Surfern.

»Jetzt Sie da, jawohl, der fetzige Fakir mit dem tuntigen Turban ...«

Seit sie von Mutti aus der Wohnung geschmissen worden war, bloß weil sie ihr den Scheißfernseher eingetreten hatte, verlief Lotter-Lottis Leben verflucht stressig.

Na schön, sie hatte ein bisschen die Sau raus gelassen, könnte man sagen, aber was denn, eigentlich hatte sie Mutti, wenn man es richtig sah, eine Gefälligkeit getan, als sie die Scheißglotze in Stücke legte. Die Alte war doch fernsehsüchtig gewesen, noch stärker abhängig vom TV als von dem vielen Bier, das durch ihre Gurgel floss. Jetzt musste sie den Arsch bewegen, mal ein Wort sprechen, sich benehmen, als wäre sie ein Mensch. Sie sollte mir echt dankbar sein, irgendwie hab ich ihr doch das Leben wieder gegeben.

Allerdings war Mutti zu grell aus dem Häuschen gewesen, als Lottis Trip geendet hatte und sie zum Auspennen daheim aufkreuzte. Sie hatte nicht mal die Tür geöffnet, sondern sie mit der Couch oder sonst was verrammelt gehabt, nur durch die Tür in den Hausflur gekeift.

»*Dich* reinlassen? Bist du nicht ganz dicht, du Schlunze? Erscheinst du noch 'n einziges Mal mit deiner Cracknuttenvisage vor meiner Tür, lass ich dich von den Bullen in 'n Besenzirkus sperren.«

In der darauffolgenden Nacht hatte sie in der billigsten Wanzenburg übernachtet, die sie finden konnte; was ihr der *Golfstrom-Grill* zahlte, erlaubte ihr nichts Besseres, wenn sie zur gleichen Zeit regelmäßig Stoff an Land ziehen wollte.

Natürlich gab es, wenn sie es recht überlegte, die Aussicht, in einer höheren Klasse von Absteige zu übernachten, wenn sie jeden Abend einen Schnallentrecker für eine ganze Nacht auftat, und danach noch etwas übrig zu haben …

Klar, Lotti hatte schon ab und zu Plus gemacht, und warum auch nicht, aber aus genau den Gründen, an die sie sich noch heute erinnerte, noch nie ernsthaft ans Anschaffen gedacht.

Eine Nille war eine Nille, da biss die Maus keinen Faden ab, und das Ficken oder Lutschen, bei Licht besehen, einerseits keine große Aufgabe, man schaffte es in längstens fünfzehn Minütchen, und irgendwie konnte man sich daran gewöhnen, wenn man sich abdröhnte, bevor man einen Eindruck davon kriegte, was für ein ekliger Trampel an dem Ding hing.

Der Aufwand, den es erforderte, um diese Viertelstunde Äktschen zu Stande zu bringen, bedeutete hingegen eine ätzende Last, besonders wenn man einen Nachtschwärmer ins Schlepptau nehmen und ihm einiges aus der Krone leiern wollte, statt sich auf den Schnellfick hinter dem nächsten Müllcontainer zu beschränken.

Schließlich bevölkerte sie nicht gerade als einzige Entsafterin die Straße, alle günstigen Ecken in der Nähe der Hotels belegte ja längst die Konkurrenz, die ihr Pflaster knallhart verteidigte, falls nicht schon vorher so ein verschissener Loddel das Messer zückte, um ihr die Fressleiste zu zersäbeln.

Also musste sie nehmen, was sie im Vorbeigehen, am Taxistand, in der U-Bahn, an der Ampel, egal wo, eben abkriegte. Lotti war eine ganze Stange schlitzohriger als die meisten Junkies und Alkis, die in der Zitty-Szene als einspännige Sündentrüffel das Pflaster traten, deshalb schob sie täglich so viele Quickies wie möglich ein, während sie nach Mister Hotelzimmer peilte.

Aber weil man in der gesamten Scheißstadt keinen Hotelrezeptionisten fand, der den Gästen nicht eigene Kammerzofen vermittelte, musste sie so häufig selbst für eine preiswerte Übernachtung in die löchrige Tasche greifen, wie sie für lau ein Zimmer mit einem Kavalier teilen durfte.

Und wenn sie einen Kunden für die volle Nacht abschleppte, dann war er meistens irgendein ausgebuffter Sexperte, der verlangte, dass sie ihm ins Gesicht pisste, oder sie sich fesseln und bis zum frühen Morgen im Bergwerk baggern ließ, oder ähnlichen Scheiß.

Die einzige Möglichkeit, so eine Maloche durchzustehen, ohne wegzuflippen, bestand aus der Gelegenheit, ab und zu ein Scheißhaus aufzusuchen, einen Trip einzulegen und dem Weißen Tornado die Herrschaft zu überlassen. Solang sie high war, fühlte sie keine Schmerzen, nichts brachte sie zum Kotzen, sie konnte durchs Leben und alles tanzen, was es ihr zumutete, *Ba-ba-ba-dumm-da-da-da-bumm!*

Wie sich von selbst verstand, verhinderte dieser Tagesablauf leider in beträchtlichem Umfang, dass sie mehr als eine Mütze voll Schlaf auf einer halbwegs läusefreien Matratze erhielt, zumal sie allmählich vergaß, dass einen Unterschlupf zu haben der eigentliche Beweggrund war, weshalb sie den ganzen Schlauch auf sich nahm.

Folglich tappte sie morgens immer irgendwie im Dusel umher, taumelte durch die Pampa, um sich Stoff zu besorgen, bevor sie zum *Golfstrom-Grill* flitzte, um zu verhüten, dass Mario sie irgendwann doch feuerte.

Lotti brauchte keinen Computer, um sich auszurechnen, dass sie erheblich mehr Dosengeld machen könnte, wenn sie auch während der Zeit, die sie im *Golfstrom-Grill* verplemperte, auf den Wackel ging. Aber dann wäre sie eine Scheißprofessionelle, eine von zahllosen Bordsteinschwalben, die es sich nicht mal leisten konnte, die schauerlichsten Sonderwünsche abzulehnen, statt ein normales fleißiges Mädel, das nur versuchte, sich das schwere Leben ein bisschen zu erleichtern.

Der *Golfstrom-Grill* war ursprünglich eine Pizzastube gewesen, als Mario ihn, wollte man ihm glauben, nach vierzig Jahren verlässlichen Klettenzersiebens und Kniezertrümmerns von seinem Mafia-Paten sozusagen als Altersversorgung erhalten hatte, doch da gab es in der Nachbarschaft schon eine Pizzabude zu viel, deshalb empfahl ihm der Beinharte Beppo, den Imbiss in einen Hamburgerschuppen umzuwandeln.

Mario hatte die Pizzabacköfen ab- und die Grillvorrichtungen sowie die Pommesfritteuse angeschafft, über der Straßenverkaufstheke die Neonreklame ausgewechselt und in einem Armeeshop für seine Sklaven Matrosenmützen gekauft, *Dominiks Pizza-Palast* im Übrigen jedoch in den *Golfstrom-Grill* umbenannt, ohne die Lokalität neu zu streichen oder anders zu möblieren.

Die Wände hatten noch die Farbe schimmeliger Pizzen, die Decke war kotzgrün, und die flackrigen Lampen hatte man vermutlich, urteilte man nach der Kruste toter Fliegen, die sie bedeckte, seit dem Besitzerwechsel nicht mehr ausgetauscht, doch waren die rotweiß karierten Tischdecken verschwunden, sodass den Gästen seitdem vom schonungslos eigelben Resopal der Tischplatten der Pupillenschlag drohte.

An der Registrierkasse wachte Mario in Person und hatte für jedermann sichtbar einen Baseballschläger in Reichweite, um falsche Kunden von Dummheiten abzuschrecken, und für den Fall, dass die Keule nicht reichte, hielt er unter der Theke eine 44er Magnum bereit. Als Gäste kam das Gesocks infrage, das es nicht auf die Reihe kriegte, sich in eine hochklassige Mampfe, etwa McDonald's, zu setzen, ohne wegen Volldröhnung aufzufallen. Als Bezahlung gab es den gesetzlichen Mindestlohn.

Der *Golfstrom-Grill* war eine ganz beschissene Fettpfütze, der Job totaler Scheiß, aber angesichts der Alternativen wollte Lotti ihn trotz Marios geheuchelter Drogenbekämpfung doch lieber behalten.

Er zog ständig eine dermaßen gemeine, verkniffene Fresse, dass sie Nancy Reagans Arschloch hätte sein können, und manchmal blies er mit einem Aufhusten seinem Personal eine Qualmwolke der getrockneten Hundekacke, die er rauchte, ins Gesicht, nur um klarzustellen, er war der Chef.

»In eurer Freizeit könnt ihr euch von mir aus Heizöl schießen, ihr macht's ja sowieso«, pfiff es aus seinen Bronchien. »Aber während der Arbeitszeit richtet ihr euch nach mir, und erwisch ich je einen von euch Knalltüten, wie er mein Lokal mit irgendwelchem Dreckszeug verpestet, auf das die Drogenfahndung scharf ist, ruf ich persönlich die Polypen.«

Na klar, ausgerechnet Mario und die Bullen rufen!

Als ob er nicht wüsste, was Cory trieb. Als ob ihm nicht bekannt wäre, dass alle Abnehmer Corys bei jedem Mal, wenn sie sich Stoff besorgten, der Fassade halber erst einen seiner Fettklöpse und dazu vielleicht sogar eine Cola kauften.

Wahrscheinlich war das Hackfleisch nicht mit toter Katze gestreckt, und das Öl in der Fritteuse wurde mehr oder weniger regelmäßig einmal wöchentlich erneuert, aber das blieb schon das wenige Vorteilhafte, was sich über den *Golfstrom-Grill* sagen ließ.

In Wirklichkeit stellte Mario verdammt sicher, dass

er in jeder Schicht einen Dealer im Laden hatte, denn der einzige vernünftige Grund, weshalb man überhaupt irgendwen in einem Saustall wie dem *Golfstrom-Grill* antraf, war die Stoffbeschaffung.

Freilich musste Mario so tun, als hätte er keine Ahnung, dass sich in seinem ›Familienrestaurant‹ so furchtbare Sachen abspielten, als hielte er die Trolle, die ungefähr eine Million Jahre brauchten, um eine Cola zu süffeln, wahrhaftig für Polizeibeamte außer Dienst oder übermüdete Börsenmakler.

Infolgedessen redete er sich ein, er wäre ein anständiger, braver Spießbürger und schikanierte Lotti mit Ermahnungen, was getan werden müsste, um den Job richtig auszuüben und ihn sich nicht zu verscherzen.

Nicht dass Lotti süchtig gewesen wäre, nein, so verhielt es sich ja nun wirklich nicht, und unter normalen Umständen hätte sie nicht ins Frittieröl geseibert, würde sie keine Servietten grillen, wenn sie sich während der Arbeit keinen Kick verpasste. Aber wegen der vielen Nummern, die sie schieben musste, der stressigen Schwulitäten, um an Stoff zukommen, und des Schlafmangels hatte sie durchaus ihre Schwierigkeiten, ohne einen gelegentlichen Trip auf den Beinen zu bleiben.

Sie verkaufte das Fresszeug ja nicht mit der Pfeife im Mund, was brauchte sich Mario also darum zu kümmern, wenn sie sich ab und zu, während sie ohnehin zum Pinkeln auf dem Klo saß, einen Zug gönnte?

»Ich weiß, dass hier irgendwer Crack raucht, entweder das, oder jemand lässt in der Toilette verflucht komisch riechende Fürze stehen«, brummelte Mario so laut, dass jeder es hören musste. »Damit ist jetzt Schluss, wenn ich denjenigen nämlich zu fassen krieg, lass ich ihn einbuchten.«

Ja klar, Mario rief die Bullen und riskierte, dass man Cory in seinem Scheißladen festnahm und für sechs

Wochen die besten Kunden verscheuchte! So ein Blödsinn.

Dass er sie jedoch hochkant feuerte, falls er sie ertappte, oder gar Übleres mit ihr anstellte, war ihm sehr wohl zuzutrauen.

Du kannst mich mal kreuzweise im Arsch lecken, Mario!, dachte Lotti, als sie den Riegel der Toilettentür ins ausgewetzte Holzloch rammte.

Heute war wieder einer dieser Tage ... Aber waren so inzwischen nicht alle Tage?

Am Abend zuvor hatte sie keinen Hotelfreier auftun können, zudem auf der Pirsch den zeitlichen Überblick verloren, und als sie endlich ihren Stoff ergatterte und im Hotel König David abstieg, einer Kletterburg, in die sie sich sonst nicht mal verirrt hätte, um für zehn Minuten den Blasebalg zu machen, war es schon gegen fünf in der Früh gewesen. Sieben Stunden waren ihr geblieben, um ihren Törn durchzuziehen, sich ein bisschen anzuhübschen und für die Zwölf bis zwanzig Uhr-Schicht zum *Golfstrom-Grill* zu sausen.

Außerdem hatte andauernd Gejapse, Gestöhne und Geschrei ihren Schlaf gestört, dazu war ringsum aus den Melkstuben ein geradezu unheimliches, feuchtes Quietschen gedrungen, als ob jemand durch Kuhfladen latschte, das ihr nicht unbedingt die süßesten Träume bescherte, und sobald sie erwachte, fühlte sie sich noch beschissener als sonst, und als sie – zehn Minuten zu spät – zur Arbeit erschien, hatte zu allem Übel gerade der Hänger eingesetzt.

Zwei Stunden lang hatte sie sich nicht abhelfen können, weil Mario, der schon auf sie wartete, sie augenblicklich auf den Kieker nahm und hinter die Theke schubste, ehe sie dazu Gelegenheit fand, den Mund aufzuklappen und einen Gang zum Klo anzukünden.

Es mochte sein, dass man ihr mittlerweile etwas anmerkte, heute morgen hatten ihre Tränensäcke im Spiegel schwärzlicher als gewohnt ausgesehen, und dass die Situation weder ihre Verfassung verbesserte, noch ihr Äußeres, stand fest. Jedes Mal, wenn sie auf dem Klo saß, lungerte nämlich die schwanzlose Gummisau Mario vor der Tür und paffte einen seiner stinkigen italienischen Negerpimmel, sodass sie wusste, er lauerte ihr auf, das Schwein.

Roch sie allerdings Zigarrenrauch …

Lotti streifte die Hosen hinab, hockte sich hin und schnupperte.

… wenn er da war, dann war er nicht da, wenn sie keinen Qualm roch, oder?

Falls sie sich auf ihre Nase verlassen konnte, gab es nichts als Pisse, alte Fürze und Meister Proper zu riechen.

Darum zog sie das Glaspfeifchen aus der Tasche und bereitete sich, während sie pinkelte, eine Putsche vor. Sie zog die Hosen hoch, schnupperte noch einmal in der Luft, setzte sich wieder, zündete den Stein an und saugte kräftig am Pfeifenstiel …

Wie eine Hand voll Kiesel schrammte der Schmauch die Röhre hinab, reibfrei rauchte sich der Stoff nicht eben, er schmeckte wie Klosettreiniger und brannte in den Lungen, aber man musste nicht lang ziehen, bis die Glieder aufleuchteten wie Neonlampen, Lotti in der Pflutsche einen Pongo zuckeln fühlte, wie es gar keinen gab, und ein Blitz durchfuhr ihr die Wirbelsäule, als gewaltiges weißes Licht erstrahlte in ihrem Scheißhirn der Flash, für ein Sekündchen hatte sie mitten in der Helligkeit so was wie einen Blackout, aber danach war der innere CD-Player schon auf eine viel bessere Spur umgesprungen, die Band spielte ultraharten Rock *Wumm-bumm-ba-ba-bamm!*, und Lotti schoss von der Klobrille hoch, öffnete die Scheißhaustür mit einem Karateschlag, stapfte voll die Mädchenpower nach vorn, um Hamburger zu wenden und der Welt den Kopf abzureißen!

Außer sich selbst und seinem hirntoten Scheißschwiegersohn traute Mario niemandem so weit, dass er sich hinter die Registrierkasse neben der Tür hätte klemmen dürfen, und er war entschieden zu geizig, um pro Schicht mehr als zwei Leute zu beschäftigen, nämlich Cory, der an der Theke bediente, und Lotti, die auf dem Grill die Batzen wendete; daher musste einer, wenn der andere zur Toilette ging, sowohl den Verkauf managen wie auch darauf achten, dass das Fleisch nicht anbrannte.

Genau das zu leisten versuchte gerade der doofe Cory, hi-hi-hi, er wendete Fettfraß und nahm gleichzeitig Bestellungen von einem Suffsack an, der wie Schwarzenegger auf Schlummerpille und Lambrusco aussah und ein Brötchen mit Majo zu treffen sich abmühte, das er mit dem Ketschup verfehlt hatte, während eine Motorradledertante mit Glotzbomben wie ein Speedfreak über die Theke stierte und darauf mit den Gickerlingen nach ihren Fressalien trommelte.

»Was soll 'n das, du hohle Zicke?«, fauchte Cory sie an. »Du läss micha stehn mit'm tierschen Stapel Affenburger auf'm Rost, währnd ich Kunnen zu bedienern hab.«

»Affenburger, Affenvolk, Affenscheiße, genau wie das, was das Arschgesicht im Fernseh sagt«, leierte Lotti und stellte sich vor die Grillgeräte. »Weißt du was, Cory, ich hab 'n richtig total kotzfiesen Riesenhaufen geschissen, so wie man 's muss, wenn man hier frisst, hi-hi-hi-hooo, und ihn nicht weggespült, damit du ihn riechst, und zwar weil du so scheißverdammt cool bist.«

Mit dem Kennerblick des Dealers schaute Cory sie aus schmalen Lidern an. »Vollgedröhnt«, stellte er mit ausdrucksloser Stimme fest.

»Vollgedröhnt, vollgedröhnt, vollgedröhnt«, äffte Lotti ihn fröhlich nach.

»Wenn ihr zwei Dumpfbacken allmählich durch mit eurem affigen Gesabbels seid, möcht ich jetzt sofort meine Bestellung haben, verstehst du mich, Cory?«, knurrte die Patterschwester und loderte Cory mit ihren Glubschern an, als wollte sie ihm einen Knoten in den Hals machen. Cory sah aus, als wollte er kalkweiß werden, wäre es ihm nur möglich gewesen.

»Kommt sofort, großer Häuptling«, beteuerte Lotti.

Sie klatschte einen irgendwie auf einer Seite schwarzen und auf einer Seite roten Burger auf eine untere Brötchenhälfte, kippte *Schwupp!* eine doppelte Dosis Ketschup darauf, sodass das Rote sich in die ganze Pappschale ergoss, klappte die obere Brötchenhälfte auf die Pampe und knallte den ganzen Scheibenhonig *Trara!* vor Cory, als er der Kundin gerade ein Tütchen in die Kelle drückte, auf die Theke.

»Ein *Golfstrom Grill*-Spezialburger mit Smack-Beilage«, rief sie laut, unzweifelhaft laut genug, dass der Nervbolzen Mario es an der Registrierkasse hören konnte.

Mario warf ihr einen Blick zu, der Pisse in Essig verwandelt hätte, der Stinkstiefel, aber gegen den Weißen Tornado konnte er nicht anstinken, was wollte er denn tun, die Bullen alarmieren, hi-hi-hi?

Aus irgendeinem scheißigen Grund fühlte sich auch die Lederfrau irgendwie dumm angemacht. »Halt die Babbel, du rappelköpfige Cracknickelfutt, oder willst du, dass wir alle im Kaschott landen?«, blaffte sie Lotti an.

»Halt du auch den Rand, du dumme Fotze!«, schnauzte Mario über die Resopaltische hinweg, an denen drei von Corys widerwärtigen Junkies und zwei Meth-Monster nach ihrem Kauf geierten.

»Wen meinst du mit ›dumme Fotze‹, du gehirnamputierte Rübensau?«

»Na dich«, gab Mario ungeniert zur Antwort.

Oho-oho, das versprach ja irgendwie lustig zu werden, so wie in Filmen, die man im TV sah, wenn sie Zoff kriegten und die ganze Scheißkneipe kaputt schlugen.

Die Pattertante machte eineinhalb Schritte auf Mario zu, und die Drogenfreaks an den Tischen rutschten hastig in die Ecken, ähnlich wie die Küchenschaben, wenn sie vom Herd abzischten, sobald man das Licht anschaltete.

Mario schnappte sich den Baseballschläger und hob ihn in Brusthöhe, und die Trutsch blieb stehen.

»He, komm zu dich, Mario, 's wär ja wohl voll Scheiße für 'n Umsatz, 'n Brägen eines Dieseldragoners auf die Einrichtung zu spritzen«, rief Lotti. »Hi-hi-hi …«

»Wer ist hier 'n Dragoner, Schwester?«, schrie die Amazone, fuhr mit allen ihren über 80 kg rohen Motorradlesbenschwartenspecks herum, knirschte mit den Zähnen und blitzte mit den Augen, ganz als wollte sie nun ihre Wut an Lotti austoben.

Au je!

Allerdings …

Lotti krallte sich das Allzweckmesser, mit dem sie Brot, Zwiebeln und Käse schnitt, weil Mario zu nicklig war, um verschiedene Messer anzuschaffen, ein großes, schauriges Scheißmesser, das irgendwer zum letzten Mal im vergangenen Monat gereinigt hatte, da mochte doch niemand so ein Ding, das konnte man sich leicht denken, in die Wampe gestoßen haben, und gleich fand Lotti die Lage wieder spaßiger.

»Lass es bloß sein, mich mit dich zu verschwestern, du dämliche Trine, ich bin mich 'ne wahnsinnige Drogenkriminelle, ich schlitz dich 'ne Stammesnarbe ein und schick dich 'ne Rechnung von wegen Verschönerung, hi-hi-hi!«, drohte Lotti mit gruseliger Schlitzerstimme und fuchtelte mit dem schmutzigen Messer unterm Kinn der Komtesse.

Die Butsch blieb ein zweites Mal stehen.

»Ja wie, was is, glaubst du mir nich?«, quäkte Lotti, rollte mit den Augen, streckte die Zunge raus und wackelte damit, tat ihr Bestes, um tüchtig Seiber zu vertriefen.

Ha-ha-ha! Die behämmerte Büchsenmasseuse sah aus, als müßte sie in die Hose kacken. Dieser verdammte Scheißkleiderschrank von Kradklunte machte den Eindruck, als könnte ihre Kartusche Wackersteine knacken, aber vor Lotti hatte sie Schiss!

Einfach zu schön!

Lotti verließ den Arbeitsbereich hinter der Theke, wedelte mit dem Messer. »Ich schneid dich die Titten klein wie Salami«, keckerte sie, schwang die Messerspitze bis in Gesichtshöhe, mimte noch immer Freddy Krueger. »Ich piek dich in den Rüssel.«

Was für ein Trip!

»Tu das Messer weg, Lotti!«, hechelte Mario ihr quer durchs Lokal zu.

Aber Lotti fühlte die Macht.

»Du willst dich mit mich anlegen, Mario?«, johlte sie. »Glaubst du, du hast dafür noch den Mumm, du taube Nuss?«

Mario packte den Baseballschläger fester und kam näher.

Lotti gloste von innen. Ihre Haut verdampfte Schwälle glühender Hitze. Gagiges Neongeflacker umflickerte sie wie einen Rockstar. Das Messer machte sie stark. Hach, es war ja dermaßen galaktisch, sie brauchte bloß ein bisschen die Irre zu spielen, und schon pisste die ganze Welt sich ein.

Juch-heee …!

Mario maß sie mit irgendwie richtig nachdenklichem Blick, dann kehrte er zur Kasse um und langte unter die Theke. »Du ziehst jetzt sofort Leine«, röchelte er fuchtig mit seiner scheißmeschuggen Mümmelgreisstimme.

»Zieh Leine, zieh Leine, zieh Leine«, jodelte Lotti, indem sie ihn nachäffte.

Mario holte die Pistole unterm Kassentisch hervor und zielte schräg durchs Lokal auf Lotti. Drei Kunden Corys krochen wahrhaftig unter den Tisch.

So komisch war das alles, dass Lotti lauthals lachen musste, richtig von Herzen lachte, sie rüttelte und schüttelte sich vor Heiterkeit, ganz als hätte sie irgendwie einen Krampf, als müsste ihr der Bauch platzen …

Und plötzlich grapschte die saublöde Feuerstuhltöle nach ihrem Messer …

»He, nimm deine Scheißtatzen von meinem Messer!«, kreischte Lotti, entwand ihre Hand und mit ihr das Messer dem Griff der bekloppten Kaffeeschwester, zog ihr gleichzeitig mit der Schneide eine saubere Blutspur über die Backe, hi-hi-hi-hi …!

Die Dummfutt schrie wie eine Katze, deren Schwanz im Fleischwolf klemmte, ihre Faust schoss direkt auf Lottis Keks zu …

Lotti duckte sich, die Faust streifte irgendwie knapp noch ihre Wange, und vorwärts fiel Lotti, stieß zu, die Klinge bohrte sich sechs bis acht Zentimeter tief in den dicken, fetten Oberschenkel der Ribantze.

»KAWUMM!«

Jemand hatte ihr über den Kopf einen Mülleimer gestülpt und dagegen einen Scheißvorschlaghammer gehauen. Schnee rieselte ihr ins Gesicht.

Wiederholung in Zeitlupe.

Mario hatte die 44er Magnum mit einem Knall abgefeuert, den Lotti wie eine wuchtige Stosswelle wahrnahm, als die Kugel einen halben Meter neben ihrem Kopf in die Wand schlug und sie mit zerbröckeltem Putz überschüttete.

Die Zweiraddompteuse schrie und sackte zusammen, das Messer stak in ihrem Bein, Lotti hielt sich irgendwie am Messer fest, und hörte sie da nicht schon irgendwo eine Sirene …?

Lotti riss das Messer heraus und betrachtete all das prächtig rote Blut, die alte Saftschnalle wälzte sich auf dem Fußboden, umklammerte die blutige Kackstelze mit beiden Vorderflossen und quiemte irgend was, also wirklich, Niveau hatte sie nicht die Bohne …

Und Mario war hinterm Kassentisch hervorgetrippelt, hatte den Grill halb durchquert, zielte aus vielleicht zwei Meter Abstand auf Lottis Nasenspitze, er guckte, als wäre er irgendwie verbiestert wegen der bisschen Äktschen, ihm quollen irgendwie die Stielaugen heraus, Lotti hörte ihn mit den Beißern knirschen, und er schnaufte komisch, als hätte er einen Herzanfall oder so was, hi-hi-hi …!

»Du hirnkranke Schlampe, du hast fünf Sekunden, um die Biege zu machen, du scheißdreckige Crackhure, sonst baller ich dir in 'n Wirsing.«

»Ey komm, Mario, hassu kein …«

»Eins.«

»… Sinn för Humör?«

»Zwei.«

Der Arschtrompeter war eine Trillion Jahre alt und reif zum Abwracken, aber vorher drückte er noch ab, Lotti sah es seinem Arschgesicht an, o ja, der Schweinepriester würde schießen, er hatte ja früher öfters Blei gestreut.

»Drei.«

Eine Sirene heulte auf der Avenue. Auf dem schmuddeligen Boden wälzte sich die Kradlesbe, stöhnte und fluchte. Lichter flammten. Aus sämtlichen Ecken wetzten Küchenschaben herbei, während Corys gammelige Kunden durch die Tür ins Freie flüchteten. Keine allzu coole Szene.

»Vier.«

Die 44er Scheißmagnum zitterte in Marios Pratze, als er mit seinem ölverschmierten Daumen den Hammer nach hinten kippte …

»Also wennu dich so belemmert anstellst, Mario, kannste dich den Job innen Hintern stecken!«, schrie Lotti ihn an, zeigte ihm mit der Greife, die das blutige Messer hielt, den Stinkefinger und tänzelte hinaus auf die Straße.

»He, Ralf, was ist Ihr Sternzeichen?«

»Busengrapscher, Affengörl, und was ist Ihrs? Für mich sehen Sie nicht gerade wie Julchen die Jungfrau aus, eher wie Sabrina die Samenklauerin.«

Ui.

Mit quälender Langsamkeit verstrich die Zeit, während Texas Jimmy Balaban hinter den Kulissen stand und seinen Erfolgskomiker fürchterlichen Schiffbruch erleiden sah.

Ralf hatte das Raumschiffskontrollpult wieder verlassen und sich zurück an den Rand des Podiums begeben, so dicht an die Kante, wie es möglich war, ohne abzustürzen.

In dieser Situation befand er sich jetzt in mehr als einer Beziehung.

»Ja, Sie da, der Typ mit der lachenden Sonne auf'm T-Shirt, Mann, das ist ja wirklich helle, zwanzig Watt, schätze ich, was sind Sie, Atomphysiker im Glühbirnenwerk …?«

Nachdem seine Bonmots seit vierzig Minuten an diesem geistlosen Fleisch abprallten, erreichte Ralfs Zorn auf die Studiogäste allmählich eine gefährliche Bissigkeit.

Eine Publikumsbeschimpfung, die die Verachtung des Komikers für die Zuschauer enthüllte, bei denen er keinen Anklang fand, hatte nach Texas Jimmys wohl erwogener beruflicher Erfahrung noch nie irgendeine Aussicht gehabt, Lacher zu erzielen oder Landeier umzustimmen.

»He, Affenvolk, Sie sollten bald mal 'n Lebenszeichen zeigen, sonst erkläre ich Sie für tot und friere Ihre Köpfe ein, und wenn Sie in hundert Jahren aufwachen, sind Ihre Hirne als Sprachelemente in sprechende Aufzüge oder als Steuerkomponenten in robotische Müllfahrzeuge eingebaut.«

Jimmy hatte Ähnliches schon etliche Male erlebt. Der Komiker vergaß, dass es der Zweck seines Auftritts war, die Zuschauer zum Lachen zu bringen, und glitt auf eine Ebene ab, auf der er das Publikum schmähte, weil es sich nicht amüsierte.

Das mochte ihm in einem weltstädtischen Milieu durchgehen, vielleicht vor dickfelligen Showgeschäft-Szenegängern in einem Club in New York, aber das hiesige Publikum bestand aus einem Querschnitt des Pöbels, den man auf dem Parkplatz des nächstbesten Supermarkts den Hängearsch von der Bockwurstbude zum Sockensonderverkauf schleppen sehen konnte: Anstaltsreife Rabattmarkensammlerinnen, imbezile Sechserpack-Biersäufer und flophirnige Gettoblaster-Eckensteher.

Also nicht eben die Art von Zeitgenossen, die für Publikumsbeschimpfungen einen ausgeprägten Sinn mitbrachten, und schon gar nicht, wenn jemand ihnen zu viele Kalauer unterhalb der Gürtellinie zumutete.

Sobald es solchen Kretins dämmerte, dass man sich gar nicht mehr bemühte, sie mit Halligalli zu bedienen, verzog man sich lieber schleunigst von der Bühne, ehe die ersten Flaschen flogen.

Nicht dass Jimmy die alleinige Schuld an der

Schlappe Ralf gegeben hätte. Gut, ein Genie war er als Stegreifkünstler nicht, aber es hätte mehr Lacher geben sollen. Jimmy musste sich der Einsicht stellen, dass er einen ernsten Schnitzer begangen hatte. Ohne Zweifel brachte der Mann das Timing und das Auftreten mit, um Zuschauer für sich zu gewinnen und etwas wie Lampkins Lenny Bruce aus der Zukunft-Nummer mit Erfolg in die Praxis umzusetzen.

Aber nicht vor diesem Publikum.

»Jawohl, Mutter, die erfreuliche Neuigkeit ist, dass man ein Heilmittel gegen Krebs findet, allerdings hat's den Nachteil, dass es jede Betroffene in einen zwohundert Kilo schweren, lesbischen kommunistischen Hamster verwandelt ...«

Texas Jimmys bisherige Erfahrungen mit von der Straße geholtem Publikum beschränkte sich auf gelegentliche Varietéveranstaltungen geringen Unterhaltungswerts, bei denen es hauptsächlich galt, Aufnahmen aus dem Saal zu übertragen, ohne leere Plätze zu zeigen, und den Mangel an allgemeiner Heiterkeit durch Konservengelächter zu vertuschen. Wenn man an Supermarktkassen genügend Reklamezettel auslegte, durften eigentlich keine Probleme entstehen.

Doch jetzt hatte es den Anschein, dass das Showgeschäft selbst für ein altes Schlachtross wie Texas Jimmy Balaban, das alle Tricks zu kennen glaubte, noch Rätsel in Bereitschaft hielt. Er sah ein, dass er dieses Mal ins Klo gegriffen hatte, erkannte allerdings vorerst nicht, in welcher Hinsicht.

»Es hat keinen Zweck«, quengelte irgendwo links im Hintergrund Dexter Lampkin im Tonfall gehöriger Verdrossenheit. »Das gibt eine Bauchlandung.«

Jimmy drehte sich nicht einmal um. »Es stimmt, ich schreie nicht gerade nach Kaviar und Champagner, wenn Sie das meinen«, antwortete er über die Schulter.

»… wusste, dass es mit den Eingeborenen Verständigungsschwierigkeiten geben könnte, wir sahen ja, dass sie Beavis and Butt-Head für schwere geistige Kost halten und den Doppelgänger eines Schimpansen zum Präsidenten gewählt hatt …«

»Mehr haben Sie dazu nicht zu sagen?«, murmelte Lampkin indigniert. »Das Ganze ist eine völlige Pleite.«

Jimmy hob die Schultern, drehte sich noch immer nicht um.

»Wollte ich mir jedes Mal, wenn ein Klient einen Rohrkrepierer hat, die Pulsadern aufschneiden«, grantelte er, »wäre ich längst durch die Ausgaben für Pflaster bankrott gegangen.«

Eine Entgegnung, so hatte er bei allem Missfallen an der Lage den Eindruck, die wesentlich geistreicher war als ein Großteil des Gesülzes, das Ralf auf dem Podium absonderte.

Aber Lampkin gewährte ihm nicht einmal ein Kichern.

»Wie können Sie nur so gelassen bleiben?«, wünschte er zu erfahren.

Endlich wandte sich Jimmy um, schaute ihm, nachdem er einige Zeit lang nur seine Stimme gehört hatte, ins Gesicht. Lampkin zog eine derartig tragische Miene, dass sie wirklich komisch wirkte. Er ähnelte einem Bürschlein, dessen Hugo schlapp machte, kaum dass sich die erste Gelegenheit fand, um ihn in die große Hure Hollywood Babylon zu bohren.

Pervers daran war, dass Lampkins amateurhafte Premierenpanik auf Texas Jimmys angefranste Profinerven tatsächlich einen beruhigenden Einfluss ausübte.

»Sehen Sie das alles ganz locker, Dex«, empfahl er Lampkin.

»Ganz locker?!«, zeterte Lampkin. »Ist Ihnen denn nicht klar, was sich da abspielt?«

»Doch, Dex, natürlich«, beteuerte Jimmy onkelhaft. »Ralfs Auftritt ist 'n Schlag ins Wasser, die Leute hier im Saal können mit ihm nichts anfangen, und ...«

»Na also, dann ...«

»Hören Sie, regen Sie sich ab, wir haben unwiderruflich eine Staffel von dreizehn Wochen, und heute findet gerade mal die Einstiegssendung der ersten Woche statt«, rief Jimmy ihm und gleichzeitig sich selbst in Erinnerung. »Schön, offensichtlich schafft Ralf den Druchbruch nicht beim ersten Mal, und das Konzept muss mit aller Gründlichkeit neu durchdacht werden, aber ...«

»Ach, das Konzept? Das ist es, was Sie ...?«

»Schon gut, Lampkin, kommen Sie, nun holen Sie mal tief Luft, ich bin nicht sauer auf Sie, weil das Konzept nicht hundertprozentig vollkommen ist«, unterbrach Jimmy ihn, schenkte ihm ein großmütiges Lächeln und patschte ihn brüderlich auf die Schulter. »Madden hat's ja gekauft, und wer bin ich, dass ich einem Junggenie widersprechen dürfte?«

Lampkin maß ihn sonderbaren Blicks, einer Mischung dumpfen Stierens und grimmigen Glotzens. »Und das heißt?«, fragte er argwöhnisch.

»Dass wir ausreichend Zeit haben, um die Sache auszubügeln und auf Erfolgskurs zu bringen«, versicherte Jimmy ihm auf die aufmunternde Weise einer Frau mit bewegter Vergangenheit, die einem Schnöselchen erklärte, dass eine erschlaffte Nudel nicht den Weltuntergang bedeutete.

Immerhin war es Archie Madden gewesen, der die Gold AG kurzerhand auf eine dreizehn Wochen lange Staffel festgelegt hatte, deshalb gab es für ihn, selbst wenn die Premiere ihm übel aufstieß, keinen Anlass – weil es auch für ihn nachteilig wäre –, um an einem so frühen Zeitpunkt, außer es ging nicht anders, die Sendung, noch während ihre Folgen liefen, offen zu bekritteln. Zweifellos verkniff er sich voreilige Entschlüsse und wartete so lang ab, wie es möglich war, hoffte auf ein Wunder, das schließlich doch wieder einmal seine Genialität bewies.

»... glaube nicht, dass Sie aus der Zukunft sind, Mann, Sie sind bloß 'n überkandidelter Maulfechter aus New Jersey oder so 'ner Gegend, der uns verarschen will, ich meine, für wie idiotisch halten Sie uns eigentlich?«

»Das ist eine heikle Frage, was, Affenboy? Geb ich eine höfliche Antwort, wird meine Nase einen Meter lang, und sag ich die Wahrheit, kommen Sie rauf und dreschen auf mich ein.«

Ob sie angebracht war oder nicht, Dexter musste Balabans Umgang mit der gegenwärtigen Schlappe bewundern. Eben noch hatte er Jimmy gegrollt, weil er so stupide gewesen war, das Publikum ziellos aus Supermärkten angelockt zu haben und die Ursache für das anschließende Fiasko vor einem derartig dusseligen Geschmeiß bei seinem Konzept zu suchen, und jetzt hatte Balaban seiner Verärgerung den Wind aus den Segeln genommen, indem er äußerte, dass er ihm keine Vorwürfe machte.

Und zumindest teilweise hatte Jimmy Recht. Sie hatten genug Zeit, um das Ruder herumzureißen.

Sie?

Kann es sein, Lampkin, dass der Gedanke an die Einnahmen aus einer Verlängerung der Show für dich allmählich zu einer ernsten Verlockung wird?

Und an vielleicht eine zweite und dritte Staffel, und als Ergebnis eine große, nach Wunsch gebaute Villa am Mulholland Drive, einen kirschroten Bugatti-Oldie zum Bestaunen in der Garage und einen Ferrari als Stadtflitzer? Und an vollständige schöpferische Freiheit für den Rest des Lebens, die Möglichkeit, ohne Rücksicht auf die monetären Konsequenzen nur den Eingebungen der eigenen Kreativität zu folgen?

Nein, selbstverständlich nicht, es ging ja um nichts, bloß um Geld, um Riesensummen freilich, aber einen ernst zu nehmenden Schriftsteller wie ihn, der seinen künstlerischen Weg klar und deutlich vor sich liegen sah, konnte schnöder Mammon unmöglich verwirren und auf Irrwege abdrängen.

Jawohl.

Na klar.

»So, und jetzt Sie da, das Hundertfünfzigkilofass mit den vielen Buttons am T-Shirt!«

O Scheiße!

Zum Ergötzen der für die Auswertung durchs Nielsen-Institut relevanten Massen stand da unten im Schlaglicht des Studioscheinwerfers niemand anderes als Oskar Karel.

Oskar Karel war auf kalifornischen Science Fiction-Conventions eine bekannte Erscheinung. Falls er keine 150 kg wog, konnte daran bestimmt nicht viel fehlen. Weil sein gigantöser Schmerbauch mit dem kolossalen Gesäß eine nahtlose Einheit bildete, in deren Umfeld die Hühnerbrust und die schmalen Schultern wenig ins Augenmerk fielen, hatte Oskar Karel Ähnlichkeit mit einem übergewichtigen Riesenpinguin.

In seinem natürlichen Lebensraum, also auf Science Fiction-Cons, erregte sein voluminöses körperliches Äußeres kaum Aufsehen, weil er zu einem dominanten fannischen Genotypus zählte, und auch zahlreiche andere birnenförmig gewachsene Fans hatten leicht fischige Schauerlinge, die infolge dicker Brillengläser noch unheimlicher wirkten, trugen bevorzugt T-Shirts mit den Abmessungen eines Viermannzelts und schwarze, ultraweite Rangerhosen, von denen niemand wusste, wo eigentlich man sie in diesen Größen kaufen konnte.

Ebenso war es nichts Ungewöhnliches, dass solche Fans die großformatige Vorderseite ihres T-Shirts mit unterschiedlich farbenfrohen Buttons verzierten, die an ihr letztes Dutzend Con-Besuche erinnerten oder mit so sprühenden Slogans wie *Fans are Slans* – in Anknüpfung an die Supermutanten in A.E. van Vogts Roman *Slan* –, *Aufwiedersehn in Heidelberg* oder *Vurguzz inside* (eine Anspielung auf im Fandom verbreiteten, schwarz gebrannten, hochprozentigen Fusel) protzten.

Hier jedoch, vom Schlaglicht grausam aufgespießt wie ein Käfer auf der Objektscheibe eines Mikroskops, erweckte er den Eindruck eines Lambruscosäufers im letzten Stadium, den es zur Happy Hour in die Polo-Lounge des Beverly Hills Hotels verschlagen hatte.

Dexter reagierte auf seinen Anblick mit einer Art von spontaner Lähmung. Er identifizierte sich nicht mit peinlichen Persönlichkeiten wie Oskar, er bezweifelte, dass diese Fanbubis seine typische Leserschaft konstituierten, und er hatte, um jedem Arschloch zu widersprechen, der das Gegenteil behauptete, zur Verteidigung reichlich Argumente für ein halbstündiges Plädoyer zur Hand.

Doch die grässliche Wahrheit lautete, dass jeder, der Science Fiction schrieb, unweigerlich in der Wahrnehmung der Allgemeinheit mit Schwammerln wie Oskar gleichgesetzt wurde.

»Hallo, *Ralf*, mein *Name* ist Oskar *Karel*«, nölte Oskar mit seiner befremdlich ausdruckslosen Stimme und der völlig unsinnigen, jedoch automatenhaft immerzu wiederholten Betonung. Man konnte seinen Worten die Kursivschrift geradezu anhören. »Wissen Sie, *ich* habe bei der NASA an Lebenserhaltungssystemen *gearbeitet*, ehe man den Etat *gekürzt* hat ...«

Habt ihr Dödel nicht alle mal so einen Scheiß getrieben?, dachte Dexter missfällig. *Werden Etats nicht immer irgendwann gekürzt?*

»An Lebenserhaltungssystemen, so? Die armen Leute, die man hier hineingescheucht hat, hätten wahrlich beizeiten welche nötig gehabt. Wo waren Sie, Oskar, als wir Sie am dringendsten brauchten?«

Oskar strahlte Ralf an wie ein überglücklicher Roboter, sein Lächeln war so breit und fett wie bei einem Honigkuchenpferd, zeugte von einem leblosen Entzücken, als hätte man einem Kürbis einen Smily aufgemalt.

»*Wir* haben uns mit der *Entwicklung* nachhaltig funktionierender, *geschlossener* Systeme für L-5-Weltraumhabitate *beschäftigt* …«

»Hört sich nach einem besseren Erwerb an als die vergebliche Liebesmüh, Steine zum Weinen oder diese Matschhirne zum Lachen zu bringen«, rief Ralf dazwischen.

Dennoch rechtfertigte sein Tonfall nun den Rückschluss, dass sich seine Verbitterung ein wenig abschliff, während er am Rand des Podiums stand und Oskar in unverhohlen ironischer Sinnigkeit anstarrte, als wäre er ein Fischer, der einen ins Netz geratenen, besonders grotesken Tiefseebewohner betrachtete.

»*Tatsächlich* stellt es uns vor kein *großes* theoretisches Problem, *Ralf*, aus einfachem lunaren Material Flüssigkeiten zu *synthetisieren*, die als Plasmaersatz benutzt werden *können*«, verkündete Oskar großkotzig und verstummte, als hätte er einen außerordentlichen Angriff aufs Zwerchfell unternommen und wartete nun auf einen Sturm des Gelächters.

Man konnte Fans wie Oskar keinesfalls der Dummheit zeihen, und ebenso wenig ließ sich ihnen nachsagen, sie hätten überhaupt keinen Humor. Vielmehr hatten sie die Tendenz, sich auf einer intellektuellen Ebene, die vielleicht auf dem Mars volles Verständnis gefunden hätte, zu eben dieser Art von Mensa International-Alleswissern zu entwickeln. Und Dexter war sich ziemlich sicher, dass Oskar seine Aussage für lustig hielt. Wahrscheinlich wäre sie es auf dem Pluto wirklich gewesen.

»Und Sie Intelligenzbestien haben bestimmt auch daran gearbeitet, aus Hundekot Dollarscheine zu machen?«, fragte Ralf, dem es gelang, die Frage in vollkommen ernstem Ton zu stellen, eine Leistung, die ihm bei den hartnäckig komatösen Zuschauern immerhin stellenweise leises Kichern eintrug.

Auch Oskar Karel quittierte Ralfs Überlegung mit mehreren, einem Auflachen entfernt ähnlichen Lauten, drei abgehackten, schrillen Quieksern, wie sie von einem Schwein zu hören sein mochten, wenn man ihm einen Elektroschocker in den Hintern stieß.

»Wir haben *sogar* mit menschlichen Fäkalien *experimentiert*, Ralf«, gab Oskar zur Antwort.

Ach Scheiße, kommentierten Ralfs Lippen lautlos, indem er betroffen ins Publikum blickte, die Nase rümpfte und vom Rand des Podiums zurück wich, mit dem kabellosen Mikro in Oskars Richtung wies, als wäre er eine verwitwete alte Tante, die zwecks Entsorgung mit dem Regenschirm Bellos Häufchen aufspießte.

Echtes Gelächter.

Etwas Sonderbares geschah.

Ralf und Oskar, so hätte man meinen können, wohnten nicht einmal im selben Sonnensystem, so verschieden waren sie, doch auf irgendeine Weise hatte sich Ralfs gesamtes Auftreten verändert. Es ließ sich nicht unbedingt sagen, dass er mit Oskar Karel kooperierte, zumindest jedoch lieferte ihm Oskars Initiative etwas, auf das er aufbauen konnte.

»Es ist *unmöglich*, ein Weltraumhabitat zu bauen, das *keine* großen Mengen von *Fäkalien* ansammelt«, erklärte Oskar und stieß ein fideles Wiehern aus. »Haben *Sie* sich schon mal *gefragt*, wie viel Fäkalien pro Mensch im *Durchschnitt* pro Jahr anfallen?«

Ralf hatte das Raumschiffssteuerpult umrundet und torkelte nun in übertriebener Bestürzung ärschlings in den Kommandosessel.

»Hundertzweiunddreißig Kilo«, gab Oskar so stolz Auskunft, als präsentierte er eine höchst bedeutsame Wahrheit auf dem Silbertablett.

Laute Heiterkeit, die in nervösem Gepruste verklang.

Gewiß, zwar hatte es den Anschein, als wäre der Hang, bei der kleinsten Anspielung auf Kot zu lachen, im genetischen Code der Menschheit enthalten, aber auf alle Fälle traf es zu, dass Ralf jetzt Oskar Karel als Hilfskraft einspannte, um das vergiftete Verhältnis zum Publikum zu bereinigen.

»Auf der *Grundlage* einer theoretischen *Population* von zehntausend Menschen haben wir *errechnet*, dass ein Weltraumhabitat des genannten Modells *jedes* Jahr tausenddreihundert *Tonnen* Fäkalien erzeugt …«

»Das ist ein beachtlicher Haufen Scheiß«, flachste Ralf, grinste den Zuschauern zu und nahm Platz, und in diesem Moment, als er sich in den Kommandosessel senkte, gewann er spürbar, obwohl erst in letzter Minute, die Gewalt über den Veranstaltungsverlauf zurück.

»Zum Glück sind Fäkalien ein sehr gehaltvoller Rohstoff …«

In seinem Vannilleeis-Anzug lehnte Ralf im Kommandosessel, feixte ins Publikum und bewegte das Mikro zu Oskars blasierter Singsangbetonung auf und ab, als wäre er Dirigent im Nervenzwinger.

»Fäkalien sind *ein sehr gehaltvoller Rohstoff*, haben Sie 's gehört, Freunde?«, tönte Ralf in den Saal.

»Man kann sie als *Dünger* verwenden, in eine Hydrocarbonbasis für *Plastik* konvertieren, zu einem hochgradig dehnfesten *Baumaterial* polymerisieren, sogar als *Fischfutter* benutzen ...«

Ralf verdrehte die Augen und würgte; und das Publikum brüllte vor Lachen.

»Wissen Sie was, Affenboy, Sie verstehen davon nicht halb so viel wie ich«, sagte Ralf, indem in seiner Stimme die Schärfe wiederkehrte. Dieses Mal jedoch spürte Dexter, dass er sie für die Zuschauer einsetzte, nicht gegen sie.

Oskar Karel versuchte noch einen Wortbeitrag anzubringen, aber Ralf legte sich das Mikro aufs Knie, und ohne Verstärkung konnte Dexter den Fan nicht verstehen. Als Star der Show verfügte Ralf über das einzige Mikrofon und übertönte durch die Saallautsprecher Oskars weitere Korinthenkackerei.

»Wo ich herkomme, Oskar«, rief Ralf, »da *essen* wir das Zeug.«

Dexter sackte das Kinn herunter. Das Publikum keuchte auf, lachte, tuschelte, kicherte nervös.

Auch Ralf lachte und bewirkte ein Verfliegen der Spannung.

»Es wird Ihren Urenkeln schmecken«, fügte er hinzu. »Es wird direkt von der Quelle mitten durch einen Atomreaktor geleitet, um die grob schädlichen Bestandteile auszumerzen, dann in große Bottiche gefüllt, in denen man 's mit Chemikalien, Vitaminen und Eiweiß mischt und zu einer gummiähnlichen Masse verdickt ...«

Wirres Gelächter des Unbehagens hallte durch den Saal. Dexter sah Texas Jimmy an. Balaban zuckte die Achseln. Er nickte in die Richtung der Studiouhr. Die Show näherte sich dem Ende der Sendezeit. Möglicherweise behielt Ralf die Uhr gleichfalls unter Beobachtung, denn anscheinend bereitete er seinen Abgang vor.

»Und anschließend ergänzt man sie um amtlich genehmigte künstliche Aromen und Farbstoffe, gießt sie in Formen und presst daraus Schietburger, Afterschmalzpizzen und Hähnchen-McAchterln, die so wenig Kalorien haben, dass man sich den Fraß den ganzen Tag lang ohne Pause mit beiden Händen in den Rachen stopfen und trotzdem dünn wie 'n Straßenkater bleiben kann.«

Ralf stand auf, blickte geradeaus, verzog das Gesicht zu einem blöden Grinsen und ahmte Oskar Karel boshaft genug nach, um dem Publikum ein Gelächter zu entlocken, das bis zum Schluss der Sendung dauerte.

»Ja *genau*, liebes *Affenvolk*, die *Zukunft*, die ihr euren *Urenkeln* einbrockt, ist doch nicht ganz *versaut*. Dank der *Wunder* der Wissenschaft und der *Kackologie* dürfen sie den vollkommenen *Füllselverzehr* genießen.«

sechs

Lotter-Lotti war der Meinung, dass man sich nicht grad auf *Guns an' Roses* bettete, wenn man volles Rohr als Flitsche arbeitete, aber beim hauptberuflichen Strichern musst sie wenigstens nicht von zwölf bis zwanzig Uhr im Fettdunst stehn und Fleischbatzen wenden.

Beim momentanen Tarif von fünf Fleppen für schnelles Französisch und fünfundzwanzig Emmchen für einen Stehfick sollt ein fleißges Mädel, auch wenn Kosten für Crack, Essen und Pennen anfielen, fähig sein, mit sechs oder sieben Nümmerchen am Tag, höchstens drei bis vier Arbeitsstunden, den Lebensunterhalt zu verdienen.

An was sie allerdings nicht gedacht hatte, waren die verfluchten Luden.

Nach zwo Wochen des Dackelns wusste sie, dass diese öligen Kuhschinder einem fleißigen Mädel das Dasein auf dem Fleischmarkt zur Hölle machen konnten. Die Loddel hatten die gesamte Scheißstadt in Reviere aufgeteilt, oder jedenfalls die Gegenden, wo man sich keine Scheiß- um Scheißstunde nicht an der Ecke die Beine in den Bauch stehn musste, um einen Kunden aufzugabeln, oder keinen richtgen Ärger mit den Bullen kriegte, und wo sie sahn, dass wer im Bezirk ihrer Miezen wilderte, konnten sie wirklich schlechte Manieren zeigen.

Unter solchen Umständen war es einer harmlosen Asphalteuse nicht mal möglich, hinter 'nem Müllcontainer als Pariserin tätig zu werden, ohne dass wie ein Kastenteufel einer von den schmierigen Schnallentreibern aufkreuzte, sie in den Hintern trat und aus seiner Straße verscheuchte, ihr vielleicht sogar Maulschellen verpasste und in dieser oder jener Form einen Anteil fordete.

Nun brauchte sie aber kein Albert Einstein zu sein, verdammt noch mal, um zu wissen, dass es, ließ sie sich von so einem Louis vorn Karren spannen und ihn die Hälfte der Einnahmen einsacken – oder mehr, eventuell viel mehr –, die doppelte Arbeit für den halben Lakritz bedeutete.

O nee, nie im Leben nicht, Goldketten-José!

Deshalb war Lotti, seit Mario sie aus dem *Golfstrom-Grill* geschasst hatte, ständig auf Achse geblieben, sie mied die bekanntesten Jagdreviere, den Sunset Strip, die 26. Street, den Madison, den Garden und den Time Square, wo die Laufjulen der Topluden stöckelten, und peilte stattdessen an eher abwegigen Örtlichkeiten nach Freiern, wo es keine Konkurrenz gab, wie am Garment Center direkt auf der Seventh Avenue zur Mittagszeit, in Chinatown zwischen Mott Avenue und Canal Street, im Schickimicki-Soho, sogar vor Sankt Patrick, man wusst ja nie.

Sicher hatte es allemal einen Grund, warum die Hobelhengste diese Gebiete nicht beschickten, entweder lief das Geschäft miserabel, oder die Scheißbullen hatten die Ecke auf dem Kieker und verdarben alles; deswegen musste Lotti eine Stunde mehr opfern und sich größere Mühe geben.

Wenn man diese ganzen Lasten beachtete, und die Kosten für das zusätzliche Crack, das man brauchte, um in Schwung zu bleiben, dann stand, das musste man mal sehn, eine Rinnsteinschnecke echt kaum besser da als eine Reibekuchenwenderin, so verkommen waren die Verhältnisse in diesem Scheißland inzwischen …

Am heutgen Scheißdienstag war es so gelaufen, dass sie lang nach 20 Uhr in ein Viertel schnürte, von dem sie gehört hatte, dass man es Diamond Center nannte, und sich gedacht, nachdem den ganzen lieben, langen Tag hindurch keine einzige Nummer zu organisieren gewesen war, dort müsste es ja nun wirklich von Goldfischen nur so wimmeln. Es nieselte, sie hatte keinen Schmeck mehr, durch düstere Gassen zu streunen, und hoffte, dass es da wenig Atzen gab, ein fleißges Mädel durfte immer Grund zur Hoffnung haben, und sowieso hatte sie keine bessere Idee.

Also tigerte sie zur Ecke 5. und 47. Street, um das dortge Terrain mal zu besichtgen, und was sah sie? Heiliger Bimbam, sie sah diese Scheiße! Kein ätzender Schnuddel weit und breit, richtig, aber die ganze Straße säumten Juwelenhandlungen mit Stahlgittern vor den Auslagen, Delikatessenläden mit koscherem Fressen und griechische Imbissstuben anstatt der Bars, wie sie erwartet hatte, und statt Goldfischen latschten da waschechte Juden mit Bärten und langen, schwarzen Mänteln rum, und unter den schwarzen Cowboyhüten baumelten ihnen solche echt gespenstischen Kräusellocken hervor.

Nicht grad vielversprechend, die Kante, aber was sollte sie machen, also wackelte Lotti nach Westen, zur 6. Street, überquerte die Straße und ging ostwärts in die 5. Street, schüttelte die Lollos, denn irgendwie wurde die Lage langsam mau, machte den Passanten schöne Augen, griff sich in den Schritt. »Ey, willste ficken, willste gelutscht wern, mit mir kommste ins Geschäff …!«

Die ältern Juden guckten sie an, als spräche sie kein Englisch, oder als ob sie 's nicht verstünden, und die Jüngeren, keiner weit unter die Vierzig, schauten bloß, als wär sie 'n redendes Stück Scheiße oder glotzten, verdammich noch mal, durch sie durch.

Scheiß drauf!

Zeit für einen anständgen, toffen Trip.

Nicht dass sie nicht ohne das Zeugs ausgekommen wär, nee, so war es bestimmt nicht, es konnt sein, dass sie es in letzter Zeit öfters nahm, sagte sie sich, na gut, aber das musste man wie orndliche Spesen sehn, so war das nämlich, denn wie sollt ein fleißges Mädel ohne so was die Arbeit durchstehn, diesen beschissnen Brechmitteln den Schwanz lutschen, sich in Gassen, wo nach Pisse und Rattendreck stanken, an der Mauer bumsen lassen, solche Scheiße überstehn? Konnt man die Arbeitsbedingungen nicht ändern, musst man was für den innern Halt tun …

Darum huschte Lotti in eine Telefonzelle.

Vielleicht war es ja ein bisschen vorwitzig, sich in der Telefonzelle vollzudröhnen, direkt vorn Gluren all der Leute, die da die Straße langschoben, aber Loxy hatte den Trick raus.

Man hielt die Pfeife immer gestofft. Wenn man einen Trip einlegen wollte, stellte man sich in eine Telefonzelle, tat so als ob man telefonierte, indem man den Hörer an die Futterklappe hob und im selben Krallen das Pfeifchen hatte, sodass keener es nich sah, wer nicht ganz scharf guckte, und mit der andern Patsche nahm man das Bic und gab vor, mit dem Daumen an der Nase zu fummeln, auf die Art konnt man den Stein anzünden, ohne vadächtig zu sein, und sich was Schmauch reinziehn.

Also hinein in die Scheißtelefonzelle wie der Piefke Clark Kent und nach dreißig Sekunden hinaus als Weißer Tornado im Supermannkostüm, ha-ha-ha!

O ja, das wirkte Wunder für den innern Halt, törnte die Batterie an! Da stand sie nun da im Nieseln und hatte im Hurentäschchen keen Brot nich fürs Nächtgen, aber was denn, Lotter-Lotti und vazweifeln?

Denn sie hatte ja was im guten, oft bewährten Überlebensbeutel, nämlich das olle scharfe Messer aus dem *Golfstrom-Grill*, jawohl, deshalb sollten die Wichser mitsamt ihren gottvadammichten schlechten Manieren sie im Arsch lecken, der Weiße Tornado ließ sich heut Abend nichts von euch Straßenpaschas bieten: *Entweder mach ich heut die Wildsau oder ihr lernt meine schlechten Manieren kennen!*

Folglich tänzelte sie *Ba-ba-bamm-du-da* auf der 47. Street nach Westen, zum Broadway, dachte sich, dass die Aussicht gut war, wen aufzugabeln, bevor sie die Eight Avenue erreichte, wo sich Strabanzer tummelten wie Schaben im Wanzenburgklosett, womöglich zu viel selbst für den Weißen Tornado, ziemlich gut sogar, solang ein fleißges Mädel nicht zu viel Aufsehn erregte.

Und echt, wenn es klappte, dann klappte es, das musst man mal sehn, wenn nicht, dann nicht, sie hatte seit der Sixth Avenue erst den halben Block hinter sich, da kam so ein Patron irgendwie aus einer lumpgen Schwemme geschlingert, warf einen Blick auf Lottis breitwandfüllende Meierei und gab ihr voll unmissvaständlich einen unauffällgen Schmachtbeweis, das hieß, er spitzte die eklig wulstgen, blauen Lefzen und machte ein Geräusch, als hätt wer den Eispickel in einen Autoreifen gehackt und die Luft pfiffe raus, und packte sich mit der Hand, die aussah, als hätt er sie grad aus einem Elefantendarm gezogen, an den Schritt der versifften marineblauen Hose.

Okay, er war nicht unbedingt, was man angenehme Erscheinung nannte, dreckige Arbeitsstiefel hatte er an den Mauken, und das rotschwarz kariertes Hemd sah aus, als wär es seit der letzten Reingung, igitte, ein paar Mal vollgekotzt worn, den Igel mochte ihm wer ganz gut mit dem Rasenmäher geschnitten haben, und die irgendwie schuppige Haut hatte eine bläulichgraubraune Farbe, der sich nicht ansehn ließ, ob er Schwarzer, Weißer, Puertoricaner oder vielleicht ein Reptil war, aber was sollte es, der Weiße Tornado blieb sich ein unvoreingenommnes Lotterl, Geschäft musste Geschäft bleim, zumal sie nun die allererste Nummer des Tages schieben konnt.

»Na gut, Süßer, was soll ich sahn, ich bin überredet«, sagte Lotti, »weißt du, nich dassu denks, ich wär 'ne Strunze oder so, ich tu's, weil du dermaßen vadammich toll aussiehs, dass mich die Müsche juckt, also Zehn fürs Blasen und Fünfundzwanzig für GV, und für Fünfzig plus Zimmer mit Klo verwöhn ich dich die ganze Nacht, na was sagste, 'n bessres Angebot kannste gar nich kriehn.«

Der Krauter begaffte sie mit scheißbenebeltem Blick aus geröteten Schaulingen, offenbar hatte er sich abgefüllt bis an die Hutkrempe. *Sieh mal an*, überlegte Lotti, kam in dem Moment zum ersten Mal auf die Idee, *wer weiß wie viel er dabei hat, vielleicht kann ich ihm davon erleichtern …*

»Was 'n los, Wuchtbulle, hat's dir die Sprache vaschlahn, hi-hi-hi, komm schon, ich beiß nich, das heißt, ich kann's, aber 's kostet zehn Piepen extra, das fällt unter Spezialbehandlung, weißt du …«

»Du … du … du ficken?«, fragte er schließlich mit einer Art von Brummstimme und gottvadammichtem Kommunistenakzent oder so was.

»Na klar, na klar, sag ich doch, du hast's gerafft, du Tarzan, ich Jane, fickificki, kapiert? Haste Fünfundzwanzig?«

Der Schuhu langte in die Tasche und holte einen Stapel schmierger Scheine raus, gedreht zu einer Rolle, die vermutlich dicker war als sein Pimmel, o ja! Der Anblick kickte Lottis Graue Zellen rauf auf Hochtouren, na wieso nicht, erstens ließ sowieso keine Absteige, wo sie kannte, diesen Schleimbeutel in dem Zustand durch die Tür, und zwotens brauchte sie womöglich, wenn sie ihn in so was wie eine ganz dunkle Gasse lockte, gar keenen GV nich mit dem Stück Scheiße zu haben …

Sie hakte ihm den Finger in eine Gürtelschlaufe und zog ihn mit, roch sein Gesöff und auch noch etwas, über das sie gar nicht Bescheid wissen mochte, der Dunst wehte voll in ihre Richtung. »Na dann komm, Mann«, sagte sie, »suchen wir uns 'n stilles Eckchen, ja?«

Der Unhahn schleifte bloß die Spazierhölzer über den Boden, während Lotti ihn auf der 47. Street nach Westen führte, durchs Gedränge auf dem Broadway, danach die Eight Avenue entlang zur Ninth Avenue, wo das miese, schmutzge Treiben noch mieseren, schmutzgeren Mietskasernen wich, irgendwie nur finstere, leere Straßen lagen, in denen es sie hätte gruseln können, wäre sie keen Weißer Tornado mit großem, langem Messer nich gewesen und hätt sie nicht vor gehabt, die andern das Gruseln zu lehrn.

Dort gab es schmale Seitengassen, gewissermaßen schattge Mülltonnenhöhlen untern Treppen, der Abfall wirkte, als wär er seit Jahren nicht abgeholt worn, und …

»Ey, was sagste nun, Schmusepeter, is das nich geil?«

Ein hübsches olles Autowrack, die Räder waren längst fort, das Glas auch, aber ein Vordersitz war noch da, ein so rostger Viertürer, dass man die Scheißfarbe nicht mehr unterscheiden konnt, und sieh an, auch die Rückbank war vorhanden, wenigstens zum Teil, das hieß, so was wie ein grüner Plastikbezug auf kahlen Stahlfedern, man brauchte echt bloß all die vagammelten Zeitungen und Bierdosen auf den Boden zu schmeißen …

Irgendwie schob und rückte Lotti das Brechmittel auf die Rückbank und kroch ihm nach. Aus der Näh war es würglich ein Problem, wie er stank, grad als hätt er eine tote Ratte als Arschwisch benutzt und in der Hose vagessen und obendrein fünf oder sechs Jahre lang mit Katzenpisse gegurgelt, es war nicht zum Aushalten, außer …

»Ein Moment mal, ja?«, sagte Lotti, als er am Reißvaschluss seiner Hose ruckelte. Sie zückte das Fläschchen und ihr Pfeifchen, stoffte es mit doppelter oder vielleicht dreifacher Portion, wer wollte das so genau wissen, und wieso denn nicht?

Während sie zwei tiefe Züge nahm, schaffte der Schauerbock es, den Hosenstall zu öffnen und seinen Zipfel zu lüften, jedenfalls hing ihm ein ekelhaftes lilagraues Ding aus dem Schlitz und schlackerte rum, es hätt von totem Esel sein und im Schaufenster des Pferdemetzgers hängen können, und er fasste es und wedelte damit irgendwie in ihre Richtung, o Gottogottgott.

Da flammte eine gewaltig riesge Glühbirne in ihrem Kopf auf, so wie im Comic, der Weiße Tornado kreiselte und wirbelte, rockte und rollte, das Mundwerk saß ihr jetzt echt locker, arbeitete schneller als ihr Hirn, also lehnte sie sich locker zurück und ließ *O ja-juhuuu* ihren Schnabel den Rest erledigen.

»Au Mann, das issan Hammer, ich sag dich, mich fließt die Stube über, komm her«, brabbelte Lotti, packte seinen halb weichen Schwanz, der sich anfühlte wie geschälte Banane, und wichste ihn ganz gemütlich. »Ey, du brings mich so was von in Fahrt, ich sag dich was, ich tu's nich für jeden, aber ich geb dich was umsonst …«

Während sie ihm den scheußlichen Brunzrüssel hobelte, steckte sie ihm das Pfeifchen in den seibrigen Sabbel. »Ey, halt die Pief, ja?«, forderte sie ihn auf. »Ich hab bloß zwo Hände.«

Die Krücke schnallte, was sie meinte, nahm die Pfeife in die dreckige Pranke, und Lotti zündete den Stein an, riemelte dabei immerzu seinen Kumpf, um den Restmüll abzulenken, wo er als Gehirn in der Nuss hatte.

Der Leimsieder saugte lang und gierig, dann hustete er Lotti die Pfeife mitsamt jeder Menge Spucke auf die Hand, so ähnlich wie es ihr für zehn Fleppen wohl auch mit seinem Bockshorn gegangen wär, und dann sank er irgendwie einfach zurück, seine Nusche verzog sich zu scheißblödem Grienen, die Gucker sahn aus wie gekochte Tomate, igittigitt, gar nicht dran zu denken, dass sie mit dem Stück Dreck fickte, ein fleißges Mädel musste doch wenigstens ein paar Menschenrechte haben, also hielt sie den Sabbersack mit einer Patsche bei Laune, flippte mit der andern Tatze das Pfeifchen ins Hurentäschchen und grabbelte nach dem Griff des Messers …

»Äh, du Pissdohle, wat machse hier in Space Ace seine Straß?«

Und irgendein gottvadammichter Aff legte ihr die Pfote auf die Schulter, krallte richtig roh hinein, zerrte sie hoch und rücklings aus dem Auto.

Lotti torkelte, fand das Gleichgewicht wieder, fuhr stinksauer rum und schrie den großkotzigen Louis voller furchtloser weißglühnder Weißer Tornado-Wut an.

»SCHMIERLAPPEN!«

Ein langer, schwatter Hundsfott mit kupferfarbner Spiegelbrille und ein Meter Schulterbreite und so einer debilen Eraserhead-Frisur war dieser Klapskalli, er trug einen pipigelben Freizeitanzug mit Cargotaschen und ein bis zum Scheißnabel offenes, rotes Seidenhemd, damit er seine beschissenen 10 Kilo Goldketten zeigen konnt, total typisch, und an jedem Griffel hatt er siebenzwanzig Ringe, dazu die goldne Rolex, was sonst, war ja voll normal, und Cowboystiefel aus so was wie grünem Scheißsaurier.

Gottvadammichter Dreckskameltreiber! Scheißvafluchter Schubiak von Oberludenkaffer!

Es reichte! Es reichte ihr scheißvadammicht noch mal voll und ganz!

»LASS DEINE VERSCHISSNEN BRIKETTS VON MIR, DU BESCHISSNER SÄUISCHER NIGGERSULTAN!«, schrie Lotti ihm direkt in den Bilderladen.

»Halt bloß die Raffel, du vorlaute hohle Junkiekalle!« *Wamms!*, vapasste er ihr mit dem Handrücken eins aufs Gefräß, ihr lockerten sich Beißer, merkte sie, als sie mit der Hucke gegen die Karosserie des ollen Rosthaufens wumste.

Lotti fühlte was von weit weit her, was wahrscheinlich Schmerz war, und schmeckte da was wie Blut, und der Alphonse, das musst man ihm lassen, war ungefähr so groß wie King Kong, und sie hatt sowieso schon die letzten zwo Scheißwochen hindurch von jedem gottvafluchten Fotzenkönig der Stadt, wo sie weggescheucht worn war, Püffe und Schläge einstecken müssen, und wenn sie richtig drüber nachdächt, hätt sie wohl die Schnauze voll und Heidenbammel vor dem ungehobelten Klotzkopf.

Aber die Drecksäcke hingen dem Weißen Tornado zum Hals raus. Der Weiße Tornado kannt keine Furcht. Der Weiße Tornado kochte vor Wut. Der Weiße Tornado ließ sich nicht an den Karren pissen.

Irgendwie stieß sich Lotti von dem Autowrack ab, wischte sich mit der Fasse das Blut von den Pappen und glubschte dem Armleuchter direkt ins blöde, vaspiegelte Nasenfahrrad.

»Ich rat dir, lass mich in Friehn, du Scheißarschloch«, sagte sie. »Stör mich mich nich beim Erwerb. Ich gehör keenem von euch Lumpen nich. Euch gehört inner Stadt keene einzge Straß nich. Dir gehört nicht mal deine verkackte olle Maschinka, du aufgeplusterte schwule Doppelstenztunte.«

Space Ace oder Space Ätz oder wie vadammicht noch mal die Dumpfbacke sich nannte, stand wie ein Ölgötze da und hatte irgendwie einen Rochus, genau als hätt sie grad ihm eins auf die Muppe gesemmelt, hi-hi-hi.

»Wenn ich dich inne Mangel gehabt hab, du verzickte Trulle, is von deine Fresse nich mah genug übrig, um für Klimperlinge wen im Arsch zu lecken«, sagte er, zückte irgendwie ein Klappmesser, ließ es aufschnappen und ritzte Lotti damit schneller die Wange auf, als sie denken oder es fühlen konnt.

Aber vaflucht nicht schnell genug, o neee!

Denn sie hatte ihr olles großes Messer, vasifft wie es war, längst im Vorderfuß und rammte es ihm mit aller Kraft in die Achselhöhle.

Er stieß einen grässlichen Aufgespießtenschrei aus, hi-hi-hi, laut und grell, und Lotti riß ihm mit beiden Krallingen das Messer aus der Achsel, spürte wie darin dies und das geschrammt und zerschlitzt wurd, und als Nächstes stach sie volle Wucht in sein Handgelenk, wo er das Klappmesser hielt, jau wohl fünf bis sechs Zentimeter tief bohrte sie die Klinge rein, drehte sie, stocherte und sägte, und ein schweinemäßger Schwall Blut sprudelte umher, und sobald er sein Scheißmesser fallen ließ, rupfte sie ihr blutges Grillmesser raus, und nun war es, als wär sie gar nicht da, er klemmte den heilen Wichsgriffel ums Handgelenk, als könnt er das Blut sozusagen drin festhalten, er sabbelte, blökte und heulte bloß noch, der große starke Klötenpink, ju-hu-hu-huuu!

Und inzwischen war der kotzfiese Freier irgendwie aus dem Autowrack gequollen, und jetzt stand er daneben, na irgendwie wenigstens, er vadrehte die Lichter, der Kiefer hing ihm runter und der Schwengel aus der Hose, so wie im Film, könnt man meinen, echt der komischste Trottel, wo man je gesehen hatte, ha-ha-ha!

»Grrr! Huuu! Brraaa!« Loxy sperrte die Spreitzen auf wie wenn sie zu heiß gebadet hätt, streckte die Zunge raus und tappte ein, zwei Schrittchen auf ihn zu, fuchtelte mit dem blutgen Messer, um ihn, warum denn nicht, ein bisgen zu erschrecken.

»Polizei!«, johlte die Memme aus vollem Hals. »Polizei! POLIZEI!« Er wankte und schwankte die Gasse lang zur Eight Avenue, so fix er konnt, aber das war irgendwie überhaupt nicht so richtig flott, ha-ha-ha!

In der Gosse wälzte sich der strohdumme Atze mitten in einer großen Pfütze Blut, versuchte sich mit der heilen Brante gleichzeitig die zerstochne Schulter und das gepiekte Handgelenk zu halten, obwohl es ja echt nicht leicht war, so was zu schaffen.

Lotti trat ihn ins Kreuz und noch gegen den Grind, damit er einen tüchtgen Denkzettel kriegte, dann vadrückte sie sich in Gegenrichtung, nämlich zum Fluss.

»Ein Treffen bei Ihnen am kommenden Dienstag, sagen Sie, Jimmy?«, vergewisserte sich Amanda, ließ ihrer Stimme eine gewisse Sitcom-Naivität einfließen. »Weshalb?«

»Wegen der Show, Amanda, warum sonst? Gucken Sie sie nicht an?«

»Von Zeit zu Zeit schaue ich mal hinein«, antwortete Amanda mit angedeutetem Noblesse oblige-Touch.

In Wirklichkeit hatte sie sich *RALFS WELT* seit ihrer Rückkehr nach LA drei- bis viermal pro Woche angesehen und daher schon seit geraumer Frist mit Balabans Anruf gerechnet.

Wie hätte es anders sein können?

Unter dem Gesichtspunkt der Überlebensstrategie betrachtet, hatte sich Ralf zu Amandas gewerbsmäßig am vorteilhaftesten verwertbarer Vorzeigeleistung als Coach entwickelt, und schon aus diesem Grund konnte sie es sich schwerlich leisten, seinen Auftritten keine Beachtung zu schenken. Und auf karmischer Ebene ließ sich nicht leugnen, dass sie bei deren Zustandekommen – bei dem Projekt, ihn auf die Welt loszulassen – die Hand mit im Spiel gehabt hatte.

Zu dumm, dass sie daran kein Vergnügen fand.

»Und?«, fragte Texas Jimmy Balaban mit der Schärfe gespannter Unruhe im Tonfall.

»Was und?« Amanda konnte es sich nicht verkneifen, ihn zu piesacken; vielleicht hatte sie Ralfs Sendung bereits zu oft gesehen.

»Was halten Sie von der Show?«

»Wenn ich nur wüsste, wie ich mein Urteil schonend formulieren könnte, Jimmy …«, äußerte Amanda gedehnt.

RALFS WELT anzuschauen war nämlich die reinste Qual.

Schon während der Pilotsendung hatte Amanda erkannt, was daran nicht stimmte.

Stellte man einen einzelnen Komiker zum Zweck der Publikumsbeschimpfung vor einer Zuschauerschaft auf die Bühne und übertrug das Resultat im Fernsehen, dann handelte es sich um Theater, nicht um eine Unterhaltungsshow, und wer sich einbildete, man könnte Otto Normalverbraucher und Lieschen Müller heulendes Gelächter entlocken, wenn ein Schreizwerg aus einer gräulichen ›Totenschiff Erde‹-Zukunft sie für das gesamte künftige Unheil verantwortlich machte, hatte nicht die geringste Ahnung vom Mediengeschäft.

Es galt als wichtigstes Prinzip des Theaters, für das Publikum zu spielen, nicht gegen es, doch Ralf agierte, als befände er sich tatsächlich im 22. Jahrhundert und erzählte den enterbten und daher erbosten Urenkeln des ›Affenvolks‹ Witze über ihre dumpfhirnigen Ahnen.

Ebenso gut hätte man versuchen können, in Tel Aviv mit Judenwitzen Freunde zu gewinnen.

»Um offen zu sein, wie man gern in Washington sagt«, fügte Amanda schließlich hinzu, »sie ist grauenhaft.«

»Ach, jetzt hören Sie aber mal auf, für eine Show, die noch keine zwei Monate läuft, sind die Einschaltquoten gar nicht so schlecht«, erwiderte Balaban. »Ich begreife einfach nicht, warum Madden schon so früh in Panik verfällt ...«

»Madden?«, wiederholte Amanda. »Reden Sie etwa von Archie Madden?«

»Von wem soll ich denn sonst reden, ich hab doch seinen Namen genannt, oder nicht?«

»Daran kann ich mich beim besten Willen nicht erinnern, Jimmy«, sagte Amanda freundlich; sie hörte in Texas Jimmy Balabans Stimme die Anklänge der Konfusion und Gereiztheit anschwellen.

»Mit ihm wollen wir uns am Dienstag treffen, hab ich 's nicht erwähnt?«

»Sie möchten, dass ich zu einer Sitzung mit Ihnen und Archie Madden komme? Dürfte ich denn wenigstens den Anlass erfahren?«

»Zum Teufel, woher soll ich darüber Bescheid wissen?«

»Hm?«

»Madden hat den Termin festgelegt, glauben Sie etwa, ich wäre gegenwärtig an irgendwelchem Aufhebens interessiert?«, fragte Balaban. »Das Junggenie wünscht, dass Sie dabei sind.«

»Und was soll diskutiert werden?«

»Was das Junggenie diskutieren will, was denn sonst, verdammt noch mal?«

»Soll das heißen, ich werde von Archie Madden zu einer Konferenz bei Archie Madden gebeten?«

»Ja, so ist es, können wir nun den Quatsch sein lassen, Amanda?«, erkundigte sich Texas Jimmy Balaban mit erheblich normalerer Stimme. »Oder wollen Sie mir erzählen, Sie wären die einzige Person in der Stadt, die es von sich weist, zu einer Besprechung mit Archie Madden zu erscheinen?«

Das wäre wahrhaftig eine Erklärung, die nicht unbedingt fließend von den Lippen Amanda Robins oder eines anderen Menschen käme, der in irgendeiner Hinsicht sein Schicksal mit dem Showgeschäft verknüpft hatte. Wenn frau zu einem Meeting bei Archie Madden bestellt wurde, dankte sie der Astrologie für den glücklichen Stern, der diese Fügung bewirkt haben mochte, und ging zu Archie Madden.

»Tja, wenn Sie mich so fragen …«

»Dann am Dienstag um fünfzehn Uhr im Büro der Gold Medien AG.«

Erst nachdem sie den Hörer aufgelegt hatte, begriff Amanda allmählich, was sie soeben, ohne lange darüber nachzudenken, getan hatte.

Nämlich eingewilligt, sich für eine Show zu engagieren, die anzusehen sie als Zumutung empfand, sie vielleicht zu retten, obwohl sie keineswegs die Überzeugung hegte, dass sich eine Rettung lohnte. Und ohne die kleinste Ahnung, wie es zu erreichen sein könnte. Und niemand, auch sie selbst nicht, hatte über Geld gesprochen.

Warum?

Aus einem einzigen Grund.

Weil es der Höhepunkt der Showgeschäft-Magie war, an einer Sitzung mit Archie Madden teilnehmen zu dürfen.

Man konnte über Schwarze Magie oder Weiße Magie sagen, was man wollte, die Grüne Magie des Showgeschäfts war Realität und wirkte.

Sie wirkte, weil das Showgeschäft so beschaffen war, dass in seinem Rahmen nichts anderes wirken konnte.

Es gab immer einen Archie Madden, oder zwei oder drei seines Schlages. Das Showgeschäft funktionierte nicht ohne solche Zauberer, deshalb schuf es sie, indem sie gewöhnliche Sterbliche mit einer einzigartigen Zauberkraft ausstattete.

Wie die Götter der Griechen Herkules übermenschliche Kräfte gewährten, sich ein behinderter Zeitungsjunge, indem er das Wort *Shazam* rief, in den mächtigen Captain Marvel verwandelte, so versah das Showgeschäft den jeweiligen Archie Madden mit der magischen Gewalt, Ja zu sagen.

In einer Branche, in der ein einzelnes Ja eine transhumane Körperschaft zur Investition Dutzender Millionen von Dollar verpflichtete, musste die Macht, ein Nein auszusprechen, zwangsläufig an alle erdenklichen zweibeinigen, bissigen Zwergsaurier innerhalb der Firmenhierarchie delegiert werden, von Lektoren und für Terminvergabe zuständigen Sekretärinnen bis zu den Benutzern der Konferenzsäle, in denen die Banker sich mit den Rechtsstreitigkeiten auseinander setzten.

Aber wenn eine Vorlage nicht früher oder später zu irgendjemandem gelangte, dessen Wort bares Geld wert war, würde niemals irgendetwas verwirklicht.

Hollywood könnte nicht ohne irgendwen funktionieren, der das magische Jawort gab.

Ja, wir schließen ein Geschäft ab, das Sie für den Rest Ihres Lebens reich und unabhängig macht. Ja, die Show geht in die zweite Runde. Ja, es gefällt mir, wir nehmen es, gehen Sie an die Arbeit, lassen Sie Ihren Agenten den Vertrag ausstellen.

In Washington mochten die zum Ja Bevollmächtigten Legion sein, in Hollywood dagegen waren es Einzelne, sie verfügten über die gesamte Macht.

Deshalb wusste sowohl Amanda wie auch Texas Jimmy Balaban ganz genau, dass niemand sich einer Besprechung mit der gegenwärtigen Inkarnation Archie Maddens verweigerte.

Wer das Ja sagen konnte, dessen Einladung zu einer Konferenz lehnte man nicht ab.

Nicht einmal, wenn man nichts hatte, zu dem er sein Ja erteilen könnte. Nur in seine Umgebung zugelassen zu werden, bedeutete eine ausreichende Motivation – wie Amanda eben erkannt hatte –, um hinzugehen.

Wenn das keine Magie war, was sollte es sonst sein?

Denn, warum um alles in der Welt, hatte sie zugestimmt, an Maddens Sitzung teilzunehmen?

Während sie darüber nachdachte, ersah Amanda, dass hier mehr Zauberkräfte walteten, als sich auf Anhieb durchschauen ließen; dafür erblickte sie in dem Umstand, dass sie einem dieser Zauber erlegen war, den besten Beweis.

Aber von wem ging er aus?

Und zu welchem Zweck?

Archie Madden hatte Jimmy Balaban zweifellos zu sich gebeten, um über *RALFS WELT* zu diskutieren, und wenn Madden nicht einen Großteil der Colombia-Produktion verschlafen hatte, dann gewiss nicht, um ihm zu gratulieren und ihm frühzeitig für die Show nochmals dreizehn Wochen Laufzeit zuzusichern. Sie hatte die falsche Frage gestellt.

Die Frage lautete nicht, was Archie Madden für jemanden tun konnte, sondern was man für Archie Madden tun durfte.

Darauf gab es nur eine Antwort. Um eine Show auf Vordermann zu bringen, die noch zwei Monate lang laufen sollte, eine Show, zu der er sein Ja gegeben hatte, die er lieber zu retten und fortzusetzen beabsichtigte, als zu gestehen, sich geirrt zu haben, und einen Schlussstrich zu ziehen.

Doch weshalb sollte sie sich daran beteiligen?

Niemand hatte Bezahlung erwähnt, und fragte Madden nach ihrer ehrlichen Meinung, so würde sie ihm raten, den Sargdeckel zuzuklappen und die Missgeburt in aller Stille zu begraben.

Aber trotzdem hatte sie ihre Teilnahme an dem Meeting zugesagt.

Amanda glaubte nicht, dass die Sterne ihre Geschicke lenkten, oder dass es Gelegenheiten gab, bei denen tatsächlich wohltätige Geister im Namen höherer Ziele darauf Einfluss ausübten.

Doch sie hatte ihr Lebtag lang danach getrachtet, hinter die Fassade der phänomenologischen Bewusstheit zu blicken, den Geist der Kreativität aus den abgründigen Tiefen des eigenen Ichs zu rufen, sich mittels der Willenskraft mit weit offenen Augen in die Traumzeit zu entrücken. Und obwohl ihre Erfolge beim Integrieren dieser Erkenntnisebenen mangelhaft blieben, kannte sie diese Bereiche aus persönlicher Anschauung, das höhere Reich, in dem Traumzeit und schöpferische Inspiration, das Kollektive und das Individuelle, der Zeitgeist und das kollektive Unbewusste Schritte ein und desselben Tanzes ergaben.

Eine spirituelle Botschaft hatte ihr nicht nur die spontane Zusage eingeflüstert, zur Konferenz zu erscheinen, sondern sie sogar dazu gebracht, ohne dass sie einen Gedanken an ihre eigentliche Meinung vergeudete, ihr ein Angebot unterbreitet, das sie unmöglich ablehnen konnte, obgleich sie es nicht verstand.

Oder doch?

Was hatte Hadashi über Ralf geäußert? Dass karmische Knotenpunkte existierten, an denen der Zeitgeist für die Zeit ein Avatar erzeugte? Dass in der Tendenz die Zeit das Avatar erhielt, das sie verdiente? Manchmal einen Buddha, bisweilen einen Jesus, dann wieder den Anstifter zu einer Kosmischen Tortenschlacht?

Besah man sich den Zustand, in dem sich das gegenwärtige Karma der Menschheit befand, sprach vieles für Ralf.

Auf der Grundlage dieser Überlegungen zu handeln, ließ sich, das war Amanda völlig klar, mit Kaffeesatzlesen vergleichen, oder mit dem Konsultieren einer Tarotdeuterin in einem Einkaufszentrum, gäbe es da nicht eine harte phänomenologische Tatsache.

Sie hatte schon gehandelt.

Ohne es sofort zu merken.

Allgemein betrachtet, erachtete Amanda ihre Amanda Robins-Version als ideal für den Kontakt zum Showgeschäft; diesmal jedoch sollte Amanda Robins sich auf ein Gleis wagen, das weit hinaus über ihre Hollywood-Schiene reichte.

Offenkundig war eine Transformation angesagt, und bis zu dem Meeting blieben lediglich fünf Tage Frist, um sie zu bewerkstelligen.

Einen Tag dauerte die Fahrt nach San Francisco, einen Tag Hinfahrt zum Zielort, einen Tag Rückfahrt musste sie anrechnen, und einen Tag beanspruchte die Heimfahrt nach LA …

Nein, sie musste fliegen und einen Mietwagen nehmen, anstatt kleine Brötchen zu backen …

Amanda unterbrach die mentale Planung.

Ganz plötzlich, nach gefällter Entscheidung, mitten im Planen ihres weiteren Vorgehens, fiel Amanda auf, dass sie sich auf den Langen Weg begeben hatte.

»Die Pilgerreise zum Langer Weg-Kloster unternimmt man nur einmal«, war sie seitens Hadashis aufgeklärt worden, »und man weiß es, wenn die Zeit dafür reif ist.«

Und jetzt, da die Zeit reif war, wusste sie es.

Sie klemmte sich ans Telefon und machte eine Fluggesellschaft ausfindig, die einen Flug von LA nach San Francisco mitsamt drei Tagen Übernachtung für $ 475 anbot, warf zwei Garnituren Unterwäsche sowie einen kleinen Beutel mit dem nötigsten Toilettenutensilien in einen Handkoffer und schwirrte ab zum Flughafen.

Der Lange Weg galt als einer der legendären Bewusstseinszustände, in den nur Personen gelangen konnten, die schon mit der Musik derartiger Sphären in Harmonie lebten.

Amanda hatte schon Jahre zuvor von der Legende gehört gehabt, als Hadashi sie – ein Geschenk zum fünfunddreißigsten Geburtstag – in das Wissen um die Etappen des Langen Wegs einweihte.

Das Lange Weg-Kloster sollte ein einmaliges Satori sein, ein Pfad – ein Trip gewissermaßen –, den man kein zweites Mal beschreiten konnte. Wer vom Langen Weg wiederkehrte, den hielt man dazu an, nicht über seine Erfahrungen zu sprechen, damit keinerlei Äußerungen das Karma späterer Pilger beeinträchtigte, ein Prinzip, das es erheblich erschwerte, die tatsächliche Existenz des Langen Weges zu bestätigen.

»O doch, es gibt ihn«, hatte Hadashi beteuert, »und diese Anleitungen führen dich auf die wahre Fährte, auf der du ihn erreichen kannst.«

Amanda hatte wohlweislich auf die Frage zu verzichten gewusst, ob Hadashi selbst diese Pilgerreise unternommen hatte. Denn falls es geschehen war, gab es seinerseits keine Auskünfte zu erwarten. Dennoch war es nicht ausgeschlossen, dass er zumindest eine nebensächliche Frage beantwortete.

»Wessen ist das Kloster?«

Die Legende enthielt darauf zahlreiche Antworten. Tibetanischen Exilanten. Aliens aus dem All, die auf die vorsichtigste Weise und auf hoher Ebene den Erstkontakt herstellten. Zenmönchen aus Japan oder Aspen. Den bayrischen Illuminaten. Nordkalifornischen Drogenbaronen, die auf Anraten ihrer Gurus ihren Reichtum nutzten, um ein karmisches Mizwa-Fest zu feiern.

Hadaschi hatte die Achseln gezuckt.

»Immer desjenigen, der es gerade braucht«, sagte er. »Die Bürokratie beginnt bei einer Firma in Redding, die die Wartung erledigt, und endet bei einem Notariat in Mendocino, das auf blindes Vertrauen baut, um es zu finanzieren.«

Der Flug nach San Francisco verlief ohne besondere Vorfälle, aber die Rotzlöffel beim NewAge-Autoverleih versuchten sie zur Übernahme eines Chevette mit Automatik zu überreden, statt ihr den versprochenen Wagen mit Schalthebel zur Verfügung zu stellen.

Sie konnte schwerlich argumentieren, dass dort, wohin sie fuhr, ein Schalthebel ganz einfach als Muss galt, und eigentlich wäre es für alle Beteiligten wirklich vorteilhafter gewesen, hätte man ihr fürs selbe Geld ein Auto mit Vierradantrieb überlassen.

Aber sie bestand auf ihrem Anliegen und erhielt den nach beharrlichen Angaben einzigen im Fuhrpark vorhandenen Personenwagen mit Schalthebel, nämlich einen vier Jahre alten, metallicgrünen Renault 5 mit vier Gängen.

Phase 1 des Langen Wegs umfasste eine elend langsame Fahrt durch Oakland zur I-5, während der sie sich tausendmal wünschte, der Renault hätte ein Automatikgetriebe und eine wesentlich weichere Federung.

Sobald man den Norden San Franciscos erreichte, verlief die I-5 als schnurgerade Fernverkehrsstraße durch flaches, langweiliges landwirtschaftliches Gebiet: Staubige Flächen bewässerter Pflanzungen, Getreidespeicher, schmutzige Kleinstädte, deren Bewohner mit Mühe und Not ein Auskommen hatten – eine unschöne, aber notwendige Schwerarbeitslandschaft, in der man nichts anderes tun als durchhalten konnte.

Dort bewährte sich der Renault viel besser, als Amanda es erwartet hatte; sobald sie ihn erst einmal auf Touren brachte, entstand der Eindruck, er könnte in alle Ewigkeit schneller fahren, als die Polizei erlaubte.

Indem sie bei geringem Verkehr auf der Mittelspur stochte, glitt Amanda hinüber in ihre Autobahn-Zen-Trance, Körper und Reflexe wurden eins mit dem Fahrzeug, sodass ihr Geist die Freiheit erlangte, den weiten, offenen Inneren Weltraum zu erkunden.

Da erst hatte sie das Gefühl, eine Pilgerfahrt angetreten zu haben, weil sich nun endlich bei ihr das Empfinden durchsetzte, den Prozess zu erleben, all die tiefkalifornische Maja so schnell wie möglich hinter sich zu lassen.

Weiter nördlich, in den Weinbaugebieten um den Russian River, wölbte sich das Land zu Hügeln auf, die Gehöfte und Wirtschaften mit den zahlreichen senfgelben und grünen Schachbrettmustern ihrer Anbauflächen und den Norman Rockwell-Bauernhäusern sahen malerischer aus.

Doch die sechsspurige Autobahn zog und zog sich hin, und bald hatte sich Amanda von ihrem südkalifornischen Avatar weit genug entfernt, um gegen diese quasi imperialistische Art des Schneisenschlagens aus dem Süden nach Norden einen gewissen Widerwillen zu entwickeln. Denn obwohl ein anständiger Angeleno in einer geraden und zusehends leereren Fernverkehrsstraße durch eine adrette Gegend eine unwiderstehliche Einladung sehen musste, drängte sich der Pilgerin Amanda die Ansicht auf, dass die Ingenieure, von denen sie gebaut worden war, kaum mehr Rücksicht auf die gewaltigen Sierras genommen hatten, in die ihre Rollbahn vorstieß, als die Römer, die einst mit roher Gewalt Passstraßen durch die Alpen schlugen.

Und doch war Amanda zumute, während sie auf der breiten I-5 von Hügeln hinauf in Berge und von Bergen in weite Hochebenen fuhr, immer auf den hohen, schneebedeckten Mount Shasta zu, als nähme sie den Ventura Freeway in Wahrheit zwischen Katmandu und Shangri-La.

Der Shasta stand vielleicht nicht unbedingt im Himalaja, aber ebenfalls in dem Ruf, ein Schauplatz sonderbarer Stammesriten und die Heimat in Höhlen wohnhafter Affenmenschen zu sein, und die Sierras flößten Ehrfurcht ein, gaben die Krone eines keineswegs unbedeutenden mystischen Kontinents ab.

Allerdings erinnerte die Fahrt auf diesem Triumph der Straßenbaukunst, den in regelmäßigen Abständen die obligatorischen Tankstellen und Raststätten säumten, ein wenig an einen Ausflug nach Disneyland und minderte die Reinheit des Erlebens.

Obgleich es noch nicht einmal Zeit zum Abendessen war, als Amanda nach Redding abfuhr, nahm sie sich dort, weil sie von Hadashi wusste, dass sich danach keine Übernachtungsmöglichkeit mehr fand, ein preiswertes Motelzimmer.

Nachdem sie in einem Imbiss, der mit seiner rauen Kiefernholztäfelung und dem glänzend gelben Resopal einer ländlich-protzigen Burgerking-Kopie ähnelte, einen in viel zu viel Soße getauchten Hamburger gegessen hatte, blieb ihr im Wesentlichen nur die Wahl, sich beschaulich den verschneiten Gipfel des verwaschen sichtbaren, massigen Mount Shasta anzusehen, dessen Weiß im Mondschein hinter einer Nebelbank schimmerte.

Oder Fernsehen zu gucken.

Der TV-Apparat des Motelzimmers hatte zehn Programme zu bieten.

Sie konnte zum Fenster hinausblicken und kontemplativ einen Zauberberg betrachten.

Oder sich vom Fernsehen berieseln lassen.

Der Mount Shasta war ein wunderschöner Berg, der Abend herrlich und sie selbst eine Pilgerin auf der Suche nach Erkenntnis, doch der Blickwinkel, aus dem sie den Gipfel sah, schloß auch den Parkplatz des Zwanzigdollar-Motels und die Autobahn in die Aussicht ein.

Wäre sie Malerin gewesen, hätte sie vielleicht die ganze Nacht durchgeschuftet, um die Eigenheiten dieses ebenso veränderlichen wie ausgesprochen ironischen Anblicks in einer Skizze festzuhalten, da es ihr jedoch am Talent und der Neigung zum Malen ermangelte, hatte sie, sobald sein sardonisches Satori ihrem Gedächtnis eingeprägt war, ausschließlich noch die Gelegenheit, sich die Zeit mit der Glotze zu vertreiben.

Sollte sie es wirklich tun?

Wer könnte sie dabei ertappen?

Sie selbst natürlich.

Sie saß allein in einem billigen Motelzimmer in einem Kaff, das ebenso gut in Kentucky, Pennsylvania oder West-Virgina hätte liegen können, verspürte kein Verlangen nach Gesellschaft, hatte allerdings nichts zum Lesen dabei, und fühlte sich von dem unweigerlichen elektronischen Schwarzen Loch geradezu so angezogen wie zweihundert Millionen andere Angehörige des ›Affenvolks‹.

Während vor dem Fenster, verwaschen infolge des Neonlichts, düster aufgrund der Entfernung, trivialisiert durch die Autobahn, aber beschienen vom Mondlicht, eine offenkundige Ikone der kosmischen Weite emporragte.

Welche Art von Mensch war dazu in der Lage, sich Quizzsendungen, Sitcoms, Fernsehfilme und MTV anzuschauen, obwohl draußen die Majestät der High Sierras stand?

Aber wer konnte dem Fernsehen tatsächlich widerstehen?

Also schaute sich Amanda einen japanischen Science Fiction-Thriller an, in dem possierliche kleine Alienteenager in schreiend rosafarbenen Strampelhosen in einem Röhrenwerk gegen von Rube Goldberg erdachte, durchgedrehte Monster kämpften, anschließend für eine Weile MTV und das Werbefernsehen, und dann …

Dann war es auf einmal Zeit für *RALFS WELT*.

Sollte sie sich die Show ansehen?

Was für eine alberne Frage.

Wie könnte sie jetzt noch davon absehen?

Deshalb quälte sich Amanda ein weiteres Mal fast eine Stunde lang mit *RALFS WELT*, grauste sich vor dem grauenvollen Set, mutete sich den anfänglichen Schmähmonolog zu, hörte sich die boshafte Maulfechterei mit dem strohköpfigen Studiopublikum an und hoffte, dass das alles zu guter Letzt stieselig genug wurde, um ihr zum Einschlafen zu verhelfen.

Nach ungefähr 45 Minuten kam es ihr so vor, als sollte sich ihre Hoffnung erfüllen. Sie lag, neben sich die Fernbedienung, im Bett und döste allmählich ein, dachte daran, auf die rote Taste zu drücken und das Licht zu löschen …

Doch da, als sie schon am Rande zum Schlummer schwebte, hatte sie eine Vision.

Keine Vision aus der Traumzeit, in die sie langsam und friedlich abdriftete, sondern eine Vision aus eben der Tinnefzeit, der sie zu entrinnen beabsichtigte.

Das Schlaglicht des Studioscheinwerfers und Ralfs kabelloses Mikrofon richteten sich auf ein bedauernswertes Geschöpf, das wahrscheinlich nicht einmal untypisch war für einen beachtlichen Teil der Bevölkerungsstatistik.

Eine Frau in dem unbestimmbaren Alter zwischen fünfundfünfzig und fünfundsechzig, eine Person mit der unentbehrlichen bläulich-grauen Dauerwelle und einem passenden Kleid schnurstracks vom Woolworth-Regal, genau die Art von Studio-Oma, die man jeden Tag ein Dutzend Mal in dem Umfeld beobachten konnte, das man bisweilen immer noch die Wirklichkeit nannte, aber nahezu nie in den höheren Rängen des Wirtschaftslebens.

Gehörig zu der Art von Leuten, die seit zwanzig Jahren Supermarktangestellte, Bankkassierer oder Kellnerinnen waren und es weitere zwanzig Jahre lang bleiben mussten; von Menschen, deren Lebensgeschichte niemals nur den kleinsten Schlenker in die belangloseste Nebenhandlung der kitschigsten Seifenoper durchlaufen sollte.

»Ja-ja, Sie da, die Herzschrittmacher-Jubilarin, na sicher, wieso denn nicht …? Was haben Sie im Kopf außer den Wurzeln dieser komischen Pudelfrisur?«

»Ich würde Sie gerne mal etwas Ernsthaftes fragen, Ralf«, erklärte die Frau mit einer gewissen dürftigen Würde, die Amanda auf seltsame Weise rührte, »und ich bin sicher, dass auch alle Zuschauer zu Hause wirklich gern eine ernsthafte Antwort hätten …«

Sie machte eine schrecklich amateurhafte Pause, wie sie der niveauloseste Situationskomiker in bösartiger Erwartung des Stichworts einlegen mochte, das es ihm erlaubte, sein Gegenüber verbal zu plätten.

Ralf ließ sie einige Sekunden lang schmoren, dann warf er ihr einen müden Blick zynischer Weltüberdrüssigkeit zu, dem nur die politisch inkorrekte Zigarette im Mundwinkel fehlte, und half ihr schließlich in Bogartschem Stil auf die Sprünge.

»Gut, dann lassen Sie mal hören, Schätzchen, wir sind ganz Ohr.«

Die Frau blinzelte; einmal, zweimal. Dreimal.

Ralf verkniff die Lider, starrte sie erst an wie Häuptling Adlerauge, verlegte sich doch auf Eastwood. »Na los, tun Sie mir den Gefallen.«

»Was ...?«, krächzte die Frau. Wie versteinert stand sie völlig ratlos im grausam schonungslosen Scheinwerferlicht.

Genauso gut hätte sie ein ›Äh‹ ausstoßen können.

»Auf-auf, Affengörl, vermasseln Sie die Tour nicht, Sie sind im Fernsehen«, sagte Ralf nach ausgedehntem, peinlichem Schweigen mit seiner natürlichen Stimme.

»Ich ... ich bin im Fernsehen?«, stammelte die Frau, und ihre Zwinkergeschwindigkeit steigerte sich auf den Paniklevel. »Ich bin im Fernsehen ...?«

»Ganz richtig, Mutter, es ist geschafft, Sie stehen im Rampenlicht, Sie haben Ihren Starauftritt, der Moment ist da, auf den Sie schon Ihr Lebtag lang warten, Sie haben das große Los gezogen«, schwadronierte Ralf mit dem öligen, heuchlerischen Charme des tadellosen, maulflinken Quizzshowmoderators. »Sie ... sind ... im ... FERNSEHEN!«

Die Frau vollführte eine knappe Drehung, als wäre sie endlich doch auf die Kamera aufmerksam geworden. Sie lächelte Grauen erregend in die Optik, deren Anblick – vielleicht durch das magische rote Lämpchen – ihr die Zunge lähmte, denn ihre Lippen bewegten sich, aber aus dem Mund drang kein Laut.

Um ihre grässliche Schlappe gnädig zu vertuschen, schaltete die Regie auf eine mittelnahe Aufnahme Ralfs um.

»Sprechen Sie das Zauberwort, irgendein Wort, und Sie erringen die Unsterblichkeit«, rief Ralf, als wäre er

Groucho. »Allerwenigstens für die nächsten fünfzehn Minuten.«

Und da …

Da schien er geradewegs Amanda anzublicken, ihr vielsagend zuzugrinsen, vermittelte ihr entgegen aller Unwahrscheinlichkeit den Eindruck, sich direkt an sie zu wenden, dass er wusste, sie schaute zu.

»Affen tun einfach alles, um im Fernsehen sein zu dürfen, hab ich Recht?«, fragte er in einschmeichelndem Ton. »Man halte ihnen eine Kamera und ein Mikrofon vors Gesicht, und sie liefern Originalton, selbst wenn sie in einer Jauchegrube versinken.«

Amanda wusste, dass der Aufnahmewinkel eine Täuschung verursachte, sie wusste, hinter den Augen, die ihr so tief ins Gemüt zu blicken schienen, verbarg sich nichts außer einer Unzahl Pixel auf einem Vakuum, aber … aber …

Aber durch die Magie des Showgeschäfts manifestierte sich dennoch ein Wesen aus einer übergeordneten Realität in der Welt der Maja.

»Um im Fernsehen sein zu können«, sagte das Wesen, »würden sie sterben.«

Und dann öffnete sich eine Tür.

Unter den technischen Aspekten besehen, die sicherstellten, dass die ›wirkliche Welt‹ vollkommen aus Materie und Energie bestand, betrachtete Amanda eine mit chemischem Phosphor beschichtete Glasscheibe, auf der elektronische Muster flimmerten.

Die dahinter sichtbare Präsenz war eine Illusion. Sie konnte unmöglich real sein.

Aus anderer Perspektive jedoch, so erkannte Amanda mit plötzlicher satorischer Klarheit, konnte keinesfalls irgendetwas realer sein.

Denn sie erlebte diese innige persönliche Kommunikation mit der nichtexistenten Entität auf dem Bildschirm gemeinsam mit Millionen von anderen Menschen, die dank der Televisionstechnik und der Magie des Showgeschäfts durchaus die Überzeugung hatten, dieses Es wäre realer als sie selbst.

Und wer wollte ihnen entgegenhalten, dass sie sich irrten?

»Was heißt, sie würden im Fernsehen sterben?«, äußerte Es. »Sie sterben im Fernsehen, oder nicht? Von den Tragbahren feixen sie in die Kamera, sie liefern die Farbe ihrer schweren Brustverletzungen. Sie würden auf der eigenen Beerdigung predigen, überließe man ihnen dafür Sendezeit.«

Dies Kunstprodukt elektronischer Schaltkreise und eines zufälligen Aufnahmewinkels war in der Tat realer, als man es von den Leuten in dem verwunschenen Land behaupten konnte, in dem Durchschnittsamerikaner ein Drittel ihres Wachdaseins verbrachten, nämlich der Welt des Showgeschäfts, wo sie nichts als eine Statistik verkörperten, jedoch Es als Star agierte.

Hier entwickelte vor Amandas Augen das kollektive Unbewusste schneller und auf eigentümlicherem Weg einen Archetypus, als es sich Jung oder Joseph Campbell je hätten träumen lassen.

Den langwierigen Prozess, in dessen Verlauf sich durch die langsame Akkumulation von Mythen und Archetypen, die in verschlüsselter Form mühevoll in der Traumzeit erworbenes Wissen symbolisierten, das kollektive Unbewusste entstanden war, hatte nämlich längst dieser Ablauf abgelöst: Das alle dreizehn Wochen oder häufiger erfolgende Mutieren des Showgeschäft-Kollektiven-Unbewussten der Tinnefzeit.

Hier bestimmten Hinz und Kunz über das Kommen und Gehen der Archetypen, mästete man während eines Jahres Hauptsendezeit den Zeitgeist mit mehr kollektiven Mythen, als sich in der gesamten Menschheitsgeschichte vor der Verbreitung des Fernsehens angesammelt hatten.

Hier galt der Star, nicht der Heros, als der exemplarische Archetyp, den all die gewaltigen, Mythen erzeugenden Räderwerke der Traumzeit als geheimes zweites Ich aufzwangen, die höhere Stufe des Seins, die zu erreichen gewöhnliche Sterbliche ehrgeizig ihr Bestes geben mussten.

Und wenn der Heros tausend Gesichter haben mochte, der Star hatte eine Million Gesichter. Und wenn diese Ausgabe euch nicht gefällt, liebe Leute, beauftragen wir einen neuen Drehbuchautor und lassen die Hauptrolle umschreiben, und am Dienstag sind wir wieder da.

Wie die übrigen Zuschauer wusste auch Amanda, dass hinter der Entität auf der Mattscheibe ein Ralf aus Fleisch und Blut irgendwo in einem Studio stand. Doch für das kollektive Unbewusste der Fernsehzuschauerschaft blieb diese Tatsache ohne Bedeutung.

Denn in ihrer Traumzeit war nicht ein Komiker real, der an Persönlichkeitsspaltung leiden mochte, kein von ihm verkörperter Charakter, der zurück auf irgendjemandes Konzept oder Amandas Coaching ging, sondern die Entität, die sie selbst in jedem Sinne des Wortes produziert hatte – der Star in *RALFS WELT*.

»Wer wüßte denn darüber besser als ich Bescheid?«, meinte die Entität. »Sterbe ich nicht auch jeden Abend im Fernsehen und komme am nächsten Tag wieder?«

Eine fade Bemerkung war das, die er vielleicht mit Absicht von sich gab, um das Morbide der Stimmung ein bisschen zu mildern; dennoch rang sie Amanda eine Art von Zen-Lachen ab.

»Wie Recht du hast«, sagte sie zu der Erscheinung auf dem Fernsehschirm, indem sie sie per Fernbedienung eigenhändig auslöschte. »Jedenfalls für garantiert dreizehn Wochen.«

Obwohl sie das letzte Wort gehabt hatte, schlief Amanda in der Nacht schlecht, träumte in Versatzstücken abgesetzter Sitcoms und vergessener Abenteuerserieninhalte, litt unter Albtraumwiederholungen von *Bonanza* und *Die Straßen von San Francisco*, wurde verfolgt von Jeannie, Jerry Lewis und Emma Peel …

Alles sah wieder viel besser aus, als sie im goldglänzenden Blau eines Gebirgsmorgens erwachte, und ganz gemäß der Tradition amerikanischer Trucker-Epen erwies sich der prätentiöse Hamburgerschuppen, in dem sie am Vorabend gegessen hatte, als durchaus dazu im Stande, ein sündhaft authentisch-kerniges Bauernfrühstück zu servieren, an dem sogar die Soße auf den Gummibrötchen und der Riesenbecher schwachen Kaffees hundertprozentig stimmten.

Die Weiterfahrt auf der I-5 bescherte ihr das Gleiche wie am Vortag: Sechs Autobahnspuren, Beschilderung, Ausfahrten und Raststätten, Tankstellen und Fastfood-Imbissstuben; hohe Berge und jungfräuliche grüne Wälder, die hinter der Windschutzscheibe des R 5 Ähnlichkeit mit Videoaufnahmen hatten.

Aber der Lange Weg sah vor, dass sie nördlich der Ortschaft Shasta die I-5 verließ, und sobald Amanda von der Autobahn abfahren konnte und sich nach Westen wandte, zeigten die Berge nicht nur nach und nach ihren wahren Geist, sondern vermittelten ihr zudem einen gewissen Begriff von ihrem Sinn für Humor.

Er hatte einen bäurisch-derben Stil.

Von der Abfahrt wechselte sie auf eine moderne, blitzsaubere, vierspurige Landstraße, genau die Art von ausgezeichneter, nachgeordneter Verbindungsstraße, für die der Renault 5 anscheinend gebaut worden war, mit munteren 90 km/h schnurrte er durch die Geraden und nahm die Kurven, während die Straße sich durchs Hügelland zu noch höheren Zonen emporschlängelte, als führe er auf Schienen.

Der Tag war schön, kaum ein Anwesen befand sich

in Sichtweite, das Autoradio empfing lediglich ein paar verquäkte Lokalsender, und die Wirklichkeit des Showgeschäfts, Hollywoods und all des damit verknüpften Brimboriums schien längst einem anderen geologischen Zeitalter anzugehören, während sie die Straße hinauf und gleichzeitig innerlich ins mystische Berghochland des urzeitlichen kontinentalen Herzens reiste.

Als die Straße sich schließlich der Passschlucht näherte, durch die man in den ersten Gebirgszug tatsächlich mit Tannenwäldern bewachsener Berggipfel gelangte, war sie – irgendwo vorher – zur Zweispurigkeit geschrumpft, doch war Amanda darauf nicht aufmerksam geworden, weil auch der Verkehr sich irgendwann größtenteils verflüchtigt hatte …

Und nun wurde die Straße anscheinend noch ein wenig schmaler; über brüchigen Asphalt, der seit dem Schnee des vergangenen Winters nicht repariert worden war, holperte eine Strecke weit der Wagen …

Ungefähr in dem Bereich, wo die Straße die sonnige Hochebene verließ und in die schattig grüne Enge des Waldes verlief, verschlechterte sich ihr Zustand zum zweiten Mal, und zwar drastisch. Aber Hadashi hatte ihr versichert, dass dies die Route zum Langen Weg war, und nach der Karte, die sie im Auto vorgefunden hatte, sollte die Straße etwa 400 km weit durch die Sierra bis nach Eureka führen, also konnte sie ja wohl nicht überall in so einer Verfassung sein, oder …?

Während sie noch dabei war, die Ursprünge ihrer winzigen Anwandlung des Zweifels zu ergründen, schreckte eine wahrhaft eindrucksvolle Vision sie aus all der Maja der Fortbewegung.

Aus den Bergen, durch die Straßenkurve, preschte in vollem Galopp, frei jeglichen Zaumzeugs, mit wehender Mähne und rollenden Augen, eine schweißnasse, beige Stute auf sie zu.

Sie sah eine Manifestation aus Fleisch und Blut, nicht Phosphorpixel, die Stute wieherte wild, während sie so nah, dass Amanda sie riechen konnte, an ihr vorübersprengte, eine lebende Metapher des unberührbaren kontinentalen Binnenlands, es zeigte sich der reine, ungezähmte, frische Geist des Planeten selbst, um die Pilgerin zu begrüßen.

Die Wunderbarkeit dieser Erscheinung bannte Amanda so nachhaltig, dass es ein beträchtliches Weilchen dauerte, bis ihr Bewusstsein sich von ausschließlicher Wahrnehmung in die Sphäre des Begrifflichen reorientierte, in der solche Omen interpretiert werden konnten.

Und noch eine Weile verstrich, bevor ihr allmählich dämmerte, dass frau in einer Gegend, durch die Wildpferde streiften, wo sie seit einer Stunde keinen Menschen mehr gesehen hatte, vielleicht gar keine ausbesserungsbedürftige Straße befuhr …

Von da an musste sie sich aufs Fahren konzentrieren, weil es längs der Straße, die sich immer steiler aufwärts wand, keine Leitplanken mehr gab, und der Renault hatte nicht das Drehmoment, um die Steigung im Dritten zu bewältigen, aber im Zweiten winselte das Getriebe, sodass sie alle paar Meter den Gang wechselte, um Überhitzung zu vermeiden und den Motor nicht abzuwürgen. Scheiße, was war das für ein Rumsen ans Bodenblech gewesen …?

Und irgendwann kroch sie mit 20 km/h auf einem wirklich erschreckenden Bergweg voller Strünke und Felsen, quer überwachsen von Wurzelsträngen, in halber Höhe hinauf an der waldigen Flanke eines gewaltigen Gebirgsmassivs, von der aus man einen geologisch sehr imponierenden, senkrechten Abgrund hinunter in eine dicht mit Forst durchwucherte Schlucht blicken konnte.

Dass von dem VW-Campingbus auf der Talsohle,

dem seit längerer Zeit einzigen sichtbaren Beweis für die Existenz der Menschheit, nur noch eine völlig verrostete, von Ranken umschlungene Karosserie übrig war, die allem Anschein nach eine vollkommene Einheit mit Gaia erreicht hatte, genügte nicht ganz, um Amandas Gemüt zu beruhigen.

Sie hätte in Erwägung ziehen können, die Pilgerreise vorzeitig zu beenden, doch diese Alternative stand ihr nicht mehr offen. Angesichts der Vorstellung, ihr Fahrzeug an einem solchen Berg, dicht neben einer lotrechten Kluft, auf einem löchrigen und mit Gestein übersäten Steig, der kaum breiter war als das Auto, wenden zu sollen, musste sie notgedrungen einsehen, dass eine Umkehr nicht mehr infrage kam, nun der einzige Ausweg, nachdem sie so lange durchgehalten hatte, aus dem Durchdringen zum Ziel bestand.

Immer, immer höher empor wand sich der Pfad, umfasste bald nur noch einen groben, mit dem Bulldozer in die bewaldete Außenkruste riesiger, unbezähmter Bergungetüme gekerbten Sims.

Nirgends war ein Hinweisschild zu sehen. Nirgendwo eine Hütte. Kein einziger Papierbecher lag auf der Erde. Die alte VW-Karosserie ausgenommen, hatte Amanda seit Stunden kein Zeichen menschlicher Aktivitäten mehr erblickt.

Noch nie im Leben hatte Amanda eine solche Art gänzlicher Absonderung von der Zivilisation erlebt, von der Welt der Menschen. In dieses Gebiet, in dem früher ganze Wagentrecks verschwanden – der Donner-Pass lag nicht weit –, deren Überlebende in Kannibalismus verfallen waren, trauten sich keine Rucksacktouristen.

Schon seit der Zeit, bevor aus Sibirien die Indianer die Beringstraße nach Amerika überquerten, war dies Land von Menschenhand unberührt geblieben, und die Zuwanderer hatten hier nicht verweilt. Jetzt verstand Amanda, weshalb Big Foot, angebliche Landungen außerirdischer Flugscheiben und Druidenkulte den Ruf des Mount Shasta und seiner Umgebung prägten.

Hier lag das urtümliche Kalifornien.

Dass man sich nur mithilfe des Autos erdreistete, in sein mystisches himalayanisches Herz vorzustoßen, empfand Amanda als sehr wohl passend.

Zum Schluss erreichte Amanda, als die Sonne hinter den Tannen aus dem Zenith sank und das Licht, das durch die Zweige fiel, langsam einen leichten Goldschimmer annahm, was Hadashi den ›Parkplatz‹ genannt hatte.

Dort war eine etwas breitere Stufe in den Berghang geschrammt worden, sodass darauf ein Auto abgestellt werden konnte und der Fahrweg für den allerdings offenbar gar nicht vorhandenen Verkehr frei blieb. Zur Kennzeichnung hatte man an den nächsten Baumstamm aus zwei rauen Planken ein X genagelt.

In ähnlich rustikalem Stil war ein langes Stück rohen Asts zu einem minimalistischen Pfeil angespitzt und an einen anderen Baumstamm gehämmert worden, um auf den Zugang des Trampelpfads hinzuweisen.

Amanda verspürte keinerlei Regung der Zaghaftigkeit, als sie den Wald betrat. Warum sollte sich jemand davor ängstigen, durch diesen duftigen Wald zu spazieren, in dem Nachmittagssonnenschein durchs Geäst sickerte und den lehmigen Waldboden mit Tupfen bedeckte, ihr den Weg erhellte? In kurzen Abständen war der Waldpfad unmissverständlich gekennzeichnet, kein lästiges Unterholz behinderte sie, es gab nur Pilzansammlungen, Farnbüschel sowie da und dort einige niedrige Sträucher, die sich ohne weiteres umgehen ließen.

Nach einer Weile jedoch – einer ausgedehnten Weile, um genau zu sein –, als der Pfad stets steiler nach oben führte, ihre Beine sich allmählich bleischwer anfühlten, sie merklich mühevoller atmete, das Tageslicht schwand, fragte sie sich in herberer Stimmung als bukolischer Andacht, wie weit entfernt das Kloster wohl wirklich liegen mochte …

Und wieder ein Weilchen später hörte sie aus den Gestrüppen Geräusche – wahrscheinlich waren sie von Anfang an vernehmlich gewesen –, denn naturgemäß lebten in dem Wald Tiere, Kaninchen, Rotwild, Vögel und … Cojoten, Wölfe und … Ob es noch Bären gab?

In diesem Moment kam ihr der Gedanke, dass es eine große Dummheit sein könnte, sich nach Sonnenuntergang noch im Wald aufzuhalten.

Und da erlebte sie eine nicht sonderlich angenehme Satori.

Sie hatte Bammel.

Und daran war beileibe nichts Unvernünftiges.

Sie befand sich hier nicht in Disneyland. Wenn sie größeren Raubtieren begegnete – und es hausten welche in solchen Gegenden –, durfte sie nicht unterstellen, dass sie sich wie Kuscheltiere betrugen. In der Nähe war niemand, der Hilferufe hören könnte. Sie hatte keine Schusswaffe. Keine Taschenlampe. Nicht einmal einen spitzen Stock hatte sie. Und kein Taschenmesser, um sich einen derartigen Stock zu schnitzen. 911 war nicht zu erreichen. Scotty beamte sie nicht hinauf.

Ähnlich wie ihr musste einem menschlichen Tier zumute gewesen sein, bevor Adam und Eva in den Apfel Silicon Valleys bissen, einem nackten Primaten im Mittelabschnitt der Nahrungskette.

So war Natur.

Aber es zeigte sich keine hilfsbereite Erdmutter.

Ebenso wenig handelte es sich um eine Simulation.

Doch es war zu jeder Zeit eine Prüfung gewesen.

Es geschah in gleichem Maß mit Erleichterung und

Ehrfurcht, die sie plötzlich beide außerordentlich stark empfand, als sie schließlich im letzten Abendlicht aus dem Wald auf eine kleine, flache Wiese gelangte, die auf dem höchsten Gipfel im ganzen Umkreis liegen musste, der ohne Kletterausrüstung erstiegen werden konnte.

Im einen Augenblick war sie noch ein schwaches Geschöpf, das durch den Wald eilte, um vor Anbruch der gefahrvollen Nacht Zuflucht zu finden, und im folgenden Moment trat sie wie eine Titanin aufs Dach der Welt.

Sie stand auf einer Gipfelkrone, die zum Rückgrat der Sierras selbst gehörte; wenigstens sah es für sie so aus, als sie in den Osten schaute, ausblickte über eine Landschaft, die sich weithin in großen, grünen Verwerfungen und Wellen absenkte, als wäre sie ein Staatsteppich, den man zu Füßen der Königin der Welt entrollte.

Im Westen jedoch erhoben sich eine noch mächtigere Cordillera, als wollte sie ihr ins Ohr raunen: Und doch bist du sterblich.

Und als Sterbliche genoss sie hier oben nicht den geringsten Schutz gegen Bedrohungen irgendwelcher Art.

Wie es den Anschein hatte, war sie ans Ende des Langen Wegs gelangt.

Aber wo war das Kloster?

Da erkannte sie, dass der Buckel in der Mitte der Wiese das Kloster sein musste.

O nein …

Es war ein verkommenes Hippie-Kuppelhaus.

Dermaßen mit Ranken zugewachsen, dass sie es beim ersten Hinsehen nicht als Behausung erkannt hatte.

Amanda näherte sich der Ruine mit einem Gefühl wachsender Mutlosigkeit in der Magengrube. Während der Hippieära waren überall in den Bergen Nordkaliforniens stümperhaft aus Holzgerüsten gebaute Fuller-Kuppeln aus dem Boden geschossen. Bei Regen waren sie undicht gewesen, und aufgrund schlecht verstellbarer Fenster hatten sie einen internen Treibhauseffekt gehabt.

Heute waren kaum noch welche übrig, sogar wenig Ruinen, und dies Überbleibsel war mittlerweile so gründlich mit den umliegenden Naturgegebenheiten verschmolzen, dass es auf den ersten Blick buchstäblich unsichtbar blieb.

Sobald Amanda davor stand, sah sie, dass man den Bau auf einen runden, ohne Mörtel aus schweren, abgerundeten Steinen zusammengefügten Steinsockel gestellt hatte. Darauf gediehen keine Flechten. War das nicht ziemlich sonderbar?

Sie erklomm den Sockel über eine der vier Treppen, die man anscheinend an den Hauptpunkten der Himmelsrichtungen errichtet hatte. Dicke Klimmen rankten sich an einem Rahmen aus grau verwittertem Tannenholz empor, die Zwischenräume füllten sechseckige Scheiben aus altem Glas aus, das zu matter Colaflaschentrübnis verblasst war, und die Köpfe der Nägel hatte eine kräftig grüne Patina überzogen.

Aber …

Wieso folgten die Rankenpflanzen ausschließlich dem Raster des Holzgerüsts und ließen die Scheiben von jedem Bewuchs frei?

Amanda beugte sich vor, berührte das Gerüst der Fuller-Kuppel, nahm es genauer in Augenschein und erkannte darin ein Meisterwerk der Kunsttischlerei.

Das Holz war mit etwas imprägniert worden, das es so hart und abweisend wie Glas gemacht hatte; es wirkte, als wäre es liebevoll äußerlich gealtert und dann mit irgendeinem Raumfahrtzeitalter-Polymer petrifiziert worden.

Und die Streben schienen nicht von dauerhaft stoned gewesenen Hippies aus Mendocino eingesetzt, sondern durch Tempel-Schreinermeister aus Japan geschaffen worden zu sein. Trotz aufmerksamer Besichtigung entdeckte Amanda keine einzige beschädigte Glasscheibe. Manche Fenster standen offen, ein Teil war geschlossen, andere Fensterscheiben befanden sich in einem Winkel irgendwo dazwischen. Neopren-Gummierung dichtete die Fensterrahmen ab, mittig eingefügte Stifte ermöglichten das Drehen der Fenster.

Bildete sie sich nur ein, dass einige von ihnen sich ganz leicht bewegten?

Im Norden, wo der Bonze der Kunsthandwerker sie mit der Anbringung des Eingangs beauftragt haben könnte, fand Amanda ihn tatsächlich, eine oben bogenförmige Holztür in schwerem Rahmen.

Als Amanda gegen die Tür drückte, schwang sie reibungslos einwärts. Sobald sie das Bauwerk betreten hatte, beförderte ein Gegengewicht die Tür mit einem gedämpften Wums, als ob sich der Wagenschlag einer Limousine schlösse, zurück in den gegen Wind und Wetter dichten Rahmen.

Ähnlich diskret glommen unter der Kuppeldecke lange Lichterketten bis lediglich zur Kerzenleuchtstärke auf – nicht heller –, zerstreuten die abendlichen Schatten und erhellten die Beschaffenheit des Innern.

Es gab kein Interieur.

Jedenfalls nicht im engeren Sinn.

Amanda hatte das Empfinden, auf einer Waldlichtung in einer dachfreien Laube zu stehen.

Die Kuppelfenster, die von außen wie altes, grünlich-trübes Glas wirkten, hatten von innen eine neutrale Farbe, die ihnen völlige Durchsichtigkeit verlieh. Durch die etlichen offenen Fenster drang der harzige Tannenduft des Walds herein und verstärkte über Nase und Haut im Hinterhirn den Eindruck, sich nicht im

Innern eines von Menschen erbauten Gebäudes zu befinden, nicht in einem Innenraum, sondern im Freien, in den natürlichen chemischen und kinästhetischen Verhältnissen, in denen es sich entwickelt hatte.

Und doch inmitten einer Einrichtung, die aus *Schöner wohnen* hätte stammen können.

Eine weiche Punktleuchte warf Licht auf einen Wohnküchenbereich, den man auf einem Rund mattgrüner Fliesen angeordnet hatte: Mikrowellenherd und Gefrierschrank in Schwarz und Chrom, eine dazu passende Frühstückstheke.

Was zunächst wie fest getretenes Erdreich ausgesehen hatte, erwies sich als hoher, schokoladenbrauner Teppich, der den gesamten Fußboden bedeckte. Als Sitzmöbel standen rundliche Sessel und Couchen verschiedener Größe zur Verfügung, gepolstert mit nahtlos verarbeitetem Samt in erdbraunen Farbtönen. Dazu waren flache Tische vorhanden, die den Anschein erregten, als hätten gewisse Schweden sie in Kyoto mit dem Laser aus tropischem Hartholz geschnitten.

Eine zweite Punktleuchte lenkte Amandas Beachtung auf die Mitte der Kuppel, wo auf einem niedrigen, runden Steinpodest, der kaum merklich rotierte, ein rundes Bett stand, dessen Qualität einem Vier Sterne-Hotel zur Ehre gereicht hätte.

»Willkommen im Langer Weg-Kloster«, begrüßte eine wohl klingende, geschlechtslose Stimme Amanda in eben dem Moment, als das Zauberhafte des ersten Eindrucks allmählich verflog. »Ich bin die Stimme Ihres benutzfreundlichen, stimmgesteuerten Kontrollsystems. Bitte nennen Sie den Namen, mit dem Sie angesprochen zu werden wünschen.«

»Äh … Amanda … Ähm … Wie soll ich dich rufen?«

»Sie haben jetzt die Option, das Interface zu personalisieren.«

Amanda überlegte.

Sie hatte es nur mit Zufälligkeiten zu tun, oder? Dieses Kontrollsystem war nur ein besonders ausgefeiltes Exemplar des japanischen sprechenden Autocomputers. In Wahrheit begriff es nicht, was sie sagte. Es hatte kein Es, das dazu fähig sein könnte.

»Hadashi«, antwortete sie mit einer milden Aufwallung der Schalkhaftigkeit.

Mündlich gab ›Hadashi‹ ihr eine programmierte Einführung in den Umgang mit der häuslichen Ausstattung; kleine Spots beleuchteten jeweils die Einrichtungskomponenten, deren Funktion und verbale Befehle er erläuterte.

Amanda konnte nach Belieben die Beleuchtung dimmern. Sie hatte die Möglichkeit, die Rotation des Betts zu beeinflussen. Auch den Thermostat konnte sie verstellen, aber das Öffnen und Schließen der Fenster, um das Innenklima zu regulieren, oblag dem Computer. Im Gefrierschrank hatte man die Sorte in der Mikrowelle zubereitbarer Gourmet-Fertiggerichte gestapelt, die man durch die Hintertür mittelmäßiger französischer Restaurants in die Küche schmuggelte. Dagegen hätten die Weine einem ernst zu nehmenden Sommelier keine Schande gemacht.

Das war, abgesehen von einem Bad, schon alles.

Kein Fernsehgerät, kein Radio, kein Telefon, keine Verbindung zur Außenwelt. Keine Musikanlagen, kein PC, keine Game-Apparätchen. Kein einziges Buch, nicht eine Zeitschrift. Nicht ein einziges Kunstobjekt. Nicht einmal ein abstraktes Meditationsmandala.

Überhaupt keine Bilder.

Und über das hinaus, was sie selbst sprach, hörte sie nur den synthetischen Phrasenschatz eines Rechners, der kaum mehr leistete als eine sprechende Liftsteuerung.

Noch nie hatte Amanda die Reinheit einer so vollkommenen symbolischen Leere erlebt. Nie zuvor war sie so weit vom nächsten Mitmenschen entfernt gewesen. Niemals hätte sie sich eine so raffinierte cybernetische Hätschelei mitten in der tiefsten Wildnis vorstellen können. Nie hätte sie sich eine so perfekte, harmonische Beseitigung der Grenzlinie zwischen dem Innen und dem Außen, zwischen Zivilisation und Natur auszumalen gewusst.

Amanda hegte die Auffassung, dass der Schöpfer dieses Bauwerks es als eine Art von Koan verstanden hatte.

Doch selbst wenn es ein Koan sein sollte, hegte sie, nachdem sie den ganzen Tag lang gefahren und zu Fuß einen Berg erklettert hatte, ohne nur ein Mars zu futtern, keine Neigung, es mit hohlem Magen für längere Zeit kontemplativ zu erwägen.

Darum besah sie sich den Inhalt des Gefrierschranks und wählte Lasagne provolone aus – mit Auberginen –, weil es sich las, als könnte es in der Mikrowelle zu etwas Essbarem werden.

Als sie sie in den Mikrowellenherd geschoben und den Timer eingestellt hatte, war die Sonne schon hinter den westlichen Bergrücken versunken, durch das Gitterwerk der Kuppel konnte sie das Abendrot den Himmel färben sehen, und durch die offenen Fenster wehte ein kühles Windchen die erdigen Düfte der bevorstehenden Nacht herein.

Jetzt beobachtete sie, dass sich nacheinander Kuppelfenster reihenweise bewegten, sich auf Tageszeit und Wetterverhältnisse einstellten, die Waldluft atmeten und gleichzeitig nach Bedarf zähmten.

Statt die Mahlzeit an der Frühstückstheke einzunehmen, suchte Amanda ein Ebenholz-Essbrett aus, das Vertiefungen für Teller und Besteck aufwies, und entschied sich für eine Flasche zwölf Jahre alten Premier Cru St. Emilion; und als der Mikrowellenherd klingelte, löschte sie alle Lichter bis auf zwei gemütliche

Punktleuchten über einem senfbraunen Sessel und aß zu Abend, während sie al fresco auf der Polsterung ausgestreckt lag.

Die Auberginenlasagne entpuppte sich als das leckerste Fertiggericht, das sie je verzehrt hatte: Schichten von Auberginen, Pasta und Quark in würziger Zwiebel-Pilz-Soße, überbacken mit Käse, der nicht die Spur nach Plastik schmeckte. Der St. Emilion war ein beachtlich schwerer Bordeaux einer Klasse, die sie in einem Restaurant nie zu bestellen gewagt hätte.

Am Ende einer langen Tagesreise ins wilde Herz der kontinentalamerikanischen Dunkelheit war diese Mahlzeit einem Schaschlik und warmer Limonade auf alle Fälle weit überlegen.

Und allemal war es ein bemerkenswertes Erlebnis, allein inmitten eines intimen Lichtkreises auf Samtpolstern zu ruhen und hervorragenden französischen Wein zu trinken, dann den Blick vom Kristallglas und Porzellanteller zu heben und daran erinnert zu werden, dass sie sich tatsächlich genau da und nirgends anders befand.

Doch außerhalb der Zivilisationsbeleuchtung gab es inzwischen nur noch Schatten und grünliche Schattierungen der Düsternis zu erkennen. Rings um ihr cybernetisches Lagerfeuer konnte sie aus dem umliegenden Wald Geraschel, Geziepe und Gegrunze hören, während sie elegant im Sessel lehnte und aus Kristallglas einen edlen Tropfen genoss.

Amanda lachte und erlangte die erste, unterste satorische Einsicht des Koan.

»So ist es also«, sagte sie laut, »ein Mensch zu sein.«

Sie hielt sich allein auf einer Bergkuppe auf, ein nackter und weit gehend wehrloser Primat, weit und breit umgeben von Urwald. Der Luftzug auf ihrer Haut und der Tannenduft waren Zärtlichkeiten des Planeten selbst, kein gewieft fabrizierter Ersatz.

Niemals zuvor hatte sie sich in solchem Maß eins mit Gaia gefühlt.

Aber auch hier bedeutete das Menschsein, dass man selbst darüber die Entscheidung traf, wie viel Einheit mit der Natur man beim Essen zulassen wollte, anstatt es so weit kommen zu lassen, dass man zurück auf den natürlichen, jedoch reichlich gefährlichen Platz in der Nahrungskette rutschte.

Amanda hob das Glas, um auf ihre unbekannten Wohltäter zu trinken.

Gleich wer das Langer-Weg-Kloster ersonnen hatte, er war Meister über mehr als Technik und Kunsthandwerk gewesen. Die Technik war nicht geheimnisvoller als alles, was Disneyland betrieb, und die handwerkliche Leistung bezeugte zwar eine beeindruckende künstlerische Begabung, konnte aber schwerlich als in der übrigen Welt unübertroffen gelten.

Ganz anders allerdings verhielt es sich mit dem Zen des Erschaffenen.

Wohlig ermüdet infolge redlicher körperlicher Anstrengung, gesättigt, leicht duselig vom guten Wein, fühlte sich Amanda dazu befähigt, nun den Langen Weg bis zum Ende zu beschreiten.

»Hadashi«, befahl sie, »Aktivierung des Beleuchtungskontrollmenüs.«

»Beleuchtungskontrollmenü aktiviert, Amanda«, meldete die androgyne Stimme.

»Gesamte Beleuchtung auf Null dimmern.«

Sanft erloschen die beiden Punktleuchten über ihrem Kopf und hinterließen nichts als Finsternis.

Aber diese Finsternis dauerte nur so lange, wie ihre Augen brauchten, um sich an den Sternenschein zu gewöhnen. Eine klare, mondlose Nacht breitete sich über den nahezu 3000 Meter hohen Berg, der über 300 km und zwei Jahrhunderte von den nächsten Abgasen der menschlichen Zivilisation entfernt aufragte. Am Himmel glitzerten stellare Diamanten.

Einen solchen Himmel hatte Amanda noch nie gesehen. Unwiderstehlich lockte sein Leuchten sie zur Tür und danach zur Kuppel hinaus, in die schonungslose Nacht, wo das Firmament gleißte wie eine helle Lichtquelle, die Milchstraße als dermaßen scharf umrissener Schwaden schimmerte, dass sie feste Konturen hatte, und es schien ihr, als könnte sie den einzelnen Sternen unendlich feine Farbunterschiede ansehen. Ihr Hinterhirn schwebte auf einer Brandung aus der Harzigkeit schwerer Düfte. Rundum erstreckte sich der riesige, an Schatten reiche Leib der Landschaft in vom Sternenlicht glorifizierter Gewaltigkeit. Amanda hätte meinen können, dass die Erde selbst sich anschickte, ihren Geist einzuatmen.

Eulen stießen klagende Schreie aus. Ungesehen flatterten Schwingen durchs Geäst. In der Ferne heulte ein Cojote, oder vielleicht ein Wolf, und ein anderes Raubtier antwortete. Heimchen zirpten. Nachtvögel ließen Rufe ertönen. Ein Katzentier fauchte.

In äußerstem Schrecken kreischte ein anderes Geschöpf die Todesfurcht seiner letzten Augenblicke heraus.

Und unvermittelt hob sich einer der Schleier der Maja.

Niemals hatte Amanda das Wohltätige der Natur, das Synergetische der Biomasse oder ihren Platz als einzelnes Knötchen im alles umfassenden Geflecht des Seienden ernsthaft in Frage gestellt.

Doch dieser eine satorische Todesschrei hatte den Trug bis hinab auf eine tiefe Ebene fortgefegt.

Fressen und Gefressenwerden, das Gesetz des Dschungels, hatten hier in der Weite des ungeschönten Seins nicht den Stellenwert literarischer Metaphern. Das war Natur ohne Bambi und ohne Schweinchen Dick.

Außerhalb der Klause war es, so merkte sie, etwa 10° kühler, als die für menschliche Bedürfnisse optimalisierte Temperatur, die die Anlagen der Kuppel gewährleisteten, und der kalte Glanz auf den von Bäumen struppigen Berghängen strahlte zusätzliche Kälte aus, eine eisige kosmische Gleichgültigkeit, die sie zu einem Schaudern nötigte.

Sie konnte in all der stellaren Unendlichkeit dort oben kein Auge entdecken, das wohlwollenden Blicks herab auf die Welt blickte. Und in all dem waldreichen Umkreis unter ihr, der vom einen zum anderen Horizont im kühlen Sternenschein glomm, ließ sich kein Lichtlein irgendeiner halbwegs denkfähigen Nachbarschaft erspähen. Hier herrschte Natur ohne Illusionen. Es vollzog sich, und zwar vollauf wörtlich zu verstehen, der gedanken- und gnadenlose Lauf der natürlichen Evolution.

Das war der Zustand, den die Menschheit, ob zu ihrem Wohl oder zum Nachteil, hinter sich gelassen hatte.

In diese vormaligen Umstände war sie auf einer anstrengenden Reise bis zum weitesten erreichbaren Punkt umgekehrt, zurück in der Zeit so weit es überhaupt ging, bis in die Epoche, als die Menschen sich in der Welt noch wie ängstliche Tierchen bange duckten.

Aber sie brauchte sich nur umzudrehen, und da war die Klause, langsam schlossen sich für die Nacht Fensterreihen, als wären sie hier, am Endpunkt eines Langen Wegs rückwärts aus der Zukunft, die Blütenblätter einer riesenhaften Blume, die zwar aus der Erde wuchs, aber sich ihr nicht unterwarf.

Handwerk, Kunst, Technik, Nahrung, Wein und ein kosmischer Sinn für Humor.

Mit einem Wort: Zivilisation.

»Hadashi, Aktivierung des Beleuchtungskontrollmenüs.«

»Beleuchtungskontrollmenü aktiviert, Amanda.«

»Gesamte Beleuchtung langsam auf Stufe Eins schalten.«

Im Dunkeln erglommen die Leuchtkörper in weichem, buttergelbem Schein, zwar fahler, aber wärmer als das kalte, blaue Geglitzer der gleichgültigen Sterne, und in diesem Licht schien der Kuppelbau als solches lebendig zu sein, ein Geflecht aus Ranken die wundersame, von Menschen bewirkte Magie der prometheischen Morgenröte einzuhüllen.

Und der Schimmer eines hoch fliegenden Düsenflugzeugs oder vielleicht eines Satelliten zog am ewigen Firmament nach Norden.

Amanda lachte aus einer Anwandlung inneren Vergnügens.

Sogar hier, sogar jetzt, selbst am Ende des Langen Wegs von Hollywood zum Zauberberg.

Wohin du auch gehst, wir sind schon da.

Hinter ihr lag ein langer, mühevoller Tag, und sie hatte vieles zu überschlafen.

Wie ein Eiswürfel schmolz Amandas Bewusstsein hinab in eine biochemische Matrix, die schon halb schlief, als sie unter die Decke kroch, die Lichter löschte, dann in behaglicher Kuscheligkeit, während sie den restlichen Wein trank, in einem erwärmten Bett lehnte, das kaum merklich, eher majestätisch, unter dem Baldachin der Gestirne kreiste, eingelullt vom darwinistischen Schlaflied, das ihr der Wald als Ständchen darbrachte.

Sie leerte das Weinglas, rutschte unter der Decke tiefer, fühlte sich gleichzeitig dem Schlummer immer näher.

Doch irgendetwas in ihr widerstrebte, stiftete den bewussten Verstand unablässig dazu an, auf mehr als seinem zeitweiligen, nächtlichen Pflichtteil zu beharren, störte das Einschlafen mit stets neuen Denkblasen, sodass sie fortwährend wie ein Wasserläufer auf der Meeresoberfläche des Schlafs umherschlitterte.

Wer hatte den Langen Weg ersonnen?

Weshalb hatte sie ihn beschritten?

Hatte sie gefunden, was sie suchte?

Und wenn ja, was war es?

Träge strudelte aus dem Binnenmeer ihres Geistes Treibgut aus Bildern heran. Die durch die Windschutzscheibe gesehene Autobahn … Über den Pilztee hinweg grinste Hadashis Miene sie an … Ein am Waldrand an einen Baum genagelter, grober Pfeil … Ralfs Gesicht schwebte, als er sich umdrehte, um sie anzublicken, aus dem Fernsehapparat, als bestünde die Mattscheibe aus Kuchenteig … Big Rock bei Sonnenuntergang … dicke Soße auf Gummibrötchen …

Im Gewirr der Sterne über ihr schienen, dicht an der Grenze des Begriffsvermögens, flüchtige Botschaften zu wabern, wanden sich und wallten, entglitten ihrem Zupacken, und …

Und …

Amanda durchschaute, was geschah, blieb sich dessen bewusst. Sie trieb auf einem Wellenkamm übers Meer der Träume, durchstieß die Grenzzone zwischen Schlafen und Wachsein, gelangte mit vollem, klarem Verstand in die Traumzeit.

Es gab Techniken, die es ermöglichten, Wachträume zu durchleben, in einem Traum zu erwachen und zu wissen, dass man träumte, ohne die Traumwelt zu zerstören, zum Gott der eigenen Traumzeitschöpfung zu werden. Dergleichen ließ sich lediglich mit einer gewissen Unverlässlichkeit durchführen, doch in dem Umfang, in dem es zu machen war, hatte Amanda es gemeistert, es auch unterrichtet, darum war der Zustand geistiger Klarheit inmitten der Traumzeit ihr nichts Unvertrautes.

Infolgedessen war ihr auch das Gefühl der Mulmigkeit und Unsicherheit geläufig, das nicht ausbleiben konnte auf dem schlüpfrigen Boden, wo sie die Pforte der Wachdaseinswelt öffnete und von der anderen Seite Bilder erscheinen ließ.

Aber was sich jetzt ereignete, war weder das eine noch das andere.

Unter einem geradezu vorzeitlich klaren Sternenhimmel lag sie auf dem Gipfel eines gewaltigen, mystischen Bergs auf einer magischen Waldlichtung in einem Bett. Sie war sich dessen bewusst, dass diese Feststellung in phänomenologischer Hinsicht zutraf, und ebenso dessen bewusst, dass sie genau die gleiche Situation hier in der Traumzeit vorfand.

Dies höchst seltsame und ebenso ganz natürliche Erlebnis der Einheit bereitete ihr ein Entzücken, das keinem Orgasmus ähnelte, sondern einer permanent beibehaltenen Klitorisstimulation am Rande zum Orgasmus. Die Empfindung, dass eine gewaltige Macht in völligem Gleichgewicht mit ihrem Wesen sie durchstömte, nötigte ihr tiefe Ehrfurcht ab. Der Himmel selbst drehte sich im wahrsten Sinne des Wortes um sie. Amanda war zum Nabel der Welt geworden.

Sie war die Tür.

Bilder durchwehten sie, aus dem Nichts quoll wie ein Wildbach das Gebrabbel des Kollektiven Unbewussten und drang rücksichtslos auf sie ein, aber wenn sie sich in diese Flut warf, selbst die Leere wurde, durch die sie sich bewegte, dann …

Dann war sie das Tao, das Fließen von Symbol und Bild nur ihre Manifestation, und sie brauchte bloß von innen her darauf einzuwirken – so wie sie es jetzt tat –, um es nach ihrem willkürlichen Herzenswunsch zu gestalten.

Und schon stand sie nackt unter den Sternen wie eine Göttin. Sie spreizte die Arme und beschwor aus bodenlosen Abgründen ihre Schutzgeister herauf.

»Sprich zu mir, o Genius loci des Langen Weges«, befahl sie.

»Meine Spracherkennungsfunktion ist aktiviert«, antwortete die geschlechtsneutrale Stimme, nach der sie gerufen hatte. »Was soll ich sagen, Amanda?«

»Teile mir mit, wer das Langer Weg-Kloster erbaut hat, Hadashi«, forderte Amanda, deren Wille in der im Wachen betretenen Traumzeit als Naturgesetz galt.

»Dein Wunsch ist mir Befehl, kleine Meisterin«, beteuerte Hadashi mit einem trockenen Humor, der an Martini dry erinnerte und den Amanda seitens einer Entität, die ihrer Imagination entsprang und auf die ihr Schöpfertum allen Einfluß ausübte, als auf nicht recht geheure Weise unangebracht empfand.

»Sie ist von 'm Affenvolk erbaut worden, das in einem nicht eben für berauschende Gastfreundschaft bekannten Westentaschen-Universum den dritten Planeten einer mickrigen gelben Sonne unsicher macht«, sagte Hadashi mit Ralfs Krächzstimme und trat aus dem Wald.

Er trug ein safrangelbes T-shirt und einen wie Vanilleeis gelblich-beigen Anzug. Sein altvertrautes, gutmütiges Gesicht war unverändert geblieben, aber sein Haar hatte sich in eine krause, schwarze, mit unregelmäßigen Silberstreifen durchschossene Matte verwandelt.

»Entschuldigung, wessen Wachtraum ist das eigentlich?«, fragte Amada und hüllte sich – nur sicherheitshalber, um zu wissen, ob sie es konnte – in das weiße Kleid, das sie bei Auftritten in der NewAge-Szene bevorzugte.

Er zuckte die Achseln, während er aus dem hellen Sonnenschein der Veranda in die sanftere Beleuchtung ihres Wohnzimmers in Topanga trat. »Wenn wir darauf eine Antwort wüssten«, meinte er, »würden wir dann nicht Buddha?«

»Warum nicht?«, entgegnete Amanda schlagfertig – und es geschah.

Sie saß mit Gautama persönlich, ganz Weisheit hinter schweren Lidern und goldenes Lächeln, unter dem Bodhi-Baum, nicht als Schülerin, vielmehr als sein Doppelgänger, beide waren sie leibhaftige Buddhas in buddhistischer Gewandung und befanden sich im Lotussitz, musterten einander, während Amanda die Begegnung von äußerer Warte betrachtete.

»Wessen Traum ist es, o du Weiser?«, fragte Amanda.

»Warum überquert eine Pilgerin die Straße?«, zischelte Ralfs Stimme aus Gautamas dicken Schmunzellippen.

»Weshalb muss es eine Straße sein?«, erwiderte Amandas Buddha-Alter ego mit einer Stimme, von der sie unversehens wusste, sie gehörte Archie Madden. »Muss es wirklich eine Pilgerin sein?«

»Du liebes Herrgöttchen, müssen wir deswegen eine Konferenz veranstalten?«, beschwerte sich Texas Jimmy Balaban.

»Da muss ich erst mal in meinem Terminkalender nachschlagen«, sagte Jehova, kramte in einem Stapel Steintafeln.

»Und zwaaar ... sofort!«, erscholl die Stimme des Mannes, dessen Einladung zu einer Konferenz man NICHT ABLEHNTE, im spöttischen Tonfall Johnny Rottens.

Das Meeting hatte viele Teilnehmer. Der Konferenzsaal war sechs Fahrspuren breit und schlängelte sich immer höher hinauf in die Berge. Die ganze Blase war beisammen. Balaban. Hadashi. Ralf. Buddha. Jesus. Mohammed. Ein schwammiger, schmuddliger Bursche mit einer Propellermütze auf dem Kopf. W.C. Fields. Albert Einstein.

Jeder der jemand war der jemand war.

Dem Mann, dessen Einladung zu einer Konferenz

man NICHT ABLEHNTE, beliebte es, sich als jugendlicher schwarzer Yuppie in weißer Tenniskleidung zu manifestieren, als vollkommenes Bildnis bis hin zu dem genau ins Kalkül gezogenen Winkel, in dem er den taubenblauen Sweater lässig um die Schultern geschlungen hatte.

»Ich muss euch Affenvolk mit aller Deutlichkeit sagen, dass eure Show, so wie die Einschaltquoten jetzt sind, am Ende des Jahrtausends im Arsch sein wird, ja es ist nicht mal sicher, ob es zu einer zweiten Dreizehnwochen-Staffel kommt«, erklärte er, verschränkte geschmeidig die Arme auf der Brust und lächelte ein Buddhalächeln, während er die schlechte Neuigkeit in Ralfs leicht nachahmbarer Redeweise begründete.

»Was soll ich noch sagen, Matschhirne? Ihr habt den Karren an die Wand gefahren, mit'm Flohzirkus oder Knetefiguren könnten wir mehr ausrichten, und für was anderes reicht der Etat sowieso nich mehr, nachdem ihr Arschlöcher die Scheiße zum Überlaufen gebracht habt.«

Er hatte strahlend helle, langsame Wirbel aus Sternen in den Augen, als er Amanda geradewegs anblickte, ihr das nichtssagende, knappe Lächeln eines Wirtschaftsanwalts schenkte, der um ihr Vertrauen warb.

»Ich glaube, Sie haben Recht, Amanda«, sagte er. »Klappen wir den Sargdeckel zu und begraben wir die Missgeburt.«

»Das haben Sie ihm empfohlen?«, stöhnte Jimmy Balaban und trank, dass es nur so gurgelte, einen langen Zug aus einer Flasche Jack Daniels.

»Du willst wissen, wer die Kulissen gebaut hat, Amanda?«, fragte Hadashi.

»Du möchtest wissen, wer der Träumer ist?«, fragte Buddha.

»Weshalb muss es ein Traum sein?«, meinte Archie Madden. »Brauchen wir wirklich einen Träumer?«

Auf dem Berggipfel war es, spürte Amanda mit einem Mal, ungefähr 10° kühler als in dem geheizten Konferenzsaal, die vom Baumbestand zottigen Abhänge weit unter ihr strotzten von Reif, das Gebirge war so kalt wie über ihnen die gleißende, schwarze Weite des grausam leblosen Himmels. Aus all der kosmischen Unendlichkeit sollte nie wieder ein wohlwollendes Auge auf dem Herdfeuerschein einer Siedlung denkender, fühlender Wesen ruhen.

»Herrjesses, Amanda, seien Sie 'n bisschen konstruktiv, es ist Ihre Produktion«, rief Texas Jimmy Balaban ihr in Erinnerung.

»Wir stecken alle tief drin, Affengörl«, knurrte Ralf.

»Mensch, es ist Ihr Wachtraum, Amanda«, beteuerte Bert Parks, »also sind Sie für einen Tag Königin.«

»Da wir allesamt einer Konzeption Ihres Kollektiven Unbewussten angehören«, sagte Archie Madden, »müssen wir wohl die Entscheidungen Ihnen überlassen.«

Er hob die Schultern. Die Legionen um Legionen hinter ihm aufgereihter, gesichtsloser Geschäftsanzüge wiederholten das Nicken mit der üblichen, gespenstischen Einförmigkeit.

»Wir haben's mit sämtlichen Konzepten der besten Autoren versucht, die wir finden konnten«, klagte Texas Jimmy Balaban. »Den Veden, der Bibel, dem Tao Te King. Das ist doch kein billiger Schund, oder?«

»Die Rolle ist mehrmals umgeschrieben worden«, sagte Hadashi der Buddha in Tenniskleidung, und sein Gesicht morphte sich um zu Amida, Krishna, Jesus, Mohammed, Hanuman, unterzog sich rund um ein und dieselben, unveränderlichen Augen voller Abgründigkeit und Sternenstaubwirbeln endlosen Verwandlungen.

Ralf zuckte die Achseln. »Meinen Sie, wir müssten's mit'm Spektakel wie meinem Firlefanz probieren«, fragte er, »wär die Lage nicht so verzweifelt?«

»In der Hauptsendezeit ist es Tragödie«, antwortete Groucho Marx, »in der Wiederholung Farce.«

»Es mag sein, dass Gott, was das Universum betrifft, nicht würfelt«, sagte Albert Einstein, »aber wenn die Historie uns irgendetwas lehrt, dann eines: Sobald die Show in der Flimmerkiste läuft und nichts klappt, dann bleibt Ihm, Ihr oder Es nichts anderes übrig, als aus schierer Verzweiflung eine kosmische Tortenschlacht zu entfesseln.«

Ralf lächelte Amanda grämlich zu. »Und wenn ich den Braten richtig riech«, wandte er sich an sie, »haben wir hinter der Bühne nichts mehr auf der Pfanne als 'n radfahrenden Schimpansen und 'n Teufelsgeiger.«

»Formulieren wir also die abschließende Zusammenfassung, Amanda«, sagte der vakuumäugige jugendliche schwarze Schniegel-Poppie im weißen Designer-Tennisdress. »Wir benötigen ein Avatar, das wenigstens zwölf Prozent Einschaltquote abzwackt, oder die Show fällt weg. Aus dieser Ihrer Traumzeit brauchen wir eine Manifestation, die in den Zeitgeist einfließt und die Aufsichtsräte davon überzeugt, dass wir das Ruder herumreißen können.«

Er verzog die Miene zum freundlichen Anspornlächeln eines Lieblingstyrannosaurus. »Es ist Ihr Traum, Amanda«, fügte er hinzu, »Ihr Konzept. Bedenken Sie, ich bin bloß – wirklich! – ein Rädchen im Getriebe.«

»Aber haben muß ich alles am Dienstag«, sagte ER, dessen Einladung zu einer Konferenz man NICHT ABLEHNTE. Herzlich zwinkerte er ihr zu, um die erkalteten Muskeln ihres Herzens zu erwärmen. »Und ich weiß, Sie lassen mich nicht im Stich.«

sieben

»Was soll 'n das, ich Junkiefutt soll abhaun, dassa is amrikansches Göld, odda nich, was glaabs was das beschissne Drecksloch hier is, 's Waldoof Arschtorja?!«, schrie Lotter-Lotti, wedelte vor dem Plastikfenster überm Kassenschlitz der Panzerkabine des Rezeptionisten mit drei schmierigen Dollarscheinen. »Eua Puff hat schon jede Menge an mir vadient.«

Das Fenster war man bloß halb so groß wie der Bildschirm am Geldautomaten, auch ganz vagilbt und vakratzt, drum sah sie von dem Typ dahinter bloß das Maul voll brauner Hauer und ein große Nase mit eim Pickel drauf. Die Kassenöffnung war grad hoch genug, um ein paar Scheine drunterzuschieben, als hätten sie im Hotel Schiß, wer könnt den Arm reinstecken und ihnen in die Täsch langen. Der Stahlkasten war unfähr so groß wie ein U-Bahn-Wexelautomat, hatte eine ähnlich popelgrüne Farbe und war verziert mit Speedfreak-Graffiti, beklebt mit Reklamefetzen von ganz lumpgen Pizzastuben und China-Fressbuden, außerdem zerquetschen Mücken und dem Rotz von einer Milljohn Jahrn.

Sonst gab es da im so genannten Foyer nix außer der Lifttür, dem Zugang zur Feuertreppe, ein vasauten blauen Couch, deren bloßer Anblick Gruseln vaursachte, eim Foto von eim blöden Feuerwehrmaskottchenhund an der Wand und eim Münztelefon, mit dem man hätt telefoniern können, wär nicht der Hörer abgerissen gewesen.

Mann ey, ausgerechnet das Hotel Tesla, wohl die übelste Laushutschn auf dem Fleischmarkt, das wenstens noch pro Zimmer ein Klo hatte, wo man Gästen den Aufenthalt pro Minute berechnen tät, wär man da nicht zu geizig, um Groschengräber aufzustellen, die Schaben größer warn als in den meisten Sturmbuden, und dieser Blindgänger wollt ihr vazähln, sie wär zu uncool für so ein Kuppelburg?

»He weisse du Witsche wann hasses letze Mal innen *Spiegel* guckt?«, fragte der Fatzke hinter der Scheibe in so was wie eim grässlichen Polackenslang oder so was.

»Was am Aasch soll 'n das heißen?«, konterte Lotti.

»Wann wah denn 's letze Mal dassu hier mit'm Kunnen wahs statt bloß üba Nach zu pennen?«

Aus Lottis Hirn schoss heiß etwas Weißes in ihren Arm, sie griff in den Beutel und streichelte den Griff des Messers. *Wie würd dir das gefallen, wenn ich es dir in den Hintern bohr, du vadammichte Sackratte, wahrscheinlich ging dir einer ab, was?*

Aber was sollt sie tun, die Arschgeige war da drin sicher, vamutlich brach die Klinge ab, wenn sie vasuchte sie durch die Scheibe zu rammen, es hatten wohl, sah man die Kratzer, schon viele Leute so was gemacht, und dafür war sie ja da, die Scheibe, nämlich um zu vahindern, dass solche Luschen abkriechten, was sie vadienten.

Außerdem war ihr Trip echt schwach, irgendwie richtig schlaff, sie hatte die ganze Woch lang für ein Übernachtung gespart, und alles was sie nun wollt, war ein Dusche und dann pofen.

»Ich geh mit mein Freian woanners hin, was denkssen du?«, entgegnete sie. »In bessre Läden als denier.«

»Issa scheen, wennu so toff einnimms, warum trächs dein Monni dann nich ins Plaza oder ins Hyatt?«

»Weil heut ich zahl, du scheißdämlicher Affenarsch, keene von mein üblichen Zapfstellen nich.«

Übliche Zapfstellen, pah, in Wahrheit war kaum noch was drin als fünf Minuten wen blasen oder ein Stehfick zwischen zwei Autos, und mit einem Aug musst man auf die Bullen, mit dem andern Spähling auf den örtlichen Klötenpink achten.

Ob der Idiot Space Ace gepetzt oder das Maul gehalten hatt, wusste Lotti nicht, und es war ihr auch schietegal, aber ein Plauderstündchen mit den Bullen hielt sie sowieso für keene gute Unterhaltung nich, und sie konnt ja nicht genau wissen, ob sie schon nach ihr linsten. Eine Menge Scheichs jedenfalls sperrten nach ihr die Luchsaugen auf.

Vadammicht noch mal, sie hatt doch bloß einen von den Stinkstiefeln gepiekst, mehr nicht, war auch nicht nötich, sie braucht nur zu schreien und zu spucken, ha-ha-ha, und vor denen ihre blöde Fresse mit dem scheißlangen Riesenmesser zu fuchteln, wo noch geronnenes Blut dran klebte, und irgendwie rafften sie dann, dass die Müh sich nicht lohnte, von wegen dem Trabbel, hi-hi-hi.

Aber war das ein Grund, um ihr das Lehm schwer zu machen?

Tatsache war, den ganzen Scheißmonat hindurch oder wie lang es jetzt ging war ihr Lehm immer schwierger geworn, wie nannt man so was, einen Teufelstanz oder so, die Loddel blieben ihr auf den Fersen, drum musst sie Straßen abwackeln, wo das Metier so mies lief, dass sie kein Interesse hatten, aber da kam sie selten ins Geschäft, deswegen musst sie länger auf den Damm gehen, um den gleichen Kitt zu kassiern, also brauchte sie mehr Schores, das Pfeifchen kostete mehr Brot, daher war nach eim arsch anstrengenden Arbeitstach kein Marie für die Matratzengruft übrig, und sie musst in der U-Bahn oder in ein Gasse oder irgendwie ähnlich beschissen nächtgen, und dann fand sie kein Gelegenheit, um sich frisch und nett zu machen, und da konnt es passiern, dass man nicht so gut roch, klar, dadurch wurd es noch schwierger, Freier aufzugabeln, und bald sah man derartig speckig aus, dass gar kein Gedanke dran sein konnt, wen für über Nacht abzuschleppen, deshalb musst der Tarif gesenkt wern, und es fiel noch mehr Maloche für die gleiche Meschinne an, also musst sie wiederum mehr fürs Pfeifchen ausgeben, und … und … und darum …

Darum brauch ich einen gottfvafluchten Trip!

Lotti ließ den Messergriff los, kramte in ihren Sachen, holte die Pfeife und das Fläschchen heraus.

»He, was soll 'n dassa?«, rief die Pickelnase mit den braunen Äsern hinter der Scheibe, als sie das Pfeiflein auf den Außenrand der Kassenöffnung legte, wo seine Wichspfoten es nicht fassen konnten. Mit dem Daumen schob sie den Stöpsel aus dem Fläschchen, ließ den Stein rausrollen und löste mit dem Fingernagel ein hübsches Stück ab.

»Ich stopf mir die Pief, was 'n sonst, du Volltrottel?«

»Das kannssu hier drin nich!«

»O doch, kann ich, ich bin schon feddich«, erwiderte Lotti, indem sie das Stopfen des Pfeifchen beendete.

»Ich ruf die Bullen.«

»Ey du fiese Sau, hör auf, halt mal die Luff an und lass den Scheiß, du musst doch nicht päpstlicher als keen Papst nich sein, he-he-he«, sagte Lotti, zündete den Stoff an und atmete richtig schön gründlich ein.

Huiiiiii! Zack-kabomm!

So wie der Medizinmann es verordnet hatte, ha-ha-ha!

Sie atmete aus, nahm einen zweiten Zug, tauchte ausgiebig ins helle lichte Leuchten des Weißen Tornados, aaah, so war es einfach Klasse, und nun konnt sie sogar irgendwie freundlicher über diesen armen, dummen Laberheini in der kleinen Kabine denken, der bedauernswerte Korinthenkacker durfte nicht mal raus und sich Schores besorgen, wahrscheinlich hatt er seit Stunden über Stunden keenen Trip nich eingelegt, na was sollt es, warum nich ...?

Also kniete sie sich hin, ganz die natürlich Haltung, hi-hi-hi, hielt den Mund an die Kassenöffnung und blies ihm eine kostenfreie Dröhnung ins Knautschgesicht.

Hust! Röchel! Und irgend so ein vadammichtes Gezeter in Haitisch, Chinesisch, Puertoricanisch oder Russisch oder solchem Scheiß.

»Mach dich vom Acker, und zwah sofott, du abgetakelte Junkiestrichmöse, und komm ja nich wieder!«

»Ey komm, Opa«, antwortete Lotti, indem sie sich aufrichtete, »man sacht Dankeschön.«

»Raus mit dir, oder ...!«

»Oder was, du Knallkopp?«, schnauzte Lotti. »Weissu, allmählich missfällt mich dein beschissnes Verhalten.«

Das konnt sie nun echt nicht anders sehn. Sie wurde sogar richtig sauer. Ich mein, der Pinscha will mich keen Padde nich geben, trotzdem lass ich ihm ein kostenlosen Trip, weil ich so cool bin, und er scheißt mich an?

Deshalb zückte sie flott das Messer, schwang es vorm Fensterchen, rollte mit den Dierlingen, kreischte und spuckte, es wirkte ja toff bei den Scheißimkern, warum nicht auch hier?

»ICH WILL SOFORT 'N ZIMMER ODER ICH SCHNEID DIR DEN VADAMMICHTEN VORDERSTEVEN AB!«

»Dassa nuch, jetz ruf ich die Bullen.«

Hinter dem Fensterscheibchen verschwanden Riechbolzen und Muffel.

»He!«, schrie Lotti, brachte dem Plastikfenster mit dem Messer ein paar neue Kratzer bei. »He, lass es sein!«

»Ja, hier Hotel Tesla, Se werns nich glahm, aber bei uns im Foyer steht 'ne dreckje Cracknutte und raucht vor mein Augen ihr Zeuchs …«

»LEG DEN HÖRER AUF DU UNTERBELICHTETER HÜHNERFICKER!«

»… und se will mich mit'm elend langen Messa durchs Plexiglas erstechen …«

Fast flog das Messer Lotti aus der Greife, während sie gegen das Fenster hackte und stach, beinah brach sie die Scheißspitze ab, dermaßen stinksauer war sie …

»… nee, anstellen kann se nix, aber 's wär besser, Se schicken mal 'ne Streife vorbei …«

»ICH UND NIX ANSTELLEN, HAH, AU WARTE DU HIRNRISSGE SCHEISSHAUSFLIEGE!«, heulte der Weiße Tornado. »ICH ZEIG DIR WASSICH KANN DU MESCHUGGE SCHWEINEBACKE!«

Und sie wirbelte herum, hopste voller Wut durchs Scheißfoyer, guckte sich nach was um, das sie abmurksen könnt. Viel bot sich da nicht an. Bloß der blöde Maskottchenhund an der Wand über der hässlichen blauen Couch.

Also drosch sie das Glas mit dem Messerknauf ein und schlitzte dem Papierköter die Gurgel auf, stach ihm die Augen aus und …

»Äh! Äh! Lassas sein!«

»Lassas sein«, äffte Lotti ihn nach. »Na klar, warum nich, wie du willst, Opa, vielleicht hast du damit mehr Spaß?«

Und sie bohrte das Messer bis an den Griff in die Sitzfläche der Couch, juhuuu! Noch mal, noch mal, noch mal und noch mal! Sie stach, schnitt und schlitzte, ach was für ein abgehobnes Gefühl, hi-hi-hi, modriger Schaumgummi, tote Wanzen, schietge Plastikfetzen segelten umher, während sie dem Scheißding den Wanst zersäbelte, ha-ha-ha!

»Dich stecken se im Knast und schmeißen 'n Schlüssel wech.«

»Weißte was, wo du Recht hast, haste irgendwie Recht, Opa«, rief Lotti. »War mir 'n Vagnügen, ey, aber jetzt kratz ich die Kurve.«

Aber die Macht war mit ihr. Sie packte den ollen Kadaver der Couch an beiden linken Beinen, stemmte den ganzen Scheißkasten hoch und schleuderte ihn irgendwie ungefähr in die Richtung der Scheißrezeption, um Nägel mit Köppen zu machen, sodass der Fiesling den Mist an seinem Bunker hängen hatte, und tänzelte mit fröhlichem Gelächter ins Freie.

Schon Monate bevor Texas Jimmy Balaban anrief und ihm ausrichtete, dass er am Dienstag zu einer Besprechung bei Archie Madden aufkreuzen sollte, hatte Dexter Lampkin seine Zusage gegeben, auf dem LostCon Ehrengast zu sein.

»Wohin wollen Sie?«

»Einer Science Fiction-Convention.«

»Also um Himmels willen, Dex, es geht ums große Geschäft, wir müssen uns unbedingt am Wochenende zusammensetzen und uns was Gescheites ausdenken. Sagen Sie ab.«

»Geht nicht. Ich bin Ehrengast.«

»Was?«

Freilich ließ die ganze Angelegenheit sich ziemlich schwierig erklären, wie es sich bei Normalos immer verhielt; das hieß, mit jedem Allerweltsbürger, der nicht dem Science Fiction-Fandom angehörte.

»Die Leute, die Ihre Bücher lesen?«

»Ach, nicht unbedingt.«

Einem Außenstehenden die Welt der Science Fiction-Szene zu erläutern, stellte Dexters deskriptive Fähigkeiten jedes Mal bis an den Rand der Erschöpfung auf die Probe.

Noch am leichtesten fiel es dabei, die Vorstellung zu vermitteln, dass Science Fiction-Fans an manchen Wochenenden Riesenfêten veranstalteten, für die sie komplette Hotels in Beschlag nahmen, wo sie dann dem Gesülze ihrer Lieblingsautoren lauschten, einen Kostümwettbewerb durchführten, sich Filme anguckten, die sie längst kannten, sich Bücher, Comics und einschlägige Merchandisingobjekte kauften – und soffen.

Endlich begriff Texas Jimmy, dass die Veranstaltung sich zum nicht unwesentlichen Teil um den Ehrengast und seine Frau drehte, er unmöglich im letzten Moment absagen konnte, weil es wirklich nachteilig für seinen Ruf wäre, außerdem seine Frau, die es unter beachtlichem Aufwand geschafft hatte, das Kind aus diesem Anlass ihren Eltern aufs Auge zu drücken, ihn dann umbrächte.

Aber Jimmy konnte beim besten Willen nicht verstehen, wieso ein Mann, der noch alle auf dem Ladestreifen hatte, zu einer Veranstaltung, die ein volles Wochenende lang in einem Hotel stattfand und auf der mehrere Hundert weibliche Groupies anwesend sein sollten, überhaupt seine Frau mitnahm.

»Hunderte von Groupies? Und Sie schleppen Ihre Frau mit?«

Dexter stellte fest, dass es ihm nicht gelingen wollte, Jimmy diese Absicht glaubwürdig zu begründen.

»Also nun aber mal im Ernst, Dex«, meinte Texas Jimmy in einem Ton, der von durch Pheremone hervorgerufenen Phantasien nur so troff, »Sie können mir doch nicht weismachen, Sie würden sich dort sonst nicht dumm und dämlich ficken.«

»Die Wahrscheinlichkeit ist nicht so groß wie Sie glauben.«

»Mehrere Hundert zu eins, das halten Sie für 'ne geringe Aussicht?«

Jimmy weigerte sich, an einen fannischen Genotypus zu glauben. »Hören Sie auf, Dex, Sie nehmen mich auf den Arm. Vom Science Fiction-Lesen soll man fünfzig Kilo zunehmen und Froschaugen bekommen? Um so besäuselt zu sein, dass ich was Derartiges glauben würde, ist's noch ein bisschen früh am Tag.«

Bald danach hatten sie die Diskussion aufgegeben, aber Balaban bat Dexter eindringlich, am Wochenende über die Konferenz mit Madden wenigstens nachzudenken, vielleicht ein paar Intelligenzbestien zu Rate zu ziehen, damit sie am Dienstag vorlegen konnten, was Madden vermutlich haben wollte, egal was es sein mochte …

Dexter erinnerte sich an das Telefonat, während er den Alfa Romeo auf den Parkplatz des Los Angeles Airport Plaza Hotels lenkte, weil die Stimme der Vernunft ihm sagte, dass es, sobald er das Con-Hotel betrat, in dem er ein Wochenende lang bleiben sollte, nie zu früh sein konnte, um sich einen anzutrinken.

Es geschah häufiger, dass das Con-Hotel an einem Flugplatz stand. Die Organisationskomitees bevorzugten flugplatznahe Hotels, weil die Fans dadurch die

Möglichkeit hatten, einzufliegen und direkt in den Pendelbus zum Con-Hotel zu steigen.

Dass solche Con-Lokalitäten unvermeidlich in der Nachbarschaft des Flugfelds und infolgedessen mitten in der Flugschneise lagen, daher unablässig Kerosindunst sie umwehte, die Restaurants eine Auswahl von zehn unterschiedlich belegten Standard-Pizzen boten, die Hotelbars Nepplokale waren – diese Aspekte zählten aus fannischer Sicht nicht im Mindesten. Die Mehrzahl der Teilnehmer verließ kaum jemals das Hotel.

Sie futterten in der Cafeteria Fastfood zu überhöhten Preisen und füllten ebenso das Luxusrestaurant, und für eine Veranstaltung, die ein Hotel vollständig belegte, ereigneten sich erstaunlich wenig Vandalismus, Gekotze und Prügeleien. Aus diesem Grund waren SF-Cons bei Hoteldirektoren ausgesprochen beliebt, wogegen das Personal, weil SF-Fans allgemein beim Trinkgeld knauserten, schnell Unzufriedenheit entwickelte.

Wenn gleichzeitig Hunderte von Con-Besuchern zu den Anmeldungen pilgerten, Buchhändler ihre Bestände ins Gebäude karrten, für die Kunstausstellung Gemälde, Skulpturen und Objekte eintrafen, blieb es selbst für einen Ehrengast vergebliche Hoffnung, es könnte aus dem Chaos vor dem Hoteleingang wie durch ein Wunder ein Portier heranflitzen; stattdessen musste man, sobald man einen Parkplatz gefunden hatte, das Gepäck eigenhändig ins Foyer schleifen.

Wie viele Hotels dieser Art war auch das Airport Plaza um einen Innenhof gebaut worden, dessen vielfältig versetzte Erdgeschossebene als zentrales Foyer diente, um das man das Restaurant, die Cafeteria, die Bar sowie die Anmeldungen gruppiert hatte. Vor dem Restaurant und der Bar standen Cafétische, es gab abgestuft verteilte Kunstleder-Sitznischen mit kostspieliger Bedienung, Topfpalmen und eine mit pseudoorientalischen Läufern ausgelegte Pseudomarmorfläche zwischen dem Eingang und der langen Reihe der Empfangsschalter.

Dort standen längst die Fan-Horden an.

Von den Eingangstüren bis zu den Schaltern erstreckten sich Schlangen schlampig gekleideter, fettsüchtiger Leute, die stapelweise sonderbares, unordentliches Gepäck bei sich hatten und den Eindruck erweckten, man befände sich im Busbahnhof einer Dritte-Welt-Großstadt.

Mehrere Dutzend Fans, die schon die Formalitäten hinter sich hatten, lümmelten sich auf einem Großteil der Foyer-Bestuhlung, wo sie kein Geld ausgeben mussten, während nach und nach einige andere widerwillig an den Cafétischen Platz nahmen, an denen man überteuerte Getränke servierte.

So früh zu Beginn des Cons sah man noch wenige Kostümträger, nur ein paar Mr. Spocks, eine Hundertsechzigkilo-Haremsdame vom Pluto, eine Anzahl schieläugiger Barbaren und eine Abteilung minderjähriger Söldnerraumschiff-Sturmtruppler, also nichts Ungewöhnliches für einen abgebrühten Con-Besucher wie Dexter; doch selbst ohne diese Kostümierten bot das SF-Fandom dem uneingeweihten Augenzeugen einen reichlich fremdartigen Anblick.

Zum Beispiel den Kellnern und Kellnerinnen, dem Empfangspersonal sowie den Portiers, deren Stöhnen weithin gehört werden konnte und die einen zutiefst nachdenklichen Blick bekamen, während sie langsam begriffen, dass sie die nächsten drei Tage mit etlichen Hundert derartigen Leuten im selben Haus verbringen mussten.

Ohne Zweifel hatte die Mehrheit der Hotelangestellten noch nie eine so hohe Zahl krass übergewichtiger Menschen zur gleichen Zeit an einem Ort gesehen, und selbst wenn es anders gewesen wäre, dann gewiss nicht in T-Shirts, Hawaiihemden, Jeans und Haremskleidern, die in völlig ungeniertem Gegensatz zu allen anspruchsvolleren Modetrends standen.

Robert Silverberg bezeichnete sie als ›Globuloiden‹.

Auch die Fans, deren Körperbau in einer zivilisierten Hotelhalle kein Aufsehen erregte hätte, erschienen nicht eben in einer Aufmachung und mit einem Auftreten, die einem nervös-prätentiösen Hoteldirektor Vertrauen einflößen konnten. Ihre T-Shirts trugen abstruse, unbegreifliche Parolen und amateurhafte Abbildungen, strotzten von oben bis unten sowie kreuz und quer von ähnlich beschaffenen Buttons. Die von ihnen mitgeführten Einkaufstaschen, Rucksäcke und Aktenmappen quollen über von Büchern und Zeitschriften. Sie palaverten laut und riefen sich durchs ganze Vestibül irgendwelche rätselhaften Mitteilungen zu, als wäre das Hotel zu ihrem privaten Wohnzimmer geworden; und so sollte es, mochte man es glauben oder nicht, tatsächlich für die gesamte Dauer der Veranstaltung bleiben.

Und das war erst der Anfang.

»Mr. Lampkin! Mr. Lampkin! Hierher!«

Zum Glück hatte einer der freiwilligen Ordner des Con-Komitees Dexter erkannt, und zu seinem noch größeren Glück hatte das Komitee dieses Mal beschlossen, den Ehrengast als VIP zu behandeln, eine Geste, die in derlei egalitären Kreisen keineswegs als Selbstverständlichkeit vorausgesetzt werden durfte. Der Hiwi verständigte mit seinem Walkie-Talkie den Vorsitzenden des Con-Komitees, der Dexter und Ellie durch das Zeitlupengewimmel der Anstehenden zu einer Rezeption bugsierte, wo er sie zwecks Anmeldung dem Empfangschef vorstellte, und besorgte anschließend sogar per Prioritätsorder einen waschechten Hotelpagen, der sie zu guter Letzt in ihre Unterkunft begleitete.

»Nicht unbedingt das Clairmont«, fällte Ellie ihr Urteil, nachdem sie sich die Räume angesehen hatte, »aber gar nicht so schlecht.«

Hatte man genügend Cons besucht, war man oft genug Ehrengast gewesen, wurde man – allerdings knapp unterhalb des Ultraluxusniveaus – zum Hotelsnob.

Was man hier für sie gebucht hatte, umfasste eine Zimmerflucht in der VIP-Etage, im Wesentlichen ein größeres Schlafzimmer und einen Salon mit der standardmäßigen Sitzausstattung sowie einer kleinen Hausbar, und durchs Aussichtsfenster hatte man Ausblick auf eine verkehrsreiche Startbahn. Das Con-Komitee hatte einen Blumenstrauß ins Schlafzimmer und eine Schale voller Obst auf einen Tisch des Salons gestellt; hinter der Bartheke fand Dexter je eine Flasche Jack Daniels und Remy Martin, im Kühlschrank entdeckte er zwei Sechserpacks Budweiser und eine Flasche Concannon-Champagner.

»Nüch so iebel der Keenich zu sein«, sagte Dexter, indem er Mel Brooks nachnahmte, drückte Ellie kurz an sich.

Und wenn bloß der König des Affenvolks, raunte ihm ein Dämon mit Ralfs Stimme ins Ohr.

Denn Dexter konnte das Science Fiction-Fandom nicht anders als aus einer umgekehrten marxistischen Perspektive betrachten. Groucho hatte seine Vorbehalte gegen jeden Verein ausgedrückt, der dazu bereit war, ihn als Mitglied aufzunehmen, und Dexter hegte seine Bedenken gegen die Gerechtfertigtheit der Heuchelei, das Egoboo durch den Umgang mit einem Stamm verschmuddelter Spätentwickler zu fördern.

›Egoboo‹ war ein fannischer Terminus und lieferte zudem einen außerordentlich scharfsinnigen Einblick in die reale menschliche Natur.

Und war eine Schande für das betreffende Ego.

Man konnte in der alltäglichen Welt ein gestörter Hundertachtzigkilo-Postsortierer oder halb blinder Computerfreak sein, aber in der Science Fiction-Szene, wenn man eine Amateurzeitschrift herausgab – ein ›Fanzine‹ –, sich ein Kostüm anzog, das dem Fandom im Gedächtnis blieb, in zahlreichen Con-Komitees mitwirkte, von irgendeinem Schund mehr als jeder Andere sammelte, oder lediglich im Urin hatte, wo man am häufigsten herumlungern musste, ein ›Big Name Fan‹ werden.

Nicht wenige BNFs, Big Name Fans wie Forrest J. Ackerman, Sam Moskowitz, Walt Willies und eine ganze Anzahl weiterer solcher Figuren, waren schon dafür berühmt gewesen, berühmt zu sein, lange bevor man in den Medien erstmals den Namen Andy Warhol nannte.

Reines, ausschließliches Egoboo bedeutete nichts anderes als hemmungslose Aufblähung des Egos, ohne dass ein Zusammenhang mit Errungenschaften, Talent oder nur so viel Gespür für echte Werte bestand, wie ein Neugeborenes hatte, das an der Zitze der Mutter saugte.

Vielleicht gab die Lust am Egoboo den grundsätzlichsten menschlichen Antrieb ab, und es war eine gewisse Ehrenrettung für das Fandom, dass man in diesen Kreisen sein Vorkommen nicht nur offen einräumte, sondern sogar mit ein wenig Humor betrachtete.

Was allerdings die Autoren betraf, die ›abgewichsten alten Profis‹, so musste Dexter eingestehen, dass die Sache sich etwas komplizierter verhielt.

Texas Jimmy Balabans Haltung war ihm nämlich keinesfalls völlig fremd. Ein Science Fiction-Autor konnte sich tatsächlich auf einem Science Fiction-Con um den Verstand ficken, wenn er sich in einen hinlänglichen Spannungszustand des Unglaubens an die

Realität seiner eigenen Handlungen versetzte, und um jedes kritische Urteilsvermögen zu verlieren, bot ein Con zu viele Möglichkeiten, als dass sich allen entgehen ließe.

Man wusste nur von wenigen Science Fiction-Autoren, die in dieser Hinsicht keine Unappetitlichkeiten verübt hatten, die sie viel lieber aus der allgemeinen Erinnerung und ebenso liebend gerne dem eigenen Gedächtnis gelöscht hätten, und zu ihnen zählte Dexter leider nicht.

In der normalen Welt galten Science Fiction-Autoren nicht gerade als Kultpersonen, wurden nicht scharenweise von Schönheiten belagert, die sich, während sie an ihren Lippen hingen, die Kleider vom Leib rissen. Genauso wenig konnte man von ihnen behaupten, sie wären ein erlesener Kreis gediegen-verbindlicher, gut aussehener, geistreicher Zeitgenossen, deren Charme Vögeln die Eier hätte abschwatzen können.

Obwohl ihr Genotypus eher zum endomorphischen Abweichlertum tendierte, blieben sie gänzlich gewöhnliche Kerle – oder Ungünstigeres –, was den Erfolg bei Frauen anbelangte.

Und wie viel Anspruchsdenken behielt so ein gewöhnlicher Adam bei, wenn er für drei bis vier Tage sozusagen in einem verschlossenen Raumschiff verbrachte, in dem die bloße Annehmlichkeit seiner Gegenwart zum Mittel werden konnte, um bei den anwesenden Frauen Eroberungen erheblich leichter als in seinen Lustträumen zu machen?

Frag mich bloß das nicht, Jimmy, dachte Dexter. Es wäre wahrlich besser, ich könnte mich nicht mehr entsinnen.

Heimlich warf Dexter seiner Frau und Mutter seiner Tochter einen Seitenblick zu. Klar, sie hatte im Laufe der Jahre ein paar Kilöchen zugelegt, ja, die Glut der Liebesleidenschaft war seit langem niedergebrannt und flackerte nur noch gelegentlich auf; doch er bezweifelte, einem lüsternen und skrupellosen Schürzenjäger wie Texas Jimmy verdeutlichen zu können, dass der eigentliche Grund, weshalb er seine altgediente Zimmerlinde mit zu Cons nahm, gar nicht im Mangel an wirklich verführerischem Fleisch gesehen werden musste.

Dexter stand keineswegs darüber, sich von Zeit zu Zeit auf einem Con auf einen kleinen Wuschermann einzulassen, aber nicht dass er begeistert Fotos mühelos flachgelegter Männerfängerinnen herumgezeigt hätte. Aus seiner Sicht waren jedoch jene seiner Kollegen, die man als Ehrengäste einlud und die ihren Ehefrauen einen gerechten Anteil am Egoboo verweigerten und stattdessen die Gelegenheit nutzen, um ihren Knüttel in alles zu stecken, was sich bewegte – und manches, was sich nicht bewegte –, schlicht und einfach … Stoffel.

Nach all den Jahren des Verheiratetseins liebte Dexter seine Frau noch immer, und wenn nicht glühend, so doch immerhin im Sinne einer Anerkennung unentwirrbar verflochtener Lebenswege, und obschon ihre Ehe auf dem altmodischen Männlicher Ernährer-Prinzip beruhte, brachte er Ellie ein gewisses Verantwortungsbewusstsein entgegen, das ihn dazu bewog, ihr Selbstwertgefühl und den Stolz auf die eigene Persönlichkeit aktiv zu respektieren.

Und so wie die Karriere eines Science Fiction-Schriftstellers nun einmal verlief, zählten Ehrengasteinladungen zu den wenigen Anlässen, bei denen sie sich im Abglanz seiner Bekanntheit sonnen konnte, und zudem verkörperten diese Cons, um den wichtigeren Gesichtspunkt zu betonen, die einzige Umgebung, in der sie noch selbst ein bestimmtes Maß fannischer Popularität genoss.

Denn obschon es ihm bis zu einem Grad die Laune

vergällte, dass er jemandem, der es ihm ins Gesicht sagte, die Visage hätte einschlagen können, blieb es eine Tatsache, dass seine Frau, Ellen Douglas, noch immer als Big Name Fan galt.

Zwar beschränkten sich ihre fannischen Aktivitäten heute auf Leserbriefe an und Beiträge in Fanzines sowie die Teilnahme an Podiumsdiskussionen, doch obwohl viele, viele Jahre vergangen waren, seit Ellie bei Kostümwettbewerben in nahezu bekleidungsfreier Maskerade um die Gunst der Fans geworben oder sich in Con-Komitees betätigt hatte, zeichnete sich das Fandom durch ein langes institutionelles Gedächtnis aus und erinnerten sich noch an ihre glorreiche Zeit als Königin der Con-Festbankette.

Das war die Ellen Douglas gewesen, die er mitten in der Con-Party eines bedeutenden Verlegers, vor den Augen sämtlicher Anwesenden, ›aufgerissen‹ und für sich gewonnen hatte (oder umgekehrt). Beide befanden sie sich damals in ausnehmend glänzender Stimmung, im Fandom mochte man öffentliche Mysterienspiele und pikanten Klatsch, Ellie hatte den Vorzug beachtlicher Attraktivität und war offenherzig kostümiert gewesen, warum also sollten sie keine Chance als Tarzan und Jane haben?

Folglich hatte Dexter sich nach ein, zwei Runden des unverhohlenen Betatschens und Knutschens – des ›Butschens‹, wie man im Fandom sagte – mit pompösauffälliger Gebärde hinter der Bar eine Flasche Tequila geschnappt (die Getränke gingen auf Kosten des Verlegers), und damit verzogen er und Ellen sich – eine unmissverständliche Erklärung des Vorhabens, bis zum Umfallen zu bumsen – auf Ellens Zimmer.

Tatsächlich hatten sie dort, beflügelt durch den Großteil des Inhalts einer kostenlosen Flasche Tequila und beschwingt durch einen Joint, den ein Dealer – ein Bewunderer Dexters – ihm spendierte, bis zur völligen

Erschöpfung und fast bis zur Besinnungslosigkeit gevögelt.

Dexter spürte, dass er von der Erinnerung, wie verschwommen sie auch sein mochte, einen Steifen bekam. Zur damaligen Zeit war die bekannte Ellen Douglas die mit großem Abstand am besten aussehende Frau gewesen, die er je im Bett gehabt hatte. Von Brian Aldiss stammte die Äußerung, Berühmtheit wäre das wirksamste Aphrodisiakum, aber das neidische Gaffen der männlichen Kollegen Dexters, als er mit der Schönen entschwand, hatte in keinem geringen Umfang ebenfalls seine Erregung gesteigert.

Für Dexter war es der Fick seines Lebens gewesen, den seitdem nichts überboten und der sich nicht wiederholt hatte, ein raumzeitlicher Nexus, in den niemand den Preller ein zweites Mal stecken konnte, ein rauschhaftes, jugendliches, durch psychosexuelle Synergien entfachtes, von keiner übermäßig reifen Nabelschau beeinträchtigtes Entflammen.

Allerdings hatte Dexter zu der Zeit, nachdem er schon viele Male im kalten, grausamen Licht der Morgenfrühe die Gefährtin der vergangenen Nacht mit veränderter Sicht zu besehen gezwungen gewesen war, bereits gewisse Zweifel an der Verlässlichkeit seiner ästhetischen Urteilsfähigkeit, wenn das Stonedsein ihm die Sinne trübte, entwickelt gehabt.

Deshalb war es nicht ohne einiges Bangen und mit trockenem Gaumen geschehen, als er vorsichtig die Bettdecke fortgezogen hatte, um die morgendliche nackte Wirklichkeit seiner nächtlichen Traumfrau zu enthüllen.

Und was seine Augen voller Staunen sahen, was neben ihm auf dem Bett leise schnarchte, war nicht die befürchtete Hundertzwanzigkilo-Globuloide gewesen, sondern – worauf er mit gutem Recht bestanden hätte – die wunderbarste Nackte, die er bis dahin in

Fleisch und Blut gesehen hatte. Vielleicht nicht in der Hollywood-Kategorie, aber unbedingt knackig, bar aller Speckrollen, vielmehr mit den richtigen Rundungen und seidiger Haut (ausgenommen da und dort ein paar Kleinigkeiten) und dem genüsslichen Lächeln einer zufriedenen Mannstollen während der Erholungsphase.

Er blieb liegen und betrachtete sie für längere Zeit, wünschte sich, dass sie die Augen aufschlug.

Als sie schließlich die Lider geöffnet, sie nun ihn angeblickt, ihn träge einige Sekunden lang beifällig gemustert hatte, sprach sie den Satz, mit dem sie sein Herz gewann.

»Freut mich zu sehen«, sagte sie, »dass du nicht bloß geistige Qualitäten hast.«

Und selbst wenn er aus der linearen Perspektive der Nostalgie einmal vor langer, langer Zeit in einer fernen, fernen Galaxis gefallen sein mochte, von der eher postmodernen Warte Einsteinscher Temporalität aus blieb dieser Satz unvermindert der Schnittpunkt ihrer Lebenszeit, die Kreuzung ihrer Lebenswege, das entscheidende Moment ihrer Beziehung.

Dexter lächelte seiner Frau zu, der bekannten Ellen Douglas von gestern, und merkte zu seinem leicht peinlichen Vergnügen, dass ihr Anblick ihm hier in der Ehrengastunterkunft eines Science Fiction-Cons einen Ständer von solcher Festigkeit verursachte, wie er sich im normalen Eheleben kaum noch ergab.

Hier in dieser verzauberten Welt war seine Hausfrau und Mutter noch immer Ellen Douglas, nach wie vor ein Big Name Fane statt lediglich irgendeine x-beliebige, gesichtslose Schriftstellergattin; noch heute im Kollektivgedächtnis des Fandoms eine glamouröse Legende.

Es konnte sein, dass sie um die 5 Kilo zugenommen hatte, die Brüste allmählich die Schlaffheit der mittleren Lebensjahre annahmen, ihr Hinterteil um ein paar Grad abgesackt war, sich an ihrem Kinn langsam der Ansatz zur Verdopplung abzeichnete, aber es hatte sie keine Globulosis befallen.

Vielmehr war sie zu einer älteren Version ihres jüngeren Ichs gereift, das durchaus noch, wenngleich sie in einem Supermarkt Beverly Hills vielleicht keine Bewunderung auslösen, genügend Vorzüge aufwies, um in den Mauern eines Con-Hotels als ganz vorzüglich abzuschneiden.

Und obschon er nicht die adonisartige Vollkommenheit bewahrt hatte, die sich schon in seiner Jugend nicht so recht einstellen wollte, war er auch heute noch ein einigermaßen normales Primatenexemplar in der Reife der besten Jahre.

Das besagte, als Ehrengast und Big Name Fan auf einem Science Fiction-Con befanden sie sich weit genug entfernt von der Birnenförmigkeit, um als schweinegeile Typen durchzugehen.

Zart küsste Dexter Lampkin seine Frau auf die Lippen und holte aus dem zur Bar gehörigen Kühlschrank des Ehrengastquartiers die Flasche kostenfreien Champagners.

Er entkorkte sie und ließ das anfängliche Aufsprudeln wie ein Rockstar von Wand zu Wand spritzen, ehe er zwei Gläser mit schaumigem Nass füllte.

»Nüch so iebel Keenich und Keenigin zu sein«, parodierte er nochmals Mel Brooks, als sie anstießen, aber viel weicher und sanfter, als es dessen Philosophie zugelassen hätte.

Selbst wenn wir nur König und Königin des Affenvolks sind?

»Noblesse oblige, Tarzan«, sagte Ellie und trank das Glas mit einem Zug leer.

»Das ist ein Wort, Jane«, antwortete Dexter und tat das Gleiche.

Sie standen in einer eher schlichten Suite eines zweitklassigen Flughafenhotels, genossen nur bescheidenen Ruhm mit dem Beigeschmack der Kitschigkeit, der süßliche kalifornische Champagner war nicht anständig gekühlt, und das Con-Komitee hatte vergessen, Butter für den Analverkehr in den Kühlschrank zu legen.

Jawohl, auch wenn wir bloß König und Königin des Affenvolks sind, entgegnete er der hämischen Stimme in seinem Kopf – nicht ohne aufrichtige Zuneigung zu seinen so unvollkommenen Untertanen.

Denn wie viele Menschen gab es in der normalen Welt außerhalb des Hotels, wie viel Menschen lebten und starben, die niemals einen einzigen wie diesen Augenblick erlebten?

Eine halbe Stunde sexueller Betätigung mit der heutigen Inkarnation der bekannten und beliebten Ellen Douglas reichte nicht ganz – ähnlich wie die meisten Inkarnationen von Con-Phantastereien – an die Erinnerung herrlicher vergangener Zeiten heran, aber möbelte sein Gemüt immerhin weit genug auf, um es ihm zumindest zu ermöglichen, den Mahlstrom der Convention, in den er sich wagen musste, durch eine rosarote Brille zu betrachten.

Diese erotikbedingte Hochstimmung wirkte sich vorteilhaft aus, als sich im zehnten Stock die Lifttür öffnete und er mir nichts, dir nichts vor einem mit einer Streitaxt bewaffneten Berserker im Plastikkettenhemd stand, auf dessen Schädel ein Helm im Stil Hägars des Schrecklichen saß, in dem Dexter einen Reklameartikel erkannte, und der dazu eine urinfleckige Kniehose trug.

»Gah-gah-gah, ich bin ein Barbah!«, grölte der Spinner in schriller, nicht einmal annähernd gelungener Nachahmung eines Wikingerschlachtrufs und wirbelte die Axt um seine Nuss.

Dexters gegenwärtiger Zustand großmütiger Abgehobenheit erlaubte es ihm, das kostümierte Arschloch mit gelinder Belustigung zu missachten und es ebenso mit drei oder vier weiteren pöbelhaften Maskierten zu halten, denen er und Ellie auf dem Weg zum Organisationsbüro des Con-Komitees im Korridor begegneten.

Nachdem sie den Komiteemitgliedern die Brante geschüttelt hatten und ihnen das Con-Programm ausgehändigt worden war, bestanden für Dexter und Ellen bis zur Prominentenparty am Abend keine veranstaltungsbezogenen Verpflichtungen mehr, also ging Ellie sich eine Podiumsdiskussion zum Thema Fanzinepublizieren anhören, die Dexter nicht weniger hätte interessieren können, und das fandomsinterne Gesetz der gegenseitigen professionellen Anziehungskraft beförderte ihn unweigerlich zur Hotelbar.

Die große Hotelbar grenzte an den Innenhof, in dem das Gedränge vor den Empfangsschaltern sich im Großen und Ganzen verflüchtigt hatte; das Foyer war praktisch von Fans besetzt worden, ein Vorgang, der aus der Sicht der fassungslosen Piloten und Stewardessen der Fluggesellschaften, die es – unterwegs zu den von ihren Firmen gebuchten Matratzengrüften – nicht vermeiden konnten, sich ihren Weg durch die Rotten der Mutanten-Ninja-Globuloiden und pelzigen Punk-Tribbles zu bahnen, die ihnen einer Invasion von Irwin Allens Mars gleichen musste.

Doch im hinteren Innern der Bar, wo man in düsterem Neonglanz an einer halbrunden Theke oder den Tischen sitzen konnte, blieb man – wenigstens noch in dieser Phase des Cons – von dem Getümmel verschont, und das war der Winkel, in dem sich die Autoren trafen.

Wäre es ein wichtiger Con gewesen, hätte man dort auch die Verleger und Herausgeber angetroffen und Dexter, sobald sich der Nachmittag der Happy Hour näherte, sich unauffällig, aber beharrlich darum bemüht, von einem dieser Spesenreiter zum Abendessen eingeladen zu werden.

Heute konnte von einem solchen Glücksfall jedoch nicht die Rede sein. Die Bedeutung des LostCons war zu gering, als dass sich für irgendeinen Verleger der Flug von New York zum Veranstaltungsort gelohnt hätte, und was die Redakteure der Samstagmorgen-SF-Zeichentrickfilme anbelangte, so musste infolge ihrer mickrigen Budgets ein Autor darauf achten, dass sie die Rechnung nicht etwa ihm überließen.

So früh zu Con-Beginn befanden sich noch keine zwei Dutzend Personen in der Bar; zwei Tische beanspruchte eine adipöse, ältliche Fantasy-Autorin in fließend-weitem, rosigem Gewand, die schon Hof mit ihren kürzlich in die Pubertät geratenen Leserinnen hielt, ferner war eine Dexter längst bekannte, quasselige Clique von Trickfilm-Drehbuchautoren anwesend, die auf den Produzenten einer Fernsehserie lauerten, die ihn von Anfang an angekotzt hatte.

Also flüchtete sich Dexter an die Theke, wo schon Ollie Peterson und George Clayton Johnson hockten und Bourbon tranken. Eine abartigere Paarung hätte sich selbst ein Karikaturist nicht in seinen wildesten Träumen ausdenken können. Ollie ähnelte einem Sgt. Slaughter, den man in ein (wegen des Thekenstehens) an den Ellbögen mit Lederapplikationen verstärktes Schriftstellerjackett gesteckt hatte, und George, in dessen Physiognomie sich das Watschengesicht eines indianischen Brujo mit langen, grauen Schillerlocken und dazu unpassendem Ziegenbart vereinten, sah aus, als könnte er der Alte vom Berge sein, nur hatte er wahrscheinlich doppelt so viel Hasch konsumiert.

Ollie verfasste ›Hardcore-Science Fiction‹, gründlich recherchierte und brav geschriebene Geschichten über die Erforschung und Besiedlung des Sonnensystems mittels heutzutage denkbarer Technik, quasi eine Science Fiction-Variante des Sozialistischen Realismus, die Art von Schreibe, die die Schritte vieler echter Astronauten schon zu Jugendzeiten auf den Weg zum Mond gelenkt hatte.

George dagegen schien von Ektoplasma zu leben. Anscheinend schrieb er manchmal jahrelang überhaupt nichts. Aber seine Bibliografie hatte, obwohl sie kurz war, Beträchtliches vorzuweisen: Die Hälfte eines glänzend verkauften Science Fiction-Romans, nach dem ein Film und eine Fernsehserie gedreht worden waren; eine Anzahl TV-Beiträge zur Hauptsendezeit. Einen bedeutenden Kinofilm, in dem Frank Sinatra und sein Rattenrudel auf der Höhe ihres halbseidenen Erfolgs mitgewirkt hatten. In den langen Zwischenzeitabständen produzierte er heiße Luft, so wie jeder unbeschäftigte Autor Hollywoods, und redete. Und wie er redete …

»Hallo, Dexter, Ollie und ich haben gerade einen brillanten Plan ausgeheckt, um das Raumfahrtprogramm vom Schrumpfen der staatlichen Zuwendungen an den Militärisch-industriellen Komplex abzukoppeln, in fünf Jahren können wir eine große Orbitalstation im All haben und unterwegs zu den Sternen sein.«

Dexter bestellte sich auch einen Bourbon und sah mit stummer Frage im Blick Ollie an.

»George will sie an Disney verkaufen«, sagte Ollie mit einem Gehabe alberner Erheiterung.

»Was will er an Disney verkaufen?«

»Raumstation Micky Maus«, rief George. »Ein Nullschwerkraft-Disneyland im Weltall.«

Ungeduldig trommelte Dexter mit den Fingern auf der Theke. Das war keinesfalls die Sorte Humbug, dem man ohne Alkohol in der Birne zuhören konnte. »Ein Disneyland in der Umlaufbahn …?«, murmelte er matt.

»Und einen richtig im Weltraum gedrehten halb dokumentarischen Film über seinen heroischen Bau.«

»George hat offenbar keine Vorstellung«, meinte Ollie trübselig, »was so was kostet.«

»O doch, Ollie, ich veranschlage ein Produktionsbudget von vier Milliarden Dollar.«

»Dreimal so viel«, brummelte Ollie.

»Nicht wenn die leeren Brennstofftanks verwendet werden, von denen du mir erzählt hast, Ollie«, widersprach George. »Dadurch bin ich nämlich auf diesen genialen Einfall gebracht worden.«

»Brennstofftanks?«, knurrte Dexter.

Während er Bourbon süffelte, trat in Ollies Augen ein eigentümlicher Ausdruck der Weggetretenheit. »Jedes Mal wenn die NASA ein Shuttle startet, muß es zusätzlichen Treibstoff verbrennen, um einen großen, leeren Brennstofftank ins Meer fallen zu lassen«, erklärte er. »Es stimmt, man würde Geld sparen, ließe man sie stattdessen in der Kreisbahn und hätte irgendwer dafür Verwendung, der für ihre Nutzung die Kosten trägt …«

»Es sind richtig große, leere Treibstoffbehälter, sie haben die Abmessungen einer Scheune, nicht wahr, Ollie? Sie druckdicht zu machen und Lebenserhaltungssysteme zu installieren, ist einfach. Man könnte sie zusammensetzen wie einen Orbitalstation-Baukasten. Dann bräuchte man nur noch die Ausstattung, die Schauspieler und das Team hinaufschießen. Bei Einsatz eines modifizierten Shuttles ließe sich so eine

Weltraumstation zum halben Preis der läppischen kleinen Spielzeug-Orbitalstation der NASA konstruieren …«

»Tja, also …«, äußerte Olli leise und Dexter sah ihm an, dass George ihn in seinen Bann gezogen hatte.

Zu Dexters Erleichterung bekam er in diesem Augenblick den Bourbon serviert. »Übersiehst du nicht etwas, George?«, fragte er, nachdem er sich einen tüchtigen Schluck in den Rachen gekippt hatte.

»Ich glaube nicht, Dexter.«

»Warum sollte Disney dafür vier Milliarden Dollar ausgeben, und woher wäre so viel Geld eigentlich zu erhalten?«

George grinste. »Denk doch mal *realistisch*, Dexter«, antwortete er. »Wir sprechen über den gewaltigsten Kolossalfilm aller Zeiten und ein komplettes orbitales Disneyland, dazu eine thematisch verwandte Fernsehserie, nein halt, wieso denn, ein ganzes Paket von Fernsehserien, so wie Paramount es mit *Star Trek* macht, ferner das dreifache Merchandising, das wir von *Batman* kennen …«

»Für eine Investition von vier Milliarden Dollar, George?«, gab Dexter hartnäckig zu bedenken.

»Tu nicht so, als ob du beschränkt wärst, Dexter, Eisner müsste ja nur einen Bruchteil der Summe aufbringen, der Rest käme aus langfristigen Bankanleihen, für die der Film und zwanzig Jahre Einnahmen aus Raumstation Micky Maus als Sicherheit dienen könnten, außerdem ließen sich die Baukosten samt und sonders als Investitionsausgaben absetzen, sodass das ganze Projekt nie irgendeinen zu versteuernden Gewinn abwürfe …«

»Weißt du, wahrscheinlich wäre es tatsächlich möglich, die NASA dafür zu gewinnen«, spekulierte Ollie verträumt. »Die Treibstofftanks als Spende des offiziellen staatlichen Weltraumfahrtprogramms der zivilen

Wirtschaft zu überlassen, würde sie nichts kosten, die zusätzlich erforderlichen Shuttleflüge würde Disney finanzieren, und hier im sonnigen Südkalifornien, wo sie wahrhaftig willkommen wären, entstünden Tausende von neuen Arbeitsplätzen …«

Dexter trank noch einen kräftigen Schluck Bourbon. »Eins raff ich nicht, George«, gestand er. »Was hättest denn du davon?«

»Du meinst, außer der spirituellen Genugtuung, unsere Zivilisation vor dem endgültigen Niedergang zu bewahren und der Menschheit den Weg zur Überwindung ihrer lächerlichen irdisch-planetaren Grenzen zu ebnen, sodass sie sich aus dem Staub erheben und Göttern gleich zu den Sternen streben kann?«

»Ja genau«, sagte Dexter knochenhart. »Außer diesen bombig starken Sachen.«

»Natürlich würde ich das Drehbuch schreiben, Dexter«, lautete George Clayton Johnsons Antwort. »Und wenn unsere Agenten ein sorgfältig geplantes Geschäft abschließen, auch das Drehbuch für den jeweiligen Pilotfilm der Serien, außerdem müssten Tantiemen aus jeder Sendung und ein angemessener Anteil aus den Merchandisingrechten abfallen.«

»Unsere Agenten?«, nölte Dexter. »Was soll das heißen, Roter Bruder?«

»Nun je, da ich die Inspiration Ollie verdanke, du ein befreundeter Kollege bist und ich so ein großherziger Wohltäter bin, besteht meinerseits die Bereitschaft, dich und Ollie in das Projekt einzubeziehen«, stellte George mit äußerster Gönnerhaftigkeit klar. »Ich habe das gesamte Konzept im Kopf, also erzähle ich alles auf Kasette, Ollie sorgt dafür, dass die wissenschaftlichen Aspekte stimmen, dann schreibst du, Dexter, einen ersten Drehbuchentwurf, danach überarbeite ich ihn und reiche ihn Disney ein.«

Im ersten Moment fühlte Dexter sich fast versucht,

sich auf das Vorhaben einzulassen. Wenn man George Clayton Johnson und Michael Eisner in ein Zimmer sperrte, mochte dabei so gut wie alles herauskommen.

»Du hast ... äh ... zu Eisner Zugang, George?«, fragte er.

George Clayton Johnson lächelte ihn so strahlend an, wie nur er es konnte. »Tja, in dieser Hinsicht wollte ich auf dich bauen, Dexter«, sagte er voller Hintersinnigkeit.

»Na klar, Michael Eisner ist mein Busenfreund. Jeden Tag ruft er mich an, und wenn ich ihn warten lasse, hört er sich geduldig zehn Minuten Dudelmusik an, bis er meine superklugen Gedanken vernehmen darf.«

»Immerhin hast du *RALFS WELT* an Archie Madden verkauft, oder, Dexter?«

»Ähm ... Streng genommen nicht, das Konzept stammt von mir, ja, aber ...«

»Na also, dann wird dein Freund Archie Madden doch wohl ...«

»George, bisher bin ich Archie Madden nicht mal begegnet ...«

Doch während er diesen Halbsatz sprach, hatte Dexter einen Geistesblitz.

»Aber ich habe mit ihm am Dienstag einen Termin.«

Hatte Texas Jimmy ihm nicht empfohlen, den Rat einiger ›Intelligenzbestien‹ einzuholen?

Wo könnte er einen fruchtbareren Geist finden, der sich so bereitwillig anzapfen ließ, als den Verstand George Clayton Johnsons?

Dexter beugte sich vor. »Sicherlich darf ich dir was Besseres als diesen Allerweltswhiskey spendieren, George«, brummelte er leutselig. »Dir natürlich auch, Ollie.«

Ohne Zögern bestellt er drei doppelte Wild Turkey und erläuterte den beiden Kollegen die Situation.

»Deshalb befürchtet Balaban, es wird, wenn wir Madden nicht davon überzeugen, dass die Einschaltquote merklich steigt, keine zweite Dreizehnwochen-Staffel mehr geben ...«

»Und du möchtest die Empfehlungen meines überragend sicheren Gespürs erfahren?«, vergewisserte sich George. »Du legst Wert auf die Ergüsse meines Gehirns? Ich soll dir das Schlüsselwort nennen, das Mr. Maddens Wohlwollen erschließt?«

»So ähnlich«, gab Dexter zu.

George Clayton Johnson grinste ihn an. »Na, das freut mich, Dexter«, sagte er. »Und ich kann es dir gleich nennen.«

George mochte ein Ego haben, das so groß war wie das Ritz, aber sein freizügiger Umgang mit den Resultaten seiner Phantasie – solange er sie nicht zu Papier bringen musste – galt längst als legendär.

Kunstpause. Nicken.

George grinste breiter.

»Fandom«, fügte er hinzu.

»O je«, raunte Dexter; die Äußerung drang über seine Lippen, als entwiche einem angestochenen Autoreifen Luft.

Im Verlauf der Jahre hatte George schon mancherlei verrückte Strategien ersonnen, um dem Fandom Zügel anzulegen und es für höhere Ziele umzufunktionieren, darunter auch den Plan, es in der dünn bevölkerten Nevada anzusiedeln und sich zum Philosophenkönig eines Science Fiction-Utopia wählen zu lassen.

Freilich wäre er nicht der Einzige gewesen.

Seit L. Ron Hubbard bewiesen hatte, dass so etwas geschafft werden konnte, indem er einen fannischen Kult in die so genannte Scientology-Kirche verwandelte, war wiederholt auch von anderen Science Fiction-Schreiberlingen mit messianischen und/oder pekuniären Vorlieben versucht worden, sich selbst etwas

Ähnliches aufzubauen, allerdings mit bescheidenerem Erfolg.

Seit Gene Roddenberry seine Kontakte zum Fandom genutzt und Fans eingespannt hatte, um *Star Trek* über die kritischen Anfänge zu retten, und anschließend, indem sich ein gänzlich neues, eigenes Fandom abzweigte, zufrieden zuschauen durfte, während die Grundidee sich zu einem wahren Füllhorn an Ablegern in sämtlichen Medien und auf allen Märkten auswuchs, träumten Produzenten alles nur im entferntesten mit Science Fiction Verwandten unablässig von einem vergleichbaren Geniestreich.

Seit Dexters Vorstoß in diese Richtung, der Roman *Die Transformation*, nichts Derartiges erreicht hatte, bereitete es ihm Magenbeschwerden, sich solche alten Kamellen anhören zu müssen.

»Inwieweit unterscheidet sich denn dein Problem von der Herausforderung, vor der Rodenberry während der ersten *Star Trek*-Staffel stand, Dexter?«, argumentierte George, neigte sich vor und blickte Dexter fest in die Augen. »Damals wollte man *Star Trek* auch den Saft abdrehen.«

»Die Geschichte ist uns doch allen geläufig, George«, sagte Ollie matt.

George beachtete ihn nicht. »Harlan hat Gene auf die Tatsache der weltweiten fannischen Verschworenheit aufmerksam gemacht, Gene heuerte Bjo Trimble an, um die Beziehungen spielen zu lassen, und Zehntausende von Fans überschütteten NBC und Paramount mit Millionen von Zuschriften, retteten die Serie vor dem Aus, gründeten die heute weit gespannte Trekkie-Fangemeinde – und veränderten den Lauf der Fernsehgeschichte und der populären Kultur.«

»Ich bezweifle«, hielt Dexter ihm entgegen, »dass Archie Madden viel um Zuschauerbriefkampagnen gibt.«

George Clayton Johnson wandte den Blick nicht aus Dexters Augen. Georges Augen schienen von geballter Eindringlichkeit zu glitzern. »Selbstverständlich nicht, Dexter«, räumte er ein, »aber glaubst du nicht, er wäre sehr beeindruckt, könnte man ihn von der Aussicht aufs Entstehen eines Ralf-Fandoms überzeugen?«

Eine Bourbonblase verursachte in Dexters Magen Sodbrennen. »Urk«, machte er.

»Die Medienbarone haben gegen ihren Willen eine aufschlussreiche Lektion lernen müssen, als das Science Fiction-Fandom eine schon so gut wie gestorbene Fernsehserie in ein immenses Medienunternehmen umgemünzt hat«, meinte George; die Gutgeschmiertheit der Zunge und die Redseligkeit verliehen seiner Stimme etwas Breiiges. »Sicher weiß inzwischen jeder in Hollywood, der bloß die Intelligenz eines Angelwurms hat, wie's Gene damals gelungen ist, diese ganz erstaunliche Wende hinzubiegen, aber ebenso ist jedem bekannt, welche Unsummen noch heute aus dem Transporterraum in die Kasse der Paramount gebeamt werden, und darum wäre trotzdem jeder durchaus davon begeistert, würde seinem Kassenbestand auf ähnlichem Weg nachgeholfen … Oder bist du anderer Ansicht, Dexter?«

»Scheiße«, sagte Dexter.

Einmal war Dexter auf einer Party zugegen gewesen, deren Gastgeber vom empörten Begleiter einer Dame beschuldigt wurde, ihr LSD in den Punsch gefüllt zu haben, er hatte die Schlussfolgerung vertreten, sie wäre auf einem Acid-Trip. Tatsächlich jedoch befand sich in dem Punsch gar kein Acid. Die Frau hatte lediglich ein intensives Gespräch mit George geführt gehabt.

Jetzt konnte Dexter allmählich nachvollziehen, wie ihr zumute gewesen sein musste.

George war dazu fähig, jemanden von nahezu allem zu überzeugen.

Zumal von etwas, an das man gerne glauben wollte.

»Soll ich ihm etwa das Zauberwort ›*Star Trek*‹ ins Öhrchen flüstern?«, fragte Dexter; insgeheim konnte er nicht leugnen, dass Georges Anregung sich durch eine gewisse, atemberaubende Glaubwürdigkeit auszeichnete.

»Das Denken großer Denker vollzieht sich in den gleichen Bahnen«, versicherte George.

»Aber … aber wie fängst du 's an, George«, fragte Dexter gegen besseres Wissen, »ein Ralf-Fandom zu gründen?«

George Clayton Johnson hob die Schultern. »Ich fang's gar nicht an«, gab er zur Antwort.

»Warum nicht?«

George lachte, wandte den Blick ab, trank ein Schlückchen Wild Turkey und schmatzte aus Anerkennung mit den Lippen; der Bann war verflogen.

»Weil es nicht mein Projekt ist, stimmt's, Dexter?«, sagte er.

Nachdem das Con-Komitee ihn und Ellie im Hotelrestaurant zu einem anständigen Essen eingeladen hatten, war es Zeit für die Ehrengast-Party.

Weil er wusste, dass der Laden gerammelt voll war, sodass man sich durchs Gedränge schieben musste, um an der Theke Getränke zu ergattern, und die zwei Freibierbons, die jeder prominente Con-Besucher erhielt, ihm keine ausreichende Alkoholzufuhr gewährleisteten, um sein Gemüt so weit abzustumpfen, dass er den Abend durchstand, hatte Dexter zum Essen eine halbe Flasche kalifornischen Burgunders getrunken und zum Abschluß ein Gläschen Remy Martin nachgekippt.

Als sie auf der Ehrengast-Party eintrafen, hätte er nicht von sich behaupten können, für diesen Zweck hinlänglich beduselt zu sein, aber zumindest verspürte er eine gewisse, recht angenehme Betäubung.

Und daran hatte er dringenden Bedarf.

Die Ehrengast-Party fand im großen Tanzsaal des Hotels statt. Den überwiegenden Teil der Klappstühle, die man bei einer Nutzung als Auditorium aufreihte, hatte man auf dem Podium zu Stapeln aufgetürmt, nur ringsherum längs der Wand eine Anzahl von Sitzgelegenheiten belassen, und rechts des Eingangs war die Getränketheke aufgebaut worden. Mit sechs- bis siebenhundert Teilnehmern rechnete das Con-Komitee, und davon waren bereits anfangs so viele zur Stelle, dass im Saal schon merkliche Enge herrschte.

Ein ununterbrochener Lärmschwall schlug Dexter entgegen, während er zum zusätzlichen Aufwallen eines Begrüßungsgegröles in den Saal Einzug hielt; um die dreihundert Personen, die nicht besonders für eine zivilisierte Lautstärke ihres Konversationstons bekannt waren, hatten sich in einem Raum ohne Fenster versammelt, und alle versuchten inmitten des allgemeinen Radaus, den sie selbst hervorriefen, einander zu übertönen.

Um die Getränketheke, an der drei Hotelkellner ihr unzulängliches Bestes leisteten, um schlechte, gepantschte Getränke zu Wucherpreisen so schnell zu verkaufen, wie die Fan-Horden sie schlappen konnten, scharte sich ungebärdiger Pöbel. Längst bildete sich eine unsichtbare Giftgaswolke aus Schweißgeruch, Fuseldunst, Erdnussaroma, Salzstangen-Odeur sowie Käsesockengestank und ranzigem Schleichermief.

Doch um fair zu sein, musste Dexter zugeben, dass

der Krach und die Ausdünstungen, hätte man dreihundert andere Leute in den Saal gesteckt, kaum anders gewesen wären. Etwas ganz anderes wiederum war jedoch der visuelle Eindruck massenhaften Fandoms.

Dabei fielen nicht allein die jeder Statistik abträgliche Häufigkeit Übergewichtiger oder die Gegenwart eines Dutzends extremer Globuloiden ins Auge, sondern überdies die Tatsache, dass die Fans mit ihrer Kleidung von allem, was sie jeweils hatten, freimütig sehen und heraushängen ließen, obwohl man sich in den meisten Fällen wünschen musste, sie hätten darauf verzichtet.

Gigantische Panzen schwabbelten aus Gürteln und unter XXL^3-Reklame-T-Shirts hervor. Titanische Kehrseiten dehnten die Hosenboden grell pinkfarbener und hellgrüner Caprihosen bis zum Grauen verheißenden Bersten. Größe 49/D-Körbchen-Haubitzen spannten Sweater oder quollen aus auch für Elefanten geeigneten Korsagen. Bermudashorts und abgeschnittenen Jeans entragten haarige Stampfer mit dem Umfang von Baumstämmen.

Und das waren erst die Fans, die kein ›Con-Kostüm‹ trugen.

Ungefähr zwei bis drei Dutzend allerdings hatten sich kostümiert, und eines musste man der Szene lassen: Wo in dem Universum, das man im Fandom als ›Normalwelt‹ bezeichnete, konnte man in einen voll besetzten Saal gehen und mehrere Barbaren, ein Halbdutzend Mr. Spocks, eine mit Strahlenpistolen bewaffnete Truppe von ›Läufern‹ aus *Flucht ins 23. Jahrhundert*, eine schweinerosa Riesen-Piggy mit einem Goldfischglas als Raumhelm, eine gesäßbetont überschwere, blau bemalte Haremsdame mit Antennen auf dem Kopf sowie verschiedenerlei andere Figuren aus Stories, die zu kennen niemand eingestehen mochte, im Gespräch mit Stinos erblicken, als gäbe es überhaupt nichts Selbstverständlicheres?

Auf einer Science Fiction-Convention guckte kein mit der Szene Vertrauter irgendwo ein zweites Mal hin.

Von Norman Spinrad, dessen Abneigung gegen diese Szene in ihren Kreisen nicht gerade die Beliebtheit seiner Werke gefördert hatte, war Dexter einmal eine Anekdote erzählt worden, die furchtbar nach einem wahren Erlebnis klang.

Spinrad besuchte einen Con am Flugplatz LAs – vielleicht war es sogar eben in hier diesem Hotel gewesen –, und sein alter Kumpel, der noch notorischere Timothy Leary, hatte weiter nördlich an der Küste dies oder jenes zu tun, also vereinbarten sie, sich im Con-Hotel zu treffen und gemeinsam zu Abend zu essen. Bloß gelang es ihnen nicht, sich zu treffen.

»Wieso bist du nicht aufgekreuzt, Timothy?«, hatte Spinrad einige Tage später Leary gefragt.

»Ich war da, gut eine halbe Stunde lang war ich da, aber ich konnte dich nicht finden, und länger ließ es sich einfach nicht aushalten«, antwortete der Guru-Veteran eines Tausends Acid-Trips. »Diese Leute waren einfach zu viel für mich.«

An diesem Wochenende durften sie jedoch keinesfalls zu viel sein für Dexter D. Lampkin, ihren Ehrengast, für den es nicht nur unmöglich blieb, sich schlichtweg zu verdrücken, sondern der gezwungen war zu lächeln, zu nicken, dummes Zeug zu plaudern, Händchen zu schütteln und so zu tun, als kenne er Leute, an die er sich beim besten Willen nicht erinnern konnte.

»Hallo Dexter!«

»Ey Dex!«

»Mensch, wie geht's, wie steht's denn so, altes Haus?«

Kaum dass die Fans, die sich mit nichts anderem befassten, seine Ankunft bemerkten, entstand um Dexter ein Auflauf. Öfters erschreckte es ihn, wie wenige Gesichter er mit Namen in Verbindung bringen konnte, obwohl alle diese Leute anscheinend an ihn persönlich Erinnerungen hatten, sich vor Jahren geführter Gespräche entsannen, manchmal sogar an Angelegenheiten erinnerten, die er vergessen hatte oder lieber vergessen hätte; angesichts dessen ihn bisweilen die Angst überkam – vor allem wenn er halb betrunken war wie jetzt –, seine Gehirnerweichung habe inzwischen Besorgnis erregende Ausmaße angenommen.

Mit Nachdruck musste er sich in solchen Augenblicken vergegenwärtigen, dass er in diesem Milieu so berühmt war, wie ein Autor es in der Normalwelt selten wurde, eine Berühmtheit wie ein Schauspieler oder Rockstar: Die Fans wußten nicht nur seinen Namen, sie kannten sein Gesicht. Hunderte von ihnen hatten schon mit ihm gesprochen. Im Laufe der Jahre hatte er für Tausende Bücher signiert.

Für Abertausende von Fans war es wirklich einfach, sich an ihre Begegnungen mit einer Hand voll Autoren zu erinnern, aber unmöglich für die Autoren, sich an Tausende von Fans zu entsinnen.

Nüch iebel, ein Keenich zu sein, hä?, höhnte in seinem angeduselten Kopf spöttisch Ralfs raue Stimme.

»Noblesse oblige«, rief Ellie ihm sotto voce in Erinnerung, drückte kurz seine Hand. »Und achte drauf, dich nicht abzufüllen.«

Angesichts des Gedränges an der Getränketheke und des fragwürdigen Alkoholgehalts der Getränke, falls man denn welche ergattern konnte, sah Dexter selbst die Schwierigkeit eher darin, ob er sich genug einfüllen konnte.

Genug, um endlos mit einer Hand Autogramme auf Programmhefte zu kritzeln und mit der anderen das Glas zu halten, ohne irgendwem ins Gesicht zu sagen, er sollte sich zum Teufel scheren. Genug um mit ernstem Gebaren dümmliche Konversation mit schlecht riechenden Jugendlichen zu betreiben, die ihm ins Gesicht schrien, um sich durch den Lärm verständlich zu machen, und ihn dabei mit Speichel besprühten.

Genug, um seine Pflicht als Ehrengast zu erfüllen und sich unters fannische Proletariat zu mischen, anstatt sich zu den übrigen anwesenden Autoren zu gesellen, die sich als kleine, geschlossene Grüppchen Sitzplätze an den Wänden gesucht hatten.

Genug, um in dem zunehmend voll gemieften Saal auszuharren, lange nachdem seine Kollegen sich in die vergleichsweise zivilisierte Umgebung privater Zimmerpartys – der berüchtigten ›Room Partys‹ – zurückgezogen hatten, oder in die neben dem Foyer gelegene Hotelbar.

Warum tu ich so was?, fragte Dexter sich benommen, so wie er sich jedes Mal darüber wunderte, wenn er sich auf einem Con befand, und erst recht während seiner gelegentlichen Auftritte als Ehrengast.

Um zu glauben, er täte es, damit sich seine Bücher verkauften, war er niemals abgefüllt genug gewesen. Die SF-Verleger mochten sich einreden, ihre Autoren auf SF-Cons zu schicken wäre wichtige Promotion, weil sie dann einen Vorwand hatten, kein Geld für sonstige Werbemaßnahmen auszugeben. Aber da es im ganzen Land nur vielleicht zehntausend Fans gab, wäre der Absatz, selbst wenn jeder Einzelne davon ein Exemplar der Taschenbuchausgabe kaufte, jedoch niemand anderes, in Wahrheit lediglich katastrophal.

Doch inzwischen war Dexter immerhin abgefüllt

genug, um sich der Tatsache zu stellen, dass sein jüngeres, geileres und bedenkenloseres Ich in früheren Zeiten Cons hauptsächlich aufgesucht hatte, um zu bumsen.

Sei ehrlich, Lampkin, sagte er sich: Wo sonst konnte ein Science Fiction-Profi, der nie ein Inbegriff männlicher Schönheit gewesen war und keine ausgeprägtere Begabung zum scharfen Poussierhengst hatte, sich durch so viel von Herzen williges Weiberfleisch aller Art wühlen?

Aber die Flut des Testosterons strömte nicht mehr heiß genug durch seine Adern, um die Zweifel an der Fickbarkeit fünfundneunzig Prozent dessen, was sich an Frauen auf so einer Con-Party antreffen ließ, zu ertränken. Das musste wohl, vermutete er, Reife sein. Der reifere, verheiratete, anspruchsvollere Dexter D. Lampkin mochte ab und zu eine Stichprobe machen, wenn ihm zufällig ein zugänglicher weiblicher Fan über den Weg lief, deren fleischliche Reize seinem eigentlich bescheidenen Mindeststandard entsprachen; doch mittlerweile war es lange her, dass er das letzte Mal aus dem schlichten, durch die Drüsen gesteuerten Antrieb einen Con besucht hatte, sich solcher Gymnastik zu widmen.

Dexter trank den Rest seines so genannten Screwdriver, der aus schwach mit Waffenöl vermischter Plörre zu bestehen schien, und quetschte sich, indem er mit allen und niemandem quasselte und fortwährend nickte, durchs Geschiebe der Versammelten zu den Fans an der Getränketheke, um sich dort einen neuen Drink zu besorgen.

Denn die traurige Wahrheit lautete, dass er Cons aus dem gleichen Grund aufsuchte, weshalb so gut wie jeder Science Fiction-Autor in seiner Bekanntschaft es tat: Aus Egoboo.

Science Fiction-Autoren konnten dem Angebot, sich

in der Aufmerksamkeit des Fandoms zu sonnen, so wenig widerstehen, wie Junkies Smack von sich wiesen. Dexter kannte beinahe alle, und es wäre eine enorme Schwierigkeit für ihn gewesen, sich einen einzigen Kollegen zu denken, der Cons völlig mied: Spinrad nicht, der ihnen die Schuld an den meisten literarischen Mängel des Genres gab, nicht Ellison, der die Fans mit seiner Revolverschnauze erbarmungslos geißelte, nicht einmal Malzberg, der zu diesem Thema mehrere herzlich boshafte Satiren geschrieben hatte.

»Kann ich Ihnen einen Drink holen, Mr. Lampkin?«

Von vorn an der Theke, aus der Schar durstiger Fans, hatte eine weibliche Stimme ihm die Frage zugerufen, und er, den noch etliche Minuten des Anstehens und Wartens vom nächsten Glas trennten, antwortete ohne jede bewusste Überlegung. »Einen Screwdriver«, rief er zurück.

Zwei Minuten später wünschte er sich ernstlich, es nicht getan zu haben, als die hilfsbereite Fragestellerin, in den Händen zwei Plastikbecher mit gelblichem Inhalt, aus dem Pulk der Fans zum Vorschein kam.

Zwischen fünfundzwanzig und dreißig Jahren mochte sie sein. Groß war sie etwa einssiebzig. Wiegen konnte sie zwischen 60 und 80 kg – entscheiden ließ es sich kaum, weil sie ein hellrotes Sackkleid trug, das überwiegend verbarg, was es andeutete: Massige, durch keinen BH gestützte Butterberge, fleischige Schenkel, Schlaffarsch, Hängebauch. Langes, weißblondes Haar fiel ihr in Wellen auf die Schultern. Abgesehen von einigen rot entzündeten Akneflecken auf den Pausbacken war ihr Puttengesicht glatt wie Seide. Auf den rechten Flügel der wohl geformten Nase hatte sie eine winzige Rose gemalt oder tätowiert. Auf dem Schmollmund schimmerte feucht purpurroter Lippenstift.

Durch Make-up geradezu dramatisch betonte Brauen und Lider umgaben die großen, grünen Augen, deren

Blick ihn erfasste wie die Laserzielvorrichtung eines Heckenschützen.

»Da sind Sie ja, Dexter«, sagte sie, als sie ihm den Pappbecher reichte, mit einer offenbar mittels schierer Willenskraft zur Sinnlichkeit gezwungenen Stimme. »Ich heiße Cynthia. Ich darf Sie doch Dexter nennen, oder?«

»Danke … äh … Cynthia …«, brummte Dexter freundlich und langte nach seiner Brieftasche; seine Freibierbons hatte er nämlich längst vertrunken.

»Aber nein, ich bitte Sie, der Drink geht auf mich«, erklärte sie in tendenzieller Atemlosigkeit, fing seine Hand auf dem Weg zur Hüfttasche ab und streifte dabei mit freimütiger Offensichtlichkeit sein Gesäß. »Das ist doch 's Allermindeste, was ich für einen Mann tun kann, dem ich so viele Stunden des Vergnügens verdanke.«

Weil ihm nichts Besseres einfiel, nahm Dexter einen langen Zug aus dem Becher. »So … äh …«, nuschelte er ratlos, »hab ich das …?« Zum Henker, wo blieb bloß Ellie?

»Sie sind mein absoluter Lieblingsautor«, gestand Cynthia mit frappierender Aufrichtigkeit, schwappte vorwärts in seine nächste Nähe, bis er das mit ihrem Schweißdunst vermengte, schwere Jasminparfüm roch, fast ihre Körperwärme spürte, während sie ihm voller gänzlich schamloser Bewunderung in die Augen glubschte.

»Ich bin …?«

Nach fannischen Maßstäben gab sie eigentlich keine schlechte Erscheinung ab, das hieß, beurteilt nach dem, was er momentan von ihr sehen konnte, und Dexter wusste nur zu genau, dass es einmal eine Zeit gegeben hatte, in der er in vielleicht einer halben Stunde, nach noch ein, zwei Drinks …

»Natürlich, Dexter«, bekräftigte sie ihre Aussage.

»Ich habe alles gelesen, was überhaupt von Ihnen geschrieben worden ist, und meines Erachtens gehört es zu der kleinen Anzahl höchst bedeutender Werke, die in der gesamten Geschichte der Literaturgattung geschaffen worden sind, und *Die Transformation* hab ich wenigstens ein Dutzend Mal gelesen.«

»Sie haben …?«

»Es ist eine wahre Tragödie für das ganze Land und den gesamten Planeten, dass das Buch nie die Popularität von *Der Wüstenplanet* oder *Ein Mann in einer fremden Welt* erlangt hat, hätte es die Anerkennung erlangt, die es verdient, könnte die Welt erheblich besser dran sein.«

Entgeistert starrte Dexter ihr in die Augen, um ihren Ausdruck auf Ehrlichkeit oder Unehrlichkeit zu prüfen, während sie noch näher heranrückte: Zwei weitere Zentimeter, und ihre Brustwarzen mussten ihn berühren.

Wie hätte er nicht nach dem Wahrheitsgehalt ihrer Äußerungen forschen können?

Ihr Lob bedeutete einen schaurig offenkundigen Köder, den eine Zippelgusse nach ihm auswarf, die zu ficken seinem heutigen Ich nie in den Sinn käme. Aber fasste sie nicht in Worte, was er selbst ganz im Geheimen auch glaubte? Woran zweifelte er eigentlich wirklich, wenn er die berechnende Redlichkeit dieser dicklichen Fan-Weibse anzweifelte?

»Bringe ich Sie in Verlegenheit, Dexter?«, fragte Cynthia etwas diskreter; doch ihr Blick wich nicht von ihm, in ihren Augen bot sie ihm offene Anbetung und nackte Lust – oder gar, um Himmels willen, Liebe? – wie eine Opfergabe auf einem Silbertablett an.

»Es so formuliert zu hören, bin ich nicht unbedingt gewöhnt«, bekannte Dexter und schenkte ihr ein angedeutetes Lächeln. Es nicht zu tun, wäre schofel gewesen.

»Sicherlich nicht«, sagte sie. »Ich kenne jedes Wort, das Sie geschrieben haben, Dexter, also glaube ich, dass ich Ihre edle Seele so genau kenne, wie es einer Frau überhaupt möglich ist, die noch nie die Ehre hatte, mit Ihnen ins Bett zu gehen.«

Guter Gott!

»Haben Sie jemals *Die letzten Gerechten* gelesen?«

»Ich glaube nicht.«

»Es ist ein Fantasyroman eines Autors namens Andre Schwartz-Bart, der sonst, so viel ich weiß, nichts Bemerkenswertes geschrieben hat. Das Buch basiert auf einer alten jüdischen Sage. Gott hat das Universum so konstruiert, dass dessen Überdauern zu jeder Zeit von der spirituellen Reinheit nur zehn Gerechter abhängt. Aber diese Zehn kennen sich gegenseitig nicht.«

Cynthia schob sich erneut näher; endlich stubsten ihre Euter gegen Dexters Brustkorb. Dexter spürte ihr Wogen.

»Und in meinem Herzen weiß ich«, fügte sie hinzu, »dass in unserer Zeit einer der zehn Sie sind.«

Vermutlich hatten inzwischen sogar die wässrigen Drinks, die die Kellner hier unter die Leute brachten, endlich eine Wirkung auf ihn, denn Dexter merkte, dass seine Knie eine gummiweiche Beschaffenheit anzunehmen schienen, um seinen Kopf kreiselte alles, sein Gemüt, sein ganzes Wesen, geriet in einen Mahlstrom völliger Verwirrung, er drohte in den strudeligen Abgrund dieser großen, grünen Augen gerissen zu werden, deren Schmachtblick ihn anbetete, als wäre er eine Gottheit.

Oder schob er die Ursache auf das Gesöff, um nicht zugeben zu müssen, wie gerührt er sich in Wirklichkeit fühlte? Gesteh es ein, Lampkin, wäre sie ein hübsches Mädchen und nicht ein übergewichtiges Fan-Heimchen, das nicht besonders angenehm riecht, du würdest sie in die Arme schließen.

So wie es sich verhielt, brachte das Schimmern der Intelligenz in ihren Augen, die vollständig offenherzige, unverhohlene Bewunderung im Blick dieses armen, reizlosen Menschenkinds – die Bewunderung für genau das, was er selbst gerne geglaubt hätte – ihn an den Rand der Tränen.

Wacker lächelte Cynthia ihm ein verschwommenes Lächeln voller traurigen Durchblicks ins Gesicht. »Jederzeit, Dexter, überall«, sagte sie leise, fuhr sich mit einer dicken, rosa Zunge über die wulstigen, feuchten Lippen, fasste ihn sacht an der Hand. »Es wäre der großartigste Moment meines Lebens.«

Herrje, er verabscheute sentimentale Säufer, und es machte die Sache wahrhaftig nicht besser, war er selbst das fragliche jämmerliche Arschloch.

»Da bist du ja, Dexter«, meinte hinter ihm Ellie im Stichelton.

Dexters Hand zuckte von Cynthias Fingern zurück, mit roten Ohren fuhr er zu seiner Frau herum, geradeso wie ein armer, kleiner Männe, den sein Dragoner im falschen Film erwischte, und wahrscheinlich hatte er das gleiche blöde Grinsen auf dem Gesicht.

Erfahrenen Blicks schaute Ellie ihm in die Augen, schüttelte kaum merklich den Kopf und zog eine müde Miene des Bescheidwissens. »Du siehst aus, als hättest du inzwischen genug intus.«

»Also *nochmals* vielen Dank für das interessante *Gespräch*, Mr. Lampkin«, quakte Cynthia mit wahrhaft schwachsinniger Betonung, indem sie einen entenhaften Gesichtsausdruck fannischer Debilität aufsetzte. »Sorgen Sie doch *bitte* dafür, dass er genügend *Ruhe* findet, Mrs. Lampkin, im *Programmheft* steht, dass er morgen an *drei* Podiumsdiskussionen teilnehmen soll.«

»Komm, Dex, sie hat völlig Recht, du musst morgen geistig fit sein«, sagte Ellie, fasste ihn an der Hand und führte ihn ab, ohne dass er sonderlich unwillig gewesen wäre.

Dennoch bewog ihn irgendetwas dazu, sich über die Schulter umzuschauen.

Cynthia stand mit ungeheuer eindringlichem Blick da. Sie lächelte. Langsam schob sie den rechten Zeigefinger tief zwischen die dicken, feuchten Lippen und zog ihn noch langsamer heraus, warf ihm eine behäbige Kussmund-Kusshand zu.

Offensichtlich hatte Ellie ihn noch zur rechten Zeit ins Bett gebracht, oder die Getränke des Hotels waren wirklich so schwer gepanscht gewesen, wie er den Eindruck gehabt hatte – vermutlich traf beides zu –, denn am folgenden Morgen erwachte er ohne Kater und fühlte sich dazu im Stande, sich dem Thema *Science Fiction und Noosphäre* zu stellen, mit dem sich die Podiumsdiskussion um 11 Uhr befassen sollte.

Als Diskutanten waren zwei Science Fiction-Autoren eingeladen, Dexter Lampkin und Jerry Pournelle, ein Wissenschaftler, nämlich Hank Farmer, und Pater Barton O'Brien, ein SF-Leser und katholischer Priester.

Da diese Diskussion als Programmpunkt galt, den man im Fandom einen Serkon-TOP nannte – einen Tagesordnungspunkt mit dem Potenzial zu einer seriösen, konstruktiven intellektuellen Debatte –, hatte sie, wie vorhersehbar gewesen war, trotz der Teilnahme des Ehrengastes keinen großen Zulauf, und aus diesem Grund fand sie gemäß der klugen Planung des Con-Komitees vor dem Mittagessen in einem kleinen Nebensaal statt.

Diese Art von Podiumsdiskussion behagte Dexter.

Zuhörer gab es höchstens hundert, das hieß, er saß in einem für Con-Verhältnisse eher gemütlichen Ambiente, Hank war einer seiner Anhänger aus dem Transformationalistenzirkel, für Jerrys altbekannten Hang, in weitschweifige Monologe zu verfallen, entschädigten die faszinierenden Diskussionsbeiträge des Geistlichen, alle waren sie ausgebuffte Diskutanten, das Thema hatte Niveau; deshalb lief das Ganze mehr auf eine echte Konversation unter interessanten Zeitgenossen hinaus, als auf den Zusammenprall profilneurotischer Egos.

Im Publikum befand sich Ellie, und – zwar ganz wie erwartet, aber es beunruhigte Dexter trotzdem – auch Cynthia, die in der ersten Reihe Platz genommen und eine Hand zwischen die Innenseiten ihrer voluminösen Jeans geschoben hatte; jedes Mal schaute sie ihm voller unerschütterlicher Verehrung in die Augen, wenn sein Blick in ihre Richtung glitt, und obwohl Dexter es weitgehend zu vermeiden versuchte, geschah es häufiger, als es ihm lieb sein konnte.

Die Podiumsdiskussion um 15 Uhr mit dem Thema *Schund-SF und kritische Masse* verhieß weniger intellektuelle Anregung, doch nach der obligatorischen Führung durch die Kunstausstellung, manieriert als Art Show bezeichnet, gelang es Dexter, sich mit Ellie und den Farmers zum Essen abzuseilen, zu dem sie Cocktails und zwei Flaschen Chablis tranken, und nachdem ihn auf der Treppe ein hilfsbereiter Fan rasch ein paar Mal an einem Joint hatte ziehen lassen, hielt er sich für ausreichend gerüstet, um auch diese Diskussion durchzustehen.

Das glaubte er jedenfalls, als er auf dem Podium des zweitgrößten Saals – nach dem Tanzsaal – seinen Platz belegte; Bestuhlung gab es für fünfhundert Personen, ungefähr die Hälfte hatte sich an Zuhörern eingestellt, und natürlich war, gleich vorn in der Mitte, auch Cynthia da, ein Anblick, an den er, wie er befürchtete, sich würde gewöhnen zu müssen.

Allerdings erwies sich die Podiumsdiskussion als die Art von idiotischer Konfrontationskonstellation, die Dexter ganz und gar nicht leiden konnte.

Zu so etwas lud man ein paar Big Name Fans ein, die sich in Fanzines eine gewisse Reputation durchs Rezensieren von flachgeistigen Space Operas sowie Schwerter und Dämonen-Fabeleien erworben hatten, überredete einen unschuldigen Literaturkritiker akademischer Couleur zur Teilnahme an dem Hickhack, und holte zwei Science Fiction-Autoren dazu – einen mit dem Bekenntnis zu literarischen Ambitionen, also Dexter, und einen mit dem erklärten Ziel, es beim Sudeln einzig auf das Klimpergeld unbedarfter Lesestoffkonsumenten abgesehen zu haben, nämlich das heillose Arschloch Garret Selby.

Dann warf man die Frage »Kann Science Fiction Literatur sein oder soll sie als minderwertiger Absud in der Gosse bleiben?« ins Krokodilbecken und schaute sich an, wie dessen Insassen sich zur Gaudi der anwesenden Fan-Gemeinde ineinander verbissen.

Selby, dessen so genanntes Œvre aus einem endlosen Epos von Blut und Blaster-Serienabenteuern bestand, als deren Protagonist Nik Neon fungierte, ein Raumpirat, in dem sich die liebenswerten Charaktereigenschaften Selbys selbst sowie Käpten Pissgaumens vereinten, war ein derartiges Windei, dass er nichts als heiße Luft der Empörung ablassen konnte. Mit unterschiedlichem Erfolg bemühten sich die Fanzine-Schmieranten, seine blamablen Äußerungen zu unterdrücken, indem sie immerzu den bedauernswürdigen Literaturwissenschaftler zu Stellungnahmen aufforderten.

Dexter, der gemeinsam mit dem Akademiker die Rolle eines Verteidigers des literarischen Elitedenkens spielen musste, hätte vielleicht ernstlich darum gerungen, den Philistern einmal die Meinung zu sagen, wäre sein akademischer Bundesgenosse nicht ein völlig vernagelter Starrkopf gewesen, angesichts dessen gänzlich unverständlicher Demontageversuche am ohnehin unsäglichen Professor Vitzliputzli wie ein Musterbild der Geistesklarheit gewirkt hätte.

Ganz ihrer Natur gemäß applaudierten die Fans Selby und den Fanzine-Schreiberlingen, wogegen wenig fehlte, und sie hätten den Literaturfuzzi ausgebuht und ausgezischt, und zudem unterbrachen sie ständig die Widersprüche der Diskussionsteilnehmer gegen ihre Bekundungen.

Gelegentlich versuchte Dexter, um den Schein zu wahren, die eine oder andere Bemerkung in das Gewäsch seiner Umgebung zu keilen, aber eigentlich hatte er zu diesem Quatsch gar keine Lust, und falls es möglich sein sollte, sich mitten im geistigen Pendant einer Hafenkneipenschlägerei zu Tode zu langweilen, dann kam diese Diskussion, was ihn betraf, einem solchen Resultat gefährlich nah.

Gegen Ende des Gebelfers wanderte Dexters Blick, obwohl er es bis dahin gewissenhaft unterlassen hatte, sie anzusehen, rein zufällig in Cynthias Richtung. Als ihre Blicke sich trafen, zückte sie aus ihrer großen Handtasche einen Kugelschreiber, senkte ihn, indem sie verständnisvoll lächelte, mit einer Hand auf den Schoß und vollführte mit der anderen Hand an dem Schreibgerät Masturbationsbewegungen.

Dexter konnte nicht verhindern – mochte der Herrgott ihm beistehen! –, dass er grinste und zum Zeichen der Zustimmung nickte.

Für die Podiumsdiskussion um 17 Uhr, die das Thema *SF in den Medien* hatte, waren die Stühle im Tanzsaal aufgestellt worden, und als Dexter mit Ellie eintrat, mussten schon ungefähr vierhundert Leute zugegen sein, darunter buchstäblich alle auf dem Con anwesenden Autoren, sowohl Profis wie auch Aspiranten, weil sie hofften, irgendetwas zu hören, das ihnen dabei behilflich sein könnte, sich irgendwo Aufträge zu klemmen.

Diese spekulative Erwartung ließ sich keineswegs als vollkommen abwegig verwerfen, denn immerhin bot die Podiumsdiskussion allen Con-Teilnehmern eine Bühne, die einen SF-Film oder eine Fernsehserie verwandten Inhalts zu promoten hatten: Dem halb gescheiten Produzenten eines billigen Horrorstreifens, dem Redakteur eines abermaligen Kabelsender-Revivals der *Twilight Zone,* einem ›Pressesprecher‹ der *Star Trek*-Föderation, einem Vertreter des offiziellen *Star Wars*-Fanclubs, jemandem von einem SciFi-Pay-TV-Sender, drei Samstagmorgen-Zeichentrickfilm-Storyredakteuren und Dexter Lampkin als ›Cheftexter‹ von *RALFS WELT*.

Bei neun Geladenen plus einem Moderator auf der Tribüne, die sich drei Mikrofone und knapp eine Stunde Veranstaltungsdauer teilen mussten, stand von Anfang an fest, dass keine reguläre Diskussion zu Stande kommen konnte, sondern voraussichtlich jeder Beteiligte rund fünf Minuten Zeit zugestanden erhielt, um mit interpunktionsloser Schnelligkeit seine Statements herunterzurasseln.

Dexter hatte seinen Sitz weit links am Tisch, zwischen dem Horrorfilmproduzenten und dem Storyredakteur einer Samstagfrüh-Sword & Sorcery-Trickfilmserie mit dem Titel *Engel der Rache*. Begonnen wurde der Budenzauber dann allerdings an der rechten Seite.

Die Folge war, dass Dexter gute Miene zum bösen Spiel machen, nämlich einen maskenhaften Gesichtsausdruck gebannter Hingerissenheit zur Schau stellen musste, während man ihm einen Schnellkursus in der langen Geschichte der *Twilight Zone* und die Erläuterung irgendeines Schmähs mit Namen ›Astronauten-Akademie‹ zumutete, ferner eine Aufzählung sämtlicher drohender *Star Trek*-Ableger sowie ihrer Überschneidungen, die sich wie ein Aufsichtsratsbericht anhörte, die Bitte um fannischen Rückhalt für ein Kabelsender-Projekt, das in der Hauptsache alte, gammelige Monsterfilme ausgraben wollte, und eine Dissertation über die Frage, wie viele Episoden mit Abenteuern schwertschwingender Racheengel ein normal unterbelichteter Schrumpfkopf für 3000 Mäuse je Vierundzwanzigseitenmanuskript pro Monat hinrotzen konnte.

Für Dexter war das alles so erfreulich, als begösse man ihn 45 Minuten lang mit lauwarmer Pferdepisse. Für seine Begriffe war es, dass man jedem Quark, der nur entfernt an SF-Bildersprache erinnerte, jedem noch so nichtswürdigen Filmgeflimmer und jeder lumpigen Studioproduktion so großtuerisch ernsthafte Wichtigkeit beimaß, geradezu symptomatisch für alles, was an der Science Fiction nicht stimmte, oder vielmehr an dem Science Fiction-Gewerbe, zu dem sie sich entwickelt hatte.

Wäre er nicht Ehrengast, säße er hier nicht dabei – nicht einmal im Publikum –, sondern zöge es vor, seine Zeit mit intellektuell erhebenderen Beschäftigungen zu vertreiben, sich zu besaufen zum Beispiel.

Aber jetzt hockte er mit den anderen Trollen auf dem Podium wie ein Huhn auf der Stange, und es war seine Aufgabe – *Und du hast sie ja schon übernommen, Lampkin, du Arschloch!* –, in ähnlicher Weise auch *RALFS WELT* zu promoten.

Das einschläfernde Sülzen der übrigen ›Diskussionsteilnehmer‹ erregte bei ihm ungefähr so viel Begeisterung wie Fliegengesumm und übte daher auf ihn die Wirkung eines Mantras aus, sodass er, je weiter es sich in die Länge zog, immer mehr Gelegenheit zum Nachdenken fand.

Jawohl, zum ersten Mal seit zahlreichen Con-›Höhepunkten‹ stellte Dexter tatsächlich ernstliche Überlegungen zu der Frage an, was er während einer Podiumsdiskussion sagen sollte. Immerhin handelte es sich für ihn um eine Masse Geld: Um seinen Anteil an einer zweiten Dreizehnwochen-Staffel, mehr Knete, als ein ganzer Stall von Tastenquälern innerhalb eines Quartals fürs Herunterklappern von *Engel der Rache*-Fortsetzungen kassierte.

Gewiss, das Schicksal der Show hing schwerlich von der Zustimmung weniger Hundert SF-Fans und Con-Besucher ab, aber der Floh, den George Clayton Johnson ihm ins Ohr gesetzt hatte, wollte keine Ruhe geben, und zwar umso weniger, je länger er dem Geseire der übrigen Tribünenokkupanten lauschte.

Studios und Produktionsfirmen hatten diese Luschen geschickt, damit sie hier Freunde gewannen, Einfluss auf das Fandom nahmen. Was war es, das sie und George begriffen, er hingegen nicht so richtig kapierte?

Oder raffte er es doch …?

Ihm war, als stünde er ganz dicht davor, irgendeine verhuschte Bedeutung zu erhaschen, die gleich hinter der Geräuschkulisse zu schweben schien, irgendetwas sogar, das er seit langem wusste und auf das er sich nur zu besinnen brauchte, es hatte mit *Chaoszeit* zu tun, seinem kürzlich vollendeten Roman, mit der Chaostheorie, mit der Weise, wie eine winzige Abwandlung ursprünglicher Anfangsbedingungen …

»So, und nun ist's Zeit, dass unser geschätzter Ehrengast persönlich, Dexter Lampkin, uns etwas über seine Show erzählt – über *RALFS WELT*!«

Scheiße!

Die geniale Erkenntnis, welcher Art sie auch gewesen sein mochte, ging ihm durch die mentalen Lappen, und plötzlich saß er völlig verdattert da – starrte rund vierhundert Leuten ins Gesicht, ohne einen einzigen Gedanken im Kopf zu haben.

Er hatte keine andere Wahl, als das Gehirn abzuschalten und sein Mundwerk das Reden erledigen zu lassen.

»Tja ... ähm ... Offen gestanden, wir suchen keine Autoren, weil wir keine brauchen, und bräuchten wir welche, könnten wir sie uns nicht leisten ... Die Sache läuft ganz einfach ab, das Studiopublikum holen wir praktisch von der Straße, und ein aus einer ganz schön verdammt miserablen Zukunft exilierter Komiker führt mit den Leuten ein Streitgespräch, also ... äh ... also ...«

Also?

Dexters Zunge schien an dem Wort festzuhängen wie der Tonabnehmer eines alten Plattenspielers in einer schadhaften Spur.

Also?

Also *was*, Lampkin?

Und da kam ihm, während er über das Sargassomeer ihm zugewandter Gesichter ausschaute, das Blumenbeet glasiger Augen betrachtete, ihm schon das Herz in die Hose zu rutschen drohte, eine Eingebung.

»Also ist es vielleicht am besten, ich zeige Ihnen, wie die Sendung abläuft«, sagte er mit einem Grinsen, von dem er hoffte, dass es das Publikum zum Fragenstellen ermutigte. »Ich bin zwar nicht Ralf, aber fragen Sie mich einfach alles über die Show, was Sie wissen möchten.«

Eine schier endlose Pause; ein Schweigen glotzäugiger Ratlosigkeit.

Die Stille schien sich bis in grauenvolle Fernen der Ewigkeit hinzuziehen und gab Dexter mehr als genügend Gelegenheit, um sich zu verdeutlichen, was Ralf litt, während er auf der Bühne stand und mit einer wahllos von der Straße aufgelesenen Ansammlung von Spatzenhirnen Sendezeit zu füllen versuchte, ohne dass irgendwer sich darauf einließ.

Kein Wunder, dass Ralfs Benehmen in solchem Maße zur Feindseligkeit neigte. Auch Dexter verspürte jetzt alle Bereitschaft, wenn ihm keine eloquente Aushilfsüberleitung einfiel, stattdessen irgendeine richtig boshafte Gemeinheit abzusondern, um das fürchterliche Schweigen zu brechen und ein wenig Bewegung ins Publikum zu bringen.

»Ja, ich habe eine Frage an Sie«, rief eine inzwischen bekannte weibliche Stimme aus der ungefähren Mitte des Saals, und tatsächlich war es Cynthia, die aufstand. »Äh …«

Sie verstummte, schaute ihm ins Gesicht, anscheinend zitterte ihr die Unterlippe, und da erkannte Dexter, dass sie die Initiative ergriffen hatte, um die Situation für ihn zu retten, ohne im Geringsten zu wissen, was sie eigentlich sagen wollte.

In diesem Moment öffentlicher Blöße, peinlichen Zögerns, des etwas unzulänglichen Heldentums – ihm zu Diensten –, gewann sie einen kleinen Zipfel seines Herzens.

»Äh … woher haben Sie diese nostalgische Kulisse?«, fragte Cynthia. »Sie sieht aus, als hätten Sie sie aus Ackermans Garage geklaut.«

Mit triumphalem Lächeln sank sie zurück auf den Stuhl und in die Anonymität, während ringsum verstreutes Gelächter ihr den Insiderscherz lohnte, die Anspielung auf Forrest J. Ackermans Haus voller Bücher, modriger alter Zeitschriften, SF-Spielzeug, Schaustücken und Überbleibseln einstiger Monsterfilm-Requisiten sowie bunt gemischter Anhäufungen ehedem futuristischer Staubfänger, das sich als die weltweit größte Sammlung von SF-Andenken pries, in dem das verkitschte kollektive Unbewusste des Genres Dachbodenniveau erlangt hatte.

»Holla, da sind Sie näher an der Wahrheit, als Sie glauben«, sagte Dexter. »Das Hintergrundbild ist tatsächlich die Vergrößerung eines *Planet Stories*-Umschlags, wir haben uns die Ausgabe tatsächlich aus Forry Ackermans Sammlung geliehen, und die Raumschiff-Kommandozentrale stammt aus einem lahmen Flop mit dem Titel *Starship Cowboys*, der etwa anderthalb Wochen lang Beachtung gefunden hat.«

Da und dort ertönte Gekicher, doch dank Cynthia waren die Einstiegsschwierigkeiten überstanden, sie hatte das Eis gebrochen.

»Eine andere Frage«, rief jemand, ohne aufzustehen. »Woher kriegen wir Eintrittskarten für die Show?«

»Es gibt keine Eintrittskarten«, antwortete Dexter. »Sie können ... äh ... ohne so was zu der Veranstaltung gehen.«

»Und wenn zu viele Leute vor der Tür stehen, wie wird dann entschieden, wer hinein darf?«

Dexter hob die Schultern und grinste einfältig. »Das Problem hatten wir bisher leider noch nicht«, gestand er und erntete dadurch ein paar weitere, wenngleich trockene Lacher.

»*Dürfte* ich *Ihnen* mal eine *ernsthafte* Frage stellen, Dexter?«

»*Stellen* Sie die *Frage* im *Ernst*, Oskar?«, entgegnete Dexter und hoffte, dass er Oskars eintönige, abgehackte Redeweise etwas nachsichtiger parodierte, als Ralf es während der Sendung getan hatte.

Denn hinten links im Publikum stand mit seinen 150 kg leibhaftig niemand anderes als Oskar Karel, der Superfan und ehemalige Raumfahrtwissenschaftler, der vor Wochen, wenn Dexter sich richtig entsann, den Star von *RALFS WELT* in ein gelehrtes Zwiegespräch verwickelt hatte, und natürlich, wie hätte es anders sein können, über das Thema der Verarbeitung menschlichen Kots zu Füllselverzehr.

»Ja, es *ist* 'ne *ernst* gemeinte *Frage*«, blökte Oskar laut.

»Na, dann mal raus damit!«

»Ist Ralf ein *Schauspieler*, der eine von *Ihnen* geschriebene *Rolle* spielt, oder ist er *echt*?«

»Echt?«, stammelte Dexter.

»Ein Schauspieler *oder* ein echter *Komiker* aus der wirklichen *Zukunft?* Science Fact *oder* Science Fiction?«

»Fragen Sie im ernst, Oskar?«

Oskar Karels Kopf hüpfte auf und nieder, ganz automatisch wie bei einem Kastenteufelchen auf der Springfeder, und er hatte auf dem Gesicht das gleiche starre Grinsen, einen vergleichbar stieren Blick. Aber anstatt Blödsinnigkeit vermittelte das Nicken bei ihm den Eindruck einer nachgerade unheimlichen Abart eindringlicher Ernsthaftigkeit.

»Ah-hm, ah-hm, ah-hm«, gab er in dumpfem Singsang von sich.

Wieder schien für Dexter die Zeit zu stocken, und in diesem ausgedehnten Augenblick der Schwebe glaubte er die Chaostheorie nur zu gut zu verstehen. Er selbst befand sich nämlich, so hatte er das Empfinden, kurz davor, zu einer der Mikroursachen zu werden, die gewaltige, aber immanent unvorhersehbare Makroeffekte zum Resultat haben konnten.

Denn während er da vor einem Publikum von vierhundert Science Fiction-Fans saß, die von ihm eine Antwort auf eine unsäglich beknackte Frage erwarteten, verstand er infolge blitzartigen Angrübelns, was George Clayton Johnson ihm zu verklickern versuchte, was diese Produzenten und PR-Ganoven, die mit ihm auf dem Podium hockten, eigentlich erreichen wollten, was Gene Roddenberry durch reinen Zufall entdeckt, und L. Ron Hubbard vielleicht so deutlich gesehen hatte, dass es ihm gelungen war, seinem Glück nachzuhelfen.

Jetzt war einer der seltenen Momente, in dem man dem Universum einen winzig kleinen Anstoß geben und es in Bewegung versetzen konnte.

Doch wie weit und wohin, das blieb inhärent unvoraussehbar.

Hier und jetzt, in genau diesem Augenblick hatte er die Chance, ein Ralf-Fandom zu begründen.

Vielleicht wuchs es nie über Oskar Karel und einen begrenzten Freundeskreis hinaus. Vielleicht zählte dazu einmal die Hälfte der im Saal Anwesenden. Unter Umständen übertraf es zum Schluss die Scientology-Sekte. Möglicherweise genügte es, um Ralfs Show die Rettung zu bringen. Vielleicht nicht.

Aufgrund eben der Mathematik, die ihm sagte, dass er durchs Auftischen einer winzigen Lüge einen solchen Makroeffekt auslösen konnte, war ihm auch klar, dass er nicht mehr zu tun brauchte, als ein Kieselsteinchen ins Tümpelchen des Fandoms zu schnippen und zuzuschauen, während die Wellen ins Diracsche Quantenmeer schwappten.

Die Möglichkeit bestand. Und die Fans wollten, dass er es tat.

Fans waren süchtig nach dem, was sie Sense of Wonder, das Gefühl des Wunderbaren, nannten. Nicht nur waren sie vollauf willens, die herkömmliche menschliche Skepsis zurückzustellen, sobald sie sich dem Phantastischen hingeben durften, sie *sehnten* sich sogar regelrecht danach. Deshalb zog die Science Fiction sie überhaupt an.

In dem Roman *Katzenwiege* hatte Vonnegut den Einfall einer ›Foma‹ präsentiert, der edelmütigen Lüge, die es dem Lügner erlaubte, sich stark, mutig und froh zu fühlen. Hatte Vonnegut nicht auch etwas Offensichtliches ausgesprochen, als er postulierte, alle Fiktion wäre Lüge?

Und ließ sich nicht umgekehrt behaupten, alle Lüge wäre Fiktion? Dass das, wozu er inzwischen den Vorsatz gefasst hatte – o ja, er hatte die Absicht, es zu tun –, nicht schlimmer war als die Mengen an Foma, die er regelmäßig auf den Seiten seiner Bücher verbreitete?

»Tja, Oskar«, erklärte Dexter, »darauf kann ich Ihnen nur eines antworten: Ich weiß es selbst nicht. Aber ich kann Ihnen sagen: Falls Ralf nicht der größte Schauspieler ist, den die Welt je gesehen hat, dann glaubt er zweifellos, ein Zeitreisender aus der Zukunft zu sein. Er verlässt nie die Rolle, ich meine, nicht mal für eine einzige Sekunde. Ich kann wahrheitsgemäß feststellen, dass der Ralf, den Sie aus dem Fernsehen kennen – egal was er in Wirklichkeit sein oder nicht sein mag –, derselbe Ralf ist, den jeder in seiner Umgebung auch im Alltag erlebt.«

Aus purer Verblüffung verstummte Dexter. Denn nachdem er beschlossen hatte, eine kleine Notlüge aufzutischen, merkte er nun, während er dem Nachhall seiner Worte lauschte, dass er – zu seiner eigenen Überraschung – die Wahrheit sprach.

Das inhärent Unvorhersehbare stand auf der Kippe.

Er brauchte sich lediglich noch aus der Affäre zu ziehen, es bei der Zerstreuung der Skepsis, die er herbeigeführt hatte, zu belassen, ohne wirklich lügen zu müssen.

»Was mich betrifft, mir fällt's schwer zu glauben, dass er ein Pseudo ist«, sagte Dexter spontan. »Damit bleiben zwei Möglichkeiten offen: Entweder hat er 'n Hackenschuss oder er erzählt die Wahrheit.«

Er hob die Schultern. »Dagegen sind die Stinos und

die Regenbogenpresse wohl der Ansicht, er wäre ein Pseudo oder ein Irrer, denn die Einschaltquoten sinken ...« Kurz schwieg er und gab dem Publikum einen Wink. »Sie sind schlechter als während der ersten *Star Trek*-Staffel bei der NBC.«

Treuherzig lächelte Dexter. »Aber wir sind ja schließlich keine Stinos, nicht wahr? Wir befassen uns mit dem Möglichen, nicht dem Wahrscheinlichen. Und es besteht immerhin eine geringe Möglichkeit, dass unsere armen Nachfahren an Bord des Totenschiffs Erde ihre schwindenden Ressourcen bis zum Äußersten bemühen und doch nicht mehr leisten können, als in letzter Hoffnung einen gescheiterten Komiker zu uns zu schicken, stimmt's ...?«

Ein weiteres Mal hob er die Schultern, dann verkniff er das Gesicht und mimte, wenn auch nur grob, mit rauer Stimme Ralf.

»Aber wenigstens zuletzt lachen können Sie, denn was passiert, obwohl die Zukunft des gesamten Planeten auf'm Spiel steht, was machen nämlich Sie Affenvolk mit der letzten Chance für Ihre Zukunft?«

Ein Augenblickchen lang schwieg er bedeutungsschwanger, ehe er die Antwort gab, die Tat vollbrachte, den Kieselstein warf.

»Weil die niedrigen Einschaltquoten stören«, sagte er, »setzen Sie seine Show nach dreizehn Wochen ab.«

Es hatte in der Szene einmal eine Ära gegeben, als Maskeraden im Rahmen von Kostümparties stattfanden, aber weil das Fandom eben das Fandom war, hatten sie sich seither zu Kostümwettbewerben entwickelt, so genannten FanDress-Parties – oder waren dazu, wenn man Dexter fragte, verkommen –, bei denen die Kostümfreaks, lauter Leutchen, die viele Monate und reichlich schönes Geld darauf verwandten, wahrhaft bombastische oder komplizierte Kostüme zu kreieren, vor Zuschauern über eine Bühne paradierten und eine todernste Konkurrenz um Preise und Siegestrophäen austrugen.

Gott helfe dem unglücklichen Con-Ehrengast, der sich dazu überreden ließ, bei einem derartigen Kostümwettbewerb in die Jury aufgenommen zu werden, so wie Dexter es zweimal geduldet hatte! Zunächst musste man die erste Präsentation absitzen, die nicht unter zwei Stunden beanspruchte; anschließend mit einer Jury in Klausur gehen, deren übrige Angehörige ihre Aufgabe viel ernster als man selbst nahmen; sich danach vielleicht die Kostüme im Schnelldurchgang ein zweites Mal ansehen. Zu guter Letzt erfolgten die Beschlussfassung der Jury und die Preisverleihung. Selbst wenn alles wie am Schnürchen lief, kam man nicht unter drei Stunden davon, und der Event konnte sich bis nach 1 Uhr morgens hinziehen.

Nein danke, so lautete inzwischen Dexters felsenfester Bescheid auf entsprechende Anfragen. Zum Glück fand Ellie daran Spaß, bei so einem Scheiß mitzuwirken – in einer solchen Jury –, darum gelang es ihm mit Leichtigkeit, enttäuschte Con-Komitees zu beschwichtigen, indem er diese Pflicht auf die Ehrengastgattin schob und sich auf die Profi-Party schlich, die sich auf dem jeweiligen Con gerade anbot.

Auf einem Science Fiction-WeltCon oder einem richtig großen regionalen Con versammelten sich die Profis in einer VIP-Lounge des Verbandes der Science Fiction Writers of America, zu der die Fans keinen Zutritt hatten, oder – und zwar noch lieber – auf einer Verlegerparty, wo Gratisgetränke bereit standen.

Hingegen gab es auf dem LostCon weder eine

SFWA-Lounge noch einen spendablen Verleger. Hier war Dexters Ehrengast-Suite die geräumigste Einzelunterkunft, und sobald sich der Mob mit dem Kostümwettbewerb divertierte und die restliche heutige Con-Abwicklung die Sache des Con-Komitees blieb, entschied sich Dexter – zum Fenster hinaus mit der Knete! –, die Samstagabend-Profi-Party selbst zu veranstalten und ließ auf seine Kosten, um dem Korkengeld des Hotels zu entgehen, ein Sortiment preiswerten Gesöffs ins Haus schmuggeln.

Doch musste Dexter, nachdem man die Pullen eingeschmuggelt hatte und die Gäste eingetroffen waren, vergrämt feststellen, dass nach einem langen Tag des Schlappens und Sabbelns seine Partylaune schnell verpuffte, und ebenso wenig hatte er schon den Zustand stumpfsinniger Alkoholgetränktheit erreicht, in dem er sich weismachen konnte, er hätte die Kraft, um noch länger durchzuhalten.

Deshalb beschränkte er sich darauf, in beträchtlichen Abständen an einem großen, stark mit Eiswürfeln aufgefüllten Pappbecher Weißweins zu nippen und lustlos auf der eigenen Party umherzuschlendern wie ein … Ja, wie ein Schriftsteller, der das Geschehen der Impressionen halber von der abgehobenen Warte eines Außenstehenden beobachtete, aus dem Blickwinkel des sprichwörtlich gewordenen Männchens vom Mars.

Doch obwohl eine derartige Verfassung kontemplativer Bewusstheit sehr wünschenswert war an der Tastatur, ließ sie sich auf einer Science Fiction-Convention nicht unbedingt als psychischer Überlebensfaktor einstufen. Wahrscheinlich musste darin der Grund gesehen werden, weshalb so viele der Profis, die derlei Events besuchten, einen gleichmäßig hohen Level der Benebeltheit beizubehalten versuchten.

Wenn nämlich die literarische Fähigkeit, den Lesern die Zweifel am Unwahrscheinlichen auszureden, wesentlich war für die Kunst des Science Fiction-Schriftstellers, so musste auf einem Con das Aussetzen jedes kritischen Urteilsvermögens bezüglich der Lebenswirklichkeit des Science Fiction-Schriftstellers ein empfehlenswerter Vorzug sein.

Da bin ich jetzt mit einem ganzen Schwarm meiner geschätzten Kollegen in einem Zimmer, sinnierte Dexter voller Missmut. *Intelligent sind wir alle, sonst hätten wir es nicht so weit gebracht. Einige Wenige von uns sind sogar brillante Denker, aber alle müssen wir in irgendeinem Abschnitt des Daseins zumindest visionäre Träumer gewesen sein, und wenn es mit zwölf war, sonst hätten wir uns nie entschlossen, dieses Zeug zu schreiben. Ein Mann mittleren Alters, der auf die Vierzig zugeht, eine Lebensphase, in der Literaturschaffende angeblich ihre kreativen Kräfte voll entfalten.*

Und wo stecken wir?

Wir saufen in einem Flughafenhotel minderwertige Alkoholika, während in den Fluren und im Tanzsaal Horden unserer in der sozialen Kompetenz zurückgebliebenen und absonderlich gewachsenen Fans in Kostümen umherstolzieren, die ursprünglich auf von uns ersonnenen Charakteren beruhen, aber längst, wie die Szene an sich, das Fandom mit seinen Kultablegern, Marketing-Minifürstentümern, Trekkies und Scheibenwelt-Fans, Scientologen und Fanzine-Komplettsammlern, Schwerter&Dämonen-Schmierenkomödianten und Wüstenwurm-Messiassen, zu Manifestationen des kollektiven Kitschgeschmacks der SF anstatt zu beabsichtigten Kreationen unserer literarischen Schöpfertums entartet sind.

Und was fangen wir mit unserem Leben an?

Im Salon der Suite rücklings ans hinterste Fenster gelehnt, hatte Dexter ungefähr zwei Dutzend SF-Autoren im Blickfeld, von denen etwa die Hälfte gut genug war, um durchzukommen oder sich zu verbessern, ohne irgendwo Kisten stapeln zu müssen, nach den strengen Maßstäben eines Werktätigen also kein unbedeutendes Symposium erfolgreicher Talente.

Aber was für ein kläglicher Haufen sind wir, wenn wir uns an dem naiven jugendlichen Romantizismus und dem idealistischen visionären Streben messen, die uns, ohne dass wir es ahnten, einmal überhaupt erst auf diesen seltsamen Lebensweg gebracht haben!

Die Mehrzahl der Anwesenden, die vom Science Fiction-Schreiben lebten, hatten wahrscheinlich gerade Band 5 ihrer dritten Trilogie abgeliefert und verhandelten mit Spiele-Herstellern über Nebenrechte, während die meisten jener Autoren, die sich noch schlichtmütig dem Verfassen solider Romanwerke widmeten, entweder wirtschaftlich auf dem Zahnfleisch gingen oder zwecks Überleben schrottige Texte für Hollywood herunterhackten.

So wie ... Wie hieß er doch gleich wieder, dieser Typ, der auf diesem Con als Ehrengast auftrat, dem ein Groupie, das auf seinen Körper scharf war, mit Sternen in den Augen beteuerte, er wäre eine der zehn lebenden sittlichen Säulen des Universums?

Der Schöpfer, wenn man ein so großes Wort verwenden wollte, der Show *RALFS WELT*, die ihn, falls die Götter des Nielsen-Instituts ihr lange genug lächelten, um daraus einen Dauerbrenner werden zu lassen, aus dem Schneider bringen sollte?

Der hier in einer kostenlosen Ehrengast-Hotelsuite stand und die abartigen, schizoiden Neigungen der Knallschoten beklagte, die SF konsumierten, und dennoch nicht darüber stand, sie für seine Bemühungen einzuspannen, seinen Dukatenscheißer auf Sendung zu halten?

Lumpkin, Lampkin oder so hieß der Kerl, derselbe Schaumschläger, der vor vielen, langen Jahren die Welt mit einem Buch zu retten versuchte, nicht wahr?

Das erste Mal war es die Tragödie eines einfältigen

Messias gewesen; jetzt wiederholte sich der Versuch als Farce eines auf Selbstbedienung erpichten Schundschreibers.

Er hatte seine FanDress-Party-Depression.

Hätte Dexter diese Art von Cafard nicht schon viele Male erlebt, wäre er jetzt wahrscheinlich zu der Auffassung gelangt, von der berüchtigten Midlifecrisis ereilt worden zu sein, die allen Zeitgenossen als Quelle reichhaltigen Materials diente, die gerne ein Klon Philip Roths geworden wären.

Aber da er nun einmal besessen war von einer sciencefictionistisch-multiperspektivischen Sicht der Realität, wusste er, obwohl aus einem Blickwinkel all diese Malzbergsche Angst keinesfalls der bitteren Wahrheit entbehrte, aus einer zweiten Perspektive, dass Kostümabende mit ihren visuellen Hinweisen auf die Kluft zwischen der Literaturgattung, zu der er noch heute eine gewisse Zuneigung empfand, und ihren Verkrustungen ihn jedes Mal deprimierten, und gleichzeitig sah er von einer dritten Warte aus ganz klar, dass seine düstere Stimmung Stoffwechselursachen hatte.

Und wenn man an der Faktizität der Wahrnehmungen nichts ändern konnte, empfahl es sich, die biochemische Matrix des Wahrnehmenden zu verändern.

Also war es an der Zeit, um nachzuschauen, was die Jungs im Hinterzimmer auf der Pfanne hatten.

Seit langem war es Tradition – oder vielleicht nur ein Tropismus, der Tendenz von Partygästen ähnlich, sich in der Küche zu versammeln –, dass sich auf einem Con, wenn in einer Hotelsuite eine Fête lief, die Haschraucher in deren Schlafzimmer trafen, und obschon Dexter, als er hineinhuschte, keine ausgesprochene Qualmwolke entgegenschlug, widerfuhr ihm auch keine Enttäuschung. Ein Halbdutzend Leute fläzten sich auf dem Kingsize-Bett und rundherum, die dreistrahlige Lampe hatte man auf die geringste

Leuchtkraft abgedimmert, und zwei reichlich knauserig dünne Joints wanderten reihum.

Auf dem Bett lag Louise Farmer gegen das Oberende gelehnt, hielt mit Jack Kahn und Irene Farrow regelrecht Hof. Als fest angestellte Dozentin an der Universität von Südkalifornien brauchte sie keine Urintests zu befürchten, wogegen der arme Hank längst zu sehr um seine von der Regierung bezahlte Arbeitsstelle bangte, als dass er es gewagt hätte, in diesem Zimmer bloß die gleiche Luft wie sie zu atmen.

»… man muß nur durch die Mojave und hinauf in die Rocky Mountains fahren, um ein Gespür dafür zu kriegen, wie viel größer als wir die Biosphäre wirklich ist, dann kann man ohne weiteres glauben, dass es vielleicht homöstatische Kräfte gibt, deren Trägheit so enorm ist, dass wir Flöhen auf einem Elefanten ähneln …«

Neben dem Bett, wo sie, beide Joints in Beschlag genommen, voller nervöser Energie stoned mit den Oberkörpern schaukelten, sich immer deutlicher einer an den anderen lehnten, kauerten die drei berühmten Con-Kannegießer George Clayton Johnson, Emery Pollock und der große Cameron Carswell in Person.

Pollock war einmal ein hohes Tier im SRI gewesen, einem dermaßen geheimnisumwitterten Laboratoriumskomplex, dass niemand auch nur wusste, was sich eigentlich hinter der Abkürzung verbarg, wo Rüstungselektronik, Parapsychologie, Cybernetik, Informatorik und alles Mögliche und Unmögliche, für das man bei Geheimdiensten Zuschüsse locker machen konnte, sich im Dunkeln paarten, um sciencefictionistische Spielzeuge für Gespensterdivisionen hervorzubringen.

Wie sich herausgestellt hatte, war er allerdings selbst für ein hohes Tier zu high gewesen, durch den Urintest kam man ihm auf die Schliche und entzog ihm die aus

Sicherheitsgründen erforderliche Unbedenklichkeitsbescheinigung, er vergeudete Jahre mit Klagen gegen die Regierung, um sie wieder zu erhalten, ging dabei weitgehend pleite und schlug sich mit nebulösen Beraterjobs durch, bis er seine Bestimmung als Spieledesigner bei einer Unterhaltungssoftwarefirma fand, bei der es zum Berufsbild gehörte, einen Sprung in der Schüssel zu haben.

George war … er war eben George Clayton Johnson.

Und Cam Carswell war der bedeutende Dr. Carswell höchstpersönlich – Teilchenphysiker, Astrophysiker und Kosmologe in einer Person, Verfasser des Buches *Quantenkosmologie*, jedes Jahr Nobelpreis-Kandidat in Kategorien, die erst noch definiert werden mussten, und sein Lebtag lang Science Fiction-Fan.

»… Masse kann es in einem Einstein-Universum nicht, aber Informationen können es, die Geodäsie hat im vierdimensionalen Raum ihre Gültigkeit, stimmt's, Cam? In Temporalschleifen außerhalb der sequenziellen Kausalität entstehen alle möglichen Phänomene …«

»Zum Beispiel, Emory?«

»Solche wie die Zeit und das Universum, die sich aus zufälligen Quantenströmen in die Existenz mogeln. Vor dem Urknall gab es keine statistisch relevanten Ereignisse, also auch keine Zeit. Vor dem Beginn der Zeit war keine vierdimensionale Struktur vorhanden, in der statistisch relevante Vorgänge sich hätten abspielen können, darum existierte auch keine Kausalität …«

»Pfiffig, Emory, ganz pfiffig. Natürlich purer Unsinn, aber raffinierter Unsinn.«

»Hallo, Dexter, zieh mal«, sagte George gutmütig und bot ihm einen Joint an. »Wir führen eine rundum ernst zu nehmende Diskussion über das Leben, das Universum und den ganzen Quatsch, und wenn du bloß die Hälfte von dem verstehen willst, das diese Käuze da reden, kannst du 's gebrauchen.«

Dexter nahm einen Zug und ließ sich, während er ausatmete, bedächtig auf den Fußboden sinken.

»Eigentlich unterhalten wir uns über Zeitreise, Dex«, erklärte Cam Carswell, ein großer, schwabbeliger Mann über sechzig, der schulterlanges, graues Haar sowie die dunklen Glitzeräuglein und das ansteckende Grienen eines Schweinchens mit Geniestatus hatte. »Emory will mir einreden, sie wäre möglich, aber um ihm so was abzunehmen, hab ich noch nicht genug gekifft.«

»Keine Zeitreise, Cam, ich bin auch nicht stoned genug, um zu glauben, man könnte Masse an den Zeitsträngen hin- und herschieben wie Kugeln am Abakus«, plapperte Emory Pollock. »Aber weshalb sollen Informationen nicht in einer masselosen, atemporalen Matrix als Raster stehender Wellen existieren können?«

Pollock war stämmig, blond, in Scheitelhöhe kahl und trug eine Nickelbrille mit rechteckigen Gläsern, durch die seine auffällig grünen Glubscher noch glotzäugiger, zu gleich großen Teilen verzerrt und durchdringend ausdruckskräftig wirkten.

»Transtemporale stehende Wellen in einer masselosen Matrix?«, überlegte Cam Carswell laut.

»Tja, was sagt man dazu ...?«, murmelte Dexter, versteckte sich hinter einer Fassade der Naivität. Zwar hatte er nie die Unbegreiflichkeiten der höheren Mathematik durchschaut, aber Carswells Buch gelesen, kürzlich den Roman *Chaoszeit* fertig gestellt und darin selbst eine gewisse Menge Versatzstücke dieser Art verwurstet, und darum wusste er gut genug Bescheid, um zu erkennen, diese Traumtänzer waren längst in die cannaboide Zwielichtzone abgedriftet.

Voller Begeisterung nickte Pollock. »Ursachen führen zu Wirkungen«, krähte er. »Wirkungen suchen sich ihre eigenen Ursachen.«

Cam Carswell zog ergiebig am Joint und blies mit gespitzten Lippen ein langgestrecktes Rauchwölkchen hervor. »Das wäre ja ein Uroboros des temporalen Quantendeterminismus«, schlussfolgerte er mit beträchtlicher Grandeur, »der Scheiße in einer endlosen Rückkopplungsschleife recycelt.«

»Wie öffentliche Meinungsumfragen oder das Nielsen-Institut«, sagte George.

Cam sah George verkniffenen Blicks an. »Hättest du wohl die Güte, George«, fragte er, »mir diese Bemerkung zu erläutern?«

George feixte wie ein Honigkuchenpferd. »Also mit Vergnügen, das weißt du doch, Cam«, gab er zur Antwort.

Nicht ohne eine gewisse Grandezza schnappte er sich aus Dexters Fingern den Joint und gönnte sich so gemächlich, als wollte er es besonders spannend machen, einen tiefen Zug.

»Die Erwartung schlechter künftiger Ergebnisse, die auf vorherigen Nielsen-Statistiken basieren, resultieren in eben den Budgetkürzungen und schwachsinnigen Remakes der Gegenwart, die dann zu genau den erwähnten miesen Quoten führen«, postulierte George. »Wenn umgekehrt der Präsident beschließt, Atombomben auf, sagen wir, Wale abzuwerfen, weil die Meinungsumfragen besagen, dass dadurch seine Beliebtheit um sieben Komma drei Prozent steigt, und er tut es, und seine Beliebtheit nimmt im genannten Umfang zu, was ist dann die Ursache, frage ich, und was die Wirkung?«

Cameron Carswell lachte. Dexter spürte, dass ihm inzwischen wohler zumute wurde, und grapschte sich den Joint aus Georges Griffeln zurück.

Denn abgesehen vom Egoboo, das sich aus der

schmeichelhaften Bewunderung fannischer Massen aufsaugen ließ, war es das hier, was ihn immer wieder zu derartigen Events trieb.

Dexter war auf Hollywood-Parties gewesen. Er hatte an gelehrten wissenschaftlichen Symposien teilgenommen. Einigen der überragendsten Literaturpäpste hatte er gelauscht, während sie beim Verband für moderne Sprachkunde aus Monografien deklamierten. Sitzungen des PEN und des Schriftstellerverbandes hatte er durchgestanden und war einmal sogar – durch das Lügenversprechen eines Ficks – zu Mensa International gelockt worden.

Sogar auf einem durchschnittlich mittelprächtigen wie dem hiesigen Con war das intellektuelle Niveau im verräucherten Kiffer-Schlafzimmer der Profi-Party allen aufgezählten Anlässen weit überlegen.

Die Anzahl unterhaltsamer, genialer Irrer, die frei umherlaufen durften, war einfach höher, ihre Mischung geistig erheblich anspruchsvoller als sämtliche eierköpfigen Zirkel, die man in akademischen Kreisen oder in den Denkfabriken antreffen konnte.

Die größte Genugtuung auf SF-Cons bereiteten die Privatgespräche.

»Nach dieser Kleinsche Flasche-Logik, George«, sagte der früher oder spätere Nobelpreisträger, »verhält es sich mit Dexters Komiker aus der Zukunft wie mit Schrödingers Katze.«

»Inwiefern ist Ralf wie Schrödingers Katze, Cameron?«, ersuchte der Drehbuchautor und Weltklasse-Blödelkünstler zuvorkommend um Auskunft.

»Ob die Katze im Kasten lebt oder stirbt, hängt vom zufälligen Quantenzustand eines Partikels ab, daher weiß man nicht bloß nicht, ob sie tot oder lebendig ist, bevor man den Kasten öffnet, sondern gemäß der Kopenhagener Interpretation kann sie weder das eine noch das andere sein, bis man das Behältnis öffnet und die Probabilitäten entfallen«, antwortete Carswell. »Infolgedessen würden Niels Bohr und du, George, sicherlich der Aussage zustimmen, dass ein Mann, der aus einer beliebigen Zukunft zu stammen behauptet, in einem inhärent nichtdeterministischen Quantenzustand existiert, bis die Einschaltquoten zum Fortfall der Show führen und anschließend die fragliche Zukunft aus der Probabilitätswelle entsteht oder nicht entsteht.«

»Ja genau«, schwadronierte Emory Pollock, »ich meine, wenn man einen Schauspieler hat, der einen Mann aus einer erdachten Zukunft spielt, könnte er durch seine in der Gegenwart ausgeübte Wirkung dieser Zukunft zur Wirklichkeitwerdung verhelfen, oder in dem Fall, dass tatsächlich jemand aus einer Zukunft in die Vergangenheit geschickt wird, wäre es ihm möglich, eben den Zeitstrang zu annihilieren, der existiert hätte, um seine Rücksendung in die Vergangenheit zu gewährleisten, wäre er … äh … nicht geschickt worden …«

Lahm grinste er Dexter zu. »Wenn du willst, darfst du diese Gedankenakrobatik literarisch ausschlachten, Dex«, sagte er, »aber falls die Story gedruckt wird, wäre ich dir für einen Hinweis auf meine geistige Vorarbeit verbunden.«

»Au danke, Emory, genau das ist es, was ich jetzt brauche, eine müde Idee für eine Zeitparadoxon-Story«, nölte Dexter. »Hast du nicht was übersehen?«

»Übersehen? Was?«

»Dass die Zukunft immer ein Konstrukt ist«, konstatierte Dexter. »Aus der Sicht der Gegenwart existiert sie noch gar nicht. Und sie kann überhaupt nicht existieren, bis sie zur Gegenwart wird.«

»Kann sein«, brummte Cam; und zwar in einem Ton, der Dexter daran erinnerte, dass sich hier nicht einfach der gute, alte Cam äußerte, der lang-, langjährige SF-

Fan und Con-Besucher, sondern in Personalunion auch sein Kumpel Dr. Cameron Carswell, der Nobelpreis-Kandidat in Permanenz.

»Kann sein …?«, wiederholte Dexter.

»Oder vielleicht nicht«, meinte Cameron Carswell. Er schenkte Dexter ein reichlich ernsthaftes Lächeln. »Diese Überlegungen darfst du nicht für literarische Zwecke verwenden, es sei denn, wir schreiben eventuell gemeinsam eine Kurzgeschichte. Seit achtzehn Scheißjahren versuche ich eine Story an *Analog* zu verkaufen, deshalb kann ich 's mir nicht leisten, Ideen zu verschenken. Möchtest du Näheres hören?«

»Na klar, Cam«, versicherte Dexter, verspürte einen köstlichen Nervenkitzel, ein seliges Schaudern, das ausschließlich eine private intellektuelle Erörterung mit einem unbezähmten Forschergeist auf dem Olymp der Unsterblichen hervorrufen konnte.

Ein Kitzel, so begriff er in diesem Moment dank empathischer Einfühlung, der sich kaum von der Erregung unterschied, den der halbwüchsige SF-Fan, der noch in diesem großen Gelehrten wohnte, empfinden musste, während er seine Story-Ideen waschechten, leibhaftigen, durch Veröffentlichungen bekannt gewordenen Science Fiction-Autoren unterbreitete.

»Für jeden Betrachter in der Gegenwart ist die Zukunft tatsächlich nicht existent, deshalb bleibt uns nichts anderes übrig, als darüber Geschichten zu erfinden, aber es entsteht durchaus kein separates künstliches Gebilde, wenn die Probabilitätswellenfront kollabiert und sie Gegenwart wird, oder?«, meinte Cameron Carswell und nahm George den Joint ab.

»Dann wird sie so real wie wir es sind«, fügte er hinzu, schwieg kurz, um seine Gedankengänge abzuwägen. »Jedenfalls können Leute, die von der Kausalität eines uhrwerkhaften Universums befangen sind, diesen Rückschluss ziehen.« Er grinste Dexter an.

»Aber kosmologisch versierte Experten wie wir wissen es natürlich besser, was, Dex? Uns ist klar, dass unser Verständnis der Zeit seiner Natur nach eine unserem genetischen Programm entspringende Illusion ist.«

»So?«, brummelte Dexter.

»In dem relativistischen Universum, in dem wir uns zu befinden scheinen, vollziehen Ereignisse sich nicht wie Kugeln, die man auf einem Zeitstrang verschiebt, sondern existieren als Punkte in einer vierdimensionalen Raumzeitstruktur, da hat Emory ganz Recht«, sagte Carswell. »Wir nehmen die Zeit nur darum als lineares Fortschreiten, von der Geburt bis zum Tod, in immer eine Richtung wahr, weil unser Bewusstsein so funktioniert, doch man kann sich ohne weiteres Lebewesen vorstellen, die sie anders wahrnehmen, zu dem Thema habe ich wenigstens schon ein Dutzend Stories gelesen …«

»Und daher gelangen wir zu der Schlussfolgerung, dass wir in Wahrheit in einem deterministischen Universum leben«, beeilte sich Dexter zu bemerken, »in dem auch Ursache, Wirkung und freier Wille Illusionen sind.«

Cameron Carswell schwang den Joint über seinem Kopf wie ein Cowboy das Lasso.

»Zweierlei, Dexter«, rief er. »Das relativistische Universum ist ein deterministisches Universum, ein Einsteinscher Gott lässt nicht bloß, was den Lauf der Dinge angeht, das Würfeln sein, er gesteht auch uns keine Gelegenheit zu, am Rad zu drehen …«

Er verstummte, paffte am Joint und versuchte einen Rauchring zu blasen, erzeugte jedoch nur ein zerfranstes Qualmwölkchen.

»Aber …«, sagte er.

Cameron Carswell legte eine theatralische Pause ein, schaute sich im Schlafzimmer um: Und tatsächlich,

Louise, Jack und Irene hatten ihr Geplauder abgebrochen, aller Blicke hingen an ihm.

»... wie wir inzwischen alle wissen, hat Albert sich in der Quantenmechanik geirrt«, beendete Carswell den Satz. »Ereignisse innerhalb der Raumzeit können nicht fein säuberlich als ordentlich abgegrenzte Punkte definiert werden. Man muß sich die gesamte vierdimensionale Welt, die wir Universum nennen, als ein Gebilde verdeutlichen, das in der bekannten Weise mit dem Raum einer- und durch den anfänglichen Urknall und den letztendlichen Kollaps mit der Zeit andererseits verschränkt ist, und sich alle darin enthaltenen Geschehnisse nicht als Fixpunkte denken, nicht als deterministische Partikel, sondern als darin oszillierende Probabilitätswellen, sodass in Wirklichkeit nichts geschieht, bis ein Betrachter die Umformung der Probabilitätswelle in eine Aktualität auslöst ...«

Anstatt die Darlegungen fortzusetzen, musterte er seine Zuhörer nach Art eines Hochschuldozenten; wohl aus eingefleischter Gewohnheit, denn in der Tat betätigte er sich als Hochschuldozent. »Habt ihr mir so weit folgen können, Mädels und Jungs?«, fragte er.

Vielleicht lag es am Hasch, vielleicht an der Denkarbeit, die ins Schreiben des Romans *Chaoszeit* eingeflossen war, oder am Zusammenwirken mit einem Vogel, der aus dem 22. Jahrhundert zu kommen behauptete, oder womöglich hing es mit Cameron Carswells ausgeprägter Gabe zum Erläutern zusammen – wahrscheinlich jedoch brachte in diesem Moment des Durchblicks der gemeinsame Einfluss aller vier Aspekte die Probabilitäten zur Umformung –, auf alle Fälle hatte Dexter von sich den Eindruck, dass er ihn verstand.

»Nur stimmt an diesem Bild eines nicht«, sagte Cam als Nächstes. »Erkennt ihr, was ich meine ...?«

Dexter glaubte es zu erkennen.

»Die Probabilitätswelle kann in Wahrheit niemals

kollabieren«, meldete er sich zu Wort. »Jedes Ereignis wird nämlich längs des Zeitstrangs von einer Vielzahl von Betrachtern beobachtet, und jede Beobachtung modifiziert die Probabilitäten.«

»Hundert Punkte«, rief Cameron Carswell, strahlte seinen Musterschüler freudig an. »Aus dem Blickwinkel der Betrachter, die in der Illusion einer linearen Zeit befangen sind, so wie wir, aktualisieren sich Probabilitätswellen definitiv zu Ereignissen, während unsere Gegenwart sich durch das Gerüst der Geschehnisse an der Zeitachse entlang auf die Zukunft zubewegt. Aber aus der Perspektive eines eventuellen übergeordneten Betrachters, der sich außerhalb unseres Universums aufhält, existieren sämtliche Vorgänge ausschließlich als um ihre Attraktoren oszillierende Probabilitätswellen, und deshalb geschieht niemals irgendetwas definitiv.«

»Ich bin schon auf Redaktionskonferenzen gewesen, die so abgelaufen sind«, ulkte George.

Cam Carswell lachte, lehnte sich zurück, zog kurz am Joint. »Wir beteiligen uns daran ständig, George«, sagte er. »Die ganze Zeit. Und das ist meine Story-Idee.«

Schlagartig veränderte sich sein gesamtes Gebaren. Nun verhielt er sich haargenau wie irgendein x-beliebiger, jugendlicher Fan und Möchtegernautor, der sehnsüchtig nach der Anerkennung der Profis lechzte.

»Also, Dex«, fragte Dr. Cameron Carswell nervös, »bringt's was?«

Dexter zuckte die Achseln. »Vielleicht den Nobelpreis«, erwiderte er. »Aber wo ist die Story?«

»Du siehst's nicht?«, vergewisserte Cam sich bekümmert.

»Tut mir Leid.«

Cam seufzte. »Es bedeutet«, erklärte er, als dozierte er vor studentischen Dünnbrettbohrern, »dass aus dem Grund, weil alle Ereignisse im vierdimensionalen Raum als Probabilitätswellen existieren, demnach nichts jemals definitiv geschieht, die so genannte Zukunft die Probabilitätsoszillationen der so genannten Vergangenheit ebenso leicht beeinflussen kann wie die Vergangenheit die Probabilitätsoszillationen der Zukunft.«

»Aber ... das ist eine Tautologie, Cam«, stellte Dexter fest.

»Das Universum ist eine Tautologie«, verkündete Cam. »Zeitreise ist unmöglich, weil die lineare Zeit bloß eine Illusion ist, sodass ein Medium fehlt, durch das man reisen könnte, aber die so genannte Zukunft kann in der so genannten Vergangenheit Veränderungen auslösen, die wiederum die so genannte Zukunft abwandeln, eben weil es dabei keine Kausalität gibt, sondern nur eine Rückkopplungsschleife, die die Probabilitätswellen im vierdimensionalen Raum perpetuiert.«

Carswell verstummte. Hektisch nuckelte er am Joint.

»Und?«, fragte er bang.

»Und was?«

Dr. Cameron Carswell, künftiger Nobelpreisträger, falls die Probabilitäten tunlichst auf dem richtigen Attraktor kollabierten, linste Dexter glubschäugig mit eben der köstlich schüchternen Hoffnungsfülle jedes halbwüchsigen Möchtegern-SF-Schriftstellers, der schon auf der Profi-Party eines Cons oder an einem Autogrammtisch das kreative Flattern seines Herzens vor ihm ausgeschüttet hatte, ins Gesicht.

»Also, was meinst du, Dexter?«, fragte er in leisem, scheuem Ton, der Dexter in diesem Moment unendlich rührte. »Glaubst du, ich bin endlich auf eine Sache verfallen, aus dem wir eine Story schreiben könnten, die sich an *Analog* verkaufen ließe?«

Barmherzigerweise hatte Dexter am Sonntag nur wenige Termine zu bewältigen, lediglich eine Autogrammstunde um 15 Uhr im Händlerzimmer und um 17 Uhr seine Ehrengastansprache. Darum schlief er bis 12 Uhr, verzehrte anschließend mit Ellie ein spätes Frühstück im Bett und verließ die Ehrengast-Hotelsuite erst deutlich nach 13 Uhr. Da er auf Cons schon Dutzende von Reden aus dem Stegreif gehalten hatte, verspürte er kein Bedürfnis nach regelrechter Vorbereitung, erachtete es allerdings als recht empfehlenswert, bis nach dem großen Auftritt nüchtern und clean zu bleiben.

Weil bis zur Autogrammstunde noch anderthalb Stunden zu überbrücken waren, machte er wie ein Tugendbold einen Bogen um die Hotelbar und ließ sich von Ellie zu einer Podiumsdiskussion mit dem Thema *Rubensrund oder fannisch-fipsig?* schleppen.

Dieser Event entpuppte sich als verbesserte Neuauflage einer berüchtigten Reihe von Podiumsdiskussionen vergangener Jahre, in denen unter origineller Behandlung des Themenkreises Fett, Feminimus und Fandom erbitterte fannische FeministInnen die ignoranten fannischen Chauvi-Schweine gegeißelt hatten, die 125 kg schwere, in Leoparden-Stretchhosen gezwängte weibliche Globuloiden als erotisch unterdurchschnittlich attraktiv denunzierten.

Zwar gestattete die heutige, neue Version zur feministischen Rhetorik einen Gegenpol in Gestalt zweier männlicher Teilnehmer, jedoch gehörten sie selbst der Globuloidenfraktion an, und das Publikum von um die hundert Personen, die das Thema angelockt hatte, befand sich auch nach Fandomsmaßstäben überdeutlich am runden Ende der Gaußschen Verteilungskurve.

Dexter, der nicht leugnete, dass er einige Kilo hätte abspecken können, kam sich in dieser Gesellschaft nahezu magersüchtig vor, hielt sich an seinem Platz neben Ellie sehr bedeckt und dachte, ohne dass er ihn allerdings von Neuem auszusprechen wagte, seinen früheren, launigen Kommentar.

Wieso schleift ein normal übergewichtiges Mädchen wie du mich zu einer derartigen Podiumsdiskussion?

Doch ein Seitenblick auf seine Frau, während das Ritual seinen Lauf nahm, gab ihm die traurig zweischneidige Antwort. Obwohl sie etwa fünf Kilo mehr als ihr Idealgewicht wog und seit ihrer flotten Jugendzeit fast zwanzig Jahre verstrichen waren, durfte sie sich – und sie war sich, wie ihm ihr Zufriedenheitsschmunzeln verriet, dessen völlig bewusst – in dieser fannischen Elefantenherde noch heute mit vollem Recht so toll wie die einstige Ellen Douglas fühlen.

Aber zwanzig Jahre als Big Name Fan hatten bei ihr starke Solidarität mit ihren mehr als üppig gepolsterten Fan-Schwestern erzeugt, eine Tatsache, die sich an ihrer Weise ablesen ließ, wenig zurückhaltend zu nicken, sobald irgendwer zur Verteidigung der Globuloiden-Subkultur den ›Körperkult-Chauvinisten‹ Zunder gab.

Und als die Podiumsdiskussion vorbei war, eilte Ellie durchs Publikum zur Tribüne und verzog sich von dort aus mit ein paar alten BekanntInnen zur Hotelbar, sodass Dexter allein zur Autogrammstunde gehen musste.

Daraus konnte er ihr allerdings keinen Vorwurf machen, denn weil das Signieren nicht einmal zu Dexters liebsten Con-Aktivitäten zählte, durfte er kaum von ihr erwarten, dass sie es sich zumutete, dabei zu sein.

Vor Zeiten hatte man das Händlerzimmer noch ›Bücherverkaufszimmer‹ genannt, weil damals überwiegend Verkaufstische voller lausig schlechter, halb professionell publizierter Veröffentlichungen in dem Raum gestanden und Antiquare liebevoll seltene, vergammelte Sammlerausgaben, modrige alte Taschenbücher, vergriffene Zeitschriftennummern und Amateurfanzines angeboten hatten.

Aber das war einmal in einer fernen, fernen Galaxis gewesen, und wie heutzutage die meisten Convention-Händlerzimmer war auch das LostCon-Händlerzimmer tatsächlich eine Räumlichkeit voller Händler.

In einem großen, fensterlosen Saal im Untergeschoss des Hotels, den kahle Neonröhren fahl erleuchteten, hatte man lange Reihen von Klapptischen aufgebaut. Einige waren durch Reklamestellwände, die für die Nebenprodukte von *Star Trek*, *Star Wars*, Marvel, DC und diversen weiteren SF-Kommerzkonzernen warben, in Kioske umgestaltet worden. Eine eigene Abteilung befasste sich mit dem Vertrieb nagelneu handgeschmiedeter Kettenhemden, Rüstungen sowie etlicher mittelalterlicher und Sword & Sorcery-Waffen; manche bestanden aus Plastik, ein erheblicher Teil von ihnen jedoch sah aus, als könnten sie potenziell so tödlich wie echte Mordwerkzeuge sein. Man konnte Videospiele, SF-T-Shirts, Comics, Masken und Kostüme, Spielzeug, futuristische Haschpfeifen, Videos (auch Raubkopien), Musikkasetten mit NewAge- und fannischer Filk-Musik – Letzteres war eine Art von Fandom-Folkloresong –, Glanzdruck-Fanmagazine, Waldschrate, Hobbits, Tribbles, Schlümpfe in Plüsch und Plaste sowie Vampirzähne und Spock-Ohren kaufen.

Und da und dort handelten ein paar anachronistische Oldtimer, als wollten sie wie Don Quichote lieber in der Vergangenheit leben, noch mit Büchern.

An einen ihrer Tische hatte man – zwischen streng genommen illegaler *Star Trek*-Pornografie und japanischen Manga, gegenüber eines T-Shirt-Vertreibers, dessen Ware X-Men-Porträts ›zierten‹ – für Dexter zum Signieren einen Sitz geschoben und sogar mehrere Kartons dreier seiner neueren Bücher besorgt, eine Leistung, die in der heutigen Zeit, da Druckerzeugnisse praktisch im Handumdrehen aus dem Sortiment verschwanden, nicht mehr als selbstverständlich gelten durfte.

Also setzte sich Dexter hin und gab Autogramme.

Zwar bildete sich keine Warteschlange, die bis auf die Straße gereicht hätte, aber wenigstens ergaben sich relativ selten peinliche Augenblicke, in denen er nichts anderes zu tun hatte, als an seinem Tisch ins Nichts zu starren.

Irgendwann werde ich mich weigern, schwor er sich – so wie jedes Mal –, nachdem drei oder vier Fans mit Einkaufstüten voller alter, zerlesener Bücher aufgekreuzt waren, um sie signieren zu lassen, anstatt sich ein aktuelles Werk anzuschaffen, *ein Autogramm in etwas zu schreiben, das nicht an Ort und Stelle, vor meinen Augen, als nagelneues Buch gekauft worden ist.*

Aber er weigerte sich nie. Wie eh und je signierte er zerfledderte Taschenbücher, alte Zeitschriften und Anthologien, die Stories aus seiner Feder enthielten, und Unmengen an Con-Programmheften, die eigens für diesen Zweck leere Seiten aufwiesen.

Es kostete weit weniger Zeit und Mühe, schlichtweg jeden Wisch zu signieren, den man ihm vorlegte, als darüber zu diskutieren, war der Weg des geringsten Widerstands, das Gehirn abzuschalten und zum Signierautomaten zu werden; seitens Mark Twains, so hatte er einmal gelesen, war dafür ein Faksimile verwendet worden, ein Gummistempel, ein Einfall, den Dexter für gelungen hielt und nachgeahmt hätte, ließe man es zu.

Aber natürlich konnte er so etwas nicht machen. Bei einer alten Zeitschrift oder einer Anthologie grüßte er mit einem freundlichen Hallo. Allen die ein neues Buch erwarben, gewährte er die Gunst eines kurzen Gesprächs mit dem Autor. Wer mit seiner Sammlung Lampkinscher Werke kam und ein Buch kaufte, den empfing er mit wahrer Begeisterung. Und wenn er ehrlich war, wie hätte er für die Leser, deren prall gefüllte Tragetaschen bewiesen, dass sie nur darum nichts kauften, weil sie längst jedes von Dexter D. Lampkin verfasste Buch hatten, keine wohlwollende Zuneigung empfinden können?

Die Leute, die wahrscheinlich nie ein Sterbenswörtchen seines Werkes gelesen hatten, aber ihm in endloser Prozession ein LostCon-Programmheft unter die Nase hielten, würdigte er beim Signieren nur einer einigermaßen höflichen Antwort auf jede direkte Frage.

Dass die meisten Fragen seiner Tätigkeit für *RALFS WELT* galten, tat nicht nur seinem Egoboo gut, sondern er bewertete es auch in der pragmatischen Dimension der Popularitätsmesslatte als vorteilhaftes Zeichen.

Doch Dexter brauchte sich nur die Gestalten anzusehen, die ihn umgaben, um daran erinnert zu werden, dass die Hälfte der Awesenden Theodore Sturgeon und Harlan Ellison ausschließlich als Verfasser berühmt gewordener *Star Trek*-Episoden kannten, über Philip K. Dick nur wussten, dass er literarische Vorlagen für Filme geschrieben hatte, in denen ›Indiana Jones‹ und Arnold Schwarzenegger mitspielten, und über Dexter D. Lampkin, den hoch gelobten Ehrengast des heutigen Cons, nur sagen könnten, er hätte sich *RALFS WELT* ausgedacht.

Vermutlich hätte diese Einsicht ihn noch gründlicher vergrätzt, als sie ihn ohnehin wurmte, wäre er nicht, während die digitalen Ziffern seiner Armbanduhr langsam auf 16 Uhr und die Erlösung zurückten, immer nachhaltiger durch eine andere Angelegenheit abgelenkt worden, nämlich Cynthia; beziehungsweise Cynthias Ausbleiben.

Während der gesamten Autogrammstunde hatte er ihr als unausweichlich unterstelltes Erscheinen mitsamt einem Jutebeutel voller von ihm geschriebener

Bücher befürchtet, aber obwohl man es fast pervers nennen musste, verspürte er eine gewisse Enttäuschung, als sie gegen Ende der Stunde noch nicht gekommen war, fühlte sich im Stich gelassen, nahezu versetzt.

Aber da, etwa vier Minuten vor 16 Uhr, nachdem er soeben zwei letzte Programmhefte signiert und der Platz vor dem Tisch sich weitgehend geleert hatte, er schon mit dem Gedanken spielte, sich ein wenig früher zu verdrücken, fand sie sich doch noch ein.

Sie trug ein loses, weites, in Rot und Weiß gemustertes, afrikanisches Daishiki, das ihre schweren Memmen vorn viel versprechend wölbten; im Übrigen jedoch verschleierte das wallend-fließende Kleidungsstück einen Großteil der darin gehüllten Umrisse. Ihr langes, blondes Haar war sorgfältig zu schimmernden Wogen gebürstet worden, die sich an ihren Schultern brachen. Das Gesicht hatte sie mit irgendeinem seltsamen Mittel eingerieben, das ihr den seidenmatten Sonnenbräune-Plastikteint der Schaufensterpuppe eines Sportwarengeschäfts verlieh. Brauen und Wimpern waren so tiefschwarz gefärbt, dass sie fast lila aussahen, aber diesmal fehlte Lidschatten, und auf den Lippen hatte sie etwas aufgetragen, das lediglich die natürliche Farbe zum Glänzen brachte. Am Nasenflügel hatte sie noch die Tätowierung: Anscheinend war sie echt.

»Hallo Dexter«, sagte sie. »Ich hoffe, Sie haben nicht bezweifelt, dass ich komme.«

»Äh-ähm … Hallo Cynthia. Tja, um … äh … ehrlich zu sein, es hat mich überrascht, dass Sie nicht *eher* erschienen sind …«

Sie schaute ihm in die Augen und lächelte ihn mit offenem Mund an, sodass man zwischen den Lippen die Zungenspitze sah. »Ich versteh's, geduldig zu sein«, antwortete sie kehlig.

Dexter fiel nichts Besseres ein, als wie unter einem

Bann das Lächeln zu erwidern, obwohl er sich dessen bewusst war, dass er reichlich dämlich aussehen musste. Unterhalb seines Brustbeins entstand ein Gefühl der Mulmigkeit, das leicht Übelkeit erregende Aufkeimen schlimmer Vorahnungen.

»Also … äh …«

Und da bemerkte er, dass sie keinen Einkaufsbeutel voller Bücher bei sich trug, nichts zum Signieren dabei hatte, nicht einmal das Con-Programmheft.

»Haben Sie … äh … nichts, das ich signieren könnte?«, fragte er mit einer gewissen Verwirrung.

»O doch, ich habe meine komplette Sammlung Ihrer Werke zum Con mitgenommen«, sagte Cynthia.

»Aber dann …«

»Ich bin nun mal Komplettistin, und Bücher sind so schwer.« Sie musterte ihn, aber dieses Mal ohne nur das mindeste Lächeln. »Ich habe sie alle in meinem Zimmer«, erklärte sie in gleichmäßigem Ton. »Es wäre für uns beide … netter, dachte ich, wenn wir hinauf gehen und eine kleine … Privatautogrammstunde veranstalten.«

Weder verdrehte sie anzüglich die Augen, noch leckte sie sich die Lippen, sie zwinkerte nicht; aber dergleichen war ohnehin überflüssig. Dexter wusste ganz genau, was bevorstand, falls er sich auf den Vorschlag einließ.

Und trotz eben dieser Erkenntnis, während noch eine Blähung heftigen Selbstabscheus seiner Brust Beklemmungen verursachte, spürte er weiter unten eine verräterische Regung und wusste, er ließ sich, jawohl, er ging darauf ein.

Warum, das war eine völlig andere Frage. In dieser Kleidung und mit diesem Make-up sah Cynthia gar nicht so übel aus, aber zweifellos war sie niemand, auf die ein Mann auf Anhieb flog, und außerdem hatte er – und das wog noch schwerer – zuvor genug gesehen gehabt, um darüber Klarheit zu haben, dass selbst der gegenwärtige Eindruck auf Täuschung beruhte, vielmehr die nackte Wirklichkeit von einer Natur wäre, die es ihm erheblich erschweren müsste, einen Ständer aufzurichten.

Dexter seufzte. Er zuckte die Achseln. Betont auffällig blickte er auf die Armbanduhr.

»Na, was soll's, bis zur Ansprache hab ich noch eine Stunde Zeit, also warum nicht ...?«, meinte er bedächtig. »Schließlich kann ich meinen treusten Fan nicht hängen lassen ...«

Ach du Schande, Lampkin, dachte er, während er Antwort gab, *soll dieser alberne, eigennützige Stuss etwa als Wahrheit durchgehen?*

Halb hatte Dexter damit gerechnet, in Cynthias Zimmer lägen haufenweise schmutzige Wäsche, zahllose Fanzines, klebrige Pappbecher, teils leer gefutterte Knusperfraßtütchen, röche es wie im Umkleideraum einer Cheerleader-Truppe, denn in solcher Verfassung fand man nach seinen Erfahrungen das Hotelzimmer des Durchschnittsfans am letzten Con-Tag vor.

Stattdessen befand sich das Zimmer in aufgeräumtem, buchstäblich makellosem Zustand. Auf dem Nachttischchen schwelte im Schoß eines kleinen Messingbuddha ein Sandelholz-Räucherkegel, und die einzigen sonstigen Gegenstände, die nicht zur Standardausstattung des Hotels zählten, waren die ordentlich auf dem Bett ausgelegten Bücher.

Seine Bücher.

In chronologischer Reihenfolge, also sortiert nach dem Datum des Erscheinens, lagen da die Erstausgaben sämtlicher je von ihm geschriebener Romane. Allesamt in erstklassiger Erhaltung und zum Schutz in durchsichtige Plastikfolie gehüllt, wie er beim zweiten Hinschauen sah, sogar die Taschenbücher.

Dexter verschlug es vollkommen die Sprache.

»Nehmen Sie Platz«, sagte Cynthia. Sie lächelte. Das Zimmer war klein, der einzige Stuhl ein unter den Ankleidetisch geschobenes, spartanisch beschaffenes Gebilde. Vorsichtig setzte sich Dexter aufs Fußende des Betts, gleich vor das seinem Œvre gewidmete Heiligtum.

»Ich bin sofort wieder da«, versprach Cynthia und entschwand ins Bad.

Dexter befürchtete, sie käme splitternackt und mit einer Rose zwischen den Zähnen zum Vorschein, aber als sie schon einen Moment später wiederkehrte, war sie gnädigerweise voll bekleidet wie vorher und hatte lediglich ein Wasserglas sowie eine offene Flasche Courvoisier in den Händen. Er hoffte, dass sie ihm die Erleichterung nicht anmerkte, während sie das Glas bis fast an den Rand mit Cognac füllte und es ihm reichte.

Dankbar stärkte er sich mit einem großen Schluck, griff dann hinter sich, nahm wahllos ein Buch zur Hand und langte nach dem Kugelschreiber in seiner Brusttasche.

»O nein«, sagte Cynthia, hielt seine Hand fest. »Ich habe da etwas Besonderes.«

Sie eilte zum Nachttischchen und holte aus der Schublade einen ungewöhnlich dicken Füllhalter heraus. Ans Fußende des Betts zurückgekehrt, kniete sie sich vor Dexter hin und bot ihm das Schreibgerät an wie ein Knappe, der in einem Fantasy-Roman seinem Ritter das mystische Schwert bringt.

Als er den Füller nahm, sah er, dass es ein echter Mont Blanc-Füllfederhalter war: Kappe und Korpus in Schwarz, Feder und Klipp anscheinend aus Gold. Dem

Korpus war in goldener, gotischer Schrift Dexter D. Lampkin eingraviert worden.

»Also nein, ich kann unmöglich ...«

»Natürlich können Sie«, unterbrach Cynthia ihn mit Nachdruck. »Es ist ein Geschenk einer aufrichtigen Bewunderin, die ab und zu, wenn sie sich daran erinnert, dass Sie ihn haben, lächeln wird.«

Sie setzte sich auf den Fußboden. Und tatsächlich schaute sie voller dermaßen schrankenloser und ehrlicher Verehrung zu ihm auf, dass er nicht glauben konnte, diese Bewunderung verdient zu haben. »Wenn Sie ihn annehmen«, beteuerte sie halblaut, »ist es eher ein Geschenk für mich als an Sie.«

Was konnte er dazu sagen?

Überhaupt nichts. Er konnte nur einen zweiten Schluck Cognac trinken, die Kappe vom Füller schrauben und ein Autogramm ins erste Buch schreiben.

Dexter gehörte nicht zu den profiliertesten Autoren der Szene, aber wenn man die Kurzgeschichtensammlungen mitrechnete – die auf dem Bett vorhanden waren –, hatte er insgesamt sechsundzwanzig Bücher veröffentlicht; dennoch hatte er das Empfinden, dass unter den gegebenen Umständen jedes Buch eine eigene, persönliche Widmung erforderte.

Besonders findig war er noch nie dabei gewesen, Widmungen aus dem Handgelenk zu schütteln, und sechsundzwanzigmal hintereinander derselben Person wenigstens leicht unterschiedliche und doch niveauvolle Widmungen zu verfassen, erwies sich als mühsame literarische Etüde, die dadurch, dass Cynthia unterdessen zu seinen Füßen kauerte und ihn voller Bewunderung anblickte, zwar zu einem intensiveren Erlebnis wurde, aber keineswegs leichter.

Doch vielleicht half ihm der Cognac. Jedes Mal, wenn er ein Buch zur Seite legte und die nächste Publikation in die Hand nahm, trank er einen Schluck Cognac – oder einen mittelprächtigen Zug, hätte man sagen können –, und sobald der Pegel im Glas unter die halbe Höhe sank, füllte Cynthia es aus der Flasche nach.

Als er das letzte Buch signiert hatte, war er vielleicht nicht unbedingt volltrunken, aber fühlte sich gut abgefüllt, innerlich tief gerührt und wohlig zufrieden.

Er legte das Buch aufs Bett, steckte die Kappe auf den Füllfederhalter, lächelte Cynthia zu, steckte den Füller geschmeidig in die Brusttasche und nutzte die Bewegung, um verstohlen auf die Armbanduhr zu schielen.

16 Uhr 37. Noch dreiundzwanzig Minuten bis zu seiner Ehrengastrede.

Ein ausgezeichneter Vorwand, um einen glatten Abgang zu bewältigen.

Er trank aus dem niemals leeren Wunderglas einen abschließenden Schluck Cognac und machte Anstalten zum Aufstehen. »Tja, dann muß ich nun wohl …«

»Warten Sie«, sagte Cynthia und senkte eine Handfläche auf seinen rechten Oberschenkel.

Dexter erstarrte.

»Bitte warten Sie, Dexter«, bat Cynthia mit stark veränderter Stimme. Er sah ihre Gestalt zittern, fühlte ihre Hand beben.

»Sie haben sich genau so verhalten, wie ich 's mir nur hätte wünschen können«, fügte sie leise hinzu. »Großherzig wie ein Fürst haben Sie sich betragen, Dexter Lampkin. Sie haben ständig mit Leuten wie mir zu tun, und trotzdem sind Sie höflich, verständnisvoll und freundlich gewesen.«

»Ich …«

»Bitte lassen Sie mich zu Ende reden«, sagte sie, legte ihm die zitternde Hand auf die Lippen. »Sie sind der Schriftsteller, den ich auf der ganzen Welt am meisten bewundere, und ich weiß, dass ich bloß ein kleiner, dicker Fan bin, der schon den ganzen Con lang um sie herumlungert …«

Heiliger Strohsack!

»Hör mal, Cynthia …«

»… aber Sie haben mich durchweg wie einen richtigen Menschen behandelt.«

Tränen glitzerten in ihren Augen, während sie zu ihm aufblickte. »Ich kann niemals in Worte fassen, wie viel das mir für den Rest meines Lebens bedeuten wird«, meinte sie. »Ich habe Sie bewundert, ehe ich Ihnen begegnet bin, aber jetzt weiß ich, dass ich Sie lieben könnte.«

Guter Gott!

Sie kaute auf der Unterlippe, und ihr Gesicht zeigte einen Ausdruck – eine Miene so hoffnungsloser Tapferkeit, dass der Anblick Dexter zu Herzen ging, ihm selbst Tränen in die Augen traten.

»Natürlich weiß ich, dass das nicht sein kann«, stellte Cynthia fest. »Sie sind verheiratet, haben eine Tochter und …« Sie rang sich ein Lächeln ab. »Und das Letzte, was Sie gebrauchen können, wäre ein übergewichtiger Fan, der Ihnen von Con zu Con nachläuft, bis Sie den Eindruck haben, Ihr Leben verläuft wie in Stephen Kings *Misery*.«

Dexter konnte nicht anders, er legte seine auf ihre Hand, etwas anderes als dies kleine Zugeständnis blieb ihm nicht übrig, wollte er sie nicht in die Arme nehmen und an sich drücken. Ihm war exaltiert zumute. Er kam sich wie ein Betrüger vor. Er fühlte sich schrecklich.

»Sie brauchen sich keine Sorgen zu machen, Dexter«, versicherte Cynthia. »Es kann sein, dass Sie mich auch auf künftigen Cons sehen, aber ich werde Sie nicht mehr belästigen, Sie haben mir alles gegeben, was ich mir bei vernünftiger Erwartung von ihnen versprechen durfte, und ich habe nicht vor, so undankbar zu sein,

Ihre Güte mit Verhalten zu belohnen, das Ihre Ehe gefährden oder bewirken könnte, dass Sie sich auf Cons unwohl fühlen ...«

Sie verstummte und wandte den Blick ab. »Aber ...«, sagte sie.

»Aber ...?«

»Ich ... ich weiß, ich habe kein Recht, irgendetwas zu verlangen, aber ... aber es würde alles vollkommen machen, ich wäre darüber total glücklich, es wäre ... es wäre für mich ...«

»Nur zu, raus damit«, forderte Dexter sie auf, und er streckte die Hand – wieder konnte er nicht anders –, hob Cynthias Kinn an und sah ihr in die Augen. In diesem Moment wusste er, dass er sie, falls sie es wollte, ficken würde, Herrgott, er wäre ein absoluter Scheißkerl, wenn er es ablehnte, doch sollte sein Schwengel den Dienst versagen ...

»Lassen Sie mich Ihren Schwanz lutschen«, stieß Cynthia hervor.

»*Was?!*«

»Nur dieses eine Mal, ich bitte Sie bestimmt nie darum, es noch einmal tun zu dürfen, ich belästige Sie nicht, ich erzähl's niemandem, ich möchte Ihren Schwanz lutschen, ich will fühlen, wie's Ihnen kommt, ich will schlucken, ein Stück von Ihnen in meinem Innern behalten«, rasselte Cynthia herunter, als könnte sie ausschließlich so ihre Hemmungen überwinden, kostete es sie großen Mut, ihr Anliegen in solche Worte zu fassen.

Dexter konnte sich nicht regen. Er brachte kein Wort über die Lippen. Nicht einmal denken konnte er noch. Selbst zum Fühlen schien er nicht mehr fähig zu sein.

»Einverstanden?«, fragte Cynthia gedämpft, langte zaghaft nach dem Reißverschluss seiner Hose.

»Einverstanden«, schaffte Dexter endlich, zu heiser eine Antwort auszustoßen.

Tränen rannen ihr über die Wangen, während sie den Reißverschluss öffnete. Es wurde nicht das sachkundigste Flötensolo, das er je erlebt hatte, aber auf alle Fälle das hingebungsvollste, und als er nach einer Weile abspritzte – nach einer längeren Weile –, war es nicht der erregendste Orgamus seines Lebens, doch wusste er, dass er sich in kommenden Jahren, wenn ihm die Welt finster und das Dasein Scheiße zu sein schien, daran gern als an einen lichten Moment seiner Laufbahn erinnern würde. An eine Schleckerei, auf die er stolz sein durfte.

Mittlerweile war es 18 Uhr 58 geworden, und es blieb keine Zeit für eine ausgiebige Abschiednahme. Cynthia stopfte ihm den triefnassen Schweif in die Hose zurück, ehe er trocknen konnte, und zog vorsorglich den Reißverschluss zu, damit er nicht mit offenem Hosenladen in den Saal trat.

»Leben Sie wohl, Dexter Lampkin«, sagte sie und öffnete ihm die Tür. »Ich weiß, dass Sie ganz bestimmt eine wunderbare Ehrengastrede halten.«

Und zum ersten, einzigen und letzten Mal küsste sie ihn.

»Aha, da kommt er ja, unser Ehrengast … Dexter Lampkin!«

Dexter taumelte die Treppe zum Podium hinauf, das Publikum applaudierte, der verlegene Moderator, der wahrscheinlich fünf Minuten lang auf ihn gewartet hatte, floh heilfroh von der Bühne, und da stand er nun plötzlich …

Stand oben auf dem Podium des Tanzsaals vor vielleicht sechshundert Personen, außer Atem infolge des Irrsinnshinabrasens von Cynthias Zimmer ins Erdgeschoss, schwankte vom Cognac und aus Konfusion, während aus seinem Pflock noch die Nachwirkungen einer Blasmusik, die er niemandem hätte erklären können, in die Unterhose sickerten, und hatte keinen einzigen klaren Gedanken im Kopf.

Er ließ den Applaus zu lange dauern, rang um Atem – seine Fahne hätte vermutlich ein Pferd gefällt – und versuchte verzweifelt, sich irgendeinen Scheiß zusammenzureimen.

»Ich bitte um Entschuldigung für die Verspätung, Leute«, brachte er zu guter Letzt einen Einleitungssatz zu Stande. »Ich habe mit einem Klingonen, drei Slan-Mutanten, einem Gorilla im Menschenkostüm und einem hundertfünfzig Kilo schweren transvestitischen Hobbit zwischen zwei Etagen gehangen, ihr wisst ja, wie überfüllt auf Cons die Aufzüge sind.«

Das dumpfe Schweigen, mit dem man seinen Abstecher ins Reich frivoler Frotzelei aufnahm, sprach Bände.

»Aber nun im Ernst, Leute ...«, quasselte er lahm drauflos, versuchte eine freundliche Miene zu erspähen, auf die er sich konzentrieren konnte.

Doch die Beleuchtung war heruntergedimmert worden, er stand mitten in einem Lichtkegel, es ließ sich nichts erkennen als die schwachen Spiegelungen in Hunderten von abweisenden Roboteraugen.

Verfluchte Scheiße noch mal!, dachte Dexter. In seinem gegenwärtigen Zustand war er gar nicht sicher, ob er es nicht laut ausgesprochen hatte.

»Im Ernst, Leute«, wiederholte er, »ich habe schon ein paar Dutzend Ehrengastreden gehalten, und ihr habt vermutlich längst ein paar Hundert gehört, was also soll ich machen? Euch irgendwelchen Quatsch auftischen, wie toll mein neuer Roman ist, Andekdoten über Harlan Ellison erzählen, oder mit einer Propellermütze auf dem Kopf einen nostalgischen Steptanz vorführen ...?«

Diese rhetorischen Fragen quittierte die Versammlung mit einem dunklen, unterschwelligen Knurren, als hätte irgendein Leviathan Verdauungsstörungen oder bekäme eine riesige Raubkatze schlechte Laune.

Aber inzwischen war Dexter alles einerlei, er befand sich nicht im Kolosseum des alten Rom, man riß ihn hier, egal was er faselte, nicht in Stücke. Er hatte lediglich auf einer lokalen Science Fiction-Convention eine Ehrengastrede zu halten, eine Ansprache vor minderbemittelten Fans, sonst nichts, die ihm für seine Mühe nicht die Bohne zahlten, er wusste nicht einmal, weshalb er so etwas auf sich nahm, wie sollten sie da erwarten können, dass er wusste, was er tat?

»Darum möchte ich heute mal ein paar offene Worte sprechen«, sagte er, »und ich bin mir ganz sicher, dass es niemanden stört.«

Damit äußerte er eine Lüge: Eine Foma, falls er Glück hatte. Wenn es nämlich irgendetwas gab, das Science Fiction-Fans zum Zappeln und Schwitzen brachte, dann das offene Bekunden von Gefühlen.

Aber Dexter, den eine halbe Flasche Cognac mit dem Mumm zu moralisierender Redseligkeit ausgestattet hatte, dem das leichte Pochen in der Nille die Erinnerung an einen arkanen Moment verdrehter Zuneigung deutlich wach hielt, wollte nichts anderes, als dass sie sich wanden und schwitzten, er wollte ihre Schmuddelfassade durchdringen, er wünschte das tiefere menschliche Wesen dieser übergewichtigen, sozial inkompetenten, zum Verrücktwerden flegelhaften, hochgradig intelligenten, zum Kultischen geneigten Affenart anzusprechen.

Und wer mochte wissen, ob es ihm bei dieser Gelegenheit nicht gelang herauszufinden, wie ein netter Kerl wie er eigentlich in die Situation kommen konnte, hier mit vom Alkohol umnebelter Birne vor solchen Leuten stehen zu müssen?

»Fans sind Slans, jawohl, im Geheimen sind sie Mutanten-Supermänner und -Supergirls«, rief er pompös, »sie sehen die künftige Bestimmung der Menschheit im Aufstieg zu einem erhabenen Raumfahrervolk, das sich immerzu weiter und höher entwickelt, wogegen die armen, umnachteten Stinos, die gegenwärtig auf dieser Welt das Sagen haben, kaum weitsichtig genug sind, um nicht über den eigenen Zumpel zu stolpern, während sie wie Lemminge auf den endgültigen Abgrund einer planetaren Katastrophe zueilen.«

Auuuu-ja!

Kein Laut war zu hören, Dexter konnte nicht eine einzige Miene unterscheiden, doch irgendetwas am Dunstgemisch der Pheremone hatte sich verändert, sein Hinterhirn roch, dass er sie für sich eingenommen hatte. Warum auch nicht? War diese Art von geistiger Masturbation nicht genau das, was sie am allerliebsten hörten?

»Die Science Fiction und ihre tapfere Anhängerschaft im Verborgen wirkender Helden und Heldinnen, getarnt als scheinbar harmloses, geselliges Fandom, verkörpern die Hoffnung der ganzen Welt, wir sind die Besten und Klügsten auf Erden, nicht wahr?«, trumpfte er auf, schaltete in seinem Oberstübchen die Sicherung ab, die es ihm normalerweise verboten hätte, wie Benito Mussolini daherzuschwafeln.

Warum hätte er Zurückhaltung wahren sollen? Ganz bei sich ins Kalkül gezogen, blieb dieser selbstironische Insiderscherz allein auf seine Kenntnis beschränkt. Also verschränkte er unverdrossen die Arme auf der Brust und wandte sich genau wie Il Duce an die Meute.

»Ihr glaubt doch daran, oder?«, grölte er. »Science Fiction kann die Welt retten. Ihr wisst, dass es stimmt, denn Science Fiction hat schon immer die Welt gewandelt. Generationen von jungen Genies und Möchtegern-Weltraumkadetten sind von ihr dazu inspiriert worden, tatsächlich Wissenschaftler und Astronauten zu werden. Die Menschheit verdankt ihr das Raumfahrtprogramm, den Cyberspace und die Scientology.«

Er schlug beide Handteller aufs Rednerpult und lenkte den Blick himmelwärts, als wäre er ein fanatisch religiöser Prediger. »Jawohl, wir haben Macht!«, schrie er. »Laßt drei oder vier visionäre Science Fiction-Romane an die Spitze der Bestsellerlisten aufsteigen, und wir heben die Welt aus den Angeln!«

Rings um ihn schien der Saal in gleichmäßige, behäbige Rotation geraten zu sein, recht ähnlich wie eine Raumstation, die sich um ihre Achse drehte, um künstliche Schwerkraft zu erzeugen; ein subtiler Hinweis darauf, dass er inzwischen stockbesoffen war, sich hier vielleicht zum Deppen machte.

Aber wie sollte so etwas in einem derartigen Raumschiff voller Dumpfbacken überhaupt möglich sein? Und selbst wenn er sich blamierte, geschah es nicht für einen guten Zweck, egal welchen? Wenn er nun durchhielt, fand er dann nicht heraus, für welchen Zweck? Hatte nicht Hubbard persönlich erklärt, der Durchweg wäre der Ausweg?

Folglich senkte er den Kopf, streckte die Arme, stemmte sie aufs Rednerpult, um Stütze und Halt zu haben, und starrte stieren Blicks in die finstere Leere, aus der jetzt Gemurmel drang, steckte um eine Kerbe zurück; und wagte es nun, aufgemöbelt durch die Erinnerung an Cynthias rührenden Mut, zur Unverblümtheit überzugehen.

»Ihr denkt, ich verarsche euch, ja?«, fragte er in plötzlich vertraulicherem Tonfall. »Ihr glaubt, ich nehm euch auf den Arm, was? Kann sein, ihr habt Recht. Vielleicht ist genau das es, was ihr braucht.«

Er zuckte die Achseln und gab sich alle Mühe, das Gesicht zu einem schlichtmütigen Lächeln zu verziehen. »Aber wisst ihr, wenn ich euch verarsche, liebe fannische Slan-Kameraden, dann verarsche ich auch mich, oder?«, meinte er. »Ich hab's nämlich selbst einmal geglaubt.«

Das Murmeln verklang.

»Ja klar hab ich 's geglaubt«, bekräftigte er leiser, dachte an die bekiffte Quasselrunde mit Cam, Emory und George am gestrigen Abend, an Jahrzehnte der Con-Besuche, erinnerte sich daran, wie es gewesen war, jung zu sein, auf Science Fiction-Wogen in die Zukunft zu surfen, sich naiv einzubilden, was man tat, könnte und müsste den Lauf der Welt beeinflussen.

»Ich habe geglaubt, mit meiner Arbeit hätte es mehr auf sich, als prall mit Wunschdenken gefüllte Machtphantasien für halbwüchsige Schmuddelkinder zu schreiben. Ich habe das Affenvolk des Planeten Erde seine Welt zerstören gesehen und wusste, so wie wir alle, wohin die großartige Bestimmung der Menschheit sie eigentlich führen sollte …«

Und irgendwie fühlte sich Dexter trotz des Cognacs, trotz der bemitleidenswerten Lächerlichkeit seines Auftritts – oder vielleicht gerade deswegen –, in die damalige Gemütsverfassung zurückversetzt, spürte noch einmal, wie es gewesen war, mit dermaßen egomanischer Selbstverliebtheit von sich überzeugt zu sein, den Schwung in den Gliedern, die Wärme in der Brust, die hirnlose Zivilcourage des Herzens.

»Aus diesem Grund hab ich versucht, die Welt durch Science Fiction zu retten«, sagte er. »Entsinnt sich noch irgendwer daran? Ein Buch mit dem Titel *Die Transformation* hab ich geschrieben, und ich war der Ansicht, es müsste ein Hit werden; bei Hubbard und Roddenberry hatte es ja geklappt, weshalb sollt's also für eine höhere Sache nicht gehen, und ich hab mich öffentlich als Trottel geoutet, indem ich auf einem nach dem anderen Con völlig kopflos rumlief und ständig den selben zehntausend Leuten das Transformationalistenheil verkündete, den einzigen Zehntausend, die wussten, wovon, zum Teufel, ich eigentlich quasselte, nämlich euch, ihr visionären Superhelden in Globuloidenklamotten, Con-Kostümen und Trekkie-Uniformen. Und was ist passiert?«

Dexter lachte, ein sogar aufrichtiges Gelächter stieß er aus, es war ja ohne Zweifel ein ziemlicher irrer Witz, selbst wenn er auf seine Kosten ging. Er hob die Schultern; warf die Arme in die Höhe.

»Es sind fünftausend Buch- und fünfzigtausend Taschenbuchausgaben verkauft worden, und dann war's vergriffen«, beantwortete er die Frage. »Was sonst?«

Vereinzelt ertönte nervöses Gekicher.

Infolge irgendeiner Anwandlung, die wohl kaum mit geistiger Klarheit zusammenhing, verließ Dexter die hierarchische Sicherheit des Rednerpults und trat zittrig an den eher egalitären Rand des Podiums.

»Ihr seht also, Leute, ich hab darin Erfahrung, mich vor aller Öffentlichkeit zum Hanswurst zu erniedrigen«, sagte er. »Weiß man erst mal, wie's geht, ist's leicht. Man braucht nur einen Science Fiction-Con zu besuchen, sich mit offenen Augen umzuschauen und sich unvoreingenommenen Gemüts zu verdeutlichen, was wirklich unter all den kostümierten Speckschwarten steckt, darüber nachzudenken, was wir allesamt in Wahrheit sind und was wir sein könnten, und einfach aussprechen, was man empfindet. Mit dieser Methode kann jeder es schaffen.«

Gelegentlich brach Ächzen und Stöhnen das Schweigen. Dexter setzte sich, ließ die Beine über die Kante des Podiums baumeln. Warum nicht? Mit Fans auf dem Fußboden zu kauern, war unter den SF-Autoren eine alte Tradition, jeder hielt sich daran, der etwas galt, hatte er nicht erst gestern mit einem gealterten Fan-Buben und künftigen Nobelpreisträger auf dem Boden gehockt?

»Und wisst ihr was?«, fuhr er im Plauderton fort. »Das Schlimme an uns Nulpen ist – die Schwäche, die uns eigentlich zu Nulpen macht –, dass wir nie dazulernen. Ich bin nämlich drauf und dran, den gleichen Fehler noch einmal zu begehen.«

Verschwörerisch beugte er sich vor, zwinkerte dem Publikum übertrieben zu und legte einen Finger an die Lippen. »Ganz unter uns, unter mir und euch Sechshundert, will ich euch ein Geheimnis verraten«, sagte er, »und ihr braucht mir nicht mal zu versprechen, es für euch zu behalten. Ich will euch einspannen, liebe Fans, auf die gleiche Weise für mich einspannen, wie es Gene Roddenberry mit euch getan hat, nämlich um eine Fernsehreihe zu retten und ordentlich Knete einzusacken.«

Er lachte. »Ich muss ja schon deshalb ein Strohkopf sein, weil ich in dieser Hinsicht ganz offen und ehrlich zu euch bin«, erklärte er. »Also, es ist mein Herzenswunsch, dass ihr eine Trilliarde Briefe an die Gold Medien AG schickt und denen dort klar macht, was für 'ne kulturelle Tragödie es am jetzigen, schicksalhaften Knotenpunkt in der Entwicklung der Menschheit wäre, *RALFS WELT* abzusetzen. Dadurch wird's mir voraussichtlich möglich, für meine Frau ein hübsches Haus in den Hügeln Hollywoods und für mich ein italienisches Sportkabriolett zu kaufen, einen roten Porsche Targa, bloß damit ihr wisst, dass es wirklich für einen guten Zweck sein soll.«

Betroffen saß Dexter da, fühlte sich völlig fassungslos infolge der Worte, die er aus seinem eigenen Mund hörte. *Was treibe ich hier eigentlich?*, fragte er sich. *Was mache ich denn da?*

Er hatte nicht den blassesten Schimmer.

Aber nur der Durchweg führte zum Ausweg.

Irgendeine Eingebung bewog ihn zum Aufstehen, um die letzten Sätze in aufrechter Haltung zu sprechen; keine leichte Aufgabe in Anbetracht der Umstände, doch schon die Herausforderung motivierte ihn hinreichend: Wacklig richtete er sich auf, stellte sich auf die Hinterbeine wie ein Mann.

»Nun haben viele Leute auf diesem Con mich gefragt, ob Ralf nur eine Rolle spielt oder vielleicht tatsächlich der Abgesandte einer Totenschiff Erde-Zukunft ist, und eben weil ich so ein Einfaltspinsel bin, erzähl ich euch die Wahrheit, und sie lautet: Ich kann's ehrlich nicht sagen, weil ich 's selber nicht weiß ...«

Er schwieg. Nicht um eine Kunstpause dramatischer Betonung einzulegen, sondern aus dem schlichten Grund, weil er keine Ahnung hatte, wohin diese Darlegungen münden sollten; oder was er sagen könnte, um ihm einen Abgang vom Podium zu ermöglichen, ehe er umkippte oder sich bekotzte, je nach dem, was zuerst geschah.

Als es ihm schließlich einfiel, erschütterte es ihn durch Mark und Bein, doch anstatt dass er endlich auf seinen besoffenen Arsch plumpste, fuhr ihm der Geistesblitz wie ein elektrischer Schlag durchs Rückgrat, eine energetische Säule schien ihn innerlich in der Senkrechten zu halten.

»Aber es ist ja auch völlig unwichtig, nicht wahr?«, rief er. »Selbstverständlich ist es unwichtig! Denn um eines genau zu wissen, brauchen wir uns erst gar nicht mit Zweifeln zu befassen: Dass die Zukunft, aus der unser guter, alter Ralf zu stammen behauptet, kommen wird, Affenboys und -görls, falls nichts geschieht, um sie abzuwenden, und sie wird kein Zuckerschlecken sein.«

Dexter befand sich in einem sehr angeschlagenen körperlichen Gleichgewicht und hatte die verwaschene

Vorahnung, dass er nach der Ansprache eine Zeit lang vor dem Porzellanthron knien musste; doch eine Wellenfront der Klarheit hatte den Probabilitätsnebel in seinem Gehirn auf einem sonderbar offenkundigen Attraktor zum Kollabieren gebracht.

»Was soll's also, ob er 'n Komiker aus der Zukunft oder 'n Ausreißer aus einer Klapsmühle ist, oder ob er 'ne zynische Rolle übernommen hat«, fasste er zusammen, »auf alle Fälle hält er uns einen Spiegel der Zukunft vor, und wir wissen, dass das, was wir darin sehen, wahr wird.«

Er wich ein paar Schritte vom Rand des Podiums zurück; es überraschte ihn, dass er so etwas noch schaffte. Im Gleißen des Schlaglichts spähte er in die Dunkelheit des Saals, konnte jedoch nichts außer dem Funkeln vieler Augen erkennen, die ihn anstarrten.

»Oder kann ich euch dazu überreden, auch in diesem Fall auf jede Skepsis zu verzichten?«, fragte er. »Ihr hättet gerne, dass ich 's versuche, nicht wahr? Na sicher, Leute, ist es das nicht, weshalb wir alle hier versammelt sind? Wollen wir nicht allesamt zu gerne glauben, dass Science Fiction die Welt retten kann?«

Dexter zuckte die Achseln. »Nein, 's liegt mir fern, eure ungeheuer hoch entwickelte Mutantenintelligenz mit der Zumutung zu schmähen, ihr solltet eure Zweifel an die Durchführbarkeit von Zeitreisen aufgeben«, beteuerte er, »und ich habe nicht etwa vor, von euch zu verlangen, dass ihr glaubt, die Zukunft hätte uns einen Boten geschickt, um uns vor der eigenen Blödsinnigkeit zu retten.«

Abermals hob er die Schultern. »Ich ersuche euch lediglich darum, eure Bedenken gegen die Vorstellung abzulegen, dass winzig kleine Ursachen gewaltig große Makroeffekte nach sich ziehen können, so wie's die Chaostheorie besagt, und das ist ja schließlich knallharte Wissenschaft, Mensch, über so was wird sogar in *Analog* geschrieben.«

Er verzog den Mund zu einem wölfischen Lächeln. »Zum Beispiel, dass es, falls *RALFS WELT* nicht abgesetzt wird, ein kritischer Ulkbruder, der vielleicht bloß ein paar Mücken verdienen möchte, das Affenvolk nochmals dreizehn Wochen lang piesacken darf – oder eventuell sogar für weitere sechsundzwanzig Wochen, wer weiß? –, vielleicht doch einen gewissen Unterschied bedeutet.«

Nun spürte Dexter, dass der Moment der Erleuchtung verflog, ihm die Kräfte schwanden, er merkte, dass er nicht mehr allzu viele Minuten lang auf den Beinen bleiben konnte.

»Wer weiß?«, wiederholte er. »Wer kann es wissen? Schiebt eure Zweifel beiseite und fällt einen herzhaften Entschluss, werft ein Kieselsteinchen in den Science Fiction-Tümpel und schaut zu, während sich die Wellen ins Quantenmeer ausbreiten.«

Er seufzte, fühlte die Knie weich werden; er wusste, dass er nichts mehr hinzuzufügen hatte und es höchste Zeit war für seinen Abgang.

»Also schickt Postkarten und Briefe ab, rettet *RALFS WELT* und auf diesem Weg auch die restliche Welt«, sagte er, entbot dem Publikum wacker eine imposante Abschiedsgebärde.

»Oder lasst von mir aus den Scheiß sein«, murmelte er, während er in den Hintergrund der Tribüne wankte. »Aber es war kein Jux, Kinder, ich hätte echt gern den Porsche.«

acht

»Archie ist in wenigen Augenblicken da, rufen Sie mich einfach, wenn Sie was brauchen«, sagte die blonde Vorzimmersekretärin mit Frau-Antje-Akzent.

»Wie wär's mit 'm Stuhl und 'ner Peitsche?«, brummelte Texas Jimmy Balaban verhalten, doch da schloss sie schon hinter sich die Tür zum Nebenzimmer.

Und da stand Jimmy nun allein mit seiner Löwengruppe in der Arena – Archie Maddens Büro – und hatte kein einziges Löwenbändigerwerkzeug greifbar. Ganz zu schweigen von einer Zigarette.

Jimmy hatte Ralf in seinen für ihn charakteristisch gewordenen, hellbeigen Anzug und ein lindgrünes Hemd mit offenem Kragen gesteckt; er selbst trug, um ein bisschen frische Farbe zu zeigen, ein rotes Seidenhemd und ein taubenblaues italienisches Jackett.

Dexter Lampkin war in weißem Hemd und einem schwarzen Anzug erschienen, der aussah, als hätte er ihn schon auf der Penne getragen und zudem die Absicht, sich auch darin begraben zu lassen; vielleicht die grundfalsche Aufmachung für ein Meeting mit Archie Madden, aber immerhin ein Beweis ernsthafter Gesinnung.

Die Blässe seines Gesichts und die dunklen Ringe unter den geröteten Augen gaben Jimmy allerdings zu denken.

»Herrje, Dex, das muß ja 'ne Convention gewesen sein, wenn Sie noch am Dienstag 'n Kater haben.«

Dexter hatte ihm einen Blick stillen Kränkelns zugeworfen.

»Können Sie die Sitzung durchstehen?«, erkundigte Jimmy sich beunruhigt.

Lampkin nickte. »Klar, im Großen und Ganzen fehlt mir nichts, Jimmy. Ich hab sogar 'n paar Ideen, wie wir …«

In diesem Moment kam wie eine Rodeo-Reiterin, bekleidet mit einem Overall in hellem Blauviolett, dessen übergroß geschnittener Kragen einen Umhang andeutete, Amanda in den Warteraum gerauscht, das lange Haar wehte ihr lose über den Rücken.

»Wer ist denn das, Jimmy?«, lautete ihre erste Äußerung, indem sie Dexter musterte.

»Das ist Dexter Lampkin, unser Cheftexter, streng genommen sogar unser einziger Texter«, gab Jimmy ihr Auskunft. »Dex, das ist Amanda Robins, man könnte sagen, glaube ich, sie ist …«

»Meine private Charme-Trainerin«, maulte Ralf. »Man sieht, was 'ne hervorragende Arbeit sie an mir vollbracht hat, stimmt's?«

Wäre Lampkins verschlissener alter Anzug eine Nummer kleiner gewesen, hätte man den Steifen gesehen, den Amandas Anblick ihm verursachte. Amanda hingegen betrachtete ihn mit einem ganz und gar starren Blick des Weggetretenseins.

»Kenne ich Sie?«, fragte sie in einem seltsamen Tonfall der Zerstreutheit. »Ich habe das Gefühl, dass wir uns irgendwo schon mal begegnet sind …«

»Ich glaube, daran würde ich mich erinnern …« Eine lahmere Antwort hätte Lampkin nicht geben können.

In dieser Sekunde kehrte die Sekretärin mit dem Käseschnitzerakzent wieder und führte sie durch den langen Korridor; jedoch nicht, anders als Jimmy es erwartete, in den Konferenzraum, sondern in Archie Maddens Bürozimmer.

Dort durften sie auf das großspurige Eintreffen des Junggenies warten.

Mit einem Ausdruck der Weggetretenheit in den Augen schien Amanda zwei Zentimeter über dem schneeweißen Teppich zu schweben. Dexter wippte auf den Fußballen, als wäre er ein Ostküsten-Manager, der vorhin den Flieger aus New York verlassen und die Chefetage im Black Tower erwartet hatte, stattdessen jedoch jetzt in einer Las Vegas-Version von Oos-Stadtmitte stand.

Nicht dass Jimmy es ihm hätte verdenken können. In Maddens Büro war es unheimlich genug, wenn das Junggenie an seinem Schreibtisch saß; in seiner vermutlich aus Effekthascherei geplanten Abwesenheit empfand man allerdings auch die Unheimlichkeit als Kalkül.

Der weiße Teppich flößte das Gefühl ein, als wäre man es nicht Wert, ihn betreten zu dürfen. Der blitzblanke Schreibtisch aus rostfreiem Stahl vermittelte durch seine ungefähre Form einer Fliegenden Untertasse den Eindruck, als müsste jede Besprechung, die hier stattfand, zwangsläufig von einem Alien aus dem Weltall geleitet werden. Bei dem schrillen progressiven Jazz, der im Hintergrund, knapp an der Grenze der Hörbarkeit, beboppen mochte, fragte man sich unwillkürlich, ob man sich womöglich irgendwelche Geräusche einbildete. Als einzige Sitzgelegenheiten waren diese irren Stühle vorhanden, die die Gestalt riesiger Menschenhände hatten, und sie wirkten nicht, als könnte man es darauf behaglich haben.

Was die auf Dauerwiederholung programmierte Videokonserve der lautlos krächzenden Papageien auf dem großen, unter der Decke befestigten Fernsehgerät zu bedeuten haben sollte, darüber konnte jeder sich selbst den Kopf zermartern; und vielleicht hatte es die Funktion, genau das zu erreichen.

Dieses Mal kam das Interieur Jimmy weniger wie die abwegige Ansicht vor, die ein reicher Bengel über das Abiente Hollywooder Bürohäuser haben mochte, sondern mehr wie eine mit dem Ziel designerte Umgebung, die dem Besucher suggerieren sollte, mit ihm geschähe etwas, von dem er wusste, er könnte es niemals begreifen.

Ralf stolzierte wie ein geiler kleiner Hahn in einem Hühnerhaus umher, klopfte auf die Tischplatte, nahm durch die beiden großflächigen Aussichtsfenster die Non-Aussicht zur Kenntnis, reckte zuletzt den Hals und pflaumte die Videopapageien an.

»He, wie wär's, ihr gebt dem Star der Show ein großes, schönes Händchen?«, heischte er, verbeugte sich knapp. »Nicht? Na, dann such ich mir selber eins.« Damit pflanzte er das Gesäß auf den Handteller eines von Maddens Handsesseln.

Jimmy gewahrte, dass er mit Daumen und Zeigefinger wieder einmal eine Phantomzigarette befummelte. »Also gut, mal hergehört«, sagte er. »Wir wissen nicht genau, um was es bei dieser Besprechung geht, aber berücksichtigen wir die Einschaltquoten der Show ...«

»Entschuldigen Sie, dass ich 'n bisschen verspätet zu der Sitzung aufkreuze, liebe Leutchen, aber Sie kennen sich ja aus, spielten wir nicht alle unsere kleinen Spielchen, so wie wir 's müssen, wären wir längst nicht mehr im Showgeschäft.«

Herein ins Büro fegte Archie Madden: Anders ließ es sich unmöglich nennen. Er trug weiße, viel zu sorgsam gebügelte Tenniskleidung, als dass er in der Tat gerade auf dem Tennisplatz gewesen sein konnte, und der pfirsischfarbene Kaschmir-Sweater, den er lässig um die Schultern geschlungen hatte, schien von der Windmaschine eines Modestudios in die vollkommene Drapierung geweht worden zu sein.

Er flitzte durch den Raum und schwang sich wie Graf Koks auf seinen überhohen Straußenleder-Chefsessel, gab Dexter, Amanda und Jimmy per Wink zu verstehen, dass sie Platz nehmen sollten. Dexter hockte sich zaghaft auf die Kante eines Handsessels. Um sich nicht so flattrig zu präsentieren, wie ihm zumute war, lehnte Jimmy sich tief und fest in seinen Sitz.

Amanda blieb noch für einen längeren Moment stehen und starrte Archie Madden an, als ob sie ihren Augen nicht recht traute.

Mit einem strahlenden Zahnpastareklamelächeln in der Miene erwiderte Madden ihren Blick. »Erinnere ich Sie an irgendwen?«, fragte er. »Sie schauen mich an, als sähen Sie …«

Er lachte.

»… ein Gespenst.«

Unzweifelhaft hatte Amanda beachtliche Erfahrung darin, durch die Schnittstelle zwischen dem Wachsein und der Traumzeit zu surfen, aber das … das …

Archie Madden war ein wohl über zwanzigjähriger Schwarzer mit glatter Haut. Er trug weißen Tennisdress und einen locker um die Schultern gelegten Sweater. Der Sweater war pfirsischfarben, nicht taubenblau, und er hatte ein lächerliches Schnurrbärtchen …

Sonst jedoch glich er ganz dem Archie Madden der Traumzeitvision, die sie von diesem Zusammentreffen gehabt hatte, ehe es faktisch zu Stande kam.

Er war der Mann, dessen Einladung zu einer Konferenz man NICHT ablehnte.

Man konnte unmöglich ablehnen.

Und sie hatte nicht abgelehnt.

»Würden Sie mir glauben, wenn ich sage, dass ich von Ihnen geträumt habe?«, fragte Amanda. »Dass ich geträumt habe von dieser Begegnung ...?«

»Könnte ich Ihnen glauben, wenn Sie behaupten, Sie hätten nicht davon geträumt?«, hielt er ihr entgegen. Sein Lächeln blieb unverändert. Oder nicht? »Dieses Jahr träumt jeder in der Stadt von einem Treffen mit Archie Madden.«

Er lachte nicht. Er blickte sie nur wortlos aus Augen an, in denen in diesem Moment nichts als Vakuum zu sein schien.

»Also, Amanda, setzen Sie sich«, sagte er, dessen Einladung zu einer Konferenz man NICHT ablehnte. »Fangen wir an, ja ...? Am besten kommen wir sofort zur Sache.«

O Klasse, dachte Dexter, *ganz genau was wir brauchen, eine NewAge-Tusse.*

Dass nach einem Wochenende in der Gesellschaft von Science Fiction-Fans jede gut aussehende Frau umso überwältigender aussah, eine gewisse Anziehungskraft der Pheremone, die Tatsache, dass sie seinen äußerlichen Idealvorstellungen weiblicher Fleischlichkeit entsprach, die kürzlich erlebte Fellatio seitens einer Verehrerin, die diesen Ansprüchen nicht genügte – das alles zusammen hatte Dexter, kaum dass

Amanda Robins eingetreten war, zu einem Ständer verholfen.

Und außerdem war es sein Eindruck gewesen, dass sie möglicherweise vergleichbare Regungen verspürte, denn sie hatte ihm einen langen, spekulativen Blick zugeworfen, der sich vielleicht als ein kleines Zeichen einer vorsichtigen Annäherung bewerten ließ.

Nun allerdings beschäftigte ihn die Frage, ob die reizende Amanda nicht etwa eine läppische Karma-Spinnerin war, ein Fall aus dem Ayurveda-Sanatorium, die die Angewohnheit hatte, jedem mit diesen Scientologenblick anzusehen. Und obwohl seine Erektion bisher keine völlige Schrumpfung erlitten hatte, verursachte ihr augenscheinlicher Mangel an Professionalität ihm angesichts der zur Zeit kritischen wirtschaftlichen Lage eine gewisse Besorgnis.

Er hatte immerhin eine Anstrengung unternommen, um sich auf das heutige Meeting vorzubereiten, die in Anbetracht der Umstände durchaus als heroisch eingestuft werden konnte.

Am Sonntag war es Dexter gelungen, sich in die Hotelsuite zu flüchten, ehe er umfiel, war allerdings schon wenige Stunden später von Ellie geweckt worden, damit er sich für das Abschiedsessen mit dem Con-Komitee umzog; während des Essens trank er ein wenig Wein, tat aber wesentlich betrunkener, als er es noch war, sodass er in dem Moment, als sie sich wieder in der Suite befanden, unverzügliches Einschlafen vortäuschen und sich bis zur Heimfahrt am Montagmorgen größere Schelte hatte ersparen können.

Zum Glück war er bloß dafür ausgeschimpft worden, stockvoll zur Ehrengastrede aufs Podium gegangen zu sein, von dem, was sich unmittelbar zuvor ereignet gehabt hatte, wusste Ellie nichts. Gleichfalls zu Dexters Glück hatten das am Dienstag vorgesehene Treffen mit Archie Madden und die Bedeutung, die sich daraus für Ellies Immobilienphantasien ableiten ließ, ihm einen ausgezeichneten Vorwand geliefert, um sich weiteren ehelichen Anfeindungen zu entziehen, indem er zwecks Vorbereitung auf die Sitzung für den gesamten Montag in seinem Arbeitszimmer in Klausur ging.

Weil er einen tierischen Kater gehabt hatte, waren seine Maßnahmen in der Hauptsache jedoch auf die Zufuhr zahlreicher Tassen Kaffees, Überdosen an Vitamin B und sorgsam eingeteilte Züge an einem Joint, den über den ganzen Tag zu strecken ihm gelang, sowie stundenlanges Betrachten des Computermonitors und Tastentippen, ohne irgendetwas zu schreiben, beschränkt geblieben.

Denn eigentlich hatte er sich, wie er erkannte, sobald der Alkoholdunst hinlänglich aus seinem Brägen verdunstet war und er dazu fähig, sich an die Geschehnisse der vergangenen drei Tage zu entsinnen, schon auf die Besprechung mit Archie Madden eingestellt.

Dexter war sich ziemlich sicher, dass er mindestens ein Dutzend oder mehr Fans zum Briefeschreiben angestiftet, sein Aufruf schon die elektronischen Informationsmedien der SF erreicht hatte und vor Ablauf der dreizehn Wochen ihren Niederschlag in den Fanzines fand, dass bald – wenn nicht zu Tausenden, dann doch zu Hunderten – Faxe, E-Mails und Briefe bei der Gold AG eintrafen.

Wenn er also Archie Madden mitteilte, dass um *RALFS WELT* ein Fankult im Entstehen begriffen war, mussten wenig später dafür ausreichende Beweise vorliegen, um Madden davon zu überzeugen, dass dreizehn weitere Wochen für die Show den Aufwand sehr wohl lohnen mochten.

Immerhin konnte Madden wohl kaum in Unkenntnis der Geldberge leben, die die Paramount dank des *Star Trek*-Imperiums anhäufte, und für den unwahrscheinlichen Fall, dass er nicht wusste, wie es ursprünglich entstanden war, brauchte Dexter keine gründliche Vorbereitung, um ihm die Geschichte zu erzählen, wie Gene Roddenberry und das Science Fiction-Fandom täppischen, regelrecht widerborstigen TV-Sendern immense Reichtümer geradezu aufgezwungen hatten.

Vielleicht hätte er die Angelegenheit vorher mit Jimmy durchsprechen, sich mit ihm abstimmen sollen, das sah er jetzt ein, als Amanda Robin sich zu guter Letzt setzte, ohne jedoch den Blick von Madden zu wenden. Er hatte nicht einmal darüber Bescheid gewusst, dass die Frau an dem Meeting teilnahm.

Was hatte sie bloß im Sinn? Madden zu umgarnen? Darin sah Dexter kaum eine aussichtsreiche Strategie. Gewiss, sie war eine Frau, nach der sich Männer umdrehten, aber mindestens zehn Jahre älter als Archie Madden, und ein Bursche in seiner Position hatte zweifellos unter den Aspirantinnen auf den Fernsehruhm, von denen es in der Stadt wimmelte, nach Lust und Laune freie Auswahl …

Archie Madden verschränkte die Arme auf der Brust. »Sicherlich ist uns allen klar, dass die Zeit für meine endgültige Entscheidung, ein abschließendes Ja oder Nein, noch nicht reif ist«, sagte er, »aber eines kann ich schon jetzt feststellen, liebe Leute: Bei den gegenwärtigen Einschaltquoten wird Ihrer Show bestimmt *keine* zweite Dreizehnwochen-Season zugebilligt.«

Amanda blinzelte, nahm einen langen, tiefen, pranajamischen Atemzug, hielt die Luft an, versuchte ihr Denken von allem außer der Betrachtung des Augenblicks zu befreien.

Aber was war es für ein Augenblick?

Es mochte sein, dass sie nicht in einem Konferenzsaal voller Mythengestalten saß, Archie Madden nicht genau die gleichen Sätze wie in ihrem Traum von sich gab, doch seine Körpersprache stimmte auf nachgerade unheimliche Weise. Und plötzlich wusste Amanda auch, wieso Dexter Lampkin für sie so bekannt aussah.

Sie war ihm schon andernorts begegnet.

Am vergangenen Sonntag.

Der andere Ort war die Traumzeit gewesen.

In ihrem Traum von dieser Zusammenkunft waren Archie Madden, Texas Jimmy, Ralf und Hadashi erschienen, allesamt reale Personen, die sie kannte, wenn in Maddens Fall auch nur nach dem Namen und der Reputation, und sämtliche übrigen Personifizierungen waren Archetypen des zeitgenössischen, kollektiv verwalteten Unbewussten gewesen; und alle figürlichen Erscheinungen, die sich gezeigt hatten, jemand Tatsächliches.

Mit Ausnahme der leicht übergewichtigen Gestalt mit der Propellermütze auf dem Kopf. Die Bedeutung der Mütze war Amanda völlig unklar, sie konnte ihr keinen Symbolgehalt zuordnen, und jetzt trug er keine solche Kopfbedeckung.

Aber bei dem Mann mit der Propellermütze in ihrem Traum hatte es sich zweifelsfrei um Dexter Lampkin gehandelt.

Alles was war, war Realität.

Langsam atmete Amanda aus, dachte das Postulat auf kontemplative Weise, als wäre es ein Mantra.

Alles was ist, ist Realität … Alles was ist, ist Realität …

Und das Übernatürliche blieb ein Widerspruch in sich.

Alles was ist, ist Realität, und was Realität ist, ist etwas Natürliches.

Und das hier ist Realität.

Und wenn sie einen phänomenologischen Beweis suchte, dann saß er in Gestalt Dexter Lampkins gleich neben ihr.

»Was ich Ihnen sagen kann und Sie noch nicht wissen, die Show erweist sich als totaler Flop«, erklärte Archie Madden. »Wir könnten mit den alten Riesenameisen- und Godzilla-Filmen, deren Rechte wir haben, bessere Einschaltquoten verbuchen.«

Die absonderliche Halbbekanntheit der Äußerung rief bei Amanda ein Schaudern hervor. Es kam oft genug vor, dass Erinnerungen aus der Welt des Wachseins ins persönliche Unbewusste einsickerten – vielleicht sogar ins kollektive Unbewusste –, um später in der Traumzeit wieder aufzutauchen. Hier jedoch hatte die Traumzeitvision zuerst stattgefunden, und die damit korrespondierenden Phänomene in der Welt des Wachzustands drangen später in den Zeitstrom ihres Bewusstseins ein.

Der Mann, dessen Einladungen man NICHT ablehnte, schaute erst Texas Jimmy, dann Dexter Lampkin und schließlich Amanda an.

»Natürlich könnten wir hingehen«, meinte Archie Madden, »den Sargdeckel zuklappen und die Missgeburt begraben.«

War es nur Zufall, dass er, während er den Satz sprach, sie anblickte?

»Im Gegensatz zu allen anderen Anwesenden verbinden Sie keine finanziellen Interessen mit der Sendung, stimmt's, Amanda? Es ist immer eine gute Idee, einen Unbeteiligten nach seiner Auffassung zu fragen.«

Bildete sie sich die reptilhafte Kälte in seinen Augen nur ein?

»Wie fiele Ihr Entschluss aus, wären Sie heute Königin für einen Tag, hätten jetzt an meiner Stelle Sie alle Vollmachten, Amanda?«, fragte Archie Madden. »Was würden Sie sagen, obläge die Entscheidung Ihnen? Müssen wir diese Show haben? Lohnt sie den Aufwand?«

Ähnelte er mit seinem Lächeln wahrhaftig einem Saurier?

Es stellte ihr lediglich ein für Schund und Schmutz zuständiger TV-Programmchef eine Frage. Das Nervenkribbeln, das sie plötzlich verspürte, beruhte gewiss nur auf Autosuggestion. Mit Sicherheit stand nichts auf dem Spiel als das Schicksal einer gescheiterten Fernsehshow, deren Niederträchtigkeit und Debilität sie ohnehin anwiderten und an der sie in der Tat keinerlei persönliches Interesse hegte.

Also …

Aber warum hatte ihre Pilgerschaft ans Ende des Langen Wegs dann in einer sehr deutlichen Traumzeitvision geendet, deren Erinnerung es ihr jetzt ermöglichte, zumindest grob im Voraus zu wissen, was Archie Madden sagen würde, ehe er es aussprach? Und woher war ihre akkurate präkognitive Vision Dexter Lampkins entsprungen?

Wenn wir darauf eine Antwort wüssten, erklang in ihrem Kopf Hadashis Stimme, würden wir dann nicht Buddha?

»Warum nicht?«, fragte Amanda laut; genau wie in der Traumzeit.

Was ist, ist Realität.

Die Traumzeitvision. Das Meeting. Dexter Lampkins Anwesenheit. Dieser Moment. Alles.

Um es in der Gesamtheit zu verstehen, hätte Amanda wahrlich Buddha sein müssen.

Aber nicht, um darüber Klarheit zu haben, dass es geschah.

Vielleicht drehte sich das Ganze bloß um nochmals dreizehn Wochen Laufzeit für *RALFS WELT*. Doch droben auf dem kalten Berggipfel, wo sie unter einem unbarmherzig schwarzen Himmel, aus dessen kosmischer Weite nie wieder ein wohl wollendes Auge auf dem Herdfeuerschein einer Siedlung denkender, fühlender Wesen ruhen sollte, eine Vision des jetzigen Moments gehabt hatte, war es um unendlich vieles mehr gegangen.

Ihr ganzes Leben lang hatte Amanda auf diesen Moment gewartet.

Auf den Moment, in dem sich der Schleier der Maja so weit hob, dass sich mehr als nur quälend flüchtige Einblicke ins Jenseitige erhaschen ließen, die vom Wurm der Skepsis nicht als subjektive Wahrnehmungen verworfen werden konnten.

Den Moment, in dem die höhere Wirklichkeit, nach der sie suchte, sich auf eine Weise offenbarte, deren Verbundenheit mit der phänomenologischen Welt der Materie und Energie sich unmöglich leugnen ließ.

Doch jetzt, da dieser Moment tatsächlich gekommen war, ähnelte er überhaupt nicht dem, was sie gesucht oder sich ausgemalt hatte. Eine allumfassende Erleuchtung blieb aus. Sie blickte nicht einmal durch. Ihr widerfuhr keine solipsistische Epiphanie, sondern sie stand vor einer karmischen Prüfung.

Sie begriff nicht, was sich vollzog.

Sie konnte kein Buddha werden.

Dennoch wurde von ihr verlangt, sich so zu verhalten, als wäre sie Buddha geworden.

Von ihr wurde gefordert, ohne dass sie wusste, wieso oder durch wen, dass sie in der gegebenen Situation so handelte, wie Buddha gehandelt hätte.

Buddha wäre klar, wie er vorgehen müsste.

Buddha ginge von der Annahme aus, dass jeder Schritt, den jemand tat, jeder Atemzug, den jemand nahm, für das gesamte Gefüge des Seins Konsequenzen hatte.

Warum nicht?

»Warum nicht?«, wiederholte Archie Madden.

»Warum sollten Sie uns nicht die Chance zugestehen, die Show zu retten, ehe Sie sie kurzerhand absetzen?«, fragte Amanda, blickte geradewegs in die Leere und den Sternenstaub des Vakuums seiner Augen. »Was haben denn Sie zu verlieren?«

Sie schenkte ihm ihr vorzüglichstes Buddha-Lächeln. »Wenn Sie nicht sowieso schon dazu entschlossen wären, weshalb hätten Sie dann diese Beratung einberufen?«

Archie Madden zuckte die Achseln. »Verlassen Sie sich nie auf 'ne Ahnung?«, stellte er eine Gegenfrage. »Achten Sie nie darauf, was Ihnen ... Ihre Träume sagen?«

Er behielt die Stimme des Junggenies; aber er hatte die Augen des Traumzeit-Avatars.

»Würden Sie mir glauben, dass Sie hier sind, weil ich 's vorher so geträumt habe?«, fragte er, dessen Einladungen man NICHT ablehnen konnte, im lässigen Tonfall Archie Maddens.

Er lachte. Er zwinkerte ihr zu.

»Sie bestimmt, Amanda.«

»Wessen Traum war es ...?«, raunte Amanda unwillkürlich mit leiser Stimme.

Archie Madden hob die Schultern. »Weshalb muß es ein Traum sein?«

»Brauchen wir wirklich einen Träumer ...?«, flüsterte Amanda.

Jedes Mal schienen die Worte leicht verfrüht aus ihrem Mund zu dringen, einen Sekundenbruchteil vor der Erinnerung an den Wortlaut.

»Herrjesses, Amanda, seien Sie mal 'n bisschen konstruktiv«, sagte Texas Jimmy Balaban, so wie sie es geahnt hatte.

»Jawohl, Affengörl, können wir nun den Scheiß lassen und Tacheles reden?«

»Ich dachte schon, wir kämen gar nicht mehr dazu«, sagte Archie Madden, wobei er Ralf anschaute. »Sie wollen also Tacheles reden?«

Der junge Mann in der tadellos weißen Tenniskleidung sprach, als unterhielte er sich mit allen Anwesenden, aber sein Blick kehrte zurück zu Amandas Augen.

»Die Quintessenz des Ganzen lautet, dass ich nicht bis zur dreizehnten Woche warten möchte, bis ich dem Aufsichtsrat beichte, dass ich Mist gebaut habe«, konstatierte er. »Ich will jetzt eine Änderung der Konzeption vorlegen, die die Verantwortlichen davon überzeugt, dass die Einschaltquoten sich in absehbarer Frist bessern.«

Er widmete ihr ein leidlich freundliches Lächeln, wie sie es von ihrem Lieblingstyrannosaurus erwartet hätte.

»Das heißt, Sie müssen mir bis zum Ende unserer Sitzung einen Vorschlag unterbreiten, der mich davon überzeugt, dass er uns bis zur dreizehnten Woche wenigstens zwölf Prozent Einschaltquote einbringt, oder ich ziehe die Notbremse, zahle aus, was der Vertrag vorschreibt, und die Sache ist ausgestanden.«

Er zwinkerte Amanda auf eine Weise zu, die nur den kältesten Winkel ihres Herzens ansprach.

»Sie sind dran, liebe Affenhorde«, sagte er, indem der phänomenologische Zeitstrom mit dem ungelösten Ende von Amandas Traumzeitvision verschmolz. »Und ich weiß, Sie lassen mich nicht im Stich.«

Und der Moment verstrich, Amanda trieb so blind wie eh und je durch die unvermessenen Firmamente des ewigen Jetzt.

Texas Jimmy Balaban war nicht unbedingt mit der Erwartung guter Neuigkeiten in die Besprechung gegangen, aber dieser Hammer warf ihn nun wirklich aus dem Gleis.

»Habe ich Sie richtig verstanden, Archie?«, vergewisserte er sich. »Wir sollen Sie im Laufe der Sitzung davon überzeugen, dass die Show zu retten ist, oder sie wird sofort abgesetzt?«

»Darf er das, Jimmy?«, fragte Ralf indigniert.

Darf er es?, überlegte Texas Jimmy. Der Vertrag umfasste dreißig Seiten des üblichen Blahblahs, und die meiste Beachtung hatte Jimmy für die Festlegung der Zahlungstermine und der Aufteilung aller Verwertungsrechte erübrigt; was jedoch den Ausstieg aus dem Vertrag betraf, konnte er sich wirklich an Nichts erinnern.

»O ja, ich darf, Ralf«, versicherte Madden. »Sie erhalten Ihren Anteil für die letzten fünf Wochen, und wir sparen für diese fünf Wochen die Produktionskosten ein.«

Mit dem provozierenden Lächeln eines Winkeladvokaten sah er Jimmy an. »Paragraph acht, Klausel zwölf, Abschnitt E. Wenn Sie mir nicht trauen, schlagen Sie nach.«

»Ach wieso denn, weshalb sollten wir Ihnen nicht trauen, Archie?«, beschwichtigte Jimmy ihn. »Ich bin sicher, ein Wort aus Ihrem Mund ist so viel wert wie ein Scheck in der Post.«

Madden lachte auf ähnlich überzeugende Weise wie ein Lachsack. »Also, was ist das Problem?«, fragte er. »Bis sechzehn Uhr fünfzehn habe ich keinen Termin, ich bin für Sie noch siebenunddreißig Minuten lang ganz Ohr.«

Texas Jimmy Balaban blickte auf Jahrzehnte der Reibereien mit den Idiotendirigenten, Blindgängern und selbst richtiggehenden Ganoven der untersten Garnitur des Gewerbes zurück, und nie war er jemandem an die Gurgel gegangen. Aber jetzt drückte er auf dem

Großbildschirm seiner Phantasie Archie Madden den Hals zu, bis dem Halunken die Augen aus dem Kopf auf den Schreibtisch sprangen.

Und da er schon einmal dabei war, verübte seine Vorstellungskraft auch an Lampkin einen Schwarzeneggerakt, weil er übers Wochenende fort gewesen und sich dermaßen offensichtlich verkatert zu dem Meeting eingefunden hatte. Er wäre ähnlich mit Amanda verfahren, weil sie antanzte wie Miss Esotera und hier mit dem Junggenie gurumäßigen Schmonzes verzapfte, doch anscheinend war er im Innersten seiner Seele zu sehr Gentleman, als dass ihm ein passables Szenario einfallen konnte.

Und um das Maß voll zu machen, Balaban: Warum rennst du nicht mit dem Kopf gegen die Wand, weil du so hirnverbrannt warst, dir vollständig die Beherrschung der Lage entwinden zu lassen?

»Keine Bange, Jimmy, er setzt die Show nicht ab«, behauptete Lampkin im Brustton geradezu idiotischer Selbstsicherheit, indem er Texas Jimmy fahl angrinste.

»Nicht?«, fragte Archie Madden.

»Nein, nicht, Mr. Madden«, bekräftigte Dexter, »und ich kann Ihnen den Grund nennen.«

An der Blässe seiner Haut, der Rötung der Augen und den dunklen Tränensäcken merkte man Lampkin den Kater noch unverkennbar an. Trotzdem stemmte er sich aus dem saublöden Handsessel hoch und tappte in kleinen Kreisen durchs Zimmer, während er sprach, verwandelte er sich zu Jimmys Staunen in einen Vortragskünstler, einen Schundnik, einen Hollywooder Schreiberling, der während einer Redaktionskonferenz seinen Senf absonderte.

»Haben Sie je von *Star Trek* gehört, Mr. Madden?«, fragte er. »Dem größten, einträglichsten Fernsehfolg in der Geschichte der Medien, den Haupt- und Nebenserien und dem davon abgeleiteten Halbdutzend Kinofilmen, den Comics, den Videospielen, dem Merchandising, den Romanfassungen, den Fan-Organisationen?«

»Nein«, nölte Archie Madden. »Ich habe in den letzten fünfundzwanzig Jahren im Koma gelegen.«

Lampkin hob die Hand und ließ zwischen Daumen und Zeigefinger der Rechten vielleicht einen Zentimeter Abstand. »Wissen Sie, dass die Hofnarren damals so dicht davor standen, die Serie nach den ersten dreizehn Wochen aus dem Programm zu streichen?«

Madden lehnte in seinem Chefsessel, ohne eine Reaktion zu zeigen, aber Jimmy bezweifelte, dass es enorm konstruktiv sein konnte, ihn mit irgendwelchen Hofnarren gleichzusetzen.

»Rechnet man alles zusammen, ist daran bis heute über eine Milliarde Dollar verdient worden«, sagte Lampkin, »aber damals hatten die Schlauköpfe bei der NBC nichts eiliger vor, als die Goldene Gans zu schlachten, bevor sie goldene Eier legen konnte, so wie Sie 's heute mit *RALFS WELT* beabsichtigen.«

Er blieb stehen, legte eine dramatische Kunstpause ein.

»Und wissen Sie, was sie vor der eigenen Dummbatzigkeit bewahrt hat?«

»Lassen Sie mich raten«, antwortete Archie Madden in eisigem Ton. »Das Gleiche, was mich nun vor meiner Dummbatzigkeit bewahren soll?«

Aua.

Fröhlich lächelte Lampkin. »Man nennt Sie nicht umsonst das Junggenie, was?«, frotzelte er.

»Aua«, sagte Jimmy, konnte nicht verhindern, dass die Bemerkung ihm diesmal laut entflutschte.

»Was *Star Trek* gerettet und genau den Unternehmern, die die Serie absetzen wollten, solche Unsummen eingebracht hat, war ... das Science Fiction-Fandom.«

Lampkin tat diese Äußerung, als trüge er eine

großartige Offenbarung vor, aber Madden musterte ihn nur festen Blicks.

»Sie meinen, wie heißen sie? Die Trekkies?«, fragte er. »Scharen minderjähriger Mädchen und ihre läufigen Mütter, die alle darauf brennen, mit Mr. Spock zu bumsen?«

Lampkin lachte. »Viel mehr, Archie«, entgegnete er, wechselte gänzlich unbefangen zum Gebrauch des Vornamens über und nahm wieder Platz. »An den Sachen, die ich sonst schreibe, nämlich Science Fiction-Romane und -Stories, hängt eine umfangreiche Fan-Subkultur. Praktisch jedes Wochenende im Jahr veranstaltet das Fandom irgendwo eine große Convention.«

»Ja richtig, die SciFi-Fans«, sagte Madden. »Komische Hampelmänner, die in Raumkadettenkostümen und mit Propellermützen rumlaufen.«

»Im gesamten Land sind es zehn-, zwanzig-, vielleicht dreißigtausend Personen, Archie«, behauptete Lampkin.

Madden zuckte die Achseln. »Fürs Hotelgewerbe mögen das beeindruckende Zahlen sein«, meinte er. »Uns bringen sie nicht einmal ein Prozent Einschaltquote.«

»Aber sie haben gewaltigen Einfluss, Archie.«

»Einfluss?«

»Die Scientologen-Großsekte, um ein Beispiel anzuführen, ist von einem SciFi-Schmieranten gegründet worden, der damals einen Cent pro Wort erhielt, und galt anfangs sogar im SF-Fandom als ein kleiner Kult von Irren«, referierte Lampkin. »Heute verwaltet der Laden ein Vermögen von über einer Milliarde Dollar.«

In seinen Augen schienen Dollarzeichen zu blitzen, während er Madden breit angrinste.

»Ein weiteres Beispiel ist die *Star Trek*-Industrie«, fügte er hinzu. »Sie ist auch durch Einflussnahme entstanden.«

Und damit hatte Dexter etwas Entscheidendes gesagt.

Jimmy erkannte es an Archie Maddens Körpersprache: Madden straffte sich ein wenig, beugte sich geringfügig vor, er blähte die Nasenflügel, als witterte er mucho dinero.

»Gene Roddenberrys ganzer Einfall war nichts anderes, als zur Rettung der Fernsehserie eine Briefkampagne anzuleiern, also ließ er von einigen der SciFi-Autoren, die für die Serie Drehbücher verfasst hatten, entsprechende Mundpropaganda betreiben, er hatte sich gedacht, dass vielleicht zweitausend oder so schnell geschriebene Zuschriften wenigstens ein Faktor sein könnten, den man bei der NBC beachtet ...«

Weit breitete Dexter die Arme aus, als wäre er Carl Sagan. »Stattdessen gingen dort Tausende über Tausende von Briefen ein, Zehntausende von Zuschriften, und zwar Woche um Woche, und es gab Mahnwachen vor den Studios und Sendern, bei der NBC war man völlig baff, man konnte gar nicht raffen, wass plötzlich los war ...«

»Mehr Briefe als Fans?«, konterte Madden. Er verzog das Gesicht zu einem Besserwisserfeixen. »So was beeinflusst die Einschaltquoten nicht.«

»Fandom! Fans! Fa-na-ti-ker! Im wahrsten Sinne des Wortes, Archie. Übergewichtige, sozial inkompetente, aber überdurchschnittlich intelligente Menschen, die mit leidenschaftlicher Hingabe an die Science Fiction glauben, deren gesamtes Leben sich darum dreht, die die Überzeugung vertreten, dass sie sie zu etwas Besonderem macht, die der Meinung sind, sie hätten die Aufgabe, die Welt umzukrempeln. Eine Public Relation-Truppe Freiwilliger in Divisionsstärke, ausgerüstet mit Computern, Faxgeräten, Telefonen und Fotokopierern, die jederzeit dazu bereit ist, für etwas, das mit Science Fiction, dem Weltraum oder der Zukunft zu tun hat, die Barrikaden der Medien zu stürmen. *Star Trek. Projekt Apollo. Star Wars* …!«

Dexter verstummte, verschränkte die Arme auf der Brust und lenkte den Blick in Ralfs Richtung. »Oder für einen ›Komiker aus der Zukunft‹«, ergänzte er die Aufzählung in gemäßigterem Ton.

Madden widmete Lampkin verkniffen einen langen, spekulativen Blick, den Jimmy nicht eben als Ermutigung empfand.

»Soll ich das als Drohung verstehen?«, fragte Madden.

»Nein-nein-nein!«, versicherte Lampkin hastig. »Es ist eine Verheißung. Roddenberry hatte sich bloß eine zweite Dreizehnwochen-Staffel gewünscht, aber seine bescheidene, kleine Briefkampagne hat sich ins Gigantische ausgewachsen und dadurch aus *Star Trek* eine Goldmine der Wiederholungen, Weiterverwertung und des Merchandising gemacht. Und alles dank einiger Tausend fanatischer Science Fiction-Fans.«

Neugierde verlieh Maddens Blick einen etwas milderen Ausdruck. »Aber wie?«, fragte er. »Die ursprüngliche *Star Trek*-Serie hat mit den Einschaltquoten nie höher als am zwanzigsten Platz gestanden.«

Lampkin hob die Schultern. »Wenn diese Geschichte uns was lehrt, dann wohl, dass wenige Tausend entschlossene Kultis einen großen, homogenen Effekt bewirken können«, gab er zur Antwort. »Durch Einflussnahme! Wie sonst hätte es so weit kommen können, dass ein winziger Spinnerverein wie das Urchristentum schließlich das gesamte Römische Reich übernahm, ein paar Hundert krachlederner Nazis in einem Münchner Bierkeller am Ende den Zweiten Weltkrieg anzettelten, einige Tausend hartnäckige Trekkies schlussendlich ein kulturelles Massenphänomen hervorriefen, das eine Menge Leute gegen ihren Willen stinkreich gemacht hat …«

»Einflussnahme …«, murmelte Madden versonnen.

»Wir sitzen hier auf einem potenziellen neuen Medienerfolg mit *Star Trek*-Dimensionen, Archie«, postulierte Lampkin. »Denken Sie darüber nach! Stellen Sie sich mehrere Tausend Science Fiction-Fans vor, die voller wildem Fanatismus Werbung für *RALFS WELT* betreiben.«

Anscheinend dachte Madden darüber nach; und Texas Jimmy tat das Gleiche, versuchte dabei nicht zu grinsen oder zu hecheln.

Wegen der Hinterrangigkeit der Show hatten die Anwälte der Gold Medien AG es als überflüssig erachtet, dem Unternehmen außer an den Rechten für Wiederausstrahlung, Videoaufzeichnungen und Auslandslizenzen größere Anteile an Nebenrechten zu sichern; wenn Jimmy sich recht an den Vertrag erinnerte, fiel von allem anderen der Löwenanteil ihm zu.

»Sie meinen also«, fragte Madden schließlich, »wir könnten für die Show einen ähnlichen Kult wie die Trekkies zu Stande bringen?«

Dexter grinste wie der Große Böse Wolf, der endlich die Drei Kleinen Schweinchen am Spieß briet; wie ein Komiker, dem jemand das perfekte Stichwort für sein schärfstes Aperçu gegeben hatte.

»Ich kann Ihnen mitteilen, dass es schon geschieht«, sagte er. »Am Wochenende habe ich eine große Science Fiction-Convention besucht, und dort war es … Ein Ralf-Fandom, zwar noch klein, aber im Wachstum begriffen, Sie werden die Resultate bald in der Post finden …«

»Ich habe einen Fanclub?«, rief Ralf. »Scharen scharfer, knackjunger Affengörls, die nach meinem Körper schmachten?«

Madden maß Lampkin mit einem argwöhnischen Blick; Texas Jimmy konnte es ihm schwerlich verdenken.

»Aha …«, brummte Madden. »Ist einfach spontan dahin gekommen. Sie waren zufällig dort, haben aber nichts damit zu schaffen …«

Jetzt war ein kritischer Moment. Eilig überschlug Jimmy im Kopf ein paar verwegene Berechnungen, während Lampkin und Madden sich einige Augenblicke lang nervös gegenseitig betrachteten.

»Beachten Sie doch mal, wie günstig die Zahlen sind, Archie«, riet Jimmy, bevor einer der beiden das gespannte Schweigen brechen konnte.

»Günstig?«, ächzte Madden. »Bei den Einschaltquoten? Was glauben Sie eigentlich, weshalb ich diese Besprechung anberaumt habe?«

»Schauen Sie sich an, wie's unterm Strich aussieht«, empfahl Texas Jimmy. »Die Show kostet Sie lumpige Zweihunderttausend die Woche, also können Sie selbst bei den Einschaltquoten, wenn Sie die Werbeeinnahmen abrechnen, pro Woche kaum mehr als Fünfzig-, Sechzigtausend Verlust verbuchen, oder?«

»So?«

»So ist es doch keine Riesenpleite für Sie, wenn Sie uns noch fünf Wochen Frist zugestehen, um zu versuchen, die Einschaltquoten zu erhöhen, was kostet es denn schon, eine Viertelmillion minus den Betrag, mit dem die Anwendung der Ausstiegsklausel Sie belasten würde, also netto vielleicht Hunderttausend.«

»So?«

»So? So! Es besteht natürlich keine Garantie, in die Gewinnzone vorzustoßen, aber der Einsatz hat eine Höhe von nur Hunderttausend gegen einen möglichen Gewinn von Hunderten von Millionen. Ein Verhältnis von tausend zu eins oder sogar vorteilhafter. Eine solche Gewinnquote hätten Sie nicht mal, wenn Sie wetten, dass Klarabella Kuh im Kentucky-Derby siegt.«

Amanda sah, dass Archie Madden ostentativ, mit ausholender, theatralischer Geste, auf die Armbanduhr blickte.

»Noch dreißig Minuten, bis das Fallbeil fällt, liebe Leutchen«, stellte er fest, lehnte sich zurück und verschränkte wie ein nicht allzu gnädiger Pascha die Arme auf dem Brustkorb.

Oder wie ein Filmmogul vergangener Hollywoodzeiten, dachte Amanda, nur fehlen ihm zwanzig Lebensjahre und eine lange, dicke Zigarre.

»Ihr Argument ist nicht schlecht, Balaban, sicher würde ich bei fast jeder Gewinnwahrscheinlichkeit Hunderttausend gegen Hunderte von Millionen riskieren«, sagte Madden. »Außer bei einer Aussicht von Null. Und die Aussicht, dass dieser Flop zu einer neuen *Star Trek*-Sause statt zu einem zweiten Twin Peaks-Fiasko wird, ist gleich null, solange Sie kein umgearbeitetes Konzept vorlegen, das mich vom Gegenteil überzeugt, und zwar ...«

Er schaute ein weiteres Mal auf die Uhr.

»... innerhalb der nächsten achtundzwanzig Minuten.«

Während Dexter Lampkin über Star Trek faselte und Texas Jimmy seine Showgeschäft-Milchmädchenrechnung aufstellte, war Amanda in ihrem Sessel still mit dem Bestreben beschäftigt gewesen, mittels irgendeiner ihr bekannten Meditationstechnik in die Verfassung der Multiplexbewusstheit zurückzukehren, in den Archie Maddens erster Anblick im Wachzustand sie versetzt hatte.

Aber die multiperspektivische Wahrnehmung hatte ein für allemal ein Ende genommen, als der Verlauf des Meetings ihre Traumzeitvision dieses Treffens chronologisch überholte, und kein Willensakt konnte daran noch etwas ändern.

Was sich jetzt noch abspielte, war ein Replay der

üblichen Hollywoodposse: Ein Lohnschreiber versuchte einem Freakdompteur einzureden, die schwache Chance, eine missratene Show zu retten, indem man einen kläglichen Haufen neurotischer Science Fiction-Fans dahin manipulierte, dass sie sich enthusiastisch dafür ins Zeug legten, wäre weitere fünf Wochen Billigproduktion wert.

»Darauf wollten wir gerade zu sprechen kommen, nicht wahr, Dex?«, antwortete Texas Jimmy voller merklicher Nervosität.

»Ach so, ja?«

»Na klar, Sie wissen doch, ich meine die aufregende Idee für eine Abwandlung der Konzeption, von der Sie mir gestern an Telefon erzählt haben, Mensch, wir haben sie doch eine Stunde lang durchgekaut ...«

Aber nach dem Ausdruck der Entgeisterung auf Lampkins Gesicht hatte Balaban jetzt schlichtweg auf eine Lüge zurückgegriffen, um den Ärmsten zu zwingen, Farbe zu bekennen.

»Dann mal heraus damit«, sagte Archie Madden aus reiner Hinterhältigkeit und verzog die Miene zu einem Schmunzeln boshafter Belustigung; zumindest Amanda war völlig klar, dass er Texas Jimmy durchschaute und sich auf sein Spielchen einließ.

Inzwischen fiel es Amanda immer schwerer, an den zweigleisigen Bewusstseinszustand aus Erinnerung und aktueller Wahrnehmung zu glauben, den sie vor wenigen Minuten erlebt hatte, weil die niveaulose Sitcom-Farce, die sich hier abspielte, in ein anderes Reich zu gehören schien, in dem man um illusorische Maximalziele schacherte.

Man verhandelte Angelegenheiten des üblichen Showgeschäfts: Einschaltquoten, Zahlen, Summen, Balaban manipulierte auf urig verzweifelte Weise Lampkin, und Lampkin hatte eine niederträchtige, zynische Manipulation ausgeheckt, um ... Wie hatte Madden sie genannt?

Komische Hampelmänner, die in Raumkadettenkostümen und mit Propellermützen rumlaufen …?

Komische Hampelmänner in Raumkadettenkostümen und mit Propellermützen!

Und was keine noch so starke Willensanstrengung und keine Meditationstechnik hatte wieder bringen können, kehrte nun mit einer Art satorischen Flashbacks zurück. Amanda sah Dexter Lampkin plötzlich in doppelter psychischer Sicht.

Eigentlich gewahrte Amanda die Phantompropellermütze auf Dexter Lampkins Kopf nicht visuell, doch die Erinnerung daran, dass sie sie in ihrem präkognitiven Traum genau dort erblickt hatte, verhalf ihr zur Einsicht in die symbolische Bedeutung dessen, was sie zunächst für albernes, sinnloses Beiwerk gehalten hatte.

Jetzt entsann sie sich in aller Klarheit: Ja, sie hatte von diesem Mann geträumt, ehe sie ihm begegnete, er hatte in der Traumzeit diese emblematische Kopfbedeckung getragen, bevor sie darin irgendeinen Sinn hatte sehen können.

Und deshalb musste ihre Traumzeitvision Realität, musste sie eine zeitverschobene Botschaft gewesen sein, nur war ihr nicht bekannt, von wem oder woher sie stammte.

Und damit stand die Tür wieder offen.

Dexter hätte Texas Jimmy dafür abmurksen können, dass er ihm die heiße Kartoffel zugeworfen hatte, aber kaum leugnen, dass Balabans Lüge etwas enthielt, das tatsächlich hätte geschehen sollen.

Es wäre richtig gewesen, sich gestern telefonisch mit Jimmy abzustimmen oder wenigstens irgendein Konzept für die heutige Besprechung zu formulieren, anstatt quasi gleich von einem SF-Con mit der blauäugigen Unterstellung ins Meeting zu latschen, es könnte genügen, Archie Madden die abgehobene Fandomseinschätzung George Clayton Johnsons aufzutischen, um das Blatt zu wenden.

Ein Blick in Maddens Miene verriet ihm deutlich, der verfluchte Bursche wusste ganz genau, dass er sich ohne eine Konzeption im Kopf zu ihm gewagt hatte.

Allerdings …

Allerdings war es eindeutig nicht das erste Mal, dass Dexter sich in einer derartigen Situation befand. Wie häufig war er schon in Trickfilm-Redaktionskonferenzen gegangen, hatte sich gefallen lassen müssen, dass man seine Vorstellungen innerhalb der ersten fünf Minuten in der Luft zerriss, und nichts mehr als heiße Luft abgelassen? Und wie oft war ihm trotzdem ein Drehbuchauftrag zugefallen? Ungefähr in vierzig Prozent der Fälle, eine bessere Erfolgsquote als Tyrus Cobbs beim Baseball.

Unter solchen Umständen nur nicht versuchen zu denken, lautete die wichtigste Direktive. Er musste das Gehirn abschalten und das Mundwerk reden lassen.

Also …

»Jimmy und ich haben vier wirklich solide Vorschläge für Sitcom-Konzepte ausgearbeitet, aber alle verlangen einen Etat für den Set, für Schauspieler und Skripte, und ich vermute, Sie können kein Geld mehr locker machen – stimmt's, Archie? –, deshalb müssen wir bei Ralf und einem Publikum bleiben, und da Ralf nicht geändert werden kann, müssen wir … müssen wir …«

Dexter verstummte, da er nicht die geringste Ahnung hatte, was er als Nächstes sagen sollte. Doch im folgenden Augenblick begriff er, in welche Richtung seine Brabbeleien wiesen.

»Dann müssen wir ein anderes Publikum haben«, erklärte er.

Madden beugte sich ein wenig vor. »Ein anderes Publikum?«, wiederholte er nachdenklich.

»Äh … äh …«, machte Dexter. »Unserem Ungeheuer besseres Futter vorwerfen«, sagte er und beobachtete mit einer gewissen Belustigung, dass die unerbittliche Logik seiner Gedankengänge um Sekundenbruchteile schneller aus seinem Mund zu dringen schien, als sie im Gehirn Gestalt annahm.

»Ah, das hört sich endlich mal nach einem interessanten Einfall an«, bemerkte dazu Ralf. »Mit dem Gesocks, das sich gegenwärtig von der Straße reinschleppt, kann man ungefähr so viel Spaß haben wie mit 'ner Gruft voll toter Affen.«

»Genau, und darum müssen wir den Saal live mit echtem Affenvolk füllen«, rief Dexter. »Das heißt … das heißt …«

Mit Leuten wie Oscar Karel.

Natürlich!

Mit Leuten wie Oscar Karel!

Hatte er nicht gerade drei Tage in einem Hotel voller Typen verbracht, die für *RALFS WELT* das ideale Studiopublikum verkörperten? Hatte er nicht eben Madden erzählt, es gäbe inzwischen ein Ralf-Fandom? Weshalb sollte er daraus keine Selbsterfüllungsprophezeiung machen?

Hatte er es nicht schon getan?

Wenn man im Wachträumen so geübt war wie Amanda, konnte man bisweilen mental in einen vergangenen Traum umkehren, und es hatte den Anschein, dass sie im Moment eine ähnliche Erfahrung erlebte, sie war zurück in die dualistische Wahrnehmung der Realität versetzt worden, die sie vorhin durchlebt hatte, während der Verlauf der Ereignisse ihrer präkognitiven Vision des Meetings folgten.

Jetzt jedoch gesellten sich zu den Echtzeitworten Schatten der Traumzeitdeutung, sodass normale Sätze einen tieferen, vielschichtigeren Sinn erlangten, als ihr Wortlaut an sich nahe legte, und auf dem Bildschirm ihrer geistigen Sicht als wechselhafte Bildersprache Ausdruck fanden.

Ganz als ob sie im Wachsein träumte.

»Mit Science Fiction-Fans«, rief Dexter Lampkin.

»Science Fiction-Fans?«, wiederholte Archie Madden.

In dem glatten, jungen Gesicht des Programmchefs der Gold Medien AG sah Amanda die abgründigen, alterslosen Augen des Mannes, dessen Einladungen man NICHT ablehnen konnte.

»Buntscheckige Horden fetzig aussehender Maulhelden, die sich vorm Frühstück drei verschiedene Zukünfte ausdenken und an Ralf glauben wollen«, erläuterte Lampkin, und seine Beschreibung beschwor vor Amandas Augen Bilder aus unbekannten Quellen. »Mit ihnen füllen wir für Ralfs Auftritte den Affenkäfig am allerbesten, ohne das Budget zu sprengen. Was kann man mehr verlangen?«

Amanda sah Lampkins SciFi-Fans vor sich: Übergewichtige, merkwürdig birnenförmig gewachsene Zeitgenossen mit einem abartigen Zug um die Augen; sie trugen Propellermützen, Spock-Ohren sowie T-Shirts und Buttons, auf denen sie ihren obsessiven Hang zum Weltraum, zu Aliens und zu imaginären Zukunftswelten outeten.

Indem sie ihnen in die Augen blickte, die Fenster der Seele, konnte sie sie fühlen: Intelligente, aber in spiritueller Beziehung kümmerliche Primaten, die leidenschaftlich an eine transzendente evolutionäre Bestimmung ihrer Spezies glaubten, obwohl ihre frustrierten Herzen traurig wenig von Transzendenz und Bestimmung verstanden.

Ralfs Fleisch gewordene Karikatur des Menschengeschlechts.

Die Inkarnation des Affenvolks.

Futter für das Ungeheuer. Genau wie Lampkin es gesagt hatte.

»Na, Archie …?«, fragte Dexter und drückte im Geiste beide Daumen.

»Tja, ich weiß nicht …«, sinnierte Madden. »Affennummern haben keine große Erfolgsgeschichte, und die eingefleischten SciFi-Fans sind bloß für vier Prozent Einschaltquote gut …«

»Mir gefällt's«, sagte Ralf.

»… aber es könnte sich für wenigstens noch fünf Wochen lohnen …«

»Das Besondere ist ja, dass wir den Science Fiction-Fans keinen passiven Konsum anbieten, sondern sie einbinden und zu Aktivitäten veranlassen, Ralf spannt sie für ein gemeinsames Schauspiel ein, dessen Adressat das übrige Publikum ist«, erklärte Dexter, indem er geradezu atemberaubend schnell auf Maddens Zögern reagierte. »Und wir sorgen dafür, dass es spontan wirkt, wir verteilen nur ungefähr ein Dutzend Fans im Publikum, um die Veranstaltung zu beleben …«

Nachdem sein Mundwerk ihm zum Durchbruch verholfen hatte, nahm sein Gehirn den Betrieb wieder auf und arbeitete mit Warp-Geschwindigkeit.

Dexter wusste nur zu gut, dass er kurz davor stand, Archie Madden das Science Fiction-Fandom als Raritätenkabinett zu verschachern, als gut gefüllten Affenkäfig, an dessen Gitter Ralf zum primitiven Ergötzen spaßgeiler Stinos Faxen provozieren konnte.

Einen zynischen Weg beschritt, um – wie er in seiner Ehrengastansprache unverblümt eingeräumt hatte – Ellie ein Haus in Hollywoods Hügeln und sich selbst einen Porsche anschaffen zu können.

Aber gab er den SF-Fans nicht genau das, was zu wollen sie immer behaupteten? Wenn die Science Fiction die Welt wirklich retten kann, hier habt ihr eure Chance! Auf geht's, Raumkadetten, nun legt die Karten auf den Tisch!

»Sie können garantieren, dass fünf Wochen lang jeden Tag am Abend ein Dutzend dieser SciFi-Fans im Studio sitzt?«, erkundigte sich Madden mit merklichen Zweifeln. »Ein Dutzend Spastis, die verrückt und schrill aussehen und gagigen Püsch daherschnasseln?«

»Da sehe ich überhaupt kein Problem«, versicherte Dexter. »Es existiert ein regelrechter Verbund von Fanclubs, Fanzines und SF-Internetforen, zu dem ich in Kontakt stehe. Wir können eine zehn Kilometer lange Warteliste aufstellen und uns nach Belieben die zombigsten Fuzzis aussuchen.«

Freilich konnte Dexter kaum entgehen, dass der Zynismus, den er aufbot, um Madden zu einer positiven Entscheidung zu überreden, zur gleichen Zeit so etwas war wie ein ironischer Selbstversuch.

Denn er wusste, dass ein Teil seiner selbst nach wie vor ein Teil von ihnen war, nämlich der Teil, der immer noch glaubte, dass Science Fiction die Welt retten konnte. Oder zumindest, dass es Science Fiction-Profis wie ihm oblag, dafür zu leisten, was sich tun ließ.

Und wenn er mit den Globuloiden genug Komik und Klamauk auf die Beine stellte, um die Einschaltquoten bis zur Zufriedenheit Maddens zu steigern, konnte er seine eigenen, bedeutsameren Pläne verfolgen.

Denn es mussten sich nicht ausschließlich Spock-Ohren und Hundertfünfzigkilo-Darth Vader an der Rettung der Welt beteiligen, oder?

Gewiss, Dexter hatte nach dem Debakel des Romans *Die Tranformationalisten* seinen messianischen Bemühungen abgeschworen, der Welt das Heil zu bringen, und in den Jahren danach eine voreingenommene und weitaus scharfsichtigere Haltung zu dieser Faustischen Art der Versuchung entwickelt.

Aber welchen Titel trug das Buch, von dem Cynthia ihm erzählt hatte? *Die letzten Gerechten.* Es enthielt die Legende von den zehn Gerechten, von denen das Überdauern des Universums abhing, ohne dass sie sich kannten.

Und in meinem Herzen weiß ich, hatte sie gesagt, dass einer der zehn Sie sind.

Wäre es wirklich eine solche Hybris, wenn er versuchte, diesem Anspruch zu genügen, solange sie beide die Einzigen blieben, die davon wussten?

»Tja …«, machte Archie Madden ein zweites Mal; und Dexter hörte aus dem gedehnten Laut des Programmchefs das leicht sadistische Vorspiel zu einem zögerlichen Ja.

Archie Madden spiegelte vor, er hätte schwere Bedenken, aber Amanda sah in den Augen des Mannes, dessen Einladungen man NICHT ablehnen konnte, die Raubtier-Trance einer hungrigen Kobra, die sich eine saftige Maus wünschte.

»Sie wären also bereit, das … äh … Publikum auf diese Weise zu ergänzen?«, fragte er.

»Na klar«, bestätigte Dexter Lampkin.

Alles Weitere war unvermeidlich von dem Ja abhängig, das Archie Madden sich voraussichtlich vom nächsten Reizwort entlocken ließ. Amanda Robin wusste es so genau wie sie wusste, dass in der Showgeschäftwirklichkeit Scheiße bergauf floss.

Doch nach der Logik dieser Realität, so durchschaute Amanda auf einmal mit satorischer Klarheit, gab es für ihre Anwesenheit überhaupt keinen Grund.

Keine Veranlassung, weshalb Archie Madden sie zu diesem Meeting hätte bestellen sollen.

Keinen Anlass für sie, um daran teilzunehmen.

Trotzdem war sie da, an diesen Ort durch schwer bestimmbare Kräfte geführt worden, die auf einer Realitätsebene jenseits der Showgeschäftlogik existierten. Geholt worden durch den Mann, dessen Einladungen man NICHT ablehnte.

Und sie hatte nicht abgelehnt.

Nach der Logik musste sie sich hier aufhalten, um irgendetwas zu vollbringen.

Plötzlich schien es 10° kühler als auf dem Berggipfel ihrer Vision zu sein, die Vergangenheit wurde zur Gegenwart, die Gegenwart zur Vergangenheit, und indem die Traumzeit in den jetzigen, scheinbar statischen Moment überströmte, verdoppelte sich Amandas psychische Sicht.

Hier in Maddens Büro saß Ralf und beobachtete sorgenvoll Archie Madden, war ganz der Star einer von der Streichung bedrohten Show, der auf das rettende Jawort wartete.

In der Traumzeit hingegen, am Ende des Langen Weges, ruhte Ralfs Blick auf ihr, und etwas hinter seinen Augen Verborgenes befahl ihr – oder flehte sie vielleicht an – zu handeln.

Wir benötigen ein Avatar, das wenigstens zwölf Prozent Einschaltquote abzwackt, war ihr in der Traumzeitvision erklärt worden.

Meint ihr, wir müssten's mit'm Spektakel wie meinem Tinnef probieren, wär die Lage nich so verzweifelt?

Es ist Ihr Traum, Amanda. Ihr Konzept … Und ich weiß, Sie lassen mich nicht im Stich.

Jede Zeit bekommt das Avatar, das sie verdient, hatte Hadashi ihr gesagt.

Und das Avatar wäre der zornige Gott des Affenvolks, den Dexter Lampkins Manipulationen heraufbeschworen: Shiwa der Zerstörer in der Maske Hanumans.

Aber das war kein geeignetes Avatar, um eine Wende zu bewirken.

Diese Zeit konnte sich das Avatar, das sie verdiente, nicht leisten.

Wenn die Show fortgesetzt werden sollte, anstatt von einer Welt der Küchenschaben und Schleimtröge abgelöst zu werden, musste die Zeit das Avatar bekommen, das sie benötigte.

»Diesen Traum können wir uns nicht erlauben«, sagte Amanda laut. »Wir brauchen einen anderen Träumer.«

»Was?«

»Herrjesses …!«

Und da saß sie wieder voll und ganz in der Freakzeit, wo ein TV-Programmchef, der Star einer vom Untergang bedrohten Show, sein Manager und ein zynischer Science Fiction-Autor sie anstarrten, als hätte sie unvermutet in Zungen gesprochen.

Und aus der Perspektive dieser Menschen verhielt es sich vielleicht so.

Aber die Vision blieb ihr klar und deutlich gegenwärtig.

»So klappt es nicht«, behauptete Amanda Robin.

Was macht diese Frau da eigentlich?, fragte sich Dexter am Rande der Tollwut.

»Wieso nicht, verdammt noch mal?«, maulte er sie an.

Wie hatte Ralf sie genannt? Seine private Charme-Trainerin? Unerhört witzig. Wahrscheinlich war es, daß sie sich als seine private Lustmatratze betätigte. Aber wenn sie Ralfs Freundin war, weshalb sollte sie dann …?

»Weil es nicht zu klappen verdient. Weil es nicht das ist, was unsere Zeit haben muss.«

»Amanda!«, stöhnte Jimmy Balaban. »Warum babbeln Sie auf einmal solches Zeug?«

»Weil es wahr ist. Weil es misslingen wird.«

»Quatsch!«, schnauzte Dexter, sprang aus dem Sessel und ging vor Amanda Robins in Positur. Für ihn war es etwas völlig Neues, einen derartig wilden Zorn auf eine Frau zu empfinden, von der seine Pheremonrezeptoren ihm mitteilten, dass er mit ihr den Geschlechtsverkehr anstreben sollte. »Was geht die Chose Sie eigentlich an? Wer hat denn nach Ihrer Meinung gefragt?«

»Ich habe darum gebeten«, sagte hinter ihm Archie Maddens Stimme. »Also lassen Sie die Dame reden.«

»Es ist eine durch und durch garstige Konzeption, deren geringe Ausstrahlungskraft die große Masse der Fernsehzuschauer nicht gewinnt«, erläuterte Amanda, an Madden gewandt, ihre Auffassung; sie hatte sich auf ihr professionelles Avatar zurückgenommen und argumentierte jetzt ausschließlich auf Showgeschäftniveau.

»Ach je, was soll 'n das, Amanda?«, meinte Ralf. »Wir befinden uns in einem durch und durch garstigen Jahrhundert, ist Ihnen das noch nicht aufgefallen? Ich selbst trete ja auch nicht gerade als Bambi auf.«

Amanda drehte den Kopf und blickte ihm in die Augen. Die Gesichtsmuskulatur hatte seine Miene zu eben dem Ausdruck verzogen, den man von einem Komiker erwarten durfte, dem man vielleicht die Show strich; doch in seinen Augen standen Ruhe und Gelassenheit, sie ermutigten sie zum Weitermachen.

»Nein, das nicht, Ralf«, antwortete sie. »Aber eine Monstrositätenschau möchten Sie doch auch nicht veranstalten, oder?«

Sie heftete den Blick wieder auf Archie Madden. »Wahrscheinlich könnte man die Einschaltquoten fünf Wochen lang erhöhen, wenn man ihn Nacktschnecken schlucken und lebenden Hühnern den Kopf abbeißen lässt«, sagte sie. »Die Menschen sähen es sich einige Zeit lang an, eben weil es so ekelhaft ist, aber aus demselben Grund würden sie nach wenigen Wochen umschalten.«

»Das ist ein sehr bedenkenswerter Einwand«, äußerte Archie Madden.

Die Zicke hat was an der Marmel, erklärte Dexter, schaffte es jedoch, seine Ansicht für sich zu behalten; es gelang ihm, seine Erbitterung zu bezähmen.

»Es geht doch gar nicht um eine Zirkusnummer«, erwiderte er gepresst. »Unsere Diskussion dreht sich um eine TV-Talkshow. Sie betrifft einen Komiker. Ich rede von einem Publikum, mit dem Ralf gut in Interaktion treten und permanent komisch sein kann.«

»Futter für das Ungeheuer?«, meinte Amanda Robin. »Mit buntscheckigen Horden fetzig aussehender Maulhelden wollen Sie den Affenkäfig am allerbesten füllen …?«

»Na und?«, fuhr Dexter sie an; er betrachtete sie voller neuer Wut, denn der Ton, in dem sie seine Worte wiederholte, begünstigte nicht eben seinen Vorsatz, die Beherrschung zu bewahren.

»Übergewichtige, sozial inkompetente, aber überdurchschnittlich intelligente Menschen …«

»Warum tun Sie das?«, rief Dexter, während Seelenpein seinen Zorn verdrängte, deren Ursprung er eigentlich gar nicht ergründen mochte.

Amanda Robins maß ihn mit festem Blick, es fuchste Dexter, wie ruhig ihre Miene blieb. Man hätte meinen können, sie schaute durch ihn hindurch; oder wenigstens unbehaglich weit hinter seine Fassade.

»… die mit leidenschaftlicher Hingabe an die Science Fiction glauben …«, sagte sie mit nun weicherer Stimme, sodass dadurch ihr impliziter Vorwurf einen umso stärkeren Angriff bedeutete, umso tiefer kränkte, »… deren gesamtes Leben sich darum dreht, die die Überzeugung vertreten, dass sie sie zu etwas Besonderem macht …«

»He, Amanda, hören Sie auf! Was wollen Sie überhaupt?«, nörgelte Jimmy Balaban dazwischen. »Um was geht's Ihnen eigentlich?«

»… die der Meinung sind, sie hätten die Aufgabe, die Welt umzukrempeln.«

Dexter wusste es.

»Es ist falsch, den höchsten spirituellen Aspekt bedauernswerter, verletzlicher Menschen zu nehmen und ihn öffentlich der Lächerlichkeit preiszugeben«, sagte Amanda Robin ziemlich nachsichtig zu ihm. »Das wissen Sie doch, nicht wahr?«

Dexter wollte es gar nicht wissen; aber er wusste es.

Monstrositätenschau? Träume? Spirituelle Aspekte?

»Nein wirklich, Amanda«, sagte Texas Jimmy Balaban, »hier findet 'ne geschäftliche Unterredung im Century City-Komplex statt, kein Tarot-Kartenlegen in Topanga, wenn Sie also mitmischen möchten, dann sollten Sie wenigstens auf dem Planeten Hollywood bleiben.«

Das war nicht die Amanda Robins, mit der Jimmy bisher zu tun gehabt hatte. Niemals hätte er es als möglich erachtet, dass sie ausgerechnet in einem Meeting mit Archie Madden derartig ausflippte. Hatte sie durchgedreht? Oder wollte sie der Show den Todesstoß verpassen?

Aber warum?

»Auch auf dem Planeten Hollywood, Jimmy«, entgegnete sie, »erntet man, wenn man auf einen komischen Pappkameraden schießt, nur für begrenzte Zeit Gelächter.«

»Und Sie haben, dürfen wir wohl annehmen, eine bessere Idee?«, knirschte Lampkin.

»So ist es.«

Ui!

War es das? Sah so ihre Taktik aus, um sich ein Stück des Kuchens zu krallen? Die Amanda Robins, die er bisher gekannt hatte, war nie durch die Neigung aufgefallen, sich mit den Ellbogen durchzukeilen; allerdings hatte sie sich auch noch nie durch unprofessionellen Quark unbeliebt gemacht. Man wusste eben nie, was wirklich in den Menschen steckte …

Amanda befand sich in einem Hier und Jetzt, wo sich eine höhere Wahrnehmungsebene und das Showgeschäft, die Traumzeit und die Freakzeit, auf einer gemeinsamen Brennebene trafen, deren Hollywoodsche Pragmatik sich ihr kristallklar offenbarte.

»Der Erfolg Ralfs und der Scifi-Fans bliebe gewissermaßen auf einen einmaligen Lacher beschränkt, weil sie lediglich ein winziges Publikumssegment ansprechen«, sagte sie. »Das heutige Massenpublikum ist ein Publikum von Menschen, die das Spirituelle suchen.«

»Erbarmen!«, lamentierte Dexter Lampkin.

Amanda missachtete ihn und wandte sich direkt an den Mann hinter dem Schreibtisch. War es Archie Madden, der sie so aufmerksam betrachtete, oder der Mann, dessen Einladungen man NICHT ablehnen konnte? Aber hatte diese Frage im Moment überhaupt irgendeinen Belang?

»Wir stehen an der Jahrtausendwende, und mit ihr droht eine spirituelle Apokalypse, die Menschen spüren es, NewAge ringt gegen ...«

»Warum nicht das Zeitalter des Wassermanns, wenn Sie schon dabei sind?!«, polemisierte Lampkin barsch.

Amanda vollführte eine knappe Halbdrehung des Kopfs, als wollte sie sich an ihn wenden, doch nur zur Ablenkung; was sie zu sagen hatte, war unverändert ausschließlich für Archie Madden bestimmt.

»Man kann alles, was man darüber wissen muss, in den Illustrierten nachlesen. Eine religöse Neuorientierung ist in Gang, es gibt einen Astrologieboom, Elvis-Kulte, Gaia-Anbetung, das Interesse an alternativen Heilverfahren blüht, all das geschieht gleichzeitig ...«

»Was noch? Kaffeesatzlesen? Khalil Gibran?«

»Ja, was wird sich demnächst zeigen?«, meinte Amanda. »In der populären Kultur gelangt eine starke spirituelle Sehnsucht zum Ausdruck, das Ganze ist eine Manifestation ein und derselben Transformation, die ihre Geburtswehen durchlebt.«

»Klar«, schnaubte Lampkin, »NewAge-Trutschen

werden mit ihren Vibrations und ihrem Wunschdenken unser Karma bereinigen und so die Welt retten.«

»Halten Sie mal den Rand, Lampkin«, knurrte Ralf, »ich will hören, was sie sagt, es steht nämlich meine Show auf der Kippe, ja?«

Ein Blick in seine klugen, abgründigen Augen sowie das kaum erkennbare Nicken und fast unmerkliche Lächeln, mit denen er darauf reagiert, bestätigten Amanda: Ja, das war der Zweck ihrer Anwesenheit, ihres Handelns.

Hinter der Maske verbarg sich in der Tat eine Präsenz, die ihre Mitwirkung als Amme wünschte, um im jetzigen Zeitalter inkarniert zu werden; nicht das Avatar, das die Gegenwart so ganz und gar verdiente, sondern das *benötigte* Avatar, nicht der Zertrümmerer der Welten, sondern der Eröffner des Weges, keine Geißel der Finsternis, sondern ein Bringer des Lichts.

»Ich wusste, dass ich Sie aus irgendeinem Grund eingeladen habe«, bemerkte der Mann, dessen Einladungen man NICHT ablehnen konnte. Archie Maddens Lächeln war um 10° kälter geworden. »Also lassen Sie die Dame sprechen«, forderte er Lampkin auf. »Ich möchte nämlich zu gerne wissen, aus *welchem* Grund.«

Dexter erwartete von den Mächtigen Hollywoods nicht unbedingt logische geistige Klarheit. Allein die Tatsache, dass ein Bürschchen wie Madden eine solche Machtposition einnahm, durfte als hinlänglicher Beweis für fortgeschrittenen Brägenschwund gelten, und im Vergleich dazu wirkte ein Komiker, der von sich behauptete, tatsächlich aus der Zukunft zu stammen, lediglich wie ein harmloser Dussel.

Dass Ralfs eigene Freundin unmittelbar davor stand, seine Show mit NewAge-Psychogesabbel zu torpedieren, musste sogar nach den Maßstäben LaLa-Lands als grandioser Irrwitz eingestuft werden.

»Anstatt Ralf ein Studiopublikum technophiler Sci-Fi-Fans zu organisieren, mit denen sich nur drei bis vier Prozent der Fernsehzuschauerschaft identifizieren können, verschaffen wir ihm ein Studiopublikum, das für die staatenweite Gesamtzuschauermasse demografisch repräsentativ ist …«

Während Amanda Robin ihre Fimmeleien absonderte, verwandelte sich der Klang ihrer Stimme in Dexters Ohren in das trostlose, stets leisere Brummen des roten italienischen Sportwagens – des Porsche Targa –, der zurück ins Reich unerfüllbarer Träume rollte.

»… ein Publikum, das wirklich Gespür für den Zeitgeist hat …«

Ge*nug!*

»Sie würden den Zeitgeist nicht mal erkennen«, kollerte Dexter, »wenn er Sie in den Hintern beißt!«

Wenn er auf das Haus in den Hügeln und den Porsche verzichten musste, dann ließ es sich eben nicht ändern, er war kein TV-Lohnsklave, er konnte es von sich weisen, sich diesen Scheiß anhören zu sollen, ohne finanzielle Konsequenzen befürchten zu müssen. Falls das leicht verdiente, schnelle Geld ausbleiben sollte, dann konnte er zumindest einen gewissen intellektuellen Stolz wahren und sich weigern, sich mit noch mehr von diesen makrobiotisch-vegetarischen Spleenigkeiten zusülzen zu lassen.

»Sie denn?«, fragte Amanda Robin.

»Ja, ich wohl! Bei mir ist's so. Ich verdiene damit meine Brötchen.«

»Mit dem Runterhacken von Machtphantasien für sozial inkompetente Maulhelden?«

»Ich schreibe *Science Fiction*, meine Liebe, nicht SciFi.«

»Besteht dazwischen ein Unterschied?«

»Haben Sie je etwas von mir Geschriebenes *gelesen*? I wo, weshalb denn, Sie channeln sich einfach die Comic-Ausgabe.«

»Und Sie nehmen wohl jedes Mal, bevor Sie eine Ihrer Weltraumphantastereien runterhacken, eine gründliche Untersuchung der betreffenden Zone des Universums vor?«

»Gründlicher als Sie im Kaffeesatz lesen können!«

»He, Mann, kommen Sie, regen Sie sich ab«, rief Texas Jimmy Balaban.

Was für ein Desaster war aus dem Meeting geworden! Was mochte als Nächstes kommen?

Als Nächstes kam zu Jimmys keineswegs unwillkommener Überraschung Ralf zu Wort.

»Nein, Halt, das ist großartig, ich find's *erstklassig*«, haspelte Ralf und sprang aus dem Sessel. »Es ist *genau* das Konzept, das wir suchen. Eine *Kreuzfeuerdiskussion* ohne langweilige Politik. SciFi-Irre gegen NewAge-Spinner! He, Archie, bringt *das* nicht viel mehr Spaß als der esoterische Supermarkt oder 'ne Blechröhre voller Weltraumaffen?«

Texas Jimmy hatte Ralf aufgefordert, sich geschlossen zu halten, weil er mit dem Schlimmsten rechnete, falls Ralf herabsetzende Äußerungen gegen Madden ausstieß; doch jetzt hatte er plötzlich sämtliche Sitzungsteilnehmer, auch Jimmy, daran erinnert, wer eigentlich der Ausführende der Show war, wen das Ganze betraf.

Und in Anbetracht der Tatsache, dass das Schlimmste anscheinend schon *geschehen* war, zog Jimmy den Schluss, dass kaum noch Porzellan zerschlagen werden konnte, wenn nun Ralf seinen Senf dazu gab.

»Ich stell's mir so vor«, sagte Ralf, kniff bühnenreif, indem er Madden ansah, ein Auge zu und tänzelte zum Schreibtisch. Dort wirbelte er herum und streckte mit pantomimischer Gebärde ein imaginäres Mikrofon in die Richtung Dexters und Amandas, die gegenseitig die Zähne bleckten.

»Und hier, liebes Publikum, haben wir den Freizeiteierkopf Mr. Futurus Matschhirn, einen SciFi-Kenner, der aus den Bits und Bytes die Zukunft liest, was meinen Sie, Freund Fut, wollen Sie unserm Affenvolk mal erzählen, wie die Probleme der Welt mit HighTech-Kaugummi und nuklearem Blumendraht gelöst werden können?«

Der arme Lampkin, der es nicht gewohnt war, dass ihm ein Stegreifkomiker eine Antwort abverlangte, saß verdutzt da und blähte, statt professionelle Schlagfertigkeit zu beweisen, ratlos wie ein Groupie die Backen.

»Ja ... äh ...«, stammelte er schließlich wenig überzeugend, »da denke ich an solarbetriebene Satelliten, die Nutzung der Ressourcen des ganzen Sonnensystems und ... äh ...«

Aber Ralf hatte sich schon in Fahrt gebracht, ein einziges »Äh« hätte ihm genügt, um daran anzuknüpfen.

»Das heißt, wir brauchen bloß aus Büroklammern und Zahnstochern Dampfroboter zu bauen und sie ins Weltall zu schicken, damit sie uns die Supertechnikbierbüchsen der Grünen Männchen einsammeln.«

Ralf drehte sich um, feixte Madden zu, wandte sich an ihn, als wäre er das Publikum.

»Ihr sagt, ihr *traut* diesen ewigen Bastlern und Tüftlern nicht so recht, die der Welt Contergan, Tschernobyl und singende Geburtstagskarten eingebrockt haben? Na was denn, in *RALFS WELT* ist das überhaupt kein Hindernis, wenn ihr keinen Brathering mit Schokoladenpudding mögt, wird euch Rührei mit Erdbeermarmelade serviert ...«

Nun trippelte Ralf auf Amanda zu und hielt ihr das Phantommikrofon hin.

»Also dann ein recht nettes affiges Willkommen für Miss Vera Vibrator, die schnieke Schnupperkurse außerhalb der schnöden materiellen Welt macht – dann mal los, liebe Liese, lesen Sie uns die Zukunft aus den Sternen, oder geben Sie mir wenigstens 'ne verständliche Antwort.«

Archie Maddens Miene blieb so undeutbar wie das Gesicht eines Pokerspielers in Las Vegas. Aber Texas Jimmys Gefühl trog nicht, und was er jetzt ahnte, behagte ihm; er sah die Wende voraus.

Amanda lächelte. Tatsächlich lief der Rest eigentlich nur noch auf ein paar Aufmotzübungen hinaus. Dexter Lampkin war kein Schauspieler, doch Amanda Robin konnte sich praktisch im Schlaf auf Ralf einstellen.

Sie machte Augen wie Kuchenteller, setzte ein Dummerchenlächeln auf und mimte ihm Miss Vera Vibrator.

»Also es ist so, Ralf«, sagte sie mit NewAge-Tussistimmchen, »die *Fliegenden Untertassen* verbreiten also alle diese *fiesen Vibrations* in der Atmosphäre, von denen wir also alle *krank in der Seele* werden, die Delfine sterben also wegen unserer Feinschmeckerei in den Tunfischfangnetzen, die Strahlen aus dem Weltall verursachen den Surfern Hautkrebs, also wie kann es da nicht klar sein, dass wir unser *spirituelles Wesen vom Unrat säubern* und unser *Karma* bereinigen müssen ...?«

»Geee-nau! Der Planet braucht eine richtig bekömmliche organische Schlammpackung aus Matschhirn mit Heilerde, 'n Gutschein für 'n Wochenende in der Ajuvedaklinik und 'n heißen Einlauf mit auf achtzig Grad erhitztem Zuckerwasser ...«

Jimmy Balaban lachte. Archie Madden stieß ein trockenes Hüsteln aus. Auch Lampkin hatte anscheinend was im Hals.

»Also sollten wir *alle* über die tiefere Bedeutung der *Pyramiden* meditieren, unsere Einkaufspassagen an

Feng-Shui orientieren und keine anorganischen *Pizzen* mehr essen … und schon aktivieren die Kristallvibrationen von Jane Fondas Aerobicvideos die Flugscheiben aus Atlantis und blasen sauerstoffreiche Frischluftzufuhr vom Himmel herab.«

Mit dem letzten Wort fuhr Ralf zu Archie Madden herum, stemmte eine Hand in die Hüfte und streckte den anderen Arm empor, um Applaus zu evozieren, ähnlich elegant wie ein Torero, der soeben sauber ein Stück Hornvieh abgestochen hatte.

Pause.

»Na?«, fragte Ralf, als wollte er Madden auf die Sprünge helfen.

Madden blickte ihn an, aber enthielt sich sonst jeder Stellungnahme oder anderen Reaktion.

»Um Gottaswille, was missen wer tun, um die Show im Progrom zu halten, auffi Knie fallen und beten?!«

Archie Madden rührte sich nicht. Nicht die geringste Andeutung eines Schmunzelns verzog seine Miene.

Als er antwortete, geschah es in Amandas Ohren mit der Stimme des Mannes, dessen Einladungen man NICHT ablehnte. Sie hörte keine Spur von Humor heraus.

»Sie könnten's ja versuchen«, sagte er.

Ralf sank auf die Knie, verdrehte die Augen zur Zimmerdecke und faltete flehentlich die Hände.

»O großer Geist der Heiligen Nielsen-Statistik, o Affenvolkgenie der Goldenen Medien, gewähre uns lumpige fünf Wochen, um unsere Show vor dem Zorn der Quoten zu retten«, intonierte er einen Singsang. »Oder …«

Die Pause entlockte Archie Madden eine Zwischenfrage.

»Oder was?«, hakte er nach.

Langsam richtete sich Ralf vom Fußboden auf, und sobald er wieder in voller Körpergröße vor Archie Madden stand, hatte Amanda den Eindruck, dass er Madden überragte, den Gott der Nielsen-Statistik, dessen Einladungen man NICHT ablehnte, zu einem gewöhnlichen Burschen in Tenniskleidung zurechtstutzte, seine Gegenwart völlig das Büro beherrschte.

»Oder *Sie* tragen die Verantwortung für die Konsequenzen«, donnerte er mit zorniger Predigerstimme, deutete mit gestrecktem Predigerfinger geradewegs in Maddens Gesicht. »Denn *sehet*, ich habe im zweiundzwanzigsten Jahrhundert die vergangenen Schrecknisse des Gewerbes geschaut«, deklamierte er im gleichen Ton. Mein Agent da muss wieder retournierte UFO-Entführte und zweiköpfige Sängerinnen an örtliche Kabelsender vermitteln und säuft sich tot. Lampkin stirbt, nachdem er weitere zwanzig Jahre lang miserable SciFi-Romänchen und Drehbüchlein für Samstagmorgen-Zeichentrickfilme runtergehackt hat, an nervlicher Zerrüttung. Sie werden geschasst und enden als unabhängiger Produzent billiger Schlitzerfilme, deren Hauptdarsteller mit zerfransten Pappnasen durch die Kulisse schleichen. Die Polkappen schmelzen. Der Meeresspiegel steigt. Die Atmosphäre verwandelt sich in Dünnschiss. Die Biosphäre geht samt und sonders den Bach runter, und was von der Menschheit übrig ist, verflucht Ihren Namen, während es in stinkigen Sardinenbüchsen allmählich erstickt, und zum Schluss bleibt nichts als ein toter Felsklotz, der in alle Ewigkeit um die Sonne kreist.«

Ralf trat einen Schritt zurück, zuckte die Achseln, warf die Arme in die Höhe und …

»Und alles weil *Sie* uns den Hahn zugedreht, weil

Sie Besserwisser uns keine letzte Chance gegeben haben, die Einschaltquoten auf Trab zu bringen«, behauptete er. »Was sagen Sie *dazu*, Mr. Großkotz?«

Sehr bedächtig klatschte Archie Madden ein Mal, dann ein zweites Mal in die Hände.

»Ich sage, nicht schlecht, Affendompteur«, lautete seine Antwort. »Gut genug, um Ihrer Show noch fünf Wochen zu gewähren.«

»*Wir sind uns einig …?*«, stammelte Jimmy Balaban in geradezu atemloser Erleichterung. »Sie sagen ja?«

Archie Maddens Blick streifte Amanda, ehe er ihn auf Jimmy heftete.

»Solange *sie* mit im Team ist«, erklärte er. »Solange Mr. Matschhirn und Miss Vibrator das Studiopublikum bereichern.«

»Ach du Scheiße«, stöhnte Dexter Lampkin.

Nun lächelte Madden; mit aller Freundlichkeit des Lieblingstyrannosauriers Amandas lächelte er Lampkin zu.

»Es läuft so oder gar nicht«, stellte er fest.

»O verdammt noch mal«, grummelte Dexter Lampkin.

Während Archie Madden lachte, ruhte kein Blick eines wohlwollenden Auges auf dem Herdfeuerschein einer Siedlung denkender, fühlender Wesen.

»Niemand verlangt, dass es Ihnen *gefällt*«, sagte Archie Madden. »Wenn es sich gegenteilig verhält, ist wahrscheinlich die Chemie in Ihrem Team viel besser.«

Er stand auf, schwang einen Phantomtennisschläger.

»Ich muss los, liebe Leutchen, sonst verspäte ich mich zu dem Match mit Arnie«, meinte er forsch. »Mensch, nehmen Sie das alles einfach nicht so tierisch ernst, es ist Showgeschäft, die Zahlen geben den Ausschlag, es geht um nichts Persönliches, um nichts von … kosmischer Bedeutung.«

Sein Abgang war ganz typisch für Archie Madden.

Fast.

Abgesehen von der Leere in seinen Augen, die er während des knappen Stockens vor den beiden letzten Wörtern erneut in Amandas Richtung wandte; und diese zwei Wörter waren, hatte sie das Empfinden, mit völlig anderer Stimme gesprochen worden.

neun

Dexter Lampkin tupfte mit dem getoasteten Brötchen den letzten Rest Eigelb vom Teller; er hatte es eilig, das Arbeitszimmer aufzusuchen und ans Werk zu gehen.

Ellie hatte mittlerweile große Übung darin, den hintersinnigen Ausdruck seiner Augen zu erkennen. »Du willst heute wieder Hollywoodproduzent spielen, hm?«, fragte sie, verzog das Gesicht. »Denkst du *noch immer nicht* über einen neuen Roman nach?«

»Lass mir mal 'ne Verschnaufpause, Ellie, ich hab doch erst vor kurzem *Chaoszeit* fertig gestellt.«

Die Grimasse der Missbilligung verwandelte sich in das gönnerhafte Stirnrunzeln einer besorgten Ehefrau; in seiner gegenwärtigen Stimmung konnte Dexter darin kaum eine Verbesserung erblicken.

»Warum versuchst du 's dann nicht mit ein paar Kurzgeschichten?«, fragte sie als Nächstes, füllte ihm, ohne nachzudenken, wie eine Kaffeestubenkellnerin den halb geleerten Becher auf, eine

Angewohnheit, die er seit eh und je als ärgerlich empfand.

»Verdammt, Ellie, bei dem, was da auf dem Spiel steht, willst du, dass ich meine Zeit mit lumpigen *Stories* vertrödele?«

»Wenn du mich fragst, Dexter, nimmst du diese blöde Show viel zu ernst.«

»*Ich* nehme sie zu ernst? Bin denn *ich* es, wer hier vom Eigenevierwändewahn befallen worden ist?«

An den beiden vergangenen Wochenenden hatte Ellie ihn kreuz und quer durch die Hügel geschleift, um sich Häuser anzuschauen. Bis jetzt hatte er sich vor der gefürchteten Vorsprache bei der Bank mit dem Argument gedrückt, sie wären in einer viel günstigeren Ausgangsposition, wenn sie dort mit einem dicken, fetten Scheck für seinen Anteil an der zweiten Dreizehnwochen-Staffel von *RALFS WELT* erschienen.

»Früher hast du dich *nie* so von diesem Hollywoodkram vereinnahmen lassen …«

»Wir haben früher auch nie so viel Geld aus dieser Quelle gezapft, oder?«, entgegnete Dexter unwirsch. »Oder möchtest du doch lieber auf den Hauskauf scheißen?«

Ellies vordergründige Besorgnis um die Verfassung seiner kreativen Gaben schlug um in einen festen, nicht allzu freundlichen Blick.

»Es geht um diese *Frau*, stimmt's?«, fragte sie, betonte das Wort geringschätzig mit dem raubkatzenhaften Knurren einer verdrossenen Ehegattin.

Dexter hob die Schultern; er hätte kaum abstreiten können, dass sie den Tonfall, in dem sie von Amanda Robins sprach, von *ihm* übernommen hatte.

Das einzig Gute war, dass Amanda bisher Ellie nie vor die Augen gekommen war, darum konnte er das Knistern zwischen ihnen nicht als erotische Begehrlichkeit seines Herzens fehldeuten. Und nichts wäre weiter von der Wahrheit entfernt gewesen.

Nein, er gab es zu: Die Begierde regte sich in seinem *Passmann.* Amanda hatte ungefähr Ellies Alter, befand sich allerdings in so vorzüglicher Form, dass sie zehn Jahre jünger aussah, und war der Typ von Frau, von der die meisten Männer ganz genau wussten – Dexter sehr wohl mit eingeschlossen –, dass sie sie höchstens im Traum ins Bett kriegten. Amanda Robins hatte einfach *alles* an Reizen.

Und als Schauspielerin war es ihre *Berufung,* damit nicht zu geizen. Sie kleidete sich wie eine Person in einem Film, und bewegte sich, als folgte ihr ein unsichtbares Schlaglicht; sie zeichnete sich durch diese Hollywood-Aura aus, die den *Zweck* hatte, von den Augen eines Mannes ohne Beteiligung des Gehirns eine direkte Verbindung zu seinem Pfahl herzustellen.

Etwas gemeinsam mit ihr auszutüfteln oder gegen sie zu arbeiten – oder beides zur gleichen Zeit – spannte ihn auf eine gänzlich neue Art der Folter.

Dank seiner zeitweisen Arbeit fürs Fernsehen – schlimmer noch, für Zeichentrickfilmserien – war es für Dexter durchaus nichts Neues, zum schöpferischen Zusammenwirken mit Leuten gezwungen zu sein, deren Intellekt er entgegenkommend die Intelligenz des durchschnittlichen Holzdübels beimaß.

Aber in noch keinem solcher Fälle hatte er dabei fortwährend einen Steifen in der Hose gehabt. Zusätzlich komplizierte es die Situation, dass er Amanda Robin, obwohl sie intellektuell hohl war, nicht als *dumm* abtun konnte.

Sie war nicht im Mindesten dumm, und als Beweis dafür galt ihm die Weise, wie sie *ihm* während der Konferenz bei Archie Madden die Initiative entwunden und sich äußerst gerissen ins Team der Show gemogelt hatte. Sie verfügte über erstklassige zerebrale Hardware.

Doch die Software, die sie benutzte, umfasste nichts als einen Mischmasch von NewAge-Humbug, als hätte jemand den Heile Erde-Versandkatalog, die Darth-Veda, die Enzyclopädie der Arcana sowie das Gesamtwerk Shirley MacLaines in einem Mixer durchgeschüttelt, Amanda Robin ein Loch in den Schädel gebohrt und ihr das Ergebnis per Trichter eingefüllt.

Und genau dieser ganze Brei war Dexter *zuwider.*

Nicht nur gelangten darin wissenschaftliche Unbeschlagenheit sowie Mangel an Verständnis für so einfache Grundlagen wie den Unterschied zwischen Astronomie und Astrologie oder die Tatsache, dass nicht einmal geistiger Durchfall sich schneller als das Licht fortbewegen konnte, zum Ausdruck, sondern das Ganze verkörperte zudem die Sorte mystischen Brimboriums, den Menschen, die ein durch Kernfusion betriebenes Raumschiff für das Gleiche wie eine Fliegende Untertasse hielten, mit Science Fiction verwechselten.

Mit anderen Worten, es war haargenau die Scheiße, die er sich im gesamten Verlauf seiner schriftstellerischen Karriere erfolglos von den Absätzen zu kratzen versucht hatte.

Und nun musste er in Zusammenarbeit mit Amanda Robin für *RALFS WELT* neue Zwangsehen zwischen Wahrsagerei und Futurologie, zwischen NewAge-Mystizismus und Science Fiction schließen.

Obwohl streng genommen von *Zusammenarbeit* keine Rede sein konnte.

Von Anfang an hatte zwischen ihnen Krieg geherrscht.

Er und Amanda hatten jeder das Studiopublikum mit zehn Aktivisten pro Sendung zu spicken. Zu seiner Bestürzung hatte Dexter gemerkt, dass es in der ersten

Woche nahezu seine gesamte Zeit beanspruchte, diese Aufgabe zu erledigen. Er musste fünfzig Leute für fünf Sendungen auftreiben, seine zuverlässigen Kämpen sinnvoll aufteilen und den Rest aus willkürlich ausgesuchten Fans rekrutieren, und zwar – bis die Internet-Websites und Fanzines ihm einen ständigen Strom an Bewerbungen sicherten – ausschließlich am Telefon.

Science Fiction-Fans gegen NewAge-Spinner.

Auf jeden Fall gewährleistete die veränderte Zusammensetzung des Publikums, sobald es hart auf hart ging, eben die visuellen Eindrücke eines Raritätenkabinetts, die er Archie Madden für sämtliche noch anstehenden Shows versprochen hatte.

Den Fans hatte er gesagt, sie sollten kommen, »wie sie gerade sind«, und tatsächlich war ihm dieser Gefallen getan worden: Sie waren in Astronomie-T-Shirts erschienen, an denen in solchen Mengen Anstecker und Buttons hafteten, dass sie trotz aller seiner Ordensleisten den blanken Neid eines Viersternegenerals erweckt hätten, und Reklame-Mannschaftsblusen aus obskuren Science Fiction-Filmen; und sogar – Gott steh uns bei! – ein Globuloid in Sternenkriegerschwarz und mit Plastikstrahlenpistole war aufgekreuzt.

Dexters *intellektuelle* Schwergewichte gaben Roger Crayne ab, ein sich anspruchsvoll gerierender Cyberpunk-Autor in schwarzem Leder und mit Spiegelbrille, Dabney Braithwaite, ein Techniker mittleren Ranges beim SETI-Programm der Planetarischen Gesellschaft, und Hank Farmer vom JPL, der dem Transformationalistenzirkel angehörte.

Anscheinend trugen Amanda Robins NewAge-Spinner keine augenfällige Kleidung; jedenfalls kam es Dexter so vor, weil er sie vergeblich auszuspähen versuchte, während er mit ihr und Jimmy Balaban hinter der Bühne gestanden hatte und Ralf seinen einleitenden Monolog hielt.

Die surferbraune Blondine im weißen Kleid? Der gurumäßig aussehende, alte Erpel mit dem langen, schneeweißen, sorgsam gestutzten Bart und den dazu passenden, langen, gewellten Locken? Der Glatzkopf im safrangelben Jogginganzug? Der schwarze Muskelprotz mit dem hautengen Elasto-T-Shirt und der Radlerhose?

Quien sabé? Schließlich war man hier in *Südkalifornien.*

»... und jetzt ist es so weit, dass wir wieder den altbewährten Stammbaum schütteln, Affenboys und Affengörls, um zu erleben, ob irgendetwas halbwegs Menschenähnliches herabfällt«, sagte Ralf zum Abschluss seines Monologs, ergriff das kabellose Mikrofon und flitzte zum Rand des Podiums.

»Jawoll, Sie da, der *Gorilla* im *Menschenkostüm,* der King Kong mit der Strahlenpistole, was haben Sie mit dem gefährlichen Ding vor, wollen Sie 'n Bananenfrachter entführen und heim zum Planeten der Affen fliegen?«

Das Schlaglicht verharrte auf dem globuloiden Fan in der Kledage der Dorsai-Söldner – oder was der Klafott sein sollte –, der auf leicht obszöne Weise seine phantastoide Plastikpistole befummelte.

Einen Moment lang stand er da wie ein Ochse vorm Scheunentor und zwinkerte nur mit den kurzsichtigen Äuglein.

Dann verzog er das Mondgesicht zu einer erwartungsvollen Miene des Triumphs und richtete das Spielzeug auf Ralf.

»Zisch!«, prustete er. »Jetzt sind Sie kastriert!«

»Was Sie schießen, müssen Sie *essen«,* konterte Ralf, hielt sich anzüglich das Mikrofon vor den Hosenladen und entlockte dem Publikum ein recht hörbares Lachen.

Auch Texas Jimmy lachte. Amanda hingegen warf Dexter einen starren Blick zu.

Ralf schwenkte das Mikrofon, der Scheinwerferkegel folgte der Bewegung und stoppte auf einer Minderjährigen mit krausen, schwarzen Locken und Zahnspange, die erregt mit der Hand fuchtelte.

»Ich? Ich?«

»Ja, Affengöre, *du*!«

»Ooooh, ich bin ja so aufgeregt«, quietschte das Mädchen, bedeckte den Mund mit der Hand, während sie auf- und abhüpfte. »Ich könnte in die *Hose* machen!«

Der Mob johlte. Ralf verdrehte die Augen zur Saaldecke, schwenkte das Mikro weiter, und das Spotlight folgte.

»Ist das eine von Ihren Hiwis?«, erkundigte Dexter sich bei Amanda. »Ich gebe zu, sie bringt das *Naturverbundene* gut rüber.«

Diesmal hätte Amandas Blick die Keramikbeschichtung eines Spaceshuttles geschmolzen.

»Und nun Sie dort in der *Yellow Submarine*-Kapitänsuniform!«

Der Lichtkegel fiel auf Dabney Braithwaite, einen Tiefschwarzen über dreißig mit Intellektuellen-Bürstenschnitt und Intellektuellen-Nickelbrille, der einen auffälligen kadmiumgelben Anzug, ein fernsehblaues Hemd und eine passende gelbe Krawatte trug.

Dexter hielt den Atem an.

»Ja gut, Ralf«, antwortete Dabney mit seiner für ihn charakteristischen, pedantischen Aussprache, die in merklichem Gegensatz zu seinem modischen Outfit stand. »Mein Name ist Dabney Braithwaite, und ich arbeite am SETI-Programm der Planetarischen Gesellschaft mit ...«

»Seti? Was ist das, eins dieser ekligen Trüffel-Imitate?«

Dabney schenkte ihm ein strahlendes, aber völlig humorloses Lächeln. »Wir forschen nach außerirdischem intelligentem Leben«, sagte er.

»Au Mann, das ist 'ne hervorragende Idee, wir haben hier auf der Erde ja *kaum zu viel* davon. Wie passiert das, Dabney, suchen Sie den Himmel nach Fliegenden Untertassen ab?«

»Wir lauschen auf Funksendungen fortgeschrittener galaktischer Zivilisationen.«

»Das ist ja 'n heißer Tipp. Ich höre immer wieder, die Pornoprogramme auf der Venus zeigen Ischen mit sechs Möpsen.«

»Im Ernst, Ralf ...«

»Im *Ernst*? Sie behaupten, Sie werden dafür bezahlt, dass Sie mit Ihren Schüsseln die spaßigsten Fernsehsendungen aus dem Weltall mitschneiden, und verlangen, dass ich *ernst* bleibe?«

»Im Ernst, Ralf«, wiederholte Dabney mit vollkommen unankratzbarem Technokratenbierernst, »ich bin mir sicher, wenn Sie aus dem zweiundzwanzigsten Jahrhundert stammen, möchten wir alle gerne von Ihnen erfahren, ob wir bis dahin irgendwelche Botschaften aus dem All empfangen oder noch immer allein sind.«

»Einer von *Ihren* Leuten?«, fragte Amanda und streifte Dexter mit einem leicht spekulativen Blick.

»Ein *echter Wissenschaftler*«, konstatierte Dexter. »Keiner von Ihren Kristallkugel-, Channeling- und Untertassendeppen.«

»Ob *wir* auf dem *Totenschiff Erde* irgendwelches *Fernsehen* aus dem *Weltraum empfangen* ...?!«, stöhnte Ralf. »Was soll ich sagen? *Pausenlos*.«

»*Tatsächlich?*«, sagte Dabney, lieferte ihm voller gänzlich naiver Begeisterung die Möglichkeit zum weiteren Anknüpfen. »Was empfangen Sie denn?«

»Dreimal dürfen Sie raten«, sagte Ralf, um den Wortwechsel zu verlängern.

»Regelmäßige Wiederholungen bestimmter Funkimpulse, die mathematische Theoreme repräsentieren?«

Ralf schüttelte den Kopf. »Ganz kalt.«

»Sich selbst entpackende, komprimierte Datenpakete mit höheren wissenschaftlichen Kenntnissen?«

»Das soll wohl 'n *Witz* sein ...«

»Historische Abrisse der Evolution des Lebens in der Galaxis?«

»Heiliger Strohsack ...!«

»Na, *was* denn?«

»Was *erwarten* Sie eigentlich, Affenboy?«, fragte Ralf. »Die gleiche Art von Mist, den die Außerirdischen von *uns* empfangen – hundert Programme mit niveaulosem Scheiß.«

Er verschränkte die Arme auf der Brust, drehte das Mikrofon aus Dabneys Richtung weg, trat einen winzigen Schritt vor und schüttelte den Kopf.

»Sie glauben, dass *unser* Fernsehen anödet?«, lautete seine nächste Frage. »Also wirklich, Affenvolk, Sie haben sich noch nicht zu Tode gelangweilt, ehe Sie gesehen haben, wie Angehörige eines Volks zwölfarmiger Kraken *Glücksrad* spielen. Ehe Sie steinalte Sitcoms durchlitten haben, in denen Geflügelmenschen und Riesenwiesel in Kilts mitwirken und bei denen die Lachkonserve nach Zoff im Hyänenrudel klingt. Für Jugendliche verbotene Eidechsenpornos! Kakerlaken-Monsterfilme, in den riesenhafte *Menschen* an einem hundert Etagen hohen Kakerlakenhotel die Godzillanummer abziehen!«

Ralf verstummte, um bescheidenes Gelächter verebben zu lassen. Er stellte sich direkt an die Kante der Tribüne. Von nun an gewann sein Komikergezeter einen bitteren Unterton, der beinahe beänstigend klang. In seinen Augen schien eine grimmige Hellsichtigkeit zu glosen, der mit Humor kaum vereinbart werden konnte, und den nächsten Satz rief er mit einer emotionalen Eindringlichkeit, die sogar Dexter gehörig aufrüttelte.

»Ja sicher, unsere *Retter aus dem All*, unsere höher stehenden Brüder zwischen den Sternen bieten uns in einer Trillion Programme die Weisheit all ihrer Epochen an, um uns zu erzählen, wie wir auf dem Totenschiff, zu dem wir unseren Planeten gemacht haben, unsere blöden Affenärsche retten können …!«

Ralf rollte mit den Augen und deutete zornig mit dem Zeigefinger mitten ins Studiopublikum.

»*Woher* haben Sie bloß die völlig hirnrissige Vorstellung, so genannte intelligente Spezies, die sich aus Tintenfischen, Kakerlaken, Salamandern oder Weinbergschnecken entwickeln, wären gescheiter als *wir*? Weshalb sollte *ihr* Fernsehen besser als *Unser trautes Heim, Immer wenn er Pillen nahm* oder *Bonanza* sein?«

Er schnitt eine Fratze des Widerwillens und schüttelte den Kopf. »Und diese Wiederholungen alter, beschissener Serien sind noch längst nicht die *schlimmsten* Fernsehsendungen aus dem All, o nein, Matschhirne!«

Er stieß ein hartes Lachen aus und zuckte die Achseln. Ein schwerer Seufzer drang aus seiner Brust. Im Leben hätte Dexter nicht sagen können, was daran Schauspielerei war und was … etwas anderes.

»Denken Sie sich nur, wie uns zumute ist«, fügte er mit plötzlich viel leiserer Stimme hinzu, »wenn wir auf dem Totenschiff Erde, das wir selber versifft haben, in unseren Sardinenbüchsen-Einkaufswohnzentren hocken, recycelte Scheiße futtern, und da trifft von unseren Sternenbrüdern eine *Regierungserklärung* ein, von so einem grünen Schleimwesen, dem Tentakel aus der Nase hängen und der auf allen sechzehn Augäpfeln Haare hat, und wir glauben, nun kommen sie, die nützlichen Empfehlungen, auf die wir seit langem warten …«

Pause.

»Und was erzählt uns dieser Hoffnung verheißende Berg behaarten Gallerts?«

Während er seine Enthüllung hervorschnarrte, klang seine Stimme zusehends wieder härter.

»Er jammert und greint darüber, was sie daheim bei *ihm* auf dem Planeten für Sauereien angerichtet haben, fällt auf alle fünfundzwanzig Hände und Knie und fleht *uns* um superkluge Ratschläge an, wie sie *dort ihre* blöden Ärsche retten könnten!«

Für mehrere lange Sekunden saß das Studiopublikum in entgeistertem Schweigen da, wusste offenbar nicht, wie es diese Schilderungen aufnehmen sollte. Aber Dexter wusste, was geschah, und konnte nicht der Versuchung widerstehen, Amanda Robin einen Blick selbstgefälliger Genugtuung zuzuwerfen.

Mit einem Mal war für das Studiopublikum, diesen repräsentativen Ausschnitt des nationalen Volkskörpers, das Verschwinden des Unglaubens an die Möglichkeit – wenigstens für ein Momentchen –, dass dieser Mann *wirklich* ein stinksaurer Komiker aus der Zukunft war, nahe an den Bereich emotionaler Realität gerückt.

»Aber es *gibt* ja ältere und klügere Wesen, von denen wir lernen können«, rief ein weibliches Stimmchen. »Ich kenne sie. Ich arbeite nämlich mit ihnen zusammen.«

Krack!

Der Bann hatte sich verflüchtigt.

Ralf feixte, während er erneut das Mikro schwenkte, der Scheinwerferkegel das Publikum absuchte, und da war sie: Die hübsche, braune, junge Blondine in dem dramatisch schlichten, weißen Kleid, sie stand da wie der Dinkelengel einer Müsli-Reklame.

»So, du arbeitest mit Aliengurus aus dem Weltraum zusammen, hm?«, hämte Ralf. »Wie kommt ein so kranker Geist in ein so gut aussehendes Mädel?«

Schaurig, dachte Dexter verstimmt. *Ein Rückfall in die unterste Schublade.*

»Die älteren und klügeren Wesen, nach denen wir suchen, stammen nicht von einem *anderen,* sondern von diesem Planeten«, hatte das Mädchen im Brustton köstlicher jungfräulicher Ehrlichkeit geantwortet. »Sie sind nicht *draußen* im Weltall zu finden, sondern Teil *unserer* Welt, seit Millionen von Jahren singen sie in unseren Meeren ihre Lieder und erzählen ihre Geschichten, so war es schon, als unsere Vorfahren sich noch an den Schwänzen durch die Bäume hangelten.«

»Echt? Und wieso sehen wir sie dann nie im Fernsehen?«

Das Mädchen lächelte voller geradezu hinreißender Überlegenheit. »Wir sehen sie doch, Ralf«, widersprach sie siegesgewiss. »Andauernd. Sie sind richtige Stars. Wir *mögen* sie.«

Sie schwieg, als erwartete *sie,* dass Ralf *ihr* ein Stichwort gab. Einige Sekunden lang ließ Ralf sie warten, dann breitete er die Arme aus, zeigte die Handflächen vor und forderte das Mädchen mit einer knappen Verneigung zum Weitersprechen auf.

»Sie sind das Volk der Tiefe, die Wale und Delfine.«

Durch das Publikum ging ein Aufstöhnen.

»*Volk?*«, höhnte Ralf. »Flipper, Moby Dick und Willy der Gerettete?«

Das Delfin-Groupie vibrierte – denn das empfand Dexter als die genau zutreffende Beschreibung – von purem scientologistischem Glaubenswillen.

»Sie sind Geschöpfe, die seit Millionen von Jahren denken und fühlen, die ein größeres Gehirn als wir haben, Sprache, Musik und Dichtkunst kennen …«

»Na, warum kriegen wir dann noch nicht den Hamlet-Monolog auf Delfinisch zu hören«, unterbrach Ralf sie, »oder ein paar Takte aus der Fünften Sinfonie der Killerwale?«

Oder versuchte es wenigstens. Denn dem Delfin-Groupie leuchtete, während es da stand, selige Entschlossenheit aus den Glubschern, und sie redete ohne zu stocken drauflos, als gäbe es Ralf gar nicht.

»... höhere spirituelle Wesen, die in vollkommener Harmonie mit der Umwelt leben, mit Gaia und auch untereinander, und die uns ja so vieles lehren können, wenn wir bloß verstehen, ihnen Gehör zu schenken ...«

Eine von Ihren?, fragte der Blick, den Dexter, die Lippen gekräuselt, Amanda Robin zuwarf.

Sie schenkte ihm das Lächeln einer selbstzufriedenen Sphinx.

»Ach ja?«, meinte Ralf spöttisch. »Wenn sie so pfiffig sind, weshalb springen sie dann noch immer im Auqazoo für rohen Hering durch Reifen? Wieso spielen sie in Disney-Filmen mit, *ohne* Honorar zu kriegen?«

»Sie sind keine so habgierigen Geschöpfe wie wir, Ralf«, erwiderte das Delfin-Groupie mit geradezu einschüchternd humorlosem Nachdruck, indem sie das verstreute, halblaute, schadenfrohe Gekicher völlig missachtete. »Sie haben keine Hände zum Greifen, darum ist ihnen materielles Besitzdenken fremd, ihr ganzes Leben lang schwimmen sie in einem grenzen- und bodenlosen Ozean, deshalb haben sie auch keinen Sinn für Territorium, Nationalismus oder Krieg, sie wissen nichts von Besitz und Eigentum.«

Wortlos starrte Ralf sie einen Moment lang an, dann hob er, als ob er stutzte, den Kopf.

»Du lieber Himmel, Schnucki«, sagte er, »Sie beschreiben sie ja, als wären sie so was wie *Salzwasserkommunisten.*«

»Schmeißt Atombomben auf die roten Scheißwale!«, grölte irgendein Blindfisch, und grölendes Gelächter brach aus; von da an bewegte die Veranstaltung sich kontinuierlich auf das Niveau gewöhnlicher Pöbelei abwärts, die allerdings Texas Jimmys Ansammlung herbeigelaufener Rabattmarkensammler durchaus amüsierte, und es kam nur noch in Abständen zu einem flotten Ballwechsel zwischen den SciFi-Freaks und den NewAge-Traumtänzern.

Doch anscheinend hatte diese erste Show neuen Stils für die Zukunft Maßstäbe gesetzt.

Ein halbwegs intelligenter SF-Fan plapperte Ralf etwas über virtuelle Realität vor, und Ralf konstruierte daraus mit routinierter Reibungslosigkeit ein paar Sätze über angerostete robotische Nachfolger der Menschheit, die aus durch Gefrierbrand geschädigten Rattenhirnen und fossiliertem Kaugummi neues Leben zu kreieren versuchten, und prompt meldete sich ein Yogi zu Wort, der die Wirksamkeit des pranischen Heilverfahrens demonstrierte, indem er die Gestalt einer Brezel annahm.

Science Fiction-Fans und holistische Psychopharmakologen. Science Fiction-Autoren und buddhistische Mönche aus Glendale. Teilchenphysiker und Rebirthing-Spezialisten. Gelehrte und Schamanen. Weltraumforscher und Innerlichkeitsexperten.

Mittlerweile bewertete Dexter die Auseinandersetzung zwischen sich und Amanda Robins, so wie sie verlief, als ein Ringen um die Seele der Show *RALFS WELT*, als ein Spiegelbild des anhaltenden Konflikts zwischen Fantasyautoren mit ihren Drachen, Elfen, Hexen und Zauberern und den Science Fiction-Schriftstellern, die ihre Weltsicht auf das Reich des lediglich unwahrscheinlichen Möglichen zu beschränken versuchten.

Dieser Konflikt wiederum spiegelte das Schisma zwischen einerseits den Menschen, die sich nicht zum Selbstbetrug des Unglaubens an kalte Gleichungen, die Existenz gewisser unüberschreitbarer, dem Universum aus Materie und Energie, in dem sie zu ihrem Leidwesen leben mussten, auferlegter Schranken, herablassen konnten, und andererseits jenen Menschen wider, deren verzweifelter Hang, an die unbeschränkte Macht des Wunschdenkens zu glauben, um das Dasein zu meistern, selbst keine Grenzen kannte.

Und beachtete man den gegenwärtigen Zustand des Planeten, brauchte man keine Gallup-Institut-Umfrage und keine Kristallkugel, um zu ersehen, welche Seite die Oberhand gewann.

Dexter seufzte und trank ein letztes Schlückchen Kaffee.

Vielleicht *hatte* Ellie Recht; vielleicht *lag* es an der Frau.

Vielleicht sollte er innerlich auf Distanz gehen, einen Schlussstrich ziehen, das Geld kassieren und der Sache auf Gedeih oder Verderb ihren Lauf lassen.

Oder er befand sich in der viel beschrieenen Midlifecrisis.

Unter Umständen bedeutete die ganze ängstliche Sorge, die er um eine stupide Hollywood-Talkshow empfand, lediglich eine intellektuelle Sublimierung des primitiven äffischen Gierens seiner Ramme, Amanda Robin zu packen und ihr den Wutfick des Lebens zu verpassen.

Oder vielleicht nicht.

Vielleicht war *wirklich* wichtig, was er tat.

Auf der einen Seite bräuchte Dexter kein Gramm Kokain, um eventuell sogar ernsthaft zu der Überzeugung zu gelangen, dass das Überleben der Menschheit oder das Schicksal des Planeten von dem abhängen mochte, was heute nur als schäbige, billige Fernsehshow galt.

Auf der anderen Seite …

Auf der anderen Seite hatte gemäß der Chaostheorie und laut Hank Farmer möglicherweise nur *ein einziges Wasserstoffmolekül* in der Atmosphäre des Mars gefehlt, und er wäre ein Planet voller Leben geworden.

Und vielleicht erforderte es nur noch ein weiteres

Kohlendioxidmolekül, um die Erde in eine tote Welt zu verwandeln.

Wahrscheinlich konnte kein Einzelner Berge versetzen oder das Geschick der Biosphäre beeinflussen, aber ... *ein einziges, winziges Gasmolekül*?

»Ich muss an die Arbeit gehen, Ellie«, sagte Dexter, stand vom Frühstückstisch auf und stellte seine leere Tasse ins Spülbecken.

»Noch *mehr* telefonieren, Dex? Noch mehr Hollywoodspielerei statt des Schreibens?«

»Es muss sein«, knurrte Dexter trotzig.

»Wirklich?«

Sollten wir nicht alle unser Kieselchen ins Quantenmeer werfen und auf das Beste hoffen, während wir nebenbei einen anständigen Reibach machen?

Ich glaube ja, entschied Dexter.

»Ich glaube ja«, sagte er zu Ellie.

Das Kismet wollte es so, dass Amanda Robin eine Party veranstaltete.

Der Graf von Kalifornien war von einem deutschen Chemie-Magnaten eingeladen worden, auf dessen gemieteter Segelyacht während eines zweiwöchigen Wal-Watching-Ausflugs in den Golf von Kalifornien als Kapitän zu fungieren und hatte Frau und Kinder mitgenommen, sodass Amanda die Aufsicht über das große Haus bei Big Rock und die Betreuung seiner Hunde, Katzen, Hühner, Enten, Kaninchen, Bienenstöcke, Weinstöcke und Gemüsegärten zufiel.

Zum Ausgleich für die Aufgabe, die Tiere zu füttern sowie die Pflanzen zu jäten und zu gießen, durfte Amanda auf dem ausgedehnten, ländlichen Anwesen treiben, was ihr behagte, solange sie ersetzte, was konsumiert oder beschädigt wurde, und danach ein Großreinemachen durchführte.

Was sie für angebracht hielt, war keine Riesenfête im Hollywoodstil, sondern eine Zusammenkunft der wahren Schamanen der NewAge-Szene, ein Treffen von nicht mehr als zwanzig oder dreißig Personen, um gemeinsam einen Samstagnachmittag und ein Abendessen zu erleben, etwas zu trinken, ein Bündnis mit dem Zweck zu organisieren, das Studiopublikum von *RALFS WELT* mit dafür geeigneten, spirituell hoch stehenden Teilnehmern zu spicken, und Ralf selbst näher kennen zu lernen.

In den mystischen Bergen Kaliforniens mochte es von Leuten wimmeln, denen *wahrhaftig* Erlebnisse widerfahren waren, die ihr Verständnis überstiegen, und deren von Konfusion geprägte Stimmen in anderem Kontext durchaus Gehör verdienten, doch die normalerweise geübte, aufrichtige und vorurteilslose Toleranz gegenüber Wiccanern, Astrologen, Kristall-Channeling-Experten und dergleichen hatte in Bezug auf *RALFS WELT* keinen Sinn.

Denn Amanda musste eingestehen – wenigstens sich selbst –, dass ihre bisherige, eher wahllose Beschickung der Show öfters stark der Ansammlung von Spinnern, Clowns und Müslikaspern geähnelt *hatte*, als die Dexter Lampkin sie hartnäckig denunzierte.

Viel wusste sie immer noch nicht über die hermetische, kleine Welt der Science Fiction, aber sie verstand mehr von den aktuellsten Fortschritten eines bestimmten Spektrums der Wissenschaften, als Lampkin ahnte; immerhin genug, um zu erkennen, dass er *sein* Aufgebot an Knallchargen und Pfeifen sorgfältig mit ernst zu nehmenden Fachleuten durchsetzte.

Amanda hatte sogar mit dem Gedanken gespielt, auch Lampkin zu der Party einzuladen. Sie hatte es als zweckmäßig erachtet, ein paar seiner Romane zu lesen, und konnte nicht leugnen, dass sie gewisse Stärken *aufwiesen.* Besonders *Die Transformation,* aus dem allem Anschein nach ein Großteil der Zukunft, auf die sich Ralf berief, abgeleitet worden war, zeichnete sich durch den Vorzug einer Erkenntnisfähigkeit aus, die dem Buch eher eine Gemeinsamkeit mit den ernst zu nehmenden Leuten *ihrer* Szene verlieh, als mit dem verstockten Beharren auf logischem Positivismus, den zu vertreten er möglicherweise vorgab.

Letzten Endes entschied sie sich jedoch dagegen. Schließlich verband sie die Party ja mit der Absicht, sich den Rückhalt zu organisieren, den *er* schon genoss, also wäre Lampkins Anwesenheit – vorausgesetzt, er nähme von ihrer Seite überhaupt eine Einladung an – nur hinderlich.

Ralf hatte sich sehr geziert, über die Kosten der Taxifahrt gejammert, nachdem ihm erklärt worden war, dass man von ihr als Gastgeberin wohl kaum erwarten durfte, dass sie ihn abholte und hinchauffierte.

»*Topanga?*«, hatte er gewinselt. »Das kostet mich ja *vierzig Eier.* Und vierzig die Rückfahrt.«

Noch immer lehnte er es ab, das Erlernen des Autofahrens bloß zu *versuchen.*

»Hören Sie auf, Ralf, Sie sind doch jetzt ein Star, vierzig Dollar sind weniger, als in dieser Stadt die Leute, die halb so viel wie Sie verdienen, sich binnen zehn Sekunden die Nase hoch sniefen, ohne darüber nachzudenken. Und Sie können dort wirklich *interessanten* Menschen begegnen.«

»So? Was für Menschen?«

»Sufis und Psychopharmakologen, Poeten und Schamanen, Seelenforschern …«

»NewAge-Neurotikern und Esoterik-Nulpen? Lassen Sie 's gut sein, Amanda, schmeißen Sie mir im

Laufe der Woche nicht schon genug solcher Windeier an den Kopf?«

»*Diese* Leute sind anders, Ralf, sie sind ... sie sind ... Ihre Fans ...«

»*Fans?* Ich komme gut ohne weitere *Fans* aus.«

»Diese Menschen sind anders als Dexters *SciFi*-Fans, sie sind geistig hoch entwickelte Zeitgenossen, die Ihnen helfen möchten.«

»Mir helfen? *Wobei* helfen?«

»Die Show zu retten. Das Niveau des Publikums zu heben. Der Sendung mehr Fernsehzuschauer zu verschaffen.«

»Ja ...?«

»*Ja,* Ralf, sie haben nämlich die Connections, um so etwas hinzubiegen.«

»Tja, wenn Sie 's so sagen ...«

Und jetzt waren sie alle da, während die Sonne den Zenith überschritt, und warteten auf das unweigerlich standesgemäß späte Erscheinen des Stars.

Nicht dass deshalb Zeit vergeudet worden wäre, denn als das urige Motorgeröhre des Taxis erscholl, das sich den Feldweg von Alt-Topanga, der einem für glatte Straßen konstruierten Auto zwangsläufig Schwierigkeiten verursachen musste, herauf zu dem ungepflasterten Parkplatz quälte, war im charakteristisch multilateralen NewAge-Stil schon über die pragmatischste Vorgehensweise entschieden worden.

Allem zufolge, was Amanda aufgeschnappt hatte, verfügte die Science Fiction-Szene über ein altes, fest etabliertes Geflecht aus Fanclubs, professionellen Organisationen, Versandlisten, Telefonketten, Publikationen und Internet-Foren, auf die Lampkin zurückgreifen konnte; allerdings geschah die Aufnahme in die auserwählte Teilnehmerschaft für *RALFS WELT* ausschließlich durch ihn.

Diese typisch hierarchische Kontrollfreakmodalität

musste es nötig machen, dass er jede Woche mindestens hundert Telefonate zu führen hatte, um seine fünfzig Plätze zu belegen, ein abstoßender Aufwand, den Amanda sich auf alle Fälle ersparen konnte.

Stattdessen delegierte sie die Verantwortung fürs Besetzen *ihrer* Plätze an zehn Personen, denen sie vertraute. Das bedeutete, jeder von ihnen hatte pro Abend für nur einen Teilnehmer zu sorgen; sie selbst nur zehn Telefonate in der Woche entgegennehmen und die zusammengefasste Liste Jimmy Balaban durchgeben musste. Danach durfte sie sich getrost Ruhe gönnen und sich die Resultate ansehen.

Und dafür – für ein paar Stunden netten Geplauders mit alten Bekannten und Kollegen – kassierte Amanda Robin, Co-Produzentin der Show *RALFS WELT*, jede Woche $ 2000,–.

Sie musste lediglich darauf bauen, dass die kollektive Klugheit und Kreativität einer echten Gemeinschaft auf interessante Art größer und vielseitiger war als die eigenen diesbezüglichen Möglichkeiten.

Sri Dranda hörte sich bei den yogischen Ashrama und Zen-Klöstern um. Sara Warburton kümmerte sich um die Erforscher des Mentalen. Iwan Dawidoff um die Spezialisten für veränderte Bewusstseinszustände. Donna Deluris um die im Geheimen lebenden letzten Vertreter der Beat-Bewegung. Sunshine Sue umwarb Exponenten alternativen Kommunenlebensstils. Rob Cole nutzte seine Beziehungen zum Schamanenwesen der Dritten Welt. Auch Maya Gonzales, selbst ernannte Generalkonsulin der Menschheit bei den Delfinen und Walen, hatte ihre Kontakte. Steven Kingston pflegte Verbindungen zur Parapsychologie. Und der allseits beliebte Hadashi spielte natürlich, wie immer, den Joker.

Während Lampkin sich abrackerte, um seinen Einzelkämpfereinsatz durchzuziehen, brauchte Amanda nur das NewAge-Sinfonieorchester zu dirigieren.

Wenigstens hoffte sie, dass es so kam.

Selbstverständlich hing im Wesentlichen alles davon ab, wie ihr Kreis von Gelehrten mit Ralf in Interaktion trat, auf welchen Aspekt Ralfs ihr Kollektiv am günstigsten ansprach ...

Selbiger Ralf näherte sich jetzt mit Schnaufen und Grunzen neben dem Haus auf dem unebenen Trampelpfad durchs Gesträuch und betrat schließlich den Holzboden der Terrasse. Er trug eine taillierte, lehmgelbe Buschjacke, eine dazu passende Hose und braune Safaristiefel, in denen er aussah, als hätte ihn Sack & Pack für eine Expedition ins tiefste, dunkelste Topanga ausgestattet.

Er strich sich Phantommoskitos aus dem Haar, belinste verkniffen das verwitterte Naturholz des Gebäudes und die Sonnenkollektoren auf dem Dach, die Weinranken, die unordentlich von der Pergola herabbaumelten, die schlichten, in Heimarbeit verlegten Warmwasserrohre sowie die Hunde, Katzen und Hühner, die überall umherstreunten, als wäre er ein weltferner New Yorker Stubenhocker.

»Wer hat denn diese Bude gebaut?«, fragte er laut. »Tarzan von Tarzanien?«

Sämtliche in Hörweite befindlichen Anwesenden unterbrachen ihre Betätigung und hefteten den Blick auf Ralf. Der Star war eingetroffen.

»Keine Fotis bitte!«, kreischte Ralf, bedeckte das Gesicht mit der Oberseite des Unterarms. »He, also echt, Amanda hat mir erzählt, Sie seien ausnahmslos hoch eingewickelte Mutanten und höher verwickelte Hollywood-Gurus, behaupten Sie bloß nicht, Sie hätten noch keinen leibhaftigen, lebendigen Fernsehstar gesehen!«

»Jedenfalls habe ich noch keinen Mann aus der Zukunft in einer Großer Weißer Jäger-Kluft des Jahres neunzehnhundertachtunddreißig gesehen«, rief jemand vom mit Nahrung und Getränken beladenen Picknicktisch herüber.

Ralf lachte. »Soll das heißen, hier *ist* gar nicht die Abenteuer-Cafeteria des Wildparks? Das Taxi ist falsch abgebogen und hat mich in die *Appalachen* gebracht, und *deshalb* laufen hier alle diese Köter und sonstigen Tierheimveteranen rum?«

Er blinzelte, spähte rundum, kratzte sich am Kopf. »Aber wo stehen die verrosteten *Autowracks*?«

Nachdem somit ein paar obligatorische Begrüßungsscherze gerissen worden waren, eilte Ralf zu dem Picknicktisch, schenkte sich Wein in ein Glas und behäufte einen Pappteller mit Essen; danach ließ er sich, während er unablässig mampfte und trank, von Amanda umherführen und den übrigen Gästen vorstellen. Als er mit allen Anwesenden bekannt gemacht worden war, hatte er die Portionen zweier gehörig behäufter Teller verschlungen und zwei bis drei Glas Wein getrunken, von jemandem einen Joint erhalten, der jetzt nach bogartschem Vorbild in seinem Mundwinkel hing, die Füße auf eine Packkiste gelegt, den Ellbogen auf einen Tisch gestützt und hielt mehr oder weniger Hof.

In der anfänglichen Phase, so lautete der kollektive Konsens, wollte man auf der Künstlergewerbe-Gartenparty Guru spielen und Ralf den privat ganz ungekünstelten, zur Bescheidenheit geneigten Star mimen lassen.

»… Sie wären überrascht, wie beträchtlich es Ihr Auftreten verbessert, bei Letterman und Whoopie hat es sich nämlich bestens bewährt, wissen Sie …«

»Was stimmt denn gegenwärtig nicht an meinem Auftreten? Was soll ich tun, auf dem Kamm blasen und dazu die Nationalhymne furzen?«

»… mit dem Augenkontakt, einer alten Technik, die schon die Sufis benutzten und in der Jack Benny ein vollendeter Meister war …«

»… gilt der Trickster Cojote als bedeutender uramerikanischer Archetyp, und manche der Schamanen, die diesen Geist channeln, können *große* Situationskomiker sein …«

»So wie der Cojote, der immer geplättet wird, wenn er Roadrunner zu fangen versucht?«

»… dürfte vorteilhaft für Ihre Improvisationsfähigkeit sein, und der Effekt lässt nach wenigen Stunden nach …«

»Mann, warum pumpen wir nicht gleich *Lachgas* in den Saal, malen Sie sich doch nur aus, was *das* für 'ne heitere Veranstaltung gäbe.«

Und so ging es den gesamten Nachmittag lang. Niemals bildete sich eine regelrechte Traube Anwesender um Ralf, sondern ständig verließen Personen den Umkreis des Stars oder gesellten sich zu ihm; aber er war permanent von diesen oder jenen Leuten umgeben. Oberflächlich betrachtet fand nichts anderes als eine Party wie viele der Parties statt, an denen Amanda in Topanga bereits teilgenommen hatte.

Doch immerzu vollzog sich ein Geschehen innerhalb des Partygeschehens. Wie beiläufig gelang es sämtlichen Gästen, denen Amanda schon Plätze in *RALFS WELT*s Publikum zugeteilt hatte, ihn in typisches Showgeschäftgeplauder über die Art menschlicher Schwächen zu ziehen, die im Rahmen der Sendungen angesprochen werden könnten, ohne ihm jemals unverblümt anzukünden, dass aus der *Erwägung* bald *Realität* werden sollte.

Um die Zeit, als sich in den Hohlwegen die Schatten vertieften und die Helligkeit sich in der Vorahnung des Abenddämmerns allmählich golden einfärbte, lichtete sich nach und nach die Teilnehmerschaft der Party, und es fiel Amanda leicht, durch den Vorschlag, Ralf auf dem Gipfel des Big Rock die volle Schönheit des Sonnenuntergangs zu zeigen, einen kleineren Kreis Auserlesener um ihn zu sammeln.

»*Dort* hinauf?«, stöhnte Ralf. »Wo parkt denn Ihr Hubschrauber?«

Der Big Rock war ein Felsklotz in der ungefähren Größe eines zehnstöckigen Wohnblocks und glomm inzwischen rosig im schwindenden Nachmittagslicht; er hatte Risse und stellenweise winterfesten Chaparral-Bewuchs, wirkte jedoch von unten besehen relativ steil, als könnten Naturneulinge ohne Kletterausrüstung ihn unmöglich ersteigen.

»Die Chumash-Indianer haben dort oben Visionen gesucht«, sagte Rob Cole zu Ralf. »Auf der Rückseite haben sie einen Weg hineingehauen. Oder vielleicht war er schon immer da.«

»Also wissen Sie, ich bin 'n unbedarfter Stadtbub aus'm Jahrhundert, in dem man nicht mal 'n Waldspaziergang machen kann, weil es keine Wälder *gibt*, außerdem kann man im Freien sowieso nicht atmen, deshalb ist meine Erfahrung im Beschreiten alter Indianerpfade gleich null, und eigentlich geht mein Ehrgeiz dahin, es dabei zu belassen.«

»Der Weg ist in neuerer Zeit etwas befestigt worden«, ermutigte Amanda ihn. »Auf den gefährlichsten Abschnitten sind Stufen, und man hat Handgriffe und Geländer angebracht.«

»Ich bin schon oft oben gewesen«, meinte Sara Warburton, deren Falten und weißes Haar offenkundig darauf verwiesen, dass sie die Mitte der Sechzig überschritten hatte.

»Ich gehe auch mit, und ich bin weit über Siebzig«, erklärte Sri Dranda. Damit sprach er zwar die volle Wahrheit, aber angesichts der Form, in der *er* sich nach einem halben Jahrhundert der Yogapraxis befand, hätte er ebenso gut ein jung gebliebener Fünfziger sein können.

»Tja dann …«

Ralf maß die Steilwand des Big Rock, indem er den

ängstlichen Stadtbub markierte, der vor einem Abenteuer in der schaurigen Wildnis steht, mit einem langen, theatralischen Blick, aber der Ausdruck um seinen Mund und die Haltung des Kopfs übertrieben die Pose nach Amandas Empfinden ein wenig ins Parodistische.

Doch als er sich umwandte, die Achseln zuckte und die Handflächen in einer Geste widerstrebender Einwilligung vorzeigte, spiegelten seine abgründigen Augen keinerlei Furcht wider, und die Belustigung, die man darin sah, hatte anscheinend kaum etwas mit satirischem Humor zu tun.

Amanda, Ralf, Sara, Sri Dranda, Rob und Hadashi traten den Aufstieg an. Amanda führte die Gruppe zu der an Spalten und Klüften reicheren Rückseite des Tafelbergs, wo sogar der Unkundige den Pfad ohne weiteres erkennen konnte. Der Weg verlief über Breschen und Simse, die kurze, steinerne Treppen miteinander verbanden; da und dort waren Holzpfähle in Felsspalten gehauen worden, die zum gelegentlichen Festhalten dienten, und an den heikleren Stellen hatte man zur seelischen Aufmunterung längs der Pfosten Seil gespannt.

Ralfs Blick folgte dem Verlauf des Bergwegs. Jetzt spielte er nicht einmal noch den Angsthasen. Stattdessen straffte sich seine Haltung, gewann einige Anmut, und irgendwie erregte er plötzlich, ohne faktisch einen Zentimeter gewachsen zu sein, den Eindruck eines deutlich größeren Menschen.

Und als er sich ein zweites Mal umdrehte …

Es schien, als hätte er eine Maske abgenommen.

Oder wäre eine Maske offenbar geworden.

Rein physisch waren seine Gesichtszüge unverändert, er hatte nach wie vor das inzwischen Millionen von Fernsehzuschauern bekannte Gesicht des Komikers aus der Zukunft. Allerdings war sein Gesicht gewissermaßen zu einer Stilisierung seiner selbst geworden, zu einem Image, einer Art von Totemmaske. Nur die Augen wirkten noch lebendig, schienen den Ereignishorizont Schwarzer Löcher zu bilden, deren Innerstes nicht im hiesigen Universum existierten.

»Dann wollen wir mal Ihren Zauberberg hinaufkraxeln und nachgucken, was 's unter den Sternen zu sehen gibt«, sagte er; man hörte aus seinem Mund Ralfs Stimme, die Satzmelodie jedoch hätte von einem völlig anderen Wesen stammen können. »Was 'n los, diese affenartige Klettertour war doch Ihre Idee, oder nicht?«

Amanda zwinkerte.

Alles blieb unverändert.

Einen Moment lang rührte sich niemand vom Fleck.

»Affen äffen alles Äffische nach«, fügte Ralf hinzu. »Nach Ihnen?« Er hob die Schultern. »Dann mir nach!«

Er wandte sich ab, betrat den Anfang des Bergpfads und klomm voraus.

Obwohl die Ersteigung des Big Rock, was Atmung und Muskelbeanspruchung betraf, Anstrengung genug kostete, um die Konversation auf ein Minimum einzuschränken, verlangte sie keine besondere Geschicklichkeit, jeder Schritt nach oben ergab sich quasi von selbst aus dem vorherigen Schritt, und Amanda hatte den Berg schon viele Male erstiegen.

Folglich *wusste* sie, es war tatsächlich *nichts* Übernatürliches daran, dass Ralf den Weg mit solcher Leichtigkeit bewältigte, sich gleichmäßig und mühelos fortbewegte, ohne einen Fehler zu begehen, und zudem in einem Tempo, das nur Rob Cole, ein kräftiger Mann mittleren Alters, dem die Strecke recht geläufig war, mithalten konnte.

Nichts Übernatürliches, überlegte Amanda, während Ralf sich auf das breite, flache Plateau zog, aus dem die Oberseite des Big Rock bestand, *aber auf keinen Fall im Einklang mit seiner Persönlichkeit.*

Gleich *wie* sie beschaffen sein mochte.

Einige Augenblicke später erreichte auch Rob den Gipfel. Amanda und Hadashi trafen einige Minuten später auf dem Plateau ein, und es verstrichen noch mehrere Minuten, bis sie schließlich Sara und Sri Dranda heraufhalfen.

Sie setzten sich auf den von der Sonne erwärmten, allerdings nun im Abkühlen begriffenen Fels, holten auf der Krone dieses kleinen Winkels der Schöpfung Atem.

Im Nordwesten erhoben sich in der Ferne riesige Gebirge, und selbst die Gipfelkette der Santa Monica Mountains im Süden war hoch genug, um den Pazifik den Blicken zu verbergen; der Big Rock war keineswegs der höchste Punkt im weiten Panorama der Umgegend.

Jedoch ragte der Big Rock von einer Hügelkuppe innerhalb eines ausgedehnten Talkessels empor, die anderen Berge lagen weit entfernt; das bedeutete, blickte man sich auf diesem steinernen Sockel um, dann befand die übrige sichtbare Welt sich *unten*.

Wenn man sich an die Felskante stellte und hinabschaute, bekam man einen Schwindelanfall, aber wenn man saß oder auf einige Schritte von der senkrechten Klippe ging, berührte der Ausblick die Seele.

Von dieser hohen Warte aus gab es von den zersiedelten Vorstädten Los Angeles' keine Spur zu sehen; das einzige erkennbare Menschenwerk waren ein paar Häuser am Rande des mehr oder weniger unangetasteten Angeles National Forest und eine Anzahl von Straßen. Im näheren und ferneren Umkreis erhoben sich die benachbarten Höhenzüge und Berge in allmählicher Steigung zu immer gewaltigeren Verwerfungen abgestufter, urtümlicher, majestätischer Gebirgslandschaft.

Soeben senkte sich die Sonne hinter die scharfen

Umrisse der westlichen Bergkämme und strahlte in rosig-rotblauer, diesiger Pracht, das Licht färbte die Abhänge blasslila und dunkelbraun, eine dunkle Grünschattierung verdüsterte die Schluchten, das abendliche Duften des Chaparral drang geradewegs ins Hinterhirn, und goldgelber Schimmer durchflimmerte die Luft.

Amanda konnte sehr gut nachvollziehen, wieso diese Stätte bei den Chumash als heilig gegolten hatte. Denn noch heute hatte dieser Ort die Macht, ganz Los Angeles und alles damit Zusammenhängende in Schach zu halten.

Als Amanda nach Beendigung der Verschnaufpause aufstand, sah sie, dass Rob Cole in einigen Schritten Entfernung in den einsetzenden Sonnenuntergang blickte, während Ralf zur Mitte des Plateaus geschlendert war und dort, die Hände in die Hüften gestemmt, verharrt hatte; er zeichnete sich als schwarzbläuliche, in Feuerrot gesäumte Silhouette gegen das Sonnenlicht ab.

Im ersten Moment ließ sich nicht unterscheiden, wohin die Schattengestalt blickte: Rückwärts in die Zukunft oder aus der Vergangenheit vorwärts.

Da bewegte sich der Schemen, die nachgerade cineastische Illusion zerstob, und Ralf kam über das Plateau auf Amanda zu.

»Sicher können Sie sich denken, dass ich mich frage, warum Sie mich heute auf diese luftige Höhe gebracht haben«, sagte er in seinem vertrauten, patzigen Krächzton. Doch auf seltsame Weise wich seine Stimme von den herben Lauten des Amerikanischen ab, sie klang zu weich, sodass seine Bemerkung, falls sie ironisch gemeint sein sollte, gespenstisch wenig überzeugend blieb.

Und es entstand der Eindruck, dass er das Gesicht des Komikers von morgen nur noch wie eine Maske zur Schau trug. Um den Mund hatten sich die vom Feixen erzeugten Falten geglättet, an den Augen hatte sich die Verkrampfung gelöst, und aufgrund der Lichtverhältnisse glänzten die Augen wie violette, undurchsichtige Murmeln, schienen ausschließlich Flächen zu zeigen, denen sich nichts ablesen ließ.

Für einen längeren Moment sprach niemand ein Wort.

»Und was kommt nun?«, fragte Ralf. »Ein gutes, altbewährtes Powow?«

Wieder nuancierten der undeutbare Blick, die untypisch friedliche Miene, eine gewisse tonlose Gedämpftheit der Stimme einen läppischen Satz durch eine sonderbar unangemessene Ernsthaftigkeit.

Unangemessen?

Aber sie *befanden* sich an einem Ort, der den Chumash heilig gewesen war, und *tatsächlich* hatte Amanda mehr oder weniger ein Powow im Sinn.

»Warum nicht?«, meinte Amanda. »Damit knüpfen wir an eine Tradition an, die hier oben lange gepflegt worden ist.«

»Zeit außerhalb des Geistes«, sagte Sara.

»Geist außerhalb der Zeit«, antwortete Ralf.

Stutzig geworden, hob Amanda den Kopf und sah ihn nachdenklich an.

Ralf lachte, aber nur mit der Stimme; seine Gesichtszüge brachte nicht die geringste Erheiterung zum Ausdruck. Er zuckte die Achseln. »Ihnen geht das eine aus«, sagte er, »mir das andere.«

Erneut folgte ein langer Moment des Schweigens.

»Die Chumash haben ihre Rituale hier an einer speziellen Stelle durchgeführt«, erklärte schließlich Rob Cole, strebte voran zur Mitte des Plateaus. »Am Mittelpunkt liegt das Kraftzentrum.«

»Oder umgekehrt«, entgegnete Ralf. »So heißt's jedenfalls in Lektion Zen Einhunderteins.«

Damit hockte er sich nieder, klappte die Beine zum klassischen Lotussitz ein, kehrte den Blick nach innen, verzog den Mund zu einem ganz knappen Buddha-Lächeln und legte die Hände mit nach oben gewandten Handtellern auf die Knie. An jeder Hand deutete der Ringfinger empor zum Himmel.

»Und beides ist Leere«, sagte Sri Dranda und nahm in der gleichen Haltung vor ihm Platz, allerdings ohne die Finger nach oben zu richten.

»Das behaupten Sie, Affenboy«, sagte Ralf.

»Und für wen sprechen *Sie*, Ralf?«, fragte Amanda.

»Für wen soll ich sprechen, Amanda?«, lautete Ralfs Gegenfrage.

»Ich frage im *Ernst*.«

Inzwischen hatten sich alle Beteiligten, Ralf und dem Sonnenuntergang zugewandt, im Halbkreis niedergesetzt; aus einer Perspektive glichen sie Akoluthen, die vor ihrem rückwärtig beleuchteten Meister saßen, aus anderer Perspektive der Spanischen Inquisition.

»*Mich* fragen Sie was im Ernst?«, vergewisserte Ralf sich in ausdruckslosem Tonfall, enttäuschte die Erwartung, er würde im Borscht-Provinz-Slang antworten.

»Kommen Sie, Ralf, verraten Sie uns, mit wem wir *wirklich* sprechen. Was ist Ihre letztendliche Message?«

Ralf lachte, und *diesmal* schmunzelte die Buddha-Maske; und Amanda hatte den Eindruck, tief im Innern seiner Augen ein Funkeln zu gewahren.

»Müssen Sie 's denn wahrhaftig wissen?«, fragte er. »Muss es eine Message geben?«

Amanda blickte in seine Augen, ohne zu blinzeln, fühlte sich wie gebannt durch die schlagfertige Erwiderung, die nur in ihrer Traumzeit einen Sinn gehabt hatte und von einem … Wesen gesprochen worden war, dem sie sonst nirgends hätte begegnen können.

»Ja.« Mehr brachte sie nicht über die Lippen.

»Es kann sein, es behagt Ihnen nicht«, näselte Ralf,

»aber ja, ich spreche für die höchste aller letzten Autoritäten, deren Message in der Tat heilig ist.«

»Und das wäre?«, fragte Amanda.

»Das Nielsen-Institut, wen sonst?«, antwortete Ralf in völlig trocken-ernstem Ton. »Die Einschaltquoten, durch die die Show lebt oder stirbt.«

Nur Hadashi lachte.

»Ach ja«, bemerkte er, indem er W.C. Fields nachahmte, »das Mittel, durch das sich ein Nichts als die vollkommene Stimme der vollkommenen Leere in Showgeschäft ummünzt.«

»Haben Sie vielleicht mit 'ner Verlautbarung aus Graf Koks' Sekretariat gerechnet?«, fragte Ralf. »Na, da können Sie lange warten. Die Irren haben das Irrenhaus übernommen, ist Ihnen das noch nicht aufgefallen?«

»Ich weigere mich, an ein amoralisches Universum ohne karmische Gerechtigkeit zu glauben«, stellte Sri Dranda klar.

»Ihr Karma richtet sich nach der Gerechtigkeit, die Sie wirken, also packen Sie 's an«, gab Ralf zur Antwort.

Er lachte; jetzt klang sein Lachen hier oben im letzten Abendlicht unerbittlich kalt. »Aber denken Sie nicht, Sie könnten sich anschließend bei der Direktion beschweren, es gibt nämlich keine, Affenboy, und ich bin kein Direktor.«

»Das ist alles?«, fragte Rob Cole. »Wir sind ganz allein?«

»Nee, war bloß 'n Späßchen«, sagte Ralf. »In Wahrheit erscheint am Ende des Dritten Akts der alte Rauschebart Herr Zebaoth im Schlafrock, tritt 'ne ellenlange Zigarre aus, zückt 'n Blankoscheck seiner Schweizer Bank und kauft Ihre ganze bankrotte Produktionsfirma auf.«

Lotrecht über den Köpfen der Versammlung verfärbte sich das Firmament zu düsterem Blauschwarz, und genau im Zenith wurden die ersten Sterne sichtbar, doch am westlichen Horizont lohte noch ein orangegelber Streifen der Sonne, erleuchtete im Zusammenwirken mit der Lichtbrechung durch den allgegenwärtigen, neonfahlen Smog den Abendhimmel hinter Ralfs Kopf mit einem prächtigen Strahlenkranz bläulich-feuerroten Glutscheins.

»Nachdem ich Ihnen Aufklärung über das Dasein, das Universum und den ganzen Rest erteilt habe«, fügte er hinzu, »könnten vielleicht *Sie* einmal *mir* mitteilen, um was es bei dieser netten, kleinen Seance in *Wirklichkeit* geht.«

Amanda zwinkerte. Niemand sagte etwas. Niemand regte sich.

»Sie haben die Vorstellung, es wäre sinnvoll, mich zum Guru zu stilisieren, stimmt's?«, fragte Ralf. »Sie möchten mir den Saal mit quasseligen Mystikern und karmafixierten Spinatwachteln füllen, mir Obi Wan Kenobis gebrauchte Kutte umhängen, Merlins Spitzhut aufsetzen, 'ne Kristallkugel in die Hand drücken und mich verkünden lassen, die Esoterikpower sei mit mir.«

»Wäre das schlimmer, als Dexter Lampkins Sci-Fi-Butzemännern zur Gaudi der Zuschauer die Flügel zu stutzen?«, fragte Amanda.

Ralf hob die Schultern. »Ich bin dafür, jedem die gleiche Chance einzuräumen«, erwiderte er.

Um seinen Kopf flimmerte ein Heiligenschein letzten Abendlichts, sodass dunkler Schatten seine Miene nahezu unkenntlich machte; das seltsame Lächeln der Zerstreutheit, das sich auf seinem Gesicht ausbreitete, mochte nur ein Ergebnis der Helligkeitsverhältnisse sein. Oder nicht.

»Aber das haben Sie gewusst, bevor wir auf den Berg gestiegen sind, nicht wahr?«, fuhr er fort. »Sie wollen mehr als das.«

»Mehr als was?«, fragte Sara Warburton.

»Was sich Ihre Wald-und-Wiesen-Philosophiererei erträumt.«

Abermals trat langes Schweigen ein. Aus der Weite der wilden Landschaft, die sich unterhalb des Tafelbergs ausbreitete und jetzt langsam abkühlte, wehte ein Windchen herauf, duftete nach Chaparral, sandigem Erdreich, Sonnenuntergang und Moschuspflanzen. Und irgendwo fernab jaulte ein Cojote.

»Dem Drehbuch zufolge bin ich noch gar nicht geboren, deshalb kann ich wohl kaum von *gestern* sein, oder?«, sagte Ralf in seinem unpassend ausdruckslosen Ton.

In geringerer Entfernung heulte ein Hochleistungsmotor auf, stotterte kurz, heulte erneut auf: Jemand schaltete die Gänge seines Sportwagens, während er ihn durch die Serpentinen der alten Topanga Canyon Road steuerte.

»Was ist los, Affenvolk, haben Sie Ihre Zunge verschluckt? Es ist ja nicht so, dass sie in alle Ewigkeit Zeit hätten … Mann, nicht mal ich hab die Garantie, dass meine Show ein zweites Mal dreizehn Wochen lang laufen darf …«

Er schwieg für einen Augenblick und äußerte den nächsten, völlig unkomischen Satz mit erheblich härterer Stimme.

»Aber für wen oder was … gibt's überhaupt eine Garantie?«

Ohne dass Amanda es gemerkt hatte, war das Licht über dem Horizont verschwunden; Ralfs Kopf befand sich jetzt gänzlich im Dunkeln, und nur ein finsterer, lilafarbener, fast ununterscheidbarer Glanz hob noch ganz schwach die Umrisse hervor. Die Temperatur war schlagartig gefallen, und oben in der kristallklaren Schwärze des ewigen Firmaments glitzerten plötzlich, obwohl schwach, weil der gleichfalls ewige, unsichtbare fotochemische Dunst ihr Licht dämpfte, Hunderte von Sternen.

»Sie haben nicht zufällig 'n bisschen Bammel vor der Dunkelheit, wie?«, meinte Ralf hintersinnig. »Was ist denn Sache, Affenvolk, geht Ihnen die Angelegenheit etwas zu nahe?«

Das lautlose Gelächter einer seit langem von der Erde verschwundenen, kaltblütigen Spezies schien Amanda aus ihren Gebeingruben in den fernen, düsteren Bergen heraufzuhallen, die sich vor Äonen durch das qualvolle Anheben ausgetrockneter Meeresböden gebildet hatten.

»Nun *kommen* Sie schon, es ist *Ihr A*uftritt, und die Uhr tickt ...«

In Richtung Norden überquerten die roten Positionslampen eines Kleinflugzeugs, dessen Motor ähnlich wie eine Libelle surrte, den Tafelfelsen, spiegelten sich einige Sekunden lang in Ralfs Augen und verliehen ihnen etwas Reptilisches.

»... und wenn Sie sich eine Zukunft ausmalen wollen, die man als glattweg misslungen bezeichnen muß, dann stellen Sie sich ununterbrochene Wiederholungen von *Godzilla gegen Riesenkakerlaken* vor.«

Wirklich hatte Amanda das Land unterhalb des steinernen Sockels für einen Augenblick als vormals endlosen Dschungel vor Augen – so bar alles denkenden und fühlenden Wohlwollens wie die schwarze Weite über ihr –, in dem Reflexmaschinen mit Zähnen und Krallen kalten Gemüts gnadenlos ums Überleben kämpften.

»Macht's noch Spaß?«, fragte Ralf.

Um seine Auslassungen spaßig zu finden, musste man einen *sehr* ungewöhnlichen Sinn für Humor haben.

»Nicht?«, hakte Ralf nach.

Er löste sich aus dem Lotussitz. »Tja, wenn niemand mehr irgendwelche kosmokomischen Geschichten erzählen will«, resümierte er, indem er aufstand, »dann sollten wir Weißen uns vielleicht nach Sonnenuntergang nicht mehr auf einem Indianerfelsen aufhalten.«

Außer ihm rührte sich niemand. Die anderen Fünf saßen für einen ausgedehnten Moment stumm da.

»*Ich* weiß ein Koan für Sie«, ergriff Hadashi das Wort. »Kennen Sie den Unterschied zwischen einem auf der Bühne erfolglosen Komiker aus der Zukunft und dem in unserer Ära benötigten Avatar des Zeitgeistes?«

»Wenn ich Sie richtig verstehe, sollte wohl niemand darüber besser Bescheid wissen als ich, was?«, knurrte Ralf.

Schweigen.

»Falls der Erstere die Kurve kriegt, tja, dann haben wir gut lachen«, sagte Ralf , als wäre er Groucho. »Aber falls der Zweite schwarz sieht«, fügte er hinzu wie Schweinchen Dick, »tch-ch-ch, das war's dann, Freunde.«

Ralf stieß drei abgehackte, heisere Krächzlaute aus; außer ihm jedoch lachte niemand.

Amanda empfand es auch nicht als sonderlich lustig, dass ihm irgendwo aus der Finsternis – wie eine schräge Lachkonserve – das Kläffen eines Rudels Cojoten antwortete.

Ba-ba-ba-ba-du-bah, *ba-ba-ba-ba*-bumm-bumm, wummerte andauernd der Rüttmus irgendeins blöden alten Rocksongs in Lotter-Lottis Hirnkasten und sie hämmerte den Takt an Laternenpfählen Mülleimern Baumstämmen und Parkbänken mit währnd sie durch den Tompkins Square Park zu ihrm Nest schnürte und zu dem Karaokeapparat in ihrm Kopp die einzge Scheißzeile sang an wo sie sich erinnern konnt …

»Kehr zurück zum Ursprung, kehr zurück in den Urwald, wo die Wilden Krieg führn und Tarzans Ruf hallt, hi-hi-hi …«

Und da war nun mal vadammicht echt was dran, jau, es hatte was für sich, jawoll, sich ans Wesentliche zu halten, ein Stein für die Pief, da ein Happen Futter und dort ein Getränk, ein Ecke zum Pofen, na was brauchte der Mensch denn *wirklich mehr,* wenn er sich mal ernstlich frachte?

Und wenn man vom Urwald sprach, na Scheiße, wer den Rocksong geschrieben hatte, der war bestimmt irndwann mal nach Mitternacht im Tompkins Square Park gewesen.

Ab und zu kam ihr ein Normalbürger entgehn, wo sein Schoßpitbull ausführte, guckte paranoid und tat so, als gäb es sie gar nich, und ein halbs Dutzend oder so Schickis zog vonner Party aus Alphabet City im Rudel durch den Park, zu viel um wem Kleingeld abzupressen, aber war es erst mal richtig dunkel, duckten sich meistenteils sogar die Berber, wo in alten Packkisten hausten, und mucksten sich nich, überließen die Parkwege den Dealern und ihrn Kunden, was weiß Gott auch gescheit war von ihnen.

Ständig vasuchten die Bullen den Park zu *säubern,* klar, damit inner Nachbarschaft nicht der *Immobilienwert* sank, ihn wie den Gramercy Park zu so was wie ein Yuppie-Spielplatz zu machen, woll, dann schickte man die Fliegende Kavallerie rein und räumte mit den Scheißdealern und den ganzen Pennern auf wo unter den Sträuchern und sonst wo schnarchten, und dann durften Mr. und Mrs. Wohlgeborn mitternachts wieder mit gute Laune joggen gehn.

Klar. Also umstellten die Bullen den Park, eine Milljohn Knüppelschwinger, wo mies drauf warn, durchkämmten das Gelände, machten die Berberlager platt, nahmen Dealer fest, wo sich als nix andres nich ausgeben konnten, hauten ein paar Köppe ein und sperrten jede Menge Schietgesindel ins Kittchen, und für ein Zeit lang wimmelte es von Bullenstreifen, damit die braven Bürger nachts ihre Pisspudel spaziern führn konnten …

Aber irndwann hatten die Polypen wieder was andres zu tun und blieben weg, irndwer schmiss wieder die Flutlichter ein, durch die Lücken kehrten die Wilden zurück, ähnlich wie die Küchenschaben hinterm Kühlschrank wo man auch *nie* los wurd, egal wie viel Insektentod-Spray man vaschoss, und man sich vasah dachten sich die Yuppies: Ey da isses ja doch nich so toff dann lieber Russisch Raglett was meinssu Schatzi Gottseibeiuns der Typ hat ja 'n Pimmel raushängen …

Lotti spannte nach Trabbel, als sie zu der mit Taubenkacke bekleckerten Parkbank unter der Laterne mit dem kaputten Licht kam, sah nichts Bedrohlicheres als Mäuse-Manni, wo ein paar punkig aussehnden Kids Shit andrehte, warf ihm wie gewohnt den irren Madame Messer-Blick zu, nur ein Bande neuer Junkies wo ihr gar nicht gefallen wollten hielt auf sie zu, aber als Lotti richtig schönen, dicken Popel aus der Nase holte, sich gekonnt in die aufgesperrte Flappe schnippte und wie mit viel Genuss schmatzte, überlegten sie sich's anders, und nun, da sie die Klippen umschifft hatte, huschte sie hinter die Sitzbank, durchs Gebüsch und den Hubbel hinauf zu ihrm Haus & Heim.

Aus einem Papiercontainer hatte sich Lotti zwo vadammicht gute, echt stabile Kühlschrankpappkartons geklemmt, sie der Läng nach aufgestellt und an den Wurzeln eins irre hohn, total alten Baums zusammgeschoben, blaue Plastemüllsäcke über sie gebreitet, sie mit Schlamm, Erde und Laub behäuft und zuletzt mit allem möglichen ekelhaften Siff aus den Abfalleimern bedeckt, so konnt man den Palast vom Parkweg aus nicht sehn, und wie's roch, mochte sich auch niemand rantraun, um zu gucken wer da wohnte, und ja auch die Penner in den Packkistenlagern und Zeltstädten überlegten sich's zwomal, *Madame Messer* in die Quere zu kommen …

Eins stand ja fest, die Wilden warn echt durchweg auf Kriegspfad, und eigentlich müsst man sahn, ein Mädel wo in dem Park poft, hätt ein an der Waffel, außer sie hatte den richtgen Freund.

Aber Lotti hatte den richtgen Freund, gleich in ihrm Allzweckeinkaufsbeutel bei der Pief, dem Fläschgen, den Nuss-Nougat-Riegeln, der Rolle Klopapier und allem andern Unentbehrlichen, das man auch daheim am *Ursprung* haben musste, den zwotbesten Freund nach eim stinkreichen Liebhaber, dem keener was konnte: Das große, lange, herrliche, vadreckte, olle Messer, den Schnellen Schlitzer.

Man konnt ja staunen wenn man sah dass sogar den vadammichten Strolchen Kleindealer Räubern und dem ganzen Gesocks wo aussen Löchern kroch die Lust auf Schwarzvögeln oder Ausplündern vaging sobald das Opfer das süße zarte Mädel johlte und sabberte dass ihr Rotz aus der Fresse sprühte und mit dem großen langen Messer fuchtelte wo so vasifft war als hätt sie damit AIDSkranken Ledertunten den Kopp abgehackt und es am vaschissnen Aasch eines Alkis abgewischt.

Lotti krabbelte in ihr Nest, holte die Pief, dem Fläschgen mittem Stein, das Messer und den Abziehstein raus, wo sie auf der 14. Straße anner Ferkelbrötchenbude geklaut hatte. Ey was wozu Dreifünfenneunzich blechen?

Mit dem Daumennagel kratzte sie ein kleins Flöcksgen vom Stein ab, nur ein bisgen Stoff vorm Pennen musst sie haben, sonst lag sie die ganze Nacht wach, nahm ein anständgen Zuch, au jau, das bracht's, also lieber noch ein bisgen, schaden konnt's ja nicht, und nachdem sie so vorgesorgt hatte, nahm sie den Abziehstein und den Schnellen Schlitzer inne Flossen, schabte die schön lange Schneide dran lang, dass es *Schripp-schripp-schripp* nur so schrappte, und rieb so richtig dufte in die Scharten, was an dreckjer Schmiere anner Klinge klebte, hi-hi-hi!

Lotti hatte gelernt, sich um ihrn Langen zu kümmern, den Schnellen Schlitzer, und ihr Langer kümmerte sich um sie.

Ihr Langer, der Schnelle Schlitzer, machte sich nix aus Saubersein und Orndlichkeit im Gehnteil hier im Urwald warst besser dran sahste so beschissen wie ein U-Bahn-Scheißhaus aus als hättste alle Arten grässliche Krankheiten und würds bloß aus Jux *Überraschung! Überraschung!* die Hauer in die nächste Gurgel schlahn da ließen selbst die Wilden *Madame Messer* in Friehn und wennste die Touris nach bisgen Klimpergeld frachste fing keener was vom Herrjesses nich zu vazählen an sondern drückte gleich Zerquetschtes ab.

Mit *Saubersein* hatte man nix als Ärger. *Dreckigsein* bedeutete, man machte vielleicht Ärger, und den wollte keine Sau. Es kam drauf an, ganz *gemein* auszusehn, und *scharf* aufzupassen.

Und um *scharf* aufzupassen, so scharf, dass ihr alles vonner Pelle blieb, was sie nicht leiden mocht, musste sie das Messer wetzen, woll, ihr Langer, der Schnelle Schlitzer dafür *bekannt* sein, dass er nix auf sie kommen ließ, sondern *scharf* drauf war, ihr Beschützer zu sein: Keene Mätzchen nich, vadammichtes Aaschloch, sonst säbel ich dir 'n Schwanz ab!

Aber keen Dreifünfenneunzich-Abziehstein konnt nich noch helfen, wenn sie nich *scharf* aufpasste, jau, *ihr* Scharfaufpassen kam von dem, was sie in die Pief stoffte, und 's kostete sie *täglich* viel mehr als Dreifünfenneunzich, und es war den Saftsäcken, die 's hatten, nich so leicht abzuschwatzen, wenn man dran dachte, dass sie *Plempen* und so was wie ein fiese Einstellung hatten.

Ein Art von Teufelskreis, hätte wohl Mutti gesacht, in ihrer Verfassung fand sie nur mal ganz selten ein Freier für fünf Eier, und dann war er auch noch das Allerletzte. Da war's wichtig, dass sie genug Dittchen von Touris ergatterte und von Abschaum abkassierte, wo keen Freund hatten wie ihrn Langen, den Schnellen Schlitzer, um genug Stoff zu hahm um scharf genug aufpassen zu können um genug Klimperlinge un genug Stoff zu hahm um scharf genug *aufpassen* zu können ...

Kehr zurück um Ursprung ...

Aber wassen man musst ihr lassen sie hatt's geschafft: Keene Maloche von neun bis siebzehn Uhr nich keene Schererein mit der Stütze nich keene siebenundfünfzig Schwänz nich am Tag mehr lutschen um 'n Zimmer zu bezahln ... Sie hatte *alles*, ein Schlafstelle, genügend Stoff, um immer high zu sein, was bräuchte sie *sonst*?

... kehr zurück in den Urwald ...

Zufrieden grinste Lotter-Lotti, währnd sie mit dem Daumen langsam und o so zärtlich über die gesamte harte, scharfe Schneide der schmierig-schmutzigen Klinge strich.

Und sie hatte den besten Freund, den ein Mädel sich denken konnt, ihrn Langen, den Schnellen Schlitzer, ein echt herrliches, großes, tierisch scharfes, total verdrecktes, olles Messer.

Ba-ba-ba-ba-duh-bah, *ba-ba-ba-ba*-bumm-bumm ...!

»Die *Wiederkunft* Christi?«, rief Ralf mit gespieltem Staunen. »Also Oma, so viel ich weiß, hat er bei seinem letzten Besuch den *Geist* aufgegeben.«

Die Zuschauer, die sich in Alec und Mary Duncans neokolonialspanischem Wohnzimmer auf dem Großbildfernseher die Show ansahen, stöhnten lediglich auf, aber aus dem Studiopublikum war nervöses Gekicher zu hören.

Dexter Lampkin gewann den Eindruck, dass die Leute, die über die Blasphemie nicht lachen mochten, und auch die Personen, die sich dadurch gekränkt fühlten, sich scheuten, vor ihrer Umgebung einzugestehen, dass sie die Äußerung überhaupt richtig *zur Kenntnis* genommen hatten, weil ihre Christenehre eigentlich von ihnen verlangt, auf unzivilisierte Weise dagegen einzuschreiten.

»Im *Ernst*, Ralf«, ermahnte ihn die ernste, grauhaarige Dame mit der Nickelbrille.

Auf der Mattscheibe erschien Ralf nun in mittelnaher Einstellung und spähte ins Publikum, blickte die ernste Dame todernst an.

»Im *Ernst*, Oma, jeder weiß doch, dass *Elvis* zur Jahrtausendwende wieder kommt«, sagte er, »oder *glauben* Sie nicht, was Sie im Supermarkt in den Illustrierten lesen?«

Alec und Mary Duncan waren wohlhabende Science Fiction-Fans, die solche Mini-Cons, zu denen man nur auf persönliche Einladung Zutritt erhielt, schon ein Jahrzehnt lang veranstaltet hatten, bevor es *RALFS WELT* gab; gewöhnlich fand das Zusammentreffen zu einem bestimmten Thema statt, und manchmal hielt jemand ein Referat.

Heute Abend galt die Aufmerksamkeit keinem Referenten, sondern der Glotze, und das Thema war die Show, an der die Science Fiction-Szene mittlerweile ein besitzergreiferisches Interesse entwickelt hatte.

»Ist *das* deine Vorstellung davon, wie man durchs Fernsehen den Transformationalismus fördern könnte?«, fragte Alex und musterte Dexter mit einem skeptischen Blick.

Und zwar auf eine Weise, als gäbe er ihm daran die Schuld, dass die Show allmählich dem Einfluss des Transformationalismus entglitt und in den Käsesumpf des südkalifornischen Mystizismus abrutschte, den die Allgemeinheit ohnehin häufig mit Science Fiction verwechselte und den sie schon deshalb allesamt aus tiefstem Herzen verabscheuten.

Dexter konnte es ihm nicht verübeln.

Dass das Totenschiff Erde und sein fuchtiger Abgesandter beim Affenvolk inzwischen zu einer kleineren Attraktion der populären Kultur geworden war, mochte auf lange Sicht einmal etwas zum planetaren Überleben beitragen.

Aber dass die Show sich im Rahmen miserabler, drittklassiger Komiker würdiger Gags zwischen dem Mann von morgen und dem Affenvolk, hirnverbrannten Anrufen in Rundfunksendungen und schwachköpfigen Graffiti hielt, die stark mit der verstockten Unkenntnis der Unterschiede zwischen Astronomie und Astrologie, Raumfahrtzeitalter und NewAge, zwischen Dexters Zukunfts*visionären* und Amanda Robins *Orakel*zunft spielten, entsprach auch seinem Geschmack nicht so recht.

Noch schlimmer war, dass sich Ralf seit kurzem in der ihm von der öffentlichen Wahrnehmung zugewiesenen, engen Rolle als Bote einer Zukunft *gefiel*, die zu gleichen Teilen aus Totenschiff-Katastrophe und Regenbogenpresse-Mystizismus bestand.

»Auf'm LostCon hatten wir 's uns noch anders gedacht«, bemerkte Emory Pollock gereizt.

Missmutig hob Dexter die Schultern. »Macht bloß nicht *mich* dafür verantwortlich«, sagte er. »Ich verfasse nur den jeweiligen Anfangsmonolog.«

Doch die Wahrheit lautete, dass Ralf inzwischen Dexters Texte immer krasser missachtete und *auch* die Einleitung improvisierte.

Zwar ging das grundlegende Konzept eines Komikers aus der Zukunft nicht auf Dexter zurück, aber die Details des Totenschiffs Erde, von dem er angeblich stammte, und die Eigenschaften des von ihm verkörperten Charakters waren Dexters Grützkasten entsprungen, und auch darum verspürte er ein eifersüchtiges Interesse an der Show, das weiter reichte als bis zum Kassensturz.

Und Ralf – *sein* Charakter, nicht nur der Komiker, der ihn spielte – war anscheinend dermaßen mutiert, dass er sich Dexters Beeinflussung entzog, sondern überdies zu etwas geworden, das ihm gar nicht behagte.

»Und dieses *Studiopublikum* ...«, stöhnte Dick Braithwaite. »Diese ganzen Vibrationsfreaks ... und die Jesusjünger.«

»*Dafür* kann doch *Dex* nichts«, griff Ellie ein, kam ihm entschlossen zu Hilfe. »Es liegt an diesem gräulichen Shirley MacLaine-Klon, der dort angeheuert worden ist.«

»Ach, ich glaube, die *Jesusfans* hat uns auch Amanda Robins nicht eingebrockt«, meinte Dexter aus verdrossen-widerwilliger Ehrlichkeit.

»Aber das Jahr zweitausend ist ein Symbol von enormer metaphysischer Bedeutung.«

Jetzt hatte sich das Schlaglicht auf einen Klapskalli gerichtet, der wahrscheinlich *wirklich* aus Amandas Dunstkreis kam – einen Schwarzen in sehr gut geschnittenem, blauem Blazer, rosa Hemd und breiter, weißer Krawatte, in dessen von dicken Brauen überspannten Augen zelotisches Eiferertum leuchtete und dessen vollkommen kahler Schädel wie eine gewachste Bowlingkugel glänzte.

»Durch das *symbolische Ereignis* werden sich aus dem

Kollektiven Unbewussten neue Archetypen und Avatare manifestieren«, intonierte er mit theatralischer Dröhnstimme. »Die Jahrtausendwende wird unweigerlich die Morgenröte der NewAge-Epoche einläuten.«

»Tja, ich gebe gern zu, dass sich an Silvester vor dem Jahr zweitausend der absolute Weltrekord an kollektiver und sonstiger *Unbewusstheit* manifestieren wird, und am nächsten Tag dürfte sich ›unweigerlich‹ der Kater des Jahrhunderts manifestieren«, antwortete Ralf. »Aber um sich *das* im Voraus denken zu können, muss man nicht unbedingt Nostradamus sein.«

Unter den Gästen im Wohnzimmer der Duncans ertönte verstreutes Gelächter, weil sie – genau wie Dexter – inzwischen *jeden* Nadelstich in die hohlen Ballons begrüßten, die seit einiger Zeit immer zahlreicher die Show heimsuchten.

Dagegen entstand kaum irgendwelche Heiterkeit beim Studiopublikum, dessen Mehrheit heute, da ihre Anwesenheit nach wie vor auf eigenem Wunsch beruhte – sie also wahllos Hereingeschneite umfasste –, zu der Sorte Mensch zählten, die Ralf krampfhaft ernst nehmen wollten und deren kollektiver Sinn für humorige *Selbstbetrachtung* gegen null tendierte.

Dexters Science Fiction-Autoren, Wissenschaftler und Futurologen lockten kein ärgeres Geschmeiß an als die abartigeren Randfiguren des Science Fiction-Fandoms, doch Amanda Robins Gurus, NewAge-Propheten und Bachblütentherapeuten waren anscheinend genau der richtige Personenkreis, um massenhaft Religionskultisten, die nach Zeichen und Omen Ausschau hielten, Fliegende Untertassen-Geschädigte, Scientology-Weltflüchtlinge und Scientology-Flüchtige, Elektrophile, Zeugen Jehovas, Orgontherapeuten sowie Pyramidenmagnetismusforscher auf den Plan zu rufen, ganze Scharen durch und durch komischer, aber völlig humorloser Stiesel.

»… und die Menschheit des nächsten Jahrtausends dank ihres Wissens um die tragischen Auswirkungen der mangelnden Spiritualität unseres Jahrhunderts mit Gewissheit eine überlegene Stufe des moralischen Bewusstseins erreichen …«

»Sonst hätte man wohl kaum einen erlauchten Guru wie mich in die Vergangenheit geschickt, um Ihnen darüber was zu erzählen, wie?«, spöttelte Ralf.

In letzter Zeit stolperte er öfters über die feine Trennlinie zwischen dem Vorgehen, *gegen* das Publikum aufzutreten, und der Technik, gemeinsam *mit* dem Publikum zu agieren.

Und während die Kamera langsam zurückfuhr, feixte Ralf herablassend in den Saal, schwang das kabellose Mikrofon, als wäre es ein kosmisches Zepter, stand allzu kokett-blasiert in seinem neuen Futuredress da.

In der Öffentlichkeit trug Ralf nichts anderes als den Futuredress mehr, weil der Vertrag mit dem Modefatzke, von dem Texas Jimmy Balaban die Lizenz erworben hatte, es so vorschrieb.

Der Futuredress war aus wasserabweisendem Polyester in Weißkäseweiß produziert, ähnelte im Design einem Overall mit extra breiten Schultern, wie man ihn aus einschlägigen Zeichentrickfilmen kannte, hatte einen integrierten elastischen Kummerbund, einen Klettverschlusshosenladen und auf der Brusttasche – zur Garantie für die Echtheit – als gesetzlich geschütztes Markenzeichen einen schwarzen Umriss von Ralfs Kopf, und man konnte ihn für 159 Fleppen von der Stange kaufen.

»Na gut, ich gesteh's, ich hab Sie die ganze Zeit an der Nase rumgeführt, in Wirklichkeit ist das zweiundzwanzigste Jahrhundert ein Goldenes Zeitalter, und ich bin sein Prophet, jawohl-huchje«, rief Ralf. »Wir werden das vegetarisch-dianetisch-diuretische Geheimwissen des Alten vom Berge enträtseln, wenn wir unter einem großen Wintersport-Einkaufszentrum am Nordpol den versunkenen Kontinent Atlantis wieder entdecken und dort auf die fehlenden Seiten der Darth-Veda stoßen.«

Erneut erscholl im Wohnzimmer der Duncans Gelächter.

Hingegen brach nur verstreutes Aufgrölen anwesender Science Fiction-Fans das Schweigen im Veranstaltungssaal. Als wie unglaublich Dexter es auch empfinden mochte, allem Anschein nach nahm ein beachtlicher Teil der ernsthaften Sucher des Unbeschreiblichen selbst diese offensichtlich eselhaft dumme Frotzelei vollauf ernst, weil *Ironie* etwas war, das die Sphäre ihrer Vibrations nicht einmal im Entferntesten streifte.

P. T. Barnum hatte versichert, es wäre noch niemandem gelungen, die Intelligenz des amerikanischen Volkes zu unterschätzen, fiel Dexter ein. Aber wie viele Komiker waren schon gescheitert, weil sie die Leichtgläubigkeit der Amerikaner unterschätzt hatten?

»*Juhuhuuuu,* au jaaa, jau scheiß drauf, hier issa der *Tompkins Square Park,* wen schert's denn, was hier passiert?«, jubilierte Lotter-Lotti voller Erleichterung, als der Rauch ihre Lungen füllte und in ihrem Hirn das Weiße Licht aufflammte.

»Mann, ich hab's eben echt *sofort nötich* gehabt«, erklärte sie der leeren Luft. »Und scheiß an die Wand dran, gleich zünd ich mir die Pief noch mal an, hi-hi-hi ...!«

Nu ja, vielleicht könnt man sahn, irndwie wär's ja wohl *uncool,* durch den Park zu latschen und vor aller Augen, in Sichtweite all der Schleimbeutel und Stinkmorcheln, wie Popeye anner Pief zu schmauchen, selbst spät am Ahmd nich, aber Mensch, es war eben wahrhaffig keen *cooler* Tach nich gewesen.

Tatsache war es wär keene Übertreibung nich zu sahn der Tach war voll nervtötend valaufen ja fast schon voll der letzte Schiet gewesen drei- oder viermal wär sie ums Haar eingelocht worn solche blöden gottvadammichten Japsentouris kreischten einfach so rum bloß weil sie das Messer zückte Bullen rannten ihr nach weil sie die Patsche inne Sammelbüx vonner Pennerin gesteckt hatte abba man musste ja mal sehn was war das für ein mist keen einzger Freier nich zu finden nich mal für ein Rubel am *Hafen* guter Gott den ganzen Scheißtach lang und den halben Ahmd hatte es gedauert bis sie genug Knete für ein stinkgen kleenen Stein beisammen kriegte und du glaubstes nich die ersten drei Dealer wollten nich mal mit ihr *reden* was sollte denn das hatten ihre Flöhe vielleicht AIDS deshalb war sie ein bissgen *rappelig* und hätt am liebsten was angestellt etwa eim Sack junger Kätzchen den Kopp abgebissen und den Drecksäcken in die Fresse gespuckt nicht dass sie süchtig wär oder solcher Quatsch aber es hieß ja der Kunde ist Könich nicht wahr ihr widerlichen Aaschgesichter …

Nach dem ganzen Ärger war sie mit ihrer Schmacht, praktisch am Seibern, die Avenue C langgezogen, und dort fand sie ENDLICH einen Dealer, der in keener bessren Vafassung als sie nich rumlief, gleich nah am schietigen Park, und darum hatte sie nicht warten wollen, bis sie daheim im Nest hockte, vadammicht noch mal, wer fünf Liter Bier getankt hatte, hielt mit dem Pissen auch nich durch bis zu Hause, und außerdem, wenn irndein Aaschloch dacht, er könnt sich mit *Madame Messer* anlegen, hatte er sich *geschnitten.*

Ach du Scheiße! Klasse! Mist!

Sie hatte die Biegung valassen und tappte die letzte

Wegstrecke, eh sie zu ihrm Nest abbiegen musste, und da sah sie auf der Parkbank unter der kaputten Laterne, an der sie immer die Stelle erkannte – was sollt man an so eim Tach andres erwarten? –, zwo *Kerle* sitzen.

Auf den zwoten Blick wenstens. Nahm man es nich so genau und stattdessen noch ein Zug anner Pief, was sie momentan am gescheitsten fand, konnte man fast meinen, dass sie wie Menschen aussahn.

Ein von den Stenzen war ein großer Schwatter, von dessen *New York Mets*-Windjacke man hätt glauben können, die gesamte Mannschaft hätt sie ein volle Saison lang als Rotzfetzen benutzt, und hatte ein auch so saumäßig vasaute Jeans an. Die andre Bazille sah aus wie ein Pubsoricaner und wie ausgeschissen und trug ein dermaßen alte, vagammelte Bomberjacke, dass auf dem braunen Leder so was wie grüner Schimmel wuchs. Sie lehnten auf der Bank und wirkten irndwie vergilbt in der Visage, hatten stiere Glotzer, so rot, als hätten sie Ketschup reingeschmiert, und sie schlappten aus ein Plastikcolaflasche rosa Gesöff, dem Aussehn nach mit Stutenpisse verrühten Kaugummi.

Unter eim Baum blieb Lotti stehn und überlegte, was sie tun sollt. Am schlausten wär's gewesen abzuwarten, bis die beiden Wichser sich vakrümelten, aber der Tach war nun mal voll Scheiße gewesen, sie hatte keene Geduld nich mehr, und womöglich dauerte es *Stunden,* bis die zwo Nachtwächter schnarchten, und wer warn sie überhaupt, dass sie sich einbildeten, sie dürften *Madame Messer* dumm in die Quere kommen?

Also langte sie innen Beutel und packte den Schnellen Schlitzer am Griff, sie hatte vor, sich an der Parkbank einfach in die Büsche zu schlahn, als müsst sie pinkeln, und falls sie ihr nachstiegen, sollten sie sie kennen lernen, die Luschen.

Als sie nah genug war, um zu sehn, dass der

Schwatte halb die Hose offen und keene Unterhose nich am Aasch hatte, man sah nämlich die Eberborsten rausgucken, da drehte der Wind oder so was, jedenfalls wehte ihr ein Gestank in die Nase, als hätt Frankensteins Monster in die Fußschweißsocken geschissen, und schlug ihr gleich auf den Magen.

Sie konnte nichts machen, sie musste schreien oder kotzen.

»Gottvadammicht, das issa eklich!«, keifte sie und hielt sich die Nase zu. »Ich will ja nix gesacht hahm, aber ich glaub, einer von euch vasifften Zombies hat grad 'ne doppelte Ladung inne Hose gekackt.«

»Hassen Problem, du Ficknelke?«, fragte der Schwatte.

Der PR spitzte die bläulichen, aufgeplatzten Lippen, als wär er ein großer, mausetoter Fisch, stieß mit dem Unterleib die Luft, wie wenn er ein unsichtbare Nille hätt, und ein widerliches, feuchtes, sabbriges Schmatzen aus.

»Reiß DU bloß nich die Schnauze auf, du vaschissene dreckje vakommene Klosettfliege!«, kreischte Lotti volles Rohr, dank dem Schnellen Schlitzer braucht sie sich ja solchen Mist nich bieten zu lassen.

»Komm, Schlampe, blas mir einen«, verlangte der Schwatte, stemmte sich von der Parkbank hoch und schwankte grob in Lottis Richtung, holte was Schwabblig-Labbriges aus dem Hosenladen, es sah aus wie zwölf Zentimeter von eim ollen, modrigen Gartenschlauch.

Und der PR fummelte an sein total schmutzger Hose und wollt sich hinter Lottis Rücken schleichen.

»Aaaaaaah!«, heulte Lotti gellend wie im Karatefilm, zückte flugs den Schnellen Schlitzer, hob ihn hoch überm Kopp, schwuppte seitwärts und stach ihn dem Schwatten, als er vorbeiwankte, volle Pulle inne Hucke.

Das Aas schrie, als die Kling sich ihm sex bis sieben Zentimeter tief in die schwule Seite bohrte, und sobald die Messerspitze auf Knochen rammte, fuhr der Stoß Lotti so wuchtich innen Arm, dass sie auch aufschrie.

»Aua, du gottvafluchter *Brutalinski*, das tut *weh*!«

Jetzt war Lotti *echt* sauer, sie zerrte ihm die Waffe rechtzeitig aus der Schwarte, eh sie sah, dass der PR, dem der Fiesel aus der Hose hing, mit beiden dreckjen Pratzen nach ihr grapschte. Eine Klaue klampte sich auf ihre Schulter, bevor sie sich voll rumdrehte, aber dann steckte sie ihm das Messer richtig schön von unten innen Scheißwanst, und diesmal kamen keene Knochen dazwischen, hi-hi-hi, es fühlte sich an, als stäch sie innen pralles Sofakissen, ein grässlichen Gurgelschrei krächzte der miese Patron, und da …

Nich zu glauben, der pampige Schweinepriester hatte den *Nerv,* ihr an den Kopp zu reihern! *Wiii*-der-lich!!! Scheußliche, stinkige, breiige Kotze lief ihr durch die *Haare*! Du lieber Himmel!

Ohne irndwie viel Rücksicht riß Lotti der Drecksau das Messer aus der Wampe und trat ihm wärnd er umkippte röchelte und sich den Ranzen hielt noch orntlich innen Sack eh er Fresse voran auf den Weg fiel.

Der Schwatte schrie Zeter und Mordio versuchte sich am Rücken zu packen als wollt er sich kratzen wo's juckt ohne dass es ging was komisch gewesen wär hätt er sich nich *trotzdem* noch auf sie stürzen wollen der Aasch und da kam auch ein Horde Penner von so ein Packkistensiedlung mit Gejaule den Weg raufgehumpelt grad wie Schimpansen im *Planet der Affen*-Film und blutige Kotze troffte ihr aus dem Haar in die *Augen* brannte wie Spiritus sodass sie sich mit der Messerhand die Glotzbomben wischte ihr Bauch rumpelte als müsst sie auch gleich göbeln und wer könnt ihr 's vadenken mit eim flinken Streich schlitzte sie dem Schwatten die Larve auf was ein saubern Schnitt inne Backe gab und da schrie *er* erst mal rum wie ein Bekloppter Herrjesses und …

»*Madame Messer* die Schreckschraube is völlig ausgerastet!«

»Nu is abba Schluss, wer knöpfen se uns vor!«

Pfiffe.

Überall ringsum tummelten sich alle möglichen Penner.

»Da kummi de Schietbullen!«

Was ein *Tach*!

Lotti duckte sich hinter die Bank, schwirrte durchs Gesträuch zu ihrm Nest, aber was 'ne Scheiße, weit und breit nix als Krawall, Geschrei und Lärm, und dann auch noch *Sirenen*, ach du Kacke, hier konnt sie nich bleiben!

Sie ließ sich grad genug Zeit, um Atem zu holen, wensgens 'n bisgen, sich mit eim Ballen Klopapier 'n Großteil der Kotze aus den Haaren zu putzen – hoffte sie –, noch ein Zug aus dem Rotzkocher zu nehmen, damit sie vom Gestank nich auch reiherte, dann machte sie sich auf die Socken und durch den Park davon, mied die Wege, rannte durch die Pampa innen Osten der Stadt, wo die scheißgen *Streifenwagen* sich nur paarweise hintrauten, dort wollte sie abtauchen, jau, innen Untergrund gehn, irndwie musste sie *verschwinden*.

Dass Ralfs Konterfei inzwischen den Wiedererkennungswert eines Serienhauptdarstellers oder zumindest bekannten Sidekicks der Fernsehhauptsendezeit hatte, war ein Umstand, den Amanda in der Öffentlichkeit in Kauf zu nehmen die Bereitschaft hegte. Aber als er aus der Künstlergarderobe kam und noch immer den Futuredress trug, beschloss sie, das Arbeitsessen an eine Örtlichkeit zu verlegen, wo man *niemanden* anquatschte.

Sie entschied sich für das *Ferner Osten*, ein asiatisches Restaurant in Ost-Hollywood, das schmackhaftes Essen servierte – in diesem Fall ein recht seltsames Querbeetgemisch aus unterschiedlichen fernöstlichen Kulturkreisen –, eine Nullatmosphäre hatte sowie Treffpunkt asiatischer Arbeiterklassegroßfamilien und Anlaufstelle aufstiegsgeiler, aber kaum besser gestellter Hollywoodstar-Aspiranten war, die sich im Allgemeinen aufs Mampfen konzentrierten.

Doch auch hier verriet der verdammte Futuredress mit Ralfs Markenzeichen seine Identität so unvermeidlich, wie es dem Papst ergangen wäre, hätte er sich in vollem römischem Dirndl ins Lokal gesetzt.

Aber wenigstens beschränkte sich die Beachtung auf Getuschel, Gegaffe, Nicken und Ellbogenstöße, während der gleichmütige kambodschanische Kellner sie an einen wenig vorteilhaften Tisch führte; kambodschanische Kellner gehörten nicht zu den Leuten, die mit Sternchenglitzern in den Augen einem Guru aus der Zukunft die Füße küssten.

»Und nun?«, fragte Ralf, nachdem sie Nudeln nach Singapurer Art, Garnelen in Schwarze Bohnen-Brei, thailändischen Wurstsalat und Terijaki bestellt hatten.

»Wie steht's nun mit der missionarischen Maharishi-Nummer?«, erkundigte sich Amanda. »Und weshalb müssen Sie außerhalb der Arbeitszeit diesen hässlichen Fetzen tragen?«

Ralf lehnte sich zurück, betastete die lachhaft breiten Kragenaufschläge der freakigen weißen Klutt, als wäre das lumpige Polyester das feinste Leinen, und lächelte sie an, als hätte sich Shiwa die Inkarnation eines Woolworth-Verkäufers erwählt.

»Was soll das heißen?«, fragte er. »Gefällt Ihnen das Material nicht?«

»In diesem so genannten *Futuredress* sehen Sie wie

ein Fakir aus, der in einem Bananenrepublik-Safarianzug Ashram-Ratten jagt.«

»Was denn, Amanda, entspricht meine Aufmachung nicht *genau* dem, was Sie und die anderen Hexer wollten?«, meinte Ralf, indem er mit den Essstäbchen geschickt eine Garnele vom Teller klaubte und sich in den Mund schob.

Wollten wir es so?, überlegte Amanda. *Was haben wir uns oben auf dem Big Rock eigentlich* wirklich *erhofft?*

Wenn es um den feinen Unterschied zwischen dem Tragen einer satirischen Maske und der Verwandlung in eben die Persönlichkeit ging, die man angeblich travestierte, ließ sich das Kriterium zur Beantwortung der Frage, auf welcher Seite der Trennlinie man stand, gänzlich mühelos definieren: Entweder war man komisch, oder man war es nicht. Die Zuschauer lachten, oder sie lachten nicht.

Dieses einfache Kriterium hatte sich stets voll und ganz in den Jahrtausenden bewährt, die verstrichen waren zwischen dem Moment, als das erste Mal ein Höhlenmensch einem anderen Ötzi zur Erheiterung der Sippe eine aufgepustete Schweineblase auf die Birne schlug, und der Erfindung des Fernsehens.

Heutzutage dagegen war einerseits der Teil des Publikums, der den Ausschlag gab, gar nicht persönlich zugegen, um den Komiker mit Gelächter zu belohnen, mit eisigem Schweigen zu bestrafen oder durchs Schmeißen von faulen Eiern und matschigen Tomaten zu maßregeln. Andererseits blieb es ohne Belang, wenn das Live-Publikum keinen einzigen Witz kapierte, solange das Nielsen-Institut hinlängliche Einschaltquoten ermittelte, um die Medienmoguln davon zu überzeugen, dass die Show auf Sendung bleiben musste.

Und *RALFS WELT hielt* in letzter Zeit die verbesserten Einschaltquoten, obwohl die grundlegende Konzeption anscheinend einem erheblichen Anteil des Studiopublikums keine besondere Veranlassung zur Belustigung lieferte, ja vielleicht nicht einmal verstand, dass die Veranstaltung lustig sein sollte.

Aber aus der Sicht des *Fernseh*publikums machte Ralf alle Scherze auf Kosten des *Studio*publikums.

Denn es gab ebenso einen Unterschied zwischen der Suche nach transzendenten Erfahrungen und habituellem hysterischem Mystizismus, zwischen dem schwierigen Beschreiten der spirituellen Pfade zum Palast der Weisheit und dem stupiden Herumstehen in der kosmokomischen Warteschlange am Fliegende Untertassen-Landeplatz, um der Superintelligenzen aus Lemuria zu harren und von ihnen auf die *Magical Mystery Tour* nach Gnadenland mitgenommen zu werden.

Und in *diesem* Fall war die Trennungslinie derartig unklar, so verschwommen, dass die Mehrheit der Menschen ihr Vorhandensein nicht einmal gewahrte.

Für die meisten Leute bestand kein Unterschied zwischen Zen-Satori und Kristall-Channeling, zwischen Hatha-Yoga und Hildegard-Therapie, zwischen Bodhisattva und Operierendem Thetan, transzendenten Bewusstseinszuständen und totalem Highsein.

Der Masse des Fernsehpublikums galten Ralf und seine Tribes von schmuddligen SciFi-Clowns und spinnerten NewAge-Freaks als eine Talkshowpräsentation unter vielen Unterhaltungsangeboten. Und ein Witzbold im weißen Guru-Klafott, der das Studiopublikum zum Vergnügen der Zuschauer *außerhalb* des Veranstaltungssaals verarschte, konnte *im Saal* ohne weiteres als Wiederkunft des Meisters vom Siebten Siegel der Doofen verstanden werden.

Dieser bitteren Wahrheit war Amanda sich immer bewusst gewesen.

Aber am heutigen Abend hatte Ralf sie auf eine Weise mit der Nase auf die Tatsachen gestoßen, dass sie darüber unmöglich hinweggehen konnte.

Seit dem Mullatschag am Big Rock hatte sie wenigstens an zwei Abenden pro Woche während der Show hinter der Bühne gestanden. Aus dieser Perspektive wirkte das Live-Publikum noch erbärmlicher, als wenn man davon im Fernsehen nur sortierte Ausschnitte zu sehen bekam.

Dexter Lampkins Delegierte – SciFi-Autoren, Wissenschaftler und Futurologen – konnten sich in intellektueller Hinsicht ganz respektabel behaupten. Aber die Figuren, die sie anlockten, waren eine Ansammlung von nicht ganz gescheit aussehenden SciFi-Fans, die eine deutliche Neigung zeigten, unvermutet aufzuspringen, um technische Arcana und kultistische Wirrheiten zu sabbeln.

Und obwohl sich auf die Plätze, die *Amandas* Team belegte, durchaus Leute setzten, denen sich eine ähnliche intellektuelle Glaubwürdigkeit nachsagen ließ, konnte sie schwerlich leugnen, dass die Art von Zeitgenossen, die *ihre* Gegenwart in den Saal köderte, mehr an die Räucherstäbchenanbieter eines Orange County-Flohmarkts als an die geistreichen Teilnehmer eines Szene-Symposiums gemahnte.

Auch die Merchandisingpolitik verbesserte das TV-Image nicht, am wenigsten seit Jimmy Balaban im Foyer Tische aufstellen ließ, an denen man T-Shirts verkaufte.

Das Sortiment reichte von einer schlichten Variante mit einfarbiger Ralf-Silhouette und Show-Logo für $ 12,95 über ein dreifarbiges Affengörl- oder Affenboy-Exemplar für $ 16,95 bis zu einem bunten Totenschiff Erde-Shirt für $ 19,95, auf dem Raketenqualm den Planeten zu einem grinsenden Totenschädel morphte.

Wie gewohnt hatte Ralf auch heute den SciFi-Matadoren und den NewAge-Avantgardisten ungefähr die gleiche Zeit zugestanden, obwohl man nicht übersehen durfte, dass bei Personen, die ein Ralf-T-Shirt oder den

Futuredress trugen, über telepathische Kontakte zu Energiewesen in der Stratosphäre, das Bohren von Wurmlöchern in den Schweizer Käse der Realität oder Krebsheilung mittels pranischer Quantenmanipulation durch schiere Willenskraft schwafelten, die Zugehörigkeit gar nicht so eindeutig bestimmt werden konnte ...

»Steht unser Schicksal in den Sternen geschrieben?«

»Wenn man davon ausgeht, dass die Existenz der Menschheit ein Monumentalfilm ist, dann könnten sie das Drehbuch sein, ja.«

»Ist es möglich, die Biosphäre zu retten, wenn wir in der Nahrungskette unseren Raubtierrang als gierigste Fleischfresser des Planeten aufgeben und Vegetarier werden?«

»Es ist im einundzwanzigsten Jahrhundert versucht worden, Affenboy, und der Schuss ist gewaltig nach *hinten* losgegangen. Ein Großteil der Gase, die den Treibhauseffekt verursachten, bestand nämlich aus dem *Methan* der *Kuhfürze,* und als wir die Rinder nicht mehr zu verschiedenerlei Burgern verarbeiteten und stattdessen *Dosenbohnen* schlemmten, wurde die Atmosphäre schlimmer denn je vollgestunken.«

»Ralf!«

»He, Ralf!«

»Ja, Sie da, der Knabe im gelben Schlafanzug, was sind Sie, der Vorturner der Haarig Krishna-Yogagruppe?«

»Wer waren Sie in Ihrer letzten Inkarnation?«, hatte der abgehoben wirkende Mann mittleren Alters im safrangelben Trainingsanzug gefragt, der tatsächlich, wäre keine so zerzauste Matte braunen Haars auf seinem Kopf gewesen, auf dem Hollywood Boulevard ein Tamburin hätte schlagen können.

»Wer ich in meiner letzten Inkarnation war?«, fragte Ralf spöttisch zurück, feixte zur Belustigung des Publikums in die Richtung des Fragestellers. »Tja, wer weiß, vielleicht *Sie*.«

Er stapfte näher zum Rand des Podiums, wies mit dem kabellosen Mikrofon nach da, da und dort. »Oder Sie!«, rief er. »Oder *Sie*! Oder SIE! Oder *SIE*!«

Er ließ das Mikro sinken, ein knappes, merkwürdig ironisches Lächeln schlich sich in seine Miene, und er schlug einen erheblich leiseren, hintersinnig-eindringlichen Ton an.

»Vergessen Sie nicht, ehrenwertes Affenvolk«, sagte er, *»dass ich erst in hundert Jahren geboren werde.* Also kann ich noch gar nicht geboren worden sein, oder? Demnach könnte ich die Inkarnation *jedes* Menschen sein, der heute lebt, stimmt's, oder hab ich Recht?«

Ralf verzog das Gesicht zu einem Routinegrinsen, doch als Amanda sich ihn auf einem Kontrollmonitor aus der Nähe ansah, stand in seinen Augen nicht der kleinste Funke Humor. Und im Saal hatte vollkommene Stille geherrscht. In diesem Moment schockte Ralfs Ernsthaftigkeit das Studiopublikum.

»He, was ist los, Leute, es sind *Ihre* Gags«, hatte er als Nächstes gerufen. »Da gibt's gar keinen Zweifel. Ich habe schon Kalauer von großen Kabarettisten des zwanzigsten Jahrhunderts ausgeliehen, die sich die Jungs noch gar *ausgedacht* haben, und wenn sie so weit sind, dann buhen Sie sie aus und werfen Farbbeutel nach ihnen. Pfui, werden Sie grölen, diese alten Kamellen sind ja von Ralf geklaut.«

Vereinzeltes nervöses Gelächter tat wenig, um die Anspannung dieser sonderbaren Augenblicke zu zerstreuen; das Gleiche galt für Ralfs tiefsinnigen Gesichtsausdruck, während er langsam zu dem ausgemusterten SciFi-Raumschiffskapitänskommandosessel strebte.

»*Re*inkarnation?«, nölte er und ließ sich hineinfallen, schaute in die Kamera, die gemächlich zoomte, bis eine

Nahaufnahme zu Stande kam. »Wie wär's mit *Präinkarnation?*«

Falls er seine Miene beträchtlich aufgewühlter Gedankenverlorenheit spielte, dann war sie eine perfekte Darbietung, es fehlte selbst das geringste Quäntchen humoriger Ironie. »Ich meine, man muss sich das mal vorstellen, ich kopiere Material von Komikern, die es noch gar nicht ausgeheckt haben, und sobald sie 's tun, wird's heißen, sie klauen es von *mir*. Ist das nichts für eure Zeitreiseparadoxa-Trickkiste, liebe SciFi-Fans? *Ich klaue meine eigenen geklauten Bonmots.*«

Er schüttelte den Kopf.

Und da …

Da war Amandas Blick nochmals auf den Monitor gefallen. Und darauf hatte sie – so wie die vielen Millionen Zuschauer der Fernsehgemeinde – das gleiche Gesicht gesehen, das sie vorher auf dem Big Rock erblickt gehabt hatte: Die fleischliche Maske mit den Augen, die aus einer Sphäre jenseits des irdischen Lebens und Treibens in die Welt zu blicken schienen.

»Tja, Leute, *wer schreibt die Gags*?», fragte er in ziemlich düsterem Tonfall. »Anscheinend niemand …«

Sein Blick blieb auf tiefernste Weise fest.

»Am Anfang war das Wort, heißt es jedenfalls in der Schröpfungsgeschichte …«

Kurz lächelte der Lachende Buddha, bevor er seine Schlussfolgerung zog.

»Also werde ich wohl *von den Gags geschrieben*.«

Das war der seltsamste Schlusssatz, den Amanda jemals zu hören bekommen hatte; ein Satz, der nur aus der Sicht der Entität komisch sein könnte, die ihn sprach …

Gegenwärtig versuchte die Entität sich mit den Essstäbchen Nudeln nach Singapurer Art in den Mund einzuführen, ohne seinen geschmacklosen weißen Futuredress zu bekleckern.

»Heute Abend sind Sie entschieden zu weit gegangen, Ralf«, warf Amanda ihm vor. »Sie nehmen den Guru-Akt allmählich etwas zu ernst.«

»Was, *ich* und mich ernst nehmen?«, entgegnete Ralf schlagfertig. Es gelang ihm, die Nudeln in den Mund zu schleusen, ohne welche zu verlieren, indem er ihr gleichzeitig ein einwandfreies Alfred E. Neumann-Feixen zeigte. »Ich bin bloß 'n Stegreifkomiker, Amanda. Ist doch so, oder?«

Seine Augen widersprachen der Erwiderung, während sie ausdruckslos Amandas Blick standhielten, als wollte er sie voller Hohn dazu provozieren, mit ihm die Parameter eines Spiels zu verlassen, das sie gar nicht in vollem Umfang verstand.

»Sie legen es nicht mehr *nur* auf humorvolle Unterhaltung an, Sie ziehen diese leichtgläubigen Menschen auf ...«

»So?«

»Sie verleiten sie mit voller Absicht zu ... zum Personenkult.«

»Na und?«, meinte Ralf. »Ich *bin* eine *Persönlichkeit.* Oder etwa nicht?«

Wirklich?, fragte sich Amanda.

Denn seine Stimme schien nun aus weiter Ferne in ihr Gehör zu dringen, und seine Augen glichen blanken Kugeln, in denen sich nichts als Leere spiegelte.

»Nicht weniger als Mao Tse-tung oder Elvis ...«

»Jesses ...«, murmelte Amanda.

»Gut dass Sie ihn erwähnen, seine Show läuft seit *zweitausend Jahren,* und *sehen* Sie nur, wie glänzend das Merchandising noch *heute* floriert«, sagte Ralf, fiel ohne Schwierigkeiten zurück ins Reich der Jux- und Faxen-Maja.

»Und beachten *Sie,* was mit ihm *passiert* ist«, konterte Amanda.

»Sie haben völlig Recht.«

Ralfs Lippen lächelten; doch seine Augen nicht.

Sie sahen Amanda direkt an, sagten alles und nichts, während er mit den Essstäbchen zulangte und mit der Geschicklichkeit eines Zen-Meisters ein Terijaki-Fleischbröckchen und ein von Soße schlüpfriges Tofustückchen aufnahm.

»Aber wenn das Showgeschäft der Historie uns etwas lehrt«, sagte er, »dann doch wohl, dass man, wenn man tragisch scheitert, den besten Abgang mit einer Farce erzielt.«

Er zwinkerte Amanda zu, zog eine Fratze und ließ das Essen mit voller Absicht von den Stäbchen in seinen Schoß fallen.

Währnd sie in der U-Bahn Richtung Broadway zur Penn Station fuhr, Beschwern litt und schlotterte, abba wensgens endlich ein Sitzplatz hatt, nachdem sie anner *125. Harlem* mit vollem Affen vorgefahrn war und keen Glück gehabt hatt, Schiete noch mal, konnte Lotti sons nix tun als über Vor- und Nachteile des Lebens unten inne U-Bahn nachdenken.

Gut war, dass man für einsfuffzich in alle Ewigkeit inne U-Bahn bleiben durft, man musste nich frieren und wurd nich nass, immer fand sich 'n Winkel zum Pofen, und man war praktisch *unsichtbar*.

Man brauchte bloß irndwas zu tun, was die Leute *nicht sehn wollten*.

Die Leute mochten nich dem grindigen Säufer mit Pisseflecken anner Hose sehn, der zwo Plätze nebenan schnarchte. Ganz bestimmt wollten sie nich die Niggerkids sehn, die am annern Ende vom Waggon standen und genau die Typen warn, die wem wegen ein Vierteldollar die Fresse einschluhn. Sie mochten nich den Junkie angucken, wo da bei sich zuckte, nich den Irren, wo auf chinesisch in sein Bart sabbelte, die Bettlerin nich, wo da rumstreunte, den Schwachkopp auf'm Sitz gegenüber nich, der sein Nasenpopel fraß, er könnt ihnen ja was anbieten.

Es gab ein Menge, was die Fahrgäste inne U-Bahn nich angucken wollten, weil es ein Menge gab, von dem *sie* nich *gesehn* wern wollten. Wenn man nich hinguckte, nix roch und nix hörte, nur da hockte und vor sich geradaus glotzte oder Zeitung las, war die Aussicht groß, dass die fette Alte, die Mülltüten mitschleppte, die Punks mit dem Ghettoblaster, die Lederschwulen mit der tödlichen Akne, die vollgeseiberten Rohrkrepierer und alles sonstge abscheuliche Kroppzeug eine *andre* arme Sau dumm anmachten, nich ein selbst.

Also musste man wer von dem Gesindel wern, und schon war man mir nix, dir nix *unsichtbar.* Man pisste und schiss, wo man konnt, solang keene Bullen nich inne Näh warn, waschen war sowieso nich drin, durft sie sich deshalb sparn, Klamotten zum Wexeln gab's nich, so wurd man völlig zerlumpt und vasifft, und wer so doof war, einen anzustarrn, ja Schiete, den guckte man auch so an und sabbelte »Vafluchtescheißepimmelfotzhurenkindnochmal«, und es war überraschend, wie stark er sich plötzlich für die Reklame intressierte, für Risse im Bahnsteigboden oder die eigne Nasenspitze.

Wenn man wen allein anner Bahnsteigkante erwischte und sich neben ihn stellte, sodass er dacht, vielleicht kriegt er ein Schubs, sobald die Bahn kam, jau dann drückte er eim fix ein paar Dittchen inne Klaue.

Und den Sitzplatz hatt Lotti sich besorgt, indem sie sich vor die Alte stellte, wo vorher da saß, mehre Haltestellen lang sich den Bauch hielt und würgte, als müsst sie kotzen, Mensch, wenn man 'n richtig stinkigen Furz blattern ließ, konnt man wahrscheinlich die Fahrgäst des ganzen Waggons rausscheuchen.

Viele Typen hausten ständich hier unten und gingen *nie* nach oben anne Luft oder was das sein sollt, und wozu auch, es würd einsfuffzich kosten, nach unten umzukehrn, und inner U-Bahn gab's *alles*, was man brauchte, Brezeln, Pommes, Bockwurscht, Süßigkeiten und noch mehr annen Vakaufsständen und innen Läden der großen Stationen, und so viel dünnen Kaffee und Diätcola, wie man schlappen konnt. Und es hatt genügend dunkle Ecken zum Pofen, oder man konnt die ganze Nacht lang im Waggon pennen.

Der Nachteil war die vadammicht ernste Schwierigkeit, high zu bleiben.

An Geld zu kommen gab's hier unten wenich Möglichkeiten, man konnt jeweils nur soundsoviel Klimperlinge klauen, schnorrn oder erbetteln, genug für ein Stein zu sammeln, der nich mal ein vollen Tach lang reichte, dauerte ein ganzen Tach, darum hatt sie jetzt *immer* Maläsen, mal mehr, mal wenger, es war nicht so einfach, klar zu denken, wenn man dauernd Koppweh hatte und Magenschmerzen, die Nerven sich anfühlten, als stünden sie unter Strom, und ab und zu musst man ja auch was spachteln, das konnt ein stundenlang aufhalten …

Und das war, musst man sahn, noch nich das *Schlimmste*, denn hatt man das Pulver schließlich beisammen, *dann* kamen die Umstände mit dem Gesocks, das da unten dealte, und damit ging das Affentheater *echt* los.

Wo Menschen warn, schlichen auch Dealer rum, da biss die Maus kein Faden ab, und das Dealen war keen Gewerbe nich, wo sich dufte Paradehengste drum rissen, abba bedachte man, was für Kunden sich inne U-Bahn rumtrieben, lauter Volk, wo vom Niveau her unter den Bordsteinschwalben und Straßenräubertypen stand, war es ganz klar, dass sich da bloß wenich Dealer beschäftichten und man sie richtich suchen musst, und die Schleimbeutel hatten grad genug Grips, um die Flosse nach dem Schotter zu heben, den Stoff rauszurücken, oder um wen wegzujahn, falls ihnen was nich passte, oder sie machten die Fliege, wenn sie was vadächtig fanden.

Am *Allerschlimmsten* abba war, dass die Bullen sie kaschten, nich anders als sonstges Gesindel, andauernd vapetzte irndwer sie, meistens taten sie 's gegenseitig, oder sie zogen sich selber mehr Zeuchs rein, als sie vakauften und hingen sonst wo·rum, deshalb gab's immer andre Dealer, *jeden* Tach, gottvadammicht noch mal, es war, als wär sie ein Landei neu inne Stadt und guckte sich's erste Mal nach Stoff um.

Union Square war meist ein gute Station, um was zu ergattern, abba heut hatt's dort aus irndeim Grund von Bullen gewimmelt, also war sie nach Westen zur Station anner 34. Straß gedüst, bloß hatten da die zwo einzgen Dealer sich grad gekloppt, diese Aaschlöcher, irndwie wie in Zeitlupe hatten sie sich die Fresse poliert, na Schiete, dann weiter zur 125. Straß, ein lange Scheißfahrt durch die ganze Stadt, und keene Station nich, wo ein weißes Mädel sich daheim fühlen konnt, abba was sollt sie machen, und was glaubste, *dort* war auch nix zu holen, Schuld hatten die so genannten *Schutzengel,* solche bekehrten Knackis, die fromm geworn warn oder so'n Scheiß, gottvafluchte Rindviecher und Aaschgeigen mit rotem Barett auf'm Dösbaddel …

Darum hatte Lotti echt herbe Probleme, als sie endlich anne Penn Station aus'm Waggon stieg, Krämpfe grimmten ihr im Bauch, in ihrm Kopp schien ein Kanalratte zu stecken, wo sich mit eim Vorschlaghammer ein Ausgang hauen wollt, und sie war würglich in keener Stimmung nich, um sich noch mehr Schiete zuzumuten.

Abba da blieb ihr gar nix andres übrig. Auf dem Bahnsteig Richtung Stadtmitte sah sie keenen Dealer nich. Keen einzger Dealer nich lungerte im Übergang rum, wo man sie sonst meistens fand. Und auch auf dem andern Bahnsteig stand nich ein Dealer. Und es gab keen Dealer nich annen Drehtüren und nich annen Kassen. In der ganzen U-Bahn-Station warn *keene* Dealer nich anzutreffen!

Lotti rastete fast aus, war ja auch keen Wunder nich.

Die U-Bahn-Haltestelle Penn Station hatte Anschluss annen gleichnamgen S-Bahnhof, und Lotti fiel ein, dass sie *dazwischen* mal ein Dealer *gesehn* hatt, nur hieß es, da nachzugucken, dass sie nachher wieder für einsfuffzich 'ne Marke kaufen musst, um zurück inne U-Bahn zu können.

»Scheißvadammthurenkindpimmelfotznochmal!«, brüllte sie voll die Tollwut.

Bloß so wie's Sache war, nämlich dass sie tierich leiden musst, blieb ihr gar keen andre Wahl nich, und sie hatt auch keen andre Idee nich, sie musst *als Erstes* Stoff hahm, sich den Kopp zerbrechen konnt sie später, das war nun mal das Gesetz vom Betondschungel, jau jawoll.

»Was glotzt ihr so, habt ihr sons nix zu tun?!«, schrie sie, währnd sie am U-Bahn-Stationsausgang durchs Gedränge stürmte, mit den Ellbogen Figuren aus'm Weg stieß, mit den Augen rollte, praktisch Blut und Galle spuckte, wahafftich sie hatt nich die Bohne Lust, sich von irndwelchen Aaschlöchern blöd anlinsen zu lassen.

Und um alles *noch schlimmer* zu machen war der ganze Scheißbahnhof quasi ein Irrgarten gradzu unglaublich mehre Etaschen mit großen Wartesälen alle Arten von ekligen Fastfood-Imbissen Andenkenläden und Zeitungsständen allesamt verbunnen durch Treppen, Rampen und Korridore und was nich alles da konnt man sich ein für allemal verirren und in ihrm Zustand ging's Lotti um ein Haar so sie rannte rum so flott sie konnt weil sie immer üblere Beschwerden hatt sie immer vazweifelter wurd und immer wütger ihr bescheuerten Aaschlöcher geht mir ja aus'm Weg sons lernt ihr mich kennen ich schneid euch die Eier ab es kam ihr vor als ob's *Stunden* dauerte bis sie die Stelle fand wo sie suchte nee eintlich konnt man nich sahn dass sie sie *fand* eher gelangte sie hin wie Scheiße die Spülung runter …

Es gab da so was wie ein großen, langen, breiten Tunnel zwischen den Bahnsteigen der Long Island Railroad und dem U-Bahnhof, der mehr Ähnlichkeit mit ein grusligen Fledermaushöhle aus Beton hatt, wegen der niedrigen Decke wirkte er umso größer und irndwie gleichzeitig noch enger, das Licht war von dem trüben Gelbgrau wie vorm Schneesturm, unter den vielen Graffiti sahn die Wände und die Decke vom U-Bahn-Schimmel schmutzig-grün aus, die Fastfood-Fresstheken schienen wie Giftpilze aus'm allgemeinen Siff rausgewachsen zu sein, und der Mief nach ollem Frittenfett und Gorilla-Achselschweiß hätt selbst eim abgebrühten Suffkopp den Atem vaschlahn.

Und in dem Stollen *lebten* bestimmt tausend Leute.

Wenn man 's so nennen konnt.

Da zuckelten in Kolonnen die mehr oder wenger soliden, braven Bürger mit ihrn Aktentaschen, Regenschirmen und Einkäufen von Macy und was nich alles auf dem Weg in die Büros oder heim nach Long Island, egal was, um die Ecke und mitten durch den Betonstollen, starrten angestrengt stier gradaus wie Scheißroboter, hielten schön Abstand vonnen Seiten der Passage zwischen LIR, U-Bahn und dem großen Platz am annern Ausgang, als hätten sie Bammel, sie kriegten AIDS, wenn sie mit was in Kontakt kamen, oder bloß vom *Hingucken*.

Und man konnt's ihnen nich mal vaübeln, vielleicht hatten sie gar nich Unrecht. Der Abschaum, wo da auf'm Fußboden in zerfledderten Pappkartons, ein Milljohn Jahr ollen Schlafsäcken und Plastikunterlagen oder was Ähnlichem hausten, sahn alle aus, als würden sie wem für ein einzge Münze die Gurgel abschneiden, und fräßen, wenn sie welche erwischten, was wohl selten passierte, Kakerlaken zum Frühstück, jau vielleicht *konnt* man sich, wenn man sie bloß anguckte, ein widerliche Krankheit zuziehn.

Es warn vadammicht wirklich *Hunderte*. Da sah's aus wie im Film so ein schietige Krautsstadt nach dem Blitzkrieg, oder war's das Warschauer Ghetto, mit all den abgerissnen, hungrigen Flüchtlingen, wo innen Ruinen wohnten und im Müll nach ollen Hühnerknochen wühlten, wo ein kurzsichtge Oma übersehn hatt, man wusst ja nie, und zu tun hatt man auch nix Bessres …

Penner. Streunerinnen. Säufer. Junkies. Schwatte und PRs. Alle sahn aus, als ob sie nur drauf warteten, dass wer mit ein Brieftäsch oder ein Portjuchhe die falsche Abzweigung nahm. Halb tote, olle Altvordere, oder vielleicht warn sie längs tot, wer konnt's wissen, bis sie sich mal wieder regten oder irndwann *richtig* fies stanken.

Abba ey, du liebe Scheiße, da warn sogar *Kinder* dabei, fiel Lotti irndwie vaschwommen auf. Komplette Scheiß*familien* warn da zu Hause, Mama Papa Bälger, hatten aus Vapackungskisten Hütten und aus benutzten Abfallsäcken Zelte gebaut, Mensch, sie trugen die Lumpen, wo die Berber und Penner wegschmissen, und was sie wohl aßen, da frachte man lieber gar nich nach.

Und es warn Bullen inne Nähe. Ein Dutzend etwa stand da rum und spielte mit den Gummiknüppeln, betrachtete die Tunneldecke mit dem Zoowärterblick, wo sachte: Zwingt mich nich, was Verdächtges zu sehn, ihr Rübensäu, dann seh ich *euch* nich, außer wer stellt irndwas besonders Blödes an, auf die Weise schiehm wir hier alle unsern Lenz, sons gibt's halt was auf 'n Kappes.

Sogar in Lottis Augen war das echt, was man ein *Scheißszene* nannt, dagegen warn die Packkistendörfer im Tompkins Square Park glatt so was wie Luxuswohnungen der *Park Avenue,* und das Miese anner Sache war, dass das Ganze irndwie, ohne dass sie hätt sahn könne wieso, nich bloß zum Kotzen aussah, sondern ihr gehörigs Muffensausen einjagte.

Aber das Gute war, dass man auf Anhieb merkte, hier hätt selbst der Papst im Mutter Theresa-Kostüm binnen fünf Minuten ein Stein an Land ziehn können.

»Hören Sie, Dexter, ich weiß, was Sie von mir halten«, hatte am Telefon Amanda Robins erster Satz gelautet. »Sie sehen in mir eine Topangaer NewAge-Kristall-Channeling-Tucke, die Ihnen mit einem Haufen mystischen Brimboriums Ihr gut durchdachtes SciFi-Szenario verdirbt, aber ich bin der Meinung, es ist höchste Zeit, dass wir beide uns trotzdem einmal auf privater Ebene aussprechen.«

Der Köder war schlichtweg unwiderstehlich gewesen, darum hatte Dexter eingewilligt, sich mit ihr zum Essen zu treffen, allerdings auf dem *El Gaucho* bestanden, einem argentinischen Grillrestaurant auf der Melrose Avenue, wo man steifen Margarita in Halbliter-Karaffen servierte und bestenfalls die Folienkartoffeln, die man als Beilage zum Fleisch reichte, als Zugeständnis an den politisch korrekten NewAge-Vegetarierfraß gelten konnte.

Das *El Gaucho* war ein mittelgroßes Restaurant mit rund zwanzig Tischen, über die man stets rot-weiß karierte Tischdecken breitete, die Wände waren bis zur halben Höhe mit längst grau verwittertem, splitterreichem Kiefernholz getäfelt, in Sturmlaternen-Imitaten brannten Halogenleuchten, auf dem Fliesenboden lag Sägemehl ausgestreut, und an der oberen Hälfte der Mauern und des Deckengewölbes prunkte das ziemlich spektakuläre Wandgemälde eines sonnigen Nachmittags in der Pampa.

Zu Dexters gelinder Verblüffung war Amanda Robin, als er mit trendigen knapp zehn Minuten Verspätung eintraf, nicht nur schon zur Stelle, sondern hatte zudem bereits einen Tisch belegt und eine Karaffe Margarita bestellt.

Sie trug ein reichlich männlich geschnittenes, graues Kostüm, ein schneeweißes Herrenhemd und eine große, knallbunte, unter dem zweiten Knopf von oben hängende Paisley-Fliege, und die langen Haare hatte sie zu einem strengen Knoten gebunden, als wollte sie damit verdeutlichen, dass ihr jeder Gedanke an ein romantisches Têt-à-têt fern lag und sie ausschließlich Sachfragen zu erörtern beabsichtigte.

Während er sich setzte, schenkte sie Margarita ein, und einige Augenblicke lang saßen sie nur verlegen am Tisch und tranken wortlos ein paar Schlückchen.

»Sehen Sie, Dexter, ich weiß, dass Sie mich nicht ausstehen können …«

»Es geht um nichts Persönliches …«

»Aber ich bin für Sie eine Widersacherin.«

Dexter hatte keine Ahnung, was er dazu sagen sollte.

Zum Glück erschien in diesem Moment der Kellner mit den Speisekarten, entfernte sich in nur wenige

Schritte Abstand und wartete, also erhielt Dexter einen glaubwürdigen Vorwand, um die Nase in die Karte zu stecken und Belanglosigkeit über die aufgeführten Gerichte zu murmeln, während er insgeheim seinen unter diesen sonderbaren Umständen ziemlich eklatanten Mangel an Savoire-vivre beklagte.

Die besagten Umstände bestanden darin, dass er sich mit einer attraktiven Frau zum Mittagessen traf, um die sein Gehirn mit den Keimdrüsen im Widerstreit lag, indem es nämlich darauf beharrte, dass sie tatsächlich der Feind wäre, eine Person, für die er nichts als beträchtliche Verachtung erübrigen dürfte.

Dexter bestellte sich ein gewöhnliches Lendensteak mit Grillsoße und erlebte eine zweite Überraschung, als Amanda für sich eine opulente Grillplatte einschließlich Leber, Nierchen und Bries orderte. So etwas wollte ihm überhaupt nicht zu ihr passen. Oder ging es ihr darum, seine Vorurteile zu zerstreuen? Hatte sie vor, ihn dahin zu bringen, dass er mit ihr gemeinsam in der Verteilung des Sägemehls auf dem Fußboden nach verborgenen Bedeutungen forschte?

»Wahrscheinlich ist unsere Verabredung für Sie eine viel schwierigere Angelegenheit als für mich«, sagte Amanda, sobald der Kellner sich fortbeeilt hatte.

»So? Inwiefern?«

Während sie aus ihrem Glas Margarita trank, nickte Amanda ihm über den Rand hinweg zu. »Ich kenne *Sie* wesentlich besser, als Sie *mich* kennen.«

»Ach, tatsächlich, so?«, meinte Dexter recht unwirsch. »Hat Ihr Hausastrologe mein Horoskop erstellt?«

»Ich habe vier Ihrer Romane gelesen«, antwortete Amanda.

»*Haben Sie?*«, rief Dexter verdutzt.

Großer Ghu, war die Frau im Geheimen ein *SF-Fan*? Ging es *darum* bei diesem Treffen? Er verspürte ernstlich die Versuchung, ihr zu entgegnen: *Komisch, Sie sehen viel* besser *aus als ein typischer SF-Fan …*

»Unter anderem *Die Transformation*, ein Buch, das ich angesichts … der Situation als sehr interessant empfunden habe.«

»*Welcher* Situation?«, fragte Dexter und musterte sie verkniffen.

»Der gegenwärtigen Situation«, sagte Amanda Robin.

»Hören Sie zu, meine Liebe«, knurrte Dexter, dem die viele Geheimniskrämerei allmählich Verdruss verursachte, »*Sie* haben *mich* angerufen, falls Sie sich noch entsinnen, hätten Sie also vielleicht die Güte, mir zu verraten, worüber, zum Henker, wir reden wollen?«

»Über Ralf, was denn sonst?«

»Ralf …?«

Nun brachte der Kellner das Essen: Dexters Steak mit Grillsoße hatte man zusammen mit der Folienkartoffel fein säuberlich auf einem Essteller arrangiert, Amandas gemischter Gaucho-Grillspieß bruzzelte noch auf einer Art von argentinischem Hibachi.

Mit dem Servieren des Essens vollzog sich – oder wurde dadurch hervorgerufen – eine auffällige Veränderung in Amanda Robins Verhalten. Während sie von der Grillplatte Lendensteakstücke und Leber auf ihren Teller legte und sich mit durchaus herzhaftem Appetit an den Verzehr machte, merkte man ihr zusehends Zögerlichkeit, Unsicherheit, beinahe Ratlosigkeit an.

»Darüber kann ich mit Jimmy wohl kaum sprechen, er würde wahrscheinlich kein Wort von dem verstehen, was ich sage, aber Sie, das beweisen mir Ihre Bücher, besonders das erwähnte Buch, halten mich ohnehin für eine kaputte Zicke, und vermutlich denken auch viele Leute von Ihnen, Sie wären vom anderen Stern …«

»En íngles, por favor«, sagte Dexter, spülte mit

einem tüchtigen Schluck Margarita einen Bissen Steak hinunter.

»Haben Sie in letzter Zeit an Ralf was Komisches beobachtet?«, erkundigte sich Amanda Robin.

Dexter hob die Gabel, aber verhielt mitten in der Bewegung. Mit ehrlichem Befremden musterte er Amanda, doch gelang es ihm, die Konsternation zu überbrücken, indem er ihre Frage ins Lächerliche zog.

»Ob ich an Ralf was Komisches beobachtet habe? Sind Ihnen bei Adolf Hitler schon mal gewisse unterschwellige judenfeindliche Tendenzen aufgefallen?«

»Ich meine in letzter Zeit.«

»Sie meinen, seit Sie sich ins Team gemogelt haben, dafür pro Woche zweitausend Mäuse kassieren und das Studiopublikum um Ihre mystizistischen NewAge-Quatschköpfe bereichern?«

Ein sichtbares Aufblitzen des Ärgers in Amandas großen, grünen Augen, eine leichte Rötung der Wangen und ein Kräuseln der vollen Lippen, das nicht auf Sinnlichkeit beruhte, lohnten Dexter die hämische Frage. Dennoch nötigte es ihm erhebliche Bewunderung ab, dass sie den Zorn im Handumdrehen völlig verwand und ihm mit ruhiger, beherrschter Stimme antwortete, in deren Ton nicht einmal der geringste Groll anklang.

»Wir können uns darauf einigen, verschiedener Ansicht darüber zu sein, warum Madden von Jimmy gefordert hat, mich ins Team aufzunehmen, oder was mystizistische NewAge-Quatschköpfe sind, aber in einer Hinsicht, nämlich des zeitlichen Rahmens, haben Sie Recht, und vielleicht bedeutet es Ihnen eine Genugtuung, von mir zu erfahren, dass die seitherige Entwicklung auch mir nicht behagt …«

»*Nicht?*«

»Genau das ist der Anlass für diese Aussprache, Dexter.«

Ein wenig beschämt durch ihre maßvolle Reaktion auf seine unverhohlene Feindseligkeit erwies Dexter seiner Gegnerin – falls sie das wirklich war – die Ehre, nun auch sich verstärkt Beherrschung aufzuerlegen; er schaute ihr geradewegs in die Augen und nahm zumindest ihre Offenheit ernst.

»Sprechen wir denn eigentlich über das *Gleiche*?«, fragte er.

»Ich glaube ja.«

»Die Guru-Nummer? Dass sie nicht mehr lustig ist? Macht Ihnen das Sorgen?«

Amanda Robin trank einen Schluck Margarita und setzte das Essen fort. »Ach, für die Mehrzahl der Leute, die die Show im Fernsehen verfolgen, ist sie noch lustig, das besagen wenigstens die vom Nielsen-Institut ermittelten Einschaltquoten«, gab sie zur Antwort. »Aber sie zieht ein Studiopublikum an, das sie *ernst* nimmt. Und auch in der Öffentlichkeit finden sich genügend *Normalbürger*, die im Ernst darauf abfahren. Gehen Sie mal in einen Supermarkt und sehen Sie den Leuten in die Augen, die Ralf-T-Shirts tragen. Achten Sie auf den Tratsch in den Warteschlangen. Lesen Sie den Mist, den die Regenbogenpresse über Ralf verbreitet. Blättern Sie seine Fanpost durch. Hören Sie sich die Anrufe der Rundfunk-Talkshows an. Überall hat er echte Jünger, Dexter, lauter Menschen, die an *RALFS WELT* glauben.«

»Ist das denn nicht genau das, was Sie wollten?«, fragte Dexter ehrlich verdutzt.

»Ist es das, was *Sie* wollten, Dexter? Ergründen Sie Ihr Gewissen. Überlegen Sie sorgfältig.«

Aus irgendeinem Grund richtete sich Dexter nach Ihrem Wunsch.

In der Tat hatte er auf dem LostCon seinen Kiesel sehr wohl in dem *Bewusstsein* ins Meer des Fandoms geworfen, dass daraus irgendeine elende Art fannischen Kults keimen konnte.

Um die Show zu retten.

Doch anscheinend war die Show inzwischen gerettet, warum also sollte es ihn stören, dass Ralf der Verlockung erlag, den öligen Guru zu mimen? Weshalb sollte er sich einen Deut darum scheren, wenn Amanda Robin und ihre NewAge-Fetischisten den Fankult, den er vorsätzlich angeleiert hatte, jetzt in eine Schwatzbude verwandelten, deren Anliegen ihm völlig fremd blieben?

Aber es passte ihm nun einmal nicht in den Kram.

Es ging ihm gehörig auf den Keks.

Und wenn er es ganz genau nahm: Welchen *anderen* plausiblen Grund hätte er denn, um gegen diese attraktive und intelligente Frau eine so feindliche Einstellung zu pflegen?

»Ja und nein«, gestand er notgedrungen.

»Genau das gilt auch für mich«, sagte Amanda Robin.

Sie legte Messer und Gabel ab, trank ein Schlückchen und beugte sich ein wenig vor. »Können wir offen miteinander reden?«, fragte sie.

»Wir können's versuchen«, antwortete Dexter; zu seinem eigenen Erstaunen merkte er, dass er den Vorschlag ehrlich meinte.

»Ich habe *Die Transformation* gelesen und glaube zu verstehen, um was es wirklich geht, um was es sich damals tatsächlich für Sie drehte, was Sie heute noch einmal mit Ralf zu erreichen versucht haben ...«

»So?«

Spontan legte er ebenfalls sein Besteck ab, beugte sich gleichfalls vor, nicht zudringlich nah, aber allemal näher. Wieso auch nicht? Amanda Robin war eine wahre Sahneschnitte, sie blickte ihm unverwandt in die Augen, und sie sprach mit ihm über sein Lieblingsthema.

»Sie sind der Überzeugung, dass sich die Menschheit zurzeit an einem unumgänglichen karmischen

Nexus befindet, der unserer existenziellen Position der Bewusstheit, wie sie sich in der materiellen Struktur manifestiert, und der Position des Geistigen im Reich der Maja inhärent ist, in einer Krise, an der wir zu Grunde gehen müssen, wenn wir sie nicht überwinden, uns nicht in Wesen transformieren, die es Wert sind, auf eine höhere Ebene der Evolution zu wechseln …«

»Sie verwenden nicht unbedingt Begriffe, die ich benutzen würde«, stotterte Dexter, »aber …«

Aber obwohl die Terminologie kaum mit seiner Denkweise korrespondierte, hatte Amanda Robin eine klarsichtigere inhaltlich-thematische Zusammenfassung seines Buchs formuliert, als es damals die Kritiken, selbst die sehr wohl wollenden Besprechungen, geschafft hatten.

Sie grinste ihm zu, vielleicht in manipulativer Absicht, doch nicht ohne ein gewisses Maß an freundlicher Ironie.

»Im Gegensatz zu verbreiteten Vorurteilen sind wir spirituell gesonnenen NewAge-Esoteriker nicht *ausnahmslos* Hohlköpfe, Dexter«, sagte sie. »Und wir wissen doch beide, dass es weit mehr legitime intellektuelle Standpunkte gibt, von denen aus man die entscheidenden Fragen der menschlichen Bestimmung betrachten kann, als die logiklastige positivistische Philosophie es sich träumen lässt, oder?«

Nachdrücklich rief sich Dexter in Erinnerung, dass diese Frau *Schauspielerin* war, das Charisma, das sie ausstrahlte, diese plötzliche Offenbarung intellektuellen Tiefgangs, durchaus eine Vorspiegelung sein konnten, und seine Reaktion nicht eben unbeeinflusst von ihrer Schmeichelei bleiben mochte.

»Was hat das Ganze mit Ralf zu tun?«, fragte er mit nicht sonderlich überzeugender Barschheit.

»Ich dachte, wir wollten offen zueinander sein«, entgegnete Amanda Robin. »Sie haben ein Buch über eine Verschwörung mit dem Ziel einer großen Transformation geschrieben, um eben diese Transformation *in die Wege zu leiten* …«

»Ähm …«

Dexter empfand so tiefe Verlegenheit wie ein Halbwüchsiger, der aus einem Traum erwacht, ihm wäre in einem Zimmer voller wunderbarer, schöngeistiger Frauen plötzlich die Hose in die Kniekehlen gerutscht und hätte einen steinharten, egoistischen Ständer entblößt.

Aber Amanda Robins Lächeln bezeugte freundschaftliches Verständnis anstatt grausamer Sophisterei. »Wir waren jung, in unseren Herzen voller Leidenschaft loderten edle Ideale, es waren die Sechziger, es gab Visionen en masse, wir surften auf dem Wellenkamm der Progressivität in die Zukunft …«

Sie lachte, hob das Glas und trank ihm zu. »Wer damals etwas wert war, musste einfach sein Bestes geben, um beim Begründen der großen Transformation behilflich zu sein.«

Sie zuckte die Achseln. »Und natürlich blieb der Erfolg aus, das beweisen die Verhältnisse in der heutigen Welt, die mit unserem ersehnten Wassermannzeitalter-Transformationsutopia, so viel ich sehe, wenig Ähnlichkeit hat.«

Gib es zu, Lampkin, dachte Dexter, *du bist keineswegs dabei, dich in diese Frau zu verlieben, du kannst sie nicht einmal sonderlich ausstehen, aber allmählich* fasziniert *sie dich. Und du würdest sie auch nicht unbedingt von der Bettkante weisen.*

»Und was ist mit Ralf …?«, nuschelte er ziemlich lahm. »Wollten wir nicht über *Ralf* diskutieren …?«

»Aber wir sprechen ja über Ralf, oder?«, hielt ihm Amanda entgegen. »Ralf bot Ihnen die zweite Chance, die Lösung für Ihre Midlifecrisis …«

»Das ist ja wohl überhaupt kein bisschen spaßig!«, schnauzte Dexter empört.

Amanda Robin streckte die Hand aus und berührte ihn am Arm. Allerdings sprang im Gegensatz zu allen trivialen Gerüchten kein Funke über.

»Es ist nicht so gemeint, wie Sie es jetzt missverstehen, Dexter«, beschwichtigte sie ihn. »Was ist denn eine Midlifecrisis anderes als die Konfrontation des reifen Erwachsenen mit der Unerfülltheit seiner Jugendträume? Und wenn sich später eine Chance ergibt, wie abwegig sie auch sein mag, um sie nachträglich doch zu verwirklichen …«

Sie hob auf recht reizvolle Weise die Schultern. »Wer würde sie versäumen?«, vollendete sie den Satz. »Ich nicht. Sie nicht. Stimmt's?«

»Wenn wir wirklich offen zueinander sein wollen, es stimmt, ja«, bekannte Dexter. »Aber es war nie meine Absicht, dass irgendjemand diese Gurus aus der Zukunft-Chose Ernst nimmt.«

»*Nicht*, Dexter?«, fragte Amanda Robin.

»Auf gar keinen Fall«, bekräftigte er. »Ich hatte nichts anderes vor, als möglicherweise das öffentliche Bewusstsein durch *Humor* zu verändern. Aber ich hatte *nie* im Sinn, für Ralf einen Weltraumkadetten- und Mystagogenkult zu gründen, der ihm *ernsthaft* glaubt. Und *noch weniger* wollte ich, dass auf einmal *Ralf* seine Rolle ganz im Ernst auffasst. Eines dürfen Sie mir abnehmen, in meiner kleinen Science Fiction-Welt habe ich derartigen Mist schon viel zu häufig erlebt.«

Er verstummte, weil die eigene Vehemenz ihm mit einem Mal Betroffenheit verursachte, und beruhigte sein Gemüt, indem er bedächtig einen langen Zug Margarita trank, während er über diese Frau nachdachte, die sich offenbar ihrerseits über ihn Gedanken machte.

»*Sie* nicht auch, Amanda?«, fragte er schließlich. »Sicher haben Sie in *Ihrer* kleinen Welt mystizistischer Pseudophilosphierer, himmelsfixierter Astrologen und Ninja-Zen-Gurus der Reichen und Schönen doch *auch* schon Gelegenheit gehabt zu beobachten, was geschieht, wenn der Dealer irgendwann auf den eigenen, verführerischen Stoff fliegt und danach süchtig wird?«

Amanda Robin neigte den Kopf leicht zur Seite und nickte kaum merklich.

»Das ist es, nicht wahr …?«, fragte Dexter gedehnt, indem ihm langsam die Erkenntnis dämmerte. »*Deshalb* führen wir dieses Gespräch.«

Amanda nahm wieder Messer und Gabel zur Hand, legte ein Stück Bries von der Grillplatte auf ihren Essteller, sah sich aufmerksam an, wie ihr Messer das Stückchen zerteilte. »Ja«, sagte sie halblaut. »Gewissermaßen.« Sie schob sich ein Portiönchen in den Mund und kaute versonnen.

»Gewissermaßen?«, wiederholte Dexter.

Nervös betrachtete, ja taxierte Amanda ihn, versuchte offenbar einen Entschluss zu fassen. Dann zuckte sie die Achseln und füllte aus der Karaffe ihr halb volles Glas bis an den Rand.

»Ach, warum nicht?«, sinnierte sie. »Sie halten mich sowieso für keine streng wissenschaftliche Denkerin, nicht wahr, Dexter?«

Und sie nahm das Glas und leerte es, als hätte sie Durst wie ein Bauarbeiter, mit einem Zug zur Hälfte.

»Was ist, wenn keineswegs *wir* Ralf für *unsere* Zwecke einspannen?«, fragte sie. »Was wäre … was wäre … wenn eine … Entität *uns* benutzt, um sich im Reich der Maja zu manifestieren?«

»Eine *Entität*?«

Amanda schien ihn, obwohl sie ihn offen anschaute, gleichzeitig verstohlen aus den Augenwinkeln zu beobachten. »Ich könnte Sie wohl nicht dazu bringen, sich ernstlich mit einem Denksystem anzufreunden, zu dem feststoffliche Avatare einer außerstofflichen Gottheit gehören ...?«, lautete ihre nächste Frage.

Nun war es an Dexter, sich mit dem alkoholischen Getränk zu stärken. »Irgendwie hab ich meine Zweifel«, antwortete er mit trockenem Humor.

»Oder wenigstens mit dem Zeitgeist?«, fragte Amanda.

»*Vielleicht* ... Zumindest als Metapher.«

»Und wie steht's mit einem Zeitgeist im wörtlichen Sinn, Dexter? Einer zeitungebundenen, unbewusst existierenden Entität, die sich gelegentlich durch Träume und kreative Inspiration in unserem individuellen Bewusstsein manifestiert ...«

»Wo führt das hin ...?«

»... und sich jetzt bemüht, an diesem kritischen Nexus der Menschheitsgeschichte, auf dem Höhepunkt der Transformationskrise, zu inkarnieren, um uns vor unserem eigenen Irrsinn zu bewahren, die sonst bald ein verhängnisvolles Ende nehmen muss, und uns durch die Umwandlungsphase der ...«

»He, Moment mal, das habe doch *ich* geschrieben«, entfuhr es Dexter, aber sofort merkte er, was er da gesagt hatte. »Äh ...«, fügte er mit Unbehagen hinzu, »jedenfalls was Ähnliches ...«

»Oder so scheint es Ihnen wenigstens«, sagte Amanda Robin.

»Es scheint mir nur so?«

»Woher haben Sie Ihre verrückten Ideen, Dexter?«

Dexter stöhnte auf.

Amanda lachte. »Ja genau«, sagte sie, »die Frage, die Schriftstellern am häufigsten gestellt wird und die sie am meisten fürchten. Aber ich stelle sie im Ernst. Woher *kommen* die inspiratorischen Eingebungen und Bilder? Sie sind doch mit dem zu vergleichen, was von irgendwoher in unser Individualbewusstsein einfließt, wenn wir träumen, oder?«

Dexter merkte, dass er sie durch schmale Lider anstarrte. »Nun ... ja ...«, murmelte er.

»Etwas geht *durch* Sie, kommt in Ihrem Innern aus dem Jenseitigen zum Vorschein, aber während Sie wach sind ... Sie haben's doch schon oft genug erlebt, nicht wahr?«

Jetzt empfand Dexter kein geringes Staunen, während er Amanda Robin musterte, und im Kopf verspürte er ein seltsames Gefühl der Verquastheit und des Verschwimmens, das sich anscheinend nicht durch Tequila erklären ließ. »Woher kennen Sie ...?«

»Ich beschäftige mich schon seit langem mit der Wechselwirkung zwischen Traumzuständen und Kreativität«, antwortete Amanda. »Ich habe mit vielen Autoren und Künstlern gearbeitet, Techniken entwickelt, um die Pforte zur Traumzeit, wie ich es nenne, im *Wachbewusstsein* zu öffnen ...«

Kurz schwieg sie und gab einen Seufzer von sich. »Manchmal kann ich die Tür auf Wunsch öffnen, wenn auch darauf kein Verlass ist, und dann *erscheinen* Bilder aus den Weiten und Tiefen des Jenseitigen«, sagte sie, hob erneut die Schultern. »Aber die wahre Natur des Reiches hinter der Tür bleibt sowohl Ihnen wie auch mir noch immer ein Geheimnis, nicht wahr, Dexter?«

Von Neuem trank Dexter einen Zug Margarita. Das Stimmengewirr des Restaurants schien in den Hintergrund, die physische Umgebung aus Dexters Wahrnehmungsfeld gerückt zu sein, fast als wären er und Amanda in eben den umschriebenen, höchst undefinierbaren und gleichzeitig beziehungsreichen Innenweltraum versetzt worden, dessen Existenz niemand ernsthaft leugnen konnte, der schrieb, erst recht kein Autor, der Science Fiction verfasste.

»Aber ... wie hängt das alles mir Ralf zusammen?«, fragte Dexter.

»*Das* ist die Frage«, bestätigte Amanda Robin. »Ist

der Ralf, den wir im Fernsehen sehen, wirklich *unsere* gemeinsame Schöpfung? Ist die Sendung Ihr, mein und das Produkt eines völlig eingleisigen Komikerkuriosums, das Jimmy Balaban in der Borscht-Provinz aufgespürt hat?«

»Was denn sonst?«

»Da ist ein Komiker mit dem Grundgedanken aufgekreuzt, ich habe seine Performance aufgemotzt, und Sie haben ihm eine detaillierte Zukunft geliefert, aus der er stammen soll ...?«

»Natürlich.«

»Und *woher* sind diese Bestandteile gekommen? Die Grundidee, der verbesserte Charaktertyp, die Einzelheiten der Zukunft ...?«

»Wir haben sie uns ausgedacht.«

»Sicherlich ... haben wir sie uns ausgedacht. Es waren eben unsere verrückten Einfälle. Und woher rühren unsere verrückten Einfälle?«

»Von ... von ...«

»Aus dem, was hinter der Pforte liegt«, sagte Amanda Robin. »Und was ist das? Nach der Antwort auf diese Frage suche ich schon mein Lebtag lang. Ich weiß sie bis heute nicht. Kennen Sie sie?«

»Ich komme nicht mehr mit, meine Teure«, beschwerte sich Dexter.

Doch die volle Wahrheit sagte er damit nicht. Irgendwie hatte sie ihn durch eine hieb- und stichfest vernünftig-logische Argumentation an einen Punkt gebracht, an dem – rational besehen – die Logik keine Gültigkeit mehr hatte. Nicht einmal wann die Grenze überschritten worden war, hätte er sagen können.

»Ein Forscher lässt einen Schimpansen mit einer verschlossenen Kiste, in der Bananen sind, und einer Anzahl Werkzeuge, mit denen man das Behältnis öffnen kann, in einem Zimmer allein«, sagte Amanda. »Nach einer Weile guckt er durchs Schlüsselloch, um nachzuschauen, ob der Schimpanse Fortschritte macht ...«

Sie legte eine gelungene theatralische Pause ein.

»Und da sieht er auf der anderen Seite der Tür ein Auge, das intelligenten Blicks *ihn* beobachtet.«

»Was wollen Sie mir damit verklickern?«

»Dass ich seit kurzem weiß, wie dem Forscher in dem Moment zumute war«, erklärte Amanda. »Haben Sie nicht das gleiche Gefühl?«

»Mir ist absolut schleierhaft, wovon Sie reden«, gestand Dexter.

»Ich dachte, wir hätten vereinbart, offen zueinander zu sein.«

»Ich *bin* offen zu Ihnen«, beharrte Dexter.

»Wollen Sie ehrlich behaupten, Sie hätten noch nie das Gefühl gehabt, dass dort jemand auf der anderen Seite der Tür ist, an dem Ort, woher Ihre irren Ideen stammen, und Sie anblickt? Sie, mich und vielleicht auch einen heruntergekommenen Borscht-Provinz-Komiker namens Ralf benutzt, um ... um ... um ...«

»Um *was* zu erreichen?«, hakte Dexter ein.

Denn natürlich *wusste* er, obwohl er es im Bezugssystem einer so mystizistischen Phraseologie nicht zugeben mochte, wovon sie sprach, er *hatte* dieses Gefühl schon gehabt ...

Amanda Robin hob die Schultern. »Tja, um *was* zu erreichen?«, fragte auch sie. »Ich habe gehofft, das könnten Sie mir sagen.«

»*Was* sagen?«

»Kommen Sie, Dexter, wir haben *beide* einen von uns geschaffenen Ralf für unsere Zwecke vor den Karren gespannt, oder es uns zumindest eingebildet. Sie haben versucht, das Bewusstsein der Öffentlichkeit auf etwas zu lenken, das sie als Transformationskrise bezeichnen, und ich, den Avatar des Zeitgeistes zu manifestieren, den unsere Epoche *benötigt* – den Lichtbringer Prometheus –, statt sich manifestieren zu lassen, was wir mindestens seit Alamagordo heraufbeschwören und anscheinend *verdienen*, nämlich Shiwa den Zerstörer, den Zertrümmerer der Welten.«

In ihren Augen glühte leidenschaftliche Überzeugtheit. »Vielleicht geht es dabei um das Gleiche, und nur die Wahrnehmungsmuster sind verschieden, vielleicht nicht«, fügte sie hinzu. »Aber Sie können unmöglich da sitzen und mir entgegnen, wir hätten diese Versuche nicht unternommen.«

Dexter sah sich einem Intellekt gegenüber, dessen Ebenbürtigkeit er schwerlich abstreiten konnte, allerdings einem Intellekt, der auf der Grundlage eines Wahrnehmungssystems funktionierte, mit dem sich abzufinden für ihn ausgeschlossen blieb. Einem Intellekt, der den Vorzug hatte, die Dichotomie ihrer Weltsicht zu konstatieren, ohne Umschweife zu akzeptieren und auf dieser Voraussetzung weiter führende Erwägungen anzustellen.

Einem Intellekt, der sich als seinem Denken überlegen herausstellte, bewies er angesichts dieser Herausforderung keine gleichwertige Leistung.

»Nein«, sagte er, »das kann ich tatsächlich nicht.«

»Und sicher wollen Sie mir auch nicht weismachen, Ralf hätte sich inzwischen nicht über das hinaus entwickelt, was wir aus ihm zu machen beabsichtigten, zu einer Erscheinung, deren Manifestation keiner von uns beiden wünschte, und auf die wir keinen Einfluss mehr haben …«

»Nein«, bekräftigte Dexter. »Nicht.«

»Und?«

»*Und?*«

»Und womit *haben* wir es zu tun?«

»Es gibt eine kleine Andekdote über L. Ron Hubbard, der als Science Fiction-Schmierer die Scientology begründete und dadurch zum Gott von Millionen zahlender Kunden wurde«, erzählte Dexter. »Wenn einer seiner einstigen Kollegen ihn fragte, ob er sich wirklich für den Messias hielte, antwortete er ihm, es sei alles nur Schwindel. Wenn der alte Kollege fragte, ob alles in Wahrheit Schwindel sei, blies sich Hubbard gewaltig auf und beteuerte, er sei der Heiland.«

Amanda Robin betrachtete ihn aus zusammengekniffenen Lidern.

»Ich kannte mal einen Junkie, der behauptete, seine Lieblingsdroge machte *kein bisschen süchtig.* ›Jedes Jahr setze ich drei Tage aus, um sicher zu sein, dass ich nicht süchtig bin‹, hat er zu mir gesagt, ›und erst wenn ich sehe, dass ich 's schaffe, schieß ich mir wieder Heroin.‹«

Dexter schwieg und zuckte die Achseln.

»Und *das*«, meinte er, »war bloß Smack.«

»Ich verstehe, was Sie verdeutlichen möchten«, stellte Amanda klar. »Aber es hat damit viel mehr als das auf sich.«

»Er ist bloß 'n schwacher Mensch, Amanda, ein drittklassiger Komiker, von dem kein Schwein je was gehört hatte, bevor er zu seinem großen Glück auf die Messiasdroge stieß, den stärksten, verführerischsten und suchterzeugendsten Stoff, den 's überhaupt gibt ...«

»Außer sein Heilsbringertum ist Realität.«

»Es ist *keine* Realität.«

»Es gibt ein gewisses Denkmodell, dem zufolge *nichts* außer einer bestimmten Realität existiert«, sagte Amanda Robin. »Danach sind wir alle nur Träume, und als einzige Realität ist der Träumende vorhanden, der am Ende jedes Weltzeitalters erwacht und den Schleier der Maja zerreißt.«

Für einen Moment schienen ihre Augen zu Fenstern zu werden, zu Pforten, hätte man beinahe sagen können, durch die Dexter sah ... *Was* sah?

»Ob wir uns innerhalb Ihres oder meines Wahrnehmungssystems bewegen, man kann wohl kaum bestreiten, dass wir uns dem Ende eines Weltzeitalters nähern«, behauptete sie. »Und bisweilen habe ich gesehen, wenn ich Ralf in die Augen blickte, dass sich der Träumende im Schlaf regt.«

Amanda Robin seufzte, lehnte sich zurück, und ein Bann schien zu brechen. Schlagartig drangen wieder die Geräusche des Restaurants und der Geruch des im Abkühlen begriffenen Fleisches an Dexters Sinne.

Er blinzelte.

»Aber natürlich bin ich nur eine NewAge-Tucke«, sagte Amanda, indem sie erneut die Gabel zur Hand nahm, »und außerdem wird Ihr Essen kalt.«

Und als sein Blick das nächste Mal auf sie fiel, war an ihr absolut nichts Ungewöhnliches zu erkennen; außer vielleicht ein vielsagendes, knappes Lächeln, ein Lächeln, das anscheinend bedeutete: Sie hatten eine gemeinsame Ebene gefunden, waren irgendwie, mochte es ihnen gefallen oder nicht, zu widerwilligen Partnern ein und desselben, schwer bestimmbaren Tanzes geworden.

Ein fürchterliche Serie bladdernder Stinkfürze des Suffkopps, wo neben ihr pofte, schreckte Lotter-Lotti aus eim grässlichen Traum von irndwelchen saufiesen, aus Schrottplatzteilen, Rasierklingen und geschrumpften Rattenhirnen gebastelten Robotdingern, wo mit übergroßen Zahnaaschtbohrern auf sie los gingen, abba wo sie erwachte, war es echt nich viel besser.

Da lag sie nun auf'm dreckjen Asphaltboden der Fleddermaushöhle anner Penn Station, zuckte und ruckte vor sich hin, an einer Seite furzte der Vollgesoffski, an der annern sabbelte ein große, dicke, fette, olle Streunerin, und rundum gab es noch ein Masse sonsger Penner, wo schnarchten, sich am Sack kratzten, Fraß vaschlangen, die schietigen Plärrbälger vasemmelten, sich gehnseitich ihrn Scheiß klauten. Die Füß vonnen Pendlern sausten zwo Schritt von ihrm Kopp entfernt vorbei, wo ein Gorilla ihr Hirn mit eim Eisenhammer drosch, um ihr zu sahn, steh auf, faule Schlampe, und komm in die Gänge, du musst dir *Stoff* anschaffen, eh du Blut spuckst.

Man konnt sich an *alles* gewöhnen, hatt Lotti entdeckt, seit sie zu den Fleddermäusen gehörte, bloß an eins nich, nämlich nich high zu sein.

Man konnt sich dran gewöhnen, gleich auf'm Boden zu pofen und sich die Müh mit Pappkartons, Plastiksäcken oder so eim Scheiß sparen, wer brauchte denn so was, es wurde ja doch geklaut, hier unten war's warm genug, und wenn sie 's recht überlechte, brauchte sie auch keene *Privatsphäre* nich, nee wozu denn, der Fall war ja klar, komm her, Aaschloch, versuch nur mich zu ficken, entweder kost dich die Nummer ein Dollah oder du kriegst ein Messer im Bauch, davon mal ganz ab, hier gab's offenbar von kaum wem irndwas zu vadienen, die Typen kannten keen Steifen nich mehr, nich mal für ein Klimperling konnt man wem ein blasen.

Man konnt sich dran gewöhnen, Zuckerstangen zu essen und Bockwürscht, wo wie gekochte Pudelpimmel aussahn, abba nich so gut schmeckten, außerdem kriegte man Dünnschiss, dann musst man sich 'n Aasch mit der *New York Times* wischen, wenn man Pech hatt, mit'm *El Diario*; man konnt sich annen Mief von ein paar Hunnert Leuten gewöhnen, wo rund um ein furzten und rülpsten, und ans Licht, das die Farbe von Pisse hatt, wo man durch ein dreckjes Fenster sah, anne vafluchten Pendler, wo bei Tach und Nacht in

Mengen durchs Schlafzimmer latschten, und anne Bullen, wo inne Näh rumstanden, und annen Vareckten da und dort, wo meist einge Tach rumlag, bis irndwer ihn wegbrachte, abba so ein Leich tat ja keim was, und es wurd nicht gewartet, bis erst die Maden rumkrochen …

An all das konnt man sich echt leicht gewöhnen, weil es *Vorteile* hatt, hier unten zu leben. Der Stoff, wo man im Stollen handelte, war Scheißzeuch der untersten Sorte, abba es schlichen immer ein Halbdutzend Dealer rum, grad als wärn sie der *Zimmerservice*, könnt man fast sahn, die Scheißbullen intressierte es nich, *was* irndwer machte, solang niemand nicht die Steuerzahler bei *ihrm* Rumgelaufe belästichte, sie warn ja sowieso schon nich so froh über die Zustände innem Tunnel: Ich sach dich, ich braucht bloß ab und an zu eenem von 'n Wurstladen tappen und mich inne dunkle Eck stellen, da hatt's ja jenug, und pissen und scheißen, wennich musst, und dann konnstes Übrije janz jemütlich anjehn …

Das hieß, wenn man sich nich 'n Bauch halten musst wegen der Krämpfe und nich das Hämmern im Kopp hatt, so wie abba jetzt, und nich vor der schauderhaffen Hetze stand, auf Deibel komm raus gnug Knete für den nächsten Stoff zusammenzukratzen, und das war eben die Frach, womit man sich die meiste Zeit beschäftgen musst, und an *den* Scheiß könnt sie sich in ein Milljohn Jahrn nich gewöhnen …

Inner ersten Woch oder so hatt Lotti jeden Tach die U-Bahnhöf abgeklappert, praktisch jede Station, war grad wie die braven Bürger zur Arbeet gependelt, jau, gebettelt und geschnorrt hatt sie, von Straßenkindern und blinden Pennern Münzgeld geklemmt, den üblichen Scheiß abgezogen, klar, dann war sie innen Stollen umgekehrt, hatt Stoff gekooft und gepoft.

Abba jeden Tach hatt's sie einsfuffzig gekost, mit der U-Bahn zu fahrn, und die musst sie ja auch vadienen, und 's wurd andauernd schwierger, währnd der ganzen Zeit, die 's brauchte, um an genügend Kies zu kommen und sich anne Schlafstelle zu schleppen, irndwie beisammen zu bleim, ihr war, als kröch sie die halbe Zeit auf allen viern rum, in ihrer Vafassung war's schwer zu sahn, ob sie 's sich bloß einbildete oder nich, jehnfalls drehte sie immer häufger riskante Dinger, Handtaschenraub, Taschendiebstahl, es klappte nich mehr so toff wie früher, wenn sie den Schnellen Schlitzer zückte, oft entging sie nur ums Haar der Festnahme, kriegte Tritte inne Rippen ab und Hiebe vors Fressbrett, irndwie war sie ständich benebelt, alles wurd irndwie so brisant ...

Also hatt Lotti irndwann, wer weiß wann, da unten gab's ja keen Tach und keen Nacht nich, man verlor das Zeitgefühl, Schluss gemacht mit'm Streunen, wozu sollt's denn gut sein, einsfuffzich musst man blechen, und früher oder später wär sie vielleicht eingesperrt worn, gradso gut konnt sie hier die Höhle abackern und sehn, wie sie zurecht kam ...

Ein Großteil der Fleddermäus pennte die halbe Zeit vom Suff oder Stoff, ein paar warn sicher tot, wer weiß, und manchmal hatten sie Geld innen Taschen, die Bullen sahn über alles wech, was den anständgen Steuerzahlern keen Ärger nich machte, und davon ab, Lotti war nich etwa die *Einzge,* wo's so hielt, alle die Stinkmorcheln, wo wach warn, krochen immerzu da und dort rum wie Wanzen, sie brauchte bloß oft gnug den ollen Schnellen Schlitzer vorzeigen, wenn die Bullen nich guckten, und sie guckten meistens nicht, um sich die übelsten Fieslinge vonne Pelle zu halten, und durft keenen Suffsack nich zu beklaun vasuchen, wo im falschen Moment aufwachte und der ollen *Madame Messer* 'ne Szene machte. Gewöhnlich dauert es nich viel länger, als wenn sie den ganzen vadammichten Scheißtach lang inne U-Bahn rumschwirrte …

Lotti wälzte sich rum, filzte beim Scheißssuffkopp die Taschen, ohne was zu finden, schafft es sich mehr oder wenger aufzurichten, drückte sich anne Wand vom Stollen lang, weg vonnen Pendlern, sodass die zwo Bullen, wo sie im Blickfeld hatten, sie nich beachteten und keen Trabbel nich vaanstalteten, und schlurfte in ein Seitentunnel.

Nach den Ladengeschäffen, wo die Passage säumten, war das wohl mal ein Ausgang zur Straß gewesen, abba die Läden warn natürlich längs geschlossen und varammelt, und sollt mit'm Zugang zur Straß was anners der Fall sein, mochten die braven Bürger davon nix wissen, denn da standen von ein zur annern Wand Pappkartonhütten, Müllsackzelte, lag ein Schlafsack neben eim annern, pofen Berber, lauerten Räuber und lungerten Dealer dicht an dicht, und die Bullen riegelten quasi das Ganze ab vom Pendlerverkehr im Bahnhof und ließen sons der Natur, oder was dafür galt, ihrn Lauf …

Abba da musst man, gelinde gesacht, vorsichtig sein, da hausten junge Kerle mit Frau und Blagen, die das Glück vor noch nich langem valassen hatt, und warn so drauf, dass sie ein elendger Pennerin, wo sie nur *vadächtichten,* sie wollt in ihrm Krempel wühlen, grün und blau kloppten, und auch ein Berberin mit schietgen kleenen Biestern dabei konnt zum Problem wern, wie eben manchmal Weiber zu Hydranten wurn, zudem gab's da alle möglichen hirnkranken Junkies und die üblichen gemeingefährlichen Allgemeinirren, und sie durft sich nich etwa den Fehler leisten, ein *Dealer* zu bestehlen, wo grad ratzte, egal warum, wenn er sie nich fortjagte oder ihr die Gurgel abschnitt, würd's heißen, hier koofst du keenen Stoff nich mehr, du blöde Scheißfotze!

Drum hielt Lotti im Beutel ein Flosse am Griff vom Schnellen Schlitzer, währnd sie inne Hocke ging und mit'm übrigen Rumgewimmel sozusahn vaschmolz, sie bewechte sich ganz langsam, glotzte ab und zu die Tunneldecke an, streckte ein Kelle dahin aus, klaubte dort im Gerümpel. Wer sah, was sie tat, scherte sich ein Dreck drum, die meisten Fuzzis, wo noch ein bisgen klar im Kopp warn, machten bei denen, wo mehr oder wenger out warn, eh das Gleiche.

Wie immer schien's drei bis vier Scheißjahr zu dauern, ein Fünfer da, ein Zehner hier, Fünfundzwanzigcentstücke ein bis zwo, gottvadammicht, währnd sie zitterte und zuckte, mördrische Krämpfe im Bauch hatt, ihr Gehirn sich so weich anfühlte, als müsst's ihr zur Nase rausrutschen, anscheinend hatt sie sich irndwann eingepisst, wensgens hatt sie keenen Riesenschiss nich inne Hose, au weia, die Aussicht, hier bald an richtges Geld zu kommen, war wohl so gut wie die Chance, Köngin von Engelland zu wern …

Hmm, der Bock da hat vielleicht mehr als ein schietgen Zehner inne Täsch, dachte Lotti, hoffte es zumindest, indem sie zu eim langen, feisten, ollen Schwatten schlich, wo längs auf'm Rücken lag und schnarchte, sodass sein Spitzbauch inne Luff ragte, die übliche speckig-graue Hose und ein vollgekotzte Marinejacke trug, er hatt Krätze und Schorf und was nich alles, abba er hielt ein halb leere Pulle *Old Crow* inne Pratze, nich die Muskateller-Weißweinpisse, wo man sons soff in den Kreisen, musste ihn *acht Mäuse* kostet hahm, wenn er sie nich geklaut hatt …

Sie ließ sich irndwie neben ihn sinken, als hätt sie ein Kollaps, zuckte und ruckte, als wär sie ein Scheißjunkie auf Entzug, nich dass sie damit Müh gehabt hätt, so wie sie sich fühlte, brabbelte und stöhnte, sabberte Seiber mit viel Blasen, keen Anblick nich, wo wer sich gern ansehn tät, wahrhafftich, und als der olle Knochen, wie's schien, nich wach wurd, dacht sie sich, sie könnt mit Recht meinen, er war gar nich irndwie bei Besinnung.

Also tappte sie mit der Hand, als wär sie ein dicke, olle Spinne, übern Asphalt, und schlängelte sie inne Außentäsch vonne Marinejacke, fühlte drin rum, da war irndwas Schlüpfrigs drin, davon wollt sie vielleicht lieber nicht wissen, was es war, sons war nix drin, drum nahm sie die Kralle raus und schob sie stattdessen unter die Jacke und inne Seitentäsch vonne Hose, hui, war das etwa ein Rolle *Geldscheine …?*

»WATT MACHSU DA?!«

Wumm! Bamm! Au! Aaah! Scheiße!

Schwer zu sahn was zuerst passierte alles schien nämlich vor ein Sekunde gewesen zu sein mit ein Pranke fasste der Scheißkerl sie am Handgelenk furchtbarer Schmerz sie konnt kaum was sehn oder denken und dann der Fuselgestank ihr schwindelte als müsst sie in Ohnmacht fallen der Lump hatt ihr sein Fläsch mitten auf 'n Kopp geknallt hielt jetzt die abgebrochne Pulle inner annern Hand als wollt er ihr vaflucht noch mal das Ding inne *Augen* stechen!

Abba irndwie is der Schnelle Schlitzer schon ausse Täsch und sie schreit und sticht die Klinge kräftich innen Arm vonner Hand wo ihr Handgelenk hält.

»Aaaaaah!«, heulte der Schwatte und ließ los Lotti warf sich zur Seit wich der abgebrochnen Pulle aus das Glas streifte bloß ihre Backe wo sie scharfen Schmerz spürte sie riss das Messer raus taumelte hoch …

»Achu Scheiße!«

»Schnappt sie euch!«

»Bullen!«

»Mist …!«

Alle wo nich zu stoned warn stannen jetz auffen Füßen schrien und zeterten und gaben keen Ruh nich anstatt sich ummen eignen schiet zu schern plötzlich war ein Aufruhr inne Passage als hätt wer die Wanzen hinner die Tapete aufgeschreckt einge Typen tappten auf sie zu andre machen sich dünne der Schwatte rappelte sich auf er war ein echt GROSSER Knacker über ein Arm lief ganz viel Blut als ob es richtich raussprudelte abba innern annern Faust hatt er noch die Fläsch und wenn man sah wie ihm die blutunterlaufnen Glotzbomben schier aussem Kopp quollen und er irndwie Anstalten machte sich auf sie zu stürzen und ihn brüllen hörte musst man einfach den Eindruck hahm dass er *echt total sauer* war und dazu kam dass Lotti sich gar nich so gut fühlte ihr Birne schien ein Mülltonne voller kaputter Colapullen und varosteter Rasierklingen zu sein ihre Knie warn weich vonnem Fuseldunst wo ihr ins Gesicht wehte war ihr ganz mulmig und das klebrige Zeuch musst wohl *Blut* sein sie stand irndwie krumm da und hatt ein großes blutges olles Messer inne Fasse und das konnt sie in Valehnheit bringen denn DA KAMEN NÄMLICH DIE SCHEISSBULLEN!

Zwo warn es, rannten aussem Haupttunnel rein, schwangen die Radiergummis, stolperten und schlitterten über Pappkartons, Berberbälger, Suffköppe, Leichen, alles Mögliche, bahnten sich ein Wech durchs Gewirr und hatten's ganz klar auf sie abgesehn.

»Polizei! Lass das Messer fallen!«

»Stehen bleiben! Polizei!«

Na, vielleicht lag's an den blauen Uniformen mit den Messingknöppen, den blöden Bullenmützen oder einfach anner *Einstellung* der Typen, abba sogar inner jetzgen Vafassung war Lotti *völlig klar*, mit *wem* sie 's zu tun hatt, und sie wollt lieber gar nich hörn, was sie zu sahn hatten, und sich unter solchen Umständen auf den Schnellen Schlitzer zu valassen, hielt sie auch nich für besonders schlau.

Also nahm Lotti fluchs die Beene inne Hand.

Sie flitzte zur rechten Wand, vasuchte so viel Leut wie möglich zwischen sich und die Bullen zu bringen, trat Kartons zusammen, kickte Schlafsäcke und was nich alles inne Gegend, schob zwo Bälger vor sich aus'm Wech, fuchtelte mit dem blutgen Messer und schrie wie am Spieß, um das ganze Durcheinander irndwie noch zu steigern, und eh die Polypen durchs Getümmel zu ihr gelangen konnten, war sie anner annern Wand, machte kehrt, lief dran lang in Richtung großer Fußgängertunnel, sie zischte richtich ab wie ein vonnen Football-Heinis, die Bullen drehten auch um, liefen ihr wieder nach, oder wollten's wensgens, schubsten und stießen Leut anne Seit …

Ach du Schiete, der ein holte sein Scheiß*schießeisen* raus!

Abba inzwischen hatt sie den Stollen erreicht, wo die vielen Pendler durchwetzten, und anstatt fein still anne Wand längs zu huschen, wie ein nette, kleene Straßenstreunerin es sons tat, wo unauffällig sein wollt, sprang sie direkt inne Mitte vonnem Gelatsche, kreischte, seiberte und ließ das große, blutge Messer sehn, das gab Aufregung, jau woll, all die vielen braven Bürger wollten ihr gleichzeitig aus'm Wech gehen, keener sich nich mit ihr anlegen, das macht's schwierig für die Bullen, auf sie zu ballern, und aufholen konnten sie auch nich so recht …

Durch den Scheißkorridor zum U-Bahnhofseingang raste sie, zu den Kassenschaltern, da war Gedränge wie immer, ein Reihe Drehkreuze vasperrte den Zugang zu den Bahnsteigen, abba da schiss sie drauf, sie musst nich rüberspringen, als wär sie O. J. Simpson, sie braucht gar keen Hochleistungsspottlerin nich zu sein, um die Passanten wechzuscheuchen, sondern nur ein bisgen mit'm Messer zu drohn, und schon konnt sie auf'm Bauch *drunter* durchkrabbeln …

Im Zugangsbereich zur Treppe, wo auf 'n Bahnsteig

Richtung Innenstadt führte, blieb Lotti kurz stehn und guckte sich um, Scheiße, sie warn noch immer hinter ihr her, und 's sah aus, als wärn's jetz *drei oder vier* Bullenschweine, wo ihr nachsetzten, also sauste sie die Treppe runter, wensgens wollt sie 's, bumste aber gehn so ein dreckjes Aaschloch, wo grad *rauf*kam, wohin wollt der vawanzte Wixer eintlich, sie stolperte die letzten Stufen abwärts, knallte gehn ein olle Giftspritze, wo auf italienisch oder sons was Kanakengeschimpfe ausstieß, und plumpste regelrecht mit allen vieren auf 'n Bahnsteig, zwischen den Haufen Aaschkekse, wo da auf die nächste U-Bahn warteten …

Sie kroch ein Stück weit raffte sich gleichzeitich mehr oder wenger irndwie auf als wär sie ein Aff wo durch die Fahrgäst hoppelte haute sich mit der Machete ein Gasse durch 'n Menschendschungel ächzte und japste sie war völlich außer Atem das musst man sahn wehn dem Blut konnt sie kaum was sehn ihr war zum Kotzen über die Schulter guckte sie hinter sich o Scheiße die Bullen folgten ihr fünf sechs warn's inzwischen oder ein Milljohn, sie schwangen die Scheißballermänner Bürger krakeelten hopsten zur Seit sie musst …

Au Scheiße!

Kaum ein Meter vor ihr sah sie 's Bahnsteigende, ein dreckje, popelgrüne Mauer, und hinter ihr kam die Hälfte aller Apparatschiks vonne ganze Stadt angerannt!

Da half alles Nachdenken nich, momentan hatt sie auch wenich *womit* sie hätt nachdenken können, ihr blieb gar keene Wahl nich …

Lotti kauerte sich hin, rutschte anne Bahnsteigkante, schwenkte den Aasch annen Rand und hüpfte über ein Meter tief runter, wumste mit 'n Schienbeinen auf die öligen, ollen Schwellen zwischen 'n Gleisen, dass es weh tat, und schon wieselte sie fort, halb torkelte, halb stolperte sie voran, in den Scheißbahntunnel, wo's ziemlich dunkel war, abba nich zappenduster, wie man 's hätt meinen sollen, überall leuchteten nämlich kleene, blaue Lämpchen …

Peng! Bang! Ka-*scheng*!

Ach du vaflixte Schiete!

Hinter ihr sah sie vier oder fünf Scheißbullen gehns helle Licht vom Bahnsteig sich abzeichnen, die miesen Greifer gaben's einfach nich dran, sie zu jagen …

Peng! Bamm! Jaul!

… und jetz *schossen sie sogar auf sie*!

Rotz sickerte Lotti aussem Zinken ein Milljohn Rasierklingen trennten ihr innerlich 's Fleisch vonnen Rippen sie kriechte keen Luff nich mehr irndwie tanzten ihr bunte Funken vor die Kieker sie raffte nich mehr so recht wasse da tat ach ja sie floh da flott inne Dunkelheit um die Kurve und *Pling! Plang!* das Zeuchs wo ihr nachflog prallte vonnen Mauern ab sie musst ers mal halten um zu göbeln …

Was war das für 'n Geräusch wo wie ein gewaltich lautes Magenknurrn klang wovon die ganzen Scheißwänne wackelten?

Huuu sieh mal da ein großes grellichtes Licht kömmt auf mich zu!

Fix näherte sich ihr durch 'n Bahntunnel gelbe Hellichkeit, und annen Seiten warn noch zwo kleene Lichter, so was wie Prositjohnslämpchen, und drüber sah man ein längliches, irndwie beleuchtes Feld mit *Schrift* drin, ey was sollt denn das …?

Ein U-Bahn *saust auf dich zu, du blöde Dummfutt, und fährt dich gleich übern Haufen, jau das isses!*

Etwa zehn Sekündchen bliem Lotti Zeit zum Überlehn zum Abhaun sie presste sich mit'm Rücken anne Tunnelwand da warn Rohre Kabel und so Schiet sie schrie sabberte und heulte pisste inne Hose drückte sich irndwie längs die Mauer und da grad als der Zuch sie fast schon plättete schwuppte sie rückwärts inne Nische oder so was und die U-Bahn rumpelte ratterte kreischte quietschte zehn Zentimeter an ihr Nas vorbei *ewig* schien es zu dauern wärnd sie nich zu knapp auch quietschte ja kreischte und ein dicke Ladung Kacke wo glühte wie Feuer schoss ihr aussem Gasometer glitt ihr annen Schenkeln runter unnen Waden …

Und dann …

Und dann …

Dann war der Zuch wech, und mit eim Mal war alles anners. So als hätt sie abgedankt und wär jetz woanners, vielleicht nich grad in so was wie ein Schiethimmelreich, abba auf alle Fälle wo es *viel, viel besser als vorher* war, woll, da gab's echt keen Zweifel nich.

Wenn der Zuch die Bullen, wo sie gehetzt hatten, platt gemacht hatt, sollt ihr das Schnuppe sein, jau wieso denn nich, abba auch falls sie in Sichaheit warn, zwischen denen und ihr war jetz ein Halbdutzend U-Bahnwaggons.

Lotti beugte sich vor und ließ die Kotze hochbrodeln, ein Menge eklichte, saure Brühe brannte ihr währnd des Reiherns inne Gurgel, abba au ja das tat jehnfalls gut den Dreck auszuschleimen, nun konnt sie wieder atmen, und plötzlich war's total still, und sie löste sich aus die kleene Nische inne Wand, wo ihrn Aasch gerettet hatt, und da stand sie ganz allein auf 'n U-Bahngleisen und äugte innen Tunnel, innen endloses, bodenloses Nachtdunkel.

Da war's gar nich so gruselig, wie man 's hätt denken können.

Wenn man berücksichte, was sie hinter sich hatt.

Ein hinter der annern erleuchteten die kleenen blauen Lämplein den Wech hinein, ohne Ende führten sie runter inne geheime Welt unner der Stadt, wo keen Bullen nich sich hintrauten, wo niemand sie finden, wo man *richtich* unnertauchen, man wer weiß wie weit wandern konnt, anner annern Seit wer weiß wo raus kam, falls überhaupt je. Was dort innem düstern blauen Dunkel vor ihr lag, wußt Lotti nich, abba da gab sie nix drum, weil sie nämlich genau wusst, was sie hinnerm U-Bahnzuch erwartete, klaro.

Die Beene beschmiert mit'm eignen Scheibenhonig, währnd ihr 's im Kopp dröhnte wie vonner schweren Kirchenglocke, es ihr schwindelte, sie vielleicht zuckte und schlotterte, ihrn einzgen Freund, den Schnellen Schlitzer, fest inne Schaufel, im Bauch ein irndwie hohles Gefühl, vor ihrn Quinkern lauter buntes Flimmern und Glimmern, als hätt sie ein kaputten Fernseh vor sich, lahmte Lotter-Lotti, wo trotzdem so wie komisch abgehohm zumute war und wahrhafftich friedlich inne Seel, hinab-hinab-hinab inne willkommne Dunkelheit, inne kühle, feuchte Stille …

Das Leben nahm seit kurzem einen erfreulichen Verlauf, sann Texas Jimmy Balaban, als die Möbellieferanten sich schließlich verabschiedet hatten.

Zwar war der Winkeladvokat, den er damit beauftragt gehabt hatte, ihn vor Marshas Scheidungsklage zu schützen, durch ihre Staranwältin glatt an die Wand gespielt worden, und die Richterin hatte ihr für die Zeit, in der *RALFS WELT* Programmbestandteil blieb, die Hälfte seiner Einkünfte als Produzent der Show zugesprochen.

Aber dank des Steuerberaters, den er nach dem Gerichtsurteil, allerdings *bevor* Archie Madden die zweite Dreizehnwochen-Staffel unter Dach und Fach brachte, mit seinen Finanzangelegenheiten betraut hatte, durfte Jimmy als Letzter lachen.

Der Steuerberater hatte eine Produktionsfirma gegründet, deren Aktionäre Jimmy und Ralf waren, und dieser Firma flossen alle ihnen zustehenden Gelder zu. Deshalb erhielt Marsha letzten Endes lediglich die Hälfte des Gehalts, das die Firma ihm als dem Produzenten zahlte.

Die Bezahlung lief, da die schicke neue Wohnung nahe Sunset Strip, sämtliche darin befindliche Einrichtung sowie der Cadillac der Firma gehörten, auf nicht mehr hinaus, als er brauchte, um zu essen, zu trinken und ein angenehmes Leben zu haben: Dafür gab er pro Woche einen Tausender aus. Und mehr bekam folglich auch seine gierige Schlunze von Ex-Frau nicht.

Und obwohl Jimmy jährliche Unterhaltszahlungen in Höhe von rund 50 000 Dollar nicht eben als Klacks betrachtete, bereitete es ihm ausreichende Genugtuung, dass Marsha nur den gleichen Betrag einsackte, den *er* als Klimpergeld einzustecken beliebte, um ihn an einem strahlend sonnigen Morgen wie heute in eine Stimmung diebischen Vergnügens zu versetzen.

Zumal Jimmy von einer ganzen Anzahl Männer wusste, die plötzlich den großen Schnitt gemacht hatten, als die Zeit eigentlich reif für ihre Midlifecrisis gewesen wäre, und vor dem Scheidungsgericht erheblich übler über den Tisch gezogen worden waren, als er in seinem Fall.

Jimmy überquerte den weichen, königsblauen Teppich zum Teakholz-Messing-Beistelltisch neben dem waldgrünen Sofa und wählte unter dem Zigarrenangebot in dem großen Walnuss-Humidor eine Montechristo Churchill aus. Warum nicht? Schließlich *inhalierte* er ja keinen Zigarrenrauch.

Er schlenderte zu der *tod*schicken, nagelneuen Rauchglas-Ebenholz-Bar, schenkte sich einen Wild Turkey mit Eis ein und ging auf den im zweiten Stock befindlichen Balkon, um sich das Treiben rings um den Swimmingpool anzuschauen.

Dieses Junggesellenappartement einen Block nördlich des Sunset Strip blieb niveaumäßig vielleicht etwas hinter den Ansprüchen zurück, die er sich tatsächlich hätte erfüllen können; einerseits *wäre* es ihm möglich gewesen, eine Wohnung am Yachthafen oder ein kleines Haus mit Aussicht auf den Hügeln zu beziehen, doch andererseits, er war frei, noch nicht einmal fünfzig und ein erfolgreicher TV-Produzent mit Moos, und unter diesen Umständen zog er die *hiesige* Aussicht vor.

Nämlich den Ausblick aus dem zweiten Stock auf den Swimmingpool eines feschen Hollywooder Appartementblocks, in dem die netten Nachbarn engen Kontakt zu aufstrebenden jungen Schauspielerinnen und Flugbegleiterinnen pflegten, die da jeweils zu Zweit und zu Dritt wohnten.

Gut, man konnte nicht unbedingt behaupten, es wäre alles perfekt, aber wann hatte man dazu schon wirklichen Grund?, überlegte Jimmy, während er versonnen an einer zehn Eier teuren, geschmuggelten Havanna nuckelte, aber in der Realität war es so nahezu perfekt, wie man es im richtigen Dasein erwarten durfte.

Zu dumm, dass Dexter und Amanda es nicht ebenfalls verstanden, die Verhältnisse locker zu sehen.

Was ergab es für einen Sinn, so viel Dusel zu haben, aber sich mit Sorgen um die Frage zu zermürben, wie lang es gut gehen konnte, anstatt die Gunst des Schicksals zu genießen, so lange das Glück lachte?

Das Arbeitsessen mit Amanda war vollkommen durch Schauspielerbedenkenträgerei beherrscht gewesen.

O je ...! Archetypen. Personifikationen. Schauspielerei. Darstellerei. Künstler gerieten unter den Bann der

Rollen, die sie spielten, und wurden Schizos. Ralf verlöre die Kontrolle über die Performance und unterläge den Einflüsterungen des kleinen Manns im Ohr, des Freakgeists oder sonst etwas, ähnlich wie der Shatner regelmäßig vergaß, in Wahrheit gar nicht Captain Kirk zu sein.

Und *Amanda* hatte während der Diskussion ständig Chablis getrunken, während *er* reichlich Hochprozentiges gekippt hatte, um das Psychogesabbel verkraften zu können.

Denn wann, so hatte er freundlich zu verdeutlichen versucht, war durch methodische Planmäßigkeit, obschon sie durchaus nicht wenige Schauspielerinnen und Schauspieler mit Erfolg gekrönt hatte, jemals ein *Komiker* an die Spitze aufgestiegen?

Und dann kam Lampkin mit *seinem* Quatsch, dass Ralf größenwahnsinnig würde und sich für den Maharishi hielte, der Charakter, den *er* geschaffen zu haben glaubte, geradeso wie Dr. Frankensteins Monster aus dem Labor entwichen wäre und sich in ein Ungeheuer verwandelte, das die eigenen Fanclubs fräße.

Als hätte er mit jemandem geredet, der noch nie einen Komiker gemanagt hatte; obgleich es *Dexter* war, dem Erfahrungen hinsichtlich der geistigen Gesundheit oder Gestörtheit von Komikern fehlten.

»Regen Sie sich ab, Dex«, hatte Jimmy ihn getröstet, »Sie dürfen mir glauben, es gibt keine Komiker, die nicht zu heiß gebadet sind, entweder stammen sie aus der Klapse oder sie sind auf dem besten Weg dahin, was denken Sie denn, weshalb ich so häufig von Freaks spreche?«

Geduldig hatte Jimmy erklärt, dass es, weil die meisten Späße auf grotesker Übertreibung dieser und jener Sachverhalte der wirklichen Welt beruhten, niemanden verwundern durfte, wenn die Personen, die sich damit den Lebensunterhalt erarbeiteten, eine Art von verzerrter Weltsicht entwickelten, beziehungsweise – anders herum ausgedrückt – man beachten musste, dass es schwierig wäre, sich als Stegreifkomiker zu behaupten, betrachtete man die Welt nicht durch eine satirische Brille.

Allerdings hatte Jimmy, weil Dexter und Amanda in ein und das selbe Horn stießen – ein Vorgang, der so ungewöhnlich war, als machte ein Pitbull einem Kätzchen schöne Augen – und sein Goldesel, wie er einräumen musste, seit gewisser Zeit noch ein wenig sonderbarer als sonst, aber weniger witzig auftrat, kurzerhand entschieden gehabt, dass es an der Zeit sein mochte, um ihn einmal ins Gebet zu nehmen.

Stattgefunden hatte die Unterredung in der Künstlergarderobe, im Anschluss an eine Show, in deren Verlauf Ralf umhergetanzt war wie Sammy Davis auf Speed, wieder viel zu hartnäckig auf Stimmungstötern wie endlosen Nörgeleien über Giftmülldeponien herumgeritten sowie die Gehirnakrobaten des Studiopublikums abgekanzelt hatte, als wäre er Don Rickles und mimte an der Stelle Charlton Hestons im Monumentalfilm Moses, und es ihm mit nichts davon nur ein einziges Mal gelungen war, den gesamten Saal zum Lachen zu reizen.

Nach der Sendung kam Ralf in die Garderobe gestürmt, hatte nach Schweiß und Adrenalin gerochen, mit den Fingern einer Hand hektisch auf dem Umkleidetisch getrommelt, während er sich mit der anderen Hand das Make-up aus dem Gesicht wischte, ein Betragen, das nach Texas Jimmys professionellem Urteil vollauf als normales Verhalten eines durchschnittlich schwer vom Affen gebissenen Komikers nach der Darbietung gelten konnte.

»Na, Jimmy, wie war ich?«, fragte er und verfehlte, als er die Kleenextücher fortwarf, den Abfalleimer.

»Tja, ich will's mal so sagen, Ralf, Sie sind heute

Abend nicht unbedingt auf dem Bauch gelandet, aber ich würde die Publikumsreaktion nicht als Lachkonserve verwenden ...«

Ralf öffnete sich einen Perrier und schlürfte einen langen Zug gleich aus dem Fläschchen. »Ist das Ihre vornehme Ausdrucksweise dafür«, fragte er, »dass der Auftritt zum Himmel gestunken hat?«

Er sah Jimmy an, und seine Augen, die vorher zu rotieren schienen wie die Chromradkappen eines Corvette, der auf der Autobahn dahinraste, waren mit einem Schlag kühl und ruhig geworden, unheimlich vernünftig, hätte man es in Anbetracht der Umstände fast nennen können.

»Es gibt Flops und es gibt Mittelmäßigkeit, Ralf«, hatte Texas Jimmy mit aller Zurückhaltung geantwortet. »Ich will mich mal so ausdrücken: Die Nummer wirkt in letzter Zeit teilweise 'n bisschen abgedroschen ...«

Nach seiner Erfahrung hatten Komiker große Ähnlichkeit mit Freiluftballons: Aufgeblasene Egos voller heißer Luft, die man mit einer Stecknadel zum völligen Schrumpfen bringen konnte, darum bedurften sie, wenn sie auf der Höhe bleiben sollten, einer vorsichtigen Behandlung.

Doch zu Jimmys Überraschung blieb Ralf Mensch.

»Fünf Tage in der Woche muss ich vor diesen SciFi-Fatzken und zerknitterten alten Exilprinzessinnen aus Atlantis stehen, und Sie erwarten Grouchos Wiederkunft?«, meinte er mit knappem Achselzucken, und sein Argument musste ohne weiteres als stichhaltig anerkannt werden. »Das ist nicht anders, als hätte ich täglich Sketsche mit den Insassen von Charenton zu spielen.«

Jimmy hatte recht verständnisvoll gelacht und die gelockerte Atmosphäre ausgenutzt, um zur Sache zu kommen. »Dexter und Amanda haben mir einzureden versucht«, äußerte er in der Hoffnung, mit seiner Unverblümtheit kein Porzellan zu zerdeppern, »dort könnte demnächst, wenn Sie nicht Acht geben, Ihre Endstation sein.«

»Tatsächlich?«

Ralfs Augen gaben nicht mehr preis als die Spiegelbrille eines Verkehrspolizisten. Aber gesagt war gesagt.

»Anscheinend sind sie der Ansicht, Sie gingen mit dieser Guru aus der Zukunft-Masche etwas zu weit, Ralf, nähmen sie eventuell ein wenig zu ernst, sie befürchten, Sie vergäßen vielleicht, dass sie bloß 'n Gag ist …«

»Und wie denkt mein Manager darüber, Jimmy …? Von Mann zu Mann …?«

Jimmy konnte nicht unterscheiden, ob das Kräuseln zwischen Ralfs Lippen Amüsement oder Verdruss bezeugte. Also entschied er sich – von Mann zu Mann – für die Wahrheit.

»Tja, lassen Sie 's mich mal so formulieren, Ralf, ich habe ja alle Ihre Auftritte erlebt, und Sie müssen zugeben, die Versuchung ist da …«

»Versuchung?«

»Komm, Ralf, um Gottes willen, als wir uns kennen gelernt haben, waren Sie 'n abgehalfterter Komödiant bei Kapplemeyer. Und heute sind Sie ein Star mit eigener Fernsehshow, einem Fanclub, und im Studiopublikum wimmelt's von Einfaltspinseln, die *wollen*, dass *Sie* ihr Idol …«

Ralf stieß ein heiseres, wieherndes Gelächter aus.

»*So was* bezeichnen Sie als *Versuchung*?«, johlte er. »Den Heiland des Affenvolks zu markieren? Ich schnall ja ab, Jimmy. Haben Sie sich das Pack mal *angesehen*? Würden *Sie* darauf Wert legen, der Messias solcher Gestalten zu sein?«

Jimmy lachte, fühlte sich erleichtert und kam sich gleichzeitig ein wenig dämlich vor. »Aber warum *hän-*

gen Sie dann so sehr den Guru raus?«, fragte er trotzdem. »Und sagen Sie nicht, es wäre nicht wahr.«

Ralf langte in ein Fach des Ankleidetischs, holte eine Flasche Hennessy heraus, goss nicht zu wenig Cognac in zwei Plastikbecher, reichte einen Becher Jimmy, trank ein Schlückchen: Und da schau her, was der kleine Trick bewirkte, wer nahm hier nun wen ins Gebet?

»Also wirklich, Jimmy, ist das nicht genau die Rolle, die mir bis auf weiteres zugeteilt worden ist?«, fragte er mit weicher, beschwichtigender, beinahe schmeichlerischer Stimme. »Was soll ich denn *anderes* tun, als meine Sache so gut wie überhaupt möglich zu machen?«

»Nun ja, sicher, da haben Sie Recht, aber ...«

»Es hat dazu beigetragen, die Show zu retten, oder nicht, Jimmy? Auf alle Fälle fördert's das Merchandising, oder etwa nicht?«

Während Jimmy einen Schluck Cognac genommen hatte, war ihm in Ralfs Blick etwas aufgefallen, das er seines Wissens noch nie bei ihm bemerkt gehabt hatte: Einen einigermaßen glaubhaften Ausdruck brüderlicher Aufrichtigkeit. Vielleicht unecht, aber immerhin eine sehr überzeugende Hollywood-Version.

»Seit wann verstehen *Dexter Lampkin* und *Amanda Robin* von Stegreifkomik mehr als Sie und ich?«, fragte Ralf. »Wollen Sie etwa dulden, dass diese Amateure uns Knüppel zwischen die Beine werfen?«

Und dann hatte Ralf ihm den Blick eines Medienmoguls zugeworfen, der sein untergebuttertes Opfer anstierte, außer der dicken Zigarre fehlte wahrlich nichts, er hatte die Augen leicht hervorquellen lassen, mit den Plastikbechern mit ihm angestoßen und den nächsten Satz im Stil Bela Lugosis gesprochen.

»*Isch* bin aussa *Zu*kunft *Holly*wuzz«, sagte er. »*Vertraun Se mir,* isch weeß wassisch tu.«

Diese Selbstironie hatte Jimmy nun wirklich neues Vertrauen eingeflößt, sie hatten beide gelacht und ein weiteres Mal auf den Erfolg der Show getrunken. Bei der Erinnerung daran hob Texas Jimmy zufrieden seinen Wild Turkey on the rocks und trank im Stillen abermals auf die gemeinsame Erfolgssträhne.

»Hallo, Mr. Balaban, was is dös was Sie sich da gönne?«

Unten am Swimmingpool hatte sich eines der Mädels, wie hieß sie doch gleich wieder, Dawnie, Donna oder so – sie hatte ein paar Laufstegauftritte und eine wirklich nachbarschaftliche Einstellung vorzuweisen –, sich auf der Liege umgedreht und winkte ihm zu, ihr roter Spaghettibikini ließ der Phantasie gerade noch ein *klein wenig*, aber wahrhaftig *nicht viel* Raum.

»Nur das Beste, Schätzchen«, rief Jimmy hinunter. »Soll ich Ihnen 'n Glas bringen?«

»Hätten 'S was dagöhn, wenn ich zu Ihn'n komm und 's mir hol?«, rief sie mit dick aufgetragen gespieltem Südlerakzent herauf, der wohl kaum zu Ruhm und Reichtum verhelfen konnte.

»Überhaupt nicht, Liebchen«, gab Texas Jimmy beglückt zur Antwort. »Ganz im Gegenteil, 's soll mir recht sein.«

zehn

Die Szene hinter der Bühne erinnerte Texas Jimmy Balaban an einen der alten Boxerfilme, nur waren *drei* Kämpfer und ihre Trainer zugegen, und sie war nicht in Schwarz-weiß.

Da stand Dexter Lampkin und tuschelte *seinem* Mann in letzter Minute Ratschläge ins Ohr, dem weltbekannten Bestsellerautor Dr. Fritz Kaine, der als Repräsentant der Futurologiesparte mitwirken sollte und einen pulvergrauen italienischen Anzug mit weißem Hemd und rotem Schlips trug.

Daneben sah man Amanda Robin mit *ihrem* Wettstreiter, der in gebügelter, blauer Jeans und rotgelbem afrikanischem Daishiki angetanzt war, einem Talkshow-Veteranen, den man unter dem Namen Sammy D. handelte und den Jimmy schon bei Spitzenleuten wie Letterman und Leno gesehen hatte; mit seinem Schopf weißen Haars sah er aus wie ein Hippiebruder Albert Einsteins.

Doch der dritte Mann im Ring sollte kein Schiedsrichter sein, sondern *Jimmys* Schlachtross Ralf, der nervös auf den

Fußballen wippte, aber wenigstens kein Schattenboxen betrieb; trotzdem sah er wohl ein Stück weit zu verdächtig schlagkräftig aus, als dass er, wäre er wirklich Boxer gewesen, den Buchmachern nicht zu denken gegeben hätte.

Texas Jimmy öffnete das Tablettenröhrchen, ließ eine Maaloxan in die Handfläche rutschen, steckte sie in den Mund, zerkaute sie lautstark und schlang sie trocken hinab.

Jimmy zählte nicht zu den Typen, die in jeder Suppe ein Haar fanden, aber seine Verdauungsbeschwerden sagten ihm, dass ungeachtet dessen, was alle übrigen Beteiligten von der Chose dachten, Archie Madden kurz davor stand – so wie der Produzent in dem alten Heuler von Hollywoodwitz –, seine kreative Genialität unter Beweis zu stellen, indem er Geld in Scheiße verwandelte.

Aber wer wusste, wie viel von dem Humbug ursprünglich wirklich zurück auf einen Geistesblitz des Junggenies ging …?

Gewiss, es *war* Madden gewesen, der Jimmy und Ralf zum Arbeitsessen eingeladen gehabt, und es stimmte, dass Madden die Idee für eine zusätzliche Staffel im Sommer unterbreitet hatte; und trotzdem …

Archie Madden hatte das Treffen in einem der piekfeinen Restaurants am Rande von Beverly Hills anberaumt, die keine Straßenschilder kannten, in denen Macher und Konsorten ihre Powermahlzeiten einnahmen; dieses Etablissement hieß *Les Racines Naturelles*. Innen erwies es sich mehr oder weniger als so, wie Texas Jimmy es erwartet hatte: Weinrote Tapete an den Wänden, Pseudogaslaternen-Beleuchtung, formell gedeckte Tische, Kellner im Frack und Gäste in konservativer Bürokleidung.

Nur umfassten zwei Drittel der Gäste Schwarze, und

sämtliche Kellner waren nicht nur Weiße, sondern obendrein Hellblonde mit blauen Augen.

Und wer hätte jemals *gedacht*, es könnte ein *vegetarisches* Soulfood-Restaurant geben?

Schwarzaugen-Bohnen, fünf Sorten Vollkornbrot mit Obst und Gewürzen, vier Gerichte überbackenen Gemüses, makrobiotische Maiskolben, kandierte Yamswurzel, sechs Sorten Baked Beans, Kartoffelauflauf, Nudelauflauf, Pekannussauflauf, Ananassalat, Kiwisalat, Apfelkuchen, jede erdenkliche Beilage, um Himmels willen, aber kein Rippchen, kein Schnitzel, nicht ein Schinken im Haus, und die Weinkarte beschränkte sich auf Weißweine zu Preisen, die Jimmy noch heute einen Schlaganfall verursacht hätten, wäre die Rechnung an ihm hängen geblieben.

Madden war schon da, als Jimmy genau pünktlich eintraf; er trug einen seriösen, nämlich anthrazitgrauen Anzug, das Junggenie war in einem augenfälligen, umgekehrten, also weiß-schwarzen Nadelstreifenzug erschienen, der aussah, als hätte man ein Trikot der *New York Yankees* für einen Wall Street-Banker umgeschneidert.

Gerade als sie sich die Hände schüttelten, kam auch Ralf, im – natürlich, was sonst? – Futuredress. An jedem anderen Ort, selbst in den eleganteren Restaurants der Hollywooder Fressmeile oder am Rodeo Drive, wo man Autogrammjäger schon von der Polente abführen ließ, wenn sie nur ein Notizblöckchen zückten, hätte das Erscheinen des Stars von *RALFS WELT* im vollem Klafott große Augen, ein gewisses Verstummen unter den Gästen sowie beim Personal Strammstehen und Bücklinge zur Folge gehabt.

Hier jedoch kräuselten die Kellner nur die Lippen, und die Gäste fühlten sich offenbar nicht nur wenig beeindruckt, sondern verhielten sich, als wünschten sie ernsthaft, er würde sich recht bald unsichtbar machen.

Nach der üblichen Verständigung über Essen und Wein sowie der gegenseitigen Beglückwünschung, eine Show auf die Beine gestellt zu haben, die im Herbst in die zweite Staffel gehen sollte, sprach Madden gleich sein überraschendes Anliegen an.

»Wir nehmen uns was Neues vor, Jungs«, sagte er. »Wir schieben eine Sommer-Staffel ein.«

»Verschonen Sie mich mit so was, Affenboy«, stöhnte Ralf. »Ich brauch 'ne Pause.«

»Ja«, meinte Jimmy, »ich bin auch der Ansicht, wir lassen's im Sommer ganz locker laufen, ein paar Liveauftritte in Vegas, am Lake Tahoe, vielleicht auf Hawaii, aber keine große Tournee zwischen den Staffeln …«

Archie Madden hatte den Kopf geschüttelt. »Das wäre ein *halbherziger* Schachzug, und ein halbherziger Schachzug ist ein *schlechter* Schachzug«, erwiderte er. »Gut, die Show bringt im bundesweiten Durchschnitt fünfundzwanzig Prozent Einschaltquote, das reicht allemal, um 'ne zweite Dreizehnwochen-Staffel im Herbst zu rechtfertigen. Aber ich habe beschlossen, dass wir richtig durchstarten, Jungs, wir wagen einen Versuch in der Hauptsendezeit.«

»Zur *Hauptsendezeit*?«, rief Texas Jimmy. »Sind Sie verrückt geworden?«

Das Junggenie süffelte französischen Chablis im Wert von fünf Dollar und grinste ihm zu wie William F. Buckley während seiner Salonlöwen-Nummer.

»Gewissermaßen«, gab er zur Antwort.

»*Gewissermaßen?* Seien Sie realistisch, Archie! Wenn Sie glauben, Sie könnten mit so 'ner Show gegen das konkurrieren, was die anderen Programme während der Hauptsendezeit aufbieten, sind Sie viel schlimmer als bloß *gewissermaßen* übergeschnappt.«

Madden lachte. »Gewissermaßen in der *Hauptsendezeit*«, stellte er klar. »Wir fangen eine halbe Stunde vorher an, sodass die erste Hälfte der Show lediglich mit Computerspiel-Clubs und ähnlichen Lokalprogramm-Lückenfüllern konkurrieren muss, die von den Nachrichten zur Hauptsendezeit überleiten, und die zweite Hälfte der Show braucht sich im Sommer überwiegend nur gegen Wiederholungen zu behaupten. Ich bin der Auffassung, mit dem Trick können wir bundesweit durchschnittlich ein Drittel der Fernsehzuschauer erreichen.«

»Und im Herbst?«, fragte Jimmy. Er erachtete den Einfall noch immer als *völlig* abwegig. Es mochte sein, dass die Show um die umrissene Uhrzeit eine Sommer-Staffel durchstand, aber im September, wenn die Sender zur Hauptsendezeit neue Folgen aller beliebten Erfolgsserien präsentierten, würde sie fürchterlich abschmieren.

Archie Madden zuckte die Achseln. »Qué sera, sera«, zitierte er unbekümmert.

Aufmerksam forschte Jimmy in der Miene des Junggenies. »Was haben Sie vor?« fragte er. »Wollen Sie uns vorsätzlich aufs Glatteis schicken? Sehen Sie irgendeinen Grund, um die Show abzuschießen, und möchten Sie sie zu diesem Zweck aufs Abstellgleis schieben?«

Madden stutzte und schaute nun *ihn* an, als wäre er nicht bei Verstand. »Warum sollte ich eine Goldene Gans schlachten?«, fragte er im unschuldigsten Ton. »Mir geht's darum, dass sie möglichst lange Eier legt.«

»Möglichst lange?! Aber wie können Sie denn erwarten, dass ...?«

»Eine Stunde pro Woche kostet uns nur ...«

»Eine Stunde pro Woche?«

»Hab ich 's nicht erwähnt ...?«

»Nein, Archie, haben Sie nicht.«

»Nicht?«, staunte Archie Madden. Er grinste und hob die Schultern. »Manchmal bin ich so brillant, dass ich mich beim Denken *selbst* überhole. Also, es ist doch

so: Gegenwärtig haben wir eine Kultshow mit stets gleichem Thema, die in fünf Nächten pro Woche von denselben paar Millionen Zuschauern geguckt wird. Aber wie lange kann man demselben Affenvolk immer das gleiche Futter vorsetzen, ehe es streikt? Höchstens noch einmal dreizehn Wochen, lautet meine Schätzung, bevor die Einschaltquoten in den Keller sinken.«

Madden trank einen weiteren, dieses Mal viel kleineren Schluck Wein, stellte das Glas ab und legte die Finger zu einem Dreieck aneinander. »Deshalb senden wir die Show nur noch einmal in der Woche«, fügte er hinzu, »damit ihre Beliebtheit so lange wie möglich erhalten bleibt.«

»Na, *das* klingt schon überzeugender, würde ich sagen«, gestand Jimmy. »Aber warum soll die Show unbedingt in die Hauptsendezeit verlegt werden?«

»Haben Sie je von einer auf Dauer erfolgreichen täglichen Spättalkshow gehört?«, fragte Archie Madden.

»Nein«, gab Jimmy gezwungenermaßen zu. *Aber ich habe auch noch nie von einer auf Dauer erfolgreichen Hauptsendezeit-Talkshow gehört,* hätte er hinzufügen können, nur empfand er es als wenig kluge Taktik, Madden mit der Nase auf diese Tatsache zu stoßen.

»Aber warum muss es im Sommer sein?«, quengelte Ralf.

»Vergleichen Sie 's mit Provinzproben für eine Broadway-Produktion«, empfahl Madden. »Ich möchte, dass das neue Konzept voll und ganz ausgereift ist, ehe wir im Herbst groß auf Sendung gehen.«

»Das neue Konzept?«, wiederholte Jimmy. »*Welches* neue Konzept?«

Archie Madden spreizte die Hände, schmunzelte und hob abermals die Schultern. »Jedenfalls muss es auf mehr als einem Bein stehen«, sagte er. »Es muss etwas wirklich Heißes sein, das mich völlig überzeugt. Etwas Besseres als die jetzige Einmannnummer.«

Ui.

Und da geschah es.

Texas Jimmy hatte schon öfters miterleben müssen, dass ein Klient sein künstlerisches Talent aufbot, um den Verlauf einer geschäftlichen Unterredung an sich zu reißen; einem geübten Bühnenkünstler fiel so etwas einerseits leicht, aber war man kein Schauspieler, hatte man andererseits keine Chance, um es abzuwenden.

Kerzengerade sprang Ralf auf, als hätte jemand ihm den Schlauch der Tankstellenluftsäule ins Rectum eingeführt und bliese nun seine Bühnenpersönlichkeit auf, seine Kieker funkelten wie die Äuglein eines Backenhörnchens. Hätte er einen buschigen Schweif gehabt, man hätte ihn hinter seinem Kopf wedeln sehen können.

»*Etwas Besseres als die jetzige Einmannnummer!*«, tönte er. »Genial, Archie! Jetzt verstehe ich, warum man Sie als Genie bezeichnet.«

Natürlich genügte diese Beteuerung, um ihm Maddens ungeteilte Beachtung zu gewährleisten.

»Freilich ist's genial, und es ist bekannt, dass ich ein Genie bin«, antwortete Madden. »Möchten Sie mir erläutern, wie wir …?«

»Sie *wissen* wie, nicht wahr, Archie?«, sagte Ralf. »Wir arbeiten ein *Konfrontations*konzept aus. Eine Art von Dressurakt, Dispute zwischen einem bösen Nazi und einem israelischen General, einem Black Muslim und einem Großmeister des Ku Klux Klan, dem Greenpeace-Vorsitzenden und dem Pressesprecher der japanischen Walfangflotte, und ich bin der Dompteur, ich schwinge die Peitsche und rattere am Gitter, das heißt, ich hetze sie gegeneinander auf …«

»Ich weiß nicht, ob …«

»Hört sich beschissen an«, sagte Jimmy. »Wenn das alles ist, was wir …«

Mit einer Aggressivität, die fast etwas Erschreckendes an sich hatte, warf Ralf ihm einen Blick zu, der besagte: *Halt dein Maul!*

»Keine *politischen* Debatten, Jimmy«, erklärte er. »Die Diskussion soll sich um die Themen drehen, die wir bisher behandelt haben. NewAge-Gurus, Kristall-Channeling-Freaks und wiedergeborene Lemurier gegen Denkfabrik-Futurologen, SciFi-Spinner und Cyberspace-Rabiatoren.«

Plötzlich brachte er die Stimme auf genau die richtige Lautstärke – präzise wie ein Schauspieler auf einer Kleinbühne –, um die Aufmerksamkeit der Restaurantgäste zu wecken, während sie vorspiegeln konnten, weiterhin der eigenen Konversation zu lauschen.

»Aber das ist doch, wie Sie selbst sagen, was wir schon *haben*«, hatte Madden eingewandt. »Was soll der Unterschied sein?«

»Wir holen sie aufs Podium.«

»Das *Publikum* aufs Podium holen?«, ächzte Jimmy. »Herrje, nein ...«

»Hab ich vom Publikum gesprochen?«, schnauzte Ralf.

Doch anscheinend rang er nun um Mäßigung. »Das Studiopublikum verkörpert das größte Problem«, sagte er, zwar weniger schrill, aber nach wie vor mit an die Umgebung gerichtet. »Bei unserer Billigkonzeption kann ich ja ausschließlich mit lauter *Amateur*spinnern und *Freizeit*traumtänzern arbeiten. Schön, in einem Club, wo die Zuschauerschaft jeden Abend wechselt, kann man das live und im Stegreif durchziehen, aber soll es Abend für Abend bei denselben *Fernseh*zuschauern klappen – und obendrein in der Hauptsendezeit –, müssen *professionelle* Spinner und Traumtänzer her.«

Inzwischen hörten sämtliche Gäste zu, obwohl sie vortäuschten, es nicht zu tun: Die Anwesenden stocherten im Essen, betrachteten ihre Teller, starrten die

Wände an oder in die leere Luft, indem sie gleichzeitig krampfhaft vermieden, Ralf anzuschauen; die Kellner standen wie Zombies da, und der Oberkellner klapperte nervös mit Geschirr, überlegte vermutlich, während er die kostenlose Vorstellung genoss, wie er einen Fernsehstar zum Schweigen bringen könnte.

Ralf rückte den Stuhl vom Tisch fort, lehnte sich zurück, drehte mit kraftvollem Schwung den Stuhl auf einem Bein in Gegenrichtung und saß mit einem Mal vor einem Restaurant voller Gäste, die er nun doch dabei ertappt hatte, *ihn* anzustarren.

»Wie lautet Ihre Meinung, Leute?«, rief er mit breitem Grinsen, verwandelte den Raum voller verlegener Zeitgenossen mit einem Schlag in ein Publikum. Ohne den Blickkontakt zu den Anwesenden *ganz* aufzugeben, warf er Madden einen Seitenblick gespielten Verständigungsbedarfs zu. »Wir wollen ruhig mal schauen, woher der Wind weht, Mr. Madden, und die Stimme des Affenvolkes sprechen lassen, was?«

Madden zuckte die Achseln, lächelte, lehnte sich zurück und verschränkte die Arme auf der Brust. Der Oberkellner vollführte eine täppische Bewegung in Ralfs Richtung, als er aufstand, doch Madden hielt ihn, ohne dass sein Lächeln darunter litt, mit einem Blick auf, der sogar einen angriffswütigen Stier fern gehalten hätte.

»Also, was möchten *Sie* sehen, Affengörls und Affenboys?« fragte Ralf mit lauter Deklamationsstimme, schritt vor dem Stuhl hin und her wie ein sehr hospitalismuskranker Panther in einem sehr kleinen Käfig, schwang ein Phantommikrofon; er hätte ohne weiteres auf dem Podium des Sendesaals stehen können.

»Möchten Sie die gleiche, eingefahrene Show wie bisher sehen? Oder wollen Sie erleben, wie ich als furchtloser Dompteur die Mega-Gurus und hochkarätigen Koryphäen, die intellektuellen Eierköpfe und

Stars der Illustrierten, die Astrologen und Astronomen, die Prognostiker und Proktologen bändige, die als die größten, hellsten Leuchten dieses Vierzigwattzeitalters gelten?«

Sein Blick schweifte über die Gesichter der von ihm gänzlich gebannten Gäste, als ob ein Mungo auf Methedrin ein Publikum von Kobras beobachtete, er verstrahlte ein geradezu irrsinniges Charisma von solcher Kraft, dass man es beinahe sehen konnte, so wie auf einem Parkplatz in Las Vegas Hitzewellen von einer heißen Motorhaube aufstiegen.

Und diesmal hatte seine heftige Eindringlichkeit Jimmy *wirklich* erschreckt.

Er musste nämlich kein Dr. Freud sein, um zu erkennen, dass ein Komiker-Cafard großen Maßstabs seinen Dukatenscheißer befallen hatte.

»Nun, was sagen Sie, Affenvolk, verlangen Sie mehr für Ihr Geld, möchten Sie mit eigenen Augen sehen, wie Stephen Gould sich mit dem *National Inquirer* anlegt, wie Shirley MacLaine es mit Godzilla aufnimmt …?«

Sein Zustand war etwas Texas Jimmy Balaban seit langem Bekanntes. Jeder Komiker, dessen Manager er schon gewesen war, hatte ihn von Zeit zu Zeit zumindest gestreift.

Wie sollte es anders sein?

Um allein auf einer Bühne zu stehen und zu glauben, ein Publikum mit nicht mehr als dem eigenen Geistreichtum und der eigenen Wunderbarkeit unterhalten zu können, musste man entweder ohnehin ein Egomane sein, oder man musste einen selbstbetrügerischen Trick beherrschen, durch den man sich wenigstens für die Dauer der Vorstellung zu einem Egozentriker aufputschte.

Und wie sollte man komisch sein, ohne mindestens ein *bisschen* an Verrücktheit zu leiden, ohne die Welt launig aus verschrobener Sicht zu betrachten, ohne zu vergessen, dass man selbst gewisse Sachen für peinlich hielt, ohne wenigstens halb an die eigene Masche zu glauben?

Ein nachweislich geistesgestörter Komiker wäre etwas Ähnliches wie ein Chirurg, der keine Messer sehen konnte und sich beim ersten Tropfen Blut übergeben musste.

Eben die lauernde Gefahr des Komiker-Cafards war es, die einem Komiker den Scharfsinn verlieh, ohne den er scheiterte. Doch was immerzu auf der Lauer lag, konnt auch irgendwann einmal zum Vorschein kommen. Und wenngleich Texas Jimmys Erfahrung mit Komikern, die zum Starruhm aufstiegen, auf Ralf begrenzt blieb, hatte das lange Beobachten der Talente anderer Künstleragenturen bei ihm zu der Ansicht geführt, dass es die Überhöhung des eigenen Egos war, die schließlich in diese Gemütsstörung umschlug.

Für diejenigen, die damit umzugehen verstanden, konnte sie das sein, was William Shakespeare *göttlichen* Wahnsinn genannt hatte, lange bevor Lenny Bruce, Robin Williams oder Howard Stern in einer Weise auf die Bühne stürmten, als wären sie den Männern im weißen Kittel nur um einen halben Schritt voraus.

Wenigstens im Moment noch.

Und in *diesem* Moment hätte Ralf die Zuschauer faszinieren können, indem er aus dem Telefonbuch von Pasadena vorlas, und im Großen und Ganzen ergab das, was er da lärmerisch grölte, für die Augenzeugen auch keinen größeren Sinn, und auch wenn Jimmy ihn nicht gerade in eine Zwangsjacke hatte stecken müssen, um seinen Auftritt zu beenden, bevor die Leitung des Restaurants die Verblüffung überwand und die Polizei rief, hatte keineswegs viel gefehlt gehabt …

Zumindest hatte Jimmy es derzeit so empfunden.

Aber der Ausdruck in Ralfs Miene, als er Jimmy *ge-*

stattete, ihn gerade noch rechtzeitig abzuwiegeln und zum Sitzenbleiben auf dem Stuhl zu bewegen …

»Sendebeginn in zwei Minuten«, rief der Produktionsassistent, und Ralf stellte das Gewippe ein und trat an den Rand der Bühne, hielt sich bereit, um nach dem Intro seinen neuen Platz einzunehmen.

Der Hintergrund bestand nicht mehr aus der verschwommenen Vergrößerung eines kitschigen, alten Science Fiction-Magazin-Titelbilds, sondern einer hoch aufgelösten Vergrößerung eines NASA-Fotos der leuchtend blauen Erde inmitten der sternenbesetzten Dunkelheit des Weltalls.

Fort war der lumpige Ausschuss, den Lampkin als Ausstattung für ein Trinkgeld aus einer längst gefloppten SciFi-Serie organisiert gehabt hatte, und durch die für herkömmliche Talkshows übliche Anordnung von Diskussionstisch und Sitzgelegenheiten ersetzt worden. Die auf die Vorderseite des Tischs gemalte Abbildung wich allerdings vom Gewohnten ab: Die Darstellung zeigte eine Art von hinduistischem Idol, das mehr Arme als der Korruptionskrake hatte und den Futuredress trug, und das Gesicht hatte mit Ralfs Physiognomie eine mehr als nur schwache Ähnlichkeit.

Jimmy musste zugeben, dass das Set entschieden mehr Klasse hatte, aber gleichzeitig hatte es etwas an sich, das ihm schlichtweg Unbehagen einflößte …

»Und nun folgt«, verkündete der Ansager, »mit völlig neuem Look, aber mit dem bekannten und beliebten Star, der ›erst übermorgen geboren wird‹, der Mann aus der Zukunft und erzählt Ihnen aus: *RALFS WELT!*«

Ebenso missfiel Jimmy der Blick, den Ralf ihm zuwarf, unmittelbar bevor er aufs Podium tänzelte.

Der Blick missfiel ihm gründlich.

Denn es war der gleiche Blick, den Jimmy sich im

Les Racines Naturelles eingehandelt hatte, als er Ralf am Ellbogen packte und beinahe gewaltsam auf seinen Platz drückte.

Es war der Blick eines Komikers, der Maß und Ziel aus den Augen verloren hatte, zu viel Adrenalin schillerte darin, jeden Moment konnte ihm, als wäre der Thermostat zu hoch eingestellt, der Schweiß der Raserei ausbrechen.

Und gleichzeitig gab es hinter den Augen etwas, das wusste, was es wollte, und wie es daran gelangen konnte.

Ganz gleich *was* es sein mochte.

Irgendetwas Irrsinniges?

Vielleicht.

Etwas schwer Irrsinniges.

»... kann wohl eine Weile dauern, bis man sich an diese Vorstellung gewöhnt, Ralf, aber im Jahr dreitausend wird ein Großteil der Menschheit nicht mehr in Körpern aus Fleisch und Blut leben ...«

Amanda musste immerhin Fritz Kaines souveränen Stil bewundern, während er, ein ganz abgebrühter Talkshowgast, ein Plastiklächeln in die Übertragungskamera richtete und seine frappierende Vorhersage äußerte.

»Oho, was soll das geben, bauen wir uns selbst zu Robotern um und wechseln über aufs Totenschiff Disney?«

In der Tat hatte es Amanda, weil Kaine der Autor des Bestsellers *Das Jahr 3000* war und er, wenn auch nur im Rahmen der zweiten Garnitur, als Stardiskutant von einer Talkshow zur anderen gereicht wurde, obwohl er gegenwärtig kein Buch promotete, sogar beeindruckt, dass es Dexter gelungen war, ihn für *RALFS WELT* an Land zu ziehen.

»Damit liegen Sie richtiger, als Sie glauben, Ralf. Im Jahre dreitausend ist der Tod der Biosphäre kein Problem mehr …«

»Na klar, Mann, keine Menschen, keine Probleme.«

»… weil wir sie nicht mehr *benötigen*. Wir speichern unser Bewusstsein in Computern und installieren es in Körpern, die aus Titan und Stahl hergestellt und mittels Fusionsenergie betrieben werden, sodass sie ewig funktionieren. Auf diesem Weg können wir alles sein, was wir wollen – Flugmaschinen, Tauchapparate, interstellare Raumschiffe …«

Modisch gekleidet, das kragenlange, weißgraue Haar elegant frisiert, Autor eines Halbdutzends populärwissenschaftlicher Bücher über Futurologie, ehemaliger NASA-Weltraumforscher, einstiger Moderator einer gefloppten PBS-Sendereihe: Dr. Fritz Kaine füllte ohne Zweifel mit Vollkommenheit den Platz des Denkfabrik-Superdenkers aus.

»Au ja, ja sicher, warum verwandeln wir uns nicht in Röntgengeräte und lassen uns in Frauen-Fitnessstudios aufstellen, oder etwa, wenn wir schon dabei sind, in Madonnas elektrische Zahnbürste?«

»Der Großteil des Universums besteht aus schonungslosem Vakuum, in dem kryogenische Temperaturen herrschen, also Verhältnissen, die für Körper aus Fleisch und Blut tödlich sind, aber ideal für die Metall-Lebensformen, die wir werden können …«

»Hören Sie auf, Doktor, *wozu denn*?«

»Zum Beispiel … *um ewiges Leben* zu erlangen?«, antwortete Kaine und schenkte Ralf ein tadelloses Irrsinniger-Gelehrter-Lächeln faustischen Triumphs. »Es bietet uns die Möglichkeit, dem Totenschiff, zu dem wir, wie Sie behaupten, bis dahin die Erde gemacht haben, zu entkommen, und als ein Volk Unsterblicher zu den Sternen zu reisen.«

Ist das sein Ernst?, fragte sich Amanda.

Das hing davon ab, vermutete sie, wie man ›Ernst‹ definierte. Auf der Ebene des Showgeschäfts beurteilt, war Kaine ein bedeutender Ölgötze und diese Art popularisierten wissenschaftlichen Transzendentalismus seine Verheißung.

Doch hinter der glatten Fassade erahnte Amanda die verzweifelte Leidenschaft eines Menschen, der nicht anders konnte, als aus intellektueller Sicht der Erwägung, es könnte irgendetwas außerhalb des Universums aus Materie und Energie existieren, mit Verachtung zu begegnen, und dennoch nicht dazu fähig war, friedlichen Gemüts der ewigen Nacht entgegenzublicken.

»Dürfte ich Ihnen eine schlichte Frage stellen?«, ergriff Sammy D. das Wort, kratzte sich am Kopf – oben auf seinem permanent ungekämmten Wuschel – und verdrehte in einer Pantomime clownesker Perplexität die großen, grünen Augen.

Eben hatte er noch stumm am Tisch gesessen und einfältig gelächelt, ganz wie der altbekannte Klischeehippie gewirkt, der das Leben in ständigem Stonedsein verdöste. Jetzt jedoch schien er urplötzlich aus dem virtuellen Cannabisdunst geschreckt zu sein und sich in einem Zustand konzentrierter Aufmerksamkeit zu befinden.

»Glauben Sie an die Existenz der Seele?«

»Das kommt darauf an«, antwortete Kaine vorsichtig, »was Sie unter Seele verstehen.«

»Wie wäre es mit einem Bedeutungsinhalt, der Materie und Energie übersteigt?«, schlug Sammy D. vor.

»Hört sich für mich nur nach allerlei mystischem Humbug an. Außer Materie und Energie *gibt* es *nichts*.«

»Ist das *tatsächlich* Ihre Überzeugung?«

»Selbstverständlich.«

Selbstzufrieden schmunzelte Sammy D. in die Kamera. »Und wie verhält es sich mit einem Film?«, fragte er.

»Einem *Film*?«

»Ja, beispielsweise … äh … *Vom Winde verweht*, ich würde behaupten, das ist ein Film, der *Seele* hat, ist es nicht so, liebe Filmfreunde?«, meinte Sammy D. und zwinkerte schalkhaft in die Linse. »Aber diese Seele besteht *weder* aus Materie, *noch* aus Energie. Sie steckt weder im Originalfilm, noch in den Kopien, die die Kinos erhalten, und auch nicht in der Kopie, die man daheim mit dem Videorecoder anfertigt. Was man *empfindet*, wenn der Film läuft, *das* ist die Seele von *Vom Winde verweht*, und ehrlich gesagt, Scarlet, solange noch irgendwo eine Kopie liegt, ist es Gable gleich.«

Das Studiopublikum lachte nicht, aber Amanda. Guter, alter Sammy D.!

»Ach, Sie sprechen von *Information*?«, fragte Fritz Kaine. »Keiner unsterblichen Wesenheit, die in einer so genannten höheren Sphäre umherflattern soll?«

»Vielleicht«, gab Sammy D. zur Antwort. »Vielleicht nicht. Sie möchten also ewig leben, indem Sie Ihr Bewusstsein in einem Roboter speichern. Aber wären *das* dann wirklich *Sie*? Hätte damit der Roboter *Ihre* Seele? Wäre er tatsächlich *Sie*?«

»Oder wäre er ein Pseudo?«, fragte Ralf.

Sammy D. war die moderne Version Nasrudins, Lao-Tses und Bodhidharmas, ein für das TV-Zeitalter als hauptberuflicher Talkshowgast reinkarnierter Zen-Sufi-Wandermönch ohne festen Wohnsitz oder andere erkennbare Mittel der Lebensführung, eine lebende Legende eigenen Ursprungs.

»Natürlich wäre tatsächlich ich es«, beteuerte Kaine, allerdings sichtlich, ohne von seinem Standpunkt völlig überzeugt zu sein. »Wer sollte es denn *sonst* sein?«

»Genau *darauf* zielt meine schlichte Frage ab«, erklärte Sammy D., kratzte sich erneut aus vorgetäuschter Ratlosigkeit am Kopf. »Wenn Ihre *authentische* Persönlichkeit, die einzige *Seele,* die Sie haben, lediglich ein in Ihrem Gehirn gespeichertes Informationssystem ist, und Sie übertragen es auf den Computerspeicher eines Roboters, dann ist es *nicht* anders, als wenn man *Vom Winde verweht* auf Video kopiert, und *Sie* sind der Roboter, verstehe ich Sie richtig ...?«

»Vollständig ...«, brummte Kaine widerwillig, und Amanda hatte das Gefühl, der gute Doktor erkannte inzwischen das logische Schwarze Loch, in das Sammy D. ihn stürzen lassen wollte, wusste jedoch nicht, wie er ihm ausweichen könnte.

»Aber wenn sich von einem Film *eine* Kopie herstellen lässt, kann man auch *zwei* Kopien anfertigen, oder hundert, oder eine Million. Und kann man *eine* Kopie von Fritz Kaine machen, ist es ebenso möglich, einen ganzen Haufen herzustellen, ihn zu vervielfältigen wie CDs.«

Wortlos saß Kaine da und blinzelte ununterbrochen.

Nun griff Ralf so entschieden ein, als wäre ihm plötzlich wieder eingefallen, dass hier schließlich *seine* Show lief.

»Oder man konzipiert jede Kopie *anders*«, rief er. »Robotraumschiff Fritz Kaine. Robotstaubsauger Fritz Kaine. Robotküchenherd Fritz Kaine!«

»Automatikespressomaschine Fritz Kaine ...«

Unvermittelt waren Ralf und Sammy D. einer zu einem Aspekt des anderen geworden, zu Avataren ein und desselben Kosmischen Tricksters; oder wenigstens zu einer spontanen, zeitweiligen Manifestation Statlers und Waldorfs.

»Automatikvideorecorder Fritz Kaine.«

»Elektronisch-automatische Selbstreinigungstoilettenschüssel Fritz Kaine.«

»Na und?«, fragte Kaine in streitbarem Tonfall; aber man sah den Ärger fast seinen Ohren an.

Ein seltsames Kribbeln zeitverschobenen Wissens kroch Amandas Wirbelsäule wie eine hinterhältige Satori herauf, als die nächste Äußerung im Wortlaut in ihrem Hirn entstand, bevor sie fiel, und ihre Lippen formten den Satz stumm mit, sobald Ralf und Sammy D. ihn in ebenso unheimlicher wie komischer Gleichzeitigkeit aussprachen.

»Also: *Wer davon ist dann Sie?*«

Nun erlebte Amanda den sonderbarsten Moment des TV-Zeitalters, den es je zu erleben gegeben hatte, einen Moment, in dem Fritz Kaine, das Studiopublikum und die Fernsehzuschauer mit einem logischen Beweis für die Transzendenz der Seele im Verhältnis zum Körper sowie gleichzeitig dem Transzendieren der Grenzen einer Talkshowkonzeption, die sich in ›fremde Welten‹ wagte, wohin sich mit solchen Freakigkeiten ›noch niemand‹ gewagt hatte, konfrontiert wurden.

Für einen peinlich langen Übergang saß Ralf da und blickte in die Kamera, in der Miene ein Beinahelächeln, die Augen ausdruckslos und unergründlich, als wäre beim Senden *seine* Seele verloren gegangen.

In der Normalzeit konnte die Pause unmöglich mehr als dreißig Sekunden dauern; als Fernsehsendezeit dauerte sie eine Ewigkeit.

Amanda sah hinüber zu Dexter Lampkin, und obwohl Dexter mittels Körpersprache jedes Zugeständnis ablehnte, *merkte* Amanda ihm, sobald sich ihre Blicke begegneten, unwillige Zustimmung an, das Bewusstsein einer gemeinsamen Erinnerung.

Diese Eigentümlichkeit Ralf, die sich jetzt in stark abgeschwächter Form den Zuschauern offenbarte, mochte für das Fernsehpublikum neu sein; nicht dagegen war sie es für Amanda und Dexter.

Denn es war genau die Eigentümlichkeit – welche Natur sie auch hatte –, die sich ihnen mit regelrecht bestürzender Deutlichkeit am letzten Dienstag in Ralfs Wohnung enthüllt hatte …

Soweit Amanda darüber Bescheid wusste, war bis dahin kein Mensch jemals zu ihm gelassen worden, darum hatte sie sich, als er sie und Dexter zu sich einlud, um das neue Konzept zu erörtern, ehe man damit auf Sendung ging, nahezu geschmeichelt gefühlt, und ohne Zweifel erregte der Vorschlag ihre Neugier.

Er hatte seinen Wohnsitz in einem Wohnviertel unweit der Filmstudios, etwa vier Häuserblocks nördlich von Ventura, dem Tal und allem, was dazu gehörte, kaum die übliche Wohngegend für neureiche TV-Stars, aber Ralf fuhr noch immer nicht Auto, und dort konnte er zwei große und mehrere kleinere Einkaufszentren sowie die Läden und Restaurants auf dem Ventura Boulevard zu Fuß erreichen.

Das zehnstöckige Gebäude sah aus, als wäre es erst letzten Monat aus sepiabraunem Glas und verkupfertem Aluminium errichtet worden. Einen Pförtner gab es nicht, nur eine Wechselsprechanlage, und das Foyer mit seinen Wänden aus in ein Fachwerk rostfreien Stahls gezwängtem Kunstmarmor, in dem es keinen einzigen Sitzplatz gab, das nicht einmal das übliche institutionalisierte Exponat abstrakter Kunst aufwies, wirkte dermaßen trostlos abweisend auf Amanda, dass sie es trotz Hitze und Smog vorzog, im Freien auf Dexter zu warten.

Zum Glück für den Zustand ihrer Lungen und der Bindehaut ihrer Augen fuhr Dexter Lampkin schon wenige Minuten später in einem knallroten, auf Hochglanz polierten Porsche Targa mit offenem Verdeck vor; der Chrom des Wagens gleißte dermaßen blank, als wäre er erst im Laufe der vergangenen Stunde mit der Zahnbürste poliert worden.

Amanda drückte Ralfs Klingeltaste und nannte an der Sprechanlage ihren Namen; oben betätigte Ralf den Türöffner. Sie und Dexter sausten in einem schwarz verspiegelten Aufzug, in dem leise Brian Enos Tophits dudelten, ins Dachgeschoss, durchquerten einen rein weißen Korridor bis zu einer schwarzen Tür und drückten dort eine zweite Klingeltaste.

Einen Augenblick später öffnete Ralf die Wohnungstür. Er trug eine gebügelte, weiße Jeans, schwarze Sportschuhe und ein Totenschiff Erde-T-Shirt.

»Kommen Sie rein«, sagte er zur Begrüßung und führte sie durch einen Flur bar aller Bilder und Möbel ins Wohnzimmer.

Das Wohnzimmer war schlichtweg groß und weiß, und es bot eine bemerkenswerte Aussicht.

An der weißen Decke befand sich eine einfache Leuchte aus Chrom und mattiertem Glas. An den mattweißen Wänden gab es überhaupt nichts. Durch eine gläserne Schiebetür gelangte man auf einen Balkon, der einen prächtigen nordwärtigen Ausblick auf die Scheußlichkeit des San Fernando-Valley hatte: Auf eine Trilliarde Kilometer Meilen schmuddelige Verhältnisse, die im Smog gräulich schimmerte. Der Teppichboden war hellgrau.

Zwei große, vage mit Art Deko vergleichbare, schwarze Ledercouchen standen in rechtem Winkel, ein skandinavischer Teakholzbeistelltisch und ein passender Couchtisch ergänzten sie; an einer Wand ergänzten sich wiederum ein großer, schwarzer Fernsehapparat und ein Videorecorder.

Gegenüber des Fernsehers begrenzte eine Esstheke mit zwei Hockern aus Teakholz und schwarzem Leder den Zugang zu einer Küche, die an den Kontrollraum eines Kernkraftwerks erinnerte. Amanda konnte sich durchaus vorstellen, dass im Schlafzimmer ein Kingsize-Wasserbett stand, wie man es aus Casino-Hotels in

Las Vegas kannte, oder dass es darin vielleicht nur einen Deckenhaken gab, an dem sich der Bewohner zum Schlafen kopfüber aufhängte.

Amanda schaute Dexter an, als sie dieses minimalistische Wohnzimmer betraten, und zu ihrer Genugtuung reagierte er mit einem knappen Achselzucken.

Freunde waren sie nicht gerade geworden, aber seit dem Essen in dem argentinischen Restaurant hatte sich die Luft zwischen ihnen in merklichem Maß geklärt; wenigstens bis zu dem Punkt, dass sie darin übereinstimmten, mit dem gemeinsamen ›Projekt Ralf‹ Ziele zu verfolgen, die über Einschaltquoten und Geld hinausgingen, und auf gewisse Weise fühlte sich Amanda in dieser gespenstisch neutralen ›Wohneinheit‹ durch seine bloße persönliche Anwesenheit ermutigt.

Und vielleicht beruhte dies Gefühl auf Gegenseitigkeit, denn als sie auf einer Couch Platz nahm, setzte er sich neben sie.

Als Ralf sich erkundigte, was sie gerne trinken würden, entschied sich Dexter für Bourbon mit Eis, Amanda für Gin mit Tonic anstatt den für Damen angebrachten und politisch korrekten Weißwein, und insgeheim wünschte sie sich einen Joint.

»Also«, fragte Dexter, sobald sich Ralf – auch mit einem Bourbon – ihnen gegenüber auf der anderen Couch niedergelassen hatte, »welchem Anlass verdanken wir diese Ehre?«

»Wir müssen … zu einer intellektuellen Verständigung kommen«, lautete Ralfs Antwort; sein Mund lächelte, während seine Augen sie mit der gleichen menschlichen Wärme betrachteten, die seine Wohnung ausstrahlte. »In dem Umfang, wie sie möglich ist.«

»Wieso in Jimmys Abwesenheit?«, wollte Amanda wissen und fühlte, wie Unbehagen sie beschlich.

»Ach, Jimmy und ich sind uns schon darüber einig

geworden, wo's lang geht«, versicherte Ralf. Er trank ein ganz winziges Schlückchen Bourbon, eigentlich nur eine Übersprungshandlung, wie er sie sonst auf dem Podium praktizierte, und behielt seine Miene bei. »In dem Umfang, wie's möglich war.«

Amanda warf Dexter einen kurzen Seitenblick zu, versuchte zu erkennen, ob er dieselben abstrusen Vibrations wie sie empfing. Er gab ihr kein Zeichen, das sich als Bejahung hätte deuten lassen, aber als er antwortete, bezeugte sein Tonfall auch ganz erhebliches Unbehagen.

»Ich habe große Bedenken, ob wir so ein Gespräch hinter Jimmys Rücken führen sollten.«

»Keine Sorge, Lampkin, es geht nicht um Zaster, kein Merchandising oder ähnliches, sondern um ... die kreative Seite.«

»Jimmy versteht von Komik mehr als wir zwei«, wandte Dexter hartnäckig ein.

»Aber *ich* bin der Komiker, also verstehe ich davon mehr als er«, sagte Ralf. »Außerdem möchte ich gar nicht über Komik reden.«

»Worüber dann, Ralf?«, fragte Amanda.

»Über das, was *Sie beide* mir zugemutet haben«, erklärte Ralf. »Wenn das neue Konzept erreichen soll, was wir zu erreichen beabsichtigen, dann müssen Sie die Tom und Jerry-Nummer streichen.«

»Tom und Jerry-Nummer?«, wiederholte Dexter begriffsstutzig.

»Liebes Affenpaar, allmählich verschleißt sich der ständige Schlagabtausch zwischen NewAge und Weltraumforschung. Wenn Sie 's nicht schaffen, ins Bett zu kriechen, wie's der Bibel zufolge brave, kleine Löwen und Lämmer gelegentlich tun sollen, dann raufen Sie sich wenigstens zusammen und besorgen Sie mir für die Show Gäste, die nicht *gegen*einander, sondern *mit*einander agieren.«

»Ich begreife Sie nicht so richtig, Ralf«, sagte Dexter ohne sonderliche Überzeugungskraft.

»Ach nein«, meinte Ralf gänzlich trocken. »Als Madden bei Jimmy darauf bestanden hat, dass er Amanda ins Team holt, ist Ihnen doch schier *was in die Hose abgegangen*. Und natürlich wär's für Sie, hätten wir Amanda und ihre NewAge-Dödel nicht mehr dabei, schlimmer als der Tod.«

Amanda konnte Dexters Ohren nahezu glühen sehen. Und zu ihrer Verwunderung musste sie den Wunsch unterdrücken, die Hand auszustrecken und ihn zu trösten.

»Auf was möchten Sie hinaus, Ralf?«, fragte sie stattdessen.

»Auf den nächsten Level«, antwortete Ralf, und der Blick, den er auf Amanda heftete, schien sie von irgendwo weit her jenseits der Maske seines Gesichts zu treffen, das gegenwärtig so viel menschliche Ausstrahlung wie das Interieur des Wohnzimmers hatte. »Und auf dem nächsthöheren Level kann die alte Tom und Jerry-Nummer die Aufgabe nicht erfüllen.«

»Welche Aufgabe?«, hakte Amanda halblaut ein, erwiderte den Blick desjenigen, den sie sah, gleich wer es sein mochte.

»Die Aufgabe, die es zu verrichten gilt«, sagte Ralf. »Die Aufgabe, deren Bewältigung unser gemeinschaftliches Anliegen ist.«

»Und das wäre?«, fragte Dexter.

Ralfs Blick veränderte sich, verkürzte gewissermaßen die Brennebene, sodass sowohl Amanda wie auch Dexter in sein Blickfeld gerieten. Wieder lächelte er nur mit dem Mund.

»Die Aufgabe, zu deren Erledigung ich hier bin«, gab er diesmal zur Antwort. »So wie *Ihre* Konzeption es vorsieht, Lampkin. Ich … ich habe mich ja bloß zu Ihnen in die Vergangenheit schicken lassen, weil ich nichts Besseres buchen konnte, aber die Leute auf dem Totenschiff Erde erwarten von mir mehr als hohe Einschaltquoten ...«

»Du liebes Jesulein!«, stöhnte Dexter verärgert.

»Habe ich je behauptet, Jesus zu sein?«, fragte Ralf herablassend.

Habe ich je bestritten, er zu sein?, schien der sardonische Untertitel zu lauten.

»Wir sprechen nicht mehr übers Showgeschäft, was, Ralf?«, sagte Amanda.

»O doch. Unser Game ist noch immer das Showgeschäft. Es findet weit und breit kein anderes Spiel statt.«

»Könnten wir dann das ganze Drumherumgerede sein lassen und zur Sache kommen?«, schlug Dexter vor.

»Wir sind schon bei der Sache, Lampkin«, versicherte Ralf, erhob sich bedächtig vom Sofa. »Wir verständigen uns endlich über unseren verborgenen Plan.«

»*Welchen* verborgenen Plan?«

Ralf schlenderte hinters Sofa, verschränkte die Hände hinter dem Rücken und beugte sich vor, betrachtete seine Gäste ein wenig wie ein Raubtier, ein wenig wie ein Mitverschwörer. »Der verborgene Plan, der offen vor aller Augen liegt.«

»Ich weiß nicht, wovon Sie sprechen«, beharrte Dexter Lampkin lahm auf mangelndem Durchblick.

Aber natürlich ließ sich leicht durchschauen, dass er es sehr wohl wusste.

»Hören Sie auf, Lampkin, *Sie* sind's doch, der alles ausgearbeitet hat, entsinnen Sie sich?«, hielt Ralf ihm in hintergründig-vielsagendem Tonfall entgegen. Seine Augen glichen Fenstern, ja Pforten, zu genau dem erwähnten verborgenen Plan, dem *nächsthöheren Level*, dessen Vorhandensein Dexter Lampkin so wenig glaubwürdig zu leugnen versuchte.

Für Dexter blieb es völlig ausgeschlossen, an die Möglichkeit zu glauben, dass er vor einer Schöpfung aus seiner Traumzeit saß, der er selbst in diesem Universum aus Materie und Energie zur Manifestation verholfen hatte. Und noch weniger daran, dass ein Avatar des Kollektiven Unbewussten, ein verzweifelter Dibbuk des Zeitgeists, ihn benutzt hatte, um sich im Reich der Maja zu inkarnieren.

Aber was war, das war auch Realität, und Amanda hegte die feste Überzeugung, dass entweder das eine oder das andere – oder vielleicht, auf irgendeine Weise, sogar beides – sie jetzt aus Ralfs Augen anblickte.

»Wer sind Sie?«, fragte Amanda. »Wer sind Sie *wirklich*?«

»Ich bün wassüch bün und das bünnüch ehm«, antwortete Ralf in vollkommener Nachahmung Popeyes. Doch kein auf Spinat erpichter Seemann war je auf dem Fernseherbildschirm mit leeren Augen und einem Bodhisattva-Lächeln zu sehen gewesen.

»Ich meine die Frage *ernst*.«

»*Mir* stellen Sie 'ne *ernste* Frage?«, entgegnete Ralf in Imitation Jack Benneys. »Warum sollte ich jemandem eine ernsthafte Antwort geben«, zitierte er Groucho, »der dumm genug ist, mir was zu glauben?«

»Versuchen Sie 's mal mit mir«, sagte Dexter, und Amanda empfand sein Eingreifen als kleine spirituelle Heldentat, aber natürlich wäre er so eine Vorstellung niemals anzuerkennen bereit.

»Was weiß ich?«, brummelte Ralf. Er zuckte die Achseln, eine Geste, durch die er – ob aus Berechnung oder nicht – wieder menschlicher wirkte. »Wir sind das, was in unserem Gedächtnis steckt, stimmt's?«, fügte er hinzu.

»Und was *enthält* Ihr Gedächtnis, Ralf?«, fragte Amanda. Sie stand gleichfalls auf, wandte sich ihm direkt zu, schaute ihm geradewegs in die Augen. Und unversehens stand die Pforte zur Traumzeit offen.

Aber zu wessen Traumzeit?

»Dass ich bei Kapplemeyer auf die Bühne gestolpert bin«, zählte Ralf auf. »Dass man mich in die Zeitmaschine gesetzt hat. Dass mir seitens meines Managers beteuert worden ist, ich könnte einen gewaltigen Karrieresprung machen …«

Seine Stimme vermittelte einen sonderbaren Eindruck verträumter Aufrichtigkeit. Einen Eindruck der … Glaubhaftigkeit.

»So, Sie haben also Erinnerungen an die Zukunft, hm?«, knurrte Dexter voller hörbarer Zweifel. Aber dass er keinen kompromisslos harten Ton anschlug, verriet für Amandas Empfinden, auch er gewahrte Ralfs Brustton des Authentischen. »Sie erinnern sich ans Totenschiff Erde …?«

»In sämtlichen, genauen, abscheulichen Einzelheiten, Affenboy.«

»Obwohl Sie und ich uns das Ganze in Texas Jimmys Büro beim Bourbon ausgedacht haben?«

»Oder Sie könnten's geträumt haben, oder etwa nicht, Lampkin?«, hatte Ralf gefrotzelt. »Woher wollen denn *Sie* so gut über die Zukunft Bescheid wissen? Inwiefern sollten *Sie* so detaillierte Kenntnisse haben?« Er verzog die Lippen zu einem dieses Mal nur andeutungsweisen Buddha-Lächeln. »Wir erinnern uns an das … an was wir uns entsinnen. Wir *sind* unsere Erinnerungen …«

Dann war am vergangenen Dienstag in seiner Wohnung genau das geschehen, was sich jetzt vor der Kamera wiederholte …

Ein langer, stiller Moment des Schweigens hatte sich ergeben.

Auf Ralfs Gesicht hatte sich das gleiche Halblächeln gezeigt.

Auf gleiche Weise wie jetzt hatten seine Augen ausdruckslos und abgründig in die Ferne gestarrt, als wäre dahinter eine Sendepause eingetreten, und jemand versuchte ... Etwas wiederzufinden ...

Dann hatte Ralf das Schweigen mit einem Auflachen gebrochen.

»Das Schwierige ist«, hatte er gesagt, »sich daran zu erinnern, *was* wir sind.«

Und nun zerstob der Bann, als Ralf vor Fritz Kaines Gesicht mit den Fingern schnippte und die Äktschen zurück nach Planet Hollywood verlegte.

»Wachen Sie auf, Dr. Affenboy«, rief er. »Also nun mal wirklich, Ihre ... *Seele* muß ja noch irgendwo sein, wenn sie bislang nicht in den Hardware-Himmel abgehoben hat, aber *wo* ist sie ...?«

»... und *wo* stecken Sie eigentlich gerade drin?«

Eine verdammt gute Frage, dachte Dexter Lampkin, während er Fritz Kaine um Atem ringen sah, als wäre er der Hase, den das Igelpaar hin- und hergehetzt hatte.

»Genau mitten in einer dieser Singularitäten, die Zenos Paradoxon beschreibt«, brachte Kaine zu guter Letzt heraus.

»Zenas Paar Lollos? Sinologen*enten*? Was 'n das, ein Proktologe und ein Urologe frisch aus'm Praktikum, die sich 'ne Praxis teilen, oder die chinesische Ausgabe von Donald Duck und Gustav Gans?«

Aus dem Studiopublikum ertönte vereinzeltes Gelächter, aber Dexter stöhnte insgeheim über diese Kalauer.

Wieso sympathisiere ich allmählich mit dem Blödian *Fritz Kaine?*

Fritz Kaine zählte nämlich keineswegs zu den bei Dexter beliebtesten Zeitgenossen. Als Weltraumforscher war er vom labortechnischen Kaffeeholer zum Denkfabrik-Innovationsspezialisten aufgestiegen, ohne jemals irgendeine Arbeit von wirklicher wissenschaftlicher Bedeutung geleistet zu haben. Als TV-Wissenschaftsexperte bei PBS hatte er als zweitklassiger Anwärter auf den verwaisten Thron Carl Sagans gegolten.

Zudem trug Dexters Überzeugung, dass *Das Jahr 3000*, die Veröffentlichung, die Kaines Karriere als Quasi-Bestsellerautor und TV-Persönlichkeit begründet hatte, sich in erheblichem Umfang auf die Defiktionalisierung von fünf Regalmetern Science Fiction-Romane stützte – wobei *Die Transformation* eine herausragende Rolle spielte –, nicht unbedingt dazu bei, um ihn beim Non-Bestsellerautor des erwähnten Werkes beliebt zu machen.

»*Zenos Paradoxon* besagt das Folgende«, setzte Kaine zu einer Erklärung an, schuf aus Zeige- und Mittelfinger der Rechten ein zweibeiniges Wesen, stellte es auf Ralf Schulter und ließ es langsam, während er sich konkreter äußerte, über die Schulter zum Hals und am Hals empor auf die Wange steigen. »Es beweist uns mathematisch, dass eine Ente *unmöglich* die Straße überqueren, man *niemals* von A nach B gelangen, dieser Kleine hier *nicht* von Ihrer Schulter auf Ihre Nase kraxeln kann, denn erst muss er die halbe Strecke zurücklegen, dann die Hälfte der verbleibenden Entfernung, danach die Hälfte des restlichen Abstands, und immer so weiter, und die formelle Logik, der zufolge er nie das Ziel erreichen kann, ist ganz einfach unwiderleglich. Und trotzdem …«

Der unwiderleglichen formellen Logik zum Trotz erreichte der ›Kleine‹ Ralfs formidablen Zinken und verpasste ihm einen schelmisch-verspielten Nasenstüber, bei dem man unwillkürlich an gewisse Szenen in *Haut den Herkules* denken musste, ein Triumph, der dem Publikum durchaus passables Gelächter entlockte.

In *solchen* Sachen war er Profi, das musste man ihm zugestehen; und eben aus diesem Grund hatte Dexter sich durch diese unselige Kreuzung aus Louise Farmer, Emory Pollock und Jerry Pournelle dazu überreden lassen, für den altbewährten Alten Fritz, wie man ihn auch nannte, einen Auftritt gleich in der ersten Sendung zu arrangieren, die das neue Konzept erprobte.

Falls es *tatsächlich* so verlaufen war.

Falls nicht in Wirklichkeit Ralf es eingefädelt hatte.

Dexter musste einräumen, dass sein Verständnis der Kausalität nicht unbedingt klarer geworden war durch die Seance, die am vergangenen Dienstag in Ralfs Wohnung stattgefunden hatte …

Und irgendwie *hielt* er *Seance* für die richtige Bezeichnung, obwohl der Vorgang sich im sachlichen Ambiente eines minimalistischen Wohnzimmers vollzogen hatte, nicht etwa im mit Patschuli parfümierten Zelt einer Jahrmarktwahrsagerin.

Dexter hatte gegen den alten Scientologenblick immun zu sein geglaubt, doch was ihn durch Ralfs Augen angeschaut hatte, war anscheinend der Auffassung gewesen, ihm das Gegenteil beweisen zu müssen, bevor es *unmittelbar* vor dem nächsten Bonmot den Bann durch ein Auflachen brach …

»Das Schwierige ist, sich daran zu erinnern, *was* wir sind.«

Und da war Dexter, als er mit den Lidern zwinkerte, aus der Trance erwacht.

Welcher Natur sie auch gewesen sein mochte.

»Und was meinen *Sie*, was wir sind … Affenboy?«, hatte er spontan eine spöttische Frage gestellt.

»Ich bin der Ansicht, wir haben's noch in der Hand«, sagte Ralf. »Und deshalb sind wir heute hier beisammen. Um uns an die Zukunft zu erinnern …«

»An die Zukunft zu erinnern?«, hatte Dexter höhnisch wiederholt.

»Klar, Lampkin, wie könnte ein blitzgescheiter SciFi-Experte Ihres Schlages sich darüber wundern?«, klugscheißerte Ralf. »Es ist ganz einfach …«

Er ging zu den Glasschiebetüren des Balkons, und Dexter, Amanda an seiner Seite, folgte ihm.

»Und voilà! – da ist sie, die Zukunft«, rief Ralf. »*Daran* entsinnen Sie sich doch wohl, Lampkin? Sie haben's selbst geschrieben.«

Ruckartig schob er die Glastür beiseite und ließ aus dem San Fernando-Tal einen grauenvollen Schwall 40° heißen Smogs in das klimatisierte Wohnzimmer fauchen, als wäre einem Astronauten irrtümlich der verhängnisvolle Fehler unterlaufen, seine Raumschiffskabine der Venusatmosphäre zu öffnen.

»Willkommen auf dem Weg ins Morgen«, sagte Ralf, packte mit einer Faust Dexter und mit der anderen Hand Amanda, zog sie mit sich in den schauerlichen Brodem, der vom Balkon ins Haus wuchtete. »Willkommen auf dem Totenschiff Erde!«

Es fehlte wenig, und er hätte sie hinausgestoßen, in die Hitze, in die fotochemische Erbsensuppe, die die Lungen versengte und in den Augen brannte; man konnte sie mehr oder weniger ertragen, wenn man sich ihr nur für kurze Zeitspannen auslieferte und sich geistig darauf gefasst machte, bevor man das klimatisierte Innere der Einkaufspassagen verließ, aber ihr so plötzlich und unerwartet ausgesetzt zu werden, ähnelte so stark dem Schicksal, in ein Behältnis voller brodelnder Schwefelsäure zu fallen, dass es davon kaum sonderlich verschieden sein mochte.

Dexter torkelte vor dem Gluthauch zurück und Ralf schloss die Balkontür. Mit einem Mal hatte die kühle, gefilterte Luft der sterilen, weißen Wohnung etwas Unheimliches an sich, etwas letzten Endes Künstliches, auf klaustrophobische, Furcht einflößende, unwiderrufliche Weise … *Totes.*

Dexter wusste, das Totenschiff Erde war seine literarische Schöpfung. In diesem Moment jedoch hatte es eine materielle Präsenz und sinnliche Realität angenommen gehabt, die ihm bis dahin fremd geblieben war, die ihm aber nun das Gefühl vermittelte, sie nie mehr vergessen zu sollen.

Denn nun konnte er, ob er mit der eigenen Schöpfung oder dem Blendwerk eines psychotischen Komikers konfrontiert worden sei, unmöglich noch abstreiten, dass diese schauderhafte Vision als eine reale Gefahr im Verzug eingeschätzt werden musste, als die Zukunft, die dem Planeten unweigerlich *drohte*, wenn nicht irgendjemand oder irgendetwas es schaffte, sie abzuwenden.

Ralf stapfte durchs Wohnzimmer zu den Sofas, nahm sein Glas zur Hand und trank einen tüchtigen Schluck Bourbon, bevor er sich wieder setzte. Dexter tat das Gleiche, und auch Amanda musste erst einmal ihr Heil in der Stärkung durch einen kräftigen Zug Gin suchen.

»Wieso hat ein Komiker aus der Zukunft Ähnlichkeit mit einem Protagonisten Ihrer Science Fiction-Romane, Lampkin?«, fragte Ralf.

Schweigen.

»Dann hat er von mir aus *keine* Ähnlichkeit mit dem Charakter eines SciFi-Romans.« Ralf hob die Schultern. »Oder vielleicht doch. Ist es überhaupt irgendwie von Belang? Und bringt es uns, wenn wir darüber diskutieren, dem Ziel näher, das wir erreichen müssen?«

»Und was ist das für ein Ziel?«, fragte Dexter, obschon er die Antwort längst kannte.

»Etwas Besseres als *das*!«, kollerte Ralf vehement. »Können wir uns darauf einigen, Affenboys und Affengörls?«

Er nahm einen weiteren Zug Bourbon, lehnte sich zurück und schlüpfte in die Funktion des Bühnenkünstlers.

»Lassen Sie mich 'ne Geschichte erzählen, Mister SciFi«, sagte er, »ach was, ich erzähle Ihnen vier Versionen für den Preis einer Geschichte, da kriegen Sie was fürs Geld, und Sie suchen sich die beste Fassung aus ... In der ersten Version stecken verzweifelte Wissenschaftler eines sterbenden Planeten eine arme Sau von Komiker in eine Zeitmaschine, damit er den Versuch unternimmt, die Vergangenheit zu korrigieren, nicht weil's eine beispiellos geniale Idee wäre, sondern weil ihnen keine zweckmäßigere Idee einfällt. In der zweiten Variante tut das erwähnte arme Komikerschwein so, als wäre er ein derartiger Zeitreisender, nur weil er kein anderes verwertbares Material hat. In der dritten Fassung verbündet sich der Typ aus der zweiten Version mit einem SciFi-Schreiberling und hat dadurch so durchschlagenden Erfolg, dass er im Laufe seines Egotrips durchknallt und sich einbildet, tatsächlich aus der Zukunft zu stammen. Und in der vierten Fassung *ist* er *Alles*, was ich eben beschrieben habe, und noch etwas ... *mehr* ...«

Ralf zuckte die Achseln. Er grinste wie Burt Parks unter Methedrin.

»Welcher Geschichte geben Sie den Vorzug, Lampkin?«, fragte er.

Dexter blickte ihn völlig ratlos an.

»Ist eigentlich gar nicht so erheblich, was, Mister SciFi? Es ändert nämlich absolut nichts an der Aufgabe, die ich, egal wer ich bin, hier erfüllen soll.«

»Und die lautet ...?«, fragte Amanda; man merkte, dass sie die Frage vornehmlich rhetorisch verstand.

»Die Welt zu retten, was sonst?«, erklärte Ralf.

Sofort hatte er ein irres Lachen ausgestoßen. »Da, jetzt ist es mir doch rausgerutscht! Ja, ich bin der Komikmessias, der Heiland mit der Pappnase. Jawohl, ich bin der Fleisch gewordene Zeitgeist. Der Roadrunner des Neunfachen Weges! Der letzte faule Trick der Menschheit.«

Die Exaltation verflog so schnell, wie sie sich gezeigt hatte; Ralf beugte sich vor, stützte die Ellbogen auf die Oberschenkel, und richtete einen dieser starren Scientologenblicke auf Amanda.

»Welcher Avatar ist *Ihnen* am liebsten, Amanda?«, wandte er sich mit leiser Stimme an sie.

»Es ist doch ohnehin ohne Bedeutung, oder?«

»Sehen Sie?«, hatte Ralf gerufen. »Ich *wusste,* dass wir zu einer intellektuellen Verständigung gelangen.«

Und vielleicht war es ihnen tatsächlich gelungen.

Immerhin stützte sich die Daseinsberechtigung der Science Fiction ja samt und sonders auf das Postulat, dass es so etwas wie *die* Zukunft nicht gab, sondern von jedem Moment des Jetzt multiple potenzielle Zukünfte abzweigten, die kollektive Zukunft der Menschen so ausfiel, wie sie selbst sie gestalteten.

Folglich stand es einem Science Fiction-Autor schlecht an, Leuten anstatt ihrer mehrgleisigen Interpretation phänomenologischer Fakten eine singuläre Realität aufs Auge drücken zu wollen.

Und so waren sich der irre Komikmessias aus der Zukunft, die Mystikerin und der Science Fiction-Autor darin einig geworden, dass die Zukunft, der das Affenvolk entgegenstrebte, Totenschiff Erde hieß, falls nicht in der Gegenwart etwas geschah, um die Wahrscheinlichkeiten zu verändern.

Und dass es eine populäre TV-Persönlichkeit namens Ralf gab, die ihre Aktivitäten auf der Voraussetzung betrieb, aus der Zukunft in die Gegenwart geschickt worden zu sein, um mittels Komik genau dies Ziel zu erreichen.

Ein Wahnsinniger? Ein Dexters Kreativität entsprungener Charakter? Ein zynischer Komiker/Schauspieler? Die Inkarnation des Zeitgeistes? Der Roadrunner des Neunfachen Weges?

Streng genommen hatten derlei Fragen letzten Endes *wirklich* keine Bedeutung.

Denn man brauchte nur die Balkontür zu öffnen und die Lungen zu füllen, dass einem sofort der Atem stockte, um zu glauben, dass ausschließlich, gleich was der Star von *RALFS WELT* wirklich war, die Aussage und *nur die Aussage* zählte, denn so wie die Verhältnisse sich entwickelten, *konnte* er durchaus der letzte faule Trick der Menschheit sein.

Während er da in dem toten, weißen, klimatisierten Wohnzimmer saß, war es für Dexter gar nicht so schwierig gewesen, sich auszumalen, dass das Totenschiff Erde selbst aufgrund des verzweifelten Wunsches, das eigene Entstehen zu verhindern, ihnen zeitverschoben ein Zeichen gegeben hatte.

Und überdies war die dystopische Zukunftsvision, die sich auf Ralfs Balkon seinem Hirn eingeprägt hatte, kein flüchtiger Eindruck geblieben.

Tage später hatte sie ja sein Handeln bestimmt, als er trotz seiner persönlichen Abneigung gegen den Mann Fritz Kaine in die Show einlud.

Er musste nicht zwangsläufig an die Verwirklichbarkeit des Zeitreisens glauben, um das Totenschiff Erde für eine hochgradig wahrscheinliche Zukunftsvariante zu halten, sich darüber im Klaren zu sein, dass die damit zusammenhängenden Gedanken in seinem Hirn eine Realität konstituierten; und zumindest in *diesem Sinn* hatte eine Zukunft, in der die Biosphäre von der Menschheit hingemordet worden war, ihnen *tatsächlich* durch den Zeitstrom erfolgreich eine ernste Warnung zukommen lassen …

Die ihre Konsequenzen hier im Studio fand, zur Hauptsendezeit, in dem Bemühen eines irren Komikers, einer Mystikerin und eines Science Fiction-Autors, sie in eine sich selbst vereitelnde Prophezeiung zu verwandeln.

»... und allmählich entdecken wir immer mehr Planeten, die andere Sterne umkreisen, fällt es Ihnen da nicht auch immer schwerer zu glauben, dass wir im Kosmos völlig allein sind?«

In einem Studio, in dem der vom Science Fiction-Autor mobilisierte zweitklassige Futurologe, der von der Mystikerin angeschleppte Herr Natürlich und die wirrköpfige Zeitgeist-Inkarnation das durchschnittliche Saalpublikum mit abstruseren Themen unterhielten, als die herkömmliche Talkshow-Philosophie es im Allgemeinen als möglich erachtete ...

»Und wie ist es dann zu erklären, dass noch kein Begrüßungskomitee unserer hochgeistigen galaktischen Nachbarn eingetroffen ist, um uns die Rettung zu bringen?«, fragte Sammy D.

»Denen ist nicht aufgefallen, dass *wir* die Heilsarmee und das UNO-Friedenskorps alarmiert hätten, um die Kanalratten und Küchenschaben zu retten«, sagte Ralf. »Und ich wette, selbst *Mutter Theresa* hat die Nase gerümpft, wenn sie auf eine Kakerlake trat, anstatt für sie einen Rosenkranz zu beten.«

Wohin bin ich eigentlich geraten?, fragte Dexter sich zum soundsovielten Mal.

Allerdings wusste er, die Frage war auf mehr Ebenen rein rhetorischer Natur, als zu erwägen er Lust verspürte.

»Vielleicht sind sie längst da, es kann sein, dass höher entwickelte galaktische Zivilisationen uns schon seit Jahrtausenden mit Methoden beobachten, die wir gar nicht wahrnehmen«, spekulierte Fritz Kaine.

»Sie meinen die kleinen, grünen Männlein in Fliegenden Untertassen, die mit ihren Laserstrahlen Kreise ins Gemüsebeet brennen und Kühen Steaks aus den Rippen schneiden? Diese niveaulosen Tiefflieger entsprechen Ihrer Vorstellung einer höheren galaktischen Zivilisation?«

Während Dexter Fritz Kaines Konfronation mit Sammy D. und Ralf verfolgte, musste er sich schließlich eingestehen, dass er Kaine ohne zu zögern zu der Sendung eingeladen hatte, *obwohl* sein Bestseller praktisch ein entfiktionalisiertes Plagiat seines eigenen Buchs war, sondern gerade *deswegen*.

Denn der Beststellerautor der Veröffentlichung *Das Jahr 3000* war für die Anleihen, die er bei dem Roman *Die Transformation* gemacht hatte, ein bewährter, dickfelliger Talkshowkämpe; von sich selbst konnte Dexter dagegen nichts Derartiges behaupten.

Hinter der Kulisse der TV-Show *RALFS WELT* stand Dexter im vom Smog verpesteten Los Angeles auf der gegenwärtig belebten Oberfläche einer seltenen Wasserwelt, dem einzigen Planeten innerhalb der für Leben geeigneten Zone des Planetensystems der gelben Sonne in einer Galaxis, in der es entweder von fortgeschrittenen transformationalistischen Zivilisationen wimmelte, oder in der man allerorten auf die Ruinen toter Welten stieß, deren Biosphäre durch ihre so genannten intelligenten Bewohner vernichtet worden war, und möglicherweise ließen sich beide Arten von Welten entdecken.

Er befand sich wieder da, wo er vor Jahren gestanden hatte, als er *Die Transformation* schrieb. Ungeachtet eines inzwischen reiferen Gemüts und seither errungener weltlicher Weisheit glaubte er erneut, dass jemandem, der so viel Weitblick hatte, auch die Pflicht zufiel, etwas zu unternehmen, wie blödsinnig es auch sein mochte, um die Evolution in die Richtung zu lenken, wo er am Ende des Tunnels das Licht sah …

Schweben und schwinden, schwinden und schweben …

Man konnt sich an alles gewöhnen, solang man den kleenen, blauen Lichtlein folgte, hatte Lotter-Lotti rausgefunden, hier unnen innen U-Bahntunneln braucht ja wer kaum irndwas, es lief alles von allein, ganz als ob sich ’s Sozialamt drum kümmerte, man durft schweben und schwinden, schwinden und schweben, Tage, Wochen und Monate lang, wer wusst’s, wen schert’s, den kleenen, blauen Lichtern wer weiß wohin folgen, die Stollen gingen bis nach Queens, Herrjesses, oder nich, ’s musst Tunnel unterm Hudson gehm, vielleicht lag jetz droben Newark, ’s schietge Jersey City, wer konnt ahnen, wohin man längs annen blauen Lämpchen noch kam, Boston, Philadelphia, China, Afrika, war ja auch schnuppe, solang man unten im Sichern blieb und nich ’n Riechbolzen anne Luff steckte …

Schweben und schwinden …

So war’s nich immer gewesen, meinte sich Lotti zu entsinnen, hatt sie da nich gelehn und gezuckt und gezappelt, geschissen und gepisst, hatt sie nich das Gefühl gehabt, ihr würden Eispfrieme inne Augen gebohrt, Rasierklingen, kaputte Pullen und Ziegelsteine im Kopp rumpoltern, so wie in so ’m Scheißfilm, wo die Bullen mit wem die schietge Cold Turkey-Nummer abzohn: Ey mach mal halb lang du kannst das Zeuch ausschwitzen ha-ha-ha dauert nur ’n paar Tage Wochen Jahre du kotzt rotzt und spux Blut und gelbgrüne Brüh keine Sorge is für dich viel schlimma als für uns hi-hi-hi …

Schwinden und schweben …

Oder vielleicht war’s ein Scheißalbtraum gewesen, das konnt sein, denn hier gab’s ja gar keene Bullen nich, oder wie, und als sie erwachte, war sie wieder da, wanderte den Stollen lang, fühlte sich ganz leicht, als ob sie schwebte, nich grad, als hätt sie ’n schönen, langen Zuch aus der Pief genommen, aber irndwie ähnlich, es flimmerte ihr ja alles vor Augen …

Es war *würglich*, als wär sie high, die kleenen, blauen Leuchten hatten irndwas Tolles mit ihrm Hirn angestellt, es aufgeladen oder so was, jedenfalls braucht sie *keen Stoff* mehr, sie musst nich mehr den ganzen Scheiß durchmachen, um sich so wie jetz zu fühlen, man braucht nur, wenn man das Geheimnis kannte, den blauen Lämplein zu folgen, um all die vadammicht grässlichen Träume hinter sich zu lassen …

Schweben durchs Licht, schwinden im Dunkeln …

Sie *war* jetz wach, also *musst* der gesamte andre Scheiß 'n Albtraum gewesen sein, jau, der reinste Äktschenfilm, wo Dealer – es war einmal vor langer Zeit auf'm Fleischmarkt – sich mit Uzis beharkten, wo man Leut für 'n Vierteldollah abmurkste, Bullen mit ihrn Gummiknüppln jeden vahauten, wo sein Titelblatt ihnen nich gefiel, teure Reschtaurangs die Straß säumten, wo man nich essen durft, Autos und Taxis wen überfuhrn, Zuhälter 'm fleißgen Mädel, wo mal in seim Revier die Saugschwester gab, 'ne rostge Rasierkling anne Gurgel setzten, und irndwie Übernachtungsprobleme, der *Golfstrom-Grill*, Vegetiern im Tompkins Square Park, wo's im Sommer heißer als die Hölle war und im Winter die Titten abfrorn, wo Penner und Berber hausten und massig Hundekacke lag, warn auch drin vorgekommen, der reinste Dschungel, man kriechte Koppweh, wenn man nur dran *dacht* …

Also befasste sie sich lieber gar nich mehr damit.

Hier unnen gab's keen Wetter nich, keen Zeit, keen Dealer, keen Klo, keen Polypen und keen Hetze nich, nix tat sich ändern, man braucht bloß den kleenen, blauen Leuchtlein zu folgen, dann durft man schweben und schwinden …

Nie nich regnete es, nie nich brannt eim die Sonne auf 'n Grind, immer war es kühl und feucht und 'n bisgen modrig, als ob sich innem Keller voller Lumpen und ollen Zeitungen alles langsam in grauen Schimmelkäse vawandelte, ähnlich wie das Zeuch zwischen ihrn Zehn, und der Beton und Stein fühlten sich irndwie glatt an, fast *schleimig*, außer wo Rohre geplatzt warn oder dieser klebrichte grüne Flaum wuchs.

Keen Sonne ging nich auf, keen Dunkelheit kam auch nich, vielmehr war's immer wie fünf Uhr morgens, als ob sie in leern Straßen voller schmutziggrauem Licht auf ein Morgen wartete, wo aber nie nie kam, stattdessen gab's da die schwachen, blauen Lämpchen längs anne Wände, rote und grüne Signallampen gingen an und aus, und wenn da ein U-Bahn daherschrammte, sodass sie sich inne Nische stellen musst, wo's viele inne Mauer hatt, na was denn, war ja wohl keen Sach nich, hatt man mal das richtge Timing raus, konnt man sie sich seelenruhig anne Nas vorbeisausen lassen, und sons war's so still und ruhig, dass man die Ratten ziepen und rumtrippeln hörn konnt, auch tropfendes Wasser klitschen, Leuchtkörper flackern, ein Milljohn Kilometer entfernt Bahnen rumpeln, das Klatschen vonne Füß auf 'n Schwellen, das eigne Ein- und Ausatmen …

Schwinden und schweben …

Man konnt sich Gedanken sparn, wo man 'n Klo fand, hier durft man hinscheißen, wo man wollt, und genau das machte Lotti auch, keener scherte sich 'n Scheiß nich um *dein* Scheiß, hi-hi-hi. Pofen tat sie, wo sie vor Müdigkeit umkippte, wieso auch nich? Überall innen Stollen sammelte sich in Pfützen und kleenen Tümpeln Wasser, wo sie trinken konnt.

Schweben und schwinden …

Ernährung war auch keen so großes Problem nich, wie wer meinen könnt, wenn nix andres da war, musst man mit dem auskommen, was man da und dort organisieren konnt, damit hielt man sich beisammen bis das nexte Mal, da musst es eim egal sein, was man fraß, und wenn's Rattenschwanz war.

Tatsächlich war Rattenschwanz, wenn man ein fand, gar nich so übel, sobald man sich dran gewöhnte, die Viecher roh zu essen, also Mensch, die Hälfte aller Futterbuden wie dem *Golfstrom-Grill* knöpften den Kunnen guts Geld dafür ab, wenn sie so was durch 'n Fleischwolf drehten und 'n Burger in Achselschweiß brieten, und hier kriechte sie 's frisch und kostenlos, dauernd fiel irndwo so ein Vieh tot um, und ab und zu spießte sie sich mit'm guten, ollen Schnellen Schlitzer ein lebendes Rattenvieh auf …

Und es hatt in den Stollen sogar *Leute*, die Krempel durch die Gegend schleppten, irndwie so was, zwar nur selten, na klar, abba was Lotti betraf, konnt's gar nich selten gnug sein.

Meistens war's wohl bloß ein Asphaltwanze, wo sich vor 'n Bullen vasteckten, oder vor ihrn Luden, oder irndein scheißdoofer Dealer auffe Flucht, vielleicht Mafia-Typen, am besten stellte man gar keene Frahn nich, sondern hielt sich stille, bis die Luff rein war, nur manchmal, da konnt sie schon klappern und rappeln und fluchen hörn, wenn sie noch drei Scheißstationen entfernt warn, dann wurd's möglich, sie zu belauern, ihnen zu folgen und denen abzuzocken, ohne dass die Aaschlöcher überhaupt je was rafften.

Häufig hatten sie allerhand Kram dabei, sogar Einkaufstaschen mit Essen, wahrscheinlich um 'ne Weile abgetaucht zu bleim. Überwiegend war's die Sorte übler Ärsche, wo man eintlich nix mit zu tun haben mocht, Schneller Schlitzer oder nich, vamutlich hatten die Typen sich vadünnisiert und 'ne miese Einstellung zu ihre Umwelt, abba was denn, selbs Arnold Schwarzenegger mit der Schietuzi musste *gelehntlich* mal pennen, hi-hi-hi-hi …

Schwinden und schweben …

Auch ein andre Art von Leuten trieb sich da unnen rum, man sah sie fast nie nich, und Lotti legte auch keen Wert nich drauf, dann und wann hörte sie so was wie Schritt innem Seitenstollen, und sie beschloss, 'ne andre Richtung zu nehm, sobald sie irndwo wen Kacke rauspressen hört, oder manchmal sah sie durch die Trennwand zwischen 'n Gleisen zur Innenstadt und zu 'n Vororten was Zotteliges tappen …

Schweben und schwinden …

Also sie *wollte* die annern, die echten Tunnelratten gar nich kennen lern, und anscheinend kannten sie auch keene Neugier nich, was sie betraf, sie hatt gar keen Lust nich, an sie zu denken, 's genügte ihr, wenn sie vielleicht wie Tiger im Urwald annenanner vorbeischlichen, sie mochte gar nix über sie wissen, und 's eine Mal, wo's zu ein Begegnung kam, machte sie ihr auch keen Vorfreud auf ein Wiedersehn nich …

Sie latschte um ein Ecke …

… und da lief sie in Augenhöh fast eim gelblich-grünen Skelett inne Ahme wo filzigs graues Haar auffem Kopp hatt und ein vaschimmelten Bart als ob aus vagammelten Kahtoffeln Grünzeuch spross faule schwatte Zähne und Augen wo aussahn als hätt wer Taubeneier in blutger Katzenpisse gekocht und der Scheißtyp ging krumm wie ein Aff!

Schrecksekunde.

Und er stank wie 'n toter Elefant.

Stierte sie an …

»Aaaaieeeeh …!«

Er schrie, als hätt sie ihm inne Eier getreten, und sein Stinkatem blies ihr ins Gesicht wie der Gullymief ausser Kloschüssel.

Und im Handumdrehn hatt er kehrt gemacht und raste durch 'n Stollen fott, wenich fehlte, dass er auf allen viern gelaufen wär wie Gorilla. Und eh sie sich vasah, war Lotti fluchs in Gegenrichtung gerannt.

Von da an hatt Lotti noch vorsichtger drauf geachtet, den Tunnelbewohnern, falls sie echt so was Ähnliches warn, aussen Augen zu bleim, und irndwie kam's ihr so vor, als hielten sie 's auch so.

Jau, hatt man ers mal 'n Bogen raus, konnt man hier einfach quasi mit'm kühlen, grauen Zwielicht vaschmelzen und immer den kleenen, blauen Lämpgen folgen, hin und her, rein und raus, hinab und hinauf, ohne irndein Ziel zu hahm, man ließ sich einfach treiben, eben als wär man am Schweben, woll, als wär man daheim am Dösen, könnt man sahn, abba so richtich fand Lotti innen drin keen Ruh nich, sie hatte noch nie so ein zeitlosen Ort und ein ortlose Zeit gekannt wie diese endlosen, geheimen Rattenlöcher tief unnerm Aasfalt der Zitty-Szene, wo man 's ganze Theater vagessen, einfach bloß dem Schweben und Schwinden genießen konnt …

Dem Schwinden und Schweben …

Bei Mutter Tucker war ein im Valley gelegenes Lokal, dessen Niveau knapp oberhalb der Zustände in einer rustikalen Rockerpinte lag: Trübes Halbdunkel, Klimaanlage, die übliche Bar mit Hockern, hinter der um diese äktschenarme Nachmittagsstunde eine fünfzigjährige Braut mit blonder Turmfrisur stand, die dem Aussehen nach vielleicht einmal Hupfdohle oder Nutte in Las Vegas gewesen war, ein Dutzend Kaffeetische vor einer kleinen Bühne, auf der eine Topless-Tänzerin zu den Klängen einer Art von Reggae-Jazz-Mix gelangweilt die Pflicht abarbeitete, und an den Wänden Sitznischen. In einer solchen Sitznische hockten Texas Jimmy Balaban und Ralf bei einem Gläschen beisammen, als wären sie Komparsen, die Kneipengänger spielten.

Um diese Zeit war *Bei Mutter Tucker* nahezu leer, außer dass an der Theke ein Kerl sich vollaufen ließ, der wirkte, als trüge er im Dienst einen Leuchtturmwärter-Ostfriesennerz, und drei durchweg abstoßend aussehende Figuren am anderen Ende der Gaststube um einen Tisch saßen und sich mit dem Verteilen von Umschlägen beschäftigten, nach deren Inhalt man besser nicht fragte.

Kurzum, es war die Art von Schwemme, in der man Ralf ohne den Futuredress, den dieses Mal anzuziehen Jimmy ihm ausdrücklich *verboten* hatte, wahrscheinlich nicht erkannte, aber falls es doch geschah, sollte er sich, so hatte Jimmy ihm eingeschärft, hundertprozentig dumm stellen.

Zwar hatte Ralf, wie sich an den Einschaltquoten ablesen ließ, noch nicht den Status eines Superstars erlangt, aber sein Gesicht sehr wohl Wiedererkennungswert erreicht, eine Errungenschaft, für die sämtliche fortgesetzten Bildreportagen in der Illustriertenpresse sowie das neue Titelbild des *TV-Guide* den Beweis abgaben, und insofern wäre es wohl schwierig geworden, in einem besseren Lokal in aller Ruhe ein Gespräch von Mann zu Mann zu führen, ohne von den übrigen Gästen angegafft zu werden.

Die Jimmys gegenwärtiger Absicht noch abträglicheren, endlos in den SciFi-Hochglanzzeitschriften veröffentlichten, geradezu hysterischen Features sowie die ständigen, ähnlich abstrusen Glossen in den Ökologie-Gazetten sprachen nach Jimmys Einschätzung dafür, dass es am sinnvollsten sein mochte, eine Unterredung in einem derartigen Schuppen zu führen, wo voraussichtlich kein SF-Fan oder Müsli-Freak sie störte, der schlichtweg um *jeden Preis* persönlichen Kontakt zu seinem Helden aufnehmen musste, selbst wenn sie Geld kostete.

Darüber hinaus hatte *Bei Mutter Tucker* den Vorzug, in Fußwegweite zu Ralfs Wohnung zu liegen, sodass Jimmy ihn nicht hatte abholen müssen, und in dem Fall, dass er sich betrank oder sie beide sich abfüllten, auch keine Verantwortung für seine sichere Heimkehr übernehmen musste.

Sich anständig einen in die Birne zu gießen, empfand Jimmy momentan tatsächlich als keine allzu schlechte Idee. Zwar geschah es keineswegs das erste Mal, dass er das Bedürfnis hatte, einem seiner Klienten den Besuch eines Kopfschusters empfehlen zu müssen, aber seine in dieser Hinsicht schon beträchtlichen Erfahrungen erleichterte ihm das Erfordernis dennoch nicht im Geringsten.

»Möchten Sie mir eventuell *jetzt* erzählen«, verlangte Ralf Auskunft, »warum Sie mich in dieses Bumslokal geschleift haben?«

»Was soll denn das, können Sie nicht bloß mal mit Ihrem Manager ausgehen und ein, zwei Gläser kippen, so wie jeder normale Mensch?«

Ralf maß ihn starren Blicks.

Jimmy zögerte.

»Es fällt mir schwer, es Ihnen zu sagen, alter Junge …«

»Kann man irgendwie merken.«

Jimmy nahm noch ein Schlückchen Wild Turkey, dann atmete er so tief ein, wie der im ganzen Lokal verbreitete Dunst abgestandenen Biers und kalten Rauchs es gestattete.

»Aufgrund meiner offiziellen beruflichen Kompetenz als Ihr Manager und als Produzent Ihrer Show muß ich Ihnen mitteilen, Ralf«, sagte er, »dass ich den Eindruck habe, Sie werden allmählich ein bisschen irre.«

So, dachte er, *jetzt habe ich es ausgesprochen.*

Ralf lachte, allerdings mit einem Unterton, durch den das Lachen nicht ganz überzeugend klang. »Ein *bisschen* irre?«, meinte er. »He, nun machen Sie mal 'n Punkt, Jimmy, beleidigen Sie mich nicht, ich bin Komiker, von mir wird erwartet, dass ich *total* irre bin.«

»Nicht irre wie jemand ein irrer Typ ist«, erwiderte Jimmy. »Irre in der Art, dass ich inzwischen gegen einen irren Ralf erhebliche Bedenken habe.«

Doch statt mit einem ›Ach, hören Sie auf‹ zu reagieren, wie er bisher ihm unangenehme Angelegenheiten schon früh abgewiegelt hatte, saß Ralf lediglich da und blickte ihn stumm aus Augen an, deren kalte Klarheit und Ausdruckslosigkeit an ein übergroßes Nagetier erinnerten.

Jimmy erachtete diesen Blick nicht unbedingt als unwiderleglichen Beweis geistiger Gesundheit, und zudem hatte er sich ihm in letzter Zeit für seinen Geschmack zu oft ausgesetzt gesehen.

»Äh … Ralf, verstehen Sie mich bitte richtig«, nuschelte er, »ich hoffe, Sie fassen meine Besorgnis nicht als persönlichen Angriff auf, aber …«

In Ralfs Miene regte sich kein Muskel. Auch die Augen blieben unbewegt. Und doch schien sich das Gesicht dank eines Schauspielertricks, den Jimmy nicht durchschaute, zu verändern, die Ausdruckslosigkeit gewissermaßen noch gründlicher zum Ausdruck zu kommen, als lautete Ralfs unausgesprochene Antwort: *Ich nehme* nichts *persönlich.*

Und möglicherweise lag genau *da* das Problem.

Während seines langen Werdegangs war Texas Jimmy Balaban Manager Aberdutzender von Komikern gewesen, und ein Affenboy wie er hätte keinen einzigen Fuß und keine einzige Hand gebraucht, um die wenigen Klienten abzählen zu können, denen man nicht wenigstens *leichte* Übergeschnapptheit hatte nachsagen müssen.

Mit mindestens einem Dutzend hatte er recht ähnliche Gespräche wie dieses mit Ralf geführt, und für fünf von ihnen war ein Aufenthalt im Meisenheim unabwendbar gewesen. Für einen Künstleragenten, der Komiker vermittelte, war diese Zahl ein normaler Mittelwert.

Aber obwohl er schon mit Komikern zu tun gehabt hatte, die *genauso* verrückt wie Ralf gewesen waren – und manche hatten einen viel schwereren Dachschaden erlitten –, musste er die *Art* von Wahnwitz, die er bei *Ralf* beobachtete, als bislang einmalig einstufen.

Es kam gar nicht sonderlich selten vor, dass Schauspielern und Komikern der Unterschied zwischen der von ihnen gespielten Rolle und ihrer eigenen, eigentlichen Persönlichkeit abhanden kam, und man erfuhr gelegentlich sogar von Fällen, in denen der Bauchredner unter den Einfluss seiner Marionette geriet. Bei Ralf jedoch hatte es den Anschein, als wäre ihm ohnehin überhaupt nie eine authentische Persönlichkeit zu Eigen gewesen, die seine Rolle hätte vereinnahmen können.

Gut, der Mann bestand darauf, seit Jimmy ihn im Kapplemeyer aufgetan hatte, *wirklich* ein Komiker aus der Zukunft zu *sein*. Gut, er hatte anscheinend kein Sexualleben, bemühte sich wohl auch nicht darum, er besuchte keinen Ball der Einsamen Herzen, ja nach Jimmys Beobachtungen führte er *gar kein* feststellbares Privatleben. Gut, vielleicht war er ein abgedrehter Perversling, der aus berechtigten Gründen das Privatleben sogar vor seinem Manager vom Berufsleben getrennt halten wollte, etwa weil er darauf stand, sich als Huhn zu verkleiden, Lokale zu frequentieren, in denen man Geflügelzüchter kennen lernte und dem Federvieh den Kopf abbiss, während sie ihm mit Besen das Hinterzimmer fegten.

Manche Komiker schätzten ein freundschaftliches

Verhältnis zu ihrem Manager, andere zogen eine rein geschäftliche Beziehung vor, und im Grunde genommen ging es Jimmy nichts an, was Ralf in der Freizeit trieb, solange es seine Leistungen als Komiker nicht beeinträchtigte.

Inzwischen jedoch lautete Texas Jimmys professionelles Urteil, dass Ralfs Performance deutliche Einbußen erlitt. Und sowohl infolge grundsätzlichen Interesses am beruflichen Überleben wie auch seiner Berufsethik fühlte er sich als Manager dazu verpflichtet, nicht nur Verträge abzuschließen und Auftrittstermine zu planen, sondern auch zu tun, was er konnte, um sicherzustellen, dass sein Klient auch fähig zu ihrer Einhaltung blieb.

Im Nachhinein sah Jimmy ein, dass er die schlechten Vorzeichen hätte eher deutlich erkennen müssen, wahrscheinlich schon anlässlich der ersten Sendung der Sommer-Staffel. Schön, das Gelaber über die Existenz der Seele, intelligente Mülleimer und kleine, grüne Tiefflieger in Fliegenden Untertassen, die Kühen Steaks aus dem Hintern schnitten, garantierte ein paar Lacher, war aber nicht unbedingt der Brüller.

Doch wie es dann zu Ende gegangen war – indem nämlich Lampkins Futurologe über Würmer aus der Zukunft faselte, die durch Schwarze Löcher in der Raumzeit in die Vergangenheit krochen, Amandas tausendjähriger Hippie, anstatt den Kaputtnik zu markieren, über Schweizer Traumzeitkäse schwafelte, und Ralf davon sabbelte, die Zukunft durch den Kauf von T-Shirts und Futuredresses zu beeinflussen –, hätten leicht sämtliche Beteiligten selbst in einem Trallerkasten als schwer Ausgerastete auffallen können.

War es nicht *Lampkin* gewesen, der ihm den Floh ins Ohr gesetzt hatte, Ralf nähme die Messiasnummer allmählich etwas zu Ernst? Hatte nicht *Amanda* ihn unter Hinweis auf einschlägige Phänomene in Schauspielerkreisen gewarnt, Ralfs Rolle gewänne in seiner Rübe die Oberhand?

Und dann war ein paar Sendungen später diese junge NewAge-Tussi aufgekreuzt und hatte vorgeblich Ralf hypnotisiert, ihn zurück in sein Jungsches Kollektives Unbewusstes versetzt, was das auch bedeuten mochte. Gut, Ralf hatte, während er seine früheren ›Reinkarnationen‹ mimte, Fratzen wie Mel Brooks geschnitten und gleichzeitig mit Little Richards Stimme quäkte, etliche Lacher erschunden.

Aber als Dexters SciFi-Autor Ralf dazu überredete, ›*Prä*inkarnationen‹ seiner selbst zum Besten zu geben – wozu er als Mann aus der Zukunft, so hatte die Argumentation gelautet, ja im Stande sein müsste –, war Ralf in die wüste Darbietung eines australischen Surfers entgleist, dem das Ozonloch richtig fetten, hässlichen Hautkrebs eingesengt hatte, und das Komische im Handumdrehen ins ganz schön Abstoßende umgeschlagen. Auch der brasilianische Holzfäller mit dem Erich von Stroheim-Akzent, der den Regenwald in den Öfen verheizte, brachte keine nennenswerte Verbesserung.

Doch gerade als Jimmy sich dazu durchrang, Dexter und Amanda in ihrer Einschätzung zuzustimmen, dass Ralf aus dem Ruder lief, hatten *sie* es nicht nur eingestellt, ihm deswegen düstere Mahnungen zuzuraunen, sondern im Gegenteil ganz so getan, als wüssten sie überhaupt nicht, wovon er redete.

Und Jimmy hatte keine Ahnung, welche Art von Studiogästen er anfordern könnte, bei denen die Wahrscheinlichkeit geringer war, dass sie die Komplettverrückten anlockten.

Was könnte er ihnen also vorwerfen?

Nach allen Talkshow-Kriterien mussten die Gäste, die sie auftrieben, als *vorzügliche* Auswahl eingestuft werden. Die Spezialdesign-Wissenschaftler und Mystikklugscheißer, SciFi-Schmieranten und NewAge-Gurus, die Eierköpfe und Intellekt-Superstars waren nun einmal schillernde Gestalten, die sich auf dem Podium sehr gut machten, diese Typen waren allesamt Revolverschnauzen, verstanden sich spontan in ergänzender Weise auf Ralfs Äußerungen einzustellen, und viele von ihnen mussten selbst als ausgesprochen komisch gelten.

Mit welcher Begründung dürfte er mehr fordern?

Sollte er etwa *weniger* verlangen?

Ungeachtet solcher Unklarheiten hatte Texas Jimmy den starken Eindruck, dass Ralf auf alle Fälle weniger *dazu* ermutigt werden musste, seine Macke immer mehr auszuleben.

Das Ärgerliche war, dass die Leute Ralfs Totenschiff-Erde-Rummel *Ernst* nahmen und größeres Interesse daran hatten, ihn für ihre diversen Welterrettungskampagnen einzuspannen, als daran, sich mit ihm schlicht und einfach zu amüsieren.

Und wenn man einen Komiker, der vielleicht sowieso ein Schizo war, mit Zeitgenossen zusammen brachte, die alle erdenklichen, möglicherweise sogar guten Gründe sahen, um ihn für den wahren Größten zu halten, konnte es nicht zu sehr überraschen, wenn er nach und nach vergaß, dass das Ganze nur eine Masche sein sollte, und es schließlich selbst ernster auffasste, als es für seinen Verstand bekömmlich sein konnte.

Oder es endete damit, dass die Einschaltquoten wieder sanken, weil es auch irgendwann seinen Reiz verlor, einen Komiker während seiner Fernsehsendungen live immer irrsinniger werden zu sehen; oder damit, dass schlechterdings eines Tages in der Sendung Muskelmänner in weißen Kitteln erschienen und ihn in eine Zwangsjacke steckten.

Und doch: Wie hätte Jimmy keine Sympathien empfinden können? Mittlerweile kannte er Ralfs Material längst hinlänglich, um selbst davon weitgehend überzeugt zu sein, dass die Welt wahrscheinlich der Rettung *bedurfte,* und ganz gewiss betätigte er sich lange genug im Showgeschäft, um sich über das ›Affenvolk‹ weniger Illusionen zu machen, als die Mehrzahl aller Trottel auf den Affenschaukeln zwischen dem Hudson und Mulholland.

Wie könnte er sich also dahin versteigen, Dexter und Amanda zu bitten, sie sollten Studiogäste herschaffen, die sich keinen Scheiß für die fortgesetzte Existenz des Lebens auf dem eigenen Planten interessierten?

Aber nach der Show *dieser* Woche war Jimmy völlig klar gewesen, dass *irgendetwas* geschehen *musste.*

Amanda hatte einen Jesuitengeistlichen mit Namen Pater John Mallory, der vielleicht demnächst dem Priesterrock Ade sagen wollte, in den Ring geschickt gehabt; der Pater war in dem üblichen schwarzen Kittel mit weißem Krägchen sowie einer Nickelbrille, die ihn als Intellektuellen kennzeichnete, und silbergrauen, gewellten Locken bis ans Ohr erschienen, deren Frischfrisiertheit Showgeschäft-Instinkt bewies.

Priester oder nicht, anscheinend war der Pater eine Art von *Kommunist,* denn er hob stark darauf ab, man müsste den Planeten vor der Gier des satanischen Raubtierkapitalismus schützen, indem man zu den ursprünglich sozialistischen Wurzeln des Glaubens umkehrte, den der Revolutionär Jesus gepredigt hätte, eine These, die, wie Texas Jimmy vermutete, dem Papst, während er beim Frühstückskaffee saß und das *Wall Street Journal* durchblätterte, um sich den Stand der Eroscenter-Aktien anzusehen, Herzbeschwerden verursachte.

Dexters Mann war ein Computerfreak namens Roger Deacon gewesen, der Inhaber einer Software-Firma, von der Jimmy nie richtig begriff, was sie eigentlich betrieb, aber dessen Lieblingsthema etwas betraf, das sich Nanotechnik nannte: Die Nutzung Abertrillionen winziger, nicht einmal wie Bazillen großer, intelligenter Roboter, von denen eine Sparpackung genügte, um etwas Beliebiges in irgendetwas beliebiges anderes umzuformen, sie sollten buchstäblich Scheiße in Geld und Stehlampen in Scheiße verwandeln können.

Eigentlich war es, jedenfalls während der überwiegenden Sendezeit, eine der gelungeneren Shows geworden. Deacons SciFi-Ideen gaben für Ralf eine Quelle endloser Gags ab, und der Geistliche hatte sogar einen gewissen ironischen Humor entfaltet, wie ihn ein Jesuitenkommunist, so vermutete Jimmy, wahrscheinlich zum Überleben dringend benötigte.

Im Nachhinein ließ sich der Zeitpunkt, an dem die Sendung den Bach hinabging, nicht mehr genau bestimmen, es lief eben so, wie es einmal in einem alten Film geheißen hatte: Wenn es los geht, geht es los.

»Also, damit ich 's recht kapiere, Roger«, hatte Ralf gegen Ende der Show in scheinbarem Entgegenkommen gesagt, »diese Nanos sind dazu fähig, *mich* auseinander zu nehmen und anschließend wieder zusammenzusetzen …?«

»Ganz genau, Ralf, Molekül um Molekül«, antwortete Deacon mit der übertriebenen Begeisterung eines TV-Gemüsemesserverkäufers. »Diese kleinen Wunderapparate bohren wie Lochschneider verengte Arterien frei, beheben sämtliche krankhaften Veränderungen, verleihen den alten Gefäßen neue Elastizität, vernichten Krebszellen, regen die Knochenerneuerung an, beseitigen unschöne Narben, machen aus Ihnen, wenn Sie 's wünschen, einen ganz neuen Menschen …«

»Einen ganz neuen Menschen?«, rief Ralf. »Ach, ein Momenschen mal!«

Er hob die Hand und strich sich über die große, knubbelige Gurkennase. »Könnten sie an *dem* Erker auch was machen?«, erkundigte er sich pfiffig. »Kann man Jimmy Durante in David Niven verwandeln?«

»Plastische Schönheitschirurgie wird bald der Vergangenheit angehören. Jeder kann ohne Schmerzen oder größere Kosten fast sofort den vollkommenen, alterslosen Körper und das vollkommene, altersfreie Gesicht erhalten.«

Ralf rieb sich die Nase; erst versonnen, dann auf leicht obszöne Weise, die Jimmys Aufmerksamkeit erregte. »Die einen Nanos verkleinern, die anderen Nanos vergrößern Sie ...?«, meinte er bedächtig. »Und das geht bei jedem Format? Mit jedem ... Körperteil?«

Er verstummte. Er feixte in die Kamera.

Aha.

Als Nächstes senkte er die Hand von der Nase, bildete mit den Fingern, indem er sie in 15 Zentimetern Höhe über den Hosenladen hielt, einen Kreis von drei Zentimetern Durchmesser, ließ sie dann an einer unsichtbaren Stange aufwärts gleiten, erweiterte dabei den Radius des imaginären Körperteils, dessen Umfang zudem mit zunehmender Länge weiter anschwoll, bis er zuletzt, während das Studiopublikum vor Lachen johlte, ein Phantomglied hippoiden Ausmaßes streichelte, das 70 Zentimeter hoch von seinem Unterleib aufragte.

»Wir kriegen alle Hämmer wie Elefanten, Möpse wie Dolly Parton und Muskeln wie Arnie«, verkündete Ralf, während die Heiterkeit abebbte.

Er wandte sich erneut an Roger Deacon. »Und wahrhaftig, Affenboy, es *ist* im zweiundzwanzigsten Jahrhundert damit *versucht* worden«, fügte er hinzu. »Es hat alle Leiden kuriert, jawohl, aber dank all dieser vielen Nano*piraten,* die aus lauter Schwarzem Humor mit Sprühdosen voller eigener Nanofabrikate umherschwirrten, sahen nachher nicht sämtliche Leute wie Filmstars aus, sondern die Welt wurde zum transsexuellen Transsilvanien, ich meine, man wusste nie, ob sich nicht der Arsch im nächsten Moment in den Ellbogen verwandelt.«

Auch das hatte im Publikum noch zahlreiche Lacher zum Ergebnis, wogegen sich Deacon überhaupt nicht vergnügte; um die Wangenknochen lief sein Gesicht rot an, und er verlor für einen Augenblick die Nerven.

»Der Triumph über den *Tod* ist nichts zum Lachen!«, schnauzte er entrüstet.

Damit hatte er Recht. Wie man hatte erwarten können, verdarb die laute Erwähnung des Sensenmanns dem Publikum die Laune. Einige Sekunden lang herrschte ein Schweigen spürbaren Unbehagens.

»Ja, Ralf, die Nanotechnik kann uns *unsterblich* machen«, verhieß Deacon in gemäßigterem Ton, besann sich auf seine Obliegenheiten als Studiogast. »Sie heilt Krebs, regeneriert erkrankte Organe, schenkt uns makellose Körper, die nicht sterben, es sei denn durch Unfall. Und selbst *dann* …«

»›Selbst dann …?‹«, wiederholte Pater John.

»Selbst dann gibt es keinen wissenschaftlichen Grund, der es der Nanotechnik unmöglich machte … *die Toten wieder zu beleben* …«

»So, die Toten zu erwecken?«, vergewisserte sich Ralf, während der Geistliche sich bekreuzigte. »Sie wollen sagen, wenn ich ausrutsche und falle in einen Shredder, so ein Ding, womit man Mulch herstellt – ja, *Mulch,* nicht Molch –, könnten Sie dem Hackfleisch, das am anderen Ende zum Vorschein kommt … zur Auferstehung verhelfen?«

»Theoretisch ja.«

Danach hatte Ralf sich an Pater John gewandt. Und dabei war in seinen Augen dieser sonderbare Ausdruck sichtbar geworden, der glasige Blick, den Jimmy schon kannte, der ihn dazu veranlasste, auf die Uhr zu schauen und den Göttern des Showgeschäfts, weil sich die Sendezeit sich dem Ende näherte, ein kurzes Dankgebet zu sprechen.

»Dadurch würden Sie ja praktisch arbeitslos, was, Pater?«, fragte Ralf.

»Vorerst noch nicht ganz, Ralf«, ulkte Pater John. »Es ist ja offensichtlich bloß eine Theorie, nur eine Science Fiction-Phantasterei.«

»Im Gegensatz zu der Art von Auferstehung, die Himmelskomiker wie Sie verheißen …?«

Aua.

»Wollen Sie damit sagen …«

»O nein«, fiel Ralf dem Pater eilig ins Wort. »Sie haben *beide* Recht. Im zweiundzwanzigsten Jahrhundert *wird* es die Auferstehung aus der Dose geben, Roger. Aber auch *Ihr* Lattenjupp, Pater, ist damals im Jahre null *wirklich* von den Toten auferstanden. Eigentlich ist's eine längere Geschichte, jedenfalls kam's jedoch so: Papst *Elvis der Zwote* schickte Kardinal *Goldberg* mit einer Dose Nanowichte in die Vergangenheit, damit er dafür sorgt, dass es auch *bestimmt* passiert. Entsinnen Sie sich an den gemeinen Römer, der 's für lustig hielt, ihm einen in Essig getränkten Schwamm zu reichen …?«

Langsam hatte Ralf den Kopf geschüttelt, direkt in die Kamera geblickt und gezwinkert.

»Das war gar kein Römer«, sagte er, äußerte den Satz mit einem dermaßen erwartungsvollen, bedeutungsschweren Feixen, dass Texas Jimmy unzweifelhaft ersah, er hatte sich längst zu weit ins Abwegige verstiegen, um zu merken, wie *un*komisch er sich benahm. »Und kein Essig.«

Inmitten eines grässlichen Schweigens zuckte er mit den Achseln.

»Und es hat geklappt, drei Tage später – hupp-heidi! – folgte die Auferstehung. Und danach wurden Proben seines Fleischs und Bluts an die Nanos verfüttert, um der Menschheit ewiges Leben zu schenken.«

Stille.

»Und an sich *hätte* das Projekt gelingen müssen. Leider ging's schief. Während der nächsten zweitausend Jahre sind dabei bloß Pest, Tripper, AIDS und Akne herausgekommen.«

Er hatte nochmals die Achseln gezuckt.

»Was soll ich dazu sagen?«, hatte er gefragt.

Und abermals die Schultern gehoben.

»Schuld waren die Nanopiraten ...«

Die Reaktion des Studiopublikums auf *diesen* Klops hatte nicht eben eine der Sternstunden des Fernsehens bedeutet. Niemand hatte harte Gegenstände geworfen, aber das hörbare Murren allemal auf die Anwesenheit streng Rechtgläubiger verwiesen, die wohl in diesen Augenblicken an Steinigung dachten.

Die bloße Erinnerung an die Peinlichkeit rief Texas Jimmy ein Schaudern hervor. Er trank noch einen Schluck Bourbon, nutzte diese Übersprungshandlung, um den Blickkontakt mit Ralf zu beenden. Offenbar blieb ihm keine Wahl, als es hinter sich zu bringen, nun Silbe für Silbe und Wort für Wort an den Mann zu bringen, was er Ralf zu sagen hatte.

»Ralf«, erklärte er, »ich glaube, es wäre wirklich gut, wenn Sie zumindest mal ein kurzes Gespräch mit einem tüchtigen Giebelarchitekten führten.«

»Einem Grillenfänger?«, fragte Ralf mit völlig tonloser Stimme. »Sie wollen, dass ich einen Psychiater konsultiere?«

Pause.

Er neigte den Kopf zur Seite, zog das Kinn schief, sperrte den Mund auf, steckte den Daumen in die Nase und winkte mit den Fingern. »Was soll das heißen, Jimmy«, hechelte er mit gekünsteltem Komikerkeckern, »glauben Sie echt, ich wär mit'm Klammerbeutel gepudert?«

Ha-ha.

Seine Darbietung hatte etwas so potenziell Marsianisches an sich, dass es Jimmy unwillkürlich gruselte. *So nicht, Freundchen,* dachte er. *Falls ich Zweifel hatte, hast du sie mir gerade ausgetrieben.*

»Sie behaupten aus der Zukunft zu stammen, Sie spielen vor einem Haufen Affennachfahren den Messias, und Sie sind ein Angeleno, der kein Auto fährt«, sagte Jimmy. »Also, irre ich mich, oder muß man nicht schlicht und einfach zu dem Schluss gelangen, dass so ein Bursche ein, zwei Schrauben locker hat?«

Ralfs Miene gab von seinem Innenleben nicht das Geringste preis.

»Hören Sie zu, Ralf«, riet Jimmy ihm, versuchte es im Guten. »Ich habe mit Komikern viele Erfahrungen sammeln können. Es ist ein stressiges Gewerbe, ständig sind Sie von Leuten umgeben, die an Ihrem Gedankengut rumpfuschen, und außerdem ist es, das muß man ohne weiteres einräumen, nicht die Art von Berufstätigkeit, die 's erleichtert, eine klare Grenze zwischen Phantastereien und der Realität zu bewahren ...«

»Falls es überhaupt eine solche Grenze gibt«, sagte Ralf.

Jimmy erachtete es als angebracht, diesen Satz geflissentlich zu überhören.

»Sehen Sie mal, wir sind in *Hollywood,* niemand wird deswegen was Schlechtes von Ihnen denken«, meinte er, verlegte sich auf das Argument, das sich im Allgemeinen in solchen Fällen stets als wirksam herausgestellt hatte. »Jeder der im Showgeschäft was *zählt,* hat 'n Seelenklempner, man verteilt dazu Presseerklärungen, die größten Stars protzen sogar damit, sich die teuersten Gehirnspengler leisten zu können. Mann, ich sag Ihnen was, ich besorge Ihnen Liz Taylors Dachinspektor, oder Stallones, oder *Woody Allens* Psychodrechsler, Mensch, wie wär's mit dem? Kostet mich nur 'n paar Telefonate ...«

»Können Sie mir Woody *Woodpeckers* Gripspopler besorgen?«, fragte Ralf in gänzlich sachlichem Tonfall, musterte Jimmy mit seinem unheimlich durchdringenden Blick, sodass man fast hätte glauben können, es wäre *im Ernst* sein Ernst.

Wider Willen musste Jimmy lachen. Auch Ralf lachte, nur klang sein Lachen, als käme es aus einem Lachsack auf dem Boden einer Tonne.

»Sie befolgen also meinen Ratschlag?«, fragte Jimmy.

Anscheinend tat Ralf so, als dächte er eingehend darüber nach, während er Bourbon trank. »Sie haben vor«, meinte er, »mich zu nerven, bis ich 's tu, stimmt's, Jimmy?«

Nun hielt Texas Jimmy es für richtig, ihn stumm festen Blicks anzusehen.

Ralf zuckte die Achseln. »Passen Sie auf, Jimmy, ich schlage Ihnen 'ne Abmachung vor«, sagte er. »Ich gehe zu einem Ballonforscher, und wenn er 's mir empfiehlt, konsultiere ich ihn wöchentlich für fünfzig Minuten. Aber wenn er mir die Auskunft gibt, dass es überflüssig ist, lassen Sie mich von da an damit in Ruhe. Einverstanden?«

»Klingt ganz vernünftig«, antwortete Jimmy etwas verwirrt. *Klingt ganz so,* dachte er, *als hättest du endgültig jede Beziehung zur Realität verloren.*

Denn wer hatte je von einem Kürbisflicker gehört, der jemandem, der sich eine Therapie *erlauben* konnte, mitgeteilt hätte, er bräuchte keine Behandlung?

Ralf hob das Glas vors Gesicht und benutzte es als Maske, um Jimmy über den Rand hinweg hintersinnig anzulinsen. »Möchten Sie nicht wissen«, fragte er, »was daran der Haken ist, Jimmy?«

»Sollte ich mich sicherheitshalber erkundigen?«, fragte Texas Jimmy und spürte ein mulmiges Gefühl in der Magengrube.

»Ich möchte mir den Psychosenmatz nicht selber aussuchen, und ich wünsche auch nicht, dass Sie 's tun.«

»Wer dann?«

Ralf trank einen Schluck, senkte das Glas; er leckte sich nicht gerade die Lippen, aber im Übrigen wirkte er plötzlich wie eine Katze, die man mit einer Schüssel Sahne allein gelassen hatte.

»Amanda.«

Linker Fuß, rechter Fuß, schweben und schwinden, schweben und schwinden, rechter Fuß, linker Fuß, schwinden und schweben …

Folg uns, Lotter-Lotti, folg uns kleenen, blauen Lichtlein …

Lang wars her, minsdens ein halb Duzzend tote Ratzen lang, seit Lotter-Lotti das letzte Mal wen gesehn, ja bloß Schritte gehört hatt, und sie konnt sich kaum dran erinnern, wann die blauen Lichter sie zuletzt inne Näh vonne U-Bahnstation geführt hatt, und wenn sie genau dran dachte, fiel ihr nich mal ein, wann das letzte Mal überhaupt 'n Zuch bloß zu *hörn* gewesen war …

Linker Fuß, rechter Fuß, schweben und schwinden, rechter Fuß, linker Fuß, schwinden und schweben …

Folg uns, Lotter-Lotti, folg uns kleenen, blauen Lichtlein …

Tatsächlich wurd's immer schwierger, die Stollenwände zu sehn, irndwie vaschwanden sie innem grauen, diesgen Dunst, außer sie sah sie direkt an, selbs die Schwellen schienen irndwie nich mehr ganz da zu sein, ständig guckte sie innen Tunnel innem Tunnel, und annen Rändern trieb sich Zeuchs und Dingsda rum, ließ sich abba nich blicken, wenn man glubschte, nur die Kette kleener, blauer Lichter vor ihr blieb deutlich zu erkennen: Folg uns, Lotter-Lotti, folg uns. Na, und was hätt sie denn sons machen sollen, hi-hi-hi …

Linker Fuß, rechter Fuß, schweben und schwinden, rechter Fuß, linker Fuß, schwinden und schweben …

Folg uns, Lotter-Lotti, folg uns kleenen, blauen Lichtlein …

Zu essen fand sie kaum noch was, nur ab und zu zeigten die kleenen, blauen Leuchten ihr ein tote Ratte, auf der dann meist weißes Gewürm kroch, nee dank Jungs, abba manchmal war so ein Ratt noch frisch gnug, davon konnt sie den Siff abschrappen und sich ein Bissen gönnen, schmeckte gar nich so fies, hatt man sich ers mal dran gewöhnt …

Folg uns, Lotter-Lotti, schweben und schwinden …

Die lebendgen Ratzen warn irndwie zu schnell geworn, um sie zu fangen, sie kamen nich mal noch nah gnug ran, um sie mit'm Messa aufzuspießen, und vielleicht war's auch besser so, Mensch, in letzter Zeit wurn sie nämlich immer *größer*, so groß wie Katzen, konnt man sahn, war abba nich gut zu unterschein, denn eintlich konnt man bloß diese vadammichten Umrisse vonne Riesenratten sehn, wo im Dunst rumflitzten, hatt irndwie den Anschein, als ob sie ihr folgten, und außerdem bewechten sie sich gar nich richtich wie Ratten, sondern mehr ruckartig wie kaputte Maschinen …

Wir folgen dir, Lotter-Lotti, schwinde und schwebe …

Und sie konnt die Drecksviecher hinner den kleenen, blauen Lämpchen quietschen und klappern hörn und eklichte Gluckergeräusche machen, andauernd äugten sie jetz her mit ihren vafluchten blauen Knopfäuglein …

Folg uns, Lotter-Lotti, schwebe und schwinde …

Überall innem Stollen gab's große Pfützen, die halbe Zeit klatschte sie durch Wassa, abba weil's so widerlich wie gelblich-hellgrüne Pisse schimmerte, dacht sie sich irndwie, es wär wohl nich so schlau, davon was zu schlappen …

Wir folgen dir, folg uns, schwinde und schwebe, Lotter-Lotti, schwebe und schwinde …

Sie musst's auch nich, denn durch 'n Stollen zog ja schon seit 'n paar Taan oder Jahn der perlgraue Nebel, drum war alles triefnass, jau, praktisch an *allem* konnt man Wassa einfach ablecken. Lotti blieb für 'n Momentchen stehn und schleckte an eim saubern Stück feuchter Betonwand …

Und da erschien plötzlich so 'n gottvafluchtes Maschinenratzending, größer als ein Pudel, genau vor ihr!

Was für 'n grottenhässliches Aaschloch!

Als wär im Disneyland ein hirnkranker irrer pillensüchtger Wissenschaftler *richtich* durchgeknallt und hätt aus Altmetall von Mad Max' Schrottplatz ein echt saugroße Robotrockerratze fabriziert.

Der Rattenkörper war aus varostete Autokarosserie oder so was gebaut, die Beene aus Blechbüchsen und Bettfedern geschweißt, die Füß hatten Ähnlichkeit mit Rollerskatern, der abscheulich Rattenschwanz, wo da wackelte und wedelte, war wohl aus Elektrokabel ohn Isolation gemacht worn, und ein Paar kurze, kleene Ratten*händ*, wo da grabbelten, hatt man wohl aus Metallkleidabügeln und Maschndraht zusammengedreht.

Und dazwischen steckte allahand anner Gerümpel, Teile von ollen TV-Apparaten, Toastern, alles vakabelt, Reste von Radjos und Stereoanlahn, man konnt die Schietelektrizität gradzu schnuppern, das ganze Ding ruckelte und zuckelte, weil drin Getriebe schabten, Bremskabel surrten, Räder, Stahlseil und … und …

Und irndwelche Stücker *Fleisch* und so 'n Scheiß warn auch drin, sie sahn aus wie aussem Mülleimer so eines *Bestattungsfritzen*, grau und grün, oder braunrot wie seit Wochen olle Leber, und steckten in dreckjen Behältern, in die Leitungen führten, wo schaurig eitergelber Tran drin Gluckgluck machte, was aussah wie inne Klinik, wenn wer da echt langsam anne Schläuche vareckte.

Und ein Kopp, wo aussah, als hätt wer aus Abfalleimer-Blechschnipseln ein Mickey Mouse gebastelt, ratterte mit'm Maul voller Zähn aus rostgen Rasierklingen.

Am schlimmsten warn abba die Scheißaugen.

Sie sahn aus, als ob tote Bullenaugen blau schillern täten.

Ähnlich wie sonne Linsen vonnen schietgen Videoüberwachungskamras inne Bank, wo ein immer auf'm Kieker hatten, als wär man der letze Dreck, nur mit ein blau U-Bahnstollenlämpchen dahinner.

Folg uns, Lotter-Lotti, schwinde und schwebe, schwebe und schwinde!, kreischte die Blechratze mit ein Stimme, wo wie die blöden, schrillen Durchsahn klang, die man innen U-Bahnstationen auf speedfreak-koreanisch oder so was aussen meist kaputten Lautsprechern hören konnt.

Oder wensgens so ungefähr war's, eintlich hörte sie die Blechratze nich richtich, bloß ein Scharren und Schaben im *Kopp*, als hätt wär mit'm Hammer ein Milljohn Flascheh zerhaun und rieb sie ihr jetz mit'm Motorradstiefelabsatz inne Trommelfelle, 's tat höllisch weh, abba man konnt's vastehn …

Folg uns! Schwinden und schweben! Schweben und schwinden! Erlisch im blauen Lisch, Lotter-Lotti! Folg uns! Wir folgen dir!

Und die Robotratze macht kehrt, rollt und schlingert durch 'n Stollen innen Dunst …

Der Dunst wurd jetz immer dichter, man konnt vorm eigenen Aaschgesicht keen zwo Schritt weit nich sehn, Lotti sah gar nix, was nich gnau gradaus vor ihr war, außer die blauen Ratzengluren, wo sie nich aussen Augen ließen …

Und Mann ey irndwie wuzz aach imma schawierier was zu *fühlen* also se schawebte jetz echt jau se war am Vagehn se löste sich aaf im Perlgrau was aassah wie dem Schanee wenn mannen Fernseha abschalten tat also ey se fiel da irndwie rein inne warm fernsehefarbnen Schaleier sie konnt da einfach drin treihm die blaun Lichta saachten se irndwie an …

All die schillernd Ratzenglotzer viel Hunnert warn's bestimmt jau durchs Perlgrau kiekten se Lotti an währnd se ihne nach unne folgte hinab hinab rund und rund und rund wie 'n Kackhaufen wo fröhlich durche Kloschüssel kreiste und mittem Wassa nach unne schawomm …

»Ich bin kein Mietschreiberling und klopfe keine Auftragsarbeiten zusammen, Jimmy«, hatte Dexter am Telefon trotzig Texas Jimmy Balaban mitgeteilt, als Balaban ihn vier Wochen nach dem Start der Sommer-Staffel anrief, um ihn über Pat Parkers Angebot zu informieren. Hätte er nicht gewusst, dass Jimmy vom Verlagswesen keinen blassen Schimmer hatte, wäre er gekränkt gewesen. »Kommt nicht infrage. Suchen Sie sich jemand anderes, der das Ding schreibt.«

»Er will, dass *Sie* 's tun, Dex.«

»So 'n Mist hab ich nicht nötig, danke.«

»He, Mann, nicht so voreilig, Dex! Hat Ihnen schon

mal jemand unaufgefordert 'n Buchvertrag über vierzig Riesen angetragen?«

»*Pat Parker* will *vierzig Riesen* zahlen?«, rief Dexter.

Patrick J. Parker war der Inhaber und der Hauptmacher des PJP-Verlags, eines Unternehmens, das in Kooperation mit mehreren Großverlegern Originaltaschenbücher der untersten Garnitur auf den Markt warf. PJP erzielte Gewinn, indem er praktisch sämtliche Unkosten vermied: Die Vorauszahlungen für Autoren grenzten an Beleidigung, die Umsatzbeteilung galt als lachhaft, die Tantiemenabrechnungen waren ein einziger Betrug.

Parker hatte die Absicht, ein Buch mit dem Titel *Ralfs Welt* zu verlegen. Für die Umschlagrückseite wollte er ein Farbfoto Dexters, der als Co-Autor fungieren sollte, er wünschte, dass das Manuskript am 1. November vorlag, damit es rechtzeitig vor Weihnachten für $ 5,95 in den Regalen stand, und es war sein Wunsch, dass Dexter das Buch schrieb.

Was sich an Text zwischen den Umschlagseiten befand, blieb ohne größere Bedeutung, solange er, um den Preis zu rechtfertigen, 250 Seiten umfasste.

Wenn Patrick Parker dafür vierzig Riesen bot, dann geschah es aufgrund der Erwartung, dass er mit dieser Veröffentlichung mindestens das Doppelte einkassieren, also 150 000 Taschenbücher verkaufen konnte, ein Absatz, der angesichts der Verknüpfung mit einer Fernsehshow, deren Merchandising schon gut lief, keinesfalls als unwahrscheinlich angesehen zu werden brauchte. Und Jimmy gedachte für die Vermittlung der Rechte den halben Vorschuss für sich einzusacken.

Innerhalb von acht Wochen für zwanzig Riesen jemandem wie PJP ein Buch schreiben zu sollen, war daher ein Vorschlag gewesen, den abzulehnen Dexter nicht das knappste Zögern gekostet hatte.

»Nun sei mal kein Arschloch, Dex«, hatte sein New

Yorker Literaturagent ihn gescholten, nachdem durch ihn bei Parker ein höherer Vorschuss von $ 75000 nebst einer Umsatzbeteilung von 5% ausgehandelt worden war, Letztere zu berechnen nicht anhand zurechtphantasierter Verkaufszahlen, sondern nach der Druckauflage.

»Wir könnten das ganze Haus renovieren und im edelsten Stil neu einrichten, Dex, und so was *tippst* du doch am *Computer*«, ermunterte Ellie ihn, als er sie darauf aufmerksam machte, dass er noch nie ein Buch innerhalb so kurzer Frist fertiggestellt hatte.

Da er sich unterdessen den Porsche gekauft hatte, konnte er Ellie schwerlich zumuten, auf die Erfüllung *ihres* Traums zu verzichten; und daher war ein beachtlicher Teil seiner Einnahmen aus der ersten Staffel der Show *RALFS WELT* für die Anzahlung eines $ 330000 teuren, mit zwei Schlafzimmern ausgestatteten Hauses oben am Rosilla Place verwendet worden, an einer kleinen Schlucht hinterm Lookout Mountain. Die Hypothek würde ihn bis weit ins 21. Jahrhundert monatlich über $ 2000 kosten.

»Tja, ich glaube, ich bin überredet«, gab Dexter schließlich seinem Literaturagenten Bescheid, sobald gutes Zureden Jimmy davon überzeugt hatte, dass er, Dexter, weil er sich wie ein Wahnsinniger abrackern musste, eine solche Belastung nur bei einem Anteil von $ 50000 am Vorschuss durchstehen konnte, andernfalls lieber völlig auf den Auftrag schiss.

Das Haus war ein Schweizer Chalet-Nachbau mit einer Außenverkleidung aus Rotholz und einem Rietdach; es stand mitsamt einem weitläufigen, seit längerem verwilderten Garten und einem großen Innenhof aus rissigem Beton, wo Ellie inzwischen einen Swimmingpool mitten in einem Eukalyptusgehölz anlegen zu lassen beschlossen hatte. Für die Küche mussten ein neuer Herd und ein neuer Kühlschrank her, in den beiden Bädern neue Rohre verlegt werden, die Zentralgasheizung gab verdächtige Geräusche von sich, der ganze Bau bedurfte anderer Tapeten und frischen Anstrichs, und das Mobiliar des alten Mietdomizils passte laut Ellie absolut nicht mehr zu ihrem jetzigen Status als im Laurel Canyon ansässige Hausbesitzer.

Obwohl Dexters in jüngster Zeit angesammeltes Vermögen also noch nicht erschöpft war, sollten ihm schnell verdiente fünfzig Riesen gerade Recht sein, um das Haus in einen Zustand zu versetzen, der bei Ellie wenigstens zeitweilige Zufriedenheit auslöste, ohne dass es ihn wieder einmal monetär in ruinösem Umfang belastete.

Einen kleinen Anbau hatte das Haus ebenfalls: Eine Doppelgarage mit darüber befindlichem Atelierraum, zu dem sogar ein kleiner Balkon gehört, von dem aus man Einblick in einen wild romantischen Hohlweg genoss. Von Anfang an hatte Dexter das Bestreben gehabt, dort sein künftiges Arbeitszimmer einzurichten.

Kaum sechs Tage nach dem Umzug saß Dexter nun in diesem Arbeitszimmer: Alles war brandneu, roch nach Wachs und Politur. Und wie zu einstigen Zeiten finanzieller Nöte starrten ihm ein leerer Monitor und ein baldiger Ablieferungstermin ins Gesicht.

Rundarum rundarum rundarum ging's inmitta milchig grauen Lichts innem Teich aus warm klebrich Schleim überall rundum schimmaten all die blauen Äuglein Lotti war nich mehr ganz richtich da konnt kaum noch denkn kaum noch fühln kaum noch andas tun als schwehm und schwinnen und schwehm und valleicht war's am bessi se ließ alles sausen jau wrum nich tat noch mal einen letzen tiefn Ahmzuch und ließ sich – endlich – endgültich schwinnen …

Einen Psychiater ausfindig zu machen, dessen Diagnose bezüglich Ralfs Geisteszustands Texas Jimmy Balaban überzeugte, wäre einfach gewesen; aber einen Therapeuten zu finden, der Amandas Kriterien erfüllte, schränkte die Auswahl drastisch ein.

Sie bewertete Jimmys Annahme, dass ein Therapeut, den man dafür bezahlte abzuklären, ob ein Fernsehstar einer längeren Behandlung bedurfte, ausreichende Gründe anzuführen verstand, die in eine nachdrückliche Bejahung mündeten, als ziemlich einleuchtend.

Doch Amanda wollte Ralfs Gemütsverfassung keinem Therapeuten anvertrauen, der es als seine Pflicht erachtete, ihm seinen Größenwahn und alles damit Zusammenhängende als irrige Verblendung auszutreiben. Denn falls er wahnsinnig *war* und kein genialer Zeitreisender oder ein an diesem kritischen karmischen Nexus im Reich der Maja inkarnierter Avatar, dann mochte eben dieser Irrsinn durchaus noch immer ein unentbehrliches Werkzeug der Göttlichkeit sein.

Deshalb musste ein Therapeut her, der dem Bewusstsein des Patienten nicht die Konsensrealität aufzudrängen versuchte – in der schönsten aller psychiatrischen Welten –, sondern jemand, der die Fähigkeit hatte, sich mit der wahren Natur seines Bewusstseins auseinander zu setzen.

Dafür kam einzig und allein Albert Falkenberg infrage.

Albert konnte mit den richtigen Referenzen aufwarten und sah auch aus wie der geeignete Mann: Er trug sorgsam geknitterte Achthundertdollaranzüge, hatte hinter der Hornbrille große, blaue Augen und das ausgedünnte Silberhaar zu professoralen Angezaustheit frisiert. Die Hollywoodpsychiaterrolle war ihm in Fleisch und Blut übergegangen, und obwohl er kein gebürtiger Wiener war, hatte Amanda ihn bei Gelegenheit schon einen entsprechenden Akzent glaubwürdig vortäuschen gehört.

Das erste Gespräch mit Jimmy und Ralf, das in Beverly Hills in Falkenbergs archetypischer Praxis stattfand, war reibungslos verlaufen, zumal nachdem Albert seine lange Liste berühmter Patienten aufgesagt hatte.

»Ich muß zugeben, dass Ihre Aufzählung der Persönlichkeiten, die Sie therapiert haben, mich sehr beeindruckt, Dr. Falkenberg«, sagte Jimmy am Ende der Besprechung, wobei er den Kopf schüttelte. »Ich meine, keiner davon sitzt in der Klapse, alle sind berufstätig. Was könnte ich mehr verlangen?«

O ja, Albert wusste, was er erzählen musste, was Wirkung hatte, und er *war* ein hervorragender Psychotherapeut mit beispiellosen Erfolgen, ohne sich in einer der unüberschaubar vielfältigen sektiererischen Ideologien des Gewerbes verheddert zu haben.

In *dieser* Hinsicht machten sie und Albert dem guten Jimmy nichts vor.

Aber in *anderer* Hinsicht …

Amanda hatte Jimmy *verschwiegen*, dass sie und Albert sich schon abgestimmt hatten, bevor es zum ersten Kennenlernen von Arzt und Patient kam, und sie hatte davon *abgesehen*, Jimmy darüber aufzuklären, dass Albert Falkenberg zu ihren intellektuellen und spirituellen Helden zählte.

Sollte Albert nicht der einzige existierende transzendentale Psychiater sein, gab es jedenfalls nicht viele Exemplare dieser seltenen Spezies auf freier Wildbahn; Amanda kannte nämlich keinen zweiten seiner Art.

Da die amtlichen Gesetze bezüglich der Frage, wer sich Psychotherapeut nennen durfte, liberal bis zur Anarchie waren, tummelten sich in Kalifornien Eklektiker jeder Couleur, die alles Erdenkliche von Aqua-Energetik bis Zen praktizierten.

Im Gegensatz zum üblichen Schlag solcher Freistil-Halbgurus der psychologischen Afterkünste hatte Albert Falkenberg Doktortitel in Medizin und Psychologie, war selbst der vollen freudianischen Psychoanalyse unterzogen worden und veröffentliche regelmäßig Beiträge in angesehenen Fachzeitschriften.

Albert vertrat die Auffassung, dass das eigentliche Forschungsgebiet der Psychologie das *ganze* Bewusstsein sein sollte, jede Situation, in die ein denkender, fühlender Geist geraten konnte: Von den untersten Zonen katatonischer Umnachtung bis hin zu den mentalen Extremzuständen der Schamanen und Sufis, von der hirninternen Speedfreak-Kommunikation mit außerirdischen Intelligenzen bis zur höchsten Erleuchtung Bhuddas.

»Ob wir uns dafür entscheiden, derartige Bewusstseinszustände als Trugbilder oder als authentische Erlebnisse auf anderen Realitätsebenen einzustufen, oder ob wir uns darüber eines Urteils enthalten«, hatte er in einem Aufsatz geschrieben, »ob wir sie als objektive oder subjektive Phänomene einschätzen, wir können unmöglich leugnen, dass sie im Bereich unserer Diskurse als erkennbare Aspekte auftreten, und uns dennoch als Erforscher der menschlichen Psyche bezeichnen.«

Was Albert Falkenberg *nicht* in den Zeitschriften verbreitete, ihn jedoch so erfolgreich bei der Therapierung von Schauspielern, Regisseuren, Schriftstellern, ja sogar Mönchen, Priestern und Rabbis machte – und was

Texas Jimmy nach Amandas Meinung ebenfalls nicht unbedingt wissen musste –, war die Tatsache, dass er bei seiner Tätigkeit von der Voraussetzung ausging, transzendentale psychische Zustände seien keine halluzinatorischen Wahngebilde, die man wie Krankheitssymptome behandeln müsste, sondern vielmehr die Krone der mit Bewusstsein ausgestatteten Schöpfung.

Nicht nur hatte er die Bereitschaft, spirituelle Malaisen als Dysfunktionen dieser höchsten mentalen Ebene anzusehen, sondern war auch dazu bereit, eine Behandlung durchzuführen, indem er die Patienten mit den erforderlichen Methoden – auch durch gemeinsames Betreten der Traumzeit – in therapeutisch wirksame transzendentale Zustände zu versetzen.

»Wenn ein Geistlicher mich bittet, ihm zurück zu seinem verlorenen Glauben zu verhelfen, ist es meine Aufgabe, ihm den Stand der Gnade wieder herzustellen«, hatte er einmal zu Amanda gesagt. »Wenn ein Rastafari bei mir darüber klagt, dass die Joints ihm nicht mehr bekommen, empfehle ich ihm nicht, sie sich abzugewöhnen, sondern ich stehe vor der Herausforderung, ihn mit Jah zu versöhnen.«

Die Praxis in Beverly Hills diente vornehmlich als Fassade; zwar behandelte Albert dort Patienten, die sich in einer herkömmlichen Umgebung dieser Art am wohlsten fühlten, aber einen Großteil seiner Arbeit verrichtete er in seinem Sanatorium, das auf einem abgelegenen, hohen Plateau nahe des Decker Canyons lag und von dem man Aussicht auf den Pazifik nördlich Malibus genoss.

Das Sanatorium bestand aus einem zweistöckigen, halbkreisförmigen Gebäude mit einer Gartenanlage an der Seeseite. Im Erdgeschoss befand sich ein großer Salon voller Topfpflanzen und für jedes Klima geeigneter Möbel, dessen Glastüren man bei angenehmem Wetter öffnen konnte; im Obergeschoss gab es eine Anzahl kleinerer Ateliers, in denen private Therapiesitzungen stattfanden oder Patienten sich, falls Albert es als angemessen erachtete, vorübergehend von der Welt abschotten durften.

In der Praxis in Beverly Hills hatte Ralf den Part des desinteressierten Skeptikers gemimt, seine Äußerungen im Wesentlichen auf abgelutschte alte Psychiaterwitze beschränkt und alle übrigen Beteiligten mehr oder minder deutlich merken lassen, dass er diesen Quatsch nur auf sich nahm, damit sein Manager ihn nicht mehr deswegen nervte, und die Fahrt von seinem Wohnsitz im San Fernando-Valley zu Albert Falkenbergs Sanatoriumssanktum hatte in recht ähnlichem Stil begonnen.

Aber sobald Amanda auf dem Ventura Freeway die Ausfahrt Westlake Boulevard genommen hatte, zeigte sich langsam, während sie den Wagen aus der Vorortwirklichkeit des Tals bergauf steuerte, hinter der Komikermaske ein anderer Ralf.

»Weshalb haben Sie diesen Rappelkastenboss, diesen Falkenberg, *wirklich* ausgeguckt, Amanda?«

»Weil er der tüchtigste Therapeut ist, den ich kenne«, erwiderte Amanda mit fester Stimme und blieb damit immerhin halb bei der Wahrheit.

»*Klar*«, höhnte Ralf. »Sie haben dabei keinerlei Hintergedanken …«

»*Klar*«, ahmte Amanda ihn nach. »Und Sie selbstverständlich auch nicht …«

»Wer, was, *ich*?«, frotzelte Ralf. »Also echt, ich muß doch sehr bitten, ich bestreite gar nicht, dass ich bloß zugestimmt habe, damit Jimmy mir nicht mehr auf den Senkel geht …«

»Hm-hm …«

Inzwischen verlief der Westlake Boulevard oberhalb der Gegend, in der immer mehr Luxusvillen gebaut wurden, hatte den Kamm der Santa Monica Mountains erreicht und mündete wenig später auf den Mulholland Drive, die lange Höhenstraße, die in ihren verschiedenen, gepflasterten und ungepflasterten Erscheinungsformen das San Fernando-Valley von Los Angeles trennte, als wäre sie die Wasserscheide eines Miniaturkontinents, und von Hollywood bis ans Meer führte.

»Was wird Falkenberg Jimmy über mich erzählen?«

»Was Sie wollen.«

»*Was ich will?* Auch dass ich keinen Raupenfänger brauche?«

»Ich glaube, das kann ich garantieren.«

»Sie können's *garantieren*? Sie haben 'n Mottendirektor gefunden, der keine Million Therapiestunden zu je hundert Kröten verordnet? Das Ganze ist 'n Bluff?«

Amanda zögerte. »Man könnte es so nennen«, räumte sie ein. »Jimmy wäre jedenfalls der Meinung. Wie wär's also, wir verraten ihm nichts?«

»Ich raff's nicht.«

Hier oben wechselte man hinüber in eine andere Wirklichkeit, einen schmalen Streifen vorzeitlichen Kaliforniens, der sich am Rückgrat des Bundeslands entlangschlängelte und auf magische Weise den Augen der Bewohner, obwohl offen sichtbar, verborgen blieb. Der Nachmittagshimmel hatte ein smogfreies Azurblau, die von der Sonne versengten, schwärzlich-braunen Berghänge färbten sich vom Chaparral pastellgrün, die Wipfel der dunkleren Eukalyptusgesträuche und Kiefernwäldchen schaukelten im Wind, der aus den Canyons aufstieg, es herrschte kaum Verkehr, und die Straße schien in alle Ewigkeit kein Ende zu haben.

In dieser Atmosphäre musste man es einfach als ganz natürlich empfinden, die höhere Wahrheit in Worte zu fassen, die sich im Kern des primitiven Tanzes des Allerweltsalltags verbarg.

»Freilich raffen Sie's«, widersprach Amanda. »*Sie*

haben's doch selber angeleiert. *Sie* haben den Wunsch geäußert, dass ich Ihren Trallerdoktor aussuche. Warum?«

»Sie wissen warum, Amanda«, antwortete Ralf mit leicht veränderter Stimme.

Amanda empfand die Versuchung, den Kopf zur Seite zu drehen und dem, was da ihren Blick erwidern mochte, in die Augen zu sehen. Doch gegenwärtig zeigte sich die erlauchte Wunderbarkeit der Welt darin, dass die Straße einen Klapperschlangensamba mit pausenlosen Knicksen und Hopsern tanzte und durch Kurven und Biegungen führte, dass sie ihr, was das Fahren betraf, ungeteilte Konzentration abverlangte.

»Weil *Sie* wussten, *ich* möchte nicht, dass irgendein Psychotherapeutiker versucht, Sie in einen ...«

»... hübsch angepassten Affenboy zu verwandeln.«

»Angepasst an eben die Verhältnisse, durch die unsere Welt zum Totenschiff Erde werden kann.«

»Das ist nur ein Teil des Motivs«, sagte Ralf mit der veränderten, aber diesmal noch dunkleren Stimme, einer Vertiefung allerdings, die nichts mit Oktaven zu tun hatte.

»Nur ein Teil ...?«

»Egal wer ich bin, ich müsste *wahrhaftig* verrückt sein, um zu übersehen, dass ich 'n ernstes Problem habe ...«

Sie näherten sich der Kreuzung von Mulholland Boulevard und Decker Road, wo sich der Höhenkamm nach rechts wandte.

»Lassen Sie uns mal so tun, als *wäre* ich mehr oder weniger das, was anscheinend jeder von mir glauben möchte: Der letzte faule Trick der Menschheit, von Wissenschaftlern der Zukunft in die Vergangenheit delegiert, oder dem Zeitgeist, oder von Gaias Frau Holle – es ist ja eigentlich, da sind wir uns einig, ohne

Belang –, um zu verhüten, dass die Erde ihren jetzigen Kurs auf den Mahlstrom des Untergangs fortsetzt …«

»Und?«

Während Amanda die Geschwindigkeit verringerte, um auf die linke Spur zu wechseln, warf sie ihrem Beifahrer einen Seitenblick zu. Ralf saß aufrecht an seinem Platz und stierte durch die Windschutzscheibe nach vorn – sie konnte seine Augen nicht sehen –, hatte den erstarrten Gesichtsausdruck, den man für das Anzeichen eines von der Autobahn verursachten Tunnelblicks hätte halten können, wäre hier eine schnurgerade Strecke gewesen und hätte er am Lenkrad gesessen.

»Was wäre denn, wenn ich *bin*, was das aktuelle Konzept von mir behauptet? Wenn ich *tatsächlich* die Inkarnation Prometheus', Jesu und Lenny Bruces *bin*, alle drei vereint in einem noch nie da gewesenen Sonderangebot?«

»Und?«, wiederholte Amanda, als wäre das Wörtchen ihr Lieblingsmantra.

»Beachten Sie mal, was aus den *anderen* armen Schweinen geworden ist, die in diese Rolle schlüpfen mussten.«

Amandas Aufmerksamkeit galt wieder dem Fahren, weil nun die Decker Road vom Höhenkamm hinab zur Küste verlief, doch ihr Gehör offenbarte ihr, dass Ralf, gleich für wen oder was er sich hielt, jetzt dichter an der ehrlichen Enthüllung seines wahren Wesens stand, als sie es je zuvor wahrgenommen hatte.

»Einer wurde an einen Felsen gekettet, wo Vögel seine Leber stückchenweise im Schnabel zerkauten, einen hat man gekreuzigt, einer starb an Bleivergiftung, und wir blicken *noch immer* derselben Scheiße entgegen! Bisher ist in dieser Geschichte noch niemandem ein Happyend gelungen, sonst wäre *ich* ja nicht hier, um es mit dem soundsovielten Remake zu versuchen, oder?«

»Sie hoffen, dass Albert Falkenberg Ihnen helfen kann …? Aber wobei? Herauszufinden wer Sie wirklich sind?«

»Wer ich wirklich bin?«, krächzte die Stimme, die man aus *RALFS WELT* kannte. »Ehrlich gesagt, Affengörl, in dieser Phase des Scheißspiels ist's mir echt völlig einerlei, wer ich bin.«

Der Seufzer, den er anschließend ausstieß, klang allerdings allzu menschlich wehmütig, und seine nächsten Äußerungen hörten sich an, als kämen sie aus tiefstem Herzen.

»Ich hoffe Folgendes: Dass Ihr Grillenforscher mir dabei helfen kann, besser als die anderen Talente zu werden, die in den vergangenen zweitausend Jahren gegen diesen Riesenmist anzustinken versucht haben. Denn einerlei wer ich bin, ich *kann* so viel sagen: Ich *glaube* an meine Message, nämlich dass jetzt die letzte Chance ist, falls *diese* Unternehmung scheitert, ist kein Budget für ein *weiteres* Remake mehr übrig …«

… schwinnen schwinnen schwinnen schwehm schwehm schwehm treihm treihm treihm drehn drehn drehn imma den blauen Lichta nach aufwäzz aufwäzz aufwäzz durch 'n milchgen Brei in … in …

Lotter-Lolli klappte die Glotzer auf, oder vielleicht träumte sie, dass sie 's tat, wer konnt's denn wissen, vadammicht noch mal, wer konnt's unnascheiden, vaflucht noch mal, was am Aasch *war* das hier …?

Jehnfalls war sie woanners als vorher …

Sie schawebte innem glitzrigen grauen Dunst, irgendwie bläulich, wenn sie genau hinsah, trocken wie Mehl, er roch nach Lysol und Busabgasen, kratzte ihr inne

Gurgel, Nase und Lungen, als würd sie 'ne Crystal-Methedrin-Ajax-Mischung sniefen, und schmeckte wie ein Maul voll Aspirinpulver.

… schwehm und schwinnen …

Abba sie schwebte gar nich, Tatsache war, sie latschte durch den Nebel, linker Fuß, rechter Fuß, und sie konnt durche Schwaden sehn, irndwien jehnfalls, das Zeuch rieb ja wie Schmirgelpapier die Augen wund, egal, sie konnt die Tunnelwänd sehn, oder wasses war, vadammicht noch mal, vielleicht rostichs Aluminjum, auf alle Fälle irndein silberns Metall mit rauen, orangeroten Streifen, die Wänd reichten hoch, hoch, hoch, drei bis vier oder fünf Stockwerke hatt's bis anne Decke …

Anne Wänd und unner der Decke gab's massich klebrige olle Röhren, kaputte Leitungen, zerfranste Kabel und Vadrahtung und allen möglichen Schiet, und auch auffem Boden, sie musst hier fein aufpassen, wohin sie die Hufe setzte. Überall sah sie gezackte Löcher, inne Wänd, inne Decke, als hätten sich da über Jahre wech Scheißterroristenaraber ausgetobt, jede Menge Schrott guckte raus aussen Breschen, haufenweise Altmetall, zerstörte Apparate und so was, und Schutt, Betonbrocken, zertrümmerte Ziegel …

Wie Ruinen, konnt man sahn, wie valassne, leere Funnamente unterm schietgen New York nach'm Atomkrieg, eim Weltkrieg oder Bürgerkrieg oder irnd so ein Scheiß …

Abba *richtich* leer und valassen warn sie nich, dafür war irndwie zu viel *los*.

Es gurgelte, klickte, surrte, rauschte und zischelte überall und nirgenz, hintern Wännen, inner Decke, unterm schietgen, rissgen Asphaltboden. Und Zeuch dröppelte, schwappte und dampfte da und dort aus Ritzen und löchrigen Stellen …

Sie hätt in so was wie ein riesgen, ollen Maschine

sein können, wo seit ein Milljohn Jahrn keener nich angerührt, repariert oder sons wie was dran gedreht hatt, abba irndwie noch fungsjonierte, wenn auch nich mehr besonners gut.

Und ...

Und sie war nich allein.

Denn da warn auch die ... die ... diese Rattendinger, die ringsum rumsausten, rumrollten und rumschnurrten, vaflucht richtich *große* Scheißbiester, manche vielleicht sogar größer als *sie*, obwohl's sich schwer sahn ließ, weil ihr innem grauslichen, glitzrigen, blauen Nebel die Augen brannten und tränten.

Irndwie warn sie alle gleich.

Abba doch alle anners.

Alle hatten Rattenform, abbas gab sie in allen Größen, als wärn sie zum Aussuchen, die Aaschlöcher, von Katzen- bisser Menschengröße.

Allesamt warn sie gebastelt aus ollen Stückern Blech, Teilen von Fernsehgräten und Kühlschränkern, den und den Schrottresten und was nich alles für Gerümpel, nur war jede Ratz anners gemacht worn, die hatt Arme wie Kleiderbügel, ein anner Viech 'n Kopp aussem Oberteil vom Hydranten, ein weitre Drecksbiest war ganz aus Karrosserieblech vonnem Postauto gebaut, wieder ein anner Ratz bestand bloß aus Scheißhausrohren und Toasterteilen, als hätt man nix nich vaschwennen wollen, was man ja auch nich durft, wenn man sonne schietgen Rattendinger aussem Ramsch fabriziern mußt, wo man inne Ruinen fand.

Sie strotzten alle schwer von Elektrizitenkabeln, Plastikschläuchern und Behältern und Flaschen voller Stückern Eingeweiden, Fleisch und Hirn und was nich alles, der ganze Krimskrams war irndwie vabunden, elektrischer Plunder knisterte und sprühte Funken, so was wie Getriebe und anner mechanisch Scheiß kurbelten und rotierten irndwie ständich an ihnen rum, kotzfiese eitergelbe Brühe floss und blubberte durch Leitungen, und insgesamt gesehn, ließ sich eintlich nich recht unnascheiden, ob sie schietge Alteisenrobotratten warn, wo Fleischteile bloß zum Jux trugen, so wie die echten Hardcor-Punker mit Sicherheitsnadeln, Rasierklingen und noch mehr Stechzeuch anne Nase, am Kopp und anne Titten rumzogen, oder vadammichte untote Monsterzombieratten, wo vonne Geräte mehr oder wenger am Lehm gehalten wurn.

Am Lehm?

Na, wensgens zockelten sie rum.

So wie sie sich bewegten, sahn sie nich aus wie richtich am Lehm, nich wie Tiere, sonnern mehr wie das Aufziehspielzeuch aus Korea, wo man auffe 14. Straß für Dreifümmenneunzich kriechte und den Blagen grad bis daheim hielt, eh's inne Einzelteile zafiel.

Und die Augen ...

Sahn aus wie die blaue Spiegelbrille eins Drohnfahnders. Wie Kameralinsen, wo kleene, blaue U-Bahnstollenlämpchen drin glommen. Wie Gucklöcher nach wohin, wo alles blaues Eis war und radarblaues Licht.

Alle warn sie gnau gleich.

Oder irndwie noch *schlimmer.*

Als ob aus allen gleichzeitich dasselbe scheußliche Etwas lugte: Ein fahlblaues, hartes Etwas. So kalt und tot wie's Herz vonnem Killer.

Und sie folgten ihr, umkreisten, -kreisten, -kreisten, -kreisten sie, vor sich *hin* triehm die Schweinsratzen sie, jau *das* taten sie, ein Duzzend oder zwanzich sonne Rattendinger, wer wusst wie viel, die toten blauen Gluren ließen von ihr nich ab, Schläuche gluckten, Alteisen knarrte, klackerte und sprühte Funken, und ein Art von Quietschen und Ziepen mit enorm viel Statik und Rückkopplung jaulte, als wollt die übelst Heavy Metal-Junkieband vonne Welt unter Prelus die Inschtrumente stimmen ...

Lotti blieb stehn.

Sie hatte die Schnauze *voll* vonnem Scheiß.

Die schietgen Rattendinger mitten toten blauen Augen hielten auch an. Jetz war sie von ihnen umzingelt. Abba sie ließen nich den grässlichen Krach sein, Lotti hörte den Lärm nich bloß durche Ohren, das Gekreisch drang durch jehn einzelnen Knochen innen Körper, 's *klang* nich nur graunvoll, 's tat richtich *weh*, als stünd sie dicht vor eim Megalautsprecha, währnd die Aaschlöcher auffe Bühne Bierflaschen durchen Düsentriebwerch jachten und Katzen mit Stacheldraht erdrosselten …

»Bleibt mir ja vonne Pelle!«, schrie Lotti, zückte 'n Schnellen Schlitzer und fuchtelte auf Armlänge mittem Messa vor den vadammichten Ratzenfressen.

Die Rattendinger stannen bloß da. Fersengeld gaben sie nich. Von allen Seiten stierten hunnert kalte blaue Augen sie an. Und der Krawall, wo sie machten, wurd immer, immer lauter und lauter …

Nee, lauter nich unbedingt …

Das Getöse hätt von den vaflucht miesesten E-Gitarrenspielern sein können, wo sich Smack geschossen hatten und zusammen jammten, und irndwie hatten's diese schietgen Rattenviecher geschafft, ein Eispfriem draus zu machen, den beschtialischten alla Zahnaaschtbohra, und …

Und ihn ihr durche Ohren bis innas Graue vom Hirn zu rammen.

Was so fürchtlich schmerzte, dass sie kaum noch was sehn konnt, auffe Knie fiel sie, sah über sich nix mehr als ein Trillerjohn kalte blaue Lichter. »Aufhörn!«, heulte sie. »Aufhörn!«

Abbas hörte nich auf o nee vielmehr wurd der Lärm wo ein Quälerei wo die Quälerei wo Lärm war zu ein *Stimme* ein Stimme direkt in ihrm Kopp wo sie rumschrammte wie Kreide auffe Schiefertafel als ob ein

Laschter im Leerlauf jaulte ununnabrochen und die Stimme sabbelte ihrn Namen …

»Lotta-Lotti Lotta-Lotti Lotta-Lotti …«

… ganz vazerrt und mehr wie Statik als vasucht man ein schinessches Zehndollahradjo einzustelln und 's klappte nich richtich …

»Lotti-Lotta Lotti-Lotta Lotti-Lotta …«

»Aufhörn! Aufhörn! Scheiße, dassut weh!«

Gelächter als würd in ihrm Kopp ein große Ladung Rasierklingen das Scheißhaus runtergespült.

»*Liebe* den Schmerz, den du fühlst«, sachte die Stimme in ihrm Kopp. »Fühle den Schmerz, den du liebst. Schmerz ist dein einziger Freund. Schmerz zu spüren bedeutet zu *leben*.«

Die Töne wo ein Stimme sind klangen in ihrm Kopp wie ein Milljohn quietschender Angeln und taten echt höllisch weh abba Lotti gewöhnte sich langsam dran es ist als hätt man ein faulen Zahn irndwo im Maul was sollt man tun sich inne Rübe schießen jau vielleicht abbas musst nich sein …

Außerdem *redete* sie zu der Stimme, unne Stimme sprach mit *ihr*.

»Gottvadammicht noch mal, wer seid ihr? Wo am Aasch binnich? Vaflucht, was issa los?«

»Stell dir uns als das Herrenvolk vor. Stell dir uns als das Überlebende vor. Stell dir uns als Ratten vor, die die Eier der Dinosaurier fraßen. Sie starben. Stell dir uns als das Überlebende vor. Stell dir uns als die Ratten vor, die euren Kot, euren Abfall und die Nasen eurer Säuglinge fraßen. Ihr seid gestorben. Stell dir uns als das Überlebende vor. Stell dir uns als Ratten vor. Stell dir uns als das vor, was überlebt, wenn alles Fleisch stirbt.«

Hunnert Paar leuchtend blauer Augen umgahm Lotti. Und aus jedem Paar glotzte dasselbe olle tote Etwas sie an.

»*Dassis ja wohl der größte Scheiß!*«, zeterte Lotti. »Ihr seid keine schietgen richtgen Ratten, ihr seid bloß dreckje *Blechdinger*! Ihr besteht bloß aus Autoschrott, irndwelchem Gerümpel aus Flippern, Mikrowellenhehrn und Klosettrohrn. Ihr seid *tot*! Ihr habt überhaupt nie nich richtich *gelebt.*«

»Stell dir uns als den Geist der Ratten vor, Lotter-Lotti«, sachte die Stimme in ihrm Kopp. »Die Erde starb. Die Fleischratten fraßen die Kadaver. Als kein Fleisch mehr übrig war, starben auch *sie. Wir* haben die Kadaver gefressen. *Wir* sind das Herrenvolk. Wir sind, was wir verzehren. Wir überleben. *Wir* sind die Ratten.«

»Dunnerkiel, was wollir von mir?«

»Dass du unters Affenvolk gehst. Dass du wirst, was überlebt, Lotter-Lotti. Dass du unsere einzige Freundin bist, Lotter-Lotti.«

Irndwie gelang es Lotti sich aufzuraffen und sie schwang den Schnellen Schlitzer. »*Dassis* mein einzger Freund, ihr aaschgesichtgen Rattenääscher, wenner *ihm* die Hand schütteln wollt, na dann mal los!«

Die Stimme in ihrm Kopp gab keen Antwort nich. Schlagartich vaflog der Schmerz.

»Hi-hi-hi«, kicherte Lotti.

Offenbar überlecht 's sich auch ein vafluchtes mausetots Rattendingerich zwomal eh 's mittem guten ollen Schnellen Schlitzer Streit suchte.

Abba da erscholl ein schröckliches quietschiges Rattendinglachen in ihrm Kopp und alle Alteisenratzen stürzten sich auf Lotti sie schlitzte und stach bloß rutschte und prallte das Messa an Glas und Metall ab und Duzzende Pfoten grabbelten krabbelten und zerrten an ihr rum und schon hatten sie sie.

Sie sparten sich den Aufwand sie hinzuwerfen Scheiße sie machten sich nich mal die Müh ihr 's Messa wechzunehm ein Duzzend Ratzenpfoten hielt ihr je ein

Arm fest ein Duzzen Ratzenmäuler hatt je ein Bein inne Zähn.

Lotti schrie schrie und schrie.

Und dann hört sie das Geräusch wo klang wie ein vonnen Elektrobohran zum Löcherbohrn durch Holz und Blech.

Sie schrie noch lauter sobald sie das Gerät sah.

Denn 's war gnau das wonach 's sich anhörte.

Ein vonnen Drecksratzen hielt den Bohra inne Pfoten und gar nich so fest und sicher. Und ein halb Duzzend anner Blechbiesta nahmen sich die rostgen Drahtbügelgreifer ab und koppelten sie irndwie zu eim Riesending zusammen als wollten sie ein Pfuschabtreibung annem Scheiß*wal* durchführn …

Sabbel-sabbal kreisch-kreisch hi-hi!

Die Ratz mittem Bohra hob ihn ihr übern Kopp …

… und rammte ihn drekt von ohm inne Rübe!

Sie konnt echt Haut und Knochen wegfliehn fühln gottvadammicht noch mal und hörn wie der Scheißbohra sich durchen Schädelknochen drillerte und …

… alles zerplatzt im blaue Licht vonnem vaflucht schrecklichen Schmerz 'm graunvollsten Schmerz wo sie je erlebt hatt au Schiet o schiet o Schiet …

… bis ein spitze Messa oder so was dassich *noch furchtbarer* anfühlt mitten durchen blaun Schamerz in se bohrt als wär's rotglühnd rau und schartich rein durchs Hirn und neuer Schamerz wie ein Blitzschlach ihr die Wirbelsäul runterfuhr sich fluchs aasbreitete wie Geäst im Zeitraffa ein Baum der Pein ein Baum in Flammen jeda Knochen in ihrm Leib jedes schietge kleene Äderchen loderte von Qual hell wie Neon als hätt wer ihr ein Fixe mit heißem Blei gesetzt wo jetz durch se floss se zuckte und zappelte schiss und pisste es wah als ob ein Nazimonsterfilm-Freddie-Krueger ein Eispfriem in *genau* die richtich Stell gehaun hätt sich mit ein Hand vor Schahnfreud ein wixte und mitte anna Hand dran *rüttelte* um se noch scheener schrein zu hörn …

Lange war es her, dass Dexter Lampkin an einer richtigen Schreibblockade gelitten hatte, und eine Woche Verzögerung wäre kein Anlass gewesen, um ihn ernstlich aus der Ruhe zu bringen, hätte er nicht eine der vielen langen, fruchtlosen Stunden genutzt, um sich noch einmal, und diesmal gründlicher, den Verlagsvertrag durchzulesen.

Und da hatte er zwischen all dem Darum und Daher eine wahre Zeitbombe von Ablieferungsklausel entdeckt, die vorschrieb, dass er den gesamten, bei Unterzeichnung gezahlten Vorschuss zurückzahlen musste, gab er *Ralfs Welt* auch nur einen Tag später ab oder umfasste das Manuskript nur eine Seite weniger als die verlangten 250 Seiten.

Als er seinen Literaturagenten dafür schalt, nicht für die Streichung dieses unzumutbar drakonischen Absatzes gesorgt zu haben, lautete die Erklärung, der Vertrag beträfe schließlich ein Buch zu einer Fernsehshow, deren Verlängerung weit über Weihnachten hinaus nicht garantiert war; das bedeutete, das Buch *musste* am 1. Dezember erscheinen, Parker *musste* den Umschlag in Auftrag geben und für die Veröffentlichung Werbung betreiben, ehe ihm das Manuskript vorlag, und daraus ließ sich ableiten, dass der PJP-Verlag, falls Dexter das Manuskript nicht bis zum 1. November eingereicht hatte, in ziemliche Scherereien kam, und darum wäre es gegebenenfalls nur angemessen, die Vorschussrückzahlung zu verlangen.

Währender tobte und schimpfte, beschloss Dexter, der sich gezwungen sah, den Vertrag buchstabengetreu zu erfüllen oder den Vorschuss von $ 25000 zu erstatten – von dem seine Ehefrau allerdings schon nahezu den Löwenanteil ausgegeben hatte –, dem Sausack Patrick Parker genau das Machwerk hinzurotzen, das er verdiente.

Er hatte die Endfassung des Romans *Chaoszeit* auf Diskette, dazu den Grundentwurf und die Showkonzeption für *RALFS WELT*, ferner Stories, Romane sowie diese und jene Texte aus den vergangenen fünf Jahren. Nachdem er die verwendbaren dystopischen Abschnitte vom Computer hatte durchzählen lassen, stand fest, dass er – ganz wie erwartet – über 365 Seiten Material verfügte, aus denen er, ohne ein einziges neues Wort schreiben zu müssen, 250 Seiten Rohtext extrahieren konnte.

Anschließend war es nur noch eine Sache eines Ozeans an Kaffee, etlichen dicken Joints sowie von elfmal acht Stunden hektischen Herumgehackes, in dessen Verlauf er Sätze und Absätze umformulierte, zusammenfügte und verschob, die dritte Person in die erste Person umschrieb, um zu guter Letzt 276 Seiten Text beisammen zu haben, die irgendwie den Titel *Ralfs Welt* rechtfertigten und von einem hinlänglich skrupellosen Schunder als die ›von ihm selbst erzählten‹ Memoiren des gleichnamigen Showstars vermarktet werden konnten.

Naturgemäß war es, wie Dexter bei gelassenem Durchlesen erkannte, genau das blödsinnige Gesudel, das durch ein derartiges Verfahren entstehen musste.

Allerdings ersah er bei dieser Gelegenheit, dass er etwas produziert hatte, was man im Comicheftbereich eine ›Herkunftsgeschichte‹ nannte. Er hatte das für die Show verfasste, ursprüngliche Feature, dem zufolge die verzweifelten Menschen des Totenschiffs Erde einen Komiker in eine Zeitmaschine gesteckt haben sollten, in die erste Person gebracht, so als ob Ralf die

Geschichte auftischte, und um 200 Seiten eines grauenhaften dystopischen Albtraums ergänzt, dessen in der Form veränderten Details aus *Chaoszeit*, der Showkonzeption sowie verschiedenen Stories und Erzählungen stammten.

Er konnte sich nur schwer vorstellen, dass irgendwer sich der Quälerei unterzog, 200 Seiten lückenlosen, peinlich tendenziösen, durch und durch deprimierenden, völlig humorlosen, endlos breitgetretenen Quarks zu lesen, die ungefähr so appetitlich waren wie ein Haufen warmgestellten Blumenkohls.

Aber darum ging es ja schließlich gar nicht.

Es kam nicht darauf an, dass jemand *Ralfs Welt* las, sondern dass er es *kaufte*; 250 Seiten schwarzer Druckertinte auf billiges Papier zu übertragen und zwischen einen Buchumschlag zu kleben. Dexter bezweifelte ernsthaft, dass beim PJP-Verlag Patrick Parker oder sonst jemand nur einen einzigen Blick in das Manuskript warf, bevor man es der Setzerei zustellte, oder den Inhalt nach dem Erscheinen irgendeiner Beachtung würdigte.

Als er den Text fertig hatte, verblieben bis zum Ablieferungstermin noch acht Wochen, er brauchte nichts mehr zu tun, als den Scheiß von der Rechtschreibkontrolle überprüfen zu lassen und auszudrucken, oder konnte, falls ihm danach zumute war, sich vor sich selbst den Anschein eines verantwortungsbewussten Kulturschaffenden zu geben, noch ein bisschen daran feilen.

Und doch …

Trotzdem …

Der Nachmittag war klar und lau, die Aussicht herrlich, also ergab es sich ganz natürlich, dass die erste

Sitzung mit Ralf im Garten vor Albert Falkensteins Sanatorium stattfand.

Das Sanatorium stand auf einer flachen Hügelkuppe hoch über der rund acht Kilometer entfernten Küste, und als Amanda nach Westen blickte, hatte sie einen schlicht und einfach göttlichen Ausblick.

Zerklüftete, grasige Hände und mit Chaparral zugewucherte Hohlwege reichten hinab zur pazifischen Küstenautobahn, die sie aus diesem Abstand nur als schmales, graues Band sah, auf der sich unablässig winzige Spielzeugautos zu bewegen schienen, als Trennlinie zwischen den Uferhöhen und dem Sandstrand. Dort wirkten die Schwimmer, Sonnenbadenden und halbherzigen Surfer sanfter Wellen durch die zweifache Gewaltigkeit der ausgedehnten Berge und des gewaltigen, unter dem goldenen Glanz der Sonne bis an den Horizont ausgebreiteten Meers umso zwergiger. Im Südwesten schmiegte sich die großräumige, gedrängte Stadtfläche Los Angeles' bis südwärts nach San Diego ins weithin gespannte Halbrund der Bucht; oder wenigstens schien es im unablässigen Gleißen und Flimmern der Smogschicht so zu sein.

Die Gartenanlage, von wo aus man diesen aufwühlenden Fernblick genießen konnte, war an der anderen Seite durch den lehmfarbenen Halbkreis des Sanatoriumsgebäudes vom Inland abgeschirmt, als hätte man eine traditionelle Hazienda abgerundet, in Hälften geteilt und eine Hälfte mitsamt dem Garten der Weite von Meer und Himmel geöffnet. Auf dem Untergrund lag feiner Kies ausgestreut, den man im Zen-Stil zu vage Mandala ähnlichen Wellen- und Schneckenmustern geharkt hatte, und als nahezu einzige Pflanzen boten randständige Palmen etwas Schatten; nur in der Mitte des Gartens ragte zudem aus einer rauen Steinumfassung ein überaus knorriger, sukkulenter Dickblatt-Strauch empor.

Albert Falkenberg und Amanda lehnten, der See zugewandt, in Knautschsesseln; zwischen ihnen saß Ralf. Albert hatte ein Tablett mit Spritzen, einer Ampulle sowie einer Spraydose auf dem Schoß.

»Zur Sicherheit frage ich noch ein letztes Mal, Ralf«, sagte Albert, während er die beiden Spritzen füllte. »Sie haben *keine* Bedenken?«

Der Prominentenpsychiater aus Beverly Hills trug einen losen, weißen Hausanzug, sein längeres, silbergraues Haar wehte im Wind, der vom Meer herauf blies; er hatte sich in einen Berggipfelschamanen verwandelt.

»Sie sind der Medizinmann«, ulkte Ralf mit seiner kieksigen Bühnenstimme.

Allerdings bezeugte sein Blick, seit er und Albert ihr Vorbereitungsgespräch, das keine zwanzig Minuten beansprucht haben konnte, beendet hatten, eine geradezu außergewöhnliche Gefasstheit.

Albert Falkenberg nahm eine Spritze vom Tablett und versprühte ein paar Tröpfchen in die Luft, um eine etwaige Blasenbildung zu beseitigen.

»Ein bisschen hier-, ein bisschen davon, von allem wenig, eine homöopathische Mixtur, könnte man 's nennen«, versicherte er. »Eine ganz winzige Dosis Psilocybin, etwas Pentathol, zur Abrundung eine Spur Ritalin …«

Er sprayte Äthylchlorid in Ralfs rechte Armbeuge und zögerte abermals. »Noch können Sie 's sich anders überlegen …«

Ralf lachte. »Die Hirnverbrennungsgeweihten grüßen Sie«, sagte er, gab sich einen Klaps auf den Kopf und streckte den rechten Arm aus.

Er zuckte, als Albert die Spritze in den Arm stach, schaute starren Blicks, während ihm der Inhalt injiziert wurde, in die Richtung des Ozeans, und seufzte auf, als Albert die Nadel herauszog.

»Es liegt mir fern, bei einem professionellen Stegreifkomiker eine Psychoanlayse versuchen zu wollen, Amanda«, meinte Albert in unverändertem Ton. »Außerdem ist es mein Eindruck, dass das Problem in diesem Fall ... auf einer höheren Ebene liegt.«

Albert sprayte sich das Anästhetikum in die linke Armbeuge, ergriff die andere Spritze; kurz verharrte er, lächelte Amanda zu und hob die Schultern.

»Es tut mir Leid, dass du uns nicht begleiten kannst, Amanda«, fügte er hinzu, indem er sich die gleiche Mixtur injizierte. »Aber so wenig ich davon halte, meine Patienten ohne spirituellen Führer in solche Regionen zu schicken, so wenig halte ich davon, die Führung ohne eine verlässliche Bodenkontrolle zu übernehmen.«

Albert legte die Spritze zurück aufs Tablett, nahm auf dem Sessel den Lotussitz ein und begann die pranische *Nadi-sudi*-Atmung, bei der man die Nasenlöcher abwechselnd benutzte; sein Bauch und seine Brust wölbten und senkten sich in gemächlichem, gleichmäßigem Rhythmus, seine Schultern hoben sich und sanken, während er den Blick fest auf den Horizont gerichtet hielt, wo das klare Blau des Himmels mit dem Meeresspiegel verschmolz.

Ralf verrenkte sich zu einer vielleicht – oder vielleicht nicht – satirischen Nachahmung, brachte zwar eine aufrechte Haltung zu Stande, schaffte es aber nicht, in der beim kompletten Lotussitz erforderlichen Weise die Füße zu kreuzen; mit starrem Menschenaffengrinsen blickte er hinaus aufs Meer, als ob Cojote Buddha markierte.

Amanda hatte als Bodenkontrolle bei psychedelischen Trips ihre Erfahrungen gesammelt, aber hier, da das Sakrament per Injektion als dünne homöopathische Mixtur verabreicht wurde und ein Psychotherapeut den Patienten auf der Reise durch den Inneren

Kosmos begleitete, wusste sie nicht, womit gerechnet werden musste.

Nach wenigen Minuten leisen, rhythmischen Atmens sah Albert erst sie, dann Ralf an; hinter den Brillengläsern hatte er erheblich geweitete Augen, sein Gesicht hatte sich von innen rosig verfärbt, und obschon man nicht behaupten konnte, ihm wäre eine regelrechte Aura anzusehen, spürte Amanda merkliche Vibrationen innerlicher Kraftfülle von ihm ausgehen.

»Wo sind Sie, Ralf?«, fragte er mit langsamer, bedächtiger Stimme.

Ralf regte sich nicht. Starr blickte er übers Meer hinaus.

»Ich sitze auf einer Bergkuppe am westlichen Ozean des dritten Planeten einer abgelegenen gelben Sonne im Spiralarm einer Galaxis, die von den Einheimischen ›Milchstraße‹ genannt wird, auf einem Sessel«, antwortete er im sonoren Ton gründlichen Stonedseins.

»Und *wer* sind Sie?«

»Dürfte ich deswegen bei meinem Manager rückfragen?«, entgegnete Ralf im gleichen schwerfälligen, gedehnten Tonfall, der gemeinsam mit der abstrusen Frage eine absonderliche Wirkung hatte.

»Und *wann* sind sie?«

»Wann ich immer gewesen bin.«

»Und um *was* zu tun sind Sie hier?«

»Um Ihnen das Schundmanuskript der Feuerbestattung abzuhandeln und aus dem Stegreif zur Gardinenpredigt umzuwandeln. Oder um uns wenigstens noch 'n spaßigen Abschiedsabend zu machen.«

»Und *wie* beabsichtigen Sie dieses Ziel zu erreichen?«

Nun drehte Ralf den Kopf und sah Albert Falkenberg an. Die allmählich zunehmend tieferen Schatten des Spätnachmittagssonnenscheins belegten sein Gesicht mit einer Helldunkelmaserung, durch die es einer Maske aus Fleisch glich, und seine Augen wirkten so glasig und rätselhaft wie die Oberfläche der See.

»Verraten Sie 's mir, Doktor«, lautete Ralfs Antwort. »Ist es nicht das, was wir hier herausfinden möchten?«

»Wenn Sie es sagen.«

»Wenn *ich* es sage? Sind nicht *Sie* der Medizinmann?«

»Sind *Sie* nicht der Träumer?«, hielt Albert ihm entgegen.

Für einen langen Moment schaute er Ralf geradewegs in die Augen. Ralf erwiderte den Blick, ohne zu blinzeln. Ob dramatischer Bühneneffekt oder duales Highsein, metaphorisches Übergreifen oder echte Vision – Amanda fühlte, dass das lange Schweigen die beiden Männer auf eine höhere Ebene beförderte.

»Es ist *Ihr* Traum, Ralf, und wir alle kommen darin vor«, erklärte Albert, wobei seine Stimme in eine hypnotische Singsangmelodie verfiel. »Wir gehen nun tiefer, tiefer hinein in die Traumzeit, tiefer in *Ihre* Traumzeit, Ralf, immer tiefer, immer tiefer, bis an den Mittelpunkt, bis in die Große Leere, wo nichts ist und woher doch alles fließt, in das Tao des Inwendigen, in den Bereich, aus dem alles, was ist, was war oder sein wird, als Krone unserer eigenen Schöpfung erwächst ...«

Und es öffnete sich die Pforte.

Aber nicht für Amanda.

Tatsächlich war es ja ihre Aufgabe, die Pforte *nicht* zu durchqueren. Doch sie gewahrte es an der Stelle hinter ihrer Stirn, wo dem volkstümlichen Wissen sowie dem Sitz der Zirbeldrüse zufolge eigentlich ein drittes Auge sein sollte.

Albert hatte die Tür zu *Ralfs* Traumzeit geöffnet und führte ihn hinein.

»Wo befinden Sie sich jetzt?«, fragte Albert.

»Genau da, wo ich immer gewesen bin«, sagte Ralf, dessen Ton sich dem beruhigend-verträumten Klang seiner Stimme anpasste. »Ich kann nirgend woanders sein.«

Sein Gesicht war zu einer Tabula rasa geworden. Die Augen blieben so verwaschen und ausdruckslos wie das Abbild des Himmels auf dem Meeresspiegel.

»Und wer sind Sie?«

Nun kräuselten sich Ralfs dickliche, gummiartige Lippen zum Buddha-Lächeln. »Ich bin der Träumer«, antwortete er. »Ich kann niemand anderes sein.«

Anscheinend hatte sich eine gewisse psychische Geometrie verschoben, als wäre er hellwach geworden und hätte festgestellt, er war der Gott seiner eigenen Traumzeitschöpfung.

»Und wann sind Sie?«

Ein lautloser Seufzer der Klage kam aus seinem tiefsten Innern über Ralfs Lippen, er lenkte den Blick zur Seite und wieder auf den Horizont, dieses Mal in die Richtung, wo die pazifische Sonne den ganz und gar blauen kalifornischen Nachmittag allmählich goldgelb tönte, Anzeichen eines bevorstehenden feurigen Götterdämmerungssonnenuntergangs verstrahlte, während sie langsam herab auf die spiegelnde Fläche der See sank.

»Es gibt kein Wann, Affenboy«, erwiderte Ralf ziemlich leise. »Es ist um die elfte Stunde. Es ist immer die Stunde der letzten Gelegenheit, um am Glücksrad zu drehen.«

Zum zweiten Mal das Buddha-Lächeln. Doch jetzt verlieh irgendein inneres Licht ihm etwas Leuchtendes.

»Sie haben es selbst ausgesprochen, Doktor. Alles was ist, was war oder was sein wird, ist die Krone unserer eigenen Schöpfung. Zeit ist ein Traum. Nur der Träumende ist Wirklichkeit.«

Amanda musste sich nachdrücklich daran erinnern, sich keine Psychedelika injiziert zu haben. Denn da weilte eine … Präsenz.

Und sie befand sich zweifellos in ihrer Gegenwart.

»Und um was zu tun sind Sie gekommen?«

Gleiches galt für Albert, der mit der Stimme des Akoluthen sprach; hätte er Japanisch geredet, wären die Endungen der Verben bestimmt verschoben gewesen.

»Um was zu tun ich gekommen bin?«

Amanda entdeckte, dass Gelächter zur gleichen Zeit kosmisch und bitter sein konnte, als Ralf mit solchen Lauten freudloser Belustigung Ausdruck verlieh.

»Aber ich bin gar nicht *gekommen*, denn ich bin immer hier gewesen«, beteuerte Ralf mit einer sonderbaren Art von traurigem Sarkasmus. »Seit Sie von den Bäumen gestiegen sind und die Geschichte das erste Mal geträumt haben. Der Träumende wird mit der Traumzeit geboren.«

Durch einen Wechsel der Lichtverhältnisse, vielleicht einen Spezialeffekt des Schicksals, spiegelte sich der kupferrote Schein der sinkenden Sonne, der auf dem Meer gloste, in seinen Augen wider, sodass sie wie antikisiertes Messing glänzten und die Präsenz, die zwischen Amanda und Albert saß, in diesem Moment tatsächlich so alt und vorzeitlich aussah, wie der Abstieg von den Bäumen lange her sein musste.

Ein weiteres Lachen, doch hörte es sich diesmal freundlicher an.

»*Ich* bin der Traum. *Sie* sind der Träumer.«

Albert Falkenberg nahm zwei tiefe, langsame Atemzüge, als wollte er sein Wesen mit Prana füllen, um der Präsenz als aufrechter Mensch begegnen zu können.

»Ich frage Sie«, fragte er, so wie ein Schamane einem Vertrauten eine Frage stellen mochte, »um welche Aufgabe zu verrichten haben Sie sich hier manifestiert?«

»Statt ›Sie sich‹ sagen Sie lieber *›wir Sie‹*«, riet die Präsenz, die aus Ralf sprach. »*Sie* haben *mich* manifestiert, ja?«

Nun klang das Lachen vorwurfsvoll, ähnelte mehr

dem Gelächter des Stars der Show *RALFS WELT*, mit dessen Stimme die Präsenz zu sprechen beliebte.

»Haben Sie vielleicht Jehowa, den Großen Geist oder den Rübezahl erwartet? Also eines steht fest, ich bin keiner von denen. Ich bin lediglich die neue Inkarnation der gleichen traurigen, alten Geschichte, von der Sie Affenvolk schon die ganze Zeit lang zu begreifen versuchen, wie Sie sie sich erzählen sollen.«

Erneut lachte er, diesmal jedoch wieder umgänglicher, seine Mundwinkel hoben sich zur Andeutung eines Schmunzelns.

»Und die Aufgabe ist es – und sie abzulehnen können wir uns nicht leisten, das dürfen Sie mir glauben –, einen letzten Versuch zur Richtigstellung der Geschichte zu unternehmen, mitten in dieser vom Scheitern bedrohten Chose endlich aufzuwachen und uns in unseren Dickköpfen zu verdeutlichen, dass es klüger ist, das Steuerrad zu ergreifen, weil nämlich gegenwärtig niemand am Steuer steht, ausschließlich wir allein dazu fähig sind, unsere Welt vor unserem einzigen und ärgsten Feind zu retten.«

»Vor uns selbst«, schlussfolgerte Amanda.

»Uns selbst«, bestätigte Ralf.

»Und wie?«, fragte Albert.

»Quién sabe, alter Knabe?«, kalauerte Ralf.

Er stöhnte auf. Als sich eine Wolke vor die Sonne schob und Schatten über seine Miene breitete, schien die Bürde der ganzen Welt seine Gesichtsmuskeln zum Erschlaffen zu bringen.

»Ich bin bloß der arme Hund, der immer das Stehaufmännchen spielen muss, der an Felsen geschmiedet, ans Kreuz genagelt, in den Kopf geschossen wird, wie die süße, blonde Gwendoline schwebe ich ständig in Gefahr, man kann das Elend gar nicht vollständig aufzählen …! Ich kann Ihnen sagen, es passiert jedes Mal, es kommt *nie* so, wie der Manager es ankündigt.«

Er verstummte. Langsam erhob er sich aus dem Sessel, baute sich vor Amanda und Albert auf und sah sie an.

»Ich sag's Ihnen, Affenvolk, ich bin am Ende, und Sie sind's auch«, versicherte er mit einer Stimme, die ein Übermaß an kosmischer und ebenso allzu menschlicher Mattigkeit bezeugte. »Die besten Autoren des Gewerbes haben diese Scheiße seit der Steinzeit immer wieder umgeschrieben, und es geht bis *heute* nicht gut. Wenn's sich auch *diesmal* als 'n Schuss in den Ofen erweist, ist's aus, ratzeputz aus, dann kommt kein Remake mehr, sondern die Show wird endgültig abgesagt, was langt, das langt, dann ist Schluss.«

Also sprach der Erbe Prometheus' und Fausts, Buddhas und Jesu, Gandhis und JFKs, all der verhinderten und sonstigen Heroen, die schon – zum Guten, aber meistens zum Schlechten – in die Rolle des Sonnenkönigs hatten schlüpfen müssen.

Der *Komiker*messias, den man aufgrund der letztendlichen, verzweifelten Hoffnung, mittels einer Farce doch noch hinbiegen zu können, was durch Jahrtausende der Tragödie nicht erreicht worden war, zum Zwecke des Fratzenschneidens und Herumkrakeelens auf eine Bühne geschubst hatte.

Der letzte faule Trick der Menschheit.

Wer wollte leugnen, dass er haargenau den Avatar verkörperte, den die *jetzige* Epoche voll und ganz verdiente?

Das *ist die Erleuchtung*?

Verhalten lachte Amanda über den milden Scherz, den sich der Kosmos auf ihre Kosten erlaubte.

Ihr Lebtag lang hatte sie nach eben einer solchen Vereinigung des Reiches alles Spirituellen und des Reichs der Maja gestrebt, der Realität der Metapher und der Realität des Materiellen, nicht bloß erlebt als

Vision in der Traumzeit, sondern als Moment höchster Klarheit im normalen Wachzustand.

Und jetzt war sie da.

Aber ohne alle erwarteten höherklassigen Spezialeffekte oder transzendentalen Offenbarungen.

Sie umfasste nur die lichte, klare Wahrnehmung des gewöhnlichen Numinosen.

An einem wundervollen Spätnachmittag auf einer Höhe überm Pazifik, der einer Million ähnlicher alltäglicher schöner Nachmittage ähnelte, die es gegeben haben musste, seit das lange Lied und der lange Tanz begonnen hatten. Der würzige Tanggeruch des im Anschwellen befindlichen Seewinds vermischte sich mit dem weinartigen Duft der im Abkühlen begriffenen Chaparral-Gewächse, sodass ein Odeur entstand, das schnurstracks ins Hinterhirn sickerte, das Aroma eines nahen kalifornischen Sonnenuntergangs, das älter war als der menschliche Verstand.

Unten am uralten Strand des Kontinents verließen Familien und Liebende das Wasser, um sich von der goldenen Wärme der sinkenden Sommersonne trocknen zu lassen, ein paarmal noch das Frisbee zu werfen. Auf der Küstenautobahn nahm der Verkehr zu, und fern im Norden spielte ein Gleitschirmflieger in Knallrot mit den Pelikanen Haschen. Im Süden, hinter der Krümmung der Bucht, gingen in Los Angeles die ersten Lichter an, funkelten und glitzerten unter der Dunstglocke wie die ersten paar Sternchen eines Abendhimmels.

Draußen im All, Millionen von Kilometern entfernt, lohte lediglich – gigantisch und indifferent inmitten der kalten Schwärze des Leeren – eine große, glühende Gaskugel, der Stern, um den dieser Planet kreiste.

Doch hier, wo sie majestätisch über dem Horizont schwebte, den makellosen pazifischen Himmel mit Gluten und Leuchten in Purpur- und Orangerot erhellte, sich selbst mit einem goldenen Strahlenkranz krönte, transfigurierte und transformierte eine bloße Ballung von Wasserstoff und Helium zum wahren irdischen, unübersehbaren Medium *seiner* Traumzeit, der Traumzeit dessen, das sie durch die Fenster dieser Augen flehentlich anschaute, sich ersehnte, in diese Welt geboren zu werden.

Amanda stand auf, legte die Hände auf Ralfs Schultern, drehte ihn um und blickte mit ihm hinaus auf das Weltmeer, die Gebärmutter, wo einst im Urschleim der See das Leben hatte keimen können.

Irgendwo unter den Wellen zersetzten sich die Korallenbänke, erschöpfte sich das Plankton, lagen Wale, Fische und Delfine in den letzten Zügen. Ja, im Ozon des herrlich lila-roten Himmels hatte sich ein Loch gebildet, Boliden hagelten aus dem Kosmos herab, das Eis schmolz, die Wälder starben, das Überdauern des Lebens auf diesem Planeten war sehr zweifelhaft geworden.

Denn die Erde war nichts anderes als ein runder Lavabrocken, der in einer unbarmherzigen, schwarzen Leere erkaltete, und das gesamte darauf entstandene Leben klammerte sich, nicht anders als Flechten an Gestein.

Inzwischen verdüsterte sich der Himmel, und überall an der Bucht erglommen nun im fotochemischen Smog Los Angeles' die Lichter. Infolge eines vom mittlerweile rasch schwindenden Sonnenlicht verursachten Trugbilds schien die Menschenstadt an der Schnittstelle von Raum und Zeit dahinzuschweben, wie die Verheißung einer Goldenen Zukunft vom Ufer aufzusteigen oder langsam zurück in die Abgründe des Nichtlebens zu sinken, in denen auch sie ihre Ursprünge hatte; wie stets ließ es sich unmöglich unterscheiden.

Aber nach wie vor gloste am Horizont, wo sie die

Nacht noch in Schach hielt, die Sonne, die Nemesis der Finsternis, die Spenderin des Lichts.

»Was sehen Sie dort?«, fragte Amanda.

»Die Sonne überm Meer«, antwortete der letzte faule Trick der Menschheit.

»Geht sie auf oder unter? Versinkt sie im Dunkeln oder bringt sie Helligkeit?«

Ein langer Moment der Stille.

»Das kann nur die Zeit zeigen.«

Amanda nahm seine Hände und kehrte ihn behutsam zu ihr herum.

»Und was ist«, fragte sie, »wenn nur *Sie* es zeigen können?«

Aus seiner Traumzeit erwiderte Ralf ihren Blick.

»Die Jeremias- und Kassandra-Show versackt im dritten Akt«, fügte Amanda hinzu, »weil jeder miesepetrige Heiland übersieht, was in Hollywood jeder unterbelichtete Freakdompteur von Grund auf weiß.«

»Und das ist?«, erkundigte sich der Komikermessias.

»Wer etwas vom Showgeschäft versteht, dem ist es klar«, sagte Amanda. »Wenn sich ein Erfolg einstellen soll, müssen die Leute während des Verlassens der Vorstellung den Titelsong pfeifen. Holen Sie Ihr Licht unterm Scheffel hervor. Sie haben es mit Ihrer Methode so weit gebracht, wie's im Dunkeln geht.«

»Mir ist, als könnte ich mich entsinnen«, meinte Ralf, »dass der Typ, der das gesagt hat, in 'm Auto 'n Trip eingelegt hatte.«

»Er hatte nicht gemerkt«, rief Amanda ihm in Erinnerung, »dass es hell geworden war.«

»Ist es so?«

Durch irgendeine neue Veränderung des Lichteinfalls, eine Instrumentalität der Traumzeit, eine Wahrheit vermittelnde Täuschung, erschienen in Ralfs Augen zwei dem Sonnenuntergang entspringende, orangefarbene Glanzlichter, zwei Spiegelungen eines viel dunkleren

Lohens; ob sie die letzten Sonnenstrahlen oder das frühe Morgendämmern bedeuteten, konnte nur die Zeit zeigen.

»Wissen sie, wie viele Lichtbringer es braucht, um einen ganzen Planeten aus der Scheiße zu ziehen?«, fragte Amanda.

»Nein. Wie viele?«

Ein zweites Mal legte Amanda die Hände auf Ralfs allzu menschliche Schultern und wandte sein Gesicht wieder in die schwindende Pracht der Sommerabendsonne.

»Quién sabe, alter Knabe?«, sagte Amanda leise. »Wie wäre es, wenn wir versuchen, es herauszufinden?«

»Aaaaaaaaa …!«

Linker Fuß, rechter Fuß, linker Fuß, rechter Fuß …

Lotter-Lotti schrie beim Erwachen. Schrie währnd sie latschte.

Sie schleppte sich über die Schwellen zwischen 'n Schienen des Wechs, folgte den kleenen, blauen Lichtlein durchen U-Bahnstollen …

Rechter Fuß, linker Fuß, immer den kleenen, blauen Lämpchen nach …

Was war da bloß los gewesen?

Delirium tremens vom Cold Turkey?

Musst wohl so gewesen sein, hä? Lieba Himmerl, wassen schietger Albtraum! Was sollt's denn *sons* gewesen sein?

Riesge tote Rattendinger, wo mit ihr quasselten. Ihrn Loch inne Birne bohrten. Ihr Enterhaken innen Kopp hackten. Derartich schlimmer Schmerz dassie in Ohnmacht kippte.

In Ohnmacht?

Abba sie war doch keen einzges Mal nich stehn gebliehm ... Oder doch?

Linker Fuß, rechter Fuß, immer den kleenen, blauen Lämplein nach ...

Und irndwie wollt sie jetz nich still stehn, irndwie *konnt* sie 's nich mehr, als wärn ihr Knochen zu Eisenstangen mit Gelenken geworn und würn kleene Elektromotorn sie antreim, sie hatt ein Gefühl, ein Maschinengerippe in sich zu hahm, wo ihr Fleisch spaziern führte, mit Kabeln und Leitungen inne Ärm und Beene, im Rücken und im Brägen, es hörte irgendwie da auf, wo *sie* anfing, so wär Lotti bloß ein Art von Beifahrerin ...

Immer den kleenen, blauen Lichtern nach, rechter Fuß, linker Fuß ...

Sie hatte Bammel davor, wasse finden mocht, abba sie musst einfach nachsehn, man konnt sich ja auch nich *nich* anne Krätze kratzen, also hob Lotti die Klaue und tastete oben auffem Kopp im Haar rum.

Da warn massich Knötchen und Dreck, kleene Viecher krabbelten da durch, abba keen Blut war da nich, keen großes Loch nich, nee, sie fühlt's ja, wenn ein beschissnes Rattendinger ihrn Loch innen Ballon gebohrt und 'ne Menge olles Eisen reingestofft hätt, das müsst sie doch merken, nich? Nich wahr ...? Stimmte doch.

»Stimmt, Lotti Lotter«, meldete sich die Stimme in ihrm Kopp, »war alles bloß ein Traum, kreisch-kreisch-kreisch!«

Als ob Flaschenscherben durch ein LKW-Getriebe gemahln würden Nagelfeilen anne Innseiten von ihrm Schädel rumschabten keiften und kicherten da drin hundert gottvafluchte Rattendinger quietschten ihr vadammichtes Ratzengelächter.

»Ist gar nicht passiert, Lotti Lotter, im Leben nicht, kreisch-kreisch-kreisch!«

Linker Fuß, rechter Fuß, immer nur den kleenen, blauen Ratzenaugen nach …

»Scheiße, lasst mich in Ruh!«

»Ausgeschlossen, Lotter-Lotti. Du bist unsere einzige Freundin.«

»Ihr seid nich mein Freunde, vaflucht noch mal!«

Rechter Fuß, linker Fuß, folg den kleenen, blauen Lämpchen …

»O doch, Lotti Lotter, wir sind *dein* einziger Freund. Wir lassen dich niemals mehr allein und im Stich. Wir sind die Ratten. Wir sind das Herrenvolk. Dafür sind Freunde ja da.«

»Vapisst euch, ihr dreckjes Rattengesocks!«, schrie Lotti und befahl ihrn Beenen stehn zu bleihm.

Rechter Fuß, linker Fuß, immer den kleenen, blauen Rattenglubschern nach …

Immerzu ging sie durchen Stollen auffen Viereck gelben Lichts zu.

»Wir sind dein einziger Freund, Lotter-Lotti, hi-hi-hi! Sorge dich nicht, Lotti Lotter, wir sagen dir alles, was du zu tun hast.«

Linker Fuß, rechter Fuß …

»*Wofür* soll ich was tun, Schiet noch mal?«

»Weil du unsere Freundin bist, Lotter-Lotti, hi-hi-hi«, keckerte die Stimme in ihrm Karton. »Weil du unsere *einzige* Freundin bist, kreisch-kreisch-kreisch!«

Rechter Fuß, linker Fuß, linker Fuß, rechter Fuß, immer den kleenen, blauen Leuchtlein nach. Wie gehn ihrn Willen aussem kühlen, stillen Grau vonne Stollen auffes Rattern und Blinken vonne U-Bahnstation, auffe vergessne Welt zu, wo hinnerm fernen, düstern Viereck vonnem schmutzich-gelben Licht lach.

Weil Ellie ihn dauernd in Möbelhäuser geschleppt, er sich ständig mit Handwerkern und Lieferanten befassen sowie Gäste für die Show auftreiben und gleichzeitig das Manuskript *Ralfs Welt* hatte aus dem Ärmel schütteln müssen, war Dexter Lampkin seit dem Umzug in den Laurel Canyon nicht mehr hinab in die Tiefen des Daseins gestiegen, das mit dem Fandom im Zusammenhang stand.

Inzwischen jedoch blieben neue Lieferungen aus, obwohl stets weitere Rechnungen eintrafen, das Durcheinander des Einzugs, der Umbauten und des Neuausstattens war mehr oder weniger beseitigt, und er hatte mehrere Wochen vor dem vertragsgemäßen Ablieferungstermin für den PJP-Verlag 276 Seiten Schund bereitliegen.

Der Druck war von ihm genommen, und während er die regulären, wöchentlichen Treffen des Science Fiction-Vereins Los Angeles im Allgemeinen mied wie die Globulosisseuche, konnte er nicht so ganz der Versuchung widerstehen, einen Blick auf eine der schriftlichen Einladungen der ›Ralfis‹ zu werfen, die er sonst unbesehen in den Papierkorb segeln ließ.

Die Ralfis waren, wie zu erfahren Dexter sich erfolglos zu vermeiden bemüht hatte, in der Tat – damit musste er sich abfinden – *sein* Werk, ein blühendes neues Subfandom, das sich mit *RALFS WELT* und dem Star der Show beschäftigte.

Selbst durch den Umzug war es Dexter nicht gelungen, dem Schicksal zu entgehen, auf die Versandlisten ungefähr eines Halbdutzend Ralf-Fanzines gesetzt zu werden, deren Spektrum vom bescheidenen, fotokopierten Diskussionsblättchen bis zu einer offensichtlich umsatzträchtigen Veröffentlichung mit dem Titel *R-Welt* auf dem Hochglanzumschlag reichte, deren Herausgeber Texas Jimmy Balaban nur gegen das Zugeständnis von zehn Prozent der Einnahmen plus unbegrenzter kostenloser Werbemöglichkeit für das offizielle Merchandising nicht verklagt hatte.

Protokolle tatsächlicher stattgefundener Shows und Niederschriften imaginärer Phantasieshows, gequälte Witze, Fan-Storys mit dem Thema Ralf oder dem Thema Totenschiff Erde, Leserbriefe, Gedichte, Veranstaltungskalender, Karikaturen, Zeichnungen sowie Fotos der Herausgeber und Leser in Totenschiff Erde-T-Shirts und XXX^3-großen Futuredresses füllten diese RalfZines, sodass Dexter, als er seinen schönen, neuen, roten Porsche einen halben Häuserblock vom schäbigen SFLA-Vereinshaus entfernt parkte, das Empfinden hatte, er sollte sich besser einen falschen Bart und einen langen Regenmantel umhängen.

Das Vereinsgebäude bestand eigentlich aus zwei Bauten: Dem Vereinshaus, einem ehemaligen Wohnhaus, und einem gehörig aufgemotzten Schuppen, der früher wohl einmal eine Garage für sechs Fahrzeuge gewesen war, heute jedoch als Veranstaltungssaal diente.

Der Science Fiction-Verein Los Angeles bezeichnete sich als den ältesten und größten Science Fiction-Club der Welt, und wahrscheinlich zu Recht. Jahrzehnte des Spendensammelns und des Kassierens von Mitgliedsbeiträgen sowie von Einnahmen aus gewinnorientierten Conventions hatten dem Verein den Erwerb dieser Immobilie hier im Tal ermöglicht, und dank einer auf Vereinnahmung gesonnenen Vereinspolitik war er zu einem Treffpunkt von verschiedenerlei Subfandoms, spezialisierten Fangrüppchen, Big Name Fans, Buchhändlern, Schriftstellern, Nachwuchs- und Möchtegernautoren sowie ihres gesamten Anhangs geworden, aus denen sich die Science Fiction-Szene Los Angeles' zusammensetzte.

Viele Angehörige dieser illustren Gesellschaft hatten sich schon eingefunden, als Dexter eintraf, standen an der Einfahrt und auf dem Rasen des Vorgartens, plauderten im Hintergarten über den außerordentlich wohltuenden Sommerabend oder schlenderten aus dem klimatisierten Vereinshaus oder hinein, während sie darauf warteten, dass das offizielle Programm, falls es eines gab, seinen Lauf nahm.

Welche Zusammensetzung diese Treffen hatten, unterschied sich von Woche zu Woche stark, hing davon ab, ob ein Programm stattfand, und, falls ja, von dessen Inhalt. Etwa ein halbes Dutzend bekannter Profis, die in der Umgebung wohnten, kreuzte mehr oder weniger regelmäßig zu den Veranstaltungen auf; das Kommen Harlan Ellisons oder Ray Bradburys lockte dann einige ihrer Showgeschäft-Kumpel, ein Referat Jerry Pournelles zog Weltraumfahrt-Enthusiasten an, und natürlich rief das Erscheinen eines Storyredakteurs oder Produzenten der SciFi- und Fantasy-Tickfilmserien oder gar einer der erfolgreichen SF-Fernsehserien umgehend sämtliche Aspiranten und Reflektanten des Drehbuchschreibens der Stadt auf den Plan.

Und wie es mit den Profis war, so verhielt es sich auch bei den Fans. Alles was mit einer der vielen *Star Trek*-Inkarnationen zu tun hatte, füllte den Vereinssaal mit Trekkies, Besuche auswärtiger Schriftsteller holten Literaturwichser in den Saal, Programmpunkte um die Themenkreise pseudomittelalterlicher Fantasy waren etwas für die Mitglieder der Gesellschaft für kreativen Anachronismus, und Dexter hätte gar nicht erst die Einladung lesen müssen, um zu erkennen, heute war Ralf-Abend.

Es wimmelte nämlich von Ralfis.

Dexter zählte über ein Dutzend Personen, die trotz der Wärme den Futuredress trugen, darunter drei *Frauen*. Anscheinend hatte jeder vierte Anwesende ein einschlägiges T-Shirt angezogen, entweder ein Totenschiff Erde-Original, die neue Version mit dem roten ›Kein‹ und durchgekreuzten Kreis auf dem ursprünglichen Logo, eine der offiziellen Foto-Varianten oder minderwertige Ableger dieser Artikel.

Nachdem Dexter auf der Einfahrt und auf dem Weg zum rückwärtigen Garten ungefähr sechzehnmal von mit Mundgeruch behafteten Ralfis angequatscht worden, um Interviews für ihre Fanzines angegangen und um Show-Eintrittskartenstapel für ihren Fanclub bedrängt worden war, man ihm großmütig mit Vorschlägen, wen er in die Show einladen sollte, ausgeholfen hatte – von etlichen Versicherungen, was für eine großartige Arbeit er leistete, oder Behauptungen, was für ein unglaubliches Arschloch er wäre, gar nicht zu reden –, flüchtete er durch die Hintertür ins Vereinshaus, um an einen Stärkungstrank zu gelangen und sich ein vergleichsweise ruhiges Eckchen zu suchen, wo er ihn relativ ungestört rasch hinabschütten konnte, ehe er sich den weiteren Konsequenzen seiner Anwesenheit auf dieser Veranstaltung stellte.

Das Erdgeschoss des Vereinsgebäudes war in mehrere kleinere Clubräume unterteilt, in denen staubige, verschlissene, unzeitgemäß plüschig gepolsterte Urgroßmuttermöbel aus dem Fundus der Heilsarmee standen. Auf Anrichten gab es Knabberzeug, Bierbüchsen und Weinkartons, die eine gewisse Zirkulation gewährleisteten und es Trendlemmingen erschwerten, sich zu lästigen Kleingruppen zu ballen.

In einem dieser Räume entdeckte Dexter einen Karton italienischen Cribari-Rotweins und Emery Pollock sowie Hank und Louise Farmer. Er schenkte sich einen Plastikbecher bis zum Rand voll, goß sich den Inhalt flugs in den Rachen und füllte, bevor er sich setzte, den Becher ein zweites Mal.

Da erst erkannte er, dass alle drei das Kein Totenschiff Erde-T-Shirt trugen.

»Was hast du getrieben, Dex?«, fragte Hank. »Wir haben dich seit Wochen nicht gesehen …«

»Ich bin umgezogen und hab mich halb totgeschuftet«, brummelte Dexter, konnte einfach nicht den Blick von dem vierfarbigen Planetentotenschädelbild auf der Brust dieser normalerweise normal gekleideten Weltraumforscher wenden.

»Ähm …«, meinte er, während er einen langen Zug Wein trank, »sonst trägst du eine andere Herrenmode, Hank …«

Mit Daumen und Zeigefinger zupfte Hank an seinem T-Shirt. »So ein Stück ist heute bei der NASA total *in*, man *muss* es einfach haben«, sagte er. »Sogar der Direktor persönlich ist schon mit einem gesehen worden …«

»Und an der südkalifornischen Uni auch …?«, stammelte Dexter und sah Louise an.

»Nur an den naturwissenschaftlichen Fakultäten, die Geisteswissenschaftler sind noch keine Ralfis«, antwortete sie und verzog die Miene zum Grinsen eines Honigkuchenpferds. »Aber wir sind dabei, sie gehörig zu agitieren.«

Dexter trank noch mehr Wein; ihm schwindelte, aber keineswegs vom Alkohol. »Et tu, Emery?«, fragte er. »Als Nächstes«, scherzte er, »sehe ich dich wohl in 'ner weißen Polyesterkluft rumlaufen.«

»Mein Futuredress ist noch beim Schneider«, erklärte Pollock. »Die M-Größe hat an den Schultern gut gesessen, aber die Ärmel müssen etwas rausgelassen und die Taille muß verbreitert werden.«

Mit einem krampfhaften Schluck leerte Dexter den Plastikbecher bis auf den Grund.

»Ich … ich … ich versteh's nicht«, brachte er schließlich über die Lippen. »Ich meine, *Fans*, gut«, fügte er hinzu, schwang vielsagend den Arm in die Richtung der Ralfis und Konsorten, die ständig den Clubraum durchquerten, als wollte er sie vereinnahmerisch umfangen. »Aber *ihr*, ich dachte, ihr seid … ihr seid doch …«

»Intelligente, vernünftige, geistig gesunde Erwachsene?«, beendete Louise an seiner Stelle den Satz.

»Ja klar, so ungefähr.«

»Du hast zwischenzeitlich einiges verpasst, Dex«, erklärte Hank. »Was noch vom Weltraumfahrtprogramm übig ist, wartet schon seit wenigstens zehn Jahren auf *irgendeine* Heldengestalt, hinter der man sich sammeln kann …«

»Aber *Ralf* …?«

Hank zuckte die Achseln. »Kann sein, er 's nicht der beste Mann am Ort« – er sang die Zeile des alten Jazzsongs geradezu schauderhaft falsch – »aber er bleibt der Beste, bis der Allerbeste kommt …«

»Eines muss man diesen T-Shirts lassen«, behauptete Louise, »sie *sind* die prägnanteste Haiku-Form dessen, was wir der Welt schon seit zwanzig Jahren in Bezug auf ihre glattweg selbstzerstörerischen Tendenzen zu verdeutlichen versuchen.«

»Man soll an die Foma glauben, durch die man stark, mutig und froh wird«, sagte Emery. »Oder an ein Fandom – in diesem Fall –, das wenigstens versucht, ein paar Stinos in den Hintern zu treten.«

»Ich glaube, ich brauche noch was zu trinken«, sagte Dexter, um sich bis auf weiteres aus dem für ihn reichlich beunruhigenden Gespräch zu ziehen, indem er den Plastikbecher hob; er kehrte zurück zur Anrichte. Allerdings hatte er damit, sah er ein, während er das Trinkgefäß erneut füllte, keine nützliche Notlüge von sich gegeben, sondern eine zweischneidige Wahrheit.

Warum *hast du daran keine Freude, Lampkin?*, musste er sich zwangsläufig fragen. *Ist es nicht genau das, zu was du wissentlich angestiftet hast? Kriegst du vom Verkauf all dieser T-Shirts und Futuredresses nicht auch ein paar*

Kröten ab? Und wirst du nicht voraussichtlich erheblich mehr als fünfzig Riesen an Ralfs Welt *verdienen, einem idiotischen Scheißtext, den du durch Selbstplagiate in nicht einmal einem Monat zusammengeschustert hast? Geht es dir nicht glänzend, indem du tust, was angesagt ist?*

Dexter hätte den Grund seines Unbehagens nicht nennen können, doch während er in den Hof schlenderte, wechselweise sich zur Höflichkeit gegenüber dem Schwarm von Ralfis zwang, der ihn umschwirrte, und versuchte, sie sich mit Blicken, als könnten seine Augen Glas schmelzen, vom Hals zu halten, empfand er die seltsame Hohlheit hinter seinem Brustbein und das nervöse Zucken seines Anus als protoplasmische Signale einer unbestimmten Belastung seines Gemüts.

Erst nachdem man den offiziellen Teil des Abends schon in beträchtlichem Umfang abgespult hatte, drang die Krux allmählich auf seine Bewusstseinsebene vor. Am hinteren Ende des Anbaus gab es ein flaches Podium mit Tisch, Stühlen und Mikrofon, und davor standen ungefähr zwanzig Reihen Klappstühle; der Vereinssaal war nur zu zwei Dritteln voll, und in dem Bestreben, dem Unausweichlichen vielleicht doch zu entgehen, hatte sich Dexter ganz links außen in die letzte Reihe gesetzt und hoffte wider jede Vernunft, eventuell unbemerkt zu bleiben und nicht nach vorn genötigt zu werden.

Den Anfang der Versammlung bestritt man mit ewig langem Auswalzen von SFLA-Interna: dem Protokoll der vorherigen Sitzung, dem Bericht des Kassierers, Hinweisen auf künftige Veranstaltungen, dem Aufruf, Artikel und Zeichnungen für Fanzines zu liefern, eben dem üblichen Vereinsblahblah; der Art fannischen Gesülzes, bei dem Dexter gewöhnlich vor Langeweile mit den Zähnen knirschte.

Heute Abend jedoch hatte das Ganze etwas Tröstliches und Beschwichtigendes an sich, ließ sich mit dem langen, zähen Beitrag in einem Wirtschaftsmagazin vergleichen, den man beim Zahnarzt im Wartezimmer las und bei dessen Lektüre unterbrochen zu werden man unter *diesen* Umständen eigentlich gar nicht so sehr ersehnte.

Schließlich übernahmen die Ralfis das Weitere.

Als Moderator erschien, bombastisch mit dem Futuredress uniformiert, Oskar Karel in Person, weil er zum Vorsitzenden der hiesigen Ortsgruppe einer Vereinigung gewählt worden war, die sich ›Affenvolk von Amerika‹ nannte und anscheinend einen von mehreren separaten landesweiten Ralf-Fanclubs darstellte.

Das AvA publizierte ein Fanzine, führte eigene Treffen und ›Events‹ durch, brillierte auf Conventions mit einer Amateurdarbietung von *RALFS WELT* und schreckte nicht einmal vor Ralf-Imitatorwettbewerben zurück, aber allem zufolge, was Dexter den Darlegungen Oskar Karels entnehmen konnte, wandte man einen Großteil der Zeit und Kraft dafür auf, zukünftige Zusammenkünfte mit dem Ziel zu organisieren, neue Mitglieder zu gewinnen, um später noch mehr und umso größere Veranstaltungen organisieren zu können, ein altbekanntes fannisches Phänomen, das die Vermehrung zum hauptsächlichen Daseinszweck erhob.

Sobald Oskar Karel seine anteilmäßige Pflicht erfüllt hatte, die Augen der Anwesenden zum Glasigwerden zu bringen, übergab er das Wort einem gewissen Garry Fisher, einem krampfhaft engagierten, spindeldürren, cyborghaften Typ, dem blaue Tinte, die aus dem Kugelschreiber im Plastikstiftehalter leckte, die Futuredress-Brusttasche versaute. Fisher ließ einen Appell vom Stapel, seinen Verein zu unterstützen, die Totenschiff-Cyborgs, und bediente sich dabei eines Computerjargons, der sogar für Dexter, der sich darin einigermaßen bewandert glaubte, nahezu unverständlich blieb.

Soweit Dexter seinen Auslassungen geistig folgen konnte, waren die Totenschiff-Cyborgs ein Ralf-Fanclub, der ausschließlich im Internet kommunizierte, dessen Akteure nicht nur völlig davon absahen, jemals etwas so Weltliches und Strapaziöses wie persönliche Treffen zu veranstalten, sondern sich zudem hinter einem Wirrwarr von Decknamen verbargen, sodass nicht einmal sie selbst wussten, wie viele Mitglieder sie hatten.

Sie publizierten ein permanenter Aktualisierung unterworfenes Fanzine – beziehungsweise stellten es ins Internet – mit dem Titel *Totenschiff Erde-Demontagehandbuch*, in dem sie zotige Ralf-Witze sowie Programme austauschten, deren Sinn es sein sollte, dem Affenvolk-Schurkenstaat virtuelle Knüppel zwischen die Beine zu werfen, bis es letzten Endes gelang, die Software der Biotod-Maschine zu unterminieren und den totalen Systemabsturz herbeizuführen, nach dem sie voll des Triumphs aus den elektronischen Katakomben zu steigen und das Betriebssystem des Planeten auf noch zu klärende Weise neu zu programmieren beabsichtigten, eine Großtat, der dann ein Goldenes Zeitalter folgen sollte, in dem das Fandom die Welt beherrschte.

Diesem Referat schloss sich der weit weniger begreifliche Vortrag einer starken Rubensfrau an, deren Umrisse gnädig ein weißes Sackkleid mit den Abmessungen eines Sanitätszelts verhüllte, auf dem man nicht nur ein Foto Ralfs in vollem Wichs sah, sondern überdies Tierkreiszeichen, arkane alchemistische Symbole sowie ein krudes Gebilde, das einer Ansammlung in Elfenschrift verfasster Binsenweisheiten aus dem Gartenzwergepos *Der Herr der Ringe* ähnelte.

Schwester Gaia, wie sie sich nannte, behauptete von sich, falls Dexter nichts missverstand, Ralfs spiritueller Zwilling, eine Hexe und die fannische Inkarnation der Erdmutter zu sein, auf alle Fälle jedoch Vereinsmutter einer Hexensabbat-Ökologiekampf-RalfKult-Bewegung mit der Bezeichnung Schwesternschaft der Menschheit, die die Überzeugung vertrat, es wäre von dem Moment an auf Erden alles schief gegangen, als die Stoßtrupps des logischen Positivismus das erste Mal den Heiligen Schoß alles Lebens vergewaltigten, indem sie das Affenvolk von den Bäumen lockten oder den karnivoren phallokratischen Kapitalismus erfanden, je nachdem, was zuerst geschehen sein mochte.

Darüber hinaus, dass die Schwesternschaft der Menschheit herrenlose Fanzines, Bierbüchsen und Limonadendosen, Pizzakartons, Junkfoodverpackung und den gesamten Rest fannischer Hinterlassenschaften, mit denen das Fandom böse einen beträchtlichen Anteil an der Verschmutzung der Biosphäre leistete, führte sie Rituale aus, über deren Natur allein Eingeweihte Bescheid wussten, die jedoch zum Ergebnis haben sollten, die Welt in einer seitens Ralfs zweifellos rundum gebilligten Richtung umzugestalten. Die Schwesternschaft nahm auch ehrlich reuige männliche Fans auf, war sie sogar mit offenen Armen willkommen zu heißen bereit, denn aus irgendeinem gänzlich unverständlichen Grund bestand gegenwärtig ein eklatanter Mangel an geistig hinlänglich hoch stehenden, zum Mitmachen geneigten MitgliederInnen männlichen Geschlechts.

Und so ging es weiter.

Rapports und Aufrufe von RalfZine-Herausgebern. Ein Vertreter eines neuen Subsubfandoms des als Kostümfandom bekannten Subfandoms, das sich der Fabrikation immer raffinierterer und authentischerer Verkleidungen und Accessoires gemäß der fannischen Vorstellungen von Totenschiff Erde-Passagieren für Con-Kostümfeste widmete. Ein ganzer Fanclub, der nur aus Ralf-Imitatoren bestand.

Wie alle Autoren las Dexter gerne begeisterte Besprechungen seiner Werke. Allerdings gab es eine Art von Lob – dem auch er ab und zu schon ausgesetzt worden war –, das sich schwerer als ein knallharter Verriss ertragen ließ.

Nämlich die maßlos überschwängliche Lobhudelei eines Kritikers, der sich anhand seiner Rezension als ahnungsloser Schwätzer erwies, der überhaupt nichts kapiert hatte.

Wenn es diesem *strohdummen Volltrottel gefällt,* dachte er bei solchen Anlässen, *muss ich ja wohl* wirklich *etwas falsch gemacht haben.*

Ein sehr ähnliches Gefühl bekroch ihn jetzt, während er die Ralfis ihre Einlassungen von sich geben hörte. Denn zwar hatte er diese Monstrosität von Ralf-Fandom nicht durch einen Roman geschaffen, aber er konnte kaum in Abrede stellen, dass die Ursprünge für das Entstehen bei ihm lagen.

So sicher wie Marion Zimmer-Bradley die Urheberin des Darkover-Fandoms und Gene Roddenberry der Pate aller Trekkies waren, so gewiss hatte er mit einer unseligen Kombination aus kommerziellem Zynismus und Science Fiction-Idealismus die Ralfis aus der Taufe gehoben.

Und trotzdem …

Obwohl Dexter jedes Lob für seine Gründertätigkeit als Blödsinn von sich gewiesen hätte, vollzogen sich die Auftritte der Ralfis mit einem Pathos, angesichts dessen ihm zumute wurde wie einem Arschloch, das versehentlich etwas *richtig* gemacht hatte.

Denn wie knallköpfig dieses vorsätzlich von ihm geschaffene Fandom, betrachtete man es aus der Perspektive der Stinknormalen, auch sein mochte, die Ralfis *hatten* begriffen, um was es sich drehte, *hatten* das Herz am rechten Fleck, *verstanden* offenkundig, dass die Welt fröhlich wie Roger Rabbit unter Preludin in Richtung Untergang hoppelte.

Nach zwei Stunden kam dann der Augenblick, den Dexter so fürchtete. »Ich habe *gehört*«, quakte Oskar Karel, »dass heute Abend jemand *hier* ist, der *Ralf* sehr *gut* kennt, der Schöpfer und Mitproduzent der Show *RALFS WELT*, der in Los Angeles im Fandom bekannte und beliebte *Dexter* Lampkin, und ich *weiß*, dass er uns gern ein Schlusswort spricht … Dexter? *Dexter?*«

Applaus ertönte und verklang, während Dexter pflichttreu vom Stuhl aufstand und langsam, mit so viel Enthusiasmus wie ein Todeskandidat auf dem Weg zur Hinrichtung, durch den Mittelgang zum Podium strebte.

Und dann stand er vor dem, was durch ihn, als er das letzte Mal vor einem fannischen Publikum sprach, mit *Absicht* ins Leben zu rufen versucht worden war: Den Wellen, die sich ausbreiteten, seit er auf dem LostCon aus Anlass seiner Ehrengastansprache volltrunken einen Kiesel ins Diracsche Meer geworfen hatte.

Also, Lampkin, du hast es geschafft, oder nicht? Du hast die Show vor dem Flop bewahrt, du verdienst anständig Geld, und nebenbei hast du eine Fan-Kampagne zur Rettung der Welt angeleiert. Du hast den Fans sogar einen Messias gegeben, dem sie nachlaufen können, einen leibhaftigen Michael Valentine Smith.

Und was nun, *du Schlaumeier?*

Er hatte nicht die geringste Ahnung.

»Tja, Leute, das war ein … äh … unwahrscheinlich interessanter Abend, an dem Ralf zwar … äh … leider nicht teilnehmen konnte, aber er wird … ähm … von Herzen froh sein, wenn er erfährt, wie … äh … unglaublich engagiert er unterstützt wird«, stotterte er wirr herum, hoffte verzweifelt, dass er bald sein Minimum an Redegewandtheit wieder fand. »Ähm … Wie Sie wissen, wird die Show diesen Sommer wöchentlich zur Hauptsendezeit ausgestrahlt, und es hat den Anschein, dass sie im Herbst so fortgesetzt wird, und das ist in keinem geringen Umfang dem … äh … Beistand des Fandoms zu verdanken …«

Unruhiges Getuschel quittierte seine nichts sagenden Showgeschäftfloskeln. Offensichtlich sagte er nicht, was die Versammelten hören wollten.

Dexter verstummte, beugte sich vor, zeigte den Fans ein verschwörerisches Grinsen. »Also … ich glaube«, sagte er, »darum darf ich *Ihnen* ein großes Geheimnis verraten.«

Er machte eine zweite Pause.

»Ralf und ich arbeiten zusammen an einem Buch.«

»Wie heißt es?«, rief sofort jemand.

»Ralfs Welt.«

»Wann erscheint es?«

»In welchem Verlag?«

»Dezember. PJP-Verlag.«

Zu Dexters gewaltiger Erleichterung war damit das Eis des Förmlichen gebrochen, er brauchte nicht mehr vor der Versammlung zu stehen und die Erwartung irgendeiner Ansprache zu erfüllen, sondern konnte sich setzen und darauf beschränken, der Mittelpunkt einer zwanglosen fannischen Plauderei zu sein.

»Um was geht's in dem Buch?«

Um zweihundertsechsundsiebzig Seiten deprimierenden Schwachsinns, dachte Dexter verdrossen.

»Um Ralf natürlich«, antwortete er stattdessen. »Was sonst?«

»Und *was* steht darin über Ralf?«

»Es steht *alles* über Ralf darin«, erklärte Dexter. »Es ist seine Autobiografie, die ich nach seinen Angaben schreibe.«

Allerdings konnte er nicht übersehen, was für eine faustdicke Lüge er damit auftischte; und zudem konfrontierte ihn diese Unwahrheit mit einer noch unerfreulicheren Wahrheit.

Nicht nur bestand die in Erster Person erzählte Lebensbeschreibung lediglich aus Dexters alleiniger Textproduktion, nicht nur hatte Ralf beim Abfassen des Scheißdings nicht im Geringsten mitgewirkt; obendrein erkannte Dexter jetzt, dass er diese 276 Seiten so verabscheute, gerade *weil* der Komikermessias als sein literarisches Geschöpf gelten musste, *weil* die so genannte Autobiografie alles andere war als vollständig.

Allzu viele Science Fiction-Autoren griffen, wenn Zweifel sie plagten – oder in manchen traurigen Fällen auch aus Mangel an Kreativität –, auf das Hilfsmittel fannischen Feedbacks zurück, um ein unvollendetes Werk fertig stellen zu können, entweder in Form von Workshops, privater Erörterung mit bevorzugten Auserwählten oder indem sie bei solchen wie dem heutigen Vereinstreffen das erste Exposé vorlasen und diskutieren ließen.

Und die unerquickliche Wahrheit lautete, dass Dexter, wenngleich er es als heftige Blamage empfände, öffentlich ein *derartiges* Bekenntnis der Unfähigkeit abzulegen, es auf einem ziemlich ähnlichen Impuls beruhte, dass er von seiner Bergeshöhe hinab ins fannische Flachland gestiegen war, um sich den harten Kern der künftigen Leserschaft seines Buchs *Ralfs Welt* anzusehen.

Die Fans.

Das Affenvolk von Amerika. Die Totenschiff-Cyborgs. Die Schwesternschaft der Menschheit. Die Ralf-Imitatoren. Das RalfZine-Fandom.

Die Ralfis.

Neunzig Prozent der Personen hier im Saal und neunzig Prozent ihres Anteils an der Bevölkerung würden das Buch kaufen. Und nun musste seine Vorankündigung, die sich voraussichtlich durch das Internet, die Fanzines sowie die fannische Mundpropaganda schnell verbreitete, zur Folge haben, dass sie es schon in der ersten Woche nach dem Erscheinen erwarben. Dieser Effekt mochte es vielleicht sogar im unteren Bereich einer Taschenbuch-Bestsellerliste platzieren und eine überdurchschnittliche Nachfrage bewirken, und wenn es nicht aus dieser Ursache geschah, dann möglicherweise dank der Show.

Mit schrecklicher Betroffenheit dämmerte Dexter, dass ihm nun etwas bevorstand, von dem er stets geglaubt hatte, es sich zu wünschen.

Dass er eine Art von Bestseller veröffentlichte.

Von *Ralfs Welt* würden sich mehr Exemplare als von jedem anderen Buch verkaufen, das er je geschrieben hatte oder noch schreiben mochte. *Ralfs Welt* war sein *Wüstenplanet*, sein *Mann in einer fremden Welt*. Sein Kultbuch. In Zukunft musste er im Rahmen jedes Interviews und jeder Podiumsdiskussion dazu Stellung nehmen. Das Buch, das ihm, ob es ihm behagte oder nicht, ewiges Andenken garantierte.

Ach du Schande!

Und als noch schlimmer, viel schlimmer sogar, empfand er, während diese entsetzliche Erkenntnis ihn schier mit Erstarrung lähmte, die Tatsache, er konnte nicht einmal begründet leugnen, dass diese komische kosmische Strafe ihn mit *Recht* traf.

Vor ihm saßen in ihren Totenschiff Erde-T-Shirts und billigen weißen Futuredresses die Ralfis, redeten und riefen durcheinander, fuchtelten mit den Armen, um seine Aufmerksamkeit zu erregen, und nachdem sie sich schon derlei Merchandisingartikel angeschafft hatten, kauften sie bestimmt ebenso, was man als *Ralfs Welt* zwischen die Buchdeckel pappte.

Das Ralf-Fandom Globuloider und Birnenförmiger, fest entschlossen angetreten, um mit Fanzines, Con-Kostümen, Podiumsdiskussionen, Ralf-Imitatoren, abgehobenen Esoterikkulten und fannischen Internet-Fun & Games die Welt vor dem Selbstzerstörungsdrang der Stinos zu retten.

Halbgebildete, täppische, lächerliche, bedauernswerte Gestalten.

Aber sie taten, was sie trieben, mit vollem Engagement.

Wer hatte da *wirklich* etwas falsch verstanden?

Man zahlte ihm fünfzig Riesen, damit er für die größte Leserschaft, die er je erreichen sollte, irgendetwas Beliebiges schrieb, das den Titel *Ralfs Welt* tragen sollte. Und was hatte er daraus gemacht?

Zynisch hatte er 276 Seiten des üblichen intermedialen Schunds zusammengestoppelt.

Wer war hier jetzt das dämliche Arschloch?

»Werden Sie und Ralf uns wirklich die *wahre Geschichte* erzählen?«, rief eine Frauenstimme, deren bekannter Klang Dexter schlagartig aus seiner düsteren Selbstgeißelungsstimmung schreckte und ihm außer plötzlichem Erröten eine weit weniger zerebral bedingten Starre verursachte.

Mitten im Publikum stand dort Cynthia.

»Die ... die wahre Geschichte ...?«

Sie hatte eine blaue Jeans an, die erkennen ließ, dass ihr Gesäß und die Schenkel sich immerhin beinahe durch Enormität auszeichneten. Ein großes, über der Hose getragenes Kein Totenschiff Erde-T-Shirt, das zwar den Bauch verbarg, aber den schweren Hängebusen betonte. Weder hatte sie Lippenstift noch anderes Make-up benutzt, und das wasserstoffblonde Haar war zu einem unordentlichen Knoten gebunden.

Das nackte, ungeschönte Fangörl in ihrer natürlichen Umgebung.

»Viele Leute glauben«, sagte sie, »dass Ralf *tatsächlich* ein Zeitreisender ist ...«

»Gehören Sie auch dazu, Cyn...?«

Dexter brach ab, ehe er eine persönliche Bekanntschaft durchblicken ließ, doch nicht, ehe der Schwengel, der von ihr auf dem LostCon so aufrichtig hingebungsvoll und herzhaft gelutscht worden war, sich angefühlt hatte, als hinge er vor aller Welt triefnass aus der Hose, und daraufhin eine spontane Schrumpfung in die Richtung des Skrotums erlitt.

»Wissen Sie, ich *würde* es gern glauben, denn es hieße, dass es zumindest eine Zukunft gibt, aus der er stammen könnte«, lautete Cynthias gänzlich ernsthafte Antwort. Sie blickte ihn beim Sprechen geradewegs an, aber brachte ihn weder durch irgendwelche Andeutungen privater Vertrautheit in Verlegenheit, noch wich sie auf ein unehrliches ›Mr. Lampkin‹ aus, eine Nettigkeit, von der Dexter sogar in diesem Moment anerkennen musste, dass sie einen gewissen Takt bezeugte.

Im Saal verbreitete sich Gemurmel der Zustimmung.

»Das *Totenschiff Erde*?«, fragte Dexter mit trockener Ironie.

»Denken Sie mal an die Alternative«, rief jemand, und allgemeines Gelächter erscholl.

»Aber vielleicht ist es *gar nicht* die wahre Geschichte, oder wenigstens *muss* sie es nicht sein«, meinte Cynthia. »Wenn Ralf wirklich ein Bote des Totenschiffs Erde ist, den man zu uns delegiert hat, um die Zukunft zu verändern, dann kann es, falls er Erfolg hat, kein Totenschiff Erde *geben*, das ihn in die Vergangenheit sendet, oder vielleicht wird es eine bessere Zukunft sein, aus der er geschickt wird, um die Totenschiff-Erde so zu beeinflussen, dass daraus sie entsteht, oder … oder … Na, Sie sehen's ja selbst …«

Sie zuckte die Achseln, stand ratlos da, nicht anders in die Paradoxa verheddert als jeder Science Fiction-Autor, der sich seit den Anfängen des Genres jemals mit dem Zeitreise-Sujet beschäftigt hatte.

Daher wusste Dexter genau, wie ihr zumute war, und irgendwie rührte sie, dieses grundehrliche, fette, unattraktive Fangörl, das es als Privileg empfunden hatte, ihm den Schwanz lutschen zu dürfen, wieder sein Herz.

In gewisser Hinsicht beschämte sie ihn gehörig, aber inwiefern, das wurde ihm nicht genau klar; oder vielleicht wollte er es gar nicht verstehen.

Dexter stand ihr so ritterlich bei, wie er konnte, rang sich ein Lachen ab, in das er so viel Herzlichkeit wie nur möglich einfließen ließ. »O ja«, stimmte er ihr zu, »ich weiß genau, wie schwierig diese Zeitreiseparadoxa zu durchblicken sind.«

Er beugte sich vor und bemühte sich, ernstlich auf die angesprochene Problematik einzugehen. »Um mich an die Wahrheit zu halten, Ralf glaubt *wirklich*, dass er aus der Zukunft stammt«, sagte er und blieb zumindest damit tatsächlich bei der Wahrheit. »Aber es ist so, wie Sie 's beschrieben haben, damit kennen wir noch keine wahre Geschichte, denn wir wissen nicht, *welche* Zukunft uns blüht und woher er zu uns gekommen sein könnte, und es stellt uns vor unübersehbare Schwierigkeiten, es herauszufinden.«

»Man *kann* doch nicht wissen, wie die Zukunft wird, oder?«, sagte Cynthia. »Wer weiß, wie können wir wissen, ob es nicht von jemandem oder allen hier im Saal abhängt, was wird, oder einem Stino irgendwo auf der Welt, der davon *keine* Ahnung hat …«

Und dann schaute sie ihm durch den inzwischen gut gefüllten Saal direkt in die Augen, und im gleichen Moment fühlte er sich zurück auf den LostCon versetzt: Er sah dieselben Augen, den gleichen Blick, die gleiche wehmütige, uneingeschränkte Offenheit wie damals, als sie ihm gesagt hatte, er wäre einer der Gerechten, eine der selbst ahnungslosen, verborgenen Säulen der Weisheit, die die Welt stützten.

»Oder vielleicht hängt alles von Ihnen ab«, fügte sie hinzu. »Vielleicht ist das, was Sie daraus machen, die *wahre* Geschichte, Dexter Lampkin. Wir könnten es mit einer der sich selbst erfüllenden Prophezeiungen zu tun haben …«

»Ich … ich weiß nicht«, stammelte Dexter, »ob ich Sie richtig verstehe …«

Aber er wusste es, und er verstand sie. Inmitten einer unbequemen fannischen Öffentlichkeit gelang es diesem Fangörl, diesem Groupie, dieser Ralfi, in seinem Gemüt ein schlafendes Etwas zu wecken.

»Na ja, niemand von uns weiß jemals so recht, was läuft«, sagte Cynthia, »also müssen wir so tun, als *wüssten* wir Bescheid, oder? Und wenn eine Geschichte so gut ist, dass genügend Menschen sie wahr haben *wollen*, dann wird sie eventuell wahr …«

»Ho-ho, Glöckchen lebt«, grölte ein seelenloser Lümmel.

Doch Cynthia erhielt den Blickkontakt mit Dexter unbeirrt aufrecht, als befände sich außer ihnen beiden niemand im Saal. Und zum ersten Mal zeigte sie ihm – jedenfalls im Ansatz – ein verstohlenes Lächeln.

»Ich lese jedes Jahr immer wieder ein bestimmtes Buch«, sagte sie. »Momentan fallen mir der Titel und der Verfasser nicht ein, man kennt das ja, wie's ist, wenn man so viel Science Fiction liest …«

Unter den übrigen Fans ertönte Gekicher.

»In dem Buch empfängt die Menschheit von einer zum Untergang verurteilten Alienzivilisation, die sich vom Totenschiff Erde kaum unterscheidet, die Warnung, dass wir Menschen *unsere* Zivilisation verändern oder untergehen müssen. Aber weil eine solche Umwandlung zu kostspielig wäre und innerhalb eines kurzen Zeitraums zu hohe Opfer verlangen müsste, verheimlicht die Regierung die Nachricht. Nur ein paar Forscher wissen davon, und sie finden sich zu einer Verschwörung zusammen, um die Menschheit vor sich selbst zu retten. Rein technisch gesehen, ist ihnen völlig klar, was passieren muss, aber wie sollen sie die Leute davon überzeugen, dass es nötig ist, einige Härten auf sich zu nehmen, um sich zu retten …?«

Im Saal war es still geworden. Dexter fühlte sein Herz wummern. Guter Gott, er merkte, dass er einen Ständer bekam.

»Darum denken sie sich einen falschen Alien aus dem All aus, der ihr Sprachrohr sein soll …«

Ein Aufstöhnen ging durch die Anwesenden.

Cynthia lachte. »O ja, es gibt *tonnenweise* derartige Science Fiction-Geschichten«, räumte sie ein, »sogar eine *Outer Limits*-Folge, in der Robert Culp den Typ spielt, den man in das Alienmonster verwandelte. Aber dieses Buch, von dem ich rede, ist ganz anders, darin steckt so viel Menschenliebe und Klugheit. Man kreiert kein fieses Ungeheuer aus dem Weltall, um die Menschheit durch Terror zur Vereinigung zu zwingen, nicht mal einen Alien von dem sterbenden Planeten, um durch ihn der Welt die Warnung zukommen zu lassen. Stattdessen stellt man den Menschen ein *schönes Alienmädchen* einer angeblichen höheren Zivilisation vor, die ihre Evolutionskrise überwunden hat …«

Der Blick, mit dem sie Dexter musterte, strahlte ihn dermaßen an, kam aus solchen Tiefen ihres reinen Herzens, dass ihm wahrhaftig *Tränen* in die Augen traten.

»Statt der furchtbaren Wahrheit erzählt man eine wohl wollende Lüge«, sagte Cynthia, »statt der Welt mit dem Grauen der Finsternis zu drohen, inspiriert man sie mit dem Licht der Hoffnung.«

»Das ist doch *Die Transformation* von Dexter D. Lampkin«, rief Oskar Karel.

Die Versammlung brach in frohe Heiterkeit aus, dem sich Applaus anschloss. Dexter nutzte die Gelegenheit, um das Podium zu verlassen und langsam zu der Stelle zu schlendern, wo er Cynthia gesehen hatte, nuschelte unterwegs Belangloses, nickte nach allen Seiten und rieb sich unauffällig die Augen.

Aber als er den Sitzplatz erreichte, hatte sich die Muse, wie es ihre Gewohnheit war, schon entfernt.

Herrje, man konnt sich dran *gewöhnen* dacht Lotter-Lotti sich mitte Zeit, währnd sie die Treppe vonne Times Square-U-Bahnhaltestelle rauftappte und die Salzbrezel mampfte, wo das Rattending in ihrm Kopp ihr *schwuppdich* geklemmt hatt.

Wie Zauberei, könnt man sahn, ihr Hand hatt einfach, ohne dasse sich was überlegt hätt, wie der Blitz zugeschnappt, *genau* in dem Moment, als der Vakoifer ein 'n Saufbruder anmaulte und nich guckte, und weil sie nie ein große Meistrin im Klauen gewesen war, sprach schon was dafür, so ein Freund zu hahm, wo so was deixelte.

Wahscheinlich wär sie eingesperrt worn, wär sie so wie sie aussah aussem Stollen gekrochen, hätt nicht Rattending für sie das Ding gedreht, sie stand in so ein Wandnische im Stollen, bis ein Bahn kam und inne Station hielt, dann stieg sie hinterm letzten Waggon auffen Innenstadt-Bahnsteig, sodass kein Sau sah, was da für ein Gestalt aussem Finstern krabbelte …

Und 's grenzte annen Scheißwunner, dass sie inne U-Bahn ein Klo fand, wo irndwie noch fungtjonierte, und da konnt sie im Spiegel sehn, was von ihr übrich war, und was sie sah, hätt selbs ein Müllmann zum Göbeln gebracht, ihr Haar schien seit Jahren in Motoröl getaucht gewesen zu sein, abba nich lang gnug, um die Gezieferviecher auszurotten, wo da drin rumkrauchten, ihr Gesicht hätt echt aussem Horrorfilm sein können, sie hatt irndwie Ähnlichkeit mittem Skelett gekriecht, woran perlig-grünliche Haut hing, wo beschmiert war mit kackbraunem Siff …

Aussen Waschbeckenhähnen floss nix als ein bisgen rostrote Brühe nich, wo wie immer, abba Rattending wusst, was zu tun war, *sie* wär scheißvadammicht *nich* auf die Idee kommen, vielmehr schrie sie, währnd Ratterich sie inne nexte Klokabine marschiern ließ, wo sie sich vor die stinkge olle Schüssel hinknien musst, und sie hielt 'n Atem an, als sie den Kopf da reinsteckte und mitter Hand die Spülung drückte.

Sie musst zugehm, als sie aussem Damenklo latschte, nachdem sie sich mittem Klopapier, so gut 's ging, die Fresse abgewischt hatt, dass sie schon viel besser aussah, abba sie hätt doch vaflucht gern gewusst, wo am Aasch das alles eintlich enden sollt …

»Ey, wo am Aasch soll das alles eintlich enden?«, hatte sie laut gefracht, währnd Ratterich sie übern Bahnsteig schickte, wo lauter Gutbürger stannen und sie anlurten, abba so taten, als ob sie sich keen bisgen nich nach ihr schielten.

»Natürlich damit, dass du unsere einzige Freundin bist«, antwortete Ratterich.

Und als sie am Brezelstand längswankte, da fasste sie ganz unvamittelt zu, und schon hatt sie ein Brezel inne Kelle, als wär nix nich passiert.

»Ey, Ratzerich, hasse noch mehr so toffe Tricks auf Lager?«, frachte sie, als sie die letzten Bröcksgen salzgen Teigs vaschlang und zu den Drehkreuzen gelangte

»Wart's ab und sieh selbst, Lotti Lotter, sieh selbst und warte ab.«

Dann durchquerte sie ein Drehkreuz und stapfte mitten innem Haufen Leut zur Ausgangstreppe wurd zu viel geschubst und musst sich durchschubsen wurd zu viel geschohm und hatt sich durchzuschiehm *Mach doch die Glotzer auf, du vaschissnes Crackwrack Was hasse keen Gucker inne Rübe du Nuttenpreller Also sach ich zu ihm tu madre tambien* um drüber nachzudenken was Ratterich eintlich vor hat um zu merken was für ein Schiss sie hatt weil sie jetz aus ihrm scheenen sichren Erdbau wieder rauf ins Freie stieg …

Und dann …

Und dann …

»Willkommen daheim im Affenstall, kreisch-kreisch-kreisch!«, gellte die Schmirgelpapier-und-Kreide-auf-Schiefertafel-Stimme in ihrm Kopp.

Luden und Säufer, Junkies und Huren, Bullen und Schnallentrecker, Sündentrüffel, gelbe Taxis und grüne Busse, Autos, Fahradkuriere, Häuser, Neonlichta und Sirenengeheul, Abgasdämpfe und Gestank nach Piss und Kotze.

Plötzlich stand sie am Aaschloch vonne Stadt und es war wie ein Schlach ins Gesicht. Mitten auffem schietgen Times Square stand sie.

Sie stierte und jappte geblendet vom Licht.

elf

Vielleicht ist das, was Sie daraus machen, die wahre *Geschichte, Dexter Lampkin,* hatte Cynthia vor der Ralfi-Versammlung zu Dexter gesagt.

Niemand von uns weiß jemals so recht, was läuft, also müssen wir so tun, als wüssten *wir Bescheid, oder?*

Statt der furchtbaren Wahrheit erzählt man eine wohl wollende Lüge, statt der Welt mit dem Grauen der Finsternis zu drohen, inspiriert man sie mit dem Licht der Hoffnung …

Gott steh ihm bei, und hätte sich Dexter dazu durchringen können, an eine derartige Persönlichkeit zu glauben, wäre er jetzt vielleicht der Auffassung gewesen, dass er ihm geholfen hatte, dass der Alte, während Mohammed das Glück widerfahren war, seinen Bestseller gleich Wort für Wort diktiert zu erhalten, womöglich Kauz genug sein mochte, um einem *Science Fiction-Autor* seine Botschaft auf einer SFLA-Veranstaltung durch ein übergewichtiges Fangörl zu übermitteln.

Denn nachdem er unvermutet mit dem eigenen Roman

insgeheim beschämt worden war, sah Dexter ein, dass er wenigstens *versuchen* musste, die deprimierende Wahrheit, die er in so zynischer Gesinnung heruntergehackt hatte, in eine edelmütige hoffnungsfrohe Lüge umzuwandeln, zumindest den Versuch angehen musste, *Ralfs Welt* zu einem Text umzuschreiben, der annähernd einer Neufassung des Romans *Die Transformation* ähnelte.

Oder auf keinen Fall die Mühe scheuen durfte, für ein höheres Anliegen die Faulenzerstrategie zu wiederholen, die es ihm ermöglicht hatte, so schnell 276 Seiten Schund hinzusudeln.

Damit nahm er schließlich keine unwiderrufliche Obliegenheit auf sich, seine alte, zerdellte Lanze aus der Kammer zu holen und Rosinante zu satteln.

Wie's Schicksal wollte, hatte er gerade *Die Transformation* auf dem Computermonitor, als Ellen ihn zum Abendessen holte, das aus Rücksicht auf Jamie stets recht früh stattfand, und infolgedessen musste er bei Spagetti mit Fleischbällchen Ellies Fragen und zudem das dauernde Dazwischenreden seiner Tochter ertragen, ehe er sich wieder ins Arbeitszimmer zurückziehen und ernsthafte Überlegungen anstellen konnte. Erwartungsgemäß fiel Ellies Reaktion wenig begeistert aus.

»Warum befasst du dich noch mit *Die Transformation*, Dex? Wozu soll das gut sein?«

»Ich brauche Anregungen für *Ralfs Welt*, das Buch, womit ich für diesen ganzen Aufwand, wenn du die Bemerkung gestattest, das Geld verdiene.«

»Ich dachte, das Buch wäre so gut wie fertig, dass du 's nun einreichst, damit du endlich das Honorar kriegst und wir den Swimmingpool bauen lassen können.«

»Das hab ich auch gedacht«, brummelte Dexter. »Aber 's gibt 'n paar Probleme ...«

»*Welche* Probleme? Es wäre ganz hübsch, wir hätten

den Swimmingpool, eh 's so kalt wird, dass man ihn nicht ohne Heizung benutzen kann ...«

Was sollte er ihr sagen? Dass ein Fangörl, das ihm auf dem LostCon einen geblasen hatte, jetzt im SFLA aufgekreuzt war, um ihn daran zu erinnern, es gäbe mindestens einen Menschen auf der Welt, der Dexter D. Lampkin für mehr verantwortlich hielt, als lediglich für vertragliche Ablieferungstermine, Immobilien, Swimmingpools und Perserteppiche?

Dass er möglicherweise einer der Gerechten war, eine der geheimen Säulen der Weisheit, auf die sich die Welt stützte, aber auf alle Fälle, auch wenn es nicht zutraf, letzten Endes, so wie jeder in seiner Situation, die Verantwortung hatte, sich so weit wie durchführbar so zu verhalten, als wäre er eine solche Säule?

Oder allerwenigstens ein Verantwortungsgefühl gegenüber dem Autor, für den er sich in der Blüte seiner Jugend – in Berkeley – gehalten hatte, dem Verfasser des Romans *Die Transformation*?

Dexter verkniff sich ein trauriges Aufseufzen, denn andernfalls wäre daraus zweifellos ein Wortwechsel entstanden, der die Lage noch unerfreulicher gemacht hätte.

Denn ob Cynthia ihm einen geblasen hatte oder nicht, während der Zeit in Berkeley hätte er Ellen, so wie er es von Herzen gerne täte, seine Gedanken in genau diesen Bahnen erläutern können, und sie hätte ihn sofort verstanden; oder zumindest hatte er, verließ er sich auf seine Erinnerungen, im Rückblick diesen Eindruck.

Doch mittlerweile war es verdammt lange her, dass sie sich zuletzt auf dieser Ebene verständigen konnten, und zudem, wenn er Ehrlichkeit walten ließ, lange her, seit er das Empfinden gehegt hatte, dass es eine solche gemeinsame Ebene überhaupt noch gab.

Überdies eignete sich Ellies zunehmend das Leben

bestimmende Besessenheit bezüglich Möblierung, Dekoration, Umbau und Erweiterung ihres Traumhauses wenig, um Dexter die Ansicht einzuflößen, er könnte ihr begreiflich machen, weshalb er das Manuskript von *Ralfs Welt* nicht einfach abliefern und *unverzüglich* an das Geld für den Swimmingpool gelangen konnte.

Zum Glück musste ausgerechnet in diesem Augenblick Jamie ihren Senf dazu geben, und ausnahmsweise war Dexter froh über die Störung.

»Können wir auch einen Whirlpool anschaffen, Vati, und ein Sprungbrett?«

»Den Whirlpool schon, aber kein Sprungbrett, so was ist zu gefährlich.«

»Ach komm, Dexter, es kann ja ein niedriges Sprungbrett sein, was soll denn daran schlimm sein ...?«

»Tja, vielleicht ...«

»Und 'ne Sauna, Vati, ich möcht 'ne Sauna.«

»Eine Sauna nimmt zu viel Platz weg und ist zu teuer, Jamie.«

»I wo, Dexter, stimmt gar nicht, im *Architektur Digest* habe ich eine Anzeige gesehen, da wurde eine Sauna mit geschlossenem System in der Größe eines Badezimmers für unter Fünftausend angeboten, sie könnte im Nordwestwinkel des Innenhofs aufgebaut werden ...«

Und so verlagerte sich das Gespräch für die Dauer des Essens auf das wirtschaftlich gewagte, aber unter ehelichen Aspekten ungefährliche Thema des Phantasierens über Swimmingpool und Sauna, und danach durfte Dexter sich wieder in sein Arbeitszimmer über der Garage verziehen und in Kommunikation mit seiner früheren Inkarnation treten.

Seit über einem Jahrzehnt hatte Dexter keinen Blick mehr in *Die Transformation* geworfen, und die Lektüre ungefähr der ersten vierzig Bildschirmseiten erwies sich als unvermutet nervige Angelegenheit.

Berücksichtigte er, vor wie langer Zeit er den Roman geschrieben hatte, war der Stil gar nicht so übel; jedoch verursachte es ihm gehörige Bestürzung, als er ersah, dass die 276 Seiten von *Ralfs Welt*, die zur Abgabe bereit lagen, nicht mehr waren als die ersten zwei Kapitel von *Die Transformation* – allerdings qualitativ weniger taugten –, bloß mit heißer Luft aufgebläht worden waren zu globuloiden Proportionen.

Im ersten Kapitel des Werks *Die Transformation* empfing die NASA die Warnung einer dem Untergang geweihten Zivilisation, und das zweite Kapitel enthielt eine längere Beschreibung des trostlosen Inhalts der Botschaft sowie der Auswirkungen, die dieses unwillkommene Wissen hat, als es aus dem Labyrinth der Bürokratie hinauf zur politischen Entscheidungsebene dringt.

Und auf diesen vor langen Jahren verfassten, vierzig Seiten hatte er plausibel, realistisch und treffend beschrieben, wie man eine Biosphäre zerstörte und einen zum Krepieren verurteilten Totenschiff-Planeten schuf.

Sterbende Meere. Den unumkehrbaren Treibhauseffekt. Vergiftung der Atmosphäre. Missratene gentechnische Experimente. Und zur Abrundung einen netten, kleinen Atomkrieg. Auf perfekte Weise, die keinen Raum für einen einzigen Lacher ließ, den Weltuntergang an die Wand gemalt.

Alles auf den anfänglichen vierzig Seiten des Romans *Die Transformation*; danach wandten die Protagonisten in den letzten drei Kapiteln sämtliche Mühe auf – oder man hätte sagen können, ihr damaliger, junger Schöpfer hatte es getan –, um mittels einer gut gemeinten Lüge das Licht der Hoffnung in die Welt zu mogeln.

Auf den 276 Seiten von *Ralfs Welt* stand nichts, dass

der jüngere, naivere Dexter D. Lampkin nicht schon auf vierzig Seiten besser formuliert hatte.

Dexter schüttelte den Kopf, rieb sich die Augen und lehnte sich vor dem Computer in den Sessel, sein Gesäß, das längst das Format des mittleren Lebensabschnitts angenommen hatte, bequem in die schrulligen Recaro-Schreibtischsesselsonderanfertigung geschmiegt. Missgelaunt betrachtete er die schwarze Ledercouch, den schicken, neuen Achtundreißigzentimeter-Sony-Fernsehapparat mit Stereolautsprechern und Videorecoder, der gegenüber der Couch stand, die Glastür des Balkons, von dem man Ausblick auf einen kleinen, wild bewachsenen Hohlweg hatte, und die Teakholz-Regalwand mit seiner ziemlich wertvollen Renommierbibliothek und fragte sich, was der junge Spund, der damals diese 40 Seiten voller glühender Leidenschaft auf einer elektrischen IBM-Schreibmaschine abgefaßt hatte, während er auf einem altmodischen, harten Stenotypistinnenstuhl saß, wohl von *diesem* Schriftsteller-Traumarbeitszimmer gehalten hätte.

Dexter lachte spöttisch vor sich hin.

Möglicherweise hätte er dafür, gestand er sich ein, buchstäblich alles getan.

Vielleicht war es nur zu seinem Glück, dass er das weitere grüblerische Wühlen in Erinnerungen aufschieben musste, denn am heutigen Abend fand eine *Ralf*-Show statt, bis zum Anfang der Sendung blieben bloß noch fünf Minuten; und zudem hatte Dexter für diese Woche George Clayton Johnson eingeladen, dessen Begegnung mit Ralf er sich auf gar keinen Fall entgehen lassen wollte.

In der Absicht, sich die Sendung auf dem Großbildfernseher im Wohnzimmer anzuschauen, schaltete Dexter den Computer ab und das Licht aus, öffnete die Tür zur Außentreppe, die an der Seite des Garagenanbaus hinab auf die Zufahrt führte.

Du lieber Himmel … Fast hätte Dexter, als er ins Freie trat, an karmische Synchronizität glauben können – oder wie Amanda Robin so etwas nennen mochte –, denn die launische Hand des Schicksals spielte ihm ein weiteres rätselvolles Zeichen zu.

Aus der Wüste war wie der Kuss einer lange vergessenen Geliebten ein Santa Ana-Wind herangeweht: Warm, duftig, geladen mit Ozon, das Dexters Blut in Wallung brachte, schaukelte er die Kronen der Eukalyptussträucher, kräuselte mit Staub- und Laubwolken das Chaparral, fegte im Sternenschein loses Gestrüpp die Straße entlang.

Dexter verharrte an der Einfahrt und ließ sich von dem alten Teufelswind das Haar zausen, atmete ihn ein, als trüge er ihm das verheißungsvolle Odeur sagenhafter acapulcischer Goldschätze zu, und die Schwälle negativer Ionen und die Endorphinschübe machten ihn nachgerade stoned.

Auf der anderen Seite der Zufahrt lockten die Lichter des Hauses den Autor von *Ralfs Welt* mit wohl verdienter, behaglicher Häuslichkeit, und durchs Vorderfenster des Wohnzimmers sah er am verwaschenen, bläulichen Leuchten, dass der Großbildfernseher schon lief.

Aber Dexter erlebte in diesen Augenblicken den ersten Santa Ana, seit er in die Halbwildnis des Lookout Mountain gezogen war, der Abendhimmel wölbte sich in völliger Klarheit, die Sterne schienen, regelmäßig flatterten versteckte Nachtvögel hektisch durchs Geäst, Cojoten bellten die dünne Mondsichel an, und irgendetwas tief in seinem Innern tat das Gleiche, quién sabe, sollte man es ruhig, wenn man ihm einen Namen geben musste, den untoten Schatten des Verfassers von *Die Transformation* nennen.

An einem solchen Santa Ana-Abend konnte der einst junge Weltretter unmöglich mit Frau und Kind im

Wohnzimmer vorm TV-Gerät hocken. Vielmehr war es ein Abend, um den Porsche aus der Garage zu holen, das Verdeck zu öffnen und im von Bougainvillea-Duft aromatisierten Wind durch die Kurven zu fahren und vom Mulholland Drive aus den herrlichen Fernblick in die Täler zu genießen.

Tatsächlich machte er einige Schritte auf das Garagentor zu, ehe er sich vergegenwärtigte, dass die Sendung gleich anfing und er sie wirklich *unmöglich* versäumen durfte.

Er seufzte tief, verabredete sich mit dem Targa für einen anderen solchen Abend und entschied sich für den unvermeidlichen Kompromiss, kehrte ins Arbeitszimmer zurück, dimmerte die Beleuchtung auf Halbdunkel und schaltete den Fernseher ein, öffnete weit die Balkontür, um den Abendwind aus den Canyons einzulassen, ehe er sich vor dem Apparat auf die Couch warf.

George Clayton Johnson war Dexter seit einer Weile wegen eines Auftritts in der Show auf die Nerven gefallen, nämlich seit man sie wöchentlich sendete, und obschon Dexter keinesfalls an Georges Fähigkeit zweifelte, gegen Ralf bestehen zu können, hatte er mit der Zusage gewartet, weil bislang kein passender Gast aus Amandas Dunstkreis abkömmlich gewesen war, von dem man auch ein paar geistreiche Worte erwarten durfte.

Doch sobald er von Amanda erfahren hatte, dass sie Mary McKay in die Show schicken wollte, zog Dexter den Schluss, dass es nun an der Zeit war, um George seine Chance zu geben.

Mary McKay war eine obskure feministische Futuristin gewesen, bis sie das Unternehmen KayBurger geerbt hatte, eine zweitklassige Fressbudenkette, die schwachsinnigen Halbwüchsigen für den Burgerverkauf den Mindestlohn zahlte und aufgrund ständigen

Bestrebens, schlechtes Fleisch zu möglichst niedrigen Preisen zu besorgen, die Verantwortung für die Abholzung nicht eben geringer Mengen Regenwald trug.

Anstatt schlicht und einfach mit ihrem monetären Glück zufrieden zu sein oder aus gerechter Empörung die familiären Fleischgräber zu schließen, hatte sie in wohl überlegten Abständen pfiffig Aktien abgestoßen und nutzte das so erworbene Vermögen, um unaufhörlich für irgendwelche öffentlichen Ämter zu kandidieren.

Mary McKay kandidierte ständig für irgendetwas: Präsidentin, Gouverneurin, Bürgermeisterin, Hundefängerin. Um was es sich handelte, blieb völlig unwesentlich, denn es drohte keinerlei Gefahr, dass man sie jemals in ein Amt wählte. Aber dank einer Organisation, die sich Töchter der Zukunft nannte und anscheinend ausschließlich zu dem Zweck existierte, ihr die erforderlichen Unterschriften zu verschaffen, erwies es sich als ausgeschlossen, sie von Kandidatenlisten fern zu halten, und weil sie praktisch in Permanenz auf diesen oder jenen Kandidatenlisten stand, blieb sie ebenso permanent Mitwirkende im Talkshow-Karussell.

Mary McKay verkörperte den Inbegriff der Fernsehpolitik. Während weniger hoch entwickelte Angehörige der Politikerkaste ihre telegenen Vorzüge einsetzten, um ihr Amt zu behalten, kandidierte sie für Ämter, um im Fernsehen präsent zu bleiben.

»... und da haben wir niemand anderes als Mary McKay, die gegenwärtige Kandidatin für das Amt ... Ich hab's vergessen, geht's ums Amt des Sherrifs von Schrippendorf oder der Bürgermeisterin der Burgerberge ...?«

»Bürgermeisterin von Santa Ana dieses Mal, Ralf, aber vielleicht ist es ja gar nicht so wichtig«, antwortete die Frau, die nun energischen Schritts die Bühne überquerte.

Sie hatte eine weiße Herrenhemdbluse an, eine weite, lohgelbe Reithose sowie durchaus zur Einschüchterung geeignete schwarze Wanderstiefel. Sie hatte eine große Hakennase, die Ohren erinnerten nicht wenig an Lyndon Johnsons Horchlappen, der Mund war groß, aber hatte dünne Lippen. Die kraus gewellten, eisengrauen Haare waren auf strenge Kürze gestutzt worden; bei einer Schwarzen hätte diese Haartracht einfach wie eine Afrofrisur ausgesehen, bei dieser ins Rötliche gebräunten Weißen hingegen wirkte sie nur brutal.

Eine Wirkung, die übrigens noch durch die Burschikosität verstärkt wurde, mit der sie Ralf stahlhart die Hand drückte. Aber obschon sie keinerlei Ähnlichkeit mit einer Person hatte, die Dexter als wenigstens leidlich gut aussehende Frau bezeichnet hätte, war Mary McKay doch irgendwie *attraktiv;* aus den wässrigblauen Augen, so erhielt man unwillkürlich den Eindruck, sprühte mehr als Intelligenz, nämlich das unbestimmbare Etwas, das man *Persönlichkeit* nannte.

»Und da kommt unser zweiter Gast, der Co-Autor von *Flucht ins 23. Jahrhundert,* Drehbuchautor von *Ocean's Eleven* und Urheber zahlreicher *Twilight Zone*-Episoden, vierundzwanzig Stunden Freizeit hat dieser vielbeschäftigte Mann sich erkämpft, um heute Abend bei uns sein zu können ... Wir begrüßen den berühmten George Clayton Johnson.«

Eine Eigenschaft, die auch George in hohem Maß hatte, wie man offenkundig sah, während er geradezu farbenprächtig, nämlich in einer weißen Jeans, die anscheinend durch David Hockney während eines LSD-Trips gebatikt worden war, einem mit Stickereien verzierten, mexikanischen Landarbeiterhemd sowie mit einer großen Lapislazuli-Türkis-Halskette, wehendlanger, weißlicher Mähne und japanischem Schamanenbart, langsam durch den Set tänzelte, dem Studiopublikum, dabei den Blick unfehlbar in die Kamera gerichtet, ein breites, lebhaftes Lächeln schenkte.

»Vielen Dank, Ralf, erlauben Sie mir die Bemerkung, was für ein Vergnügen es mir ist, mit Ihnen und Miss McKay zu diskutieren, welchen Platz unser knopfäugiges, geschwänztes, noch so junges Menschengeschlecht im weiten, wunderbaren Universum einnimmt«, schwadronierte er, schüttelte mit beiden Händen Ralfs Rechte, setzte sich und grinste so überschwänglich, als ob ihm das ganze Haus gehörte.

Anstatt dieser Einführung mit einem schlagfertigen Kalauer zu begegnen, hob Ralf nur die Schultern und grinste ziemlich lasch in die Kamera. Aufgrund seines entwaffnenden Lächelns und faszinativen Auftretens hatte George die geradezu unheimliche Fähigkeit, sich fast alles erlauben zu können.

Einmal war Dexter ein Anekdötchen zu Ohren gekommen, dem zufolge George mit einem Joint in der Hand ins zuständige Polizeirevier gegangen sei, um sich über einen Nachbarn zu beschweren, und es danach verlassen haben sollte, bevor sich die Polizisten hinlänglich von seinem Bann befreit hätten, um ihn zur Rede zu stellen.

Dexter glaubte die Geschichte.

Er fühlte sich, als er sah, dass Ralf mit einem Ausdruck der Weggetretenseins an seinem Platz saß und George die Show anleiern ließ, sogar zu glauben im Stande, dass Ralf und George vor dem Auftritt gemeinsam hinter den Kulissen einen Joint geraucht hatten.

Dexter kannte Mary McKay lediglich anhand ihrer allgemeinen Reputation, und aufgrund der Tatsache, dass sie von Amanda eingeladen worden war, hatte er erwartet, dass sie das übliche NewAge-Erdmutter-Göttinverehrung-Tod-den-chauvinistischen-Sexisten-Vibrations-Gefasel vom Stapel ließ, das dann – dafür kannte er George – die Anknüpfungspunkte für die vielfältigsten und wildesten Abschweifungen ins Blaue des Alles und Nichts abgab.

Stattdessen konnte er das Entstehen einer gänzlich anderen Chemie beobachten …

»Mir ist nie aufgefallen, dass Orange County eine Brutstätte hoch geistiger Bewusstseinsentwicklung wäre«, sagte George. »Wie also kommt's, dass eine so nette visionäre feministische Futuristin wie Sie im Land von Knotts Vergnügungspark und Richard Nixons für ein öffentliches Amt kandidiert?«

»Ich tu's, um im Fernsehen präsent zu bleiben«, antwortete Mary McKay unverblümt. Ihr Lächeln hatte etwas verblüffend Gewinnendes an sich, und die Weise, wie sie in die Kamera blickte, während sie gleichzeitig den Blickkontakt mit George zu halten schien, wirkte in der Tat durch und durch professionell. »Hatten *Sie* nicht auch mal einen Plan für einen Wahlsieg in Nevada ausgeheckt, dem Land Howard Hughes' und der Mafia-Casinos?«

»Und ich bin noch am Leben, Mary, obwohl aus Gründen, auf die ich keinen Einfluß hatte, mein spannender Erlebnisbericht nie als Buch veröffentlicht wurde.«

Zu Dexters Erstaunen zeigte sich, dass die beiden sich nicht bloß *sympathisch* waren, sondern irgendwie sogar auf der gleichen Wellenlänge lagen, während sie den Verlauf der Show an sich rissen und in eine Richtung lenkten, die kaum dahingehend dienlich sein konnte, ihnen in Anchorage/Alaska Plätze in der Ruhmeshalle zu sichern, und Ralf sich allem Anschein nach damit zufrieden gab, dabei zu sitzen und sie gewähren zu lassen.

Dadurch schlug die Show schon am Anfang in eine Veranstaltung gegenseitiger Bewunderung Georges und Marys um, gedieh zu einer außergewöhnlichen, weit gespannten Rekapitulation der Pläne, Projekte und Welterrettungsphantasien zweier außergewöhnlicher, weitsichtiger Egos: Mary McKay diskutierte stets gerade ernsthaft genug, um zu bewirken, dass George mit knapper Not auf dem Teppich blieb, während George genügend beredt war, um dem Publikum alles, was nur den semantischen Inhalt des Telefonbuchs hatte, amüsant vermitteln zu können, und das Gespräch erstaunlicherweise – oder vielleicht war es gar nicht so erstaunlich, wenn man George kannte – den Star der Show nahezu zum Statisten degradierte.

Die Sendung erreichte einen gewissen Höhepunkt, als Mary McKay offen eingestand, sie dächte überhaupt nicht daran, sich für Wähler krumm zu schuften, die so verblödet wären, jemanden wie sie zu wählen, wogegen George bekundete, sich großmütig der offensichtlichen Klugheit jeder politischen Klientel beugen zu wollen, die so viel Weitblick und Verstand aufbrächte, ihn zu ihrem unumschränkten Oberhaupt zu erheben.

»Sie wären also tatsächlich bereit, wenn man Ihnen die Füße küsst und Sie recht unterwürfig bittet, den Kopf hinzuhalten und König des Affenvolks zu werden?«, fragte Ralf, indem er sich endlich ein Stück weit aus seiner rätselhaften Passivität löste und wenigstens diesen lahmen Einwurf äußerte.

Unbekümmert hob George die Schultern. »Es ist ein Scheißjob«, gab er zu, »aber irgendwer muss sich dafür opfern.«

»Mann, Affenboy, das ist ja wirklich dufte von Ihnen.«

»Beachtet man einmal, was für kolossale Erfolge die altbekannte Gang politischer Nulpen, hartherziger Banker und sonstiger Nieten in Nadelstreifen bisher beim Ausverkauf unserer Welt zu verzeichnen hat, sollten sich da die Visionäre und Gelehrten nicht dazu bereit finden, es wieder einmal mit einer radikal ganzheitlichen Strategie zu versuchen?«

»Sie reden wohl vom Eingreifen eines bescheidenen Propheten und Heilsbringers wie Ihnen, George?«, vergewisserte sich Ralf im Interesse des Publikums.

»Oder von Mary oder einigen anderen aufgeklärten Mutanten, die ich nennen könnte, darunter auch Sie, Mr. Komiker von morgen«, gab George zur Antwort. »Haben wir jetzt nicht lange und ausgiebig genug über den Mist geschimpft, den unser Affenstamm auf diesem Planeten verbrochen hat? Wär's jetzt nicht höchste Zeit, dass wir die Ärmel hochkrempeln und den Besen zur Hand nehmen?«

»Wer, ich …?«, entsetzte sich Ralf. »He, Mann, hören Sie auf, und ich putze *auch* keine Fenster und führe keine Hunde aus.«

George äugte mit dem wilden, einnehmend schlichtmütigen Blick in die Kamera, der es ihm wie durch Zauberei gestattete, den Naivling zu mimen und bei dieser Gelegenheit im wahrsten Sinne des Wortes alles sagen zu dürfen.

»Es gibt eine recht bekannte Science Fiction-Story, die darauf verweist, es wird, wenn nicht alle unter uns, die ein ausreichend hohes Bewusstsein entwickelt haben, um die Verantwortung für das Schicksal unseres Planeten zu übernehmen, unweigerlich dahin kommen, dass zuletzt durchs Landwirtschaftsministerium genehmigte Kohlköpfe die Welt regieren.«

In einer Mischung aus Ungläubigkeit und Bewunderung starrte Mary McKay ihn an. »Ich kann nicht *fassen*, dass Sie die Chuzpe aufbringen«, rief sie, »*so etwas* auszusprechen.«

»Es *braucht* auch jahrelange Übung, Mary«, gestand George. »Aber Sie sind doch der *gleichen* Meinung, oder?«

Mary McKay musterte ihn voller achtsam zurückhaltender Verwunderung. »Nun ja, also …«

»Kommen Sie, natürlich sind Sie auch dieser Ansicht. Wenn wir berücksichtigen, wie den Angaben hier unseres Freunds aus der Zukunft zufolge das Schicksal des Planeten aussehen wird, falls wir keinen anderen Kurs einschlagen, ist das Letzte, was wir brauchen, falsche Bescheidenheit seitens solcher Schamanen und Visionäre, wie wir es sind.«

Ausschließlich George konnte einen derartigen Satz formulieren und einer feministischen Futuristin ein Grinsen abnötigen, selbst wenn das Studiopublikum sich nur zu ein wenig verstreutem Gekicher hinreißen ließ.

»Ich glaube, *Sie* können bestimmt *keiner* falschen Bescheidenheit verdächtigt werden, George«, sagte sie gutmütig.

»Ebenso wenig steht es einer geistig hoch stehenden Frau wie Ihnen zu, sich in Unbedarftheit zu üben und Verlegenheitsgemurmel zu nuscheln.«

»Also, ich glaube fast, Sie möchten mir *schmeicheln* …«

»Keineswegs, Mary. Schmeichelei bringt uns kein bisschen weiter. Wie könnten wir uns denn ohne klare, ungetrübte Selbsterkenntnis unseres jetzigen Bewusstseinszustands auf die nächsthöhere Ebene fortentwickeln?«

»Und die wäre?«

»Na, ich dachte schon, Sie fragen überhaupt nicht danach.«

»O nein, das glaub ich nicht.«

»Nein, selbstverständlich nicht, Mary«, beteuerte George umgänglich. »Wir sind ja schließlich nicht hier, um zu erörtern, welche Aussicht die *Los Angeles Dodgers* haben, das Rennen zu machen …«

»Die Aussichten wären gar nicht schlecht, wenn sie endlich mal auch in der Reserve einen tüchtigen Werfer hätten …«

»… und deshalb stelle ich nun *Ihnen* die Frage: Wie kann es uns gelingen, die nächsthöhere Bewusstseinsebene zu erreichen, das heißt, den Bewusstseinsstand, der uns dazu befähigt, die Biosphäre des Planeten wieder in einen Garten zu verwandeln, zu verhindern, dass der vierte Weltkrieg mit Steinen und Knüppeln ausgetragen wird, und zu einem in der ganzen Galaxis aktiven Sternenvolk werden, das es Wert ist, sich in Freundschaft zu jenen Sternenvölkern zu gesellen, die schon Millionen Jahre ihrer Geschichte überlebt haben und ohne weiteres unsere historische Existenz überdauern könnten?«

Ralf warf George einen wahrhaftig überaus sonderbaren Blick zu, halb ein Stieren, halb etwas anderes, das Dexter nicht benennen konnte.

»Das soll *alles* sein?«, fragte er. »Also nein, wir haben noch volle fünfzehn Minuten Sendezeit übrig. Wenn wir schon dabei sind, die Welt zu retten, sollte dabei wenigstens auch noch ein Heilmittel gegen Krebs und der Stein der Weisen herausspringen.«

»Wie ich die Welt retten könnte, weiß ich nicht«, sagte Mary McKay. »Aber ich *weiß* eine Antwort auf Georges Frage. Ich *weiß,* was wir tun müssen, um uns zu der reifen Spezies zu entwickeln, die vielleicht dazu im Stande ist, die Welt zu retten.«

»So, aha?«, meinte Ralf in einem Ton, der *fast* nach *Ernsthaftigkeit* klang. »Na, dann mal die Karten auf den Tisch, wie sieht Ihr Plan aus? Der Mafia die Staatsverschuldung als steuerlich absetzbare Investition zu verkaufen? Das Gesetz der Schwerkraft zu widerrufen?«

Mary McKay machte es wie George und richtete ihre volle Aufmerksamkeit in die Kamera, aber verzichtete auf jedes humorige Zwinkern, jeden Versuch, dem Publikum zuliebe den intellektuellen Brocken mit relativierender Selbstironie zu verzuckern.

»Wir stehen vor der Tatsache, dass wir den Evolutionsprozess, der uns geschaffen hat, hinter uns gelassen haben«, erklärte sie. »Das und sonst nichts ist nämlich die Prämisse des visionären Feminismus.«

»Ach *so*?«, fragte Ralf. »Nicht die Vorstellung, dass Frauen Senatoren sein und Düsenjäger fliegen, Männer dagegen zur Abwechslung mal Windeln wechseln und ins Geschirrtuch flennen sollen?«

Mary McKay ignorierte ihn, indem sie auch weiter in die Kamera sprach, als befände sie sich im Wahlkampf; und vielleicht, überlegte Dexter, empfand sie diesen Moment tatsächlich als Gelegenheit zu Klarstellungen.

»Es gibt die Art von Feminismus, die zu beweisen versucht, Frauen seien Männern biologisch überlegen, sie hätten die Zivilisation ersonnen, um das brünstige Tier zu zähmen, aber es sei alles in die Binsen gegangen, als die bösen Buben eines Tages Erdmutter Gaia stürzten und Jehowa als omniphallischen Generalstabschef einsetzten«, sagte sie. »Und es gibt den *visionären* Feminismus, für den klar ist, dass derartige Gedanken vollständig überholt sind.«

»Vollständig überholt?«, äußerte Ralf bedächtig. »*Was* soll ›vollständig überholt‹ sein?«

Der Blick, mit dem er sie während der Frage betrachtete, wirkte wahrhaftig ganz so, als verspürte er an der Beantwortung aufrichtiges intellektuelles Interesse, ein Sachverhalt, der dem Moment, beachtete man, dass dies keine andere Sendung als *RALFS WELT* war und nicht etwa die Sonntagnachmittagsbildungsbeflissenheit auf PBS, eine gewisse verstörende Surrealität verlieh.

»Der gesamte Evolutionsprozess, der uns hervorgebracht hat, ist heutzutage bedeutungslos«, erläuterte Mary McKay. »Wir sind keine Tiere mehr, sondern *Menschen*.«

»Sind Sie da so *sicher*, Affengörl?«, ulkte Ralf, markierte einen Affen und kratzte sich in der Achselhöhle.

Viel Erheiterung löste er damit beim Studiopublikum nicht aus, vielleicht weil es zu offenkundig war, dass er sich nur an die Routine hielt, sie erkennen konnten, dass hinter seinen Augen ein Etwas das Geschehen beobachtete, das keinerlei Belustigung verspürte.

Das Gleiche galt für Mary McKay. »Welche Bedeutung hat es *heute* noch, dass Männer körperlich stärker als Frauen sind, weil ihre anthropoiden Ahnen auf die Jagd gingen? Welche Bedeutung hat's *heute* noch, dass Frauen belastbarer als Männer sind, weil sie überleben und die Kinder aufziehen mussten? Wen interessiert es, ob die Gottheiten des Affenvolks ursprünglich männlich, weiblich oder Riesenknollen waren?«

George saß da und strahlte übers ganze Gesicht, enthielt sich jeden Kommentars, schaukelte mit dem Oberkörper vor und zurück.

Offenbar hielt Mary McKay gerade ihre standardmäßige Propagandarede, und nichts konnte sie daran hindern.

Auch Ralf versuchte es erst gar nicht. Anscheinend hegte er gar nicht die Absicht. Irgendwie hatte sich die Show auf eine andere Realitätsebene verlagert, und ihr Star strebte offensichtlich nicht an, sie zurück aufs Klamaukniveau zu ziehen, sondern begünstigte die neue Tendenz. Er verharrte an seinem Platz und musterte Mary McKay mit regelrecht unheimlicher Eindringlichkeit.

»Wir haben Maschinen, die stärker als Männer *und* Frauen sind. Wir verfügen über Computer, die schneller als unser Gehirn arbeiten. Wir erzeugen Designer-Organismen. Das Bewusstsein beherrscht das Biologische. Der Geist lenkt die Materie. Ob es uns passt oder nicht, *wir* sind das höchste Endprodukt der natürlichen Evolution, und was von nun an bis ans Ende aller Zeiten aus uns wird, ob unsere Zukunft zum Guten oder zum Schlechten ausschlägt, liegt ganz in unserer Hand.«

»Also vorwärts«, rief George, hob in rührend antiquierter Weise die Faust, die Augen in seinem Grinsgesicht leuchteten, das weiße Haar wehte, der Bart wippte: Er glich einem Hippie-Gespenst, dem auferstandenen Geist der Ära jugendlichen Sturms und Drangs, in der sich eine neue Welt entfaltet und der zukünftige Verlauf der Menschheitsgeschichte scheinbar so offenkundig nach vorn und aufwärts gewiesen hatte, dass es ohne weiteres zu glauben möglich gewesen war, eine Generation von Mutanten könnte sich zu den Klängen eines LDS-Rockdrummers empor zu den Sternen schwingen.

Also vorwärts!, wiederholte Dexter bei sich, als ersehnte er in seinem Innersten eine Neuauflage jener vergangenen Zeit.

Dexter wusste, dass die negativen Ionen des Santa Ana auf den Hirnstoffwechsel einen psychotropen Effekt ausübten und im Wind ein reichhaltiges Gemisch von Duftnoten und Pollen auf das Hinterhirn einwirkte. Und es stimmte, man kannte George Clayton Johnson dafür, dass er bei Leuten, denen jeder Rückgriff auf chemische Helferlein fern lag, veränderte Bewusstseinszustände hervorrufen konnte.

Dexter Lampkin war der Überzeugung, dass er nicht an Magie glaubte. Doch während ringsum der Santa Ana mit zunehmender Stärke durch die Baumwipfel raunte und brauste, indem der berauschend laue und duftige Abendhauch aus dem Canyon durch die offene Balkontür ins Arbeitszimmer wallte, fiel es selbst dem am entschlossensten auf Logik erpichten Positivisten schwer zu leugnen, dass sich etwas Magisches vollzog.

Wir sind die Krone der Schöpfung.

Die Irren haben die Irrenanstalt in ihre Gewalt gebracht.

Wir müssen die Götter der Transformation sein.

Nicht nur hatte Dexter all das schon früher gehört, sondern sogar ein Buch geschrieben, um die Transformation in die Wege zu leiten.

Und er war nicht der Einzige gewesen, der solche Gedanken gehabt hatte.

Für eine lichte Stunde hatte es geschienen, als erwachte die gesamte Welt aus ihrem kollektiven Traum der deterministischen Vergangenheit ins vollauf klare Bewusstsein ihrer künftigen transformationalistischen Reifung, als wirkte eben diese Zukunft durch den Zeitstrom auf die Vergangenheit ein, um für ihr Entstehen selbst den Grundstein zu legen, bevor da eine Kugel, dort Willensschwäche, hier Jugendtorheit und da Altersstarrsinn ihr alle Voraussetzungen entzogen.

Bis zu diesem magischen Moment des heutigen Abends war das alles weit in die Vergangenheit gerückt, etwas gewesen, das sich vor langer, langer Zeit vielleicht in einer fernen, fernen Galaxis ereignet gehabt hatte.

Aber jetzt war es George und Mary gelungen, der Welt die längst vergessene Vision neu zu beleben – nicht bloß vor Dexters Augen und in einer *bundesweit ausgestrahlten Fernsehsendung*, sondern zudem ohne die in neuerer Zeit üblichen, jämmerlichen, mystischen NewAge-Beschwörungen.

Mit einem Sausen blies ein kräftiger Windstoß einen Schwarm dunkelroter Bougainvilleablüten und vertrockneter Eukalyptusblätter ins Arbeitszimmer, und auf den Hügelkuppen beantworteten wilde Cojoten das paranoide Kläffen eines Haushunds in der Nachbarschaft.

Dexter fuhr zusammen, zwinkerte, und als er den Blick wieder auf den Fernsehschirm heftete …

Ralfs Gesicht, so hatte es den Anschein, unterzog sich einer quasi lysergischen Veränderung, als erlebte Dexter tatsächlich einen nostalgischen LSD-Flashback.

Die fröhliche Maske der Komödie verwandelte sich infolge eines Verziehens der Gesichtsmuskulatur in eine andere, in die traurige Maske der Tragödie, blieb jedoch bar jeden deutbaren menschlichen Mienenspiels – ausgenommen die Augen, aus denen eine leidenschaftliche Sehnsucht nach etwas leuchtete, von dem Dexter keinen Begriff hatte.

»Die schlechte Neuigkeit lautet also, dass das Raumschiff Erde außer Kontrolle ins Schwarze eines Schwarzen Lochs trudelt und niemand im Steuerraum sitzt, weil der Himmelsakrobat ausgestiegen ist«, fasste er in einem Ton zusammen, der kaum darauf abzielte, der Zuschauerschaft auch nur ein Grabesgelächter zu entlocken. »Und die gute Neuigkeit ist, dass die Passagiere endlich aufwachen und versuchen wollen, die Steuerung des Raumschiffs zu übernehmen ...«

Und wie um einen empirischen Beweis dafür zu liefern, dass Dexter nicht etwa stoned war von dem, was im Santa Ana wehte, versetzten Ralfs verändertes Gesicht, seine Worte und der abgewandelte Tonfall – ihre gemeinsame Wirkung – das Studiopublikum in ein langes Schweigen des Unbehagens. In der Livesendung entstand eine regelrechte Pause.

Man konnte die ambivalente, sensationslüsterne Spannung geradezu spüren. Kam nun ein Augenblick, der Fernsehgeschichte machte? Drehte der Star der Show *RALFS WELT* vor laufender Kamera endgültig durch?

George Clayton Johnson sprang in die Bresche.

»Keine Bange, Trekkies«, sagte er heiter. »Der Zauber verpufft nicht, und die Macht bleibt mit uns. Genau das ist es, was Mary McKay uns allen zu sagen hat.«

»So ...?«, meinte Mary.

»Ja natürlich, und ich werd's umgehend beweisen?«

»*Tatsächlich?*«, fragte Ralf.

Erwartungsvoll beugte er sich vor.

»Ist das Ihr Ernst?«

Ralfs Gesichtsausdruck hatte für Dexter etwas erschreckend Vertrautes. Dexter kannte diesen Ausdruck, weil er ihm häufig genug auf Science Fiction-Cons begegnete, und er konnte sich mit Leichtigkeit vorstellen, dass ähnliche Mienen bei den Diensthabenden des Polizeireviers zu sehen gewesen waren, das George mit dem Joint in der Hand betreten und verlassen hatte.

Als das Erschreckende daran empfand er, dass Ralf kein Fanlümmel war, kein schlichter Bulle, sondern *Ralf*, Mann aus der Zukunft oder kein Mann aus der Zukunft, Avatar des Zeitgeists oder vielleicht doch nicht, aber ohne jeden Zweifel ein Showgeschäftprofi; und trotzdem war er vollkommen unter George Clayton Johnsons Bann geraten.

»Norman Spinrad hat mir einmal einen Spazierstock gezeigt, den er unter LSD-Einfluss geschnitzt hatte«, sagte George mit der Selbstsicherheit jemandes, der sich der Bühne ungeteilter Aufmerksamkeit gewiss war und darüber im Klaren, dass er sie beliebig lange behalten konnte.

»Norman ist Science Fiction-Schriftsteller, so wie ich, allerdings ein New Yorker Jude mit ungefähr so viel uramerikanischem Blut in den Adern wie George Armstrong Custer hatte. Dennoch hat er auf Visionssuche einen Medizinstab geschaffen, auf den auch ein Schamane des einundzwanzigsten Jahrhunderts wie ich stolz sein dürfte.«

Vielleicht hatte der Regisseur es veranlasst, oder der gleichfalls von Faszination befallene Kameramann handelte spontan; jedenfalls füllte Georges strahlende Miene jetzt den Fernsehschirm in Großaufnahme.

»Wie mir Norman erzählte, fand er, während sich der Höhepunkt des LSD-Trips näherte, zufällig einen knorrigen Ast, in dessen oberem Ende er einen verborgenen Adlerkopf gewahrte. Mit einem Schweizer Offiziersmesser, das er gewohnheitsmäßig bei sich trägt, legte er das Totem aus dem groben Umriss im natürlichen Holz frei und fühlte sich außerdem dazu bemüßigt, der Astlänge darunter die Doppelhelix einzukerben.«

An George Clayton Johnsons Gesicht zeigte sich keine erkennbare physische Veränderung, während die Kamera von ihm auf Abstand ging und ersichtlich wurde, dass er die rechte Hand in Augenhöhe hob. Er verknotete die Finger zu einem Adlerkopf, und obwohl … und obwohl …

Obwohl es *hätte* komisch sein müssen, wirkte es nicht komisch. Zwar *hätte* George mit seiner ausgedünnten weißen Mähne, dem wilden Blick und den steinalten, unzeitgemäßen Hippieklamotten, gar nicht zu reden von seiner selbstironischen übertriebenen Egozentrik, eine urkomische Gestalt sein müssen, aber in diesem Moment gab er *keine* komische Erscheinung ab.

Er hatte Arm und Faust in den erwähnten Medizinstab umgeformt, war zu einer LSD-Ikone verflossener Zeiten und zum indianischen Schamanen/Science Fiction-Autor der Zukunft geworden. Es mochte sein, dass er die Maske Cojotes trug, aber wenn Cojote den Habitus des übermütigen Tricksters annahm, verkörperte der Trickster eine reale Macht.

»Denken Sie einmal über den Adler nach«, sagte er. »Er wurde von den weißen, englischen Gründervätern zum Totemtier Amerikas gewählt, tumben Schmuddelkindern des achtzehnten Jahrhunderts, die nicht im Geringsten ahnten, dass der Adler für die amerikanischen Ureinwohner das Totem der visionären Weisheit, des höheren Bewusstseins, der physischen Freiheit und der spirituellen Kühnheit ist, des Großen Weltgeistes selbst, denn natürlich sind genau das die einzigen Tugenden, die eine Nation, eine Welt oder einen Geist groß machen können.«

Irgendwie schaffte George es, den mit den Fingern dargestellten Adlerkopf mit nachgerade beunruhigender Würde auszustatten, sodass er fast lebendig wirkte, seine Augen fest in weite Fernen zu richten schien.

»Und wie lautete der Satz, als zweihundert Jahre später die ersten Vertreter der Biosphäre dieses Planeten einen anderen Himmelskörper betraten, der die Mondlandung begleitete …?«

Ich fall vom Stängel, dachte Dexter, als er den Satz in der Erinnerung hörte, konnte nur durch äußerste Selbstbeherrschung verhindern, dass er ihn flüsterte, während George ihn aussprach.

»Der Adler ist gelandet.«

Obschon es anatomisch unmöglich war, dass ein Mensch wirklich von Ohr zu Ohr grinste, schienen Georges Mundwinkel zumindest tendenziell die Ohrläppchen als letzte Grenze anzustreben.

»Denken Sie an die Doppelhelix«, fügte George seinen Ausführungen hinzu. »Sie ist das Symbol der DNS-Moleküle, das Totem der Biosphäre selbst, der Evolution des Lebens auf der Erde.«

Dexter wusste, was er sah, war nichts als ein Muster elektrisch erzeugter Phosphorpünktchen auf einer Glasscheibe, ein tatsächlicher Blickkontakt mit dem darauf dargestellten Bild wissenschaftlich ausgeschlossen, und dass er, wenn George Clayton Johnson ihm geradewegs in die Augen zu sehen und sich direkt an ihn zu wenden schien, einen lediglich trügerischen Eindruck hatte.

Dennoch …

»Unter LSD-Einfluss schnitzt ein jüdischer Science Fiction-Autor einen Medizinstab, den das Totemtier des Großen Weltgeistes krönt, das zweihundert Jahre davor die Gründerväter zum Stammestotem eben des Volkes wählten, das eines Tages den Adler auf dem Mond landen sollte.«

Vom Bildschirm schienen Georges Augen Dexter anzuglühen. Trotzdem dauerte es noch ein Momentchen, bis Dexter sich das Offenkundige verdeutlichte, dass nämlich jetzt mehrere Millionen Menschen, die noch nie mit George zu tun gehabt hatten, vor ihren Fernsehapparaten saßen und gleichfalls der Illusion des persönlichen Blickkontakts erlagen.

»Wir amerikanischen Ureinwohner haben immer gewusst, dass der Adler die Doppelhelix krönt, der Adler sich von der Erde erhebt, aber zu den Sternen fliegt, der Adler der Große Weltgeist ist ... Und dass *wir* der Adler sind.«

Die Kamera verweilte für eine lange, stille Pause auf Georges Gesicht, ehe sie erneut zurückfuhr und wieder alle drei Gesprächsteilnehmer zeigte. Mary McKay blickte George mit hängendem Kinn und verträumten Augen an. Und Mr. und Mrs. Sofakartoffel überall im Land? Welche Wirkung hatte George auf *sie?*

Mit großmütigem Lächeln lehnte sich George zurück. »Aber in unserem wissenschaftlich aufgeklärten zwanzigsten Jahrhundert wissen wir selbstverständlich alle, dass es in der Welt nichts Magisches gibt, hab ich Recht?«, fragte er, indem er, anstatt den von ihm geschaffenen Bann durch ein Fingerschnippen zu brechen, die Arme auf der Brust verschränkte.

»Ist es wirklich so?«, fragte Ralf.

Nach wie vor gehörte seine volle Aufmerksamkeit George. Doch es hatte den Anschein, als säße er jetzt aufrechter an seinem Platz, leuchtete aus seinen Augen die gleiche Eindringlichkeit, die man George anmerkte.

George antwortete im Tonfall milder Ironie, die stärkste Annäherung an Sarkasmus, die er zu Stande brachte.

»Eigentlich ist unser Universum nur eine große Schwarzwälder Kuckucksuhr der Ursachen und Wirkungen«, erklärte er. »Die Visionäre der Gegenwart können unmöglich die Zukunft sehen, die Zukunft kann unmöglich vorausschauende Visionen in die Vergangenheit übermitteln, in Wahrheit hat's an den Steuerkontrollen unseres Planetenraumschiffs nie etwas anderes als einen Zufallsgenerator für Zahlen gegeben, es gibt keinen Gott, oder falls doch, entscheidet sie *sehr wohl* das Schicksal des Universums mit dem Würfel, und Sie veranstalten diese kosmische Vaudeville-Show nur, um den Absatz von Cornflakes und Waschmitteln zu fördern, stimmt's, Ralf?«

»Und was wäre«, fragte Ralf, »wenn ich behaupte, dass es nicht stimmt?«

»Sie meinen ... Sie meinen, dass Krieg *kein* Friede ist?«, rief George. »Freiheit *keine* Sklaverei, Scheiße *keine* Delikatesse, und dass ich *nicht* gerade im Fernsehen das Tabuwort gesagt habe?«

Stellenweises Gelächter beendete das lange Schweigen des Studiopublikums.

Ralf dagegen verzog keine Miene.

Er hob das Kinn etwa zehn Grad über die Waagerechte hinaus, breitete die Arme nach den Seiten aus, richtete den Blick in die Kamera und flatterte mit den ausgebreiteten Gliedern.

»Und wenn ich nun sage«, fragte er in todernstem Ton, »dass *ich* der Adler bin?«

Sein seltsames Verhalten, das auf dem messerschmalen Grad zwischen alberner Farce und verdächtiger Abgedrehtheit balancierte, hatte sowohl Gelächter wie auch nervöses Gemurmel zur Folge.

Langsam stand Ralf auf, erhob sich vom Thron wie Graf Koks. »*Wir sind der Adler!*«, verkündete er in gespielter Majestät. »Der Große Weltgeist! Der letzte faule Trick der Menschheit!«

Indem er da in dem futuristischen, weißen Futuredress die ausgesteckten Arme ständig bedächtig auf und ab bewegte, die blitzenden Augen und die Gurkennase ein Vogelprofil vortäuschten, ähnelte er halb einem Adler und halb einem Orange County-Fernsehprediger.

»Ja, mein Affenvolk, Bruder George und Schwester Mary haben *mir* den Weg gewiesen, und nun zeige ich *Ihnen* das Licht meiner vollen *Pracht und Herrlichkeit*!«, tönte er, mimte ziemlich überzeugend einen Zeltmissionar, der vom Speed Schaum vorm Maul hatte.

»O YEAH!«, schrie George in Gospelmanier. »O YEAH!« Im Saal fielen ein halbes Dutzend Knallchargen in seine Rufe ein.

»Ich bin der Adler! Ich habe die Horizontale überstiegen! Ich habe die Vertikale überstiegen! Ich habe die Biosphäre überstiegen! Ich habe Raum und Zeit und den Verkehrsstau auf dem Ventura Freeway überwunden, um heute Abend bei Ihnen sein zu können!«

»YEAH! YEAH!«

»Sag wie's ist, Ralf!«

Dexter blies der verrückte Santa Ana-Wind ungehindert durch den Schädel; jedenfalls kam es ihm so vor, während er da auf dem Sofa saß und die Vision anstarrte, die ihm der Fernsehschirm übermittelte.

Den letzten Zahlen zufolge, die er zur Kenntnis erhalten hatte, schauten sich inzwischen schätzungsweise um die zwölf Millionen Menschen regelmäßig die Show an; jetzt sahen sie an ihrem elektronischen Fenster den kollektiven nationalen Freakgeist, *wussten* zwar in ihrer höheren Säugetierhirnrinde, dass sie bloß *Fernsehen* guckten, konnten jedoch nicht vermeiden, dass sie es in ihrem alten Reptilienhirnstamm als persönliches Erlebnis empfanden.

»*Wir* sind das Affenvolk, *wir* sind die Passagiere, die hier in der Viehklasse der Totenschiff-TransAirway

Scheißburger fressen und rekonstituierte Kackcola saufen, während der Pilot Gin trinkt und die Flugbegleiter besticht.«

»YEAH! YEAH! YEAH!«

Das Studiopublikum lachte, trampelte mit den Füßen und feuerte Ralf an, allerdings als wäre es hinsichtlich der Frage, wie diese Darbietung eigentlich verstanden werden sollte, völlig verwirrt.

Und Dexter wusste ganz genau, wie sich die Leute fühlten.

Ralf flatterte in dem beschissenen Futuredress mit den Armen, rollte mit den Augen und spielte den Adler, präsentierte *RALFS WELT* wie ein richtiger und richtig lachhafter Zeltprediger des zwanzigsten Jahrhunderts.

Und trotzdem ...

Trotzdem schien seine Silhouette Hitzewellen auszustrahlen wie eine heiße Motorhaube in der Mojave-Wüste.

Und obwohl er mit seinen übertrieben formulierten Aussagen und Anklagen Lacher erzielte, wusste Dexter, dass sie im Kern die vollkommene Wahrheit enthielten:

»*Wir* sind die Krone der Schöpfung! *Wir* sind der Riesenknollengott der Doppelhelix! Ich sage euch, meine Brüder und Schwestern, ich habe das Licht *geschaut*, und das Licht sind *wir*, jawohl! Es ist allerhöchste Zeit, diesen schrottigen, alten Flieger zu kapern, der in Richtung Scheißhaus abschmiert, und den Kerlen im Cockpit zu befehlen, uns nach *Utopia* zu fliegen!«

»Amen! *Amen!* AMEN!«

»Und schalten Sie nächste Woche wieder zur gleichen Zeit denselben Sender ein, Affenvolk, um *RALFS WELT* zu sehen ...!«

Dexter schaltete den TV-Apparat aus und blieb mehrere Minuten lang in der plötzlichen Stille sitzen, beobachtete im Dunkeln das Schwanken der Baumwipfel, lauschte auf das Weiße Rauschen des Winds, atmete die Harzdüfte, Pollen und negativen Ionen des Santa Ana ein, versuchte sich zu vergegenwärtigen, dass er *unmöglich* stoned sein konnte.

Dexter lehnte das Tarot als puren Humbug ab und hegte ebenso seine Zweifel am Jungschen Kollektiven Unbewussten. Doch so wie George ungehemmt die metaphorische Verkörperung Cojotes angenommen hatte, so blieb das letzte, verblasste Bild Ralfs vor Dexters geistigem Auge stehen, als wäre es ein einprägsames, überbelichtetes Konzertplakat des Tricksters.

Und wie beide vorhin bewiesen hatten – metaphorisch oder nicht –, bedeutete Cojote eine *wirkliche* Macht.

Konnte es sein, dass der Papst *tatsächlich* Katholik war? *Wußte* der Bär, wie man in den Wald schiss?

War der Joker wahrhaftig der letzte und beste Trumpf der Menschheit?

Auch wenn Dexter Lampkin nicht an Magie glaubte, konnte er kaum leugnen, dass er einmal selbst leidenschaftlich von all dem überzeugt gewesen war, was die zwei Showgeschäftinkarnationen des Tricksters heute in ernst gemeintem Spaß verkündet hatten.

Dexter Lampkin mochte der Ansicht sein, nicht an Zeichen, Omen oder Geisterbotschaften zu glauben, aber es verursachte ihm erhebliche Schwierigkeiten, auch *dieses Phänomen* in Zweifel zu ziehen.

Dexter zuckte die Achseln.

Schließlich gab es Zeiten, in denen die Schlichtheit dessen, was George als Schwarzwälder Kuckucksuhr-Universum von Ursache und Wirkung bezeichnet hatte, im Vergleich zu den relativistischen Realitäten der Quantenvierdimensionalität gleichfalls wie finsterer Aberglaube wirkte.

Für Dexter hätte diese Art von Mathematik durchaus Magie sein können, da er sie ohnehin nicht durchschaute, also konnte er, anstatt sich wie ein verstocktes Newtonsches Arschloch anzustellen, ganz einfach Albert Einstein, Richard Feynman und Cam Carswell beim Wort nehmen.

Dann nenn es eben Synchronizität, Lampkin, wenn du dich dabei wohler fühlst, sagte er sich, *betrachte es als Überwindung des Hauptverkehrsstaus auf der geodäsischen Autobahn.*

Ohne noch Zeit mit rationalen Überlegungen zu vergeuden, schaltete er den Computer ein, lud das Textverarbeitungsprogramm, öffnete das dritte Kapitel des Romans *Die Transformation* und ließ die eigene Schreibe seiner Vergangenheit wie Perlen kosmischer Weisheit seinem Skeptikerhirn einfließen.

War's Lotter-Lotti oder Ratzerich, wo das Leckre da inne Mülltonn, wo der Pizzakarton unnerm Deckel raushing, gewittert hatt?

Schwer zu sahn.

Klar war's Lotter-Lotti, wo unner der Freitrepp annen Mülltonnen schnupperte und roch, abba die Art, wie sie's Fressbrett richtich schnell hin- und herbewechte, dauernd schnüffelte wie ein oller Saufkopp, das war was, wo sie früher nich getan und auch nich die Idee gehabt hätt, und ganz bestimmt hätt sie nie nich so genau, als hätt sie Zielwasser geschlappt, was fetts Teigiges, vielleicht auch Fleischges, riechen können, wo da inne Tonn unterm Haufen Mist liegen musst.

Fluchs lugte Lotti von unner der Betontreppe nach

oben und die Straß rein. War wenich wahrscheinlich, dass sich hier, so weit östlich auffe Dritte, irndwer um ein Ratzending scherte, wo im Abfall wühlte, abba man wusst ja nie.

Die Luff war rein, also ging Ratzerich anne Aabeit, Lotti braucht sich keen Gedanken nich zu machen, nich dass sie dazu Lust gehabt hätt, auf allen viern flitzte sie zu der Mülltonn, nahm den Deckel ab und kippte sie irgendwie vorsichtich, sodass keen Scheißkrach nich entstand, vor sich um, kramte den ganzen Dreck mitten Pfoten mehr oder wenger von oben nach unnen durch, schmiss sich den nutzlosen Schiet, wo meistens viel von gab, nach hinnen zwischen die Been.

Im Pizzakarton war nix als Zijarettenstummel und olle Servjetten mit getrockneten Ketschupresten, dann hatt's da noch Blechdosen, irndwelche Papierballen, wo von ein gelbe Brühe troffen, Zeitungen in Spaniolensprache, und richtich olle, blutge Kacke …

Das erse Mal, als Ratzerich ihr so was zumuten tat, war ihr dabei echt zum Kotzen gewesen, das musst sie sahn, gar nich von zu rehn, dass sie ums Haar vonne Bullen geschnappt worn wär.

Am ersten Tach, nachdem sie aussen U-Bahnstollen gestiegen war, hatt Ratzerich sie stunnenlang durche Stadt latschen lassen, als wär er ein zehnjährges Touri-Knäblein aus Keokuk, wo noch nie in New York gewesen war und jetz Mami vadammicht noch mal rumzieht, um totaal *alles* zu sehn.

Bloß saß das Scheißbürschgen in ihrm *Kopp*, ziepte und schnasselte ihr von innen inne Ohren, es war, als hätt er Zugdrähte bis in ihre Knochen, der Aasch zwang sie, richtich flott durche Gegend zu hetzen, und zwar reichlich rucklig-zucklig, als wär sie ein schietger Robot, wo Ratzerich noch nich so gnau wusst, was er ihm befehlen sollt.

Und wo Ratzerich sie durch Manhattan rumschleifte,

um sich was anzugucken, war nich eben die Disneyland-Vorstellung, wo ein Touri-Knäblein aus Keokuk von New York hatt. Es wär nich übertriehm gewesen zu sahn, sogar die Sackgesichter, wo auffe Bowery ins Scheinwerferlicht sprangen und gehen Pinke mit ihrn Rotzfetzen Windschutzscheiben wischten, hätten's wohl irndwie abartich gefunden.

Ein halbe Stund stand sie starr vor ein miesen Discountladen auffe 39. Street und glotzte die Fernsehapparate an, wo im Schaufenster gestapelt warn. Danach war sie im Madison Square Park durchs halb kaputte Gesträuch gekrochen und hatt sich angesehen, wie dürre Backenhörnchen bei Crackfreaks und Dealern Erdnüss bettelten. Dann hieß es wieder: Vorm Schaufenster TV gucken. Der Müllplatz. Ein schietge Mietskaserne inne Lower East Side, wo dem Besitzer abgefackelt hatt, um Knete vonne Vasichrung *einzustreichen*. Noch mehr Scheißfernsehn. Rumschleichen am Fleischgroßmaakt annen Zehnern im Lower West End.

Sie konnt mit dem Ratzerich in ihrm Kopp rehn, wenn sie dran dacht, es nich zu tun, braucht sie nich mal die Lippen zu bewegen, aber viel Zweck hatt's nich, denn wasse zur Antwort zu hörn kriechte, klang echt, als ob ein beschissne U-Bahn zu schnell durch Kurve schrammte und kreischte, und irndwie viel Sinn hatt's auch nich.

»Ey Scheiße, was machen wir eintlich? Ey Scheiße, was machen wir eintlich? Ey Scheiße, was machen wir eintlich?«

Lotti stellte dieselbe Frache immer wieder, und olle Berberinnen und Knalltüten sachten ihr darauf sogar was, und die Gutbürger linsten sie an, als wär sie ein von *denen*, gottvadammichte Schiete noch mal, hätt nich Ratzerich die Fäden gezohn, hätten paar von den Wendehälsen und Aaschlöchern wohl noch Bekanntschaft mittem Schnellen Schlitzer gemacht, jau.

Ratzerich wusst auch ein Menge Antworten, abba sie hörten sich alle an, als hätt ein voll bedepperter Amatörfunkaasch inne Klapse ein toffe Vabindung mitten Fliehnden Untertassen.

»Wir lernen ein Fleischmädchen in der Fleischwelt zu sein, Lotter-Lotti, wir sind da, um zu gewährleisten, dass es uns gibt, Lotti Lotter, denn es ist jetzt, wann man uns aufhalten will, der Feind ist irgendwo hier, und wir müssen ihn aufspüren, bei den Backenhörnchen, bei den Affen, bei unseren einzigen Freunden, wir wissen es selbst nicht, wir können auf nichts anderes als eine Anzahl Brocken und Fetzen fauligen Rattenprotoplasmas bauen, aber *jemand* muss das Herrenvolk sein, Lotter-Lotti, es ist zwar widerwärtig, aber *jemand* muß sich in das Fleisch downloaden, um zu suchen und zu lernen, zu lernen und zu suchen, du kannst umherlaufen, vor dir kann er sich nicht verstecken ...«

Und so weiter, und so fort, Würma und Löcha, Schweizer Käse, zähl dem Blasen im Schaum, find dem fremden Traktor, räum dem Schmutz der Welt von eim auffen annern Haufen. Ergab so viel Sinn wie ein Russki auf Prelus.

Und vadammicht keene leichte Sach nich unnern Kiekern vonne Straßenhammel.

Lang nache Zeit, wo Leute mit Küche oder Knete ein Ahmdessen mamfften, war Lotti westlich vonne Mott Avenue die Canal Street langgewackelt. Die Straß war voller Leute, lauter Touris und Yuppies, 's war Chinatown, Himmerl, Aasch und Zwirn, wo die Bewohner nicht grad superfreundlich warn zu Junkies, Säufern und Pennern.

Dort gnau warn auch all die vielen chinesschen Fressaljenläden, wo tachsüber Auslahn auffem Gehwech stehn hatten, Mann, wenn man bloß ein einzge Stangenbohn klemmen wollt, hackten sie einem da gleich die Fasse ab. Und 's war genau die Uhrzeit, wo sie die Auslahn wechräumten, die Geschäffe schlossen, 'n Bürgersteig kehrten …

Und direkt umme Eck vonne Canal Street schmissen sie Plastiksäcke und Kübel mit Gemüseresten, Entengerippe, Eiaschalen, Fischköppe und was nich alles innen großen, dreckjen, grünen Müllcontainer …

»Eiweiß, Kohlenhydrate, Spurenelemente, kreisch-kreisch-kreisch!«

Und eh sich Lotti vasieht, schietvadammicht noch mal, und nich dass sie was hätte tun *können,* als sie merkte, was sie da aufstellte, raste sie zu dem Container, packte mit bein Klauen den Rand und zoch sich irndwie hoch, bis oben auffe Kante, wo sie auffem Bauch balanxieren konnt.

»Ey, ey, was machen wir eintlich?«, schrie sie ungefähr zum tausendsen Mal, abba diesmal richtich laut, denn das Turnen war ihr irndwie zu viel, weil saumäßig anstrengend.

Abba lang hatt sie da nich rumzetern dürfen denn in ihrm Brägen keifte Ratzerich »Eiweiß! Kohlenhydrate! Lipide! Spurenelemente!« und sie musst mit beiden Flossen im Müll wühln vadammicht und echt die *Fresse* inne oberse Schicht vonnen Gemüseabfällen Heringsgräten und Fleischresten stecken und dann Fischinnerein Grünzeuch Schweineschwarte und ein schietgen Entenkopp runterschlingen so schnell die blöde Sau Ratzerich sie nur zwingen konnt all das zu futtern.

Sie hatte abba nich mehr als ein halbes Duzzend Mal oder so geschluckt, da warn hinner ihr so Töne zu hörn gewesen, als täten Katzen Rap singen, währnd man ihrn Schwanz durchen Fleischwolf drehte, und dann zerrte wer sie annen Füßen vom Container runter, und sie hatt zwo Asjaten in blutgen weißen Kitteln gesehn, mit Eimer voller Hühnerköpp und Fischeineweide dabei, und die zwo Kerls schnatterten ihr pausenlos die Ohrn voll.

Alle Beteilichten hatten da sozusahn irndwie die Haar zu Berge stehn gehabt.

Ratzerich stach ihr kwasi rotglühnde Nadeln innen Bauch, um sie dran zu erinnern, dass sie Hunger hatt und was spachteln musst, und machte, dass ihre Rechte wieder nachem Rand vonnem Container rauflangte, und die zwo Chinamänner warn junge Spechte, wo wahrscheinlich Scheißkarate konnten, so ein Pech für Lotti, und Lotti sah im Kopp schlichunneinfach *rot*.

»Ihr saudoofen scheißvafluchten Hühnaficka!«, heulte sie, das kam ihr momentan als das Beste vor, spuckte dabei irndwelches schleimges, graues Fischzeuch aus. Das Aaschloch Ratzerich wollt sie immer noch mitter Rechten zurück innen Container raufhieven, abba dacht so recht nich anne Linke, und damit riss Lotti das Messa raus und schwang's vor die Vollmondlarven vonnen Karatefreaks.

Die Chinamänner wichen ein Schritt oder so zurück, abba schrien aus vollem Hals irgendein Gesabbels, und gleich wurd's umme Eck und auffe ganze Canal Street wiederholt, meistens unvaständlichs Gejodel, manches klang abba so wie Englisch und hieß wohl ›Polizei!‹

Da warn sich Lotti und Ratzerich ersmal über die Lage einich, die Hand ließ vonnem schietgen Container ab, Lotti rannte durche Nebenstraß und vapisste sich inne erse Gasse, wo sie so schnell und tief geduckt durchsauste, dass ihr Finger, als wär sie 'n Aap, übers Pflasser schleiften.

Da gab's ein ganzen Irrgarten von Gassen über Gassen und schmalen Seitenstraßen, und überall stannen Abfalltonnen und Müllcontainer, sah man Feuertreppen und Laderampen, und 's war, als fühlte sich Ratzerich in der Gegend wie zu Haus, jau, er ließ Lotti im Zickzack rumwieseln, sich dort ducken, hier hinner was vastecken, anne Mauern längshuschen, und so hatt's nich lang gedauert, bis das Geschimffe vonne Chinamänner – und vonne Bullen, falls welche dabei warn – immer leiser wurd, weil sie wohl die Hatz aufgahm.

Schließlich kam sie auffer Lafayette Street raus, ein breite Hauptstraß voller Fabrikvakaufshops, Billichklafottläden und Annebotsstännen am Rinnstein, und 's wimmelte echt massich bloß so von Käufern und Passanten und Ravern und wer weiß was für Leuten mit fümfensiebzich Sprachen, wo keener nich vastand.

Genau die Umgebung, wo ein Beknackte, wo mit ein Ratzerich in ihrm Kopp Zoff hatt, nich weiter auffiel, also beschloss Lotti, jetz sofott mit dem Hirni reinen Tisch zu machen.

»Zieh ja nich noch so 'n Scheißding ab, du dämlichs Aaschloch, fast wärn wir eingelocht worn, nextes Mal wern wir vielleicht ummebracht!«

»Protoplasma muß essen, um zu überleben, Lotti Lotter, das Stoffwechselsystem benötigt Brennstoff.«

»Ja ey, toll, was essen is ja gut und schön, jau, abba wir können hier nich vor sämtliche Gutbürger wie ein vahungerte Riesenratte auf alle vier Pfoten rumwetzen und in Mülltonnen hopsen.«

»Warum nicht, Lotti Lotter? Gegenwärtig *sind* wir praktisch eine verhungernde Riesenratte auf vier Pfoten, kreisch-kreisch-kreisch, und die organische Materie, die das Fleisch zum Überleben benötigt, ist hier überall zu finden, hi-hi-hi!«

»Ja, ich hab's mitkriecht, Mann, abba komm bloß nich auffe Idee, Köterkacke ausse Gosse zu mümmeln.«

Jehnfalls warn sie sich nach die öffentliche Diskusjohn – *Was hassu so blöd zu glotzen, du Aaschloch?!* – irndwie einich worn: Ratzerich ließ Lotti *ihr* Pflich tun, wo sein sollt, auffe Straßen von Manhattan zu überlehm, und Ratzerich sich an *sein* Aufgabe halten, wo war, unnerm Müll und Mist schon aus acht Meter Abstand was Fressbars zu erschnüffeln, es ausse Schiete auszubuddeln und ihr innen Rachen zu stoffen, abba garantiert ohne dasse kotzen musst …

Kleenex voller Rotz, Clearasil-Fläschgen, *Lieba Himmerl, hat sich wer an dem Handtuch den Scheißarsch abgewischt?*, McDonald-Schachteln, olle Katzenstreu, Sechserpackpappe, Grapefruitschalen …

Es war zum Staunen, an was man sich gewöhnen konnt, Lotti wensgens war am Staunen, sie gewöhnte sich nämlich irndwie dran, in ihrm Körper mit Ratzerich zusammen zu sein, es hatt ja auch, wenn sie 's sich recht überlechte, gewisse Vorteile, jau.

Ratzerich redete bloß immer vom Überlehm, und eins musst Lotti ihm lassen, er hatte den Kniff voll raus.

Kaffeesatz, Kondome, vollgewixter *Playboy*, keen Bissen nich mehr an den schietgen Hähnchenknochen …

Was hatt man denn zum Überlehm *wirklich* nötig?

Teigfraß. Fettfraß. Fleischfraß. Fischfraß. Gemüsefraß. Löcher und Spalten, wohin man sich vakroch, wenn's rechnete, kalt war oder sich vadünnisiern musst.

Cornflakes-Schachtel, war abba leer, vadammichte Scheiße, Rasierschaumdose, Deodorant-Roller mit viel Achselhaare … *Ah*, da war was, Ratzerich hatt wieder Recht!

Fast auffem Bohn vonne Scheißmülltonne fand sie ein halben Big Mac mit Fleisch und allem, nu ja, das Sesambrötchen war vielleicht ein bisgen grün anne Kante, man machte sich besser keen Gedanken nich drüber, es krabbelten auch lauter Kakerlaken draus raus, als sie 's sich schnappte, abba sie musst sich deswehn auch nich 'n Kopp zerbrechen, Ratzerich fiel's gar nich ein, Eiweiß zu vaschwenden, er sorchte dafür, dass sie sich den Batzen inne Fressluke stoffte und nach dreimalgen Kauen vaschlungen hatt, eh die letzen Kakerlaken abhauten, bevor Lotti nur dran denken konnt, sich dabei was zu denken.

Und jau, gab's in New York nich schon *längs* hunnert Milljohnen echte, kleene, dumme Ratten, wo mit nich mehr als ein gute Nas, ein eisern Magen und der richtgen Einstellung locker durchs Lehm kamen?

Amanda musste nicht lang auf Texas Jimmy Balabans unausweichlichen Anruf warten. Das Telefon läutete vor dem Ende des zweiten Reklamespots.

»Heiliger Strohsack, Amanda, Ihr Beverly Hills-Grillenjäger bescheinigt mir, dass mein Klient geistig gesund ist, und dann seh ich ihn, wie er auf Sendung volle Pulle ausrastet?«, stöhnte er, sobald sie den Hörer abnahm, ohne jede Einleitungsfloskel.

»Glauben Sie nicht, Sie reagieren ein bisschen übertrieben, Jimmy?«, meinte Amanda, schaltete per Fernbedienung das TV-Gerät aus.

»Klar, er flattert mit den Armen wie ein Riesengeier, schilt wie ein Rohrspatz über ›Scheißburger‹ und ›Kackcola‹ und behauptet von sich, der ›Riesenknollengott‹ zu sein, aber *ich* reagiere übertrieben, wenn ich dadurch den Eindruck erhalte, das *könnten* die unterschwelligen Anzeichen für ein *eventuelles* völliges Überschnappen *meines* Klienten sein, die *Ihrem* Mallenkapitän hätten auffallen müssen?«

Die theatralische Cholerik, mit der er seinen sauber durchkonstruierten Satz geäußert hatte, bewog Amanda zu einem Lächeln. »Ach kommen Sie, Jimmy«, hielt sie ihm entgegen, »es hat doch Lacher erregt, oder nicht?«

Nun klang Texas Jimmys Stimme härter. »Bitte versuchen Sie keinen beruflichen Blender hinters Licht zu führen, Amanda, ich bin *Künstlermanager*, vergessen Sie das nicht«, sagte er. Allerdings mäßigte er sich sofort. »Lassen wir mal die verschiedenen alten Scherze übers kalte Herz eines Künstlermanagers beiseite, Sie sollten mir wirklich glauben, dass mich an einem Klienten wenigstens ein *bisschen* mehr interessiert als bloß die Schlagzeile der nächsten Woche.«

Amanda fühlte sich angemessen beschämt.

Denn so viel sie wusste, blieb Jimmy bei seinen Geschäftsangelegenheiten immer ehrlich, zudem fand sie ihn einigermaßen sympathisch, und gleich wo seine intellektuellen und spirituellen Grenzen liegen mochten, er hatte sich stets nach den eigenen sittlichen Maßstäben gerichtet.

»Worum also geht's Ihnen genau, Jimmy?«, fragte sie bedächtig. Die wahre, die berechtigte Frage lautete jedoch: *Was soll* ich *eigentlich* ihm *erzählen?*

»Es geht darum, dass ich mir Sorgen um Ralf mache, Amanda. Ich bin der Ansicht, dass ein Seelenklempner, der mir einreden will, dass Ralf nicht am Rande des Abgrunds entlangschlittert, mit falschen Karten spielt.«

Nun fühlte Amanda sich doppelt beschämt.

Jimmy hatte Albert Falkenberg aus der eigenen Tasche 500 Dollar gezahlt, um Ralfs Geisteszustand diagnostizieren zu lassen, und nach der Rückkehr in seine Praxis in Beverly Hills war Ralf durch Albert geistige Gesundheit bescheinigt worden, und infolgedessen war es Jimmy aufgrund der mit Ralf getroffenen Abmachung künftig untersagt, über ihn nochmals das Urteil eines Psychiaters einzuholen.

Was kann *ich nur sagen, Jimmy?*, dachte Amanda schlechten Gewissens.

In jedem kontextuellen Rahmen, den Texas Jimmy

verstehen konnte, war er durch sie und Albert belogen worden. Und falls sie ihm nun die Wahrheit enthüllte – dass sie versucht hatten, dem Gedeihen des Zeitgeistes selbst dienlich zu sein, indem sie den Lichtbringer des jetzigen Zeitalters beschworen, er vorhin im Fernsehen die Wehen gesehen hatte, unter denen der Avatar geboren werden sollte –, hätte es lediglich zur Konsequenz, dass er die Männer mit den weißen Kitteln alarmierte, damit sie ihn in die Zwangsjacke steckten.

»Anscheinend war alles ein Teil des Schauspiels«, war das einzige Wahrheitsgetreue, was ihr dazu einfiel.

»Ach nein«, entgegnete Texas Jimmy. »Was ist denn bei Ralf keine Schauspielerei?«

»Na, also dann …«

Texas Jimmy Balabans Stimme veränderte sich in beachtlichem Umfang; oder nun ergriff am anderen Ende der Leitung ein Avatar seines Bewusstseins, das Amanda noch nicht kannte, das Wort.

»Hören Sie zu! Ich habe schon viele Komiker als Klient gehabt, die Mehrzahl ist längst vergessen, und alle hatten sie 'ne Schraube locker, aber es gibt den aufgedreht-irren Verrückten, der spaßig ist, und 's gibt den überdreht-krankhaften Schizo, der überhaupt nicht lustig ist. Der aufgedreht-irre Verrückte, das ist die Nummer, aber die Nummer wird von einem herkömmlichen Menschen vorgeführt, und wenn er, was er als Broterwerb treibt, nicht angefangen hat, weil er sowieso Neurotiker ist, dann wird er neurotisch, wenn er ein paar Jährchen lang dabei gewesen ist. Die meisten Komiker kämpfen im Laufe ihrer Karriere mit der Gefahr, Schizo zu werden, aber diese Gratwanderung ist der Ursprung ihrer Leistungen, eine Voraussetzung des Erfolgs. Wenn sie geistig zu normal sind, scheuen sie die Gratwanderung und singen irgendwann Oldies im Seniorenheim, aber wenn sie die Grenze überschreiten, verursachen sie dem Publikum statt Heiterkeit, während sie durch den Ausgang schnurstracks den Weg zur Giebelschlosserei antreten, eine Gänsehaut. Verstehen Sie, was ich meine, Amanda? Ich hoffe, Sie denken nicht, ich wollte ausgerechnet Ihnen jetzt mystische Schnapsideen auftischen.«

»Das liegt mir fern, Jimmy, es liegt wir wirklich fern«, beteuerte Amanda; die Tiefe der grob gestrickten Weisheit, die er ihr laut und deutlich am Telefon vermittelte, beeindruckte sie unvermutet nachhaltig.

»Gut, dann glauben Sie mir vielleicht, dass man, wenn man Manager so vieler Komiker war wie ich 's gewesen bin, man oft genug einen von ihnen an der einen Seite abstürzen und scheitern gesehen und ebenso häufig einen davon an der anderen Seite über die Kante fallen und wirrköpfig werden gesehen hat, kein Topanga-Psychofreak sein muß, um's im Urin zu haben, um zu erkennen, wo die Grenze verläuft und wo an jedem beliebigen Zeitpunkt der Klient darauf steht.«

»Aber die Zuschauer haben *gelacht*, Jimmy. Sie haben mitgespielt. Ihn sogar angefeuert.«

»Haben Sie je den Zoo besucht und die Gaffer am Affengehege beobachtet? Haben Sie je gehört, was die Leute auf der Straße rufen, wenn oben eine arme Sau auf dem Fenstersims steht und überlegt, ob sie springen soll? Wenn Roadrunner ein Tresor auf den Kopf knallt oder Don Rickles einen Zwischenrufer zur Schnecke macht, lachen sie sich auch 'n Ast.«

»Ich bitte Sie, Jimmy, so ist nun einmal das Showgeschäft …«

»Ja, so ist das Showgeschäft, man bleibt dabei, solange das Publikum lacht, und es gibt nirgends Leute wie im Showgeschäft, sie lächeln noch, wenn sie schon innerlich schier krepieren. Und versichern, wie wunderbar sie 's finden. Und so fort. Und so weiter. Wir beide kennen ja all diese Filme.«

Amanda hörte am anderen Ende der Leitung ein vernehmliches Stöhnen, als Texas Jimmy Balaban sich durch pure Willenskraft gewissermaßen von 78 auf 33 Umdrehungen herunterschaltete.

»Lassen Sie mich Ihnen mal was über die Gratwanderung erzählen, Amanda«, sagte er erheblich gedämpfter. »Lassen Sie mich mal über Komiker das Folgende erwähnen. Sie strahlen am hellsten, kurz bevor es einen Knall gibt. Und das Publikum ist von dem Drahtseilakt *total* hingerissen. Ungefähr einmal pro Jahrzehnt kommt ein Komikergenie daher, das während seiner gesamten Laufbahn auf dem Vulkan tanzen und trotzdem bis zum letzten Moment Erfolg haben kann …«

Pause.

»Ralf zählt nicht zu dem Schlag«, fügte Texas Jimmy Balaban hinzu. »Dafür braucht's jemanden, der nach vollauf glänzender Darbietung in völlig normaler Verfassung von der Bühne geht und weiß, dass er, sobald er sie das nächste Mal betritt, wieder zu einem rundum glanzvollen Auftritt im Stande ist. Wir wissen beide, dass Ralf das genaue Gegenteil ist, er ist überhaupt nichts *außer* seiner Rolle, und falls er über die Kante in den Abgrund tanzt, ist es mit ihm aus.«

»Was wollen Sie mir *wirklich* sagen, Jimmy?«

»Sie haben von allem, was ich geredet habe, nicht das Geringste verstanden?«

»Ich habe jedes Wort verstanden«, erwiderte Amanda ihm gänzlich wahrheitsgemäß. »Aber weshalb erzählen Sie das alles *mir*?«

Amanda konnte sich gut vorstellen, dass Texas Jimmy jetzt einen Schluck Whiskey trank; tatsächlich war ihr, als könnte sie Eiswürfel gegen Glas klirren hören.

»Sehen Sie mal, ich habe diesen Burschen aufgespürt

und aufgebaut, ich habe arrangiert, dass er diese Show kriegt, und ich bin der Auffassung, das war eine gute Sache«, meinte Jimmy Balaban im Tonfall sonderbarer Bedrücktheit. »Aber …«

»Aber …?«

Dieses Mal hörte Amanda *eindeutig*, dass er sich mit einem tüchtigen Schluck stärkte.

»Aber auf der Konzeption hat Madden bestanden, nicht ich, Sie und Dexter organisieren die Gäste, wogegen ich Nillenkäse nicht von SciFi, Feminismus, Evolution oder irgendeinem anderen Quark dieser Sorte unterscheiden kann, und was ich heute während der Sendung außerdem erkannt habe, ist die Tatsache, dass es inzwischen 'ne Weile her ist, seit ich das letzte Mal wirklich gewusst habe, was Sie beide eigentlich anstellen.«

»Wir tun nichts anderes, als dass wir uns um Gäste bemühen, bei denen mit Ralf und dem Konzept die Chemie stimmt«, äußerte Amanda eine Lüge, mit der sie sich an die Wahrheit hielt.

»Hm-hmm. Passen Sie auf, ich bin kein schöpferisches Talent, keiner dieser Talkshow-Intellektuellen und kein Beverly Hills-Klapsdoktor, aber das heißt nicht, dass mein Riecher nichts taugt, Amanda. Wissen Sie, wie ein Kühlschrankmotor riecht, kurz bevor ein Lager kaputt geht? Haben Sie schon mal gesehen, dass eine Neonleuchte wie 'ne billige Diskoleuchte flackert, ehe der Defekt eintritt?«

»So verhält es sich nicht, Jimmy«, widersprach Amanda halblaut. »Bestimmt nicht …«

Oder doch?

»Nein, klar, Sie setzen die Existenz dieses armen Irren nicht aufs Spiel. Sie achten mit aller Vorsicht darauf, ihn nicht noch schizoider zu machen, als er 's schon ist. Sie bestärken ihn nicht in dem Wahn, seine Rolle wäre die Wirklichkeit. Und Woody Allen bekommt den Oscar für das Remake von *Vater braucht eine Frau.*«

Für einen längeren Moment saß Amanda, den Telefonhörer in der Hand, stumm da; so viel Klugheit, die selbst ihrem Einsichtsvermögen einiges voraus hatte, obwohl sie einer unwahrscheinlichen Quelle entsprang, konfrontierte sie mit einer unangenehm realistischen Fragestellung.

Und wenn ich mich täusche? Wenn nun Jimmy Recht hat?

Dann wirke ich daran mit, einen bedauernswerten Geisteskranken in den Abgrund zu stoßen.

»Wenigstens haben Sie nicht Ihren Sinn für Humor verloren.« Mehr brachte sie nicht über die Lippen.

»Na hören Sie mal!« empörte sich Texas Jimmy. »Das ist ja wohl mein ureigenstes Metier.«

Und da verfiel seine Stimme wieder in den altvertrauten Ton, als fühlte er sich, nachdem er lange genug vom Gewohnten abgewichen war, um auszusprechen, was er auf dem Herzen hatte und Amandas Herzen Zweifel einzuflößen, durch seine Maßstäbe wieder dazu verpflichtet, das Zwischenspiel mit einem aufmunternden Schlusssatz zu beenden.

»Ach, wer weiß«, sagte er, »vielleicht ist er ja *wirklich* der Große Weltgeist oder der Riesenknollengott der Doppelhelix, und ich mache mich lächerlich …«

Währnd sie inne Hauptvakehrszeit durchs Gedrängel zum Eingang vonne Grand Central Station huschte, sah Lotter-Lotti ein fette Berberin mit eim zottichten Balg im Schoß auffem Gehwech hocken und mit ein Papiertüt voller Klimperlinge inne Kralle rumrasseln.

Total blitzartich, als ob ein Ratte ein Stück Käse ausse Mausefalle stibitzte, oder als würd ein Möwe ein doofen Fulton Street-Taube ein Fischkopp wechschnappen, grapschte sich Lotti die Tüt und flitzte inne Station, eh die schietge Berbertante das Blag weglehn und den fettn Aasch vom Straßenpflasser heben konnt.

Paar Minuten später spannte Lotti innem Korridor zum U-Bahn-Haupteingang ein gemein aussehnden Blinden, wo bein Drehkreuzen stand, anne Pranke ein Doitschen Schäferhund hielt und auffe Erd ein Mütz mit wensgens mehrere Dollah drin liehn hatt.

Mir nix, dir nix fädelte sie sich ins Gewühl ein, wo in seine Richtung wimmelte, ihre Brante fuhr innen Deckel und wieder raus, ohne dass er was merkte, und als der Hund knurrte, zeigte sie ihm 'n Stinkefinger, machte kehrt und stob mit den ganzen Pendlern in Gehnrichtung, währnd der Blinde den Köter am Riemen riss, hi-hi-hi.

Zum Klaun war Lotti nie begabt gewesen, abba sobald sie Ratzerich endlich vaklickert hatt, wozu Moneten gut warn, kriechte sie plötzlich ein Goldne Pfote, und Bettler, Berber, tote Junkies, halb tote Saufbrüder und invalide Penner zu bestehln wurd von da an für sie so leicht wie Mülltonnen und Abfallcontainer zu durchbuddeln, bloß war 's nich so eklich.

Doof Ratzerich raffte überhaupt nich, wozu Geld was nützte, bis Lotti auf der Straß für Einsfümmenzwanzich, wo ausser Täsch vonnem Vasager stammte, wo auffer Tenth Avenue innem Hauseingang inner eignen Pisse gelehn hatt, ein Hot Dog kaufte.

»Warum?«, frachte dem dumme Rattenaasch, währnd Lotti die Wurscht futterte.

»Waröm *was*?«

»Warum hat das Affenwesen uns Eiweiß und Kohlenhydrate für einen nutzlosen Streifen Zellulose und ein Stück Metall gegeben, kreisch-kreisch-kreisch?«

»Was soll 'n das heißen, ich hab mit richtgem Geld bezahlt, oder nich? Einsfümmenzwanzich is zu toier, wenne mich frachst, aber wassen, 's besser als Fischköpp und schimmliche Pizzakruste, hi-hi-hi!«

»Aber *warum* hat der Fleischmensch Nahrung gegen dieses *Geld* eingetauscht?«

»Hä? Ohne Geld läuft nix auffe Welt, klar?«

»Geld ist eine Form gespeicherter Energie? Wertvoll?«

»Hä? Ja, irndwie schon, 's is vadammt *wertvoll*, das kannste mir glaum, jau.«

»Warum wird dann Geld gegen Nahrung eingetauscht, obwohl überall ringsum Nahrung zu finden ist?«

»Weil du mit Geld inne Täsch auf diese Straß in ein Minute so viel Futter koofen kanns, wie du wills, ohne alle Umständ, ohne dasse vor Bullen oder Karatefreak-Chinamänner abhaun, ohne dassen Kopp in Mülleimer stecken musst. Isses nich einfacher, sich fluchs so ein Wurscht zu koofen, anstatt sich 'ne halbe Stund abzumühn und bloß 'n paar Hähnchenknochen mitten bisgen Haut dran zu finnen?«

Das konnt Ratzerich nun anscheinend endlich mal schnallen.

»Dann müssen wir zahlreiche Exemplare dieses Gelds an uns bringen«, tat Ratzerich als Nextes meinen.

»Toller Einfall. Wieso binnich noch nich von selbs drauf gekommen?«

»Es ist überall zu riechen.«

Und so war 's tatsächlich, also *echt*! Kaum hatt Ratzerich beschlossen, dasser Geld wollt, konnt Lotti es *wittern*: Den Schweißmief vonnen Banknoten, die harte, elektrische Bitterkeit vonne Münzen, wo sich in Portjuchhes, Briettäschens und Jacken rumbewechte und nur drauf wartete, dass wer sich's nahm, in Geldautomaten rumlach und irndwie gradzu danach schrie, dass ein Riesenratz kam und 's mittem Hammer befreite, und auffe Straßen rochen Milljohnen von Parkuhrn valockend nache volle Ladung Fümmenzwanzger.

Natürlich brauchte Ratzerich wieder 'ne Weile, bisser einsah, dasses Herrnvolk, wenn's vor Saks Fifth Avenue mittem Eisenrohr Parkuhrn zerschlug oder auffe Avenue C die Nägel inne Täsch vom ersbesten Dealer steckte, keene große Aussicht nich hatt, auf Trebe zu überlehm.

Als das Aaschloch sie auch noch dahin bringen wollt, eim Scheiß*bullen* die Brieftäsch zu mopsen, musst Lotti ihm mal wieder zurechtstauchen.

»Ey Rattenaasch, ich weiß nich, wassich sahn soll, abba sich mit Typen anzulehn, wo *dich* plätten können, obwohl die Stadt voller Deppen is, wo nich mal ein Idee hahm, wie so was zu machen wär, is hier irndwie, um die Neese vorn zu behalten, nich die richtge *Straßenstrategie*.«

»Dann ist die *Rattenstrategie* die richtige Straßenstrategie, Lotti Lotter, kreisch-kreisch-kreisch, das in seinem Fleisch gespeicherte Erfolgsgeheimnis des Herrenvolks«, quiekte die Stimme in Lottis Kopp. »Man muß wissen, welchen Platz man in der Nahrungskette einnimmt, Lotter-Lotti, hi-hi-hi! Such dir Beute aus, die schwächer als du ist, und provoziere keine größeren Räuber.«

»Ja, dassisses, woll, ohne dich wär ich nie drauf gekommen, kreisch-kreisch-kreisch!«, antwortete Lotti. »Bienvenidos a Nueva York, Rattenaasch.«

Bis in die frühen Morgenstunden *Die Transformation* noch einmal zu lesen, während der Santa Ana ihn umwehte wie der Wind der Zeit, erwies sich für Dexter Lampkin als aufschlussreiche Demütigung.

O was für ein Unschuldslamm er gewesen sein musste, um es zu wagen, in Licht und Leidenschaft des Wassermannzeitalters ein solches Buch zu schreiben! O was für ein Gimpel er gewesen war, um sich einzubilden, davon könnten eine Million Taschenbücher verkauft und müsste die Welt umgekrempelt werden!

Nicht dass er der Einzige gewesen wäre, der es damals mit dem alten, messianischen Intellektuellendreh versucht hatte.

Schließlich *war* es die Ära gewesen, als Timothy Leary mit seinem Aufruf zum Antörnen, Mitmachen sowie zum Umsteigen aus dem gegenwärtigen Evolutionsabschnitt in die nächste Phase Schlagzeilen gemacht und Menschenmengen angezogen hatte, als Jim Morrison die ganze Welt wollte, und zwar *sofort*, im Namen Michael Valentine Smiths Kommunen gründete, Massenmorde verübte, *Star Trek* sich zu einem massenhaften Kultphänomen auswuchs und *2001* eine Million und einen LSD-Trip auslöste.

Dexter erinnerte sich daran, mit dem Schlaf gekämpft zu haben, während auf dem 1968er WorldCon in Berkeley Philip José Farmer seine Ehrengastrede hielt und an die Science Fiction-Autoren appellierte, sich zu vereinen, auf die Hinterbeine zu stellen und die Welt vor dem Sauren Regen zu bewahren, der andernfalls mit Gewissheit irgendwann fallen müsste.

Philip José Farmer hatte nicht unbedingt zu den charismatischsten Rednern seiner Zeit gezählt. Seine lange Ansprache war eigentlich für den Abdruck geschrieben gewesen, doch er hatte sie in einer Veranstaltungshalle mit schlechter Akustik einer Versammlung von Autoren und Fans, die stoned waren und übersättigt, darauf warteten zu erfahren, wem man den HUGO verlieh, unbarmherzig bis zum bitteren Ende vorgelesen.

Der Vortrag war in Fankreisen zum Inbegriff unerträglicher Langeweile geworden; und trotzdem ...

Trotzdem besann sich Dexter darauf, während er *sein* Credo der damaligen Epoche von Neuem las, wie Recht Farmer damals in der Stoned-Ära gehabt hatte, als in den Straßen unterhalb des auf einem Hügel gelegenen Hotels Studentenunruhen tobten, aus dem Publikum Fans Zwischenrufe blökten und seine Kollegen in die Hotelbar flüchteten.

In den nächsten Jahrzehnten, so hatte 1968 Farmers inhaltliche Aussage gelautet, käme es zu einer Reihe von Krisen, die den Niedergang oder den Aufstieg der Menschheit zum Ergebnis haben sollten, und dafür waren seinerseits eindrucksvolle Beweise angeführt worden: Schädigung der Biosphäre, durch technischen Fortschritt verursachte Massenarbeitslosigkeit, ein die Kapazitäten des Planeten weit überfordernder Bevölkerungszuwachs – die gesamte Litanei drohender Desaster, die sich in den nachfolgenden Jahrzehnten zu den Gemeinplätzen sowohl der Science Fiction wie auch wortreicher Gelehrsamkeit entwickelten.

Dachte man genau darüber nach – bisher hatte Dexter darüber jedoch keine ausgiebigeren Überlegungen angestellt –, enthielt die Auflistung planetaren Unheils, die in *Die Transformation* die fiktiven Alien von sich gaben, herzlich wenig, was nicht schon Philip José Farmer im Rahmen seiner Rede in einem Festsaal voller Berauschter erwähnt gehabt hätte, denen es zu wichtig gewesen war, endlich die Information zu erhalten, wer von ihnen ein hübsches Plastikraumschiff gewann, um ihm Gehör zu schenken.

Das alles ist bekannt, hatte Farmer inmitten flegelhafter Unruhe unnachsichtig festgestellt gehabt, und wenn die Science Fiction-Szene sich nicht zusammenrauft und etwas dagegen unternimmt, werden die siebziger, achtziger und neunziger Jahre keineswegs das

Goldene Zeitalter des Aufbruchs der Menschheit ins Sonnensystem sein, sondern uns die Zerstörung der Biosphäre, Massenarbeitslosigkeit, Krieg, Seuchen, das Ende des Raumfahrtprogramms, wirtschaftlichen Kollaps und den Verfall der uns vertrauten Zivilisation bescheren, vielleicht sogar den Untergang der Menschheit einbrocken.

Weiter so, Phil, dachte Dexter verschwommen, wünschte sich einen richtig kräftigen Regenguss, um von diesem quälenden Wind aus der Vergangenheit – zum Besseren oder vielleicht zum Schlechteren – erlöst zu werden.

Es erübrigte sich klarzustellen, dass kaum jemand Philip José Farmers donquichotischen Aufstand beachtet hatte, *Die Transformation,* wie der gesamte Rest aller aufklärerisch gemeinten Science Fiction der damaligen Zeit, in die Regale der Second Hand-Buchhändler gewandert war, und die Science Fiction nichts fruchtete, um das Affenvolk vor der eigenen, selbstzerstörerischen Blödheit zu retten und vorwärts in die Neue Welt zu führen, die gleich um die Ecke lag.

Aber auch nichts anderes hatte Erfolg gehabt, oder?

Jedenfalls bis heute nicht ..., wagte Dexter zu denken, als er die Lektüre seines alten Romans *Die Transformation* beendete. Denn während sich das SF-Sortiment der Buchläden als gesellschaftlich wenig veränderungswirksam erwiesen hatte, war in den zwischenzeitlichen Jahrzehnten eines klar geworden, dass nämlich nichts die Gesellschaft so stark prägte wie die Glotze.

Nicht dass Dexter über diesen Sachverhalt nicht längst Bescheid gewusst hätte oder es in den Vereinigten Staaten irgendjemanden gab, ob Mann, Frau oder Kind, der sich darüber nicht gleichfalls im Klaren gewesen wäre; oder dass er nicht versucht hätte, *RALFS WELT* für eben derartige Zwecke einzuspannen.

Doch im jetzigen, kläglichen Zeitalter der Ellbogengesellschaft und primitivsten Medieninhalte hatte es erst eines späten, durch George induzierten Vergangenheitstrips unterm Einfluss des Santa Ana sowie die Lektüre des eigenen alten Heulers bedurft, um endlich zu erkennen, wo er, Ralf, Philip José Farmer und eine gescheiterte Transformationsrevolution den entscheidenden Fehler gemacht hatten.

Man konnte sagen, der Erdrutsch in Richtung Totenschiff Erde hatte eingesetzt, als die designierten Lichtbringer des frühen Morgenlichts der Erneuerung damit anfingen, Amerika mit K zu schreiben.

JFK hatte geäußert, es wäre vernünftiger, eine einzige Kerze anzuzünden, als auf die Dunkelheit zu schimpfen, und vielleicht war es kein Zufall, dass man in Anknüpfung an König Arthurs Hof – die Ritter der Tafelrunde – seine Regierungsmannschaft verklärend als ›Camelot‹ apostrophiert, ein erfolgreiches Musical seiner Ära *Camelot* geheißen hatte und er der letzte Präsident gewesen war, der das Ansehen eines Sonnenkönigs genoss.

Denn was John F. Kennedy noch gewusst hatte – beziehungsweise die durch ihn verkörperte TV-Persönlichkeit –, war die schlichte Tatsache, dass man keine Umwälzung vollziehen konnte, indem man das Volk für blödsinnig erklärte.

Affen ließen sich nicht zu Menschen machen, indem man ihnen ihre Bescheuertheit, gleich wie genau man sich an die Wahrheit hielt, um die Ohren semmelte, nicht einmal, wenn man dazu das Narrenzepter benutzte.

Und dem Dexter D. Lampkin, von dem 276 Sudelseiten eines zynischen Begleitbuchs zu der Fernsehshow *RALFS WELT* stammten, war nicht mehr klar gewesen, dass er es auch einmal gewusst gehabt hatte.

Dexter war der Überzeugung gewesen, dass es sich bei der Zeit um eine Einbahnstraße handelte, aber wenn Feynman, Einstein, Dirac und Carswell daran Zweifel hegten, wer war er, dass er, während er sich in der Realität mit der eigenen, persönlichen Rückkopplungsschleife konfrontiert sah, auf dem Dogma der linearen Kausalität beharren könnte?

Ursprünglich hatte er sich *Die Transformation* in der Absicht noch einmal vorgenommen, um den Text auf verwertbare Versatzstücke auszuschlachten; stattdessen jedoch hatte ihm das Durchlesen darüber Aufschluss verschafft, was er tun musste.

Alles war da.

Es war die ganze Zeit lang vorhanden gewesen.

In seinem Roman kreierten die Wissenschaftler einen Pseudomessias aus dem All; keine Beschimpferin der Dunkelheit, sondern eine Kerzenanzünderin.

In dem Roman bewog man das Affenvolk dazu, selbst seine Welt zu retten, indem man ihm vorspiegelte, das erforderliche Wissen käme von höher entwickelten Außerirdischen.

Aber auch in der wirklichen Welt existierte das nötige Wissen.

Er hatte es in *Die Transformation* niedergeschrieben, und zuvor war es schon von Phil Farmer schriftlich festgehalten worden. Tausende weiterer Seiten hilfreichen Inhalts hatten zudem die Mitglieder und Anhänger des Transformationalistenzirkels hervorgebracht: Schriftsteller, Wissenschaftler, Ingenieure, Forscher, Experten des Raumfahrtprogramms. Genau wie in dem Roman gab es eine Gemeinschaft von Menschen, die sahen, was es zu tun galt, und wussten, wie man es anpacken konnte.

In der Wirklichkeit verfügte er weder über die Technik noch das Budget, um den Menschen einen synthetischen höher entwickelten Alien zu präsentieren, von dem sie tatsächlich *glauben* konnten, dass er die Welt aus der Finsternis ans Licht führte.

In der Realität hatte er lediglich einen Vertrag für das Begleitbuch zu einer TV-Show, in dessen Umschlag das gelangte, was er an Text ablieferte. Einer Show, die garantierte, dass das Buch mindestens eine halbe Million Leser fand.

Und Ralf.

Einen Ralf, der sich am Abend zum Adler und zum Riesenknollengott der Doppelhelix erklärt hatte. Einen Ralf, dessen abschließende Äußerungen der Aufruf eines Komikerflugzeugentführers gewesen war, Raumschiff Erde zu kapern und es, bevor es zu spät war, nach Utopien zu fliegen.

Und wieso nicht?

Hatte man nicht nach Grouchos Tod seinen animierten Schatten Gewürzgurken anpreisen lassen? Hatte nicht W.C. Fields nach seinem seligen Ableben Reklame für Cornflakes machen müssen? Mäuse, Enten und Mehlklöße dienten als Sprachrohre ihrer Hersteller.

Weil es sich mit Humor besser verkaufte.

Und man brauchte nicht einmal zu glauben, dass es den Verkäufer wirklich gab.

Ralf trug längst dazu bei, um T-Shirts, Windjacken und schauderhafte Polyester-Futuredresses unter die Leute zu bringen, und ein schmieriger Freakdompteur wie Patrick Parker verließ sich darauf, massenweise Exemplare eines Buchs mit dem Titel *Ralfs Welt* verscherbeln zu können.

Weshalb sollte unter solchen Verhältnissen nicht auch der Riesenknollengott der Doppelhelix dazu fähig sein, dem Planeten das Heil zu verkaufen?

»Zu dumm«, sagte Ralf, »dass man mich nicht vierzig Jahre früher transloziert hat, als Sie in der Blüte Ihrer Jahre standen.«

»Ach wissen Sie, mein Schatz«, gurrte Lavelle LaRue, »ich *stehe* in schönster Blüte, solange meine Jahre *währen.*«

»Und wir alle können es noch in der heutigen Zeit deutlich sehen«, antwortete Ralf, schenkte ihr ein Großer Böser Wolf-Zähnefletschgrinsen. Das Knistern psychischer Energie zwischen den beiden ließ sich beinahe mit bloßem Auge erkennen.

Tja, was würdest du jetzt sagen, Jimmy?, überlegte Amanda. *Aufgedreht-irrer Verrückter? Überdreht-krankhafter Schizo? Oder dass du dich lächerlich gemacht hast?*

Heute passierte es ihr keineswegs das erste Mal, dass sie sich wünschte, sich aufgerafft zu haben und ins Studio gegangen zu sein, um sich gemeinsam mit Jimmy Balaban die Show an Ort und Stelle anzuschauen. Und nicht zum ersten Mal fühlte sich sich halb versucht, zum Telefon zu greifen und ihn anzurufen.

Denn es waren Texas Jimmys Ausführungen über die Gratwanderung der Komiker gewesen – das Phänomen, dass Komikergenie von der Begabung abhing, längs des Abgrunds zu schlittern, ohne das Gleichgewicht zu verlieren –, die sie dazu inspiriert hatten, für die heutige Sendung Lavelle LaRue einzuladen.

Lavelle hatte das Lachen einer Hexe, und dank ihrer langen, kunstvoll ungekämmt belassenen, weißen Mähne hätte sie wie die Alte vom Berge ausgesehen, wäre sie nicht mit einem extrem taillierten, rosa Hosenanzug bekleidet gewesen, dessen designerischen Ursprünge offenbar in den mystischen Tiefen des Rodeo Drive lagen.

Sie war die Art blonden Kurvenwunders gewesen, das in Filmen mitwirken durfte, deren Etat das Anheuern eines erstklassigen Marilyn-Klons wie Jayne Mansfield nicht gestattet hatte. Aufgrund der weit blickenden Erkenntnis, dass eine solche Karriere an dem Nachteil tendenzieller Fallobsthaftigkeit der Paradiesäpfel krankte, war sie so klug gewesen, ihre Einkünfte nicht zu verjubeln, sondern auf der Bank anzulegen, und als Amanda sie kennen lernte – in den 60er Jahren –, hatten ihre pfiffigen Investitionen sich schon so weit ausgezahlt gehabt, dass sie von den Schnödheiten des Reichs der finanziellen Maja gänzliche Freiheit genießen konnte.

»›Die Zeit gleicht einem Fluss, sanft fließt sie in das Meer‹«, sang Lavelle mit greisenhafter Krächzstimme, aber traf Melodie und Takt durchaus noch mit aller Vollkommenheit.

Lavelle zählte in ihren reifen Jahren zu den seltenen ehemaligen spirituellen Sucherinnen, die zu guter Letzt, nach Erfüllung aller erfüllenswerten Wünsche und dem Verzicht auf den gesamten überflüssigen Rest, den Zustand des Freiseins von allem Suchen erlangt hatten, den jeder ernsthafte Pilger und jede solche Pilgerin als höchstes Ziel anstrebten.

Bislang war die Show im Wesentlichen durch Lavelle und Ralf bestritten worden. Zwar musste der Humor als eher verhalten bewertet werden, aber die Chemie zwischen den beiden grenzte ans Magische, und das Resultat fiel so aus, wie Amanda es sich erhofft hatte: In ihrer Gegenwart war Ralf zu einem frohen, strahlenden Plauderer geworden, hatte bisher kaum einen gehässigen Kalauer oder eine deprimierend sarkastische Bemerkung von sich gegeben.

»Die Zeit soll wie ein Fluss sein?«, nörgelte Jack Narkasian, eine alte Schweinebacke von Science Fiction-Autor mit stieren blauen Augen, dessen hauptsächliche Mitwirkung sich bis jetzt auf gelegentliche Antwort- und Zwischensätze sowie den durchdringenden Blick eines Deacon der Scientology-Sekte beschränkte.

Ungefähr einmal pro Jahrzehnt kommt ein Komikergenie daher, das während seiner gesamten Laufbahn auf dem Vulkan tanzen und trotzdem bis zum letzten Moment Erfolg haben kann …

Verstand man die Gratwanderung als den Weg und den kosmischen Komiker-Balanceakt als die Fähigkeit, auf diesem Weg zu bleiben, dann entpuppte sich, was Texas Jimmys Riecher erschnuppert hatte, als das Tao des Showgeschäfts.

Darum hatte sich Amanda für Lavelle LaRue entschieden.

Denn falls irgendwer den Großen Weltgeist dazu verführen konnte, seine fadenscheinige Manifestation im Glitterwelt-Tao beizubehalten, dann bestimmt Lavelle.

Nun hob sie gekünstelt die Schultern und antwortete Narkasian mit genau der entwaffnenden Parade, die Amanda und ohne Zweifel auch die Zuschauer erwarteten.

»Dann ist sie eben *kein* Fluss«, meinte sie unbekümmert.

Und schloss ihr hexenhaftes Gelächter und ein hippie-flippiges Lächeln an.

»Aber das heißt nicht, dass es falsch war, damals all die goldenen Evergreens über das Thema zu schreiben, mit der neuen Zeit zu gehen.«

»Huch, *mir* möchten Sie was darüber erzählen, mit der Zeit zu gehen?«, scherzte Ralf. »Aber meine Teure, ich bin *weit* hinter meine alte Boje verschlagen worden, *wohin* der Zeitstrom fließt, und ich sage Ihnen, dort ist's überhaupt kein bisschen goldig.«

»Fassen Sie frischen Mut, mein Goldjunge, stempeln Sie sich nicht zum Charon ab, der das Affenvolk über den Styx schippert, lassen Sie den Sonnenschein in Ihr Herz strahlen, folgen Sie der gelben Ziegelsteinstraße, wie Buddha oder so jemand mal empfohlen hat …«

»Einfach nach dem Motto: Ich denke, also bin ich?«, fragte Ralf.

»›Das Leben, mein Liebling, ist nur ein Traum‹«, sang Lavelle LaRue.

»Aber ich dachte, ein Traum ist ein Wunsch, der im Herzen wach wird, während man fest schläft«, säuselte Ralf mit rauer Stimme.

Immer weiter lockte Lavelle ihn ins tiefe, aber vom Sonnenlicht gleißende Wasser.

Oder um eine Auslassung des Großen Guru Dwight Eisenhower frei wieder zu geben, dachte Amanda, *Ralf wird zügig immer mehr anders als früher, nämlich so wie er jetzt ist.*

»Also muss man vorsichtig sein mit der Auswahl dessen, was man träumt«, sagte Lavelle. Sie lachte und verfiel erneut ins Singen. »›Auch deine Träume werden wahr, es geschieht ja immerdar …‹«

»Falls es nicht schon passiert ist«, antwortete Ralf mit ungewohnt volltönender Stimme, die unversehens das kuriose Singspiel sprengte. »Mir ist, als hätte ich diesen Traum schon mal gehabt.«

»Wachen Sie auf, Spaßvogel!«, rief Lavelle LaRue, schnippte in übertriebener Gebärde, als wäre sie eine Bühnenzauberin – und sie sah in diesem Augenblick auch so aus –, mit den Fingern. »Erinnern Sie sich daran, dass Sie dieser Vogel schon *gewesen* sind.«

Und da hatte Amanda das Empfinden, als ob auf Lavelles Geheiß in Ralfs Innenleben ein Licht aufgloste, als stiege eine goldene Kugel über den Ereignishorizont eines klaren, blauen Ozeans.

»Der Große Weltgeistadler?«, fragte Ralf. »Der Riesenknollengott der Doppelhelix?«

Seine Stimme hatte den pompösen Tonfall des vom Komiker gespielten Predigers angenommen, doch seine Augen blickten völlig humorlos in die Kamera, sein Gesicht war zu einer ausdruckslosen Maske geworden.

Amanda konnte sich beim besten Willen nicht vorstellen, was die Fernsehzuschauer von diesem Anblick hielten.

»O ja, *wir* sind der Adler!«, jubelte Ralf.

Seinem Kastenteufelgrinsen widersprachen die Augen, die Einblicke in Sphären gewährten, die man im Fernsehen selten bekam.

»Sind *wir* der Traum?«, fragte Ralf, indem er die Stimme um eine halbe Oktave senkte. »Sind *wir* der Träumende?«

»Wir haben das Tao geschaut«, sagte Lavelle LaRue. »Und das Tao sind wir.«

»*Wir* sind die Rosinen im großen Rührkuchen der Milchstraße!«

»Amen!«

Amanda merkte, dass sie spontan eine Zustimmung zu diesem Blödel-Adventismus der Gold Medien AG murmelte, wie ein Dussel mit ihrem TV-Apparat redete.

Aber weshalb denn nicht?

Während sie hier in der Abgeschiedenheit ihres Topanga Canyon-Wohnzimmers saß, war nämlich aus dem Mandala, welches ihr Bewusstsein zentrierte, ein Fenster zu einem höheren Gefilde elektronischer Archetypen und lebender Legenden geworden.

Zudem erlebte sie diese Manifestation beileibe nicht – außer in körperlicher Hinsicht – in solipsistischer Vereinzelung; ganz im Gegenteil, egal was jeder Zuschauer und jede Zuschauerin in der Privatsphäre des Wohnzimmers dabei empfand, ein gewaltiges Fernsehpublikum von *zwölf Millionen Menschen* hatte gleichzeitig und kollektiv das Gleiche erlebt.

Folglich war es mit Lichtgeschwindigkeit ins Kollektive Unbewusste eingegangen.

Und dadurch Realität geworden.

Realer als irgendetwas anderes in der Welt aus Fleisch und sonstigem Feststofflichen.

Natürlich.

Es war ja im Fernsehen.

Bedeutete diese Vakuumröhre nicht die Nabe des modernen Großen Glücksrads, das übers Schicksal der Erde und des Geistes, der darauf wohnte, bestimmen sollte?

War es nicht das immaterielle und zeitlose Reich jenseits des Tanzes der materiellen Formenwelt? *Nicht* das elektronische Kollektive Unbewusste, in dem der Zeitgeist fortwährend Gestalt und Form annahm?

Würde nicht Archimedes, wäre er heute wiedergeboren worden und verfügte bloß über die Medienerfahrung eines Zwölfjährigen, kurzer Hand rufen: »Gebt mir eine Stunde Hauptsendezeit und dreizehn Wochen Laufzeit, und ich hebe die Welt aus den Angeln.«

Obgleich Dexter Lampkins Verständnis der einschlägigen mathematischen Berechnungen auf dem gleichen Niveau blieb wie seine Befähigung, die Feldgleichungen der allgemeinen Relativitätstheorie zu begreifen, hatte er in diesen Tagen das Gefühl, sogar Cam Carswell darüber Belehrungen erteilen zu können, wie temporale Rückkopplungsschleifen die lineare Kausalität aufbrachen.

War George Clayton Johnson der *Urheber* gewesen, als sich Ralfs Umwandlung von einer Totenschiff-Kassandra in einen Handelsvertreter der planetaren Rettung vollzog? Hatte Dexter zuvor George dazu *Veranlassung* gegeben, eventuell der Urheber zu werden? Hatte Amandas uriges altes Starlet dafür die *Ursache* abgegeben, dass Ralf seine befremdliche Weltgeist-Performance auf einer höheren Ebene der Verrücktheit wiederholte?

Oder war schon davor die Sehnsucht nach einem *Jemand* vorhanden gewesen, der das planetare Raumschiff kaperte, um es nach Utopia zu fliegen, selbst wenn es nur ein TV-Komiker war, der im Fernsehen den Riesenknollengott markierte?

Ein Zyniker hätte darauf verweisen können, dass Ralfs halbgare Verwandlung die Einschaltquoten nicht weiter gesteigert hatte, doch auch wenn man an der hartnäckigen Vernageltheit des Affenvolks wenig Zweifel hegte, ließ sich im Gegenzug auf eine plötzliche Verbreitung von Utopia-Graffiti, das Aufkommen zahlreich kursierender Mann-von-morgen-Witze sowie die Häufung von ökologisch orientierten Anrufen, wie hirnrissig sie auch sein mochten, bei normalerweise konfliktscheuen Moderatoren der Funkmedien verweisen.

Es mochte sich nicht mit statistischer Relevanz niederschlagen, und vielleicht erfuhr es durch Wunschdenken eine gewisse Aufblähung, aber Dexters Lesen im popkulturellen Kaffeesatz bewog ihn zu der Hoffnung – vielleicht sogar der Überzeugung –, dass unter Umständen wahrhaftig eine *positive* Rückkopplungsschleife es anstrebte, sich aus dem Quantenstrom abzuseilen und ins öffentliche Bewusstsein zu stricken.

Ging Dexters konzeptueller Durchbruch *ursächlich* darauf zurück, dass er Ralfs Umschwung beobachtet hatte, oder verdankte er ihn einem Joint mittelmäßigen Hanfs und zwei Schwenkern guten Cognacs?

Oder verbarg sich der *Ursprung* des gesamten Geschehens in einem Roman, den Dexter vor Jahrzehnten geschrieben hatte? Und war der Antrieb zum Schreiben des Romans wiederum durch die hellsichtige Vorahnung seines einstigen Ichs, die eben diese Ereignisse betraf, *verursacht* worden?

Oder gab es *wahrhaftig* eine virtuelle Zukunft, die längs der Zeitachse auf ihre Vergangenheit einwirkte?

Oder mehrere Zukünfte?

Wenn sich Zeitstränge verhielten wie musikalische Motive in einer Bach-Fuge – sich kreuz und quer überschnitten, wechselseitig verstärkten, gegenseitig aufhoben, miteinander wetteiferten? Dann wäre jede Sekunde der Zeit ein persischer Teppich, dessen Wahrscheinlichkeitsfäden sich in endloser und unaufhörlicher Bewegung befänden.

In einem derartigen Universum müsste aus einer linearen zeitgebundenen Perspektive *jede* Realität als virtuell erscheinen, weil ständig alternative Zukünfte darum konkurrierten, von jedem gerade existenten Jetzt abzuzweigen, virtuelle Zukünfte in der Vergangenheit die Wurzeln ihrer Entstehung zu schlagen versuchten, sodass auch jede *Gegenwart* einen virtuellen Charakter hätte.

Sah so die wahre Natur der Wirklichkeit aus?

Oder waren diese Spekulationen nichts als der übliche SciFi-Obskurantismus?

Wer wusste es?

Aber wen interessierte es angesichts der aktuellen Herausforderung?

Für Dexter zählte momentan nur, dass er den geeigneten Kunstgriff gefunden hatte, um seine Erstfassung der Schwarte *Ralfs Welt* zu überarbeiten; um den Ralf, der bisher nur über die bevorstehende Finsternis schimpfte, zum Kerzenanzünder umzuschreiben.

In der Fernsehwirklichkeit *hatte* Ralf die Bewohner des Totenschiff-Planeten schon dazu angestiftet, ihre Welt zu erobern und nach Utopia zu steuern. Daher bedeutete es eine leichte Aufgabe, den Ralf des Begleitbuchs zur TV-Show zu einem Ralf zu machen, den genau dies *Utopia* – man konnte es *Sternenschiff Erde* nennen – in die Vergangenheit delegiert hatte, um die

Lenkung des planetaren Schicksals zu übernehmen und dadurch die Grundlagen für das Zustandekommen besagten Utopiens zu legen – mittels der Instrumentalisierung einer Fernsehshow und *des Buchs, das Sie gerade lesen, liebe Leute, ha-ha-ha!*

Nach dieser transtemporalen Offenbarung erlangte die Zweitfassung von *Ralfs Welt* im Zeitstrom der Gegenwart nahezu schneller die endgültige Form, als Dexter auf die Tastatur einhämmern konnte, denn er hatte ja den Großteil längst gespeichert.

Zuerst kürzte er die 276 Seiten depressiven Totenschiff Erde-Schunds um die Hälfte, eine Straffung, die ihm keine Schwierigkeiten bereitete, weil er sie ohnehin, weil er der Auffassung gewesen war, damit das ganze Buch füllen zu müssen, von Anfang an mit heißer Luft aufgebläht hatte.

Anschließend stand er lediglich vor der Herausforderung, dem neuen, alternativen Ralf, der ja in Erster Person der eigentliche Erzähler seiner Autobiografie sein sollte, rund 150 Seiten der *Sternenschiff Erde*-Zukunft in den Mund zu legen.

Und *dafür* verfügte er überreichlich an Material.

Als *Sternenschiff Erde*-Zukunft konnte nämlich ohne weiteres die fiktive Alien-Superzivilisation dienen, die in *Die Transformation* die Wissenschaftler ausgeheckt hatten, um auf der Erde zur Gründung einer vergleichbaren Zivilisation anzustiften.

Er hatte Hunderte von Seiten zum Ausschlachten, um ein Utopia zu schildern, das er ohnedies in- und auswendig kannte.

Sternenschiff Erde war eine Welt barocker Spielplatzstädte, die im planetaren Garten einer mehr oder weniger in den vorindustriellen Zustand restaurierten Biosphäre standen.

Wasserstofffusion und Voltaik-Satelliten lieferten aus Wasser und Sonnenlicht in unbegrenzter Menge saubere Energie. Man verbrannte keine fossilen Brennstoffe mehr, gab kein Kohlendioxid mehr in die Atmosphäre ab, der Treibhauseffekt gehörte der Vergangenheit an.

Oder wenigstens nur einen ganz *minimalen* Treibhauseffekt, um das Klima der nördlichen Breiten etwas mehr Dexters kalifornischem Geschmack anzupassen: Palmen in Paris und Dschungelpapageien im Central Park empfand er schlicht und einfach als Verbesserung.

Unbegrenzte Verfügbarkeit billiger Elektrizität bedeutete letzten Endes die Möglichkeit, aus den buchstäblich unerschöpflichen Rohstoffen des Sonnensystems alles Erwünschte produzieren zu können. Darum verließ die Industrie den Planeten, und mit ihr entfielen die chemische Verschmutzung der Lufthülle und die Ozonlöcher.

Gleichfalls ermöglichte billige Elektrizität den Betrieb von Fabriken, in denen man durch künstliche Fotosynthese aus Sonnenschein, Wasser und Luft die Grundstoffe des Tierfutters, Zellulose zur Papierherstellung und Rohmaterial für die Plastikproduktion erzeugte, sodass ausgedehnte Landflächen zur Rekonstituierung verschwundener Wälder, Moore und Heiden frei wurden. Dank Gentechnik und Rückzüchtung kehrten die Büffelherden in die mittelamerikanischen Ebenen zurück, Wale bevölkerten wieder in rauen Mengen die sieben Meere, und ähnliches galt für Seehunde, Fische, Vögel und sonstiges Getier. Dexter fühlte sich von der Versuchung gekitzelt, aus Übermut auch Dinosaurier wieder zu beleben, musste aber einsehen, dass er damit wohl etwas zu dick auftrüge.

Medizinischer Fortschritt verlängerte den Passagieren des *Sternenschiffs Erde* erheblich die Lebenszeit, ohne dass daraus Probleme entstanden, denn der Menschheit bot sich als Lebensraum das gesamte Sonnensystem, weil sie genügend Technik und Energie einsetzen konnte, um andere Himmelskörper einer Terraformung zu unterziehen oder mitten im Vakuum des Weltalls in biosphärischen Kolonien zu siedeln.

Unter solchen Verhältnissen war es nur logisch, dass eine Überflussgesellschaft, in der zwanzig Prozent der Bevölkerung alles produzierten, was die gesamte Gesellschaft brauchte, schwerlich noch einer kapitalistischen Freien Markwirtschaft bedurfte, die sich als einziges Erfolgskriterium eine Bilanz mit Schwarzen Zahlen vorlegte.

Kein Wirtschaftssystem, das auf *Verteilung* des Reichtums beruhte, konnte irgendeine Relevanz haben, sobald keine Knappheit mehr existierte. Das einzige System, das zumindest noch theoretisch einen Sinn ergab, war die Kernform des Kommunismus – mit der Maxime: Jeder nach seinen Fähigkeiten, jedem nach seinen Bedürfnissen –, aber es zu praktizieren, erwies sich ebenfalls als überflüssig, sobald die Technik der Bedürfnisbefriedigung keine Schranken mehr zog.

Allerdings erachtete Dexter es als wenig ratsam, in einem Begleitbuch zu einer TV-Show, mit dem er die durchschnittlichen amerikanischen Sofakartoffeln zu Höherem zu beflügeln hoffte, das furchtbare Wort, das mit K anfing, auch nur im Entferntesten anzudeuten.

Daher entschied er sich für die politischere und potenziell komischere Option, dass in einer Gesellschaft unbeschränkter Fülle im Großen und Ganzen *jedes* Wirtschaftssystem, gleich wie abstrus es sein mochte, parallel praktiziert werden konnte – vom Hardrock-Räuberbaron-Kapitalismus bis zum Revisionistischen Trotzkistischen Anarchosyndikalismus Dritter Stufe – und deshalb da und dort in gewissem Rahmen auch praktiziert *wurde*.

Wäre in dem Text Dexters Transformationsutopia ohne Abstriche zum Zuge gekommen, anstatt dass er eine abgespeckte Version für ein TV-Show-Begleitbuch abfassen musste, hätte er mit Stapeldonscher Grandeur auch die Mitgliedschaft der Menschheit in einer umfangreichen galaktischen Bruderschaft der Transformationszivilisationen einfließen lassen; allerdings glaubte er, dass er damit für ein Buch, das auf die in Science Fiction-Themen kaum bewanderten Massen der allgemeinen Leserschaft abzielte, voraussichtlich einen Missgriff täte, darum beschloss er – abgesehen von der Erwähnung einiger rätselhafter Botschaften aus dem All –, lieber auf die Alien-Connection zu verzichten.

Innerhalb von siebzehn Tagen rasanter Arbeitswut stellte Dexter die Endfassung fertig. Dann druckte er 302 Seiten Manuskript aus und beauftragte FedEx mit der Auslieferung an seinen New Yorker Literaturagenten, der es an den PJP-Verlag weiterleiten sollte.

Erst als er dem FedEx-Lieferwagen nachschaute, während das Fahrzeug vom Rosilla Place hinunter zur Lookout Mountain Avenue fuhr, kam ihm der Gedanke, ein zweites Exemplar des Manuskripts auszudrucken und es an Ralf zu schicken.

Als sie umme Mittachszeit vonne 42. Street inne Fifth Avenue abbog, nachdem sie grad ihr Ersparnisse ums Kleingeld vonnem Suffbruder auffestockt hatt, schnallte Lotti, dass sie 's erse Mal im Lehm *reich* war, hi-hi-hi!

Ladeninhaber ließen sie nich inne Geschäffe, sodass sie sich ihrn Kram nich ansehn konnt, man sollt's nich glaum, und sogar die Hälfte vonnen Bettlern und Berbern, denen sie die Täsch leerte, dacht wahscheinlich, sie wärn Stück Scheiße, wo selbs auffe Straß tiefer als sie stand.

»Aaschlöcher!«

Saublödes schietvdammichtes Fleisch!

»Eure Welt wird untergehen, und wenn es so weit ist, gehört alles Übrigbleibende *uns.*«

Das war's, was Ratterich ihr vasprach.

Er vazählte ihr, er wer von wo, wo's schon vor lange Zeit passiert wär, obwohl man nich raffen konnt, wassen *das* heißen sollt, nix wär mehr nich am Lehm, als das Herrnvolk die *Herrschaft* übernahm, und es wollt sicher sein können, dass es dazu *kam*, jau, das überstieg Lottis Horizont, abba sie wär schon dort *gewesen*, kreisch-kreisch-kreisch, unnen innen Ruinen am End vom Stollen …

»*Fleisch*, Lotti Lotter? Fleisch ist schwach. Dinosaurier, Großkatzen, Affen, es gilt für alle, kreisch-kreisch-kreisch! Weil sie die größten Körper, die längsten Zähne und schwersten Gehirne haben, bilden die großen Räuber sich immer ein, die Welt gehörte dem, der am meisten frisst. Aber wenn ihre Welten sterben, sind sie nur noch Fleisch für das, was überlebt. Denke wie eine Ratte, Lotti Lotter, das ist noch besser, als eine Ratte zu *sein*, Lotter-Lotti, denke wie eine Ratte, und die gesamte tote Welt ringsum fällt dir zu, du kannst ihre Knochen abnagen, das Mark auslutschen, sie ganz und gar zerknabbern, hi-hi-hi!«

Na ja, Lotti hätt nich sahn können, dass sie viel von dem Gesabbels vastand, abba eins merkte sie, sie lernte allmählich die richtge *Einstellung*.

Als Mensch konnt sie sich keene Wohnung nich leisten, keen neun Klamotten, Mercedes Benz und keen Klopapier nich, sie konnt nich ins Restaurang gehen und nich daheim mitten Blagen sich was inne Mikrowelle stellen, sie war nix als wer vonnem zerlumpten Straßengelichter, hatte nur ein paar Hunnert Dollah unnen langes, dreckjes Messa.

Dacht sie wie 'n Mensch, war sie bloß ein arme Äffin.

Aber dacht sie wie ein Ratze, war sie reich.

Diese Affenvolkaaschlöcher *schmissen alles wech*, wasses Rattenvolk an Futter brauchte, hi-hi-hi!

Und fürs Rattenvolk strozzte New York von Löchern, Gassen, Brandruinen, leern Containern, Müllkippen, U-Bahnhöfen und Kellern, wo man die Fenster eintreten konnt.

Überall gab's Futter unnen Schlafplatz.

»Was brauchst du mehr, Lotti Lotter?«

»Scheiße, wie soll ich 'n so was wissen?«

»Denke wie eine Ratte, Lotter-Lotti, kreisch-kreisch-kreisch!«

Und als sie den Rat befolgte, wurd ihr die Antwort totaal klarowitsch.

Das Rattenvolk brauchte *keen Geld nich*.

Aber inne Täsch hatt sie 'ne orntliche Menge bunten Papiers und schmuddlichen Metalls.

Wenn sie wie ein Ratze dacht, hatt sie mehr Knete, als sie hahm musst.

Wenn sie wie ein Ratze dacht, war sie reich.

Dacht sie wie 'n Aff, warn all die Leute, wo auffe Straß rumlatschten und mit sich selbs sabbelten, bloß Varückte, wo man von tat, als säh man sie nich, abba dacht man wie 'n Ratze, warn sie vielleicht wer, wo was wussten, was die Aaschlöcher nich ahnten.

Lotti frachte sich, wie viel vonnen Berberinnen, Saufbrüdern und brabbeligen Irren wohl Ratzeriche in *ihrn* Köppen hatten, wie viel von ihnen rumliefen und mit ein Stimm inne Rübe redeten, weil's die Stimm *wirklich gab*.

Als sie vier gewesen war, hatt sie – oder wensgens hatt ihr scheißblöde Gutmami es so auffetischt, wenn sie sie wieder mal hatt klein machen wolln – mit Unsichtbarn gesprochen, wo sons niemand nich sah und nich hören konnt.

Sie selbs erinnerte sich nich genau dran, sie wusst

auch die Namen nich mehr, konnte sich nich mehr dran arinnan, wie sie gewesen warn, abba sie kannt noch das *Gefühl*.

Das Gefühl, als unnerhielt sie sich mittem einzgen und besten Freund.

Und gnau das Gefühl hatt sie jetz, währnd sie die Fifth Avenue langzog und mit Ratzerich sprach, ohn sich umme Typen zu kümmern, wo meinten, 's wär ja wohl deppert von ihr, mit sich selbs zu rehn.

»Wünschter euch nich, *ihr* hättet auch 'n Freund, ihr Aaschlöcher?«

Ein einzgen und besten Freund direkt im Kopp, wo alles wusst, was man sons nich wüsst. Wo eim Geheimnisse steckte. Wo wusste, was in hunnert Jahrn passierte. Wo dafür sorchte, dass man der flottste und tüchtigste Abzocker auffe Straß wurd. Wo eim die Täsch mit Zasser füllte.

Und eim zwang, andauernd scheißblödes Fernsehn zu gucken und Dreck aus Mülleimern zu futtern.

Ja, 's stimmte, *manches* an der ganzen Chose konnt sie einfach nich richtich raffen. Den ganzen lieben, langen, schietgen Tach lang ließ Ratzerich sie Moos klemmen, abba sobald sie die Idee hatt, ein bisgen was für ein BigMac, ein Hot Dog oder 'n Falaffel-Sandwich aussugehm, statt Zeuch aussem Müll zu spachteln, wo jehn, der nich wie ein Ratze dacht, zum Kotzen brächt, ja da blieb Ratzerich geizger als ein Kundenbrater auffe Bank.

»Was wolln wir denn mit so 'm Haufen Knete *machen*, Ratzerich?«, frachte Lotti. Also echt ey, man sollt meinen, unner den Umstännen wär das ein vanünftge Frach, selbs wenn der Scheißaasch inne schwatte Lederjacke, wo lauta Haarstachel in Leuchtpink am Ballon hatt und massich Sicherheitsnahln inne Fresse, *sie* anlurte, als wär *sie* irndwie ein fiese Bazille.

»Wir denken wie Ratten, Lotti Lotter. Wir horten es.«

»Mann, ich schnall ab, wozu denn?«

»Denke wie eine Ratte, Lotter-Lotti. Ratten legen Vorräte an.«

»Ich dacht, ich könnt mir mal 'n Hamburger oder 'n Stück Pizza leissen, statt immer bloß den schietgen Mist runterzuwürn, wo sich nich mal die Penner rein tun …«

»Denke wie eine Ratte, Lotti Lotter! Verbirg dich in den Abwasserkanälen unter der Welt, kacke in die Rohre und nage an den Kabeln, bis die Zeit reif ist, um an die Vorräte zu gehen! Verstecke dich in den Spalten und beobachte den Käse, um zu sehn, was aus den Löchern kriecht, und …«

O nein, nich schon wieder!

O doch. O Scheiße!

Im ein Moment ging sie noch 'n Bürgersteig lang und hatt ein mehr oder wenger gesittichtes Gespräch mitter Stimm in ihrm Kopp, gnau wie ein typscher New Yorker Penner, im nexten Moment raste sie inne Mitte vom Block über die Fifth Avenue, als wär sie ein doofes Landei frisch aussem Bus aus Kansas, sodass ihrn Laster fast ans Knie bretterte, sie beinah unnern Scheißbus kam und ein Taxifahrer ihr auf russisch oder so irndwelche Sauerein nachrief und mittem Montiereisen fuchtelte …

Und dann stand sie wieder vorm Schaufenster vonnem Scheißgrätehändler und glotzte Glotzen an.

Der Laden, wo Ratzerich sie vors Fenster gestellt hatt, machte vamutlich schon seit hunnert Jahrn Schlussvakoof. Rund ein Duzzend TV-Apparate stannen im Fenster, alle liefen, und alle zeichten 'n selben Schietsender.

Wo grad ein scheißblöde Reklame für Designer-Aaschwisch bracht, gab's in Gelb, Bleu, Rosa und Blau, und jedes Blatt auffe Rolle hatt niedliche kleine Blümsgens drauf.

Früher war Lotti nie auffefallen, wie viel solche Geschäffe man in New York sah, abba jetz hatt sie die Möglichkeit, sie alle kennen zu lern, denn Ratzerich konnt an keim vorbei gehen, selbs wenn sie deswehn ein Straß mit sex schietgen Spuren voller fließendem Vakehr überquern musst, und er stellte sie davor, wensgens zehn Minuten musst sie Fernseh gucki wie ein saudoofer TV-Junkie, gnau wie ihr vonnem Bier und Fernseh vablödete *Mami*.

Nur hatt *sie* keene Fernbedienung nich inne Klaue.

Sie musst sich auf zehn oder fümfzehn Mattscheim ansehn, was der Laden grad zur Vorführung vonne Gräte zeichte. Ratzerich war's wohl schnuppe. Echt jehn Scheiß musst sie sehn, egal was, selbs den Stuss, wo jetz lief, irndein Aasch, wo aussah wie Buffalo Bill auf Crystal-Meth, pries da so 'n bescheuerten Kackapparat für Neunzehnfümmenneunzich zum Zerhacken von Grünzeuch zu Hundefutter an.

»Ey warum schaun wir uns dauernd die ganzen miesen Fernseher an?«, frachte sie Rattenaasch, weil sie dacht, das wär keine so dumme Frach.

»He, du Fotze, wat guckse da, soll ich dir lieba anne Titten lutsch'n …?«

»Denke wie eine Ratte, Lotti Lotter, alle die vielen Löcher in den Mauern sind für uns da, damit wir aus dem Dunkeln beobachten können, kreisch-kreisch-kreisch, wir warten und sehen sie fressen, warten und schauen zu, um sicher sein zu dürfen, dass geschieht, was zu unserem Vorteil kommen muss, wir warten und sehen sie fressen, fressen und fressen, bis nichts mehr übrig ist, bis es nur noch Käfige voller Affen gibt, die ihre eigene recycelte Scheiße fressen, und bis dahin wird es nicht mehr lange dauern, hi-hi-hi …!«

Jetz lief ein Pizza Hut-Werbung, Vati und Mutti Seibrich und Speckine Fettle und ihr kleenen Monster traten auf, und woll, sah man, wie sie Pizza in sich reinstofften, machten sie ihrm Nam echt alle Ehr, jau.

Ratzerich keckerte wie ein Betonmischa, wo man Colaflaschen und lebendge Katzen drin umwälzte.

»Wir warten und schauen zu, während sich die Welt samt und sonders in eine gewaltig große, matschige Mülltonne verwandelt, die auf einem Silbertablett im Weltall schwebt, kreisch-kreisch-kreisch, in die Totenwelt, Lotter-Lotti, hi-hi-hi, wir warten und beobachten, um sicher sein zu können ...«

Die Stimm in ihrm Kopp vastummte vaflucht plötzlich mitten im Sabbeln.

So was war noch nie nich vorgekommen.

Und Lotti sah ...

... auf eim Duzzend Fernsehschirmen dieselbe Scheißvisage, ohne dass sich irndwie aus ihrm Maul was Gescheites hörn ließ.

Visage?

Sah mehr wie 'n eim Gesicht ähnliche Fläche voller Milljohnens winzgen, grell glitzrigen Glitterpünktchen aus, im schwatten Haar glänzte Elektrizitenglut, glimmerte wie ein billge Diskokugel, der Aasch stand da innem Lichtkegel und schob Lotti ein scheußlichtes, langes, dickes, graues Gebilde entgehn, das echt ein *Elumfantenpimmel* hätt sein können ...

Scheiße, kannt sie den Typ nich? Ihr war, als hätt sie schon mal hier gestannen, 's Gleiche gefühlt, gnau diesen Scheißmoment schon *erlebt*, oder er kam noch, oder beides stimmte, ihr war zumute, als hörte sie ein dauernde Wiederholung vonne olle Schallplatte, wo die Nadel hakte ...

Die *Luren* sahn aus, als wärn sie innem Gesicht *Löcher*, 's leuchtete da bläulich drin, sie konnt tief, tief, tief ins Blau guckn, irndwo hin, wo man eim *Enterhaken* innen Brägen schluch, hi-hi-hi ...!

Lieba Himmerl!

Lotti blinzelte.

Scheiße wassa wah das?

Irndwie 'n mieses Flashback?

Der Affenaasch war bloß das TV-Show-Aaschloch Ralf, wo ausse Zukunff stammen sollt, sons nix …

Im Duzzend erwiderte er vom TV-Schirm durche Rattenlöcher ihrn Blick, viele Milljohnen Mal inne Scheißstadt musst er zu sehn sein, Milljohnens von seine schietgen Augen erwiderten 'n Blick vonnen Rattendingern, wo inne Tote Welt warteten und dachten, sie wärn sicher vorm Erzfeind, o ja, jau, das isses Gesicht, woll, dassu suchs, dassu suchen du auf Axe bis, nich dasses Spaß macht, kreisch-kreisch-kreisch, abba da musst du durch ohne Furch, dassis nämlich die Fratze vonnem Feind, wo's auf dich abgesehn hat …!

Feind von was is irndwie schwer zu kapiern wer is hier eintlich fürs Denken zustännich da fracht man besser nich wenn dein einzger Freund ein Stimm im Kopp is wo kratzt und krallt und mit die Ratzenzähn knirscht als wär ein Kater in Sicht …

Und dann tappte Lotti zur Lahntür.

»Ey, wassen nu los?!«

Sie packte den Griff, um die Glastür aufzuziehn.

»Wir bereiten unsere Höherstufung in der Nahrungskette vor, Lotter-Lotti, kreisch-kreisch-kreisch, es ist soweit, es wird Zeit, um uns zum Fleisch zu bringen, das es gilt zu verschlingen.«

»*Das* soll 'n Wort sein«, rief Lotti begeistert.

»Klar genau, yo, ganz rächt«, sachte der hünenhaffe Schwatte in dickem Mantel, wo im selm Moment aussem Lahn kam, und zeichte ihrn Stinkefinger, währnd er auffe Straß 's Weite suchte, als wär Lotti wer aus *Die Nacht der lehmgen Toten* oder 'n Stück Köterkacke auf Beenen.

»Du mich aach, Wixer«, keifte Lotti ihm nach, ehe

Ratzerich sie zwang, innen Lahn zu gehn. Hinterm Schaufenster gab's so was wie ein Mittelgang zwischen zwo wahren Scheißwännen mit unendlich viel CD-Playern, Handys, Glotzman-Dingern und all so 'n Kram hinner Glas, und hinnen im Lahn war das schwere Zeuch, Stereoanlahn, Compluter, Videorecoder und Fernsehgräte.

»Wenn wir 's Fleisch suchen, wo wir essen wolln, was machen wir dann hier, statt nach McDonald zu gehen?«, frachte Lotti ein für ihrn Begriff völlich begründete Frach.

»Wir tauschen unseren Geldvorrat gegen einen Fernsehapparat ein.«

»Scheiße, *was?* Ja am Aasch, wieso?«

»Wir tauschen unseren Geldvorrat gegen *ihr* alles sehendes Rattenloch ein. Gegen die Tür zu jedem Spalt und jeder Ritze ihrer Welt. Die Tür, hinter der sich der Feind versteckt, kreisch-kreisch-kreisch! Das menschliche Fleischding tritt hindurch, und gleichzeitig eine Ratte, hi-hi-hi!«

Na ja, gut, wenn man eine Ratze war, wo sich als Mensch tarnte, konnt man vielleicht was Dümmres tun als 'n Fernseh anzuglotzen, egal wases grad bracht, dacht man dran, dass die Leute es ja meistens laufen hatten, wenn sie nich grade fraßen, fickten oder schissen, und häufig hatten sie auch dann den Kasten an.

Abba dies Mal klappte der Trick hier nich so richtich.

Zwo Japsentypen in schwatten Anzügen schnasselten am Lahntisch mittem Lahnschwengel über 'n Stapel fescher Handys, während Lotti durchs Geschäff schluffte. Sie sahn sie anlatschen und valechten sich sofort auf ihr Vabeugungs- und Grüßtheater, bliehm auch bei der Aufführung, als sie fluchs an ihr vorbei tänzelten, als ob sie meinten, sie tät sie beißen, wenn sie nich echt höflich wärn, wo Lotti ein irndwie geile Sach fand.

Der Kerl hinnerm Lahntisch war ein oller, kahler

Inder, einssexich groß bei 40 Kilo Lehmdwicht, und aus irndein Grund freute er sich nich, sie zu sehn.

Denn statt das übliche *Jawoll, Gnädigste, stets zu Diensten* zu schleimen, ringt der Doof die Händ und weicht vor ihr zurück, als ob sie nach Axelschweiß stänk oder ein megaüblen Furz hätt schleichen lassen.

Ratzerich langte unner Lottis Hosenbund und inne Unnerbux, wo sie ein Bünnel Scheine vawahte, und holte ein Pratze voll Einernoten raus.

»Wir erwünschen diese Geldexemplare gegen einen Fernsehergerät einzuhandeln«, gab Lotti dem Lahnschwengel Bescheid, bloß isses Ratzerich, wo das sacht, *so was* hatt er noch nie gemacht, 's fühlte sich an, als wär der Enterhaken in ihrm Hirn innen hohl, und als sauchte sich Ratzerich die Wörter raus, wo er brauchte, und setzte sie zusammen, bloß nich so gelungen.

»Bitte gehen Sie, bitte gehen Sie, bei uns ist Betteln untersagt«, rief der Olle und fuchtelte, sein Zinken gerümfft, mit beide Branten. »Zwei Kunden haben Sie uns schon verschreckt.«

Anne Rückwand hinnerm Lahntisch issen riesger Spiegel, und zwischen den Radjos erkannt Lotti wieso. Selbs für wen, wo ein Milljohn Jahr lang durch U-Bahnstollen gewannert war und auf Trebe Hühnerköpp und Fischdärm aussem Müll gefuttert hat, könnt sie nich schlechter aussehn.

Sie sah ein menschlichs Gesicht, *ihr* Gesicht, jehnfalls war ihr, als könnt sie sich dran erinnern, die Größe stimmte, vadammicht noch mal, und alles, wo in so 'n Gesicht gehörte, war anne richtge Stelle. Abba die Haar warn durch was Grünlich-schwattes total vafilzt und hart, und die Haut war irndwie grau und unner all dem Siff halb auffekatzt.

Und die Augen ...

Die Augen warn *nich* ihre Augen, wensgens nich mehr so wie früher, sie glitzerten zu hell, schienen irndwie schwatt und gleichzeitich rot zu sein, abba wie ging so was? Ja, das warn Rattenaugen, der Ratzerich linste durche Löcher in ihrm Kopp raus inne Welt, brrr, in *die* Augen mocht nich mal *sie* selbs guckn …

Abba Ratzerich rafft's nich, er hielt sich für megacool.

»Hier ist Geld«, ließ er sie sahn, streckte dem Ollen schmuddlige Scheine unnern Riechkolben, Mann, vielleicht zehn Dollah. »Übergeben Sie mir einen Fernseherapparat.«

Das bringt's nich, Aaschloch, wollt Lotti dem Ratzerich vaklickern, abba sie konnt's nich, er war's ja, wo ihr Mundwerk bewecht, und mittem Denken lief's auch nich mehr so toll.

Und 's kam, wie's kommen musst, anstatt dem Krempel auffen Tisch zu tun, weil der Kund ja immer Könich is, schrie dem Lahnschwengel was hinner sich ins Lager.

»Kim! Komm sofort her und bring die Keulen mit!«

Und aussem Lager sprang ein Koreanerstenz in weißem T-Shirt ins Geschäff, wo aussah wie Bruce Lees großer Bruder, und innen Pratzen wirbelte er zwo astreine Baseballschläger um und rum, als wärn's Nunchatels.

Wie Ratzerich das sah, hatte er plötzlich Schiss und dankte ab, ließ Lotti die Kastanjen aussem Feuer holen: Vielen Dank auch, du Aaschloch!

»Hau ab, Fidschisau!«, brüllte Lotti, riss aussem Einkoofsbeutel dem Schnellen Schlitzer, schwang ihm irndwie inne Richtung von Kim seine Fresse.

Da dacht er abba gar nich dran, sonnern kam hinnern Lahntisch vor und auf sie zu, und darum ging *Lotti* stiften, tappte rückwätz zur Lahntür, aus Bewundrung für die Keulenakrobatik vonnem Karatefreak pisste sie inne Bux, und währnddessen zückte der Olle hinnerm Lahntisch ein 45er Magnum Revolver, stellte sich da breitbeinich hin und zielte zwohändig mit der Puste auf ihr Rübe, als hätt er 's inne fidschidsche Marinelefantrie oder wo gelernt.

»Bitte glauben Sie mir«, sachte er zu Lotti, »Ihre liebenswürdige Straßenkindernachbarschaft hat mir schon so viel Verdruss verursacht, dass ich Ihnen sehr gern eine Anzahl Kugeln in die Anatomie schieße, bevor ich die Polizei rufe, falls Sie Ihre abstoßende Erscheinung nicht unverzüglich aus dem Laden entfernen.«

»Dann leck mich doch am Aasch, bekloppter Blindgänger!«, schnauzte Lotti, rannte wie ein schietge Krabbe rückwäzz zur Tür raus, ohne dem Blick vonne Plempe oder vonne Baseballschlägern zu nehm. »Wenn *das* dein Geschäffssinn is, trach ich mein Geld lieba woanners hin …«

Was Einkaufszentren betraf, war das Beverly Center eine erstklassige Anlage, neben den üblichen Ladenkettenfilialen gab es dort Designer-Boutiquen, ein Hard Rock Café und sogar eine Art von kleiner Markthalle. Im Dachgeschoss befand sich ein Multiplexkino, in dem man gelegentlich einen ausländischen Film sehen konnte, sowie eine beeindruckende Auswahl an Imbissständen mit exotischen Leckereien rings um einen Gemeinschaftsbereich mit Tischen und Stühlen, von dem man Ausblick auf den Springbrunnen unten im Atrium hatte, und zudem mehrere gute Restaurants.

Trotzdem und obwohl nur zehn Minuten Autofahrt seinen alten Wohnsitz vom Beverly Center trennten, hatte Dexter Lampkin es jahrelang gemieden, außer wenn Ellie ihn hinschleppte; er war nie ein Freund geschlossener Ladenzentren gewesen, aber *dieses* Bauwerk empfand er als besonders abartig.

Den Standort bildete die Überschneidung von La Cienga, San Vicente und Beverly Boulevard, sodass der Bau unweit der Schwulenszene des Santa Monica-Boulevard und der Hip-Zone der Melrose Avenue die südliche Begrenzung der Restaurantmeile auf der La Cienga bildete. Mit anderen Worten, es lag mitten im prallen Leben Los Angeles'.

Mit nochmals anderen Worten: Falls das Arschloch, das sich den Bau ausgedacht hatte, die Örtlichkeit und den kalifornischen Sonnenschein genutzt hätte, um einen Häuserblock mit herkömmlichen Straßen anzulegen, wäre ein richtiger Stadtteil geschaffen worden.

Stattdessen war rund um das standardmäßige, mittige Atrium die gewohnte fensterlose, klimatisierte Arkologie aus dem Boden gestampft worden, die genauso gut, setzte man zum Maßstab, wie viel man von der Umgebung sah – auf die man lediglich einen flüchtigen Blick erhaschte, ehe man im angrenzenden Parkhaus die Klimatür betrat –, im San Bernardino-Valley oder im Orbit um den Pluto hätte sein können.

Es hatte Dexter gewundert, dass Ralf vorschlug, sich im Dachgeschoss des Beverly Center zum Essen zu treffen, aber weil der Gesprächsgegenstand das Manuskript zu *Ralfs Welt* sein sollte – inzwischen hatte Ralf es zu Ende gelesen –, war Dexters schriftstellerische Neugier zu groß gewesen, um dagegen Widerspruch zu erheben.

Als Dexter eintraf, wartete Ralf in aller Öffentlichkeit am Aufzug, hatte sich jedoch vor den Massen, die durchs Center strömten, mit ortsüblicher Bekleidung getarnt: Pastellblauer Bermudahose, Designer-Treter, Totenschiff Erde-T-Shirt und roter, tief in die Stirn gezogener Baseballmütze auf der verräterischen Mähne.

»Was, keinen falschen Bart?«, fragte Dexter zur Begrüßung.

»Ist noch im Trockner.«

Dexter war vorher noch nie von Ralf zum Essen eingeladen worden – und kannte auch keinen Menschen, dem es schon passiert wäre –, darum beschloss er, diesem einzigartigen Vorkommnis seinen Lauf und den Star das Etablissement aussuchen zu lassen.

Zu seiner Konsternation fiel Ralfs Wahl nicht auf das ziemlich gute Thai-Restaurant, auch nicht auf den ausgezeichneten Chinesen oder die keineswegs zu teure Kopie eines französischen Bistros, sondern auf die Reihe exotischer Imbissstände gegenüber an der Wand.

Dexter zuckte die Achseln, besorgte sich ein Pastrami-Sandwich, Kartoffelsalat und ein Bier, für deren bescheidene Kosten der TV-Star in kalifornischen Allerweltsklamotten immerhin aufkam, und setzte sich vorsichtshalber schon an einen Tisch, während Ralf mit seinem Tablett sämtliche Imbissstände abklapperte; anschließend gesellte er sich mit einem Gemisch aus Tacos, amerikanischem Sushi, einer Folienkartoffel mit Tomatenketschup, Pepperoni und zerlassenem Monterey Jack-Käse, dessen bloßer Anblick wahrhaftig auf den Magen schlagen konnte, zu Dexter.

»Und?«, fragte Dexter.

»Tja«, antwortete Ralf, »mir gefällt's.«

Er nahm die Sushi-Rolle zur Hand, tauchte sie in Salsasoße, biß die Hälfte ab und sah Dexter mit schiefem Grinsen an. »Wieso auch nicht?«, meinte er. »Es liest sich, als ob das Licht und der Weg und die Zukunft, aus der ich stamme – wie sie im zweiten Teil geschildert wird –, die Wirklichkeit weit übertreffen.«

»Die Wirklichkeit?«, wiederholte Dexter, den Sodbrennen befiel, während er zuschaute, wie Ralf Sojasoße auf sein Machaca-Taco träufelte.

»Wissen Sie, warum ich mich hier so wohl fühle?«,

fragte Ralf, schwenkte den Arm weit rundum, als ob das Center ihm gehörte.

»Eigentlich nicht«, grummelte Dexter.

Ralf kaute einen Bissen Taco. »Blicken Sie sich um, Lampkin«, verlangte er mit vollem Mund. »Sagen Sie mir, was Sie sehen.«

Dexter hob das Bierglas und ließ den Blick, während er langsam trank, durchs Dachgeschoss des Beverly Centers schweifen. Über die Aussicht ließ sich nichts Vorteilhafteres feststellen, als dass sie weniger ekelhaft war als Ralfs Imbiss-Zusammenstellung.

Er sah, was es in so gut wie jeder geschlossenen Geschäftspassage zu sehen gab. Ein Multiplexkino. Eine Reihe von Imbissständen. Einen Halbkreis von Restauranteingängen. Einen gläsernen Aufzugschacht sowie Liftkabinen, die mitten durch die Springbrunnenanlage auf- und abstiegen. In Bottichen so sorgsam gepflegte Tropenpflanzen, dass sie wirkten, als wären sie aus Plastik. Publikum mittleren Alters. Minderjährige Indoor-Herumtreiber.

»Was ich sehe«, sagte Dexter, »ist die Disney-Version eines Marktplatzes am linken Ufer von Nirgendwo. Kurzum, Ralf, ein Einkaufszentrum.«

»Was *ich* sehe«, lautete Ralfs Antwort, »ist das Goldene Zeitalter.«

»Das Goldene Zeitalter?«

Ralf unterbrach das Mampfen, um mit Dexter festeren Augenkontakt herzustellen, heftete auf ihn einen Blick eindrucksvoller Aufrichtigkeit – oder wenigstens eine perfekte Darbietung eines solchen Blicks.

»Das Goldene Zeitalter der Einkaufszentren«, sagte Ralf. »Den verschollenen Garten Eden. Die Zeit, als man im Freien noch die Luft atmen konnte und die Menschen sich in diesen Ladenpassagen nicht wie Sardinen drängten. Als die Klimaanlage noch nicht nach Fürzen und Achselschweiß miefte. Als darin noch Pflanzen wuchsen. Man noch *echte Delikatessen* erhielt, die nicht aus im Keller recyceltem Matsch bestanden. Ach ja, *das* war die gute, alte Zeit, Lampkin!«

Dexter erwiderte seinen Blick. »Lassen Sie 's gut sein«, sagte er. »Den Scheiß hab *ich* geschrieben, wissen Sie noch?«

»*Tatsächlich,* Lampkin?«, entgegnete Ralf. »Sind Sie sicher?«

Seine Augen hatten den Ausdruck jemandes angenommen, der unter dem Einfluss einer starken Droge oder George Clayton Johnsons stand.

»Wer weiß denn, um mich auf die neuesten Worte zu berufen, die *Sie* mir in den Mund legen, die Wahrheit?«, hielt er Dexter entgegen, indem seine Stimme eine haarscharfe Gratwanderung zwischen ehrlicher Belustigung und Sarkasmus vollführte, die auf Dexter eine sonderbar hypnotische Wirkung ausübte.

»Wer *kann* sie kennen, wenn all diese alternativen Zukünfte darauf aus sind, die Vergangenheit zu verändern, um sich real oder nicht real zu machen, sodass sogar *wir* gewissermaßen – wie nennen Sie das? – *virtuell* sind, stimmt's, Lampkin?«

»Kommen Sie, Ralf, das alles hab ich mir bloß ausgedacht, es ist nur *Science Fiction.*«

»Vielleicht, oder vielleicht nicht, oder eventuell trifft beides zu, wenn ich Sie recht verstehe, Lampkin«, sagte Ralf, schlug einen Tonfall hintersinniger Schmeichelei an. »Natürlich bin ich in diesem SciFi-Sachen nicht so gut auf dem Laufenden wie Sie. Aber Ihnen zufolge verhält's sich doch so, meine ich, dass *der jetzige Augenblick*, was wir in diesem Moment hier tun und reden, ständig umgeschrieben, das Manuskript praktisch niemals fertig wird, nur *wissen wir davon nichts*. In einer Version denken Sie sich alles aus. In einer anderen Fassung bin ich in der Tat ein Flüchtling von einem realen Totenschiff Erde. Oder Kapitän Parsival von einem realen Sternenschiff Erde, das mich in die Vergangenheit geschickt hat, damit ich den Planeten kapere und nach Utopia befördere. Oder …«

Er schmunzelte wie ein Cheshire-Kater, der soeben einen besonders saftigen Kanarienvogel verschlungen hatte.

»Oder ich *bin* der Riesenknollengott, und das Ganze ist nur mein Traum – jede Version, jede Fassung –, ich wälze mich unruhig im Schlaf und rülpse, während ich meine letzte Mahlzeit Kentucky Fried Dino verdaue.«

Ohne dass Dexter gemerkt hätte, wann es geschah, hatte sich der Ausdruck in Ralfs Augen sozusagen umgepolt, sodass jetzt Dexter zumute war, als stünde *er* unter der Wirkung eines Svengali – Svengali lautete der Name eines schurkigen Hypnotiseurs in einem Roman George du Mauriers –, wäre *er* zum Protagonisten in einem Werk *Ralfs* geworden.

»Wer sind Sie, Ralf?«, fragte er leise. »Wer sind Sie hinter all dem Quatsch und dem Getue *wirklich*?«

»Woher soll ich das wissen?«, stellte Ralf schlagfertig die Gegenfrage.

»Woher *Sie* es wissen sollen?«

»Wenn ich der Große Träumer bin, merke ich es erst, sobald ich erwache, das heißt, falls ich je aufwache«, sagte Ralf. Nun verwandelten sich seine Augen in Spiegel, in denen alles oder nichts erscheinen mochte. »In diesem Fall erfahren Sie 's nie, dann sind Sie nämlich nur ein winziges Element meines Traums.«

Sein Lachen klang nach sehr wenig Humor.

»Oder ich nehme Sie auf den Arm«, fügte er hinzu. »Oder ich bin, was die letzte Variante des Showkonzepts von mir behauptet. Oder ich bin völlig wahnsinnig.«

Er zuckte die Achseln.

»Oder *Sie* sind Rübezahl, Lampkin, und das Ganze

ist *Ihr* Traum«, ergänzte er seine Äußerungen in völlig ernsthaftem Ton. »Woher sollten *Sie* es denn wissen?«

Er lachte; dieses Mal war es ein echtes Lachen, oder es hörte sich zumindest so an. Er schmierte einen Klumpen Wasabi-Paste auf die in die italienischen Nationalfarben gehüllte Folienkartoffel, steckte sich mit der Gabel einen Brocken Kartoffel in den Mund. Und mit einem Mal war der Bann, welcher Natur er auch gewesen sein mochte, gänzlich verflogen.

»Also, Lampkin, da gemäß meiner *Welt*, so wie Sie sie schildern, keiner von uns richtig Bescheid weiß – und selbst wenn wir was merkten, das Manuskript sich in derselben Sekunde schon wieder fünfzehnmal geändert hätte –, weshalb legen wir uns nicht einfach auf die Fassung fest, die uns am meisten behagt, und setzen sie um?«

»*Was* sollen wir umsetzen?«

»Die Version, in der Glöckchen existiert, in der Scotty mich von Ihrem Sternenschiff beamt, um die verblendeten Affenboys und Affengörls ins helle Morgen zu führen«, antwortete Ralf, verzehrte den Rest der in Salsasoße getränkten Sushi-Rolle.

Er schenkte Dexter ein clowneskes Grinsen, das mit Fettschminke auf seine Gesichtszüge hätte gemalt sein können.

»Auf jeden Fall würden Sie Showgeschäftgeschichte schreiben, Lampkin«, behauptete er. »Es wäre das erste Mal, dass man eine *Fernsehshow* dem *Begleitbuch* anpasst.«

Echt tolles *Team sind wir,* dacht Lotter-Lotti, oder wensgens *dacht* sie, dass sie 's dacht, manchmal ließ sich's schwer unnerscheiden, *kreisch-kreisch-kreisch, Ratzerich weiß, wasser will, abba hat kein Schimmer, wie er 's kriehn soll, und ich weiß zwah wie, abba hab keen Ahnung nich waröm.*

Dem ganzen Wech ostwäzz auffe 14. quiekte und quäkte Ratzerich sein Schiet über Rattenlöcher, Türn, die Tote Welt und dem Feind, wo alles zusammen die Begrünnung sein sollt, bloß raffte Lotti 's so gut, als käm's vonnem Speedfreak-Gangstarapper, abba um was es beim *Waröm* geht, wird jehns Mal völlich klar, wenn sie ein Schaufenster sehn, wo Fernsehgräten drin stehn.

Dann nämlich bringt Ratzerich sie zum Zucken und Rucken und Sabbern er pumpt ihr durchen Enterhaken im Kopp Rattengier ins Hirn bis runter ins Knochenmark als wollt sie'n Fernseh jagen und fressen Mann ihn *ficken* und sie kann bloß mit Müh und Not vahinnern dasser mitter Rübe durchs Fenster rammt um sich ein Apparat zu krallen.

Fleischmenschen gehn durche Tür und mit ihnen Rattendinger, hatt Ratzerich nich so was oder 'n ähnlichen Kack gelabert?

Na klar, Rattenaasch, bloß isses vielleicht nich so einfach wie du denks, also lass mal lieba auffe Straß mich das Denken erledgen, ey Mann, 'n *Mensch* im *Rattenpelz* käm im Kanal auch nich so leicht zuräch ...

Konnt sein, dass Ratzerich auffes hörte, was sie Vernünftges wusst, oder vielleicht hörte Lotter-Lotti auffen Enterhaken in ihrm Kopp, neuerdings war's nich mehr so klar, wie rum 's eintlich lief, abba auch wenn der Rattensack sie tun ließ, was sie tun sollt, und alles, was sie fühlte, irndwie rattenmäßig war, wensgens durft sie das Denken erledgen ...

Und wer hier das Denken tat, der wusst Bescheid übern Klaumarkt.

Den größten Klaumarkt gab's inne Näh vom Cooper Union College, wo kleene Einbrecher die Beute vonne letze Nacht auffem Gehwech auslechten und mäklige Möchtegern-Yuppies sie sich anlurten, und dann ging es so: *Ey Alter wie kommssu auffe Idee, das könnt heiße Ware sein Die Vidjokamera und das tolle Teleskop hab ich vagangnes Jahr zum Gebuhrtstach kriecht Ich bin imma ein groβa Fan von Igor Strawinsky gewesen Hier das Silberbesteck für acht Pasonens is bei uns inne Familje seit wir uns innem Beiboot der* Mayflower *inne Staaten geschmuggelt hahm …*

Wer hier das Denken tat, hatt sich hinnern Müllcontainer gehockt und die Knete gezählt, zusammen waren's Hunnertdreiundzwanzich fuffzehn, also zu wenich, um im Geschäff einzukoofen, abba genug für ein Koof am Cooper Union.

Wer hier zustännich war fürs Fühlen, hatt stark Schmacht und Gier, direkt hinzurasen und zu koofen, wasser wollt, abba wer hier das Denken erledigte, hielt's für Scheiße, das ganze Geld auffen Kopp zu haun, und zum Glück hatt Lotti nich bloß 'n schlauern Einfall, sonnern 's war auch einer, wo ein Ratte echt dran Geschmack fand.

So wie's alle Arten von Nutten gab, nämlich von solchen, wo aussahn wie Filmstars und im Waldorf unnem Plaza anschafften, bis zu annern, die zwischen geparkten Autos Saufbrüdern ein bliesen, gab's auch alle Arten von Einbrechern, von denen, wo ihr festen Hehler hatten, über solche, die ihr Zeuch inne Näh Cooper Union am Rinnstein vakloppten, bis zu dem Gesocks, wo sein Schiet inne Gasse zwischen 13. und 14. Street schleppte, jau, innen Aasch von Alphabet City, und in keen Zustand nich war, um zu merken, ob wer ein Ratte war oder sons was, und falls ein was schnallte, machte er deswehn bestimmt keen Remmidemmi nich.

Noch ein Stuf tiefer, und sogar ein Kakerlak müsst kotzen.

Am Ende vonne 14. Street stand ein Papiercontainer, und am Ende vonne 13. Street ein Chaos von Abfalltonnen, und sollt wer zufällich dazwischen guckn, guckte er keen zwotes Mal nich hin, außer er war ein Scheißjunkie, wo was Geklautes gehn Zaster für den nexten Trip los wern wollt, oder ein Rattending, wo ein auffe Trebe erfahrnes Mensch das Denken für tat, währnd sie beide durche allerunnerste Gosse vonne Menschheit zohn.

Da stannen, als Lotti ummen Container schob, fümf Vatreter vonne Menschheit (Ratzerich jehnfalls hätt sie dafür gehalten) wie Müllsäcke anne Mauer, und offenbar lief's Geschäff mies, der einzge Intressent, wo sich die Ware ansah, war ein vonnen eklichten, vasoffnen Scheibenwischhyänen, wo den dreckjen Rotzfetzen ausse Aaschtäsch und 'n Pimmel ausse Hose hängen hatt.

Wensgens musst er vamutlich mehr oder wenger bei Besinnung sein, wenn man sah, wie er irndwie noch auffen Kackstelzen stehn konnt, damit war er nämlich in bessrer Vafassung als drei vonnen annern Affenlehmdwesen.

Ein Puertoricanerlümmel, wo sexzehn sein konnt, aber aussah, als ging er auffe Hunnert zu, hatt auffe Polaroidkamera gegöbelt, wo zwischen sein Knien lach. Ein Junkie-Omma saß da mit ein Rührapparat inne Klauen, wo sie irndwie ergattert hatt, und glotzte gradaus, als hätt sie grad 'n Löffel abbegehm und bloß noch nich zu seibern auffehört. Und irndwas, das echt Ähnlichkeit mittem Skelett inner Yankees-Windjacke hatt und da *schnarchte,* Mann Gottes, dasses schon widerlich zu hörn war, hielt 'n Toaster auffem Schoß, wo man von hätt meinen können, wer hätt da Kacke drin gebacken.

Ein Weißer in schwattem T-Shirt voller Löcher und Sicherheitsnadeln, schmiergen blonnen Locken und mit genug Nadelstreifen anne Ärm, um vonne Linje A nach Cleveland befahrn zu wern, zuckte und ruckte bei sich, als käm's ihm inne grässlich dreckje Bux, währnd er mit sein beide Daumen auffem lausgen Gameboy rumdrücken tat, wo er wohl eim Zehnjährgen ausse Forken gerissen hatt.

Der Doof linste Lotti an, währnd sie vorbeilatschte, brabbelte irndwas und streckte ihr das Schietding entgehn, ohne dass sein Daumen stillstahn hätten, abba Lotti konnt den Mist nich gebrauchen – sie hätt ihn sowieso nich hahm wolln –, und der letze Aasch auffe 13. Street hatt, wasse suchte, nämlich von irndwoher ein Fernsehgrät.

War keen toller Apparat nich, bloß ein kleiner Tragbarer, so 'n Scheißkasten mit Griff und Antenne in Bananengelb, sah echt dermaßen beschissen aus, als wär er aussem Kinnerzimmer geklemmt worn.

Dahinner lehnte ein Typ in mehr oder wenger blauem Regenmantel anne Mauer, er hatt eine grünlich-graue Pelle, wo am Kopp zwo Nummern zu groß aussah, blonde Fussel auffem Schädel, als hätt er die Läuseallee mittem Rasenmäher gekappt, seine Lippen warn total blau, vadammicht noch mal, im Maul sah man nix als faule Hauer nich, und die Augen erinnerten irndwie an die blauen Lichtlein, wo man im U-Bahnstollen längs trecken konnt bis inne Aaschfinsternis.

Bloß schwächre Opfer suchen und keene großen Räuber nich rausfordern. Woll, das hörte sich wie was Gescheites an, wo ein fleißges New Yorker Trebemädel und ein Ratzerich, wo da nich auffalln wollt, drin einich sein konnten, jau.

Hier inne Gasse mochte Mr. TV der Größte sein, abba überlechte man, wo zustännich war fürs Denken, die Pfote am Griff vom Schnellen Schlitzer und die Einstellung vonne gierichte, boshaffe Ratte hatt, dann war im Vagleich *Lotti* der große Räuber, drauf konnt er sich gefasst machen, der Affenaasch.

»Was soll der Fernseh kossen?«

»Wat frachsu?«, wollt Mr. TV mit ziepger Quiekstimme erfahrn. Seine Augen hatten irndwie Ähnlichkeit mitten Fenstern vonne Brandruine, wo man ehrlich gar nich wissen mocht, wassa im Düstern hinner lauerte.

»Deswehn frach ich«, gab ihm Bescheid, wo das Denken tun tat, langte mitte linke Fasse inne Tasch und klaubte 'n paar schmuddlige Einerscheine zusammen und hielt dem Armleuchter das Bünnel unnern Zinken, ließ abba für alle Fäll 's schöne Händchen am Griff vonnem Schnellen Schlitzer.

Da hätt man doch meinen solln, der Dummbatz würd nachem Schotter lechzen, oder danach grapschen, das hätt Lotti nämlich lieba gehabt, da hoffte sie drauf, abba nee, er grinste bloß wie 'n hohler Kürbis voller Rasierklingen inne Fressleiste. »Zu wenich«, sachte er.

»Was soller denn kossen, Aaschloch?«

»Kannschu gah nüsch zahln.«

»*Was* kann ich nich zahln, du Hängeaasch?«

»Ich will finf Milljen Dollers. Mit finf Milljen Dollers binnisch Herr von die Welt. Mit finf Milljen Dollers binnich Filmschdar. Mit finf Milljen Dollers binnich Krischus am Kroize.«

»Fümf Milljohnen? Sach mal, hassen Rad ab?«, rief Lotti, eh sie raffte, was für ein blöde Frach sie stellte.

»Een Rad ab zu ham, is schawer toier. Ich hab ein toiers Laster. Kost mich tächlich ganau finf Milljen Dollers.«

»Du schweinisch blödes Stück *Scheißdreck*!«

Da sah man, dass ein höfliche Unnerhaltung von wem, wo Vaantwortung fürs Denken hatt, mit derartgen unnerbelichtichten Pissern, wo nich zwo vanünftge

Sätz hinneranner rauskriechten, zu rein gar nix nich führte, drum war Lotti jetz froh drüber, dassie ein Ratzerich in sich hatt, wo gleich tobte und wütrichte, wennes nich fluppte, und 's war echt geil, ein Menschenleib mittem langen Stahlzahn zu hahm, und eins stand fest, 's hatt knallhart was für sich, am obern statt am unnern Ende vonne Nahrungskette zu stehn.

Keene großen Räuber nich rausfordern.

Einmal umme Axe drehn und die Gegend ausschnuppern.

Nix in Sicht, was mittem guten, ollen Schnellen Schlitzer nich zu regeln gewesen wär.

Nur Beute ausguckn, wo schwächer war als man selbs.

Das Affenlehmdwesen war schwerer als sie unnen Mann, abba's roch schwach und krank, hatt langsame Reflexe, der weiche Brägen war in keim Zustand nich mehr, um die Gliedmaßen so zu steuern, dasses ein Kamff mit Lotti unnem Schnellen Schlitzer hätt bestehn können.

»Her mittem Fernseh«, sachte sie mit kratzger Stimme, wo klang, als scharrten Pfoten auf Beton, und grapschte sich dem Tragegriff.

»Meiner!«, heulte Mr. TV, vasuchte mit ein spastische Varenkung Lottis Faust wechzustoßen. »Hab ich ehrlich gaklaut! Kanschu jehm frahn!«

»Hier hab ich 'n längsten Zahn!«, kreischte Lotti, zückte den Schnellen Schlitzer, schwang ihn hoch in weiten Kreisern, währnd sie ein halben Dreh machte, um zu checken, was sich da hinner ihr tat.

Der Rotzfetzensäufer wackelte schon durche Gasse zur 14. Street, so schnell seine wacklichten Beene ihn trugen, sonnerlich schnell war's nich. Um die Junkie-Omma, dem Klotzkopp inne Yankees-Windjacke und der Sau, wo auffe Polaroidkamera gereihert hatt, zu wecken, hätt's mehr gebraucht als ein Riesenratte, wo mittem Messa fuchtelte, vielleicht ein Atombomme im Aasch.

Der Lahmarsch-Gameboy stellte sich mehr oder wenger kwasi auffes Laufwerk, abba eh er dumme Ideen hahm konnt, schnauzte Lotti ihm ein herrisches *»Iss was?!«* zu und tat schwer strengen Blicks ein Schritt in sein Richtung, und da gab er haste nich gesehn Fersengeld.

Als sie sich wieder Mr. TV zuwandte, hatt die Blindniete sich auf alle viere geworfen und schlang beide Ärm ummen Scheißfernseh, als wär das Ding sein Lieblingsteddybär.

»Du krichsen nüch, du krichsen nüch, du krichsen nüch«, schluchzte und plärrte er, als ob er grad mal zwo Jährchen alt wär.

Such dich bloß Opfer, wo schwächer als du sind.

Forder keene großen Räuber nich raus.

Da hab ich echt keen Problem nich mit.

Hier gab's bloß ein Räuber, wo jetz 28 cm scharfen, vasifften Stahl annes Grübchen zwischen Kehle und Hals vonnem Opfer setzte, wo sich Arterjen voller Blut und schwuppernde Venen riechen ließen.

Mit ein Faust wollt sie dem Affenlehmdwesen den Fernseh wechfetzen, und 's war so schlapp, dass sie 's wohl geschaff hätt, wäre er nich mit beide Ärm ummes Grät geschlungen gewesen, außerdem flennte er pausenlos nervig rum, also Mann, was sollt's denn, wenn er 's so hahm wollt …

Sie zog die Pfote ein bisgen zurück und schlitzte mitte volle Kraff vonnem Arm dem blöden Furz den Stahlzahn durche Gurgel, spürte ganz genau, wie's Messa Fleisch zerschnitt und Blutgefässer zertrennte.

Das Affenlehmdwesen wollt ein Schmerzschrei oder so was blöken, aber aus seim Hals schoss mehr fies riechendes Blut, als aus seim Maul Liveton kam, und

Lotti entriss ihm den Apparat, sodass die ätzende Sau in ein Fütze dickes, rotes Blut sank.

Woll das war total geil stärker alsse Beute zu sein und ein langen scharfen Zahn aus Stahl zu hahm.

Da siehst du es, Lotti Lotter, wir sind *dein einziger Freund, kreisch-kreisch-kreisch!*

»Also, das mussich sahn, man könnt sich dran gewöhnen, dein einzger und größter Lieblingsräuber zu sein, hi-hi-hi …!«

Texas Jimmy Balaban hatte keinen Bedarf an Amanda Robins Beverly Hills-Ballonforscher, um zu erkennen, dass die Veränderung des Ambientes in Ralfs Wohnung äußerer Ausdruck dessen war, was sich in letzter Zeit unterm Pony seines Klienten abspielte, sie die Umänderungen im Show-Konzept widerspiegelte, die Ralf und Lampkin durchgedrückt hatten.

Als Jimmy das letzte Mal hier gewesen war – während Ralf noch den Komikerpropheten des ökologischen Elends und Grausens mimte –, hatte es nur weiße Wände und typisches Motelmobiliar gegeben, so wie es zu einem in der Zeit verschollenen Bootsflüchtling des Totenschiffs Erde passte. Inzwischen war er jedoch zu Kapitän Ralf vom *Sternen*schiff Erde erblüht, und anscheinend hatte er eine vergleichbare Ökologisierung mit der Wohnung zu vollziehen versucht.

Noch nie hatte Jimmy eine dermaßen mit Grünpflanzen voll gestopfte Behausung gesehen. Das oberste Laub hoher Gummibäume und Schilfsträucher berührte die Decke. Topfpalmen und Fächerpalmen. Efeu, Geranien, Leuchterblumen und Erbsenpflanzen in Ampeln. Gummiartige Dickblattgewächse und knuddelige Sukkulenten. Kakteen aller Größen. Venusfliegenfallen. Bonsai. Hornklee und Purpurwinden.

Große und kleine Pflanzen verstellten das gesamte Wohnzimmer, beanspruchten nahezu jeden Quadratzentimeter Tischfläche, verdorrten auf dem Balkon im Smog, sogar auf dem *Kühlschrank* stand Grünzeug. Jimmy war sicher, dass er, wenn er pinkeln ging, in der Toilettenschüssel Seeröschen entdeckte.

Ein wahrhaft deprimierender Anblick.

Denn sämtliche Gewächse befanden sich vorm Eingehen: In der ewigen Klimatisierung vergilbten die Blätter, überzogen die Kakteen sich mit Schimmel, die Bonsai wurden grau und dünn, die Stämme und Zweige der größeren Pflanzen schienen wie die Opfer einer afrikanischen Dürre infolge Auszehrung zu schwanken.

Man musste kein Luther Burbank zu sein, um zu sehen, dass Ralf absolut keinen Grünen Daumen hatte.

Kapitän Ralf vom Sternenschiff Erde hatte das Ziel, hier ein Modell der verheißenen biosphärischen Wiederbelebung zu schaffen, weit verfehlt und stattdessen nichts als ein Auschwitz für Zimmerpflanzen gegründet.

Was wiederum nur zu den Auswirkungen passte, die der umgekrempelte Star der Show auf deren Erfolg ausübte.

Gewiss, bisher ließen sich negative Konsequenzen lediglich unterschwellig absehen. Die Einschaltquoten, deren eingetretenes Ansteigen während der neuen Staffel – bei neuer Sendezeit und überarbeiteter Konzeption – zu *erwarten* gewesen war, hatten sich ganz geringfügig unterhalb der seitens Archie Maddens erhofften Optimalhöhe eingependelt, wo sie gegenwärtig unruhig schwankten, während die Absatzzahlen des Merchandisings kontinuierlich zunahmen und man Lampkins Begleitbuch mit einer Erstauflage von 300 000 Exemplaren gedruckt hatte, nach Aussagen des Verfassers ein ziemlich beachtlicher Einstieg.

Noch konnte man nicht sagen, dass sich das Junggenie *beklagte*, doch wurde seinerseits allmählich ein gewisses Quengeln und Nörgeln darüber laut, wieso die Einschaltquoten der Show stagnierten, die der Gold Medien AG Zaster brachte, und dagegen das Merchandising, in dessen Rechte das Unternehmen den Rüssel zu tunken fahrlässig versäumt hatte, derartig florierte.

Bis jetzt war es Jimmy gelungen, ihn mittels Vernebelung hinzuhalten, durch die Versicherung, das Merchandising – das Begleitbuch, die neuen Sternenschiff Erde-T-Shirts und die entsprechende Montur, die Poster, Buttons, Kondome und Müslisorten und was nicht alles – schließlich Promotion wäre, die die Show puschte, es nur noch etwas Zeit bräuchte, bis sie unvermeidlich einen positiven Effekt auf die Nielsen-Daten hätten.

Dass Madden ihm nicht geantwortet hatte, er sollte ihm damit den Buckel runterrutschen, bewies lediglich, ein alter Hollywoodprofi konnte – wenigstens für begrenzte Frist – *sehr wohl* ein Junggenie austricksen.

Denn was er Archie Madden erzählt hatte, war natürlich purer Quatsch.

Zweihunderttausend T-Shirts, hunderttausend Poster und Buttons, zehntausend Sternenschiff-Monturen und der gesamte übrige Tinnef mochten tatsächlich ein ordentlicher Bonus sein, aber kam es darauf an, die Einschaltquote einer TV-Show mit zwölf Millionen Zuschauern zu steigern, spielte nicht einmal ein Taschenbuch mit 300000 Exemplaren Auflage sowie dem Foto ihres Stars und dem Logo der Show auf dem Umschlag irgendeine ausschlaggebende Rolle.

Wogegen eine bundesweit ausgestrahlte Fernsehshow mit einer mittelprächtigen Zuschauerschaft von zwölf Millionen Leuten je Woche eine kolossale kostenlose Reklame für das Merchandising abgab.

Ralf führte Jimmy durch den siechen Indoor-Regenwald ins Wohnzimmer, schob mangels einer Machete dürr gewordene Ranken und welke Farne mit dem Unterarm beiseite und schlüpfte hinter die Hausbar, während sich Jimmy auf einen Hocker schwang.

Ralf schenkte zwei Bourbon mit Eis ein, stellte ein Glas vor Jimmy ab und stützte sich wie der gutmütige Barkellner der Nachbarkneipe mit dem Ellbogen auf die Theke.

Falls in der Nachbarkneipe zufällig die Kulisse von *African Queen* vergammelte und der gutmütige Barkellner sich mit *RALFS WELT*-Merchandisingartikeln behängte.

Er stand zu dem Kram, das musste man ihm lassen. Ralf war nicht verrückt genug, um die Sternenschiff Erde-Montur auf der Straße zu tragen – zumindest bis jetzt –, jedoch sah man ihn in der Öffentlichkeit nie ohne das T-Shirt oder die grüne Satin-Windjacke mit dem großen Sternenschiff Erde-Symbol auf dem Rücken – der große, blaue Globus schwebte mitsamt feurigem Kometenschweif durchs bestirnte Weltalldunkel – und der kleinen Version vorn links, direkt unter dem in Gold gestickten Namenszug, auf der Brust.

Oder in beiden Kleidungsstücken, falls die Klimatisierung es erlaubte.

Und anscheinend trug Ralf sie inzwischen auch als Gastgeber in der Privatsphäre der eigenen Wohnung.

Falls man so etwas als Wohnung bezeichnen konnte.

Falls Ralf noch Ralf war, woran sich mit Recht zweifeln ließ, beachtete man das Glitzern seiner Augen, das Jimmy an eine Nymphomanin erinnerte, mit der er einmal ein Rendezvous gehabt, die sich dann allerdings zum Jesusfreak bekehrt und die man zuletzt gesehen hatte, als sie auf dem Hollywood Boulevard das Tamburin schlug.

»Also, Jimmy …?«

Texas Jimmy stieß einen tiefen Seufzer aus. »Tja, Ralf«, sagte er. »Wie kann ich es nett ausdrücken?«

»Wahrscheinlich gar nicht«, meinte Ralf.

Neuerdings wirkten seine Augäpfel beinahe so milchig wie Tischtennisbälle, und die Persönlichkeit, die sich dahinter verbarg – zumal Ralf ohnehin nie jemand gewesen war, mit dem man warm werden konnte –, immer mehr wie ein doch eigentümlich dubioser Marsianer.

Jimmy trank einen Schluck Bourbon und zuckte die Achseln. »Na gut«, gab er zur Antwort. »Ich bin gekommen, um Ihnen als Ihr Manager mitzuteilen, dass ich zu der professionellen Einschätzung gelangt bin, Sie sind dabei, einen geradezu lachhaft grotesken Sprung in der Schüssel zu kriegen.«

Was allerdings nicht ganz stimmte.

Je ernster Ralfs Sprung in der Schüssel wurde, umso weniger bewährte er sich dabei, das Publikum zum Lachen zu bringen. Es lag Texas Jimmy vollständig fern, der guten, alten Zeit des Totenschiffs Erde, des Toxikologenhumors und dem Rattern mit der Slapstickkeule an den Gitterstäben des Affenkäfigs Erde eine Krokodilsträne nachzuweinen, aber die jetzige Welterrettungsmarotte war schlicht und einfach überhaupt nicht mehr komisch.

Wie hätte sie es auch sein sollen?

Weil die Grundlage aller Komik darin bestand, die Weise, wie das Publikum sich selbst betrachtete, und die Welt, in der es lebte, durch Übertreibung zu karikieren, war es wesentlich leichter, bei den Leuten Heiterkeit hervorzurufen, indem man sie verarschte, als durch den Versuch, sie dahin zu inspirieren, dass sie sich auf die Hinterbeine stellten, um Gutmenschen zu werden.

Auf keinem Jahrmarkt ließ sich beobachten, dass ein Schausteller Zerrspiegel aufbaute, in denen die Besucher ein *besseres* Bild machten, als ihr wirkliches Aussehen es vermittelte, oder?

Das Abdriften zur falschen Seite musste so reibungslos glatt erfolgt sein, als wäre der Holzweg mit Gänseschmalz gebohnert worden. Selbst heute konnte Jimmy noch nicht genau erkennen, wann es mit der Abirrung angefangen hatte. Als Ralf durch Lampkins abgefuckten Medizinmann dahin verleitet worden war, sich im Fernsehen lauthals und live zum Riesenknollengott auszurufen? Als Amandas tausendjähriges NewAge-B-Film-Sternchen ihn dazu brachte, daraus einen nicht ganz unkomischen, aber mindestens halb ernst gemeinten Dauerbrenner zu machen?

Vielleicht *hätte* Jimmys Gespür ihn warnen müssen; doch erst als Dexter ihm den Umschlagentwurf zum Begleitbuch, auf dem man Ralf in der damals noch nicht ganz ausgegorenen Sternenschiff Erde-Kombination sah, und den vom selben Künstler ausgebrüteten Sternenschiff Erde-T-Shirt-Aufdruck zeigte, hatte es Jimmy gedämmert, dass die Konzeption der Show einer schleichenden Abwandlung unterworfen worden war, ohne dass er es gewahrt hätte.

Da erst war ihm aufgefallen, dass Ralf schon seit einer Weile nicht mehr so recht den geistreichen Gastgeber, sondern eher den nicht allzu unterhaltsamen Statisten einer Reihe von Gästen abgab, die allesamt aus einem von Lampkins SciFi-Schwarten entsprungen zu sein schienen.

Und als Jimmy die bisherige Gästeliste von *RALFS WELT* durchschaute, stellte er fest, dass es sich gewissermaßen tatsächlich so *verhielt*.

Der ganze Stuss über zeitreisende Besserwisser, die andauernd mit Alternativwelten Murks veranstalteten – wie die dümmlichen Lieblingsneffen halb gescheiter Filmregisseure, die in der Hölle zur Strafe in alle Ewigkeit gegenseitig ihre Drehbücher überarbeiten mussten –, verursachte Jimmy zwar erhebliches Kopfzerbrechen, aber man musste kein Mr. Spock sein, um zu sehen, dass Lampkin diese Angelegenheit als Roten Faden der Sendefolge benutzte.

Offenbar schwebte es Dexter vor, diese sämtlichen Ideen, wie man den globalen Abwärtstrend in Richtung Scheißhaus umkehren könnte, in etwas umzumünzen, was dank der beim Nielsen-Institut beobachteten Einschaltquoten möglicherweise tatsächlich einen tendenziellen Gegentrend auslöste, und hinter Jimmys Rücken – oder vielleicht vor seinen *Augen* – hatte er die ganze Scheißshow in eine wöchentlich wiederholte Promotionveranstaltung für Weltverbesserer verwandelt.

Den beruflich unzufriedenen Raumfahrtfanatiker, der zu gern in der Umlaufbahn gigantische Spiegel bauen würde, um Elektrizität auf die Erde zu beamen und New York ohne Rücksicht auf den Weihnachtsmann im Winter mit Palm Springs-Klima zu beglücken.

Den Ökofreak, der behauptete, aus Sonnenlicht, Wasser und Luft ließen sich in Fabriken die Voraussetzungen für ein wahres Schlaraffia produzieren.

Den ehemaligen *Dr. Strangelove*-Klon des militärisch-industriellen Komplexes, der in einer Art von Supertanker-Space Shuttle mit Außenbordraketen zu den Asteroiden fliegen und dort genügend Metall schürfen wollte, um die Schließung aller stinkigen Hüttenwerke und die Renaturierung der vielen hässlichen Erzgruben zu Thermalbädern zu ermöglichen.

Den Science Fiction-Autor, der für etwas warb, was er einen Fusionsbrenner nannte, der gleichzeitig als Raketenantrieb, als Elektrogenerator und als Zauberstab, um Scheiße zu Geld und Geld zu Scheiße zu machen, dienen können sollte.

Und so weiter.

Und so fort.

Freilich, Texas Jimmy musste einräumen, dass die Totenschiff Erde-Masche inzwischen dermaßen ausgepresst gewesen war, dass das Euter nur noch halb fettes Milchpulver hergab. Gewiss, er hatte genug *RALFS WELT*-Folgen gesehen, um mittlerweile kapiert zu haben, dass die Welt den Bach hinabging, selbst wenn die Taxifahrt vom Flughafen Newark durch die Jersey Lowlands nach New York nicht ohnehin jeden, der noch eine heile Nase hatte, davon überzeugte.

Und vielleicht hatten Dexter und seine Kumpanei ja *wirklich* heiße Ideen, auf deren Grundlage sich reiner Tisch machen und die missratenen Verhältnisse zurechtbiegen ließ. Texas Jimmy Balaban wollte einem edlen Anliegen wie der Rettung der Welt bestimmt nicht im Weg stehen. Saubere Energie aus dem Weltraum. Wiederaufforstung des Regenwalds. Bau von DisneyWorlds auf dem Mars. Nahrung für alle Menschen auf Erden. Totalschutz für die Wale. Warum nicht?

Solang es dabei etwas zu lachen gab.

Die Sache musste *keineswegs* ein Flop werden. Mehrheitlich mochten sich Dexters Garnitur von Wissenschaftlern und SciFi-Autoren nicht durch den Vorzug auszeichnen, den man mit einem für Amateure guten Sinn fürs Timing oder mit spontaner Schlagfertigkeit umschreiben konnte, und außerdem nahmen sie ihre Lieblingsspinnereien viel zu ernst, doch auf alle Fälle waren sie schrullig genug, um als ideale Prügelknaben herzuhalten. Ralf hätte als Komiker vollkommen dazu fähig sein müssen, in einer Tour auf ihre Kosten schallende Lachsalven zu erzielen.

Aber stattdessen war er *nett* zu ihnen, gewährte *ihnen* die Gelegenheit, seine überwiegend lahmen, einsilbigen Zwischenbemerkungen als Ausgangspunkt für immer neue, fünf Minuten lange Monologe auszunutzen, die nicht in eine Fernsehshow, sondern ans College gehörten, ins Klassenzimmer.

Diese Scheiße stank Kilometer weit gegen den Wind.

Als einzige dieser Shows war die Sendung mit Timothy Leary durchweg humorig gewesen, dem ehemaligen LSD-Guru, der nicht nur mit dem ziemlich komischen Vorschlag aufwartete, den Bau von Weltraumstädten durch den Vorverkauf der bislang noch gar nicht existenten Grundstücke vorzufinanzieren, sondern brachte überdies so viel Timinggefühl und die Stegreifberedtheit mit, dass er *Ralf* während der ganzen Sendung hatte mitziehen können.

Aber schließlich war Leary, wie Jimmy nachträglich erfuhr, selbst einmal eine Zeit lang als Komiker durch Lokale getingelt.

Jimmy seufzte und trank einen Schluck Bourbon. *Vielleicht hätte ich versuchen sollen,* ihn *unter Vertrag zu nehmen,* dachte er. Für einen Knaben, der angeblich ein, zwei Jahrzehnte damit verlebt hatte, sich das Hirn mit LSD kaputt zu machen, wirkte Leary allemal weniger übergeschnappt als der Mann, dem Jimmy jetzt anschaute.

»Wissen Sie, ob ich nach Ihrer Meinung einen Sprung in der Schüssel habe, Jimmy, oder nicht, wir haben eine Vereinbarung getroffen, ja?«, rief Ralf ihm in Erinnerung. »Amandas Meisenjäger hat mir bescheinigt, geistig gesund zu sein, also will ich kein Wort über Psychiater mehr hören.«

»Hab ich irgendwelche Psychiater erwähnt?«

Wortlos warf Ralf ihm seinen *Spezialblick* zu, den Blick, mit dem er jetzt gewohnheitsmäßig während der Sendung in die Kamera äugte; den stummen Blick eines Malibu-Swami, der damit eine reiche Witwe bannte, indem er nach ihrer Handtasche griff, die Art von ausdrucklos-seelenlosem Blick, der angeblich sogar einen tollwütigen Dobermann abschreckte.

Jack Benny hatte eine bis zur Perfektion ausgefeilte Komikervariante dieses Blicks anzuwenden verstanden, aber Ralf war kein Jack Benny. Bei ihm war er nicht zum Lachen komisch, sondern komisch beängstigend.

So richtig komisch *abartig*.

Jimmy trank noch ein Schlückchen Bourbon, nutzte die Übersprungshandlung, um den Blickkontakt zu beenden; geradeso als wäre *er* einer der feigen Köter, die dem furchtlosen, festen Blick eines Menschenaffen nicht standhalten konnten.

»Sie sind von allen guten Geistern verlassen, Ralf«, sagte er, aber entschärfte die Kränkung, indem er die Achseln zuckte und mürrisch grinste. »Und ich bin's auch, weil ich 's so weit habe kommen lassen.«

War es ein hinterfotziger Schachzug mit wahrlich zynischem Timing gewesen, als man ihm diesen Wechsel zum Sternenschiff Erde und den Übergang zu neuem Klafott untergejubelt hatte?

Sicher, Lampkin hatte genau den richtigen Moment erwischt, als er, Jimmy, wahrscheinlich der einzige Beteiligte gewesen war – das Junggenie nicht ausgenommen –, der schon frühzeitig roch, dass die Show irgendwann in absehbarer Frist auflaufen musste.

Allerdings ließ sich Dexter kaum ein solches Maß an Beschränktheit unterstellen, dass er sich nicht darüber hätte im Klaren sein müssen, ein Blick auf das Begleitbuch würde Jimmy zeigen, wo der Hase lief.

»Gut, gut, ja, ja, ich geb's zu, ich vertrete ein Anliegen«, hatte Lampkin unverhohlen eingeräumt, als Jimmy ihn zur Rede stellte. »Gilt das als moralisches Äquivalent der Kindesmisshandlung, oder was ist daran so schlimm, beim Geldverdienen auch noch was Gutes zu wirken?«

»Daran ist überhaupt nichts Schlimmes, solang's komisch bleibt«, antwortete Jimmy. »Nun ja, es ist wahr, diese Fatzken, die Sie in letzter Zeit eingeladen haben, waren nicht komisch, und zudem ist die Sendezeit derartig von ihnen monopolisiert worden, dass Amandas Fuzzis neben dem Studiopublikum gar nicht mehr auffallen. Und *Ralf* lässt die Zügel schleifen. Das Ergebnis des Ganzen ist, dass der Fisch am Kopf zu stinken anfängt.«

»Sehr richtig«, hatte Lampkin ihm mit der Schnelligkeit des Borscht-Provinz-Spießers zugestimmt, der sofort das Stichwort eines notorischen Zotenreißers aufgriff. »Also kommen wir am besten weg, indem wir dem Konzept durch einen kleinen Kostümwechsel und eine gelinde Abwandlung der Konzeption etwas neue Frische verleihen.«

Da hatte diese Argumentation Texas Jimmy noch eingeleuchtet. Ralfs ursprünglicher Ansatz *war* so gut wie verschlissen gewesen, die schauerliche grüne Freakkluft *konnte* immerhin als Beispiel offenkundigen visuellen Humors gelten, und vielleicht *schickte* man Ralf zurück ans Steuer, weckte man seinen erlahmten Geist, wenn man ihn zu einem amüsanten Sternenschiffkapitän ernannte, einem Buck Rogers der Komik.

Außerdem war der Markt inzwischen mit den alten Totenschiff Erde-Merchandisingartikeln gesättigt gewesen, das neue Sternenschiff Erde-Logo sah cool aus, und auf dem Begleitbuch, das bald zur Show erscheinen sollte, konnte man dann in allen Taschenbuchregalen Ralf in der neuen Sternenschiff-Montur sehen.

Ja, Jimmy sah Anzeichen dafür, dass man ihn vorsätzlich über den Tisch gezogen hatte; aber so leicht konnte er deswegen niemandem einen Vorwurf machen.

Denn Irreführung oder nicht, er hatte den Köder bereitwillig geschluckt, nicht anders als ein Kater, der sich aus der Hand seiner Herrin eine leckere Sardine genehmigte. Und wieso nicht? Es hatte sich eine

Wende zum Negativen abgezeichnet, unter Marketinggesichtspunkten waren Lampkins Darlegungen überzeugend gewesen, und er selbst hatte zu der Zeit keine tauglichere Idee gehabt.

Und momentan stand er auch nicht besser da.

»Sehen Sie, Ralf«, sagte er, »ich verlange gar nicht, dass Sie nochmals einen Kürbisflicker aufsuchen, schon gar nicht, wenn ich daran denke, wofür ich das letzte Mal einen dicken Batzen Geld zum Fenster hinausgeworfen habe. Aber wie die Show sich gegenwärtig präsentiert, ist einfach beschissen. Und sie abschlaffen zu lassen, bis das Junggenie die Folgen an der Einschaltquote ablesen kann, das wäre, alter Freund, nun *wirklich* heller Wahnsinn.«

»Hören Sie auf, Jimmy, finden Sie nicht auch, dass Kapitän Ralf vom Sternenschiff Erde im Vergleich zum früheren Trauerkloß von der Öko-Intensivstation eine riesige Verbesserung ist?«, fragte Ralf in dem spöttisch-bombastischen Ton, den er neuerdings in der Sendung anschlug. »Dadurch verkaufen sich jede Menge T-Shirts, Taschenbücher und Windjacken, stimmt's, oder hab ich Recht?«

»Aber es ist nicht besonders lustig«, erwiderte Jimmy. »Man sieht's ja daran, dass das Publikum wie eine Herde Zombies im Saal sitzt.«

Zumindest als Jimmy das erste Mal Ralf in der Sternenschiff-Montur sah, *hatte* er die Hoffnung für gerechtfertigt gehalten, dass der Kostümwechsel noch einmal neuen Schwung in die Sendung bringen könnte.

Auf der Höhe seiner Zeit hätte sich Onkel Miltie darin sauwohl gefühlt.

Der Stoff, schreiend grellgrüner Samt, sollte vermutlich eine Art ökologischen Statements sein. Aber das Jackett sah aus, als wäre es für einen Standartenführer der Heinzelmännchen-SS geschneidert worden, dermaßen strotzte es von Goldkordel, die man in dieser Dicke sonst nur am Eingang zu chinesischen Theatern sah.

Die Hose dagegen war, obwohl im gleichen, die Augen schädigenden Grün gehalten, am Gesäß und den Oberschenkeln so weit, dass man meinen konnte, sie hätte vorher als Pferdedecke eines Brauereigauls gedient. Die golden lackierten Schaftstiefel hatten an den Hacken Schwingen in der Größe von Mövenflügeln, und die ›Dienstmütze‹ – in passendem Grün – war mehrere Nummern zu klein, sodass sie wie eine Vier Sterne-Liftboykappe auf Ralfs Mähne saß.

Man konnte sich schwer vorstellen, dass jemand, der in solchem Aufzug erschien, gekleidet wie Kapitän Rumpelstilzchen von der Königlichen Ruritanischen Luftfahrtgesellschaft, keine Heiterkeit erregte, und wirklich hatten die Leute nach Luft geschnappt, sobald Ralf zum ersten Mal in dieser Kluft auf die Bühne tänzelte, dann verunsichert gekichert, und schließlich war, als er eine transvestitisch auffassbare Pirouette vollführte, richtiges Gelächter erklungen.

»Hallo, mein sehr verehrtes Affenvolk«, hatte er mit tadellos nachgeahmter Singsang-Pilotenstimme gerufen, »hier spricht Ihr Kapitän Ralf. Willkommen an Bord des Sternenschiffs Erde.«

Die Hände in die Hüften gestemmt, blieb er stehen, als posierte er für ein Plakat zu *Supermann XII: Die Rückkehr des Grünen Grottenmolchs*.

»Heute werden wir in Überfliegerhöhe mit Warpfaktor Pi allgemeinen Kurs nach Utopia nehmen, und falls Sie meinen, Sie sitzen in der falschen Maschine, ist's längst ein paar Millionen Jahre zu spät.«

Man hatte den kollektiven Gedanken fast hören können: *Was wird denn das?*

Ralf schenkte dem Studiopublikum ein Polystyrol-Lächeln und strebte, statt sich – wie sonst – an seinen Platz zu begeben, an den Rand der Tribüne, als hätte er vor, die Leute wieder, wie anfangs, mit einem kabellosen Mikrofon zu traktieren, und da war es an Jimmy gewesen, in der Kulisse »Was wird denn das?« zu murmeln.

Und es trug nicht unbedingt zu Jimmys Beruhigung bei, dass Ralf mit einem Geseire loslegte, das an Lenny Bruce in seiner Endphase erinnerte, und in seinen Augen eine ungesunde Speedfreak-Überdrehtheit glitzerte.

»He, was schaun Sie so, meine verehrten Sternenschiff-Passagiere, hinter jeder Wolke scheint die Sonne, in jeder Schachtel radioaktiver Kekse ist der Schlüssel zu kosmischen Rätseln zu finden, während das Totenschiff havariert, bricht das Sternenschiff zu einem Millionen Jahre langen Rundflug durchs Universum auf, und in jedem Gorillakostüm steckt immer Ihr guter, alter … *Ralf*!«

Diese Kapitän Ego-Selbstmitleidsnummer wäre vielleicht erträglich gewesen, wenn er dabei *gefeixt* hätte. Stattdessen machte er einen irren Clown in Deppenuniform zu einem erbärmlichen Jammerlappen, dessen abstoßender Auftritt zu *peinlich* war, um darüber zu lachen.

Zum Glück hatte Ralf anscheinend noch soweit alle beisammen gehabt, um zu merken, was für ein Unheil er da anrichtete. Statt den missratenen spontanen Einleitungsmonolog auszuweiten, griff er eilends auf das aktuelle Konzept zurück.

An dem Abend war Dexters Gast ein Laborforschertyp eines Unternehmens namens *Lebenslinien* gewesen, wo man an dem Projekt arbeitete – falls Jimmy es richtig verstanden hatte –, sich die Taschen damit zu füllen, dass man die menschliche Lebensdauer weit über das fortgeschrittene Greisenalter hinaus verlängerte. Amanda hatte eine Frau eingeladen gehabt, die mit der Behauptung hausieren ging, sämtliches Leben, Menschen eingeschlossen, hätte sich voll und ganz nach einem Großen Kosmischen Plan entwickelt, ungefähr so, als hätte Gott – oder ein anderer, noch unbekannter Regisseur des Universums – irgendwann einmal ein Milliardenjahredrehbuch in Auftrag gegeben, in dem jede einzelne Episode des Daseins wenigstens schon als Treatment festgelegt stand.

Zu erwarten, dass ein Wortgefecht unter Mitwirkung zweier derartig schräger Figuren genau die Brüller brachte, die ein Lachrezept der Komikmedizin vorsah, war für Jimmy alles andere als abwegig gewesen, doch obwohl die Sendung mehr Frohsinn verbreitete als eine herkömmliche Erdbestattung, kam keine ausgesprochene Bombenstimmung zu Stande.

»... zahlreiche Methoden zur Verlängerung der menschlichen Lebenszeit – eventuell sogar auf unbegrenzte Zeit –, beispielsweise durch Umschreibung der DNS, sodass das Todesgen eliminiert wird, durch regelmäßiges Aussortieren beschädigter Chromosomen, oder durchs Ansiedeln einer in sich eigenständigen Nanoroboter-Population im Körper, die ihn dann wie einen sorgfältig gepflegten Park in Form hält ...«

»Nee, so machen wir 's nicht in Utopien, wir verpflanzen unsere Grauen Zellen in diese Riesenschildkröten, die in Zeitlupe rumkrabbeln, Rohkost wie Kopfsalat und Möhren futtern und bloß alle fünfundzwanzig Jahre Geschlechtsverkehr haben, das reicht für mehrere Jahrhunderte inklusive Ölwechsel, würde ich sagen, aber auf alle Fälle kommt's uns viel länger *vor* ...«

»... wie sonst sollten sich denn Ansammlungen von Organismen über räumliche Entfernungen hinweg beeinflussen können, wenn das Grundmuster, nach dem sich das Leben entwickelt, nicht vor den Protoplasmaformen existiert, die entstehen, um diese Entwicklung zu nehmen?«

»Moment mal, habe ich das richtig kapiert? Sowohl die Guglhupf-Form wie auch die Coca Cola-Geheimformel gab's *beide* schon eher als Ei oder Henne?«

Kein Gag bereitete einen weiteren Gag vor, die Sendung erlebte keine Steigerung. Wie hätte es auch sein können, wenn Ralfs Beitrag lediglich aus alten Heulern bestand, die er mühselig so umbog, dass er endlos über DNS, RNS, SMS und evolutionäres Kristall-Channeling der Lebensenergie kalauern konnte?

»... langsam genug die normale Körpertemperatur wieder herstellt, auf künstlichem Weg dem Hirn mit Sauerstoff angereichertes Blut zuführt, *bevor* man auf elektrische Weise die Herztätigkeit neu in Gang setzt, sodass eine Hirnschädigung vermieden wird, *dann* kann man tatsächlich kryogenisch eingefrorene Personen zum Leben erwecken ...«

»Wozu der Aufwand? Wir stecken sie für zehn Minuten in die Mikrowelle und zeigen Ihnen anschließend *Sexschlampen vom Saturn* und *Hemmungslose Erdgörls*, und wenn sie danach noch keine Lebenszeichen zeigen, wissen wir, dass das Verfallsdatum überschritten ist ...«

Anstatt seine Gäste als Stichwortgeber zu benutzen, auf deren Äußerungen er aus dem Stegreif mit einem Feuerwerk gewitzter Scherze reagierte, hatte Ralf geduldet, dass sie seine Späße – falls man sein Geplapper so nennen durfte – jedes Mal zu dem Zweck missbrauchten, *nochmals* wie Professor Dr. Mallendreher von der Privathochschule Muckenbucht dreiminütige Kurzreferate zu halten.

Und gegen Ende der Sendung, als Ralf die Kamera ganz für sich gehabt hatte, war er zu Jimmys Entsetzen ins inhaltslose, hektische Stakkato eines Komikers verfallen, der nicht mehr weiter wusste und deshalb nur noch stammelte, um die Sendezeit zu füllen.

»Tja-ja-ja, liebe Sternenschiff-Passagiere, von hier

nach Utopien und zurück ist's ein langer, langer Trip gewesen, sicher kommt Ihnen auch manchmal alles wie ein Traum vor, Sie wissen, was ich meine, als ob man irgendwo falsch von der Hauptstraße abgebogen und nach Fantasyland geraten wäre, wo man ewig lebt, solange der Strom für die Kühltruhe bezahlt wird, die Henne dasselbe wie das Ei ist und ein Bootsflüchtling vom Totenschiff plötzlich als Sternenschiffkapitän aufwacht, während Sie Ihr Sechserpack schlappen, aber keine Bange, Leute, es läuft alles genau nach dem Großen Kosmischen Szenario ab …«

Dann stutzte er schlagartig, verhielt unsicher, schlackerte wie ein gerade abgesetzter Wackelpudding, so als hätte er noch hinlänglichen Durchblick, um plötzlich zu merken, dass er sich verrannt hatte und er schleunigst die Kurve kriegen musste, aber nicht sah, wie es ihm gelingen sollte.

Einige Sekunden lang hatte er geschwiegen und mit dem scheuen Grinsen eines Zeitgenossen in die Kamera geäugt, dem unvermutet aufgefallen war, dass er schon seit einer Weile mit offenem Hosenstall durch die Öffentlichkeit lief.

Langsam stand er auf, und Jimmy fasste den Vorsatz, dem Aufnahmeleiter eine Flasche Wild Turkey für die Geistesgegenwart zu schenken, das Zurückfahren der Kamera anzuordnen, während Ralf sich vor den Set stellte und dem Studiopublikum von dort aus seine Schlussbemerkung vortrug.

»Haben Sie in letzter Zeit jemals das Gefühl gehabt, nicht Sie selbst zu sein, liebe Sternenschiff-Passagiere?«, hatte er gefragt. »Es vielleicht nie gewesen zu sein?«

Für Jimmys Empfinden äußerte er damit die Untertreibung des Jahrhunderts. Und er sprach mit leiser Stimme, die nach unerquicklichem Ernst geklungen hätte, wäre sie nicht über die Lippen eines Menschen in knallgrüner Operettenuniform und mit einer lächerlichen Mütze auf dem Schopf gedrungen.

»Haben Sie schon mal einen dieser Träume gehabt, in denen man *träumt*, dass man aufwacht? Wissen Sie, was ich meine? Und erlebt, dass Sie, wenn Sie *wirklich* erwachen – oder es glauben –, jemand anderes sind? Mann, einerseits *könnte* es sein, dass ich hier das Ganze nur träume, nicht wahr? Man weiß ja nie …«

Er benahm sich immer unheimlicher.

Auf dem Monitor konnte Jimmy sehen, dass diese Wirkung sich auch in der Totalen erkennen ließ. Ralfs Augen schienen wie von hinten erleuchtetes Perlmutt zu schimmern, als wären sie zwei der kitschigen Andenken-Muschellampen, die man in Miami Touristen feil bot, und wäre das Glühbirnchen im Innern angeknipst worden. Und es steckte jetzt ein *anderer* in dem grünen Klafott, der die blödsinnige Montur mit einem Mal mit einer Würde trug wie ein Marineoffizier die Ausgehuniform, wie ein … ein …

Wie der Kapitän eines Sternenschiffs.

»Andererseits heißt's ja, Kleider machen Leute, liebe Sternenschiff-Passagiere«, sagte er, strich mit den Fingern regelrecht angetan über das Material der Kragenaufschläge. »Warum soll diese Erscheinung hier also nicht *ich* sein können? Als ich mich *dieses Mal* umgekleidet habe, da war mir zumute wie Clark Kent, der sich in seinem billigen blauen Büroanzug in die Telefonzelle schleicht und sie als Supermann verlässt.«

Er senkte den Kopf, beugte die Knie und buckelte die Schultern.

»Abrakadabra!«, schrie er und warf die gestreckten Arme in die Höhe.

Dann verschränkte er die Arme auf der Brust und nahm eine Superheldenpose ein, als hätte Benito Mussolini einmal Captain Marvel markieren wollen.

»Kapitän Ralf vom Sternenschiff Erde!«, hatte er großkotzig getönt.

Die gemischte Reaktion hatte aus hier und da nervösem Gelächter sowie dem lauten Spottgrölen etlicher Nulpen bestanden.

Angesichts der Umstände war das der günstigste Abschluss des Fiaskos gewesen, den Jimmy sich hatte erhoffen dürfen.

Abgesehen von der unerfreulichen Tatsache, dass noch mehrere Minuten Sendezeit verblieben.

Und es war schlimm genug gewesen, dass Ralf die Pose, nachdem selbst das letzte halbherzige Kichern völliger Grabesstille hatte weichen müssen, noch volle dreißig Sekunden lang beibehielt.

Aber was er sich danach geleistet hatte …

Wie er es gemacht hatte, das zu durchschauen war Texas Jimmy während des Live-Geschehens, in Echtzeit, unmöglich gewesen, und es gelang ihm auch nicht, es zu ergründen, indem er es jetzt in der Erinnerung noch einmal Revue passieren ließ, während Ralf ihm allem Anschein nach gegenwärtig an der Hausbar eine Privatvorstellung ganz ähnlicher Art gab.

Er hatte die Pose wirklich und wahrhaftig nicht aufgegeben. Jimmy hatte in seinem Gesicht nicht eine Regung eines einzigen Muskels beobachten können. Doch seine gesamte Persönlichkeit war einer gründlichen Veränderung unterzogen worden. Er verbiss sich in die Todsünde jedes Komikers, ein Vorgang, bei dem sich Jimmy, wäre er Kathole gewesen, bekreuzigt hätte, und sich wünschte, in der Tasche einen Flachmann zu haben, aus dem er nun einen tüchtigen Schluck in die Gurgel gießen könnte.

Ralf spielte nach wie vor Kapitän Ralf vom Sternenschiff Erde.

Aber jetzt war es ihm damit voller Ernst gewesen.

Vollkommen todernst.

»Einst gab es einen Präsidenten in dem Land, das diese große Nation damals bewohnte, als wir mit dem Utopia-Express zum Mond flogen und man von Camelot sprach anstatt vom Washingtoner Sauhaufen, der hat, ehe man ihn wegen seiner Verwegenheit abschoss, das Folgende gesagt«, rief Ralf. »Es sei besser, eine Kerze zu entzünden, als auf die Dunkelheit zu schimpfen. Also, Affenvolk, wer weiß? Wenn wir nur fest genug daran glauben, vielleicht lebt dann Glöckchen wirklich unter uns. Steigen Sie an Bord des Sternenschiffs, verehrte Passagiere, und lassen Sie uns am Ende des Flugs in Utopien erwachen!«

Und wie das Schicksal es wollte, hatten eine kaum merkliche Kopfbewegung und möglicherweise ein Zittern des Studioscheinwerfers verursacht, dass auf seinen fiebrigen Augen, während er sein gespenstisches und völlig unkomisches Schlusswort sprach, zudem zwei Glanzlichter erglühten, sich dadurch ein zusätzlicher gespenstischer und völlig unkomischer Effekt ergab.

Dieser Spezialeffekt blieb aus, während Jimmy jetzt in Ralfs mit halb verdorrten Grünpflanzen überfüllter Wohnung mit ihm an der Hausbar saß und ihm in die Augen schaute, aber weniger ernst war Ralfs Blick keineswegs.

Und nicht weniger irre.

»Sie schwanken am Abgrund, Ralf«, warnte Jimmy ihn, so wie er es in dem Monat seit Kapitän Ralfs Debüt schon ein Dutzend Mal getan hatte.

»Und wenn ich im Gegenteil der Meinung bin, dass ich auf dem Weg zum *Erfolg* bin?«

»Zum *Erfolg*?!«, brauste Texas Jimmy auf, gelangte ziemlich plötzlich ans Ende seiner Geduld. »Ich kann mich kaum noch entsinnen, wann Sie irgendwem zuletzt einen Lacher abgerungen haben. Offen gestanden, ich bin nicht hier, um mir noch mehr Weltraum-Zukunftstraum-Humbug anzuhören.«

Es hätte schlimmer kommen können, sinnierte Jimmy. *Er könnte Jesus gefunden haben. Er hätte zu den Scientologen überlaufen können. Sich den Schädel rasieren und eine gelbe Kutte anziehen können, um Hare Krishnas Welt zu predigen.*

»Was soll das, Jimmy?«, hielt Ralf ihm mit süßstoffsüßlichem Conférencierlächeln entgegen. »Die Einschaltquote hat sich zufrieden stellend eingependelt. Lampkins Buch macht reißenden Absatz. Das Merchandising läuft gut. Die Menschen *möchten* glauben, dass sie in Kapitän Ralfs Sternenschiff einsteigen können.«

Die glänzend-glasigen Augen deuteten an, dass sich dahinter Tiefsinnigeres als Bert Parks verbarg.

»Na klar, willkommen an Bord des Sternenschiffs Pleitegeier, schnallen Sie sich an und halten Sie die Kotztüten bereit, Kapitän Rumpelstilzchen steuert eine Hauptsendezeit-Unterhaltungsshow schnurstracks das Scheißhaus hinab.«

»Ich bin es, der auf dem Podium steht, Jimmy, und ich spüre, mein neues Ich *begeistert* die Leute«, behauptete Ralf mit wonniger Selbstgefälligkeit, die beinahe darauf abzuzielen schien, Jimmy auf die Palme zu bringen. »Schön, ich bin noch dabei, mich in die neue Rolle einzuarbeiten, aber sie wird *bestimmt* kein Flop, sondern da wird etwas ganz *Neues* geboren.«

»Als Nächstes werden Sie wohl von mir verlangen: ›Vertrauen Sie mir, ich weiß, was ich tue.‹«

»Und 's wäre gar kein schlechter Rat, Jimmy. Mir vertrauen zahlreiche Menschen.«

Jimmy seufzte. Vielleicht hatte Ralf noch nicht *völlig* den Verstand verloren. Manchmal gab es Gelegenheiten, da kam durch all das strahlende Licht goldener Verheißungen wieder der alte Scherzkeks des Totenschiffs Borscht-Provinz zum Vorschein. Es gab sogar Augenblicke, in denen selbst *Kapitän Ralf* es schaffte, komisch zu sein. Wie sollte man nicht wenigstens ein *paar* Lacher erzielen, wenn man in einer Operettenuniform auf der Bühne stand und mit absurdem Gerede den Weg des Heils wies?

Im Grunde genommen war Letzteres – der bisweilen noch auftretende Lacherfolg – der Hauptgrund, erkannte Jimmy, warum er sich eigentlich so engagiert mit Ralf auseinander setzte.

Texas Jimmy trank einen ergiebigen Zug kalten Bourbons, der sein Inneres erwärmte, und versuchte im vom Alkohols geschenkten Behagen Gemütsruhe zu finden. Das gleiche verlässliche Gespür, das ihm riet, sich aus Sälen zu verdrücken, ehe die faulen Eier flogen, sagte ihm, dass die Zukunft *dieses* Talents – Ralfs Schicksal – noch ungewiss auf der Kippe stand.

Und wenn es sich so verhielt, bot sich ihm nicht nur die Chance, es zu beeinflussen, sondern lag es auch in seiner Verantwortung als Ralfs Manager, in den sauren Apfel zu beißen und trotz seines Missmuts professionell zu bleiben, sein Bestes zu geben, um das beste Ergebnis zu erlangen.

»Ja, Ralf, die Einschaltquote *hält* sich«, sagte er. »Aber *ich* halte mich bei meiner Tätigkeit an mein Gespür als Manager, das ist es, wofür Sie mich bezahlen, alter Junge, und ich hab's im Urin, dass die Einschaltquote auf tönernen Füßen steht. Madden hat den Braten noch nicht gerochen, weil er, auch wenn er als ›Junggenie‹ gilt, nur ein gerissener junger Bursche ohne langjährige Erfahrung ist …«

Er blickte geradewegs in Ralfs nahezu einer Spiegelbrille vergleichbaren Augäpfel und hob einen Finger an den rechten Nasenflügel.

»Aber ich rieche den Braten, alter Junge«, fügte er hinzu. »Die Fernsehzuschauer schalten die Show nicht mehr ein, um zu lachen. Die Einschaltquote hält sich, weil Sie immer mehr zu einer Spottgeburt werden. Sie schalten die Sendung ein, als dächten sie, dass Sie demnächst live einem Huhn den Kopf abbeißen, aber wenn Sie ihnen nicht bald wieder Anlass zum Lachen liefern, werden sie, weil es nicht geschieht, des Wartens müde und sehen sich andere Sendungen an.«

»Und all die Briefe, Jimmy? Ist die Fanpost nicht enorm angeschwollen, seit ich Kapitän des Sternenschiffs Erde geworden bin? Verkaufen sich die Sternenschiff Erde-Merchandisingartikel nicht viel besser als das alte Totenschiff Erde-Zeug? Sehen Sie 's nicht, Jimmy? Fühlen Sie 's nicht? Es geschieht etwas. Allmählich *glauben* die Menschen an mich.«

»Das Problematische daran ist, dass allmählich *Sie* daran glauben, die Leute täten damit das Richtige«, murrte Texas Jimmy. »Sie werden in Ihrer eigenen Phantasie zur lebenden Legende. Picklige Jüngelchen kaufen Ihre T-Shirts, frustrierte Hausfrauen schicken Ihnen ihre Höschen zu und die Illustrierten berichten über Sie, also *müssen* Sie ja wohl der Riesenknollengott sein, dessen Scheiße nicht stinkt.«

»*So* verhält es sich ja nun *wirklich nicht*«, entgegnete Ralf mit hörbarer Sturheit.

»O doch, sehr wohl«, erwiderte Texas Jimmy. »Es liegt am Berufsrisiko, alter Freund. Wissen Sie, was ich mal in einem dieser Sandalenfilme gesehen habe – *Das Gewand, Quo vadis?* oder so einem Monumentalstreifen –, der im alten Rom spielte? Während einer der großen Helden auf dem Streitwagen zwischen den Massen jubelnder Groupies den Hollywood Boulevard oder so was entlangfuhr, stand hinter ihm ein Typ, der die Aufgabe hatte, ihn regelmäßig an seine Sterblichkeit zu erinnern. Und eben daran erinnere ich nun Sie, Ralf. Sie sind *sterblich*, alter Junge, das Ganze hier ist bloß eine Vaudeville-Nummer.«

Ralf schaute ihm geradewegs ins Gesicht, aber irgendwie hatte Texas Jimmy den Eindruck, dass kein Blickkontakt zu Stande kam. Vor sich sah er den Ralf, der während der Sendung in vollem Bierernst über Camelot, Kerzen und Glöckchen gefaselt hatte. In Clark Kents Alltagskleidung steckte Kapitän Ralf vom Sternenschiff Erde.

»Und wenn es nicht so ist?«, fragte er mit einer Stimme, die sich anhörte, als wäre sie um eine halbe Oktave abgesunken.

Ralf stand auf, kam hinter der Hausbar hervor und schlenderte in die Mitte des Wohnzimmers, blieb zwischen halb ausgedorrten Topfpalmen und Gummibäumen stehen. Jimmy drehte sich auf dem Barhocker um und sah plötzlich fiebrige Speedfreak-Augen auf sich gerichtet, die stark an einen der ärgsten Abende Lenny Bruces gegen Ende seines Niedergangs gemahnte.

»Haben Sie Lampkins Buch gelesen, Jimmy?«, erkundigte sich Ralf. *»Ralfs Welt?«*

»Ja. Und?«

»Und wenn ich nun tatsächlich bin, was von mir zu behaupten er mir in den Mund legt?«

Irgendwie hatte sich das Gespräch um ein paar Trillionen der Lichtjahre Dexter Lampkins von Kansas entfernt.

»Wenn wir nun *wirklich* die Zukunft durch das bestimmen, was wir hier in der Vergangenheit tun, in der hiesigen Gegenwart?«

»Selbstverständlich bestimmen wir durch unser Verhalten die Zukunft«, sagte Jimmy, den es erleichterte, endlich einmal wieder einen halbwegs vernünftigen Satz zu hören. »Wie sollt's denn sonst sein?«

»Es liegen also zahlreiche Zukünfte vor uns, und keine davon ist realer als die andere, bis sie sich ereignen, oder?«

»So?«

»Wenn's demnach mehr als eine Zukunft gibt, die mich in die Vergangenheit geschickt hat, wieso kann es dann nicht auch mehrere Ausgaben meiner selbst geben? Vielleicht kann ich *wählen*, welche ich sein will. Und welche ich bin, entscheidet möglicherweise darüber, welche Zukunft mich in die Vergangenheit sendet, die Totenschiff- oder die Sternenschiff-Zukunft. Darauf entsteht schließlich die Zukunft, die wir haben.«

»Oder Sie haben möglicherweise einen an der Marmel«, stöhnte Jimmy und schwor sich im Geheimen, nie wieder einen Klienten ein SciFi-Buch anfassen zu lassen.

»Vielleicht«, sagte Ralf im Tonfall ruhiger Einsichtigkeit, der allerdings nichts dazu beitrug, Jimmys Gemüt zu beschwichtigen. »Oder vielleicht bin der Große Weltgeist. Woher kann ich 's wissen?«

Texas Jimmy Balaban spürte, wie sich sein Hodensack zusammenzog, als Ralfs Augen Fenster zu einer Sphäre zu werden schienen, deren Ergründung ihn überforderte hätte und die zu erkunden er auch gar nicht wünschte.

»Oder vielleicht trifft beides zu«, spekulierte Ralf im gleichen gelassenen Ton völligen Wahnsinns. »Sehen Sie sich doch auf der Welt um, Jimmy, könnten Sie danach, wenn *all das* der Traum des Riesenknollengottes *ist*, noch behaupten, Rübezahl wäre *nicht* vollkommen plemplem?«

»Ich gebe zu, dass Sie zumindest in der Hinsicht nicht Unrecht haben, alter Freund«, musste Texas Jimmy aus Ehrlichkeit notgedrungen eingestehen.

»Wer könnte also sagen, *wessen* verrückter Traum es ist? Ihrer? Meiner? Unser aller Traum? Woher sollen *wir* es denn wissen können?«

Texas Jimmy Balaban zählte keineswegs zu den Leuten, die es, während sie durchs Leben gingen, für eine dufte Idee hielten, ständig darüber nachzugrübeln, an was sie glauben oder nicht glauben sollten, zudem kam er gut ohne SciFi zurecht, und ein Glas Bourbon reichte beileibe nicht aus, um sein geistiges Gleichgewicht zu beeinträchtigen. Aber sein Gespür wies ihn darauf hin – er hatte es einfach im Urin –, dass sich irgendwo hinter diesen sämtlichen Verrücktheiten *irgendeine* diffuse Wahrheit verbarg.

»Unter Umständen bin *ich* der Träumer. *Oder* nur eine Vaudeville-Nummer. Aber wenn's an *mir liegt*, wer ich bin, warum soll ich dann *nicht* Kapitän Ralf vom Sternenschiff Erde anstatt der Don Rickles auf Darth Vaders Totenschiff sein?«

Ralf hob die Schultern. In seinen leeren Augen zeichnete sich keine Veränderung ab.

Doch zumindest äffte seine ausdruckslose Miene ein menschliches Lächeln nach.

»Kommen Sie, Jimmy«, meinte er, »würden *Sie* es an meiner Stelle nicht genauso machen?«

Zwölf

»Mann, was 'neKacke, schon wieder der gleiche olle Scheiß«, beklagte sich Lotter-Lotti, bloß wusst sie inzwitschen lange Erfahrung, dasse außer Meckern überhaupt nix tun konnt.

Jetz war wieder mal Zeit, dasse sich auffes Bett hockte, wo nach Pisse und Wanzen stank, auffe graue Decke, und Scheiß-TV guckte.

Ratzerich bestand immer drauf, sobald sie ins Zimmer gingen, sie musst den Apparat einschalten und sich auffes Bett setzen, nah genug dran, dasse mitte Pfote die Sender wexeln konnt, es war nämlich, als sie den Kassen besorcht hatt, irndwie keen Feenbedienung nich mit drin im Preis gewesen.

Wenn Ratzerich sie TV guckn ließ, konnt Lotti nix tun als schimfen und stöhnen, abba das Rattending kümmerte sich gar nich drum und gab nich mal ein Antwort. Abba sie konnt *fühlen*, dasses *da* war, es vahielt sich mucksmäuschenstill, tat nix, dachte nich mal richtich irndwas, glotzte bloß durch ihr Glotzer auffe Mattscheibe, und sie kriechte kwasi ein Gefühl dafür, wie's war, das Ratzending im Hinnergrund zu sein …

Als säß sie im Innern vonnem Fleisch und lurte durche Rattenlöcher im Kopp das allessehnde Auge an, die Tür zur Affenwelt, wartete und beobachtete, bisse irndwann tun konnt, wassu tun man sie geschickt hatt, sie wusst nich was, und hinnen, sozusahn am annern End, innem Rattenbau, war ihr *Rest*, was genau 's auch sein mocht, die Maschinen, wo sie zum größten und einzgen Räuber inne Tote Welt machten, wo's Herrenvolk herrschte …

Dacht sie wie ein Ratte, war's völlich egal, was im Fernseh lief, das Rattending dacht nämlich ganz anners als das Affenvolk, es dacht überhaupt nich so wie Fleischlehmdwesen, drum war's dem Ratzerich schnuppe, ob's *Glücksrad* kam, die Siehmuhrnachrichten, *Roseanne, Star Dreck* oder Weiber-Schlammcatchen, um über so was nachzudenkern, vageudete das Ratzending keen Speicherkapatzetät nich, kreisch-kreisch-kreisch!

Denn die Bilder, wo Ratzerich durche Rattenlöcher im Kopp sah, gingen von sein niedlichen kleenen Knoppäuglein stracks in so was wie ein Computeranlage hinner die Rübe, hinnen inne Tote Welt, wo was, wo kalt und hart war wie schwermetallisiertes Eis, genau *wusst*, was es suchte, hi-hi-hi.

Also braucht man bloß da auffem Bett zu hocken und sich anzuguckn, was es da durchs allessehnde Rattenloch zu sehn gab, so wie's die Pogrammierung vorschrieb, wie ein schietger Frosch auffe richtige Fliege warten, wie ein Geier im Gebirg drauf wartete, dass wo was vareckte.

War man ein Tote Welt-Rattendingerich, musst das Fleisch, wo man drin saß, nich wissen, auf was man wartete, Lotter-Lotti, denn *du* erkenns dem Feind, sobald *er dich* sieht.

Er hat's nämlich *auch* auf *deim* Tote Welt-Rattenkopp abgesehn, Lotti Lotter.

Deshalb war der Feind ja irndwo unnerwechs. Der Feind von allem Saubern, Kalten und Stillen vonne Tote Welt, wo wie ein vagessne Müllkippe für eine Milljohn Jahre rechtmäßger Herrenvolkherrschaft in völlger Finsternisch schwebte.

So war's, wenn ein Ratte Fernseh guckte, und Ratzerich tat jetz meistens das Denken und Fühlen, sorchte dafür, dassie innen Mülltonnen stöberte und gnug Kröten für die Scheißbude an Land zoch, die einzgen Male, dass Lotti sich noch wie 'n Mensch fühlte, warn dann, wenn er sie in irndein Klemme gebracht hatt und der feige Lump mit Gequieke vonne Rattenlöcher im Kopp fott inne Tote Welt absauste, wenn das passierte, durft sie nämlich wieder das Kommanno übernehm und sich was einfalln lassen, ummen Hals ausse Schlinge zu ziehn.

Wie vor Tahn, als sie, bekleckert mit klebger, roter Schmiere, unnerm Ahm ein heißem Fernseh und inne Flosse ein langes, blutges Messa, auffe 13. Street nach Wessen stob.

In dem Aufzuch konnt's, selbs wenn man ein großer Räuber war, irndwie peinlich wern, das musst auch Rattenaasch einsehn, also flitzte sie unner die nexte Trepp, kramte inne Abfalltonnen, bis sie 'n paar Zeitungen fand, mit denen hatt sie dann ein Großteil vonnem Blut abgetufft.

Das hieß nich, dassie sich nich schloinichst hätt umziehn müssen, mit ein braune, harte Blutkruste auffe Klamotten kam ja wer bei Macy's nich rein.

Abba auffe 14. Street traf man keen Rausschmeißer und Hilfssheriffs nich, alles spielte sich auffem Gehwech ab, da konnt man jehn Schiet hahm, gab's keen Tür nich, wo wer ein blutgen Ratzerich hätt von vajahn können.

Drum war's ganz leicht gewesen, ein braunen, nur wenich (um drunter zu wixen) gebrauchten Rehnmantel für Achzehnfümmenneunzich zu krien.

Ein Mantel, wo echt noch gut genug aussah, um sie vonne Straß inne Bude zu bringen.

Im Rehnmantel hatten nämlich sogar blutge Ratten gnügend Klasse fürs East Side Belleview Apartments – oder Heroin-Hilton, wie's jeder nannt, wo inne Szene Bescheid wußt –, da wollt man keen Papiern nich sehn, schiss auf Kreditkarten, stellte und beantwörtete keen Frahn nich.

Das Heroin-Hilton bestand aus fümf Etagen widerwärtger Besenschränk auffe unnere Third Avenue. Weil da Junkies und gelehntlich auch 'n Dealer einzoch, wo würglich *alles* Glück valassen hatt, kriechte man für noin Moise ein Stinkloch, wo kaum größer als das schietge Gestell war, wo man drauf pofte, und im Etagenklo setzte sich immer wer grad 'n Schuss, wenn man scheißen wollt ... Abba das Loch hatt wensgens *ein dicke Stahltür mit Sicherheitsschloss.*

Das war ein Luxus, wofür ein bisgen Göld aussugehm sich lohnte, wenn man innem Schiethotel voller Junkies hauste und Zeuch hatt, wo sie jederzeit kassiern würn, zum Beispiel ein pissgelben, tragbarn Faabfernseh.

Noin Kröten, das hieß an eim Normaaltach etwa drei Stunnen stibitzen und klaun, oder bloß zwo, war man gut drauf, und ein halbwechs fleißge Ratze konnt sich inner Stund ausse Mülltonnen 'n Bauch vollschlahn.

Manchmal musst der Ratzerich das Affenfleisch pofen lassen, dafür reichten fümf Stunnen pro Tach, also bliehm jehn Tach noch viele Stunnen übrich, um auffem Bett zu hocken und durche Rattenlöcher im Kopp Glotze zu guckn ...

Abba gelehntlich hatt man Ärjer mittem Fleisch, ab

und zu vatruch die vadammichte Chemie sich nich mitte Datenvaabeitung, hatt man 's Gefühl, als sähn die kleinen Affenlehmdwesen im Fernseh ein mit ein Milljohn Augen *an*, dann und wann vasuchte 's schietge Fleisch *wieder anne Macht zu kommen* …

Deshalb musst man das Protoplasma irndwie *motiviern*, nich wahr, kreisch-kreisch-kreisch, keen schöne Aufgab nich, abba ein Ratzerich musst tun, was er zu tun hatt.

Manches Mal musst man dem Fleisch süße Rattenträume von feuchten Höhln aus bröcklichtem Betong und von Abfallfraß aus seit hunnert Jahrn überfüllten Containern, von Tanks, Müllhalden und Abwassakanälern voller Eiweiß, Kohlenhydrahte, Fett und Spurenelementen schenken, hi-hi-hi!

Inne Tote Welt gibt's alles, wo ein Rattengörl braucht, Lotti Lotter, massich Futter für 'n obersten und einzgen aasfressenden Robotnager, so ein gewaltger Kadaver und keen Konkurrenz nich, grad als wär man ein kleene Madenfamilje innem riesgen Schlachthaus, aus *dem* Container voller Leckerein kannsu ein Milljohn Jahr lang spachteln, kreisch-kreisch-kreisch!

Da können wir doch nich zulassen, dasser Tote Welt-Zerstörer uns ein so wunnabare Welt wechnimmt, was, Rattengörl, hi-hi-hi?!

Wann war ein Stelldichein kein Stelldichein?

Wenn es gehörig an die Nerven ging.

Da fuhr Dexter Lampkin nun in seinem roten Porsche Targa an einem sonnigen Morgen, das Verdeck offen, die Old Topanga Road hinauf, und neben ihm saß ein kalifornisches Mädchen in pfirsischfarbenem

Futteralkleid, der laue Wind wehte ihr durchs Haar. Es fehlte nur noch, dass im Radio Randy Newman *I Love LA* sang.

Aber cineastische Klischees konnten in die Irre führen, denn die Person auf dem Beifahrersitz, hieß Amanda Robin, und allem Anschein nach hatte sie für den Nachmittag keine Liebe eingeplant.

»Jimmy macht sich Sorgen, Sie könnten *seinen* Topklienten in den Charakter *Ihres* Begleitbuchs verwandeln, Dexter«, hatte sie am Telefon erzählt. »Er befürchtet, Ralf neigt dazu, sich demnächst *wirklich* als den Kapitän des Sternenschiffs Erde, den Riesenknollengott oder den Großen Weltgeist zu betrachten ...«

»*So ...?*«

»Und aus irgendeinem absonderlichen Grund«, hatte Amanda ironisch erklärt, »sieht Jimmy darin ein Symptom drohenden Irrsinns.«

»Und Sie ...?«, hatte Dexter achtsam gefragt.

»Ich vermute eher göttlichen Wahnsinn«, antwortete Amanda. »Allerdings ist Jimmy der Auffassung, ein weiteres Symptom sei das Absinken des Lachpegels, der seines Erachtens demnächst zum Sinken der Einschaltquote führen dürfte. Und ich muss zugeben, diese Überlegung ist nicht ganz abwegig, oder?«

»Ich blicke nicht so recht durch, Amanda. Worum geht's eigentlich?«

»Jimmy glaubt, dass ich als berufliche Coach auch eine Showgeschäftprofi mit besonnener Einstellung bin, die einem SciFi-Schreiberling, der mit dem Kopf im Weltraum lebt, ein bisschen Vernunft eintrichtern kann ...«

Dexter ächzte einen vorgetäuschten erstickten Laut ins Telefon.

»... darum möchte er – und er hat sogar, um es klar zu sagen, darauf bestanden –, dass ich Ihnen eine Standpauke halte.«

»Komisch, bisher dachte ich«, ulkte Dexter, »*ich* sei der Vorkämpfer der Vernunft und dürfte deswegen selbst auf die Pauke hauen.«

»Ich kenne da jemanden, der auch eine Art von Vorkämpfer ist, aber bisher noch nicht auf die Pauke gehauen hat«, lautete Amanda Robins rätselhafte Antwort. »Nach meiner Ansicht sollte man ihm nun dazu Gelegenheit geben. Holen Sie mich morgen früh um zehn zu Hause ab. Wir werden lediglich den Kurzen Weg beschreiten, aber es wird einige Zeit dauern, also planen Sie nicht ein, zum Abendessen wieder daheim zu sein.«

»Und, was um alles in der Welt, soll ich meiner Frau sagen?«

»Die Wahrheit«, hatte Amanda ihm treuherzig empfohlen. »Sie müssen an einem Treffen mit jemandem teilnehmen, den ich gern in die Show einladen würde, aber den Sie vielleicht als zu verrückt einschätzen, zumal er darauf besteht, dass *Sie ihn* aufsuchen, und der Besuch beansprucht den ganzen Tag.«

Ihre nächste Bemerkung hatte weit weniger unschuldig geklungen. »Sie wird Ihnen glauben, Dexter, wenn Sie sich bei ihr tüchtig darüber beklagen. Und Sie *werden* sich doch tüchtig beklagen, stimmt's, Dexter?«

Er *hatte* sich gründlich beklagt; und Ellie *hatte* ihm geglaubt.

Aber während der gesamten Fahrt zu Amanda Robins Wohnsitz wurmt es ihn, dass es so reibungslos abgegangen war, oder sie es vorausgesagt hatte – oder beides –, und er hatte den Porsche schonungslos hinauf nach Topanga gestocht, ihn voll gefordert, mit einem Minimum an Vorsicht und einem Maximum an Geschwindigkeit durch die Kurven gejagt, die Schaltung so benutzt, dass sich eine befriedigend hohe Umdrehungszahl und lautes Motorgeheul ergaben.

Diesen Fahrstil behielt er bis zum Big Rock bei, und als er lebend bei der Hippierentnerkolonie eintraf, wo Amanda Robin wohnte, hatte er sich nicht besänftigt, aber immerhin mehr wie ein Macho gefühlt.

Auf seltsam widersprüchliche Weise erweckte ein solcher Anblick in Dexter den kompromisslos technophilen amerikanischen Jungen, so wie umgekehrt jeder Kontakt mit der selbstgerechten Spießerkultur bei ihm rosige, weichzeichnerartig geschönte Erinnerungen an seine aufregende gegenkulturelle Jugend in Berkeley wach rief.

Amandas rustikales Holzhaus tief inmitten der Kiefernwäldchen dieser durch illustre Einwohnerschaft gewissermaßen geadelten Appalachen entsprach im Wesentlichen seinen Erwartungen, und obwohl er ein so heimeliges Nest zu anderer Zeit als verführerische Umgebung für romantische fleischliche Genüsse empfunden hätte, war er dieses Mal – unter den gegebenen Umständen – froh gewesen, als er wieder im Porsche saß und ihn zurück auf die Straße lenken konnte, dermaßen erleichtert sogar, dass er sich nicht für den weiteren Verlauf der Fahrt interessierte, bis sie Topanga verlassen hatten und sich der Mulholland-Autobahnkreuzung näherten.

Dort hatten sie die Wahl zwischen der Abwärtsfahrt durch die nördliche Old Topanga-Region ins San Fernando-Valley, dem Mulholland Drive nach Westwood und Beverly Hills oder der westlichen Richtung zum Pazifik, in der man der Thomas Guide-Straßenkarte zufolge einen dubiosen, weil Dexter bislang unbekannten Abschnitt der Höhenstraße befahren musste, der durch die offene Weite einer Bergwelt verlief.

Da *er* am Steuer saß, blieb ihm nichts anderes übrig, als Amanda Robin nach dem Weg zu *fragen*.

»So, und wohin geht's denn nun eigentlich weiter?«, fragte er. »Wo soll ich abbiegen?«

»Auf keinen Fall verkehrt«, antwortete Amanda Robin mit einem kehligen Auflachen, das Dexter genug befremdete, um ihr verärgert einen Seitenblick zuzuwerfen.

Amanda lachte ein zweites Mal, unterstrich ihre Belustigung diesmal jedoch mit einem Lächeln, das Dexter in einer anderen Situation wohl durchaus als strahlend empfunden hätte.

»Nach Westen, junger Freund, nach Westen, wohin sonst?«, rief sie. »Immer ist die am höchsten gelegene Straße der Weg zum Palast der Weisheit.«

Räder in Rädern innerhalb des Großen Rades, sann Amanda auf mantrische Weise, während Dexter die relativ harmlose Mulholland Highway-Strecke zwischen Old Topanga und Las Virgenes benutzte, um eine Zurschaustellung phallokratischen Porsche-Prana zu entfesseln, indem er den Wagen durch die sanften Kurven heulen und durch die Geraden röhren ließ, alles überholte, was sich zum Überholen fand, indem er in einen höheren Gang schaltete, dann einen Bleifuß aufs Gaspedal setzte und vorbeidonnerte wie eine gesengte Sau.

Als ob er ahnte, dass sich hinter der Fassade dieser Fahrt auf einem gut gepflasterten Highway durch verstreute Siedlungen nach Westen, ungewisseren Wegen durch höheres, urtümlicheres Land entgegen, Räder in Rädern drehten. Als wollte er sich, indem er seine Beherrschung dieses ultimativen Jungenspielzeugs demonstrierte, davon überzeugen, auch meistern zu können, was ihn am Ende der Straße erwartete.

Allerdings würde *er* wahrscheinlich dagegen argumentieren, das wäre lediglich ihre femikratische Auslegung seiner überragenden Fahrkünste; oder, wie vielleicht auch Freud gesagt hätte, manchmal wäre ein Porsche eben nur ein Auto.

Räder in Rädern innerhalb des Großen Rades.

Ohne Zweifel glaubte Dexter aufrichtig, der gegenwärtige, gefährliche karmische Nexus ließ sich erfolgreich überwinden, wenn man Ralf dafür einspannte, für sämtliche komplizierten Probleme der Welt simplizistische technokratische Lösungen anzubieten.

Räder in Rädern innerhalb des Großen Rades.

Jimmy Balaban mochte kaum etwas verstehen von der Rettung eines Planeten oder evolutionären Kreuzwegen, aber er hatte als Künstleragent einen ausgezeichneten Riecher und merkte es, wenn ein Klient von seiner Rolle, sobald er vergaß, dass er eine Rolle spielte, verschlungen zu werden drohte.

»Heiliger Strohsack, Amanda«, hatte er gewettert, »ich kenne so was, ich erleb's nicht das erste Mal, du weißt genau, wovon ich rede, du kannst es Dex verklickern. Er muss damit Schluss machen, ihm diese Leute zu schicken, die ihn in der Einbildung bestärken, er wäre *Der Zauberer von Oos*.«

»Wieso ich? Warum nimmst du die Sache nicht selber in die Hand?«

»Was soll ich ihm denn als Alternative vorschlagen, hä? Sieh mal, Amanda, ich kenne meine Grenzen. Ich habe kein schöpferisches Talent, ich kann zwar solchen Vögeln raten, was sie *nicht* tun sollen, aber nicht, was stattdessen richtig wäre.«

»Wie stellst du 's dir denn *vor*, Jimmy?«

»Erkläre Lampkin die Showgeschäft-Wirklichkeit«, hatte Jimmy verlangt. »Leg ihm 'n neuen Ansatz nah.«

»Zum Beispiel?«

»Woher soll ich das wissen? Ich weiß nur *eins*, wenn's so weiter geht, braucht uns bald bloß noch eine Frage zu beschäftigen, nämlich wer zuerst kommt, um den Schlussstrich zu ziehen, Archie Madden mit der Streichungsaxt oder die Muskelpakete mit den Zwangsjacken.«

Amanda hatte eingewilligt, es zumindest zu versuchen, denn immerhin hatte Jimmy aus seiner Sicht vollkommen Recht. Der Anblick Ralfs, der sich wie ein Lungenfisch an der Grenze zwischen Wasser und Luft wälzte, war seit einiger Zeit unerquicklich, eindeutig stand in absehbarer Frist die Vollendung seiner evolutionären Transformation auf der Tagesordnung.

Doch ihre Vorstellung von der Natur dieser Transformation hätte bei Texas Jimmy Balaban, wäre sie so närrisch gewesen, sie ihm offen darlegen zu wollen, nur zu dem Ergebnis geführt, dass er mit einer Hand nach dem Bourbon und mit der anderen Hand nach seinen Maaloxan griff.

Räder in Rädern innerhalb des Großen Rades.

Der Mulholland Drive verließ das Bauerschließungsland, in dem Dexter nichts anderes als eine Ausdehnung Los Angeles' auf die andere Seite der Las Virgenes Road sah, und führte in stark waldiges Hochland, in dem es kaum noch Zeugnisse menschlicher Besiedlung gab.

Allmählich geriet er in eine ruhigere Stimmung und wechselte über zu einer maßvollen Fahrweise, in der das Auto praktisch von allein und mit einem Tempo fuhr, das sich dem Verlauf der Straße anpasste, die sich durch die Berge wand, der Schaltknüppel bewegte sich in seiner Hand nahezu von selbst, um dem Motor die optimale Leistung und das schönste Schnurren zu entlocken.

Die Sonne schien warm, die Luft duftete nach getrocknetem Kiefernharz und hart gebackener Erde, und die Umgebung förderte die Illusion, sie könnten ohne Unterlass aufwärts zu immer, immer höheren Gipfeln fahren, bis nach Alaska.

Wären da nicht offene Fragen gewesen …

»Also, möchten Sie mir vielleicht *jetzt* verraten, wohin wir unterwegs sind, Amanda?«

»Ich hab's schon gesagt«, antwortete Amanda. »Zum Palast der Weisheit.«

Bei der gegenwärtigen Fahrweise hegte Dexter erst recht keine Bedenken, sich einen Seitenblick auf ihr Giaconda-Lächeln zu gestatten und in Anbetracht der erneuten Geheimnistuerei skeptisch die Lippen zu kräuseln.

»Ist es denn wirklich so wichtig?«, fragte sie, sobald er den Blick zurück auf die Straße richtete. »Es ist ein herrlicher Tag, wir befinden uns im wahren Kalifornien, befahren hier zusammen in einem hübschen roten Sportwagen mit offenem Dach den kurzen Weg …«

»Den *kurzen* Weg …? Wir sind schon seit fast einer Stunde auf der Straße.«

Amanda lachte. »Glauben Sie mir, Dexter«, sagte sie, »der heutige Ausflug führt nur über einen winzig kleinen Abschnitt der Straße ohne Ende.«

»En íngles, por favor, und wenn's Ihnen nichts ausmacht, meine Liebe, ersparen Sie mir auch Ihr Tolkienesisch.«

»Wir fahren meinen Meister besuchen«, teilte Amanda ihm mit.

»Ist *er* der Knabe, den Sie in die Show einladen möchten?«

»Genau. Ich kenne ihn fast so lange, wie ich mich

zurückerinnern kann. Vielleicht länger. Er nennt sich Hadashi.«

»Einfach Hadashi? So wie Liberace oder Madonna?«

Amanda lachte nochmals. »Oh – die Bemerkung hätte ihm gefallen.«

»Ich versteh's nicht«, gestand Dexter. »Um jemanden in die Show zu holen, brauchen Sie doch nicht *meine* Zustimmung. Warum schleifen Sie mich trotzdem bis an den Arsch der Welt, bloß um mich mit diesem Mann bekannt zu machen?«

»*Das* ist Ihre Vorstellung vom Arsch der Welt?«, neckte Amanda ihn.

Golden leuchtete die Sonne an einem makellos azurblauen kalifornischen Himmel. Hoch über einem von Tannen grünen Felskliff kreiste ein Falke, vielleicht sogar ein Adler, und Dexter steuerte den Porsche Targa durch eine prächtige, von Düften aus dem Herzen des Kontinents durchwehte Wildnis.

Dexter musste ebenfalls lachen. »Na gut, ich gebe zu, es gibt Schlimmeres«, pflichtete er bei. »Aber Sie haben meine Frage nicht beantwortet.«

»Es verhält sich ganz einfach«, sagte Amanda Robin. »Er möchte Sie kennen lernen. Und für Sie ist es *notwendig*, mit ihm Bekanntschaft zu schließen.«

Räder in Rädern innerhalb des Großen Rades.

Wie die Synchronizität es so häufig fügte, hatte Hadashi sich recht pünktlich in Amandas Zeitkontinuum manifestiert, als das karmische Drehbuch sein Erscheinen erforderte, nämlich mit einem Telefonanruf kaum vier Stunden nach ihrem Gespräch mit Jimmy Balaban.

»Hallo, Amanda, ich bin für ein Weilchen in der Stadt«, sagte er, hechelte spaßeshalber wie ein Manager unter Zeitdruck. »Also sollten wir uns zum Essen treffen.«

»Hallo, Hadashi«, gab Amanda zur Antwort. »Würdest du gern im Fernsehen auftreten?«

»Also, Amanda, ich dachte schon, du fragst mich nie.«

»O nein, das kann nicht sein.«

Hadashi lachte.

»Na ja, eigentlich nicht.«

Natürlich nicht.

Räder in Rädern innerhalb des Großen Rades.

Hadashi war es, der an diesem Nexus ins Spiel kommen musste.

Allerdings war Amanda sich darüber nicht im Klaren gewesen, bevor sie am Telefon seine Stimme gehört hatte.

Denn was sie Texas Jimmy Balaban nicht zu eröffnen gewagt hatte, war die Tatsache, dass das Problem mit Ralf keinesfalls aus dem Wechsel vom Totenschiff-Jeremias zum Sternenschiffkapitän bestand, sondern aus der *Unvollendetheit* seiner Wandlung vom Schimpfer auf die Dunkelheit zum Lichtbringer.

Wie ein Affenvolkstamm, der seine Baumnester beschmutzte, während sein Adlergeist schon nach den Sternen griff, glich Ralf einem Schmetterling, der sich während der Metamorphose aus dem Kokon zu befreien versuchte.

Anscheinend verstand Dexter Lampkin im Bezugsrahmen seines Science Fiction-Denkmodells diesen Sachverhalt; andernfalls hätte er nicht in dem köstlich naiven Glauben, seine planetaren Umgestaltungsvorschläge wie einen Weltrettungsbastelbausatz vorzulegen, könnte Herz und Hirn der Menschen gewinnen, ein derartiges Begleitbuch geschrieben, solche Gäste in die Show eingeladen.

Aber dabei durfte es unmöglich bewenden bleiben.

Es gab nur ein Mittel, um die Metamorphose zu vollenden.

Der Schläfer musste geweckt worden.

Live zur Hauptsendezeit, damit die ganze Welt es sehen konnte.

Und von allen Menschen, die Amanda auf dem Langen Weg ihres Lebens begegnet waren, hielt sie niemanden für besser geeignet, um sich als Ralfs Geburtshelfer zu betätigen, als den Schutzgeist ihres Daseins.

»Dann kommst du also in die Show, Hadashi?«

Erneut lachte Hadashi. »Gib es irgendwo ein so erleuchtetes Geschöpf, dass es sich keinen Ikea-Lampenschirm auf den Kopf setzt und seine Hämorrhoiden vorzeigt, wenn es damit im Fernsehen auftreten kann? Ich kenne immerhin ein paar wirklich gute polnische Buddha-Witze.«

Auch Amanda lachte. »Ich dachte an etwas ein klein wenig mehr Satorisches«, erwiderte sie.

»Koan? Legst du Wert auf Koan? Ich weiß eine Million Koan, und jedes erweckt garantiert sogar einen *Gebrauchtwagenhändler* zu vollem Satori, oder er kriegt seine bisherigen Inkarnationen doppelt angerechnet.«

»Aber im Ernst, Leute ...«, sagte Amanda im gleichen Ton.

»Im Ernst, Amanda«, meinte Hadashi vollauf ernst, »du kannst dich darauf verlassen, dass ich deinem inkarnierten Zeitgeist in spe den guten, alten kosmischen Steigbügel halte. Bloß möchte ich ungern mit einem dicken grünen Männchen mit Propellermütze über den fotoelektrischen Konversionskoeffizienten von Arsenmetall und Solarzellenelemente im Orbit um die Venus diskutieren.«

»Tja ... Zufällig ist es so, dass Jimmy Balaban ohnehin wünscht, ich soll darüber mit Dexter Lampkin reden ...«

»*Welcher* Jimmy möchte, dass du mit Dexter Lampkin *über was* redest?«

Amanda erteilte Hadashi einen Schnellkurs in der Geometrie der intellektuellen Gussformen, die sich in *Ralfs Welt* nachlesen ließen. »Mir schwebt da etwas Synergetisches vor«, sagte er anschließend.

»Das ist bei dir meistens der Fall ...«

»Wie wär's, wenn dein gebeutelter alter Guru darauf besteht, in einem persönlichen Gespräch die Gästeliste zu erörtern, bevor er sich so gnädig zeigt, die Show mit dem Erscheinen seiner mysteriösen Persönlichkeit zu beehren? Könntest du deinen skeptischen Mohammed nicht zu einer Zusammenkunft mit dem irren Alten vom Berge überreden?«

»Vielleicht. Aber zu welchem Zweck?«

»Um ein paar spitze transzendentale Stöcke durchs Gitter seines logisch-positivistischen Faradayschen Käfigs zu stecken und die Erweckungsnummer in der Provinz zu erproben, ehe wir die Pizza des Jahrhunderts in den Ofen schieben.«

»Warum können wir ihm nicht einfach die Wahrheit sagen?«

»Großartige Idee, Amanda«, hatte Hadashi geantwortet. »Erkläre deinem Science Fiction-Schriftsteller, dass du ihn auf eine *Magical Mystery Tour* ins vor aller Augen verborgene Herz des Kontinents mitnehmen willst, wo sein dösiger Geist aus dem Halbschlaf zu vollem Bewusstsein erweckt werden soll. Erläutere es ihm mit höchstens fünfundzwanzig Wörtern, und du gewinnst einen kostenlosen zweiwöchigen Urlaub für zwei Personen im malerischen Pismo Beach.«

»In einer Hinsicht hat Jimmy auf alle Fälle Recht«, sagte Amanda Robin zu Dexter. »Wir müssen die Sendungen gemeinsam planen. Die Einladungen sollten koordiniert werden, damit wir Gäste an einen Tisch setzen, bei denen sich ein *Synergieeffekt* ergibt.«

Dexter empfand es als ganz passend, dass der Mulholland Drive genau in dem Moment aus der jungfräulichen Weite der Berge hinab in eine Gegend längs des Lake Malibu führte, wo Bulldozer die Hügelkuppen eingeebnet hatten und das Chaparral durch Designer-Zedern, Eiskraut, bewässerungsintensive Rasenflächen und ultrateure Immobilien für Filmszene-Trendsetter ersetzt worden waren, als Amanda anscheinend endlich zur Sache kam, nämlich dem Showgeschäft.

»Aus *diesem* Grund schleppen Sie mich zu Ihrem Hadashi?«, stöhnte er. »Nur weil Sie Sorge haben, ich könnte jemanden einladen, der Ihrem Guru den Schneid abkauft?!«

»So ähnlich«, murmelte Amanda eine ziemlich ausweichende Antwort.

»Bisher haben Sie sich meines Wissens nicht über meine Gäste beklagt.«

»Ich wollte, ich könnte von Ihnen das Gleiche sagen«, stichelte Amanda in lakonischem Tonfall.

»Gut gebrüllt, Löwe«, knurrte Dexter verdrossen ein Zugeständnis.

»Aber egal was *Sie* über *meine* NewAge-Traumtänzer denken, *ich* beschwere mich *nicht* über *Ihre* Propellermützen tragenden SciFi-Spinner.«

»Nicht?«

»Warum sollte ich, Dexter?«, fragte Amanda, verfiel plötzlich in einen Ton verdächtiger Freundlichkeit. »Weshalb sollte ich mich über intelligente Menschen beklagen, die einen kleinen Beitrag dazu leisten möchten, den Planeten zu retten? Wer bin ich, dass ich darauf käme, gegen Sonnenenergiesatelliten, künstliche

Fotosynthese, die Begrünung lebloser Planeten oder den Bau von Schlaraffenländern im Weltall zu sein? Wer bin ich, dass ich behaupten dürfte, sie hätten das Herz nicht am rechten Fleck, nachdem die Veränderungen, die sie an Ralfs Performance zu vollziehen geholfen haben, bisher allesamt – so weit sie reichen – in die richtige Richtung weisen?«

»Hä?«, brummte Dexter, wandte die Augen von der Straße ab und starrte Amanda an, bis er unversehens schwungvoll einem Jensen Interceptor ausweichen musste, der von einer Nebenstraße auf die Fahrbahn rollte.

»Aber ich dachte … Sie hätten gesagt …«

»Dass Kapitän Ralf den Bach hinab geht?«

»Äh … Ja genau.«

»Jimmy hat Recht, es wird nicht klappen.«

»Aber …«

»Ich habe gesagt, dass die Änderungen bislang in die richtige Richtung gegangen sind, *so weit sie reichen*«, stellte Amanda Robin mit gänzlich anderer Stimme klar, einer Stimme, die irgendwie, während sie die von der Sonne golden bestrahlte Vorortgegend durchquerten, verfehlt zu klingen schien.

»Doch im *Gegensatz* zu Jimmy bin ich der Ansicht«, fügte die verwandelte Amanda hinzu, »das Problem ist, dass die Veränderungen nicht weit genug gegangen sind. Wir müssen sie *vollenden*, Dexter, wir beide, Sie und ich. Wir müssen den Träumer wecken.«

»*Wen* müssen wir wecken?«, ächzte Dexter Lampkin.

Etliche Augenblicke lang lehnte Amanda nur stumm im Beifahrersitz und beobachtete, dass die Wohnanlagen seltener wurden und man allmählich nur noch weiter vom Highway gelegene Anwesen und Landhäuser sah, während sie bei sich eine Antwort zu formulieren versuchte, die Dexter nicht allein auf intellektueller Ebene begreifen, sondern ebenso auf der tieferen spirituellen Ebene, die er so verstockt zu leugnen beabsichtigte, *akzeptieren* konnte.

Sie hatte nicht vor gehabt, dass die Unterhaltung so verlief.

Doch allem Anschein nach war es unvermeidlich geworden.

Da fuhr sie nun im Porsche eines Science Fiction-Schriftstellers immer höher empor auf den langen Bergrücken, ließ die an Zeit und Hypotheken gebundene Zivilisation zurück und näherte sich mit ihm auf stets schmaleren, einsameren, selten benutzten Straßen einer Reihe von Kreuzungen, einer Auswahl an Alternativen, dem geologischen Chakra, das ihr lebenslanger Schutzengel, den vollständig zu verstehen sie sich nicht anmaßen durfte, ausgesucht hatte, blickte einem Treffen mit ungewissem Ausgang entgegen.

Mit höchstens fünfundzwanzig Wörtern.

Das war, um einen alten Vergleich anzuwenden, als sollte man jemandem Rock'n'Roll erklären.

»›Glaubst du an die Magie …?‹«, sang sie Dexter vor.

»Ich glaube an die Foma, die stark, mutig und froh macht, wenn Sie das meinen«, lautete Dexters geheimnisvolle Antwort – geheimnisvoll deshalb, weil sie *damit* nichts anfangen konnte.

Was dem einen recht ist, ist dem anderen billig, dachte Amanda, als die Kreuzung Mulholland Highway/Sierra Creek Road in Sicht kam.

»Wo Sie Recht haben, haben Sie Recht«, sagte sie. »Also biegen Sie da vorn rechts ab.«

Mit einem jungenhaften Grinsen der Bosheit schaltete Dexter Lampkin vom vierten in den dritten Gang und gleich danach plötzlich ein weiteres Mal hinunter, sodass die Geschwindigkeitsverringerung, begleitet von einem Geheul des Motors, mit einem spürbaren Ruck eintrat, als wäre der gequälte Auspufftopf direkt mit Amandas Wirbelsäule verbunden, jagte den Porsche, den Fuß aufs Gaspedal gedrückt, durch die 90°-Biegung und brauste mit einer Beschleunigung, die offenbar darauf angelegt war, Amanda den Atem zu verschlagen, und unter lautem Motorgebrumm auf die Gerade zu den ersten Hügeln des Vorgebirges der gewaltigen Sierras.

Rechts, links, rechts, links, da holperte Dexter nun im Dritten auf einer Straße längs eines Bachs in eine Wildnis hinein, die so ausgedehnt und naturbelassen wirkte, als führe er durch eine Singularität ins alternative Kalifornien einer anderen Raumzeit.

Hier drinnen – eine andere Umschreibung fiel ihm dafür nicht ein – blieb die Straße, die dem Verlauf des Bachbetts immerzu weiter ins urtümliche, felsige Herz des Kontinents folgte, das einzige sichtbare Menschenwerk. *Hier drinnen* konnte man sich nur schwer vorstellen, dass die legendären ersten Siedler in ein derartiges Land mit etwas anderem als einem Range Rover vorgedrungen sein sollten.

Noch weniger war es zu glauben, dass nur ein paar Kilometer nördlich des entferntesten Höhenzugs der versmogte Kessel des Valleys unsichtbar seine Kohlenwasserstoffe verdunstete, oder dass er erst vor Minuten das Land des 21. Jahrhunderts verlassen hatte. Von beidem schienen ihn inzwischen geologische Zeitalter zu trennen, und als scheinbaren Beweis dafür empfand er den Umstand, dass Amanda Robins Geschwätz über Zeitgeist, Traumzeit und erwachende Avatare mittlerweile auf gefährlich verführerische Weise fast plausibel klang.

Schließlich hatte *er* mit einer Bemerkung an Vonneguts Foma angeknüpft, die schöne, zweckmäßige Lüge, dank der man sich stark, mutig und froh fühlte, und in gewissem Sinn durchquerten sie gegenwärtig mit dem Auto eine solche Lüge. Denn in Wirklichkeit lag hier *nicht* die zum Mythos gewordene 1949er *High Sierra* oder ein unberührtes vorzeitliches Urkalifornien, sondern ein kleines Westentaschenuniversum, das innerhalb der nur allzu genau vermessenen Grenzen der Gemeinde Los Angeles zwischen dem Valley und Malibu nahezu unerklärlich eine Existenznische bewahrt hatte.

»Ralf ist also Ihres Erachtens als Hofnarr des Atman zum Scheitern verurteilt«, schwafelte Dexter eine Zusammenfassung der durch Amanda vertretenen Einschätzung, »weil er karmische Schnarcher anhäuft, anstatt in vollem Umfang zu der ihm bestimmten Inkarnation als geheime Identität des Zeitgeistes zu erwachen, und unsere Aufgabe als Gemeinschaftsproduzenten der Großen Transformation ist es, ihm eine so kräftige Watschen mit dem Zen-Narrenzepter zu verpassen, dass er vor Schreck endlich hellwach wird.«

»Nicht schlecht für mündliches Wiederholen. Wer weiß, vielleicht kommen Sie heute noch zur Praxis.«

»Ich bin *Science Fiction-Autor*, meine Liebe, es gehört zu meinem Beruf, mir täglich vor dem Frühstück drei neue Unmöglichkeiten auszudenken.«

»Ach, ich weiß, Zeitreisende aus alternativen Zukünften, die ihre eigene Entstehung zu begründen versuchen, sind selbstverständlich allemal *viel* glaubwürdiger.«

Dexter lachte fröhlich.

»Dass ich solches Zeug *schreibe*«, entgegnete er, »heißt nicht, dass ich daran *glaube*.«

Fröhlich?

Und wieso eigentlich nicht? Heute war einer der strahlend hellen Smily-Sonnentage der guten Laune, warum sollte er sich nicht zurücklehnen, die italienische Fahrerhaltung einnehmen, in der man den Wagen mit gestrecktem Arm lenkte, und das Leben genießen.

»Was denn, Dexter«, schnurrte Amanda, »als Nächstes wollen Sie mir wohl weismachen, Sie glaubten nicht an Fliegende Untertassen.«

Bei Gott oder irgendeinem anderen nichtexistenten Wesen! – in seiner momentanen Stimmung konnte Dexter nicht anders, er musste sogar *darüber* lachen.

Einige Minuten später jedoch, nachdem Amanda ihn ums Verlangsamen gebeten und anschließend ums Halten vor der Zufahrt in einen schmalen, von Chaparrel gesäumten Weg ersucht hatte, der nach kaum mehr als einem ausgetrockneten, kiesigen Wasserlauf aussah, kam ihm sein Autofahrerkarma erheblich weniger sonnig vor.

»Da *hinein*? Sie machen doch wohl 'n Witz.«

»Es stimmt mit der Wegerklärung überein, die mir Hadashi gegeben hat.«

»Wegerklärung?« Unentschlossen blieb Dexter mit dem Porsche an der Abfahrt stehen, stöhnte vor sich hin. »Sie sind noch *nie* hier gewesen? Ich dachte, wir besuchen Ihren Guru. Wohnt er hier nicht?«

»Ehrlich gesagt, Dexter«, bekannte Amanda, »ich habe keine Ahnung, wo Hadashi wohnt. Es ist gewissermaßen so – dass er sich an den gerade geeigneten Örtlichkeiten manifestiert. An den hiesigen Ort bin ich vorher noch nie bestellt worden.«

Abermals stöhnte Dexter auf. »Und Sie verlangen, dass ich auf diesen Voraussetzungen meine Stossdämpfer einem derartigen Härtetest unterziehe, bei dem sie vielleicht den Geist aufgeben?«

Amanda hob die Schultern. »Wir sind längst zu weit, um der gelben Ziegelsteinstraße nicht bis zu ihrem logischen Ende zu folgen, nicht wahr, Toto?«, meinte sie.

Dexter seufzte, hob die Schultern und fluchte unterdrückt, aber legte den ersten Gang ein und steuerte den Porsche langsam den Kiesweg hinauf, einem unbekannten Ziel entgegen, verzog jedes Mal bestürzt das Gesicht, wenn ein Steinchen von der Bodenwanne des Fahrzeugs abprallte.

Während der Kiesweg durch eine Biegung führte und die gepflasterte Straße zuletzt gänzlich aus der Sicht verschwand, schaute er sich kurz über die Schulter um.

»He, Gretel«, sagte er, »ich dachte, jetzt müssten die *Brotkrumen* ausgelegt werden.«

Der Uhr zufolge beanspruchte die Fahrt auf dem unbefestigten Weg keine volle halbe Stunde, doch für einen Autofahrer dauerte sie eine subjektive Ewigkeit. Seinen geliebten Porsche einer solchen Oberfläche auszusetzen, lief für ihn auf eine Art barbarischen Verrats hinaus. Am schlimmsten war, dass es in der Schaltung des Porsches für so eine Strecke *keinen* richtigen Gang gab.

Im einen Moment tuckerte der Motor am Rande des Absterbens, im nächsten Augenblick jaulte er im Ersten laut auf, deshalb musste Dexter dermaßen häufig schalten, dass er, als sie zu guter Letzt das Ende des Wegs erreichten, vom Niederstemmen des Kupplungspedals einen Krampf im linken Oberschenkel hatte, und an den Zustand der säuisch teuren Porsche-Kupplungsscheiben wagte er vorerst überhaupt nicht zu denken.

Der Kiesweg endete als Sackgasse auf einem kleinen, gleichfalls bekiesten Parkplatz. Vor einem flachen

Gebäude, das wirkte, als stammte es aus einem japanischen Samuraifilm, stand ein staubiger blauer Cherokee.

Hölzernes Fachwerk, das aus Teak oder lediglich verwitterter Eiche sein mochte, rahmte beige Papierwände ein. Die Schiebetür war gleichartig beschaffen. Es schien, als schmiegte sich das kleine Haus regelrecht in die rötlich-braune Landschaft, verschmölze es mit den Chaparral der Umgebung. Nur ein Bambushain links des Eingangs bezeugte eine nachträgliche Bepflanzung.

Während Dexter und Amanda mit knirschenden Schritten zu dem Bau strebten, glitt die Haustür zur Seite, und ein Mann kam heraus, um sie zu begrüßen.

Dexter hatte nicht gewusst, wen er erwarten sollte – vielleicht Toshiro Mifune in vollem Shogun-Wichs –, doch wen er nun vor sich sah, war ein mittelgroßer Mann mit vage fernöstlichem Aussehen und glattem, grauem Haar in Schulterlänge, der weiße Adidas-Treter, eine weiße Segeltuchhose sowie – wer hätte das gedacht? – ein Sternenschiff Erde-T-Shirt trug, das zeigte, für einen alten Knaben mit schon leicht runzliger Haut, der zwischen fünfundfünfzig und siebzig sein mochte, befand er sich in ziemlich guter Form.

»Hallo«, sagte er mit völlig akzentfreiem kalifornischem Amerikanisch und streckte Dexter ganz konventionell die Hand entgegen. »Ich bin Hadashi.«

»Äh … Dexter Lampkin«, antwortete Dexter und schüttelte ihm die Hand. »Hübsch haben Sie 's hier.« Er betrachtete das strohtrocken wirkende Holzfachwerk und die Papierwände. »Allerdings kann ich, um offen zu sein, nicht begreifen, wie in dieser Gegend ein so feuergefährdetes Gebäude stehen bleiben kann, und was die verregnete Jahreszeit betrifft …«

Indem er knapp zwinkerte wie ein kleiner Schlaumeier, schwang Hadashi im Halbkreis die Faust gegen die Papiertür. Anstatt dass sie die Tür durchschlug, prallte sie mit einem dumpfen *Bong* harmlos ab.

Dexter besah sich die beige Substanz genauer, strich mit dem Daumen darüber. Es war kein Papier, sondern anscheinend ein widerstandsfähiges synthetisches Material, das äußerlich starke Ähnlichkeit mit Reispapier hatte. Er betastete das raue Holz des Türrahmens. Obwohl es hart war wie Stein, fühlte es sich nicht ganz wie versteinertes Holz an; entweder hatte man echtes Holz mit etwas polymerisiert, das er nicht kannte, oder es handelte sich um *sehr* hochwertiges Plastik.

Hadashi lachte. »Zuwenig *wu* für Ihren Geschmack?«

Ratlos schaute Dexter ihn an.

Hadashi lachte ein zweites Mal. »He, komm, sei kein Arschloch, sagte das Bauhaus zum Klohäuschen«, fügte er hinzu, »es ist doch nur die *Form*, die der Funktion folgt.«

Zu seinem Unbehagen hatte Dexter den Eindruck, dass dieser alte Bursche ihm demnächst *sympathisch* werden sollte.

Das Haus erinnerte Amanda an eine Sparversion des Langer Weg-Klosters, wirkte auf sie wie eine raffiniert gestaltete HighTech-Klause für Meditationswochenenden.

Hinter Schiebetüren, die an der linken Seite einen Nebenraum abtrennten, gab es eine kleine Küche, und in einer gleichartigen Abteilung rechts befanden sich Bad und Toilette. Zwischen diesen Flanken notwendiger Funktionalität lag ein einzelner, mit kompromissarmem Minimalismus eingerichteter Raum.

Den Boden bedeckten die üblichen binsenfarbenen

Tatami. In der Mitte stand ein niedriger, schwarz lackierter Tisch, den rote und weiße Sitzkissen und gepolsterte Rückenlehnen umgaben, die wie umgebaute Kamelsattel aussahen. Auf den Tisch war mittig ein kleiner Hibachi aus Gußeisen gestellt worden. In einer Ecke lehnte ein ordentlich eingerollter Futon. An einer Wand hing eine Bildrolle mit einer Berglandschaft am Meer, die Big Sur in japanischer Maltechnik hätte sein können; an einer anderen Wand ein NASA-Foto des Saturn. Auf einer gleichfalls niedrigen, schwarzen Kommode enthielt eine schlichte Terrakotta-Schale ein florales Arrangement aus zwei getrockneten Mesquitbaumreisigen und ein frisches Zweiglein mit blauroten Akazienblüten. Zwei einfache, schwarze Halogen-Stehlampen, die aus dem Penny-Markt stammen mochten, erleuchteten den Raum.

Amanda bemerkte, dass Dexter sich das Interieur mit dem unvermeidlichen kalifornischen Taxierungsblick ansah und danach starren Blicks Hadashi musterte. »Hier *wohnen* Sie?«, erkundigte sich Dexter.

»Das ist nur die Teestube«, antwortete Hadashi.

»Wenn's bloß die Teestube ist, wo ist dann die eigentliche Wohnung?«

»Wie vieles vom Besten, was das Leben bietet, liegt es vor aller Augen im Verborgenen«, sagte Hadashi. Er durchmaß das Mittelzimmer, öffnete die Schiebetüren der Rückseite und gab den Blick in den Hintergarten frei.

Je eine Reihe Bambuszaun verlängerte die Seitenwände des Häuschens bis zum etwa zwölf Meter entfernten Rand eines mit Chaparral überwucherten Hohlwegs, auf dessen anderer Seite sich die Landschaft in grün bewachsenen Felsstufen bis empor zur Majestät der Bergrücken erstreckte und mit der Schärfe einer Hasselblad-Aufnahme gegen den leuchtend blauen Himmel abzeichnete.

Die Fläche zwischen den Zäunen war, indem man schlichtweg Steine entsprechend angeordnet und ein paar Chaparral-Gewächse gestutzt hatte, als eine dem typischen japanischen Steingarten ähnliche Miniaturwiedergabe der beschriebenen Landschaft angelegt worden, und zwischen Haus und Hohlweg vergrößerte sich der Maßstab in proportionalem Verhältnis, sodass sich aus dem künstlich Geschaffenen ganz allmählich, ohne erkennbaren Übergang, die Natur erhob.

Und Amanda sah, dass die Zäune *nicht* parallel verliefen, sondern sich auffächerten – mit einer Genauigkeit, als hätte das Auge eines Malers Maß genommen, eine Perspektive erzeugten –, den kunstvoll konzipierten Vordergrund mit dem natürlichen Hintergrund zu einer einzigen Betrachtungsebene vereinten, eine Leistung gartenarchitektonischer Magie, bei deren Anblick sie aus vergnügtem Staunen beinahe aufgejauchzt hätte.

»Groß genug für Ihre Bedürfnisse, Dexter?«, fragte Hadashi mit trockenem Humor.

Dexters Gedanken drehten sich beharrlich um die Frage der Technologie und Technik, während Hadashi die altüberlieferte orientalische Kaffeezeremonie vollzog und den Hibachi benutzte, um in einem Aluminium-Ibrik, der aussah, als wäre er im allerfinstersten Suk der fernsten arabischen Pampa aus alten Konservenbüchsen hergestellt worden, eine Mischung aus Wasser, Zucker, Cardamom und starkem türkischem Kaffee zum Kochen zu bringen.

Zwar war Dexter kein so ignoranter Städter, dass

eine so unglaublich geschickt präsentierte, prachtvolle natürliche Aussicht, wie sie der Hintergarten bot, sein Gemüt kalt gelassen hätte, doch aufgrund seines für Science Fiction-Autoren charakteristischen Weltraumtüftler-Yankeehabitus konnte er unmöglich übersehen, wie man diese Illusion erzeugt hatte. Aber sobald er es durchschaut hatte, geriet seine Wahrnehmung des angeblichen Unterschieds zwischen so genanntem High-Tech und NormalTech in ständiges Fluktuieren.

Hoher Energieaufwand und extreme Komplexität, so musste er plötzlich einsehen, gaben *keine* verlässlichen Kriterien für Supertechnik ab. Wenn etwas mit Vollkommenheit funktionierte, konnten keine noch so umfangreiche Forschung und Entwicklung es verbessern.

Wer diesen Garten geschaffen hatte, dem war funktionale Perfektion mittels einer Technik gelungen, deren *Material* nicht mehr als eine Anzahl Bambuspfosten sowie Steine und Gesträuch umfasste. Dennoch lag seiner Leistung ein *Konzept* zu Grunde, dessen Ausgefeiltheit nicht einmal innerhalb einer Million Jahre veraltete.

Das Gemisch im Ibrik kochte in kürzerer Zeit, als sich Wasser, mit dem man Kaffeepulver überbrühen wollte, im Kocher erhitzt hätte. Hadashi hob den Ibrik am Griff für einen Augenblick vom Feuer, bis das Brodeln endete, setzte ihn wieder auf die Glut; dies Vorgehen wiederholte er binnen einer Minute noch zweimal, ehe er das Ergebnis in kleine Becher füllte, die man womöglich in jeder Bar der Galaxis hätte vorfinden können.

»Gut«, sagte Dexter beifällig, als er das Gebräu gekostet hatte.

Tatsächlich schmeckte dieser auf einem Kohlenbecken in einem Gefäß, das man in jeder Gasse der Dritten Welt mit einer Blechschere, ein paar alten Büchsen, einem Bossierhämmerchen und einem Lötkolben zusammenbasteln konnte, zubereitete Kaffee mindestens ebenso gelungen wie jeder in einer hoch modernen, verchromten Yuppie-Espressomaschine aus Mailand aufgebrühte Sud, und erst recht unvergleichlich besser als das lauwarme Abwaschwasser, das man in den Stehcafés vorgesetzt bekam.

Hadashi legte den Finger an den Altmetall-Ibrik. »Es kann ohne weiteres sein«, sagte er, »dass Anthropologen vom Hundsstern Sirius, die in der Zukunft die Erde aufsuchen, *diese* Gerätschaft zu der Erfindung erklären, die den Beginn der Evolution des Affenvolks zu einer wenigstens einigermaßen denkfähigen Spezies markiert.«

Über das Tischchen hinweg fasste Dexter ihn ins Auge.

»Sind Sie auch zum Gedankenlesen fähig?«, fragte er halblaut.

Amanda Robins Guru schenkte ihm ein Smily-Lächeln, dem jede Spur irgendeiner Slan-Mutanten-Telepathie fehlte.

»Nein«, antwortete Hadashi. »Aber ich lese *Science Fiction.*«

Während Amanda an ihrem Kaffee nippte und wie die hoffnungsvolle Vermittlerin einer Vernunftehe das Gespräch zwischen Hadashi und Dexter verfolgte, fiel ihr auf, dass sie sich mit Ausnahme ihrer Eltern – und zudem im Rahmen eines gemütlichen familiären Konsens – noch nie mit Dritten in Hadashis Gegenwart aufgehalten hatte.

Und der Hadashi, den Dexter Lampkin evoziert hatte, war nicht der ihr vertraute Hadashi; genauer gesagt, er war sehr wohl nach wie vor der proteische und schwer festlegbare Trickster, den sie kannte und schätzte, jedoch verwandelt durch die Interaktion mit der Realität, die Dexters Art des Bewusstseins bedeutete.

Dieser Hadashi hatte die Fähigkeit, mit einem Science Fiction-Autor über Science Fiction zu fachsimpeln, ein Thema, das zwischen ihm und Amanda kaum je zur Sprache gekommen war, bevor Ralf aufkreuzte.

»… dass *Der Wüstenplanet* ein Buch ökologischen Inhalts sei, ist ein Denkfehler, den viele Leser begehen, nicht wahr, Dexter?«

»… drei Spezies und ein Sandklumpen, 'ne tolle Ökologie …«

»… in Wirklichkeit über die Erfahrungen eines ausgeprägt hellsichtigen Bewusstseins …«

Dieser Hadashi hätte jemand aus der Science Fiction-Szene sein können.

»Genau aus dem Grund hat man nach dem dritten Band immer etwas vermisst, denn da hat Frank Herbert den Überblick verloren …«

»… eine große Versuchung, für so viel Geld immer neue Wiederholungen runterzuhacken …«

Aber natürlich hätte er für *sie* niemals jemand aus der Science Fiction-Szene sein können.

Und sie niemals so eine Person für ihn.

Da hatte sie nun ein plötzliches Satori.

Wir *alle* sind einer für den anderen *virtuelle* Persönlichkeiten.

Jeder Mensch evoziert einen anderen Avatar jedes anderen Menschen. Jeder Avatar ist eine gleich authentische Neukonstellation aller Eigenschaften desselben grundlegenden Wesens.

Man konnte es vielleicht so ausdrücken: *Sobald wir mit einem anderen Bewusstsein in Interaktion treten, werden wir für uns selbst* virtuell.

Räder in Rädern innerhalb des Großen Rades.

»Ähm … Haben Sie mal was von meinen Sachen gelesen?«

»Ja«, bestätigte Hadashi, »ich kenne *Die Transformation.*«

»Und …?«

Die zwei Virtualitäten verharrten wie Kolibris, während im Gesträuch ein Eichelhäher rief und Dexters Frage in der lauen, harzigen Bergluft hing.

Räder in Rädern innerhalb des Großen Rades.

Warum interessiert es mich überhaupt, was dieser Knilch über ein Buch denkt, das ich vor vielen Jahren verfasst habe?, überlegte Dexter verwundert.

Aber es interessierte ihn nun einmal.

Entweder kannte Hadshi seine Science Fiction wirklich, oder er hatte sich auf diese Begegnung ganz hervorragend vorbereitet. Es hatte den Anschein, als wäre er einer der Menschen mit der unbegreiflichen Fähigkeit, im Handumdrehen ein alter Freund zu werden. Schon das bescheidene, kleine Haus hatte etwas an sich, das auf geheime Hilfsmittel einer Natur verwies, für die Dexter keine Bezeichnungen wusste.

Gab es irgendeinen Grund, weshalb er an Hadashis Lippen hängen und auf sein nächstes Wort warten sollte?

Es musste wohl einen Grund geben.

Weil er genau das tat.

»In literarischer und technischer Beziehung ist *Die Transformation* ein besserer Roman als *Der Wüstenplanet*«, sagte Hadashi.

Dazu wusste Dexter nur mit roten Backen freudigbeifällig zu grinsen.

»Und wahrscheinlich haben Sie sich in all den Jahren seit dem Erscheinen gefragt, wieso *Die Transformation* nie den Nerv der Zeit getroffen hat.«

Kühler Luftzug schien in Dexters Nacken die Härchen aufzurichten.

»Aber Sie können's mir verraten, vermute ich?«, fragte er reichlich unwirsch.

»Klar.«

Hadashis entwaffnendes Lächeln genügte bei weitem nicht, um Dexters Ärger zu beschwichtigen, aber dafür hätte jetzt nicht einmal Madonnas Lächeln gereicht, selbst wenn sie ihm mit nacktem Arsch ihre klaffende Käsetasche angeboten hätte.

»Ihre fiktiven wissenschaftlichen Verschwörer hecken ein detailliertes Versuchsmodell für eine höhere menschliche Zivilisation aus, das zu vermarkten Sie auch einen Weg wussten. Dank Ihrer aus der Retorte geschaffenen galaktischen Botschafter wird die Erde wieder in einen Garten Eden verwandelt und bricht die Menschheit auf zu den Sternen, aber sobald das Affenvolk dahinter kommt, dass es zum Narren gehalten wurde, wird die vorgebliche galaktische Botschafterin ungeachtet ihrer Verdienste zur Märtyrerin, so wie es allen Lichtbringern von Prometheus bis John Lennon ergangen ist …«

»Wissen Sie auch was Neues zu erzählen?«, fragte Dexter missgelaunt.

»In *Der Wüstenplanet* sind Technik und Ökologie im Vergleich zu dem, was Sie in Ihrem Roman ausgearbeitet haben, pure Albernheiten, aber der Lichtbringer wird auf überzeugende Weise als über alle Maßen hoch entwickeltes Bewusstsein porträtiert, das zum Gottkönig des Universums aufsteigt«, stellte Hadashi fest.

Er zuckte die Achseln.

»Darum ist es viel wahrscheinlicher, dass die Leser,

wenn sie das Buch weglegen, sozusagen den Titelsong summen, als wenn sie den üblichen Rückgriff auf die Kreuzigungsgeschichte gelesen hätten.«

Dexter sank der Unterkiefer nach unten.

»*Scheiße*«, konnte er mit Mühe murmeln, sobald er wieder eine gewisse Gewalt über Zunge und Lippen hatte.

Er konnte auf die Zusammenarbeit mit einigen sehr tüchtigen Redakteuren zurückblicken, aber eine editorische Einsicht *dieser* Größenordnung war ihm im ganzen Leben noch nicht um die Ohren gehauen worden.

Er hätte sich auch nicht gewünscht, dass es einmal geschah.

Denn was er soeben gehört hatte, war keine unbedingt freuenswerte Enthüllung.

»Seien Sie deswegen nicht enttäuscht, Dexter«, sagte Hadashi, während er unterm Tisch kramte. »Vom Neuen Testament der christlichen Bibel sind vier Fassungen angefertigt worden, und keine Version hat den Durchbruch geschafft.«

Er brachte etwas zum Vorschein, das beim besten Willen nach nichts anderem als einer unetikettierten Keramikschnapsflasche aussah. »Sehen Sie darin eine einmalige Aufstiegsmöglichkeit, Dexter«, meinte er, indem er die Flasche vor Dexter abstellte. »Die Tüchtigsten und Klügsten sind alle daran gescheitert, die Welt als Tragödie zu inszenieren, aber *Sie* bekommen die zweite Chance, die Gelegenheit, es mit einer Farce zu versuchen.«

Argwöhnisch beäugte Dexter den mutmaßlichen Selbstgebrannten. »Haben Sie *davon* gesüffelt?«, fragte er.

»Für Redaktionskonferenzen höchst empfehlenswert«, versicherte Hadashi, setzte drei einfache, weiße Keramikstumpen aufs Tischchen. Er füllte sie aus dem großen, alten, mit einem Bügelschnappverschluss versehenen Krug.

Dexter schnupperte an dem Getränk in seinem Stumpen. Es war klar wie Wasser und roch nach hohem Alkoholgehalt, aber auch nach Duftnoten sonstiger, verdächtig komplexer Bestandteile.

»Was *ist* das für ein Zeug?«, erkundigte er sich.

Hadashi lachte und verzog die Miene zu einem breiten Grinsen, das vorerst nicht wich. »Also, das Wasser des Lebens selbst, was sonst?«, säuselte er verschmitzt. »Eau d'vie, Wodka, Weißer Blitz, der Universaldrink, unter zahlreichen Namen bei allen alten Schluckspechten der Galaxis bekannt.«

»Na klar«, nölte Dexter. »Das letzte Mal habe ich in Berkeley davon gehört, und da waren's K.O.-Tropfen.« Über den kräftigen Aromaduft des Elixiers hinweg maß er Hadashi mit verkniffenem Blick.

»Und wer ist überhaupt der Regisseur dieses Treffens?«

»Quién sabe, alter Knabe?«, lautete Hadashis Gegenfrage und stieß mit Dexter an. »Trinken wir und finden wir 's heraus.«

Dexter zuckte die Achseln und fügte sich ins Unausweichliche.

»Die Hirnverbrennungsgeweihten grüßen Sie«, sagte er, stieß auch mit Amanda an und warf ihr, als er den Stumpen an die Lippen hob, einen verschleierten Blick zu, um ihr zu zeigen, ihm war klar, dass man ihn vorsätzlich in diese Lage gebracht hatte, aber er trotzdem, aus freien Stücken, die Herausforderung annahm.

»Hui, nicht übel«, gab er angenehm überrascht zu.

Denn statt das übliche Brennen eines klaren Korns oder anderen Rachenputzers zu verursachen, erwies sich Hadashis so genannter Universaldrink als samtweich wie sehr alter Genever, hatte dem Geschmack nach allerdings einen höheren Alkoholanteil, floss wie ein vorzüglich ausgewogenes Hexengebräu von beeindruckender Vielschichtigkeit in den gustatorischen Wahrnehmungsbereich, in dem sich Geschmacks- und Geruchssinn vereinigten.

Von Dexters Magen breitete sich wohlige Wärme aus, ihm lockerten sich Muskeln, deren Verkrampfung er gar nicht gespürt hatte, und allmählich empfand er eine gewisse Neigung, die jetzige Lage mit Humor zu betrachten.

»Könnten wir wohl bitte *jetzt* mit der Sitzung anfangen?«, greinte er im patzigen Quengelton seines unbeliebtesten Trickfilmproduzenten, den er jedes Mal anschlug, wenn der Storyredakteur zehn Minuten zu spät erschien.

Ja was denn, wieso nicht, im Moment trugen andere Füße die Gucci-Stiefel, warum sollte er nicht seinen Spaß haben? »Na schön, mal sehen, was Sie auf'm Kasten haben«, sagte er, lehnte sich gespreizt zurück und mimte den gönnerhaften Mini-Medienmogul.

»Auf'm Kasten?«, wiederholte Hadashi.

»Wie Sie wissen, bin ich hier, um mir die Probe für Ihren Auftritt in der Show anzusehen«, antwortete Dexter, klopfte Phantomasche von einer dicken, langen Phantomzigarre und verschränkte großkotzig die Arme auf der Brust. »Also, was haben Sie zu bieten?«

Anscheinend sah Hadashi darin stärkeren Anlass zur Erheiterung, als Dexter für möglich gehalten hätte. »Alles was Sie wollen, C. B.«, beteuerte er à la Groucho, konnte jedoch seine Belustigung nicht ganz unterdrücken.

»Was ich will?«

»Ich bin ein Mann für viele Rollen, Dexter«, beteuerte Hadashi. »Ist's Ihnen vielleicht schon aufgefallen?«

»Für die Anforderungen *dieser* Produktion ...?«

Hadashi schmunzelte verhalten. »Für die Zwecke

der gegenwärtigen Produktion«, sagte er, »wollen wir davon ausgehen, dass ich ein Zeitreisender aus ...«

»Sparen Sie sich den Rest«, stöhnte Dexter. »An Zeitreisenden haben wir schon ein riesiges Überangebot.«

»Ein Zeitreisender aus der *besten* möglichen Zukunft«, erklärte Hadashi mit auf einmal nachdrücklicherer und ernsterer Stimme. »Dem Zukunftsentwurf Dexter D. Lampkins. Was sagen Sie nun, D. D., möchten Sie mir lieber doch Gehör schenken?«

Amanda schaute mit unvermutet professioneller Neugierde zu, während Hadashi aufstand und sich an seine Darbietung machte.

»Schließlich ist *Ihre* beste aller möglichen Zukünfte keineswegs virtueller als irgendeine andere Alternative, D. D., weshalb sollte also niemand aus dieser Zukunft auftreten, nicht wahr? Steht uns nach dem Gleichstellungsgesetz nicht auch ein wenig Sendezeit zu?«

Er suchte den Hintergrund des Raums auf, als begäbe er sich auf eine Bühne. Hinter ihm erhob sich von den Oberrändern seiner Treter bis zu den Gipfeln der entferntesten Gebirgskämme eine ununterbrochen ansteigende Berglandschaft. Vor der fraktalen Magie der cinemaskopischen Kulisse ragte er empor wie ein Goliath.

»Schaut den Mann aus der besten aller möglichen Zukünfte«, rief er in grandioser Pose.

Amanda hatte Hadashi noch nie schauspielern sehen, oder vielleicht hatte sie, wenn sie genauer darüber nachdachte, im Gegenteil noch nichts anderes von ihm erlebt; doch auf alle Fälle schwoll ihre professionelle Neugier rasch zu professioneller Bewunderung an.

Nicht dass sie die Zuschauerschaft gewesen wäre.

Hadashi spielte die Szene nämlich genau so, als wäre Dexter Lampkin tatsächlich ein Regisseur, der ihn etwas zur Probe vorführen ließ; und Dexter füllte diese Rolle virtuell tadellos aus.

»Ihrem Skript zufolge, D. D., komme ich von einem Gartenplaneten mit Juwelenstädten des Lichts, der in aller Herrlichkeit dem Rendezvous mit seiner galaktischen Bestimmung entgegentanzt …«

Der dramatische Bann, den Hadashi ausübte, während er sich ganz, ganz langsam zum Tisch umwandte, nahm Dexter vollständig in Beschlag, er glich einer vom Schlangentanz des Mungos hypnotisierten Kobra.

»Indem wir uns der Kräfte der Quantenwelt als solcher bedienen, erschaffen wir aus den Elementarteilchen, die wir aus dem atomaren Plankton des Sternenmeers gewinnen, was wir wollen. Wir transmutieren nur zum Spaß Blei in Gold, ausschließlich des Nervenkitzels halber kultivieren wir stepptanzende Tyrannosaurier-Ballettgruppen, und jeder von uns hat auf einem ins Hirn gepflanzten Computerchip das komplette Handbuch des Universums im Kopf.«

Unmittelbar vor Dexter blieb er stehen.

»Wir sind die Krone der evolutionären Schöpfung!«, verkündete er, indem er sich aufblähte wie ein Fernsehwerbefritze. »Wir sind die unumschränkten Herren über Materie und Energie. *Wir sind absolute Spitze!*«

Er lachte und grinste Dexter zu.

»Voilà, der Tranformationsmensch! *Genau* wie von Ihnen beschrieben, D. D.«

Er setzte sich. Unvermittelt schlug er einen forschen Showgeschäftton an.

»Was halten Sie davon, D. D.? Bekomme ich die Rolle?«

Amanda hatte den Eindruck, inzwischen völlig unter der Wirkung des durch Hadashi ausgeschenkten Elixiers zu stehen, denn sie hörte aus seinen Worten eine hintersinnige Vielschichtigkeit, als ob sich eine Tür öffnete, hinter der eine zweite, eine dritte und eine weitere Tür, immer mehr Türen warteten, eine endlose Folge von Wirklichkeiten, die früher oder später innerhalb der Möbiusschleife zu ihrem Anfang zurückkehren mussten.

›Regisseur‹ Dexter unterzog diese Inkarnation des Tricksters Cojote der gleichen kühlen Betrachtung, als wäre er ein Künstleragent, der das Kleingedruckte eines fünfzigseitigen Filmvertrags durchlas.

»Sie wollen in der Show als *meine* Version des Transformationsmenschen auftreten?«, vergewisserte er sich bedächtig.

»Warum nicht?«, meinte Hadashi. »Weshalb sollte man Kapitän Ralf nicht mit einem Abgesandten einer zeitlich weiter entfernten Zukunft konfrontieren? Warum soll er nicht einem Idealmenschen aus einer Zukunft begegnen, in der man seine *Mission Impossible* längst bewältigt hat?«

»Und das wären dann Sie?«, fragte Dexter.

»Wenn Sie der Ansicht sind, dass ich 's bin, bin ich es«, antwortete der Trickster in einer lakonischen Weise, auf die Jack Benny hätte stolz sein können, und in diesem Augenblick konnte Amanda ihm virtuellen Glauben schenken.

»Irgendwie überzeugt es mich nicht völlig …«, sagte der ›Regisseur‹. »Irgendetwas fehlt …«

»Na, was könnte denn *das* wohl sein?«, fragte Hadashi verschmitzt. »Ein uneingeschränkter Herr über

Materie und Energie soll zu wenig sein, um die Rolle zu kriegen? Was *verlangen* Sie eigentlich von Ihrem armen Transformationsmenschen, D. D.?«

»Etwas anderes«, antwortete Dexter spontan.

Das Getränk aus der Steinflasche musste in diesen Augenblicken die stärkste Wirkung entfalten, denn ihm war zumute, als wäre sein Skelett an eine Steckdose angeschlossen worden, wäre er stoned und stünde er am Rande einer der kosmischen Enthüllungen, denen sich am folgenden Morgen keinerlei Sinn mehr abgewinnen ließ.

Doch während er seinen Verstand dabei beobachtete, diese Gedanken zu denken, begriff er auf noch höherer Ebene, dass sein rationales Einsichtsvermögen so spezialisiert und eingefahren war wie sein Porsche.

Etwas anderes.

Sein psychisches Tachometer zeigte an, dass er mit 6000 Umdrehungen auf Touren psychedelischer Natur kam und es daher einerseits begründete Zweifel daran geben musste, dass sich ihm tatsächlich das große Geheimnis des Universums offenbart hatte …

Aber andererseits …

Nüchterne Gleichungen wiesen darauf hin, hätte an Hadashis auf seinen Roman gestützter Vorführung nicht *irgendetwas* gefehlt, dann hätte *Die Transformation* damals nach seinen Herzenswünschen Anklang finden müssen, die Welt strebte erhaben, reich und schön der Sternenschiff Erde-Zukunft entgegen, und sie hockten hier nicht zu Dritt zusammen und suchten den Stein der Weisen.

Folglich: Es *musste* einen Stein der Weisen *geben*.

Dexter versuchte, sich der Singularität, die soeben mitten ins Universum seiner Wahrnehmungsmuster eingedrungen war, zu entziehen.

Es gelang ihm nicht.

Sobald er sich unter ihrem Einfluss befand, konnte er nicht ins Quantenuhrwerkuniversum auf der anderen Seite des Ereignishorizonts umkehren.

Es gab *irgendetwas*, das der Tanz, den Materie und Energie vollführten, nicht hervorbrachte.

Dennoch ließ die Realität des Fehlenden sich anhand der Regeln des Tanzens nachweisen.

Sie bewiesen die virtuelle Existenz des Fehlenden, indem sie die Konsequenzen des Fehlens aufzeigten.

Daran hätte Cam Carswell seine *Freude* gehabt.

»Etwas anderes?«, wiederholte Hadashi.

Ob durch das Elixier, einen Schauspielertrick, Dexters überreizte Phantasie, einerlei wodurch, jedenfalls erlangte Hadashis Stimme jetzt die Klangfülle des Authentischen, als wären die Würfel der Redaktionskonferenz vor mehreren Jahrtausenden auf den Feldherrntisch der Geschichte geworfen worden, spräche der Geist, der sich hinter dieser Stimme, dem angedeuteten Lächeln, den heiter-gelassenen Augen verbarg, mochte alles Dexters fiktive Schöpfung sein oder nicht, *wirklich* aus einer anderen Zeit zu ihm.

»Und was könnte dieses *andere* sein?«, fragte das virtuelle Wesen.

Die Musik zum Text, dachte Dexter, *die Schaumkrone auf der Woge, eben das, was die Welt auf der gelben Ziegelsteinstraße ins Morgen verloren hat.*

Doch kein psychedelischer Weißer Blitz konnte ihn dazu verleiten, *derartige* Gedanken in Worte zu fassen.

Denn hätte er während seiner Zeit in Berkeley gewusst, wie man *dieses* Licht zurück in die Welt brachte, dann hätte er damals seinen visionären Bestseller geschrieben, und falls er sich einredete, es *jetzt* leisten zu können, dann wäre es der nächste Schritt, sich in L. Ron Hubbards Toga zu hüllen und *sich* zum Riesenknollengott auszurufen.

Bedenke, dass du sterblich *bist, Cäsar.* Sterblich.

Stoned oder nicht, versuche *diese Tatsache zu beherzigen.*

»Ein überlegenes *Bewusstsein*«, sagte Dexter.

Denn die Menschen jeder höher fortgeschrittenen Jahrtausendzivilisation mussten einen höheren Bewusstseinszustand entwickelt haben, der dem heutigen menschlichen Verstand überlegen war, um so weit gekommen zu sein, ohne unterwegs vor die Hunde zu gehen.

»Wären Sie *wahrhaftig* mein Transformationsmensch, Hadashi«, sagte Dexter, »wäre es, dass *Sie* dieses Gespräch mit *mir* führen, das Gleiche, als zöge *ich* mir ein Gorillakostüm an, reiste eine Million Jahre weit in die Vergangenheit und versuchte im Tal der Affen die Psychoanalyse oder die Ethik der Gewaltlosigkeit zu erklären.«

Hadashi strahlte ihn an, als erlebte ein seliger Buddha endlich die Erleuchtung eines besonders begriffsstutzigen Mönchs.

Er warf die Hände zu einer komischen Gebärde verhaltener Resignation empor und seufzte.

»Das ist leider allzu wahr«, bestätigte er.

Dexter gab auf.

»Sie haben gewonnen, Herr Unnatürlich«, sagte er und lachte. »Sie bekommen die Rolle.« Er lachte noch einmal.

Er konnte nicht anders,

Wie hätte es anders sein sollen.

Man lachte.

Oder lachte nicht.

Und auch das war der Beweis für die Existenz eines Etwas, das keine technologisch-technische Meisterschaft über Materie und Energie aus dem Hut zaubern konnte.

Nämlich des Lachens, dieses unberechenbaren immateriellen, überzeitlich berauschenden Universaldrinks.

Nach Amandas Empfinden war Dexter Lampkins plötzlicher Heiterkeitsausbruch das Anzeichen eines Erwachens gewesen, das Geräusch einer lange verschlossen gewesenen Tür, die sich in seinem Innern mit einem Knarren öffnete.

»Von mir aus, Hadashi, ich *glaube,* dass Sie einen Transformationsmenschen spielen *können,* der Kapitän Ralf gewachsen ist«, sagte er.

Aber dann runzelte er die Stirn. »Aber denke ich an seine gegenwärtige Fixiertheit auf die Sternenschiff Erde-Masche, bin ich mir nicht so sicher, ob *er Ihnen* gewachsen ist. Ich meine, welchen Zweck sollte es haben, ihn vorzuführen?«

»Es geht nicht darum«, erwiderte Hadashi, »ihn *vorzuführen.*«

»Es geht darum«, sagte Amanda, »ihn zu *wecken.*«

Dexter streifte sie mit einem Blick voller Voreingenommenheit. »Und wie? Wollen Sie ihn mit einem transzendental-transformatorischen Furzkissen erschrecken?«

Allmählich gestaltete die Sache sich mühsam.

Dexter Lampkin stand dicht davor, ein wichtiges Satori zu erleben, und im Innernsten wusste er, begriff Amanda in diesem Moment, darüber Bescheid. Denn im Kern seines Wesens war die Erleuchtung schon *vollendet*, aber jetzt strampelte er sich ab, um ihr bewusstes Erkennen durch eine Willensanstrengung purer Verstocktheit zu verhüten.

Amanda heftete den Blick geradewegs auf die Maske seiner Gesichtszüge, öffnete weit die Lider, um ihre Augen zu einem Musterbild des abgedroschensten Klischees zu machen: Zu durchsichtigen Fenstern zur Wahrhaftigkeit ihrer Seele. Sollte Dexter nämlich zu einem vollauf bewussten spirituellen Wesen werden, dann war die Zeit da – komme was wolle –, um ihn wie ein solches Wesen zu behandeln.

»Wir wollen den Träumenden wecken«, sagte Amanda unumwunden. »Genau wie Sie.«

»*Ich* will einen mythischen Zeitgeist wecken, an dessen Existenz ich gar nicht glaube?«

»Hören Sie auf, Dexter, wen möchten Sie hier für dumm verkaufen?«, entgegnete Amanda mit einer gewissen Schärfe. »Sie schreiben *Die Transformation*, kreieren einen Totenschiff-Jeremias und münzen ihn später in einen Sternenschiffkapitän um, aber Sie lehnen es ab, dem Zeitgeist *Good Day Sunshine* vorzuspielen?«

»Ich kenne das Lied nicht, meine Liebe, so wenig wie *Melancholy Baby*.«

Nun merkte Amanda, dass *ihr* Blick den Ausdruck grantiger Galligkeit annahm und er wahrhaftig ihrem jetzigen Seelenzustand entsprach.

»Kommen Sie, Dexter«, gab sie zur Antwort, »wenn Sie 's nicht waren, der den Adler beschwören wollte, der nach dem Ausflug zum Mond kalte Füße gekriegt hat, dann muss wohl der Große Weltgeist höchst persönlich uns alle vor den Karren gespannt haben, um sein Comeback ins Showgeschäft zu betreiben.«

»Verschonen Sie mich wenigstens mit dem Riesenknollengott …«, knurrte Dexter.

Warum war dieser Mann dermaßen verbissen dazu entschlossen, den spirituellen Atem anzuhalten, obwohl seine Seele längst blau anlief?

Obwohl sich Amanda gerne mit der Vorstellung

schmeichelte, ein hoch entwickeltes Bewusstsein und eine Engelsgeduld zu haben, entdeckte sie nun unversehens, dass sie keine Heilige war, denn sie erreichte plötzlich den Bewusstseinszustand spiritueller Rage.

»Bleiben Sie mal auf dem Teppich, Dexter«, forderte sie ihn auf. »Es ist doch nicht so, dass wir von Ihnen verlangten, an den alten Rauschebart zu glauben, oder uns abzunehmen, dass die Kraft der Pyramiden Rasierklingen schärft oder die Haschischqualität erhöht.«

»So, nicht, hä? Wer ist dann der Träumer, den wir aufwecken sollen, Berggeist Rübezahl?«

Amanda holte einen tiefen pranischen Atemzug, hielt die Luft für einige Sekunden an, dann atmete sie langsam aus; als sie zu ihrer nächsten Antwort ansetzte, bot sie ihre gesamten schauspielerischen Techniken auf, um das Wahrhaftige ihrer Worte überzeugend zu vermitteln.

»Wer sind wir, dass wir es wissen könnten, Dexter?«, fragte sie. »Wir sind wie ein Häuflein Neandertaler, die an einem Fernsehapparat herumfummeln, den unsere Nachfahren aus ferner Zukunft bei einer Zeitreise zufällig bei uns stehen gelassen haben. Wir können unmöglich wissen, was wir zu sehen bekommen, wenn wir das Gerät einschalten. Aber es muss zwangsläufig etwas sein, das einer höheren spirituellen Ebene entspricht, sodass wir nicht erwarten dürfen, es zu verstehen, ehe wir uns selbst auf dieses höhere Niveau vorkämpfen.«

Sie beugte sich zu Dexter hinüber, streckte den Arm aus und legte die Hand auf seinen Handrücken; sie fasste es als vorteilhaftes Zeichen auf, dass er, auch wenn er ihre Hand nicht ergriff, die Berührung zumindest duldete.

»Wer käme infrage?«, meinte sie. »Eine Zeitgeist-Inkarnation? Ein Bewusstsein aus der Zukunft, das mit seinen lange verschollenen virtuellen Ahnen auf die einzige Weise kommunizieren will, die unsere hoch geschätzten physikalischen Gesetze zulassen? Der Atman? Die Gottheit?«

So freundlich, wie sie es überhaupt nur konnte, lächelte sie ihrem Miterdbewohner zu. »Sehen Sie mal, Affenboy, wie sollen wir uns Wesen vorstellen können, die uns spirituell überlegen sind?«

»Noch immer *spirituell*?!«

»Dann eben *ethisch* weit voraus, Dexter«, formulierte Amanda ihre Argumentation um. »Jedes Bewusstsein, das uns um tausend Jahre Evolution voraus ist, muss einfach um tausend Jahre klüger und deshalb uns, die wir noch den altgewohnten Affenkäfig betreiben, ethisch überlegen sein, sonst hätte es sich nicht so weit entwickelt. So haben Sie selbst es geschildert, Dexter D. Lampkin, folglich *müssen* Sie es doch wohl glauben, oder, D. D.?«

»Muss ich?«

»Es ist *logisch*, Dexter«, stellte Amanda ziemlich barsch fest. »Sogar Mr. Spock müsste zugeben, dass es logisch ist.«

»Sie hätten gerne, dass ich an Wesen glaube, die uns an sittlichen Tugenden so enorm voraus sind, dass wir armen Menschen der Gegenwart es nicht nachvollziehen können, aber Sie reden nicht zufällig vom Geist in der Quantenmaschine, oder, Miss NewAge?«

»Nein!«, schnauzte Amanda verärgert. »Wieso geht's Leuten wie Ihnen eigentlich nicht in den karbonfaserverstärkten Schädel, dass auch das Spirituelle real *existiert*? Und dass nicht jeder Mensch, der freimütig darüber nachdenkt, eine intellektuelle Null ist?!«

Huch!

Was war denn *das* für eine Art von sakramentalem

Elixier, das ihr bewusstes Gemüt zur vollen Leidenschaft heftiger Verstimmung entfachte, deren Wallungen sie sich bisher nie zugetraut hätte?

»Selbstverständlich gibt es jede Menge schmieriger, machtgieriger Gurus, Sterndeuter, Kristallwahrsager und unzweifelhaft geisteskranke Ahnungslose, deren Umtriebe dem Spirituellen einen dubiosen Ruf anhängen«, gestand sie, beflügelt von Adrenalin, zu ihrer eigenen Überraschung ein.

»Das ist mir am Zeitschriftenstand im Supermarkt auch schon deutlich geworden«, sagte Dexter.

»Aber das heißt nicht, dass wir uns von Affen zu Menschen entwickelt haben, bloß indem wir Schienbeinknochen in Raumschiffe verwandelten, so wie dieser blöde Science Fiction-Film es darstellt. Es heißt nicht, dass irgendjemand, der die Existenz der Seele leugnet, keine Seele hat, Dexter Lampkin!«

Amanda erlebte die eigene Vehemenz als etwas Befreiendes, sie war, wie eine politisch korrekte Feministin es vielleicht ausgedrückt hätte, eine Form der Machtergreifung. Aber das Geschlecht hatte damit nichts zu tun. Diese Leidenschaft stand mit *überhaupt keiner* protoplasmischen Gestalt in Zusammenhang.

Vielmehr beruhte diese Vehemenz auf einem leidenschaftlichen Patriotismus des Intellekts. Diese Leidenschaft war der eigentliche, wahre Charakter ihrer Seele. Damit vertrat sie die zentrale Überzeugung, die den Kern ihres Bewusstseins bildete. Und darin wiederum sah sie den unwiderleglichen Beweis für die Existenz des Spirituellen, ob man es begriff oder nicht, für den Sachverhalt, dass es dem Maja der Welt seine Spuren aufprägte.

Sie hatte es schon tausendmal gesagt,

Es war praktisch das Signum ihres Geistes.

Aber nie hatte sie es stärker als jetzt von Herzen ausgesprochen. Noch nie war es ihr damit dermaßen Ernst gewesen.

»Was ist, das ist auch Realität.«

Beim ersten Anblick Amanda Robins hatte Dexter so gut wie auf Anhieb einen Ständer gehabt. Und warum nicht? Sie war ein attraktives weibliches Geschöpf, dessen Theaterausbildung es zudem erlaubte, das Beste aus allem zu machen, was die Natur ihr geschenkt hatte. Doch bislang war jeder von ihr verursachte Steife seitens seiner höheren zerebralen Zentren als niederträchtiger Verrat seiner fleischlichen Lüsternheit gegeißelt worden.

Denn bis zu diesem Moment hatte er vor ihr keine Achtung gehabt. Und Dexter maß sich ein immerhin hinlänglich reifes männliches Bewusstsein bei, um sexuelles Verlangen nach einer Frau, vor der er keinen Respekt hatte, als das sittliche und intellektuelle Äquivalent des Hühnerfickens zu betrachten.

Obwohl sie ihn schon bei vorherigen Anlässen davon überzeugt hatte, kein Dummchen zu sein, war es doch im Rahmen eines Ausbreitens allzu zahlreichen billigen mystischen Kokolores geschehen, und ihre Beschickung der Show *RALFS WELT* mit Gästen war, wenn man Dexter fragte, bisher nur katastrophal gewesen.

Was *hatte* Hadashi bloß in den Fusel getan?

Was für eine Art von Magie war hier am Werk?

Wie konnte die Heftigkeit, mit der Amanda verteidigte, was er als unverteidigbar ansah, dazu führen, dass sie in seinen Augen zu einer vollwertigen Persönlichkeit aufstieg?

Und doch war es jetzt genau so gekommen.

Wieso hatte es zum Ergebnis, dass er sie nun zum ersten Mal *richtig gut leiden* konnte?

Aber es war der Fall.

»Wenn Sie wütend sind«, sagte Dexter, »sind Sie einfach schön.«

Damit äußerte er so ziemlich das Blödsinnigste, was er hätte von sich geben können.

Doch er hielt sich an die Wahrheit.

»Sie haben auch eine niedliche kleine Spalte am Kinn«, antwortete Amanda patzig.

Dann beugte sie sich näher, nah genug heran, sodass er ihr Rosenwasserparfüm riechen konnte, dicht genug, um in ihren Augen sein Spiegelbild zu sehen.

»Ganz zu schweigen davon, dass Ihnen die allgemeine Unterstellung anhaftet, an kleine grüne Männchen zu glauben, die uns von dem versunkenen Kontinent Atlantis mit Fliegenden Untertassen Besuche abstatten, *Mr. Science Fiction-Autor*«, fügte sie leise hinzu, schlug ihn mit den eigene Waffen.

»Volltreffer«, gab Dexter aus einer Haltung zu, die er als mannhafte Aufrichtigkeit verstand.

Langsam und unvermutet vamphaft zwinkerte Amanda ihm verschwörerisch zu.

»Also, Dexter, wenn wir sowieso als zwei verschiedene Vögel ein und desselben kalifornischen Narrenkäfigs gelten«, fragte sie, »warum arbeiten wir nicht gemeinsam an unserem Schund?«

Und wieder musste Dexter über einen Witz lachen, der auf seine Kosten ging. Und er empfand es als befreiendes Lachen.

Ohne Zweifel war dies Phänomen genau das, was Amanda Satori genannt hätte, ein Augenblick der Erleuchtung, die das Bewusstsein des Betroffenen nachhaltig veränderte. Falls seine Annahme stimmte, hatte er sich dabei nicht erst als Voraussetzung auf irgendein mystisches Glaubenssystem umstellen müssen.

Denn was Dexter auf der Straße nach Damaskus entdeckt hatte, war die Tatsache, dass Lachen wirklich als universelles Lösungsmittel diente. Ohne Vorwarnung konnte sich im Chaos der Heiterkeit ein ganzes Ego auflösen. Und was bald darauf aus der Quantenwelt zum Vorschein kam, war beim Durchqueren der Komikdiskontinuität zwangsläufig verändert worden.

»Na gut, Amanda, Sie sind ein komischer Vogel, und ich bin 'n komischer Vogel, also wickeln wir den Affenschwanz um den Ast und sehen zu, ob wir ein paar Kokosnüsse von der Palme schütteln können«, erklärte Dexter auf der anderen Seite der Komikdiskontinuität. »Und egal, was wir den Abgründen des Schunds, der Trivialität und des Trash entlocken, wenn ich es mit eigenen Augen sehe, werde ich an seine Existenz glauben, ob's nun die Zeitgeist-Inkarnation, der Riesenknollengott oder Elvis persönlich im strahlenden Gewand Liberaces ist.«

»Was ist, das ist Realität, Dex«, bekräftigte Amanda, drückte ihm leicht die Hand. »Mehr zu glauben, habe ich nie von irgendjemand verlangt.«

»Einverstanden, Miss Vibrations«, sagte Dexter.

»*Abgemacht*, Mr. Science Fiction«, rief Amanda, klatschte ihre Finger in seinen Handteller und streckte den Daumen in die Höhe, als hätten sie soeben ein glänzendes Geschäft abgeschlossen.

Gemächlich löste sich Hadashi aus seinem halben Lotossitz.

»Tja, Leute«, meinte er mit einfältig klingender Fernsehpapastimme, gleichzeitig allerdings einem für Amandas Empfinden unväterlich schlüpfrigen Schmunzeln, »nun kommt die Seite im Skript, auf welcher der Sidekick die romantischen Hauptcharaktere darauf aufmerksam macht, dass es einen Voyeur gibt.«

Erst da merkte Amanda, dass er zeitweilig in den Hintergrund gerückt war, ähnlich wie ein Alchemist, der eine neue Kombination von Elementen in den alten Destillierapparat geworfen hatte und aus angemessener Distanz abwartete, bis sich zeigte, ob er den Stein der Weisen gefunden oder eine Stinkbombe gebastelt hatte.

»Du brichst auf?«, fragte sie. »Bist du sicher, dass du fahren kannst?«

Sie stellte die Frage in dem in Los Angeles von alters her überkommenen weiblichen Tonfall, der besagt: *Ich kann nicht mehr fahren, und du lässt mich hier mit einem Mann allein, der auch nicht mehr dazu fähig ist.*

»Die Zeit für meinen nächsten Termin in Burbank ist schon knapp«, antwortete Hadashi.

In einem Ton, als begleitete er aus dem Off den Szenenwechsel einer Sitcom.

»*Derartig* stoned wollen Sie Auto fahren?«, fragte Dexter. »Auf *der* Straße?«

Auf vornehm zurückhaltende Weise erkannte er damit an, dass eine Pavane spielte, zu der es ihnen allen dreien bestimmt war, bestimmte Parts zu tanzen.

»Es wäre wohl kaum das erste Mal«, sagte Hadashi. »Schließlich sind wir hier in *Los Angeles*, wo die überleben, die sich anpassen.«

»Und was machen wir nun?«, fragte Dexter, nachdem Amanda Robins offensichtlich abgebrühter Guru/Drogendealer in seinem Vierradantrieb-Cherokee den

Kiesweg in einem Stil hinab gestoben war, der die Unterwanne des Porsches in teures Altmetall verwandelt hätte.

In der Sitcom, in der Hadashi sie vorsätzlich zurückgelassen zu haben schien, war hier eine völlig harmlose Insel der Seligkeit vorhanden, wo man keine Schuld kannte, und auf einer phantastoiden Ebene konnte Dexter sich fast vorstellen, Ellie eine glaubhafte Erklärung zu geben …

Also, schließlich war's ja so, unser Gastgeber hatte Peyote in die Martinis getan und dann 'n schnellen Abgang hingelegt, und da saßen wir ohne Kabelfernsehen allein und stoned in 'm Holzhäuschen im Wald vor der Aussicht, Stunden über Stunden der Langeweile zu erdulden, ha-ha-ha …

Aber in Wirklichkeit befanden sie sich hier in *keiner* Sitcom-Kulisse.

Es mochte der Situation nicht an komischen Aspekten mangeln, ihr Zustandekommen konnte durchaus auf Absicht beruhen; doch Dexter bezweifelte, dass das, was als Nächstes geschehen sollte, den Zweck hatte, irgendjemanden zu belustigen.

»Nun ja, es ist ein warmer, sonniger Tag«, sagte Amanda, fühlte sich wie eine Sonnenblume, die es ans helle Sonnenlicht zog, »warum schnappen wir also nicht ein bisschen frische Luft?«

Tatsächlich war heute einer der Tage, die den Kalifornischen Traum vergoldeten. Die Luft war trocken wie in der Wüste, die Temperatur betrug 30°, und lediglich ein schwaches braunes Glimmern in der Atmosphäre über dem fernen Berghorizont trübte das klare Blau des wolkenfreien Himmels.

Durch den fraktalen Garten schlenderten sie und Dexter zu dem Hohlweg, als wären sie schrumpfende Riesen, die durch eine Bonsai-Landschaft strebten, die im Gegensatz zu ihnen stetig wuchs, bis sie in ansteigendem Verlauf schließlich an die echten Gebirgshügel grenzte.

Man konnte die hiesige Gegend ohne weiteres noch als richtige Natur bezeichnen, und falls irgendeine mystisch gesonnene Person Gottes ungestörte Schöpfung suchte, ließ sie sich hier finden.

Abgesehen von der Klause hinter ihrem Rücken gab es weit und breit nichts zu sehen – oder zu hören –, das an die Existenz des Menschen erinnert hätte. Nicht einmal das hungrige Knurren gefräßiger Motorsägen war aus der Ferne zu vernehmen. In der Hitze des grellen Sonnenscheins verströmten die Chaparral süßlichscharfen Duft. In den Bäumen und im Gesträuch des Hohlwegs zwitscherten und zirpten Vögel, Eidechsen flitzten umher, versteckt huschten Nager durchs Unterholz, und als Amanda und Dexter die Böschung des Hohlwegs erreichten, geriet ein Nagetier in Streit mit einem lauthals zänkischen Eichelhäher.

Auf der anderen Seite des Hohlwegs fiel das Land zu einer Hochwiese ab und stieg dahinter in schier unaufhörlicher Abstufung an, bildete gewissermaßen eine fraktale Landschaft der Natur, Höhenkamm um Höhenrücken schwollen empor bis zu den Bergen des Horizonts, deren erkennbare Gipfel wiederum nur das Vorgebirge der gewaltigen, küstennahen Kordilleren abgaben, die sich auf dem westlichen Rückgrat des Kontinents nord- und himmelwärts erstreckten, bis Berge von Himalajagröße Nase an Nase mit den polaren Eiskappen standen.

Was ist, das ist Realität.

Diese ewige, urtümliche Unermesslichkeit war Realität, doch das Gleiche galt für die Magie, die es Amanda erlaubte, keine Stunde Fahrtzeit von der Einkaufszentrenballung des San Fernando Valley entfernt hier zu stehen und das Wirken der langsamen geologischen Willenskraft des Planeten zu erleben.

Dort unten, überall entlang der Küste, breiteten sich in ausgesuchten Ebenen des Tals die Menschenstädte aus, eine Amöbe aus Wohn- und Geschäftsvierteln sowie Industriegebieten, die sich in einer Luft, die immer mehr der Venusatmosphäre ähnelte, längs der nahrhaften Adern der Autobahnen andauernd in die Breite ausdehnte.

Dennoch gab es hier *oben* etwas, das auf magische Weise Bestand hatte, und nicht ausschließlich in den höheren Gebieten der riesigsten Sierras: Eine Berggipfelwirklichkeit, deren Ausläufer wie ein kontinentales Nervensystem von dieser spirituellen Wirbelsäule durch die Canyons sogar bis hinab in die mystische städtische Hügellandschaft Hollywoods reichten, das dem im Übrigen gar nicht liebenswerten Los Angeles den einzigen Anflug von Geistigkeit verlieh.

»Wundervoll, nicht wahr, Dexter?«, fragte Amanda leise. »Da sind wir jetzt eine halbe Stunde Autorfahrt vom Valley entfernt, und es scheint, als hätte nie eines Menschen Fuß diese Berge betreten, als wäre alles, was wir auf diesem Planeten je getrieben haben, nur Schaum auf der Oberfläche eines unendlich großen Ozeans …«

»Sehr poetisch gesprochen«, sagte Dexter. »Aber täuschen Sie sich nicht, der braune Dunst dort am Horizont ist nicht gerade astreiner Küstennebel. Egal wohin Sie gehen, irgendwie ist der Mensch gegenwärtig.«

»Ach, Dexter …!«, stöhnte Amanda.

»Was ist«, zitierte Dexter sie mit trockener Ironie, »das ist auch Realität.«

»Aber manchmal können wir *aussuchen*, was für uns real ist«, entgegnete Amanda hartnäckig. »Gelegentlich braucht man nur ein Schrittchen zur Seite zu tun, und man befindet sich in der benachbarten Realität …«

Dexter warf ihr einen eigenartigen Blick zu.

Aber schließlich war Dexter D. Lampkin auch ein eigenartiger Mensch.

Er verstieg sich zu der Vermessenheit, Ralf zu benutzen, um einen Totenschiff-Planeten in seine Vision eines Sternenschiff-Planeten umzuwandeln, und brachte es trotzdem fertig, *sie* des Voodoo zu beschuldigen, weil sie den Zeitgeist wach zu kitzeln beabsichtigte.

Er tat jeden als seiner ernsthaften intellektuellen Betrachtung unwürdig ab, der die starr fundamentalistische Deutung eines vor zweitausend Jahren mit Federkielen auf Tierhaut geschriebenen Buchs als das letzte Wort über die wahre Natur der physischen Realität ansah. Aber er vollführte die unwahrscheinlichsten Verrenkungen, um sich einzureden, die aktuelle Ausgabe des Lehrbuchs sei per Laser auf Titanplättchen geätzt und von den Doktoren Einstein und Faust aus dem Zyklotron des mit Nobelpreislorbeeren umrankten Olymps überreicht worden. »Zum Beispiel könnten Sie durch diese Berge nach Norden bis nach Seattle gelangen, Dexter«, erläuterte sie ihm, »nach Alaska, sogar bis an die äußerste Nordgrenze des Kontinents, ohne eine einzige Ortschaft, eine Autobahn oder einen Kiosk zu sehen …«

Sie lächelte ihm zu; ihre lebhafte Phantasie spiegelte ihr beinahe vor, während die Sonne ihr warm auf die Stirn schien, im Hohlweg Vögel riefen und die meisten Menschenwerke in ferner Vergangenheit zu liegen schienen, am ewigen Eis zu stehen.

»Haben Sie noch nie davon geträumt, so etwas zu tun, Dexter?«, fragte sie. »Haben Sie noch nie den Wunsch verspürt, als Pilger den Langen Weg zu beschreiten?«

Dexters Miene verzog sich zu vielen Fältchen, als ob nach einer Frostnacht an einem Frühlingsmorgen auf einem Teich die Eisdecke zersprang.

»Den Bergen bis nach Alaska zu folgen, ohne ins Flachland abzuweichen?«, fragte er zurück. »Oberhalb des Tinnefs der Zivilisation zu bleiben, über dem Smog, wo der Wind, der mir durchs Haar weht, nach Tannen duftet?«

Rosig glomm es in seinen Augen. »Ich hab's *getan,* Amanda«, fügte er hinzu. »Jedenfalls in Etappen, die Strecke zwischen hier und San Franzisko mehrmals, und einmal von San Franzisko nach Eureka, und einmal auch von Portland nach Vancouver, und wer weiß, vielleicht komme ich eines Tages dazu, dass ich ...«

»Sie *haben's*?«, rief Amanda voller mädchenhafter Bewunderung und mit keinem geringen Staunen, indem sie ohne nachzudenken zugriff und seine Hand umklammerte. »Sie sind nach San Franzisko *gelaufen*? Und von *Portland* nach *Vancouver*?«

»Gelaufen?«, wiederholte Dexter und blickte sie an, als wäre sie gerade vom Mars eingewandert. Jungenhaft lachte er auf. »Also wirklich, Gundel Gaukeley, wenn ein wahrlich eingefleischter Laurel Canyon-Gustav Gans wie ich endlich den ultimaten Bergtrip auf dem kalifornischen Gebirgszug unternimmt, dann selbstverständlich im Auto.«

»Im *Auto*?!«, japste Amanda.

»Nicht irgendeinem *beliebigen* Auto«, stellte Dexter großtuerisch klar. »In *meinem* Auto. Dem platonischen Archetyp des vollkommenen Fortbewegungsmittels. In meinem *Porsche Targa Coupé.*«

Amanda maß ihn mit einem verkniffenen Blick. »Wollen Sie mich auf den *Arm* nehmen ...?«

Konnte *das* der Fall sein?

Aber Dexter wirkte plötzlich um Jahre jünger. Er zeigte ein geradezu strahlendes Lächeln. Und als er sich vorbeugte, in ihre unmittelbare Körpernähe eindrang, sonderte er eine fast sexuelle Hitze ab.

Fast?

»So wie früher der Indianerjüngling traditionell auf die Suche nach einem Tiergeist ging, der zum Totem des Kriegers werden sollte, der er werden musste, so sucht jeder richtige amerikanische Junge nach seinem platonischen Ideal des vollkommenen Fortbewegungsmittels«, sagte er mit einer Miene, der zufolge er die Äußerung völlig ernst meinte. »Nach seinem Traumwagen.«

Wie durch Zauberei war er auf einmal ein *attraktiver* Mann geworden. Vor Amandas Augen war der charismatische Geist, der *immerhin* all seine Bücher geschrieben *hatte*, aus einem unbekannten Versteck ans Licht gesprungen und flößte der ansonsten wenig bemerkenswerten fleischlichen Gestalt Leben ein.

»Für jemand anderes ist es ein Ferrari Testarosa, ein Rolls Royce, ein Dreihundert SL oder ein Eldorado Coupé. Für mich ist es der Porsche Targa, der das Lied meiner Persönlichkeit singt.«

Sein Träumer war erwacht.

Oder zumindest der Erzähler wahrer Geschichten zum Vorschein gekommen.

»Ich dachte, Sie gehören nicht zu den Leuten, die an den Geist in der Maschine glauben, Dexter«, schalt sie ihn schelmisch aus. »Aber jetzt reden Sie hier über einen Haufen Stahl und Aluminium, als hätte das Ding eine *Seele*.«

»Ja *natürlich* hat es eine Seele«, antwortete Dexter ohne jedes Zögern. »Es ist ein *Porsche*.«

»Na klar«, spöttelte Amanda. »Ihr *Auto* hat eine *Seele*. Es *lebt*.«

Der Tag war wunderbar, das Zeug, das er genommen hatte, entlockte den Synapsen keine unschönen körperlichen Nebenwirkungen, und Dexter erlebte ausgerechnet zusammen mit *Amanda Robin* ein High wie in guten, alten Zeiten.

»Lebt die Erde?«, entgegnete er. »Nein, sie ist eine Kugel aus Felsen, Wasser und Eis, und trotzdem *glauben* Sie, dass sie eine Seele hat, stimmt's, Amanda?«

Viele Jahre war es her, seit Dexter das letzte Mal mit einer Frau von wahrem Format high gewesen war; in diesem Moment begriff er nämlich unter den verschiedenerlei Einflüssen, die hier oben auf ihn einwirkten, dass er es bei Amanda tatsächlich mit einer Frau von Format zu tun hatte.

»Kommen Sie, Dexter«, sagte sie, »Sie sprechen über eine lebendige Welt.«

»Wenn ein Planet lebendig ist, warum soll dann kein Porsche lebendig sein?«, hielt Dexter ihr entgegen. »Wenn eine Bergkette, die durch geologische Kräfte, denen Sie und ich völlig gleichgültig sind, eine Seele hat, warum soll nicht auch ein Auto, das liebevoll und planmäßig geschaffen wurde, um das menschliche Herz zu erfreuen, eine Seele haben?«

»Jungs und ihr Spielzeug«, frotzelte Amanda, aber grinste ihn an, und er befand sich in gleicher Stimmung.

»Wieso können Leute, die darauf bestehen, dass Steine, Bäume und Wiesel eine Seele haben, nicht begreifen, dass auch *Technik* etwas Schönes sein kann?«, ereiferte er sich halb im Spaß, halb im Ernst. »Dass ein Porsche Targa so viel Seele wie eine Beethoven-Sinfonie oder die von Picasso auf Leinwand gepinselte Farbe hat?«

»Sie vergleichen allen Ernstes einen *Porsche* mit einem *Picasso*?«

»Ja sicher«, bestätigte Dexter. »Alle Kunst ist durch Technik umgewandelte Materie, egal welche Seele ein Porsche oder Picasso hat, sie kann nur durch das Herstellungsverfahren erworben werden, und nebenbei erwähnt, ich hab 'n Porsche mit allen Schikanen, er fährt dem alten Pablo glatt *davon.*«

Amanda lachte. »Das Zen der Technik«, rief sie. »Was kommt als Nächstes, die Technik der Erleuchtung?«

»Tatsächlich ist's so …«

Tatsächlich war es so, dass sie ihn gerade an eine Geschichte erinnerte, die er einmal gehört hatte, eine Anekdote, durch die ein technophiler Science Fiction-Autor sich einem NewAge-Verstand vielleicht begreiflich machen konnte.

»… dass es mich an etwas erinnert«, sagte er im verbindlichen Plauderton, indem er in die komische Rolle eines übersättigten Salonlöwen schlüpfte, »das Alan Watts kurz vor seinem Tod gesagt hat.«

»*Sie* hätte ich wirklich nicht für einen Leser Alan Watts' gehalten«, gestand Amanda.

Ein besseres Stichwort hätte sie ihm *nicht* geben können.

»Nein, es steht in keinem Buch«, antwortete Dexter. »Es ist in persönlichem Gespräch gefallen …«

»Sie haben Alan Watts gekannt?«, entfuhr es Amanda. Ganz offenkundig sah sie ihn jetzt mit anderen Augen, ähnlich wie eine Matrone mit gewissen Überzeugungen ihn betrachtet hätte, wäre seinerseits die Bemerkung geäußert worden, er *hätte* ab und zu mit Elvis den einen oder anderen Sechserpack getrunken.

Und natürlich hatte er gewusst, dass sie so reagierte.

Denn von Watts, dem großen Zen-Popularisator der 50er Jahre, in der frühsten Anfangszeit der Beatniks, durfte man ohne weiteres behaupten, dass er der älteste Pate der NewAge-Bewegung war, so wie man dem King nachsagen konnte, ein noch älterer Pate des Sommers der Liebe zu sein.

»Um ehrlich zu sein, nicht richtig …«, gab Dexter zu.

In Wahrheit hatte er ihn überhaupt nicht gekannt. In Wirklichkeit hatte Norman Spinrad ihm das Anekdötchen erzählt. Die Geschichte war nämlich *ihm* passiert. Doch Dexter war der Meinung, dass es Norman völlig schnuppe war, wenn er sie für aktuelle Zwecke in eine Ich-Erzählung umschrieb, da *er* ja nicht zugegen war, um bei Amanda Eindruck zu schinden, Dexter hingegen sehr wohl.

»Eigentlich war ich bloß als Fahrer für eine umwerfend gut aussehende französische Journalistin eingesprungen, die Watts damals das letzte Interview vor seinem Tod abgerungen hat«, log Dexter. »Wir fuhren am Mount Tamalpais einen Bergweg hinauf, der zu dieser Art von Ashram führte, wo junge Akolythen ihm alle seine harmlosen, aber launischen Wünsche erfüllten. Ich habe dann dort während des Interviews nur wie ein Möbelstück dabei gesessen.«

»Sie haben während eines Interviews mit *Alan Watts* die ganze Zeit lang bloß wie ein Plastinaut dabei gesessen?«, rief Amanda. Sie musterte ihn aus schmalen Lidern. »Das hört sich aber nicht gerade nach Ihnen an, Dexter«, meinte sie schalkhaft. »Vermutlich haben Sie sich nur als Fahrer einer französischen Journalistin betätigt, um ihr anschließend an die Wäsche gehen zu können.«

»Über so etwas spricht ein Gentleman nicht«, gab Dexter zur Antwort, eine Feststellung, gegen die kein Mensch Einwände hegen konnte. »Das Entscheidende ist, dass ich ganz am Ende des Interviews dazu Gelegenheit erhielt« – dagegen allerdings hätte sich der Einwand erheben lassen, dass es nicht der Wahrheit entsprach –, »*eine* Frage zu stellen.«

Er grinste. Um weiteren Zwischenbemerkungen vorzubeugen, wagte er einen Finger auf Amandas Lippen zu legen. »Welche Frage hätten Sie gestellt?«, wollte er von ihr wissen.

Amandas Blick wich nicht von seinem Gesicht; offensichtlich faszinierte sie die Geschichte.

»Ich weiß es beim besten Willen nicht«, bekannte sie.

Dexter zuckte mit den Achseln. »Das Interview bestand aus dem üblichen metaphysischen Gebabbel, auf das ich gut verzichten kann, Watts versuchte bei der Interviewerin zu landen, obwohl er damals schon ziemlich abgebaut hatte, außerdem hatte Herr Natürlich währenddessen ständig wie ein Schlot gequalmt, also wollte ich ihn, ich geb's zu, mit einer richtig kniffligen Frage ärgern. Also fragte ich ihn, was er davon hielte, dass Millionen von Menschen LSD als Technik der chemischen Abkürzung zum Satori benutzten, anstatt beharrlich den mühsamen natürlichen Zen-Weg zu gehen.«

»Zwei Fleißkärtchen für Sie, Dex«, sagte Amanda. »Und was hat er geantwortet?«

Breit grinste Dexter sie an, versuchte einen Guru zu spielen, der einen guten, alten Onkel mimte. »Er hat gegrinst, mich geradewegs angeschaut und eine Rauchwolke ausgestoßen, als wäre er die bekannte Raupe, die auf einem psychedelischen Pilz Wasserpfeife raucht. ›Warum auf einem Ochsenkarren reisen‹, hat er mir geantwortet, ›wenn man einen Jet nehmen kann?‹«

Amanda lachte; aber im nächsten Augenblick erkannte sie, dass die Anekdote ihren satorischen Zweck erreicht hatte. Gewiss war Watts' Standpunkt aus seiner Antwort unzweideutig klar geworden und die Geschichte daher des Erzählens wert, aber dass Dexter sie erzählt hatte, glich einem Fenster zum echten Dexter, dem Dexter Lampkin seiner persönlichen Traumzeit.

Denn eben der eigentliche Dexter war der Erzähler solcher Geschichten, die in genau dem höheren Sinn die Wahrheit enthielten, dessen bloßes Vorhandensein der SciFi-Klugscheißer Dexter aus diesen oder jenen Gründen zu leugnen versuchte.

Der wahre Dexter glaubte *wirklich*, dass sein Auto eine Seele hatte. Der echte Dexter gab Alan Watts Recht. Weil der eigentliche Dexter nicht der Technik-Freak war, der zu sein er behauptete, sondern ein Technik*romantiker*: Einer der Amanda bislang unverständlichen, meistens männlichen Menschen, die für ein Auto oder einen Computer *Zuneigung* empfinden konnten, so wie einem Maler ein vollendetes Bild gefiel oder einem Shinto-Priester das zufällige Beisammensein von Stein und Wasser, ein geistiger Prozess, in dessen Verlauf sie bloßer Materie eine Art von Seele einhauchten.

Und die Geschichte hatte ihr für eine Betrachtungsweise, die ihr vorher nie in den Sinn gekommen wäre, die Augen geöffnet.

Das Zen der Technik?

Techniken der Erleuchtung?

Transzendente Technik?

Warum nicht?

Hatte man erst einmal eine Chemikalie als gangbaren Weg zur Erleuchtung erkannt oder einem Porsche eine Seele zugebilligt, dann sah man, dass die Technik der Transzendenz überall ringsum gegenwärtig war, sie existierte, seit ein Höhlenmensch das erste Mal mittels einer Ansammlung von Farbpigmenten ein Stück seiner Seele auf Fels übertragen, dadurch anhand einer Technik Zeit und Tod besiegt hatte, um zu den Menschenherzen seiner geistigen Kinder zu sprechen, von denen ihn eine Million Jahre trennten.

Seitdem beschäftigte sich das Affenvolk fortwährend damit. Literatur, Filme, Raumschiffe, Designerdrogen, Atomzertrümmerer, Porsche und Ferrari, Dexters transformatives planetares Sternenschiff: Sie waren es, wodurch Menschen sich von Affen unterschieden. Menschen schufen Sein aus dem Nichts des Nichtseins, statteten Materie mit ihrem eigenen Geist aus, trachteten immerzu danach, das Reich der Natur durch natürliche Mittel zu überwinden.

Sollte es möglich sein?

Konnte in einer Chemikalie Satori gespeichert sein?

Konnte ein Auto Zuneigung verdienen?

Bestand die Möglichkeit, dass sie gemeinsam die transzendente Technik des Fernsehens benutzten, um zur Hauptsendezeit den Zeitgeist zu manifestieren oder gar einen Reisenden einer besseren Zukunft aus den virtuellen Nebeln einer fiktiven Epoche hervorzuzaubern?

Raunte Mephistos Stimme Verführerisches in Dr. Faustensteins Ohr?

Oder hörte sie die Stimme des Großen Weltgeistes, den Weckruf des Adlers, der die Grenzen der Erde überstiegen und den Mond betreten hatte?

Ein Brummen, das dem Rauschen eines fernen, gewaltigen Wasserfalls ähnelte, lenkte Amandas Blick zum Himmel. Die säuberlich schnurgeraden, weißen Kondensstreifen einer 747 schrieben die Signatur des Flugzeugs in die blaue Weite.

Aus schierem Vergnügen an dem Zeichen, das die serendipischen Gottheiten ihr gewährt hatten – mittels der Gabe, zu finden, was man nicht suchte –, klatschte Amanda in die Hände, und in diesem Moment empfand sie den Anblick der technischen Verwirklichung des alten menschlichen Traums vom Fliegen ganz und gar nicht als Entweihung. Au contraire.

Amanda lachte.

»Was ist so lustig?«, fragte Dexter.

Amanda deutete auf das Passagierflugzeug, das mit der triumphalen Unbekümmertheit eines großen, silbernen Schwans über dem Rückgrat des Kontinents nordwärts flog, um später mit dem gleichen lässigen Elan die Polkappen zu überqueren und auf halber Strecke um die Welt den mürrischen Zeitzonenreisenden ein mieses Essen und einen mittelmäßigen Familienfilm zuzumuten.

»Egal wohin Sie gehen«, sagte sie, indem sie sich in Dexters Positur schlug, »irgendwie ist der Mensch gegenwärtig.«

Dexter lachte ebenfalls, und sie empfand es als ganz natürlich, dass er nun ihre Hand nahm. Nicht weniger natürlich kam es ihr vor, dass sie danach Hand in Hand stumm am Hohlweg standen, bis das Lied der 747 mit dem Vogelgesang verschmolz und nichts mehr übrig war als ein Wolkenpfeil, der auf den Scheitel der Welt wies.

Und anschließend wirkte es auch ganz natürlich, dass sie sich ein wenig näher rückten und ins Haus umkehrten.

Alles andere als jugendfreie Phantasiebilder des Imbettliegens mit Amanda Robin waren von Zeit zu Zeit immer wieder aus Dexters unteren Regionen hochgekommen, doch jedes Mal durch seinen moralischen Zensor als seiner höheren erotischen Imagination unwürdige, dummgeile Pornografie unterdrückt worden.

Diesem pheromonbedingten Drängen hatte er nur zu leicht widerstehen können, weil nicht nur die gewohnten Erwachsenenschuldgefühle dagegen sprachen, sondern zudem die völlige Blödsinnigkeit des Vorgehens, ein sexuelles Verhältnis mit einer Frau anzuknüpfen, mit der er eine nicht unbedingt spannungsfreie berufliche Beziehung unterhielt, ganz zu schweigen von der Erfordernis, später mit dem Sexualobjekt noch über einen längeren Zeitraum hinweg immer wieder in Konversation treten zu müssen.

Jetzt jedoch war er in gewisser Hinsicht der Frau seiner Träume begegnet.

Als Pubertierender, dessen Vorstellungsvermögen rasch die imaginativen Grenzen kommerzieller Wichsvorlagen überschritt, hatte Dexter für sich eine sexuelle Phantasie ersonnen, und an die Stelle des großen, schwarzen Lochs, das darin klaffte, hätte praktisch jedes Mädel treten können, wäre ihm nur klar gewesen, wie er mit einem Mädchen darüber reden sollte.

Eine schlichte Aufgeilphantasterei war es gewesen, aber in dieser Funktion hatte sie enorme Macht gehabt; es hatte keine besonderen Voraussetzungen gebraucht, nicht mehr als ein Gedanke war erforderlich gewesen, um dem vierzehnjährigen Dexter zu den herrlichsten und härtesten Ständern zu verhelfen.

Er und ein Mädchen waren zusammen in ein Abenteuer verwickelt worden. Das Flugzeug war im Dschungel notgelandet. Sie waren den Nazi-Raumpiraten in die Gassen des Mars entflohen. Beim Sporttauchen im Bermuda-Dreieck hatten sie die versunkene Stadt Mongo entdeckt.

Die Einzelheiten waren belanglos geblieben. Das Mädchen konnte jedes sein, auf das sein Rammelzeug gerade wies. Was ihn antörnte, war das Zusammenfallen von Sexualität und Abenteuer, das Bumsen im Busch, während die Einheimischen auf der Spitze der Pyramide ihre unsäglichen Zeremonien veranstalteten, oder auf dem Ritt zur gemeinsamen Niederwerfung der sauronischen Legionen im Sattel.

Erst erheblich später hatte Dexter herausgefunden, dass gerade derartige Phantasien bei Vierzehnjährigen keineswegs als außergewöhnlich galten. Im Kern bildeten sie sogar das Erfolgsrezept einer gewissen Art der Jugendliteratur sowie – so war es wenigstens in der fernen Schundheftchenvergangenheit gewesen – eines beachtlichen Teils der für Leser etwas höheren

Alters gedachten Abenteuerliteratur. Und lange, lange danach, während er schon im Rahmen weit groteskerer Szenarios auf SF-Cons den Hahn im Korbe verkörperte, war ihm genügende, durch Abstumpfung geförderte Weisheit zu Eigen gewesen, um zu erkennen, dass derlei Phantasiebilder sich durch eine gewisse unschuldige maskuline Würde auszeichneten.

In der Tat hatte er Ellie – auch das war ihm erst nachträglich klar geworden – auf der NorWesCon-Verlegerparty unter einer solchen Phantasievorstellung keineswegs unähnlichen Umständen kennen gelernt, und mehr oder weniger hatten sie sie während ihrer Berkeleyer Zeit auf ihre täppische fannische Weise sogar auszuleben versucht.

Aber wer hätte es damals anders gehalten?

Erst nachdem sich der Nervenkitzel, das Traumpaar der SF-Szene zu sein, mit der Zeit, durch Ehe, Nachwuchs sowie den weit mehr als symbolischen Umzug von Berkeley nach LA verschlissen gehabt hatte, erreichte Dexter den Reifezustand der mittleren Lebensjahre, der es ihm erlaubte zu erkennen, dass er den formativen Lusttraum seines vierzehnjährigen Ichs gar nicht aufgeben *wollte,* weil man darin nichts sehen musste, dessen er sich zu schämen hätte.

Und wenn es das Männlichkeitsideal eines Vierzehnjährigen war: Was sollte daran verwerflich sein? Jeder Fünfunddreißigjährige, der von sich behaupten konnte, als Erwachsener das zu sein, was er als Vierzehnjähriger erträumt hatte, durfte sich getrost als den Helden der eigenen Lebensgeschichte betrachten.

Auch ein Vierzehnjähriger unter Vierzig hatte noch das Recht zu glauben, dass eines Tages Prinzessin Leia vor seiner Tür stand, das Schicksal sein Herz in den Kampf rief, dass noch in jeder Hinsicht auf ihn die Chance wartete, mit der Walküre Sancha Panzer auszuziehen und wieder Licht in die Welt zu bringen.

Die arglose Phantasterei eines Mannes mittleren Alters, eine Foma, damit ein reiferer Knabe, der allmählich um die Taille breiter wurde, sich mutig, stark und froh fühlte, oder?

Allerdings ...

Egal wohin du gehst, du bist schon dort.

Und jetzt befand sich Dexter mitten in seinem Halbwüchsigen-Lusttraum – oder vielmehr der ausgereifteren Version für Erwachsene, die sich viel komplizierter darstellte als alles, was er sich in seiner Teenager-Sexualphilosophie je ausgemalt hatte.

Da war er nun in einem geheimen Holzhaus in einer fernen, fernen Galaxis mit *ihr* allein, auf einem viel versprechend ausgerollten Futon kniete sie vor ihm, die Antwort auf die unausgesprochene Frage stand längst in ihren Augen: Seine Prinzessin Leia, die Bonnie für seinen Clyde.

Aber es war nicht die gekürzte Jugendversion.

Sondern die komplette Version für Erwachsene.

In der zwei Menschen, die im Alltag nicht unbedingt dieselben Vorstellungswelt bewohnten, unter dem Einfluss anständigen Dopes einen Abenteuerpakt in der Absicht geschlossen hatten, etwas zu tun, das sie selbst nicht richtig durchschauten, denn ihr Vorhaben galt keinem geringeren Ziel, als die weitere Entwicklung auf der Erde zu bestimmen.

Der reife Science Fiction-Autor mittleren Alters hatte selbst eine solche Geschichte mehrmals geschrieben und wusste deshalb genau, dass sie eine egozentrische Machtphantasie der Art war, die jede Menge erfolgreicher Fantasy-Trilogien, abwegige Fan-Kulte sowie bedeutende Weltreligionen hervorgebracht hatte.

Aber der Vierzehnjährige, der momentan seine Phantasie der Zukunft Dexter Lampkins erlebte, schmiss sich der Gelegenheit, die ihm das Schicksal bot, begeistert in die Arme, und der Science Fiction-Autor mittleren Lebensalters ließ sich willig mitreißen, schmiegte sich in die Echtzeitnische seiner Jugendträume.

»Ich gäbe einen Penny«, sagte Amanda Robin, »könnte ich jetzt Ihre Gedanken lesen.«

Dexter lachte. Er fühlte sich mutig und stark.

»Heutzutage ist ein Zwanziger das übliche Mindesthonorar pro Wort«, konstatierte er. »Also schulden Sie mir zwanzig Cent.«

»So?«

»Was ist, das ist auch real«, meinte Dexter, traute sich endlich, ihre Hände in seine Hände zu nehmen. In diesem Augenblick hätte er sich buchstäblich alles getraut.

»*Ist* das hier Realität, Dex?«, fragte Amanda, reduzierte die Frage, indem sie sich dicht zu ihm neigte, in erheblichem Umfang aufs Rhetorische. »Ist uns wirklich klar, warum wir wollen, was wir tun werden?«

»Etwa nicht?«

»Weil wir uns hinter die Scheune geschlichen und die geheime Abmachung getroffen haben, gemeinsam an der Wunderlampe zu reiben und zu hoffen, dass ihr ein guter Geist entsteigt?«

»So ähnlich«, antwortete Dexter und küsste sie sachte auf die Lippen. Einen Augenblick lang genoss sie den Kuss, dann zog sie den Mund behutsam zurück, aber nicht aus Dexters Reichweite.

»Kommt die Sache Ihnen nicht ein bisschen absonderlich vor?«, fragte sie. »Noch vor einer Stunde wär's wohl das geworden, was die Jungs, glaube ich, einen Wutfick nennen.« Sie betrachtete ihn aus verkniffenen Augen, aber konnte ihr Grinsen nicht unterdrücken. »Sind Sie sicher, dass es sich jetzt nicht so verhält?«

»Wenn's Sie ins Rasen bringt«, gab Dexter lakonisch zur Antwort.

»Und was bringt mich *Ihres* Erachtens ins Rasen,

Dex?«, schnurrte Amanda. »Ich wüsste gern Ihr professionelles visionäres Urteil.«

Es gab Anlässe, da musste selbst der phantasiereichste Vierzehnjährige gestehen, dass er überfordert war, und schlichtweg dem reiferen Geschichtenerzähler die schwierige Aufgabe des Schmeichelns überlassen.

»Sie brauchen weder Wein noch Rosen, weder Peitschen noch Ketten«, äußerte Dexter tiefsinnig. »Sie sind eine sexuelle Mystikerin. Sie möchten spüren, dass gewaltige archetypische Kräfte durch Sie strömen, damit Sie an ihre Existenz glauben können. *Das* ist's, worum's Ihnen bei der Sexualität geht, und wie eine alte Weisheit besagt, hat es nichts mit Liebe zu schaffen. Für Sie kommt es ausschließlich auf die Magie an.«

Amandas Lippen erschlafften vor Staunen, bildeten unwillkürlich einen Schmollmund, und sie machte große Augen. Sie lächelte Dexter aus Ihrem nicht allzu geheimnisvollen geheimen Inneren an und gab mit einem Achselzucken ihre Kapitulation zu erkennen.

»An Weisheit mangelt es Ihnen nicht, Dexter Lampkin«, sagte sie und legte ihm verspielt eine Fingerkuppe auf die Nasenspitze. »Aber was die Magie betrifft«, fügte sie etwas ernsthafter hinzu, »so bleibt die Wirksamkeit abzuwarten.«

Damit senkte sie die andere Hand geradewegs auf seinen beinharten Vierzehnjährigenständer und schloss den Kreis zwischen Junge und Mann, zwischen Phantasie und Fleisch, zwischen ihrer und seiner Traumzeit.

Die Erde hatte sich nicht anders als sonst gedreht, aber Amanda glaubte dennoch, dass sie eine Art von Magie vollzogen hatten.

Der Porsche kroch mühsam die letzten Meter bis zum Endes des Kieswegs hinab, und als Dexter aufs Straßenpflaster der Vista Canyon Road einbog, seufzte er und schenkte ihr ein überwältigend jungenhaftes Grinsen der Erleichterung, das seltsame Ähnlichkeit mit seinem Lächeln hatte, als der Vorspann vorüber gewesen war und sie nackt auf dem Futon lagen, vielleicht nicht Herz an Herz, aber zu guter Letzt Bauch an Bauch.

Das eigentliche Vorspiel war längst vorüber, rein verbal und ziemlich ausgedehnt gewesen, und was sich in seinem Verlauf offenbart hatte, war für Amanda alles in allem sexuell weit erregender geworden als der Anblick eines leicht übergewichtigen Mannes mittleren Alters.

Ein zusätzliches körperliches Vorspiel hätten sie wohl beide nur als peinlich empfunden und war deshalb als überflüssig erachtet worden, weil sie beide nicht im Geringsten glaubten, dass Liebe und Küsse irgendetwas mit ihnen zu tun hatten.

Folglich *musste* Magie der entscheidende Faktor sein. Es *mussten* ungeheure archetypische Kräfte durch sie beide strömen, denn was *sonst* hätte ein so ungleiches Paar zu diesem unwahrscheinlichen Beisammensein führen können?

Als Dexters Schlegel in sie glitt, hatte kein Akt leidenschaftlicher Zärtlichkeit seinen Lauf genommen, sondern ein Paarungstanz zurückhaltender Ebenbürtiger. Trotzdem hatte Amanda gespürt, wie sich unter der puren, unsentimentalen Energie einer tantrischen Dialektik ihre spinalen Chakren weit öffneten.

Zweifellos war *das* an sich schon eine Art von magischer Verzauberung gewesen.

Im schwindenden Licht des goldenen Nachmittags sah Dexter sie an, hätte fast gezwinkert, aber dann drückte er lieber den Fuß aufs Gaspedal, betätigte die

Kupplung und schaltete mit schwungvoller Zügigkeit, während sie auf der Straße immer höhere Geschwindigkeit aufnahmen, von einem in den nächsten Gang.

Amanda lächelte ihn an, während der Fahrtwind ihr durchs Haar wehte.

So wie Dexter dieses Stück Hochleistungsmaschine mit einer jungenhaft leidenschaftlichen Kunstfertigkeit fuhr, durch die sie auf dem Maximum ihrer Kraftentfaltung von Leben pulsierte, das zu spüren sie dank Dexter mittlerweile verstand, so hatte er mit herkömmlicher erotischer Geschicklichkeit ihren Leib zu Hochtouren angeheizt, die jedoch infolge der Redlichkeit seines Eifers, den Ballungspunkt ihrer höchsten Lust zu finden und bei allen Weiterungen aktiv zu berücksichtigen, eine über die Maßen stärkere Wirkung erzielte, war seine Stoßstange eins mit ihrem Rhythmus und ihren Wallungen gewesen, ganz wie beim Fahren seine Hände, Füße und der Hosenboden eins wurden mit der Seele des Porsches.

Geduldig hatte er sie unter sorgsamer Beachtung aller Unebenheiten und Unregelmäßigkeiten der Straße auf den Gipfel der Wonne befördert, wo er, sobald sie ihren Orgasmus bekam, ihrer Ekstase direkt in die Augen blickte, während *seine* Augen den Spiegel der unschuldigen Lustbefriedigung eines seligen Jungens bildeten.

Er hatte sie mit der gleichen geistigen Einstellung geliebt – nein, gefickt –, wie er sein knallrotes Traumauto steuerte.

Jungs und ihr Spielzeug!

Doch was Amanda durch die Fenster seiner Seele sah, als auch er seinen Orgasmus hatte, war eine tiefere Magie gewesen. Denn ob er seinen Stößel in ihrem Trichter oder die Hände am Lenkrad hatte, es durchströmte ihn dabei tatsächlich eine archetypische Kraft, sein faustisches Yang ergänzte das weibliche Yin.

Wie die sexuelle Mystikerin entdeckte der Macho des Porsche Targa Coupés eine Seele im *Innern* der Materie, fand den Weg zur Transzendenz *innerhalb* des Tanzens der Maja.

Nein, die Erde war, nur weil sie gebumst hatten, nicht erschüttert worden. Aber Welten hatten sich verändert.

Amandas und vielleicht auch Dexters Welt.

Der Zauber entlockte Amanda ein fröhliches Lachen.

»Was war denn das?«, fragte Dexter.

»Ein Ausdruck meines Vergnügens an einem Jungen und seinem Porsche«, sagte Amanda. »Weißt du, Dex, ich muss zugeben, ich habe deinen Fahrstil zu verstehen gelernt. Vielleicht habe ich sogar daran Gefallen gefunden.«

Von der Höhe des Mulholland Drive fuhr Dexter durch Old Topanga und die über die Hügel verstreuten Vorstädte hinunter ins San Fernando Valley, ließ hinter sich die Wirkung von Hadashis Lebenswasser, den Zauberberg, auch Amanda, die er am Big Rock abgesetzt hatte, und fädelte sich letztendlich in den abendlichen Hauptberufsverkehr ein, der sich auf der östlichen Valley-Umgehungsstraße an der Auffahrt zur 101 staute.

Egal wo man in Los Angeles war, früher oder später stand man im Stau.

Und gegenwärtig war Dexter in LA im Stau, kroch im Stop and go-Verkehr, formulierte bei sich schon etliche lahme, alberne Ausreden, die Ellie voraussichtlich gar nicht erst hinterfragte, und versuchte die Ereignisse des Tages zu verarbeiten, während er im offenen Porsche den geballten Autobahnsmog atmete.

Was ist, das ist Realität.

So lautete anscheinend Amandas Mantra, und wenn man unbedingt ein Mantra haben musste, gab es sicherlich Schlechteres zur Auswahl.

Er hatte mit Amanda Robin gebumst.

Das war Realität.

Sie hatten sich geliebt.

Das stimmte nicht.

Was sie getan hatten, war weit davon entfernt gewesen, ein Liebesakt zu sein; vielmehr war es etwas nahezu Unpersönliches gewesen, eine Art von Zeremoniell, um ein Bündnis mit dem Zweck zu besiegeln, Ralf in den Virtuellen Menschen aus der Transformationszukunft oder den Großen Weltgeist zu mutieren, je nach dem, wer sich zuerst entpuppte.

Derlei ließ sich unmöglich irgendwem erklären, der es nicht selbst erlebt hatte, obwohl es sein konnte, wie Dexter inzwischen glaubte, dass *auch* diese Aussicht als real bewertet werden musste.

Leider war es *keine* Realität, dass die Evolution sie mit der Fähigkeit ausgestattet hatte zu verstehen, was daraus entstehen mochte, falls sie Erfolg hatten.

Obwohl das, was man ›Safer Sex‹ nannte, Dexter nicht eben fremd war, weil er es im Laufe seiner Ehejahre auf SF-Cons mit einer gewissen Regelmäßigkeit praktiziert hatte, war er nie in eine längere Affäre verstrickt worden, und er hatte auch nie eine in Erwägung gezogen. Ficken ohne echte Zuneigung bedeutete keine Gefahr für seine Ehe, eben *weil* es beim gefühllosen Geschlechtsverkehr blieb. Wäre er je von Ellie ertappt worden, hätte wahrscheinlich für eine ganze Weile der Haussegen schief gehangen, aber es wäre daraus keine Scheidung resultiert, vermutlich nicht einmal eine ernsthafte Schädigung ihrer Lebensgemeinschaft.

Und er wusste verdammt gut, dass er auch mit

Amanda Robin keine Affäre einzugehen beabsichtigte, denn Auge in Auge und Bauch an Bauch mit ihr hatte er nichts gefühlt, das Liebe geähnelt hätte, vielleicht nicht einmal etwas, das man mit gutem Recht als Leidenschaft hätte bezeichnen können.

In dieser Hinsicht, in Bezug auf etwaige Auswirkungen auf seine Ehe, war sein Wuschermann mit Amanda ebenfalls ›Safer Sex‹ gewesen.

Hinsichtlich des Effekts auf seine Weltsicht jedoch verhielt es sich anders, weil tatsächlich eine gewaltige Kraft ihren Fick energetisiert hatte.

Das war Realität gewesen.

Sobald er in sie eingedrungen war, hatte er es gespürt.

Eine Stunde davor wäre es noch leicht gewesen, darin einen gehörigen Wutfick zu sehen: Dir werde ich 's zeigen, du Miss NewAge-Mystikerin, was harte Wissenschaft mit richtig entwickeltem Werkzeug leisten kann. Und so weiter, und so fort, freudianisch ad nauseum.

Aber es war kein Groll übrig gewesen, der ihn zum Ficken angetrieben hätte. In der Tat wäre es gar nicht zum Bumsen gekommen, hätten sie nicht vorher die gegenseitige Missgunst ausgetrieben gehabt.

Und während ihres unsentimentalen Geschlechtsakts, bei dem sie einander festen, klaren Blicks – sogar beim Orgasmus – in die Augen geschaut hatten, war der Eindruck entstanden, dass ihr Beisammensein *wirklich* auf einem Zusammenwirken höherer Kräfte beruhte, diese Kräfte sie *tatsächlich* durchströmten, etwas Gewaltiges und Seelenaufwühlendes, jedoch völlig Unpersönliches sie berührte.

Oder … etwas *Überpersönliches*?

Dexter war kein Mystiker, weder in sexueller noch sonstiger Beziehung – jedenfalls hatte er das stets für sich in Anspruch genommen –, aber als er den Orgasmus gehabt hatte, erlebte er einen Augenblick der Ewigkeit, in dem er sich zu verflüchtigen schien, der Geschlechtsakt sich zu einer Vereinigung verschiedener Loa – Voodoo-Götter – der Zeitstränge steigerte, einem sexuellen Voodoo-Ritus, bei dem Amandas archetypische Kräfte durch ihr und sein Fleisch tanzten.

Doch um ihn von so etwas zu überzeugen, hätte Dexter an Magie glauben müssen.

Durchaus aufdeckbare Gesetzmäßigkeiten der Materie und Energie beherrschten die Realität.

Magie hingegen war *keine* Realität.

Richtig?

Das Universum hatte sich aus einem zufällig beschaffenen Flux des Nichts ins Sein gemogelt, die Raumzeit war eine Bach-Fuge virtueller Geodäsis, und hinter der Illusion der linearen Kausalität verbarg sich das transtemporale Gesicht des Chaos.

Aber das war *keine* Magie.

Der Engpass, wo die 101 die 405 kreuzte, war nicht gerade die Straße nach Damaskus, doch genau dort kam es zu Dexters Erleuchtung.

Nein, es war *wahrhaftig* keine Magie.

Es stand in keinem Zusammenhang mit Allan Watts und Amandas Guru Hadashi und ihren Sprüchen.

Es hatte etwas mit Cam Carswell zu tun, der nach dem Nobelpreis für Physik schielte.

Lotter-Lotti braucht keene Schietuhr nich, wo Stunne, Tach und Woche drauf stand, Ratzerich hatt nämlich am Enterhaken in ihrm Kopp so was wie ein *Fernseh-*

progromheff auffehängt, das 'm Rattengörl rechtszeitich sachte, wann's Zeit war für *RALFS WELT*.

Also nich richtich *sachte*, die Stimme im Kopp tat nich mehr so viel mit ihr rehn, vor allem vorm TV nich, meist übernahm das Rattending das Fleisch, wasses hahm musst und benutzt es, um stunnenlang hinneranner rumzuzappen, vadammicht noch mal, und zwar so schnell, dass sie schon Schwielen am Zeichefinger hatt, nie guckte er ein Senner mehr als höxtens fümf Minuten, egal ob's Sport, ein Monsterfilm oder Nachrichten gab, dauernd ging's bloß *Klick-klick-klick*.

Abba wenn's Zeit war für das Aaschloch innem doofen grünen Anzuch, dann peitschte – jehnfalls gewissermaßen – ihr Schwanz aufs Bett, als wär sie 'ne rollge Dachkatz, in ihrn Knochen summten die Dräht, die Nase schnupperte und zuckte, als schniefte sie tonnenweis Crystal-Meth, oder als röch sie tief unnen Scheißmülleimer ein ganzes Schtehk.

Anscheind war Ratzerich ein großer Fan vom Sternenschiff-Käpten, oder wensgens irndwie, er vasäumte keene Show nich, und 's war die einzge Sennung, wo er sie bissem Schluss guckn ließ. Daher kam's, dass die Show inzwitschern auch ihr Lieblingssennung worn war, selbs wenn sie die Hälffe vonnem Sternenschiff-Käpten sein Späß nich raffte und die Laberfritzen, wo er da bei sich sitzen hatt, so lussig warn, als hätt sie die Menses.

Durche Löcher in ihrm Kopp starrte Ratzerich dem Typ Ralf die ganze vafluchte Sennung lang so stier an, dass sie kaum mal zwinkern durft, und manchmal hätt man meinen können, der Aasch guckte genauso scharf Ratzerich an, als wärn die zwo echt zwo schietge Mafia-Killer aus Newark und Detroit, die auffenanner angesetzt warn und sich in Miami im Hotelfoyer beäuchten und überlechten, wann am besten der Hamma fiel.

Wenn sie Rattenaasch frachte, was 'n los wär, kriechte sie einfach keen Antwort nich. Rattendingerich gab ihr keen Antwort nich mehr auf Frahn. Ratzerich sprang neuerdings mit ihrm Fleisch um, als wär sie 'ne Art von Scheißrobot, als wollt er sich nich mal noch damit befassen, dass er sie am Hals hat, der Ratzenmacho.

Gelehntlich hatt Lotti das Gefühl, wenn sie sich drauf besann, dass sie zustännich war fürs Fühlen, *sie* säß irndwie inne Rübe vom Rattending fest, könnt fühlen, was es fühlt, und denken, was es dacht, ohne dass sie hätt mitrehn können, abba zu *sehn*, dass sie fühlt und dacht wie ein *Ratte*, hieß noch nich, dass sie 's kapierte …

Zum Beispiel schnallte sie diesen Scheiß nich mittem Sternenschiff-Käpten, nämlich dass sie, kaum dass sein blöde Fress auffer Mattscheib zu sehn war, praktisch nach ihm *Schmacht* hatt, *das* war was, das konnt sie irndwie überhaupt nich vastehn.

Es war fast so, als wär sie *scharf* auf den Blödmann, bloß machte das gar keen richtgen Sinn nich, sie fand nämlich Ralf so geil wie ein ollen Putzlappen, und zudem vahielt's sich's heut echt so, dass die Vorstellung, vonnem Affen gefickt zu wern, sie fast zum Göbeln bracht.

Jau echt, 's war, als würd sie im Kopp von wem stecken, wo ein *Steifen* kriechte, wenn er dem Sternenschiff-Käpten sah, als ob Ratzerich bei der Show an nix nich als Ficken dacht, oder eim Seemann, wo inne Bar ein Strip guckte, sich der Mast aufstellte.

Abba eintlich war's keen Ratten*schwanz* nich, wo ganz heiß und hart wurd und reinesteckt wern sollt, und 's war bloß ein *bisgen* so, als wär sie scharf, *viel* mehr war's so, als wär sie wieder der Weiße Tornado, alladings hinnerm Rattenloch hinnen inne Tote Welt, mehr als wär sie der Drecksack Freddy Krueger mittem Schnellen Schlitzer inne Klaue und würd auf *genau* den richtgen Wixer warten, wo ihr inne Quere kam …

… dreißig Sekunden … fünfundzwanzig Sekunden …

An der Rückseite des Regieraums zappelte Texas Jimmy Balaban auf der Kante seines Klappstuhls und sah die Uhrzeiger vorwärts rucken, dem Sendebeginn der Show entgegen und den Scherereien, deren Bevorstehen er im Urin ahnte.

Der Logik zufolge hätte Jimmy sorgenfrei sein müssen. Amanda und Dex hatten die Aussprache geführt, auf der er bestanden gehabt hatte, und allem Anschein nach war das Resultat ausgezeichnet gewesen. Nach all dem schier endlosen Knatsch zwischen den beiden hatten sie sich endlich einmal über zwei Gäste, die heutigen Gäste, uneingeschränkt einig werden können, zum ersten Mal, seit Jimmy sich erinnern konnte, war jeder von ihnen vom Gast des anderen vollauf begeistert.

»Keine Bange, Jimmy«, hatte Dexter ihm empfohlen. »Ich habe mir beide angehört, diese Burschen sind in jeder Hinsicht total telegen …«

»Die Chemie stimmt, ihr Zusammenspiel wird durch und durch …«

»Synergistisch.«

»Genau, Dex, synergistisch und obendrein erste Sahne.«

Hm-hm.

Allerdings kam Amanda sonst nur jede dritte Woche ins Studio, um sich die Show live anzusehen, und Dexter ließ sich kaum jemals blicken; doch heute waren sie unvermutet *beide* erschienen.

Und als Jimmy, nachdem das Fernsehballett seinen Auftritt beendet hatten, ihnen vorschlug, sich die Sendung lieber aus dem Regieraum anzuschauen, statt hinter den Kulissen im Weg zu stehen, gingen sie darauf ein, und seitdem saßen sie hier neben ihm wie die Kessler-Zwillinge, hielten praktisch Händchen.

Jimmy hatte einen Riecher dafür, wenn etwas faul war im Staate Dänemark, aber vielleicht wäre es manchmal besser gewesen, keinen so guten Riecher zu haben.

Denn was er in Dexters und Amandas Nähe roch, war der faulige Gestank verräterischer Umtriebe hinter seinem Rücken, der Geruch kurz bevorstehenden Wahnsinns sowie etwas, das Texas Jimmy oft genug an sich selbst hatte gewahren können, nämlich die Duftnote eines Ritzenhoblers, der kürzlich gesteckt hatte, wo er nicht hätte stochern sollen.

Fünf … vier …

Schwach entsann sich Jimmy an eine steinalte Fernsehshow mit dem Titel *Riskant!*

Drei … zwei … eins …

Und gleich was werden mochte, Texas Jimmy wusste, er konnte später nicht behaupten, das Risiko nicht gekannt zu haben.

»Und nun folgt … *RALFS WELT* …!«

Wie eine Hollywood-Version Daniel Düsentriebs hatte sich Cam Carswell in ein blaues Drillichhemd mit weißem Plastron, eine per Hand gebügelte, blaue Jeans und ein braunes Tweedjackett mit echt ledernen Schulterbesätzen gekleidet.

»Ich habe mich schon *gewundert*, was du dir wohl für

mich ausdenkst, Dex«, war Cams erste Bemerkung gewesen, als Dexter ihn angerufen hatte.

»Es ist auch etwas schwierig zu erklären«, hatte Dexter gestanden, eine Einlassung, die sich anschließend als erhebliche Untertreibung erwies. Am anderen Ende der Leitung herrschte, nachdem er entschieden gehabt hatte, genug gesagt zu haben, zunächst eisiges Schweigen.

»Lass mich mal zusammenfassen, um zu sehen, ob ich die Chose richtig verstanden habe, Dex«, hatte Cam schließlich geäußert. »Deine mystische Koproduzentin hat ihren Privat-Guru zu der Show eingeladen, wo er einen Psychomutanten-Supermann aus einer nie geschriebenen Fortsetzung deines Romans *Die Transformation* spielen soll? Und du willst, dass *ich* als die rettende Stimme der Vernunft teilnehme?«

»Äh … So ähnlich ist es, Cam …«

»Du erwartest, dass ein zukünftiger Nobelpreisträger seine Reputation als ernsthafter Wissenschaftler gefährdet, indem er sich bei einem derartigen Spektakel im Fernsehen blicken lässt?«

»Ach komm, Cam, du hast auf Cons an weit blödsinnigeren Podiumsdiskussionen teilgenommen …«

»Stimmt«, gab Cam unumwunden zu. »Und sie waren viel weniger amüsant. Und genau darum sage ich zu, aber unter *einer* Bedingung …«

»Und die wäre …?«

»Du *musst* mir einen Joint mit genau *dem* Stoff mitbringen, den du geraucht hast.«

Der Joint, den Dexter mit ihm in der Toilette geraucht hatte, war anscheinend recht wirkungsvoll, denn Cam betrat den Set mit einem Honigkuchenpferdgrinsen, als stünde er davor, die Dankesrede für die Nobelpreisverleihung zu halten, auf die alle Welt so ungeduldig wartete.

»Hallo Ralf, ich bin Cameron Carswell, der größte

Quantenkosmologe der Welt, und es ist mir ein leibhaftiges Vergnügen, heute Abend in Ihrer leibhaftigen Gegenwart sein zu dürfen«, rasselte er herunter, ehe Ralf ein Intro von sich geben konnte, und reichte ihm das schöne Händchen, bevor er seinen Sitz belegte.

Ralf warf Cameron Carswell den verkniffenen, argwöhnischen Blick eines Boxers zu, dem der Verdacht schwante, dass der Gegner, der gerade in den Ring stieg, gar nicht der Dummy war, den man ihm versprochen hatte.

»Freut mich zu hören, dass Sie so von sich beeindruckt sind, Professor«, sagte Ralf leicht gereizt.

»Warum nicht, ich bin ja eine beeindruckende Persönlichkeit«, antwortete Dr. Cameron Carswell. »Ich habe einen IQ von zweihundertfünfundsiebzig, ich weiß mehr über die Natur von Materie, Energie und Zeit als jeder andere lebende Mensch – *und* ich verstehe mich schick zu kleiden.«

Das war der Auftritt, den sich Dexter von ihm versprochen hatte: Eine optimale Mischung aus bekifftem Con-Kumpel und einem der drei oder vier bedeutendsten lebenden Physiker der ganzen Welt.

Unwillkürlich erlahmte Ralfs Mienenspiel vor Fassungslosigkeit und blieb lange genug schlaff, um es Cam zu ermöglichen, jeder Pointe zuvorzukommen. Folglich grinste Cam entwaffnend in die Kamera, zwinkerte, zuckte die Achseln und brachte eine eigene Pointe an.

»Aber meine größte Tugend ist die Bescheidenheit.«

Amanda hatte mit Hadashi wenig für den Auftritt geprobt, jedoch hatten sie gemeinsam ausführliche Überlegungen zu der Frage angestellt, als welcher Personentyp ein höheres Bewusstsein sich um die Jahrtausendwende präsentieren, mit anderen Worten, wie der sich kleiden sollte.

Die Entscheidung war zu Gunsten minimalistischer Nonmode gefallen. Hadashi trug einen weiten, schwarzen Schlafanzug und eine Kappe, die nur das Gesicht frei ließ. Sobald er gleitenden Schritts auf der Bühne erschien, ergab sich der hinlänglich aufwühlende Eindruck einer erhabenen Wesenheit, das durchs Nichts schwebte.

Hadashi hatte ihr gesagt, es war seine Absicht, sich als Zeitreisender vom Sternenschiff Erde des Jahres 5000 vorstellen und lediglich Joe rufen zu lassen.

Ralf leitete das Vorstellen mit einer gewissen Widerwilligkeit ein, wohl weil er ahnte, er lieferte einem zweiten angeblichen Kasper eine Vorlage für die nächste Pointe. »Mir ist mitgeteilt worden, dass Sie behaupten, ein Zeitreisender aus dem Jahr fünftausend zu sein, aber einfach bloß mit Joe angeredet werden möchten …«

»Ja, Ralf. Angesichts Ihres gegenwärtigen evolutionären Bewusstseinsstands wäre es sinnvoller, mich Joe zu nennen, denn wir sind über das hinaus, was Sie noch begreifen können, so weit fortgeschritten, dass Sie es gar nicht glauben würden, falls ich Ihnen meinen echten Namen verrate, ganz davon zu schweigen, weshalb er es ist.«

Ralf seufzte. »Ich weiß, ich werde mich nachher schämen, aber gut, *was* ist Ihrer wahrer Name, und *weshalb* ist er's?«

»Im Jahre fünftausend heißt jeder Elvis«, sagte Hadashi. »Und zwar, weil jeder King ist.«

Texas Jimmy Balaban fand diesen Einstieg überhaupt nicht amüsant.

»Einfach prächtig«, murrte er. »Die Show läuft seit zwei Minuten, und die Gäste haben Ralf schon zweimal dermaßen blamiert, als wäre er der Zwergknollenstiesel.«

»Also wirklich, Jimmy«, tadelte Amanda pikiert, »*du* warst es doch, der dermaßen über ihn gejammert hat, als wäre er sein Geld nicht mehr wert.«

»Es geht nichts über ein bisschen Konkurrenz, um das gute, alte Adrenalin in Fluss zu bringen«, meinte Dexter in ähnlichem Ton. »Das ist es, was Amerika groß gemacht hat.«

»Es ist das«, rief Jimmy ihnen in Erinnerung, »wodurch der Verlierer reif wird für den Abschuss.«

Während das Gelächter dröhnte, das der zweite auf seine Kosten gegangene Spaß im Saal ausgelöst hatte, saß Ralf an seinem Platz und kochte vor sich hin, bis man fast Dampf aus seinen Ohren quellen sah. Als es verhallte, hatte er sich zumindest so weit berappelt, dass er wieder, so wie schon als hirntote Zwischenrufer es selbst einem Tingeltangel-Komiker abforderten, eine gewisse kämpferische Haltung einnahm.

»Wenn ich Sie zwei Genies also richtig verstehe, dann bin *ich* bloß einer der Affen, die nichts sehen, nichts hören und nichts sagen, und *Sie* sind Ego Abbott und Elvis Costello«, schnasselte er und wandte sich direkt in die Kamera. »Sieht aus, als würd's heute Abend eine *wirklich* weit fortgeschrittene Show, was, liebe Sternenschiff-Passagiere?«, fügte er hinzu, indem er sich affenartig unterm Arm kratzte.

Trotz der Lahmheit des Ulks gab Ralf damit Jimmy Anlass zur Hoffnung, dass er den Weckruf endlich gehört hatte.

»Also gut, Elvis«, sagte Ralf, während die Übertragung ihn in Großaufnahme zeigte. »Tun wir mal so, als wär ich hier der Jagdhund: Warum lassen Sie die Katze nicht aus dem Sack und erzählen uns, wie die Verhältnisse tatsächlich sind, wenn das Sternenschiff Erde in Graceland eintrifft?«

Sofort zeigte die zweite Kamera Hadashi in Großaufnahme. Sein ausdrucksloses, von der Kappe umrahmtes Gesicht wirkte wie ein im Weltall schwebender Planet.

»Ich täte es gerne, wenn ich es könnte, aber da ich es nicht kann, werde ich es nicht tun.«

»Warum nicht?«

Schlecht. Wieder hatte er Ralf zu einer verbalen Vorlage gezwungen.

Joe-Elvis verzog keine Miene. Selbst in seinen Augen regte sich nichts.

»Es wäre das Gleiche, als wollte ich versuchen, einem Huhn zu erklären, warum der Feuerwehrmann über die Straße geht«, lautete seine Antwort. »Oder einem Affen Rock'n'Roll.«

Kein Zufallstreffer, darin war sich Jimmy sicher. Amandas Knilch kannte sich mit den geläufigen Tricks aus.

Das kapierte anscheinend zu guter Letzt auch Ralf.

»Haben Sie *das* gehört, Dr. Zarkow?«, fragte er, übergab das Wort an Dexters Professor. »Wir Affenboys sind rückständig. Sie halten sich ja für saumäßig gescheit, aber unsere Intelligenz reicht einfach nicht aus, um zu schnallen, was Freund King im Kater Tom-Pyjama uns erzählen könnte, selbst wenn er uns den Brägen mit'm Nürnberger Trichter stopfte.«

Dr. Cameron Carswell schenkte ihm ein breites Lächeln, das eigentlich der Kamera galt, deren Aufmerksamkeit *er* sich offenbar aus Gespür völlig sicher war, und mit Recht.

»Tja, Kong, das Jahr fünftausend liegt nun einmal, von uns aus besehen, in ferner Zukunft«, sagte er, indem er einen vage mitteleuropäischen Akzent anschlug. »Was glauben Sie wohl, wie weit *Sie* kämen, wollten Sie Imperator Ming von Mongo die Tierbefreiungsfront erklären?«

Einerseits schlecht, dachte Texas Jimmy. *Andererseits gut.*

Schlecht war, dass zwei Amateure es verstanden, Ralf in die Mangel zu nehmen. Gut war, dass Ralf es merkte und sich langsam auf die Hinterbeine stellte.

»Sie erinnern mich an einen Vorfall, den 's mal nach einer meiner Vorstellungen in einer Rocker-Bar gab, nur beschränkte sich dort die Tierbefreiung auf Freiflüge«, entgegnete Ralf mit einem Anflug des alten Esprits. »Die Bierflaschen sind erst ausgetrunken worden, ehe die Jungs sie nach mir geschmissen haben, aber offenbar wussten sie nicht, dass die Katzen vorher *tot* sein sollen.«

Jimmy spürte, dass Ralfs Elan proportional zu seinem insgeheimen Ärger wuchs. Allmählich legte er wieder ein wenig von der Schlagfertigkeit an den Tag, die nach und nach geschwunden war, sobald er die dämliche Sternenschiff-Kapitänsuniform angezogen hatte.

Jimmy warf Dexter einen Seitenblick zu, der daraufhin selbstzufrieden feixte.

Ein bisschen Konkurrenz, um das gute, alte Adrenalin in Fluss zu bringen? Was Amerika groß gemacht hat?

Nun ja, eine große Leistung war bisher nicht zu sehen, und Amerika lag Ralf auch während dieser Staffel nicht unbedingt zu Füßen, aber möglicherweise hatte Lampkins Argumentation etwas für sich.

Texas Jimmy hatte einen Riecher, und jetzt roch er etwas, das dem Schwefelqualm von Streichhölzern glich, die Kleinholz entzündeten, bekam er aus der Ferne schwachen Wind von in Anbahnung befindlichen Ereignissen.

Allmählich fragte sich Amanda, wann die Sendung sich wohl auf eine höhere Bewusstseinsebene verlagerte, als die von Ralf erwähnte Randale in einer Rocker-Bar sie widerspiegelte.

»Sicherlich sehen Sie nun, was ich meine, Ralf«, sagte Hadashi. »Die Hirne *dieser* Leute waren nicht weiter als beim Höhlenmenschen entwickelt ...«

»Das müssen Sie mir näher erläutern ...«

»... und *Ihr* Gehirn ist auch nicht besser ...«

»Also ...«

»... und in dreitausend Jahren wird *unser* Gehirn nicht tauglicher als *Ihres* sein ...«

»Tja, dann ...«

»Jawohl, Ralf, genauso ist es«, mischte sich Cameron Carswell ein. »Die Entwicklung des menschlichen Gehirns hat nämlich ungefähr um die Zeit geendet, als wir das *Sprechen* lernten ...«

»Das erklärt natürlich vieles von dem, was in *Washington* passiert ...«

»... denn sobald die Verrückten von den Bäumen stiegen und im Irrenhaus das Regiment übernahmen, entwickelte sich die *Software* tausendmal schneller als die *Hardware* es überhaupt konnte, und damit war die biologische Evolution am Schlusspunkt angelangt.«

»Wir verwenden also gewissermaßen im Jahre fünftausend noch immer das alte Modell«, verdeutlichte Hadashi, »aber wir haben inzwischen *dreitausend Jahre länger Zeit gehabt*, um allem auf den Grund zu gehen.«

»So, Sie sind *allem auf den Grund gegangen*, hä, Joe?«, vergewisserte sich Ralf mit einem durchdringend schnarrenden Ton, versuchte durch sofortiges Losquasseln und schiere Lautstärke die Oberhand zurückzugewinnen. »Sie haben entdeckt, wie man die Staatsverschuldung ausgleicht, ohne die Steuern zu erhöhen, wie man Ozon zurück ins Loch steckt, wie man AIDS, Krebs und Akne heilt, man sich den ganzen, lieben, langen Tag hindurch mit Pizza und Schokoladencremetorte voll stopfen kann, ohne ein Gramm an Gewicht zuzulegen, und wie man … Ja, Mensch, wahrscheinlich wissen Sie sogar, wie man Plempe dahin bringt, nach *oben* zu fließen.«

Amanda sah, dass der Sarkasmus einen Moment lang seine Wirkung tat; und dann, dass Hadashi, ein Schmunzeln der Selbstgefälligkeit auf den Lippen, ihr Verfliegen erreichte.

»Gewiss wissen wir das«, sagte er. »Gewiss können wir es. Wir wissen alles, was es zu wissen, und wir können alles, was es zu tun gibt.«

Seiner Äußerung schloss sich eine lange Pause an. Amanda konnte sich nicht einmal vorstellen, dass Robin Williams *darauf* aus dem Stegreif eine schlagfertige Antwort wüsste.

»Sie … wissen … alles? Sie … können alles … tun?« Etwas Besseres brachte Ralf nicht heraus.

Der Aufnahmeleiter rettete ihn aus der Verlegenheit, indem er die Übertragung auf Hadashi umschaltete. Im Schwarz seiner Kappe schien sein Gesicht heiter-gelassen inmitten des Televisionsvakuums zu schweben wie der Planet Buddha.

»Wir haben *dreitausend Jahre mehr Zeit* gehabt, Ralf«, betonte er. »Genug Zeit, um sämtliche Geheimnisse des materiellen Universums zu ergründen, darunter auch eine einwandfreie Methode zur Konversion von Materie in Energie, und ebenso das umgekehrte Verfahren. Wir leben in einem Goldenen Zeitalter des Weins und der Rosen, das dauern wird, bis die Sterne erkalten. Wir haben die Atmosphäre gesäubert und die Ozonschicht wieder hergestellt. Es gibt Städte im Weltraum und terraformte Planeten. Die Erde ist in ein Paradies verwandelt worden, das den Garten Eden übertrifft. Durch uns sind tausend ausgestorbene Arten von den Toten wiedererweckt und tausend früher nie da gewesene Arten erschaffen worden. Seit über tausend Jahren verfügen wir über die Macht, alles außer das Unmögliche zu tun.«

Hadashi verstummte. Sein Lächeln musste als geradezu wonnig bezeichnet werden. Es hatte genügend Ausstrahlung, um Schweigen zu bewirken. Den magischen Moment. Den Moment, auf den Amanda gewartet hatte.

»Aber um *die* Weisheit zu erlangen, deren es bedarf, um zu erkennen, was *das* ist«, fügte er mit einem leisen Aufseufzen hinzu, »dauerte es ein wenig länger.«

»Herren über Materie und Energie«, rief Cameron Carswell.

»*Unumschränkte* Herrn über Materie und Energie, wenn Sie gestatten«, meinte Hadashi. »Dennoch gibt es Dinge, von denen wir nie wissen werden, wie wir es schaffen könnten.«

»Zum Beispiel?«, fragte Cameron Carswell.

»Zum Beispiel«, antwortete Hadashi, »wie man schneller als das Licht reist. Oder verhindert, dass Liebe uns das Herz bricht.«

O ja, dachte Amanda, *inzwischen haben wir uns gründlich von Hollywood abgenabelt.* Noch nie hatte man davon gehört, dass ein Talkshowmaster einen Gast so lange schwatzen ließ, ohne etwas zu unternehmen, um das Spotlight wieder auf sich zu lenken. Noch nie hatte man es erlebt, dass ein *Komiker* es als Talkshowmaster duldete, die Unterhaltung derartig ins Tiefsinnige abgleiten zu lassen, ohne zwischendurch wenigstens einen Lacher zu erzeugen.

Aber Ralf hatte es nicht einmal versucht. Er saß bloß da und sperrte die Ohren auf, sein Blick war nach innen gerichtet, und ein seltsames Grinsen umspielte seine Mundwinkel, das auf sardonische Weise Hadashis Bodhisattva-Lächeln nachahmte.

Aber nun kam er sichtlich aus der Trance zu sich. Er

wandte das Gesicht voll der nächsten Kamera zu. Sein Blick *zwang* den Aufnahmeleiter regelrecht, als ginge ein rotes Warnlämpchen an – und jedes Zuwiderhandeln auf eigene Gefahr –, die Übertragung wieder auf ihn umzuschalten.

Der Träumer erwachte aus dem Schlummer.

»Oder in der Zeit rückwärts zu reisen?«, fragte er.

Texas Jimmy Balaban merkte, dass er in der Brusttasche nach nicht vorhandenen Zigaretten tastete, und da fiel ihm ein, dass er auch keine Maaloxan dabei hatte.

Beides hätte er jetzt gebrauchen können. Auch ein tüchtiger Schluck aus einem Flachmann wäre momentan nichts Verkehrtes gewesen.

Texas Jimmy hielt sich nicht für einen Geistesriesen. Allerdings war er es ebenso wenig gewohnt, für dumm verkauft zu werden. Aber er hatte immer deutlicher den Eindruck, für dumm verkauft worden zu sein.

Die Mattscheibe zeigte Ralf in Großaufnahme, und er hatte sein übliches einfältiges Kastenteufelchengrinsen aufgesetzt. Dahinter jedoch erkannte Jimmy das Original: Die glitzrig-stieren Augen und den leicht psychotischen, gehässigen Seitenblick Kasperles, der Gretel eine verbale Falle stellte.

Amandas Gast mimte – bis hin zum Wedeln mit einer Phantomzigarre – recht gut den Groucho. »So etwas ist *vollständig* unmöglich«, sagte er, »und wäre ich *Sie*, Ralf, würde ich niemandem glauben, der behauptet, aus der Zukunft zu stammen, und Ihnen das Gegenteil weismachen will.«

»Dann kann also das *Sternen*schiff Erde *unmöglich*

einen Komiker wie mich in die Vergangenheit geschickt haben, um die *Toten*schiff-Show zu kippen, und auch ein Clown wie *Sie* kann gar nicht unter uns sein ...«

Amandas Guru äugte mit hinlänglich telegener Versonnenheit in die Linse, schaute sich anschließend langsam auf dem Set um.

»Tja ... tja, da hat er *Recht*, Leute, also ... Daran sehen wir, das ist hier eben nur eine *Fernsehshow*. Tja, dann ... Also *dann* sind wir eben bloß Joker in einem Packen Spielkarten.«

»Es genügt, wenn Sie für sich sprechen, Affenboy«, antwortete Ralf mit der übertrieben klangvollen, übermäßig seriösen Stimme eines Musical-Senators aus der großen alten Zeit der Musicals. »*Ich* bin der Riesenknollengott.«

Mittlerweile hatte Texas Jimmy dieses alte, abgedroschene Statement schon viel zu häufig aus Ralfs Mund hören müssen, aber die Art, wie er es diesmal von sich gab – der Nachdruck, den er in den Satz legte, die irre Ernsthaftigkeit, die man hinter dem Jux erahnen konnte –, hatte zum Ergebnis, dass Jimmy im Nacken eine Gänsehaut bekam.

»*Jeder* Komiker, der sich von seinem Manager dazu überreden lässt, an Bord der *Titanic* zu gehen, zehn Sekunden bevor das Schicksal über sie den Eiswürfel wirft, *muss* einfach die Intelligenz einer Runkelrübe haben«, sonderte Ralf als Nächstes ab.

Er lächelte – falls man es so nennen konnte –, während der Aufnahmeleiter die Kamera gemächlich bis zur Nahaufnahme auf ihn zufahren ließ.

»Und zudem haben wir gerade erfahren, dass meine Anwesenheit am heutigen Abend nur durch ein Wunder zu erklären ist. Daher gibt's ja wohl *keine* andere Möglichkeit, als dass ich Berggeist Rübezahl bin, oder, liebe Sternenschiff-Passagiere?«

Das Flackern in seinen Augen gemahnte mehr an Billy Graham als an Jerry Lewis.

»Es ist *Ihre* Show«, sekundierte ihm der Schauspielakademie-Aspirant, den Amanda in den schwarzen Ninja-Anzug gesteckt hatte. »Sie sind der Kapitän.«

»So ist es«, bekräftigte Ralf im ernsten Tonfall kompletten Wahnsinns. »Der bin ich.«

Mit einem Mal schienen seine Augen noch heller zu leuchten, so als hätte eine Comic-Figur eine 200-Watt-Idee.

»Ich vermute, es ist höchste Zeit, ich wache auf und stelle mich den Tatsachen«, sagte er. »Quién sabe, alter Knabe, vielleicht bin ich sogar schon erwacht?«

Über Schauspieler wusste Texas Jimmy Balaban nicht Bescheid. Es mochte sein, dass so etwas sich bei ihnen bewährte. Vielleicht fanden sie sich irgendwie damit zurecht, wenn sie vergaßen, wer sie waren, und stattdessen ihre Rolle lebten. Möglicherweise verstärkte es auf der Bühne oder im Film die Dramatik.

Mit Komikern dagegen kannte sich Jimmy aus. Komiker hatten nichts zu spielen als überkandidelte Versionen ihrer selbst, und man brauchte nicht Sigmund Freud zu sein, um zu wissen, dass *das* eine Rolle war, die sie *nicht* leben durften.

Am Schlimmsten daran war, dass sie, wenn es irgendwann doch geschah, die Fähigkeit verloren, komisch zu sein.

»Schwer zu entscheiden, was, liebe Sternenschiff-Passagiere?«, nölte der scheißblöde Sternenschiff-Käpten. »Wir können träumen, *alles* zu sein, Supermann, Marilyn Monroe oder eine aufrecht gehende, sprechende Riesenkanalratte aus Hoboken, stimmt's ...?«

Du muss dem ja wissen, Aaschloch!, dachte Rattengörl. Und man hätt echt meinen können, der Scheißkerl wüsst irndwie was, Lotti war, als guckten die schietgen blauen Lichtlein am End vonnen Rattenloch-Augen in seim Kopp sie ganz direkt an.

»Jawohl, wenn man träumt, kann man jeder sein, und man kann sogar so einen Traum haben, in dem man *aufwacht* und plötzlich Elvis ist, der Star von *RALFS WELT*, der Riesenknollengott oder ein Klugschnacker aus dem Jahr fünftausend …«

»Obwohl Sie noch immer träumen?«, frachte das doofe Pissgesicht in Schwatt.

»Vielleicht«, sachte der Erzfeind. »Woher soll ich 's denn wissen?«

»Sie könnten sich kneifen«, grunzte die fiese Sau in Schwatt, und gleich langte er zu und kniff dem Käpten richtich gemein kräftich innen Aam.

»Aua!«

»Das haben Sie gespürt, was?«

Lotti fand das irndwie ein toffe Idee und wollt's auch mal vasuchen, abba nix rechte sich nich, der Lump Ratzerich mocht nix davon nich wissen, er tat's einfach nich erlaum.

»Aber ich könnte doch geträumt haben, dass ich 's spüre, oder? So wie's in dem alten Lied heißt: Das Leben ist nur ein Traum, tralala, den wir alle träumen, tschummdibumm. Woher sollen wir Gewissheit haben?«

»Es ist Ihre Show, Mr. Riesenknollengott, warum also geben nicht *Sie* uns die Antwort?«

»Ja, so ist es … Also gebe ich die Antwort …«

Die Fresse innem pissgelben Fernseh, dem Erzfeind, dem Tote-Welt-Zerstörer, lurte jetz gnau ins Rattenloch und fletschte die Zähn wie ein Katz, wo *wusst*, sie war da.

»Und welcher Traum ist es?«

»*Dieser* hier, welcher sonst?«, sabbelte der Erzfeind. »Der Traum, den man im *Fernsehen* sieht.«

»*Wirklich* real ist doch nur das, was im Fernsehen kommt, das wissen wir alle, nicht wahr, liebe Sternenschiff-Passagiere?«, fragte Ralf, richtete ein Grinsen in die Kamera, das an Yogi-Bär erinnerte. »Schauen Sie her! Hier ist Ihr Sternenschiffkapitän! Hier ist der erhabene Riesenknollengott! Wenn es einen Großen Geist des gläsernen Euters gibt, bin dann nicht *ich* es?«

Hätten Blicke töten können und wäre Texas Jimmy Balaban kein so ausgeprägter Gentleman gewesen, wäre der Blick, den er nun Amanda Robin zuwarf, mindestens für ein Mal Schädelspalten gut gewesen.

»Kommen Sie, mein geliebtes Affenvolk, Sie glauben doch *alles*, was Sie in der Glotze sehen, oder? Sie denken, dass Sie *in diesem Moment* träumen? Na freilich, Sie waren hellwach, als Sie Richard Milhouse Nixon die vielen Gebrauchtwagen abgekauft und einen Schimpansen-Synchronsprecher zum Präsidenten gewählt haben. Also, liebe Sternenschiff-Passagiere, möchten Sie sich nicht lieber von einem netteren, angenehmeren Traum in Sternenschiff-Kapitänsuniform ein Einfachticket nach Utopia verkaufen lassen?«

Jimmy hatte nicht das legendäre Fiasko gesehen, als Mort Sahl in einer Live-Sendung dermaßen ausrastete, dass jemand schlicht und einfach den Stecker zog und der Fernsehapparat volle zehn Minuten lang nur Schnee zeigte. Er hatte nicht gesehen, wie sich in einer Live-Show ein putziges, altes, kleines Großmütterchen ans Klavier setzte, mit den Tasten klimperte und zweimal den Kehrreim »Macht meine Büchse Bumm-

bumm-bumm, fallen Juden und Nigger um« trällerte, bevor jemand sie auf der Schulter von der Bühne trug. Er hatte auch nicht den beleidigt schmollenden Kaufmann gesehen, der sich vor laufenden Kameras durch den Mund in den Kopf schoss.

Dennoch hatte Jimmy das schrecklich pessimistische Gefühl, gegenwärtig Augenzeuge der Geburt einer solchen Fernseh-Legende zu sein, eines Vorgangs, den jetzt vielleicht 12 Millionen Fernsehzuschauer sahen, aber an den sich später 50 Millionen Menschen erinnerten.

Nach dem Füßescharren, dem nervösen Gestöhne, dem Ausbleiben jeglicher Heiterkeit sowie anderen Anzeichen des Unbehagens geurteilt, die er dem Studiopublikum anmerkte, fanden die Anwesenden an der Darbietung so wenig Vergnügen wie Jimmy.

»Aaamen, Aaamen, *Aaamen, Aaamen*!«, sang Cam Carswell, klatschte wie das Einmannpublikum eines Zeltpredigers in die Hände. »Ich glaube, glaube, *glaube*! Ich habe das *Licht* gesehn.«

Allmählich hatte Dexter sich schon gefragt, ob Cam wohl noch *jemals* in die Gänge kam und der Joint in der Toilette wirklich eine gute Idee gewesen war, oder ob die Sendung möglicherweise so verlief wie die Podiumsdiskussionen, bei denen ausgerechnet der Teilnehmer, den man wegen seiner überragenden Beredtheit eingeladen hatte, plötzlich einen solchen Blackout erlitt, dass er nur mit Mühe die Stellung halten konnte.

»Im vielwertigen Multiversum *können* Träume wahr werden, es kann Ihnen passieren, man kann in jede Rolle schlüpfen. Ein virtuelles Sternenschiff *kann* eine virtuelle Entität in die Vergangenheit senden, damit sie einen Komiker einspannt, um unser Totenschiff zu kapern und auf den Weg zum virtuellen Morgen zu steuern. *Irgendeine* virtuelle Zukunft muss sich mit einer sich selbst erfüllenden Prophezeiung aus der Quantenwelt lösen, oder es gibt überhaupt keine Zukunft, denn hätte das Universum es gar nicht geschafft, das Kaninchen aus dem virtuellen Hut zu zaubern, säßen wir jetzt nicht hier und könnten nicht darüber diskutieren.«

Endlich hatte Cam Schwung entfaltet und die Aufmerksamkeit des Studiopublikums mit einer seiner vorsätzlich provokativen und beinahe unverständlichen Thesen auf sich gelenkt, sie mit dem Podiumshabitus des erfahrenen Dozenten und dem überschäumenden Enthusiasmus des vierzehnjährigen Galileo vorgetragen, der durch sein erstes Fernrohr blickte.

Ralf ließ das Kinn hängen, er mimte den Begriffsstutzigen, als wollte er Mr. und Mrs. Sofakartoffel zeigen, dass er sich ebenso ratlos wie sie fühlte. Doch die Kamera erfasste hinter der Komikermaske, in seinen Augen, eines kühlen Kopfs planende Intelligenz.

»Ich dachte, die Scheißhausparole lautete, ich könnte in Wahrheit gar nicht anwesend sein, weil Zeitreise undurchführbar ist«, sagte diese Intelligenz mit einem für Ralf keineswegs typischen, feinen Sarkasmus.

»*Absolut* betrachtet«, antwortete Cam, indem er Mr. Spock markierte, »ist sie unmöglich, Kapitän. Aber *virtuell* ist sie möglich.«

»Und was ist der Unterschied, Dr. Zarkov?«, fragte Ralf, dessen knappes, leicht bissiges Eingeweihtenschmunzeln die Frage als rein rhetorischer Natur kennzeichnete.

»Virtuell besteht kein Unterschied, in absoluter Beziehung dagegen ist es ein Unterschied wie zwischen Tag und Nacht«, sagte Cam, verschränkte die Arme auf der Brust und beglückte die Kamera mit dem diebisch-vergnügten Besserwissergrinsen eines Minderjährigen auf dem Sechszigjährigengesicht.

»*Absolute* Zeit als unabhängiges lineares Messen von Dauer ist eine kausale Illusion des veralteten Newtonschen Uhrwerkuniversums«, erklärte er. »In dem *relativistischen* Universum, in dem wir uns befinden, ist die Zeit eine Funktion der Informationsdichte der Ereignisse, und darum ... ist *alle* Zeit *virtuell.*«

Den Schluss des letzten Satzes hatte Cam ausgesprochen, als wäre er eine Pointe, und nun saß er da, grinste und wartete womöglich auf Jubel, während das Studiopublikum mit einem lautlosen, aber wahrnehmbaren *Puh* reagierte.

Doch seltsamerweise durchschaute Ralf die Darlegungen anscheinend klar genug, um sie griffig zusammenfassen zu können.

»So wie eine Stunde eine Million Jahre dauern kann, wenn Ihr Schwager das Video vom Familienausflug nach Pismo Beach zeigt? Oder sie nur so verfliegt, wenn man stattdessen eine unerhört mitreißende Sendung wie diese Show anguckt?«

Bedächtig sah Cam ihn an und verzog die Miene gemächlich zu einem Ausdruck mit aufrichtiger Überraschung vermischten Respekts. »Ich hätte es nicht besser formulieren können«, lautete sein Kommentar.

Wahrscheinlich nicht, dachte Dexter, denn es ließ sich schwer vorstellen, dass diese Haiku-Version des Carswellschen Relativitätsjokus noch überboten werden konnte.

Ralf zeigte der Kamera eine wulstlippige, clowneske Nachäffung des Lächelns der Mona Lisa, seine Augäpfel jedoch schienen sich in Spiegelbrillengläser verwandelt zu haben, hinter denen scheu eine Paparazzi-Existenz zu lauern schien.

»Da schau her«, säuselte er mit von heiterer Selbstironie triefender Stimme, »Ihr Kapitän sieht nicht nur blendend gut aus, ich hab auch Köpfchen.«

Der alles andere als komische Gesamteffekt rief

unterm Studiopublikum Gemurmel hervor, doch der große Dr. Carswell auf der Höhe seines Schwungs ließ sich davon keine Sekunde lang bremsen.

»Da also alle Zeit virtuell ist, muss die Vergangenheit genauso virtuell wie die Zukunft sein, und das, was wir als die Gegenwart zu erleben *glauben*, ist lediglich die dazwischen oszillierende Probabilitätswelle«, ergänzte er seine vorherigen Ausführungen voller cannabinolischer Grandiosität mit einer Schlussfolgerung, von der sich Dexter einbildete, sie *fast* nachvollziehen zu können.

Ging man jedoch nach dem Geraune, das im Saal ertönte, erachtete das Studiopublikum seine Äußerungen für nichts als wirres Geschwafel, und die voraussichtlichen Auswirkungen auf die Nielsen-Statistik der Einschaltquoten waren an der Missstimmung in Jimmy Babalans Miene abzulesen.

Die Hartnäckigkeit, mit der Ralf das unheimliche, starre Lächeln für eine Zeitspanne aufrechterhielt, die in Fernsehechtzeit eine virtuelle Ewigkeit bedeutete, hatte längst jede menschliche Regung, die es zuvor ausgedrückt haben mochte, zum Verschwinden gebracht, und seine Gesichtszüge auf eine völlig nichts sagende Maske reduziert. Deren Anblick verstörte nun, da offenkundig eine mit höherer, ja gewaltiger begnadete Wesenheit durch ihre Augen schaute, noch erheblich stärker.

»Aber wenn das *Jetzt* virtuell ist«, meinte er mit einer Stimme, in deren Timbre bislang nie laut gewordene Bass-Untertöne anklangen, »dann muss das *Hier* ja wie Oakland sein.«

»Wie Oakland?«

»Ja«, bekräftigte Ralf, dessen veränderte Stimme eine abartig umgedrehte Parodie seines früheren Klugscheißergeschnassels darbot. »Kein Ort. Nirgends.«

Jetzt gab es keinen Zweifel mehr.

Hätte man sich die Art und Weise, wie Ralf in beträchtlichem Maß Persönlichkeit und Stimme abgewandelt hatte, noch als schauspielerischen Kunstgriff, folglich als eine Form der Fantasy erklären können, so versetzte es Dexter, ihn Wortspiele aus der europäischen Literatur kalauern zu hören, einen Tiefschlag, den man eher mit der Solidität der Hardcore-Science Fiction vergleichen musste.

Eindeutig blickte jetzt *ein anderer* durch die Augen der Maske.

Selbst das Publikum im Saal merkte nun, dass sich irgendetwas Außergewöhnliches vollzog, geriet unter den Bann des Geschehens, denn das Geraune und Getuschel verstummte, wich einem allerdings noch nervöseren Schweigen.

Doch wenn Dr. Cameron Carswell genügend stoned und richtig in Fahrt war, trat er den Brennpunkt der Aufmerksamkeit nicht einmal an eine solche Erscheinung ab.

»Eine Nase ist eine Nase ist eine Nase«, rief er, was ihm das schrille Auflachen der anscheinend einzigen Person des Studiopublikums lohnte, die die Anspielung verstand.

»Also mal im Ernst, liebe Leute, er hat Recht, es gibt auch *kein* absolutes *Hier*, sondern nur eine unendliche Anzahl virtueller Geodäsien, die um einen Attraktor des allgemeinen Übereinstimmens konvergieren.«

Dieses Postulat war selbst für Dexter weitaus zu hoch. Aber die Maske, zu der Ralfs Gesicht geworden war, morphte sich zu einem verständnisvollen Lächeln um, und das Wesen hinter der Maske bewies ein weiteres Mal, dass es *wusste*, wovon dieser Weltklassephysiker so stoned sprach.

»Wenn es kein Hier gibt, Doktor«, sagte Ralf, »und kein Jetzt, dann sind wir ja jetzt auch gar nicht *hier*.«

Cam Carswell bediente die Kamera mit seiner Variante eines Kastenteufelfeixens, während in *seinen* hellen Augen fröhliches intellektuelles Vergnügen funkelte.

»Ganz recht«, bestätigte er heiter Ralfs Rückschluss. »Sind wir auch nicht.«

»*Wirklich* nicht, Professor?«, fragte Ralf. »Was mich betrifft, *ich* fühle mich immer stärker so, als wäre ich hier.«

»*Virtuell* sind wir hier«, gab Cam zur Antwort. »Und weil wir virtuelle Geschöpfe eines virtuellen Hier und Jetzt sind, ist das Reisen in der *virtuellen* Zeit durchaus möglich. Daher ist es erklärlich, dass *Sie* sich heute Abend hier aufhalten.«

»Ich bin hier, weil ich nicht hier bin?«, meinte Ralf.

»Alles ist in Fluss«, stellte Cam frohsinnig klar. »Zukünfte rufen Vergangenheiten hervor, die Gegenwarten erzeugen, die wiederum in Zukünften resultieren. Die virtuellen Geodäsien tanzen im vierdimensionalen Raum mit den Wahrscheinlichkeiten einer nie endenden Stuhlpolonaise, und wir schwimmen wie virtuelle Fische im temporal ungebundenen Meer der Quantenwelt.«

Ralfs Stimme vertiefte ihre Klangfarbe noch hörbarer, sie hallte in volleren Tönen.

»Und tauchen auf, wenn wir können?«, fragte er basso profundo.

»*Zeitweilig*«, antwortete Cam. »In der virtuellen Zeit der Quantenwelt koexistieren in unendlicher Zahl wahrscheinliche Ralfs, und man weiß nie, an welchem von ihnen sich die Probabilitätswelle bricht. So wie es mit Universen geschieht, kommt auch Geist durch *eigenen* Antrieb aus den endlosen Tiefen zum Vorschein …«

Nun richtete Cam die glitzrige visionäre Brillanz seiner im Übrigen jungenhaft unschuldigen Augen fest auf Ralf.

»Alles Wahrscheinliche ist möglich«, konstatierte er.

»Jede Möglichkeit generiert ihr virtuelles Hier und Jetzt.«

»Sogar mich?«

Dexter Lampkins Weltsicht unterlag Verrenkungen und Verzerrungen wie die Raumzeit rings um ein Schwarzes Loch: Ein Satz, der Tonfall – einer von Amandas Bühnentricks, versuchte er sich einzureden –, sie genügten, um in seinem Denken eine Singularität zu verursachen, während Ralf sich zum Leviathan transformierte, der endlich an die Oberfläche des Quantenmeers aufstieg.

»Selbst den Großen Geist der kommenden Goldenen Zeiten? Selbst den Kapitän eines noch nie da gewesenen, künftigen Sternenschiffs? Sogar eine Botschaft aus der Traumzeit, die in der Hauptsendezeit ein Medium sucht? Auch den Riesenknollengott, der all das träumt?«

Längst war das Saalpublikum in ratloses, aber erwartungsvolles Schweigen versunken. Es mochte sein, dass die Leute weit weniger zu lachen erhielten, als sie es sich vor der Veranstaltung erhofft hatten, und vermutlich wussten sie überhaupt nicht, wovon diese Maulfechter eigentlich *redeten,* aber mit jedem Augenblick wuchs die Wahrscheinlichkeit, dass sie ihren Enkeln einmal erzählten, sie waren dabei gewesen, als ein berühmter Komiker und ein genialer Wissenschaftler sich im Fernsehen gegenseitig zum Ausflippen brachten.

Momentan jedoch spürte man von den billigen Plätzen ein unterschwelliges Rumoren ausgehen. Inzwischen hatte die Sendung die Phase überwunden, in der man sie als Kuriositätenkabinett empfand, das Stadium, in dem man nur sehen wollte, ob der Typ auf dem Dach *wirklich* sprang.

»Kein Attraktor ist zu absonderlich, um nicht wenigstens *ein paar* Probabilitäten anzuziehen, Mr. Berggeist

Rübezahl«, sagte Cam. »Nicht einmal *ich* bin's. Nicht mal *Sie* sind's.«

Nun merkten die Leute nämlich, dass ihre Ungläubigkeit einer Sache galt, die sie gar nicht verstehen konnten. Und wie ihnen dabei zumute war, wusste Dexter ganz genau.

Ralfs Miene verstrahlte ein Lächeln, das sich mit einem ultravioletten Gleißen vergleichen ließ, und es wäre auf eine Selbstparodie hinausgelaufen, hätten nicht solcher Ernst und – jawohl! – derartige Kraft in seinen Augen gestanden, als er sie aufs Publikum, in die Kamera und die Millionen von Zuschauern richtete, die Augenzeugen seiner Ankunft in der Traumzeit der Hauptsendezeit wurden.

»Sie haben's gehört, liebe Sternenschiff-Passagiere, ich bin *hier*, und ich bin *real*«, verkündete er. »*Jeder Einzelne meiner selbst.* Der Professor hat bewiesen, dass *jedes* virtuelle Ereignis *jeder* virtuellen Zukunft sich an den Zeitsträngen entlang hangeln und heute Abend hier bei Ihnen zu sehen sein *kann.*«

»Und es wäre verdammt gerechtfertigt, mir dafür den Nobelpreis zu verleihen«, sagte Dr. Cameron Carswell.

»Keine Sorge, Professor, Sie haben ihn gekriegt«, versicherte Ralf ihm mit demselben irren Grinsen und denselben, irgendwie übermenschlichen Augen.

»Huch!«, fügte er sofort hinzu und zwinkerte in die Kamera. »Ich wollte sagen, Sie *werden* ihn kriegen.«

Mittlerweile war Texas Jimmy Balaban so philosophisch geworden, was das Desaster betraf, wie das Gefasel klang, das vor seinen Augen dazu führte; damit jedenfalls tröstete er sich, da es ihm sowohl an der Möglichkeit fehlte, es irgendwie aufzuhalten, wie auch der Gelegenheit, augenblicklich sturzbetrunken zu werden.

Der Große Geist der kommenden Goldenen Zeiten?

Ja klar.

Jimmy empfand eher etwas, das dem Kater der langsam nachlassenden Weihnachtsstimmung glich.

Da saß sein erster und einziger Superstar-Klient all der Jahre beharrlicher und mühsamer Kleinarbeit mit einer Vielzahl kleiner Lichter jetzt auf dem Podium und grinste wie ein Kamel, das eine Trillion Milligramm Speed intus hatte, ganz als wäre er wahrhaftig der Überzeugung, dieser hochkarätige Stuss könnte ihnen im Fernsehland zu Brot und Beifall verhelfen.

Das allein wäre schlimm genug gewesen, weil es unanzweifelbar bewies, Ralf war schon so weit auf dem Holzweg, dass ihm längst das Komikergespür abhanden gekommen war, das es erlaubte, zwischen heiterer Kleinkunst und gequirlter Kacke zu unterscheiden. Trotzdem hätte man vielleicht an einen *besonders* misslungen Abend glauben und auf künftige bessere Auftritte hoffen können.

Angesichts so ungünstiger Vorzeichen wäre es auch vorstellbar gewesen, dem Künstler eine lehrreiche Provinztournee durch eine Reihe wirklich verschärfter Lokalitäten zu verordnen, in denen die Gäste rasch darüber Klarheit herstellten, was sie für komisch hielten, indem sie einen derartig unkomischen Quatsch mit Bierflaschenwerfen quittierten.

Doch in Jimmys Herz wohnte nicht genug Grausamkeit, um eine solche Maßnahme auch nur in Erwägung zu ziehen. Denn das Gesicht, das er auf dem Kontrollmonitor sah, zeigte deutlich, dass selbst eine so extreme Freaktherapie keine Abhilfe mehr schaffen konnte. Das Lächeln bezeugte eine viel zu gründliche Überzeugtheit von der eigenen Genialität. Die Augen verrieten eine entschieden zu weit gehende Verranntheit und Selbstbesessenheit.

Derartige Schizos traf man heutzutage zuhauf auf den Straßen an, vor allem in New York. Augen wie huevos rancheros. Wie gemalte Hitzewellen in Comics gingen von ihnen Schwälle überschüssiger Energie aus. Sie glühten, als hätte ihnen jemand den Thermostat zu hoch gedreht. Von dem Schrott, den sie laberten, waren sie überzeugt, sie kämen damit weltbewegenden Geheimnissen auf den Grund, oder sie waren lachhaft in ihrer Hysterie, oder beides war der Fall.

Wenn Politiker dermaßen überschnappten, hatte man Typen wie Hitler, Stalin und Mussolini am Hals, wenngleich nach allem, was Jimmy aus der Berichterstattung wusste, zumindest Mussolini nie ganz die Begabung verloren hatte, komisch zu sein.

Und Jimmy hatte den Eindruck, dass Burschen wie Jesus, Mohammed und Moses den gleichen Weg gegangen waren, ihre Rolle gespielt hatten, bis sie vergaßen, dass es nur eine Rolle war, so wie …

… so wie dieser Knallcharge der *Star Trek*-Serie, der manchmal außer Acht ließ, dass *er* in Wahrheit *nicht* der Kapitän eines Sternenschiffs war …

Ralfs letzter Satz hatte immerhin Dexters Professor zum Schweigen gebracht, aber die vollen dreißig Sekunden ›Sendepause‹, die sich anschlossen, waren bestimmt keine Verbesserung.

Schließlich verdiente sich Amandas Gast, der sich auch nicht gerade zu Jimmys Lieblingsdiskutanten gemacht hatte, ein Fleißkärtchen, indem er Ralf einen Satz vorlegte – obwohl dubiosen Inhalts –, auf den er etwas sagen konnte.

»Da Sie jetzt entschieden haben, dass Sie hier und dass Sie real sind«, erläuterte er, »wollen wir die Frage an Sie richten, die schon die Raupe auf der anderen Seite eines weiteren Schwarzen Kaninchen-Lochs Alice gestellt hat: Wer sind Sie?«

Ralfs Smily-Grinsen glättete sich, bis es so weich und ausdrucksarm aussah wie die Visage eines der Figürchen, vor denen schwärmerische Bräute, die gern mit Vögeln wie Weicha Shankar bumsten, Patschuli benutzten und Räucherstäbchen abbrannten.

Aber seine Augen …

»Ich bin der virtuelle Kapitän des Sternenschiffs Erde«, antwortete Ralf mit der unheimlichen Stimme, die halb nach Charlton Heston und halb nach Vincent Price klang. »Ich bin die Botschaft aus der Traumzeit. Ich bin der Große Weltgeist. Ich bin der Riesenknollengott der Quantenwelt.«

Au weia.

Derartiges Gerede war genau der Schwachsinn, der Mort Sahls Karriere mit einem Schlag beendet hatte, die Art von Humbug, die Jimmy dazu veranlasst hätte, wäre es jetzt möglich gewesen, Ralf unverzüglich in eine Zwangsjacke zu stecken, hätte nicht …

Hätte nicht …

Hätte nicht völlige Klarheit darüber bestanden, dass er *nicht* die Augen eines Irren hatte.

Auf Texas Jimmy Balabans Riecher war Verlass, und gegenwärtig sagte ihm sein Riecher, dass er in Ralfs Augen nicht das grelle Flackern des Irrsinns, sondern *etwas anderes* den Schleier des Vordergründigen mit hellem Licht durchdringen sah.

Was es war, das konnte sich Jimmy nicht vorstellen, aber er erinnerte sich daran, es schon einmal gesehen zu haben …

Texas Jimmy Balaban hielt sich für keinen religiösen Menschen. Er glaubte nicht nur kein bisschen an Gott, Jesus oder Mohammed, weder an Geisterbeschwörung, Kristallsehen oder Elvis' Wiederkunft, er hatte es sogar sein Lebtag lang ohne größere Mühe vermieden, sich über solche obskuren Angelegenheiten den Kopf zu zerbrechen.

Einmal jedoch hatte der Anblick eines Hinterteils, das er damals als erstklassigen Protzkasten betrachtete, ihn gegen besseres Wissen, nur auf Beharren seines Pflocks, dazu verleitet, sich von der achterlastigen Ische etwas aufs Auge drücken zu lassen, das sie als LSD bezeichnet hatte.

Das Zeug hatte bei ihm nicht gerade den beabsichtigten Erfolg gehabt. Erst hatte er geglaubt, er müsste kotzen, dann war er der Überzeugung gewesen, er wäre am Krepieren, danach hatte er sich scheinbar im Innern eines Kaleidoskops befunden, und zuletzt hatten sie beide zu den Klängen irgendwelcher SciFi-Filmmusik schier eine ganze Ewigkeit lang auf dem Bett gekauert und sich gegenseitig angestarrt, während der trügerische Schaumschläger, durch den er in diesen Schlamassel geraten war, so schlaff blieb wie die sprichwörtliche gekochte Nudel.

Doch dabei hatte es einen Moment gegeben – oder eine Stunde oder ein Jahrhundert, unter den Umständen ließ es sich kaum unterscheiden –, während er da auf dem Bett hockte, Sandelholz-Räucherduft atmete und wie ein Bekloppter ins Gesicht einer Frau stierte, deren Namen er da schon nicht mehr wusste, in dem er etwas erlebte, was das NewAge-Völkchen in Topanga vielleicht eine mystische Erfahrung nannte.

An das Gesicht der Frau konnte er sich gleichfalls nicht erinnern.

Kein Wunder.

Denn unter dem Einfluss des dubiosen Dreckszeugs, das sie ihm angedreht hatte, war ihr Gesicht zahllosen Veränderungen unterworfen worden, nacheinander jung, alt, schwarz, weiß, attraktiv und hässlich gewesen. Ganz ähnlich wie es in einem der Morphingprogramme ablief, die die Spezialeffekte-Anbieter zur Zeit abspulten bis zum Abwinken. Praktisch ein eine Sekunde dauernder Schnelldurchgang aller Frauen der Welt. Mona Lisa und Marilyn Monroe. Marlene Dietrich und Eleanor Roosevelt. Billy Holliday und Golda Meir. Kleopatra und Kathryn Hepburn. Indira Gandhi und Lauren Bacall. Jungfrau Maria und Whoopie Goldberg. Sie waren ihm wie ein recht repräsentativer Querschnitt der Frauen erschienen, die er bis dahin gefickt gehabt hatte. Afrikanerinnen, Eskimofrauen, Italienerinnen …

Ein endloses Panorama.

Aber von einem Ort *hinter* dem Gaukeln der Gesichter hatten immer ein und dieselben Augen geblickt.

Diese Augen waren es, an was sich Texas Jimmy noch heute erinnerte.

Und jetzt schauten sie hinter dem Gesicht auf dem Bildschirm in die Welt.

»Kommen Sie schon, *Mr. Tambourine Man*«, meinte Amandas NewAge-Bonsaininja. »Ist es nicht an der Zeit, einen Blick hinter die Maske zu werfen?«

»Maske?«, wiederholte Ralf mit einer Stimme, die nicht zu seinem gegenwärtigen Gesicht, sondern zu den unveränderlichen, zeitlosen Augen gehörte. »Ich trage keine Maske.«

Der Satz enthielt zwar überhaupt keinen Sinn, weder showgeschäftsmäßig noch sonst irgendwie, aber obwohl Texas Jimmy es nie irgendwem einzugestehen beabsichtigte, er nicht einmal hätte sagen können, was er davon *denken* sollte, schenkte er Ralf in diesem Moment Glauben.

Keine Maske?

Stets hatte Amanda die Auffassung gehabt, das authentische Wesen hinter Ralfs Sammlung von Kabuki-Masken käme nie ohne sie auf die Bühne.

Aber jetzt, als das Wesen mit dem unerschütterlichen Blick eines Scientology-Adepten in die Kamera äugte, fühlte sie sich vollauf dazu im Stande, ihm zu glauben.

Dexters Quantenkosmologe hatte die Tür zu einer Traumzeit geöffnet, deren Natur sie nicht ganz begriff. Und der Ralf, von dem sie bisher nur verschiedene Aspekte kannte, trat nun durch die Tür ins Reich der Maja.

»Wir alle tragen Masken«, erwiderte Hadashi.

»Ach, alle?«

»Außer in dem Fall, wenn eine Maske uns trägt.«

Ralfs Blick verweilte in Bühnenmitte, spiegelte nichts als Leere. »So wie die Maske, die Sie getragen haben, Mr. Fünftausend Jahre?«, fragte er.

»Wie die Maske, die mich getragen hat«, antwortete Hadashi.

Er lächelte ein gelassenes Buddha-Lächeln, ließ es erstarren und hob beide Hände zusammengelegt in der Haltung eines Schamanen ans Kinn, als hätte er vor, als Opfer an den Großen Weltgeist-Adler einen Vogel fliegen zu lassen.

»Warum probieren Sie sie nicht an, um zu sehen, ob sie *Ihnen* passt?«

Und er zog die imaginäre Maske vom Gesicht und streckte sie Ralf hin.

Er bot eine durch und durch vollkommene schauspielerische Leistung.

Das wenige Gekicher, das bei diesem Anblick ertönte, war den Urhebern selbst so peinlich, dass es fast sofort im erwartungsvollen Schweigen erstickte, während Ralf die unsichtbare Maske mit feierlicher Würde nahm und aufsetzte.

Nun trug er Hadashis vormalige Version des Kosmischen Lächelns zur Schau.

Oder vielleicht verhielt es sich jetzt tatsächlich so, dass die Maske ihn trug.

Keine Spezialeffekte, keinerlei Hokuspokus, keine erkennbaren Verstösse gegen die Gesetzmäßigkeiten der Masse und Energie; und doch spürte Dexter im Bauch, dass er sich in der Gegenwart einer ... einer ...

... einer Singularität befand.

Eines Locus in der Raumzeit, deren eigene Gesetzmäßigkeiten ein Loch ins Gefüge des Universums rissen, indem sie sich über eben diese Gesetzmäßigkeiten erhoben, obwohl so etwas nach deren immanenten Regeln ausgeschlossen sein sollte.

Auf Ralfs Gesicht saß eine lächelnde Maske, die jedoch nichts ausdrückte, was Dexter als menschliche Gefühlsregung hätte deuten können. Seine Augen schienen mit der ultravioletten Intensität am Ereignishorizont eines Schwarzen Lochs zu strahlen, von dem man im *hiesigen* Kontinuum nichts als ein Wurmloch nach Anderswo sehen konnte.

»Jetzt bin *ich* der Fünftausendjahremann«, sagte er mit der zittrigen Großopastimme einer alten Mel Brooks-Rolle. »Und ich danke Ihnen, weil Sie mich heute Abend in meine eigene Sendung eingeladen haben.«

Die Wirkung *dieser* Stimme aus *diesem* Gesicht war sowohl komisch wie auch verstörend. Anhaltende Wogen eines Gemurmels des Unbehagens und Gekeckers der Nervosität schwappten durch den Saal.

»Was ist los, Leute, was haben Sie erwartet, Mr. Spock in einer Toga?«

Sein Gesicht blieb unverändert; die Stimme hingegen wandelte sich plötzlich vollständig.

»Höchst unlogisch«, sagte Ralf in tadellosem Vulkanier-Akzent. »Aber wenn Ihnen dieser Aspekt meines Ichs lieber ist, von mir aus.«

»Vielleicht wäre die volle Manifestation uns noch lieber«, antwortete Hadashi.

»Die volle Manifestation?«, wiederholte Ralf mit einer Stimme, als ob James Earl Jones todernst Jehowa spielte, und es folgte ein Trommelwirbel olympischen Gelächters. »Keine Nummer, die Sie auf Ihrem gegenwärtigen Entwicklungsstand verstehen würden, Arjuna. Für Sie käme höchstens die Disney-Version infrage.«

Fast sträubten sich Dexter die Nackenhaare. Dass er einen Charakter in Aktion sah, an dessen Entstehen *er* selbst mitgewirkt hatte, verstärkte sein psychisches Trudeln nur umso mehr.

Wenn nun Cam Carswell, mochte er stoned sein oder nicht, in Bezug auf die Natur von Raum und Zeit *Recht* hatte?

Konnte dann nicht eine virtuelle Zukunft *wirklich* eine Art von virtuellem … *Agenten* in die Vergangenheit entsenden, damit er die Grundlagen ihrer Existenz legte?

Vielleicht keine Person, kein Wesen aus Fleisch und Blut, sondern ein Phänotypus, eine transtemporale stehende Welle, einen Traum, ein Gleichnis, eine Botschaft, die wie ein Dibbuk durch die Quantenwelt schwamm, eine Mitteilung ohne Matrix, die sich eigenständig ihr materielles Medium suchen musste?

Wären *wir dazu in der Lage, so etwas zu begreifen?*

Könnte ein Neandertaler etwas mit fünfzig Kabelfernsehprogrammen eines 24-cm-TV-Apparats von Sony anfangen?

»Den Versuch wäre es wert …«, schlug Hadashi vor.

»Was *glauben* Sie Affenärsche eigentlich, womit ich

mich abmühe, seit Sie von den Bäumen gefallen sind?«, fragte Ralf in perfekt nachgeahmtem Woody Allen-Gegreine; dann verfiel er in ein geradezu den Atem raubendes Schnellfeuer ständig wechselnder Stimmen, bei dem Rich Little vor Neid grün angelaufen wäre.

»Dem Brennender Dornbusch-Zauber! Der Stimme aus der Feuersäule! Der Dornenkronen-Nummer! Den Offenbarungen in der Wüste!«

Kraftvoller Stimmen. Stimmen voller Authentizität.

»Prometheus mit dem Feuer! Luzifer mit dem Licht! Vishnus Busby Berkeley-Nummer! Dem Stepptanz des Neunfachen Pfades!«

Von denen Dexter keine richtig erkannte.

»Dem Flug des Adlers! Strawberry Fields Forever! Und *Elvis in einer Fliegenden Untertasse,* um es gleich zu sagen!«

Während all der Stimmwandlungen änderte sich die Smily-Maske auf Ralfs Gesicht und der Ausdruck der Augen nicht im Geringsten.

Eine solche Darbietung hatte Dexter noch nie gesehen, und er hatte auch noch nie von etwas Ähnlichem gehört.

Eine Darbietung ...?

Glaubst du wirklich noch immer, *dass alles nur Show ist, Affenboy?*

»Und was bringt es mir ein?«, fragte Ralf, indem er wieder in die Woody Allen-Imitation verfiel. »Ketten! Nägel! Blöde Berichte in der Illustriertenpresse!«

Dexter sah auf dem Kontrollmonitor Ralfs Gesicht in Nahaufnahme. Es schien, als blickte Ralf nur ihm ganz allein in die Augen. Aber Dexter wusste, dass er diesen Eindruck jetzt, in diesem Moment rätselhafter Verzauberung, mit zwölf Millionen anderen Zuschauern gemeinsam hatte.

Den nächsten Satz rief Ralf mit gewaltiger Donnerstimme, die wie eine computerisierte Komprimierung eines mehrfachen Hin- und Hertönens in einem Phantom-Echoraum dröhnte.

»SIE WERDEN ES NIE BEGREIFEN.«

»Wer spricht da?«, hakte Hadashi ein.

Eine wirklich gute Frage.

Auf die er eine wirklich seltsame Antwort erhielt.

Als er sie gab, mimte Ralf Ralf.

Noch einmal wechselte er in rasend schneller Folge die Stimme, und jede verwies auf einen Aspekt des Komikers aus der Zukunft.

»Ein vom Glück im Stich gelassener Komiker mit einer Verzweiflungsmasche. Ein totaler Psycho. Ein zeitreisender Komiker vom Totenschiff. Ein in die Vergangenheit entsandter Kapitän, der das Sternenschiff kapern und nach Utopia steuern soll. Der Riesenknollengott. Der Große Geist der Quantenwelt.«

Dexter beobachtete, dass Ralf beim Ertönen jeder neuen Stimme auch mit thespischer Vollkommenheit die Maske austauschte.

Trotzdem blieb es eine Aneinanderreihung von Masken, durch die beständig die beiden unveränderlichen Singularitäten seiner Augen blickten, der Augen, die Pforten glichen …

»Aber welcher davon sind *Sie*?«

Zum Schluss war Ralfs Gesicht wieder zur emotionslosen Smily-Maske geworden. »*Absolut* betrachtet, keiner von ihnen«, antwortete er mit der komprimierten, hallenden Donnerstimme. »Aber *virtuell* gesehen, jeder davon«, fügte er hinzu, indem er gänzlich makellos Cameron Carswell imitierte.

Arthur C. Clarke war es gewesen, der postuliert hatte, auf die Menschheit müsste das Erscheinen jeder wirklich ausreichend hoch genug entwickelten Zivilisation wie Zauberei wirken.

Es war Dexter D. Lampkin, der sich jetzt dazu genötigt fühlte, eine eigene Schlussfolgerung zu ziehen.

Und zwar hinsichtlich der wahren Natur eines Bewusstseins, das sich hoch genug über den eigenen Geist hinaus erhoben hatte, um völlig undurchschaubar zu sein.

»Es ist so, wie der Professor gesagt hat«, brabbelte die Stimm vom Affending auffem Bildschirm. »Alles was wahrscheinlich ist, das ist auch möglich.«

Es trug ein vonnen scheißblöden Smily-Fressen, abba da fiel Rattengörl nicht drauf rein, weil ja diese tückschen Katzenglubscher sie direkt anlurten und es im Geheimen die echt wie Messa scharfen Zähn bleckte.

»Einschließlich mir«, sachte der Erzfeind.

Gottvadammichte Schiete noch mal.

Nix von allem, was die Affentypen da auffe anner Seit vom Rattenloch sabbelten, hatte überhaupt irndwie ein Sinn nich, abba wen scherte der Scheiß eintlich, hi-hi-hi, man musst wie ein Ratze denken, kreisch-kreisch-kreisch, und wasse Blechschnurrhaare zum Zucken und Zittern bracht, durchen Enterhaken im Hirn wilda, üble Schwingernungen schickte, ja das sachte ja wohl gnug, jau, 's sachte alles, was 's Affenfleisch wissen musst, hi-hi-hi …

»Einschließlich *aller* meiner Ausgaben«, sang dem Tote Welt-Zerstörer mit ein Art von fies süßliche Frank Sinatra-Stimme, wo man, wenn man 'se hörte, gleich nachem Messa griff.

»Ist es *das*, mit dem wir nun letzten Endes reden?«, frachte das Aaschloch im schwatten Schlafanzuch. »Dem Tänzer hinter den Schleiern?«

Rattengörl vastand keen Ahnung nich von Tänzen oder Schleiern, auch nix vom annern blöden Affenscheiß nich, abba das war ja nich weiter schlimm, da war hinten wer, da tief, tief, tief unnen, wen man 'n kleenen blauen Lichtlein durche U-Bahnstollen inne Gewölbe unner der Toten Welt folgte, dort war was kaltes Klares, das alles wusst, wassu wissen musst, um ein Milljohn Jahre lang ein Müllplatz zu vawaltern, wo im Weltall schwebte, und 's steckte ja innem Enterhaken, das Lotti im Hirn hatt, reichte bis inne Drähte in ihre Knochen und bis innen Griff vonnem großen, scharfen Stahlzahn in ihr Pfote, und mehr braucht sie echt nich wissen, jau …

»Das issa *Feind*, dumme Sau!«, krähte Rattengörl. »Er isses, wo du killen muss, kreisch-kreisch-kreisch!«

Und als Rattengörl 'n Schnellen Schlitzer inne scheißdreckje Matrazze stach, hatt sie inne Jeans echt fast 'n Orgasmus, hi-hi-hi!

»Sie kapieren's auch *jetzt* noch nicht, stimmt's, Affenvolk?«, fragte Ralf mit seiner alten Fistelstimme.

Danach sprach er erneut mit der hallenden Donnerstimme, der er durch einen selbst Amanda unvertrauten thespischen Kunstgriff eine enorme Klangstärke und Reichweite verlieh.

»Es *gibt keinen* Tänzer hinter den Schleiern. Nur die Schleier selbst tanzen in der Welt. Was Sie träumen, ist das, was Sie erleben.«

Am Rande zu Amandas Bewusstsein, so hatte sie das Gefühl, wartete ein ganz außerordentliches Satori, und nun war es ihr Eindruck, während sie das Gesicht auf dem Bildschirm betrachtete, dass das Buddha-Lächeln nicht mehr ganz so wirkte, als wäre es einer Maske aufgemalt.

Denn die Augen, das war schon vor langem ausgesprochen worden, waren der Spiegel der Seele, und *diese* Augen fungierten, wie es den Anschein hatte, willig als offene Türen, und dahinter lag etwas, das alles übertraf, das sie sich in den Begriffen von Raum und Zeit verdeutlichen konnte, und doch war es ihr so vertraut wie die eigenen Träume, denn sie wusste, es war – ob man es nun Quantenwelt, Tao oder die Leere im Mittelpunkt des Rads der Maja nannte – nichts anderes als die Traumzeit.

Amanda erwiderte das Lächeln, sobald ihr die Erkenntnis kam, dass es keine Bedeutung hatte, ob das Bewusstsein hinter der Maske ein Avatar war, der Zeitgeist oder ein Wesen aus dem Jahr 5000.

»Ihre Zeit ist meine Zeit, und meine Zeit ist Ihre Zeit«, sagte die Stimme von der anderen Seite der Pforte. »Denn *alle* Zeit ist Traumzeit.«

Amanda gewahrte aus dem Saal ein massenhaftes Luftschnappen, ein Anzeichen des kollektiven Empfindens, sich in der Gegenwart einer … Präsenz aufzuhalten.

»So ist es«, rief sie laut, als könnte diese Präsenz sie hören. »Und wir stecken alle tief drin.«

In der Traumzeit der Hauptsendezeit ergab sich ein Schweigen von vollen dreißig Sekunden.

»Nichts ist real?«, fragte schließlich Hadashi.

»Nichts ist *nur* real«, erklärte die Stimme aus der Traumzeit. »Eben weil alles potenziell real ist.«

»Firlefanz und Fisimatenten«, schalt Dr. Cameron Carswell entrüstet. »Masse und Energie kann man weder erschaffen noch vernichten. Man *kann* nichts aus Nichts machen.«

Aus der Traumzeit schaute die Präsenz ihn an und antwortete ihm mit der Stimme Mel Brooks'.

»Wer sagt 'n das, Doktor, wir machen's doch ständig. Wollen Sie 'n Rolls Royce, 'ne Niere in Swimmingpoolform, 'n Tyrannosushi Rex mit lila Stirnband, möchten Sie 'ne Ente kaufen, *kein Problem*, wir stellen's in einem Stück direkt aus dem Vakuum für Sie her.«

Die Dissonanz dieser Gegensätzlichkeit war zu schroff, um komisch zu sein.

»Man *kann* nichts aus Nichts machen«, beharrte Carswell pedantisch. »Es verstößt gegen das Prinzip der Masse-Energie-Konversion.«

»Ach nein, Sie Schlaumeier, haben meine Autoren nicht *mich* aus dem Nichts geschaffen? Der Große Weltgeist überwindet Raum und Zeit, um zu verhüten, dass das Sternenschiff schon beim Start verunglückt, und für Sie sind das bloß Kinkerlitzchen?«

»Masse und Energie können weder erschaffen noch vernichtet werden.«

»Sie sprechen über Masse und Energie zu deren unumschränkten Herren, Affenboygenie. Sobald man das ultimative Geheimnis des Universums kennt, ist es nicht schwieriger, als in Hundescheiße zu treten.«

»Sie kennen das ultimative Geheimnis des Universums?«, fragte Carswell.

Die Augen bildeten Fenster in eine Zukunft, in der diese Kenntnis zur Tatsache werden sollte. Die Antwort erfolgte im Stil des Komikers.

»Was ist denn groß dabei, Freundchen, im Jahr fünftausend wissen sogar die *Maskenaffen-Neffen des Produzenten* darüber Bescheid.«

Abfälliges Achselzucken.

»Es ist Nichts.«

»Warum *verraten* Sie 's uns dann nicht?«

»Ich *hab's* verraten. Es ist Nichts.«

»Aber wieso …?«

»Ich hab's Ihnen verraten«, wiederholte Ralf mit der anderen Stimme, der Stimme der Präsenz, die schon die ganze Zeit lang aus der Traumzeit-Zukunft in die Gegenwart blickte. »Es ist … *Nichts.*«

Ein großartiges, gewaltiges Stück schauspielerischer

Leistung war es, was er da bot; wenigstens hatte Amanda vordergründig diesen Eindruck, als er bedächtig in die Kamera schaute und zur Betonung eine Kunstpause einlegte.

Doch während sie ihn auf dem Kontrollmonitor beobachtete, konnte sie sich unmöglich der Überzeugung verschließen, dass auf der Bühne weit mehr geschah. Denn ein Paar Augen, die höhere Weisheit widerspiegelte, als sie je gesehen oder sich hatte ausmalen können, blickte direkt in ihre Augen, in die Tiefen ihrer Seele.

Obwohl es gar keine *echten* Augen waren, sondern ein Pixelmuster auf einem Fernsehbildschirm, und sich dahinter buchstäblich *nichts* befand als die Leere einer Vakuumröhre.

»Das ultimative Geheimnis des Universums ist … das *Nichts*«, konstatierte die Stimme aus eben dem Nichts.

»*Alles* besteht aus dem Nichts. Die Sterne und ihre Planeten. Sie und ich, Brüderchen. Aus Atomen. Die aus Partikeln sind. Die aus kleineren Partikeln bestehen, die wiederum aus Energiequanten sind, die ihrerseits aus Wellen sind. So wird es immer kleiner, kleiner und kleiner, bis …«

Pause. Schweigen.

Amanda sah, dass die Augen auf dem Fernsehbildschirm in Pixel, in Phosphortupfen, in Atome zerfielen …

»Bis …?«, hakte Dr. Cameron Carswell erwartungsvoll nach.

Als ob er glaubte – so wie Amanda, wie zwölf Millionen Zuschauer, die in die Leere dieser Vakuumaugen blickten –, er bekäme eine erheblich aussagekräftigere Antwort als eine Pointe.

»Bis es *keinen* Ort mehr gibt, an dem etwas sein könnte«, sagte Ralf in vollkommener Nachahmung der

Stimme Carswells. »Nirgends. Nichts mehr als ein Tanzen virtueller Partikel mit Nullgröße, Nullmasse und Nulldauer, die mir nichts, dir nichts ins Schwarze Kaninchen-Loch außer Sicht verschwinden.«

Für Amanda bedeutete diese Offenbarung aus der Leere, aus dem Tanzen des Nichts hinter dem Schleier der Maja, kein sonderlich bemerkenswertes Satori.

Aber Dr. Cameron Carswell war auf der Straße nach Damaskus unterm Bodhi-Baum vom Blitz getroffen worden.

»Ja *verflucht* noch mal!«, schrie er, hieb sich den Handballen auf die Stirn. »Ach *natürlich*!« Er zappelte an seinem Platz wie ein Minderjähriger, der sich das erste Mal eine Peepshow ansah. »Die *Quantenwelt* muss selbst virtuell sein. Ein Muster ohne Masse oder Dauer. Eine Message ohne Medium. Ein Schaum aus infinitesimalen Singularitäten. Woher sollte sich ein *mögliches* Universum denn *sonst* in die Existenz versetzen!«

»Sie werden eine Weile brauchen, um es anhand mathematischer Berechnungen nachzuweisen, Dr. Zarkov«, kündete Ralf mit seiner allzu menschlichen Klugscheißerstimme an. »Aber das *ist* der Knaller, für den Sie den Nobelpreis erhalten.«

Was ist, das ist Realität.

Nun endlich war Amanda an ihr lange gesuchtes Ziel gelangt.

Was ist, das ist Realität.

Denn obgleich sie unzweifelhaft der Physik- und Mathematikkenntnisse ermangelte, um eine solche Erkenntnis mit der Genauigkeit und Klarheit eines Cameron Carswell zu haben, wusste sie in ihrem Innersten, dass sie die Pforte gemeinsam durchquert, die spirituelle Sucherin und der zukünftige Nobelpreisträger ein und dieselbe Vision hatten.

Was ist, das ist Realität.

Dass das Reich der Materie und der denkende, fühlende Geist aus demselben Tanz hervorgingen, deshalb alles, was ein Bewusstsein erlebte, Realität war, es darum keine getrennten natürlichen und übernatürlichen Ebenen gab – so lautete das Mantra in Amandas gesamtem Dasein.

Was ist, das ist Realität.

Sie würde nie dazu fähig sein, die rigorosen Analysen, die Cameron Carswell mit mathematischer Nachvollziehbarkeit ausarbeiten und der Nachwelt überlassen sollte, zu verstehen.

Was ist, das ist Realität.

Doch nun konnte das spirituelle Suchen ihrer Vision, das sie seit ihrer Jugend antrieb, im Lichte der Rationalität Vollendung finden.

Denn künftig ließ sich der Inhalt der Vision in kalten Gleichungen ausdrücken.

Als die Sekretärin die Tür zu Archie Maddens Büro öffnete, lahmte ein alter Monty Python-Running Gag durch Texas Jimmy Balabans Gedanken.

Niemand rechnet je mit der Spanischen Inquisition.

Das behauptest du, Affenboy, dachte Jimmy verdrossen.

dreizehn

Wenn die Einschaltquoten einer Show seit zwei Monaten jede Woche um zwei Prozent sanken und der Mann, der am langen Hebel saß, zu einer Besprechung rief, *wünschte* man sich einfach, es ginge um etwas völlig anderes.

Jimmy holte ergiebig Atem und stellte sich vor, er atmete den Rauch einer halben Zigarette ein. Zwar nutzte es wenig, aber er war stolz darauf, trotz der momentanen Umstände nicht schwach geworden zu sein und sich keine Packung gekauft zu haben, und nicht einmal mit einem tüchtigen Schluck Wild Turkey hatte er sich gestärkt.

Doch wie sehr angetrunkener Mut es erleichtert hätte, sich den Abgesang der Show anzuhören, Madden und Ralf ohne Stuhl und Peitsche gleichzeitig im selben Käfig zu haben, verlangte mehr von einem Dresseur, als dass er es sich hätte leisten können, anders als stocknüchtern in die Arena zu treten.

Und mochte man ihn einen unbelehrbaren Optimisten nennen, einen Profi, oder bloß einen Zeitgenossen, der Mensch zu bleiben versuchte, Jimmy hatte nicht vor, sich die Beendigung der Show ankünden zu lassen, ohne alle Mühe und sämtliche List aufzubieten, um Madden diese Absicht auszureden.

Das war, musste er zugeben, ein hoch gestecktes Ziel, zumal wenn er nicht nur das Sinken der Einschaltquoten, sondern auch die Tatsache berücksichtigte, dass *er* – und daran gab es keinen Zweifel –, säße er mit dem Arsch in Maddens Sessel, schon vor Wochen einen Schlussstrich gezogen und gesagt hätte: Affe tot, Klappe zu.

»Halten Sie sich zurück und lassen Sie mich verhandeln«, tuschelte er, indem er Ralf vor sich in Maddens Büro scheuchte.

Allerdings bezweifelte er, dass die Ermahnung dieses Mal etwas fruchtete.

Seit dem Abend, an dem sich Ralf mitten in der Live-Sendung ... *verändert* hatte, konnte niemand mehr auf ihn irgendeinen Einfluss ausüben, und am allerwenigsten Jimmy.

Die Schnauze sollte er halten und seinem Manager das Verhandeln überlassen?

Jimmy hatte ihn nicht einmal zum Umkleiden bewegen können!

Nicht dass Jimmy behauptet hätte, er wäre sonderlich überrascht, weil Ralf darauf bestand, seine Sternenschiff-Kapitänsuniform sogar in einer Konferenz zu tragen, die darüber entscheiden sollte, ob die Show abgesagt wurde oder weiter laufen durfte. Der Wahnknabe lehnte es ab, während der Sendung oder in der übrigen Zeit andere Kleidung zu tragen, seit er ein halbes Dutzend bestellte Exemplare dieser abgespeckten Version der alten Clown-Kledage erhalten hatte.

Nach wie vor war die Uniform in Knallgrün und Gold ausgeführt, aber das Gesäß nicht mehr lächerlich riesig, das Fluglinien-Pilotenjackett dagegen jetzt etwas weiter und lockerer, eher fließend im Schnitt, die absurd dicke Goldkordel auf Schnurbesatz reduziert worden; die Mütze ließ Ralf inzwischen weg, und statt der Stiefel hatte er jetzt weiche Hirschledertreter an den Füßen.

Vorteilhaft daran war, dass es Jimmy, nachdem er für eine Merchandisingproduktion der alten Variante nie eine Lizenz hatte verkaufen können, weil sich selbst unter den Modedeppen keine solche Dumpfbacke fand, die geglaubt hätte, es liefen genügend Irre herum, die einen solchen Fetzen in der Öffentlichkeit trügen, um einen irgendeiner Beachtung werten Markt zu verkörpern, finden ließ, hingegen *gelungen* war, ein einträgliches Geschäft mit der Lizenz für dieses erheblich straßentauglichere Outfit zu tätigen.

Nachteilig war, dass man sich darin, obschon man auch mit dieser Version in der Stadt die Blicke auf sich zog, kaum einen Lacher einhandelte. Man sah abstrus aus, aber nicht mehr *komisch*.

In diese Sternenschiff Erde-Kluft konnte man sich kleiden und sich noch immer Ernst nehmen; und eben das musste der Grund sein, hatte Jimmy geschlussfolgert, weshalb Ralf sie sich hatte anfertigen lassen. Wenn man mit dem Kopf so hoch in Wolkenkuckucksheimen wie *er* schwebte, konnte man ihn sogar ständig tragen und trotzdem erwarten, auch *von anderen Leuten* Ernst genommen zu werden.

Und offensichtlich hatten jede Menge Leute dazu die Bereitschaft.

Eine Einschätzung, die allerdings davon abhing, was man unter ›jede Menge Leute‹ verstand.

Lampkin, der sich seit der Sendung, in der Ralf vollends ausgeflippt war, rar machte, hatte Jimmy geschworen, dass er das Studiopublikum nicht mehr mit SciFi-Fans spickte, und Amanda war, nachdem sie für mehrere Monate im Voraus Gäste gebucht hatte, in Urlaub in den Norden gefahren – einen Urlaub, der für Jimmys Begriffe nicht zu lange dauern durfte – und konnte ebenfalls nichts damit zu tun haben.

Dennoch wimmelte es im Saal immer deutlicher von … Wie sollte man sie nennen? Diese Figuren waren mehr als bloß Fans oder Groupies. Nämlich wahre *Gläubige*.

Man erkannte es nicht allein an den Sternenschiff Erde-T-Shirts, den Kapitänsuniformen, den Fanshop-Plakaten und selbst gebastelten Spruchbändern. Sie hatten das bezeichnende Aussehen. Sie hatten den gleichen Ausdruck in den Augen wie die Hare Krishna-Jünger und die fanatisch-emsigen Scientologen. Den Blick, für den man Zeugen Jehowas, sobald sie, wenn man eine tolle Samstagnacht hinter sich hatte, am Sonntagmorgen um 9 Uhr an der Tür klingelten, gern in die Fresse schlüge.

Als sich Ralf zu der Show einstellte, die seiner großen Ausrufung zum Leithammel gefolgt war, hatte er noch immer in Zungen höheren Blödsinn geredet und einen Kleidersack bei sich gehabt, der in Form einer hastig, erst provisorisch umgeänderten Ausgabe des alten Clown-Klafotts den Prototyp der neuen Kapitänsuniform enthielt, und darauf bestanden, das abgeänderte Stück anzuziehen.

Zu dem Zeitpunkt erschien das Publikum noch weniger in Merchandising-Kleidung, aber Jimmy hatte einen vorzüglichen Riecher, und in dem Moment, als Ralf in der neuen Uniform den Set betrat, war für Jimmy eine ganz und gar unheilvolle Chemie zwischen den Zuschauern im Saal und Ralf zu schnuppern gewesen. Man brauchte keine Gurkennase wie Ralf, um sie zu wittern.

Der Anfangsapplaus endete viel zu rasch, die anschließende Stille war allzu bedeutungsschwanger, und aus dem Hintergrund der Kulisse hatte Jimmy im Dunkeln ein Meer von zu auffällig glänzenden Augenpaaren erkennen, im Schweiß der kollektiven Achselhöhle etwas Abartiges riechen können.

Ralfs Lächeln schien seinem maskenhaften Gesicht aufgemalt zu sein, während er über die Bühne zu seinem Platz schritt. Unterwegs folgte sein Blick der Kamera, und in den Augen, die den Spiegelbrillengläsern eines Autobahnpolizisten ähnelten, stand so viel gütiger Humor, wie man ihn von Jack Palance in der Rolle Attilas des Hunnenkönigs kannte.

Er hatte sich gesetzt, so getan, als hätte er ein Mikrofon in der Hand, und im vertrauten Singsangton seiner Touristenbomber-Pilotenstimme eine Variation seiner standardmäßigen Einleitung geleiert.

»Willkommen an Bord zu einem weiteren irrsinnig aufregenden Sternenschiff Erde-Flug nach Utopia, liebe Sternenschiff-Passagiere, hier spricht Ihr Flugkapitän, bitte inhalieren Sie so schnell wie möglich sämtliche Inhalationsstoffe und bringen Sie Ihre Spezies in eine aufrechte Haltung ...«

Aber die Art, wie er sie – zu dem Plastinautenlächeln – von irgendwo hinter den Spiegelbrillenaugäpfeln geäußert hatte, war etwas gründlich Bestürzendes gewesen.

»Nein, halt mal, Bruda, wir nehmen das zurück«, sagte er als Nächstes mit Donald Duck-Stimme.

»In Wahrheit spricht hier durch Ihren Kapitän der Große Geist von Utopia zu Ihnen«, verkündete er mit albern anmaßender Bibelfilmstimme, als ginge Moses mit gebrauchten Steintafeln hausieren.

Das alles geschah ohne die kleinste Abwandlung der Mimik oder der Körpersprache.

»Und wenn wir gerade dabei sind, ich hab da 'ne wunderschöne Brücke in Brooklyn, die ich Ihnen für 'n Appel und 'n Ei überlassen könnte«, wechselte er auf eine Groucho-Imitation um. »Am besten schlagen Sie *sofort* zu, das erste Dutzend Käufer kriegt nämlich als *Bonus* einen echt goldenen Ziegelstein.«

Alles begleitet von dem hohlen, knappen Lächeln und dem starren Fernblick, mit denen er aussah wie Maharishis Bauchrednerpuppe mit einem Lautsprecher im Bauch, aus dem Radio Freier Affenkasten ertönte.

Was trug man, nachdem man in der vergangenen Woche live komplett durchgeknallt war, anfangs der nächsten Sendung zum Einstieg vor?

Anscheinend hatte man damit keine Schwierigkeiten, wenn man sich für den Riesenknollengott hielt. Man machte weiter wie gehabt.

Und sehr zu Texas Jimmys tiefer Verblüffung und starkem Unbehagen saß das Studiopublikum stumm da und wartete auf die Fortsetzung.

Mucksmäuschenstill.

Nach Jimmys wohl erwogenem professionellem Urteil, das die Nielsen-Statistik bald danach bestätigten, war die Show einer der unerträglichsten Flops, die er je zwangsweise erdulden musste, und aufgrund der Klientenliste, die er während eines Großteils seiner Karriere gepflegt hatte, waren wahrhaftig viele beschissene Auftritte zu verkraften gewesen.

Er hatte schon erlebt gehabt, dass Klienten völlig den Durchblick verloren. Er war Augenzeuge gewesen, als Künstler vor einem Publikum ganz ähnlich ätzend wie Ralf vom rechten Weg der Komik abwichen. Er hatte Klienten vertreten, die zuletzt als ewige Studenten des Surrealistischen die Kollerbude bewohnten.

Aber noch nie hatte er so etwas wie das da gesehen, und er hätte nie gedacht, es jemals zu erleben.

Zwar hatte er schon erlebt, dass Komiker vollkommen verrückt wurden und keine Spur von Komik mehr verbreiteten.

Doch er hatte noch nie gesehen, dass ein Komiker völlig überschnappte, nicht mehr komisch war – und *trotzdem* ein Publikum in den Bann ziehen konnte.

Lampkin hatte einen Mann in die Show delegiert gehabt, der sich allen Ernstes ›Mr. SciFi‹ nannte, aussah wie ein Bestattungsunternehmer im Ruhestand, Eigentümer einer Art von Privatmuseum war und die Absicht hatte, sich anlässlich seines Ablebens einfrieren zu lassen, damit er das Prunkstück seiner eigenen Sammlung wurde und bei seinem Aufwachen im 25. Jahrhundert Buck Rogers die Hand schütteln durfte.

Amandas Teilnehmer war ein Vibrations-Parapsychologe in einem Brooks Brothers-Anzug gewesen, seine Marotten betrafen die Reinkarnation sowie etwas, das sich ›morphische Resonanz‹ nannte, allerdings nichts, soweit Jimmy die Sache durchschaute, mit Spezialeffekten oder der Musikindustrie zu tun hatte.

Barmherzigerweise erinnerte sich Jimmy inzwischen nur noch vage an das nachfolgende Gespräch, entsann sich auch nicht, ihm sonderlichen Sinn abgewonnen oder den Eindruck erlangt zu haben, dass ihm überhaupt irgendein Sinn beigemessen werden musste, und außerdem hatte seine Beachtung hauptsächlich dem Studiopublikum gegolten.

Mr. SciFi und der resonante Morphidiot waren genau die Sorte abgefahrener Gestalten, mit denen eine gelungene Sendung zu bestreiten Ralf ohne weiteres hätte im Stande sein müssen, die paar Lacher jedoch, die man im Laufe der Veranstaltung gehört hatte, waren wohl eher Produkte willkürlichen Zufalls gewesen.

Mr. SciFi schwadronierte pausenlos über seine These, dass sein Haus voller alter, angegammelter Bücher und Zeitschriften, Merchandisingartikel sowie dieser und jener Überreste von Filmmonstern ihn zum ›Archäologen der Zukunft‹ machte. Der Morphidiot renommierte mit der ›Quantentranstemporalität der spirituellen Transmigration‹, die in ›evolutionären Tendenzen stehender Wellen‹ zum Ausdruck käme. Ralf hielt sich, indem er immerzu in die Weite glotzte, während des längsten Teils der Sendung ans Demonstrieren seiner neu entdeckten Fähigkeit, wie ein Affe auf dem Schleifstein zu grinsen und allerlei Stimmen zu imitieren.

Wie lautete doch die alte Geschichte? Man setze drei Affen lange genug an Schreibmaschinen, und irgendwann tippt einer von ihnen eine dumme Frage und einer anderer die dazu passende Pointe.

Aber man sollte während des Wartens lieber nicht vor Spannung den Atem anhalten.

Doch das Studiopublikum hatte allem Anschein nach aus Spannung nicht mehr Atem zu holen gewagt.

Noch unheimlicher war gewesen, dass die Leute, wenn einmal zwei getrennte Sätze per Zufall etwas nahezu Komisches ergaben, keineswegs aus purer Verzweiflung in krampfhaftes Gelächter ausbrachen, im Gegenteil, sie lachten kaum. Sie warteten darauf, dass irgendetwas passierte, aber nicht auf Komik und Klamauk.

Auf *was* sie denn da so geduldig warteten, hatte Texas Jimmy sich nicht so recht ausmalen können, bis es das erste Mal *geschah* …

Im Laufe all der ständig wechselnden Stimmenimitation hatte Ralf im Wesentlichen das beileibe nicht ausreichend einfältige, zu knappe Grinsen beibehalten, auch das ausdruckslose Glitzern der Augen, nicht mehr wie ein aufgedreht-irrer, verrückter Showkünstler gewirkt, sondern wie ein von allen guten Geistern und seinem Komikertalent verlassener Hampelmann; auf dem Podium saß nur noch ein Psycho, der auf gut Glück müde Kalauer kauderwelschte und hohlen Blicks durch eine nicht ganz überzeugende Alfred E. Neumann-Maske stierte.

»… Form rangiert *vor* der Funktion, die essentielle Struktur des Universums ist das Resonanzmuster, Gedanken im zeitunabhängigen Verstand Gottes, vergleichbar mit den berühmten Schatten an der Wand in Platos Höhle …«

»*Platos Höhle?*«, lispelte Ralf, markierte einen unverfälschten Onkel Miltie. »Die Ledertypenbar auf'm Santa Monica Boulevard? Oho, Sie alter Lüstling, ich wusste gar nicht, dass Sie auf Griechisch stehen.«

Blah-blah-blah …

»… haben nämlich andauernd Visionen von Ereignissen, ehe sie tatsächlich eintreten, so sagte etwa Cleve Cartmill neunzehnhundertvierundvierzig die Atombombe voraus, und Robert Heinlein das Wasserbett, zwanzig Jahre bevor es Hippies gab, wissen Sie, ich habe die Originalausgabe in meiner …«

»… aber eines möchte ich natürlich vollkommen klarstellen: Sie sind kein Perser … äh … Perverser.«

Rhabarber-Rhabarber-Rhabarber …

Und dann …

»… auch Ihr Auftreten ist eine Art von morphischem Resonanzmuster, Ralf, Sie sind eine unausgefüllte Form, der die Zukunft, aus der Sie zu uns geschickt wurden, die Bestimmung zumisst, sich beizeiten in der Gegenwart zu manifestieren.«

»Heiß, heißer, noch heißer, aber leider kein Volltreffer«, sagte Ralf, gab plötzlich das Richard Milhouse Nixon-Imitieren auf und sprach mit kraftvoller Stimme weiter, die so tief aus seinem Innern zu dringen schien, dass sie klang, als spräche sie *durch* ihn.

Darauf *hatte* das Studiopublikum reagiert, jedoch eher auf eine Weise, die man gewöhnlich beim beliebtesten Standardtrick eines Zauberers oder angesichts der tollkühnen Waghalsigkeit eines Trapezartistentrios beobachten konnte, nicht so, wie man es aus einer Komikerveranstaltung kannte: Es war ein solches Aufkeuchen zu hören, dass das anschließende Schweigen umso lauter zu sein schien.

»Nichts ist vorausbestimmt. Nichts steht in den Sternen geschrieben. Nicht einmal ich.«

Jimmy hatte in Ralfs Gesicht keine Veränderung bemerkt. Auch nicht in den Augen. Jede äußerliche Verwandlung blieb aus. Aber irgendwie änderte die Stimme alles. Man hörte ihr … *Authentizität* an.

»Sie können nichts auf die Hand schieben, die irgendwelche Menetekel an die Wand schreibt. Sie können nicht einmal etwas auf einen armen Kasper von Komödianten abschieben. *Sie* haben mich im Traum geschaffen, liebe Sternenschiff-Passagiere. Oder etwa nicht, geliebtes Affenvolk?«

Nicht dass es *Ralfs* authentische Stimme gewesen wäre. Davon war sie weit entfernt gewesen. Jimmy hatte sich zu der beängstigenden Überzeugung durchgerungen, dass es vielmehr die Stimme des Jemands war, der hinter der Maske durch ihre Augen blickte. Und zwar eines Jemands, der zwar dermaßen gespenstisch war, dass sich Jimmy, verspräche er sich etwas von derlei Brimborium, bekreuzigt hätte, aber auf *keinen* Fall das, was man im Allgemeinen als geisteskrank bezeichnete.

»Der Traum, den Sie haben, ist der Traum, den Sie aushecken. Der Träumer, den Sie kennen lernen, ist der Träumer, den Sie wecken.«

Umgekehrt als in *Der Exorzist*, wo der Dämon dummes Zeug durch den Mund des geistig gesunden Mädchens blödelte, von dem er Besitz ergriffen hatte, sprach hier, so glaubte Texas Jimmy immerhin halb, ein *geistig gesunder* Dibukk aus einem Irren.

»Stellen Sie sich sämtliche Zeit als eine Woche Hauptsendezeit vor, liebe Sternenschiff-Passagiere. Keine Vergangenheit, keine Gegenwart, keine Zukunft. Nur Sendezeit, die gefüllt werden muss, und ein endloses Angebot von Beiträgen, die ständig um Aufnahme ins Programm konkurrieren. Die Namen auf dem Parkplatz des Produzenten sind bloß mit Kreide vermerkt. Das Schicksal hängt nicht von den Sternen ab, sondern von den Einschaltquoten. Malen Sie sich die Evolution als das Nielsen-Institut in Hochbetrieb aus.«

Wer oder was dort aus Ralf gesprochen hatte, legte daraufhin unvermindert festen Blicks eine Pause ausgedehnten Schweigens ein.

Texas Jimmy Balaban hätte es niemandem erklären können, aber aus irgendeinem Grund war er davon überzeugt gewesen, dass irgendjemand, dessen Natur er nicht durchschaute, ihm eine Wahrheit gesagt hatte, die er dank seines Riechers erkannte, sein Gehirn jedoch nicht verstehen konnte.

Die Stille im Saal verriet Jimmy, dass das Publikum das Gleiche empfand, oder wenigstens Ralfs Worte auf die Anwesenden die gleiche, wie auch immer beschaffene Wirkung ausgeübt hatten.

Und da hatte Mr. SciFi etwas in die Stille gequäkt und die auf schwer beschreibbare Weise verzauberte, leicht unbehagliche Stimmung völlig zerstört.

»Das erinnert mich an eine Story, die Jack Williamson neunzehnhundertachtunddreißig in *Astounding Science Fiction* veröffentlicht hat …«

Ein vernehmliches, vielstimmiges Aufstöhnen ertönte, ein Ausfluss einer seltsame Mischung aus Irritation und widerwilliger Erleichterung.

»Da-da-das ist eine Frechheit, Leute!«

Und als wäre nichts geschehen, war Ralf mit der Schweinchen Dick-Imitation in sein Stimmennachahmen zurückgefallen.

An diesem Punkt hätte Jimmy sich fast wieder einreden können, alles hätte nur auf einem Schauspielertrick beruht, den er nicht kannte. Die Äußerungen, die zuerst, unter dem Einfluss der Bollerstimme, so bedeutungsvoll geklungen hatten, erwiesen sich als reines Wortgeklingel, sobald man sich hinterher fragte, was sie eigentlich besagen sollten.

Oder doch nicht?

Offensichtlich war das Studiopublikum nicht dieser Ansicht. Man konnte es praktisch hören: Es hielt den Atem an und wartete darauf, dass die Stimme noch einmal erscholl …

»… also können wir unser Gedächtnis auf Computer speichern und als Hirn eines Raumschiffs zu den Sternen fliegen«, meinte Mr. SciFi. »Wenn wir aus Silizium statt aus Fleisch bestehen, sind wir ewig zu leben im Stande.«

»Irgendwie glaube ich nicht daran«, entgegnete Ralf, äußerte sein altes, längst geläufiges Argument mit Woody Allens Stimme. »Aber ohne Sexualleben, ohne Getränke, Drogen und sogar ohne ein paar leckere Delikatessen wird's uns bestimmt so lang *erscheinen* …«

»Im Ernst …«

»Ach, im Ernst, Doktor?«, fragte Ralf, als wäre er Bugs Bunny.

»Im Ernst, Mr. Mann von morgen, werden wir in tausend Jahren *nicht* alle ewig leben?«

»*Wir?*«, wiederholte Ralf. »Wer ist ›wir‹, Bleichgesicht?«

Aber er hatte die bedenklich altersschwache Pointe nicht wie Tonto zum Lone Ranger ausgesprochen. Stattdessen befand sich wieder der viel zu bierernste Jemand hinter der Komikermaske, verwandelte sie, indem er erneut mit der vollauf authentisch klingenden Donnerstimme sprach, in etwas, das den Zuschauern ein Keuchen entlockte und sogar Jimmy eine Gänsehaut verursachte.

Ralf straffte sich, hob das Kinn und spreizte weit die Arme, als wollte er sich zu Mister Universum ausrufen.

»Betrachten Sie den Menschen der Zukunft«, sagte er.

Und tippte sich an die rechte Schläfe.

»Die *Verpackung* bleibt die gleiche, aber was drin ist …«

Und tat etwas mit den Augen, das irgendwie über das Starren hinausging. Einige Sekunden lang konnte Jimmy sich nicht des Eindrucks erwehren, dass Ralf das Publikum nicht *an*schaute, sondern irgendwie durch es *hindurch*blickte … »Sie, ich und Ihre Höhlenmenschenvorfahren sind das gleiche liebe Vieh. Doch zwischen dem, was in *diesem* Kopf steckt, und dem, was in Ihrem Kopf ist, besteht ein Unterschied wie zwischen Steineklopfen und Beethovens Fünfter Sinfonie, wie zwischen Stonehenge und Disneyworld, zwischen einem Brocken rohen Mammutfleischs und Trüffel in Rotwein …«

… als wären sie Löcher, Tunnel oder Türen nicht in den Kopf eines Menschen, sondern in eine viel gewaltigere Stätte, von deren Natur sich Jimmy gar keine richtige Vorstellung machen konnte.

»Also ganz unter uns und den Zuschauermassen …«

Texas Jimmy empfand sein knappes Achselzucken und kurzes Zögern als irgendwie rührend.

»Wie soll ich Ihnen jemals all das erzählen können«, fragte die Stimme, »was ich im Kopf habe?«

Und obwohl Jimmy den Satz als abgewandeltes Zitat aus einem alten Lied erkannte, vermittelte die Frage eine überzeugende Aufrichtigkeit. Und obgleich die Stimme, der Blick und alles, das sich dahinter verbergen mochte, durch und durch wirkte, als stammten sie vom Mars, spürte er eine gewisse Sympathie für das, was da die Türen dieser Augen zu durchqueren versuchte.

Denn es stimmt ja, sah er ein, *wenn man es sich genau überlegt, wäre in dem Kopf* tatsächlich *jemand aus dem Jahre fünftausend, hätte er nicht wirklich beachtliche Schwierigkeiten bei dem Bemühen, uns seine Geschichte zu erklären? Es wäre ungefähr so leicht, wollte ich Jesus die Nebenrechteklauseln eines Filmoptionsvertrags erläutern.*

»Aber eine Entität, die für Hunde und Kleinkinder unverständlich bleibt«, sagte Ralf, indem er W.C. Fields markierte, »muss nicht unbedingt 'n schlechter Kerl sein.«

Jimmy blinzelte. Das Studiopublikum seufzte. Ralf war wieder ein gewöhnlicher redseliger Irrer.

Noch immer konnte Texas Jimmy sich nicht vorstellen, was da eigentlich passiert gewesen war, aber es hatte sich zwei Mal ereignet, und es fiel ihm gehörig schwer, sich weiszumachen, er hätte nichts anderes als einen ihm bis dahin unvertrauten Schauspielertrick erlebt.

Dieses Mal hatte die Stimme, die aus Ralf sprach, nämlich in gewisser Hinsicht durchaus vernünftige Dinge geredet. Nicht dass Jimmy *wahrhaftig* geglaubt hätte, ein Gespenst aus der Zukunft benutzte Ralf als Sprachrohr, aber eines musste er, gleich was sich da abspielte, sehr wohl zugeben: Der Bauchredner ließ erheblich gescheiteres und weniger abgedrehtes Zeug als die Puppe vom Stapel.

Zwei Mal geschah es während *der* Show, aber von da an hatte es sich immer häufiger zugetragen. Der Satz eines Diskutanten, der vielleicht ein Stichwort lieferte, ein viel sagendes Schweigen, und plötzlich brach sich, was Jimmy bei sich ›die Stimme‹ nannte, durch Ralfs

Geschnassel, das endlose Wechseln von einer zur anderen Imitation, auf das sein Auftritt sich inzwischen nahezu beschränkte, vehement Bahn.

Drei, vier, fünf, ein halbes Dutzend Mal pro Show. Und schon bald hatte es den Eindruck erweckt, dass die Zuschauer es verlangten, nicht indem sie einfach ihre T-Shirts, Transparente und Kapitänsuniformen zur Schau trugen, sondern auf eine unterschwellige Art und Weise, die zu ergründen Jimmy nicht gelang.

Lampkin schwor, dass er nicht der Urheber der Stimme wäre, nicht einmal noch mit Ralf im *Gespräch* stünde, und da Jimmy selbst sah, wie wenig man sich überhaupt noch vernünftig mit Ralf unterhalten konnte, zweifelte er Dexters Angaben nicht an.

Allerdings gab Dexter zu, dass der Text, *schriebe* er ein Skript für einen Besucher aus ferner Zukunft, der sich den Dummbatzen der Gegenwart verständlich zu machen versuchte, kaum anders als Ralfs Äußerungen ausfiele.

»Ein Bewusstsein, das uns um Tausende von Jahren der Evolution voraus ist und sich uns erklären will, *müsste* sich anhören, als ob Sie versuchen, die Zuschauerstatistik der *Dallas*-Wiederholungen einem Dobermann zu erläutern. Ein Science Fiction-Autor, der in *Wirklichkeit* versuchen wollte, ein derartigen Charakter zu ersinnen, wäre so überfordert, als sollte Judy Reden für Ronald Reagan schreiben.«

Jimmy konnte unmöglich leugnen, dass Lampkins Logik unwiderleglich klang, ausgenommen die Unterstellung, es sollte zu viel von einer cleveren Schimpansin verlangt sein, sich Sätze wie ›Wenn man einen Baum gesehen hat, kennt man alle‹ oder ›Wo ein Blutbad sein muss, muss es sein‹ auszudenken.

Ebenso wenig vermittelte der Schwachsinn, der seit einiger Zeit auf den Innenseiten der kitschigen Illustriertenpresse erschien – mit Überschriften wie *Kosmische Stimmen sprechen aus Kapitän Ralf* und *Zukunftsmusik-Channeling durch TV-Komiker* –, ihm das Gefühl, außerhalb der literarischen Fähigkeiten von Affenstallbewohnern zu liegen.

Aus einer gewissen Perspektive verbesserte sich die Situation geringfügig, als die ›Berichterstattung‹ in diesen Blättchen weiter nach vorn rückte und um die Spekulationen berühmter Medien, Gabelbieger und Astrologen ergänzt wurde, die natürlich allesamt die *Wahrheit* zu wissen glaubten.

Ferner gab es ein paar Erwähnungen in den Klatschspalten seriöser Zeitungen. Auch Hinweise in den Programmzeitschriften, welche Abstrusitäten man in der Show sehen und hören könnte. Letterman und Leno rissen Witze über Ralf. Und Howard Stern brachte über ihn einen kompletten, allerdings hirnverbrannten Sketsch.

Da keinerlei begründete Veranlassung mehr existierte, sich in der Veranstaltung noch am laufenden Band Brüller zu erhoffen, war es jetzt anscheinend die Erwartung, die Stimme aus der Zukunft zu hören, was im Studio von *RALFS WELT* die Plätze füllte.

Allem Anschein nach glaubten eine Menge Leute, sie wäre echt.

Wobei es naturgemäß offen blieb, was man unter einer ›Menge Leute‹ verstand.

Jedenfalls waren es längst nicht genug, um zu verhindern, dass die Einschaltquoten recht zügig sanken, und beachtete man, dass die Komik noch schneller aus der Show verschwunden war, musste man die Wahrscheinlichkeit als hoch einstufen, dass auch der Rest der im Schrumpfen begriffenen Stammzuschauerschaft die Sendung nur einschaltete, um sich einen Einblick in ein Kuriositätenkabinett zu gönnen.

Aber wenn davon bloß zehn Prozent Ralf ernst nahmen, waren es immerhin noch fast eine Million Menschen.

Eine Zahl, die zwar selbst für eine drittrangige Firma wie die Gold Medien AG keinen sonderlich erwähnenswerten Faktor verkörperte, aber als Spitzenklasse oder Eins-A gelten durfte, wenn man den Maßstab der Psycho-Szene anlegte.

Und während die Einschaltquoten schrumpften, ging Lampkins Begleitbuch zur Show in die dritte Auflage, war die Comic-Heft-Lizenz zu einem phantastischen Preis verkauft worden, die Verkäufe von T-Shirts, Windjacken und Postern blieben gut, und inzwischen hatte man achttausend Sternenschiff-Kapitänsuniformen abgesetzt.

Drei Unternehmen, die solche Körperschaften für Filmstars und Sportvereine betrieben, hatten sich mit dem Vorschlag an Jimmy gewandt, einen beitragspflichtigen Fanclub zu gründen. Zwanzig Mäuse im Jahr, hatte man ihm versichert, sollten der Mindestbeitrag sein, für den die Mitglieder eine Mitgliedskarte, eine Vereinspostille und im Fanshop verbilligte Merchandisingartikel bekämen. Die Hochrechnung besagte, dass schon fünfzigtausend Mitglieder jedes Jahr eine Million Dollar Umsatz garantierten und die Anzeigeneinnahmen sowie der erhöhte Fanartikelverkauf die Kosten für die Vereinszeitschrift deckten.

Diese Zahlen machten einfach Appetit. Man drängte ihn zum Einwilligen. Nie hätte Texas Jimmy Balaban es für vorstellbar gehalten, dass er jemals zögern könnte, auf Geld zu verzichten, das ihm praktisch in den Schoß fiel.

Und trotzdem …

Trotzdem schindete er Zeit, hielt die Bewerber hin, und er hätte nicht einmal erklären können, aus welchem Grund …

Vielleicht aus eben dem Grund, weshalb er es Ralf

verbot, Interviews zu geben. Unablässig bestürmte man ihn, *People*, Feature-Redakteure, sogar der *Playboy*, alle wünschten sie Ralf in den eigenen Quasselbuden oder seine Auslassungen auf den eigenen Seiten zu haben.

Hätte ihm früher irgendjemand prophezeit, es käme einmal dahin, dass er Leute, die einem seiner Klienten eine Publizität zu verschaffen beabsichtigten, die gewissermaßen Gold wert war, als *Nervensägen* betrachtete, hätte Texas Jimmy denjenigen als offenbar hirnrissig bezeichnet. Hätte er nur den Anflug der Idee gehabt, ihr Interesse zu scheuen, er hätte sich in psychologische Betreuung begeben. So war seine einstige Einstellung gewesen.

Aber seine Ablehnung war eine Tatsache.

Und er gedachte dabei zu bleiben.

Und zwar, konnte er sich sagen, aus Vernunftgründen. Der private Ralf war längst so verrückt wie der Showmaster, den man im Fernsehen sah. Gäbe er Interviews, bestünden auch sie nur aus mit den mysteriösen Weisheiten der Stimme vermischten Quasseleien. Schließlich musste er seinen Klienten gegen Missverständnisse schützen, oder?

Vielleicht.

Oder verhielt es sich doch nicht so?

Denn Jimmy konnte sich schlichtweg nicht zu der Auffassung durchringen, dass das Geheimnis der Pflanzen nichts damit zu tun hatte.

Weil Ralf ohnehin nicht zu den Typen zählte, mit denen jemand sich verbrüdern konnte, überraschte es nicht, dass sie privat wenig Umgang miteinander hatten, Jimmys Besuche in Ralfs Wohnung nur selten und in größeren Zeitabständen erfolgten.

Und seit Jimmys Klient in solchem Maß nicht mehr alle Dachlatten beisammen hatte, dass schon der Aufenthalt in seiner Nähe genügte, um bei ihm die Befürchtung auszulösen, auch *er* könnte den Verstand verlieren, ein Phänomen, das Ähnlichkeit mit dem aufwies, was die Hippies ›Kontakt-High‹ genannt hatten.

Aber ein Zusatzvertrag hatte auf einem Vordruck Ralfs Unterschrift erfordert, und zudem war es sowieso Jimmys Absicht gewesen, mit ihm die Fanclub-Frage zu erörtern; deshalb war es ungefähr zwei Wochen vor Archie Maddens gefürchteten, jedoch keineswegs unerwarteten Anruf dazu gekommen, dass Jimmy eines Tages die Klingel zu Ralfs Behausung gedrückt hatte.

Die wenigen Male, die er schon *vorher* in der Wohnung gewesen war, hatte er nicht unbedingt als angenehm empfunden.

Jimmy hielt sich nicht gerade für einen Öko-Freak, und sein Bestand an Zimmerpflanzen umfasste lediglich einen Gummibaum, der offenbar wochenlang ohne Wasser auskam, und einen derartig zähen Brocken von Geldbaum, dass er sich ausschließlich mit einem Hammer umbringen ließe.

Doch selbst Jimmys Mutter, die Zimmerpflanzen ablehnte, weil sie die Überzeugung vertrat, sie nähmen einem Menschen den Sauerstoff und machten ihn dadurch krank, wäre wohl beim Anblick der botanischen Folterkammer Ralfs in Depressionen verfallen.

In eventuell einer Art von Versuch, das Interieur der Wohnung vom Totenschiff-Rettungsboot in ein Sternenschiff-Treibhaus umzuwandeln, hatte er sie mit Zimmerpflanzen überfüllt.

Mit Bambussträuchern, Gummibäumen und Topfpalmen. Sukkulenten und Kakteen. Fetthenne, Geranien und Efeu. Bonsai, Bananen und Zwergpalmen. Kleinen und großen Pflanzen. In an der Decke aufgehängten Ampeln. Auf schier jedem Quadratzentimeter Regal. Hätte es mit der Theorie, die Jimmys Mutter vertrat, seine Richtigkeit gehabt, wäre ein Mensch in dieser Umgebung binnen fünf Minuten erstickt.

Die Wohnung erinnerte Jimmy an einen Film, den er irgendwann einmal gesehen hatte: Die Erde war im Eimer gewesen, und die letzten Pflanzen des Universums standen in den Kuppeln eines gigantischen Raumschiffs, das sich ohne Ziel durchs All bewegte, und als Gärtner hatten sich eine Anzahl putziger Roboter sowie ein von Bruce Dern gespieltes Tränentier betätigt.

Im Film war die Geschichte für die floralen Heimatvertriebenen nicht gut ausgegangen, und in der aktuellen Version des Sternenschiffkapitäns stand es um sie noch schlechter.

In Ralfs Behausung hätte man einen Film mit dem Titel *Die Nacht der grünen Zombies* drehen können. Vergilbte Blätter und braune Palmwedel. Schlaff und nahezu entlaubt hingen Ranken aus ihren Gefäßen. Verschimmelte Kakteen. Verrottete Bonsai, die nur noch eine Mini-Astnadel vom Tod trennte. Selbst die Sansevierien wirkten, als gäben sie bald den Geist auf, obschon Jimmy aus Erfahrung wusste, dass es fast unmöglich war, *solches* Grünzeug um die Ecke zu bringen.

Ralf hatte, als er die Tür öffnete, die Sternenschiff-Kapitänsuniform getragen, eine Bescheuertheit, an die Jimmy inzwischen gewöhnt war, aber der Luftschwall, der ihm aus der Wohnung in den Hausflur entgegenwallte, hatte ihn schier aus den Latschen gekippt.

Die Ausdünstung der Wohnung roch wie der Laurel Canyon an einem lauen Frühlingsabend, wenn nach einem Platzregen der Santa Ana wehte, wie das Ufer der Biscayne Bay. Süß vom Duft blütenreicher Gewächse, schwer vom schwülen Odeur üppigen Laubs, feucht vom Geruch nach Unterholz und Lehm.

Jimmy war noch nie in einem Regenwald gewesen,

aber die Vielfalt der Düfte und Gerüche erzeugte in seinem Hirn Bilder eines tropischen Dschungels.

Und ganz wie in einem Urwald fühlte er sich, während Ralf ihn durch den Korridor, der sich in einen Laubengang voller Purpurwinden in prächtigster blauer Blüte verwandelt hatte, ins Wohnzimmer geführt hatte.

»Du lieber Himmel, Ralf, wie haben Sie denn das gemacht?«

»Sterbender Planet oder Räume mit Zimmerpflanzen, Biosphäre ist Biosphäre.«

Jimmy war dermaßen fassungslos gewesen, dass er nicht gleich merkte, die *Stimme* hatte ihm geantwortet.

Ampeln voller Blütenpflanzen hingen an der Decke: Klimmen, Ranken, Efeu, Geranien, Veilchen, ja sogar – heiliger Bimbam! – *Orchideen* baumelten da oben mit so prall grünem, ausladend gewuchertem Laub, dass der Eindruck eines regelrechten Blätterdachs entstand. Hoch gewachsene Gummibäume, Bambussträucher und Fächerpalmen von sichtlich knackiger Gesundheit säumten die Wände, sodass die Zimmermitte wie eine Urwaldlichtung wirkte. Ein riesiger Ficus beherrschte das andere Ende des Wohnzimmers, verdeckte durch seine geschickte Platzierung den Ausblick auf das grässlich versmogte San Fernando-Valley hinter der Glastür des Balkons. Auf Blumenständern und Tischen reihten sich dicht an dicht exotische, Jimmy unbekannte Pflanzen, und …

Heiliger Strohsack! Winzige Vögelchen mit leuchtend buntem Gefieder schwirrten wie fliegende Tropenfische durchs Zimmer.

Jimmy entsann sich später nicht daran, wie lange er da gestanden und um sich gegafft gehabt hatte, doch er wusste, er sollte nie den Moment vergessen, als er sich endlich umdrehte und Ralf anschaute.

In seiner blödsinnigen grünen Uniform grinste Ralf

wie ein Kater, der gerade den leckersten Kanarienvogel verschlungen hatte. Aber nicht etwa, dass er Jimmys Blick wie ein stolzer Zimmergärtner erwidert hätte, nein, er hatte das Starren in den Augen, und diese Augen bildeten irgendwie Öffnungen zu … zu …

Zu einem Ort, einem Jemand oder einem Etwas, der oder das sich Jimmys Verständnis schlicht und einfach entzog.

»Wie der Makrokosmos«, sagte die Stimme, »so der Mikrokosmos.«

Und an dessen Existenz er auch nicht glauben konnte.

Oder doch?

Was redete Amanda Robin immer daher? *Was ist, das ist auch Realität.*

Dagegen ließ sich kaum etwas einwenden, oder?

Zeitreisende aus der Zukunft und Fliegende Untertassen, der Große Weltgeist und *Plan 9 aus dem Weltall*, Totenschiffe, Sternenschiffe und Elvis als Anhalter in der Galaxis, das waren Lampkins Science Fiction-Phantastereien.

Keine Realität.

Aber dieser Indoor-Dschungel, der von gesundem Grün strotzte, den Blütenduft und das erdige Odeur des Wachsens und Gedeihens durchzogen, in dem Vogelgezwitscher ertönte, *er* war Realität.

Wenn er keine Wirklichkeit wäre, dann könnte auch er, Texas Jimmy Balaban, der hier vor dem zuvor in Bezug auf Pflanzenhaltung völlig unbegabten Mann stand, dem dieses Treibhaus seine Entstehung verdankte, keine Wirklichkeit sein.

»Zum Teufel noch mal, wer sind Sie?«, fragte Jimmy. »Ich meine, wer sind Sie *tatsächlich*?«

»Ich bün wassüch bün und das bünnüch ehm.«

»Lassen Sie die Popeye-Scheiße!«, schnauzte Jimmy. Die *Stimme* war fort, und er gewahrte, dass sich hinter dem Starren etwas entfernte, die Türen der Augen sich schlossen.

»Bleiben Sie noch 'n Momentchen, ja?«, flehte Jimmy kläglich, verlegte sich selbst auf einen anderen Tonfall. »*Reden* Sie mit mir!«

»Schau mir in die Augen, Kleines«, antwortete Ralf mit dem altbekannten, aber irgendwie zitierte jetzt die *Stimme* Bogart, und zudem spürte Jimmy, dass hinter dem Starren jemand zumindest *versuchte*, sich wie ein Mensch zu verhalten.

»Ja, Mann, aber *wer* erwidert meinen Blick?«, fragte Jimmy leise, weil er sich sorgte, einen vergänglichen, flüchtigen Moment, den er gar nicht hätte beschreiben können, vorzeitig zu beenden.

»Das ist die längste jemals erzählte Geschichte. Sie beginnt in den Bäumen und führt zu den Sternen. Sie fängt mit einem großen Knall an, und falls wir zu dem werden, wer ich sein soll, endet sie nie.«

Jimmy unterdrückte seinen Verdruss über diese Geheimniskrämerei durch reine Willensanstrengung. Mochte Ralf ein Irrer, Schwindler oder Sternenschiffkapitän sein, Jimmys Riecher wusste darauf keine Antwort – und vielleicht war er dafür nicht das passende Werkzeug –, aber der Bauch riet Jimmy, die Angelegenheit professionell und pragmatisch anzugehen, geduldig zu sein, so wie man sich, wenn es sein musste, gegenüber dem unzugänglichsten Produzenten geduldig zeigte.

»Wissen Sie, wir haben mittlerweile genug Geschichten gehört«, meinte er behutsam. »Können wir nicht zur Sache kommen?«

»Die Geschichte *ist* die Sache«, versicherte ihm die Stimme. »*Ich* bin die Geschichte. Die Geschichte, die wir uns ständig zu erzählen versuchen.«

Das Lächeln blieb unverändert. Unverwandt blickten die Augen in Jimmys Augen, während Ralf weit die Arme zu einer Geste ausbreitete, die das gesamte Wohnzimmer erfasste, den kleinen Indoor-Zauberwald.

»Ich bin die Version, in der wir es richtig machen. Glauben Sie an mich, und Glöckchen lebt.«

Jimmy mochte zwar nicht verstehen, was er hörte, aber in diesem Moment, nur für den Augenblick, glaubte er vielleicht daran.

»Aber wenn die Show abgesagt wird«, fügte die Stimme hinzu, »dann war ich bloß ein aufgedreht-irrer Verrückter.«

Und etwas entglitt durch den Zoom der Augen in den Hintergrund und entschwand.

Jimmy hatte es völlig vergessen gehabt, die Fanclub-Frage zur Sprache zu bringen, und lediglich Ralf die Zusatzverträge unterzeichnen lassen, dann sich schleunigst verabschiedet, war so schnell wie möglich hinaus in die herkömmliche Scheußlichkeit des San Fernando Valley-Smogs geflüchtet.

Ihm blieb nach wie vor unklar, weshalb das Erlebnis ihn nicht bloß in seiner Haltung bestärkt hatte, Ralf keine Interviews zu gestatten, egal *wie* vorteilhaft die Auswirkungen sein mochten – eine Entscheidung, die unter den vorliegenden Umständen immerhin als vernünftig gelten konnte –, sondern auch in der auf den ersten Blick weniger einleuchtenden Entscheidung, der Versuchung zu widerstehen, einen lukrativen Fanclub-Vertrag abzuschließen.

Umso weniger einleuchtend übrigens gegenwärtig, während er hinter seinem allzu aufgedreht-irren, verrückten Komikkünstler Archie Maddens Büro betrat.

Denn wurde *RALFS WELT* nun aus dem Programm genommen, ließ es sich wohl nicht vermeiden, dass er sich im Nachhinein wünschte, eine letzte Möglichkeit einträglicher Vermarktung genutzt zu haben, so lange es die Show noch gab.

Das Junggenie saß an seinem Schreibtisch, aber sah heute nicht mehr ganz so jung und etwas weniger genial aus. Ein bisschen älter. Etwas härter. Weniger selbstsicher.

Vielleicht lag es an dem zu erwartenden Todesurteil für die Show, dass der Stahlschreibtisch jetzt in Jimmys Augen einem aztekischen Altar glich, auf dem man Herzen herausriss. Vielleicht an Maddens sorgsam kultiviertem Fünftagebart und dem radikal konservativen dunkelblauen Anzug mit weißem Hemd und schmalem, schwarzem Schlips. Jedenfalls hatte Jimmy dieses Mal von ihm den Eindruck der Hollywoodversion eines Gangsters, der sich als Bürovorsteher maskiert hatte. Oder umgekehrt.

»Nennen Sie mir einen Grund, Balaban«, rief Madden zur Begrüßung, »um die Show nicht zu streichen.«

»Hä?«, machte Jimmy, indem er sich in einen der Sessel in der Form riesiger Hände fallen ließ, zu denen die Idee, wie ihm plötzlich einfiel, infolge irgendeiner idiotischen Designer-Anwandlung geklaut worden war, und zwar aus einem Comic biblischen Alters.

»Nennen Sie mir einen Grund«, wiederholte Archie Madden mit tonloser Stimme, die keine innere Regung preisgab.

»Ist das Ihr Ernst?«, fragte Jimmy, forschte in Maddens Miene nach irgendeinem Hinweis, jedoch ohne Ergebnis.

Bestand wider jede Showgeschäftlogik etwa doch noch Hoffnung? Oder war das nur die Art dieses Burschen, vor dem Unabwendbaren noch ein wenig zu frotzeln? Jimmys Blick streifte den übergroßen Flachbildschirmfernseher, den Madden statt eines standesgemäßen Gemäldes im Büro hängen hatte, weil das jeweils laufende Programm manchmal seine Stimmung widerspiegelte. Aber das Gerät war gar nicht eingеschaltet. Und dieses Mal spielte, bemerkte Jimmy, auch keine Hintergrundmusik.

»*RALFS WELT* ist nichts mehr zum Lachen, Balaban«, antwortete Madden. »Die Einschaltquoten fallen, und weil der Star der Sendung vergessen hat, wie er komisch sein kann, sehe ich noch Schlimmeres voraus. Ich hätte wirklich gerne, dass Sie mir einen Grund angeben, weshalb ich nicht die Notbremse ziehen soll.«

Warum?, wäre es Jimmy fast entfahren. Aber er konnte sich noch rechtzeitig beherrschen.

Mit einem Schlag betrachtete er Archie Madden und sein Büro als etwas viel Normaleres, und er hatte im Urin, dass Maddens Ruhm ein wenig angekratzt war: Das Showgeschäft bewährte sich als kein Milieu, in dem Junggenies, wenn sie älter wurden, sich zu reifen Genies entwickelten.

Falls sie überhaupt bei der Stange bleiben konnten.

Jimmy durchschaute die Lage.

Madden hatte ein bisschen Schiss. Zwar hing nicht seine Position von *RALFS WELT* ab, jedoch der bisherige Glanz seiner Reputation. Die Verringerung der Einschaltquoten hatte ihn bereits Punkte gekostet. Mitten in einer Staffel eine Show zu kippen, die er selbst nachdrücklich gefördert hatte, käme dem Eingeständnis gleich, sich *geirrt* zu haben. Junggenies durften sich nicht irren. Für ihn wäre es günstiger, die Show mit dieser Staffel auslaufen, sie im Sommer in Vergessenheit geraten zu lassen und im Herbst einfach nicht fortzusetzen.

Allmählich schöpfte Jimmy frische Hoffnung.

Das grundsätzliche Interesse der Gold Medien AG war eine Beendigung der Show, ehe sie in die Verlustzone abrutschte, in *Maddens* Interesse hingegen lag es, sie nicht vorzeitig zu kippen, sondern später still und leise aus dem Verkehr zu ziehen. Folglich wünschte er *wirklich*, dass Jimmy ihm einen Vorwand nannte, der ein solches Vorgehen rechtfertigte; einen Grund, den man auch in der Chefetage des Unternehmens anerkannte, das sein beachtliches Gehalt zahlte.

Allerdings wäre es schädlich, mit Madden unverblümt im Bezugssystem dieser Wahrheit zu verhandeln.

»Geld«, sagte Jimmy stattdessen.

»Wessen Geld?«, fragte Madden, ließ seinem Tonfall vorsichtig ein wenig trockenen Sarkasmus einfließen. »Ihres oder unseres?«

Volltreffer.

Denn während die Einnahmen der Gold Medien AG aus der Shows selbst mit den Einschaltquoten sanken, gedieh die Vermarktung ausgezeichnet. Und obschon Madden wahrscheinlich die Schuld am Versäumnis der Gold AG, sich mehr als einen unerheblichen Bruchteil der unerwartet hohen Einnahmen aus der Verwertung der Nebenrechte zu sichern, der Vertragsabteilung zuschieben konnte, müsste die Kritik zwangsläufig in gewissem Umfang auf ihn abfärben. Umgekehrt stärkte es bestimmt dem lädierten Ruf seiner Genialität den Rücken, wenn es ihm in dieser Situation gelang, den Fehler ein Stück weit zu korrigieren.

Jimmy lächelte nicht, aber lehnte sich ein wenig zurück.

»Ich denke da an eine Abmachung, die beiden Seiten hilft«, sagte er. Dann beugte er sich leicht vor, blickte Madden in die Augen und zeigte ihm ein sehr knappes Lächeln, das unter diesen Umständen als Äquivalent eines Augenzwinkerns gelten konnte. »Oder wenigstens beiden Managern.«

Madden rang sich ein gleichartiges, lediglich angedeutetes Lächeln ab.

»Lassen Sie mich mal diskussionshalber die Möglichkeit ansprechen, meinem gütigen Herzen entspränge die Bereitschaft, gewisse Vertragsbestandteile neu auszuhandeln und der Gold AG künftig zehn Prozent unserer Einnahmen aus den Verwertungsrechten zuzugestehen«, sagte Jimmy. »Wäre das die Art von Grund, den Sie suchen, um die Show nicht zu kippen?«

Er schenkte Archie Madden sein gelungenstes freundliches Tigerhai-Lächeln. »Denn die Gültigkeit des Deals hinge ja vom Weiterlaufen der Sendung ab. Nach ihrer endgültigen Streichung aus dem Programm fiele die Sondervereinbarung selbstverständlich fort. Was sagen Sie dazu … Archie?«

»Fünfundzwanzig Prozent, sage ich«, gab Archie Madden zur Antwort.

»Fündundzwanzig halte ich für ausgeschlossen, aber ich erhöhe auf fünfzehn.«

»Zwanzig.«

Jimmy zuckte die Achseln und warf die Hände weit empor. »Teilen wir doch, um nicht kleinlich zu feilschen, einfach die Differenz und einigen uns auf Siebzehneinhalb«, schlug er großmütig vor. »Immerhin geht es um etwas mehr«, fügte er in etwas härterem und professionellerem Ton hinzu, »als um ein paar lausige Prozentpunkte.«

Madden lächelte nicht. Er hob nicht einmal die Schultern, um den Deal abzusegnen.

»Aber wir müssen die Konzeption ändern«, sagte er stattdessen.

»Die Konzeption ändern?«, wiederholte Jimmy.

»Die Konzeption ändern?«, mischte sich nun Ralf ein. »Wir haben doch jetzt das Konzept, mit dem alles richtig läuft. Bedenken Sie bitte die unwiderruflichen Alternativen.«

Bisher war Ralf so barmherzig gewesen zu tun, was ihm Jimmy empfohlen hatte, nämlich die Klappe zu halten, stumm und reglos wie ein Möbel geblieben, sodass Jimmy seine Anwesenheit fast schon vergessen hätte.

Aber jetzt, gerade als Jimmy hinzubiegen im Begriff war, was er vorher als unmöglich erachtet hatte, wurde er plötzlich hellwach, sprach mit der Stimme und heftete das Starren auf Archie Madden.

»Hab ich«, entgegnete Madden, raffte sich zu einem Abklatsch seiner Junggenie-Ausgabe zusammen.

»Was stimmt an der Konzeption nicht?«, erkundigte sich Jimmy; zu laut, wie er merkte, aber da er nicht nahe genug bei Ralf saß, um ihn ans Schienbein zu treten, blieb ihm keine andere Wahl.

Zumindest gelang es ihm, Archie Maddens Aufmerksamkeit wieder auf sich zu lenken.

»Sie kommt nicht mehr an«, antwortete Madden. »Sie kommt nicht mehr an, weil Ihr Klient sie kaputt gemacht hat«, sagte er eiskalt, als wäre Ralf nicht zugegen. »Und er hat sie kaputt gemacht, weil er verrückt geworden ist. Vielleicht ist es Ihnen auch aufgefallen?«

Ehe Jimmy ein Wort erwidern konnte, kam Madden ihm revolverschnäuzig zuvor und lächelte Ralf, eine Hand in die Höhe gestreckt, verbindlich zu, eine nahezu väterliche Geste eines Schlingels, der noch nicht einmal auf die Dreißig zuging.

»Bitte verstehen Sie mich nicht falsch, Ralf, Sie haben ein verfassungsmäßiges Recht auf Verrücktheit, sie ist es, durch die Amerika groß geworden ist, einige wirklich große Talente haben zeitweise in Irrenhäusern gesessen, wir sind hier eine Firma, die allen Menschen gleiche Chancen einräumt, ich habe absolut nichts gegen geistig Benachteiligte, solange sie gut genug drauf sind, um die Einschaltquoten zu halten.«

»Sie betrachten die Einschaltquoten als Evolution in Hochbetrieb«, konstatierte Ralf.

»Es freut mich zu hören, dass Sie die Sache so professionell sehen«, sagte Madden. »Und ich hoffe, Sie nehmen mit der gleichen Einstellung auch meinen Lösungsvorschlag auf.«

»Ich bin selbst ein Geist gleicher Chancen, Archie«, erklärte Ralf, imitierte Maddens Lächeln, aber richtete das Starren und die Stimme mit einer Nachdrücklichkeit auf Madden, die diesen wenigstens flüchtig zum Blinzeln bewog. »Das ist ein Prinzip, das unserem Planeten zu Größe verhelfen wird.«

»Äh ... Sie wissen eine *Lösung*, Archie?«, fragte Jimmy laut in das anschließende, peinliche Schweigen.

Madden brauchte noch ein Momentchen, um den Blickkontakt mit Ralf zu beenden und zur Tagesordnung zurückzukehren. »Ein erprobtes und unfehlbares Mittel«, bestätigte er Jimmy. »Berühmtheiten.«

»Berühmtheiten?«

Madden nickte. »Solange die Show ihr Spitzenformat hatte«, sagte er, redete wieder, als wäre Ralf ein Möbelstück, »haben ja all diese Weltraumkadetten und NewAge-Gebrauchtkarmatrödler ihren Nutzen erbracht. Das Ganze hat funktioniert, weil diese schrägen Typen die Spinner abgaben und von einem Komiker durch den Kakau gezogen werden konnten ...«

Er brach ab und wandte sich an Ralf. »Ich mein's nicht persönlich, Ralf ...«

»Durchaus nicht«, sagte die Stimme. Das Starren schien Madden regelrecht zu durchbohren und aufzuspießen. »In diesem Lokal verkehren nur Transpersonelle.«

»Es geht ausschließlich um eine streng professionelle Bewertung, verstehen Sie?«, plapperte Madden nervös. »Aber wie Seeleninspektor Sigmund Freud oder Pizzakönig Wolfgang Puck oder sonst wer gesagt hat, man ist, was man isst ...«

»Oder was einen isst.«

Hektisch zwinkerte Madden mehrere Male. Er wandte den Blick nicht ab, aber Jimmy hatte das Empfinden, er hätte es gerne getan. Unter sämtlichen professionellen Gesichtspunkten drängte Jimmys Gespür ihn *zur schleunigsten Einmischung*, doch ein andere Art des Ahnens, die er bislang gar nicht bei sich beobachtet hatte, bewog ihn dazu, sich zurückzulehnen und Ralf gewähren zu lassen.

»Oder beides«, sagte Madden. »Anfangs haben Sie es durchgezogen, wie's richtig war, nämlich indem Sie Ihre Gäste in der Pfeife geraucht haben, aber im Laufe der Zeit haben Sie zu viel von deren Verrücktheit geschluckt, und inzwischen machen Ihre Gäste Sie zur Schnecke. Können Sie mir so weit folgen?«

»Faszinierend, Doktor«, antwortete Ralf mit Mr. Spocks monotoner Stimme, ohne den Blickkontakt zu unterbrechen oder die Miene zu verziehen. »Der Träumer, den man weckt«, fügte danach die *Stimme* hinzu, »ist der Träumer, den man erschafft.«

»Ähm ... Möglicherweise könnte man 's auch so ausdrücken«, gestand Madden ihm merklich voller Unbehagen zu.

»Man kann Geister aus den unendlichen Tiefen rufen, aber wer kommt, wenn man sie ruft ...?«

»Ach ja, natürlich«, sagte Madden, leitete unverzüglich zu einem kurzen, aber ununterbrochenem Monolog über, geradeso wie jemand, der sich bemüßigt fühlte, einen eventuell gefährlichen Irren zu beschwichtigen oder in der U-Bahn sein Schwarzfahren zu begründen. »Ich meine, missverstehen Sie mich nicht, aber Sie haben's einfach nicht mehr drauf, mit solchen Figuren die Sendung zu behaupten. Sie allein können mit all den Amateuren die Show nicht mehr tragen. Darum brauchen Sie Gäste, die wissen, wie sie auf *Sie* eingehen können. Ihnen dabei helfen, die Sendezeit zu füllen. *Sie* unterstützen, wenn's sein muß. Kurzum, *professionelle Berühmtheiten.*«

Er schwieg, als ob er eine Stellungnahme erwartete.

Ralf saß nur da und blickte ihn an wie die Mona Sphinx.

»Tja«, fragte Madden schließlich lahm, »was halten Sie davon?«

Irgendetwas stimmte hier einfach nicht …

»Wenigstens wäre ich noch im Showgeschäft«, sagte Ralf zu guter Letzt.

Die Stimme, die diesen wohl abgedroschensten Satz des gesamten erwähnten Showgeschäfts sprach, und das, was durch Ralfs Augen Archie Madden ansah, verliehen dem Wortlaut eine seltsame Art unkomischen Tiefsinns.

Madden schien unter dem Bann des Starrens zu stehen wie ein Vogel vor einer Kobra oder ein vogelhirniges Starlet unter den Augen eines geilen Produzenten.

»Und ich bin der letzte Trumpf«, stellte die Stimme fest.

»Holla, einen Moment mal«, ergriff Jimmy das Wort, sobald er bemerkte, dass er sich selbst vorübergehend in einer Art von Trance befunden haben musste, um das Offenkundige so lange zu übersehen. »Soll das heißen, Sie wollen nun das Budget so stark erhöhen, dass wir 's uns leisten können, richtige *Stars* einzuladen?«

Unter welchem Bann das Junggenie auch gestanden haben mochte, diese Frage schreckte ihn so wirksam auf, als wäre ihm ein roher Fisch um die Ohren gehauen worden, und er schaute Jimmy an, als hätte nun auf einmal *er* den Verstand verloren.

»Ach, jetzt verstehe ich«, rief Jimmy. »O nein, das kommt nicht in die Tüte. *Ich* kann's mir auf keinen Fall erlauben, sie aus dem Budget zu bezahlen, das Sie *mir* zuteilen.«

»Und ob Sie 's können«, widersprach Archie Madden. »Wir bezahlen sie nach Tarif.«

»Nach Tarif?! Sie haben ja 'n Rad ab. Für *Tariflohn* holen wir doch keine Stars in die Sendung.«

Madden widmete Jimmy eine ziemlich gute Imitation des Ralfschen Starrens, obgleich seine Nachahmung von Ralfs knappem Lächeln eher zu einem verlegenen Grinsen geriet.

»Stars?«, wiederholte er. »Ich wüsste nicht, dass ich Stars erwähnt hätte. Von *Berühmtheiten* habe ich gesprochen. Professionellen Berühmtheiten. Ich habe mit einer Agentin geredet, die mir versichert hat, *die* könnten wir alle gegen Tariflohn kriegen. Sie bezahlen sie aus Ihrem Budget, ich entrichte das Honorar der Agentin. Ihr Name ist Sara Gimble. Sie hat gesagt, Sie kennen sie.«

»Ach du Scheiße«, stöhnte Texas Jimmy Balaban. Jetzt war ihm endlich alles völlig klar.

O ja, er kannte Sara Gimble. Aus alten Zeiten. Aus so weit zurückliegenden Zeiten, dass er kaum noch das Bedürfnis verspürte, sich daran zu erinnern. Er hatte Sara gimble sogar ein paarmal gevögelt. Sara betrieb auf Provisionsbasis eine Agentur zur Vermittlung von Talkshow-Dauergästen der untersten Garnitur zwecks Sendezeitausfüllens an Showgeschäft-Talkshows des niedrigsten Niveaus.

Dauerarbeitslose ehemalige Charakterdarsteller. Pensionierte Stripperinnen, die mit ihrem komischen Spitznamen hausierten. Kessler-Zwillinge und Marx Brothers, die kein Mensch kannte. Sänger, deren letzte Gigs in puertoricanischen Bar-Mizwa-Lokalen stattgefunden hatten.

Solche *Abgetakelten* meinte das Junggenie mit der beschönigenden Bezeichnung ›professionelle Berühmtheiten‹. Und er hatte Recht: Dieses Fußvolk des Showgeschäfts arbeitete tatsächlich für den Angestelltentarif. Mehrheitlich wären diese Leute für ein Trinkgeld aufzutreten bereit, ließe die Berufsgenossenschaft es ihnen durchgehen.

»Das ist ja unterste Schublade«, äußerte Jimmy, obwohl er die Strategie bewundern musste.

Gegen die Kosten für Sara Gimbles Honorar – vergleichsweise Peanuts – erhandelte Madden der Gold Medien AG für die restliche Staffel siebzehneinhalb Prozent der Einnahmen aus der Nebenrechteverwertung sowie für sich einen unauffälligen Abgang der Show im Verlauf des Sommers, sodass voraussichtlich von der Tretmine an seinen Gucci-Stiefeletten nur eine ganz geringe Menge Dreck hängen blieb.

»Nach der *Definition* des ›Unten‹ muss ganz unten die Bilanz stehen«, sagte Archie Madden. Zumindest hatte er so viel Anstand, die Bemerkung in neutralem Ton zu machen.

»Und darum soll es eine Anregung sein, die ich nicht ablehnen kann?«, fragte Jimmy im gleichen Tonfall.

Oder kann ich ablehnen?

Bei sich nahm Jimmy eine eigene Bilanzierung vor. *Falls* er diesen zynischen Deal zurückwies, verlor er seinen Teil der Einnahmen aus dem Rest der Staffel, behielt allerdings für dieselbe Zeitspanne die siebzehneinhalb Prozent aus dem Marketing der Lizenzen, die sonst der Gold Medien AG zufielen.

Die Bilanz lautete, wenn man sie in Zahlen fassen wollte, dass er keine Bilanz ziehen konnte. Man durfte die Sache auch ausknobeln.

Die Vorstellung, dass jetzt eine der bedeutsamsten geschäftlichen Entscheidungen seines Lebens fallen sollte, *ohne* dass dabei Dollar und Cent der heiligen Bilanz den Ausschlag gaben, hätte Texas Jimmy Balaban eigentlich gehörige Magenbeschwerden verursachen müssen.

Doch wie sonderbar es auch war, es hatte für ihn etwas Befreiendes an sich.

Denn nun konnte *er* ein Lächeln andeuten, sich in den Sessel lehnen und die Arme auf der Brust verschränken. »Ich will Ihnen mal was sagen, Archie«, meinte er. »Ich glaube, zum ersten Mal im Leben überlasse ich die Entscheidung meinem Klienten.«

Er kehrte sich Ralf zu, erwiderte das Starren, und in diesem Moment fühlte er sich beinahe zu glauben im Stande, dass das Etwas oder der Jemand, der ihn von der anderen Seite der abgründigen Augen anblickte, *tatsächlich* etwas Ähnliches war wie ein Gespenst aus der Zukunft.

»Es ist *Ihr* Sternenschiff, Kapitän«, sagte er, entbot ihm mit der Hand einen knappen, ironischen Salut.

Ralfs Schmunzeln wirkte ein wenig freundlicher, während er – quasi mit einem Augenzwinkern – Kirk markierte. »Danke, Mr. Spock. Ich vermute, sogar in den Besten unter uns steckt noch etwas Menschliches, stimmt's?«

Und das erste Mal empfand Jimmy, wenn keine regelrechte Freundschaft, so doch eine gewisse Verbundenheit zu der Persönlichkeit, die den bewundernswerten Zimmergarten geschaffen, das Junggenie, ohne dass Madden es richtig merkte, gründlich verunsichert und über den Tisch gezogen und vielleicht gleichzeitig Jimmys Blick für die akute Situation geschärft hatte.

Und obwohl er eine höchst wichtige geschäftliche Entscheidung auf eine leichtfertige Weise einem Klienten anheim stellte, die zu dem Stolz und der Berufseinstellung eines Künstleragenten in krassem Gegensatz standen, fühlte er sich dadurch klüger, nicht dumm, und größer, nicht kleiner.

Archie Madden dagegen, so beobachtete Jimmy mit insgeheimer Belustigung, fand seine Haltung gar nicht lustig. »Also wirklich, Balaban, nun machen Sie aber mal 'n Punkt!«, beschwerte er sich, und diesmal grenzte sein Tonfall hart ans Quengeln. »Wir wissen doch beide, dass der Mann nicht mit offenen Karten spielt.«

»Vielleicht nicht«, räumte Jimmy sorglos ein, »aber ich habe so manches Mal den Eindruck, dass er sämtliche Trümpfe in der Hand hat. Wie dem auch sei, Archie, ich bin sein Manager, und ich sage, die Angelegenheit steht und fällt mit seiner Entscheidung.«

Eine Sekunde lang äugte Madden ihn missgelaunt an, zeigte unverhohlen seinen Frust. Dann zuckte er kaum merklich die Achseln, seufzte, nahm sich zusammen und verlegte sich erneut auf sachliche Professionalität, unter den absonderlichen Umständen ein Verhalten, durch das er in Jimmys Ansehen wieder ein wenig stieg.

»Tja, so geht's eben im Showgeschäft«, brummelte er.

»So was wie das Showgeschäft gibt's eben kein zweites Mal«, antwortete ihm Ralf mit der von dem Starren begleiteten Stimme.

»Sehen Sie mal, ich weiß, dass Sie verrückt sind und so weiter, und ich möchte Ihnen gegenüber ausdrücklich klarstellen, dass ich davor großen Respekt habe, also es ist *wirklich* wahr«, sagte Madden. Theatralisch schaute er auf die Uhr. »Aber ich muß in sechs Minuten in die nächste Konferenz, deshalb müssen wir hier bis dahin zum Schluss kommen, und wie ich eben erfahren habe, hängt das Resultat unserer Beratung von Ihnen ab.«

»Wenn die richtige Entscheidung fällt«, erklärte die Stimme, »stehen wir vor einer unendlichen Geschichte.«

»Unsinn«, erwiderte Archie Madden, in dem Jimmy, wie er jetzt merkte, kein Genie mehr sehen konnte, geschweige denn ein Junggenie. »Sogar *Dallas* ist irgendwann abgesetzt worden. Wir reden über drei Monate, nicht über die Ewigkeit.«

»Das behaupten *Sie,* Affenboy«, konterte Ralf, indem die Stimme einen unheimlichen, ironischen Rückgriff auf den Ton des ursprünglichen Totenschiff Erde-Bootsflüchtlings vornahm.

»Ich behaupte *im Namen der Gold Medien AG,* Sie Vollzeitbescheidwisser«, maulte Madden wie ein guter, alter Hollywood-Filmbonze zurück, dem letztlich der Geduldsfaden riss, »dass diese Besprechung gleich zu Ende ist und Sie bis dahin ja oder nein gesagt haben.«

»Wenn das Ihr Standpunkt ist, was kann ich noch machen, außer die Clowns in die Arena zu schicken?«, fragte Ralf. »Die Show muß weitergehen.«

»Das heißt also ja?!«, kollerte Madden.

»Es heißt«, gab Ralf zur Antwort, »wir wissen, was passiert, wenn die dicke Frau singt.«

Amandas Anrufbeantworter hatte einen vollen Speicher, als sie von ihrer langen Pilgerreise heimkehrte, und ein rundes Dutzend der Anrufe stammten von Texas Jimmy Balaban.

Ihr Apparat war keines der modernen Dinger, die die Anrufe automatisch datierten, und auch Jimmy hatte bei keinem Mal ein Datum genannt, aber anhand der Angaben anderer Leute, die sich genauer geäußert hatten, sowie der Veränderungen, die sich an seinen Anrufen feststellen ließen, konnte sie rührend einfach den Zeitrahmen seiner Bemühungen abstecken, mit ihr in Verbindung zu treten.

Nach der Sendung mit Cameron Carswell und Hadashi, in deren Lauf aus den Nebeln der Traumzeit das so lange erstrebte Satori über sie gekommen war, hatte Amanda ihre Ralf betreffende Tätigkeit als beendet und diese Phase ihres Daseins als abgeschlossen betrachtet.

Allerdings hatte sie entdecken müssen, dass auch eine solche Erleuchtung keine Vollendung nach sich zog, sondern danach die nächste Tür wartete, auf der anderen Seite der sprichwörtliche erste Tag vom Rest des Lebens lag, und die einzige Möglichkeit, um herauszufinden, wie es werden sollte, war der Schritt durch die Tür.

Aber in einer Hinsicht hatte Dexter Lampkin Recht: Im Reich der Maja musste sie, anstatt zu schreiten, Auto fahren.

Die große Pilgerschaft war noch eine Phantasie gewesen, als sie ihm von ihrem Wunschtraum erzählt hatte, einmal auf der Höhenstraße – in allen ihren Inkarnationen – die gewaltigen Kordilleren von den Hügeln Hollywoods bis zu der frostigen, weiten, himalyaischen Kolossalität der Berge Alaskas zu durchwandern.

Doch Dexter hatte den Traum zu einer realen Möglichkeit in der wirklichen Welt gemacht, indem er sie davon überzeugte, dass es als kein Abstieg in karmische Niedrigkeit gelten musste, die Reise im Auto zu unternehmen. Denn das Fahren verkörperte nicht nur den allein durchführbaren Weg, sondern sie hatte auch auf dem Beifahrersitz seines Porsches begriffen, dass ein Kraftfahrzeug, genau wie jeder andere von Menschenhand geschaffene Gegenstand, der Zuneigung, wenn man ihm denn welche gewähren wollte, wert sein konnte.

Also fasste sie es, als die Verhältnisse ihr die Gelegenheit boten, zu einem Preis, dessen Begleichung ihr *RALFS WELT* heute erlaubte, einen sieben Jahre alten Land Rover zu erwerben, als Zeichen des Schicksals auf – oder wenigstens als gutes Geschäft –, kaufte den Wagen, buchte für die Show Gäste für acht Wochen im Voraus, um für eine längere Abwesenheit den Rücken frei zu haben, und machte sich auf den Weg.

Nach ihrer endlosen Reihe von Rostlauben war der Rover die reinste Offenbarung geworden, das geeignete Fahrzeug für ihren Übergangsritus. Ein Porsche Coupé war es nicht, auf der Autobahn zog es bei hundert Sachen nicht mehr so recht, aber die Autobahn war nicht ihr erwählter Pfad, der Vierradantrieb konnte sie an jeden Ort befördern, auf ihn war felsenfest Verlass. Der Land Rover war der beste Wagen, den sie je gehabt hatte.

Auch wenn sie zu ihm keine solche Zuneigung wie Dexter zu seinem Porsche entwickeln konnte, flößte er ihr doch beträchtliche Achtung ein, als er am Morgen der Abfahrt ansprang, ohne sich zu zieren, und auch den ganzen Tag hindurch keinerlei Macken zeigte.

Immerhin führte ihre Hinwendung zu dem Rover zu einer Umkehrung dessen, was Dexters Zuneigung zu seinem Porsche bewies. Hinter seinem Lenkrad kam der verborgene romantische Geist des von Logik besessenen Positivisten zum Vorschein, und hinterm Lenkrad des Rover entdeckte die Sucherin des Mystischen ein ihr bis dahin im Großen und Ganzen unvertraut gewesenes Verständnis für das Zen der Nieten und Schrauben.

Ihre Pilgerschaft begann mit einem ganzen Tag gemächlicher Fahrt entlang an der Küste nach Big Sur und einer vollen Woche Aufenthalt in der dortigen Umgebung, wo sie Bekannte besuchte, in den Rotholzwäldern übernachtete sowie die üblichen Seminare und bewusstseinserweiternden Veranstaltungen aufsuchte, die sie inzwischen, nach dem, was sie erlebt hatte, nur noch als müde Wiederholungen längst Durchgekautem empfand.

Dass Ralf mittlerweile in der NewAge-Szene zum beliebtesten Diskussionsthema geworden war, mochte etwas damit zu tun haben. Sie hätte darin nichts Verdrießliches gesehen, wäre dabei aufrichtiges Bemühen erkennbar gewesen zu verstehen, welche Konsequenzen der Aufstieg dieses Mannes für die Zukunft der Menschheit haben könnte, jedoch hatte es den Anschein, dass selbst die klügsten ihrer alten KameradInnen noch den gleichen, überkommenen dualistischen Irrlichtern nachjagten. Echte Manifestation aus der Zukunft oder inspirierter Wahnknabe? Zeitreisender oder Avatar der Göttlichkeit? Realität oder Pseudo?

Auf alle diese Fragen wusste sie nur eine Antwort: *Ja.*

Und auf sämtliche Bitten, doch ein Seminar zum Thema Ralfs Bedeutung zu veranstalten, konnte sie ebenfalls nur eine Antwort geben: *Nein.*

Wie hätte sie einen anderen Bescheid erteilen können?

Gewiss hatte sie ein beachtliches Satori erlebt. Ihr war die nahtlose Einheit des spirituellen und physikalischen Reichs enthüllt worden. Dass Materie und Bewusstsein aus demselben Traumzeit-Tanz virtueller Muster inmitten der Leere entstanden, war kein Glaubenssatz mehr, sondern Tatsache. Was war, das war auch Realität. Sie hegte keinen Zweifel daran, dass Cameron Carswell diesen Sachverhalt mit so ausreichender mathematischer Klarheit darzulegen verstand, dass sie auch das Nobelpreis-Komitee zufrieden stellte.

Doch um ihre Erkenntnis jemandem zu *vermitteln,* hätte sie Richard Feynman sein müssen, ein Physiker und Nobelpreisträger, der zudem über ein mit Engelszungen vergleichbares Rednertalent verfügte.

Ebenso wenig bezweifelte sie, dass sich aus Carswells vorausehbarer mathematischer Konkretisierung dessen, was vorher lediglich ihr Glaube gewesen war, irgendwann eine Bewusstseinsqualität entwickelte, die die Fähigkeit hatte, die Pforte zur Traumzeit durch bloße Willenskraft zu öffnen.

Aber zu durchschauen, wie sie selbst auf diese Bewusstseinsebene gelangen könnte – gar nicht davon zu reden, eine solche Technik zu lehren –, überstieg ihren gegenwärtigen Entwicklungsstand. Sogar das Bewusstsein, das aus der Traumzeit der Zukunft durch Ralf sprach, war anscheinend, wenn es darum ging, sich im Hier und Jetzt zu manifestieren, nur streckenweise Herr der Lage.

Dank ihrer weitsichtigen Vorsorge waren seitens Texas Jimmy Balabans keine Anrufe erfolgt – oder so wirkte es jedenfalls, während Amanda den Anrufbeantworter abhörte –, solange sie sinnlos in ihren alten Fußstapfen wandelte; das erste Mal musste er ungefähr um die Zeit auf den Apparat gesprochen haben, als sie halb betrübt ersah, dass sie im dortigen Umfeld so etwas wie eine Fremde geworden war, und beschloss, die Fahrt nach Norden fortzusetzen.

»Hör zu, Amanda, hier ist Jimmy Balaban, ich möchte nicht, dass Sie glauben, ich hätt's getan, weil ich wegen dem, was passiert ist, sauer auf Sie sei, na ja, ein *bisschen* bin ich schon sauer, aber das ist nicht der Grund, weshalb ich's getan hab, und zwar hab ich wahrhaftig Ralf die Entscheidung überlassen, Scheiße, Sie hätten einfach dabei sein müssen, ich glaube, ich kann's Ihnen nicht richtig erklären …«

Die aus schlechtem Gewissen nervös-plapperhafte Stimme schwieg für ein Augenblickchen, sprach danach fester weiter, als hätte Texas Jimmy sich am Riemen gerissen.

»Also hören Sie zu, unterm Strich geht's darum, falls Sie Ihren Anrufbeantworter per Telefon abhören, Sie brauchen sich mit der Rückkehr nicht zu beeilen, weil … Tja, es ist so, Ihre Mitarbeit ist nicht mehr erforderlich, Madden wollte nämlich die Show kippen, bis ich ihm zugestanden habe, die Show mit Gästen zu füllen, die diese für sabbelnde Krücken aller Art zuständige Talkshow-Wanderzirkus-Agentin vermittelt, und … Na, um's kurz zu machen, ich will ja Ihren

Apparat nicht vollquatschen, kurz gesagt also, ich habe zugestimmt, aber Sie sollen 'ne anständige Abfindung kriegen, rufen Sie mich an, wenn Sie wieder da sind ...«

Amanda lächelte, während sie sich die Mitteilung anhörte, und wäre Jimmy jetzt in Echtzeit am Telefon gewesen, hätte sie wahrscheinlich zurückgerufen und ihm beteuert: *Ich mache dir keinen Vorwurf, Jimmy.*

Denn so wie ihre Abwendung von der NewAge-Szene und der Aufbruch in die Terra incognita für sie eine Art von wehmütiger Emanzipation gewesen war, so hätte sie im gleichen Sinne seine Nachricht als Befreiung von vertraglichen Verpflichtungen gegenüber dem Karma der Vergangenheit willkommen geheißen.

Aber obwohl sie unterwegs ihren Anrufbeantworter hätte abhören *können*, verzichtete jede Visionssuchende bei klarem Verstand auf eine solche Verbindung zum Alltag.

Falls sie sich auf der Suche nach einer Vision befand.

Nach der Überquerung der Golden Gate Bridge hatte Sie sich für die Route 1 entschieden, die Küstenstraße, die sich mit einer Länge von fast 200 Kilometern zweispurig zwischen San Francisco und Mendocino durch die Gegend wand, überwiegend auf einem schmalen Sims verlief, das man an den Seitenhängen der Berge, die geradewegs bis hinab ans Meer reichten, aus dem Fels gehöhlt hatte.

Es musste einer der schönsten Küstenlandstriche der Welt sein, auf jeden Fall aber die zerklüftetste und wildeste Küste der kontinentalen Vereinigten Staaten: Nichts als Felsenkliffs, steinige Ufer und Klippen, Tannen und Nebel, eine gewaltige Landschaft, von der man sich kaum vorstellen konnte, dass menschliches Wirken sie je zähmte oder zur Strecke brachte.

Gleichzeitig war die Route 1 die fürchterlichste Straße gewesen, die Amanda jemals befahren hatte, viel schlimmer als alle Straßen selbst der höchsten Sierras: Schmal, voller Serpentinen, gesäumt von einem senkrechten Abgrund, in dem Brandung gegen die Uferfelsen schäumte, ohne dass Leitplanken oder sonstige Sicherheitsvorkehrungen vorhanden gewesen wären.

Niemals zuvor hatte sie sich bei so mäßiger Geschwindigkeit dermaßen vollkommen aufs Fahren konzentrieren müssen, aber auch das hatte sie in gewisser Weise als Befreiung empfunden, denn die dafür nötige Verschmelzung von Geist und Körper, Bewusstsein und Materie, erhärtete die gelernte satorische Lektion und ließ sie ihr in Fleisch und Blut übergehen, zu somatischem Wissen werden, für das es keiner Kenntnisse der höheren Mathematik oder Quantenkosmologie bedurfte.

Nein, sie fuhr nicht auf Visionssuche, denn die Vision, die sie so lange gesucht hatte, war schon erlangt worden. Vielleicht konnte sie sie in mancher Beziehung erst vollständig begreifen, wenn sie die Pilgerfahrt beendete, bezweckte die Reise das Verdauen der Erleuchtung, musste sie dem Weg einer Bodhisattva gehen, um sie vollends verstehen zu können.

»Hallo, Amanda, hier ist Jimmy Balaban, ich weiß nicht, wo Sie stecken, ob Sie Ihren Anrufbeantworter abhören oder ob Sie jetzt sauer auf *mich* sind, aber falls Sie ihn abhören und nicht auf mich böse sind, rufen Sie mich bitte an ...«

Diesen Anruf musste er irgendwann innerhalb der zwei Tage zwischen ihrem Aufenthalt in Mendocino und ihrem Abstecher zu den Mammutbäumen getätigt haben.

Mendocino war nacheinander Walfängerhafen, Hippietreffpunkt und Haschzüchter-Markt gewesen, und irgendwie waren alle Geister der Vergangenheit noch gegenwärtig, machten den Ort zu einem im Laufe der Zeit zurückgebliebenen, an die Seeseite der urtümlichen Wälder gekauerten Veteranen einstiger Ereignisse; einer spirituellen Botschaft – so hatte Amanda es auf alle Fälle empfunden – über die ektoplasmische Natur des menschlichen Wirkens innerhalb des zeitlichen Bezugsrahmens der Biosphäre.

Nicht weit davon entfernt hatte sie in den Wäldern den ›Zwergwald‹ entdeckt, einen Flecken Erdboden, dessen hohe Alkaligehalt Tannen und sogar Rotholzbäumen lediglich eine Existenz als lebende Naturbonsai gestattete. Sie sah erwachsene Bäume, die nicht einmal ihre Kniehöhe erreichten, so als sollte sie daran erinnert werden, dass im indifferenten geologischen Zeitrahmen des Planeten als Ganzes auch Bäume, sogar die Biosphäre selbst, nur eine Schicht Gewächse auf einer gigantischen Felskugel waren und ihr allemal stets gefährdetes Überdauern immer zweifelhaft war.

Hätte sie zu der Zeit Jimmys Anruf empfangen, wahrscheinlich hätte sie sich telefonisch bei ihm gemeldet, denn während sie jetzt auf seine Stimme lauschte, hörte sie ihr auch starke, ja klägliche Zweifel an, sodass sie auf dem Weg nord- und ostwärts zu den Mammutbäumen der Ansicht gewesen wäre, ihn nicht im Stich lassen zu dürfen.

»Amanda, hier ist noch mal Jimmy, ich rufe nicht aus geschäftlichen Gründen an, ich brauche ganz einfach jemanden, mit dem ich sprechen, der mir vielleicht dabei behilflich sein kann zu verstehen, was eigentlich los ist ...«

In einem früheren Leben hätte die in räumlichen und zeitlichen Begriffen fassbare Riesigkeit der Mammutbäume Amandas Glaube an die ewige Majestät Mutter Gaias wieder hergestellt, wären nicht die Touristen gewesen. Und vor noch nicht langer Frist hätte sie die Anwesenheit so vieler Muttis und Papis mit ihren plärrenden Bälgern als Entweihung empfunden.

Doch inzwischen betrachtete sie auch das umweltpolitisch korrekte Klischee als dualistische Illusion.

Was war, das war Realität. Ein dreitausend Jahre alter Mammutbaum. Ein sechsjähriges Kind mit von Schokoladeneis verschmiertem Gesicht. Überlauter Rap aus Brüllwürfeln. Eine vier Milliarden Jahre alte Kugel aus Magma und Stein, die in einem zwanzig Milliarden Jahre alten Universum schwebte.

Was war, das war Realität, mochte es gute oder schlechte Realität sein. Materie. Energie. Geist. Das Gute. Das Böse. Moralische Gleichgültigkeit. Alles entsprang demselben Traumzeit-Tanz virtueller Muster inmitten der Leere.

»Herrje, Amanda, ob Sie wohl inzwischen Ihren Anrufbeantworter abgehört haben, hören Sie zu, ich geb's zu, gut, vielleicht habe ich doch nicht das Richtige getan, ich meine ... Ach Scheiße, rufen Sie mich um Himmels willen mal an ...!«

Noch mehrere Anrufe Jimmy Balabans im gleichen Stil waren gespeichert worden, und zwar irgendwann zwischen ihrem Besuch bei den Mammutbäumen und der Überquerung der Grenze nach Oregon.

»Amanda, hier ist nochmals Jimmy, ich weiß, ich lege immer dieselbe Scheibe auf, und vermutlich hören Sie mich im Moment gar nicht, aber haben Sie zufällig heute die Show gesehen ...?«

Diesen Anruf konnte sie natürlich zeitlich genau einordnen, sie wusste noch gut, wo sie gewesen war, als Jimmy ihn vornahm, nämlich auf der Rückkehr in ihr Zimmer in einem Fernstraßen-Motel ein ganzes Stück nördlich von Medford in Oregon. Das Zimmer hatte Satellitenfernsehen gehabt, und weil sie den Sendetermin der Show genau kannte, hatte sie einen langen Spaziergang gemacht, um erst gar nicht in die sonst unvermeidlich gewordene Versuchung zu geraten, die Sendung einzuschalten.

»Falls ja, dann wissen Sie, was ich meine, das heißt, vorausgesetzt Sie interessieren sich überhaupt noch dafür, nämlich dass meine Abmachung mit Madden den Rest der Staffel zu einem festen Programmbestandteil macht, egal was Ralf treibt, außer er holt live seinen Polier raus oder so was, man darf gar nicht dran denken ...«

An dieser Stelle stoppte Amanda das Playback. Sie sah die Klugheit ihrer Entscheidung, ihren Anrufbeantworter unterwegs nicht abzuhören, nachdrücklich bestätigt, denn hätte Sie *diese* Nachricht rechtzeitig gehört, sie hätte zur Show der darauffolgenden Woche pünktlich vor einem Fernseher gesessen.

Stattdessen hatte sie diese Stunde der Hauptsendezeit mit der Kontemplation temporaler Relativität zugebracht.

Sie war im Cascade Range gewesen, in günstiger Sichtweite des Mount Saint Helens, des Vulkans, der vor einem Augenblickchen geologischen Zeitraums durch einen titanischen Ausbruch seine Umgebung in eine leblose Mondlandschaft aus Stein und Bims verwandelt hatte.

Und doch hatte sie am Rand eines jungen, frischen Wäldchens kampiert, das innerhalb einer gaianischen Nacht und eines gaianischen Tags gesprossen war und die unerschöpfliche Widerstandskraft der Biosphäre bewies.

Aber am Nachthimmel über der unberührten Wildnis hatten sich Lichter bewegt: Satelliten, Flugzeuge, Menschenwerk, dazu fähig, die Millionen von Jahren alte Biosphäre binnen kürzerer Zeit endgültig zu vergiften, als *sie* brauchte, um diesen Landstrich wieder zu beleben, dazu im Stande, faustische Kräfte zu entfesseln, gegen die der Ausbruch des Mount Saint Helens wie ein für Kinder geeigneter Knallfrosch wirkte, und den Planeten zwischen zwei Folgen von *RALFS WELT* zu einem Ascheklumpen zu verbrennen.

Aus dieser Perspektive ergaben die Virtualität der

Zeit und die Möglichkeit, dass eine immaterielle Entität – eine Geschichte, ein Archetyp, ein Dibukk der ewigen Traumzeit – ihren temporalen Vektor in einen rechten Winkel zur linearen Illusion der Kausalität brachte, um sich in einer transtemporalen Gegenwart zu manifestieren, durchaus einen Sinn.

Wunschdenken *konnte* helfen. Geist *konnte* Materie beherrschen. Es geschah ständig. Wenn eine Schauspielkunst-Coach wie sie, ein Science Fiction-Schriftsteller und das Nielsen-Institut die materielle Gestalt eines Komikers zu einem Archetypen ummodeln konnten, wieso sollten sie dann nicht auch Agenten dessen sein, was sie heraufbeschworen hatten, nicht den Zeitgeist dem materiellen Gefüge aufprägen können, das *ihr* künftiges Schicksal bestimmte?

Geisterten nicht seit eh und je, schon seit der Zeit, bevor sich Affen zu Menschen entwickelten, solche Archetypen, solche Geschichten, durchs kollektive Bewusstsein, durch die Traumzeit, ohne sich um die Kausalität zu scheren?

Wäre es nicht so, könnte sie dann jetzt darüber Gedanken anstellen?

Amanda schlenderte zum Kühlschrank, entnahm ihm eine halb volle Flasche Chardonnay, öffnete sie und schnupperte daran, um zu prüfen, ob man ihn noch trinken konnte; das war zu ihrer Überraschung der Fall, also schenkte sie sich Wein in ein Glas und ging damit auf die Veranda.

Inzwischen war es in Topanga Nacht geworden. Ein Cojote heulte den Sternenhimmel an, der allerdings nur einen fahlen Abglanz des Himmels bot, den sie überm Cascade Range gesehen hatte, ein Windchen trug Amandas Hinterhirn aus den abgekühlten Arroyos den süßlichen, an Wein erinnernden Duft des Chaparral zu, das Parfüm des Reichs der Natur, des ewigen Jetzt.

Doch sie durchschaute, dass das Heulen des Cojoten das Gelächter des Jokers war und es jetzt gar *kein* Jetzt *gab*.

Jetzt stand sie am Ende der langen Pilgerreise zu diesem Augenblick auf ihrer Veranda. Jetzt hatte sie das Abspielen der durch Texas Jimmy Balaban auf den Anrufbeantworter gesprochenen Chronologie vergangener Jetzt-Momente unterbrochen.

Jetzt kontemplierte sie das vorherige Jetzt im Schatten des Vulkans, in dem sie begriffen hatte, dass frau keine Quantenkosmologin sein musste, um zu erkennen, dass außer des transtemporalen Jetzt der Showtime in der Traumzeit der Leere kein Jetzt existierte.

Jetzt dachte sie, dass sehr wohl, wenngleich die Linearität der Zeit in einem absoluten kosmischen Sinn eine Illusion sein mochte, die Reihenfolge, in der das Bewusstsein diese Konstellationen von Jetzt-Momenten erlebte, das Schicksal beeinflusste.

Hätte sie während ihrer Reise regelmäßig den Anrufbeantworter abgehört, dann wären ihrerseits Texas Jimmy Balabans Jetzt-Momente, anstatt dass sie sie nachträglich zur Kenntnis erhielt, in Übereinstimmung mit der Echtzeit ihrer Pilgerschaft erlebt worden. Wahrscheinlich hätte sie sich in einem Motel *RALFS WELT* angeguckt und die Nacht in der Einöde des Cascade Range versäumt.

Und daher wäre die Trajektorie ihres Bewusstseins verändert worden.

Aber sie hatte, weil der Anrufbeantworter *nicht* durch sie abgehört worden war, das Endstadium von *RALFS WELT* erst eine weitere Woche später gesehen, eine Woche nach dem Jetzt im Cascade-Range, deren Durchleben sie irgendwie auf das Ereignis vorbereitet gehabt hatte.

Davon hatte sie derzeit allerdings nichts geahnt.

Wie hätte sie es ahnen können?

In der zwischenzeitlichen Woche war sie einer geschlängelten Strecke durch die höheren Gegenden der Cascade Range gefolgt, hatte einen weiten Bogen um die Metropole Seattle beschrieben, eine Route durch naturbelassene Landschaft genommen, die fernab der Küste und erst recht abseits städtischer Besiedlung verlief, bis sie zur Boundary Bay gelangte, die praktisch nur noch einen Taubenschiss von der kanadischen Grenze entfernt lag.

Dieses Mal hatte sie keine anstrengende, vielmehr eine lange, gemächliche, schöne Fahrt gehabt, die ihr viel Zeit zum Nachdenken ließ. Nachdem sie eine nach ihren Vorstellungen befriedigende innere Bewältigung dessen erreicht hatte, was sie während dieser Pilgerschaft hatte verinnerlichen wollen, blieb ihr als hauptsächlicher Stoff zum Überlegen die Pilgerreise selbst übrig.

Warum hatte sie sie *wirklich* angetreten? Weshalb setzte sie, wenn sie der Ansicht war, die erstrebte Erleuchtung wäre ihr bereits gewährt worden, das Pilgern trotzdem fort? Um den Weg einer Bodhisattva zu finden?

Vielleicht.

Oder vielleicht einfach, um zu sehen, was als Nächstes geschah.

Falls dazwischen ein Unterschied bestand.

Denn ihr bisheriger Lebenslauf war die Geschichte der langen, mittlerweile erfolgreich beendeten Visionssuche gewesen.

Und da befand sie sich jetzt in der Blüte ihrer Jahre, hatte keinen Lebensgefährten, keine Kinder und keine des leidenschaftlich-hingebungsvollen Anpackens werte Aufgabe. War es das, was man Midlifecrisis nannte?

Ein dementsprechendes Gefühl verspürte sie nicht. Die meisten Menschen, die unter der so genannten

Midlifecrisis litten, beklagten das Ausbleiben eben der tendenziellen Vollendung, die ihr widerfahren war, oder den Verlust der Hoffnung, sie je finden zu können, nicht das danach Folgende.

Vielleicht suchte sie jetzt ein Zeichen.

Derlei Gedanken hatten sie am Tag der nächsten Sendung beschäftigt, während die Sonne sank, sich die Hauptsendezeit näherte und die Straße durch freies Land hinab zur Küste führte.

Und da schau, es zeigte sich ihr ein Zeichen.

MOTEL ELLIOT stand in roten Leuchtfarbebuchstaben auf den rohen Tannenholzbrettern. *Zimmervermietung. Wirtschaft. Satelliten-TV.*

Es wurde spät, und sonst war weit und breit nichts in Sicht. Amanda nahm das Angebot als kosmische Unvermeidlichkeit auf. Und so hatte sie denn nach einem halbwegs genießbaren Lendensteak in Zigeunersoße und einem recht annehmbaren Washington Chardonnay in einem Motelzimmer gemütlich auf dem Bett gelegen und zum ersten Mal seit Wochen eine Fernbedienung des Fensters zur Welt in der Hand gehabt.

Dass sie *RALFS WELT* das letzte Mal gesehen hatte, war lange her gewesen; darum hatte sie wohl zwangsläufig schockiert sein müssen.

Die Gäste waren eine alternde Schauspielerin, die nur noch mit knapper Not in ein gewagt hautenges Vampirtrikot passte und die man zuletzt vor etwa zehn Jahren in einer endlosen Folge von Horrorfilmen das Opfer hatte mimen sehen, der einstige Inhaber einer Gebrauchtwagenhandlung, der vor schon über einem Jahrzehnt seine summiert fünfzehn Minuten an eigenen Reklamespots unter Aufbietung von Großtieren lanciert gehabt hatte und sich seitdem in Anknüpfung an damals, jedoch mit schwindendem Erfolg, als Teleshopping-Produktbejubler betätigte, sowie einen Pornofilmstar, den man vornehmlich wegen der unerhörten Abmessungen seines Schlauchs kannte.

An dem Abend hatte sich Amanda, weil sie noch nichts von Jimmys Telefonanrufen wusste, überhaupt keine Erklärung dafür denken können, weshalb die Konzeption der Show in dieser Richtung verändert worden war, wieso man die Gästeliste jetzt mit Kandidaten der allerletzten Showgeschäft-Garnitur füllte.

Genauso wenig hatte sie nach zehn Minuten grauenvollster Sendezeit, in denen besagte Gäste verzweifelt allerlei Selbstbeweihräucherung ihrer gegenwärtigen jämmerlichen, phantastoiden Projekte faselten, während Ralf in Komikerzungen redete, eine Erklärung dafür gefunden, warum irgendein Mensch sich noch eine derartige Sendung angucken sollte, oder weshalb ein Profi vom Schlage Jimmy Balabans – wie es wohl geschehen sein musste – einem solchen Harakiri-Akt zugestimmt haben mochte, denn sie konnte sich beim besten Willen nicht einmal von der Gold Medien AG ausmalen, dass sie etwas *dermaßen* Schauerliches weitere drei Wochen lang durch den Äther flimmern ließ.

Aber dann …

»… inwiefern sollte ich *nicht* in einem Musical oder sogar einem Shakespeare-Stück auftreten können, es ist doch allgemein bekannt, dass *Arnie* anfangs für nichts anderes berühmt war als den Umfang seiner …«

»… nicht der Zirkus Barnum, wenigstens nicht sofort, aber es gibt viele andere Zirkus-Unternehmen, und wann hat man *je* von einer Flusspferd-Dressur gehört …?«

»… es ist ein interessantes Manuskript, denn zum ersten Mal spiele *ich* das Monster …«

»Ich *persönlich* wäre, wenn Sie die Bemerkung gestatten«, sagte plötzlich Ralf mitten in dieses nervtötende Showgeschäft-Geseire, »lieber eine Geschichte, die ein glückliches Ende nimmt, als derartig dazustehen, nachdem sie vorbei ist, und auf den Sensenmann zu warten.«

Ein Schweigen völliger Fassungslosigkeit schloss sich an.

Nicht der Satz allein verschlug dem Trio die Sprache – obwohl er gewiss für diesen Zweck genügt hätte –, sondern zudem hatte Ralf ihn mit einer Stimme gerufen, die einem starken Projektionsinstrument glich, auf das die größten Shakespeare-Darsteller stolz gewesen wären.

»Alle *guten* Geschichten haben einen Anfang, eine Mitte und ein Ende.«

Die Stimme. Der Blick. Das Buddha-Lächeln.

Die Präsenz hatte sich manifestiert und die Situation unter ihren Einfluss gebracht.

»Und was ist eine Karriere anderes als eine Showgeschäft-Episode?«

Man erlebte keine bloße schauspielerische Technik.

Davon war Amanda seit langem überzeugt.

Der Lichtbringer sprach aus der Traumzeit, der Adler-Geist der virtuellen Zukunft; da war er, erkennbar in dem Bildsystem, das man gerade benutzte, in Form von Phosphortupfen auf der Mattscheibe zu sehen.

»Was ist denn ein *Leben* anderes als eine Geschichte? Ein Mann. Eine Frau. Eine Spezies. Eine Biosphäre.«

Amanda wurde beileibe nicht das erste Mal Zeugin seines Auftauchens. Auf die Stimme zu warten, war für die schrumpfende Zuschauerschaft von *RALFS WELT* zum Hauptanziehungspunkt geworden.

Aber jetzt hatte die Manifestation einen neuen Level erreicht.

»Das gilt auch für *mich*.«

Was sich jetzt ans Publikum wandte, legte es gar nicht erst auf Lacher an, versuchte nicht einmal noch vorzuspiegeln, es spielte das Talkshow-Spiel. Enthielt den Fernsehzuschauern nicht seine inhärente Fähigkeit vor, die Gäste auf beliebige Dauer zum Schweigen zu bringen.

»Geht meine Show in alle Ewigkeit weiter, oder erregt sie nur den Eindruck?«

In einem seiner Don Juan-Bücher ließ Carlos Castaneda seinen virtuellen Brujo erklären, die Macht des vollkommenen Kriegers rührte daher, dass er sich den eigenen Tod vorstellen konnte, diese Vorstellung verinnerlichte und die Bereitschaft entwickelte, sie als Waffe zu benutzen.

Voilà, da war nun der vollkommene Krieger der Hauptsendezeit!

Denn ausschließlich ein Wesen, das sich für keinen Pfifferling um die Einschaltquoten oder die Meinung der Produzenten und der Öffentlichkeit über seine Äußerungen scherte, ja nicht einmal versuchte, sie durch Veralberung zu relativieren, konnte so etwas in einer Live-Sendung von sich geben.

»Das kommt darauf an, was man unter ›Ewigkeit‹ versteht, oder?«, sinnierte er, während die Kamera bis zur Nahaufnahme auf ihn zu fuhr.

Eine Täuschung?

Ein zufälliges Übereinstimmen mit Amandas Gedankengängen?

Das kommt darauf an, dachte Amanda, *was man unter* Zufall *versteht.*

Sie *wusste,* dass sich hinter den Augen, die sie auf dem Bildschirm sah, nichts anderes als das Vakuum der Fernsehröhre befand, und doch blieb ihre Überzeugung bestehen, dass die direkt in *ihre* Augen blickten, und durch sie in ihre Seele.

Und obwohl sie *wusste,* dass überall im Fernsehland Millionen von Menschen die gleiche Überzeugung hatten, konnte sie sich unmöglich des Eindrucks erwehren, dass Ralf unmittelbar zu *ihr* sprach.

»Was wiederum davon abhängt, wie man ›Zeit‹ definiert«, sagte Ralf. »Ist meine Zeit auch Ihre Zeit? Ist Zeit *wirklich* ein Fluss, der still zum Meer fließt…?«

»… und das Leben ist nur ein Traum, tra-la«, trällerte die altersmodrige Horrorfilm-Bimboidin, doch die Liedzeile verklang mit merklicher Verlegenheit, als merkte sie unversehens, dass sie, ob sie die Lage kapierte oder nicht, eine Majestätsbeleidigung verübte.

Die Kamera jedoch blieb auf Ralfs Miene gerichtet, und sein Lächeln nahm einen Ausdruck der Seligkeit an.

»Spricht der *Kindermund*«, sagte er; und da zwinkerte wahrhaftig das Gesicht auf der Mattscheibe.

»Und wenn die *Zeit* nun ein Traum ist, tra-la, liebe Sternenschiff-Passagiere?«, fügte er hinzu. »Und der Traum ein Wunsch, der in unseren Herzen wächst, wenn wir tief schlummern? *So etwas* kennen wir doch *alle*, oder?«

In ihrer Phantasie sah Amanda, wie Millionen Zapperhände den Sender wechselten, weil dieser rätselhafte und unkomische Transzendentalismus im Fernsehland wohl kaum jemanden vom Sessel riss.

»Die Geschichte, die wir uns immer, immer wieder erzählen…«

Aber gleichzeitig konnte sie sich eine kleinere Anzahl von Zuschauern denken, die unter den Bann der Augen gerieten, so wie sie dem Faszinosum des zufälligen Nebeneinanders der eigenen Traumzeit und *RALFS WELT* erlagen.

»Sie wissen, welche Geschichte ich meine, nicht wahr, liebe Sternenschiff-Passagiere? Die Geschichte, in der wir unseren weißen Hut und die Dornenkrone aufsetzen und auf Rosinante nach Dodge City reiten, um mit dem Laserschwert die Welt vor Darth Vader zu retten?«

Falls Zufall etwas damit zu tun hatte.

Denn die Augen auf dem Fernsehschirm waren Pforten zur Traumzeit geworden, und erst in diesem Moment hatte Amanda begriffen, die Traumzeit war unter der Phosphortupfenschicht der Hauptsendezeit immer gegenwärtig gewesen.

Und sie hatte sich, obwohl sie bei vollem Bewusstsein gewesen war, in der Traumzeit befunden.

»Aber die Show wird immer wieder abgesagt. Der Heiland wird ans Kreuz genagelt, König Arthur muß sterben, JFK in Dallas abgeknallt werden.«

Nein, sie hatte gesehen, dass weder Zufall noch Kausalität auf dieser Seite der Schwelle das Funktionsprinzip abgaben, wo das Individuum mit dem Zeitgeist verschmolz und Erinnerungen an die Vergangenheit die Vorahnungen der Zukunft schrieben, und wo im zeitlosen Jetzt der Traumzeit, im kollektiven und individuellen Mythos der Spezies, in der Geschichte des eigenen Selbst, jeder als Held auftrat.

»Und wissen Sie warum, liebe Sternenschiff-Passagiere?«

Hatte Saul sich so auf der Straße nach Damaskus gefühlt? War es ähnlich für Timothy Leary gewesen, als er den ersten LSD-Trip erlebte? Hatten sie auch dieses klare Licht gesehen? Diese blendende Einfachheit? Diese nachträgliche Selbstverständlichkeit? Dieses Kosmokomische?

Denn natürlich geht der Spaß auf unsere *Kosten.*

So war es immer gewesen.

Sicherlich sind wir alle der Held unserer Traumzeit.

Aber wir alle sind auch der Feind.

Wer sonst war denn da?

»Weil nämlich, wenn wir die Geschichte einmal richtig träumen, der Träumer im magischen Königreich des Sternenschiffs Camelot erwacht und *diese* Geschichte *aus* ist …«

Das Blinklicht und das Libellensurren eines Kleinflugzeugs, das am Himmel vorüberflog, holte Amanda aus der Erinnerung an das ewige Jetzt zurück in das Jetzt auf ihrer Veranda im Topanga, wo sie sich mit dieser Erinnerung auseinander setzte, ähnlich wie Ralf sie während der Sendung zwischen zwei Sätzen aus der Traumzeit-Epiphanie gestoßen hatte.

»Bis jetzt ist es noch nicht geschehen, sonst säße ich nicht hier und hoffte, dass es *dieses* Mal *mir* vergönnt ist, die Bühne zu verlassen, ohne vorher skalpiert zu werden«, hatte in der Traumzeit die Stimme des Lichtbringers in nahezu anklagendem Ton gesagt.

Und dann hatte Ralf nach oben geblickt, als wartete er auf einen Transporterstrahl, der nicht kommen sollte.

»Beam mich schon jetzt hoch, Scotty«, hatte er mit der Freakzeit-Stimme Captain Kirks gerufen. »Scotti ...? *Scotti ...?*«

Vom Rest der Show hatte sich Amandas Gedächtnis wenig eingeprägt, zum Teil, weil es nichts Bemerkenswertes mehr gegeben hatte, überwiegend jedoch, *weil* sie sich dieser Traumzeit-Epiphanie entsann, es ihr das erste Mal *gelungen* war, eine Vision aus der Traumzeit vollständig in Erinnerung zu behalten.

Dort im *Motel Elliot* erkannte sie, während die Sendung lief, dass sie gefunden hatte, was sie suchte, den Gipfelpunkt erreicht, die Pilgerreise hier und jetzt endete, es an der Zeit war, um nach Los Angeles und allem, was es bedeutete, die Rückfahrt anzutreten.

Amanda trank noch ein Schlückchen Wein und ging zurück ins Haus, fühlte sich dazu bereit, nun den Rest der gespeicherten Nachrichten abzuhören.

Zwei, drei Anrufe erweckten den Eindruck, als könnten sie zu seriösen Arbeitsangeboten führen, und während Amanda sie sich anhörte, fühlte sie einen inneren Drang, ja sogar den Eifer, zu guter Letzt eine so ernsthafte Laufbahn als Schauspielerin und Bühnen-Coach anzutreten, wie diese Kunst es verdiente.

Warum nicht?

Die Geschichte Amandas der Sucherin war vorbei.

Sie hatte gelernt und war mit Glück gesegnet worden.

Nun konnte die Geschichte Amanda Robins anfangen.

Damit sie lehrte, weil sie sich endlich dazu berufen fühlte.

Hollywood mochte kein Camelot sein, aber in der gegenwärtigen Epoche fiel die Hauptsendezeit mit der kollektiven Traumzeit zusammen, also mochte der Pfad zur Weisheit ebenso gut wie auf dem Weg zu den Sternen auf dem Weg zu den Stars liegen.

Nicht dass sie es sich während der langen Heimfahrt zugemutet gehabt hätte, sich die Show noch einmal anzuschauen.

Weshalb hätte sie es tun sollen?

Das maßgebliche Wort für dieses Zeitalter der evolutionären Transformation oder des Untergangs war gesprochen worden. Vom Großen Weltgeist? Dem Zeitgeist der kollektiven Traumzeit? Einem Avatar der Gottheit? Einem Zeitreisenden vom Sternenschiff Camelot? Dem Lachenden Buddha in ausgebeulter Hose?

Spielte diese Frage noch eine Rolle, wenn der Träumende erwachte und sich durch eine höhere Reife auszeichnete, aufgrund der ihn ohnehin niemand begreifen konnte?

Nicht der Sänger war entscheidend, sondern das Lied.

Am Anfang war das Wort.

Und es war gesprochen worden.

RALFS WELT war eine beendete Geschichte.

Es war von ihm selbst gesagt worden, der in der Show gesprochen hatte.

Nur die Schlussszene stand noch aus.

Prometeus musste an den Fels geschmiedet werden. Es galt Luzifer in den Abgrund zu stürzen, Jesus ans Kreuz zu nageln. Faust hatte der Hölle zu verfallen. Der Lichtbringer musste sterben. So schrieb das Skript es vor. Diese Geschichte musste immer mit einer Tragödie zu Ende gehen.

Wie *anders* könnte der Lichtbringer von der Bühne abtreten?

Denn geschah es nicht auf diese Weise …

Was dann?

Dann ist die Geschichte aus, und wir erwachen im magischen Königreich des Sternenschiffs Camelot.

Und niemand wusste, wie es dort wäre.

Niemand?

Das behaupten Sie, Affenboys und Affengörls.

Auch ein weiterer Anruf Texas Jimmy Balabans befand sich noch auf dem Anrufbeantworter. Sie konnte den Zeitpunkt der Aufnahme nicht feststellen, aber da er der zuletzt gespeicherte Anruf war, musste er er erst vor kurzem erfolgt sein.

»Hören Sie mal, Amanda, ich hab in letzter Zeit viel nachgedacht, Herrje, ich habe sogar eine Menge sonderbares Zeug gelesen, das eigentlich nicht mein Ding ist, aber was soll ich sagen, ich weiß ja nicht mal, ob Sie die Show noch gucken, jedenfalls geht's mir nicht darum, dass Ralf übergeschnappt ist oder die Show vor dem Aus steht …«

Eine Pause folgte: Klirren von Eis an Glas, ein Schlürfen.

»Ich meine, schließlich ist er *immer* verrückt gewesen, ich hab's ihm auf Anhieb angesehen, als er mir bei Kappelmayer über den Weg lief, und ich weiß nicht mehr, was ich schon alles auf Ihren Anrufbeantworter geredet habe, aber falls ich Ihnen an dem, was passiert ist, die Schuld gegeben haben sollte, Schwamm drüber, das war Blödsinn, wirklich, die Show hatte längst ausgedient, *bevor* Madden uns Sara Gimbles Raritätenkabinett hirntoter Versager aufs Auge gedrückt hat, ich will sagen, sie ist praktisch gestorben, was man jetzt sehen kann, ist nur eine Art von Untotsein …«

Eine zweite Pause.

»Mensch, hab ich das gerade wirklich gesagt?«, fügte Texas Jimmy leiser und weniger aufgeregt hinzu. Klirren, Schlucken, ein Aufstöhnen. »Wahrscheinlich. Mit jemand anderem als Ihnen würde ich darüber nie sprechen, Amanda, aber ich habe da schon seit einer ganzen Weile gewisse Gedanken …«

Wieder ein kurzes Schweigen.

»Scheiße …!« Das Gluckern einer Flüssigkeit, die er in ein Glas goß. »Ich glaube, es gibt keine andere Möglichkeit, als zu sagen, was man sagen will …« Ein wiederholtes Schlucken.

»Wenn nun alles wahr ist? Sie wissen, was ich meine? Er. Es. Die ganze Sache. Zeitreise, Geister, Atomphysik, Dibukks, Science Fiction, Menschenskind, was versteh denn ich von dem Scheiß? Aber ich habe so manches gesehen und mir Gedanken gemacht …«

Eine neue Pause, ein weiterer Schluck.

»Also, ich habe mir überlegt, immerhin stimmt's ja, dass wir dabei sind, die Welt gründlich in die Scheiße zu reiten, nicht wahr, ich denke ans Ozonloch, den Treibhauseffekt, die allgemeine menschliche Blindheit und Verantwortungslosigkeit und was nicht alles … Darum könnte es ja wirklich *sein,* dass irgendwer oder irgendwas uns von irgendwo jemanden oder etwas geschickt hat, schicken *will* oder *wird,* der uns zur Ermahnung den verdienten Tritt in den Hintern verpasst …«

Keine weiteren Trinkgeräusche, nur ein gedehntes Aufseufzen.

»Es ist spät, ich bin wohl schon ziemlich abgefüllt,

und das ist gut so, aber ich quatsche dir den Anrufbeantworter voll, bloß *musste* ich einfach mal mit jemandem darüber reden, sonst wäre ich noch selbst ganz zipfelsinnig im Kopf geworden. Na, vielleicht *bin* ich inzwischen verrückt, wenn's so ist, werd ich 's ja wohl selber am wenigsten merken, was? Aber ich glaube … ich glaube … ich glaube, ich bin jetzt so betrunken, dass ich einfach mal sage, ich halte Ralf für echt. Oder wünsche mir, dass er echt ist. So was eben.«

Ein langes Schweigen folgte.

»Ich meine, lieber Sternenschiff als Totenschiff, stimmt's?«, fragte Texas Jimmy Balaban als Nächstes. »Es ist besser, wir glauben, dass wir eine Chance haben und Glöckchen lebt, wie Ralf sagt, vor allem, wenn man an die Alternativen denkt, verstehen Sie?«

Abermals Stille.

»Was ich also sagen will … Ich meine, denken Sie nicht, ich wär mein Leben lang ein Idiot und Arschloch gewesen, ich hab auch meine Ehre, wissen Sie, ich versuche Mensch zu bleiben … Aber Drumrumreden hilft nicht, ich meine, ich habe keine Ahnung, wie's mit Ihnen oder Dex aussieht, von mir jedenfalls kann ich nicht behaupten, ich hätte viel für das Wohl der Welt getan, verstehen Sie mich? Mann, bin ich voll … Was ich zu sagen versuche, Amanda, ist das Folgende, und mir ist klar, dass es bestimmt wie Irrsinn klingt: Ich bin der Ansicht, dass das, was wir getan haben, Sie und ich und Lampkin, selbst *wenn* dabei ein bedauernswerter Schizo zum Ausrasten verleitet worden wäre und uns gleichzeitig die Taschen gefüllt worden sein sollten, das Richtige war, etwas Gutes, ich meine, vielleicht kommt ja irgendwann wenigstens was Gutes raus …«

Ein längeres Gluckern und Gurgeln, dann knallte ein schweres Glas auf Holz.

»Also, Amanda, was ich wohl eigentlich sagen will,

wissen Sie, wir brauchen uns keine Vorwürfe zu machen, verstehen Sie …?«

Da war der Speicher voll gewesen.

»Du hast Recht, Jimmy«, sagte Amanda, hob das Glas und trank dem Texas Jimmy Balaban des vergangenen Jetzt zeitverschoben zu, bevor sie den Telefonhörer zur Hand nahm, um Jimmys aktueller Inkarnation in Echtzeit das Gleiche zu sagen. »Ich verstehe *genau*, was du meinst. Vorwürfe sind überflüssig.«

Dexter Lampkin wusste, er hätte misstrauisch werden sollen, als Texas Jimmy Balaban ihn zum Mittagessen ins *La Californie* einlud.

Hätte misstrauisch sein sollen? Mann, er *war* misstrauisch.

Das *La Californie* war ein Restaurant, das Dexter auch in seiner finanziell jetzt günstigen Situation nur vom Hörensagen kannte, und zwar als ebenso trendy wie tierisch teuer. In so ein Lokal mochten Produzenten Starlets zum Abendessen ausführen, um ihnen auf dem Umweg über den Magen später an die Wäsche zu gehen, aber zum *Mittag*essen suchte man es ausschließlich zu geschäftlichen Zwecken auf, und die Rechnung belastete dann keinen Sterblichen, sondern das Spesenkonto der Firma.

Und Texas Jimmy Balaban hatte bei Jimmy nie den Eindruck hinterlassen, der letzte spendable Verschwender zu sein.

Allerdings hatte Dexter kaum noch Kontakt zu Texas Jimmy gehabt, seit Sara Gimble die Gästeliste für *RALFS WELT* aufstellte, ausgenommen ein paar Telefonate bezüglich dieser und jener Nebenrechte. Bis heute hatte er seine Tätigkeit für die Show als abgeschlossenes Kapitel seines Lebens betrachtet.

Jedenfalls gewissermaßen …

RALFS WELT war jedoch immer noch sein bester Dukatenscheißer. Zwar hatte Jimmy ihr Ende für den kommenden Juni angekündigt, wenn die Staffel auslief, doch bis jetzt strich Dexter noch aus der Show Geld ein. Das Begleitbuch lag in der fünften Auflage vor, die Merchandisingartikel verkauften sich besser denn je, und Jimmy hatte einen Vertrag unterzeichnet, der den Vertrieb sämtlicher Staffeln auf Laserdisc und Videokasette vorsah, sobald man die Sendung aus dem Programm nahm.

Dexters New Yorker Agent drängte ihn, ein Exposé für eine Serie von Ralf-Romanen einzureichen – was immer er sich darunter vorstellen mochte –, und versprach ein bis zu mittelprächtig sechsstelliges Honorar pro Band, wenn er den Vertrag unterschrieb, ehe man die Show kippte, sowie eine Garantieabnahme von drei Bänden mit Gesamtabrechnung.

Voraussichtlich dauerte es lange, bis er wieder einen Science Fiction-Con besuchen konnte, ohne von Ralfis bestürmt zu werden; ein solches Erlebnis in San Diego hatte ihm ein für allemal genügt.

Aber er merkte, dass er sein selbst gewähltes Exil von der Convention-Szene nicht bereute: Das Haus konnte abbezahlt werden, er hatte den Porsche seiner Träume, und falls er nicht irgendwelche Dummheiten machte – etwa regelmäßig auf eigene Kosten im *La Californie* zu essen oder größere Mengen von Koks die Nase hochzuziehen –, blieb er dank seiner verschiedenen anteiligen Anrechte auf die Einnahmen aus der *RALFS WELT*-Vermarktung finanziell unabhängig.

Jetzt hatte er Macht.

Die Macht, seinem Agenten zu sagen, wohin er sich seinen Vorschlag, dass sich Dexter auf hoch bezahlte Galeerensklaverei einlassen sollte, stecken konnte. Die Macht, den nächsten Roman aufs Geratewohl zu schreiben und ihn, sobald der Inhalt im Wesentlichen fest stand, an den Meistbietenden zu verkaufen, und die Macht, zwischendurch nach Belieben – mehr oder weniger zum Vergnügen – Kurzgeschichten zu schreiben.

Niemals wieder musste er irgendetwas schreiben, das nicht von Herzen kam, an etwas schneller schuften, als es seiner natürlichen Arbeitsgeschwindigkeit entsprach. Dexter hatte die seit eh und je erträumte literarische Reife erlangt, die überhaupt nicht erringen zu können er noch vor kurzem befürchtet hatte. Er hatte jetzt die Freiheit, der bestmögliche Dexter D. Lampkin zu werden. Er verfügte über genügend Zeit und Geld.

Unter diesem Gesichtspunkt fiel es ihm sogar leicht, sich mit der unausweichlichen Wahrheit abzufinden, die er im Spiegel sah: Inzwischen war er tatsächlich ein Mann mittleren Alters. Jede Frau unter Fünfundzwanzig, die mit ihm ins Bett ginge, täte es nicht mehr wegen seines Körpers, sondern aufgrund seines bescheidenen Ruhms.

Jede ältere Frau, die attraktiv genug war, um *ihn* anzuziehen, müsste schon an mehr als einem Schnellfick Interesse haben, an einem Verhältnis oder gar einer ernsteren Beziehung, und zu dem Verschiedenen, das er aus seiner Einmalnummer mit Amanda Robin gelernt hatte, zählte die Einsicht, dass er danach gar kein Bedürfnis verspürte.

Die Leidenschaft mochte längst verpufft, er in mancher Hinsicht über Ellie hinausgewachsen sein, doch dass er nicht einmal bei einer körperlich und intellektuell so attraktiven Frau wie Amanda Robin den Wunsch nach Weiterungen hatte, war für ihn eine aufschlussreiche Lektion gewesen: *Finde dich damit ab,*

Lampkin, du bist auf Gedeih und Verderb gebundener Ehemann und Vater, du hast Frau und Kind, die du nicht verlässt.

Zweifellos war das einer der Gründe, weshalb er unter seinem Fernbleiben von der Convention-Szene nicht sonderlich litt. Gewiss, in einigem Umfang vermisste er den intellektuellen Schulterschluss zu den Kollegen, aber jeder Science Fiction-Autor gab, sobald er hinlänglich angetrunken oder stoned war, ohne weiteres zu, dass er Cons eigentlich aufsuchte, weil sein Bekanntheitsgrad es erleichterte, Weiber aufzureißen.

Wen oder wie oder warum, darüber nachzudenken, konnte man durch den dort traditionellen Alkoholabusus leicht vermeiden.

Als reifer Ehemann und Vater mittleren Alters mochte Dexter sich gerne betrachten, ein reifer Heiliger mittleren Alters wurde er deswegen bestimmt nicht, und darum redete er sich nicht ein, er würde einer Verlockung, sobald er sie vor Augen und in handgreiflicher Nähe hatte, wild entschlossenen Widerstand leisten.

Irgendwie jedoch hatte seine ›Affäre‹ mit Amanda Robin ihn seiner früheren, leichtfertigen Gewohnheit enthoben, sich sporadisch auf weibliche fannische Lustobjekte untersten Niveaus zu stürzen.

Manche Ficks passierten ganz einfach irgendwann im Laufe der Nacht, andere Ficks hatten das Potenzial zu künftigen emotionalen Verstrickungen, aber die Nummer zwischen ihm und Amanda war eine sexuelle Begegnung der Dritten Art gewesen.

Wollust war durchaus eine Komponente gewesen, und wahrscheinlich hätte er nie mit Amanda gebumst, bevor er seine Verachtung für die mystische Schrotthandlung, als die er ihr Gehirn ursprünglich betrachtete, überwunden gehabt hatte, aber Dexter war sich darüber im Klaren, ihr Geschlechtsverkehr war seltsam unemotional verlaufen; man konnte sozusagen von einem *transpersonellen* Fick sprechen, falls er sich den intellektuellen Luxus leisten wollte, in solchen Begriffen zu denken.

Eben aus diesem Grund hatte sich daraus kein Verhältnis ergeben, er nicht einmal Phantasien in dieser Richtung gehabt, sie ihm auch nicht mehr unter die Augen gekommen war, seit sie unter Hinterlassung einer langen, aber nicht mehr zur Anwendung gelangten Gästeliste eine Reise unbekannten Ziels angetreten hatte.

Es fiel Dexter schwer, sich vorzustellen, es wäre kein zeremonieller Fick, kein Fick gemeinschaftlicher ritueller Beschwörung gewesen.

Keine *magische* Nummer.

Und wahrscheinlich geschah es deshalb, dass der Gedanke, aus reinem Egotrip künftig wieder auf Schrippenjagd Cons abzuklappern, seinem reifen Stößel mittleren Alters nicht die schwächste Regung abnötigte.

Denn wollte er sich eine tiefere, geheimere Wahrheit eingestehen – und nun, nachdem er seine frühere Inkarnation überwunden hatte, konnte er sich dieser Wahrheit offen stellen –, so verbarg sich hinter und unter dem männlichen Hang, unter unschweren Umständen den Rührer ins willige Fleisch von Verehrinnen zu tauchen, wie er vielen Science Fiction-Autoren, darunter auch dem Dexter D. Lampkin vergangener Jahre, zu eigen war, im Kern das Bedürfnis, das gekränkte Ego zu trösten.

Man konnte sich unmöglich als grüner Junge gegen alle Wahrscheinlichkeit das Ziel setzen, Schriftsteller zu werden, sich nicht anmaßen, aus keinem anderen Ursprung als dem eigenen inneren Wesen erzählenswerte Geschichten zu schöpfen, ohne ein starkes Ego zu haben, ganz davon zu schweigen, dass es denkbar gewesen wäre, den visionären Weg eines ernst gesonnenen, idealistischen Science Fiction-Autors, eines Schöpfers von Welten, Universen, ja ganz neuen Realitäten, in einer Haltung bescheidenster Selbstverzwergung einzuschlagen.

Doch wie sehr beleidigte es den Stolz, wenn man Erfolg hatte, aber das eigene Werk dann in einer Aufmachung erscheinen sah, die den Wunsch hervorrief, es in braunes Packpapier einzuschlagen, wenn man im Flugzeug darin blätterte, man mit den Füßen scharren und verlegen Halbverständliches nuscheln musste, sobald andere Autoren, in denen die Welt *echte* Schriftsteller sah, sich danach erkundigten, was man denn schreibe.

Aber wie wunderbar tröstete es das verletzte Ego, wenn man in der geheimen Welt der Science Fiction-Szene entdeckte, dass deren Bürger, die von sich selbst glaubten, Fans wären Slans, und die Science Fiction wäre das Licht der Welt, einen SF-Autor tatsächlich für den visionären Seher hielten, als den er sich im Grunde seines Herzens sowieso schon immer verstanden hatte.

Dieses Bedürfnis war es, von dem Dexter aufrichtig glaubte, es dank des Ritualficks mit Amanda überwunden zu haben. Denn infolge der Etablierung dessen, was es in die Welt gesetzt hatte, war sein Verlangen nach dem alten Egotrip erloschen, sein wundes Ego geheilt, sein Jugendtraum einer visionären Bestimmung erfüllt worden.

Durch *RALFS WELT* – die Show, das Begleitbuch, das Merchandising, die Ralfis, die Herbeibeschwörung eines Boten aus eben der Zukunft, deren Entstehen er erstrebte, seit er die Zerstreuung seines Unglaubens nicht hatte verhindern können – war es Dexter gelungen, was er mit dem Roman *Die Transformation* nicht geschafft gehabt hatte.

Er hatte seinen Kiesel in das Diracsche Meer geworfen. Er durfte sich sogar dazu gratulieren, einen recht großen Stein geworfen zu haben.

In seiner Jugend hatte sich die fruchtlose persönliche Tragödie abgespielt; doch jetzt, in seinen reifen mittleren Jahren, triumphierte er mit der Farce.

Seine Vision der Transformationskrise, die die menschliche Spezies durchlebte, und des Wegs zu ihrer Bewältigung war endlich zu einem so festen Bestandteil des Freakgeists wie *Star Trek* geworden.

Sie manifestierte sich in T-Shirts und Windjacken, Comic-Heften und Sternenschiff-Kapitänsuniformen, Postern und Sternenschiff-Knusperfutter, und sie waren erst der Anfang.

Dass das Affenvolk vor der Wahl zwischen einem zukünftigen Totenschiff und einem künftigen Sternenschiff stand, war zu einem Marketingklischee der Popkultur trivialisiert worden.

Auftrag ausgeführt, Mr. Spock.

Da scherte es Dexter wenig, dass Hunderttausende von Menschen inzwischen Ralf als einen wahren Boten aus der Zukunft ansahen und Millionen von anderen Leuten ihn schlicht als Irren abtaten, weil es für seine höhere transliterarische Absicht, die Message an die Menschheit zu bringen, ohne Belang blieb.

Anders verhielt es sich dagegen in Bezug auf das, was Amanda vermutlich karmische Gerechtigkeit nennen würde, während Dexter es als persönliche Befreiung von dem egoistischen messianischen Drang empfand, der einer unbegrenzt verlängerten Pubertät allzu vieler Science Fiction-Autoren entsprang.

Denn er hatte seine Botschaft verkünden können, ohne als ihr Bote aufzutreten. Er hatte sich mit Gesöff, Hasch und einer gelegentlichen Prise Koks auf anderer Leute Kosten zufrieden gegeben und war selbst vom härtesten Zeug nicht abhängig geworden.

Und so sollten visionäre Schriftsteller sein, wenn sie

wussten, was ihnen am besten bekam; doch leider wussten sie es, wie man an den Vorgängen auf Science Fiction-Cons beobachten konnte, nur in den seltensten Fällen.

Er hatte sich glücklich abgenabelt. Weil er das Richtige getan hatte, war er belohnt worden.

Warum also war er jetzt hier, reichte den Schlüssel des Porsches nervös dem Hotelchauffeur und eilte schnell ins *La Californie*, um nicht die Folgen für das Getriebe hören zu müssen? Hatten all die Jahre relativer Armut ihn so konditioniert, dass er keine Einladung zum Essen ablehnen konnte?

Und hatte nicht ein anderer Science Fiction-Autor dem Zeitgeist die Feststellung eingeprägt, dass es nichts umsonst gab?

Allerdings brauchte er nicht erst die Speisekarte zu kennen, um von Herzen froh darüber zu sein, dass er in *diesem* Lokal das Plastikgeld in der Tasche lassen durfte.

Im Foyer aus rosa Marmor und grünem Travertin empfing ihn ein Hüne komplett im Smoking und mit schulterlangen, blonden Haaren, der eine Art von verfeinertem Valley-Akzent sprach. Er war der Oberkellner. Nachdem Dexter ihm Jimmys Namen genannt hatte, schaute der Mann in einem Palmtop nach, dann geleitete er Dexter persönlich zum Tisch.

Die Decke des Speiseraums bestand aus einer geodätischen Treibhauskuppel, deren Flächen man polarisiert hatte, sodass sie das grausam grelle Blau des Himmels über Los Angeles zu einem augenfreundlich dunkleren Azurblau dämpften. Im Übrigen glich das Lokal einem Tropengarten. An den mittelmeerblauen, mit weißem Dekor verzierten Wänden hingen Bougainvillea und Passionsblumen, deren duftige Blüten die Luft mit süßlich-schwülem Wohlgeruch erfüllten. Die Kellner und Kellnerinnen trugen taubenblauen

Frack. Von der Konserve ertönten Brandungsrauschen und diskrete Seevogelrufe, um die Wirkung zu vervollkommnen.

Für Dexter glich das Lokal der Vorstellung eines französischen Regisseurs von einem exotischen kalifornischen Restaurant auf dem Mars.

Texas Jimmy Balaban hatte sich zum Mittagessen in einen hellen Anzug geworfen, der in diesem Umfeld keineswegs verfehlt wirkte, aber Jimmy selbst fühlte sich hier anscheinend ebenso wenig wohl wie Dexter, und der Blick, den ihm der Kellner fast zuzuwerfen wagte, als er Wild Turkey mit Eis bestellte, bewog Dexter zu der perversen Gemeinheit, das Gleiche zu tun.

»Das ist 'n Fresstempel, hä, Dex?«

»Nicht was ich als Ihrem Geschmack entsprechend ansähe, Jimmy ...«

Texas Jimmy zuckte die Achseln und schenkte ihm das offenherzige Lächeln eines unbekümmerten Gauners. »Ich dachte mir«, sagte er, »Sie könnten eine anständige Vorleistung vertragen ...«

»Und warum ...?«

Jimmy hob die Hand. »Wie sagt im Film«, antwortete er, »immer die jüdische Mama: Erst wird gegessen.«

Mit den Drinks brachte man die Speisekarten, und als Dexter die Preise sah, verstand er den Zusammenhang. Mannhaft erstickte Jimmy beim bösen Erwachen ein Aufstöhnen und bekämpfte den Schreck mit einem tüchtigen Schluck Bourbon.

Als der Kellner wiederkehrte, um die Bestellung aufzunehmen, hatte Jimmy sein Glas geleert. Er bestellte Tartar Kobe auf sautierten Shiitake-Schwammerln und Tandori-Lammrücken mit Bordelaisesoße, bei weitem nicht das teuerste Gericht der Speisekarte. Zurückhaltend nahm Dexter sich seine Wahl zum Maßstab und entschied sich für ein nach den unerhörten Preisen des Hauses mittelmäßig kostspieliges Gericht: Entenbrustsalat von in Kampfer-Tee-Kräutermischung geräucherter Ente, Mais und Sesamöl-Dressing sowie in Bordeaux geköchelte Wildschwein-Tournedos mit süßsaurem Rotkohl und pürierten Erdnüssen.

Ferner bestellte Jimmy eine Flasche Pomerol und – als der Kellner schon gehen wollte – einen zweiten Bourbon. »Und auch für meinen alten Freund noch einen Wild Turkey, damit wir beim Warten nicht verdursten.«

»Man könnte meinen, Sie wollten mich betrunken machen, Jimmy …«

»Und da könnten Sie glattweg Recht haben, Dex …«

»Würden Sie mir vielleicht schon mal verraten, um was es denn geht?«

»Also, Dexter, es gibt unkomplizierte und komplizierte Neuigkeiten, und wenn's Sie nicht allzu sehr stört, schiebe ich die komplizierten Neuigkeiten lieber auf, bis wir genug intus haben …«

Und bei zwei weiteren Bourbon pro Nase legte Texas Jimmy die Situation dar. Mit dem Abschluss der jetzigen Staffel ging die Show zu Ende. Das Abstürzen der Einschaltquoten und die Geistesverfassung des Stars schlossen eine Fortsetzung, gleich wann, wo oder wie, hundertprozentig aus. Nichts war mit En-bloc-Vertrieb der Aufzeichnungen an andere Sender. Nichts mit einer Live-Tournee durch die Provinz. Hätte nicht Madden persönlich das Durchhalten bis zum Auslaufen der Staffel bestimmt, wäre ein auf so völlig unkomische Weise verrückter Typ wie Ralf längst aus dem Programm genommen und per Arschtritt ›freigesetzt‹ worden.

Da servierte man die Vorspeisen, und es gelang Dexter, seinen Bourbon noch zu leeren, ehe der Kellner den Wein einschenkte. Der Entenbrust-Maissalat schmeckte phantastisch, und Jimmys Mitteilungen verursachten ihm keinen Kummer.

»Ich verstehe nicht, was los ist, Jimmy«, bekannte er. »Sie laden mich zum Essen in so einen Edelschuppen ein, nur um mir Sachen zu erzählen, die ich schon weiß?«

»Ähm ... ein wenig mehr hat es damit schon auf sich, Dex«, gestand Jimmy mit leicht hinterhältigem Ausdruck in den Augen und beging den faux pas, ihre Gläser eigenhändig nachzufüllen, bevor der Kellner herbeieilen konnte, ein Vorfall, den dieser ehrgeizige Hotelfachschulenabgänger kein zweites Mal geschehen ließ.

»Ich habe nachgedacht, Dex«, erklärte Jimmy. »Ich habe mir über all das Gedanken gemacht, was Sie mir über *Star Trek* erzählt haben, über das Phänomen, dass die Vermarktung eine Unendliche Geschichte ist ...«

Dexter wusste nicht warum, doch irgendwie verleitete ihn diese Äußerung dazu, sein Glas Pomerol mit einem ungehörig großen Schluck halb leer zu trinken.

»Meine Überlegung ist, dass wir vielleicht ein ähnliches Potenzial haben, ich meine, die Show ist Fernsehen, aber die Merchandisingartikel und das Buch verkaufen sich ja prächtig, und die Laserdiscs und Videokasetten kommen erst auf den Markt, wenn die Staffel vorbei und die Sendung gestorben ist ...«

»So?«, brummelte Dexter und verzehrte in der widersinnigen Hoffnung, eine gute Grundlage im Magen könnte ihm den Kopf klar halten, den Rest des Entenbrustsalats. Bis jetzt konnte er mit Jimmys Ausführungen überhaupt nichts anfangen.

Geschmeidig huschte der Kellner an den Tisch, füllte die Gläser nach und entschwand nahezu unbemerkt wieder in den Hintergrund.

»Darum sagte ich mir, warum soll man 's nicht machen wie Dexters alter Kumpel Roddenberry und der Angelegenheit ein bisschen auf die Sprünge helfen …«

Dexter bezweifelte, dass das plötzliche Gefühl der Flauheit in seinem Bauch etwas mit dem hervorragenden Essen zu tun hatte.

In diesem Moment wurde der Hauptgang serviert. Nachdem der Kellner die silbernen Deckel mit hollywoodreifem Schwung entfernt und die Gläser nochmals nachgefüllt hatte, streifte sein Blick sorgenvoll den noch in der Flasche enthaltenen Rest. »Wünschen Sie noch eine Flasche Wein, Sir?«, erkundigte er sich in verbindlichem Ton.

»Ja klar«, antwortete Jimmy zerstreut und mit einem fahrigen Wink der Hand.

»Auf die Sprünge helfen, sagten Sie …?«

»Ja, mit einer Veranstaltung, wissen Sie …«

»Einer Veranstaltung?«

»Ja, so was wie Ihre SciFi-Cons, wie die *Star-Trek*-Conventions, wir nennen es RalfCon …«

»Du lieber Himmel, gibt's hier irgendwo eine Kotztüte?«, stöhnte Dexter, aber weil es weit und breit keine solche Tüte gab, trank er lieber hastig noch einen Schluck Wein.

»Wieso denn, Dex, kommen Sie, wir veranstalten nur den ersten Con selbst, von da an sollen die Ralfis die Conventions selber organisieren, ist das nicht genau die Strategie, die Sie …«

»Wer ist ›wir‹, Bleichgesicht?«

»Mann, Dex, was verstehe denn *ich* von dem ganzen Science Fiction-Kram? Das ist nicht mein, sondern *Ihr* Milieu, Affenboy.«

Dexter setzte das Glas ab. Obwohl der Verlauf der Unterhaltung ihm soeben nachhaltig den Appetit verdorben hatte, zwang er sich zum langsamen Kauen und Schlucken eines Mundvolls Essen, ehe er eine Frage stellte.

»*Deswegen* haben Sie mich in so ein Restaurant eingeladen?«

Irgendwie hatte Jimmys hinterfotziges Schmunzeln etwas Bezauberndes an sich. »Naja, wie erwähnt, ich habe vorausgesehen, dass eine gewisse Vorleistung nichts schadet, aber ich muss gestehen, eine noch *substanziellere* Vorleistung würde mein Bankkonto nicht verkraften ...«

»Ist das die komplizierte Neuigkeit?«

Texas Jimmys Blick nahm einen eindeutig hintersinnigen Ausdruck an. »Nein, wir sind noch bei den einfachen Sächelchen, für das *andere* bin ich noch nicht beschwipst genug ...«

Froh blitzte ihm der Schalk aus den Augen, als der Kellner mit der zweiten Flasche Pomerol kam. Der Kellner zog sein Entkorkungszeremoniell ab, schenkte ein und ging.

Dexter trank nur ein Proforma-Schlückchen und konzentrierte sich aufs Essen, während Jimmy sich zwei große Schlucke in den Hals schüttete.

Balaban lächelte, hob die Schultern, seufzte auf und furchte die Stirn. »Tja«, sagte er gedehnt, »vielleicht versuch ich 's mal mit'm ganz anderen Ansatz ...«

Er legte das Besteck ab und schaute Dexter auf eine offene und eindringliche Weise direkt in die Augen, die Dexter bei ihm noch nie erlebt hatte.

»Ich bin ein Showgeschäftmensch, Dex, bin's immer gewesen«, meinte er. »Ein großer Zampano bin ich nicht, das heißt, natürlich *habe* ich in Hollywood gelernt, mich durchzuboxen, sonst hätte ich in dem Gewerbe nicht so lang überlebt, das dürfen Sie mir glauben, aber ich bin kein Harvard-Intellektueller oder Raketenwissenschaftler ...«

Ein seltsames, knappes Lächeln umspielte seinen

Mund. »Ebenso wenig Science Fiction-Schreiber, und erst recht keiner von Amanda Robins NewAge-Mystikern, aber …«

»Aber?«

Nun hatte sich ein unmissverständlicher Ausdruck der Beklommenheit in Texas Jimmy Balabans Blick geschlichen. »Aber was ist, das ist Realität, stimmt's?«, fragte er. »Bei Kappelmeyer tappt ein Kerl aus echtem Fleisch und Blut auf die Bühne und bringt da eine Nummer als Komiker aus der Zukunft. Ich ziehe ihn mir an Land, bau ihn auf, und dann hat er schließlich 'ne eigene Fernsehshow. Und trotz aller Umänderungen weicht der Typ nie von seiner Linie ab, sondern *besteht* darauf, es wirklich zu sein …«

»Was wollen Sie damit sagen, Jimmy?«, stellte Dexter sehr leise eine Zwischenfrage.

Texas Jimmy hob die Schultern, spreizte die Hände, trank einen Schluck Wein, blieb dabei jedoch ständig mit Dexter in Blickkontakt. »Was ich damit sagen will, Dex? Scheiße, Sie sind der Science Fiction-Autor, erklären Sie mir, was davon zu halten ist, diese ganze Totenschiff-Sternenschiff-Fabel ist doch auf *Ihrem* Mist gewachsen …«

Der Blick, mit dem er Dexter aus schmalen Lidern musterte, trieb Dexter wider besseres Wissen erneut zum Griff nach dem Weinglas.

»Oder wenigstens glauben Sie es«, fügte Jimmy hinzu.

»Ich glaube es …?«, äußerte Dexter bedächtig; seine Stimme klang in den eigenen Ohren so hohl, wie mit einem Mal seine Magengrube zu sein schien.

»Hören Sie, Dex, ich habe keinen blassen Schimmer von Zeitreise oder Virtualität, von Chaosmechanik oder Quantenkosmologie, und über Psychiatrie weiß ich nicht mehr, als ich mal in einem Film über Freud gesehen habe, in dem Farley Granger mitspielte, aber ich habe Überlegungen angestellt, ich habe Bücher gelesen, und darum bin ich inzwischen der Auffassung, dass sich eines von zwei denkbaren Ereignissen zugetragen hat …«

Das leichte Lallen der Alkoholeinwirkung wich aus Texas Jimmys Stimme, und obwohl sich seine Augen mittlerweile gerötet hatten, sah Dexter in ihnen eine Ausdruckskraft, die er bei Balaban, da war er sich ganz sicher, noch nie bemerkt hatte.

»Entweder haben Sie, Amanda und ich einen Irren, der damals zumindest noch halbwegs lebensfähig war, vollends in den Wahnsinn getrieben und für unsere Zwecke eingespannt«, sagte er mit fester, harter Stimme, »oder …«

»Oder …?«

»Oder wir leben in einer Ihrer Science Fiction-Geschichten, Lampkin, Ralf ist mehr oder weniger das, was er von sich behauptet, und *er* hat uns für *seine* Ziele benutzt.«

Hörbar atmete Jimmy aus, nippte ein diesmal winziges Schlückchen Wein und wirkte plötzlich beträchtlich erleichtert. »So, jetzt ist es raus«, ächzte er. »Können Sie sich eine dritte Möglichkeit denken, Dex?«

Dexter konnte es und konnte es nicht.

Er verstand Cam Carswells Theorie der Virtualität der Zeit, der zufolge zwei Möglichkeiten beide virtuelle Tatsachen sein können sollten, zumindest im Ansatz. Doch abgesehen von seinem Unvermögen, die Physik dieser Theorie zu erklären – und schon gar nicht Texas Jimmy –, ließ sie sich kaum mit der moralischen Wertung vereinen, die Jimmy gerade mit brutaler Deutlichkeit ausgesprochen hatte.

Entweder hatte eine virtuelle Entität aus einer virtuellen Zukunft ihn als Vektor ausgenutzt, um sich in der Gegenwart zu manifestieren und das Entstehen eben der besagten Zukunft aus der Quantenwelt zu bewerkstelligen, oder *er* hatte einen schizoiden Komiker zum Sprachrohr *seines* Transformationsideals gemacht und ihn, während er dadurch gleichzeitig massig Pinke verdiente, in eine voll entwickelte Psychose getrieben.

Und Texas Jimmy Balaban, der selbst tief mit drin steckte, der bislang auf Dexter nie den Eindruck eines schwer grüblerischen Moralphilosophen gemacht hatte, war jetzt so couragiert gewesen, diese peinliche Wahrheit in Worte zu fassen. Kein Wunder, dass er sich erst einen Schwips hatte antrinken müssen.

»Und was glauben *Sie*, Jimmy?« Mehr brachte Dexter momentan nicht über die Lippen, aber immerhin stellte er die Frage sachlich und respektvoll, drückte durch den Tonfall aus, was zu sagen er sich nicht recht durchringen konnte.

Dass nämlich Texas Jimmy Balaban sich von ihnen beiden als der bessere Mensch erwiesen hatte.

»Eines können Sie mir abnehmen, Dex, ich bin fast dabei um den Verstand gekommen, während ich mir das Gehirn zermartert habe, um des Rätsels Lösung zu finden, ich meine, Ralf ist ja zu nichts mehr zu gebrauchen, ich habe oft gedacht, es sei vielleicht für ihn selbst am Günstigsten, man steckt ihn in die Klapse, bei dem Zeug, das er redet, wär's kein Problem, ihn im Handumdrehen einweisen zu lassen, aber Sie sollten mal sehen, was ... was ... was das, was da in ihm *ist,* mit den Pflanzen in seiner Wohnung hingekriegt hat, also es ist so, wie's in der Bibel steht, die Wüste lebt, wörtlicher kann man 's gar nicht umsetzen, und zu sehen, das heißt ja, halten wir uns an die Aussage von Ripleys Kuriositätenschau, zu glauben ...«

»Sie bringen da was durcheinander, Jimmy ...«

»Durcheinander?«, wiederholte Jimmy. Er stieß ein humorloses, abgehacktes Lachen aus. »Nein, Dex, ich bringe endlich *nichts* mehr durcheinander, seit es mir

vor ein paar Tagen schließlich gelungen ist, die Lösung zu finden.«

»Sie haben … die Lösung gefunden?«, vergewisserte sich Dexter, indem er Texas Jimmy mit keinem geringen Staunen betrachtete.

»Jawohl«, bestätigte Jimmy. »Zum Schluss ist mir klar geworden, dass es gar keine Rolle spielt.«

»Keine Rolle?«

»Ja, und glauben Sie mir, ich war ziemlich verstimmt über Sie und Amanda, bis ich zu guter Letzt *darauf* gekommen bin. Ob Sie und Amanda für Ihre Zwecke einem Schizo den Kopf verdrehen, oder ob Berggeist Rübezahl aus dem fünfunddreißigsten Jahrhundert uns drei für *seine* Ziele vor den Karren spannt, welchen Unterschied sollte es denn bedeuten?«

»Wie würden Sie diese Ansicht begründen, Jimmy?«, fragte Dexter.

»Egal was der Fall ist, der *Zweck* ist letzten Endes der Gleiche«, erläuterte Texas Jimmy. »Und der ist, uns dahin zu bringen, dass wir tun, was wir tun müssen, damit die Affenvolk-Show noch ein paar Millionen Jahre lang läuft, anstatt die gegenwärtige Reihe von Flops fortzusetzen, mit denen wir uns demnächst endgültig das Wasser abgraben dürften. Ob also nun ein SciFi-Schreiber, eine NewAge-Tante und ein harmloser Künstlermanager, um ehrlich eine Hand voll Kröten zu verdienen, mittels Gehirnakrobatik aus allerlei Spinnereien einen Sternenschiffkapitän aushecken, oder ob der Große Geist des Planeten der Affen *uns* als kleine Helferlein einsetzt, damit er hier sein und das Nötige anleiern kann, ich bin der Meinung, ob eines von beidem oder sogar beides zutrifft, *keiner* von uns hat etwas Falsches getan.«

»Da schau her!«, konnte Dexter nur murmeln. Delirierte er, oder hatte das Saufen – oder irgendetwas anderes – tatsächlich einem ganz gewöhnlichen Hollywooder Geschäftsmann zu so viel unvermutetem Durchblick verholfen?

»Was ist, das ist Realität, stimmt's?«, betonte Texas Jimmy nochmals. »Und ich habe den Eindruck, jeder Stenz, der helle genug ist, gleichzeitig *RALFS WELT* zu gucken, Zeitung zu lesen und Kaugummi zu kauen, inzwischen mit eigenen Augen erkennen kann, dass zwar Kapitän Ralfs Sternenschiff ein reines SciFi-Luftschloss ist, aber das Totenschiff so real wie der Smog im San Fernando Valley.«

Dexter fühlte sich sowohl bestätigt wie auch beschämt.

Bestätigt sah er sich, weil er, entweder als machiavellistischer Schöpfer oder als Werkzeug eines höher entwickelten Bewusstseins, das völlig außerhalb seines Begriffsvermögens lag – oder als beides –, mit dem, was er durch *RALFS WELT* in der Realität etabliert hatte, genau in der Hinsicht, in der damals *Die Transformation* gescheitert war, heute Erfolg erzielte.

Obwohl Texas Jimmy kein Wissenschaftler war, kein hochgeistiger Denker, kein Science Fiction-Leser, sondern lediglich ein Musterexemplar der Art von stinknormalen Zeitgenossen, die die SF-Fans deshalb verächtlich ›Stinos‹ nannten, hatte er das Wesentliche *durchschaut*.

Beschämt fühlte sich Dexter, weil er nun einsehen musste, dass auch er die Texas Jimmy Balabans unterschätzt hatte.

Von Mann zu Mann blickte Jimmy ihm in die Augen. »Wissen Sie, Dexter, es kann sein, dass ich im Laufe der Jahre zu viele Frauen geheiratet habe, aber ich glaube, ich bin nie 'n schlechter Kerl gewesen, ich meine, ich habe meine Klienten nie beschissen, im Allgemeinen immer mein Wort gehalten, nie versucht, irgendwen zu übervorteilen …«

Er hob die Schultern. »Allerdings könnte ich mich

auch nicht ehrlichen Gewissens rühmen, ich hätte jemals was riskiert, um die Welt zu verändern, was kann ich also sagen ...«

»Sie sagen momentan viel mehr, glaube ich«, versicherte Dexter, »als ich je Ihnen zu sagen im Stande gewesen bin ...«

»Dann machen Sie mit, Dex? Es wird von diesem Mittagessen nicht heißen: Außer Spesen nichts gewesen?«

»*Wobei* soll ich mitmachen, Jimmy?«

»Beim RalfCon natürlich, um was geht's hier denn *sonst*?«

»Ach ver...«

»Ja, ja, ja, ich weiß, Sie möchten mit so einer zynischen Abzocke nichts zu tun haben, bei der 's nur darauf ankommt, T-Shirts und Videokasetten zu verscherbeln, Sie müssen vermutlich kotzen, wenn Sie noch mal Ralfis am Hals haben, darüber weiß ich ja längst Bescheid«, unterbrach Jimmy ihn, ehe Dexter nur einen Halbsatz sprechen konnte, mit einem geradezu leidenschaftlichen Ausbruch.

»Ich kenne Ihren Standpunkt, aber für ein so tolles Essen können Sie mir ruhig den Gefallen tun und mir ein paar Minuten lang zuhören, ehe Sie sagen, ich kann Sie mal kreuzweise, oder?«

Dagegen ließ sich schwer etwas einwenden; also lenkte Dexter ein.

»Ich habe eine Vereinbarung mit Madden getroffen«, eröffnete ihm Jimmy. »Für zehn Prozent unseres Anteils an den Einnahmen aus dem Laserdisc- und Videokasetten-Verkauf bringt die Gold Medien AG am vierten Juli, weil sie annimmt, gegen Sportübertragungen und dergleichen sowieso nicht anstinken zu können, zur Hauptsendezeit ein zweistündiges RalfCon-Special.«

»Aber warum das Ganze, Jimmy?«, brachte Dexter mit Mühe über die Lippen. »Was ist ...?«

»Was für uns drin ist?«

»Das wollte ich nicht ...«

»Es sind zwei Stunden Fernsehreklame, um für die Laserdiscs, Videos und was wir sonst an Marketingartikeln haben, zu werben, behaupten Sie bloß nicht, wir kämen nicht ins Plus, wenn der Eintritt schon mal die Kosten des RalfCons deckt, und ...«

»Aber ...«

»... anstatt nach einer langen Reihe von Flops von der Bühne schnurstracks in die Klapsmühle zu wandern, kann Ralf die Szene mit einem netten Abgang verlassen, mit ein bisschen Würde, sodass wir den Menschen eine Legende hinterlassen, an die sie sich gern erinnern, keine traurige Geschichte, die sie am liebsten vergessen.«

Ohne zu merken, was er tat, bevor er es getan hatte, trank Dexter einen neuen Schluck Wein, denn was Texas Jimmy da vortrug, hörte sich, ob es ihm passte oder nicht, zusehends vernünftig an.

»Wenn Ralf jemand ist, den wirklich *wir* endgültig in den Irrsinn getrieben haben, dann sind wir ihm so eine Schlussvorstellung schuldig, oder nicht?« sagte Jimmy. »Und wenn nicht ...«

»Und wenn nicht ...?«

Texas Jimmy Balaban schob wahrhaftig ein halb volles Glas Wein von sich, bevor er Dexter Antwort gab.

»Schauen Sie mal, um zu schnallen, mit was Sie und ich es hier zu schaffen haben, und genauso die Leute, die vor der Glotze hocken und sehen, was sie eben sehen, muss man kein Marshall McLuhan sein. Es ist Showgeschäft. Fernsehen. Geschichten. Und ohne das RalfCon-Special wird sich das Gerücht ausbreiten, die Show würde am Ende der Staffel aus dem Programm genommen und im Herbst nicht fortgesetzt, weil Ralf in die Plemplemmerie eingewiesen werden musste, und egal wie dumm wir uns stellen, die Illustriertenpresse wird die Fakten aufdecken. Muss ich noch mehr sagen ...?«

Jimmy zuckte die Achseln. In seinen geröteten Augen schien ein harsches, klares Licht aufzufunkeln.

»Es sei denn, wir liefern den Leuten ein echtes Hollywoodsches Happyend und hinterlassen ihnen eine Legende, an die sie sich noch erinnern, lange nachdem der Vorhang gefallen ist, und zur gleichen Zeit verdienen wir gut, indem wir Gutes tun. He, Mann, heutzutage sind mehr Elvis-Merchandisingartikel als zu Lebzeiten des Kings auf dem Markt, und so viel ich weiß, verkauft sich Jesus immer noch als Superstar, obwohl er sich zweitausend Jahre lang kein einziges Mal mehr hat blicken lassen ...«

Er lachte, um die Bemerkung ein wenig zu entschärfen, aber Dexter hatte noch nie ein Augenpaar mit ernsterem Ausdruck gesehen. »Sie sind der Autor, Dexter, wenn Sie zu der Geschichte den Schluss schreiben müssten, welchen Ausgang würde sie nehmen?«

Dexter seufzte; er sah sich schon auf dem Weg zum Unabwendbaren. »Tja, wenn Sie mich so fragen ...«

»Dann ziehen Sie also mit?«

Dexter zögerte, aber hatte sich inzwischen innerlich damit abgefunden, dass als Einziges sein Zaudern ihn noch am Zustimmen hinderte.

Nervös krümmten sich Jimmys Finger auf der Tischdecke. »Ich hoff's jedenfalls, Dex«, sagte er auf seine gewohntere Weise. »Ich meine, nach einem so vorzüglichen Geschäftsessen ...«

»Ach je, Jimmy ...«, stöhnte Dexter.

»Ohne Sie wird's 'ne dicke Nuss«, räumte Jimmy ein, »aber wenn Sie ablehnen, muss ich 's eben ohne Sie versuchen.« Er zuckte nochmals die Achseln, warf die Hände in die Höhe. »Blöd wie ich bin, hab ich schon in New York ein Hotel angemietet.«

Sein treuherziges Schmunzeln gab Dexters Gemüt den Rest und damit für die Entscheidung den Ausschlag.

»Vielleicht sollten die Muskelmänner mit der Zwangsjacke auch zu mir kommen«, sagte Jimmy als Nächstes. »Ich habe nämlich schon die Garantiesumme aus eigener Tasche bezahlt.«

Es gelang Dexter, sein Lächeln mit einem wirr-verschwommenen Grinsen zu erwidern. »Ich glaube, Sie sollten sie lieber zu mir schicken«, entgegnete er, »denn ich ziehe nicht bloß mit, guter Mann, ich übernehme sogar die Rechnung für das Essen.«

Texas Jimmy Balaban lachte. Er stieß mit Dexter an. »Darauf würde ich einen heben, alter Junge, wäre das, was Sie gerade gesagt haben, nicht der Beweis dafür, dass wir beide schon sturzbetrunken sind.«

Er zwinkerte Dexter zu. Mit der Hand winkte er den Kellner heran. Und langte nach der Brieftasche.

»Ich sag Ihnen was, alter Freund, wir tun auch diesmal das Richtige und bleiben Mensch«, sagte er. »Wir zahlen getrennt.«

Es hatt an sich gar keen Sinn nich, Rattengörl öfters aussem Rattenloch zu schicken, als es unbedingt nötich war, etwa wenn der Scheißaasch vonne Anmellung anne Tür bollerte und dran erinnerte, dass es Heroin Hilton keen städtsche Pofstelle nich wär und die Stütze dem Zimmer auch nicht zahlte. *Also schieb Flocken rüber, dreckje Junkiefutt,* hieß es dann, *oder verpiss dich.*

Dacht man wie ein Ratzerich – und gab's überhaupt ein andre Art zu denkeln?, irgendwie fiel's schwer, sich zu besinnen –, war das nix als ärgerlich, abba was sollt man tun, der Aff da unnen hatt ein Baseballschläger, sowieso, wahrscheinlich auch ein schietge Uzi inne Kabine und ein Direktleitung zu 'n Bullen, ein bis zwo Tach gab er eim, abba dann musst man blechen, oder man saß mittem Rattenaasch auffe Straß.

Das wär nich weiter schlimm gewesen, es gab ja reichlich bessre Löcher, wo man reinkriechen konnt, und man sparte den Trabbel, sich Kröten zu krallen, bloß wo sollt mannen Schietfernseh anschließen?

Zu denkeln wie ein Ratzending fand da keen Lösung nich für, und 's Affenfleisch wusst auch keen nich, abba der Grund fürs Hiersein, für dem Auffenhalt in die Fleischmaschin, war ja, zur richtichen Zeit am richtichen Ort zu sein, gnau am Dreh- und Angelpunkt, wo's um die Wurst ging, wo man mit'm großen, langen Stahlzahn zustoßen und die größte Wirkung hahm konnt, ein Handbewegung vom Affengörl reichte, und die Affenwelt schwuppte vonne Mattscheib auffen Müllhaufen, hi-hi-hi, sodass der nötiche Platz entstand für ein Milljohn Jahre Existenz vonne kühle, klare Abfalltonne, wo auffem Silbertablett im Weltall schwebte, kreisch-kreisch-kreisch, weshalb *sons* sollt ein nettes, fleißges Ratzending hier wie ein rostger Enterhaken innem eklichten Hirn vonnem Affengörl stecken?

Abba um das zu schaffen, musst man zur Stelle sein, wenn der Zeitstrang die Schleimspur kreuzte, wenn's die Frache war: Ein Milljohn Jahre Fleisch oder ein Milljohn Jahre Metall? Man musst dem Tote Welt-Zerstörer wegputzen, eh der Erzfeind den Spieß *umdrehn* tat.

Drum musst man Fernseh guckn.

Denn da hing der Drecksack regulär rum.

Und da musst's passiern.

Und wie man *da* sein konnt, wenn's soweit war, *das* war's, was man rausfinnen musst.

Im Fernsehn.

Dort wo alles passierte, was irndwie wichtich war inne Affenwelt.

Das Affenfleisch hatt massich Probleme die Sache zu raffen, Rattendinger und Enterhaken im Kopp gingen schon anne Grenze. *Es sind keen kleine Leut nich innem Kasten, wir können da nich hin, du saublödes Ratzending, es sind bloß Bilder von echten Menschern, wo sie mit so Apparatten durche Luff sennen.* Was Bessres kriechte die Datenvaarbeitungsanlach vonne Fleischmaschin einfach nich auffe Reihe.

Im Fernsehn.

Nee, Affengörl, nich dem Ort, wo man Bilder macht, die auffem Glas erscheinen.

Im Fernsehn.

Wo Wellen im unsichtbarn Meer vonne Luff drauf warten, Bilder und Wörter zu wern. Wo vielleicht vaschiednes Seinkönnen im unsichtbarn Meer vonne Zeit drum ringen tat zu wern. Real zu wern.

Im Fernsehn.

Es is so, wie's innem Lied heißt, wo dannenwann im Fernseh kömmt, Rattengörl, *du* lebs inner Materiewelt, und *du* bis ein Materiegörl, abba for annare gilt das nich, sie hängen inne Schwebe, so wie Geschichten, wo gern vazählt wern würn, Trilljohnens über Trilljohnens sind's, als wärn da dreißich schietge TV-Senner, wo keen nich sieht oder hört, bis wer sie einschaltet, abba *da sind sie*, sie warten, dasse dran kommen, wenn gezappt wird, hi-hi-hi!

Und genau das wern wir auch tun, Affenfleisch, wir schalten um, wir zappen dem Affenplaneten-Sternenschiff-Kapitän wech und schalten 'n *echt* viel bessres Pogrom ein, es würd dir total gut gefallen, Affengörl, das heißt, wärn nach'm Zappen noch irndwelche Fleischmaschin-Lebewesen da, wo's guckn könnten, hi-hi-hi, bloß is keen scheißlich rosa Fleisch nich mehr da, wo Seiber, Schiet und Piss und was nich alles rausläuft, issa würglich eklicht, kreisch-kreisch-kreisch, ja nich mal keen faules Fleisch inne Erd nich, keen Viehzeuch nich, wo Bissen aus annerm Viehzeuch beiß, wo Bissen aus wieder annerm Viehzeuch beißt, wie ebend dem Ringelpiez durch eganze Biosfäre bis annen Aasch geht, nee, da gibt's bloß noch fein säuberliche Chips, viel Metall und Maschinenöl, die Welt läuft wie 'n Uhrwerk, hi-hi-hi- ticktack, ticktack, die Rattenmaschinern sind *selbs* das Uhrwerk, kreisch-kreisch-kreisch, und weil's ja sowieso gar nich lebt, geht die Tote Welt-Uhr wie am Schnürchen in alle Ewichkeit weiter, hi-hi-hi …

Und um dassu schaffen, musst sie alle drei Tach oder so raus zu den Affen, um Zaster zu ergattern, wo sie dem Rattenloch mit bezahlte, so dasse Strom für dem Fernseh hatt, also weißte, so ein Scheiß, und außerdem glimmerte wieder so schietges Geflimmer vor ihrm Gesicht, wo nix als diese tauben, doofen Kaninchenohren hatt, was Ähnliches wie die elende Statik vonnem miesen, billjen, ollen Fernseh, und das gierge Riesenloch im Mahn tat wieder anmahnen, dass Affenfleisch nich dauernd bloß von Kakerlaken lehm konnt.

Sicher, 's wimmelte hier nur so davon, reichlich Eiweiß auf sex Beenen, abba man brauchte Stunnen, um genug für ein anständje Mahlzeit zu fangen, ein gewaltge, ja irrsinnge Zeitvaschwennung, und wahrscheinlich deckte das Futter nich mal 'n Energieumsatz vom Fangen, drum musst sie abunnzu mal auffe Straß flitzen, damit die Fleischmaschin was zu spachteln kriechte und sie an Mäuse für drei Tache Rattenloch und Saft für dem Fernseh kam …

Wie sich diesmal zeichte, war auffe Third Avenue nich viel zu finnen, sie hatt echt ein Scheißpech, der Müll war grad abgeholt worn, daher fand sie nix anners nich als ein Taube, wo vorhin vom Müllauto überfahrn worn war, abba wensgens war sie frisch und hatt nich im Rehn gelehn, bloß die Federn runnerzukriehn war würglich ein Plackerei, und um allem die Kron auffusetzen, stiefelten Bullen auffe Straß rum, wo nämlich ein Aaschloch innem Lieferwahn ein Bus gestreift hatt, sämtliche Berber und Penner warn vaduftet, und Rattengörl dachte sich, das wär auch für sie besser, drum huschte sie irndwie inne allgemeine Richtung zum Madison Square Park, wo ja, wie sie überlechte, wie üblich jede Menge untote Junkies, Crack-Zombies und Suffköpp am Abhängen sein mussten.

Sie trippelte grad vonne Madison Avenue rüber zur 225. Street, da sah sie das Riesentheater vorm Grand Duke Plaza Hotel.

Früher war das Grand Duke Plaza Hotel, wo man inne Szene, und nämlich nich ohne Grund, Hotel Großer Kotz nannt, ein Stunnenpension gewesen, wo man gut diessendas und noch mehr kriehn konnt, bisses dann säuisch bergab ging, weil man dreißich Kanaken in ein Zimmer lechte, um vom Soziaalamt regelmäßge und höhre Einnahmen zu hahm.

Gewöhnlich war in dem Block nix zu holen, man konnt höchstens abgestochen wern, wenn man dem Gesocks auffe Straß 'n Aasch zudrehte, um ein Penny auffuhehm, abba jetz war da irndwas los, und man wusst ja nie, was sich ergibt, was, Rattengörl …?

Zwo große Kastenwahn stannen vorm Hotel Großer Kotz, und statt sie zu filzen, hielten Bullen ein Haufen Gaffer hinner Absperrgittern vom Eingang fern, sah ganz so aus, als könnt man die Finger in was anners stecken als 's eigne Aaschloch, währnd keen nich guckn tat …

Und …

Was 'n das?

Das Hotel Großer Kotz hatt immer ein kwasi kackbraunen Anstrich gehabt, wo rissich gewesen war und abblätterte, abba jetz war die Fassade plötzlich innem Grau gestrichen, wo man auch am Empire State Building sah, nur irndwie mit silbern Rahmen, nich dass da wer toffe Arbeet geleistet hätt, an Stellen konnt man das Braun noch sehn, so als hätt das Hotel, wenn wer Rattengörl frachte, in ein graue Flannelhose geschissen.

Und die Markise am Eingang war ähnlich schlampich überpinselt worn, und statt Grand Duke Plaza Hotel stand jetz dran: Hotel Metropolis.

Und auffem Dach vom ein Kastenwahn warn ein scheißgroße Satellitenschüssel und noch mehr so Zeuch, wo Fernsehantennen sein konnt, und vonne Rückseite kamen da echt viel dicke Scheißkabel raus, wo die Trepp rauf ins Foyer führten.

»Ey, wassa los, ey?«, rief Rattengörl, ohne wen Bestimmtes anzusprechen, währnd sie sich durch den Haufen Aaschlöcher drängte.

»Igitte!«

»Bäh!«

Massich Schimfen und Maulen gab's, bloß ein richtge Antwort kriechte sie nich, abba wensgens macht niemand keen Ärger nich, währnd sie sich nach vorn drängelte, stattdessen gingen alle ihr aussem Wech, als wüssten sie, dass sie dem Schnellen Schlitzer unnerm Rehnmantel hatt und wollten mit ihm keen Bekanntschaff nich schließen.

Endlich war sie am Absperrgitter, abba noch hatt ihr kein Sau varraten, wassa ablief, vadammicht noch mal. Zwo Typen rollten aussem annern Kastenwahn ein echt schwer große Fernsehkamera.

Auffe anner Seit vonne Absperrung stand ein langer, schwatter Bulle.

»Ey, wassa los, Mann?«

Der blöde Hund guckte sie an, als wär sie ein Riesenklumpen Popel auf Beenen.

»Ey Mann, mitte Scheißstoiern zahl ich dein Scheißgehalt, klar, also gib 'ne anständge Antwort, kackvaflucht noch mal, sons beschwer ich mich im Rathaus.«

Der Bulle guckte glattwech durch sie durch.

»Hier *findet* der *RalfCon* statt«, sachte hinner Rattengörl ein Donald Duck-Stimme.

Rattengörl drehte sich um, und da sah sie ein Typ, vermutlich wensgens, wo wohl hunnertfümfzich Kilo wog, er sah aus wie ein Bowlingkugel, jau, mit ein Scheißaasch, wo man nich glauben konnt, und die Wampe war genauso, er hatt fast *Titten*, konnt man sahn, und gehüllt war der Wanst in ein vierfach größres XXXL-T-Shirt, wo drauf die Erde mittem Foierschweif durchs Weltall sauste, als wär sie ein Scheißrakete.

»Ey Scheiße, was 'n RalfCon?«

»Eine *Science Fiction-Convention*«, sachte der Fettsack, wo grinste, als wär *er* aus irndeim schietgen Grund echt froh, sie hier zu sehn. »Ab fünf Uhr ist Einlass.« An sein Augen war irndwas Abartges, als wärn sie zu eng zusammen. »Sie *wird* im *Fernsehen* übertragen, und er ...«

Der Dickwanst konnt nich sahn, was er sahn wollt, weil miteim Mal die Gaffer in Gequieke und Gemuhe ausbrachen, und er blökte da auch mit.

»Ralf! Ralf! Ralf!«

Und als Rattengörl sich umdrehte, sah sie, ein Taxi war am Hotel vorgefahrn, ein Typ in gelbbraunem Anzuch aussestiehn, und 's Gleiche tat jetz ein Mann inner albernen grünen Montur, da sah er drin aus, als wär er der Hotelportier ...

Ein Mann?

Dacht wer wie Affenfleisch, war's vielleicht ein Mann.

Dacht man wie ein Ratzerich, dann war er der Erzfeind, der Tote Welt-Zerstörer.

Der Sternenschiffkäpten.

Er stand da vor ihr, als wärn sie alle zwo *im Fernsehn*.

Der Affenaasch im gelbbraunen Anzuch sachte was, wo Rattengörl nich hören konnt, zwo Bullen stiefelten hin und begleiteten dem Sternenschiffkäpten längs vonne Absperrung zum Hoteleingang, und …

… dann kam der dreckje Schweinehund vielleicht ein Meter weit wech anner vorbei!

Sie grapschte unnern Rehnmantel, packte 'n Griff vom Schnellen Schlitzer, wollt ihm zücken, stemmte sich gehn die Absperrung …

Da gab der Scheißbulle, wo da lungerte, ihr mitte flache Pratze ein Stoß gehn die Brust, sie taumelte rückwärtz, eh sie das Messa zien konnt, und prallte gehn den Fettsack, und …

… der Sternenschiffkäpten guckte sie im Vorbeigehn *direkt an*.

Als lurte er *unter* den schietgen Rehnmantel und säh den Schnellen Schlitzer, wo ihm gern Hallo ey gesacht hätt, jau. Als säh er durchs Affenfleisch und wüsst, was sich da drin vasteckte.

Er grinste sein tierisch blödes Scheißgrinsen, als wollt er sahn: Gugge daaa, *Rattengörl, ich weiß wo du bis, und du kanns gar nix machen, hi-hi-hi*!

»*Das* wern wir ja sehn, du fiese Sau!«

Innem Moment, wo's drauf ankommt.

»Wir sehn uns im Fernsehn, Aaschloch!«

vierzehn

Texas Jimmy Balaban hatte ausgiebig Erfahrungen mit drittklassigen New Yorker Hotels gesammelt; folglich stimmte das Hotel Metropolis, obwohl man nicht von einer angenehmen Überraschung sprechen konnte, im Großen und Ganzen – ausgenommen die krasse Absonderlichkeit des billigen Dekors – mit seinen Erwartungen überein.

Die spießige Nachbarschaft aus miserablen Bürobauten, Wohngebäuden und Kaufläden deckte sich nicht unbedingt mit den Vorstellungen der Leute, die New York nur aus Filmen kannten, wenn sie die Bezeichnung ›Madison Avenue‹ hörten, aber hinsichtlich des *Süd*endes der Madison Avenue hatte Jimmy keine Illusionen gehegt, darum war ihm völlig klar gewesen, als die Con-Organisatoren ihm das Haus empfahlen, dass das Hotel Metropolis keinen Vergleich mit dem The Pierre, dem United Nations Plaza Hotel oder nur dem Hotel Sheraton aushielt.

Doch die Argumente des Hoteldirektors hatten ihn

überzeugt. Der Mann gestand unumwunden ein, dass das Metropolis nichts anderes war als die nagelneue Renovierung einer wahrhaft widerwärtigen Absteige, die Grand Duke Hotel geheißen hatte, und man ihm ausschließlich deshalb so überaus vorteilhaftes Angebot unterbreitete, weil man dringend irgendeinen interessanten Event brauchte, um den verdient anrüchigen Ruf des Hauses loszuwerden.

»Versuchen Sie irgendwo in Manhattan ein Hotel ohne Dealer, aber mit Restaurant, Café, Bar, Zimmerservice, Zimmern für achtzig Dollar die Nacht und einer so günstigen Pauschale für die Veranstaltungsräume zu finden, Mr. Balaban ... Und glauben Sie mir, in sechs Monaten kriegen Sie so was auch im Metropolis nicht mehr.«

Diese Worte hatten den Klang einer New Yorker Wahrheit gehabt und waren Jimmy durch einen Tag des Herumtelefonierens in der gesamten Stadt vollauf bestätigt worden. Und infolgedessen befanden sie sich jetzt im Hotel Metropolis.

Und zwar in der VIP-Suite im zehnten Stock – einem so genannten Salon zwischen zwei Schlafzimmern –, die man offensichtlich aus drei Einzelzimmern zusammengestoppelt hatte. Das Sofa, die Sessel und alle übrigen Möbel des Salons wirkten, als stammten sie aus einem auf die Möblierung von Zahnarztpraxen spezialisierten Geschäft auf der Canal Street, die Betten entsprachen dem neueren Stil der Howard Johnson-Hotelkette, und die neuen, aber schundigen Armaturen in den Bädern waren verschraubt mit uralten Rohren, an denen die Nässe schon durch den letzten, rein kosmetischen Anstrich schwitzte.

Wie das gesamte übrige Hotel war auch die VIP-Suite in Hellgrau, Schmutzigweiß und Mattschwarz gehalten – zudem hatte man sich um ein paar silberne Akzente bemüht –, wohl das fürchterliche Werk eines depressiven Innenarchitekten, dessen Schwager wahrscheinlich von den genannten Farben unnütz große Vorräte eingelagert gehabt hatte.

»Na, was sagen Sie nun, Ralf?«

Ralf sah aus, als *gehörte* er in diese Kulisse eines B-Film-Remakes von *Flash Gordon*, wie er da mit seinem Alien-Blick und dem halb permanent gewordenen, starren Lächeln in der Sternenschiff-Kapitänsuniform im Salon stand.

»Ein Hotelzimmer auf der Erde des späten zwanzigsten Jahrhunderts«, stellte er mit der ausdruckslosen Zombiestimme fest, die man inzwischen seit einer Weile von ihm kannte.

»Sind Sie sicher, ja?«, fragte Jimmy verstimmt.

Ralf blickte ihn an, irgendetwas hinter seinen Augen nahm zu Jimmy Kontakt auf, und die Präsenz, die mittlerweile alle wichtigen Gespräche bestritt, verwies ihn mit einem einzigen Wort, das ein Phantomzwinkern begleitete, auf ihre fortgesetzte Anwesenheit.

»Virtuell ja«, sagte die Stimme.

Man bekam wirklich eine Gänsehaut.

Schon deshalb war Jimmy froh über die Aufteilung dieser lumpigen Suite. Ralf in einem Einzelzimmer sich selbst zu überlassen, hatte er einerseits als wenig ratsam erachtet, aber andererseits war er darüber froh, zwischen ihren beiden Schlafzimmer diesen so genannten Salon zu haben, und nicht etwa, weil Jimmy sich ernsthaft mit der Absicht getragen hätte, auf Schrippenjagd zu gehen.

Dem Flug mit Ralf von der West- zur Ostküste waren eine kleine Erfreulichkeit und eine herbe Unerfreulichkeit vorausgegangen. Jimmy hatte Plätze in der Bussiness Class gebucht gehabt – warum nicht, wenn sich dadurch Moos einsparen ließ? –, aber als Ralf in vollem Wichs im Flughafengebäude antanzte und das Aufsehen erregte, das sich unter solchen Umständen kaum vermeiden ließ, war er eilends in die VIP-Lounge komplimentiert worden, und man hatte ihre Plätze auf die Erste Klasse umgebucht. Das war das Erfreuliche gewesen.

Als sehr unerfreulich hatte Jimmy es hingegen empfunden, dass Amanda Robin sich rundheraus weigerte, mit nach zu New York zu fliegen um Ralf dabei zu helfen, für die Dauer der Veranstaltung auf Linie zu bleiben, selbst als er ihr ein Bussiness Class-Flugticket und ein Zimmer im United Nations Plaza Hotel bot; sogar als er um Spesen und zwei Riesen Honorar für drei Tage leichter Tätigkeit aufstockte.

»Was mich angeht, hat *RALFS WELT* zu uns gesprochen«, hatte sie ihm zur Begründung erklärt, »und bei der Schlussszene möchte ich wirklich nicht dabei sein.«

Gegen diese Aussage wusste Jimmy kaum etwas einzuwenden, hatte aber trotzdem versucht, Amanda zu überreden.

»Dieser Abschnitt meines Lebens ist ganz einfach abgeschlossen, Jimmy«, hatte sie ihm schließlich unverblümt gesagt. »Außerdem habe ich in der betreffenden Woche an sieben Tagen Aufnahmen für ein Feature, insofern bin ich, wie das Karma es will, sowieso nicht abkömmlich ... Aber ich verspreche dir, ich *sehe* mir die Fernsehübertragung an.«

»Prächtig, wirklich prächtig!«

Also hatte Jimmy den ganzen Flug damit verbracht, sich einen dummen Film und noch dümmere Videos anzugucken, heldenhaft darauf zu verzichten, sich mit den kostenlosen, unbegrenzt erhältlichen Drinks zu besaufen und gegen jede Vernunft zu hoffen, dass der RalfCon kein schrecklicher Fehlschlag wurde.

Denn in der Frist zwischen der Unterzeichnung des Garantieschecks für das Hotel und dem Ende der Staffel hatte Ralf die Komik-Kleinkunst vollständig an den Nagel gehängt.

Keine Stimmenimitationen mehr. Keine Späße, die gewöhnliches Affenvolk verstehen, geschweige denn solche Scherze, über die es lachen könnte. Die letzten Sendungen der Show hatten nur unmäßig ausgedehntes Gelaber schwachgeistiger Talkshow-›Berühmtheiten‹ enthalten, das gelegentlich durchs Ertönen der Stimme unterbrochen worden war, die zu den wahren Gläubigen predigte.

Nun gut, die Show war im Eimer, sie konnten nichts anderes tun, als das Weitere abzuwarten, aber Ralfs unprofessionelles Betragen verstieß schlichtweg gegen Texas Jimmys Showgeschäft-Ehre.

Ernie Kovacs hatte einmal, als Onkel Miltie noch Mister Television gewesen war, Milton Berle einen wahrlich bravourösen Schlussauftritt hingelegt. Als das Unausweichliche kam, hatte Kovacs, der Meister der Live-Slapstick-Spezialeffekte, den Zuschauern verkündet: »Wenn *wir* das Studio nicht mehr benutzen dürfen, soll *niemand* es mehr benutzen!« Und füllte die letzte halbe Stunde der allerletzten Sendung mit einer zum Brüllen komischen Scheinzertrümmerung des Studio-Sets.

Damit hatte er Klasse bewiesen.

Live das Handtuch zu werfen, bewies keinerlei Klasse.

Falls das es war, was es mit Ralfs neuer Macke auf sich hatte.

Jimmy hoffte, dass es sich so verhielt, selbst wenn es keine Klasse bewies.

Denn die alternative Erklärung wäre erheblich schlimmer.

Sie müsste nämlich lauten, dass Ralf vollends und vollkommen den Verstand verloren hatte.

Es hätte auch keinen Zweck gehabt, ihm deswegen die Leviten zu lesen, weil es aufgrund eben dieser Verfassung gar keine Möglichkeit mehr gab, um sich mit ihm über irgendetwas zu verständigen. Seit einiger Zeit schien es, als wäre überhaupt kein Ralf mehr da, mit dem sich etwas erörtern ließe.

Außer wenn die Stimme aus ihm sprach, lief er umher, aß er, benutzte er zweifellos das Klo, genau wie jeder andere Mensch, er antwortete sogar, wenn man ihn ansprach, aber man hatte den Eindruck, man hätte Umgang mit einer leeren Hülse. Ganz als wäre sein Dasein auf die allernötigsten Funktionen reduziert worden.

Die Psychologie-Fachbücher, die Jimmy neuerdings wälzte, nannten so etwas eine ›intermittierende katatonische Fugue‹, und den Texten zufolge hatten diese Zustände eine starke Tendenz, zu einer chronischen Gemütskrankheit zu werden, eine Gefahr, die bezüglich der am Sonntagabend geplanten Live-Übertragung schwer zu beschwichtigende Befürchtungen weckte.

Während des Flugs war Ralf so häufig in der ›Fugue‹ gewesen, dass Jimmy sich ständig ernstlich gesorgt hatte, der endgültige Dauerzustand der Verblödung wäre schon eingetreten.

Doch gelegentlich bekam Ralf schlagartig einen klaren Blick, seine Augen wurden auf eine Weise hellwach, als hätte man in seinem Schädel Glühbirnchen eingeschaltet, und man sah darin gewissermaßen die Art von Star-Persönlichkeit, die man nicht vortäuschen konnte, für die jeder Künstler seine Seele verkaufen und die Seele seines Managers als Bonus ins Paket schnüren würde, und dann äußerte die Stimme ein, zwei Sätze, die anscheinend den Zweck hatten, ihn zu beruhigen.

»Keine Bange, Jimmy, ich *muss* es einfach richtig machen, denn wenn es *dieses Mal* einen Flop gibt, bleiben hinter der Bühne nichts als eine seiltanzende Ratte und ein Teufelsgeiger übrig.«

In keinem Psychologenbuch stand irgendeine mit hundert Dollar pro Wort bezahlte Antwort auf ein derartiges Statement.

Also hatte Jimmy seine Drinks so langsam wie überhaupt erträglich geschlappt, während er inbrünstig hoffte, dass Ralf zumindest noch *diesmal*, auf dem Ralf-Con, seine Pflichten erfüllte.

Kommt Leute, dachte er, während er seine Kleidung in einen Kleiderschrank hängte, der kaum größer war als eine Besenkammer, *lasst mich ihn auf ein paar Gruppenbildern ablichten, ohne dass er einen Satz reden muss, damit wir Material für die Berichterstattung der nächsten Tage haben, gesteht mir am Sonntag einen Live-Auftritt zu, der keine totale Katastrophe wird, und für den Montag wünsche ich mir eine Autogrammstunde ohne Komplikationen, und wir haben alle was davon, das verspreche ich euch.*

Gebt uns eine Chance, ja. Einen megamäßigen Erfolg *strebe ich ja gar nicht an.*

Die meisten Science Fiction-Cons, die bestimmten Einzelobjekten der Verehrung galten – wie *Star Trek* oder *Dr. Who* –, statt der Ausfluss idealistischer fannischer Begeisterung zu sein, dienten als Geldmaschine-Veranstaltung eines Promoters, ein Beschiss, den Lampkin trotz seiner Vorbehalte gegen das Fandom stets als fragwürdig betrachtet hatte. Doch selbst davon abgesehen, war es für ihn, weil er ohnehin nicht als kleiner Ölgötze eines solchen Taschenuniversums galt, kein Opfer gewesen, sich von derlei Veranstaltungen fernzuhalten.

In noch höherem Maße galt daher sein Widerwille schon dem bloßen Gedanken, gar in das *Organisieren* einer Convention verwickelt zu werden. Denn obwohl Ellie in vergangenen Zeiten sogar mehrmals als Vorsitzende eines Con-Komitees fungiert hatte und auch heute noch so emsig auf dieser Ebene mitmischte, dass man sie zu den so genannten Grauen Eminenzen des Fandoms zählte, hatte Dexter als hauptberuflicher Autor derartige fannische Aktivitäten immer als Lichtjahre unter seiner Würde befindlich eingestuft.

Dennoch hielt er sich jetzt in New York in einem schäbigen Hotel auf und war bis an die Halskrause in genau die Sorte von monetär orientiertem Con-Betrieb verstrickt, die er früher – und mit vollem Recht – als üble Geldschneiderei verurteilt hatte, betätigte sich als die Graue Eminenz des RalfCons.

Aber vielleicht, versuchte er sich zu trösten, während er den gewohnten Fan-Mob beobachtete, der sich an den im Foyer aufgestellten Anmeldetischen ballte, *bin ich gar nicht die* wahre *Graue Eminenz.*

Zuerst hatte Jimmy Babalan ihn nur darum gebeten, das Veranstaltungsprogramm aufzustellen, weil Jimmy, wie er offen gestand, von so etwas keine blasse Ahnung hatte, eine Aufgabe, die jeder SF-Autor, der auf genügend Cons gewesen war, vollgesoffen und stoned mit einer Fan-Mieze im Bett im Schlaf erledigen konnte.

Eine Anzahl Telefonate und E-Mails, die zum Lohn einen kostenlosen Ausflug nach New York versprachen, sicherten ausreichend Teilnehmer für ein dreitägiges Programm.

Und jemand musste ja die Tagesordnung festlegen, nicht wahr?

Und schließlich sollte es ja ein RalfCon werden, oder?

Dessen Thema die erfolgreiche Bewältigung der Transformationskrise sein sollte, zu der Sternenschiffkapitän Ralf das Letztgültige zu sagen hatte, wer kam also besser dafür in Frage, sich thematisch geeignete Tagesordnungspunkte auszudenken, als der Verfasser der Bücher *Die Transformation* und *Ralfs Welt*?

Das Hotel Metropolis mochte einen Namen und eine Reputation haben, die in einen Science Fiction-Film passten, im Übrigen jedoch bot es als Con-Hotel lediglich die Mindestvoraussetzungen: Zweihundertfünfzig Zimmer, in die man vielleicht achthundert Personen quetschen konnte, wenn man gemein sein wollte, und die Fans würden es bestimmt als Zumutung auffassen.

Dexter hatte aufgestöhnt, als Jimmy Balaban erwähnte, er hätte *nicht* mit der Hoteldirektion ausgehandelt, die Veranstaltungsräume als Gegenleistung für die Garantie einer Ausbuchung des Hotels zur Verfügung zu stellen, und Jimmy hatte noch lauter gestöhnt, als Dexter ihm erklärte, beim Veranstalten von Cons wäre das Gegenteil üblich.

Daher war Dexter in den eigenen Augen noch ein wenig tiefer gesunken, als er Jimmy darlegte, er könnte, weil der Con in New York stattfand und innerhalb des städtischen Einzugsbereichs genug Fans wohnten, um täglich wenigstens fünfzehnhundert Leute zu einem solchen Con zu locken, den Verlust ausgleichen, indem er die Tageskarten für zivile zwanzig Kröten pro Nase verkaufte.

Da hatte Dexter noch geglaubt, eine gute Idee zu haben. Aber jetzt, während er am Freitagabend durchs Foyer schlenderte, das Hotel sich erst langsam mit Leuten füllte, die an allen drei Con-Tagen anwesend zu sein beabsichtigten, fragte er sich allmählich, ob sein Einfall wirklich etwas taugte.

Der einzige richtige Veranstaltungsraum, den es im Metropolis gab, war ein Tanzsaal, in den maximal tausend Menschen gepresst werden konnten, dann allerdings in eine Situation gerieten, die der Enge in einer Sardinenbüchse glich. Hundert weitere Personen passten in die Bar, aber voraussichtlich scheuten viele der Besucher dieses Etablissement wegen der Preise, die man dort für gepanschte Getränke verlangte. Zudem gab es im Hotel nur ein Halbdutzend so genannter Suiten, von denen keine wirklich gute Voraussetzungen für eine größere Party bot. Wenn sich in diesem Haus tatsächlich fünfzehnhundert Fans einfanden, wurde jeder Quadratmeter, so wie zur Hauptverkehrszeit in der U-Bahn, mit Fleisch gestopft.

Ellie hatte seinen Vorschlag abgelehnt, ihn zum RalfCon zu begleiten, wie Dexter es schon mehr oder weniger ahnte, als er ihn aus Pseudofairness unterbreitete, und zwar als Ehefrau mit der Begründung, sie hätte für ihr Lebtag lang die Nase voll von Ralf und *RALFS WELT*, und als Fan aus dem Grund, kein wahrer Fan würde sich auf einem so lumpigen, zynischen, rein auf Gewinn angelegten Gauner-Con blicken lassen, den Geldhaie veranstalteten, die Science Fiction wahrscheinlich sowieso mit ›SciFi‹ verwechselten.

Und wenngleich dieser blauäugige fannische Patriotismus aus Dexters Sicht nicht unbedingt zu den liebenswertesten Eigenschaften seiner Frau gehörte, musste er doch eingestehen, dass sie vermutlich, was den RalfCon betraf, dank ihres fannischen Gespürs weit deutlicher Recht behielt, als ihr selbst klar sein mochte.

Das Ganze ist nicht *dein Werk, Affenboy,* sagte sich Dexter, während er sich durch das schon stark bevölkerte Foyer zur Kellertreppe schob.

Doch es fiel ihm zusehends schwerer, sich einzureden, er hätte damit nichts zu *tun*. Und noch schwieriger war es, sich von der Verantwortung dafür freizusprechen, dass die Fernsehübertragung sicherlich wieder einmal das übliche SciFi-Kuriositätenkabinett präsentierte.

Denn nachdem er Texas Jimmy das Con-Programm vorgelegt hatte, war er seitens Jimmys darauf hingewiesen worden, dass der Hauptzweck des RalfCons daraus bestünde, aufnahmewürdiges visuelles Material für die zweistündige Fernsehsendung am Sonntag zu bieten, und Podiumsdiskussionen nicht eben die Highlights wären, die Fernsehregisseure als präsentabel erachteten.

»Haben Sie nicht mal erwähnt, es gäbe auf solchen Cons auch 'ne Art Shows und Kostümwettbewerbe?«

Ach du Scheiße!

Dexter hatte es tatsächlich erzählt gehabt.

Also hatte er sich mit insgeheimem Verdruss, aber gegen das Versprechen, dass in Tonaufzeichnungen von je sechzig Sekunden mindestens zwölf Minuten Gesamtzeit an seriöser Diskussion über die Bestimmung der menschlichen Spezies eingestreut werden sollten, zu diversen Telefonaten verleiten lassen, um einige New Yorker Fans zu mobilisieren, die sich darauf verstanden, eine Art Show und einen Kostümwettbewerb durchzuführen.

Und wenn er schon dabei wäre, warum nähme er – so Balaban – nicht auch die Sache mit dem Händlerzimmer in die Hand, schließlich ginge es ja darum, *seine* Bücher zu verkaufen, oder etwa nicht? – Vorausgesetzt es lief alles richtig, darum wäre es wohl besser, vorzusorgen und anhand einiger Telefonate abzuklären, ob sich jemand Tüchtiges und Verlässliches mit der Vorbereitung des Händlerzimmers beschäftigte.

Die einzige Räumlichkeit, die das Hotel Metropolis für sowohl die Art Show wie auch die Händler verfügbar machen konnte, war ein Lagerraum im Keller, jedoch hatte die Hoteldirektion beteuert, sie wäre diesem Zweck angemessen.

Als Dexter von der Treppe ins Untergeschoss trat, sah er, was die Hoteldirektion damit meinte.

Bei der Renovierung des Hotels hatte offenbar niemand irgendeinen Sinn darin erblickt, Geld zu verschleudern, um auch das Kellergeschoss neu herzurichten. Hier und dort färbte das zarte Grün von Schimmel die kahlen, grauen Betonwände, an der Decke verliefen kreuz und quer brüchig aussehende Leitungsrohre, und ein etwas allzu aufdringlicher Mief nach Rattengift und Kakerlakentod-Spray schwängerte die Luft.

Durch weiße Sperrholztrennwände hatte man den Keller in zwei große Bereiche unterteilt. Im kleineren Teil, den zusätzlich die Heizungsanlage des Hotels beengte, befand sich die Art Show; ausgestellt hatte man die üblichen Amateur-Etüden, mehrheitlich Ralf-Porträts und Bilder künftiger Erdlandschaften, bei denen – zumindest das befriedigte Dexter – die Sternenschiff-Bildnisse gegenüber den Totenschiff-Darstellungen deutlich überwogen.

Auch der Händlerbereich hätte ihn alles in allem zufrieden stellen sollen, denn überwiegend vertrieb man an den Verkaufsständen die gesamten offiziellen Ralf-Merchandisingartikel, von den Comic-Heften, Posters und billigen T-Shirts bis zu den Satin-Windjacken und kostspieligen Sternenschiff-Kapitänsuniformen, und jeder Verkauf eines solchen Gegenstands bedeutete einen kleinen Beitrag für sein Bankkonto.

Stattdessen fühlte er sich genau wie der Typ von parasitärem Geschäftemacher, den er früher verachtet hatte. Um an einen der sarkastischen Slogans aus den 60er Jahren anzuknüpfen: Er hatte sich in eine der Personen verwandelt, vor denen er damals zu warnen pflegte.

Als er sich die Tische der Buchhändler ansah, deren es in einem Wald des Ralf-Merchandisings bloß fünf gab, fand er zu seinem Leidwesen und sardonischen Amüsement heraus, die ausgleichende literarische Gerechtigkeit war noch nicht völlig aus der Welt verschwunden.

Die Transformation war in bescheidener Auflage nachgedruckt worden. Dexters genauer Zählung zufolge lagen bei sämtlichen Buchhändlern im Ganzen vierunddreißig Exemplare auf dem Tisch.

Alle Buchhändler jedoch hatten im 24er-Pack das Taschenbuch *Ralfs Welt* im Sortiment und hinterm Tisch noch Kisten mit zahlreichen Exemplaren in Reserve. Und ans Sperrholz der Trennwände waren riesige Vergrößerungen des Buchumschlags gepinnt worden, auf dem man Ralf in vollem Dress sah, aber überdruckt mit der Ankündigung einer für den Montag geplanten Autogrammstunde.

Alles lief darauf hinaus, dass man Hunderte, wenn nicht Tausende von Büchern verkaufte und von jedem dieser Exemplare 47 Cent in Dexters Tasche wanderten.

Denn die Autogrammstunde sollte nicht etwa der bloße Verfasser des Buchs geben.

Sondern Sternenschiffkapitän Ralf persönlich.

Booh-ey, als Rattengörl hätt sie glatt kotzen können! Im Foyer vom Hotel Metropolis wabbelte von eine zur andren Wand nix als Affenfleisch nich, es war wie im Berufsvakehr inne U-Bahn, nie im Lehm hatt sie soviel schwabblichs Fleisch gesehn, all die Affenääsch sabbelten und quasselten, standen irndwie Schlange anne Anmeldung und anne Tische, wo man außerdem auffestellt hatt und hinner denen noch mehr Irre hockten, sie musst sich richtich ein Wech bahnen, wo sie am liebsten mittem Schnellen Schlitzer bei nachgeholfen hätt, bisse endlich zu eim fetten Privatsheriff annem engen Gang kam, wo nach innen führte.

Auch da war alles voll mit Spinnern, wo komische Augen und Ferdeääsche hatten, sie latschten an dem Aufpassa vorbei, abba 's musst der richtge Wech sein, viele truhn nämlich T-Shirts mitte Fresse vom Sternenschiffkäptn drauf, manche sogar so ein kackige grüne Uniform, wie er ein hatte.

»Wohin möchten *Sie* denn?«, frachte der Privatsheriff, als sie auch an ihm vorbei wollt.

»Rein, wassen sons?«

Der Privatsheriff tat ein halm Schritt zur Seit und vasperrte ihr echt dem Wech, lechte die Flosse auffen Griff vom Gummiknüppel, wo aussah, als wollt er sich ein wixen.

»Ohne Plakette haben Sie keinen Zutritt.«

»Was soll 'n das, keen Zutritt?! Die janzen Scheißtypen könni ja auch rein, seh ich!«

»Sie haben's doch gehört«, sachte der Doof mit ein tonlose Stimme, als wär er ein Dealer, wo der fümmenzwanzichste Junkie kam und auf Pump koofen wollt, so dassem der Tach echt schwer vasaut war. »Ohne Plakette müssen Sie im Foyer bleiben.«

»Abba ich hab ein total wichtge Nachricht für dem Sternenschiffkäpten«, meinte Rattengörl, langte unnern Rehnmantel und streichelte 'n Griff vom Schnellen Schlitzer.

Der Privatsheriff ließ sein Blick über die Sauhaufen der vielen Irren im Hotel-Foyer gehn. »Ja genau, Sie und der Rest dieser bescheuerten Spinner«, sachte er und rümffte dem Zinken, als wehten ihm grad ein paar richtich fiese Fürz innen Bilderlahn, und da fiel Rattengörl auf, es stank hier *würglich*, jau, und *wie*.

»Also, Scheiße noch mal, was muss ich machen, um rein zu könn, dir ein blasen? Keen Problem nich, ey, bestimmt is irndwo 'n Klo inne Näh ...«

Drauf warf ihr der Privatsheriff ein Blick zu, als kröchen ihr Maden aussem Maul oder seiberte sie

AIDS-Eiter oder so was, gleich hatt sie große Lust, dem Schnellen Schlitzer zu zücken und im innen Rachen zu stoßen, dann könnt *er* ein bisgen dran lutschen, abba irndwie dacht sie sich, das wär doch keen so gute Sach nich, wo hier soviel Affenfleisch war und guckte ...

»Also, was muss ich tun, um so ein Plakette zu kriehn?«

»Du musst dir eine Con-Eintrittskarte kaufen«, sachte hinner ihr ein Stimme vonnem Typ so froh und froindlich, dass sie ihm am liebsten sofort dem guten, ollen Schnellen Schlitzer innen Bauch gerammt hätt.

Abba als sie sich umdrehte und den Affenaasch sah, merkte sie, das war leichter gesacht als getan, weil hätt wer ihm ein Samurai-Schwert bissum Griff innen Wanst gestochen, es hätt hinnen nich rausgeguckt.

»Das ist wohl 's erste Mal, dass du auf einen Con gehst, was?«

Er hatt ein Brille auffe Nase, wo Gläser hatt, die warn so dick wie der Bohn vonne Cola-Flasche, sodass er, wie er da von eim zum annern Ohr grinste, aussah wie irndwas in eim Akwarjumm.

»Ja, ich glaub schon ...«

»Dann lass *mich* es sein, der *dich* als *Erster* im Fandom willkommen heißt«, sabbelte er und zoch sie kwasi am Ellbogen ein Stück weit aussem Gedränge.

»Wunnerbar ...«

»Du kannst deine Con-Eintrittskarte drüben an dem Kassentisch kaufen«, sachte er zu ihr.

»So? Für wie viel?«

»Fünfzig Dollar.«

»Scheiße, fümfzich Dollah?!«

»Klingt wie viel Geld, *aber* dafür ist *drei Tage* lang *alles* drin, die Podiumsdiskussionen, die Art Show, der Kostümwettbewerb, die Großveranstaltung am Sonntag und eine Nacht Filmprogramm, es lohnt sich schon wegen der Filme ...«

Fümfzich Mäuse! Dafür konnt man ein Woch lang im Heroin Hilton wohnen, es dauerte zwo bis drei schietge Tach, um sich soviel Knete aus Pennermützen und Pappbechern blinder Bettler zu krallen.

Sie guckte sich den froindlichen Mister Schwarte von oben bis unnen an. Bei dem Aussehn war's echt stark wahrscheinlich, dass er unnefähr so oft zum Ficken kam, wie er ein schietges Bad nahm, wo er seim Geruch nach länger nich getan hatt. Na, 's war 'ne Weile her, dass sie sich an Affenfleisch vagriffen hatt, abba scheißegal …

»Ey hör mal, ich möchte ja gern auf mein ersten Con und alles«, sachte sie zu ihm, »abba ich hab keen Geld nich. Wie wär's, wir gehen raus anne stille Ecke, du gibs mir fümf Kröten, und ich lutsch dir dein Schwanz?«

Hinner der dicken Brille quollen ihm schier sein Froschaugen aussem Kopp, was schon für sich sprach, er wurd rot im Gesicht und fing regelrecht an zu *seibern* vor Geilheit, vielleicht merkte er 's noch und wischte sich's Fressbrett.

»Im … im … im Ernst?«, quäkte er, als ging ihm schon fast ein ab, wahrscheinlich braucht sie nich mehr als dreißich Sekunnen, bis er kam, sobald sie ers mal unner dem vielen Speck den Pimmel gefunnen hatt.

»Weißu was?«, meinte sie. »Weil du so ein netter Kähl bis und all so was, schlach ich dich vor, du suchs mich zehn von deine Froinde, dann mach ich 's dich für zwo fuffzich.«

Texas Jimmy Balaban hatte die Absicht, sich zu einer ernsten Aussprache mit Dexter Lampkin zusammenzusetzen, um die Frage zu klären, wie man Ralfs morgigen, öffentlichen Auftritt vor den Fernsehkameras gestalten könnte, aber auf keinen Fall wünschte er, dass Ralf sie bei dem Gespräch störte.

Darum sagte er seinem Klienten, nachdem sie gemeinsam ein Paar vom Zimmerservice servierte scheußliche Cheeseburger verzehrt hatten, dass er in der VIP-Suite bleiben sollte, rief Dexter in seinem Zimmer an und bat ihn, sich mit ihm in der Bar zu treffen.

Jimmy hatte Dexters Schilderungen solcher SciFi-Conventions um für rund fünfunddreißig Prozent übertrieben gehalten, doch selbst wenn er es nicht getan hatte, wäre er nicht auf das gefasst gewesen, was sich vor der Tür im Korridor abspielte.

Der Flur wimmelte von Menschen. Sie schleppten Koffer, Kisten, Bierkästen und Fässer in die Zimmer. Schlappten und quatschten flurauf, flurab. Saßen auf dem *Fußboden.* Rauchten *Hasch.* Trugen Sternenschiff Erde-T-Shirts, Sternenschiffkapitän-T-Shirts, komplette Sternenschiff-Kapitänsuniformen und offenbar selbst geschneiderte Kostüme aller Couleur: Mr. Spock, Barbaren, Weltraum-Nazis, krass übergewichtige Kleine Grüne Männchen, ja sogar ein riesiges blaues *Kaninchen* war darunter.

Jimmy musste über sie steigen und ihnen ausweichen, um zum Lift zu gelangen, und als er ihn erreichte, schwang sich als Erstes – rammte ihn fast – eine Hundertfünfzigkilo-Haremsdame heraus, deren Kostüm der Vorstellungskraft absolut keine Zugeständnisse gewährte.

Während der Lift quälend langsam, von einer zur nächsten Etage, nach unten fuhr, drängten weitere SciFi-Fans herein, gekleidet in Ralf-Merchandisingartikel und Kettenhemden, mit Autoantennen in likörgrünen Perücken, markierten Echsenungetüme vom Mars, Wikingerbräute von der Venus und zweifarbige Schleimwesen vom Planeten Freakworld.

Und genau wie Lampkin behauptet hatte, war der Anteil der extrem Schwergewichtigen sowie der Personen mit auffällig geringem Augenabstand verblüffend hoch, sodass sich Jimmy unwillkürlich einbildete – oder wenigstens *hoffte*, es sich nur einzubilden –, das Liftkabel infolge der Last knarren zu hören.

Nicht jedoch hatte Dexter ihn darauf vorbereitet, wie *unbefangen* sich diese Menschen benahmen, sie schnatterten und gackerten aus vollem Hals, spreizten sich mit allem, was sie hatten – und das war reichlich viel –, als wären ein haariger Schmerbauch, der aus einem Astronauten-Overall quoll, oder ein Gesäß mit den Abmessungen eines Ohrensessels in hautengem, neonpink Latex der natürlichste Anblick der Welt.

Auf irgendeine abseitige Art, spürte Jimmy dennoch, *bewunderte* er sie. Wenn man solche Leiber hatte, derartige Gesichter, konnte man tatsächlich Dümmeres tun, als dazu zu stehen und fünf gerade sein zu lassen.

Fast hätte er es als charmant empfunden, wäre nicht der überwältigend aufdringliche, mit der Ausdünstung frustrierter sexueller Not vermengte Mief von Achselschweiß und modrigen Latschen gewesen.

Also stieß Jimmy ein Seufzen der Erleichterung aus – allerdings verspürte er mehr als bloße Erleichterung, nämlich nahezu ein Gefühl der Erlösung –, als der Aufzug schließlich im Erdgeschoss hielt, *ohne* wie ein Stein den Schacht hinabgestürzt zu sein, und sich aus der Kabine eine Woge verschwitzten Fleischs ins Foyer ergoss. Doch was ihn dort erwartete, vermittelte ihm ums Haar den Eindruck, einer von Scottys beschissenen Transporterstrahlen hätte ihn woanders als auf dem Planeten Erde abgesetzt.

Das Foyer war zwischen dem Hoteleingang und der Anmeldung gestopft voll mit Leuten, die nach Eintrittskarten und Zimmerschlüsseln anstanden. Sie repräsentierten hoch zehn den gleichen eigenartigen Personenkreis, den er im Lift erlebt hatte.

Zumindest erschienen die SciFi-Fans, die noch nicht eingecheckt hatten, in einigermaßen normaler Bekleidung; oder vielleicht hatte die Aufzugfahrt ihn schon dermaßen abgestumpft, dass er XXX^3-T-Shirts, an denen mehr Buttons hingen, als ein Operetten-Admiral Medaillen an der Operettenuniform hatte, und gebatikte Sackkleider von der Größe eines Zirkuszelts für Alltagskleidung hielt.

Aber im übrigen Erdgeschoss, auf der Kellertreppe, auf jedem Quadratmeter Platz, wo jemand stehen konnte, tummelten sich unter lautstarkem Geschnassel und Gerufe, indem sie Mitteilungen an Korkpinnwände hefteten, Poster anklebten, auf kleinen Keyboards spielten und Kazoo bliesen, als Hexen und Hexer, Weltraummonster und Heavy Metal-Disko-Queens, Silberfolie-Roboter und Superhelden im Partner-Look kostümierte Menschen, und es war sogar eine Person darunter, von der Jimmy geschworen hätte, dass sie sich als riesiges, laufendes *Stück Scheiße* verkleidet hatte.

Und als Ralf kostümierte Leute.

Zu Dutzenden.

Männliche Ralfs. Weibliche Ralfs. Ralfs unersichtlichen Geschlechts. Ralfs normaler Statur. Dicke Ralfs. Extrem fette Ralfs. Überschwere Ralfs. Sogar da und dort einen dünnen Ralf. Ralf in offizieller Sternenschiff-Kapitänsuniform. Ralfs in privat hergestellten, amateurhaft nachgeahmten Monturen. Ralfs mit komplettem Make-up und Ralf-Perücke.

Offenen Munds hechelnd erkämpfte sich Texas Jimmy Balaban durch diesen Ralf-Planeten den Weg zur Hotelbar. Jede Zelle seines Körpers schrie nach Alk.

Aus irgendeinem Grund, über den Jimmy gar nicht nachdenken mochte, war diese Zufluchtsstätte barmherzigerweise halb leer: Mehrere Leute in Sternenschiff-T-Shirts, ein Trio Fluglinien-Stewardessen, die guckten, als wären sie versehentlich auf dem Pluto gelandet, nur drei Ralfs – und Dexter, der schon auf einem Barhocker saß.

»Einen doppelten Wild Turkey mit Eis«, lauteten Jimmys erste Worte, während er sich setzte, an den Barkellner, der so schockiert aussah, wie Jimmy sich fühlte. »Oder warten Sie mal … Haben Sie Gläser, die groß genug für einen Dreifachen sind?«

»Und welchen Namen soll ich auf die Plakette schreiben?«, frachte das fette Affengeschöpf hinnerm Tisch, wo drauf dem Affenfleisch endlich zehn Fümfdollahschein hinnelecht hatt. War keen Stunne arbeet nich gewesen, die Dreckstypen hinnerm Müllcontainer zu bedienen, zwon kam's schon, als sie denen bloß 'n schietgen Hosenladen aufmachte. *Stell dich wieder hinnen an, Knäcke, wir vasuchen's dann noch mal.*

»Äh … Rattengörl.«

»Rattengörl?«

»Was 'n los, hasse damit irndwie 'n Scheißproblem?«, knurrte Rattengörl, hätt echt am liebsten gleich unnern Rehnmantel gelangt und die doofe Fotze mittem guten, ollen Schnellen Schlitzer annebohrt.

Zehn Schwänz hinneranner zu lutschn, war wenger Brassel als fümfzich Bettler, Suffköpp und all so was aussenehm, jau, abba wassa sons noch dran hing, konnt eim echt die Laune vaderm.

»O nein«, säuselte die Äffin hinnerm Tisch mit so eim widerlichten Schönen Tag noch-Tonfall, dass man sie gern sofott abstechen tät. »Viele Leute setzen Fan-Namen auf ihre Plaketten.«

Und sie lurte mit eim passenden Frohsinnsgrinsen an Rattengörl rauf und runner.

»Tolles Con-Kostüm«, sachte sie.

»Ich dachte, das Kostümfest sollte *morgen* Abend sein«, sagte Texas Jimmy Balaban, weil er noch nicht genug Bourbon gekippt hatte, um aus seinem Gesicht den Ausdruck zu verscheuchen, den Dexter allzu genau kannte: Die Miene der völligen Schockiertheit und beklommenen Fassungslosigkeit, die anlässlich seiner ersten Begegnung mit dem Fandom jeder Stino zog.

Dexter lachte. »Sie können nicht behaupten, Jimmy«, antwortete er, »ich hätte Sie nicht gewarnt.«

»Sehr komisch, Lampkin«, brummte Jimmy verdrossen. »Leider sehe ich die Sache so, dass wir vor einer Schwierigkeit stehen.«

»Wer ist ›wir‹, Affenboy?«

»Lassen Sie 's gut sein, ja, Dex?«, murrte Jimmy mit ernsterem Gehabe. »Sie haben Ihren Spaß gehabt, nun wollen wir wieder seriöse Arbeit leisten.«

»Was soll denn die Schwierigkeit sein, Jimmy?«

Texas Jimmy Balaban zuckte die Achseln, gab ein Stöhnen von sich und trank etwas ruhiger als zuvor noch einen Schluck Bourbon, ehe er zum Antworten ansetzte. »Ralf ... die Leute morgen ...«

»En íngles, por favor ...«

»Sehen Sie mal, wie es um die Veranstaltung am Sonntagabend steht: Anfangs wird eine vorher aufgezeichnete Kurzdokumentation gesendet, ehe die Live-Übertragung anfängt, außerdem entfallen zwölf Minuten auf die Diskussionen, die Ihnen so wichtig sind, aber die *übrigen* achtundvierzig Minuten ...«

Er verstummte, schlürfte einen weiteren Zug Whiskey und schaute sich leicht verstohlen in der Bar um. Die kostümierten Ralfis und die verschüchterten Flugbegleiterinnen gingen gerade hinaus.

»Ich will mal schätzen, zehn Minuten fürs Kostümfest, dazu ein paar Minuten ... ähm ... Lokalkolorit, und eine Art Show haben Sie erwähnt, stimmt's, aber wir müssen Ralf mindestens zwanzig, fünfundzwanzig Minuten lang mit Leuten live vor die Kamera stellen, das bedeutet, es muss wenigstens eine volle Stunde aufgezeichnetes Material vorliegen ...«

»So?«, brummelte Dexter.

»Aber ich bin mir nicht sicher«, sagte Texas Jimmy Balaban, während sein Gesicht faltenreich aufrichtige Sorge spiegelte, »ob er 's durchhält. Ich war eben zehn Minuten lang unter den Besuchern, Dex, und ich weiß wahrhaftig nicht, ob *ich* es durchstehen könnte. Und es sind nicht hundertsiebenundfünfzig Texas Jimmy Balabans in allen Größen und Gewichtsklassen, die hier aufgekreuzt sind. Und *ich* bin nicht einem totalen katatonischen Kollaps nah.«

Dexter verkniff die Lider. »Einem *katatonischen Kollaps*?«, wiederholte er gedehnt. Nach seinen Erfahrungen zählten derartige Begriffe nicht unbedingt zu Jimmys alltäglichem Vokabular.

»Ich bin kein *völliger* Dummbatz, wissen Sie, Dexter«, sagte Jimmy patzig. »Wenn's wirklich sein muss, *kann* mich durch ein Buch ackern, das schwieriger als das Telefonbuch ist.«

Er schnaufte und hob die Schultern, und in seine Miene schlich sich ein für ihn untypischer Ausdruck stiller Gewissensbisse. »Um die Wahrheit zu sagen, Dex«, fügte er hinzu, »wär's nicht längst zu spät, würde ich den ganzen Con absagen. Ich meine, seit wir mit den Vorbereitungen angefangen haben, ist es ja noch erheblich schlimmer mit ihm geworden, die meiste Zeit hindurch benimmt er sich wie ein Zombie, und wenn nicht … wenn nicht …«

Bedächtig nahm Texas Jimmy Balaban einen langen Zug vom Bourbon.

»Zwar habe ich fast meine gesamte Laufbahn lang zu den Schlusslichtern des Showgeschäfts gehört, Dex«, meinte er, »aber auch in der Situation begegnet man im Verlauf der Jahre zahlreichen wirklich großen Stars, wissen Sie, vielleicht bloß für eine Minute auf 'ner Party, aber das reicht, um zu merken, dass sie was haben, das Ihnen und mir fehlt. Star-Ausstrahlung eben, Persönlichkeit, irgend etwas, durch das sie anderen Menschen überlegen wirken, selbst wenn sie kein echtes Talent haben, und glauben Sie mir, vielen von ihnen mangelt's an Talent …«

»Was wollen Sie mit alldem deutlich machen, Jimmy?« fragte Dexter leise, obwohl er es allmählich zu ahnen glaubte.

»Was ich sagen will, Dex, ist nichts anderes, als dass sich in Ralf irgendetwas verborgen hält, das nach Belieben zum Vorschein kommt, um irgendein Spielchen zu treiben …«

»Könnte es an einer Persönlichkeitsspaltung liegen?«, fragte Dexter, ohne selbst nur im Geringsten davon überzeugt zu sein.

»Sie wissen es besser, Lampkin«, erwiderte Texas Jimmy unwirsch. »Sie haben selber gesehen, wie's live passierte. Und die Stimme haben Sie auch gehört.«

»Ja sicher, aber …«

»Es ist so was wie Star-Ausstrahlung, bloß ist's … es ist … größer, stärker …«

»Und wenn es wirklich ein fortgeschrittenes entwickeltes Bewusstsein aus der Zukunft *ist*, Jimmy …?«, fragte Dexter; allerdings lediglich halb im Spaß.

Jimmy Balabans kurzes Auflachen und Achselzucken brachten einen intellektuellen Mut zum Ausdruck, den Dexter einfach bewundern musste. »Nach allem, was ich zwischen meinem Zimmer und dieser Hotelbar gesehen habe ... Zum Donnerwetter, ich meine, wieso nicht, wenn schon ein riesengroßer *Scheißhaufen* an mir vorbeigeht?«

»Aber was ist der eigentliche Zweck unseres Gesprächs, Jimmy?«

»Der Zweck ist die Erörterung des Problems, dass wir mit einem Mann arbeiten müssen, der sich im Zustand katatonischer Fugue befindet, außer wenn das, was in ihm steckt, die Sache in die Hand nimmt und die Sternenschiffkapitän-Nummer abzieht. Und bevor wir ihn in der *Hoffnung*, dass alles gut geht, zum Live-Auftritt auf die Bühne schicken, müssen wir in der Umgebung, die ich eben gesehen habe, mit ihm für eine Stunde Sendezeit Aufnahmen drehen. Also wirklich, als ob Dreihundertkilo-Bimbos und blaue Riesenkaninchen nicht reichten, es laufen obendrein Aberdutzende von *Ralf-Imitatoren* herum, verdammt noch mal ...!«

Jimmy leerte sein großes Glas Bourbon bis auf den Grund.

»Wir verfolgen den Zweck, Ralf durch ein Umfeld zu dirigieren, das irrer als *er* ist, um die erforderlichen Filmmeter abdrehen zu können, deshalb wäre es ganz nett von Ihnen, würden Sie mir helfen, ein paar Locations zu finden, wo wir die Aussicht, dass er vor dem Live-Auftritt *völlig* durchknallt, wenigstens *minimieren* können ...«

Er lachte. »Oder vielleicht können Sie zumindest verhindern, dass *ich* ausraste, wenn ich die sicheren vier Wände dieser Bar verlassen habe ...«

Ein gehörig gepanschter dreifacher Bourbon konnte Texas Jimmy Balaban unmöglich in ausreichendem Maße den Rücken stärken, doch immerhin dämpfte die Wirkung ein wenig die Reizüberflutung, als Dexter ihn zurück in die Welt des Planeten der SciFi-Fans führte, ihm wie ein Leibwächter einem Star den Weg durchs Getümmel bahnte.

Sie schlängelten sich an etwa einem halben Dutzend Ralfs in unterschiedlichen Stadien der Fettleibigkeit vorüber, schoben sich an einem Hundertfünfzigkilo-Schwabbel vorbei, der in einem Leopardenfell-Trikot vielleicht den Riesen Atlas, den Koloss von Rhodos oder eine ähnliche Monumentalität des klassischen Altertums mimte, und stiegen, hindurch zwischen dem Silberfolie-Roboter und einem Mädchen mit den Augen einer Kükentöterin – in langem, braunem Regenmantel, der aussah, als hätte eine Herde Elefanten ihn als Arschwisch benutzt –, sowie einer Ansammlung von Ninjas, Monstern, marsianischen Tunten und sonstigen Abstrusitäten, die Treppe zum Keller hinab.

Auch dort herrschte dichtes Gedränge, und es miefte noch schlimmer als oben, doch immerhin flößte die ›Art Show‹ Jimmy gelinde Hoffnung ein.

Was nicht aus gruselig amateurhaften Darstellungen Ralfs bestand – Ralf als Ralf, Ralf als Alien, Ralf auf einer Rakete, die er wie eine Hexe den Besen ritt, Ralf in altbekannter Supermann-Pose auf dem Gipfel der Welt –, umfasste entweder Sternenschiff Erde-Musterstädte der Zukunft oder Totenschiff Erde-Panoramen.

»Nicht übel …«

»Wir stellen ihn, umringt von ein paar Fans, vor ausgesuchte Kunstwerke«, schlug Dexter vor. »Kein Ton, wir sprechen später was drüber.«

»Na schön, dabei könnten fünf brauchbare Minuten

herausspringen, falls wir sie in Sechzigsekundenblöcke zerhacken …«

Das ›Händlerzimmer‹ schätzte Jimmy als noch wesentlich aussichtsreicher ein, weil man dort meistenteils den Verkauf von Ralf-Merchandisingartikeln betrieb. Ralf konnte vor Bücherstapeln posieren, vor Plakatwänden, ein T-Shirt anprobieren, eventuell eine Sternenschiff-Kapitänsuniform in die Höhe halten, einen Kunden beraten – darin mochte ein wenig ironischer Humor liegen –, und alles zusammen ergab drei bis fünf Minuten Sendezeit, die im Grunde genommen nichts anderes wären als *Reklame* für das ganze Zeug.

»Gut, Dexter, einverstanden, damit sind wir schon halb gerettet, ohne dass er mit den übrigen Verrückten in allzu *engen* Kontakt kommt«, sagte Jimmy. »Was bietet sich sonst an visuellem Material an?«

Lampkins Miene der Ratlosigkeit empfand Jimmy als keinen sonderlichen Anlass zum Mutfassen.

»Tja … äh … die Podiumsdiskussionen …«

»Die Quasseltermine zählen jetzt nicht.«

»Ähm … wie wär's mit den Room Parties?«

»Ach ja, richtig.«

»Aufnahmen der Szenerie im Foyer und in den Korridoren …«

Jimmy stöhnte. »Ich glaube, wir *müssen* wohl ein paar Gänge durchs Haus machen …«

»Dann bliebe noch …«

»Ja natürlich, als Höhepunkt erfolgt sein Erscheinen beim Kostümwettbewerb, was sonst«, rief Jimmy. So ein Auftritt lag auf der Hand. Er fragte sich, wieso Lampkin nicht sofort, an erster Stelle, darauf hingewiesen hatte.

Und wunderte sich darüber, dass nun Dex ein Stöhnen hören ließ.

Schwehm und schwinnen, Rattengörl, wir sind da, kreisch-kreisch-kreisch, schwinnen und schwehm, gnau *hier* isses, wo wir uns umguckn müssen, auffe anner Seit vonne Glotze, könnt man sahn, oder mitten inne Luff, annem Ort, wo eintlich keen Ort nich *is*, vastehse, mitten in tausend Fernsehpogromen, hi-hi-hi, wo all dem Vielleicht wartet, dass wer's einschaltert und 's Realertät wird …

Na vadammicht noch mal, was *das* unner den Umstännen wohl heißen sollt.

Ja-ja, es war, als wärn ein Trilljohn Fernsehsenner gleichzeitich am Laufen, *Star Trek* und *Star Wars*, Graf Drakula und Tarzan der Scheißaff, Robotta, Hexen, Scheiche, Monsta, Echsen und Astronutten, Dr. Who und Dr. Sonswer, abba 's war auch wie inne schietge U-Bahn mitten inne Hauptvakehrszeit, rundarum gab's nix als *Affenfleisch* nich, allein der *Stink* war ja so was von schlimm, dass man hätt weglaufen und sich vastecken möhn, bloß war hier gar keen *Platz* nich zum Vastecken, keen Eckchen nich …

Tausend Fernsehprogrome warteten drauf, dass wer sie einschalterte und sie Realertät wurn? Ey warum nich, im Affenfleisch-Fernseh konnt *alles* drin sein, und wahrscheinlich *war* alles drin: Aliens aussen Fliehnden Untertassen, Mafia-Killer, kummunistsche Spione, halb futsche, schietge Elvis-Zombies, Gorillas im Menschernkostüm, Batman-Görls mit hohle Zähn volla AIDS-vaseuchtem Schwulenseim, Catwoman-Görls mit rostgen, schaafen Krallen, ey sogar *Rattengörls* mit scheenen, langen, großen Messern unnerm Rehnmantel, jau, hi-hi-hi, Überraschung, Überraschung, Aaschloch!

Jeder wo was *war*, vasteckte sich hier mitten in tausend Pogromen vom Affenfleischfernseh.

Auch der Tote Welt-Zerstörer.

Abba der vafluchte Sternenschiffkäpten war ein gerissne Sau.

Echt gerissen.

Er vasteckte sich vor alla Augen.

Zwar braucht man nich mal wie ein Rattending zu denken, um zu merken, er war da, selbs das Affenfleisch konnt ihm *riechen*, bloß den Affenaasch zu *finnen*, das war ein ganz anner Fall, denn er lief zu Hunnerten rum!

Alle truhn sie die scheißblöde, grüne Uniform – Dicke, krass Dicke, Dünne mit irren Augen, billgen Parücken, schietgem Make-up, Affenfleisch in allen eklichten Größen und Umrissen, als hätt der *echte* Sternenschiffkäpten, der Todfeind, ein Horde vadrehter Suffkopp annahoiert, sie innes Scheißkostüm gesteckt, wo sie drin aussahn wie er, und ließ sie überall rumlatschen, um hinner denen abzutauchen: *Gugge daaa, ich seh dich, du kanns mich mal …*

»Hallo, Rattengörl. *Ich* bin Kapitän *Ralf* vom Sternenschiff *Erde*.«

Rattengörl wurd irndwie gehn ein fetten Sternenschiffkäpten gequetscht, wo mit einm blöden, doofn Scheißgrinsen die Plakatte an ihrm Rehnmantel anlurte, er quakte und krächzte irndwas daher, und 's Affenfleisch langte nach'm guten, ollen Schnellen Schlitzer, ummen in den vielen Speck zu stechen, so weit wie's ging, kam ihr vor wie ein toffe Idee, dem Riesenwanst auffeschlitzen, um mal zu guckn, was *würglich* drin war, ey man wusst ja nie, man konnt nich vorsichich gnug sein …

»Ey echt, Aaschloch?«

Abba irndwas, wo sich anfühlte wie ein tieffefrorn Stahlwürfel – anne Stell, wo dem Enterhaken steckte –, vapasste ihr so was ein kalten Elektrizitenschock, wo ihr vom Kopp runter inne Knochen fuhr, ihr wurd, als wäre sie ein schietges Steindenkmal und kriechte eins mittem Vorschlachhammer auffe Rübe, und als knackten von ohm bis unnen Risse inner auf, kröchen wie

Kristalle Metallspinnen da durch und lähmten ihr irndwie dem Arm, und sie konnt die Scheißfaust am Griff vom Schnellen Schlitzer nich mehr bewehn, 's war totaal unmöglich …

Eintlich is abba sowieso gar keen Rattengörl nich mehr so richtich voll da, musst man sehn, denn …

Es is Zeit, Ratte zu *sein,* Affenfleisch, höxte Zeit, ummen Senner zu wexeln und die Tote Welt-Show einzuschaltern, das Pogrom würd dir Spaß machen, wär's du da und könnst's anguckn, Lotti Lotter, dem Zeit issa reif, um auffehörn wie Fleisch zu denkeln, Lotter-Lotti, um auffehörn, Fleisch zu *sein,* Rattengörl, hab keene Manschetten nich, mach dir keene Gedanken nich drüber, der Kreislauf is geschlossen, ein Reflexwirkung, Reiz und Reaktjon, wie's früher inne eklichte protoplasmische Biosfäre hieß, du erkenns dem Feind, wennen siehs, du erkenns ihm an den leren Schwatten Löchern vonnen Augen, sie sehn aus wie Fenster ins Nix, vastecken kann er sich, abba nich abhaun, nich vor deim und unserm einzgen Freund, dem guten, ollen Schnellen Schlitzer …

»Bist du auf dem BaltiCon gewesen?«, frachte der Aasch inne grüne Uniform, wo in Wahrheit gar nicht der Sternenschiffkäpten war.

Statt was zu sahn, richtete sie lieber bloß die Affenfleischaugen auf ihm und ließ ihn sehn, was dahinner steckte.

Da wurd er ganz starr, blinzelte vier bis fümf Mal; so starr, dass nich mal das scheißdoofe Grinsen von sein Fresse vaschwand.

»Ähm … Na, dann wünsch ich dir 'n schönen Con«, sachte er, unner tat zwar nicht grad schwehm, abba echt fix vaschwinnen.

»Wer weiß«, sinnierte Texas Jimmy Balaban, nachdem Dexter ihm die im Tanzsaal getroffenen Vorbereitungen gezeigt hatte, »vielleicht kriegen wir die Sache wirklich noch sauber gedeichselt.«

Für den geplanten Kostümwettbewerb hatte man die Tribüne um einen Laufsteg ergänzt, damit das Fan-Publikum die Kostümierten besser fotografieren konnte, und weil man ihn auch für die Live-Übertragung am Sonntag brauchte, musste Dexter sich damit abfinden, dass er, obwohl er währenddessen keinen Nutzen hatte, auch während der Podiumsdiskussionen im Blickfeld stand.

Hinter der Bühne gab es zuwenig Platz, um die Kostümträger anstehen zu lassen, sie mussten den Weg durch den Mittelgang zwischen der Bestuhlung nehmen, aber *genug* Platz, um Ralf aufs Podium und zurück zu führen, ohne dass er sich unter die Fans zu mischen hatte.

»Kehren wir in die Hotelbar um?«, fragte Dexter. »Außer Sie möchten sich mal gern auf den Room Parties umschauen ...«

»Hier schlägt ja ein Fass dem anderen den Boden aus«, stöhnte Jimmy. »Nein, ich glaube, ich habe jetzt genug gesehen.«

Insgeheim amüsierte sich Dexter, während er Jimmy, dessen paranoide Erregung sich mittlerweile etwas verringert, aber der infolge seiner ersten Begegnung der fannischen Art noch immer glasige Augen hatte, durch die Fan-Rotten zu den Aufzügen begleitete.

Armer Jimmy.

Armer Jimmy?

Ich bin der Ärmste, dachte Dexter, als sich die Lifttür hinter Jimmy schloss und er allein blieb.

Allein mit tausend Fans.

Denn da tummelten sie sich allesamt rings um ihn: Die Hexenmeister und Barbaren, Mr. Spocks und

Schwermetall-Cyborgs, die Mutter aller Kaninchen und der Frosch ohne Maske; und eine Person in dreckigem Regenmantel, die Augen von der dunklen Seite des Mondes und eine mit dem Fan-Namen *Rattengörl* beschriftete Con-Plakette hatte.

Dexter versuchte, sich diese Szenerie aus Jimmys Sicht vorzustellen, aber da ließen seine imaginativen Fähigkeiten ihn im Stich. Legion waren die legendären Anekdoten, die man sich an den Theken der Conventions über die erste Bekanntschaft dieser und jener Schriftsteller mit der alternativen Wirklichkeit des Fandoms erzählte. Manche waren eine Woche lang sturzbetrunken gewesen. Andere hatten für ein Jahr an Schreibblockade gelitten. Wieder andere sollten das Schreiben völlig aufgegeben und sich stattdessen auf den Vertrieb von Alu-Fensterrahmen verlegt haben.

Und dabei war die Rede von *Science Fiction*-Autoren.

Überdies gab es überreichlich fannische Kolportagen über die Reaktion in Bezug auf Science Fiction ahnungsloser Menschen – Fluglinien-Personal, Lexikonvertreter, fundamentalistische Bibelkundler –, die eine humorige Laune des Schicksals in Hotels verschlagen gehabt hatte, in denen gerade SF-Cons stattfanden.

Jimmy Balaban gehörte allerdings so recht zu keiner dieser beiden Gruppen.

Abgesehen von den wohl ziemlich unglaubhaft klingenden Geschichten, mit denen Dexter ihn gewarnt hatte, war Jimmy im Großen und Ganzen im Unklaren darüber gewesen, was ein SF-Con wirklich bedeutete, aber *er* hatte den RalfCon selbst initiiert.

Egal was passiert, Jimmy, dachte Dexter, *du brauchst dir keine Vorwürfe zu machen, denn du wusstest nicht, was du tatst.*

Und was ist mit dir, *Dexter D. Lampkin?*

Mit sich selbst Nachsicht zu haben, fiel Dexter schwerer, während er durch die Fan-Massen in ihren

Con-Kostümen schlenderte – die Massierung seltsam gewachsener Gestalten, von Augen voller fiebrigen Übereifers, Mutanten, Echsenmännern, Rattengörls und Sternenschiff-Cyborgs –, denn er konnte endgültig nicht mehr verdrängen, was er getan hatte.

Er hatte sich aktiv daran beteiligt, die Medienberichterstattung über einen Science Fiction-Con zur Präsentation eines Raritätenkabinetts zu machen.

Allerdings ...

Allerdings hatte Dexter einmal ein von William F. Buckley durchgeführtes Interview mit Norman Mailer gesehen, in dem Mailer sich gekränkt darüber beklagt hatte, in einem Aufsatz in Buckleys Zeitschrift als Freak bezeichnet worden zu sein.

Daraufhin hatte Buckley ihm sein schönstes Reptilienlächeln geschenkt und ihn durchtrieben, aber durchaus auf Fakten gestützt, auf die Wahrheit festgelegt.

»Aber Sie *sind* nun einmal ein Freak, Norman«, hatte er im Tonfall verbindlicher Vernünftigkeit geantwortet.

Und das gleiche galt für die SF-Fans.

Doch so wie eben Mailers Freakhaftigkeit es ihm seinerseits gelegentlich ermöglicht hatte, im Namen des Zeitgeists Wahres zu sagen, hatte auch die fannische Freakshow eine lichte Seite.

Es mochte zu weit gehen, eine direkte, kausale Entwicklungslinie vom mit Propellermütze ausgestatteten SF-Fan der 30er Jahre bis zu Neal Armstrongs erstem Schritt auf den Mond zu ziehen, aber ohne dass der harmlos-alberne fannische Kieselstein ins Meer der Quantenwelt geworfen worden wäre, hätte es vielleicht nie eine Mondlandung gegeben.

Und zwischen den anderen absonderlich kostümierten fannischen Akteuren befanden sich die Ralfs, transmutierten den Sternenschiffkapitän zu einem Archetypus, den man in Con-Kostümen und auf T-Shirts wieder finden sollte, solange Fans lebten, die an der kollektiven Vision festhielten, die er verkörperte.

Dexters Vision.

Und obwohl das zuwenig sein mochte, um das heutige planetare Totenschiff in das Sternenschiff Erde umzuwandeln, nach dem das kollektive Herz der Menschheit sich sehnte, bedurfte es nur geringen Glaubens an die Slanhaftigkeit des Fandoms, um zu der Auffassung zu gelangen, dass ohne dieses Phänomen die Aussichten auf die Entwicklung zum Sternenschiff Erde als geringer eingestuft werden müssten.

Und dank dieser Überlegung fand Dexter mit einem Auflachen auf eigene Kosten den Weg, um sich selbst doch zu verzeihen.

Inzwischen war eine Weile verstrichen, aber auf einem Con, der sich vom RalfCon nur unwesentlich unterschied, hatte einmal ein unschuldiges Fan-Mädel ihn einen der zehn Gerechten genannt, die im Geheimen, ohne es selbst zu wissen, die Säulen bildeten, die das sittliche Gefüge des Universums stützten.

Und vielleicht ist es so. Wer weiß?

Mit Gewissheit ließ sich nur feststellen, dass niemand es wissen konnte.

Doch selbst unter diesen Voraussetzungen war es sowohl kosmische wie auch fannische Gerechtigkeit, dass die Ironie zu seinen Lasten ging.

Weil er nämlich, um seine Vision zu fördern, als geheime Graue Eminenz des RalfCons unter den Fans weilen musste.

Texas Jimmy Balaban hegte keinen Glauben an die Macht des Gebets, aber festen Glauben an die Schädlichkeit des Saufens, doch ehe die Sonne sank – oder jedenfalls deutlich vor 15 Uhr –, hätte er gerne den einen gegen den anderen Glauben eingetauscht.

Die ständig aufs Sparen versessene Gold Medien AG hatte ihm für die am Sonntagabend zu filmenden Aufnahmen drei Kameras zur Verfügung gestellt: Zwei Stativkameras und eine Handkamera mit Schulterstütze, drei Kameraleute, einen Tontechniker, einen Beleuchter sowie einen so genannten Aufnahmeleiter, der draußen im Regiewagen fürs Mischen verantwortlich sein sollte.

Zwar reichte das Aufgebot aus, um Ralfs Live-Auftritt und den Kostümwettbewerb des heutigen Abends aufzuzeichnen, aber die am Nachmittag vorab zu machenden Aufnahmen zu filmen, erwies sich als Albtraum.

Der Preis für Lampkins Mitarbeit war das Aufstellen einer der Stativkameras im Tanzsaal gewesen, damit seine so hoch geschätzten Podiumsdiskussionen aufgezeichnet werden konnten. Infolgedessen musste die zweite Stativkamera mitsamt Scheinwerfer vom ersten Aufnahmeort, der Art Show, zum zweiten Aufnahmeort, nämlich ins Händlerzimmer, befördert werden. Und das bedeutete, alle anderen Aufzeichnungen musste man mit der Schulterkamera vornehmen.

Während also der so genannte Aufnahmeleiter im Fahrzeug, der Beleuchter und der Tontechniker beschäftigt waren, blieb für Jimmy ein Kameramann für die Handkamera übrig, und er *selbst* musste als zweiter Aufnahmeleiter einspringen.

»Sind Sie bereit, um vor Ihre Fans zu treten, alter Junge?«, fragte er Ralf.

Intelligente Frage.

Es ließ sich nur schwer vorstellen, dass überhaupt *irgendwer* bereit sein konnte, dachte man an das, was sich außerhalb der VIP-Suite abspielte. Und zudem hatte er die Frage an *Ralf* gerichtet. Aber wenigstens war die Sternenschiff-Kapitänsuniform frisch gebügelt und der Hosenlatz geschlossen.

»Wann Sie wollen, Freakdompteur«, lautete Ralfs Antwort.

Nanu, sollte das etwa ein Versuch sein, *Humor* zu verbreiten?

Hatte diesmal etwa nicht die Stimme aus Ralf gesprochen?

Immer die Ruhe, ermahnte sich Jimmy. *Ich klopfe zur Sicherheit auf Holz. Die Sache ist leicht. Wir nehmen keinen Ton auf. Was kann schon schief gehen?*

Er klopfte auf die Furnierholz-Tischlampe, das einzigen Holzgegenstand in Reichweite. *Ich will es gar nicht wissen,* dachte er.

»Na gut, Leuchte, Kamera, haben wir alles …?«, brummelte Texas Jimmy Balaban. »Dann gehen wir und bringen's hinter uns.«

Und öffnete die Tür zum RalfCon.

Was muss ich eigentlich im Dienste des Überlebens der menschlichen Spezies noch alles *auf mich nehmen?*, fragte sich Dexter Lampkin.

Im Gegenzug für das knauserige Zugeständnis, die Podiumsdiskussionen zweier Tage auf zwölf Minuten Sendezeit zu sechzig Sekunden nach eigener Wahl kürzen und zerhacken zu dürfen, hatte er Jimmy versprechen müssen, während der Aufnahmen in der Art Show unter den Fans für Ordnung zu sorgen.

Aufgrund Dexters eigener, zunächst als äußerst findig empfundener Anregung, Tageskarten zu verkaufen, war mittlerweile das gesamte Hotel gerammelt voll mit

Fans, man konnte kaum noch das Foyer durchqueren, und infolge des Vorhandenseins der Kamera und der Scheinwerfer hatten sich mehr Leute, als Dexter es je für möglich gehalten hätte, in den Raum gequetscht, um dem ersten öffentlichen Auftreten des Sternenschiffkapitäns beiwohnen zu können.

Die gewohnten Barbarenkrieger und Weltraum-Ranger waren versammelt, auch ein Blödian, der wahrhaftig ein Gorillakostüm trug, ein Bursche, der eine *Propellermütze* auf dem Kopf hatte – Donnerwetter! –, auch besonders gerissene Vögel, die sich als normale Menschen verkleidet hatten, und selbstverständlich haufenweise pubertäre Zeitgenossen jeder Altersstufe in Sternenschiff Erde-T-Shirts und -Windjacken sowie rund ein Dutzend Sternenschiffkapitäne in sowohl offiziellen wie auch abgekupferten grünen Kapitänsuniformen.

Der Kameramann warf Dexter einen Blick zu, der sagte: *Beamen, Scotty!*

Dexter hob die Schultern, eine von vornherein zum Scheitern verurteilte Geste, die ihn von den Fan-Massen distanzieren sollte.

»Hört her, Leute, würden Sie vielleicht etwas Platz machen und zur Seite gehen?«, rief er, übte erst behutsamen, dann leicht energischeren Druck auf die vorderste Reihe aus.

»Und tun *Sie* mir bitte den Gefallen«, wandte er sich sotto voce über die Schulter an den Kameramann, »mich *nicht* zu filmen, ja?«

Die Kamera befand sich in Aktion. Die Leuchte strahlte.

»Äktschen«, sagte Texas Jimmy Balaban.

Und ob es Äktschen gab.

Die Szenerie im Korridor vor der VIP-Suite glich einem Roger Corman-Remake der berühmten *Star Wars*-Barszene. SciFi-Fans in Kostümen und T-Shirts strömten auf und ab, schafften es mehr oder weniger, nicht über die Fans zu stolpern, die auf dem Fußboden hockten. Wookies und Schnuckis und Kreaturen, die nicht nur nachts laut rülpsten. Und natürlich eine Anzahl von Sternenschiffkapitänen.

Nur gut, dass der Kameramann sich *rückwärts* aus der Suite in den Flur bewegte. Texas Jimmy hegte leise Zweifel, ob es ihm gelänge, den Mann zur Ausübung seiner Tätigkeit zu bringen, falls er sah, auf was er sich einließ. Für alle Fälle hielt er sich hinter ihm und legte ihm zur Ermutigung und zum Bugsieren eine Hand auf die Schulter.

Zum Flackern zahlreicher Blitzlichter und einem Johlen, als bellten auf einem Schrottplatz die Wachhunde, kam Ralf zur Tür heraus.

»RALF! RALF! RALF! RALF!«

Für einen langen Moment stand Ralf so hölzern und mit so ausdrucklosen Augen wie ein Tabakindianer auf der Schwelle. Jimmy sank der Mut.

»RALF! RALF! RALF! RALF!«

Aber dann …

Dann schien sich Ralf im Licht der Leuchte wie eine Blume zu entfalten. Wirkte plötzlich größer. Schimmerte vom Widerschein der Helligkeit.

An sich war das eine Bühnenleistung, die Jimmy seit langem kannte. Er selbst war dazu nicht im Stande, aber einem Schauspieler oder Komiker war es sehr zu *empfehlen*, diesen Trick zu beherrschen.

Doch die Weise, wie es Ralf gelang, durch nur eine kaum merkliche Kopfbewegung, indem er gleichzeitig langsam zwei Schritte vortrat, die Helligkeit auszunutzen und auf seinen Augäpfeln Glanzlichter zu erzeugen, und damit sofortiges Schweigen zu erheischen, blieb Jimmy ein Rätsel.

»*Hier* bin ich«, sagte die Stimme.

Ach wirklich.

Jimmy hatte einmal gehört, dass Winston Churchill – oder war es John Barrymore gewesen? – ein Publikum durchs Verlesen des Telefonbuchs hatte in Atem halten können, und er hatte selbst erlebt, dass Professor Irwin Corey mit völlig inhaltsleeren Doppeldeutigkeiten Lacher erzielte.

Etwas Ähnliches geschah jetzt.

»Der Träumer erwacht.«

Bedächtig und gemessen, sich der Kamera anscheinend vollauf bewusst, schritt Ralf nicht schneller durch den Korridor, als der Kameramann mit Jimmys Hilfe rückwärts tappen konnte.

»Und auch Sie erwachen, liebe Sternenschiff-Passagiere.«

Umstrahlt vom Heiligenschein der Filmleuchte sagte er, während er sich unter die ›Passagiere‹ begab, seine Sprüche mit gewaltiger Dröhnstimme daher, als wäre er der Große Enchilada, der in einem Bibel-Monumentalfilm den Völkern der Kostümierten predigte, bloß trug er kein langes, weißes Gewand, sondern eine banale grüne Uniform.

»Sie haben Ihren eigenen Geist aus den unendlichen Weiten der Quantenwelt beschworen, und sehen Sie selbst: Wenn ich rufe, kommen Sie.«

Und wahrhaftig, er hatte *Recht*.

Ungefähr ein halbes Dutzend SciFi-Fans in Sternenschiff-Kapitänsuniformen schoben sich in den Lichtkegel der Filmleuchte, pfuschten sich von links und rechts in den Aufnahmebereich. Beiderseits flankierten sie Ralf, zwinkerten und zappelten nervös, als wären sie eine Gruppe Kaufhaus-Weihnachtsmänner, die man zu einem Fototermin mit dem echten Weihnachtsmann zum Nordpol geschickt hatte.

»Drehen Sie!«, blaffte Jimmy, obwohl es überflüssig war, dem Kameramann ins Ohr. »Drehen Sie! Das müssen wir auf Kassette haben.«

Es schien, als wäre plötzlich der King persönlich aufgetaucht, um bei einem Amateurwettbewerb der Elvis-Imitatoren gemeinsam mit den Kandidaten für Aufnahmen zu posieren.

Ralf äußerte sich nicht zu Jimmys Ausrufen, sondern schritt einfach weiter, die Sternenschiffkapitän-Imitatoren bildeten hinter ihm im Halbkreis – im Lichtkegel – eine Art von Ehrengarde, ihre auf verschiedenerlei Weise sonderbaren Augen schimmerten in die Kamera, als wären sie Groupies, die sich aus lauter Anbetung das Höschen befeuchteten.

Die Aufnahme war von solcher Vollkommenheit, dass sich, so mutmaßte Jimmy, womöglich irgendein französischer Filmkritiker fand, der ihn als genialen Regisseur pries.

Und damit einem ebenso vollkommenen *Irrtum* erläge.

Denn Jimmy machte sich bezüglich der Frage, wer hier das Geschehen lenkte, nichts vor.

Und da trabte was *Echtes* her, bahnte sich irndwie ein Schneise durche tausend Pogrome vom Affenfleisch-Möchtegern-Fernsehn, echter als dem ganzen Spocks, Reptilmänner vonne Grüne Latrine und Hunnertfümfzichkilo-Truthahnwesen vonnen Fliehnden Untertassen, wo im Foyer dicht wie schietge Sardinen stannen …

Da is er, Affenfleisch, du kanns ihm spürn, du fühls, dass er kömmt, ohne ihm im Blick zu hahm, rat mal, wer's is, kreisch-kreisch-kreisch, er scheucht die dreckjen Affen aussem Wech, als wär er 'n Irrer, wo mit ein großem, blutgen Schlachtermessa fuchtelt, als hätt wer ein Hai ins falsche Tropenakwarjum gesetzt, hi-hi-hi …

Und dann …

Und da gleißte schietig grelles Licht auf, mitten im Affengetümmel, keen zwo Meter nich wech, als käm im U-Bahnstollen ein Zuch umme Biegung und führ eim direkt inne Fresse.

So ein Lichtkreis war das, wo bei MTV dem Sänger immer erhellte, und da im Hellichtern tänzelte ein Klikke schietger Irrer in Sternenschiffkäpten-Klamotten um was, wo inne Mitte latschte …

Dem Sternenschiffkäpten.

Wo der Echte is.

Aussem Licht guckte er an, was aussem Dunklen ihm anlurte.

Und alle annern Affenfleisch-Fernsehprogrome vaschwannen. Schwebten inne Nirgendswelt, wo Sachen hin vaschwannen, die nich passiern sollten.

Und auch keene Aussicht nich mehr hatten.

Jetz gibt's bloß noch zwo Fernsehprogrome, ihr Affenfleisch-Affenääsch, vonnen Ennen von eim ein Milljohn Jahr langen Rattenlochs guckn sie sich gehnseitich an, warten drauf, dass eins eingeschaltert wird …

Warten aufs Einschaltern.

Gugge da, ich seh dich.

Und ich dich aach.

Du kanns mich mal.

Du mich aach.

Bloß ein Progrom wird eingeschaltert.

Es kann nur eins gehm.

Das wo am Sternenschiff-End vom Rattenloch so fies hämisch aussem Licht grinst.

Oder wo ausse kühle, saubre Dunkelheit *hier* am End vom Rattenloch zu ihm guckt und ein großen Stahlzahn hat, wo ihm das doofe Grinsen vagehn soll.

Rat mal, wer dran is, Affenaasch!

Und raus schnellt der Schnelle Schlitzer …

Aber ein Pfote, wo is wie ein dickem Schinken, packt ihr Handgelenk.

Mit ihrm ganzen Gewicht stemmte sie sich dagehn, abba *umsons*, dem Schnellen Schlitzer wurd ausse Luff nach unnen gedrückt, währnd sich dem Sternenschiffkäpten in seim Lichtschein vapisst und fett grinst, fehlte bloß noch, dass er ihr 'n Stinkefinger zeicht.

Und Rattengörl stand da und musst sich mit dem abgehm, wo da die Pratze, wo ihr Messa runterdrückt hatt. *Ey danke, Rattenaasch, kannse nich aufpassen?*

Dem war ein Riesenkartoffel in so was wie eim Kettenhemd, und der Typ hatt ein Helm mit schietgen Hörnern dran auffem Kopp und am Wanst ein ledern Tanga, und annem Plastikgurt ummen kloßgen, haargen Speckbauch hing ein Schwert, wogehn der gute, olle Schnelle Schlitzer aussah wie 'n Zahnstocher.

»Tausend Mal erflehe ich Eure Vergebung, edle Dame«, sachte der Doof mit hoher Quiekstimme, »aber die Waffenordnung des RalfCons verbietet das Ziehen von Blankwaffen, ausgenommen während des Kostümwettbewerbs und auf privaten Room Parties.«

Und er lechte die anner Pranke annen Griff von seim Schwert, wo so schwer sein musst, dass vielleicht nur ein Gorilla ihm schwingen konnt.

Au Scheiße!

Abba er zoch's nich raus.

Stattdessen linste er ihr Plakatte an, als säh er nich mehr ganz richtich toll, und zeichte mitte Schnauze ein Affenaaschgrinsen volla faule Hauer.

»Es ist nicht Melmars Gebot, Rattengörl, auch ich halt's für eine törichte Regel, jawohl, und meine sieghafte Heldenklinge, das landauf, landab gefürchtete Schwert Blutsäufer, o ja, es lechzt gleichfalls danach, dem Gefängnis der Scheide zu entspringen.«

Hä?

Er zuckte mitte Achseln. Ließ ihr Hand los. Guckte sie an, als ob sie natürlich genau wüsst, wo er von sabbelte.

»Aber was können wir tun, außer bis zum Kostümwettbewerb zu warten«, sachte er als Nextes. »In *jedem* Con-Komitee sitzen irgendwelche Kleinkarierten, die gerne *jeden* Vorwand ausnutzen würden, um das Waffentragen völlig zu untersagen.«

»Hier ist er, Leute«, rief Dexter Lampkin laut. »Lasst ihn durch, ja?«

Wie sich unverzüglich erwies, war seine Bitte überflüssig.

Denn Ralf selbst teilte vor sich, indem er im Licht der Filmleuchte seinen Weg beschritt und die Art Show betrat, das Meer der Fan-Massen, ähnelte nur allzu augenfällig Jesus beim Einzug in Jerusalem.

Nur nicht begleitet durch gewöhnliche Jünger, sondern umringt mit nachlässig geklonten Avataren seiner selbst.

Im gesamten Ausstellungsraum ertönte es *Oooh* und *Aaah*, als hätte das Kollektivbewusstsein des Science Fiction-Fandoms einen Gemeinschaftsorgasmus.

Dexter gab dem Kameramann der dort schon aufgestellten Stativkamera zehn Pluspunkte für die Geistesgegenwart, sein Gerät herumzuschwenken und dreißig

Sekunden der protzig-rotzigen Ankunft des Sternenschiffkapitäns zu filmen, ehe die zur Schulterkamera gehörige Filmleuchte ausgeschaltet wurde.

Die Planung sah vor, dass Ralf gemächlich durch die Art Show schlendern und diese Besichtigung mit der Stativkamera aufgezeichnet werden, er vor jedem Kunstwerk zwei, drei Sekunden lang verweilen und eine gewisse Reaktion zeigen sollte.

Das tat er auch auf ganz plangetreue Weise, aber während es geschah, lockte er mit jedem Halt neue Fans an, die als sein Ebenbild kostümiert waren, sodass sich, als er das Bild erreichte, das Dexter für den Schluss aufgehoben hatte – ein übergroßes, amateurhaftes Bild des Sternenschiff Erde-Logos –, vor der Kamera ausschließlich noch Sternenschiffkapitäne tummelten.

Dexter wusste nicht, ob er lachen durfte, oder ob es ihn grausen musste.

Da standen sie jetzt in den offiziellen und den nachgeahmten Uniformen: Die Langen und die Kleinen, die Dünnen, die Dicken und die Opfer fortgeschrittener Globulosis.

Versammelt vor dem Hintergrund für das Filmplakat zum ersten Ralf-Film, groß und blau sauste die Erdkugel, sauste im Triumph – auf einem Feuerschweif wie eine Rakete – durch einen in realitätsferner Darstellung mit schlecht abgebildeten Ringplaneten, Monden und Spiralnebeln überfüllten Kosmos.

Darüber konnte man bogenförmig, in wallender Flammenschrift, den Titel lesen: *STERNENSCHIFF ERDE.*

Und in der Mitte lächelte der Große Riesenknollengeist eben dieser Welt, aus Augen, die Kameras einer Planetensonde glichen, schweifte sein Blick langsam durch den Raum.

Umgeben von Ralfis. Den Fans. Den Gläubigen.

Aus Augen, die aufgrund irgendeiner Synchronizität

zuletzt in Dexters Augen blickten, als wären ihre Augenpaare Attraktoren, an denen sich in diesem Moment zu brechen das Schicksal der chaotischen Wellenfunktion der Probabilität bestimmt hatte.

Eine Tonaufnahme fand nicht statt, es lag auch kein Skript vor, aber Ralf fühlte sich trotzdem bemüßigt, das Wort zu ergreifen, und zwar mit einer Stimme, von der zumindest für Dexters Empfinden vollkommene Überzeugungskraft ausging, obwohl sie buchstäblich die Stimme eines Protagonisten war, den er selbst sich ausgedacht hatte; obschon die Augen hinter der Maske dieses Charakters Fenster zu nichts anderem als der virtuellen Leere der Quantenwelt bildeten.

»Vielen Dank, dass ihr mich hergeholt habt. Ihr *wisst*, dass *ihr* mich geholt habt, nicht wahr, liebe Sternenschiff-Passagiere? Und welches *Hier* außer eurer Convention könnte gemeint sein, die einer Science Fiction-Zukunft gilt? Und wer bin *ich*, wenn keine Geschichte, die ihr erzählt, um die Zukunft stark, mutig und froh zu gestalten? Wer also solltet *ihr* sein, wenn nicht die Sternenschiff-Träumer?«

Irgendwie schien damit alles gesagt zu sein.

Dexter wusste nicht genau *was*.

Aber gesagt schien *wirklich* alles zu sein.

Denn was aus dieser virtuellen Zukunft sprach, darum rang, geboren zu werden, mochte in einem linearen, literarischen Sinn *seine* Schöpfung sein, aber falls diese mögliche Zukunft dadurch zur faktischen Existenz wurde, dann wäre auch er lediglich ein Werkzeug der transtemporalen Kollektivität, oder wie man es anders nennen wollte: Kollektives Unbewusstes, Zeitgeist, Großer Weltgeist.

Dexter betrachtete das armselige, klägliche Fan-Fleisch, das sich in die Art Show eines zynisch auf nichts als Gewinn angelegten Science Fictions-Cons –

im nach Schimmel riechenden Kellergeschoss des wie üblich lumpigen Con-Hotels – gedrängt hatte?

Konnte *das* die Instrumentalität sein, mittels der das transtemporale Bewusstsein der Transformationszukunft auf die Vergangenheit Einfluss ausübte, um das Fundament der eigenen Existenz zu legen?

Konnten *das* die Sternenschiff-Träumer sein?

»Wer sonst käme in Frage?«

Quién sabe, alter Knabe?

Doch in diesem Moment wurde sich Dexter darüber im Klaren – *Gott steh mir bei!* –, er war einer von ihnen.

»Schließlich ist uns allen ja *bekannt*«, sagte Ralf, »dass Zeitreise vollkommen unmöglich ist.« Verschwörerisch zwinkerte er in die Runde. »Außer natürlich in der wundervollen Welt des *RalfCons*, in der buchstäblich alles Virtuelle möglich ist.« Er deutete eine Verbeugung an und wies mit schwungvoller Gebärde auf sich selbst. »Sogar ich.«

Und damit strebte er völlig unerwartet nach links zur Treppe.

Ließ den Kameramann stehen, verließ die Art Show, sabotierte die besten Pläne von Menschen und Affen, bewegte sich, umringt von den Trabanten aus der Sternenschiff-Träumerwelt, hinauf ins Quantenchaos des Foyers, gefolgt vom Mann mit der Schulterkamera und Texas Jimmy Balaban, der empört nach ihm rief und sich schier die Haare raufte.

Der oberste Irre hatte das Kommando übers Irrenhaus übernommen, weit und breit waren keine muskulösen Kerle mit Zwangsjacke in Sicht, und angesichts dessen, was sich hier abspielte, vermutete Texas Jimmy Balaban, es könnte, wären sie zur Stelle, einen Krawall auslösen.

Wohl oder übel musste er sich an das halten, was man beim Fernsehen empfahl: Ist Gevatter Barthel zu filmen, wie er in Muffendorf/Delaware einen Sack Mehl umwirft, filme Gevatter Barthel. Sind Schülerlotsen zu filmen, die Schulkinder über die Straße geleiten, filme die Schülerlotsen. Gibt es eine Katastrophe zu filmen, filme die Katastrophe.

Da die im Händlersaal vorgesehenen Aufnahmen seitens Ralfs ohne Umstände unmöglich geworden waren, blieb Jimmy nichts anderes übrig, als ihm stattdessen mit der mobilen Kamera durchs gesamte Con-Hotel nachzurennen, und obendrein ließ sich nicht eben behaupten, dass er hinsichtlich der Einstellungen etwas zu bestimmen gehabt hätte.

Ralf Einstellungen vorschreiben?

Regieanweisungen geben?

Während ein Dutzend oder mehr schwergewichtiger Lümmel in Sternenschiff-Kapitänsuniformen Ralf umringten wie eine Schar Leibwächter Sinatra an einem paranoiden Abend in Las Vegas und er die große Tournee auf dem Planeten der SciFi-Fans in engster Berührung mit seinen Bewunderern durchführte, die Herrlichkeit seiner Gegenwart verbreitete, als wäre er Danny De Vito, der den Papst spielte?

Durchs Foyer ging es und in einen Lift, dem Jimmy, wie sehr er auch schwitzte und schimpfte, mit dem nächsten Aufzug ins Dachgeschoss folgen musste, danach von ganz oben Treppe um Treppe sämtliche Etagen hinunter, Ralf latschte wahrhaftig jeden einzelnen der mit Menschen verstopften Korridore ab, als betriebe ein Chicagoer Parteisekretär Stimmenfang.

Jimmy gelangte nicht einmal nahe genug zu ihm, um ihn anflehen zu können, diesen elenden Quatsch zu unterlassen, bevor die Situation so weit aus dem Ruder lief, dass *Gefahr* drohte.

Schließlich befanden sie sich auf einem *Kongress*, oder? Nach Jimmys bisherigen, zum Glück jedoch begrenzten Erfahrungen mit Hotels voller Kongressteilnehmer bedeutete das, es mussten darunter wenigstens einhundert streitsüchtige Betrunkene vertreten sein. Schlimmer noch, das Hotel Metropolis war bis unters Dach mit SciFi-Fans belegt, und Jimmy hielt es für keine unvernünftige Unterstellung, dass unter ihnen, berücksichtigte man, sie hatten sich gekleidet wie für Mardi Gras auf dem Mars, der Anteil labiler Psychopathen überdurchschnittlich hoch sein musste.

Zusätzlich beruhigte es Jimmy wenig, dass eine beträchtliche Menge dieser Fans Waffen trugen. Gut, die Strahlenpistolen und Neonrohr-Laserschwerter waren ohne Zweifel harmlos, aber manches an der Weltraumsöldner-Aufrüstung sah verdächtig realistisch aus, und einige Schwerter und Streitäxte waren *eindeutig* echt.

Doch obwohl die Hauptattraktion der Veranstaltung inmitten eines von ihr selbst hervorgerufenen Wirrwarrs aus Fleischgewühl und Lärm sowie allgemeinen Tohuwabohus durch die Räumlichkeiten des RalfCons spazierte, blieb der Mob, beachtete man, dass das Hotel voller kostümierter, bewaffneter Tollitäten war, die jede Menge Alkohol und vielleicht Stärkeres konsumierten, bemerkenswert gutmütig und friedlich, kam es nicht zu Rangeleien und Prügeleien, mit denen Jimmy gerechnet hatte.

Es gelang Ralf, ins Foyer umzukehren, ohne Charlie Manson im Star Trek-Fummel oder einem mit Bier abgefüllten Barbaren mit Schwert und schlechter Laune begegnet zu sein.

Allerdings hatte Jimmy deswegen noch lange keine Lust, das Glück auf die Probe zu stellen.

Gegenwärtig stand Ralf mit einer Truppe Sternenschiffkapitäne, die von der einen zur anderen Wand des Foyers reichte, an den Aufzügen, war von den Fan-Massen eingekeilt. Jetzt sah Jimmy seine erste Gelegenheit, um zu ihm vorzudringen.

»Schalten Sie die Leuchte ein«, wandte er sich an den Kameramann.

»Die Kassette ist seit zwanzig Minuten voll.«

»Ja, ja, ich weiß, und Ton nehmen wir auch nicht auf«, antwortete Jimmy, zerrte trotzdem das abnehmbare Mikrofon der Kamera aus der Halteklemme. »Tun Sie nur so, als ob Sie filmten.«

Im Lichtschein der Leuchte stieß Jimmy in Ralfs Richtung vor, streckte das Mikrofon vor sich hin, als wollte er eine Straßenumfrage vornehmen, hielt es falschen Sternenschiffkapitänen unter die Nase, entlockte ihnen Äußerungen, aber zog es jedes Mal zurück, näherte sich Ralf.

»Was denken Sie über diesen aufregenden Con, Kapitän?«

»Also, auf dem BosCon ...«

»Ist die Uniform echt? Sieht aus, als hätten Sie sie selber angefertigt.«

»Äh ...«

»Und Sie, glauben Sie an Fliegende Untertassen? An Kleine Grüne Männchen vom Mars?«

Sein Vorgehen bewährte sich wie ein Patentrezept.

Wie hätte es anders sein können?

Wer würde nicht Platz für eine *Fernsehberichterstattung* machen? Wer könnte der Aussicht widerstehen, für Sekunden einmal selbst in der Glotze zu sehen zu sein?

Jimmy hatte Aufnahmen von Kerlen gesehen, die man auf Tragbahren halb tot aus einer Gefechtszone trug, aber die grinsten und winkten wie Schauspielaspiranten, sobald man eine TV-Kamera auf sie richtete und ihnen ein Mikro vors Gesicht hielt.

»Sagen Sie, Kapitän Ralf«, trieb er es auf gleiche Weise weiter, als er das Mikro dem echten Ralf an die Smily-Larve hob, »was halten Sie von all diesen vielen, phantastischen Fans, die am liebsten Sie sein möchten?«

Ralf schaute direkt in die Linse, aber seine Antwort galt der Menge, die sich dicht am Rande des Lichtkegels drängte wie eine Bande übergewichtiger Bälger, die sich die Nase am Ladenfenster einer Konditorei plattdrückte.

»Evolution ist die ehrlichste Form der Schmeichelei«, sagte er.

»Ja natürlich ...«

Einer Menge, die den Eindruck erregte, sie wäre mit einem defekten Transporterdingsbums, das jemand Scotty auf der Canal Street angedreht hatte, aus einer Sammlung schundiger SciFi-Filmepen hergebeamt worden.

»Und was ist Ihre Meinung über diese große Zahl von Sternenschiffkapitänen?«, plärrte Jimmy, gerade als ein Aufzug eintraf. »Sind sie echt oder pseudo?«

»Schmeichelei ist die ehrlichste Form der Evolution«, gab Ralf zur Antwort.

Die Lifttür öffnete sich, und ein nachgerade unglaublich vielköpfiger Haufen irre kostümierter SciFi-Fans quoll aus der Kabine, taumelte und blinzelte ins Licht, als führten sie die alte Zirkusnummer auf, bei der Dutzende von Clowns aus einem einzigen VW-Käfer stiegen.

Mit der freien Hand tastete Jimmy nach hinten, packte den Kameramann am Gürtel und benutzte das Mikrofon, um Ralf zum Aufzug zu drängen.

»Und glauben Sie *wirklich*, dass die Evolution hier schmeichelhafte Ergebnisse erbracht hat, oder grinsen Sie in Wahrheit über die Fans?«, schwafelte Jimmy, indem er Ralf in die Liftkabine schob. Der Kameramann folgte, versperrte lange genug den Zugang, um es Jimmy zu ermöglichen, die Taste zu drücken, die bewirkte, dass die Tür sich schloss und der Aufzug sich nach oben in Bewegung setzte.

»Das ist *Wahnsinn*, Ralf«, schalt Jimmy während der Aufwärtsfahrt. »Ein bedeutender Star kann nicht einfach wie ein kopfloses Huhn in einem Hotel voller Psychopathen rumlaufen.«

»Ich bin der König der Echsenmänner. Ich kann alles tun.«

»Es könnte *gefährlich* werden.«

»Was, in Echzeit einen Spaziergang durch die Traumzeit zu machen?«, fragte die Stimme. »Ich habe ihn eben unternommen, und wie Sie sicherlich selbst sehen, *bin ich noch da*.«

»Ja-ja, gut-gut, wie Sie meinen, aber *ich* bin Ihr Manager, und ich sage Ihnen jetzt das Folgende: Ziehen Sie so eine Nummer kein zweites Mal ab!«

»Wie Sie wünschen, Freakdompteur«, antwortete Ralf mit einem Lächeln, das sagte: *Vertrauen Sie mir, ich weiß was ich tue.* Genau deshalb erweckte es bei Jimmy keinerlei Vertrauen.

Darum rief er, nachdem er Ralf in der zehnten Etage – mit dem Kameramann als Rückendeckung – in die VIP-Suite begleitet hatte, einen Privatsheriff herauf und erteilte ihm den Auftrag, vor der Tür Wache zu halten und niemand hinein- oder hinauszulassen. Anschließend eilte er hinab zur Aufnahmeleitung, um sich das Resultat der Filmerei anzusehen.

Es stellte ihn alles andere als zufrieden.

Die Aufzeichnung des Verlassens der Suite und der Aufenthalt in der Art Show waren pures Gold. Außerdem waren brauchbare Aufnahmen mit einer Gesamtdauer von ungefähr sechs Minuten vorhanden, und als Jimmy bei nochmaligem Anschauen die Zeit stoppte, entdeckte er, dass sie sich bei scheibchenweiser Präsentation prächtig strecken ließen.

Der Rest der Aufnahmen war die reine Scheiße.

Zum beabsichtigten Filmen im Händlersaal war es, obwohl Jimmy es als unentbehrlich für die Promotion der Merchandisingartikel erachtete, erst gar nicht gekommen. Wenigstens die Hälfte der Aufnahmen, die entstanden waren, während er Ralf durchs Hotel nachjagte, hatte eine technisch so geringe Qualität – ausgenommen ein paar Abschnitte von fünf bis zehn Sekunden Länge –, dass sie als unbrauchbar gelten mussten: Unscharf, zu dunkel, unmögliche Einstellungen, oder alle drei Mängel.

Und bei einem Großteil der Einstellungen, die man zumindest als *einigermaßen* zum Senden geeignet einstufen konnte, bewegte sich Ralf, schon halb verdeckt durch die um ihn gescharten Sternenschiffkapitän-Imitatoren, durchs Gedränge der SciFi-Fans, war häufig nur am Rand sichtbar.

Morgen neue Aufnahmen zu machen und zu schneiden, bevor die Sendung anfing, blieb völlig unmöglich. Die Zeit war zu knapp, und in Anbetracht der Geistesverfassung, in der sich Ralf befand, konnten sie von Glück reden, wenn er am Abend den Kostümwettbewerb durchstand.

Sie?

Wer ist wir, *Hollywood-Mann?*

Lampkin erwies sich bestimmt nicht mehr als große Hilfe.

Er war doch der Experte für diese Szene, oder nicht?

Aber er hatte an nichts Interesse, als herumzusitzen und die Aufzeichnung der verdammten Podiumsdiskussionen zu bearbeiten, er benahm sich, als wäre es eine grobe Zumutung, wenn Jimmy ihn um einen Moment des Mitwirkens, um einen schlichten Rat bat.

Nicht dass Jimmy nicht gewusst hätte, was Lampkin dachte, wenn er geringschätzig den Mund verzog, über die Äktschen-Aufnahmen die Nase rümpfte. Doch zumindest, das räumte Jimmy ein, blieb er Mensch genug, um es nicht auszusprechen.

Warum schmeißen sie den Mist nicht in den Mülleimer, Jimmy, und geben stattdessen mir mehr als die lumpigen zwölf Minuten Sendezeit?

Und *wäre* er so dreist gewesen, es auszusprechen, hätte Jimmy ihn wahrscheinlich, so wie die Dinge standen, aufs Maul gehauen.

Die Klimaanlage des Regiewagens ließ sehr zu wünschen übrig. Ständig hatte Texas Jimmy Balaban den Techniker gestört und abgelenkt, der Dexters Material zu bearbeiten hatte, ihn bekniet, mehr Aufnahmen des übrigen Con-Treibens in die Endfassung der Dokumentation aufzunehmen. Und Dexter musste nicht bloß Jimmys Stöhnen und Meckern ertragen, sondern überdies sein wiederholtes Quengeln, er sollte seine Tätigkeit unterbrechen, um sich ausgesuchte Aufnahmen kostümierter Fans anzuschauen, die sich auf peinliche Weise zu Narren machten, während Ralf den König der Deppen spielte.

Auch die pervers selbstzerstörerische Aufgabe, vier Stunden eines intellektuell anspruchsvollen Symposiums zum Thema der Natur des Übergangsprozesses der Menschheit zu einer Raumfahrerzivilisation, die eine Million Jahre ihrer eigenen Geschichte überstehen konnte, auf zwölf jämmerliche Sechzigsekundenschnipsel zusammenzukürzen, die die Diskussion auf das Niveau einer unmittelbar nachvollziehbaren

Katzenfutter- und Deodorant-Reklame senkten, trug nichts dazu bei, seine Laune zu bessern.

Dennoch *hatte* er es getan.

Gewissermaßen.

Unbegrenzte Elektrizität dank Fusionstechnik, die als Grundstoff nur Wasser brauchte und nützliches Helium erzeugte. Auf dem Weg über Voltaik-Satelliten von der Sonne selbst. Man werfe den Abfall in einen Fusionsofen, und am anderen Ende kommen frei verfügbare, saubere Rohstoffe zum Vorschein. Unbegrenzte Energie bedeutete unbegrenzte Nahrung für Tiere und Menschen mittels künstlicher Fotosynthese. Der dadurch mögliche Verzicht auf riesige Getreide-Monokulturen erlaubte eine Wiederaufforstung und somit eine Reinigung der Atmosphäre. Den Rest besorgte die Verlegung der Schwerindustrie ins Weltall. Bergwerke auf den Monden und Asteroiden verhalfen zu unbegrenzten Rohstoffen. Unbegrenzte Energie schuf dafür die Voraussetzung, alles in jedes zu verwandeln. Daraus ergab sich die Möglichkeit, im Weltraum völlig neue Welten zu erschaffen oder Planeten zu terraformen, also auch, die Schäden zu beheben, die man auf der *Erde* angerichtet hatte. Das Ende des Hungers, der Armut und der Überbevölkerung hatten das Ende aller Kriege zur Folge.

Voilà, das war es, das Sternenschiff Erde, ein Garten von einer Welt, dazu im Stande und dessen würdig, in den Kreis fortgeschrittener galaktischer Zivilisationen aufgenommen zu werden, die ihre Transformationskrise gemeistert hatten.

Zwölf bundesweit in der Hauptsendezeit auszustrahlende Einminuten-Werbespots für das Überleben der menschlichen Zivilisation.

Ohne produktiven Wert. Ohne Unterhaltungswert.

Zwölf Minuten unterlegener Diskutanten.

Verpackt in achtundvierzig grässliche Minuten willkürlich zusammengestoppelter Science Fiction-Con-Freakshow.

Eine schlechte Bilanz, Lampkin, vor allem, wenn man den Kuhhandel bedenkt, auf den du dich einlassen musstest. Erforderlich war nichts als dein Einverständnis, aktiv daran mitzuwirken, den Con als Set für die bisher längste zusammenhängende Berichterstattung über Science Fiction zu gestalten.

Aber was sollte die nationale Fernsehzuschauerschaft zu sehen kriegen?

Was als die bisherigen, altbekannten Sechzigsekunden-Schlaglichter hoch zehn?

Psychopathen und Globuloide. Merchandisingartikel und scheußliche Con-Kostüme. Ralf-Kultisten, den durchgeknallten Sternenschiffkapitän persönlich und natürlich die verfluchte FanDress-Party.

Was anderes als eine Kingsize-Dosis des üblichen Drecks, den man hämisch auf die so genannte visionäre Literatur schleuderte, die seinem Herzen so teuer war, was sonst als noch mehr ›SciFi‹-Etiketten, die man dem ohnehin saumäßigen öffentlichen Image der Science Fiction aufklebte?

Wenn das *keine Tanz mit dem Teufel-Story ist, Lampkin …*

Also das war's schietge *Koschtümfest*.

Irndwie gab's da keen Unnerschied nich zur Hauptvakehrszeit inne U-Bahn, alles stand Titten an Rücken und Schwanz an Aasch, so eng und stinkich, dass man, wenn man die Füß vom Bohn hob, zwitschern lauter Affenfleisch hing, echt ecklicht, die Fleischmaschien musst die Ellbohn und Knie einsetzen, und 's Rattengörl erledichte das Laufen, kreisch-kreisch-kreisch!

Ein bisgen konnt sie vonner Bühne sehn, wo von so was wie ein Laufsteg-Gerüst innen Saal und inne Gaffer ragte, und …

Auffe Bühn stand ein totaal scheißges Krakenwesen, wo ein Haufen blöder Plastikschwerter wie schlappe Pimmel vonnen falschen Fangarmen baumelten, und kämpfte irndwie gehn ein Typ in Tanga und Umhang, wo ein schietges *Goldfischakwarjum* oder so was auffem Kopp hatt …

Riesenlärm herrschte, die Äktschen valechte sich auffen Laufsteg, und da konnt Rattengörl sehn, wassa im Hinnergrund auffe Bühn, außerhalb vom Licht, am Zuguckn war, erkennt sein grüne Uniform …

Und als dem Scheinwerfer, währnd er dem doofn Kraken folgte, wo dem Affenaasch mittem Akwarjum auffe Birne vonne Bühn zerrte, die Visage streifte, sah Affengörl die Luren leuchten.

Niemand sons wer hatt Augen wie die, wo sie im Rattenloch sehn kontern trotz all dem Affenfleisch. *Er weiß, dass ich da bin, und ich weiß aach, wo du stecks, Drecksack!*

Da war nämlich er.

Der Todfeind.

Der Sternenschiffkäpten.

Irndwer bewechte unnerm Rehnmantel Rattengörls Pfote, wo dem Griff vom guten, ollen Schnellen Schlitzer packte, bewechte ihre Beene, setzte die Füß nach vorn, abba sie konnt ja nich vorwärz eingekeilert mitten innem ganzen Affenfleisch, es war, als wär sie ein Aufdreh-Spielzeuch, wo anna Wand stand und nich vom Fleck kam.

Nu mach abba mal halb lang, dummer Rattenaasch, ja?

Rattengörl stand nämlich irndwie sozusahn ziemlich weit hinten, sie müsst sich mittem Schnellen Schlitzer 'n Wech schlitzen, so wie früher der weiße Jäger mitter Matschete sich ein Gasse durch dem Urwald hackte, abba 's könnten ganzen Ahmd dauern, und bei dem Geschrei und Gezeter wär's dann irndwie schwierich, sich annen Schweinehund ranzuschleichen …

Widerlich war's ja, abba für 'n Momentchen musst Rattengörl mal wie 'n *Mensch* denkeln.

Durchen ganzen Saal, vom Eingang bissur Bühne, hatt sich nämlich so was wie ein schietge Zirkusparade auffestellt, abba mit Gelumpe, als fänd 'se auffem Müllplatz statt, und da warn Figurn bei, wo wohl so was warn, wo Suffköpp im Delijumm sahn, wenn se inna Gosse rumkrochen.

Ritter in blöde Silbafolie-Rüstungen, Schleimungeheuer aussem Weltall, Robota und Vögelwesen, Echsenmänner in schwattem Leder, Hunnertachzichkilo-Weiber mit Kleederbügeln am Kopp, wo Tennisbäll dran steckten, Gestalten in Plastikmüllsäck, wo mit Federn beklebt warn, mit ollem Blech vom Schrottplatz behängte Typen, man hätt meinen könn, im Disneyland-Kostümlagerhaus wär ein Scheißbomb äkschploudiert, oder tausend Mitternachtsfernseh-Monsterfilme wärn durchen Fleischwolf gedreht worn …

Sie schnatterten und schnasselten, warn so potthässlich wie man 's sich schlimmer nich vorstelln konnt, und sie tappten immer bloß eim Schritt vorwäzz, weil sie nämlich drauf wateten, anne Reihe zu kommen und auffem Laufsteg zu tanzen, jau, sie stannen Schlange für den Stuss, als wär da 'ne Scheißkasse im Scheißsupermarkt von Deppendorf …

»Herrjesses, Dex, was ist eigentlich los mit Ihnen?«, beschwerte sich Texas Jimmy Balaban, während sie hinter den Kulissen der Bühne warteten – oder was in diesem

Schuppen als so etwas galt – und das Fan-Treiben beobachteten.

Wieder warf Lampkin ihm einen Blick zu, der Glas hätte schmelzen können.

»Wenn ich 's erst erklären muss, Jimmy, schnallen Sie 's sowieso nie«, wich er der Frage aus.

Auf der Bühne führte gegenwärtig eine nicht allzu übel aussehende und nur geringfügig übergewichtige Ische in hautengem, silbernem Leotard eine Art von Schlangenbeschwörungsakt mit einem grünen Plüsch-Zugluftstopper vor, der Mr. Spocks Vulkano-Riemen hätte sein können, aber lila Lippen und Donald Duck-Glotzer hatte.

»Kommen Sie, Dex, seien Sie kein Miesepeter, das ist doch eine Gelegenheit, um tolle Aufnahmen zu machen.« Er zuckte die Achseln. »Wenigstens im Vergleich zu dem Mist«, schränkte er ein, »den wir bisher auf Film haben ...«

Jimmy kapierte es einfach nicht. Was war Lampkins Problem?

Nach dem Desaster des Nachmittags betrachtete er den Kostümwettbewerb als Geschenk des Himmels. Alle drei Kameras drehten zur gleichen Zeit am selben Ort, und zwar, so wie es sich gehörte, unter der Regie des Aufnahmeleiters. Ralf stand mit der Jury am Hinterrand der Bühne, wo man ihn in der Totale und halbnah zeigen und gelegentlich auch aus der Nähe seine Reaktion auf einzelne Kostüme filmen konnte. Endlich herrschten ungefährliche, steuerbare Bedingungen, war es möglich, umwerfende Bilder zu machen.

Die Plüschriemenschlangenbändigerin auf dem Laufsteg beendete ihren mitreißenden Auftritt, und gleich folgte die nächste Darbietung, und zwar seitens dreier Punkdinosaurier mit Schädelkämmen beziehungsweise Irokesenfrisuren in Leuchtpink, Nasenringen und futuristischen SciFi-Gitarren.

Für eine Amateurveranstaltung waren die SciFi-Con-Kostüme gar nicht so übel, in den billigeren Kaschemmen Atlantic Citys und Las Vegas' hatte Jimmy Schlimmeres gesehen, das als professionelle Show hatte gelten sollen. Diese SciFi-Fans arbeiteten nicht gerade mit dem Budget eines Großzirkus, die Mädchen hätten es wahrscheinlich nicht einmal in einer Bierkneipe in Pismo Beach zu Hupfdohlen gebracht, doch musste man ihnen so manchen Pluspunkt für beeindruckende Phantasieleistungen anrechnen.

Da kam ein riesiger Batzen Scheiße, hergestellt aus einer auf einen Ostfriesennerz geklebter Erdnussbutter-Puffreis-Mischung. Ein Vogelmädchenkostüm aus gefärbten Hühnerfedern, in dem die Trägerin fast echt aussah. Eine Drachenpantomime unter Einsatz von Trockeneisnebel und Feuerspucken. Ein Paar im selben Kostüm, das einen zweiköpfigem Mutanten bei einer Streitigkeit spielte.

Und was sollte … *das* geben?

Nun betrat ein Kerl in weißem Karate-Anzug die Bühne, der ein Katana um den gewaltigen Wanst gegürtet trug und wirkte, als mimte John Belushi einen Hundersechzigkilo-Suomi. Er watschelte zur Mitte der Bühne und verbeugte sich vor dem Publikum. Er breitete ein großes, weißes Strandtuch auf der Bühne aus. Darauf kniete er nieder. Er verbeugte sich ein zweites Mal. Und zückte das Schwert. Er streckte es umgekehrt vor sich hin, sodass die Spitze auf seinen enormen Schmerbauch wies …

O nein!

O doch.

»AAAAJAAAH!«, schrie er.

Und bohrte sich das Schwert in die Wampe.

Und schlitzte damit etwas auf, das eine Plastiktüte sein musste, zuckte, zappelte, verdrehte die Augen und röchelte, während aus dem Behältnis rund zwanzig Kilo

Kirschen, Tomatensaft, Fleischereiabfälle, rohe Würstchen, Tintenfischleiber und was nicht alles quollen und purzelten, die Zuschauer vor Begeisterung grölten und Texas Jimmy der Bauch fast vor Lachen platzte.

Während Mister Hara Kiri das ganze Scheuel mehr oder weniger ordentlich in das Strandtuch schlug, um Platz für die nächsten Performance zu machen, streifte Dexter jedoch Jimmy mit einem Blick, als wünschte er sich, Jimmy würde in dieser Hinsicht Ernst machen, und als wäre er vollauf dazu bereit, ihm dabei tatkräftig zur Hand zu gehen.

»Also wirklich, Dexter, seien Sie doch etwas umgänglicher, wo bleibt denn Ihr Sinn für Humor?«

Dexter schnitt nur eine äußerst mürrische Miene. Unterdessen betrat die nächste Kandidatin, der man auf den ersten Blick nicht ansah, *was* sie eigentlich darzustellen beabsichtigte, die Bühne.

Ein Mädchen in derartig mit Dreck, Schmiere und Schmutz versifftem Regenmantel, dass Jimmy nicht einmal noch die ursprüngliche Farbe erkennen konnte. Das Haar war verfilzt, verknotet, grau gefärbt und eingeölt worden, bis es Ähnlichkeit mit einem alten Mop hatte, mit dem man Gülletanks reinigte. Die Augen glichen grünen Murmeln, denen man mit einem Hammer Risse beigebracht hatte. Die falschen Zähne sahen aus, als gehörten sie einer toten Ratte. Dem Gesicht hatte sie Schorf und Narben aufgeschminkt, als hätte sie sich jahrelang in Mülleimern kopfüber mit herrenlosen Katzen um Fischköpfe gerauft.

»Sehen Sie sich mal die Maske an, Dex«, sagte Jimmy mit keineswegs geringer Bewunderung. »*Das* nenne ich professionelles Make-up.«

Rattengörl betrat die Bühne …

… und ein schietges grelles Licht vabsengte ihr schier die Augen.

Als wär sie ein Küchenschabe, wenn nachts inne Küch dem Licht anging, und 's stand keen Stapel schmierger Teller nich im Spülbecken, wo sie sich drunner vastecken könnt.

»Schalt *ab*, gottvafluchte Drecksau, oder ich kapp dir dem Schwanz!«, schrie sie, schlug 'n Rehnmantel aussenanner und zückte dem Schnellen Schlitzer.

Ein vielstimmes *Ooooh* ertönte, als ob hinnerm Müllcontainer tausend Ficker aufamaaal abspritzen täten.

Und 's is, als wär sie so was wie 'n Straßenräuber, wo plötzlich mitten Fäusten umme Gurgel vonne nette, olle Oma im Scheinwerferlicht vonne Bullenschaukel stand: *Tja … äh … wissen Sie, cheefe, dem is so …*

Loift nich grad nach Plan, was, Affengörl?

Denk wie ein *Ratze*! Fott vom Licht und ab ins Dunkel vom nexten Rattenloch, jau, so wie's natürlich is, abba …

Aussem Dunklen glotzten ein Milljohn Luren sie an.

Augen voller schleimiger Feuchtigkeit. Glänzende Augäppel mit so was wie zähem Rotz drin, wo in Löchern vonnem Kopp klebten, wo unnern Knochen matschges graues Hirn hing. Eim Kopp, wo auffem schweißgen Fleischsack saß, wo sich Schläuch voller Blut drin vazweigten, Saff gluckerte und eklichte grüne Eineweide sich blähten.

Ein Anblick totaal zum Kotzen für 'n Tote Welt-Rattendingerich.

Und das Affenfleisch *witterte* dem anner Affenfleisch, roch die Kacke inne Därm, dem Fürz, wo sich aussen dreckjen Aaschlöchern schlichen, und Suffkoppfahnen, wo aussen Löchern innen Fressen wehten, alles stank wie ein Schlicktümpel, wo seit ein Milljohn Jahr inne Sonne miefte, annefüllt mit Wesen, wo bissen, kratzten, futterten, pissten und schissen, fickten und noch mehr von sich aussen Fotzen pressten, bloß dass dann *so was* draus wurd.

Ausse Jauche vom Ozjahn gekrochnes Protoplasma, wo rumlief wie Affen.

Alle zeterten und geiferten, als wärn *sie 's*, wo ein fieses Ungehoier sahn.

»Was gibbsa för *euch* zu glotzen, Affenfleisch?«

Affenääsch keifen, lachen und kreischen inne Dunklheit, wo uns *gehört, man sieht denen ja echt noch an, dasse mal auf Bäumen rumturnten und sich lausen taten.*

»Könnter mir das mal sahn?«

Sabbel-sabbel-sabbel, blah-blah-blah, grunz-grunz-grunz …

»Ihr wollt wohl echt *wissen*, wassa Sache is, hä?«

Und da glitt wer aus geöltem Metall und Siliziumglas durch den Enterhaken in Affengörls Birne herab, hi-hi-hi, herab durchs Rattengörl, kreisch-kreisch-kreisch, und durchs Rattendingerich-Pogrom, durche Zeitstränge vonne reinliche Welt luftloser Leere und elecktronscher Vollkommenheit, wo seit ein Milljohn Jahre nicht vadreckt worn war mit Blut, Scheiße oder Spucke, glühte sich durch Fleisch und Saff und Foilnis Bahn mit kaltblaum Foier, wo so klar und schaarf und sauber war wie dem großen, langen Klinge aus gewezzem Stahl, dem einzgen Froind weit und breit, nämlich dem guten, ollen Schnellen Schlitzer.

»Ich bin keen Affenfleisch nich ich bin keen Rattengörl nich ich bin aach keen Rattendingerich nich ich bin nix nich wo *je* aus Fleisch und Saff und Schleim gemacht wurd ihr Fleischschiff-Schweinehunne sonnern nur Rattenreste und Kakerlakenkrümel vaknüfft mitter Maschine in ein Milljohn Jahr von jetz wo alles Stein is und Stahl und Aluminjumm und schwebt und schwindet den kleenen blaun Lichtlein in die kalte harte Dunkleheit folgt zu dumm dassir nich da seid um's zu genießen, hi-hi-hi …!«

Lautes Buhen, als kollerte da ein Horde Brüllaffen.

»Der Nächste! Der Nächste!«

»Abgang! Abgang!«

Hunnerte von Füße stamfften wuchtich so was wie ein dumpfichten Takt.

Abba da …

»Gebt der jungen Dame eine Chance, liebe Sternenschiff-Passagiere«, sachte hinner ihr ein Stimme. »Sie trägt ein wahrhaft vollkommenes Kostüm. Es ist eine echte Maskierung.«

Das Stamffen und Brüllen vastummte. Totenstille. Nich nötich, sich umzudrehn, um zu guckn, wo da quatschte. *Abba guck trozzdem hin, Affenfleisch.*

Aussen Schatten kömmt der Sternenschiffkäpten auffe zu. Das Licht aussen Rattenloch am annern End vonne Zeit folgt ihm, als würd's ihm gehören. Oder ummekehrt.

»Wir wissen, woher du stammst«, sachte der Erzfeind. »Wir wissen, wer du wirklich bist.«

Er hatt Augen wie Türn.

»Du bist eine Botin dessen, was draußen im Finstern lauert. Du bist das, was übrig bleibt, wenn all unsere Hoffnung erlischt.«

Das Lächeln vonnem gerissnen ollen Kannibalenkater.

»Du bist das Totenschiff Erde im Exhibitionisten-Regenmantel. Habe ich Recht, Rattengörl?«

Fühl dem dicken harten Griff vonnem kalten Stahlmessa.

»Und *du* bis gleich *tot*, Sternenschiffboy!«

Amanda musste zugeben, dass Ralfs Urteil stimmte, es *war* ein glaubhaftes Kostüm. *Vielleicht* zu *echt*, dachte sie, beugte sich näher vor den TV-Apparat, sah das Totenschiff-Streetgörl ein Schrittchen nach vorn tänzeln, ihr Bühnenmesser schwingen, als wirkte sie in der *Westside Story* mit.

Bühnenmesser?

Sogar auf der kleinen Mattscheibe sah das Messer etwas *zu* realistisch aus.

Aber anscheinend hatte Ralf davor keine Furcht.

Weit spreizte er die Arme, ließ den Kopf zur Seite hängen, äugte in komischer Flehentlichkeit himmelwärts, schob die Brust heraus – eine Jesus-Pantomime, mit der er sich einem aztekischen Opferdolch darbot.

Die Zuschauer ächzten und tuschelten.

Das Totenschiff-Streetgörl riss das Messer empor. *O Gott, die Klinge blitzt tatsächlich wie echter Stahl …*

Da sprangen drei fette Gestalten, die enge silberne Anzüge und grüne Echsenmasken trugen, auf die Bühne – sie hatten Hockey-Schläger dabei, an deren Enden große Motorsägen aus gezackter Pappe klebten –, drängten sich zwischen das Totenschiff-Streetgörl und Ralf.

»Aus!«, dröhnte Ralfs Stimme, aus der Jesus-Pose wechselte er augenblicklich über in die Rolle eines Regisseurs, der sich über seine Mitarbeiter ärgerte.

»Sie hat den Hammer *und* die Nägel vergessen. Also ehrlich, Leute, kriegen wir die Aufnahme denn *nie* hin?«

Schnitt. Wieder kam einer von Dexter Lampkins Diskutanten zu Wort.

»Eine sinnvolle Verwaltung der Verhältnisse auf der Erde und ein visionäres Raumfahrtprogramm sind das Alpha und Omega einer geistig hoch entwickelten und reifen Zivilisation. Die Technik, die wir brauchen, um einen leblosen Planeten wie den Mars zum Leben zu erwecken, ist genau die Technik, die wir brauchen, um das Unheil zu beseitigen, das wir auf unserer Welt angerichtet haben.«

Eine verwackelte, ungenügend beleuchtete Aufnahme eines Korridors voller sonderbar aussehender Menschen, viele von ihnen in amateurhaften Kostümen. Sie brachen in regelrechten Jubel aus, als Ralf, umringt von einer Art Leibgarde aus Sternenschiffkapitän-Klonen und in ihrer Mitte kaum erkennbar, die Kamera passierte, unterwegs einen päpstlichen Segen nachahmte. Flüchtig erfasste die Kamera sein Gesicht: Auf den Lippen hatte er ein starres Buddha-Lächeln, in den Augen stand humorloser Ernst.

»Bleiben Sie bei uns, liebe Sternenschiff-Passagiere«, empfahl die süffisante Stimme eines Sprechers, »nach einem kurzen Werbeblock schalten wir wieder zu Sternenschiffkapitän Ralf, berichten wir weiter so live, wie live nur sein kann, direkt vom RalfCon.«

Es folgte Reklame für die Sternenschiff-Kapitänsuniform.

Amanda griff nach der Fernbedienung und schaltete den Ton aus.

Sie schüttelte den Kopf. Sie süffelte ein Schlückchen Wein.

O ja, selbst wenn sie damit eine interessante Funktion bei der Vorbereitung eines einigermaßen glaubwürdigen Features verloren gehabt *hätte*, wäre es *dennoch* die richtige Entscheidung gewesen, Texas Jimmy Balabans zweitausend Emmchen abzulehnen, die er ihr dafür geboten hatte, Ralf mit ihm gemeinsam auf diese Schwanengesang-Performance einzustimmen.

Denn beachtete man, wie sein letzter Auftritt ins kollektive Gedächtnis des Zeitgeists eingehen sollte, dann war das, was gegenwärtig *geschah*, das wirksamste Vorgehen. Nicht das, was eine relativ kleine Handvoll von Science Fiction-Fans dort in Fleisch und Blut-Echtzeit erlebte, sondern das, was Millionen von

Fernsehzuschauern in der Traumzeit der Hauptsendezeit sah.

Was war, das war Realität.

Niemand im Hotel Metropolis konnte die erste Stunde so wie Amanda gesehen haben. Doch Millionen anderer Menschen außerhalb des RalfCon-Hotels hatten eben diese Medienrealität mit ihr zusammen gesehen. Und *diese* Realität war es, die ihre Schwingungen ins Gefüge der Zeit aussandte.

Es mochte sein, dass man Dexters Bemühungen, der Öffentlichkeit seine Transformationsvisionen in gesamter Komplexität zu vermitteln, zu Gunsten der visuellen Farbenpracht des billigen Con-Karnevals im zauberhaften Land Oos zu rein tendenziös anmutenden Einminuten-Häppchen verhackstückt hatte, aber auf alle Fälle erhielten die Zuschauer sie zur *Kenntnis*.

Als Teil des Ganzen.

Bestehend aus den SciFi-Fans in ihren absonderlichen Kostümen. Den Experten mit ihren Sechzigsekunden-Postulaten über eine Zukunftsvision, deren Verständnis den meisten Zuschauern die mehr oder weniger ausgeprägte Vertrautheit mit Ralfs Sternenschiff-Statements vielleicht gerade noch gestattete. Der Werbung für die Merchandisingartikel. Dem absolut irren Kostümwettbewerb. Und Ralf, der sich furchtlos ins Meer seiner Fans stürzte, ganz wie ein Rockstar, der von der Bühne ins Publikum sprang.

Was war, das war auch Realität.

Amanda schmunzelte, als sie sich an einen anderen Werbespot erinnerte, in dem der ägyptische Präsident die Wahrheit ausgesprochen hatte.

Sie hatte die mythische Realität der Fernsehnachrichten selbst betroffen.

Neuigkeiten aus aller Welt waren über den Fernsehschirm geflackert.

Bis das Gesicht Hosni Mubaraks erschien, der recht

amüsiert wirkte, als hätte der Interviewer ihn soeben gefragt, was von allem denn real wäre.

Natürlich ist es real, hatten seine Miene und die Körpersprache, wie es schien, zum Ausdruck gebracht.

»Ich gucke doch CNN.«

»Viel Glück, alter Freund«, sagte Texas Jimmy Balaban, schubste Ralf, die Handfläche in seinem Kreuz, behutsam auf die Bühne, indem er ihm zuzwinkerte und das Beste hoffte, gab ihm ein langes, mit grauem Schaumstoff bezogenes, kabelloses Mikrofon mit, das am Anfang fast so etwas gewesen war wie Ralfs Erkennungszeichen.

Man mochte es Inspiration oder Nostalgie nennen, aber jedenfalls hatte er es ihm aus einem Gefühl heraus einfach in die Hand drücken *müssen.*

Als Ralf noch ein aufgedrehter-irrer Verrückter aus der Zukunft gewesen war, der eine Fernsehshow mit niedrigem Budget aus der Taufe heben durfte, hatte es sich aufgrund der finanziellen Schranken als Masche angeboten, ein mit Irren gespicktes Studiopublikum mit einem kabellosen Mikro zu traktieren. Und nun, da sich zum letzten Mal der Vorhang vor dem schließen sollte, was er geworden war, schien es ganz so, als wäre das einzige Auftreten, das er überhaupt noch bewältigen konnte, das Improvisieren mit *diesem* Publikum von Sonderlingen, das er sich selbst geschaffen hatte.

Die Zuschauer, die im Tanzsaal dicht an dicht in hufeisenförmiger Anordnung standen, brüllten auf, als der Sternenschiffkapitän im Scheinwerferlicht erschien, ein klischeehafter Vorgang, dessen Zustandekommen

Jimmy unverzüglich bedauerte, weil ihm spontan einfiel, dass die Löwen vermutlich das Gleiche getan hatten, wenn der nächste Christ das römische Kolosseum betrat.

Gehörte es zum Auftritt, überlegte Amanda, oder hatte tatsächlich jemand Ralf auf die Bühne *geschubst*?

Die Frage ließ sich schwer beantworten, denn anstatt umherzutaumeln, wie es ein Komiker getan hätte, fing er sich ab, ohne einen Blick in die Kamera zu werfen, verharrte stumm und starr im Schlaglicht, nahm den Jubel und Applaus eine kleine Ewigkeit lang einfach zur Kenntnis.

Schließlich machte die Regie einen Schnitt und zeigte einen Schwenk über das Publikum aus Nägelkauern und Überschweren, das auf seinen kollektiven Füßen stand, auf seine ungehobelte Weise jubelte und johlte, ein Anblick, der geradezu unheimlich an Massenaufnahmen des *Woodstock*-Films erinnerte, nur dass in diesem Fall Sternenschiff Erde-T-Shirts vorherrschten, keine Batik-T-Shirts, Sternenschiff-Kapitänsuniformen, keine Jeans, und Ralf-Bilder, keine Mandala oder Friedenssymbole.

Und als die Regie zurück zur Bühne schaltete, zeigte der Take Ralf in aufrechter, stolzer Haltung, das kräftige Grün und Gold der Uniform schimmerte im Licht geradezu märchenhaft, er hatte ein strahlendes Lächeln aufgesetzt und hielt das kabellos Mikrofon wie ein Zepter, wirkte wie eine Science Fiction-Version des Rockstar-Glamour, eines Jimmy Hendrix mit der magischen Elektrogitarre.

»Da bin ich, Sternenschiff-Passagiere«, rief er mit seiner herrischen Hallstimme. »Jawohl, ich bin wirklich da, habe Fleisch angenommen, der Held der neuen und letzten Fassung der Geschichte, die ihr euch erzählt, seit ihr von den Bäumen gestiegen seid, der Kapitän eures künftigen Sternenschiffs, und ihr selbst habt die Gesetzmäßigkeiten der Hauptsendezeit und des Raums gebeugt, um mich heute Abend an diesen Ort zu bringen, also lasst hören, wie der RalfCon seinen Ehrengast begrüßt – den Riesenknollengott persönlich!«

Es hätte eine Selbstparodie sein müssen. Aber es war keine. Es hätte Gelächter ertönen sollen. Doch es blieb aus.

Stattdessen steigerten sich Jubel und Applaus zu einem neuen Höhepunkt und verklangen dann langsam, wichen einer befremdlichen, unpassend ehrfürchtigen Stille. Dem andächtigen Schweigen einer Gebetsversammlung, die die Gegenwart des Höchsten unterstellte. Oder etwas vergleichbar Symbolisches aus einem anderen Bezugsrahmen.

Aber welche Archetypen auch in jeder individuellen Innenwelt-Landschaft auftauchen mochten, die Ralf-Präsenz, die dort im Lichtkegel stand, vereinte sie allesamt im *kollektiven* Traum. Denn man sah ihn auf Millionen von Fernsehschirmen.

Eine Präsenz, die Amanda nur als numinos bezeichnen konnte.

Man musste nicht dabei sein, um an sie zu glauben.

Sie manifestierte sich wie selbstverständlich im Fernsehen.

Ralf betrat den Laufsteg.

»Wer bin ich?«, fragte er, dessen Augen sogar auf einer Achtundvierzigzentimeter-Mattscheibe Pforten glichen. »Der Star einer Show? Einer von *euch* in phantastischer Sternenschiff-Kapitänsuniform?«

Er schritt, begleitet vom Schlaglicht, den Laufsteg entlang, immer weiter ins Publikum.

»Könnt ihr glauben, dass solche Fragen dort, woher ich komme, keine Bedeutung haben? Könnt ihr glauben, dass es eine Zeit geben kann, in der wir alle wissen, dass wir Wellen auf einem Meer von Träumen sind? Dass die gleiche Geschichte sich durch uns immer von neuem erzählt? Wir alle Werkzeuge sind, mit denen der Große Weltgeist durch die Zeit dahin wirkt, geboren zu werden? Dass *ich* der Traum bin und *wir* die Träumenden sind?«

Kurz vor dem Ende des Laufstegs blieb er stehen, eine grün-golden leuchtende Erscheinung über dem Meer der Gesichter, der Masse aus Leibern, die sich unter ihm im gemeinsamen Dunkel regten und bewegten.

Wortlos blickte Ralf langsam in die Runde, vollführte eine vollständige Dreihundertsechziggraddrehung, schaute mit seinem knappen Lächeln ins Publikum, die Augen ähnelten immer deutlicher Schleusen zum Ozean eines Anderswo, doch obwohl aus seiner Stimme anscheinend eine dort ansässige, unbegreifliche Multität sprach, hatte sie, als er wieder das Wort ergriff, den Klang menschlicher Wärme.

»Aber *gewiss*, Sternenschiff-Passagiere! *Ihr* glaubt es gewiss. Schaut euch nur an! Raumfahrer. Hexen. Aliens aus dem All. *Sternenschiffkapitäne*. Ihr *müsst* es glauben, oder nicht? Denn hier sind wir, die virtuellen Helden der Geschichte, die wir alle uns selbst erzählen. Sonst wären wir nur ein Haufen Verrückter in albernen Kostümen, die sich im Fernsehen blamieren.«

Er lachte, und sein Lachen klang menschlicher und fröhlicher, als Amanda, soweit sie sich entsann, es je zuvor aus der Ralf-Maske gehört hatte.

»Ich schlage euch vor, Sternenschiff-Passagiere«, fügte Ralf hinzu, »wir spielen das altbewährte Gegenseitigkeitsspiel. Wenn ihr glaubt, dass Glöckchen lebt, dann glaubt Glöckchen an *euch*. Denn *wir* sind Kapitän und Mannschaft des Sternenschiffs, niemand anderes ist da, also steuern wir es am Totenschiff vorbei und auf geradem Kurs in den lichten Morgen von Utopia.«

In langsamer Fahrt schwenkte die Kamera über die nach oben gewandten Gesichter, die kostümierten Con-Teilnehmer, die T-Shirts, die Sternenschiffkapitäne in jeder Form und Gestalt.

Einen derartigen Moment der Fernsehgeschichte hatte Amanda noch nie erlebt: Einen Moment, in dem es allem Anschein nach keines sonderlich weiten Sprungs in die Traumzeit bedurfte, um sich vorstellen zu können, dass sich dort in dem Hotelsaal voller Science Fiction-Fans die heutige und zukünftige Mannschaft des Sternenschiffs Erde befand.

Es musste, sagte sich Dexter Lampkin, mit der Klimaanlage etwas nicht in Ordnung sein. Denn seine Augen konnten ja wohl nicht von diesem fannischen Geschmalze feucht sein, es war einfach grässlich, wenn ein Kollege sich auf einem Con hinstellte und den Leuten derartigen Schmus verzapfte, und Dexter nahm sich jedes Mal neu vor, so etwas selbst *niemals* zu tun.

»Da sind wir also jetzt an Bord des Sternenschiffs Erde«, sagte Ralf, ging mehrere lange Schritt zurück in Richtung Bühne, aber nur, um kehrtmachen und wieder ins Publikum schreiten zu können, tiefer in das Westentaschenuniversum des RalfCons.

»In dem Utopia, von dem wir gemeinsam träumten, als Menschen noch Affen waren, auf einem sterbenden Planeten bis an die Schienbeine im eigenen Dreck standen und hinauf zu den Sternen blickten.«

Immer tiefer ins Westentaschenuniversum des Fandoms.

»Davon träumten, dass wir sie eines Tages erreichen, wir es schaffen, wenn wir eine letzte Chance erhalten, um es richtig anzupacken, wir in die Sternenschiff-Traumzeit gelangen, in der wir ... *jetzt* sind!«

Ins Westentaschenuniversum der Science Fiction selbst – stell dich der Wahrheit, Lampkin! –, wo die Diversifikation der Zukunft als sich selbst erfüllende Prophezeiung galt und die Virtualität der Realität als einziger Glaubenssatz.

Am Ende des Laufstegs stand der Sternenschiffkapitän im Lichtkegel und drehte, drehte, drehte sich rundum, blickte über die Ralfis und Globuloiden aus, die Computerfreaks und Kostümierten, die supergescheiten intellektuellen Eigenbrötler und unangepassten Teenager, die Fans, die Slans sein wollten.

Und wie bei einer Art von Roulette hielt er schließlich an und er streckte das Mikrofon in die Richtung eines fetten Fans mit dicker Brille aus, der eine wohl selbst angefertigte, reichlich lumpige Ralf-Perücke sowie eine offenbar von der Stange gekaufte Sternenschiff-Kapitänsuniform trug, die ein bis zwei Nummern zu klein war für seine Wampe.

»Die Sensoren zeigen an, dass wir Sternenschiff Erde erreicht haben, Captain«, sagte Ralf, indem er Spock markierte. »Wir beamen Sie an Bord«, mimte er Scotty. »Bitte Meldung, Captain«, rief er wieder als Spock. »Wir ersehen umfangreiche Hinweise auf hoch entwickelte Lebensformen. Wie ist es dort?«

Vom Scheinwerferlichtkegel gebannt wie eine dicke Wanze auf einer Nadel wand der arme Fettsack sich aus Verlegenheit auf der Stelle.

Weit beugte sich Ralf über eine ungepflegte Frau im Sternenschiff Erde-T-Shirt, einen minderjährigen Echsenbarbaren und einen Krötenmann, um ihm das Mikrofon aus geringerem Abstand ans Gesicht zu halten, ihm in die Augen zu sehen und ihm ein sanftmütiges Lächeln zu schenken, das man in der Miene eines sterblichen Vulkaniers nie gesehen hätte.

»Nun komm schon, *du* bist in dieser Geschichte der Kapitän, der Große Weltgeist selbst sagt es dir, also *muss* es zumindest virtuell die Wahrheit sein«, ermunterte Ralf ihn freundlich. »Wie ist es in *deinem* Utopia?«

Der Fan in der zu engen Sternenschiff-Kapitänsuniform löste sich unter heftigem Gezwinker aus der Erstarrung, verzog das Mondgesicht zu einem törichten Grinsen, und obwohl es ein wahrhaft peinlich amateurhafter Versuch blieb, erntete er Applaus, nachdem er Dr. McCoy markiert hatte und das Gelächter verebbte.

»Also … es ist *nicht* tot, Jim«, sagte er.

Dank der Ovationen blühte der lächerlich gekleidete, fette Fan sichtlich auf und schaffte es zu guter Letzt, mit schriller Quiekstimme etwas zu schnattern.

»Es ist, ja es ist am *Leben*, Kapitän, es gibt Wälder voller Tiere, Meere voller Wale, Delfine und Fische, der Planet ist belebter denn je, die Biomasse ist größer, als sie 's vor dem Terraformen der Erde je war, weil die Fabriken alle im Orbit sind, deshalb ist auch die Luft sauber und angenehm, außerdem befinden sich Spiegel im Orbit, sodass es auf der gesamten Welt wie in *Südkalifornien* im Frühling ist, deshalb muss man, um weiße Weihnachten zu erleben, zum *Mars* fliegen …«

Der Sternenschiffkapitän gab darauf keine Antwort, sondern vollführte eine neue Drehung, schwang das kabellose Mikrofon erneut im Kreis, lenkte das Spotlight auf eine Frau mit grün geschminktem Gesicht, in dem als Augen bemalte Pingpong-Bälle an Drähten aus einer krausen lila Perücke hingen.

Dieser Fan brauchte keine zusätzliche Ermutigung.

»Draußen im Asteroidengürtel, wo wir eine riesige Antenne haben, um Fernsehsendungen von den Sternen aufzuzeichnen, baut man ein Generationenraumschiff, damit wir selbst hinfliegen können«, plapperte sie mit heiserer Stimme los, die erotisch geklungen hätte, wäre die Frau 25 Kilo leichter gewesen.

»Es dauert Hunderte von Jahren, sie zu erreichen, aber das ist kein Problem, weil die Nanotechnik unseren Körper für Tausende von Jahren jung, gesund und schön erhält …«

Dexter Lampkin versuchte sich den Anblick vorzustellen, der in diesen Sekunden in der Normalwelt auf Abermillionen von Fernsehapparaten erschien, und die Scham fachte seinen Groll um so stärker an.

»… winzige, miniaturisierte Computerterminals in unserem Gehirn geben uns dreidimensional und quadrofonisch vollen Zugriff auf das gesamte menschliche Wissen, und auch auf voll sensorische Filme …«

Aber zur gleichen Zeit empfand Dexter, indem er sich mit der gesamten, ebenso wundervollen wie abstoßenden Wahrheit abfand, in seinem Herzen schrecklichen Stolz.

»… speziell für spezifische Rezeptoren entwickelte Medikamente, Retro-Gentechnik und Nanotechnik erlauben es uns, den Typus unseres Bewusstseins selbst zu *bestimmen*, und manchmal versetzen wir uns absichtlich in einen Zustand der *Langeweile*, damit wir uns daran erinnern, wie das Dasein einmal für unsere Vorfahren war …«

Denn der überwiegende Teil dieser spontan aufgesagten Fan-Wunschträume stammte geradewegs aus *Die Transformation* oder dem Talkshow-Begleitbuch, seinem Bestseller *Ralfs Welt*.

Und diese armseligen, öffentlich peinlichen, bedauernswerten Wichser, die sich anzumaßen wagten, sie wären der mutierte Stoßkeil der Evolution und in Bezug auf das Überdauern die geheime Hoffnung des Menschengeschlechts, hatten mit dem Verfasser der genannten Bücher und mit unbekannten Millionen, die starr vor Entsetzen wären, würden sie auf einem Science Fiction-Con erwischt, eines gemeinsam.

Alle lasen sie Science Fiction.

Deshalb waren sie zu glauben im Stande, dass all das im Bereich des Möglichen lag.

Daher sah Dexter D. Lampkin ein, dass auch er dem bittersüßen Schicksal des Science Fiction-Autors letzten Endes nicht entrinnen konnte.

Er schrieb Science Fiction.

Und darum war er zwangsläufig einer von ihnen.

Denn er glaubte auch daran.

»... unsere Software in Computern, uns selbst auf Silizium speichern, und später, wenn unser Körper stirbt, laden wir sie in neue, geklonte *Designer*-Körper ...«

Währnd die Affen alle aussem Dunkeln ins Licht gafften und guckn taten, wassa los war, fiel's totaal leicht, dem Affenfleisch durche Masse zu schieben, wo war wie inne U-Bahn im Berufsvakehr, leicht wie eim blinden Bettler 's Geld aussem Plastikbecher zu stibitzen, leicht wie eim Drecksluden die Wampe auffeschlitzen, eh er sich vasah, man war schon wech und inne Gasse hinnerm Müllcontainer vasteckt, wenn ihm dem Gedärm rausklatschte ...

»... Dinosaurier und Dronten, klar, aber sobald das durchführbar ist, wird es auch machbar, Arten zu erschaffen, die es nie gegeben hat, Einhörner, Drachen, Elfen und Kobolde, warum nicht, das Erfinden neuer Ökosphären und ihnen angepasster Lebewesen könnte dann die höchste Kunstform sein ...«

Näher zur Bühn, Rattengörl, das ist dein Wech,

näher zum gelben Licht am annern End vom U-Bahnstollen, schwinden und schweben, schweben und schwinden, folge den kleenen blauen Lichtlein durchen Tompkins Square Park, keen Problem nicht, Scheiße, wassen das, halt dich geschlossen, Aaschloch, sons schneid ich dir gleich den Scheißpimmel ab, hi-hi-hi, man kann's mitten Augen sahn, wenn man der Weiße Tornado war und aussen ein Milljohn Jahrn vollkommnen scharfen Stahls und kalter, geölter, steinharter Finsternis kam …

»… in Kontakt mit höheren galaktischen Zivilisationen, die ihre Krise schon bewältigt haben, während wir noch darüber nachdenken, wie wir unsere kleinen Feuerchen nähren können, um die hungrigen Augen fernzuhalten, die uns aus dem Dunkeln belauern …«

»Das ist«, sagte Texas Jimmy Balaban, der mit Lampkin hinter der Bühne stand und das Geschehen beobachtete, »*nicht* komisch.«

Das weitgehende Ausbleiben schallenden Gelächters machte seine Bemerkung zur Feststellung einer Offensichtlichkeit, aber er hatte sich dazu bemüßigt gefühlt, sie trotzdem auszusprechen.

»Aber faule Eier schmeißen sie auch nicht, oder?«, entgegnete Dex, und Jimmy musste zugestehen, dass er damit Recht hatte.

Ralfs heutiger Auftritt war nicht im Entferntesten komisch.

Aber trotzdem hielt er das Live-Publikum in seinem Bann.

Wie viele *Fernseh*zuschauer er beeindruckte, darüber ließ sich gegenwärtig keine Aussage treffen. Während all der Jahre seiner Showgeschäft-Tätigkeit hatte Jimmy nie irgendetwas Vergleichbares erlebt.

Sicherlich zählte es, ein Studiopublikum auch zu anderen Zwecken als der Heiterkeitserzeugung mit einem kabellosen Mikro zu traktieren, zum grundlegenden Handwerklichen jedes Showmasters, und den Größten zu markieren, war seit Moses' erster Zeltmission ein alter Hut, und einen Laufsteg zu benutzen, um sich mitten unter die Gläubigen zu begeben, nichts als burleske Routine.

Aber Ralf war Komiker, nicht die Wiederkunft Baldurs, und auf dem Laufsteg sollten die *Stripperinnen* auftreten, nicht der Komiker, und Jimmy hatte auch nie zuvor gesehen, dass ein *Fernseh-Prediger* der *Gemeinde* das Predigen überließ.

Allerdings war auch noch nie eine derartige Missionsveranstaltung wie heute im Fernsehen zu sehen gewesen.

Als er Ralf mit einem kabellosen Mikrofon in der Hand auf die Bühne geschubst hatte, vor sein schräges Publikum, hatte Jimmy erwartet – oder wenigstens erhofft –, es käme zu einer Live-Version der Freakshow-Dokumentation, die in den Korridoren gedreht worden war, im Foyer und beim Kostümwettbewerb: Die Art von Vorstellung, über die man sich im Reich der Nielsen-Statistiken auf Kosten der SciFi-Fans amüsieren konnte.

Doch seine Erwartung war stark enttäuscht worden.

In anderer, unvermuteter Hinsicht jedoch verhalf Ralfs Vorgehen ihm zu einer Bereicherung.

Seit über einer halben Stunde stand Ralf jetzt mit den Freaks im Saal in Interaktion, er *interviewte* sie, als führte er für die Achtzehnuhr-Nachrichten eine Befragung unter Straßenpassanten durch.

Er ließ *sie* für sich die Arbeit erledigen. Brachte sie dazu, aus dem Stegreif ihre eigene SciFi-Geschichte zu erzählen, ihre RalfCon-Variante des Sternenschiffs Erde darzulegen.

Bis zu diesem Wochenende hatte Jimmy das endlose Jammern und Klagen Dexters über die SciFi-Fans als reichlich unprofessionell empfunden. Geringschätzung des Publikums entsprang nach Balabans Kanon einer ganz und gar schlechten, falschen Einstellung.

Doch seine allererste enge Bekanntschaft mit dem SciFi-Fandom – auf dem Weg von der VIP-Suite zur Hotelbar – hatte für ihn genügt, um sich Dexters negativem Urteil *anzuschließen*.

Aber jetzt merkte Jimmy, dass seine Haltung sich von neuem änderte.

Die ganze Welt in einen riesenhaften botanischen Garten mit einem von der Abteilung Wetter-Spezialeffekte gesteuerten Klima zu verwandeln; die Wiederkehr der Dinosaurier, Wale und Dronten; voll sensorische Filme; neue Körper, die man nach eigenen Wünschen jederzeit auf der Saville Row herstellen ließ; Sättigung der berühmten afrikanischen Hungerkinder, auf denen Mutter immer herumhackte, wenn man den Spinat nicht aufessen mochte; Siedlungsprojekte auf dem Mars; Disneyworlds im Weltall; keine Kriege mehr; ewiges Leben; Erforschung exotischer neuer Welten zwischen den Sternen; eine Zukunft, die immer, immer weiter führte, für alle Zeit dahin, »wo noch niemand gewesen« war …

Was wäre daran schlecht?

Gewiss, diese Leute trugen lumpige Kostüme, viele von ihnen sahen um die Augen nicht normal aus, und Jimmy hatte noch nie so viele extrem übergewichtige Personen auf einmal gesehen. Und er hätte es niemals als möglich erachtet, dass er sich mit mehreren Hundert Frauen im selben Hotel aufhielt, aber schon bei der Vorstellung, eine von ihnen zu ficken, sein Schwengel schrumpfte.

Trotzdem …

Obwohl diesen SciFi-Fans fast alles fehlte, was man nach Texas Jimmys Ansicht brauchte, um Niveau zu haben, war ihnen etwas zu Eigen, das ihm, wie er am heutigen Abend spürte, abging.

Eben weil es ihm fehlte, konnte Jimmy nicht genau bezeichnen, um was es sich handelte.

Eine Art von täppischer Unschuld, die er ungefähr mit vierzehn Jahren verloren haben musste?

Etwas wie Jungfräulichkeit, das man am besten von fern bewunderte?

Das ist nicht meine Welt, Affenboy.

Doch anscheinend dachten diese skurrilen Leute darüber anders.

Wessen Welt denn sonst?

Wie seltsam es auch sein mochte, es war gut zu wissen, dass es sie gab.

Schließlich ließ Ralf, während er langsam bis ans äußerste Ende des Laufstegs schlenderte, das Mikrofon lässig aus der Hand baumeln. Er schritt in die Mitte der allzu üppigen leiblichen Inkarnation der sciencefictionistischen Traumzeit, die für Amanda und mehrere Millionen andere Angehörige des Affenvolks, die im Dunkeln um das kollektive elektronische Lagerfeuer ihrer Fernsehapparate hockten, eine Pforte zum Sternenschiff Erde geöffnet hatte.

»*Wir* sind der Traum«, sagte er. »*Wir* sind die Träumer.«

Die Kamera zoomte auf ihn zu und verharrte in Nahaufnahme, zeigte die Maske seines Gesichts, die gütige Miene des erleuchteten Lachenden Buddha.

Wenn Bilder mehr als tausend Worte sagten, dann

hatten auf alle Fälle, das war Amanda völlig klar, die im Laufe der ersten Stunde überwiegend ausgestrahlten Aufnahmen der SciFi-Fans, die in närrischen Kostümen ein ganzes Hotel bevölkerten, bei den meisten Zuschauern einen millionenfach stärkeren Eindruck als Dexters intellektuelle, ernsthafte Diskutanten hinterlassen.

Aber welche Wirkung hatte eigentlich die *zweite* Stunde?

Was sagten die Bilder der Live-Übertragung eines … Advents?

Denn dass es nichts anderes war, erkannte Amanda mit Gewissheit.

Der Sternenschiffkapitän und seine Ralfis hatten gemeinsam zu all den Fernsehgeräten die Tür geöffnet. Und aus der kollektiven Traumzeit war ein aus Dexters Vision geborener SciFi-Schund-Avatar durch die Tür getreten, der sich einfältig und schlicht genug präsentierte, um dem demografischen Durchschnittsbürger verständlich zu sein.

Genau das war der Weg, wie sich in der jetzigen Ära des elektronischen Wissens dem Kollektiven Unbewussten des Zeitgeists ein neuer Archetyp einprägte.

Im Fernsehen. Für alle sichtbar. Vor Millionen von Augenzeugen.

»Wir träumen die Geschichte, die wir uns zu erzählen versuchen, seit wir auf den Bäumen aus dem traumlosen Schlaf erwacht sind. Die Geschichte, die eine Horde träumender Affen von den Bäumen zu den Sternen führt.«

»O ja«, rief Amanda in der Klause ihres Wohnzimmers laut aus.

Denn am Anfang war das Wort.

Und durch das Wort manifestierten sich die Welt und in ihr der Tanz von Materie und Energie.

Und während die Bilder die Aufmerksamkeit bannen und die Einschaltquote bestimmen mochten, war das Wort, das Wort aus *RALFS WELT*, die Pforte, durch die sich dieser neue Archetyp aus einer Traumzeit-Zukunft in der Maja des Jetzt manifestierte.

Es geschah.

Es war Realität.

Natürlich.

Millionen spirituell naiver Menschen erlebten es und konnten infolgedessen zumindest in einer winzigen Hinsicht nie mehr die Gleichen wie vorher sein.

Natürlich erlebten sie es.

Sie sahen es ja im Fernsehen.

»Ist euch schon einmal aufgefallen, Sternenschiff-Passagiere«, fragte Ralf, »dass jemand, der herum kommt, etwas erzählen kann? Und wer bin ich eigentlich, der Star einer Show, der etwas zu erzählen weiß, oder einfach einer von euch, nur in exklusiverer Sternenschiff-Kapitänsuniform?«

Er stemmte die Hände in die Hüften. Er schüttelte den Kopf. Doch die Herzlichkeit seines Lächelns blieb erhalten. »Ihr möchtet wissen, wie die Zukunft *wirklich* beschaffen ist?«

Vereinzelt ertönte aus dem Publikum Bejahung.

»Herren über Raum und Zeit zu werden, ist nur der erste Akt«, sagte Ralf. »Richtig geht die Handlung erst los, wenn wir Herren über uns *selbst* werden. Wenn wir in der Welt erwachen und die Krone der Schöpfung schauen. Wenn wir im Traum erwachen und den Träumer erblicken. Und wer ist das, Sternenschiff-Passagiere? Sprecht das Zauberwort, und Glöckchen lebt!«

»WIR!«, schrie vielstimmig das Publikum.

Ralf lachte ein vollauf menschliches Lachen. Er hob den rechten Fuß und senkte ihn mit übertriebener Langsamkeit, als stapfte er durch Schlamm.

»Ein kleiner Schritt für mich Seienden«, sagte er, imitierte mit geradezu berückend anmutender Vollkommenheit Neal Armstrong. »Ein großer Sprung für euch Werdende.«

»Da wird nix als blaua kalta Stahl am Enne vom U-Bahnstollen sein, Drecksau!«

Rufe, Schreie, konfuse Schwenks mehrerer Kameras, wirre Schnitte, und dann …

Totale einer schemenhaften Watschelgestalt, die sich plötzlich im Dunkeln zwischen Ralf und dem Podium befand. Ein Schlaglicht fiel auf die Erscheinung.

Ein uraltes Mädchen.

Das Totenschiff-Streetgörl des Kostümwettbewerbs.

Der schmutzige Regenmantel stand offen, sodass man einen skeletthaft dürren Körper in zerfledderten, grauen Lumpen erblickte, wie man ihn sonst nur in einer Kalkuttaer Gosse zwischen Schlaf und Tod sehen mochte.

Das war keine Kostümierung.

Zwar konnte das Mädchen keine fünfundzwanzig sein, doch mit dem kehrichtgrauen Hexenhaar, den Narben und dem Schorf im teigigen Gesicht, hauptsächlich aber aufgrund dessen, was ihr aus den schwärzlichen Augenhöhlen stierte, glich sie der ewigen bösen Alten.

Auch das Gesicht war keine Maske.

Und das große, scharfe Messer, das sie in der Faust hielt, war nur allzu deutliche Wirklichkeit.

»Gugge da rat mal wem dich sieht«, rasselte sie mit schriller, irgendwie blecherner Stimme herunter, »dassis der einzge Froind vonne Tote Welt der gute olle Schnelle Schlitzer wo da zu dich kömmt hi-hi-hi durche Jahrhunnerte vonnem Mülleimaplaneten wo auffem Silbatablett inne Leere schwebt zu dich imma annen kleenen blaun Lichtlein lang durchs U-Bahn-Rattenloch zu dich im Entahaken innem eklichten Fleischding dem Rattengörl zu dich um dir zu schlizzen dass Schiete Saff gammlige griene Fischreste und Fleischabfäll rauspuzzeln …«

Schnitt zu Ralf, der in seinem eigenen Spotlight stand.

»Ich dachte schon«, sagte er, »du schaffst es nicht.«

Obgleich es angesichts der Umstände als nahezu unerklärlich anmutete, blieb sein Lächeln unverändert, keine Regung der Furcht minderte die menschliche Wärme des Ausdrucks, und sein Blick galt ausschließlich der Kamera.

»Aber um ehrlich zu sein, eigentlich nicht. Hammer und Nägel, Ketten oder Fleischermesser, Mannlicher-Carcano oder Samstagabend-Special, stets bist du in letzter Minute da, um die Bremse zu ziehen.«

Und nun verstand Amanda das Buddha-Lächeln der Hingabe, die Miene des Gleichmuts.

Immer musste die Nemesis mit dem Schwert des Schicksals eingreifen.

So ging das Ende der Geschichte jedes Mal.

Wie es gehen *musste.*

Arthur musste durch Mordreds Hand sterben.

Prometheus *musste* an den Felsen ewiger Marter geschmiedet werden.

Christus *musste* am Kreuz enden.

Man *musste* den Sonnenkönig des zweiten gescheiterten Camelot erschießen.

Luzifer *musste* in den Abgrund gestürzt werden.

Den Lichtbringer *musste* der Tod ereilen.

Wie sonst sollte sein Weg vollendet werden können?

Wie anders sollte die Geschichte zu Ende gehen?

Wie sonst könnte er von der Bühne abtreten und in den flimmrigen Nebel der Legende entschwinden?

Rattengörl stand am Enne vom langen langen Stollen wohin die kleenen blaun Lichtlein sie geführt hatten am dunklen Enne vom ein Milljohn Jahr ollen Rattenloch unner der Zitty-Szene vom U-Bahnstollen unnerm Fleisch der Welt schwehm und schwinnen schwinnen und schwehm Affenfleisch …

Und da am annern Enne im gelben Licht vonne U-Bahnschtaziohn stand ein Bulle mit eim großen Scheißgummiknüppel dem Erzfeind jau dem Paten aller Luden mitten Rasierklingen wo ein fleißges Mädel keen anstännich Aabeit nich tun und keen Stänner nich lutschen lassen wollten …

Folch den blaun Lichtlein, Rattengörl, schweben und schwinden …

»Für wen hältst du dich eigentlich?«, frachte der Tote Welt-Zerstörer.

Der knallgrüne Anzuch tat loichten wie der Central Park im Frühling.

»*Wir* wissen, wen wir da haben, nicht wahr, Sternenschiff-Passagiere? Das Kostüm kennen wir schon.«

Von seim schietgen Mister Smily-Lächeln könnt ein Rattengörl glatt kotzen.

Aber …

»Du bist die Finsternis am Ende des Tunnels. Du bist, was wir geschaffen haben. Du bist, von dem viele denken, dass wir es verdienen. Du bist, was übrig bleibt, wenn alle Hoffnung erlischt: Totenschiff Erde im Exhibitionisten-Regenmantel.«

Vorwäzz, Affenfleisch, heb's Messer, Affengörl, setz eim Fuß vorn annern, folch einfach 'n kleenen blaun Lichtlein, siehste, 's is gah nich so schwer, wenn man eim Entahaken im Kopp hat …

Aber …

»Es zeigt, was du zu sein glaubst …«

Seim Augen warn weit offen und kamen irndwie auf sie zu, sie warn wie Türen zu annerswo, wo's unner den Umstännen nich so übel sein mocht, wie Spiegel, und gewissamaßen konnt man da drin das kleene Mädchen sehn, wo irndwer mal vor lange Zeit gewesen war …

»Aber ich weiß, wer du bist.«

»Ich bin die Ratzenhirn-Kakerlaken-Hardware mittem Wurschtmessa!«, hörte sie sich schrein.

Äh … Moment mal …

»Ich binna schietge Freddy Krueger und ramm dir eim dreckjen Stahlsteifen innen Aasch! Ich binna Totenwelt-Pogrom für ein Milljohn Jahr kalten Mülleima auffem Silbatablett unnich hol dich ab!«

Ey komm, Ratzerich, das is …

»Und ich bin der Große Glöckchen-Weltgeist«, sachte dem Sternenschiffkäpten, wo's Lächeln einfach nich lassen konnt. »Und da ich sehe, du hast ein *Messer* in der Hand, bezweifle ich, dass es dich freut, mich kennen zu lernen.«

Die Augen warn wie kleene, blaue Lichter, wo aussem Dunkeln führten …

»Doch wie seltsam es sich auch anhört, wenn man nicht weiß, wie die Geschichte endet«, sachte er, *»ich* bin *deinetwegen* da.«

Und er breitete die Ärm, gnau wie Lattenjupp am Kroiz, wie die Flügel von so 'm schietgen Adler, als forderte er sie irndwie auf zum Zustoßen, valieß er sich drauf, dass sie 's nich tät, oder als böt er sich irndwie dem Messa als Offer dar.

Rattengörl vaschwamm die Sicht, wie nannt man das auffem Affenplaneten, Tränen, jau, so was passierte mitten Augen, kam man aussem Dunklen ans Licht, ey Rattenaasch, vielleicht …

Abba wer haute ihr ein vadammichten Eispfriem ins Hirn die gottvadammicht größte Pumpe voller Crack dem größten ollen Schießstand im Kella unner wurmgen Zitty-Szene wo man je gesehn hatt ey so 'n Stoff gab's noch nie und wie ein D-Zuch sauste und rauschte durchen Tunnel dem Tod ran: *Tu's, Rattengörl, 's is soweit, Drecksack, nu kömmt über dich dem Weißen Tornado, juch-heee, kreisch-kreisch-kreisch!*

In der Echtzeit geschah es innerhalb von Sekunden, in Amandas TV-Traumzeit jedoch mit der erstaunlichen Anmut des Zeitlupentempos.

Die Nemesis, der Engel des Todes, der Avatar der Finsternis raste mit einem Aufheulen und dem Schwert des Verderbens den Laufsteg entlang.

Der Lichtbringer, der todgeweihte Sonnenkönig, der Große Adler spreizte die Glieder, um den schicksalhaften thanatophilen Liebhaber zu empfangen, von neuem das Blutopfer des Fleisches zu bringen, damit der Geist zur Legende wurde.

Die Menschenmenge schrie durcheinander, während durch den goldgelben Lichtkreis des Spotlights das Messer herab auf seine Brust fuhr …

Metall klirrte gegen Metall, als er das kabellose Mikrofon beidhändig wie einen Baseballschläger schwang, und das Messer flog in hohem Bogen durch die Luft.

»Aber wenn ich's mir recht überlege«, sagte Ralf mit W.C. Fields' Stimme und einem passend zynischen Grinsen, »mach ich mir lieber 'n schönen Tag.«

Wassum Henker war denn jetz los?

Plötzlich stand Rattengörl im Hellichten, anne Haltestelle Time Square, oder nich? Alle Leut rundum sabbelten und quakten. Mit leere Händ war sie aussem Dunkel vonne Station ins Hellichte gegangen …

Leere Händ?

Scheiße, wassen los, Ratzerich, hasse se nich für mich stibitzt? Kann ich nich mal ein Brezel hahm?

Eine lange Einstellung folgte, die Ralf und das Streetgörl zeigten, die am Ende des Laufstegs standen. Benommen blinzelte das Streetgörl in den Scheinwerferlichtkegel.

Im Schatten der Bühne ließ sich Bewegung erkennen, aber Amanda konnte nicht genau erkennen, welcher Art.

Dann kamen unter Schnaufen und Ächzen zwei völlig unsportliche Privatsheriffs mittleren Alters in grauen, ausgebeulten Uniformen auf den Laufsteg getappt.

Über die Schulter streifte Ralf sie mit einem kurzen Blick, dann feixte er in die Kamera.

»Prächtig«, höhnte er. »Der Freund und Helfer kommt wie üblich knapp zu spät.«

»Was nu, du doofa Rattenaasch?«, schrie das Streetgörl in Ralfs Mikrofon, während die Privatsheriffs zögerlich die Pistolen zogen.

Unsicher traten sie einige Schritte näher.

»Rattending! Schlitzer! Ey Scheiße, wo seid ihr? Wo is mein einzger Froind?«

»He, hört auf, gebt dem Kind 'ne Chance«, sagte Ralf, hob die Hand und hielt die beiden Männer auf Abstand. »Glaubt ihr nicht auch, dass *der* Auftritt die Zeit wert ist?«

Die Privatsheriffs wirkten viel zu erleichtert, um ihm zu widersprechen.

Heilger Bimbam, die Bullen machten wieder auf sie Hatz, war's denn zu glaum, wensgens dies Mal bloß zwo. *Mir issa, als hätt ich den Scheiß schon seit ein Milljohn Jahrn am Hals, das issa wie so 'n schietger Albtraum, oder nich, hi-hi-hi, echt der totaale Terror …*

Amanda betrachtete das Lächeln, das Ralf seiner gescheiterten Mörderin schenkte, nicht als erlaucht genug, um als überzeugender Ausdruck christlicher Vergebung zu gelten. Vielmehr ähnelte es dem Schmunzeln des Borscht-Provinz-Schlaumeiers. So hätte Mel Brooks in dieser Situation den Lachenden Buddha gespielt. So mochte Steve Martin in der Rolle Jesus' auf der Brücke der *Enterprise* über Pilatus grinsen, nachdem Scotty ihn auf sein schnoddriges Stichwort hin vom Kalvarienberg an Bord gebeamt hatte, ehe es Ernst wurde.

»Also ent*schul*dige, dass ich dieses Mal am Leben geblieben bin«, sagte er. »Was soll ich sagen … Findest du ehrlich nicht auch, dass die Märtyrernummer allmählich schrecklich abgedroschen wirkte?«

»Ratzerich? Rattending?«

Keiner da, Lotter-Lotti. Sie hatte nichts mehr in der Rübe als schietges Koppweh, das sich anfühlte, als hätte ihr wer einen Enterhaken in die Rübe gehauen, und da im Licht hinterm Müllcontainer stand ein Freier, der ihr den dicksten Kolben ans Gesicht hielt, den sie je gesehen hatte, und sie hatte ja schon viele Hämmer zu sehen gekriegt, au jau, er sah ganz grau und gummiartig aus und musste 'n halben Meter lang sein.

»Ey nee, *den* lutsch ich nich für zehn Mäuse, ausgeschlossen, da musst du Fümmenzwanzich abdrücken. Für wem hältst du mich denn. Für Mutter Theresa?«

Fasziniert beobachtete Amanda, dass Ralf mit seiner Reaktion – einem knappen Achselzucken und einem Grinsen – dem Publikum wahrhaftig verstreutes Gelächter über diesen Satz entlockte.

Er mimte das Zerknittern eines Phantomblatts Papier.

»Dem Skript zufolge bist du die böse kleine Aussteigerin, deren Enterhaken mich von der Bühne zerren soll«, sagte er.

Und hob nochmals die Schultern.

»Aber diesen langweiligen, alten Streifen haben wir ja inzwischen *abgesagt*, nicht wahr, Sternenschiff-Passagiere?«, fügte er hinzu, richtete einen Blick voller Zuversicht in die Kamera, und es sah aus – wenigstens für Amanda –, als zwinkerte er der Zuschauerschaft kaum merklich zu.

Nun mimte er das Zerreißen und Fortwerfen des Skripts.

»Und dank der altbewährten Schrift an der Wand sehe ich, dass die Maskerade vorüber ist.«

Er nahm die Hand des Streetsgörls und streckte ihren Arm hoch empor, als wäre sie eine siegreiche Boxerin.

»Die Gewinnerin des RalfCon-Kostümwettbewerbs«, verkündete er mit der übertriebenen Grandeur eines Filmjury-Vorsitzenden. »Das Tote Welt-Streetgörl! Applaus! Applaus für die junge Dame!«

Als ob sie im Tompkins Square Park am Morgen nach einer Nacht erwachte, in der sie einen vollen Stein geraucht, in U-Bahnhöfen dreißig bis vierzig Pennerschwänze gelutscht hatte und geträumt von Rattenwesen, Rasierklingen Enterhaken und Fleischermessern und irgendeinem Ort aus kaltem Schwarz und eisigem Metall, wo sie tot gewesen war und eine Million Jahre lang aus Mülltonnen Abfälle gefuttert …

Jesses!

Der Sternenschiffkapitän packte Lotter-Lottis Hand, *ihre* Hand, Lotter-Lotti, das war nämlich *sie*, oder nicht, und hob sie hoch in die Luft.

Ihr war, als müsste sie kübeln, als hätte sie in den letzten zehn Jahren Fischköpfe und Hundekacke gefressen, und sie hörte im Kopp ein grässliches Geräusch und fühlte da unterm Pony so was wie Zahnweh, als zöge wer ihr einen scheißigen rostigen Enterhaken aus dem Hirn …

In was für einem abscheulichen Traum sie erwachte!

Erwachte?

In dem hier?

Aber *das* hier musste doch der Traum sein, oder?

»Die Gewinnerin des RalfCon-Kostümwettbewerbs.

Das Tote Welt-Streetgörl! Applaus! Applaus für die junge Dame!«

Da stand sie mitten in einem scheißhellen Licht wie ein Rockstar bei MTV. Auf einer echten Scheißbühne. Umringt von einer Menschenmenge.

Die klatschte und jubelte.

»Schätzchen, das war großartig, Mensch, deine Performance hätte den Oscar verdient«, sagte der Sternenschiffkapitän.

Das Klatschen und Johlen nahm ab, hörte fast auf.

»Uns allen ist klar, dass der Con ohne dich nicht so toll gelungen wäre, hab ich Recht, Sternenschiff-Passagiere?«

Und er machte wahrhaftig bei ihr Küsschen-Küsschen auf alle zwo Wangen, genau wie in den Hollywood-Talkshows.

Und das Klatschen und Jubeln ging von vorn los.

Lotter-Lotti stand im hellen Rampenlicht, und alles Crack der Welt hätte sie nie träumen lassen, dass sie mal dahin kommen könnte. Auf einer Bühne, und vor tausend Leuten war eine Kamera auf sie gerichtet, als wär sie eine Art von Fernsehstar oder so was.

Und es war *sie*, der sie zujubelten.

Und *sie* war es, die weinte, aber sie scherte sich nicht drum, selbst wenn es die ganze Welt sah.

Denn noch nie hatte irgendwer Lotter-Lotti zugejubelt.

Und wahrscheinlich würd es nie wieder irgendjemand tun.

Aber egal, jetzt hatte sie eins voraus.

Von einer Million war sie die Eine, der so was passierte.

Da unten wurde gejubelt.

Und sie stand hier oben auf der Bühne.

Und jemand hielt ihr ein Mikrofon vors Gesicht.

Für so was würden Leute sterben, nicht?

Bestimmt waren schon viele dafür gestorben.

»Jesses, was soll ich sagen?«, meinte sie. »Ey, was tätet ihr sagen, wärt ihr mich? Jesses, wer hätt je gedacht, dass ich mal dahin komme? Jesses, wer hätt je gedacht, ich käm *im Fernsehn*?«

Ralf führte das Streetgörl über den Laufsteg und vorbei an den Privatsheriffs hinter die Bühne. Danach ergab sich ein ausgedehntes Schweigen, während er auf der leeren Bühne allein im Schlaglicht stand.

Noch zehn Minuten Sendezeit blieben zu füllen.

Amanda konnte sich unmöglich etwas vorstellen, womit sich ein *solcher* Höhepunkt noch toppen ließe.

Stumm und still verharrte Ralf auf dem Podium, als dächte auch er über dieses Problem nach.

Und dann …

»Brrrnnnn!«

Ralf gab die verbale Version eines Telefonsummens von sich.

Pause.

Er drehte sich um, ließ das kabellose Mikro baumeln und nahm einen Phantomhörer ab.

»Ja hallo, bitteschön …?«

Noch eine Pause.

Ralf hob den Blick, klemmte sich das Mikrofon unter den Arm, bedeckte die Sprechmuschel des Phantomhörers mit der Hand und grinste dem Publikum vertraulich zu.

»Es ist mein Manager«, sagte er. »Ich meine den, der erst in hundert Jahren geboren wird.« Er hob die Schultern. »Wen denn *sonst*?«

Was hat er denn nun vor?, fragte sich Amanda. So etwas hatte er noch nie gebracht.

»Hören Sie her, alter Freund, ich hab eine dufte Neuigkeit für Sie«, sagte Ralf mit den nur halb unbeweglichen Lippen eines ungeübten Bauchredners. »Ich hab Ihnen 'n erstklassigen Auftritt im Intergalakto-Hilton vermittelt, also pfeifen Sie auf die Provinztournee auf'm Affenvolkplaneten und beamen Sie zurück ins Halligalli!«

Amanda lachte darüber viel herzlicher als nahezu jeder andere Zuschauer.

Es war im Wesentlichen ein Insiderscherz.

Es konnte wirklich *nicht viele* Menschen geben, die seine rundum vollkommene Texas Jimmy Balaban-Imitation zu würdigen wussten.

»Im Intergalakto-Hilton? Ich *kann* …? Was ist passiert?«

»*Sie* sind passiert, was denken Sie denn, alter Junge, Sie sind jetzt hier 'n großer Star.«

»*Tatsächlich?*«, fragte Ralf, markierte tadellos den verwirrten Ahnungslosen. »Aber als Sie mich zu *dieser* Tournee überredet haben, hieß es doch über mich, selbst wenn ich mir in der Öffentlichkeit einen abzupfe, hätte ich 's schwer, genug Beachtung zu finden, um verhaftet zu werden.«

»Das war, ehe Sie die Elvis-Äktschen geboten haben, Ralf! Wenn Sie nun Leine ziehen, werden die alten Shows im Paket rausgeholt. Wenn Sie lange genug auf bleiben, können Sie *immer noch* die Wiederholungen sehen. Die Videokasetten und CDs sind noch im Handel, aber der Film, der über Ihr Leben gedreht worden ist … Tja, ich muss sagen, er war ein Flop, ich wage gar nicht zu *erwähnen*, wer Sie *gespielt* hat, ich jedenfalls hab alles versucht, aber 's hat einfach nicht geklappt, Robin Williams zu engagieren.«

Ralfs Miene war völlig fassungslos.

»Sie haben's *geschafft*, alter Junge«, rief Texas Jimmys Stimme. »Sie haben das Totenschiff in das Sternenschiff verwandelt. Sie haben den Lauf der Geschichte verändert, Ralf. Sie sind ein Held! Sie sind zur Legende geworden! Malen sie sich zum Vergleich bloß mal aus, was Elvis auf die Beine stellen könnte, käme er *wirklich* in einer verchromten rosa Fliegenden Untertasse wieder? Manche Leute glauben, Sie seien *tatsächlich* der Riesenknollengott!«

»Im Ernst?«

»Es kommt noch besser.«

»Noch besser?«

»Zum ersten Mal in Ihrer lausigen Karriere fahren Sie richtig *Kies* ein.«

Ralf legte eine weitere Pause ein und dann den Phantomhörer auf.

Er zuckte die Achseln.

Er blickte in die Kamera.

Seine Augen waren so leer wie die Leere am Mittelpunkt des Weltenrads. Aber sein Lächeln war das vollkommene Operetten-Buddha-Lächeln.

Er salutierte. Er winkte. Er warf zum Abschied eine Kusshand.

Die Kamera zoomte zurück in die Totale.

Das Spotlight folgte einem spritzigen Vaudeville-Künstler, der gemächlich von der Bühne tänzelte und währenddessen mit der Hand das Mikrofon zum Wirbeln brachte wie einen Stock.

Amanda hätte sich keinen vollkommeneren Abgang erträumen können.

Einmal, zweimal, dreimal blieb er stehen, wandte sich um, vollführte eine Verbeugung und tippte an einen Phantomhut, bevor das Schlaglicht schrumpfte und schließlich erlosch.

Texas Jimmy Balaban würde sich sein gesamtes restliches Leben lang daran erinnern, als er den Komiker aus der Zukunft das letzte Mal sah. Wie könnte er es vergessen?

Ralfs Abgang wäre nicht vollkommener gewesen, *hätte* er dabei Durantes alten, lange geheimnisvoll gewesenen Schlusssatz gesprochen, von dem man erst viel später erfuhr, dass er seiner verstorbenen Frau gegolten hatte.

Wie vielen *anderen* Menschen wären ebenfalls Tränen in die Augen getreten, hätten sie ihn, während er die Bühne verließ, mit rauer Stimme sagen gehört: »Gute Nacht, Mrs. Calabash, gleich wo Sie sind.«

Es dauerte ein ganzes Momentchen, bis Jimmy gewahr wurde, es waren, egal wie vollkommen der Abgang gewesen sein mochte, noch fünf Minuten Sendezeit übrig.

Ein ausreichend langes Momentchen für Ralf, um ihm hinter den Kulissen das kabellose Mikro zuzuwerfen und zur Toilette zu streben.

»He, was machen Sie da, verdammt noch mal?«, rief Jimmy ihm nach. »Die Sendung ist noch nicht *vorbei.*«

»Das behaupten Sie, Affenboy«, erwiderte Ralf. »Wenn man gehen muss, muss man gehen. Oder hören Sie nicht, dass jetzt die dicke Frau singt?«

Damit verschwand er in der Toilette.

Jimmy war so perplex, dass noch ein Moment verstrich, bis er ihm nachlief – allerdings schon in der Überzeugung, dass er zu spät kam.

Er hatte es im Urin.

Jimmy hatte selbst schon mehrmals in dieser Toilette die Gelegenheit zum Pinkeln genutzt.

Sie hatte eine Tür und ein kleines Fenster zu einem Belüftungsschacht.

Und tatsächlich, als er nachschaute, stand das Fenster offen, und in der Toilette war niemand mehr zu sehen.

Von

NORMAN SPINRAD

erschien in der Reihe

HEYNE SCIENCE FICTION & FANTASY:

Der stählerne Traum
06/3783

Eine Welt dazwischen
06/3963

Russischer Frühling
06/4944

Bilder um 11
06/5664

Deus X
06/5917

Das tropische Millennium
06/6378

Die Transformation
06/6419

Als HIGH 8000:

Champion Jack Barron
06/8008

HEYNE BÜCHER

Iain Banks

Vor einem dunklen Hintergrund

Das neue SF-Meisterwerk des Bestseller-Autors aus Großbritannien!

»Derzeit der beste unserer jungen Autoren!« *THE TIMES*

06/5640

HEYNE-TASCHENBÜCHER

HEYNE BÜCHER

Isaac Asimov
Die Foundation-Trilogie

06/8209

Das Meisterwerk der Science Fiction

Wie einst das Römische Reich steht das Galaktische Imperium kurz vor dem Zerfall. Doch der Psychohistoriker Hari Seldon ersinnt einen atemberaubenden Plan, um die Menschheit durch das kommende ›dunkle Zeitalter‹ zu leiten ...

Mit einem umfangreichen Essay über die Psychohistorik.

HEYNE-TASCHENBÜCHER

HEYNE BÜCHER

Philip K. Dick

Das Orakel vom Berge

Was wäre, wenn Deutschland und Japan den Zweiten Weltkrieg gewonnen und die USA unter sich aufgeteilt hätten? Der große Klassiker der Alternativwelt-Literatur, erstmals in ungekürzter Neuübersetzung. Mit einem Anhang aus dem Nachlass des Autors.

»Philip K. Dick war einer der größten Visionäre, die die amerikanische Literatur des 20. Jahrhunderts hervorgebracht hat.« *L. A. Weekly*

06/8203

HEYNE-TASCHENBÜCHER